Der Ausgestoßene von Shannara

Ins Deutsche übertragen
von Susanne Gerold

Für Melody, Kate,
Lloyd,
Abby und Russell,
Buchhändler der Extraklasse.

GEBIET von KERHALT
NORDLAND
SCHÄDELBERG
KENSROWE GEBIRGE
KIERLAK-WÜSTE
MESSERGEBIRG
SARANDANON
EBENE von STRELEHEIM
INNISBORE
ARBORLON
PARANOR
TAL von RHENN
WESTLAND
KEEP DES DRUIDEN
ROCK SPUR GEBIRGE
PYKON
MERMIDON
DRACHENZÄHNE
GRIMPEN WARD
KENNON PASS
KERN
WILDERUN
HOLLOWS
VARFLEE
CALLAHORN
TYRSIS
IRRYBIS GEBIRGE
TIRFING
REGENBOGENSEE
BLAUE SPALTE
MYRIANSEE
WALD VON DULN
WING HOVE
LEAH
SHADY VALE
SÜDLAND
TIEFLAND VON CLETE

Malgsumpf
Charnal Gebirge
Morrowindl
Blaue Spalte
Killeshan
Arborlon
Lethe
Oberer Anar
Jannisson Pass
Ostland
Ebene von Rabb
Rabb
Altmoor
Darklin Reach
Maelmord
Himmels brunnen
Grimpond See
Storlock
Jadepass
Hearth Stone
Graumark
Wolfsktaag Gebirge
Rooker-Station
Noose Pass
Dunn Fee Aran
Rabenhorn Gebirge
Silberfluss
Culhaven
Cillidellan See
Nebelsumpf
Wald von Anar
Wedge
Capaal
Unterer Anar
Tiefland von Battlemound

Der Untergang Paranors

KAPITEL 1

Der alte Mann tauchte so plötzlich auf, als wäre er aus dem Nichts gekommen. Der Grenzländer beobachtete ihn von seinem Versteck oben am Hang aus; er hockte im Schatten eines Laubbaumes und konnte von dort alles überblicken, was zur Ebene von Streleheim gehörte, auch die Wege, die zur Ebene hinführten. Im hellen Schein des Vollmonds reichte die Sicht mindestens zehn Meilen weit, und dennoch hatte er den Alten nicht kommen sehen. Es war zermürbend und irgendwie auch beschämend, und die Tatsache, dass es jedes Mal wieder geschah, ließ es kein bisschen angenehmer werden. Wie machte der alte Mann das nur? Der Grenzländer hatte beinahe sein ganzes Leben in dieser Gegend verbracht und sich mit Hilfe seines Verstands und einiger Erfahrung gut durchschlagen können. Er erspähte Dinge, deren Existenz andere nicht einmal ahnten. Er konnte an den Spuren im hohen Gras erkennen, wie und in welcher Richtung Tiere sich bewegt hatten. Er wusste, wie schnell und wie weit sie ihm voraus waren. Den alten Mann aber konnte er in der klarsten Nacht, auf dem übersichtlichsten Gelände nicht entdecken – nicht einmal wenn er bereits wusste, dass der Alte auf dem Weg war.

Es half auch nicht gerade, dass der alte Mann seinerseits keinerlei Schwierigkeiten hatte, *ihn* zu finden. Zielstrebig verließ er seinen Weg und ging auf den Grenzländer zu, langsamen und gemessenen Schrittes, den Kopf leicht gebeugt, den Blick aus dem Schatten der Kapuze heraus nach oben gerichtet. Wie alle Druiden trug er einen schwarzen Umhang mit Kapuze, was ihn noch dunkler als die Schatten erscheinen ließ, die er durchquerte. Er war weder hochgewachsen noch muskulös, aber er vermittelte den Eindruck von Härte und Entschlossenheit. Seine Augen, sofern sie sichtbar waren, wirkten meist grünlich. Manchmal jedoch schienen sie auch so weiß wie Knochen zu sein – so wie jetzt, da die Nacht die Farben verschluckte und alles in graue Schatten verwandelte. Der Blick des Alten erinnerte an den eines Tieres, das in einem Lichtstrahl gefangen ist – wild, stechend, zwingend. Der Mond beleuchtete auch das Gesicht des alten Mannes, arbeitete die tiefen Falten heraus, die es von der Stirn bis zum Kinn durchfurchten, spielte über die Kerben der uralten Haut. Die Haare des alten Mannes und sein Bart waren von einem hellen Grau und so strähnig und dünn wie verflochtene Spinnweben.

Der Grenzländer gab sich geschlagen und richtete sich langsam auf. Er war groß, schlank und breitschultrig und hatte seine langen, dunklen Haare im Nacken zusammengebunden. Seine braunen Augen blickten scharf und fest, und sein schmales Gesicht war ausgeprägt, aber auf gewisse Art sah er recht gut aus.

Ein Lächeln stahl sich auf das Gesicht des alten Mannes, als der jüngere aufstand. »Wie geht es dir, Kinson?«, grüßte er.

Der vertraute Klang dieser Stimme ließ Kinson Ravenlocks Gereiztheit verschwinden wie Staub im Wind. »Es geht mir gut, Bremen«, antwortete er und streckte dem Alten die Hand entgegen.

Der alte Mann griff danach und drückte fest zu. Seine Haut war trocken und vom Alter faltig, aber die Muskeln darunter waren stark. »Wie lange wartest du schon?«

»Drei Wochen. Nicht so lange, wie ich angenommen hatte. Ich bin überrascht. Allerdings ist es dir auch noch jedes Mal gelungen, mich zu überraschen.«

Bremen lachte. Er hatte den Grenzländer sechs Monate zuvor mit der Anweisung verlassen, ihn beim ersten Vollmond der vierten Jahreszeit nördlich von Paranor wiederzutreffen, genau dort, wo der Wald endete und die Ebene von Streleheim begann. Zeit und Ort des Treffens waren abgemacht, aber es war dennoch nie ganz sicher gewesen. Beide Männer waren sich der Unwägbarkeiten bewusst, denen der alte Mann ausgesetzt war. Bremen war nach

Norden in verbotenes Land gegangen, und es war klar, dass Ereignisse den Zeitpunkt und Ort seiner Rückkehr bestimmen würden, die keiner der beiden voraussehen konnte. Kinson war es gleichgültig, dass er drei Wochen hatte warten müssen. Es hätten ebenso gut auch drei Monate sein können.

Der Druide sah den Grenzländer mit durchdringenden Augen an, die jede Farbe verloren hatten und im Mondlicht weiß schimmerten. »Hast du während meiner Abwesenheit viel erfahren? Hast du die Zeit gut genutzt?«

Kinson zuckte die Achseln. »Zum Teil. Setz dich und ruh dich aus. Hast du etwas gegessen?«

Er reichte dem alten Mann etwas Brot und Bier, und sie hockten sich nebeneinander und starrten auf die weite Ebene hinaus. Es war still da draußen, leer und grenzenlos und unermesslich breitete sich das Land unter der Kuppel des nächtlichen Mondlichts aus. Der alte Mann kaute geistesabwesend; er ließ sich Zeit. Der Grenzländer hatte weder in dieser noch einer anderen Nacht, seit er seine Wache begonnen hatte, ein Feuer angezündet. Es wäre viel zu gefährlich gewesen.

»Die Trolle ziehen nach Osten«, begann Kinson nach einiger Zeit. »Es sind Tausende, weit mehr als ich zählen konnte, als ich bei Vollmond in ihr Lager schlich, das sie vor einigen Wochen ganz in der Nähe aufgeschlagen hatten. Ihre Zahl wächst, denn sie zwingen immer mehr Stämme, ihnen zu dienen. So weit ich erkennen kann, beherrschen sie alles, was nördlich von Streleheim liegt.« Er machte eine Pause. »Hast du etwas anderes herausgefunden?«

Der Druide schüttelte den Kopf. Er hatte die Kapuze zurückgeschlagen, und sein graues Haar zeichnete sich im Mondlicht deutlich gegen den dunklen Hintergrund ab. »Nein; das alles gehört jetzt ihm.«

Kinson blickte ihn scharf an. »Dann …«

»Was hast du noch gesehen?« Der alte Mann ignorierte die Reaktion.

Der Grenzländer nahm den Bierschlauch und trank. »Die Anführer der Armee halten sich abseits und bleiben in ihren Zelten. Niemand sieht sie. Die Trolle haben sogar Angst, ihre Namen auszusprechen. Das verheisst nichts Gutes. So schnell ist ein Felsentroll nicht zu verschrecken. Aber das hier macht ihnen offenbar Angst.«

Er schaute den alten Mann an. »Manchmal jedoch, während ich auf dich wartete, sah ich nachts im Licht des Mondes und der Sterne Schatten über den Himmel huschen. Schwarzgeflügelte Wesen schwebten über die leere Ebene, als würden sie etwas jagen oder auskundschaften oder einfach nur das überwachen, was sie sich bereits genommen hatten – ich weiß es nicht und will es auch nicht wissen. Aber ich spüre, dass sie da sind. Sogar jetzt. Sie sind da draußen und kreisen. Ich spüre ihre Gegenwart wie ein Kitzeln. Nein, nicht wie ein Kitzeln – eher wie ein Zittern, das man spürt, wenn man sich beobachtet fühlt und entdeckt, dass die Person, der diese Augen gehören, böse Absichten hat. Ich bekomme eine Gänsehaut. Sie sehen mich nicht; ganz sicher nicht, denn wenn sie es getan hätten, wäre ich tot.«

Bremen nickte. »Schädelträger, ihm zu ewigem Dienst verpflichtet.«

»Also lebt er?« Kinson konnte sich nicht mehr bremsen. »Du weisst es? Du hast Gewissheit darüber?«

Der Druide stellte Bier und Brot beiseite und wandte sich dem Grenzländer zu. Seine Augen schienen in weite Ferne zu blicken und waren voller finsterer Erinnerungen.

»Er ist am Leben, Kinson. Er ist genauso am Leben wie du und ich. Ich habe ihn bis zu seinem Lager tief in den Schatten des Messergebirges verfolgt, dorthin, wo das Schädelreich neu erstanden ist. Ich war zuerst nicht sicher, wie du weißt. Ich hatte es vermutet, glaubte, dass es so wäre, aber ich hatte keine Beweise. Also reiste ich nach Norden, wie wir es geplant hatten, über die Ebenen und in die Berge. Ich sah auch die geflügelten Jäger, die nur in der

Nacht zum Vorschein kommen, große Raubvögel, die nach lebenden Wesen Ausschau halten. Ich machte mich so unsichtbar wie die Luft, durch die sie flogen. Sie sahen mich und auch wieder nicht. Magie umhüllte mich, aber es war nicht so viel, dass jene, die sich ihrer ebenfalls bedienen, mich bemerkt hätten. Ich zog westlich am Land der Trolle vorbei, fand es jedoch völlig unterworfen. Diejenigen, die Widerstand geleistet hatten, waren getötet worden. Wer konnte, war geflohen. Die anderen dienen ihm jetzt.«

Kinson nickte. Es war sechs Monate her, seit die räuberischen Trolle aus dem östlichen Charnalgebirge ausgeschwärmt waren und die systematische Unterwerfung ihres Volkes begonnen hatte. Ihre Armee war gewaltig und schnell, und in weniger als drei Monaten war jeder Widerstand gebrochen. Das Nordland geriet unter die Herrschaft des immer noch unbekannten und mysteriösen Anführers der Eroberer. Es gab Gerüchte über seine Identität, aber es blieben nur vage Vermutungen. In Wahrheit wussten nur wenige, ob er *überhaupt* existierte. Kein Wort über die Armee oder ihren Anführer war weiter nach Süden gedrungen als bis zur Grenze bei Varfleet und Tyrsis – Grenzposten zum Gebiet der Menschen. Aber im Osten und Westen, bei den Zwergen und Elfen, hatte sich die Kunde schnell verbreitet. Die Zwerge und Elfen waren enger mit den Trollen als mit den Menschen verbunden, die als ausgestoßene Rasse galten und noch vor kurzer Zeit der Feind aller anderen gewesen waren. Auch jetzt noch, dreihundertfünfzig Jahre danach, waren Erinnerungen an den Ersten Krieg der Rassen wach. Die Menschen lebten in ihren Städten im Südland weit abseits von den anderen, wie Kaninchen hasteten sie zu ihren Unterschlüpfen, furchtsam und zahnlos und ohne Bedeutung im großen Plan des Lebens, nicht viel mehr als Beute für Jäger.

Ich nicht, dachte Kinson finster. Niemals. Ich bin kein Kaninchen. Ich bin diesem Schicksal entgangen. Ich bin selbst zum Jäger geworden.

Bremen setzte sich ein wenig bequemer hin. »Ich bin bei meiner

Suche tief in die Wälder vorgedrungen«, fuhr er fort. »Je weiter ich kam, um so überzeugter wurde ich. Die Schädelträger waren überall. Es gab auch andere Wesen, Geschöpfe, die aus der Welt der Geister herbeigerufen worden waren, zu Leben erweckte Tote, das leibhaftige Böse. Ich habe mich von all dem ferngehalten. Ich wusste, wenn man mich entdeckte, würde meine Magie möglicherweise nicht ausreichen, um mich zu schützen. Die Finsternis in diesem Gebiet war überwältigend. Sie war bedrückend und vergiftet vom Geruch und Geschmack des Todes. Schließlich ging ich zum Schädelberg – ein einziger kurzer Besuch, denn das war alles, was ich riskieren konnte. Ich schlüpfte heimlich hinein und fand, wonach ich gesucht hatte.«

Er hielt stirnrunzelnd inne. »Und noch mehr, Kinson. Noch viel mehr, und nichts davon ist gut.«

»Aber er war dort?«, drängte Kinson. Er war angespannt, und seine Augen blitzten.

»Er war dort«, bestätigte der Druide ruhig. »Er hat sich in Magie gehüllt und hält sich mit Hilfe des Druidenschlafs am Leben. Aber er benutzt ihn nicht weise, Kinson. Er glaubt, er stehe jenseits der Gesetze der Natur. Er sieht nicht, dass jeder, ganz gleich wie stark er auch ist, einen Preis zahlen muss für das, was er mit Gewalt an sich reißt und sich untertan macht. Aber vielleicht kümmert es ihn auch nicht. Er steht jetzt unter der Macht des Ildatch und ist vollkommen unfähig, sich selbst davon zu befreien.«

»Das Buch der Magie, das er aus Paranor gestohlen hat?«

»Vor vierhundert Jahren. Als er noch einfach Brona war, ein Druide wie wir und nicht der Dämonenlord.«

Kinson Ravenlock kannte die Geschichte. Bremen selbst hatte sie ihm erzählt, obwohl sie allen Rassen vertraut war und Kinson sie mindestens schon hundertmal gehört hatte. Galaphile, ein Elf, hatte fünfhundert Jahre zuvor den ersten Rat der Druiden einberufen, tausend Jahre nach der Zerstörung durch die Großen Kriege. Der Rat, eine Versammlung der weisesten Männer und Frauen aller

Rassen, hatte sich in Paranor getroffen. Es waren Männer und Frauen, die noch Erinnerungen an die alte Welt mit sich trugen, die noch ein paar zerfetzte, zerfallende Bücher besaßen oder deren Gelehrsamkeit die Barbarei der letzten tausend Jahre überlebt hatte. Der Rat hatte sich in einer letzten, verzweifelten Anstrengung versammelt, um die Rassen aus der Barbarei heraus- und einer neuen, besseren Zivilisation entgegenzuführen. Die Druiden hatten die mühsame Aufgabe übernommen, das noch vorhandene Wissen zu sammeln und zu vereinen, um es für das gemeinsame Ziel nutzbar zu machen. Sie strebten eine Verbesserung an, die allen zugute kommen sollte, und dafür arbeiteten sie zusammen, ganz gleich, was zuvor geschehen war. Menschen, Gnome, Zwerge, Elfen, Trolle – die Besten und Weisesten aus den neuen Rassen, die sich aus der Asche der alten erhoben hatten. Wenn sie ein bisschen Weisheit aus dem Wissen gewinnen konnten, das sie noch besaßen, mochte es für sie eine Chance geben.

Aber die Aufgabe erwies sich als langwierig und schwierig, und einige der Druiden wurden ruhelos. Einer von ihnen war Brona. Brillant und zielstrebig, aber ohne Rücksicht auf seine eigene Sicherheit, begann er mit Magie zu experimentieren. In der alten Welt hatte es davon nur wenig gegeben, seit dem Niedergang der Feen und dem Aufstieg der Menschen fast überhaupt nichts mehr. Aber Brona glaubte fest daran, dass die Zauberei wieder entdeckt und zurückgebracht werden müsste. Die alten Wissenschaften hatten versagt, und die Zerstörung der alten Welt war das direkte Ergebnis dieses Versagens. Die Druiden hatten jedoch offenbar beschlossen, die Lektion der Großen Kriege zu ignorieren. Die Magie ermöglichte einen neuen Zugang, und die Bücher, die sie lehrten, waren älter und bewährter als die wissenschaftlichen Schriften. Und das wichtigste Zauberbuch war der Ildatch, ein monströser, schrecklicher Band, der den Tod mit sich führte und jede Umwälzung seit Anbruch der Zivilisation überlebt hatte, weil er von finsteren Bannsprüchen geschützt wurde, zu denen einst geheimnisvolle Nöte getrieben hatten. Brona sah in diesen alten Seiten die Antworten, nach denen er gesucht hatte, die Lösungen all der Probleme, die die Druiden zu lösen trachteten. Sein weiterer Weg war vorgezeichnet.

Andere Druiden warnten ihn vor möglichen Gefahren. Sie waren nicht so ungestüm, nicht so unbekümmert gegenüber den Lektionen, die die Geschichte lehrte. Die Macht war ein zweischneidiges Schwert. Du musst vorsichtig sein, warnten sie. Sei nicht rücksichtslos. Aber Brona und diejenigen, die sich ihm angeschlossen hatten, ließen sich nicht davon abbringen, und schließlich brachen sie mit dem Rat. Sie verschwanden mitsamt dem Ildatch, ihrem Schlüssel zu einer neuen Welt, zu Türen, die sie öffnen wollten.

Am Ende führte das nur zu ihrem Verderben. Die Macht begann sie zu beherrschen und dauerhaft zu verändern. Nun begehrten sie Macht um ihrer selbst willen, für ihren persönlichen Nutzen. Alles andere war vergessen, alle anderen Ziele aufgegeben. Der Erste Krieg der Rassen war das direkte Ergebnis. Die abtrünnigen Druiden benutzten die Menschen als Werkzeug und machten sie durch Magie willfährig, bis sie aus ihnen die Angriffswaffe geschmiedet hatten, die sie brauchten. Aber die vereinte Kraft des Druidenrats und der anderen Rassen machte ihre Bemühungen zunichte. Die Aggressoren wurden besiegt und die Menschen nach Süden ins Exil und in die Isolation getrieben. Brona und seine Anhänger verschwanden. Es hieß, die Magie hätte sie schließlich zerstört.

»Welch ein Narr«, sagte Bremen plötzlich. »Der Druidenschlaf hielt ihn am Leben, aber er nahm ihm Herz und Seele und ließ ihn als leere Hülle zurück. All die Jahre hielten wir ihn für tot. Und in gewissem Sinn war er das auch. Was überlebt hatte, war das Böse, über das die Magie die Herrschaft gewonnen hatte. Es war der Teil Bronas, der immer noch die gesamte Welt für sich beansprucht, mitsamt den Wesen, die auf ihr leben. Es war der Teil Bronas, der die absolute Macht anstrebt. Wen interessiert da noch der Preis, den der rücksichtslose Gebrauch des Druidenschlafes fordert? Welchen Unterschied machen die Veränderungen, die sich aus der Verlängerung eines bereits verschwendeten Lebens ergeben? Brona hat den Dämonenlord hervorgebracht und ist in ihm aufgegangen, und der Dämonenlord will unter allen Umständen überleben.«

Kinson schwieg. Auch Bremen benutzte den Druidenschlaf, und den Grenzländer störte die Leichtigkeit, mit der sein Gefährte Bronas Anwendung des Schlafs verurteilte, ohne sich selbst in Frage zu stellen. Bremen würde behaupten, dass er dieses Werkzeug in einer ausgewogeneren und kontrollierteren Weise benutzte, dass er auf die Forderungen achten würde, die sich daraus für seinen Körper ergaben. Außerdem würde er anführen, dass der Druidenschlaf für ihn eine Notwendigkeit sei, dass er ihn anwenden müsse, um bei der unausweichlichen Rückkehr des Dämonenlords zugegen sein zu können. Aber bei allen Versuchen Bremens, auf Unterschiede hinzuweisen, blieb doch die Tatsache, dass am Ende die Folgen die gleichen waren, egal, ob man der Dämonenlord oder ein Druide war.

Und eines Tages würde auch Bremen von ihnen eingeholt werden.

»Dann hast du ihn also gesehen?«, fragte der Grenzländer, eifrig bestrebt mehr zu erfahren. »Auch sein Gesicht?«

Der alte Mann lächelte. »Er hat weder Gesicht noch Körper, Kinson. Ein Wesen, eingehüllt in einen Umhang mit Kapuze. So wie ich, denke ich manchmal, denn auch ich bin in diesen Tagen wenig mehr.«

»Das ist nicht wahr«, bestritt Kinson rasch.

»Nein«, stimmte der andere schnell zu, »es ist nicht wahr. Ich habe noch einen Sinn für das, was richtig und falsch ist, und ich bin noch kein Sklave der Magie. Aber genau das fürchtest du, nicht wahr?«

Kinson ging nicht darauf ein. »Erzähl mir, wie es dir gelungen ist, so dicht an ihn heranzukommen. Wie hast du es angestellt, nicht entdeckt zu werden?«

Bremen wandte den Blick ab und richtete ihn auf einen entfernten

Ort, eine entfernte Zeit. »Es war nicht einfach«, erwiderte er leise. »Und der Preis dafür war hoch.«

Er griff erneut nach dem Bierschlauch und nahm einen tiefen Schluck. Müdigkeit zeichnete sich deutlich auf seinem Gesicht ab. »Ich war gezwungen, mich einem von ihnen zu zeigen«, sagte er nach einem Augenblick. »Ich musste in ihre Gedanken und Beweggründe kriechen, in das Böse, das in ihren Seelen wurzelt. Ich hatte mich unsichtbar gemacht, so dass meine körperliche Anwesenheit nicht auffiel, und war auf meinen Geist allein beschränkt. Diesen verbarg ich in der Finsternis, die ein Kennzeichen ihrer eigenen Seelen ist. Ich griff tief hinab in mein Innerstes, auf der Suche nach dem schwärzesten Teil dessen, was ich bin. Oh, ich sehe, du zweifelst daran, dass dies möglich war. Glaube mir, Kinson, in jedem Menschen steckt die Möglichkeit zum Bösen, und so auch in mir. Wir halten es geschickter zurück, halten es tiefer begraben, aber es lebt auch in uns. Um mich schützen zu können, war ich gezwungen, es aus dem Verborgenen hervorzubringen. Dieses Gefühl, wie es sich an mich schmiegte, so nah, so eifrig – es war grauenhaft! Aber es erfüllte seinen Zweck. Es hinderte den Dämonenlord und seine Untergebenen daran, mich zu entdecken.«

Kinson runzelte die Stirn. »Aber es hat dich nicht unberührt gelassen.«

»Für eine bestimmte Zeit. Der Rückweg gab mir die Möglichkeit zur Heilung.« Ein dünnes Lächeln stahl sich auf seine Lippen. »Das Problem ist nur, dass sich das Böse in einem Menschen, ist es seinem Gefängnis erst einmal so weit entflohen, dagegen wehrt, wieder eingesperrt zu werden. Es presst sich gegen die Stäbe, ist noch erpichter auf Flucht als zuvor. Und besser vorbereitet. Und seit ich es so nahe an mich habe herankommen lassen, bin ich dieser Möglichkeit gegenüber verletzlicher.«

Er schüttelte den Kopf. »Wir müssen in unserem Leben immer wieder Prüfungen erdulden, nicht wahr? Dies ist nur ein weiteres Beispiel dafür.«

Schweigend starrten sich die beiden Männer an. Der Mond war zum südlichen Teil des Horizonts gewandert und schickte sich an zu verschwinden. Doch die Sterne schimmerten noch immer hell am wolkenlosen Himmel, der sich wie ein Stück schwarzen Samts in der unendlichen Stille ausbreitete.

Kinson räusperte sich. »Wie du schon sagtest, du hast getan, was nötig war. Du musstet nahe genug an ihn herankommen, um Gewissheit über deine Vermutungen zu erhalten. Jetzt haben wir sie.« Er machte eine Pause. »Sag mir, hast auch du das Buch gesehen? Den Ildatch?«

»Er war dort, in seinen Händen, jedoch außerhalb meiner Reichweite, denn sonst hätte ich ihn sicherlich genommen und zerstört. Auch um den Preis meines eigenen Lebens.«

Der Dämonenlord und der Ildatch waren Wirklichkeit, so wirklich wie das Leben, kein Gerücht, keine Legende. Kinson Ravenlock schüttelte benommen den Kopf. Es war alles wahr, so wie Bremen befürchtet hatte. Wie sie beide befürchtet hatten. Und jetzt kam diese Armee von Trollen aus dem Nordland, um die anderen Rassen zu unterwerfen. Die Geschichte wiederholte sich. Der Krieg der Rassen begann wieder von vorn. Nur war diesmal vielleicht niemand da, um ihn vorzeitig zu beenden.

»Nun gut«, sagte er traurig.

»Da ist noch etwas«, bemerkte der Druide, hob den Kopf und sah den Grenzländer an. »Du musst alles erfahren. Es gibt einen Elfenstein, den die geflügelten Jäger suchen. Einen Schwarzen Elfenstein. Der Dämonenlord hat aus dem Ildatch von ihm erfahren. Irgendwo in diesem unglückseligen Buch wird der Stein erwähnt. Es ist aber kein gewöhnlicher Elfenstein wie die anderen, von denen wir gehört haben, es ist keiner von den dreien – je einer für Herz, Geist und Körper des Benutzers –, deren Magie sich vereinigt, wenn sie beschworen wird. Die Magie dieses Steines ist zu unvorstellbar Bösem fähig. Es liegt ein Geheimnis über der Ursache für seine Erschaffung und dem Zweck, dem er ursprünglich dienen sollte. All dies ist im Laufe der Zeit verloren gegangen. Aber der Ildatch scheint gezielte Hinweise auf seine Fähigkeiten zu liefern. Ich hatte Glück, davon zu erfahren. Sie erwähnten den Stein, als ich mich in dem großen Zimmer, in dem die Geflügelten sich vor ihrem Meister versammeln, in die Schatten entlang der Wand drückte.«

Er beugte sich ein wenig vor. »Der Stein ist irgendwo im Westland versteckt, Kinson – tief inmitten einer alten Festung, und auf eine Art und Weise geschützt, über die wir nicht das Geringste wissen. Seit der Zeit der Feen war er verborgen, verloren für die Geschichte und so vergessen wie die Magie und diejenigen, die sie einst beherrschten. Aber jetzt wartet der Schwarze Elfenstein darauf, entdeckt zu werden und seine Wirkung von neuem zu entfalten.«

»Und worin besteht seine Wirkung?«, drängte Kinson.

»Er hat die Kraft, jede andere Magie, in welcher Form sie auch erscheinen mag, zu unterdrücken und zum Nutzen des Besitzers zu verwandeln. Egal, wie mächtig oder raffiniert die Magie des Gegenübers sein mag, wer den Schwarzen Elfenstein besitzt, beherrscht alles. Die Magie wird vom Gegner abgezogen und zur eigenen gemacht, und der andere ist vollkommen hilflos.«

Kinson schüttelte verzweifelt den Kopf. »Wie kann man gegenüber so etwas bestehen?«

Der alte Mann lächelte. »Nun, nun, Kinson, ganz so einfach ist es nun auch wieder nicht. Du erinnerst dich an unsere Unterrichtsstunden, nicht wahr? Jede Magie fordert ihren Preis. Alles hat Folgen, und je mächtiger die Magie ist, desto größer werden die Folgen sein. Aber lass uns darüber ein andermal diskutieren. Wichtig ist, dass der Dämonenlord nicht in den Besitz dieses Schwarzen Elfensteines gelangen darf, weil die Folgen für ihn keine Bedeutung haben. Er ist weit über den Punkt hinaus, wo Vernunft noch einen Einfluss auf ihn haben könnte. Deshalb müssen wir den Elfenstein finden, bevor er es tut – und zwar schnell.«

»Und wie sollen wir das machen?«

Der Druide gähnte und streckte müde seine Glieder; sein schwarzer Umhang raschelte. »Ich kann dir keine Antwort auf diese Frage geben, Kinson. Abgesehen davon müssen wir erst noch etwas anderes erledigen.«

»Du willst nach Paranor zum Druidenrat gehen?«

»Ich muss es tun.«

»Aber was kümmert er dich? Sie werden nicht auf dich hören. Sie Misstrauen dir. Einige fürchten dich sogar.«

Der alte Mann nickte. »Einige, aber nicht alle. Es gibt ein paar, die zuhören werden. Auf jeden Fall muss ich es versuchen. Sie sind in großer Gefahr. Der Dämonenlord erinnert sich nur zu gut daran, wie sie im Ersten Krieg der Rassen seinen Sturz herbeigeführt haben. Er wird ihnen nicht die Möglichkeit geben, ein zweites Mal einzuschreiten – selbst dann nicht, wenn sie für ihn längst keine Gefahr mehr darstellen.«

Kinson blickte in die Ferne. »Sie sind Narren, wenn sie dir keine Beachtung schenken, Bremen – aber genauso wird es ausgehen. Sie haben hinter ihren schützenden Mauern jede Verbindung zur Realität verloren. Sie sind so lange nicht mehr in die Welt hinausgegangen, dass sie überhaupt nicht mehr in der Lage sind, die Dinge richtig einzuschätzen. Sie haben ihre Identität verloren. Sie haben ihre Aufgabe vergessen.«

»Still jetzt.« Bremen legte die Hand fest auf die Schulter des hochgewachsenen Mannes. »Es hat keinen Sinn, wenn wir uns immer wieder aufs neue bestätigen, was wir bereits wissen. Wir werden tun, was wir können, und uns dann wieder auf den Weg machen.« Freundschaftlich drückte er Kinsons Schulter. »Ich bin sehr müde. Würdest du einige Stunden Wache halten, während ich schlafe? Danach können wir aufbrechen.«

Der Grenzländer nickte. »Ich werde Wache halten.«

Der alte Mann erhob sich und glitt tiefer in die Schatten unter dem weitausladenden Baumwipfel. Er wickelte sich in seinen Umhang und machte es sich auf einem weichen Grasflecken bequem.

Schon nach wenigen Minuten verrieten seine tiefen, gleichmäßigen Atemzüge, dass er eingeschlafen war. Kinson starrte ihn an. Selbst jetzt waren die Augen des alten Mannes nicht ganz geschlossen, und ein helles Schimmern drang durch schmale Schlitze.

Wie eine Katze, dachte Kinson und wandte seinen Blick schnell ab. Wie eine gefährliche Katze.

Die Zeit schritt voran, und die Nacht zog sich hin. Mitternacht kam und verging. Der Mond schlüpfte hinter den Horizont, und die Sterne trieben in ausgedehnten, kaleidoskopischen Mustern über den Himmel. Eine schwere, vollkommene Stille lag über ganz Streleheim, und nichts rührte sich auf der verlassenen Ebene. Selbst Kinson Ravenlock, der unter den Bäumen Wache hielt, hörte nur den Atem des alten Mannes.

Der Grenzländer schaute auf seinen Kameraden hinab. Bremen war ebenso ein Ausgestoßener wie er, allein mit seinen Überzeugungen und vertrieben wegen jener Wahrheiten, die nur er ertragen konnte.

In dieser Hinsicht waren sie einander sehr ähnlich. Kinson erinnerte sich an ihre erste Begegnung. Der alte Mann war in einem Wirtshaus in Varfleet auf ihn zugekommen und hatte um seine Dienste gebeten. Kinson Ravenlock war in den letzten zwanzig Jahren, seit seinem fünfzehnten Lebensjahr, meist Kundschafter gewesen, ein Fährtenleser, Forscher und Abenteurer. Er war in Callahorn aufgewachsen, ein Mitglied jener Handvoll von Familien, die in den Grenzländern geblieben waren, während alle anderen tiefer in den Süden gezogen waren und sich noch weiter von der Vergangenheit entfernt hatten. Nach dem Ende des Ersten Krieges der Rassen, als die Druiden die Vier Länder mit Paranor im Zentrum geschaffen hatten, waren die Menschen zu dem Entschluss gelangt, dass ein unbewohnter Streifen zwischen ihrem Land und dem der anderen Rassen ihnen sinnvollen Schutz bieten würde. Während sich also das Südland eigentlich bis zu den Drachenzähnen im

Norden erstreckte, hatten die Menschen beinahe das gesamte Gebiet nördlich des Regenbogensees verlassen. Nur wenige Familien waren dort geblieben; Familien, die an der Überzeugung fest hielten, dass dies ihre Heimat war, die nicht bereit waren, in die stärker besiedelten Gebiete des ihnen zugewiesenen, neuen Landes zu ziehen. Zu ihnen gehörten auch die Ravenlocks.

So war Kinson als Grenzländer aufgewachsen. Es war ein Leben am Rande der Zivilisation, aber seine Verwandten verstanden sich mit den Elfen, Zwergen, Gnomen und Trollen so gut wie mit den Menschen. Kinson hatte die vier Länder bereist und sich mit ihren Gewohnheiten vertraut gemacht. Er hatte ihre Sprachen gelernt. Er studierte die Geschichte, und er hatte sie aus so vielen verschiedenen Perspektiven gehört, dass er glaubte, die wichtigsten Wahrheiten herauslesen zu können. Auch Bremen befasste sich mit diesen Dingen, und von Anfang an hatten sie einige Überzeugungen geteilt. Eine davon war, dass die Rassen in ihren Bestrebungen, Frieden zu halten, nur dann erfolgreich sein würden, wenn sie die Verbindungen untereinander verstärkten, nicht aber, wenn sie sich voneinander entfernten. Eine andere bestand darin, dass das größte Hindernis auf diesem Weg der Dämonenlord war.

Selbst damals, vor nun fünf Jahren, hatten bereits Gerüchte die Runde gemacht. Etwas unglaublich Böses lebte im Schädelreich, hieß es, eine Ansammlung von Wesen, wie sie niemals zuvor gesehen worden war. Es gab Berichte von fliegenden Wesen, von geflügelten Ungeheuern, die auf der Suche nach Opfern nachts das Land durchkämmten. Es gab Geschichten von Männern, die in den Norden gegangen waren und nie wieder gesehen wurden. Die Trolle hielten sich vom Messergebirge und dem Malgsumpf fern, und sie versuchten auch nicht, die Kierlakwüste zu überqueren. Wenn sie auf ihren Reisen in die Nähe des Schädelreichs kamen, taten sie sich zu großen, schwer bewaffneten Gruppen zusammen. In diesem Teil des Nordlandes wuchs nichts, keine Wurzel fasste Fuß. Im Laufe der Zeit wurde das gesamte, verlassene Gebiet von Wolken und Nebelschwaden eingehüllt. Es wurde trocken und unfruchtbar, verwandelte sich in Staub und Fels. Nichts konnte hier leben, hieß es. Nichts, das wirklich am Leben war.

Die meisten taten diese Geschichten ab. Viele beachteten die ganze Sache überhaupt nicht. Es ging ohnehin nur um einen abgelegenen und unfreundlichen Teil der Welt. Was machte es schon, was dort lebte oder nicht lebte? Aber Kinson war ins Nordland gegangen, um mit eigenen Augen zu sehen, was dort vorging. Er war gerade noch mit dem Leben davongekommen. Die geflügelten Wesen hatten ihn fünf Tage lang verfolgt, nachdem sie ihn dabei ertappt hatten, wie er am Rande ihrer Domäne umherstrich. Nur seinen Fähigkeiten und seinem Glück hatte er es zu verdanken, dass er entkommen konnte.

Als er Bremen kennen lernte, war für ihn daher längst klar, dass es der Wahrheit entsprach, was der Druide sagte. Es gab den Dämonenlord wirklich. Brona und seine Anhänger lebten im Norden, im Schädelreich. Es war keine Einbildung, dass die Vier Länder in Gefahr waren. Etwas sehr Bedrohliches nahm langsam Gestalt an.

Kinson hatte eingewilligt, den alten Mann auf seinen Reisen zu begleiten, ihm bei Bedarf als zweites Augenpaar zu dienen, sein Kurier und Kundschafter zu sein und ihm den Rücken zu decken, wenn Gefahr drohte. Der Grenzländer tat dies aus einer Reihe von Gründen, aber der zwingendste war, dass diese Aufgaben seinem Leben zum ersten Mal einen Sinn gaben. Er war es leid, nur so dahinzutreiben, nur zu leben, um noch einmal zu sehen, was er schon zuvor gesehen hatte. Er war gelangweilt und ziellos. Er brauchte eine Herausforderung.

Und die hatte Bremen ihm eindeutig gegeben.

Verwundert schüttelte Kinson den Kopf. Es überraschte ihn, wie nahe er und der alte Mann einander inzwischen standen. Und es überraschte ihn, wie viel ihm das bedeutete.

Weit draußen auf der Ebene von Streleheim erregte ein Flackern seine Aufmerksamkeit. Er blinzelte und starrte konzentriert in die

Dunkelheit. Er sah nichts. Dann erschien es wieder, ein kleines Flackern von Schwärze im Schatten einer langen Schlucht. Es war so weit entfernt, dass er sich nicht sicher war, was er sah, aber er hatte bereits eine Vermutung. Sein Magen zog sich zusammen. Er hatte so etwas schon öfter gesehen, und immer in der Nacht, immer in jenem verlassenen Gebiet entlang der Grenze des Nordlandes.

Er blieb reglos sitzen, beobachtete weiter und hoffte, sich getäuscht zu haben. Die flackernde Bewegung erschien erneut, diesmal jedoch näher. Etwas erhob sich vom Boden, hing vor den schattenhaften Umrissen der nächtlichen Ebene, tauchte dann wieder tief hinab. Es hätte ein großer Vogel auf der Suche nach Futter sein können, aber das war es nicht.

Es war ein Schädelträger.

Kinson wartete noch, er war entschlossen, sich erst über den weiteren Weg des Wesens Gewissheit zu verschaffen. Wieder schwang sich der Schatten ins Sternenlicht hinauf. Eine Zeit lang kreiste er über der Schlucht, suchte nach einem Weg und änderte dann die Richtung. Zielstrebig näherte er sich jetzt der Stelle, wo der Grenzländer und der Druide sich verborgen hielten. Wieder tauchte er tief hinunter und verschwand im Schatten der Erde.

Kinson wurde eiskalt, als er erkannte, was der Schädelträger tat. Er folgte einer Spur.

Bremens Spur.

Er drehte sich schnell um, doch der alte Mann stand bereits neben ihm und starrte ebenfalls in die Nacht. »Ich wollte dich gerade …«

»Aufwecken«, beendete der Druide. »Ja, ich weiß.«

Kinson spähte wieder über die Ebene. Es war alles still, nichts bewegte sich. »Hast du es gesehen?«, fragte er leise.

»Ja.« Bremens Stimme war wachsam, aber ruhig. »Einer von ihnen sucht nach mir.«

»Bist du sicher? Verfolgt er wirklich deine Spur und nicht die eines anderen?«

»Ich muss unvorsichtig gewesen sein.« Bremens Augen glitzerten. »Er weiß, dass ich hier vorbeigekommen bin, und versucht herauszufinden, wohin ich mich gewendet habe. Im Schädelreich hat mich niemand sehen können, also muss er mich zufällig entdeckt haben. Ich hätte vorsichtiger sein sollen, als ich die Ebene überquerte, aber ich wähnte mich sicher.«

Sie beobachteten, wie der Schädelträger erneut ins Blickfeld geriet, sich in den Himmel erhob, geräuschlos über das Land glitt und sich dann wieder in die Schatten hinunterfallen ließ.

»Wir haben noch Zeit, bevor er uns erreicht«, flüsterte Bremen. »Ich denke, wir sollten uns auf den Weg machen. Wir werden unsere Spuren verwischen, um ihn zu verwirren – für den Fall, dass er uns weiter verfolgen sollte. Paranor und die Druiden warten. Komm, Kinson.«

Sie erhoben sich, wanderten im Schutz der Schatten die abgewandte Seite des Hügels hinunter und tauchten ins Dunkel des Waldes. Sie bewegten sich völlig geräuschlos, und ihre Bewegungen waren weich und geübt – ihre dunklen Gestalten schienen fast über den Boden zu gleiten.

Sekunden später waren sie verschwunden.

Kapitel 2

Den restlichen Teil der Nacht marschierten sie im Schutz des Waldes, Kinson voran, Bremen in seinen Fußstapfen. Den Schädelträger sahen sie nicht wieder. Bremen verwischte mit Hilfe seiner Magie ihre Spuren – gerade genug, um ihre Anwesenheit zu verbergen, ohne auf sie aufmerksam zu machen. Aber es schien, als hätte der geflügelte Jäger beschlossen, seine Suche nicht über die Ebene von Streleheim hinaus auszudehnen, denn wäre es so gewesen, hätten sie ihn gespürt. So jedoch nahmen sie nur die im Wald lebenden Wesen wahr. Im Augenblick waren sie in Sicherheit.

Unermüdlich schritt Kinson Ravenlock voran; die vielen Jahre, die er nun schon zu Fuß durch die Vier Länder reiste, hatten seine Bewegungen gefeilt und geformt. Der Grenzländer war groß und stark, ein Mann, der sich auf seine Kondition und Schnelligkeit verlassen konnte, wenn es darauf ankam. Bremen beobachtete ihn bewundernd; er erinnerte sich an seine eigene Jugend und dachte daran, wie weit er auf seinem Lebensweg bereits vorangeschritten war. Der Druidenschlaf hatte ihm ein längeres Leben verschafft als den meisten – ein längeres, als ihm die Gesetze der Natur zugestanden hätten. Aber es war immer noch nicht genug. Beinahe konnte er spüren, wie jeden Tag ein bisschen mehr Kraft aus seinem Körper floss. Noch konnte er mit dem Grenzländer mithalten, wenn sie reisten, allerdings ging es nicht mehr ohne die Hilfe der Magie. Mittlerweile benutzte er sie beinahe bei jedem Schritt und Tritt, und er wusste, dass sich seine Zeit in dieser Welt dem Ende zuneigte.

Dennoch war er zuversichtlich. Er war es immer gewesen, und genau das hatte ihn so stark und am Leben gehalten. Er war als junger Mann zu den Druiden gekommen, hatte dort die Geschichte und alte Sprachen studiert. Damals hatten sich die Druiden noch aktiv um die Entwicklung der Rassen gekümmert und daran gearbeitet, sie einander näher zu bringen. Erst später, vor weniger als siebzig Jahren, hatten sie begonnen, ihre frühere Politik der Einmischung aufzugeben und sich statt dessen nur noch ihren Studien zu widmen. Bremen war mit dem Wunsch, etwas zu lernen, nach Paranor gekommen, und niemals hatte ihn dieses Bedürfnis verlassen. Aber Lernen bedeutete mehr, als in selbstgewählter Abgeschiedenheit zu studieren und zu meditieren. Es erforderte Reisen und den Austausch mit anderen, das Diskutieren über Themen, die für alle von Interesse waren. Es erforderte die Wahrnehmung von Veränderungen im Strom des Lebens, eine Fähigkeit, die nur aus der Beobachtung resultieren konnte. Schließlich erforderte es auch die Bereitschaft zu akzeptieren, dass die alten Methoden nicht immer alle Antworten bereit hielten.

So hatte Bremen schon bald angenommen, dass Magie sich als eine leichter zu handhabende und dauerhaftere Form der Macht erweisen könnte, als es die Wissenschaften der Zeit vor den Großen Kriegen waren. All das Wissen, das aus den Erinnerungen und Büchern seit der Zeit Galaphiles stammte, hatte bei dem Versuch versagt, das zu schaffen, was man von der Wissenschaft gefordert hatte. Es war zu bruchstückhaft, zeitlich zu weit zurückliegend von der Zivilisation, der es dienen sollte, zu unklar, um den Schlüssel zu liefern, der die Türen zu weiterem Verständnis öffnete. Magie dagegen war älter als die Wissenschaften und viel leichter zugänglich. Die Rasse der Elfen, die aus dieser Zeit stammte, beherrschte sie noch. Auch wenn sie viele Jahre lang verborgen und isoliert gelebt hatten, besaßen sie doch Bücher und Schriften, deren Sinn und Ziele viel leichter zu entschlüsseln waren als diejenigen der alten Wissenschaften. Sicher, es fehlte immer noch viel, und die große Feenmagie war verschwunden und würde sich nicht so einfach wieder beleben lassen. Aber für die Magie bestand mehr Hoffnung als für die Wissenschaften, über die der Druidenrat immer wieder stritt.

Aber der Rat erinnerte sich an den Preis für die Beschwörung der Magie im Ersten Krieg der Rassen, er erinnerte sich, was mit Brona und seinen Anhängern geschehen war, und er hatte nicht vor, diese Tür noch einmal aufzuschließen. Das Studium der Magie war erlaubt, wurde aber nicht gefördert. Sie galt als Kuriosität mit nur wenigen wirklich nützlichen Möglichkeiten, und der Umgang mit ihr wurde ganz generell als ein Weg angesehen, der auf gar keinen Fall in die Zukunft führte. Bremen hatte mit vielen darüber diskutiert, unablässig und erfolglos. Die Mehrheit der Druiden von Paranor war kleinlich und stand den Möglichkeiten einer Veränderung skeptisch gegenüber. Lerne aus deinen Fehlern, intonierten sie. Denke daran, wie gefährlich die Magie sein kann. Am besten, du vergisst dein gegenwärtiges Interesse und widmest dich ernsthaften Studien. Selbstverständlich wies Bremen diese gut gemeinten Ratschläge zurück. Es widersprach seiner Natur, eine Möglichkeit einfach nur deshalb abzulehnen, weil sie einmal fehlgeschlagen war. Denn fehlgeschlagen war sie wegen offensichtlichen Missbrauchs, erinnerte er die anderen immer wieder – das musste nicht unbedingt ein zweites Mal geschehen. Es gab ein paar, die ihm zustimmten. Aber am Ende, als der Rat seine Hartnäckigkeit nicht mehr ertragen und ihn ausgeschlossen hatte, hatte er sich von ihnen losgesagt und war gegangen – allein.

Er war ins Westland gereist und hatte viele Jahre bei den Elfen verbracht, ihre Überlieferungen studiert, über ihren Schriften gegrübelt, sich bemüht, etwas von dem zurückzuholen, was verloren gegangen war, als die Feenwesen den sterblichen Menschen gewichen waren. Ein paar Dinge hatte er mitgenommen. Das Geheimnis des Druidenschlafes kannte er bereits, wenn auch noch in seiner primitivsten Form. Es brauchte Zeit, die Feinheiten zu beherrschen und die Konsequenzen zu akzeptieren, und erst, als Bremen bereits ziemlich alt war, hatte sich der Schlaf als ein nützliches Mittel erwiesen. Die Elfen nahmen Bremen als einen verwandten Geist auf und ermöglichten ihm den Zugang zu ihrem Arsenal aus kleinen Formen der Magie und fast vergessenen Schriften. Im Laufe der Zeit entdeckte er wahre Schätze darunter. Er bereiste andere Länder, entdeckte auch dort Reste von Magie, wenn auch nicht so hochentwickelt und in vielerlei Hinsicht selbst denjenigen fremd, denen sie diente.

Während der ganzen Zeit bemühte er sich unaufhörlich darum, den Beweis für seine immer stärker werdende Überzeugung zu finden, dass die Gerüchte um den Dämonenlord und die Schädelträger der Wahrheit entsprachen, dass es sich bei ihnen um die rebellischen Druiden handelte, die viele Jahre zuvor aus Paranor geflohen waren, dass sie die Kreaturen waren, die man im Ersten Krieg der Rassen besiegt hatte. Aber der Beweis ähnelte dem Duft von Blumen, der im Wind verweht – im einen Moment noch spürbar, im nächsten bereits verflogen. Rücksichtslos hatte Bremen Hinweise verfolgt, über Grenzen und Königreiche hinweg, von einer

Erzählung zur nächsten. Am Ende hatte ihn die Spur ins Schädelreich selbst geführt, ins Herz der Domäne des Dämonenlords. Hier, in den Katakomben, hielt er sich zwischen den Untergebenen des Dunklen Lords verborgen und wartete auf eine Gelegenheit, die es ihm erlauben würde, mit seinem Wissen zu entkommen. Wäre er stärker gewesen, hätte er vielleicht schon eher zu diesem Wissen gelangen können. Aber es hatte ihn Jahre gekostet, die notwendigen Fähigkeiten zu entwickeln, um eine Reise in den Norden zu überleben. Jahre des Studiums und des Forschens waren nötig gewesen. Vielleicht hätte er weniger Zeit gebraucht, wenn der Rat ihn unterstützt hätte, wenn er – ohne Aberglauben und Ängste – alle Möglichkeiten ausgeschöpft hätte. Aber dies war nie geschehen.

Bremen seufzte, als er sich jetzt wieder daran erinnerte. Der Gedanke stimmte ihn traurig. Soviel Zeit war verschwendet, so viele Gelegenheiten verpasst worden. Vielleicht war es für die Druiden von Paranor bereits zu spät. Was konnte er ihnen jetzt sagen, um sie von der Gefahr, die ihnen drohte, zu überzeugen? Würden sie ihm überhaupt glauben, wenn er ihnen erzählte, was er entdeckt hatte? Es waren mehr als zwei Jahre vergangen, seit er die Druidenfestung besucht hatte. Einige hielten ihn wahrscheinlich für tot. Andere *wünschten* vermutlich sogar, dass er tot wäre. Es würde nicht einfach sein, sie davon zu überzeugen, dass sie in ihren Vermutungen über den Dämonenlord unrecht gehabt hatten, dass sie noch einmal über ihre Verpflichtungen gegenüber den Rassen und, noch wichtiger, über ihre Weigerung, sich der Magie zu bedienen, würden nachdenken müssen.

Als der Morgen anbrach, verließen sie den dichten Wald. Das Licht wechselte von einem hellen Silber zu Gold, als die Sonne über die Gipfel der Drachenzähne stieg und die Lücken in den Baumkronen durchbrach, um den feuchten Boden zu erwärmen. Die Bäume standen hier nicht mehr so dicht, waren nur noch kleine Grüppchen und einzelne Wachposten. Vor ihnen erhob sich Paranor aus dem dunstigen Licht. Die Festung der Druiden bestand aus einer massiven Steinzitadelle auf einem Felsen, der wie eine Faust aus der Erde emporragte. Die Mauern der Festung erhoben sich mehrere hundert Fuß in den Himmel, gekrönt von blendend weiß gebleichten Türmen und Zinnen. Kleine Fähnchen flatterten an jeder Ecke, einige ehrten mit ihren Insignien die Hohen Druiden, die Paranor einst gedient hatten, andere repräsentierten die Herrscherhäuser der Vier Länder. Nebel hing an dem hochgelegenen Gebäude und griff nach den dunkleren Schatten am Grund der Festung, wo die Sonne die Nacht noch nicht weggebrannt hatte. Es war ein beeindruckender Anblick, dachte Bremen. Selbst jetzt, selbst für einen Ausgestoßenen.

Kinson schaute fragend über die Schulter zurück, aber Bremen gab ihm mit einem Nicken zu verstehen, dass er weitergehen sollte. Es war nichts gewonnen, wenn sie langsamer wurden. Dennoch zwang ihn allein der Anblick der Festung zum Nachdenken. Das Gewicht ihrer Steine schien sich auf seine Schultern zu legen, eine Bürde, die er nicht beiseite schieben konnte. Welch gewaltige, unversöhnliche Wucht, dachte er. Irgendwie spiegelte sie auch den trotzigen Entschluss derjenigen wider, die hier lebten. Er wünschte, es wäre anders. Er wusste, er musste daran arbeiten, dass es anders würde.

Sie traten unter den Bäumen hervor, wo das Sonnenlicht noch immer ein Eindringling im Reich der Schatten war, und gingen durch die schwindende Nacht den Weg entlang, der zum Haupttor führte. Schon kamen ihnen bewaffnete Männer entgegen, Mitglieder der aus allen Rassen zusammengesetzten Streitmacht, die dem Rat als Garde diente. Sie alle waren in graue Uniformen gekleidet und trugen auf der linken Brust das Emblem der roten Fackel. Bremen hielt nach einem Gesicht Ausschau, das er kannte, fand aber keines. Nun, er war immerhin zwei Jahre fort gewesen. Zumindest waren diese Wachen Elfen, und Elfen würden ihn anhören.

Kinson trat zur Seite und überließ es Bremen, zu verhandeln. Der alte Mann richtete sich auf und rief die Magie herbei, um mit ihrer Hilfe seine Ausstrahlung zu verstärken und die einsetzende Müdigkeit zu verschleiern, um jede Schwäche und jeden Zweifel zu verbergen. Zielbewusst schritt er auf die Tore zu, während sein schwarzer Umhang hinter ihm herflatterte. Die Wachen erwarteten ihn mit ausdruckslosen Mienen.

Als er bei ihnen angelangt war und spürte, dass seine Ankunft sie eher zu bedrücken schien, sagte er einfach nur: »Guten Morgen Euch allen.«

»Guten Morgen, Bremen«, erwiderte einer. Er verbeugte sich knapp.

»Ihr kennt mich?«

Der andere nickte. »Ich habe von Euch gehört. Es tut mir Leid, aber Ihr dürft nicht eintreten.«

Sein Blick wanderte zu Kinson. Er war höflich, aber entschieden. Einem ausgestoßenen Druiden war der Eintritt nicht gestattet. Auch seinem Begleiter nicht. Diskussionen waren möglichst zu vermeiden.

Bremen blickte nach oben zur Brüstung, als sänne er über die Angelegenheit nach. »Wer ist Befehlshaber der Garde von Paranor?«, fragte er.

»Caerid Lock«, antwortete der andere.

»Würdet Ihr ihn bitten, herunterzukommen und mit mir zu sprechen?«

Der Elf zögerte, aber schließlich nickte er. »Wartet bitte hier.«

Er verschwand durch eine Seitentür in der Festung. Bremen und Kinson blieben im Schatten der Mauer stehen und sahen die Wachen an. Es wäre einfach gewesen, an ihnen vorbeizukommen, sie auf leere Bilder starrend stehen zu lassen, aber Bremen hatte beschlossen, sich nicht mit Hilfe von Magie Einlass zu verschaffen. Seine Mission war zu wichtig, und er wollte nicht riskieren, den Ärger des Rates auf sich zu ziehen, indem er die Wachen ausschaltete und sie der Lächerlichkeit preisgab. Dafür würden sie kein Verständnis haben. Aber vielleicht würden sie ein direktes Vorgehen respektieren. Es war ein gewagtes Spiel, und er war bereit, sich darauf einzulassen.

Bremen drehte sich um und schaute zurück zum Wald. Das Sonnenlicht erforschte jetzt auch die hintersten Winkel, jagte die Schatten davon und ließ die zerbrechlichen Triebe von Wildblumen aufleuchten. Es war Frühling, erkannte er verblüfft. Während seiner Reise in den Norden und wieder zurück hatte er jegliches Zeitgefühl verloren, so sehr hatte ihn seine Suche in Anspruch genommen. Er holte tief Luft, nahm den kaum spürbaren Duft in sich auf, der von den Wäldern herüberwehte. Es war lange her, seit er Zeit gehabt hatte, Blumen zu betrachten.

Hinter ihm regte sich etwas, und er drehte sich um. Der Wachposten kehrte zurück, in Begleitung von Caerid Lock.

»Bremen«, grüßte der Elf ernst und streckte ihm die Hand entgegen.

Caerid Lock war ein zierlicher, dunkelhäutiger Mann mit lebhaftem Blick und einem von Sorgen gezeichneten Gesicht. Seine elfischen Gesichtszüge waren ausgeprägt: Seine Brauen reckten sich nach oben, die Ohren waren spitz, sein Gesicht so schmal, dass es hager wirkte. Er trug Grau wie die anderen, aber die Fackel auf seiner Brust wurde von einer Faust umschlossen, und es waren purpurrote Streifen auf beiden Schultern. Seine Haare und sein Bart waren kurz geschnitten und wurden langsam grau. Caerid war einer der Wenigen, die Bremens Freunde geblieben waren, als man den Druiden ausgeschlossen hatte. Er war seit mehr als fünfzehn Jahren Befehlshaber der Garde von Paranor, und es gab keinen besseren Mann für diese Aufgabe. Caerid Lock war ein Jäger, und das war er schon sein Leben lang gewesen. Die Druiden hatten mit dem Befehlshaber ihrer Garde eine gute Wahl getroffen. Für Bremens Zwecke jedoch war noch wichtiger, dass Caerid ein Mann war, dem sie zuhören würden, wenn er sie darum bäte.

»Schön, dich zu sehen«, meinte der Druide und erwiderte den Händedruck des Elfen. »Geht es dir gut?«

»Gut genug. Du bist älter geworden, seit du uns verlassen hast.«

»Du siehst den Spiegel deines eigenen Gesichts, vermute ich.«

»Vielleicht. Reist du noch immer durch die Welt, ja?«

»In Begleitung meines Freundes Kinson Ravenlock«, stellte Bremen vor.

Der Elf nahm die Hand des Grenzländers und blickte ihn prüfend an, sagte jedoch nichts. Kinson gab sich ähnlich unnahbar.

»Ich brauche deine Hilfe, Caerid«, sagte Bremen, der jetzt ernst geworden war. »Ich muss mit Athabasca und dem Rat sprechen.«

Athabasca war der Hohe Druide, ein beeindruckender Mann von festen Überzeugungen und großem Starrsinn, der sich niemals etwas aus Bremen gemacht hatte. Als der alte Mann ausgestoßen wurde, war Athabasca Mitglied des Rates gewesen, wenn auch noch nicht Hoher Druide. Dies hatte sich erst später ergeben, und zwar im Zusammenhang mit jenen politischen Entwicklungen, die Bremen so hasste. Dennoch war Athabasca der Anführer hier, ob zum Guten oder zum Schlechten, und jede Möglichkeit, diese Mauern zu überwinden, hing zwangsläufig von ihm ab.

Caerid Lock lächelte kläglich. »Warum bittest du mich nicht um etwas Schwierigeres? Du weisst, dass dir sowohl Paranor als auch der Rat verschlossen sind. Du kannst noch nicht einmal hinter diese Mauern gelangen, geschweige denn mit dem Hohen Druiden sprechen.«

»Ich kann es, wenn er es befiehlt«, erwiderte Bremen schlicht.

Der andere nickte. »Ich verstehe. Du willst, dass ich für dich mit ihm spreche.«

Bremen nickte. Caerids Lächeln verschwand. »Er mag dich nicht«, erklärte er ruhig. »Daran hat sich während deiner Abwesenheit nichts geändert.«

»Er muss mich nicht mögen, um mit mir zu sprechen. Was ich ihm sagen will, wiegt mehr als persönliche Gefühle. Es wird nicht lange dauern. Sobald er mich angehört hat, werde ich mich wieder auf den Weg machen. Das ist doch nicht zu viel verlangt, oder?«

Caerid Lock schüttelte den Kopf. »Nein.« Er sah Kinson an. »Ich werde tun, was ich kann.«

Er ging wieder hinein und ließ den alten Mann und den Grenzländer vor den Mauern und Toren der Festung zurück. Die Wachposten standen unverrückbar an ihrem Platz und versperrten den Eingang. Bremen betrachtete sie einen Augenblick ernst, dann blickte er zur Sonne. Es wurde bereits warm. Er sah Kinson an, ging dann dorthin, wo die Schatten etwas mehr Schutz boten, und setzte sich auf einen Felsblock. Kinson folgte ihm, aber er ließ sich nicht nieder. Er war ungeduldig, und am liebsten hätte er diese Sache schnell hinter sich gebracht, damit sie so bald wie möglich weiterziehen konnten. Bremen lächelte in sich hinein. Das war typisch für seinen Freund. Kinsons Lösung für alle Probleme bestand darin weiterzuziehen. Sein ganzes Leben lang hatte er so gelebt. Erst als er Bremen getroffen hatte, war dem Grenzländer klar geworden, dass nichts wirklich gelöst ist, wenn man sich den Problemen nicht stellt. Dabei war Kinson durchaus in der Lage, mit dem Leben fertig zu werden. Sein Umgang mit Unannehmlichkeiten bestand nur einfach darin, sie hinter sich zu lassen, sich von ihnen zu entfernen, und es stimmte ja auch, dass man so mit ihnen verfahren konnte. Allerdings erhielt man auf diese Weise niemals eine endgültige Lösung.

Ja, seit jenen ersten Tagen ihrer Freundschaft war Kinson älter geworden. Er war jetzt ein wesentlich stärkerer Mann, stärker in einer Art und Weise, die nicht leicht zu messen war. Aber Bremen wusste, dass alte Gewohnheiten nur schwer ausstarben, und Kinson Ravenlock trug den Drang, alles Unangenehme und Schwierige einfach hinter sich zu lassen, immer noch in sich.

»Das hier ist reine Zeitverschwendung«, murrte der Grenzländer unzufrieden, als wollte er die Gedanken des alten Mannes bestätigen.

»Geduld, Kinson«, riet Bremen leise.

»Geduld? Weshalb? Sie werden dich nicht hineinlassen. Und wenn sie es doch tun, werden sie dir nicht zuhören. Sie wollen nicht wissen, was du zu sagen hast. Sie sind nicht mehr die Druiden von früher, Bremen!«

Bremen nickte. In dieser Hinsicht hatte Kinson recht. Aber er konnte es nicht ändern. Die Druiden von heute waren die einzigen, die es gab, und einige von ihnen waren gar nicht so übel. Einige würden immer noch wertvolle Verbündete abgeben. Kinson hätte es zweifellos vorgezogen, die Druiden außer acht zu lassen, aber der Feind, dem sie entgegentreten mussten, war zu gefährlich, um ihn ohne Hilfe besiegen zu können. Sie brauchten die Druiden. Selbst wenn diese dazu übergegangen waren, sich nicht mehr in die Angelegenheiten anderer Rassen einzumischen, wurden sie immer noch mit einem gewissen Respekt behandelt. Und das würde sich als nützlich erweisen, wenn es darum ging, die Vier Länder gegen den gemeinsamen Feind zu vereinigen.

Der Morgen ging in den Mittag über. Caerid Lock kehrte nicht zurück. Kinson tigerte eine Zeit lang auf und ab, dann ließ er sich neben Bremen nieder; die Enttäuschung stand ihm deutlich ins Gesicht geschrieben. Er hüllte sich in Schweigen und setzte seine finsterste Miene auf.

Bremen seufzte still in sich hinein. Kinson war jetzt schon lange bei ihm. Bremen hatte ihn aus einer Reihe von Kandidaten ausgewählt, um zusammen mit ihm die Wahrheit über den Dämonenlord zu finden. Und diese Entscheidung war richtig gewesen. Kinson war der beste Fährtenleser, dem der alte Mann je begegnet war. Er war schlau und mutig. Niemals war er unvorsichtig, immer war er vernünftig. Sie waren einander sehr nahe gekommen, so dass Kinson dem Druiden beinahe wie ein Sohn vorkam. Ganz sicher war er sein bester Freund.

Nur das, was Bremen sich von ihm wünschte, konnte er nicht sein. Er konnte nicht sein Nachfolger werden. Bremen war alt, und sein Leben neigte sich dem Ende entgegen, auch wenn er es vor denen, die es vermuteten, sehr gut verbergen konnte. Wenn er eines Tages nicht mehr sein würde, gäbe es niemanden, der seine Arbeit fortführen könnte. Niemand würde sich dem für die Evolution der Rassen so notwendigen Studium der Magie widmen; niemand würde die aufsässigen Druiden von Paranor dazu bringen, ihr Verhältnis zu den Vier Ländern zu überdenken, und niemand würde sich dem Dämonenlord entgegenstellen. Einst hatte Bremen gehofft, dass Kinson Ravenlock dieser Mann sein könnte. Es bestand auch immer noch eine gewisse Möglichkeit, aber es sah nicht danach aus. Kinson fehlte die notwendige Geduld. Er verschmähte jede Art von Diplomatie. Er hatte keine Zeit für Leute, die jene Wahrheiten nicht begreifen konnten, die für ihn so offensichtlich waren. Erfahrung war der einzige Lehrer, den er jemals akzeptiert hatte. Er war ein Bilderstürmer, ein gewohnheitsmäßiger Einzelgänger. Keine von diesen Eigenschaften würde ihm als Druide helfen, und es schien unmöglich, dass er jemals anders sein könnte, als er nun einmal war.

Bremen blickte zu seinem Freund hinüber, und plötzlich fühlte er sich unbehaglich bei seiner Erkenntnis. Es war nicht recht, so über Kinson zu urteilen. Es genügte, dass der Grenzländer ihrer Sache so ergeben war, und dass er an Bremens Seite bleiben würde, auch wenn es sein Leben kosten sollte. Als Freund und Verbündeten konnte der Druide sich keinen besseren wünschen, und es war nicht richtig, mehr zu erwarten.

Wenn er nur nicht so verzweifelt nach einem Nachfolger suchen würde! Er war alt, und die Zeit lief viel zu schnell davon.

Er wandte den Blick von Kinson ab und schaute zu den in einiger Entfernung stehenden Bäumen, als könnte er an ihnen die Zeit ablesen, die ihm noch blieb.

Es war weit nach Mittag, als Caerid Lock endlich wieder erschien. Er trat aus den Schatten am Eingang und ging, ohne einen Blick auf die Wachen oder Kinson zu werfen, geradewegs auf Bremen zu. Der Druide stand auf, um ihn zu begrüßen; seine Gelenke und Muskeln schmerzten.

»Athabasca wird mit dir sprechen«, sagte der Befehlshaber der Garde mit düsterer Miene.

Bremen nickte. »Es muss ein hartes Stück Arbeit gewesen sein, ihn davon zu überzeugen. Ich stehe in deiner Schuld, Caerid.«

Der Elf gab sich ungerührt. »Ich wäre mir da nicht so sicher. Ich glaube, Athabasca hat seine eigenen Gründe, diesem Treffen zuzustimmen.« Er wandte sich an Kinson. »Es tut mir Leid, aber für Euch konnte ich keine Genehmigung erreichen.«

Kinson zuckte die Achseln. »Es wird mir hier draußen besser gehen.«

»Vermutlich«, stimmte ihm der andere zu. »Ich werde Euch Essen und frisches Wasser herausbringen lassen. Bremen, bist du so weit?«

Der Druide schaute Kinson an und lächelte schwach. »Ich komme so bald wie möglich wieder zurück.«

»Viel Glück«, wünschte ihm sein Freund leise.

Sie gingen durch ein Labyrinth kühler, leerer, unterirdisch liegender Korridore, von deren dicken Mauern das Echo ihrer Schritte widerhallte. Sie begegneten Niemandem. Paranor wirkte verlassen, doch Bremen wusste, dass dem nicht so war. Mehrere Male glaubte er, irgendwo in der Ferne das Flüstern einer Unterhaltung oder die Spur einer Bewegung vernommen zu haben, aber er war sich niemals ganz sicher. Caerid führte ihn durch abgelegene Flure, die selten benutzt wurden, die nur für private Besuche existierten. Das war verständlich. Athabasca wollte vor den anderen Druiden verbergen, dass er in dieses Treffen eingewilligt hatte, solange er dessen Nutzen noch nicht abschätzen konnte. Bremen würde eine private Audienz erhalten; eine kurze Gelegenheit, seinen Fall darzulegen, und dann würde der hohe Druide ihn entweder ohne viel Aufhebens fortschicken oder auffordern, vor dem Rat zu sprechen. Wie auch immer, er würde die Entscheidung schnell fällen.

Sie begannen, eine Reihe von Treppen zu den oberen Räumen der Festung emporzusteigen. Athabascas Amtsräume lagen mitten im Turm, und es war zu erwarten, dass er Bremen dort empfangen würde. Während sie so dahinschritten, bedachte der alte Mann Caerid Locks Worte. Athabasca hatte also seine eigenen Gründe für dieses Treffen, und sie würden nicht unbedingt sofort offensichtlich werden. Der Hohe Druide war vor allem Politiker und Organisator. Mit diesen Begriffen wollte Bremen ihn nicht beleidigen, sondern nur die Art seines Denkens beschreiben. Athabascas Hauptaugenmerk galt der Verbindung von Ursache und Wirkung – das heißt der Frage, wie sich etwas, das geschah, auf etwas anderes auswirken würde. Er war kompetent, aber auch berechnend. Bremen würde in der Wahl seiner Worte sehr vorsichtig sein müssen.

Sie waren fast an der Abzweigung zu einem anderen Gang angekommen, als plötzlich eine in einen schwarzen Umhang gehüllte Gestalt aus dem Schatten trat und sich ihnen in den Weg stellte. Caerid Lock griff instinktiv nach seinem kurzen Schwert, aber der andere hatte bereits die Arme des Elfen gepackt und ihn an die Wand gedrückt. Mühelos hob die Gestalt Caerid vom Boden und stellte ihn wie ein unbedeutendes Hindernis an der Seite ab.

»Schon gut, Caerid Lock«, beruhigte ihn eine raue Stimme. »Kein Grund, zwischen Freunden die Waffen zu erheben. Ich will nur kurz mit deinem Schützling reden, und schon bin ich wieder fort.«

»Risca!« Bremen war überrascht. »Tut das gut, dich zu sehen, alter Freund!«

»Ich wäre dir dankbar, wenn du deine Hände von mir nehmen könntest, Risca«, fauchte Caerid gereizt. »Ich hätte nicht nach der Waffe gegriffen, wenn du nicht so unvermutet auf mich zugesprungen wärst!«

»Entschuldigung, bester Caerid«, säuselte der andere. Er zog seine Hände zurück und hob sie beschwichtigend. Dann sah er Bremen an. »Willkommen zu Hause, Bremen von Paranor.«

Risca trat jetzt ins Licht und umarmte den alten Mann. Er war ein bärtiger Zwerg mit gewaltigen Schultern und einem gedrungenen Körper, stämmig und breit und muskulös. Risca war wie ein tiefverwurzelter Baumstamm, den nichts umwerfen konnte, abgehärtet vom Wetter und den Jahreszeiten und unberührt vom Alter. Er war Druide *und* Krieger, der letzte seiner Art, geübt im Umgang mit Waffen und der Kriegskunst und eifriger Student der Überlieferungen über die großen Kämpfe. Bremen hatte ihn bis zu seiner Verbannung zuvor persönlich unterrichtet. Trotz allem, was geschehen war, war Risca stets sein Freund geblieben.

»Nicht mehr von Paranor, Risca«, wandte der alte Mann nun ein. »Aber ich habe trotzdem das Gefühl, als wäre ich nach Hause gekommen. Wie geht es dir?«

»Gut. Aber ich langweile mich. Hinter diesen Mauern gibt es nur wenig Verwendung für meine Fähigkeiten. Wenige der neuen Druiden haben Interesse an der Kriegskunst. Ich trainiere hart mit der Garde. Caerid fordert mich täglich heraus.«

Der Elf grunzte. »Du verspeist mich jeden Tag zum Frühstück, meinst du. Was machst du hier? Wie hast du uns gefunden?«

Risca ließ Bremen los und machte ein geheimnisvolles Gesicht. »Diese Wände haben Ohren für jene, die zu hören wissen.«

Wider Willen musste Caerid lachen. »Spionieren – noch so eine hochgeehrte Fähigkeit aus dem Arsenal der Kriegskünste?«

Bremen lächelte den Zwerg an. »Du weisst, weshalb ich gekommen bin?«

»Ich weiß, dass du zu Athabasca willst. Aber zuerst möchte ich mit dir reden. Nein, Caerid, du kannst bleiben. Ich habe keine Geheimnisse, die ich vor dir nicht enthüllen könnte.« Der Zwerg wurde ernst. »Es kann nur einen Grund für deine Rückkehr geben, Bremen. Und es werden keine angenehmen Neuigkeiten sein. Daran ist nichts zu ändern. Aber du wirst Verbündete brauchen, und ich bin einer. Zähle darauf, dass ich als deine Stimme auftreten werde, wenn es nötig ist. Ich habe aufgrund meines Alters eine Position im Rat, wie sie dir nur wenige der anderen, die dich unterstützen, bieten können. Du solltest wissen, dass die meisten hier deine Rückkehr nicht begrüßen.«

»Ich hoffe, Athabasca davon überzeugen zu können, dass die Situation es erfordert, die Streitigkeiten beiseite zu legen.« Bremen runzelte nachdenklich die Stirn. »Es kann doch nicht so schwer sein, das zu akzeptieren.«

Risca schüttelte den Kopf. »Das kann es und das wird es auch. Sei stark, Bremen. Gib nicht nach. Für ihn bist du in erster Linie eine Herausforderung seiner Autorität. Nichts, was du sagst oder tust, kann das ändern. Angst ist eine Waffe, die dir mehr dient als die Vernunft. Mach ihm die Gefahr deutlich, in der wir uns alle befinden.« Er sah Caerid an. »Würdest du etwas anderes raten?«

Der Elf zögerte, dann schüttelte er den Kopf. »Nein.«

Risca schüttelte Bremen die Hand. »Wir können später weiterreden.«

Schon war er in den Schatten verschwunden. Wider Willen musste Bremen lächeln. Stark an Körper und Geist, in Waffen und im Glauben, unnachgiebig in allen Dingen – so war Risca. Er würde sich niemals ändern.

Caerid und der alte Mann setzten ihren Weg fort; sie schlängelten sich durch spärlich beleuchtete Korridore und über Treppen und wanden sich immer tiefer in die Festung hinein, bis sie schließlich am Ende einer Treppenflucht auf einen Absatz stießen, von dem eine kleine, schmale, eisenbeschlagene Tür abging. Bremen hatte diese Tür in den Jahren, die er auf Paranor verbracht hatte, mehr als nur einmal gesehen. Es war der Hintereingang zu den Räumen des Hohen Druiden. Dahinter würde Athabasca auf ihn warten. Der alte Mann holte tief Luft.

Caerid Lock klopfte dreimal an die Tür, hielt inne und klopfte dann noch einmal. »Herein«, donnerte eine vertraute Stimme.

Der Befehlshaber der Garde stieß die schmale Tür auf und trat dann zur Seite. »Ich bin gebeten worden, draußen zu warten«, sagte er leise zu Bremen.

Dieser nickte; er war amüsiert über die ernste Miene des Elfen. »Ich verstehe«, sagte er. »Ich danke dir noch einmal, Caerid.«

Dann bückte er sich ein wenig und betrat durch den niedrigen Eingang das Zimmer.

Er kannte den Raum. Nur der Hohe Druide hatte Zugang zu dieser Kammer, es war der Ort, an den er sich zurückziehen oder unter relativer Geheimhaltung mit anderen treffen konnte. Der Raum war groß und hatte eine hohe Decke sowie hohe Fenster aus Buntglas. Kisten mit Papieren, Tagebüchern, Akten und jeder Menge Büchern standen herum. Massive, eisenbeschlagene Doppeltüren waren in der Mitte der gegenüberliegenden Wand eingelassen. Mitten im Raum stand ein gewaltiger Tisch, der für dieses Treffen geräumt worden war. Die polierte Holzoberfläche glänzte im Kerzenlicht.

Athabasca stand wartend hinter dem Tisch. Er war ein großer, schwergewichtiger und gebieterischer Mann mit wallendem weißem Haarschopf und kalten blauen Augen. Er trug den dunkelblauen Umhang des Hohen Druiden, in der Taille mit einem Gürtel zusammengebunden und frei von jeglichen Insignien. Statt dessen hatte Athabasca den Eilt Druin um den Nacken, ein Medaillon, das seit den Tagen Galaphiles das Amt des Hohen Druiden symbolisierte. Der Eilt Druin bestand aus Gold, das mit härtenden Metallen legiert war; Silberschmuck verzierte es zusätzlich. Er hatte die Form einer Hand, die eine brennende Fackel hochhielt. Hand und Fackel waren von Beginn an das Symbol der Druiden gewesen. Dem Medaillon wurden magische Kräfte nachgesagt, auch wenn noch niemand Zeuge dieser Magie geworden war. Die Worte »Eilt Druin« waren elfisch und meinten so etwas wie »Durch Wissen zur Macht«.

Ein Motto, das den Druiden einmal etwas bedeutet hatte. Eine weitere Ironie des Lebens, dachte Bremen müde.

»Ich bin erfreut, dich zu sehen, Bremen«, begrüßte Athabasca ihn mit tiefer Stimme. Es war der traditionelle Gruß, aber so, wie der Hohe Druide ihn vortrug, wirkte er hohl und gezwungen.

»Ich bin erfreut, dich zu sehen, Athabasca«, erwiderte Bremen. »Ich danke dir, dass du dich bereit erklärt hast, mich zu empfangen.«

»Caerid Lock war sehr überzeugend. Außerdem weisen wir jene, die einmal unsere Brüder gewesen sind, nicht von unseren Mauern zurück.«

Bremen trat an den Tisch. Er fühlte sich durch mehr als nur die breite polierte Fläche von Athabasca getrennt. Wieder wunderte er sich, wie dieser Mann es fertig brachte, dass andere sich in seiner Gegenwart wie kleine Jungen fühlten. Obwohl Bremen ein paar Jahre älter als Athabasca war, kam es ihm unwillkürlich so vor, als stünde er neben einem Älteren.

»Was möchtest du mir sagen, Bremen?«, fragte Athabasca.

»Dass die Vier Länder in großer Gefahr sind«, antwortete Bremen. »Dass die Trolle sich einer Macht unterstellt haben, die die bloße Kraft Sterblicher weit übersteigt – einer Macht, die an ein gewisses Wesen gebunden ist. Dass die anderen Rassen ebenfalls fallen werden, wenn wir nicht einschreiten, um sie zu schützen. Dass sogar die Druiden in großer Gefahr sind.«

Athabasca spielte abwesend mit dem Eilt Druin auf seiner Brust. »Welche Gestalt hat diese Bedrohung? Hat sie mit Magie zu tun?«

Bremen nickte. »Die Gerüchte sind wahr, Athabasca. Der Dämonenlord existiert tatsächlich. Mehr noch, er ist die Wiedergeburt des rebellischen Druiden Brona, den man schon seit mehr als dreihundert Jahren verschwunden und vernichtet wähnt. Er hat überlebt, hat sich durch Druidenschlaf und die Zerstörung seiner Seele am Leben gehalten. Schon lange besitzt er keine Gestalt mehr, sondern ist nur noch Geist. Dennoch lebt er und ist die Quelle der Gefahr, die uns droht.«

»Hast du ihn gesehen? Hast du ihn auf deinen Reisen ausfindig gemacht?«

»Ja, das habe ich.«

»Wie ist dir das gelungen? Hat er dir Zutritt gewährt? Sicherlich konntest du nicht einfach zu ihm gehen.«

»Einen Teil meiner Reise hüllte ich mich in Unsichtbarkeit. Dann tarnte ich mich mit der finsteren Ausstrahlung seines eigenen Bösen, einer Verkleidung, die nicht einmal der Dämonenlord zu durchschauen vermochte.«

»Du warst eine Zeit lang eins mit ihm?« Athabasca hatte die Hände hinter dem Rücken verschränkt. Sein Blick war fest und aufmerksam.

»Für einen gewissen Zeitraum wurde ich zu dem, was er ist. Es war notwendig, dicht genug heranzukommen, um meinen Verdacht zu überprüfen.«

»Und wenn du durch dieses Einssein mit ihm jetzt selbst verseucht bist, Bremen? Wenn du durch den Gebrauch der Magie deinen inneren Halt, dein Gleichgewicht verloren hast? Wie kannst du sicher sein, dass das, was du gesehen hast, keine Einbildung ist? Wie kannst du wissen, dass die Entdeckung, die du uns bringst, kein Trugbild ist?«

Bremen musste sich zwingen, ruhig zu bleiben. »Ich würde es wissen, wenn die Magie mich verseucht hätte, Athabasca. Ich habe Jahre meines Lebens damit zugebracht, sie zu studieren. Ich kenne sie besser als irgend jemand sonst.«

Athabasca lächelte kühl. »Darum geht es doch. Wie gut kann überhaupt einer von uns die Macht der Magie einschätzen? Du hast mit dem Rat gebrochen, um an dir selbst die Studien vorzunehmen, vor denen wir dich gewarnt hatten. Du bist demselben Weg gefolgt, dem schon einmal ein anderer folgte – das Wesen, das du zu jagen vorgibst. Es hat ihn verseucht, Bremen. Wie kannst du so sicher sein, dass es dich nicht auch verseucht hat? Oh, ich bezweifle nicht, dass du sicher bist, dieser Macht gegenüber gefeit zu sein. Aber das war auch bei Brona und seinen Anhängern so. Magie ist eine heimtückische Kraft, eine Macht, die unser Begriffsvermögen übersteigt und auf die wir uns nicht verlassen können. Wir haben schon häufig nach ihr getrachtet und sind betrogen worden. Immer noch trachten wir danach, aber wir sind vorsichtiger geworden, als wir es einst waren – vorsichtiger, weil wir aus dem Unglück Bronas und der anderen gelernt haben. Wir wissen jetzt, was geschehen kann. Und trotzdem, wie vorsichtig bist du gewesen, Bremen? Die Magie, soviel wissen wir, verseucht alle, die sie benutzen, in der einen oder anderen Weise, und am Ende *zerstört* sie den, der sie benutzt.«

Bremen versuchte, ruhig zu klingen, als er zur Antwort ansetzte. »Es gibt keine genauen Aussagen über die Folgen ihres Gebrauchs, Athabasca. Verderbnis kann sich schleichend entwickeln und in unterschiedlichen Formen zeigen; das hängt davon ab, *wie* man die Magie benutzt. Aber dies war auch bei den alten Wissenschaften so. Jeder Gebrauch von Macht verdirbt. Das bedeutet aber nicht, dass sie nicht für einen höheren Zweck eingesetzt werden kann. Ich weiß, dass du meine Arbeit nicht schätzt, aber sie hat einen Wert. Ich nehme die Macht der Magie nicht auf die leichte Schulter. Aber ich verachte auch ihre Möglichkeiten nicht.«

Athabasca schüttelte den Kopf. »Ich glaube, du hast nicht genügend Distanz zu diesem Thema, um es objektiv beurteilen zu können. Aus diesem Grund hast du uns ja auch verlassen müssen.«

»Vielleicht«, gab Bremen zu. »Aber das ist jetzt nicht wichtig. Wichtig ist nur, dass wir bedroht sind. Die Druiden, Athabasca. Brona erinnert sich sicherlich noch daran, was im Ersten Krieg der Rassen zu seinem Sturz geführt hat. Wenn er beabsichtigt, die Vier Länder erneut zu erobern, und es sieht ganz danach aus, wird er zuerst versuchen, das zu zerstören, was ihn am meisten bedroht. Die Druiden. Den Rat. Paranor.«

Athabasca schaute ihn einen Moment ernst an, dann ging er zu einem der Fenster und sah nach draußen. Bremen wartete einen Moment. »Ich möchte dich bitten, mich vor dem Rat sprechen zu lassen«, sagte er dann. »Gib mir die Chance, den anderen zu erzählen, was ich gesehen habe. Lass sie selbst über den Wert meiner Argumente entscheiden.«

Der Hohe Druide drehte sich wieder um; er reckte sein Kinn leicht in die Höhe, so dass es aussah, als würde er auf Bremen hinabsehen. »Wir sind eine Gemeinschaft innerhalb dieser Mauern, Bremen. Wir sind eine Familie. Wir leben miteinander, als wären wir Brüder und Schwestern, verbunden in dem einen Ziel unserer Handlungen – uns Wissen anzueignen über unsere Welt und darüber, wie sie funktioniert. Wir schätzen kein Mitglied unserer Gemeinschaft höher als ein anderes, wir behandeln alle gleich. Das ist etwas, das du niemals akzeptieren konntest.«

Bremen wollte protestieren, aber Athabasca brachte ihn mit erhobener Hand zum Schweigen. »Du hast uns aus freien Stücken verlassen. Du hast dich entschieden, deine Familie und deine Arbeit für persönliche Ziele aufzugeben. Deine Studien konntest du nicht mit uns teilen, denn sie überschritten die Grenzen, die wir errichtet hatten. Das Wohl eines einzelnen darf niemals das Wohl der Allgemeinheit ersetzen. Familien brauchen eine Ordnung. Jedes Familienmitglied muss die anderen achten. Als du uns verlassen hast, hast du die Wünsche des Rates bezüglich deiner Studien missachtet. Du glaubtest es besser zu wissen als wir. Du hast deinen Platz in der Gemeinschaft aufgegeben.«

Er warf Bremen einen kalten Blick zu. »Und jetzt möchtest du zu uns zurückkommen und unser Anführer sein. Oh, bemühe dich nicht, es zu leugnen, Bremen! Was sonst solltest du sein, wenn nicht genau das? Du triffst mit Wissen hier ein, von dem du behauptest, dass nur du darüber verfügst, mit Studien der Macht, die nur dir bekannt sind, und mit einem Plan für die Rettung der Rassen, den nur du ausführen kannst. Der Dämonenlord existiert wirklich. Der Dämonenlord ist Brona. Der rebellische Druide hat die Magie rücksichtslos seinen Zwecken untergeordnet und sich die Trolle untertan gemacht. Sie alle werden gegen die Vier Länder marschieren. Du bist unsere einzige Hoffnung. Du musst erklären, was wir tun sollen und uns dann anführen, wenn wir uns aufmachen, dieses Zerrbild deiner Vorstellung aufzuhalten. Du, der du uns so lange vergessen hast, musst jetzt unser Leiter werden.«

Bremen schüttelte den Kopf. Er wusste bereits, wie alles enden würde, aber er unternahm trotzdem noch einen Vorstoß. »Ich würde niemanden anführen. Ich würde vor der Gefahr warnen, die ich entdeckt habe, und nichts weiter. Was danach geschieht, muss von dir entschieden werden, von dir als Hoher Druide, und vom Rat. Ich will nicht wieder Mitglied des Rates werden. Ich möchte nur, dass man mich anhört, und dann mache ich mich wieder auf den Weg.«

Athabasca lächelte. »Du hast immer noch denselben starken Glauben an dich selbst. Ich bin beeindruckt. Ich bewundere dich wegen deiner Entschlossenheit, Bremen, aber ich halte dich für fehlgeleitet und betrogen. Dennoch bin ich nur eine einzelne Stimme und habe nicht das Recht, in dieser Angelegenheit allein eine Entscheidung zu fällen. Warte hier, mit dem Befehlshaber der Garde. Ich werde den Rat zusammenrufen und ihn bitten, über dein Ersuchen abzustimmen. Wird er dich hören wollen? Ich werde es ihm überlassen.«

Er klopfte fest auf den Tisch, und die Hintertür ging auf. Caerid Lock kam herein und salutierte. »Bleib bei unserem Gast«, befahl Athabasca, »bis ich zurückkehre.«

Dann ging er durch die breiten Doppeltüren an der Vorderseite des Zimmers hinaus, ohne sich noch einmal umzusehen.

Athabasca blieb beinahe vier Stunden fort. Bremen saß auf einer Bank vor einem der hohen Fenster und starrte in das diesige Licht des späten Nachmittags hinaus. Er wartete geduldig, wusste, dass er nicht viel mehr tun konnte. Er sprach eine Zeit lang mit Caerid Lock, erfuhr das Neueste über die Arbeit des Rates und entdeckte, dass sich wenig geändert hatte. Es war niederschmetternd, dies zu hören, und Bremen gab bald auf, weiter nachzuforschen. Er dachte darüber nach, was er dem Rat sagen würde und wie die Mitglieder reagieren würden, aber er wusste in seinem Herzen, dass es eine sinnlose Übung war. Er verstand jetzt, warum Athabasca zugestimmt hatte, sich mit ihm zu treffen. Der Hohe Druide hielt es für besser, ihn zu empfangen und anzuhören, als ihn einfach so fortzuschicken; er zog es vor, sich den Anschein zu geben, als würde er eine Anhörung zumindest in Erwägung ziehen. Aber die Entscheidung war bereits gefallen. Man würde Bremen nicht anhören. Er war ein Ausgestoßener, und man würde ihn nicht wieder hineinlassen. Niemals würde es dafür einen Grund geben, egal, wie überzeugend oder zwingend er auch wäre. Nach dem Verständnis Athabascas war Bremen eine Gefahr – und nach dem der anderen ebenfalls, vermutete er. Für sie war er jemand, der mit dem Feuer spielt. Einem solchen Mann durfte man nicht zuhören. Niemals.

Es war traurig. Er war gekommen, um sie zu warnen, aber sie waren außerhalb seiner Reichweite. Er konnte es spüren. Er wartete jetzt nur noch darauf, seine Bestätigung zu erhalten.

Sie kam gegen Ende der vierten Stunde. Athabasca betrat den Raum mit dem brüsken Schritt eines Mannes, der Besseres zu tun hat. »Bremen«, grüßte er und tat ihn gleichzeitig ab. Er beachtete Caerid Lock überhaupt nicht, bat ihn weder zu bleiben noch zu gehen. »Der Rat hat deine Bitte erwogen und abgeschlagen. Wenn du sie noch einmal schriftlich niederlegen möchtest, wird sie einem Komitee zur Beratung vorgelegt.« Er setzte sich an seinen Tisch und begann damit, Papiere zu bearbeiten. Der Eilt Druin glitzerte hell, als er vor seiner Brust hin und her baumelte. »Wir sind entschlossen, uns nicht in die Probleme der Rassen einzumischen, Bremen. Was du verlangst, würde dieses Gesetz brechen. Wir müssen uns aus der Politik und aus den Konflikten zwischen den Rassen heraushalten. Deine Spekulationen sind zu allgemein und entbehren jeder Grundlage. Wir können ihnen keinen Glauben schenken.«

Er blickte auf. »Du kannst dich mit allem versorgen, was du für deine weitere Reise benötigst. Viel Glück. Caerid, bitte begleite unseren Gast zurück zum vorderen Tor.«

Er wandte sich wieder seinen Papieren zu. Bremen starrte ihn wortlos an und war wider besseres Wissen verblüfft darüber, wie abrupt er jetzt entlassen wurde. Als Athabasca fortfuhr, ihn zu ignorieren, erklärte der alte Mann mit ruhiger Stimme: »Du bist ein Narr.«

Dann drehte er sich um und folgte Caerid zurück durch die schmale Tür in den Gang, der sie hergeführt hatte. Hinter sich hörte er die Tür ins Schloss fallen.

Kapitel 3

Caerid Lock und Bremen gingen schweigend die Treppen hinab, ihre Schritte hallten von den Mauern des sich durch den Fels windenden Ganges wider. Das Licht vom Treppenabsatz und die Tür, die zum Zimmer des hohen Druiden führte, waren bald nicht mehr zu sehen. Bremen kämpfte gegen die Bitterkeit an, die er in sich aufsteigen spürte. Er hatte Athabasca einen Narren geschimpft, aber vielleicht war er selbst der wirkliche Narr. Kinson hatte recht gehabt. Es war nur Zeitverschwendung gewesen, nach Paranor zu gehen. Die Druiden waren noch nicht bereit, ihrem ausgestoßenen Bruder zuzuhören. Sie waren nicht interessiert an dem, was sie für seine wilden Fantastereien hielten, für Versuche, sich wieder in ihrer Mitte einzuschmeicheln. Er konnte es geradezu vor sich sehen, wie sie amüsierte, sarkastische Blicke wechselten, als der Hohe Druide sie von seiner Bitte unterrichtete. Er konnte sehen, wie sie voller Groll die Köpfe schüttelten. Seine Arroganz hatte ihn blind gemacht für die Größe des Hindernisses, das er überwinden musste, um ihr Vertrauen zu gewinnen. Hätte er doch nur zu ihnen sprechen können! Aber nicht einmal das hatten sie ihm zugestanden. Seine Zuversicht hatte ihm einen Streich gespielt. Sein Stolz hatte ihn genarrt. Er hatte die Situation völlig falsch eingeschätzt.

Dennoch, entgegnete er sich selbst in dem Bemühen, wenigstens etwas aus diesem gescheiterten Versuch zu retten, war es richtig gewesen, es überhaupt zu versuchen. Zumindest musste er jetzt nicht mit der Schuld und dem Schmerz leben, den er vielleicht später empfunden hätte, wenn er nichts unternommen hätte. Außerdem war es ja noch gar nicht klar, worin die Folgen im einzelnen bestehen würden. Vielleicht hatte sein Erscheinen ja doch etwas Gutes bewirkt, kleine Veränderungen in ihrer Haltung oder ihren Handlungen, von denen er erst sehr viel später erfahren würde. Es war falsch, seine Bemühungen so leichthin abzutun. Kinson mochte recht gehabt haben, was das vorläufige Resultat anging, aber niemand von ihnen konnte wissen, ob sein Besuch nicht doch noch etwas bewirken würde.

»Es tut mir Leid, dass du nicht die Erlaubnis bekommen hast, vor dem Rat zu sprechen, Bremen«, sagte Caerid ruhig.

Bremen blickte auf und war sich bewusst, wie niedergeschlagen er aussehen musste. Dies war nicht die Zeit für Selbstmitleid. Er hatte nicht die Möglichkeit erhalten, direkt zu dem Rat zu sprechen, aber er hatte noch anderes zu tun, ehe er für immer aus der Festung gewiesen wurde, und jetzt musste er sich darum kümmern.

»Caerid, bleibt mir noch Zeit, um Kahle Rese zu besuchen, bevor ich wieder gehe?«, fragte er. »Ich brauche nur ein paar Minuten.«

Sie blieben einen Augenblick an der Treppe stehen und sahen sich an, der zerbrechlich aussehende alte Mann und der wettergegerbte Elf. »Er hat gesagt, du sollst dich mit allem versorgen, was du für deine Reise benötigst«, meinte Caerid Lock. »Aber er hat nicht festgelegt, was er darunter versteht. Ich denke, ein kleiner Besuch geht in Ordnung.«

Bremen lächelte. »Ich werde niemals vergessen, was du für mich getan hast, Caerid. Niemals.«

Der Elf winkte ab. »Keine Ursache, Bremen. Komm mit.«

Sie gingen weiter, bis sie zu einer anderen Treppenflucht kamen. Die ganze Zeit über dachte Bremen nach. Er hatte sie gewarnt; ob zum Guten oder zum Schlechten, blieb dahingestellt. Seine Warnung würde von den meisten ignoriert werden, aber jenen, die auf ihn hörten, musste die Möglichkeit gegeben werden, die Dummheit der anderen zu überleben. Es gab nicht viel, was er gegen die Macht des Dämonenlords tun konnte, aber dennoch musste er es zumindest versuchen. Er würde mit Kahle Rese beginnen, seinem ältesten und vertrautesten Freund – obwohl ziemlich sicher war, dass seine Bemühungen auch diesmal wieder enttäuscht würden.

Sie erreichten den Gang, der in die Haupthalle führte, nicht weit entfernt von der Bibliothek, in der Kahle seine Tage verbrachte. Bremen wandte sich noch einmal an Caerid.

»Kannst du mir noch einen Gefallen tun?«, bat er den Elf. »Würdest du Risca und Tay Trefenwyd herholen, damit ich mit ihnen sprechen kann? Lass sie hier warten, bis ich meinen Besuch bei Kahle beendet habe. Ich werde sie dann später treffen. Ich gebe dir mein Wort darauf, dass ich nicht fortgehen oder die Bedingungen meines Besuches verletzen werde.«

Caerid wandte den Blick ab. »Dein Wort ist nicht nötig, Bremen. Das war es niemals. Geh jetzt zu Kahle. Ich hole die beiden und treffe dich dann wieder hier.«

Er wandte sich um, ging die Treppe wieder hinauf und verschwand im Dunkeln. Bremen dachte daran, wie glücklich er sich schätzen konnte, dass jemand wie Caerid sein Freund war. Er erinnerte sich daran, dass der Elf schon als junger Mann sehr ernsthaft und verlässlich gewesen war. Caerid stammte aus Arborlon und hatte sich früh der Sache der Druiden verschrieben, so dass er länger als ursprünglich vorgesehen bei ihnen geblieben war. Es kam nicht oft vor, dass ein Nicht-Druide sich so für diese Belange interessierte. Er fragte sich, ob Caerid, wenn er sein Leben noch einmal leben könnte, wohl wieder so handeln würde.

Er trat durch die Tür in den dahinterliegenden Gang und wandte sich nach rechts. Die Decke der Halle war gewölbt und wurde von dicken Holzbalken gestützt, die vor Wachs und Politur glänzten. Wandteppiche und Gemälde hingen an den Wänden der Burg, beleuchtet von Kerzenschein. Innerhalb dieser Mauern, wo sich nichts änderte als die Stunden des Tages und die Jahreszeiten, war die Zeit geronnen. Über Paranor, der ältesten und mächtigsten Festung in den Vier Ländern, Wächterin über diejenigen, die sie zu einer Burg des Wissens und Hüterin ihrer kostbarsten Kunstgegenstände und Bücher gemacht hatten, hing eine Aura der Unbeweglichkeit. Die wenigen Fortschritte, die nach der Verwüstung der Großen Kriege zu verzeichnen gewesen waren, hatten zwar hier ihren Ursprung gehabt, aber jetzt war all dies bedroht, möglicherweise schon bald für immer verloren, und nur Bremen schien sich dessen bewusst zu sein.

Schnell betrat er die Bibliothek. Der Raum war klein für seinen Zweck, aber vollgestopft mit Büchern. Nach der Zerstörung der alten Welt waren nicht mehr viele übrig geblieben, und die meisten waren von den Druiden in den letzten zweihundert Jahren peinlich genau aus den Erinnerungen der wenigen Männer und Frauen, die sich noch erinnern konnten, rekonstruiert und mit der Hand niedergeschrieben worden. Beinahe alle diese Bücher befanden sich nun in diesem und dem daran angrenzenden Raum, und Kahle Rese war der Druide, der für ihre Sicherheit verantwortlich war. Alle Bücher besaßen ihren eigenen Wert, aber keines war wertvoller als die Historie der Druiden – das Buch, das vom Rat selbst handelte. Es war eine Chronik der Bemühungen des Rats, das verlorene Wissen der Wissenschaften und der Magie aus den Jahrhunderten vor den Großen Kriegen wiederherzustellen, die Geheimnisse der Macht zu entschlüsseln, der die alte Welt ihre größten Fortschritte zu verdanken hatte, und alle Möglichkeiten aufzulisten, die, wie entfernt auch immer, Formeln und Vorrichtungen, Talismane und Zauberei, logisches Denken und Schlussfolgern betrafen und eines Tages vielleicht sogar Verständnis finden würden.

Die Historie der Druiden. Diese Bücher bedeuteten Bremen am meisten. Diese Bücher waren es, die er retten wollte.

Kahle Rese stand auf der Leiter und beschäftigte sich mit einer abgewetzten und schäbigen Sammlung in Leder gebundener Bände. Er wandte sich um und schreckte zusammen, als er sah, wer eingetreten war. Kahle Rese war ein kleiner, drahtiger Mann, vom Alter gebeugt, aber immer noch wendig genug, um auf die Leiter zu steigen. Staub haftete an seinen Händen, und die Ärmel seines Umhangs hatte er hochgerollt und festgebunden. Nun lächelte er, seine blauen Augen blitzten inmitten einer Unmenge von Lachfältchen. Schnell stieg er die Leiter hinunter, ging auf Bremen zu und drückte ihm fest die Hand.

»Alter Freund«, grüßte er. Sein schmales Gesicht hatte etwas Vogelähnliches – scharfe Augen, einen Höcker auf der Nase, eine dünne Linie als Mund und einen fadendünnen Bart am spitzen Kinn.

»Es tut gut, dich zu sehen, Kahle«, sagte Bremen zu ihm. »Ich habe dich vermisst. Unsere Unterhaltungen, unsere Bemühungen, die Rätsel der Welt zu lösen, das Philosophieren über das Leben. Sogar unsere armseligen Versuche, witzig zu sein. Du erinnerst dich doch?«

»Das tue ich, Bremen, o ja.« Der andere lachte. »Und jetzt bist du also wieder hier.«

»Nur für den Augenblick, fürchte ich. Hast du nicht davon gehört?«

Kahle nickte. Sein Lächeln verflog. »Du bist gekommen, um uns vor dem Dämonenlord zu warnen. Athabasca warnte uns, an deiner Stelle. Du hast gebeten, vor dem Rat sprechen zu dürfen. Athabasca sprach zu uns, an deiner Stelle. Er hat viel auf sich genommen, nicht wahr? Aber er hat seine Gründe, wie wir beide wissen. Wie auch immer, der Rat stimmte gegen dich. Ein paar haben sich stürmisch für dich eingesetzt. Risca zum Beispiel. Tay Trefenwyd. Noch ein oder zwei weitere.« Er schüttelte den Kopf. »Ich muss gestehen, dass ich geschwiegen habe.«

»Weil es nicht gut für dich gewesen wäre, wenn du etwas gesagt hättest?«, kam Bremen ihm zu Hilfe.

Aber Kahle schüttelte den Kopf. »Nein, Bremen. Weil ich zu alt und zu müde dazu bin. Ich fühle mich sehr wohl hier zwischen meinen Büchern und möchte einfach nur in Ruhe gelassen werden.« Er blinzelte und sah Bremen misstrauisch an. »Glaubst du an das, was du über den Dämonenlord gesagt hast? Ist er wirklich der Druidenrebell Brona?«

Bremen nickte. »Er ist tatsächlich eine große Gefahr für Paranor und den Rat. Irgendwann wird er hierherkommen, Kahle. Und wenn er es tut, wird er alles zerstören.«

»Vielleicht«, gab Kahle mit einem Achselzucken zu. »Aber vielleicht auch nicht. Die Dinge entwickeln sich nicht immer so, wie wir es erwarten. Darin waren wir beide uns immer einig, Bremen.«

»Aber diesmal ist die Chance, dass es sich anders entwickelt, als ich vorausgesagt habe, sehr gering. Die Druiden verbringen zu viel Zeit hinter ihren Mauern. Sie haben nicht die nötige Objektivität, um zu sehen, was außerhalb von Paranor vorgeht. Ihr Blickwinkel ist begrenzt.«

Kahle lächelte. »Wir haben unsere Augen und Ohren, und wir erfahren mehr, als du vermuten würdest. Unser Problem ist nicht Ignoranz, sondern Selbstgefälligkeit. Wir sind zu schnell dabei, das Leben allein in jener Form zu akzeptieren, die wir kennen, und verwenden nicht genug Zeit darauf, uns andere Möglichkeiten vorzustellen. Wir glauben, dass die Ereignisse so verlaufen müssen, wie wir sie diktieren, und dass keine andere Stimme Bedeutung hat als unsere eigene.«

Bremen legte seine Hand auf die knochige Schulter des kleinen Mannes. »Du warst immer derjenige von uns, dessen Denken am meisten von Logik geprägt war. Könntest du dir vorstellen, mich auf eine kleine Reise zu begleiten?«

»Du versuchst, mich vor dem zu retten, was du für mein Schicksal hältst, nicht wahr?« Der andere Mann lachte. »Dazu ist es zu spät, Bremen. Mein Schicksal ist unwiderruflich an diese Mauern gebunden, an diese wenigen Bücher, die mir anvertraut sind. Ich bin zu alt und festgefahren, um mein Lebenswerk aufzugeben. Das ist alles, was ich weiß. Ich bin genau wie jene, die ich dir eben beschrieben habe, alter Freund – engstirnig und zum Scheitern verurteilt. Was mit Paranor geschieht, geschieht auch mit mir.«

Bremen nickte. Er hatte sich gedacht, dass Kahle Rese so reagieren würde, aber er hatte ihn fragen müssen. »Ich wünschte, du würdest es dir noch anders überlegen. Es gibt andere Mauern, hinter denen du leben, und andere Bibliotheken, die du leiten könntest.«

»Ach ja?«, fragte Kahle und zog eine Augenbraue hoch. »Nun, sie werden auf andere Hände warten müssen. Ich gehöre hierher.«

Bremen seufzte. »Dann hilf mir auf eine andere Weise, Kahle. Ich bete darum, dass ich die Gefahr falsch einschätze. Ich bete darum, dass ich in meinem Glauben daran, was geschehen wird, unrecht habe. Aber wenn nicht, wenn der Dämonenlord wirklich nach Paranor kommt und die Mauern ihn nicht aufhalten können, dann muss jemand die Historie der Druiden retten.« Er hielt inne und sah sich um. »Liegt sie noch immer abseits im Nebenzimmer – hinter dem Bücherschrank?«

»Immer und ewig«, erklärte Kahle.

Bremen griff in seinen Umhang und holte einen kleinen Lederbeutel heraus. »Dies ist magischer Staub«, erklärte er seinem Freund. »Wenn der Dämonenlord in die Festung gelangen sollte, dann verteile den Staub auf der Historie der Druiden. Der Staub wird die Bücher verbergen und schützen.«

Er reichte Kahle den Beutel, und der Bibliothekar wog ihn nachdenklich in der Hand. »Elfenmagie?«, fragte er, und Bremen nickte. »Eine Art von Feenstaub, schätze ich. Zauberei aus der alten Welt.« Kahle grinste verschmitzt. »Weisst du, was passiert, wenn Athabasca dies in meinem Besitz findet?«

»Ich weiß es«, erwiderte Bremen ernst. »Aber er wird es nicht finden, nicht wahr?«

Kahle betrachtete den Lederbeutel noch einen Augenblick lang gedankenverloren, dann verbarg er ihn in seinem Umhang. »Nein«, erklärte er, »das wird er nicht.« Er runzelte die Stirn. »Aber egal, was geschehen wird, ich kann dir nicht sicher versprechen, dass ich ihn auch benutzen werde. In dieser Hinsicht bin ich wie Athabasca, Bremen. Ich wehre mich dagegen, bei meiner Arbeit Magie zu benutzen. Ich missbillige Magie als Mittel, zu welchem Zweck auch immer. Das weisst du. Das habe ich bereits früher deutlich genug gemacht, nicht wahr?«

»Ja.«

»Und dennoch bittest du mich, es zu tun?«

»Es bleibt mir keine andere Wahl. An wen sonst kann ich mich wenden? Wem sonst kann ich vertrauen? Ich überlasse es deinem Urteilsvermögen, Kahle. Benutze den Staub nur, wenn das Leben aller bedroht ist und niemand mehr da ist, der sich um die Bücher kümmern könnte. Lass sie nicht in die Hände derer fallen, die das Wissen missbrauchen werden. Das wäre schlimmer als alle Folgen, die sich aus dem Gebrauch der Magie ergeben könnten.«

Kahle sah ihn ernst an, dann nickte er. »In der Tat. Also gut. Ich werde den Staub bei mir tragen und ihn benutzen, wenn das Schlimmste eintritt. Aber nur dann.«

Schweigend sahen sie einander an. Sie hatten alles gesagt, was zu sagen war.

»Du solltest noch einmal darüber nachdenken, ob du nicht doch mit mir kommen willst«, versuchte Bremen es ein letztes Mal.

Kahle lächelte, verzog spöttisch die dünnen Lippen. »Du hast mich schon einmal darum gebeten, damals, als du dich entschieden hast, Paranor zu verlassen und deine Studien der Magie anderswo fortzuführen. Ich habe dir schon damals gesagt, dass ich Paranor niemals verlassen würde, dass ich hierher gehöre. Daran hat sich nichts geändert.«

Bremen spürte eine bittere Hilflosigkeit, und er lächelte schnell, um diese Empfindung nicht offensichtlich werden zu lassen. »Also dann auf Wieder sehen, Kahle Rese, mein ältester und bester Freund. Pass auf dich auf.«

Der kleine Mann umarmte ihn fest. »Auf Wieder sehen, Bremen.« Seine Stimme war beinahe ein Flüstern. »Dieses Mal hoffe ich, dass du dich täuschst.«

Bremen nickte. Dann drehte er sich um und verließ die Bibliothek, ohne einen Blick zurückzuwerfen. Wie sehr er sich auch wünschen mochte, dass die Situation eine andere wäre, er wusste, wie fruchtlos dieser Wunsch war. Schnell ging er zu der Hintertreppe, auf der er hergekommen war. Er bemerkte, dass er die Wandteppiche und Leuchter anstarrte, als hätte er sie niemals zuvor gesehen – oder als sollte er sie niemals wieder sehen. Er spürte, wie ein Teil seines Wesens sich ablöste und davonglitt, genau wie damals, als er Paranor zum ersten Mal verlassen hatte. Er gestand es sich nicht gerne ein, aber dies hier war immer noch sein Zuhause, mehr als irgendein anderer Ort, und wie immer bei einem Zuhause erhob auch Paranor in einer Art und Weise Anspruch auf ihn, die sich nicht beurteilen oder messen ließ.

Er trat durch die Tür auf den dunklen Treppenabsatz und fand sich dort Risca und Tay Trefenwyd gegenüber.

Tay ging sofort auf ihn zu und umarmte ihn. »Willkommen zu Hause, Druide«, sagte er und gab dem alten Mann einen freundschaftlichen Klaps auf die Schulter.

Tay war ein ungewöhnlich großer Elf, schlaksig und unbeholfen, als müsste er unaufhörlich damit rechnen, über seine eigenen Füße zu stolpern. Sein Gesicht trug deutliche Elfenzüge, aber der Kopf schien eher aus Versehen auf seinen Körper aufgepfropft worden zu sein. Er war noch jung, selbst nach fünfzehn Jahren Dienst auf Paranor, und sein Gesicht war weich und glatt rasiert. Er hatte blondes Haar und blaue Augen und hielt stets für jeden ein Lächeln bereit.

»Du siehst gut aus, Tay«, erwiderte der alte Mann und lächelte ebenfalls. »Das Leben auf Paranor scheint dir zu bekommen.«

»Es bekommt mir noch besser, dich zu sehen«, erklärte der andere. »Wann wollen wir aufbrechen?«

»Aufbrechen?«

»Bremen, spiel nicht den Unwissenden. Aufbrechen, um mit dir zu gehen, wohin du auch immer gehen willst. Risca und ich sind fest entschlossen. Auch, wenn du nicht um ein Treffen mit uns gebeten hättest, wir hätten dich auf jeden Fall auf deinem Weg eingeholt. Wir haben genug von Athabasca und dem Rat.«

»Du warst nicht dabei und konntest ihre Vorstellung nicht sehen«, sagte Risca spöttisch. »Es war die reinste Komödie. Sie behandelten deine Bitte in etwa so, als wären sie eingeladen worden, ein Opfer der Pest zu werden! Es durfte nicht darüber diskutiert werden, und das Thema wurde auch nicht von allen Seiten dargestellt. Athabasca präsentierte dein Gesuch in einer Art und Weise, die nicht den geringsten Zweifel ließ, wie er darüber dachte. Die anderen, allesamt Speichellecker, unterstützten ihn. Tay und ich haben unser Bestes gegeben, um sein intrigantes Vorgehen zu vereiteln, aber sie haben uns niedergeschrien. Ich habe genug von ihrer Politik, von ihrer Kurzsichtigkeit. Wenn du sagst, es gibt den Dämonenlord wirklich, dann gibt es ihn auch. Wenn du sagst, er wird nach Paranor kommen, dann wird er auch kommen. Aber ich werde nicht hier sein, um ihn zu begrüßen. Lassen wir das die anderen an meiner Stelle tun. Bei allen Schatten, wie können sie nur so dumm sein?«

Risca schien nur noch aus Muskeln und Eifer zu bestehen, und Bremen musste wider Willen lächeln. »Ihr beide habt also an meiner Stelle Rede und Antwort gestanden?«

»Wir waren nicht mehr als ein Flüstern in einem Sturm«, lachte Tay. »Risca hat recht. Auf Paranor regiert die Politik – seit Athabasca Hoher Druide geworden ist. Du hättest dieses Amt erhalten sollen, Bremen, nicht er.«

»Genau, du hättest es wirklich schaffen können, wenn du es gewollt hättest«, stellte Risca erregt klar. »Du hättest darauf bestehen sollen.«

»Nein«, sagte Bremen. »Ich war für dieses Amt nicht geeignet, meine Freunde. Ich bin für Organisation und Verwaltung nicht geschaffen. Es ist meine Aufgabe, das Verloren gegangene zu suchen und wiederzubeschaffen, und vom hohen Turm aus könnte ich das nicht tun. Athabasca war die bessere Wahl.«

»Unsinn!«, schnappte Risca. »Er war niemals eine gute Wahl für irgend etwas. Selbst jetzt lehnt er dich noch ab. Er weiß, dass du an seiner Stelle sein könntest, und das hat er dir niemals vergeben. Auch nicht, dass du es einfach ignoriert hast und weggegangen bist. Deine Freiheit bedroht sein Vertrauen in Ordnung und Gehorsam. Am liebsten würde er uns alle schön ordentlich auf einem Regal aufreihen und nur herunternehmen, wenn es ihm nötig erscheint. Er würde unser Leben diktieren, als wären wir Kinder. Du hast dich seinem Einfluss entzogen, indem du von Paranor fortgegangen bist, und das wird er dir niemals verzeihen.«

Bremen zuckte die Achseln. »Das ist Vergangenheit. Ich bedauere nur, dass er meiner Warnung nicht etwas mehr Aufmerksamkeit geschenkt hat. Ich halte Paranor für ernstlich gefährdet. Der Weg des Dämonenlords führt hierher, Risca, und er wird keinen Bogen um die Festung und die Druiden machen. Er wird sie von seiner Armee zertrampeln lassen.«

»Was sollen wir also tun?«, drängte Tay. Er schaute sich um, als befürchtete er Lauscher. »Wir haben unsere Studien der Magie weiterhin vorangetrieben, Bremen. Jeder von uns beiden hat auf seine Weise nach einem bestimmten Regelkodex gearbeitet. Wir wussten, du würdest eines Tages zurückkommen. Wir wussten, dass du uns brauchen würdest.«

Bremen nickte; er war zufrieden. Er hatte sich darauf verlassen, dass gerade diese beiden sich weiter in der Magie üben würden. Sie waren nicht so erfahren wie er, aber durchaus fähig. Risca war ein Meister der Waffen, er beherrschte sowohl die Waffenkunde als auch die Kriegskunst. Tay Trefenwyds Wirkungsbereich waren die Elemente, er beschäftigte sich mit den Kräften, die erschufen und zerstörten, studierte das Gleichgewicht zwischen Erde, Luft, Feuer und Wasser. Beide waren noch Schüler, genau wie er, aber durchaus in der Lage, Magie herbeizurufen, wenn sie zum Schutz und zur Verteidigung gebraucht wurde. Innerhalb der Mauern von Paranor war die Ausübung von Magie verboten, es sei denn, sie fand unter strenger Aufsicht statt, und Zauberei wurde nur im äußersten Notfall angewandt. Wer experimentieren wollte, wurde entmutigt und oftmals bestraft, wenn er sich nicht an die Verbote hielt. Die Druiden lebten im Schatten ihrer eigenen Geschichte und der dunklen Erinnerung an Brona und seine Anhänger. Sie waren durch eigene Schuld und Unentschlossenheit dem Tode geweiht. Sie verstanden nicht, dass ihr Verhalten sie alle in höchste Gefahr brachte.

»Du hattest recht mit deinen Vermutungen«, erklärte Bremen nun. »Ich habe mich darauf verlassen, dass ihr die Magie nicht aufgeben würdet. Und ich möchte, dass ihr mit mir fortgeht. Bei dem, was uns bevorsteht, werde ich eure Fähigkeiten und eure Kraft benötigen. Sagt mir, gibt es noch andere, die wir ansprechen können? Andere, die derselben Überzeugung sind?«

Tay und Risca wechselten einen raschen Blick. »Niemand«, sagte Risca schließlich. »Du wirst dich mit uns begnügen müssen.«

»Ihr werdet eure Sache gut machen«, erklärte Bremen und zwang sich zu einem Lächeln. Nur diese beiden würden sich Kinson und ihm anschließen! Nur diese beiden gegen so viele! Er seufzte. Nun, er hätte es voraussehen müssen. »Es tut mir Leid, dass ich so viel von euch verlange«, sagte er, und er meinte es ernst.

Risca schnaubte. »Ich wäre beleidigt, wenn du es nicht getan hättest. Paranor und seine alten Männer langweilen mich zu Tode. Niemand hat Interesse an mir oder meinen Fähigkeiten. Niemand wird in meine Fußstapfen treten. Tay geht es ebenso. Wir wären schon längst fortgegangen, wenn wir nicht abgemacht hätten, auf dich zu warten.«

Tay nickte. »Es ist für uns kein Anlass zur Traurigkeit, wenn du Reisebegleitung suchst, Bremen. Wir sind bereit.«

Bremen drückte beiden die Hand. »Packt zusammen, was ihr mitnehmen wollt, und trefft mich morgen früh vor dem Haupttor. Heute werden mein Gefährte Kinson Ravenlock und ich draußen im Wald übernachten. Kinson hat mich die vergangenen zwei Jahre begleitet und sich als sehr wertvoll erwiesen. Er ist ein Fährtenleser und Kundschafter, ein Grenzländer von großem Mut und fester Entschlossenheit.«

»Wenn er mit dir reist, braucht er keine weitere Empfehlung«, sagte Tay. »Wir werden dich jetzt verlassen. Caerid Lock wartet irgendwo auf der Treppe weiter unten auf dich.« Tay machte eine bedeutungsvolle Pause. »Caerid wäre ein großartiger Mann für uns, Bremen.«

Der alte Mann nickte. »Ich weiß. Ich werde ihn bitten mitzukommen. Schlaft gut. Wir treffen uns bei Sonnenaufgang.«

Der Zwerg und der Elf schlüpften durch die Tür und schlossen sie leise hinter sich. Bremen blieb allein auf dem Absatz zurück; einen Augenblick verharrte er dort und dachte über das nach, was als nächstes zu tun war. Die Zeit lief ihm davon. Er brauchte nicht viel, aber er würde trotzdem schnell sein müssen.

Und er war auf die Unterstützung von Caerid Lock angewiesen.

Er eilte die Treppe hinunter, seine Gedanken kreisten um die Einzelheiten seines Plans. Der modrige Geruch des abgeschlossenen Tunnels ließ ihn die Nase rümpfen. So war es nicht überall; die Hauptkorridore und Treppen der Burg wurden vom Feuerofen, der die Druidenfestung das ganze Jahr hindurch beheizte, mit Frischluft versorgt, und Luftklappen und Schlitze kontrollierten den sauberen und warmen Luftstrom. Aber so etwas gab es in diesen verborgenen Gängen nicht.

Er fand den Befehlshaber der Garde von Paranor zwei Treppenabsätze weiter unten, wo er allein im Schatten stand.

»Ich dachte, es wäre angenehmer für dich, deine Freunde alleine zu treffen«, sagte er.

»Ich danke dir«, erwiderte Bremen, gerührt von der Umsicht des anderen. »Aber wir würden dich gerne als einen der Unsrigen betrachten. Wir brechen bei Morgendämmerung auf. Wirst du mitkommen?«

Caerid lächelte leicht. »Ich habe mir gedacht, dass du so etwas vorhast. Risca und Tay brennen darauf, Paranor zu verlassen – das ist kein Geheimnis.« Er schüttelte langsam den Kopf. »Aber was mich betrifft, Bremen, meine Pflicht liegt hier. Gerade dann, wenn das wahr ist, was du glaubst. Jemand muss die Druiden von Paranor beschützen, und wenn es bedeutet, sie vor sich selbst zu schützen. Dazu bin ich am besten geeignet. Die Wache hört auf mich, sie besteht aus handverlesenen, unter meinem Befehl ausgebildeten Männern. Es wäre nicht recht, sie jetzt im Stich zu lassen.«

Bremen nickte. »Vermutlich nicht. Trotzdem hätten wir dich gerne bei uns gehabt.«

Caerid lächelte beinahe. »Ich wäre auch gerne mit euch gegangen. Aber meine Entscheidung steht fest.«

»Dann gib gut acht, was zwischen diesen Mauern geschieht, Caerid Lock.« Bremen sah ihm fest in die Augen. »Vergewissere dich, welche Männer du führst. Sind Trolle unter ihnen? Sind Männer dabei, die dich verraten könnten?«

Der Befehlshaber der Garde schüttelte entschlossen den Kopf. »Niemand. Alle werden bei mir bleiben, bis in den Tod. Sogar die Trolle. Ich würde mein Leben darauf verwetten, Bremen.«

Bremen lächelte sanft. »Das tust du auch.« Er blickte sich einen Augenblick um, als suchte er jemanden. »Er wird kommen, Caerid – der Dämonenlord mit seinen geflügelten Dienern, den sterblichen Anhängern und vielleicht noch anderen Geschöpfen, die er aus irgendeinem finsteren Loch herbeiruft. Er wird über Paranor herfallen und versuchen, euch zu zermalmen. Du musst gut auf dich aufpassen, mein Freund.«

Der Krieger nickte. »Er wird uns nicht unvorbereitet finden.« Er hielt Bremens Blick stand. »Es ist jetzt Zeit, dich zu den Toren hinunterzubringen. Möchtest du Vorräte mitnehmen?«

Bremen nickte. »Gern.« Dann zögerte er. »Beinahe hätte ich es vergessen. Kann ich noch einmal mit Kahle Rese sprechen? Ich fürchte, unsere Begegnung verlief ein wenig unglücklich, und ich möchte mich mit ihm aussöhnen, bevor ich euch verlasse. Könntest du mir noch einen Augenblick Zeit lassen, Caerid? Ich bin sofort wieder zurück.«

Der Elf dachte kurz über diese Bitte nach, dann nickte er. »Also gut. Aber beeil dich. Ich habe Athabascas Anweisung schon bis zu ihren Grenzen strapaziert.«

Bremen lächelte ihn entwaffnend an und ging noch einmal die Treppe hinauf. Er hasste es, Caerid Lock anzulügen, aber es gab keine andere Möglichkeit. Der Befehlshaber der Garde würde niemals gutheißen, was Bremen jetzt unter allen Umständen tun musste, Freundschaft hin oder her. Bremen stieg zwei Stockwerke hoch, trat dann durch eine Tür in einen zweiten Gang, folgte diesem rasch bis zum Ende und gelangte zu einer zweiten Treppe, die noch enger und steiler als die erste war. Er schritt leise und mit großer Vorsicht voran, er konnte es sich nicht leisten, jetzt entdeckt zu werden. Was er vorhatte, war verboten, und wenn Athabasca ihn dabei überraschte, wäre es gut möglich, dass er ihn in den tiefsten Kerker werfen und dort für alle Zeiten liegen ließe.

Am Ende der schmalen Treppe blieb Bremen vor einer gewaltigen Holztür stehen. Schlösser mit Ketten, so breit wie Bremens knochige Handgelenke, sicherten die Tür. Vorsichtig berührte er die Schlösser, und eines nach dem anderen öffnete sich mit einem leisen Klicken. Er löste die Ketten aus ihrem Sicherheitsring und stieß mit dem Fuß gegen die Tür. Mit einer Mischung aus Erleichterung und Beklommenheit beobachtete er, wie sie langsam aufschwang.

Er schlüpfte hindurch und fand sich auf einem Sims wieder. Die Mauern unter ihm fielen tief nach unten in ein schwarzes Loch, von dem es hieß, dass es bis zum Inneren der Erde reichte. Niemand war jemals bis auf den Grund hinabgestiegen und zurückgekehrt. Niemand hatte jemals ein Licht tief genug hinunterwerfen und erkennen können, was dort war. Es war der Druidenbrunnen, der Ort, an dem sich all das angesammelt hatte, was von der Zeit und vom Schicksal übrigblieb, von der Magie und den Wissenschaften, den Lebenden und Toten, den Sterblichen und Unsterblichen. Dieser Brunnen existierte schon seit den Tagen der Feen. Er war – wie der See Hadeshorn im Tal von Shale – eine der wenigen Verbindungen zwischen den Welten des Diesseits und des Jenseits. Legenden berichteten über die schrecklichen Dinge, die dieser Brunnen verschluckt hatte, und wie er im Laufe der Jahre benutzt worden war. Bremen hatte kein Interesse an den Legenden. Er hatte schon vor langer Zeit erkannt, dass dieses Loch ein Schacht war und Magie aus Bereichen vereinigte, die keine lebende Seele jemals besucht hatte, und dass tief in der Schwärze, die sein Geheimnis verschleierte, eine Macht lag, die keine Kreatur jemals herausfordern sollte.

Bremen hob die Arme und begann zu rezitieren. Seine Stimme war leise und fest, die Beschwörung kunstfertig. Bremen schaute nicht nach unten, auch nicht, als Seufzer und andere Geräusche aus der Tiefe empordrangen. Ganz leicht bewegte er seine Hände in einem Muster, das Gehorsam befahl. Er sprach die Worte ohne Zögern, denn selbst das geringste Zittern hätte seine Bemühung zunichte machen können.

Schließlich griff er zwischen die Falten seines Umhangs und holte eine Prise grünlichen Staubs hervor, den er in den Abgrund warf. Der Staub glitzerte heimtückisch, als er sich langsam ausbreitete; er schien mehr zu werden, sich zu vervielfältigen, bis aus den wenigen Körnern Tausende geworden waren. Einen Augenblick lang hingen sie in der Luft, schimmerten vor dem schwarzen Hintergrund, dann erloschen sie und waren verschwunden.

Bremen trat schnell einen Schritt zurück; er rang nach Luft und spürte, wie ihn der Mut verließ, als er sich an den kalten Stein der Turmmauer lehnte. Er hatte nicht mehr soviel Kraft wie einst. Es fehlte ihm an Entschlossenheit. Er Schloss die Augen und wartete darauf, dass die Bewegungen und das Seufzen wieder abebbten. Magie war so anstrengend! Wie gerne wäre er wieder jung gewesen! Er wünschte sich, den Körper und die Entschlossenheit eines jungen Mannes zu haben. Aber er war alt und ging dem Tode entgegen, und es war nutzlos, das Unmögliche herbeizusehnen. Er musste mit dem auskommen, was er besaß.

Etwas kratzte an der Steinmauer unter ihm – vielleicht Klauen oder Schuppen. Sie kamen nach oben, um zu sehen, ob derjenige, der die Zauberformel gesprochen hatte, noch da war!

Bremen riss sich zusammen und stolperte durch die Tür. Er schloss sie fest hinter sich. Sein Herz klopfte wild, und sein Gesicht war von einer dünnen Schweißschicht bedeckt. *Verlasse diesen Ort*, flüsterte eine schroffe Stimme irgendwo von der anderen Seite der Tür, weit unten aus dem Loch. *Geh sofort weg!*

Mit zitternden Händen befestigte Bremen die Schlösser und Ketten wieder. Dann hastete er über die engen Treppen und durch die leeren Gänge zurück zu Caerid Lock.

Kapitel 4

Bremen und Kinson Ravenlock verbrachten die Nacht in einem Wald, in einiger Entfernung von Paranor und seinen Druiden. Sie fanden einen kleinen Fichtenhain, der ihnen angemessenen Schutz gewährte, denn selbst hier mussten sie Vorsicht vor den geflügelten Jägern walten lassen, die die Nacht durchstreiften. Sie entzündeten kein Lagerfeuer, spülten nur ein bisschen Brot, Käse und Frühlingsäpfel mit Bier hinunter. Währenddessen besprachen sie die Ereignisse des Tages. Bremen informierte Kinson über die Ergebnisse seines Versuches, vor dem Druidenrat sprechen zu dürfen, und er berichtete ihm von den Gesprächen, die er mit einigen in der Festung geführt hatte. Kinson beschränkte sich darauf, mit ausdruckslosem Gesicht zu nicken und zu knurren, als Bremen von seinem fehlgeschlagenen Versuch erzählte. Der Grenzländer besaß sowohl die Geistesgegenwart als auch den Anstand, den alten Mann nicht darauf hinzuweisen, dass er genau dies vorhergesagt hatte.

Danach schliefen sie, müde von dem langen Marsch über die Ebene von Streleheim und den vielen schlaflosen Nächten zuvor. Sie wachten abwechselnd, denn sie konnten sich nicht einmal darauf verlassen, dass die Nähe der Druidenfestung sie schützen würde. Keiner von ihnen glaubte, dass er in der nächsten Zeit irgendwo sicher sein würde. In diesen Tagen hielt sich der Dämonenlord auf, wo er wollte, und seine Jäger waren seine Augen. Bremen übernahm die erste Wache, und einmal glaubte er, etwas gespürt zu haben, die Anwesenheit von etwas, das seinen warnenden Instinkt geweckt hatte. Es war gegen Mitternacht, als seine Wache sich bereits dem Ende zuneigte und er schon an Schlaf dachte. Beinahe hätte er es übersehen. Aber es geschah nichts weiter, und das prickelnde Gefühl, das sein Rückgrat hinuntergewandert war, verschwand so schnell wieder, wie es gekommen war.

Bremen schlief tief und traumlos, aber er war bereits vor Sonnenaufgang wieder wach und sinnierte darüber, was als nächstes zu tun war, um die drohende Gefahr zu bekämpfen. Kinson trat mit der Geräuschlosigkeit einer Katze aus den Schatten und kniete sich neben ihn.

»Da ist ein Mädchen, das dich sehen will«, sagte er.

Bremen nickte wortlos und setzte sich aufrecht hin. Das Dunkel der Nacht ging in hellere Grautöne über, und am östlichen Horizont zeigte der Himmel einen Hauch von Silber. Der Wald fühlte sich leer und still an, ein gewaltiges, dunkles Labyrinth aus zottigen Zweigen, mit einem Dach aus dichten Ästen, das sie wie ein Sarg umgab.

»Wer ist sie?«, fragte der alte Mann.

Kinson schüttelte den Kopf. »Sie hat ihren Namen nicht genannt, aber sie scheint eine Druidin zu sein. Sie trägt den Umhang und das Zeichen.«

»Also gut«, meinte Bremen und stand auf. Seine Muskeln schmerzten, und seine Gelenke fühlten sich steif und schwerfällig an.

»Sie bot an zu warten, aber ich wusste, dass du bereits wach sein würdest.«

Bremen gähnte. »Ich werde durchschaubarer, als es mir guttut. Ein Mädchen, sagst du? Unter den Druiden gibt es nicht viele Frauen, und erst recht nicht viele Mädchen.«

»Ich war auch sehr erstaunt. Aber sie scheint keine Gefahr darzustellen, und sie ist sehr bestrebt, mit dir zu sprechen.«

Kinson schien der Angelegenheit gleichgültig gegenüberzustehen, was bedeutete, dass er sie vermutlich für Zeitverschwendung hielt. Bremen strich sich den zerknitterten Umhang glatt. Der Mantel hatte eine Wäsche dringend nötig, ebenso wie sein Besitzer. »Hast du während deiner Wache irgendwelche geflügelten Jäger gesehen?«

Kinson schüttelte den Kopf. »Aber ich habe sie gespürt. Sie durchstreifen diese Wälder, soviel ist sicher. Wirst du mit dem Mädchen sprechen?«

Bremen schaute ihn an. »Wo ist sie?«

Kinson führte ihn aus dem Schutz des Hains zu einer kleinen, kaum mehr als fünfzig Fuß entfernten Lichtung, wo das Mädchen wartete. Sie war nicht sehr groß, eher zierlich und hatte sich in ihren Umhang gewickelt und die Kapuze hochgezogen, um ihr Gesicht zu verbergen. Sie bewegte sich nicht, als sie Bremen sah, sondern wartete darauf, dass er näher trat.

Bremen verlangsamte seinen Schritt. Er fragte sich, weshalb das Mädchen sie so leicht gefunden hatte. Sie hatten sich absichtlich weit zwischen die Bäume zurückgezogen, um es anderen schwerer zu machen, sie im Schlaf zu überraschen. Und dennoch hatte dieses Mädchen sie entdeckt – bei Nacht und nur mit Hilfe der Sterne und des Mondes, deren Licht zudem das schwere Dach der Äste kaum durchdringen konnte. Entweder war sie eine sehr gute Fährtenleserin, oder sie hatte Magie benutzt.

»Lass mich allein mit ihr sprechen«, bat er Kinson.

Er schritt über die Lichtung auf sie zu. Die junge Frau schlug ihre

Kapuze jetzt zurück, so dass er ihr Gesicht sehen konnte. Sie war sehr jung, aber kein Mädchen mehr, wie Kinson gedacht hatte. Sie hatte kurz geschnittenes, schwarzes Haar und unglaublich dunkle Augen. Ihre Gesichtszüge waren sehr fein und weich, und sie sah arglos aus. Sie trug tatsächlich den Umhang der Druiden und die erhobene Hand und die brennende Fackel des Eilt Druin auf ihrer Brust.

»Mein Name ist Mareth«, sagte sie und reichte Bremen die Hand, eine kleine, aber feste Hand, schwielig von der Arbeit. »Mareth«, grüßte Bremen.

Sie zog ihre Hand wieder zurück und sah ihm mit festem Blick direkt in die Augen. Ihre Stimme war tief und zwingend. »Ich bin eine Druidenschülerin, zwar noch nicht in den Orden aufgenommen, aber man hat mir die Erlaubnis erteilt, in der Festung zu studieren. Ich bin vor zehn Monaten als Heilerin hierher gekommen. Vorher habe ich mehrere Jahre im Land des Silberflusses studiert, dann zwei Jahre in Storlock. Ich begann meine Studien der Heilkunst, als ich dreizehn Jahre alt war. Meine Familie lebt im Südland, südlich von Leah.«

Bremen nickte. Wenn man ihr gestattet hatte, in Storlock die Heilkunst zu studieren, musste sie Talent besitzen. »Was möchtest du von mir, Mareth?«, fragte er sanft.

Ihre dunklen Augen blinzelten. »Ich möchte mich Euch anschließen.«

Er lächelte schwach. »Du weisst nicht einmal, wohin ich gehe.«

Sie nickte. »Das ist nicht wichtig. Ich weiß, welchem Ziel Ihr dient. Ich weiß, dass die Druiden Risca und Tay Trefenwyd Euch begleiten. Ich möchte ebenfalls mit Euch kommen. Wartet. Bevor Ihr etwas sagt, hört mich bis zu Ende an. Ich werde Paranor verlassen, ob Ihr mich mitnehmt oder nicht. Ich bin hier in Ungnade gefallen, besonders bei Athabasca. Ich bin in Ungnade gefallen, weil ich mich entschied, das Studium der Magie zu verfolgen, als man es mir untersagte. Ich sollte nur Heilerin sein. Ich sollte nur die Fähigkeiten und das Wissen anwenden, das der Rat für angemessen hält.«

Für eine Frau. Bremen spürte die Worte, die sie nicht ausgesprochen, aber im Stillen hinzugefügt hatte.

»Ich habe alles gelernt, was ich von ihnen lernen kann«, fuhr sie fort. »Sie würden das niemals zugeben, aber es ist so. Ich brauche einen neuen Lehrer. Ich brauche Euch. Ihr wisst mehr über Magie als jeder andere. Ihr versteht ihre Feinheiten und Erfordernisse, wisst von den Schwierigkeiten bei ihrer Anwendung, kennt die Probleme, die auftauchen, wenn man sie in das eigene Leben einfügt. Niemand sonst hat Eure Erfahrung. Ich möchte von Euch lernen.«

Er schüttelte bedächtig den Kopf. »Mareth, auf meinen Weg sollten sich nur jene wagen, die erfahren sind.«

»Wird es gefährlich werden?«, fragte sie.

»Sogar für mich. Sicherlich für Risca und Tay, die immerhin ein wenig von Magie verstehen. Aber ganz besonders für dich.«

»Nein«, erklärte sie ungerührt. »So gefährlich, wie Ihr denkt, wird es für mich nicht sein. Es gibt etwas, von dem ich noch nicht erzählt habe. Etwas, von dem niemand hier auf Paranor weiß, auch wenn ich glaube, dass Athabasca es vermutet. Ich bin nicht völlig unerfahren. Ich benutze Magie in einer Art, die jenseits dessen liegt, was ich mir durch das Studium aneignen könnte. Ich besitze angeborene Magie.«

Bremen starrte sie an. »Angeborene Magie?«

»Ihr glaubt mir nicht«, sagte sie sofort.

Damit hatte sie recht. Bremen hatte noch nie gehört, dass es so etwas gab. Magie erwarb man sich durch intensives Studium und durch Übung, man erbte sie nicht einfach. Zumindest nicht in diesen Tagen. Zu Zeiten der Feen war das natürlich anders gewesen, da hatte Magie ebenso wie die Zusammensetzung des Blutes und des Gewebes zum Erbe eines Wesens gehört. Aber niemand in den Vier Ländern konnte sich daran erinnern, dass jemand mit der Fähigkeit zur Magie geboren worden war.

Zumindest kein menschliches Wesen.

Er starrte sie immer noch an.

»Das Problem bei meiner Magie«, fuhr sie fort, »liegt darin, dass ich sie nicht immer kontrollieren kann. Sie reagiert auf emotionale Ausbrüche, Stimmungsschwankungen oder auch Gedankengänge. Ich kann die Magie herbeibefehlen, aber manchmal macht sie auch, was sie will.«

Sie zögerte, und zum ersten Mal senkte sie ihren Blick einen Augenblick, bevor sie Bremen wieder ansah. Als sie dann sprach, glaubte er, eine Spur Verzweiflung in ihrer Stimme entdecken zu können. »Bei allem, was ich tue, muss ich vorsichtig sein. Ununterbrochen verberge ich Teile meines Wesens, achte sorgfältig auf mein Verhalten, meine Reaktionen, meine Gewohnheiten.« Sie presste ihre Lippen zusammen. »Ich kann so nicht weiterleben. Ich bin nach Paranor gegangen, weil ich mir dort Hilfe erhoffte, aber ich habe keine gefunden. Jetzt wende ich mich an Euch.«

Sie hielt inne, dann fügte sie noch ein Wort hinzu: »Bitte.«

In diesem einen Wort lag eine Wehmut, die den alten Mann überraschte. Einen kurzen Augenblick lang hatte sie ihre Beherrschung verloren, die Fassade aus Härte und Willensstärke, die sie zu ihrem Schutz um sich errichtet hatte. Bremen wusste noch nicht, ob er ihr glauben sollte. Ihre Not jedoch, ihre Qual, waren nicht zu leugnen.

»Wenn Ihr mich mitnehmt, werde ich Euch nützlich sein«, erklärte sie ruhig. »Ich werde eine treue Verbündete sein und mich nach dem richten, was Ihr von mir erwartet. Wenn Ihr Euch dem Dämonenlord stellen müsst, werde ich an Eurer Seite stehen.« Sie beugte sich kaum merklich nach vorn, es war eigentlich nur eine knappe Bewegung des dunklen Kopfes. »Meine Magie ist sehr mächtig«, vertraute sie ihm mit leiser Stimme an.

Er griff nach ihrer Hand. »Wenn du bis nach Sonnenaufgang warten kannst, werde ich über diese Sache nachdenken«, erklärte er. »Wenn Tay und Risca hier sind, werde ich mich mit ihnen beraten müssen.«

Sie nickte und sah über ihn hinweg. »Und mit Eurem anderen Freund?«

»Ja, mit Kinson auch.«

»Aber er hat keine magischen Fähigkeiten, nicht wahr? Im Gegensatz zu euch anderen?«

»Nein, aber er hat Fähigkeiten anderer Art. Du kannst es spüren, nicht wahr? Dass er keine magischen Fähigkeiten besitzt?«

»Ja.«

»Ich möchte noch etwas wissen. Hast du uns mit Hilfe der Magie in diesem Versteck aufgespürt?«

Sie schüttelte den Kopf. »Nein. Das war Instinkt. Ich habe Euch gespürt. Ich konnte so etwas schon immer.« Sie starrte ihn an und fing seinen Blick auf. »Ist das eine Art von Magie, Bremen?«

»Ja, das ist es. Keine Form von Magie, die man so einfach wie manche andere erkennen könnte, aber dennoch Magie. Angeborene Magie, möchte ich hinzufügen – keine erworbene Fähigkeit.«

»Ich habe keine erworbenen Fähigkeiten«, sagte sie ruhig und verschränkte die Arme unter dem Umhang, als wäre ihr plötzlich kalt geworden.

Er betrachtete sie einen Moment und dachte nach. »Setz dich hierher, Mareth«, sagte er schließlich und deutete auf eine Stelle hinter ihr. »Warte mit mir auf die anderen.«

Sie kam seiner Aufforderung nach und ging zu einem kleinen Fleckchen Gras, das dort gewachsen war, wo die Bäume die Sonnenstrahlen nicht fern halten konnten. Mit angewinkelten Knien saß sie auf ihrem Umhang. Sie sah aus wie eine kleine, dunkle Statue. Bremen warf noch einen letzten Blick auf sie, ehe er quer über die Lichtung zu Kinson ging.

»Was wollte sie?«, fragte der Grenzländer, während sie gemeinsam auf die Bäume zuschritten.

»Sie möchte sich uns anschließen«, antwortete Bremen.

Kinson runzelte nachdenklich die Stirn. »Aus welchem Grund?«

Bremen blieb stehen und sah ihn an. »Sie hat mir noch keinen genannt.« Er schaute zurück zu Mareth. »Sie hat mir genügend Gründe gegeben, damit ich über ihre Bitte nachdenke, aber etwas scheint sie auch zurückzuhalten.«

»Also wirst du ihre Bitte ablehnen?«

Bremen lächelte. »Wir werden auf die anderen warten und zusammen darüber sprechen.«

Sie mussten nicht lange warten. Wenige Minuten später stieg die Sonne über die Berge und erklomm die Wipfel der Bäume, sie verströmte ihr Licht über die schattigen Nischen und verjagte auch das letzte Zwielicht. In Schattierungen von Grün, Braun und Gold kehrte die Farbe ins Land zurück, und die Vögel kamen hervor, um mit ihrem Gesang den neuen Tag zu begrüßen. In den dunkleren Bereichen des immer heller werdenden Waldes hielt sich noch hartnäckiger Nebel, und durch eine dieser Nebelwände, die die Mauern von Paranor verdeckte, kamen nun Risca und Tay Trefenwyd herbei. Beide hatten ihre Druidenumhänge gegen Reisekleidung eingetauscht; beide trugen Rucksäcke, die locker über ihren breiten Schultern hingen. Der Elf war mit einem Langbogen und einem schmalen Jagdmesser bewaffnet, der Zwerg hatte ein kurzes, zweihändiges Breitschwert und einen Knüppel von der Dicke seines Unterarms bei sich, außerdem war eine Streitaxt an seinen Gürtel geschnallt.

Ohne Mareth zu bemerken, gingen sie direkt auf Bremen und Kinson zu. Mareth erhob sich und blieb abwartend stehen.

Tay bemerkte sie zuerst; er hatte die Bewegung aus den Augenwinkeln wahrgenommen. »Mareth.«

Risca folgte seinem Blick und seufzte.

»Sie hat gebeten, uns begleiten zu dürfen«, verkündete Bremen ohne Umschweife. »Sie behauptet, dass sie uns nützlich sein kann.«

Risca grunzte jetzt und drehte sich um, so dass er dem Mädchen den Rücken kehrte. »Sie ist noch ein Kind«, brummte er.

»Sie ist bei Athabasca in Ungnade gefallen, weil sie versucht hat, sich mit Magie zu beschäftigen«, sagte Tay und wandte langsam den

Blick von ihr ab. Der Elf lächelte. »Ich halte sie für viel versprechend. Mir gefällt ihre Entschlossenheit. Sie hat kein bisschen Angst vor Athabasca.«

Bremen schaute ihn an. »Können wir ihr vertrauen?«

Tay lachte. »Was für eine merkwürdige Frage! Vertrauen bei was? Es gibt eine Redensart, die besagt, man kann niemandem vertrauen außer dir und mir, und ich kann nur für mich sprechen«, nickte er Kinson zu. »Guten Morgen, Grenzländer. Ich bin Tay Trefenwyd.«

Der Elf schüttelte Kinson die Hand, und Risca tat es ihm nach. Bremen entschuldigte sich dafür, dass er es versäumt hatte, sie einander vorzustellen. Der Grenzländer erklärte, daran gewöhnt zu sein, und zuckte bedeutungsvoll die Schultern.

»Nun, dann also zu dem Mädchen.« Tay brachte das Gespräch wieder zum Ausgangspunkt zurück. »Ich mag sie, aber Risca hat recht. Sie ist noch sehr jung. Ich weiß nicht, ob ich meine Zeit damit verbringen will, auf sie aufzupassen.«

Bremen schnaubte. »Sie macht nicht den Eindruck, als wäre das nötig. Sie behauptet, mit Magie umgehen zu können.«

Jetzt meldete sich Risca wieder zu Wort. »Sie ist eine Schülerin. Sie ist noch nicht einmal drei Jahreszeiten auf Paranor. Woher sollte sie irgendwelche Fähigkeiten haben?«

Bremen schaute Kinson an und sah, dass der Grenzländer seine Entscheidung getroffen hatte. »Es ist unwahrscheinlich, nicht?«, meinte er zu Risca. »Nun, teilt mir eure Entscheidung mit. Kommt sie mit oder nicht?«

»Nein«, sagte Risca sofort.

Kinson zuckte die Achseln und nickte zustimmend.

»Tay?«, fragte Bremen den Elf.

Tay Trefenwyd seufzte zögernd. »Nein.«

Bremen ließ sich etwas Zeit, um ihre Antworten zu überdenken, dann nickte er. »Nun, auch wenn ihr gegen sie gestimmt habt, finde ich, dass sie mit uns kommen sollte.« Seine Gefährten starrten ihn an. Sein wettergegerbtes Gesicht legte sich plötzlich mit einem Lächeln in Falten. »Ihr solltet euch sehen! Also gut, ich will es erklären. Zunächst einmal ist etwas Faszinierendes an ihrer Bitte, von dem ich noch nicht erzählt habe. Sie möchte mit mir arbeiten, von mir den Gebrauch der Magie erlernen. Sie willigte beinahe in alle Bedingungen ein. Sie scheint es sich verzweifelt zu wünschen. Sie hat mich nicht angefleht oder gebettelt, aber die Verzweiflung lag deutlich in ihrem Gesicht.«

»Bremen…«, begann Risca.

»Zum anderen«, unterbrach der Druide den Zwerg, »behauptet sie, angeborene magische Fähigkeiten zu besitzen. Ich denke, dass sie vielleicht die Wahrheit sagt. Wenn dem so ist, kann es uns nicht schaden, das Wesen dieser Magie zu untersuchen und sie vielleicht auch zu nutzen. Immerhin sind wir sonst nur zu viert.«

»So schlimm steht es noch nicht, dass wir…«, begann Risca wieder.

»O doch, das tut es, Risca«, schnitt Bremen ihm das Wort ab. »Das tut es ganz sicher. Vier gegen den Dämonenlord, seine geflügelten Jäger, seine Untergebenen aus der Unterwelt und das gesamte Volk der Trolle – wie viel schlimmer könnte es denn noch stehen? Niemand aus Paranor hat uns ansonsten Hilfe angeboten. Nur Mareth. Ich habe keine Lust, in dieser Situation jemanden abzulehnen.«

»Du hast vorhin gesagt, dass sie etwas vor dir verborgen hält«, erinnerte Kinson. »Das spricht nicht gerade für das Vertrauen, das du suchst.«

»Wir alle verbergen dies oder jenes, Kinson«, wies Bremen ihn zurecht. »Daran ist nichts Merkwürdiges. Mareth kennt mich kaum. Warum sollte sie mir bei unserer ersten Unterhaltung alles anvertrauen? Sie ist vorsichtig, weiter nichts.«

»Mir gefällt das nicht«, erklärte Risca missmutig. Er lehnte den schweren Knüppel gegen seinen muskulösen Oberschenkel. »Sie mag durchaus Magie zur Verfügung haben, und sie hat vielleicht auch das Talent, sie anzuwenden. Aber das ändert nichts an der Tatsache, dass wir so gut wie nichts von ihr wissen. Und ganz besonders wissen wir nicht, ob wir uns auf sie verlassen können. Ein solches Risiko gehe ich nicht gerne ein, Bremen.«

»Nun, ich denke, wir sollten im Zweifelsfall zu ihren Gunsten entscheiden«, wandte Tay vergnügt ein. »Wir werden Zeit genug haben, uns unsere Meinung über sie zu bilden, bevor sie ihren Mut unter Beweis stellen muss. Und es gibt auch einige Dinge, die bereits für sie sprechen. Wir wissen, dass sie als Schülerin von den Druiden aufgenommen wurde – das alleine ist ein sehr gutes Zeichen. Und sie ist eine Heilerin, Risca. Es könnte sein, dass wir ihre Fähigkeiten brauchen werden.«

»Lass sie mitgehen«, stimmte Kinson widerwillig zu. »Bremen hat seine Wahl ohnehin schon getroffen.«

Risca zog die Stirn in düstere Falten und reckte die breiten Schultern. »Nun, er mag vielleicht *seine* Wahl getroffen haben, aber ganz bestimmt nicht die meine.« Er starrte den alten Mann einen Augenblick wortlos an. Tay und Kinson warteten gespannt, aber Bremen ging nicht darauf ein. Er stand einfach nur da.

Am Ende war Risca derjenige, der nachgab. Er schüttelte den Kopf, zuckte die Schultern und wandte sich ab. »Du bist der Anführer, Bremen. Nimm sie mit, wenn du willst. Aber erwarte von mir nicht, dass ich ihr die Nase abwische.«

»Ich werde sie darauf aufmerksam machen«, erklärte Bremen mit einem Augenzwinkern und bedeutete der jungen Frau, zu ihnen zu treten.

Kurze Zeit später brachen sie auf, eine Gruppe von fünf Personen mit Bremen an der Spitze. Risca und Tay Trefenwyd gingen an seiner rechten und linken Seite, Kinson einen Schritt hinter ihnen, und Mareth folgte als letzte. Die Sonne stand jetzt hoch an einem strahlend blauen und wolkenlosen Himmel, sie erklomm den östlichen Teil der Drachenzähne und erhellte das dichtbewaldete Tal.

Die kleine Gruppe wandte sich auf wenig benutzten, kurvenreichen Pfaden nach Süden, über breite, ruhige Bäche hinweg und in die mit Gestrüpp bedeckten Ausläufer des Gebirges, das von der Waldung zum Kennonpaß führte. Gegen Mittag hatten sie das Tal verlassen und betraten den Pass; die Luft war mittlerweile schneidend kalt. Die fünf blickten zurück zu den gewaltigen Mauern von Paranor. Umgeben von altem Baumbestand thronte die Druidenfestung auf dem felsigen Vorgebirge. Das grelle Licht der Sonne ließ den Stein inmitten der grünen Bäume fade und unversöhnlich wirken, wie eine Nabe im Zentrum eines gewaltigen Rads. Einer der Gefährten nach dem anderen drehte sich um und warf einen Blick zurück, erinnerte sich gedankenversunken an die Ereignisse der vergangenen Jahre. Nur Mareth zeigte kein Interesse, ihr Blick war absichtlich nach vorn gerichtet, ihr Gesicht war eine ausdruckslose Maske.

Dann betraten sie den Kennon, und seine zerklüfteten Wände erhoben sich über ihnen, große Steintafeln, die die Axt der Zeit in langsamen Schwüngen zerteilt hatte, und Paranor entschwand ihrem Blick.

Nur Bremen wusste, wohin sie gingen, und er behielt die Information für sich, bis sie in der Nacht oberhalb des Mermidon in einiger Entfernung zum Pass ihr Lager im Schutz der Wälder aufschlugen. Kinson hatte einmal gefragt, als er mit dem alten Mann allein gewesen war, und Risca hatte ihn im Beisein aller darauf angesprochen, aber Bremen hatte es vorgezogen zu schweigen. Auch die Gründe behielt er für sich, und so erhielten seine Kameraden keinerlei Erklärung. Dennoch stellte niemand seine Entscheidung in Frage.

Aber in dieser Nacht, nachdem sie ein Feuer entfacht und etwas zu essen gekocht hatten – für Kinson die erste warme Mahlzeit seit Wochen –, gab Bremen endlich das Ziel ihrer Reise preis.

»Ich werde euch jetzt erzählen, wohin wir gehen«, erklärte er schlicht. »Wir marschieren zum Hadeshorn.«

Sie saßen um das kleine Feuer herum und beschäftigten jetzt, nachdem sie ihre Mahlzeit beendet hatten, ihre Hände mit anderen Tätigkeiten. Risca schärfte die Klinge seines Breitschwertes. Tay nippte an einem Bierschlauch und malte Bilder in den Staub. Kinson nähte einen neuen Streifen Leder in einen Schuh ein, da die Sohle sich gelöst hatte. Mareth saß abseits und beobachtete sie alle mit ihrem seltsamen, kühlen Blick, der alles in sich aufnahm und nichts preisgab.

Stille trat ein. Vier Köpfe schossen ruckartig nach oben und starrten Bremen an. »Ich habe vor, mit den Geistern der Toten zu sprechen, um herauszufinden, was wir tun müssen, wenn wir die Rassen beschützen wollen. Ich möchte etwas über unser weiteres Vorgehen, über unser Schicksal erfahren.«

Tay Trefenwyd räusperte sich. »Der Zutritt zum Hadeshorn ist Sterblichen verboten. Sogar Druiden. Seine Wasser sind giftig. Ein Tropfen, und du bist tot.« Er sah Bremen nachdenklich an, dann schaute er wieder weg. »Aber das wusstest du bereits, nicht wahr?«

Bremen nickte. »Es ist gefährlich, den Hadeshorn zu besuchen. Es ist sogar noch gefährlicher, die Toten anzurufen. Aber ich habe mich mit der Magie beschäftigt, die die Unterwelt und ihre Tore gegen uns schützt, und solche Wege, wie sie zwischen den beiden Welten bestehen, habe ich bereits beschritten und bin zurückgekehrt.« Er lächelte den Elfen an. »Ich bin weit gereist, seit wir uns das letzte Mal trafen, Tay.«

Risca grunzte. »Ich bin mir nicht sicher, ob ich mein Schicksal kennen möchte.«

»Ich auch nicht«, echote Kinson.

»Ich will alles hören, was sie bereit sind, mir zu geben«, erklärte Bremen. »Sie werden entscheiden, was wir erfahren sollen.«

»Du glaubst, dass die Geister in einer Sprache sprechen, die du verstehen kannst?« Risca schüttelte den Kopf. »Ich hätte nicht gedacht, dass es so funktioniert.«

»Das tut es auch nicht«, gab Bremen zu. Er rückte näher ans Feuer und streckte die Hände nach der Wärme aus. Die Nacht war kühl, selbst unterhalb der Berge. »Wenn die Toten erscheinen, bieten sie Visionen an, die an ihrer Stelle sprechen. Die Toten haben keine Stimmen. Nicht die aus der Unterwelt. Nicht, solange …«

Er hielt inne und dachte über das nach, was er gerade sagen wollte. Ungeduldig winkte er ab. »Es bleibt die Tatsache, dass die Visionen dem, was die Geister sagen wollen, eine Stimme verleihen – wenn sie überhaupt etwas mitteilen wollen. Manchmal erscheinen sie nicht einmal. Aber wir müssen zu ihnen gehen und sie um ihre Hilfe bitten.«

»Das habt Ihr schon einmal getan«, sagte Mareth so plötzlich und klar, dass es nicht mehr wie eine Vermutung, sondern wie eine Feststellung klang.

»Ja«, gab der alte Mann zu.

Ja, dachte Kinson Ravenlock und erinnerte sich. Denn er war dabeigewesen. Eine schreckliche Nacht, voll grollender schwarzer Wolken und Strömen von Regen, voller Dampf, der aus der Oberfläche des Sees emporgezischt war, und voller Stimmen, die von den unterirdischen Kammern des Totenhauses heraufgerufen hatten. Kinson hatte am Rand des Tals von Shale gestanden und zugesehen, wie Bremen ans Ufer getreten war und die Geister der Toten zusammen mit einem Wetter erschienen waren, das für ihren schaurigen Zweck wie gemacht schien. Die Visionen hatte er nicht sehen können. Aber Bremen hatte sie gesehen, und sie waren nicht gut gewesen. Zumindest soviel hatte die Miene des alten Mannes enthüllt, als er schließlich im Morgengrauen wieder aus dem Tal emporgeklettert war.

»Es wird nichts geschehen«, versuchte Bremen ihnen zu versichern; ein schwaches und müdes Lächeln erschien in den Falten seines düsteren Gesichts.

Als sie sich zum Schlafen niederlegten, ging Kinson zu Mareth und beugte sich zu ihr hinunter. »Hier«, sagte er und bot ihr seine Reisedecke an. »Sie wird die nächtliche Kälte fern halten.«

Sie sah ihn nervös an und schüttelte den Kopf. »Ihr braucht sie so sehr wie ich, Grenzländer. Ich möchte nicht anders als die anderen behandelt werden.«

Kinson hielt ihrem Blick einen Moment stand, ohne zu sprechen. »Mein Name ist Kinson Ravenlock«, sagte er dann ruhig.

Sie nickte. »Ich kenne Euren Namen.«

»Ich halte die erste Wache und brauche dafür weder das Gewicht noch die Wärme der Decke. Ich behandle Euch also nicht anders als die anderen.«

Sie war verwirrt. »Ich muss auch Wache halten«, sagte sie beharrlich.

»Das werdet Ihr. Morgen. Jede Nacht wechseln sich zwei von uns ab.« Noch hatte er seine Beherrschung gut unter Kontrolle. »Werdet Ihr jetzt die Decke nehmen?«

Sie warf ihm einen kühlen Blick zu, dann willigte sie ein. »Danke«, sagte sie mit betont gleichgültiger Stimme.

Er nickte und stand auf. So schnell, dachte er, würde er ihr nicht wieder etwas anbieten.

Die Nacht war vollkommen still und von atemberaubender Schönheit. Der seltsam lilagefärbte Himmel war mit dicken Sternen und einem silbernen Viertelmond gespickt. Es fehlte jede Wolke oder eine andere Lichtquelle, und der Himmel wirkte so ungeheuerlich und unendlich, als hätte ihn jemand mit einem Besen leer gefegt und dann die Sterne wie Diamantensplitter über seine samtene Oberfläche verteilt. Tausende waren zu sehen, so viele an so vielen Orten, dass es aussah, als liefen sie wie vergossene Milch zusammen. Kinson blickte zu ihnen auf und staunte. Die Zeit verstrich gleichmäßig. Kinson bemühte sich, den vertrauten Geräuschen des Waldlebens zu lauschen, aber es war, als wären sämtliche Bewohner des Waldes vor Ehrfurcht erstarrt und hätten keine Zeit für die Verfolgung gewöhnlicher Ziele.

Er dachte an die Zeit zurück, da er als Junge in der Wildnis des Grenzlandes nordöstlich von Varfleet im Schatten der Drachenzähne gelebt hatte. Damals war es nicht viel anders gewesen.

Nachts, wenn seine Eltern und seine Brüder geschlafen hatten, hatte er oft wachgelegen und in den Himmel hinaufgestarrt, über dessen Größe gestaunt und an all die vielen Orte gedacht, die er überspannte – Orte, die er, Kinson, noch niemals gesehen hatte. Manchmal war er dann ans Schlafzimmerfenster getreten, als könnte er beim Näher kommen mehr von dem erkennen, was ihn draußen erwartete. Er hatte immer gewusst, dass er fortgehen würde, selbst als die anderen begonnen hatten, sich auf ein sesshafteres Leben vorzubereiten. Sie waren herangewachsen, hatten Familien gegründet und waren in ihre eigenen Häuser gezogen. Sie hatten gejagt, Fallen gestellt, Handel betrieben und das Land bestellt, auf dem sie geboren waren. Aber er hatte sich nur so dahintreiben lassen, immer mit dem Blick zum entfernten Himmel, immer mit dem Versprechen sich selbst gegenüber, eines Tages all das zu sehen, was darunter lag.

Er schaute immer noch zum Himmel auf, selbst jetzt, nachdem er mehr als dreißig Jahre seines Lebens hinter sich hatte. Er suchte immer noch nach dem, was er nicht gesehen hatte, was er nicht kannte. Er bezweifelte, dass sich das jemals ändern würde. Wenn doch, dann würde auch er selbst sich in einer Weise ändern, wie er es sich im Augenblick nicht vorstellen konnte.

Mitternacht brach an, und mit ihr kam Mareth. Sie war in Kinsons Decke gewickelt und trat so unerwartet und leichtfüßig aus den Schatten, dass jeder andere ihr Erscheinen überhaupt nicht bemerkt hätte. Kinson wandte sich um und begrüßte sie; er war überrascht, denn er hatte Bremen erwartet.

»Ich habe Bremen gebeten, mir die Wache zu überlassen«, erklärte sie dem Grenzländer. »Ich wollte nicht anders behandelt werden.«

Er nickte und schwieg.

Sie reichte ihm die Decke. Ohne den Wollstoff erschien sie klein und zerbrechlich. »Ich dachte, Ihr solltet sie zurück haben, wenn Ihr Euch schlafen legt. Es ist kalt geworden. Das Feuer ist beinahe völlig niedergebrannt, und es ist vielleicht auch besser, es so zu lassen.«

Er nahm die Decke an. »Danke.«

»Habt Ihr irgend etwas gesehen?«

»Nein.«

»Die Schädelträger werden uns verfolgen, nicht wahr?«

Wie viel wusste sie? fragte er sich. Ahnte sie, was ihnen bevorstand? »Vielleicht. Habt Ihr geschlafen?«

Sie schüttelte den Kopf. »Ich konnte nicht aufhören nachzudenken.« Mit großen Augen starrte sie in die Dunkelheit hinaus. »Ich habe lange Zeit darauf gewartet.«

»Mit uns auf diese Reise zu gehen?«

»Nein.« Sie schaute ihn überrascht an. »Bremen zu treffen. Von ihm zu lernen, falls er mich unterrichten will.« Sie wandte sich schnell ab, als hätte sie zu viel gesagt. »Ihr solltet lieber schlafen, solange noch Zeit ist. Ich werde bis zum Morgen Wache halten. Gute Nacht.«

Er zögerte, aber es gab nichts mehr zu sagen, und so stand er auf und ging dorthin zurück, wo die anderen, in ihre Decken eingewickelt, sich um die Glut ausgestreckt hatten. Er legte sich zu ihnen und Schloss die Augen, dachte an Mareth und versuchte eine Zeit lang, sie zu begreifen, dann gar nicht mehr an sie zu denken.

Er tat es dennoch, und es dauerte noch lange, ehe er endlich einschlief.

Kapitel 5

Noch vor Sonnenaufgang brachen sie auf und marschierten den ganzen Tag lang nach Osten, bis die Sonne unterging. Sie gingen etwas oberhalb des Mermidon am Fuß der Drachenzähne entlang und achteten darauf, stets im Schatten der Berge zu bleiben. Selbst dort waren sie noch in Gefahr, wie Bremen ihnen eingeschärft hatte. Die Schädelträger fühlten sich sicher genug, um das Nordland verlassen zu können. Der Dämonenlord führte seine Armee zum Jannissonpaß im Osten, was darauf schließen ließ, dass er vermutlich das Ostland überfallen wollte. Wenn sie aber kühn genug waren, um in das Land der Zwerge einzudringen, würden sie sich ganz sicher auch in das Grenzland wagen.

Daher achteten die Gefährten genau auf den Himmel, die dunklen Täler und die Spalten der Berge, wo die Schatten den Fels in ewige Nacht hüllten. Aber die geflügelten Jäger zeigten sich an diesem Tag nicht, und abgesehen von den kurzen Blicken, die die fünf auf ein paar Reisende in den südlicheren Wäldern und Ebenen werfen konnten, sahen sie niemanden. Sie hielten nur an, um sich auszuruhen und etwas zu essen, nutzten aber ansonsten die Stunden des Tageslichts, um möglichst schnell voranzukommen.

Bei Sonnenuntergang hatten sie die Gebirgsausläufer erreicht, die in das Tal von Shale und zum Hadeshorn führten, und schlugen ihr Lager in einem kleinen Tal auf. Sie blickten auf den Mermidon, der sich weiter östlich in der Rabbebene immer mehr in kleine Bäche und Seen verzweigte und schließlich in der unfruchtbaren Ebene versiegte. Tay hatte einen Fuchs erlegt, und zusammen mit etwas Gemüse bereiteten sie daraus eine warme Mahlzeit zu, die sie noch bei Tageslicht zu sich nahmen, während die Sonne rote und goldene Blutspuren an den westlichen Horizont malte. Nach Mitternacht, so hatte Bremen erklärt, würden sie in die Berge gehen und dort die nur langsam verstreichenden Stunden bis zum Sonnenaufgang verbringen, denn erst dann konnte er die Geister der Toten anrufen.

Als die Nacht hereinbrach, traten sie das Feuer aus und wickelten sich in ihre Decken, um noch möglichst viel Schlaf zu bekommen.

»Mach dir nicht solche Sorgen, Kinson«, flüsterte Bremen, als er einmal an dem Grenzländer vorbeiging und den Ausdruck auf dessen Gesicht sah.

Aber der Rat war vergeblich. Kinson Ravenlock war bereits einmal am Hadeshorn gewesen, und er wusste, was ihn erwartete.

Kurz nach Mitternacht führte Bremen sie in die Gebirgsausläufer der Drachenzähne, zwischen die das Tal von Shale gebettet war. Als sie über die Felsen kletterten, war die Nacht so schwarz, dass sie kaum mehr erkennen konnten, ob jemand vor ihnen ging. Dicke, tiefhängende Wolken waren nach Sonnenuntergang aufgekommen, und schon seit Stunden waren der Mond und die Sterne verschwunden. Bremen führte die Gruppe an, er war vorsichtig, auch wenn ihm das Gebiet, durch das sie gingen, bereits so vertraut war wie der Rücken seiner Hand. Während sie marschierten, sprach er kein Wort zu den anderen, sondern konzentrierte sich auf das, was vor ihm lag, und auf das, was ihn später erwarten würde, immer bestrebt, jeden Fehltritt jetzt oder später zu vermeiden. Denn ein Treffen mit den Toten erforderte entsprechende Voraussicht und Umsicht, und er würde seinen ganzen Mut zusammennehmen und seine Entschlossenheit stärken müssen, um jeden Zweifel, jedes Zaudern auszuschließen. War der Kontakt erst einmal hergestellt, konnte auch eine noch so kleine Unaufmerksamkeit ihrer aller Leben bedrohen.

Als sie ihr Ziel erreicht hatten, waren es immer noch einige Stunden bis zur Dämmerung. Sie machten am Rand des Tals Rast und starrten in das breite, flache Becken unter sich. An den Rändern war es mit Felsstücken übersät, die selbst in der tiefen Düsternis schwarz glitzerten und das merkwürdige Licht des Sees reflektierten. Breit und undurchsichtig präsentierte sich der Hadeshorn in der Mitte der Schüssel, seine ruhige, glatte Oberfläche leuchtete mit einem inneren Glanz, als würde in den Tiefen des Sees seine Seele pulsieren. Ruhig und leblos lag er im Tal von Shale, jeder Bewegung bar und ohne einen Laut. Wie ein schwarzes Loch wirkte er, ein Auge, das in die Welt der Toten hinabsah.

»Wir werden hier warten«, erklärte Bremen, während er sich auf einen niedrigen Felsblock setzte. Seinen Umhang hatte er wie ein Leichentuch um seine dünne Gestalt gewickelt.

Die anderen nickten, blieben jedoch stehen und starrten noch eine Zeit lang ins Tal hinab; sie konnten sich von dem Anblick nicht losreißen. Bremen ließ sie gewähren. Sie spürten, wie die bedrückende Stille des Tals auf ihnen lastete. Nur Kinson war bereits einmal hier gewesen, und selbst er war nicht auf das vorbereitet, was er jetzt empfand. Bremen verstand das. Der Hadeshorn würde ihnen einen Ausblick auf das geben, was sie erwartete, einen Blick in die Zukunft, der sie nicht entrinnen konnten, einen beängstigenden, dunklen Blick auf das Ende ihres Lebens. Er bot ihnen aber keine erkennbaren Worte, sondern nur Wispern und leichtes Gemurmel – er enthüllte zu wenig, um Klarheit zu verschaffen, und gerade genug, um sie innehalten zu lassen.

Der alte Mann war jetzt zweimal hier gewesen, und jedes einzelne Mal hatte ihn für immer verändert. Eine Begegnung mit den Toten brachte ihm Wahrheiten und Weisheiten, aber es war auch ein Preis dafür zu zahlen. Man konnte nicht die Zukunft berühren und danach einfach fliehen. Man konnte nicht den Blick aufs Verbotene richten und verhindern, dass man geblendet wurde. Bremen erinnerte sich an die Kälte, die anschließend bis in seine Knochen gedrungen war und ihn wochenlang nicht mehr verlassen hatte. Er erinnerte sich an die tiefe Sehnsucht nach dem, was er in den vergangenen Jahren versäumt hatte und niemals würde zurückholen können. Selbst jetzt ängstigte ihn die Möglichkeit, irgendwo von dem schmalen Pfad abzukommen, der ihm den verbotenen Kontakt gestattete; er hatte Angst, von der Leere verschluckt und zur Existenz einer Kreatur zwischen Leben und Tod verdammt zu werden – nicht ganz das eine, aber auch nicht das andere.

Aber weit mehr Gewicht als seine Ängste und Zweifel hatte sein Bedürfnis zu erfahren, wie der Dämonenlord zerstört werden konnte, welche Möglichkeiten und Chancen ihnen in ihrem Bemühen blieben, die Rassen zu retten, und welche Geheimnisse der Vergangenheit und Zukunft den Lebenden verborgen, den Toten jedoch zugänglich waren. Dieses Bedürfnis war so stark, dass Bremen einfach gezwungen war, entsprechend zu handeln. Ja, es war gefährlich, diesen Kontakt herzustellen. Ja, er würde nicht unversehrt daraus hervorgehen. Aber am Ende wäre selbst sein Tod ein annehmbarer Preis, wenn sein Feind damit besiegt werden konnte.

Die anderen hatten sich jetzt vom Anblick des Tals fortgerissen und kamen zu Bremen, um sich ebenfalls hinzusetzen. Er schenkte jedem einzelnen ein zuversichtliches Lächeln und winkte den beunruhigten Kinson näher zu sich heran.

»In der letzten Stunde vor Morgenanbruch werde ich ins Tal hinuntergehen«, erklärte er ruhig. »Wenn ich dort angekommen bin, werde ich die Geister der Toten anrufen und sie bitten, mir etwas aus der Zukunft zu zeigen. Ich werde sie bitten, mir die Geheimnisse zu enthüllen, die uns helfen können, den Dämonenlord zu zerstören. Ich werde sie bitten, uns jede Form von Magie zu geben, die uns helfen könnte. Dies alles muss schnell geschehen, innerhalb der kurzen Zeitspanne bis zum Sonnenaufgang. Ihr werdet hier auf mich warten. Auf keinen Fall werdet ihr in das Tal hinabsteigen, ganz gleich was geschieht. Ihr werdet keinen Finger rühren bei dem, was ihr seht, auch wenn es euch so scheint, als müsstet ihr handeln. Ihr dürft nichts anderes tun als warten.«

»Vielleicht sollte dich einer von uns begleiten«, bot Risca geradeheraus an. »Selbst den Toten gegenüber ist man zu mehreren vielleicht sicherer. Wenn du mit ihren Geistern sprechen kannst, können wir es auch. Wir sind alle Druiden, abgesehen von dem Grenzländer.«

»Dass ihr Druiden seid, spielt keine Rolle«, sagte Bremen sofort. »Es ist zu gefährlich für euch. Dies ist etwas, das ich alleine tun muss. Ihr werdet hier warten. Versprich mir das, Risca.«

Der Zwerg warf ihm einen langen, verärgerten Blick zu, dann nickte er. Bremen wandte sich an die anderen. Einer nach dem anderen nickte zögernd. Mareths Augen begegneten seinem Blick in stillem Einverständnis.

»Du bist überzeugt, dass es notwendig ist?«, drängte Kinson leise.

Die Falten in Bremens gealtertem Gesicht vertieften sich sogar noch ein wenig, als er die Augenbraue hochzog. »Wenn ich mir etwas anderes vorstellen könnte, das uns weiterhilft, würde ich diesen Ort sofort verlassen. Ich bin kein Narr, Kinson. Und auch kein Held. Ich weiß, was es bedeutet, hierherzukommen. Ich weiß, dass es mich verletzen wird.«

»Dann ...«

»Aber die Toten sprechen zu mir, wie es die Lebenden nicht können«, schnitt Bremen ihm das Wort ab. »Wir brauchen ihre Weisheit und ihr Wissen. Wir brauchen ihre Visionen, so fehlerhaft und unverständlich sie manchmal auch sein mögen.« Er holte tief Luft. »Wir müssen mit ihren Augen sehen. Wenn ich etwas von mir aufgeben muss, um dieses Wissen zu bekommen, dann soll es so sein.«

Sie waren jetzt still; verloren in ihre jeweiligen Gedanken ließen sie sich Bremens Worte und die Bedenken, die sie hervorriefen, durch den Kopf gehen. Aber sie konnten es nicht ändern. Er hatte ihnen alles Notwendige erklärt, und es gab nichts mehr zu sagen. Sie würden es vielleicht besser verstehen, wenn diese Angelegenheit vorüber war.

Also saßen sie im Dunkeln und blickten verstohlen auf die glänzende Oberfläche des Sees, lauschten der Stille und warteten darauf, dass der Morgen näherrückte.

Als es dann endlich so weit war und er gehen musste, stand Bremen auf, blickte mit einem kleinen Lächeln zu seinen Begleitern und ging wortlos davon, hinunter in das Tal von Shale.

Auch diesmal kam er nur langsam voran. Er war diesen Weg schon zweimal gegangen, aber das Gelände war zu tückisch, und so nützte ihm die Vertrautheit nicht viel. Der Fels unter seinen Füßen war beinahe an jeder Stelle schlüpfrig und lose, und die Kanten waren scharf und schnitten ihm in die Haut, wenn er nicht Acht gab. Er wählte seinen Weg sehr bedächtig, tastete sich bei jedem Schritt vorsichtig vor. Seine Schuhe knirschten auf dem Fels und erzeugten ein Geräusch, das in der tiefen Stille widerhallte. Im

Westen, wo die Wolken sich am dichtesten zusammenballten, grollte unheil verkündend der Donner und kündigte einen Sturm an. Im Tal selbst ging kein Wind, aber der Geruch nach Regen durchdrang die stille Luft. Bremen schaute auf, als ein Blitz über den schwarzen Himmel zuckte und sich dann weiter nördlich vor dem Hintergrund der Berge wiederholte.

Er erreichte den Grund des Tals und kam jetzt etwas schneller voran, da seine Füße auf ebenem Gelände mehr Halt fanden. Vor ihm glitzerte der Hadeshorn silbrig. Bremen konnte die Toten riechen, ihren unverwechselbaren Moder, die trockene, übel riechende Verwesung. Er war versucht, sich umzudrehen und nach den anderen zu schauen, aber er wusste, er durfte sich nicht einmal diese kleine Ablenkung erlauben. Er ging bereits das Ritual durch, dem er folgen musste, seit er in die Nähe des Seeufers geraten war – bestimmte Worte, Zeichen, Beschwörungsakte, die die Toten dazu bringen würden, mit ihm zu sprechen. Er stärkte sich innerlich gegen ihre lähmende Gegenwart.

Viel zu schnell stand er am Rand des Sees, eine zerbrechliche, kleine Gestalt in einer gewaltigen Kulisse aus Fels und Himmel, ein Bündel aus vertrockneter Haut und alten Knochen, dessen stärkster Teil seine Entschlossenheit, sein sturer Wille waren. Hinter sich konnte er das Grollen des herannahenden Donners hören. Die Wolken über ihm begannen unruhig zu werden, sie wurden durch den regenführenden Wind aufgewühlt. Unter seinen Füßen spürte er das Beben der Erde, als die Geister seine Gegenwart wahrnahmen.

Er sprach leise zu ihnen, erzählte ihnen, wer er war, seine Geschichte, den Grund, warum er mit ihnen sprechen wollte. Mit seinen Händen und Füßen vollführte er die angemessenen Gesten, die die Toten in die Welt der Lebenden bringen würden. Er sah ihre Antworten in den Bewegungen des Wassers und beschleunigte sein Vorgehen. Er war zuversichtlich und bereit; er wusste, was folgen würde. Zuerst kam das Flüstern, weich und wie aus weiter Ferne erhoben sich die Töne, wie unsichtbare Blasen entstiegen sie dem Wasser. Dann setzten die Schreie ein, lang anhaltend und tief. Sie wurden lauter, und aus den anfänglich wenigen wurden viele, und immer noch nahmen sie an Intensität und Ungeduld zu. Die Wasser des Hadeshorn brodelten vor Unzufriedenheit und Not, und bald schon waren sie ebenso aufgewühlt wie die Wolken über ihnen, in Aufruhr gebracht durch ihren eigenen Sturm. Bremen machte ihnen Zeichen, er bat sie um Antwort. Jetzt kam ihm zugute, was er während des Studiums bei den Elfen gelernt hatte – wie auf einem Felsen in der Brandung konnte er darauf die Magie errichten, mit der er die Geister herbeirief. *Antwortet mir*, rief er ihnen zu. *Öffnet euch mir.*

Gischt schoß aus der Mitte des inzwischen heftig aufgewühlten Sees empor, erhob sich zu einer Fontäne, fiel in sich zusammen, erhob sich wieder. Tief in der Erde erklang ein Rumpeln, ein unruhiges Stöhnen. Bremen spürte, wie sich erste Spuren von Zweifel in sein Herz stahlen, und nur mit großer Mühe konnte er sich dazu zwingen, sie zu ignorieren. Er spürte, wie sich ein Vakuum um ihn herum bildete, sich vom See ausbreitete und daranmachte, das gesamte Tal zu umfassen. In diesem Vakuum würden nur die Toten erlaubt sein – die Toten und derjenige, der sie gerufen hatte.

Dann begannen die Geister, sich aus dem See zu erheben: kleine weiße Lichtfäden, die nur eine verschwommen menschliche Form besaßen; Umrisse, die vor dem schwarzen Hintergrund der bewölkten Nacht wie Glühwürmchen schimmerten. Schlangenähnlich wanden sich die Geister aus dem Nebel und der Gischt empor, lösten sich von der finsteren, toten Atmosphäre, die jetzt ihr Zuhause war, um für kurze Zeit die Welt zu besuchen, die sie einst bewohnt hatten. Bremen reckte seine Arme in einer abwehrenden Geste; er fühlte sich verwundbar und machtlos, obwohl er die Geister herbeigerufen hatte, obwohl er sie ins Leben gebracht hatte. Ein Kälteschauer rann über seine spröden Glieder, Eiswasser floß durch seine Adern. Er blieb fest gegen die Angst, die ihn durchströmte, gegen das Flüstern, das anklagend fragte: *Wer ruft uns? Wer wagt es?*

Dann zerriss in der Mitte des Sees etwas Gewaltiges die Wasseroberfläche, eine schwarzumhüllte Gestalt, die alle anderen glühenden Umrisse klein erscheinen ließ, sie zersprengte, ihr zartes Licht aufsaugte und sie wie Blätter im Wind taumelnd und tanzend zurückließ. Die verhüllte Gestalt erhob sich und stand jetzt auf den dunklen, wirbelnden Wellen des Hadeshorn, kaum eine materielle Gestalt, eher ein Gespenst ohne Fleisch und Knochen, aber dennoch von festerem Stoff als die kleineren Wesen, die es überragte.

Bremen wappnete sich innerlich, als die dunkle Gestalt sich ihm näherte. Sie war es, die er hatte sehen wollen, sie war es, die er gerufen hatte. Dennoch war er nicht mehr sicher, ob er das Richtige getan hatte. Die verhüllte Gestalt wurde langsamer, sie war jetzt so nah, dass sie den Himmel und das Tal verdeckte. Die Kapuze wurde zurückgeschoben, aber es war kein Gesicht darunter, und es gab auch sonst kein Anzeichen, dass irgend etwas in dem dunklen Umhang steckte.

Die Gestalt begann zu sprechen, und die Stimme war ein unzufriedenes Grollen.

– Kennst du mich –

Die Frage war unbetont, sachlich und leer, ganz ohne den Tonfall einer Frage, und die Worte blieben in der darauf folgenden durchdringenden Stille hängen.

Bremen nickte langsam. »Ich kenne dich«, flüsterte er.

Oben am Rand des Tals standen die vier, die Bremen zurückgelassen hatte, und beobachteten das Schauspiel. Sie sahen den alten Mann am Ufer des Hadeshorn die Geister der Toten herbeirufen, sahen, wie sich die Geister aus dem aufgewühlten Wasser erhoben, sahen ihre glühenden Gestalten, die Bewegungen ihrer Arme und Beine, das Zucken ihrer Körper in einem makabren Tanz momentaner Freiheit. Sie beobachteten, wie sich die gewaltige, schwarzbemäntelte Gestalt aus ihrer Mitte erhob, sie einhüllte und ihr Licht in sich aufsaugte. Sie sahen auch, wie diese Gestalt auf Bremen zuging und vor ihm stehen blieb.

Aber sie konnten nichts von dem verstehen, was sie sahen. Innerhalb des Tals war alles ruhig. Die Geräusche des Sees und der Geister waren vor ihnen verschlossen. Die Stimmen des Druiden und der dunklen Gestalt waren, wenn es denn welche gab, für sie unhörbar. Sie hörten nur den Wind, der ihnen um die Ohren rauschte, und die beginnenden Regentropfen auf den Felsbrocken. Der erwartete Sturm brach aus, er kam vom Westen in einer Ansammlung von dunklen Wolken herangerollt und ging mit dichten Regenschauern auf sie nieder. Er erreichte sie in demselben Moment, als die dunkle Gestalt Bremen erreichte, und sofort wurde alles verschluckt. Der See, die Geister, die bemäntelte Gestalt, Bremen, das gesamte Tal – alles war in dem Bruchteil einer Sekunde fort.

Risca knurrte bestürzt und warf rasch einen Blick auf die anderen. Sie hatten sich jetzt gegen den Sturm in Decken gehüllt, kauerten sich nieder wie vom Alter gebeugte alte Weiber. »Könnt ihr etwas erkennen?«, fragte er besorgt.

»Nichts«, antwortete Tay Trefenwyd sofort. »Sie sind verschwunden.«

Einen Augenblick lang bewegte sich niemand, und sie waren unsicher, was sie jetzt tun sollten. Kinson blinzelte durch den niederströmenden Regen, er versuchte, die Gestalten zu unterscheiden, die er glaubte, erkannt zu haben. Aber das alles blieb nur unbestimmt und unwirklich, und von der Stelle, an der sie standen, hatten sie keine Chance, etwas zu erkennen.

»Er könnte in Schwierigkeiten stecken«, brummte Risca vorwurfsvoll.

»Er hat uns befohlen zu warten«, zwang Kinson sich zu sagen. Er wollte nicht an die Anordnung des alten Mannes denken müssen, wenn er so um ihn fürchtete, aber er wollte auch sein Versprechen nicht so einfach ignorieren.

Regen blies ihnen in plötzlichen Stößen ins Gesicht und nahm ihnen die Luft.

»Es geht ihm gut!«, rief Mareth plötzlich aus. Sie fuhr mit der Hand durch den Regen vor ihrem Gesicht.

Sie starrten sie an. »Kannst du sie erkennen?«, fragte Risca.

Sie hatte ihr Gesicht etwas gesenkt, dass es jetzt im Schatten war, und nickte. »Ja.«

Aber das war nicht möglich. Kinson stand ihr am nächsten und bemerkte, was den anderen entging. Wenn sie Bremen sah, dann zumindest nicht mit ihren Augen. Und die, stellte er entsetzt fest, waren jetzt weiß.

Innerhalb des Tales von Shale fiel kein Regen, es blies kein Wind und es gab auch kein anderes Zeichen des Sturms. Bremen spürte nichts anderes als den See und die dunkle Gestalt, die vor ihm stand.

– Sag meinen Namen –

Der alte Mann holte tief Luft und versuchte, seine zitternden Glieder zu beruhigen und die Kälte aus seiner Brust zu verdrängen. »Du bist der, der einstmals Galaphile war.«

Bremen kannte diesen Teil des Rituals. Ein Geist, der gerufen worden war, konnte nicht bleiben, sofern nicht sein Name von demjenigen ausgesprochen wurde, der ihn gerufen hatte. Jetzt konnte er lange genug verharren, um Antworten auf die Fragen zu geben, die Bremen stellen würde – wenn er sich denn überhaupt zum Antworten entscheiden würde.

Der Schatten bewegte sich plötzlich unruhig.

– Was könntest du von mir wissen wollen –

Bremen zögerte nicht. »Ich möchte von dir wissen, was immer du mir über den rebellischen Druiden Brona sagen kannst; über den, der zum Dämonenlord geworden ist.« Seine Stimme zitterte so stark wie seine Hände. »Ich möchte wissen, wie ich ihn zerstören kann. Ich möchte wissen, was geschehen wird.« Seine Stimme erstarb in einem trockenen Röcheln.

Der Hadeshorn geriet in plötzliche Bewegung und wogte wie zur Antwort auf Bremens Worte hoch empor, und das Stöhnen und die Schreie der Toten erhoben sich in einer durchdringenden Kakophonie in der Nacht. Bremen spürte wieder die kalte Luft in seiner Brust, wie eine Schlange, die sich zusammenringelt, um dann zustoßen zu können. Er spürte, wie das Gewicht all seiner vielen Jahre ihn niederdrückte. Er spürte die Schwäche seines Körpers, der die Stärke seines Willens Lügen strafte.

– Du willst ihn um jeden Preis zerstören –

»Ja.«

– Du würdest jeden Preis dafür zahlen –

Bremen spürte, wie die Schlange an seinem Herzen nagte. »Ja«, flüsterte er verzweifelt.

Galaphiles Geist breitete die Arme aus, als wollte er den alten Mann umarmen, ihn beschützen.

– Gib acht –

Visionen erschienen vor dem Umriss der bemäntelten Gestalt, nahmen vor dem schwarzen Leichentuch Form an. Eine nach der anderen materialisierten sie sich aus der Dunkelheit, vage und körperlos, schimmernd wie die Wasser des Hadeshorn bei der Ankunft der Geister. Bremen beobachtete die Parade von Bildern vor sich und wurde von ihnen angezogen, als wäre es Licht in der Dunkelheit.

Es waren vier.

Im ersten stand er in der alten Festung Paranor. Alles um ihn herum war tot. Niemand lebte mehr, alle waren erschlagen, Opfer von Verrat, durch heimtückische Schläue vernichtet. Finsternis verhüllte die Festung der Druiden, und Finsternis bewegte sich auch in den Schatten – wartende Mörder, eine tödliche Macht. Aber hinter dieser Finsternis strahlte mit leuchtender Selbstverständlichkeit das helle, glänzende Medaillon der Hohen Druiden. Das Bild einer erhobenen Hand, die eine brennende Fackel umfasst. Das hochgeschätzte Eilt Druin erwartete Bremens Ankunft, sehnte sich nach seiner Berührung.

Die Vision verschwand, und Bremen schwebte über das gewaltige Gebiet des Westlandes. Verwundert schaute er hinunter. Zuerst konnte er nicht genau sehen, wo er sich befand. Dann erkannte er das satte Tal von Sarandanon und dahinter das blaue Wasser des Innisbore. Wolken verdeckten die Sicht einen Augenblick und veränderten alles. Dann sah er Berge – war es der Kensrowe oder das Gebirge der Grimmzacken? In dem Massiv waren zwei kleine Gipfel, die sich wie die Finger einer ausgestreckten Hand in Form eines V voneinander trennten. Zwischen ihnen führte ein Pass zu einer gewaltigen Ansammlung von Felsen, dicht zusammengedrängt zu einer einzigen Masse. Innerhalb der Felsfinger verbarg sich eine Burg von unvorstellbarem Alter, ein Ort aus der Zeit der Feen. Bremen tauchte hinunter in die Schwärze und fand den Tod lauernd, konnte aber sein Gesicht nicht ausmachen. Und dort, in der Tiefe, lag der Schwarze Elfenstein.

Auch diese Vision verschwand wieder, und jetzt stand er auf einem Schlachtfeld. Um ihn herum lagen Tote und Verwundete aller Rassen und dazu Wesen aus Rassen, von denen er noch nie gehört hatte. Die Erde war blutverschmiert, und laut erklang das Geschrei der Kämpfenden und das Klirren ihrer Waffen in dem verblassenden grauen Licht eines späten Nachmittags. Vor Bremen stand ein Mann, das Gesicht abgewandt. Er war groß und blond, ein Elf, der in seiner rechten Hand ein funkelndes Schwert hielt. Einige Meter entfernt stand der Dämonenlord, ganz in Schwarz gehüllt und schrecklich, von einer unbezähmbaren Präsenz, die alles beanspruchte. Er schien auf den großen Mann zu warten, gemächlich, zuversichtlich, herausfordernd. Der große Mann kam näher, er hob sein Schwert, und auf dem Griff der Waffe, unterhalb seiner behandschuhten Hand, war das Emblem des Eilt Druin zu sehen.

Eine letzte Vision erschien. Es war dunkel und bewölkt und Laute von Trauer und Verzweiflung erfüllten die Luft. Bremen stand wieder im Tal von Shale vor den Wassern des Hadeshorn, gegenüber dem Schatten Galaphiles, und beobachtete, wie die kleineren, helleren Geister wie Rauch über den See huschten. An seiner Seite war ein Junge, groß und schlank und dunkel, kaum fünfzehn Jahre alt und von so großem Ernst, dass er ebenfalls wie ein Trauernder wirkte. Der Junge wandte sich Bremen zu, und der Druide schaute ihm in die Augen… seine eigenen Augen…

Die Visionen wurden schwächer und waren verschwunden. Der Schatten Galaphiles zog sich fester zusammen, verdeckte die Bilder und stahl das kurze Licht, das sie gespendet hatten. Bremen starrte und blinzelte, er war noch ganz verwundert über das, was er gesehen hatte.

»Wird dies geschehen?«, fragte er den Schatten flüsternd. »Wird dies eintreten?«

– Einiges davon ist bereits eingetreten –

»Die Druiden, Paranor…?«

– Frag nicht weiter –

»Aber was kann ich…?«

Der Schatten wischte die Fragen des alten Mannes mit einer raschen Geste beiseite. Bremen hielt den Atem an, als sich eiserne Reifen um seine Brust legten. Die Reifen lockerten sich etwas, und er schluckte seine Furcht hinunter. Gischt zischte in einem hellen Geysir empor und hob sich wie Diamanten vor der samtschwarzen Nacht ab.

Der Schatten begann, sich zurückzuziehen.

– Vergiss nicht –

Bremen hob in einem sinnlosen Versuch, den Abschied des anderen hinauszuzögern, seine Hand. »Warte!«

– den Preis –

Der alte Mann schüttelte verwirrt den Kopf. Den Preis? Für was? Für wen?

– Erinnere dich –

Dann begann der Hadeshorn wieder zu dampfen, und der Geist sank langsam zurück in den wirbelnden See, zog auch die helleren, kleineren Geister mit sich, die ihn begleitet hatten. In einem Ausbruch von Gischt und Nebel, unter Schreien und Wimmern kehrten die Toten wieder in die Unterwelt zurück, aus der sie gekommen waren. Wasser schoss in einer gewaltigen Säule empor, als sie verschwanden, zerriss die Stille und Schwüle in einer fürchterlichen Explosion.

Dann brach der Sturm herein, mit Wind und Regen, mit Donner und Blitz hämmerte er auf den alten Mann ein. Bremen brach zusammen und sank sofort zu Boden.

Besinnungslos lag er mit offenen, starrenden Augen am Ufer.

Mareth erreichte ihn als Erste. Die Männer waren größer und kräftiger, aber sie fand mehr Halt auf dem feuchten, schlüpfrigen Fels und flog beinahe über die glänzende Oberfläche. Sie kniete sich sofort hin und nahm den alten Mann in ihre Arme. Regen strömte unablässig herab, spritzte auf die jetzt glatte, ruhige Oberfläche des Hadeshorn, floss über den schwarz glitzernden Samt des Tals und ließ das Licht diesig und verschwommen wirken. Er tränkte Mareths Kleider bis auf die Haut, so dass sie zu frieren begann, aber sie achtete nicht darauf, so angespannt war sie vor lauter Konzentration. Sie hob den Kopf zum dunklen Himmel und schloss die Augen. Die anderen drei verlangsamten ihren Schritt, als sie sahen, was geschah; sie waren verwirrt. Mareths Arme schlossen sich fester um Bremen, dann zitterte sie heftig und sackte vornüber. Die Männer eilten zu ihr, um sie aufzufangen. Kinson zog sie hoch und brachte sie von Bremen fort, während Tay den alten Mann aufhob, und dicht zusammengedrängt kämpften sie sich ihren Weg zurück durch den Wolkenbruch und aus dem Tal von Shale heraus.

Als sie das Tal hinter sich gelassen hatten, fanden sie Unterschlupf in einer Höhle, an der sie auf dem Hinweg vorbeigekommen waren. Sie legten das Mädchen und den alten Mann auf den Steinboden und wickelten sie in ihre Decken. Da es kein Holz für Feuer gab, mussten sie durchnässt und fröstelnd auf das Ende des

Regens warten. Kinson tastete nach dem Herzschlag und dem Puls; beide waren kräftig. Nach einiger Zeit kam der alte Mann zu sich, dann, beinahe sofort danach, auch das Mädchen. Die drei Zuschauer versammelten sich um Bremen, um zu erfahren, was geschehen sei, aber der alte Mann schüttelte den Kopf und erklärte, dass er jetzt noch nicht darüber sprechen wolle. Widerstrebend ließen sie von ihm ab und zogen sich wieder zurück.

Kinson blieb kurz bei Mareth stehen, er dachte daran, sie zu fragen, was sie mit Bremen getan hatte – denn es schien ihm eindeutig, dass sie irgend etwas getan hatte –, aber sie blickte nur kurz zu ihm auf und wandte sofort wieder den Blick ab.

Während des Tages wurde es nur unwesentlich heller, und der Regen dauerte an. Kinson teilte mit den anderen, was er an Essen bei sich hatte. Nur Bremen nahm nichts zu sich. Der alte Mann schien sich ganz tief in sein Inneres zurückgezogen zu haben – vielleicht befand er sich auch noch irgendwo im Tal. Er starrte ins Leere, und sein zerfurchtes, wettergegerbtes Gesicht war eine ausdruckslose Maske. Kinson betrachtete ihn eine Weile, er suchte nach einem Zeichen, das darüber Auskunft geben könnte, was Bremen dachte, aber er war nicht sehr erfolgreich.

Schließlich blickte der alte Mann auf, als würde er sich erst in diesem Moment darüber klar, wo er sich befand, und sich gleichzeitig fragen, weshalb. Er winkte die anderen zu sich. Als sie sich zu ihm gesetzt hatten, berichtete er ihnen von dem Treffen mit Galaphiles Schatten und von den vier Visionen.

»Ich habe nicht erkennen können, was diese Visionen bedeuten«, Schloss er seinen Bericht. Seine Stimme klang müde und rau in der Stille. »Waren es nur Prophezeiungen dessen, was noch geschehen wird, Abbild einer bereits entschiedenen Zukunft? Wollten sie Auskunft geben über das, was sein wird, wenn bestimmte Dinge geschehen? Warum hatte der Schatten gerade diese Visionen ausgewählt? Welche Reaktion wird von mir erwartet? All diese Fragen bleiben unbeantwortet.«

»Und welcher Preis wurde von dir für all dies verlangt?«, murrte Kinson düster. »Vergiss das nicht.«

Bremen lächelte. »Ich habe darum gebeten, mich einmischen zu dürfen, Kinson. Ich habe mir selbst die Rolle desjenigen angeeignet, der die Rassen beschützt und den Dämonenlord zerstört. Ich habe nicht das Recht zu fragen, was es mich kosten wird, sollten meine Bemühungen erfolgreich sein.«

Er seufzte. »Dennoch glaube ich, ein bisschen von dem zu verstehen, was von mir erwartet wird. Aber dazu brauche ich die Hilfe von euch allen.« Er blickte sie der Reihe nach an. »Ich fürchte, ich muss euch bitten, euch in große Gefahr zu begeben.«

Risca schnaubte. »Dem Himmel sei Dank. Ich dachte schon, aus diesem Abenteuer würde sich überhaupt nichts ergeben. Sag uns, was wir tun sollen.«

»Ja, beginnen wir diese Reise endlich«, stimmte Tay zu. Begierig beugte er sich nach vorn.

Bremen nickte, und Dankbarkeit glomm in seinen Augen. »Wir stimmen alle überein, dass der Dämonenlord aufgehalten werden muss, bevor er alle Rassen unterjocht. Wir wissen, dass er dies bereits einmal versucht hat und dabei gescheitert ist, aber dieses Mal ist er stärker und noch gefährlicher. Ihr wisst, dass ich überzeugt davon bin, dass er versuchen wird, die Druiden von Paranor zu vernichten. Die erste Vision legt nahe, dass ich recht hatte.« Er hielt einen Augenblick inne. »Ich fürchte, es ist vielleicht schon geschehen.«

Schweigen senkte sich herab, als die anderen vorsichtige Blicke tauschten. »Du meinst, die Druiden sind alle tot?«, fragte Tay schließlich leise.

Bremen nickte. »Ich halte es für möglich. Ich hoffe, dass ich unrecht habe. Wie auch immer, ob sie tot sind oder nicht – ich muss entsprechend der ersten Vision das Eilt Druin aus der Festung holen. Wenn man die Visionen alle zusammen betrachtet, zeigt sich deutlich, dass das Medaillon der Schlüssel zu einer Waffe ist, die Brona zerstören wird. Ein Schwert, eine Klinge von besonderer

Kraft, von einer Magie, der der Dämonenlord nicht widerstehen kann.«

»Welche Magie?«, fragte Kinson sofort.

»Ich weiß es noch nicht.« Bremen lächelte wieder. Er schüttelte den Kopf. »Ich weiß kaum mehr als die Tatsache, dass eine Waffe nötig ist und dass, wenn ich der Vision Glauben schenken kann, diese Waffe ein Schwert sein muss.«

»Und dass du den Mann finden musst, der es schwingen wird«, fügte Tay hinzu. »Ein Mann, dessen Gesicht du nicht sehen konntest.«

»Aber die letzte Vision mit dem dunklen Bild des Hadeshorn und dem Jungen mit den merkwürdigen Augen …«, begann Mareth besorgt.

»Muss warten, bis es so weit ist.« Bremen schnitt ihr, wenn auch nicht schroff, das Wort ab. Sein Blick ruhte auf ihrem Gesicht und schien nach etwas zu suchen. »Die Dinge werden sich enthüllen, wenn es so weit ist, Mareth. Wir können sie nicht beschleunigen. Und wir dürfen uns durch unsere Sorgen um sie nicht ablenken lassen.«

»Also, was sollen wir tun?«, fragte Tay beharrlich.

Bremen sah ihn an. »Wir müssen uns aufteilen, Tay. Ich möchte, dass du zu den Elfen zurückkehrst und Courtann Ballindarroch bittest, eine berittene Expedition auf die Suche nach dem Schwarzen Elfenstein zu schicken. Aus irgendeinem Grund ist der Stein wichtig für unsere Bemühungen, Brona zu vernichten. Dies legen die Visionen nahe. Die geflügelten Jäger suchen bereits danach. Sie dürfen ihn nicht finden. Der Elfenkönig muss davon überzeugt werden, uns hierbei zu unterstützen. Wir haben die Einzelheiten der Vision zur Unterstützung. Benutze, was sie uns gezeigt hat, und bringe den Stein in Sicherheit, bevor er in die Hände des Dämonenlords gelangen kann.«

Er wandte sich an Risca. »Dich muss ich bitten, zu Raybur und den Zwergen nach Culhaven zu reisen. Die Armeen des Dämonenlords marschieren nach Osten, und ich bin überzeugt, dass sie dort als nächstes zuschlagen. Die Zwerge müssen sich gegen einen Angriff vorbereiten und standhalten, bis Hilfe eintrifft. Du musst all deine Fähigkeiten dafür einsetzen, dass sie dies tun. Tay wird mit Ballindarroch sprechen und die Elfen bitten, sich mit den Zwergen zu verbünden. Gemeinsam werden sie der Trollenarmee entgegentreten können, auf die sich Brona stützt. Aber am wichtigsten ist jetzt, Zeit zu gewinnen, um die Waffe zu schmieden, die Brona vernichten wird. Kinson, Mareth und ich werden nach Paranor zurückkehren und in Erfahrung bringen, ob die Vision vom Untergang der Druidenfestung wahr ist. Ich werde versuchen, den Eilt Druin an mich zu bringen.«

»Wenn Athabasca noch lebt, wird er ihn nicht herausgeben«, erklärte Risca. »Das weisst du.«

»Vielleicht«, erwiderte Bremen mild. »Auf jeden Fall muss ich herausfinden, wie dieses Schwert, das mir gezeigt wurde, geschmiedet wird, welche magischen Fähigkeiten es besitzen soll und welche Kraft darin liegt. Ich muss herausfinden, wie man es unzerstörbar machen kann. Und dann muss ich den Krieger suchen, der dieses Schwert schwingen wird.«

»Es scheint mir, als müsstest du Wunder vollbringen«, brachte Tay Trefenwyd ironisch hervor.

»Das müssen wir alle«, antwortete Bremen leise.

Sie sahen sich in dem düsteren Licht an, und ein unausgesprochenes Einverständnis nahm zwischen ihnen Gestalt an. Vor ihrem Unterschlupf tropfte in regelmäßiger Kadenz Regenwasser von den felsigen Vorsprüngen. Es war Morgen, und das Licht war jetzt silbrig von der Sonne, die versuchte, sich ihren Weg durch die hartnäckigen Wolken zu bahnen.

»Wenn die Druiden von Paranor tot sind, sind wir die einzigen Überlebenden«, sagte Tay. »Nur wir fünf.«

Bremen nickte. »Dann müssen fünf genügen.« Er erhob sich und blickte ins Zwielicht hinaus. »Wir sollten jetzt lieber aufbrechen.«

Kapitel 6

Nordwestlich des Sees, an dem Bremen dem Schatten Galaphiles gegenübergestanden hatte, hielt in derselben Nacht Caerid Lock Wache; tief im Innern des Steinrings der Drachenzähne machte er seinen Rundgang auf Paranor. Es war nahezu Mitternacht, als er über die nach Süden zeigenden Brüstungen schritt. Ein gewaltiger Blitz in weiter Ferne lenkte ihn einen Moment ab, und er hielt inne, um der Stille zu lauschen. Wolken türmten sich hoch am gesamten südlichen Horizont, sie verdeckten den Mond und die Sterne und hüllten die Welt in tiefes Schwarz. Ein zweiter Blitz flammte auf, spaltete die Nacht für einen Augenblick in tausend Scherben, dann verschwand er wieder, als hätte er niemals existiert. Donner folgte, ein langes, tiefes Grollen, das von den Berggipfeln widerhallte. Der Sturm blieb von Paranor fern, aber die Luft roch nach Regen und die Stille war intensiv und drückend.

Der Befehlshaber der Druidenwache blieb noch einen Moment nachdenklich dort stehen, dann verschwand er durch eine Turmtür im Inneren der Festung. Nacht für Nacht zog er seine Runden und setzte sich verächtlich über sein Schlafbedürfnis hinweg – ein Mann, der sich aus einem inneren Zwang heraus Gewohnheiten zugelegt hatte, die sich niemals ändern würden. Die größten Gefahren, glaubte er, drohten in den Stunden von Sonnenuntergang bis Mitternacht und kurz vor Sonnenaufgang. In dieser Zeit lullte Müdigkeit die Sinne ein und machte unvorsichtig, und wenn ein Angriff geplant war, würde er sicher in diesen Stunden stattfinden. Caerid Lock hatte beschlossen, in den nächsten Wochen besonders wachsam zu sein, denn er war überzeugt, dass Bremen sie nicht ohne Grund gewarnt hatte; außerdem war er von Natur aus vorsichtig. Er hatte bereits die Anzahl der Männer während jeder Wache erhöht und die mühselige Verstärkung der Torriegel begonnen. Er hatte sogar überlegt, als besondere Schutzmaßnahme nächtliche

Patrouillen in die umliegenden Wälder auszusenden, aber dann erschien ihm die Gefahr außerhalb der Sicherheit der Mauern zu groß. Seine Wachtruppe war groß, aber keine Armee. Innerhalb der Mauern konnte er für Schutz sorgen, aber er konnte draußen keinen Krieg führen.

Er stieg die Turmtreppen hinab und überquerte den vorderen Hof. Ein halbes Dutzend Wachen standen am Eingang; sie waren verantwortlich für die Tore, Fallgitter und Wachtürme am Haupteingang der Burg. Als sie ihren Befehlshaber sahen, nahmen sie Haltung an. Caerid sprach mit dem Hauptmann, ließ sich versichern, dass alles in Ordnung war und ging weiter. Als er zurück über den Hof ging, hörte er einen neuen Donner grollend die Stille der Nacht durchbrechen. Er blickte nach Süden, um den Blitz zu sehen, der ihm vorangegangen sein musste, erkannte aber sogleich, dass er schon vergangen war. Er war beunruhigt, wenn auch nicht mehr als in jeder anderen Nacht, und entsprechend seiner Arbeitsmoral führte er seine Pflichten überaus wachsam aus. Manchmal dachte er, dass er schon zu lange auf Paranor lebte. Er verrichtete gute Arbeit, er wusste, dass er immer noch gut war. Er war auch stolz auf seine Garde; sämtliche der jetzt im Dienst stehenden Wachen waren von ihm ausgewählt und ausgebildet worden. Es war ein zuverlässiger Haufen, und Caerid wusste, dass ihm das Lob dafür gebührte. Aber er wurde nicht jünger, und das fortschreitende Alter wurde von einer Schläfrigkeit der Sinne begleitet, die häufig der Selbstzufriedenheit Vorschub leistete. Gerade das konnte er sich jedoch kaum erlauben. Der Krieg im Nordland und die Gerüchte um den Dämonenlord zeigten, in welch gefährlicher Zeit sie lebten. Caerid spürte die Veränderung. Etwas Schreckliches kam auf die Vier Länder zu, und ganz sicher würden auch die Druiden hinweggeschwemmt werden. Etwas Schreckliches nahte, und Caerid Lock hatte Angst, dass er zu spät erkennen würde, welches Gesicht die Gefahr trug.

Er schritt durch eine Tür am Ende des Hofes und ging einen Gang entlang, der ihn zur Mauer und zum Tor im Norden brachte.

Vier Tore führten in die Festung, in jeder Himmelsrichtung eins. Es gab auch einige kleinere Türen, aber sie waren aus Stein und mit Eisen verstärkt, und zudem waren die meisten von ihnen geschickt verborgen. Wenn man angestrengt schaute, konnte man sie finden, aber dazu musste man sich direkt unter die Mauer stellen, wo das Licht gut war, man sich jedoch den Blicken der Wächter auf den Zinnen preisgab. Trotzdem stellte Caerid während der Stunden zwischen Sonnenuntergang und Sonnenaufgang dort Männer auf, denn er wollte absolut sichergehen. Als er auf das Westtor zuschritt, kam er an zweien dieser Wachen vorbei. Sie standen im Abstand von fünfzig Metern an den Türen im Gang und salutierten zackig. Wir sind wachsam und bereit, sollte das heißen. Caerid nickte ihnen anerkennend zu und ging weiter.

Als er jedoch außer Sichtweite war, zog er missbilligend die Stirn in Falten. Ihre Aufstellung beunruhigte ihn. Der Mann an der ersten Tür, ein Troll von Kershalt, war ein Veteran, aber der zweite Mann war ein junger, neuer Elf. Caerid Lock mochte es nicht, wenn neue Männer ohne sein Wissen eingeteilt wurden. Er nahm sich vor, das vor der nächsten Wache zu korrigieren.

Er war ganz in diese Angelegenheit versunken, als er an einer Hintertreppe vorbeiging, die von den Schlafquartieren der Druiden herabführte, und so entgingen ihm die verstohlenen Bewegungen der drei dort verborgenen Männer.

Die drei pressten sich fest an die Steinwand, als der Befehlshaber der Druidenwache unter ihnen vorbeiging, ohne sie zu sehen. Sie verharrten vollkommen reglos, bis er gegangen war, dann lösten sie sich wieder von der Wand und schlichen weiter. Sie waren allesamt Druiden, und jeder von ihnen diente dem Rat seit mehr als zehn Jahren. Aber in jedem von ihnen brannte auch die fanatische Überzeugung, für Größeres bestimmt zu sein. Zwar lebten sie entsprechend den Regeln, doch hatten sie sich zunehmend über all diese Anordnungen geärgert und fanden sie dumm, sinnlos und unbefriedigend. Wenn das Leben einen Sinn haben sollte, musste man Macht besitzen. Die Leistungen eines Mannes bedeuteten nichts, solange sie nicht in persönlichen Vorteilen resultierten. Welchen Zweck hatte es, im Privaten zu studieren, wenn dies nicht in praktischen Nutzen umgesetzt werden konnte? Welchen Sinn machte es, all die Geheimnisse der Wissenschaft und der Magie zwar auszukundschaften, das Wissen aber niemals zu verwenden? Derartige Fragen hatten sie sich gestellt, zuerst jeder für sich allein, dann, als sie erkannten, dass sie diese Überzeugung teilten, gemeinsam. Natürlich standen sie mit ihrer Unzufriedenheit nicht allein da. Andere waren ähnlicher Meinung. Aber im Gegensatz zu den anderen glaubten diese drei so inbrünstig daran, dass sie den Verlockungen der Macht schließlich erlagen.

Es hatte niemals Hoffnung für sie gegeben. Lange Zeit schon hatte der Dämonenlord nach ihnen Ausschau gehalten, hatte seine Rache gegenüber den Druiden geplant. Schließlich hatte er die drei gefunden und zu seinen Anhängern gemacht. Es hatte seine Zeit gedauert, aber nach und nach hatte er sie für sich gewinnen können, genauso, wie es dreihundertfünfzig Jahre zuvor gewesen war. Immer gab es Männer, die darauf warteten, dass er sie sich untertan machte, dass er sie benutzte. Brona war voller Tücke vorgegangen, hatte sich ihnen zunächst nicht enthüllt, sondern nur seine Stimme vernehmen und wie ihre eigene klingen lassen. Er hatte ihnen ein weites Feld der Möglichkeiten vorgegaukelt, den Duft der Macht, die Verlockung der Magie, und wartete darauf, dass sie sich mit eigenen Händen an ihn ketteten, die Fesseln der Erwartung und Gier selbst schmiedeten, sich zu Sklaven machten, indem sie immer süchtiger nach den falschen Träumen und Sehnsüchten wurden. Schließlich hatten sie darum gebettelt, dass er sie zu sich nahm, selbst dann noch, als sie bereits erkannt hatten, wer er war und welchen Preis sie würden zahlen müssen.

Jetzt schlichen sie mit finsterem Ziel durch die Flure Paranors und waren vollständig in die Ereignisse verwickelt, die sie für immer der Verdammnis überantworten würden. Leise stahlen sie sich fort von der Treppe und den Gang entlang bis zu der Tür, an der der junge Elf Wache hielt. Sie blieben im Schutz des Schattens, der vom Fackellicht nicht erreicht werden konnte, und verbargen sich mit Hilfe kleiner magischer Beschwörungen – der süße Geschmack der Macht als Geschenk des Dämonenlords – vor den Augen des jungen Wächters.

Dann waren sie bei ihm, und einer von ihnen schlug ihn besinnungslos. Die zwei anderen arbeiteten schnell und stürmisch an den Schlössern, mit denen die Steintür gesichert war, öffneten eins nach dem anderen, zogen das schwere Eisengitter zurück, hoben den gewaltigen Riegel aus seiner Verankerung und öffneten schließlich die Tür. Jetzt lag Paranor schutzlos in der Nacht, allem ausgeliefert, was draußen wartete.

Die drei Druiden traten zurück, als das erste dieser Wesen, ein Schädelträger, ins Licht geriet. Sein ungeheurer Körper bog sich unter einem Mantel aus Finsternis, die Klauen hielt er weit von sich gestreckt. Ein Wesen aus glatten Oberflächen und scharfen Kanten, dessen schroffe, massige Form den Flur erfüllte und sogar die Luft zu verschlingen schien. Seine roten Augen bohrten sich in die drei, die vor ihm kauerten, und verächtlich schob er sich an ihnen vorbei. Seine zähen Flügel schlugen auf und ab. Mit einem befriedigten Zischen ergriff er den jungen wachhabenden Elf, zerrte an seiner Gurgel und warf ihn zur Seite. Die Druiden zuckten zurück, als das Blut des zerfetzten Opfers auf sie spritzte.

Der Schädelträger gestikulierte ins Dunkel, und andere Kreaturen strömten durch die Tür – Wesen aus spitzen Zähnen und Krallen, mit verrenkten Körpern und knotiger Haut voll dunkler, borstiger Haarbüschel, bewaffnet und zum Kampf bereit, scharfsichtig und verstohlen in der Stille. Einige waren nur verschwommen zu erkennen, möglicherweise waren sie einmal Trolle gewesen. Andere waren Bestien aus der Unterwelt, die in nichts mehr ihre frühere Existenz erahnen ließen. Sie alle hatten draußen in einer dunklen Nische im Schutz der Mauer gewartet, wo sie seit Sonnenuntergang nicht mehr zu erkennen gewesen waren. Dort hatten sie sich versteckt, wohl wissend, dass diese drei bemitleidenswerten Wesen, die da vor ihnen kauerten, dem Meister gehorchen und ihnen Zugang zum Innern der Festung verschaffen würden.

Jetzt waren sie dort angelangt und warteten begierig darauf, endlich mit dem Blutvergießen beginnen zu können, das man ihnen versprochen hatte.

Der Schädelträger sandte einen von ihnen in die Nacht hinaus, um die herbeizuholen, die noch im Wald lauerten. Mehrere hundert warteten dort auf das Signal für den Vormarsch. Man würde sie erkennen, wenn sie sich erhoben, aber jeder Alarm würde zu spät kommen. In dem Augenblick, da Paranors Verteidiger erwachten, würden die Feinde längst in der Festung sein.

Der Schädelträger wandte sich um und blickte den Gang entlang. Er beachtete die drei Druiden nicht, für ihn waren sie weniger als nichts. Er ließ sie zurück, Überbleibsel, Abfall. Es blieb dem Meister überlassen, ihr Schicksal zu entscheiden. Alles, was für den geflügelten Jäger zählte, war das Töten, das vor ihm lag.

Die Angreifer teilten sich in kleine Gruppen auf. Einige von ihnen schlichen zu den Schlafräumen der Druiden. Andere folgten einem anderen Flur, der tief ins Innere des Hauptturms führte. Die meisten blieben bei dem Schädelträger, der sie zum Haupttor führte.

Kurz darauf begannen die Schreie.

Caerid Lock rannte vom Nordtor her zurück über den Hof, als endlich Alarm ausgelöst wurde. Zuerst erschollen die Schreie, dann der Klang des Kriegshorns. Der Befehlshaber der Garde wusste sofort, was geschehen war. Bremens Prophezeiung war eingetroffen. Der Dämonenlord war in die Druidenfestung Paranor eingedrungen. Diese Erkenntnis ließ ihn vor Kälte erzittern. Er rief seine Männer zusammen; er glaubte, dass immer noch Zeit wäre. Die

Wachen stürmten zu ihm und den Flur entlang, der zu der Tür führte, die die verräterischen Druiden aufgebrochen hatten. Als sie um eine Ecke bogen, fanden sie im Gang vor sich schwarze, gekrümmte Gestalten, die durch die Öffnung drängten. Zu viele, um gegen sie kämpfen zu können, erkannte Caerid sofort. Schnell zog er seine Männer wieder zurück, aber die Bestien waren schon dabei, sie zu verfolgen. Die Wachen kümmerten sich nicht weiter um das untere Stockwerk, sondern eilten nach oben zum nächsten, verschlossen die Türen hinter sich und ließen die Tore hinunter in der Hoffnung, auf diese Weise ihre Angreifer auszusperren. Es war ein verzweifeltes Spiel, aber es war alles, was Caerid Lock noch tun konnte.

Im nächsten Stockwerk konnten sie die nicht ganz so zahlreichen Eingänge verschließen und zur Haupttreppe weitergehen. Sie waren jetzt fünfzig – aber immer noch nicht stark genug. Caerid sandte Männer zu den schlafenden Druiden, um sie um Hilfe zu bitten. Einige der älteren beherrschten Magie, und die Kämpfer würden jede Unterstützung, welcher Art auch immer, benötigen, wenn sie überleben wollten. Caerids Verstand raste, als er seine Männer um sich sammelte. Diese Kreaturen hatten sich nicht mit Gewalt Einlass verschafft. Es war Verrat aus ihren eigenen Reihen gewesen. Er würde diejenigen, die dafür verantwortlich waren, ausfindig machen, schwor er. Er würde höchstpersönlich mit ihnen abrechnen; später.

Es war am oberen Ende der Haupttreppe, wo die Wachen hartnäckigen Widerstand leisteten. Elfen, Zwerge, Trolle und ein oder zwei Gnome standen Schulter an Schulter, geordnet und kampfbereit, verbunden in ihrem gemeinsamen Ziel. Caerid Lock hatte sich mit gezogenem Schwert in die Mitte der ersten Reihe gestellt. Er machte sich nichts vor; diese Aktion hatte nur verzögernde Funktion und war letztendlich zum Scheitern verurteilt. Er dachte bereits darüber nach, welche Möglichkeiten sie noch hatten, wenn sie hier besiegt wären. Den äußeren Mauerring hatten sie bereits verloren, daran konnte er nichts mehr ändern. Aber die innere Mauer und das Festungsinnere gehörten zu diesem Zeitpunkt noch ihnen, die Eingänge waren zugesperrt, und die Männer wurden bereits zur Verteidigung zusammengetrommelt. Aber auch diese Bemühungen würden einen entschlossenen Angriff höchstens verlangsamen. Es gab zu viele Wege, die in und über und unter die innere Mauer führten, als dass die Garde sich lange halten könnte. Früher oder später würden ihre Angreifer von hinten durchbrechen, und dann würden sie um ihr Leben rennen müssen.

Weiter unten organisierte der Schädelträger einen weiteren Angriff, und krummbeinige Monster stiegen die Treppen in einem Knäuel aus Zähnen, Klauen und Waffen hinauf. Caerid führte seine Männer in einen Gegenangriff, und der Ansturm der Ungeheuer wurde zurückgeschlagen. Aber sie kamen wieder, und erneut warf die Garde sie zurück. Jetzt war die Hälfte der Verteidiger entweder tot oder verletzt, und es gab niemanden, der sie ersetzen konnte.

Caerid Lock schaute sich verzweifelt um. Wo waren die Druiden? Warum reagierten sie nicht auf den Alarm?

Die Ungeheuer griffen ein drittes Mal an, eine waffenstarrende Masse aus um sich schlagenden Körpern und wild rotierenden Armen. Aus ihren klaffenden Rachen gellten schrille Rufe und laute Schreie. Die Druidengarde ging ein weiteres Mal zum Gegenangriff über, fiel über die Gegner her und trieb sie die Treppe zurück, ließ die Hälfte von ihnen leblos auf den blutverschmierten Stufen liegen. Verzweifelt sandte Caerid einen anderen Mann los, mit dem Befehl Hilfe zu holen, wo immer er sie finden würde. Als der Mann gerade gehen wollte, hielt er ihn an der Tunika fest und zog ihn nah zu sich heran. »Du musst die Druiden finden und ihnen befehlen zu fliehen, solange noch Zeit ist!«, flüsterte er, damit es kein anderer hörte. »Sag ihnen, dass Paranor verloren ist! Beeil dich, sag es ihnen! Und dann flieh selbst!«

Sämtliches Blut wich aus dem Gesicht des Boten, und ohne ein Wort stürzte er davon.

Unten im Schatten sammelten sich die Ungeheuer zu einem neuen Angriff, eine erstarrte Masse aus düsteren Formen und gutturalen Schreien. Plötzlich ertönte von weiter oben aus der Festung, wo die Druiden schliefen, ein markerschütternder Schrei.

Caerid verlor alle Hoffnung. Es ist vorbei, dachte er, weder verängstigt noch traurig, sondern einfach nur angeekelt.

Sekunden später drängten die Geschöpfe des Dämonenlords erneut die Treppe hinauf. Caerid Lock und seine letzten Männer rüsteten sich und hoben ihre Waffen.

Diesmal brachen die Gegner durch.

Kahle Rese hatte in der Bibliothek geschlafen, als die Geräusche des Angriffs ihn weckten. Er hatte noch bis spät in die Nacht gearbeitet und während der vergangenen fünf Jahre angesammelte Berichte über Wetterverhältnisse und ihre Auswirkungen auf die Ernte katalogisiert. Schließlich war er am Schreibtisch eingedöst. Erschrocken fuhr er auf, als er die Schreie der verwundeten Männer hörte, das Klirren aufeinander prallender Waffen und das Dröhnen der Schritte. Er hob den ergrauten Kopf und schaute sich unsicher um, dann stand er auf, besann sich einen Augenblick und ging zur Tür.

Vorsichtig spähte er nach draußen. Die Schreie waren jetzt lauter, schrecklicher in ihrer Not und ihrem Schmerz. Männer eilten an seiner Tür vorbei, es waren Angehörige der Druidengarde. Bremens Warnung war auf taube Ohren gestoßen, und jetzt wurde der Preis für die Weigerung, ihr Beachtung zu schenken, eingefordert. Kahle war überrascht darüber, mit welcher Sicherheit er wusste, was geschah und wie es enden würde. Er wusste bereits, dass er den Überfall nicht überleben würde.

Trotzdem zögerte er noch; selbst in diesem Augenblick war er nicht bereit zu akzeptieren, was er wusste. Der Gang war jetzt leer, die Kampfgeräusche drangen irgendwo aus der Tiefe herauf. Er dachte daran, auf den Korridor zu gehen und von dort aus einen besseren Blick zu erhaschen, aber noch während er diese Idee in seinem Kopf hin- und herbewegte, kam ein schattenhaftes Etwas von der Hintertreppe aus auf ihn zu. Schnell zog er den Kopf wieder zurück und blinzelte aus der jetzt nur noch zu einem winzigen Spalt geöffneten Tür.

Schwarze, missgestaltete Kreaturen gerieten in sein Blickfeld, Ausgeburten seiner fürchterlichsten Albträume. Der Atem stockte ihm, und er wagte kaum Luft zu holen. Raum für Raum arbeiteten sie sich vor, bis zu dem Zimmer, in dem Kahle Rese wartete.

Leise schloss er die Tür zur Bibliothek wieder und verriegelte sie. Einen Augenblick stand er einfach da, unfähig, sich zu regen. Eine Flut von Bildern stürmte auf ihn ein, Erinnerungen an die frühen Jahre, in denen er zum Druiden ausgebildet wurde, an die Zeit seiner anschließenden Anstellung als Schreiber, an seine unermüdlichen Bemühungen, die Schriften der alten Welt und der Feen zu sammeln und zu erhalten. So viel war geschehen, in so kurzer Zeit. Er schüttelte verwundert den Kopf. Wie hatte es alles nur so schnell vorbeigehen können?

Jetzt hörte er ganz in der Nähe neue Schreie. Sie schienen direkt von der anderen Seite seiner Tür zu kommen, aus dem Flur, wo die Monster herumschlichen. Die Zeit wurde knapp.

Er schritt schnell zu seinem Arbeitstisch und holte den Lederbeutel hervor, den Bremen ihm gegeben hatte. Vielleicht hätte er mit seinem ältesten Freund fortgehen sollen. Vielleicht hätte er sich retten sollen, solange noch die Möglichkeit dazu bestanden hatte. Aber wer hätte dann die Historie der Druiden gerettet? Auf wen sonst hätte Bremen sich verlassen können? Außerdem war dies sein Platz, hier gehörte er hin. Mittlerweile wusste er nur noch wenig von der Welt da draußen; es war lange her, seit er das letzte Mal hinausgegangen war. Er war für niemanden jenseits dieser Mauern von Nutzen. Hier zumindest konnte er noch einem Ziel dienen.

Er schritt auf einen Bücherschrank zu, der gleichzeitig eine verborgene Tür zu dem Raum dahinter darstellte, wo die Geschichte der Druiden aufbewahrt wurde. Er betätigte den Hebel, trat ein und sah sich um. Der Raum war voller gewaltiger, in Leder gebundener Bücher. Reihe für Reihe standen sie nummeriert und geordnet nebeneinander, Quellen des Wissens und der Überlieferungen aus den Jahren der Feen, der Menschen und der großen Kriege, zusammengetragen von den Druiden seit der Zeit des Ersten Rates. Jede einzelne Seite in jedem einzelnen Buch war voller mühsam erarbeiteter und niedergeschriebener Informationen, einiges davon verständlich, anderes immer noch ein Mysterium – alles, was Wissenschaft und Magie aus Vergangenheit und Gegenwart noch hinterlassen hatten. Viel von dem, was in den Büchern stand, hatte Kahle mit eigenen Händen eingetragen; mehr als vierzig Jahre lang hatte er sorgfältig Wort für Wort aufgeschrieben, Zeile für Zeile. Die Aufzeichnungen waren der besondere Stolz des alten Mannes, die Summe seines Lebenswerkes, die Leistung, die er sich selbst am höchsten anrechnete.

Er ging zu dem Regal, das ihm am nächsten stand, nahm einen tiefen Atemzug und öffnete die Kordel zu Bremens Lederbeutel. Er misstraute jeder Art von Magie, aber jetzt gab es keine andere Möglichkeit. Abgesehen davon würde Bremen ihn niemals in die Irre führen. Nur die Bewahrung der Historie der Druiden zählte jetzt noch. Die Bücher mussten ihn überleben, denn dazu waren sie da.

Er nahm eine großzügige Handvoll des silbern glitzernden Staubes aus dem Beutel und warf ihn auf einige der Bücher. Sofort begann das gesamte Regal zu flimmern wie die Luft an einem heißen Sommertag. Kahle zögerte, dann verstreute er mehr von dem Staub über dem flüssigen Vorhang. Regale und Bücher verschwanden. Schnell schritt er voran, verteilte mehrere Handvoll Staub auf jedem Regal, auf jeder Sektion, und beobachtete, wie sie erst glänzten und dann verschwanden.

Nur einige Augenblicke später war die Historie der Druiden vollständig verschwunden. Alles, was übrigblieb, war ein Raum mit vier leeren Wänden und einem langen Lesetisch in der Mitte.

Kahle Rese nickte befriedigt. Die Historie war jetzt sicher. Selbst wenn dieser Raum entdeckt würde, würde sein Inhalt verborgen bleiben. Genau das hatte er sich erhofft.

Er ging zurück in den Vorraum, wo er auch schon ein Scharren an der Tür zur Bibliothek vernahm. Es stammte von unbeholfenen Klauen, die versuchten, den Griff herumzudrehen. Kahle wandte sich um und Schloss vorsichtig die Geheimtür. Dann schob er den nahezu leeren Lederbeutel in die Tasche seines Umhangs, ging zu seinem Tisch und blieb dort stehen. Er besaß keine Waffen, und es gab keinen Ort, an dem er sich hätte in Sicherheit bringen können. Er konnte nichts tun als warten.

Von außen warfen sich schwere Körper gegen die Tür, bis sie schließlich brach. Drei Ungeheuer taumelten gebückt in den Raum und richteten hasserfüllt die roten Augen auf den alten Mann. Er blickte sie fest an und wich nicht einmal zurück, als sie auf ihn zukamen.

Derjenige, der ihm am nächsten stand, hielt einen kurzen Speer in den Klauen. Das sonderbare Verhalten des Mannes brachte ihn auf. Als er direkt vor Kahle Rese stand, trieb er ihm voller Wut den Speer durch die Brust. Kahle Rese war sofort tot.

Als es vorbei war und die Ungeheuer auch die letzten Wachen gefunden und getötet hatten, trieben sie die überlebenden Druiden aus ihren Verstecken und in den Versammlungsraum. Hier mussten sie auf die Knie fallen, umringt von Feinden. Athabasca, der immer noch lebte, wurde gefunden und zum Schädelträger gebracht. Die Kreatur starrte auf den beeindruckenden, weißhaarigen Hohen Druiden, dann befahl er ihm, sich vor ihm zu verbeugen und ihn als Meister anzuerkennen. Als Athabasca, selbst in der Niederlage noch stolz und verächtlich, sich weigerte, packte die Kreatur ihn am Genick und blickte in sein erschrecktes Gesicht – ein Feuerstrahl zischte aus den Augen des Schädelträgers und verbrannte diejenigen von Athabasca.

Als die anderen sahen, wie Athabasca sich vor Schmerz auf dem Steinboden krümmte, wurde es plötzlich still. Das Fauchen und Zischen erstarb. Das Scharren von Klauen und das Knirschen der Zähne verebbte. Stille senkte sich dunkel und unheil verkündend herab, und alle Augen waren auf den Haupteingang der Halle gerichtet, wo die Reste der schweren Doppeltüren zersplittert in der Verankerung hingen.

Dort, in der zerrissenen Öffnung, schienen sich die Schatten zu sammeln, eine tiefe Finsternis, die langsam die Gestalt eines großen Wesens annahm. Sie schien aber nicht wie gewöhnliche Menschen auf dem Boden zu stehen, sondern so leicht und körperlos wie Rauch in der Luft zu hängen. Bei ihrer Ankunft wurde es kalt im Versammlungsraum; eine Kälte, die bis in die Knochen der Druiden drang. Die Wesen, die sie gefangen genommen hatten, sanken eins nach dem anderen auf die Knie und senkten die Köpfe, ihre Stimmen nur noch ein leises Murmeln.

Meister, Meister.

Der Dämonenlord sah hinab auf die besiegten Druiden, und Befriedigung erfüllte ihn. Sie gehörten jetzt ihm. Paranor gehörte ihm. Endlich, nach all den Jahren, war die Rache nah.

Er hieß seine Geschöpfe, sich zu erheben, dann streckte er den Arm nach Athabasca aus. Unfähig sich zu wehren, geblendet und voller Schmerzen, schoß der erste Druide wie von unsichtbaren Fäden gezogen empor. Er hing über dem Boden, über den anderen Druiden, und schrie in tiefstem Entsetzen. Der Dämonenlord machte eine weitere Geste, und der Hohe Druide wurde gefährlich still. Noch eine Handbewegung, und der Hohe Druide begann in schrecklicher, krächzender Agonie zu singen. »*Meister, Meister, Meister.*« Die zusammengekauerten Druiden wandten sich scham- und wuterfüllt ab. Einige weinten. Die zusammengedrängten Kreaturen des Dämonenlords zischten vor Vergnügen und Zustimmung und hoben ihre Klauen zum Salut.

Dann nickte der Dämonenlord, und mit fürchterlicher Schnelligkeit schlug der Schädelträger zu, Riss Athabasca das Herz aus dem lebendigen Leib. Der Hohe Druide schrie noch einmal gellend auf, als seine Brust zerfetzt wurde, dann sackte er zusammen und starb.

Einen Augenblick noch ließ der Dämonenlord ihn wie eine Lumpenpuppe über den anderen schweben. Das Blut troff aus Athabascas Körper, und der grausame Dämon ließ ihn schwanken, hierhin und dorthin, vor und zurück, und schließlich zu Boden fallen, wo er als blutige, zerfetzte Masse aus Fleisch und Knochen liegenblieb.

Dann ließ er die anderen gefangenen Druiden aus dem Versammlungsraum bringen und wie Vieh in die tiefsten Regionen von Paranors Keller treiben, wo sie lebend eingemauert wurden.

Als der letzte ihrer Schreie erstarb, stieg er auf der Suche nach der Historie der Druiden die Treppen empor. Er hatte die Druiden vernichtet, jetzt musste er ihre Überlieferungen zerstören – oder das mit sich fortnehmen, was er gebrauchen konnte. Er bewegte sich jetzt schnell, denn irgendwo inmitten des bodenlosen Druidenbrunnens gab es Bewegungen, die darauf hindeuteten, dass Magie erwachte, in Reaktion auf seine Anwesenheit. In seiner eigenen Domäne war der Dämonenlord unangreifbar, aber hier, in der Festung seiner größten Feinde, mochte das anders sein. Er fand die Bibliothek und durchsuchte sie. Er entdeckte den Bücherschrank und fand auch die verborgene Kammer dahinter, aber sie war leer. Magie war im Spiel, das spürte er, aber er konnte weder ihre Herkunft noch ihren Zweck bestimmen. Von der Historie der Druiden war nichts zu sehen.

Die Bewegungen in der Tiefe des Druidenbrunnens wurden heftiger. Etwas hatte sich befreit und erhob sich jetzt, um ihn zu suchen. Er war bestürzt, dass eine Macht von solcher Art als Wache auserwählt war und ihn herausforderte. Die Ursache dafür konnte nicht in diesen bemitleidenswerten Sterblichen liegen, die er sich so einfach untertan gemacht hatte. Sie waren nicht mehr in der Lage, eine solche Macht herbeizurufen. Es musste von demjenigen kommen, der erst kürzlich in seine Domäne eingedrungen war, von dem, den seine Kreaturen verfolgt hatten – von dem Druiden Bremen.

Er ging zurück zum Versammlungsraum, jetzt nur noch erpicht darauf, möglichst schnell zu verschwinden. Die drei, die Paranor verraten hatten, standen vor ihm. Er sprach nicht in Worten zu ihnen, denn das waren sie nicht wert, aber er ließ seine Gedanken zu ihnen sprechen. Demütig krochen sie vor ihm auf dem Boden, armselige, dumme Geschöpfe, die gerne mehr gewesen wären, als sie zu sein vermochten.

Meister! wimmerten sie mit beschwichtigenden Stimmen. *Meister, wir dienen nur dir!*

Welche Druiden außer Bremen sind der Festung entkommen?

Nur drei, Meister. Ein Zwerg, Risca. Ein Elf, Tay Trefenwyd. Ein Mädchen aus dem Südland, Mareth.

Sind sie mit Bremen gegangen?

Ja, mit Bremen.

Niemand sonst.

Nein, Meister. Niemand.

Sie werden zurückkehren. Sie werden von Paranors Untergang hören und sich vergewissern wollen. Ihr werdet hier warten. Ihr werdet beenden, was ich begonnen habe. Dann werdet ihr sein wie ich.

Ja, Meister, ja!

Steht auf.

Sie taten, wie ihnen befohlen, erhoben sich hastig und eifrig, mit gebrochenem Geist und Verstand, über den er jetzt befahl. Dennoch fehlte ihnen die Kraft zu tun, was von ihnen gefordert wurde, und so musste er sie verändern. Er griff mit seiner Magie nach ihnen und umgab sie mit etwas, das so dünn wie Spinnfäden und so unnachgiebig wie Eisen war. Er nahm ihnen die letzten Reste ihrer Menschlichkeit.

Ihre Schreie hallten durch den leeren Raum, als er sie erbarmungslos in eine neue Form presste. Arme und Beine schlugen wild um sich, Köpfe zuckten hin und her, Augen traten aus ihren Höhlen.

Am Ende waren sie nicht mehr wiederzuerkennen. Er ließ sie liegen und stahl sich zurück in die Nacht, nahm den Rest seiner gehorsamen Untertanen mit sich. Die Druidenfestung überließ er den Sterbenden und den Toten.

Kapitel 7

Bremen reichte Risca zum Abschied die Hand. Sie standen vor der Höhle, die ihnen Schutz gewährt hatte, als sie den Hadeshorn und seine Geister hinter sich gelassen hatten. Jetzt war es beinahe Mittag, und der starke Regen war in ein feines Nieseln übergegangen. Im Westen, über den hohen Gipfeln der Drachenzähne, klärte sich der Himmel bereits auf.

»Es scheint, als würden wir uns immer nur treffen, um auch schon wieder getrennte Wege zu gehen«, sagte Risca grollend. »Ich frage mich, wie wir es eigentlich schaffen, Freunde zu bleiben. Ich weiß auch gar nicht, warum uns das jetzt kümmern sollte.«

»Wir haben keine andere Wahl«, meinte Tay Trefenwyd. »Niemand sonst will etwas mit uns zu tun haben.«

»Das ist nur zu wahr.« Der Zwerg musste wider Willen lächeln. »Nun, dies wird die Freundschaft ganz sicher auf die Probe stellen. Verstreut über das Ostland und Westland und noch darüber hinaus, und wer weiß, wann wir uns wieder sehen?« Er drückte kräftig Bremens Hand. »Pass auf dich auf, Bremen.«

»Und du auf dich, mein guter Freund«, erwiderte der alte Mann.

»Tay Trefenwyd!«, rief der Zwerg über seine Schulter zurück. Er war bereits losgegangen und folgte dem Pfad. »Denk an dein Versprechen! Bring die Elfen ins Ostland! Stell dich mit uns gegen den Dämonenlord! Wir zählen auf dich!«

»Auf bald, Risca!«, rief Tay zurück.

Der Zwerg winkte und warf sich den Reisesack über die breiten Schultern. An seiner Seite schwang das Breitschwert. »Viel Glück, Elfenohr! Sei wachsam! Pass auf deinen Allerwertesten auf!«

Die beiden alten Freunde genossen es, sich gegenseitig zu necken, und sie waren daran gewöhnt, ironische Wortwechsel zu führen. Kinson Ravenlock lauschte interessiert; er wünschte, sie hätten mehr Zeit und er könnte die beiden besser kennen lernen. Aber das würde noch dauern. Risca hatte sich verabschiedet, und Tay würde sie am Eingang des Kennonpasses verlassen, um weiter westlich nach Arborlon zu gehen, während Kinson und Bremen in nördlicher Richtung auf Paranor zuhalten mussten. Der Grenzländer schüttelte den Kopf. Wie schwer das alles für Bremen sein musste! Zwei Jahre waren vergangen, seit er Risca und Tay das letzte Mal gesehen hatte. Würden jetzt wieder zwei Jahre vergehen, ehe sie sich trafen?

Als Risca außer Sichtweite war, führte Bremen die verbliebenen Mitglieder der kleinen Gruppe einen Nebenpfad hinab zum Fuß der Klippen und dann in westlicher Richtung am Ufer des Mermidon entlang; es war derselbe Pfad, den sie auf dem Hinweg benutzt hatten. Als die Sonne unterging, marschierten sie noch eine ganze Weile weiter und schlugen schließlich in der Aue eines kleinen Erlenwäldchens in einer kleinen Bucht ihr Lager auf, dort, wo der Mermidon sich nach Westen und Süden verzweigte. Der Himmel hatte sich aufgeklärt, und die Sterne funkelten, ihr Licht spiegelte auf der glatten Oberfläche des Wassers. Die Gefährten ließen sich am Flussufer nieder, und während sie aßen, starrten sie hinaus in die Nacht. Sie sprachen nicht viel. Tay schärfte Bremen ein, auf Paranor vorsichtig zu sein. Wenn die Vision, die er gesehen hatte, bereits eingetreten und die Druidenfestung gefallen war, gab es guten Grund zu der Annahme, dass der Dämonenlord und seine Untergebenen sich dort noch aufhielten. Oder, fügte der Elf hinzu, er hatte vielleicht Fallen hinterlassen, um jeden Druiden zu fangen, der entkommen und dumm genug war, zurückzukehren. Tay sagte dies leichthin, und Bremen antwortete mit einem Lächeln. Kinson erkannte, dass keiner sich die Mühe machte, die Zerstörung Paranors zu bestreiten. Es musste bitter für die Druiden sein, aber beide zeigten nichts von dem, was sie empfanden. Dadurch demonstrierten sie, dass sie nicht bei der Vergangenheit verweilen wollten. Es war die Zukunft, die jetzt zählte.

Bremen sprach lange mit Tay über die Vision, in der er den schwarzen Elfenstein gesehen hatte, und erklärte ihm alle Einzelheiten dessen, was ihm gezeigt worden war, was er gespürt hatte, was er daraus ableitete. Kinson hörte träge zu und warf hin und wieder einen Blick auf Mareth, die ebenfalls lauschte. Er fragte sich, was sie wohl bei dem Gedanken an die Vernichtung der Druiden von Paranor empfand. Er fragte sich, ob ihr bewusst war, wie dramatisch sich ihre Rolle innerhalb der kleinen Gruppe geändert hatte. Sie hatte kaum ein Wort gesagt, seit sie aus dem Tal von Shale herausgekommen waren, und hatte sich während des Gesprächs zwischen Bremen, Risca und Tay abseits gehalten, hatte zugehört und beobachtet. Nicht viel anders als er selbst, dachte Kinson. Denn wie er war auch sie eine Außenseiterin und suchte noch immer ihren Platz. Sie war noch keine Druidin wie die anderen, hatte sich noch nicht bewiesen, war noch nicht als gleichwertig akzeptiert. Kinson beobachtete sie, versuchte, den Grad ihrer Widerstandsfähigkeit, ihrer Unverwüstlichkeit abzuschätzen. Für das, was vor ihnen lag, würde sie beides brauchen.

Später, als sie schlief, Tay ausgestreckt neben ihr lag und Bremen Wache hielt, rollte Kinson sich aus der Decke und ging zu dem alten Mann. Bremen sagte nichts, sondern spähte weiter ins Dunkel. Kinson setzte sich hin und zog sich die Decke um die Schultern. Die Nacht war warm, sie entsprach jetzt weit eher der Jahreszeit als noch vor kurzem. Die Luft war erfüllt vom Duft von Frühlingsblumen, von neuen Blättern und Gras. Eine leichte Brise wehte aus den Bergen, so dass die Zweige und Äste leise raschelten und die

Wasseroberfläche sich in sanften Wellen kräuselte. Die beiden Männer saßen eine Zeit lang schweigend nebeneinander, lauschten den nächtlichen Geräuschen und waren in ihre eigenen Gedanken versunken.

»Du nimmst ein großes Risiko auf dich, wenn du zurückkehrst«, sagte Kinson schließlich.

»Ein notwendiges Risiko«, ergänzte Bremen.

»Du bist sicher, dass Paranor gefallen ist, nicht wahr?«

Bremen schwieg einen Augenblick, dann nickte er.

»Dann wird es für dich noch gefährlicher werden«, drängte Kinson weiter. »Brona jagt dich bereits. Er weiß wahrscheinlich, dass du auf Paranor gewesen bist. Er wird erwarten, dass du zurückkehrst.«

Der alte Mann wandte dem jüngeren Gefährten langsam sein Gesicht zu, faltig und von Wind und Wetter gegerbt, ausgemergelt von lebenslangen Kämpfen und Enttäuschungen. »Ich weiß das alles, Kinson. Und du weisst, dass ich es weiß, also warum müssen wir darüber sprechen?«

»Damit du dich daran erinnerst«, erklärte der Grenzländer unbeirrt. »Damit du doppelt so vorsichtig bist. Visionen können zu einer Falle werden. Ich traue ihnen nicht. Du solltest es auch nicht tun. Nicht vollständig.«

»Du meinst die Vision von Paranor, nehme ich an?«

Kinson nickte. »In der die Festung gefallen ist und die Druiden alle tot sind. So weit ist alles schön deutlich. Aber das Gefühl von etwas Lauerndem – das ist der gefährliche Punkt. Wenn dort etwas lauert, dann wird es nicht in einer Form erscheinen, die du kennst.«

Bremen zuckte die Achseln. »Wahrscheinlich nicht. Aber es spielt keine Rolle. Ich muss mich vergewissern, ob Paranor wirklich verloren ist – unabhängig von der Kraft meiner eigenen Vermutungen –, und ich muss das Eilt Druin an mich bringen. Das Medaillon ist ein wichtiger Bestandteil des Talismans, den wir bitter benötigen, um den Dämonenlord zu zerstören. Die Vision war eindeutig, was das anging, Kinson. Ich muss ein Schwert schmieden und mit einer Magie versehen, der Brona nicht widerstehen kann. Das Eilt Druin ist der einzige Teil des Prozesses, den ich gesehen habe – das Bild des Medaillons war nur zu deutlich sichtbar auf dem Griff des Schwertes. Damit müssen wir beginnen. Ich muss das Medaillon beschaffen und dann entscheiden, wie es weitergeht.«

Kinson sah ihn einen Augenblick schweigend an. »Du hast bereits einen Plan, nicht wahr?«

»Den Anfang eines Plans.« Der alte Mann lächelte. »Du kennst mich zu gut, mein Freund.«

»Ich kenne dich gut genug, um hin und wieder vorhersagen zu können, was du denkst oder tust.« Kinson seufzte und schaute über den Fluss. »Nicht, dass mir das in meinen Bemühungen helfen würde, dich davon zu überzeugen, besser auf dich aufzupassen.«

»Oh, da wäre ich nicht so sicher.«

Ach ja? dachte Kinson müde. Aber er stellte Bremens Aussage nicht in Frage, sondern hoffte wider besseres Wissen, dass der alte Mann wenigstens hin und wieder auf ihn hörte, besonders dann, wenn er ihm mehr Vorsicht einschärfte. Es war seltsam, dass Bremen, der jetzt im Herbst seines Lebens stand, soviel waghalsiger war als der jüngere Mann. Kinson hatte lange im Grenzland gelebt und gelernt, dass ein einziger Fehltritt über Leben und Tod entscheiden konnte, dass es das Abwägen zwischen Handeln und Abwarten war, das einen am Leben hielt. Er vermutete, dass auch Bremen diesen Unterschied anerkannte, aber manchmal handelte er, als wäre es nicht so. Bremen forderte das Schicksal viel leichtfertiger heraus als Kinson. Vermutlich hatte das mit der Magie zu tun. Kinson war schneller und stärker als der alte Mann, und seine Instinkte waren sicherer, aber Bremen hatte die Magie, die ihn bei Kräften hielt, und die Magie hatte noch nie versagt. Sie gab Kinson das tröstliche Gefühl, dass sein Freund unter einem besonderen Schutz stand. Aber auch dies genügte nicht, ihn vollständig zu beruhigen.

Er streckte seine langen Beine aus, lehnte sich zurück und schlang die Arme um den Oberkörper. »Was ist mit Mareth geschehen?«, fragte er plötzlich. »Beim Hadeshorn, als du zusammengebrochen bist und sie zuerst bei dir war?«

»Eine interessante junge Frau, diese Mareth.« Die Stimme des alten Mannes wurde plötzlich sanft. Er wandte sich wieder Kinson zu, aber sein Blick war weit in die Ferne gerichtet. »Erinnerst du dich, wie sie behauptet hat, über Magie zu verfügen? Nun, diese Behauptung war richtig. Aber vielleicht ist es nicht die Art von Magie, die ich mir vorgestellt hatte. Ich bin mir immer noch nicht sicher. Ein bisschen verstehe ich allerdings bereits. Sie ist eine Empathin, Kinson. Ihre Heilkunst gründet in ihrer Fähigkeit, sich in andere einzufühlen. Sie kann den Schmerz eines anderen Menschen zu ihrem eigenen machen und verringern. Genau das ist am Hadeshorn geschehen. Der Schock, der mich durch die Visionen befallen hatte, durch die Berührungen der Schatten der Toten, hat mich besinnungslos gemacht. Aber sie holte mich zurück ins Leben – ich konnte ihre Hände spüren –, und ich war wieder stark, war geheilt.« Er blinzelte. »Es war eindeutig. Hast du gesehen, welche Auswirkung es auf sie hatte?«

Kinson runzelte nachdenklich die Stirn. »Sie schien kurzfristig Kraft zu verlieren, aber nicht sehr lange. Allerdings war etwas mit ihren Augen. Als du während des Treffens mit Galaphiles Schatten in dem Sturm verschwunden bist, standen wir auf dem Felsvorsprung. Sie behauptete, dich gesehen zu haben, obwohl niemand von uns anderen dich erspähen konnte. Und ihre Augen waren weiß.«

»Ihre Magie scheint sehr komplex zu sein.«

»Empathisch, sagst du. Und das nicht in geringem Maße.«

»Nein. An Mareths Magie ist nichts Geringes. Sie ist sehr mächtig. Wahrscheinlich besaß sie diese Fähigkeit von Geburt an und hat sie über die Jahre hinweg weiterentwickelt.« Er hielt inne. »Ich frage mich, ob Athabasca von diesen Fähigkeiten wusste. Ich frage mich, ob irgend jemand in Paranor davon wusste.«

»Sie gibt nicht viel von sich preis. Sie möchte nicht, dass ihr jemand zu nahe kommt.« Wieder starrte der Grenzländer nachdenklich ins Leere. »Aber sie scheint dich zu bewundern. Sie erzählte mir, wie wichtig es für sie ist, mit dir auf diese Reise zu gehen.«

Bremen nickte. »Ja, es gibt einige Geheimnisse um Mareth, die wir noch enthüllen müssen. Du und ich, wir werden einen Weg finden und sie ans Licht befördern.«

Viel Glück dabei, wollte Kinson sagen, aber er behielt den Sarkasmus für sich. Er erinnerte sich, wie schroff Mareth sogar die Annehmlichkeit der Decke zurückgewiesen hatte. Nur das Zusammenspiel einer Reihe ungewöhnlicher Ereignisse würde sie vermutlich dazu bringen, etwas mehr aus sich herauszugehen.

Aber, so führte er den Gedanken fort, an dem, was vor ihnen lag, war auch nichts Gewöhnliches.

Er blieb weiter neben Bremen am Ufer sitzen, starrte schweigend und reglos über das Wasser und überließ sich den Bildern, die den dunklen Nischen seines Bewusstseins entsprangen und seine Furcht vor dem Kommenden widerspiegelten.

Bei Sonnenaufgang brachen sie auf und gingen den ganzen Tag im Schatten der Drachenzähne in westlicher Richtung am Mermidon entlang. Es war jetzt deutlich wärmer geworden, die Temperatur war hochgeschnellt und die Luft schwül. Sie legten die Reiseumhänge ab und verbrauchten immer mehr Wasser. In den Nachmittagsstunden gönnten sie sich häufiger eine kurze Rast, und trotzdem war es noch hell, als sie den Kennon erreichten. Hier nahm Tay Trefenwyd Abschied von ihnen, um weiter über das Grasland zu den Wäldern von Arborlon zu ziehen.

»Wenn du den Schwarzen Elfenstein findest, Tay, dann lass dich nicht in Versuchung führen, ihn zu benutzen«, warnte Bremen ihn, kurz bevor sie sich trennten. »Unter gar keinen Umständen, nicht einmal, wenn du bedroht wirst. Seine Magie ist mächtig genug, um alles Denkbare zu vollbringen, aber sie ist auch sehr gefährlich. Jeder Gebrauch von Magie fordert seinen Preis. Du weisst das so gut wie ich. Der Preis für die Benutzung des Schwarzen Elfensteins ist zu hoch.«

»Er könnte mich zerstören«, kam Tay ihm zuvor.

»Wir sind Sterbliche, du und ich«, erklärte Bremen ruhig. »Wir müssen Vorsicht walten lassen, wenn Magie im Spiel ist. Deine Aufgabe besteht darin, den Elfenstein zu beschaffen und mir zu bringen. Wir wollen ihn nicht benutzen. Wir wollen nur den Dämonenlord daran hindern. Das musst du dir immer wieder einschärfen.«

»Ich werde es mir merken, Bremen.«

»Warne Courtann Ballindarroch vor der Gefahr, die uns droht. Überzeuge ihn davon, dass er Raybur und den Zwergen helfen und seine Armee dorthin senden muss. Enttäusche mich nicht.«

»Es wird alles gut gehen.« Der Elfendruide drückte Bremens Hand, und mit einem munteren Wink zu den anderen setzte er sich in Bewegung. »Das war wieder so ein bemerkenswertes Treffen, nicht wahr? Pass auf ihn auf, Kinson. Gib auf dich acht, Mareth. Viel Glück euch allen.«

Er lächelte ihnen ein letztes Mal zu. Dann wurden seine Schritte größer, und schon war er zwischen den Bäumen und Felsen verschwunden.

Bremen hockte sich jetzt mit Kinson und Mareth zusammen, um zu entscheiden, ob sie sofort weiter über den Pass ziehen oder bis zum Morgen warten sollten. Es schien ein neuer Sturm aufzukommen, doch wenn sie warteten, könnten sie leicht zwei weitere Tage verlieren. Kinson spürte, dass der alte Mann darauf brannte, Paranor zu erreichen und die Wahrheit zu erfahren. Sie waren ausgeruht und marschbereit, und so sprach er sich deutlich dafür aus, weiterzugehen. Mareth äußerte schnell ihre Zustimmung. Bremen lächelte anerkennend, und sie brachen auf.

Sie betraten den Pass, als die Sonne immer tiefer hinter dem Horizont versank und schließlich ganz außer Sicht geriet. Der Himmel blieb jedoch klar und die Luft warm, und so war ihre Reise angenehm und sie kamen gut voran. Um Mitternacht hatten sie den höchsten Punkt des Passes erreicht und starrten zurück in das Tal, das hinter ihnen lag. Der Wind war stärker geworden, heulte stetig aus südwestlicher Richtung, wirbelte in kleinen Trichtern Schmutz und Kies vom Boden auf und verunreinigte die Luft mit kleinen Geröllpartikeln. Die drei Reisenden hielten beim Gehen die Köpfe gesenkt, bis sie wieder unterhalb des Kammes waren und der Wind etwas abgenommen hatte. Sie konnten jetzt die schwarze Silhouette der Druidenfestung sehen, die sich deutlich vor dem sternenhellen Himmel abzeichnete. Die zinnenbewehrten Türme und Brüstungen ragten zwischen den Bäumen empor. In den Fenstern und von den Zinnen brannte kein Licht, und keine Bewegung, kein Laut störte die Stille.

Sie erreichten den Talgrund und wurden vom Wald verschluckt. Der Mond und die Sterne beleuchteten ihren Weg durch die tiefen Schatten hindurch und leiteten sie zur Festung. Gewaltiger, alter Baumbestand umgab sie wie die Säulen eines Tempels. Hin und wieder stießen sie auf kleine Bäche und Lichtungen, die voll dichtem, samtweichem Gras waren. Die Nacht war immer noch still und schläfrig und ganz ohne Geräusche und Bewegungen, abgesehen von dem Wind, der wieder zugenommen hatte und in kleinen, festen Stößen gegen ihre Gesichter blies, an ihren Umhängen zerrte und die Zweige der Bäume wie Streu hin und her schüttelte. Bremen eilte in einem Tempo voran, das sein Alter Lügen strafte und das der anderen beiden herausforderte. Kinson und Mareth warfen sich einen Blick zu – der Druide schien ein verborgenes Kräftereservoir angezapft zu haben und war so hart und unnachgiebig wie Eisen.

Noch vor Einbruch der Dämmerung hatten sie Paranor erreicht. Sie wurden langsamer beim Anblick der Festung, die zwischen den Bäumen Gestalt annahm und wie eine gewaltige, schwarze Hülle in den sternenerleuchteten Himmel ragte. Es war immer noch kein

Licht zu sehen, immer noch kein Laut zu hören, keine Bewegung zu erkennen. Bremen und seine Gefährten blieben im Schutz des Waldes stehen und hielten schweigend nach irgendwelchen Lebenszeichen Ausschau. Dann führte der alte Mann Kinson und Mareth immer noch im Schatten der Wälder links um die Burg herum. Der Wind peitschte mit einem traurigen Heulen gegen die Zinnen und um den emporragenden Turm. Kinson schwitzte gewaltig, seine Nerven waren zum Zerreißen gespannt, und sein Atem fühlte sich in seinen Lungen rau an.

Sie waren jetzt auf der Höhe des Haupttores und hielten wieder inne. Die Tore standen offen, das Fallgitter war hochgezogen, die Öffnung gähnte ihnen schwarz entgegen und erinnerte an einen im Todesschrei erstarrten Mund.

Um die zersplitterten Türen lagen Leichen, verrenkt und mit Wunden bedeckt.

Bremen beugte sich aufmerksam nach vorn, er starrte auf die Festung, konzentrierte sich aber in Wirklichkeit auf etwas, das dahinter lag. Die grauen Haare, dünn wie Grannen, peitschten um seinen Kopf. Sein Mund bewegte sich lautlos. Kinson griff in seinen Umhang und zog ein kurzes Schwert hervor. Mareths Augen waren geweitet und dunkel, ihr zierlicher Körper stocksteif.

Dann ging Bremen weiter, und sie überquerten mit langsamen und gemessenen Schritten den leeren Platz, der den Wald von der Festung trennte – ohne sich zu beeilen oder den Eindruck zu erwecken, als wollten sie sich verbergen. Kinson wandte sich argwöhnisch nach rechts und links, aber Bremen schien nicht beunruhigt. Sie erreichten die Tore und die toten Männer und bückten sich, um zu erkennen, um wen es sich handelte. Es waren Wachen, und die meisten von ihnen sahen aus, als wären sie von Tieren zerfetzt worden. Blut war aus ihren Körpern gesickert und hatte sich in Lachen gesammelt. Waffen waren gezogen, viele von ihnen zerbrochen. Es sah nach einem heftigen Kampf aus. Bremen sah einen Schatten an der Mauer hinter dem hochgezogenen Fallgitter und den erhobenen Gittern und fand dort Caerid Lock. Der Befehlshaber der Garde lehnte an der Tür des Wachturms. Getrocknetes und verkrustetes Blut klebte ihm auf dem Gesicht, und Dutzende von Stichwunden überzogen seinen Körper. Er lebte noch. Seine Augen zuckten, und sein Mund bewegte sich. Schnell bückte Bremen sich, um ihn anzuhören. Kinson verstand nichts davon, da der Wind die Worte verzerrte.

Der alte Mann blickte auf. »Mareth«, rief er leise.

Sie kam sofort und beugte sich über Caerid Lock. Er musste ihr nicht sagen, was sie zu tun hatte. Schnell fuhr sie mit den Händen über die Wunden des Mannes, suchte nach Möglichkeiten, ihm zu helfen. Aber es war zu spät. Nicht einmal eine Empathin konnte Caerid jetzt noch heilen.

Bremen zog Kinson zu sich hinunter, so dass die drei eng aneinander kauerten. Ihre Gesichter berührten sich beinahe. Über ihnen heulte weiterhin der Wind, er wirbelte und kreiste in den Mauern. »Caerid sagte, dass Paranor verraten wurde, in der Nacht, während die meisten schliefen. Es waren drei Druiden – die einzigen, die nicht getötet wurden. Der Dämonenlord hat sie zurückgelassen, damit sie sich um uns kümmern. Sie sind irgendwo da drinnen. Caerid hat sich bis hierher geschleppt, aber weiter konnte er nicht mehr.«

»Du wirst doch nicht etwa hineingehen?«, fragte Kinson eilig.

»Ich muss. Ich muss das Eilt Druin haben.« Die Miene des alten Mannes war entschlossen, sein Blick zornig. »Du und Mareth, ihr wartet hier auf mich.«

Kinson schüttelte störrisch den Kopf. Staub und feiner Schotter wehten ihm in die Augen, als der Wind durch die dunkle Öffnung blies. »Das ist dumm, Bremen! Du brauchst unsere Hilfe!«

»Wenn mir etwas geschieht, brauche ich euch, damit ihr den anderen davon berichtet!« Bremen blieb standhaft. »Tu, was ich gesagt habe, Kinson!«

Damit stand er auch schon wieder und war fort, ein Bündel aus hageren Gliedern und flatternden Gewändern. Er ließ das Tor hinter sich und überquerte den Hof, um zur inneren Mauer zu gelangen. Sekunden später war er durch eine Tür verschwunden und nicht mehr zu sehen.

Kinson starrte ihm verärgert hinterher. »Schatten!«, grollte er, wütend über seinen eigenen Mangel an Entschlossenheit.

Er warf Mareth einen Blick zu. Die junge Frau Schloss Caerid Locks Augen. Der Befehlshaber der Druidenwache war tot. Es war ein Wunder, dachte Kinson, dass er noch so lange durchgehalten hatte. Jede seiner Wunden hätte einem gewöhnlichen Mann sofort das Leben gekostet. dass er noch gelebt hatte, war ein Zeugnis seiner Stärke und Willenskraft.

Mareth hatte sich schon wieder erhoben. »Kommt«, sagte sie. »Wir folgen ihm.«

Kinson stand schnell auf. »Aber er sagte doch …«

»Ich weiß, was er gesagt hat. Aber was macht es für einen Unterschied, ob wir den anderen von Paranor berichten oder nicht, wenn Bremen erst einmal etwas zugestoßen ist?«

Er warf ihr einen erstaunten Blick zu, dann sagte er: »Ja, welchen Unterschied macht es dann noch?«

Gemeinsam eilten sie über den leeren, windumtosten Hof auf das Innere der Festung zu.

Bremen eilte rasch durch die leeren Gänge der Druidenfestung, so lautlos wie eine Wolke am Himmel entlangwandert. Er sah sich ständig forschend um und begann, sich an den Geschmack, den Geruch und die Geräusche in der Festung zu gewöhnen. Er setzte all seine Sinne und seinen Instinkt ein, um die Gefahr zu enttarnen, vor der Caerid Lock sie gewarnt hatte. Unablässig war er sich ihrer Gegenwart und ihrer Absicht bewusst, aber er konnte sie nicht entdecken. Entweder sie war sehr gut verborgen, oder sie war verschwunden.

Sei vorsichtig, schärfte er sich immer wieder ein. Sei wachsam.

Alle in der Festung waren tot – dessen war er jedenfalls sicher. Alle Druiden, alle Wachen, alle, die hier so viele Jahre lang gelebt und gearbeitet und studiert hatten, alle diejenigen, die er erst vier Tage zuvor verlassen hatte. Der Schock dieser Erkenntnis wirkte wie ein mächtiger Hieb in den Magen, der ihm den Atem und die Kraft raubte und ihn beinahe betäubt zurückließ. Alle tot. Er hatte gewusst, dass es geschehen konnte, hatte geglaubt, dass es eintreten würde, er hatte es sogar in seiner Vision gesehen. Aber die Realität war schlimmer. Überall lagen Leichen, die Glieder im Tode verrenkt. Einige waren durch das Schwert gestorben, andere zerrissen worden. Wieder andere, das konnte er spüren, waren in die tiefsten Tiefen der Festung gebracht und dort getötet worden. Aber niemand hatte überlebt. Kein Herzschlag erreichte seine Ohren. Keine Stimme rief. Nichts Lebendiges rührte sich. Paranor war eine Leichenhalle, ein einziges, großes Grab.

Er kämpfte sich durch die hallenden Gänge bis zum Versammlungsraum und fand dort Athabasca. Die Leiche des Hohen Druiden war nur noch eine traurige, zerfetzte Hülle. Bremen beugte sich vor, um zu sehen, ob Athabasca den Eilt Druin noch bei sich trug, aber er konnte den Talisman nicht finden. Er richtete sich wieder auf und hielt inne. Er empfand nur Trauer um den Hohen Druiden, nur Bedauern. Als er ihn so sah, als er sie alle tot und die Druidenfestung verlassen sah, wünschte er, er hätte sich stärker bemüht, sie von der Gefahr zu überzeugen. Schuldgefühle quälten ihn, und er konnte sich nicht dagegen wehren. In einer gewissen Weise war er für all dies verantwortlich. Er hatte das Wissen und die Macht besessen, und er hatte versagt, da er nichts davon hatte in überzeugender Weise einsetzen können. Er bedeckte Athabascas Gesicht mit dem Umhang des Hohen Druiden und ging weiter.

Als nächstes suchte er die Bibliothek auf. Er hielt sich immer dicht an der Wand und lauschte vorsichtig und wachsam auf Anzeichen von Gefahr. Sowohl Caerid Lock als auch die Vision hatten ihn gewarnt. Die Verräterdruiden warteten auf ihn. Also gut.

Aber der Dämonenlord war fort und hatte seine Ungeheuer mit sich genommen. Der Hexenkessel der Magie – die Falle, die Bremen im Brunnen der Druiden errichtet hatte – war bei ihrer Ankunft aufgegangen, und das hatte genügt, ihnen Angst zu machen und sie daran zu hindern, länger auf Paranor zu verweilen. Bremen lauschte und hörte jetzt das schwache Zischen der Magie, die jetzt in den Brunnen zurücksank, jener Magie, die die Festung mit Leben versorgte und den meisten Zaubersprüchen der Druiden ihre Kraft gab. Gewaltig und stoßweise gab sie nur einen Teil von dem ab, was sie versprochen hatte, einen Teil zudem, der so gering war, dass er vor Bronas monströser Macht verblasste. Dennoch hatte die Falle ihren Zweck erfüllt, hatte den rebellischen Druiden von der Festung vertrieben.

Bremen seufzte. Es war ein geringer Sieg, aus dem er keine Freude ziehen konnte. Brona hatte seine Rache gehabt, und das war alles, was zählte. Er hatte jene vernichtet, die sich ihm einst entgegengestellt hatten, die ihn hätten erneut herausfordern können, und er hatte ihre Zuflucht verwüstet. Jetzt war niemand mehr da, um ihn aufzuhalten, außer einem alten Mann und einer Hand voll anderer.

Vielleicht.

In der Bibliothek fand Bremen Kahle Rese. Beim Anblick der Leiche seines alten Freundes konnte er sich nicht beherrschen und weinte leise. Er bedeckte auch diese Leiche, unfähig, sie noch einmal anzuschauen, und verschwand durch die verborgene Tür in den Raum, in dem die Historie der Druiden versteckt war. Der Raum war leer bis auf den Arbeitstisch und ein paar Stühle, und der Staub, den Bremen Kahle für den schlimmsten Fall gegeben hatte, lag jetzt glanzlos auf dem Boden verstreut – der Beweis, dass Kahle ihn benutzt hatte, wofür er ihn benutzen sollte. Bremen versuchte, sich seinen Freund in den letzten Augenblicken seines Lebens vorzustellen. Es gelang ihm nicht. Es musste genügen zu wissen, dass die Historie der Druiden sicher war. Dies würde auch als Grabinschrift für seinen alten Freund ausreichen müssen.

Jetzt hörte er etwas; ein Geräusch, das von weit unten zu kommen schien, das so leise war, dass er es eher mit seinen Instinkten als mit seinen Ohren wahrgenommen hatte. Er hastete aus dem Raum und spürte, dass die Zeit, die ihm auf Paranor gegeben war, sich dem Ende zuneigte. Er musste den Eilt Druin finden. Athabasca hatte das Medaillon nicht getragen. Vielleicht hatte man es ihm abgenommen, aber Bremen glaubte nicht daran. Der Angriff war in der Nacht erfolgt, hatte Caerid Lock gesagt, und niemand war darauf vorbereitet gewesen. Athabasca musste also aus dem Schlaf geholt worden sein. Er hatte bestimmt nicht die Zeit gehabt, an das Medaillon zu denken. Wahrscheinlich lag es noch in seinen Räumen.

Bremen erklomm die Treppen zu den Amtsräumen des Hohen Druiden; wie ein Gespenst bewegte er sich zwischen den Toten. Er kam sich vor, als hätte er keinerlei Gewicht, keinen Körper. Er verhielt sich wider alle Vernunft, ein Verrückter, der mit dem Feuer spielt und kein Mittel gegen die Verbrennungen besitzt, die er hervorrufen wird. Er fühlte sich müde und seinen Ängsten um die Welt ausgeliefert. Die Aufgabe, die er sich gestellt hatte, war so hoffnungslos – eine Magie zu erschaffen, einen Talisman zu schmieden, dem er diese Magie einverleiben würde, und einen Meister zu finden, der das Schwert schwingen sollte. Wie groß war die Chance, dass er dies alles bewerkstelligen konnte? Wie viel Hoffnung hatte er?

Er fand die Tür zu Athabascas Zimmer offen und trat vorsichtig ein. Erfolglos durchsuchte er Regale und Schreibtisch. Er öffnete alle Schranktüren und fand nichts. Angst breitete sich in ihm aus, Angst, dass er vielleicht zu spät gekommen war, und er hastete in das Schlafzimmer des Hohen Druiden.

Dort, ausgebreitet auf dem Nachttisch und vergessen in der Eile, die Athabasca aus dem Schlaf in den Tod gerissen hatte, lag das Eilt Druin.

Bremen nahm es hoch und untersuchte es, er wollte sichergehen, dass es echt war. Das polierte Metall schimmerte ihm entgegen. Er strich mit seinen Fingern über die leicht erhöhte Oberfläche der Hand und der Fackel. Dann verstaute er das Medaillon schnell in seinem Umhang und eilte hinaus.

Beim Durchqueren der Flure achtete Bremen immer noch argwöhnisch auf Geräusche und Bewegungen. Bis hierher war er gekommen, ohne dass irgend etwas geschehen war. Vielleicht würde er den Wesen, die hier auf ihn warteten, doch noch entkommen können. Lautlos glitt er durch die Finsternis und an den Leichen vorbei, vorbei an Ecken und Türpfosten voller Schatten. Plötzlich sah er durch ein schmales, vergittertes Glasfenster einen schwachen Schimmer des östlichen Himmels. Die Dämmerung stand kurz bevor. Bremen atmete bedrückt die verbrauchte, muffige Luft der Festung und sehnte sich nach dem Duft der grünen Wälder dort draußen.

Er erreichte die Haupttreppe, und als er ungefähr in der Mitte angekommen war, erregte eine Bewegung auf dem breiten Absatz unter ihm seine Aufmerksamkeit. Er blieb stehen und wartete. Die Bewegung löste sich aus dem Schatten und wurde zu einem neuen Schatten, zu einer anderen Gestalt. Das Ding, das sich jetzt zeigte, war menschlich, aber nur noch sehr vage. Arme, Beine, Rumpf und Kopf waren über und über mit dichten schwarzen Haaren überzogen, die sich sträubten. Die Glieder waren gekrümmt und gebogen wie Dornenzweige, in die Länge gezogen und missgestaltet. Klauen und Zähne schimmerten wie die gebrochenen Enden alter Knochen, und in den Augen flackerten purpurrote und grüne Flecken. Das Ding flüsterte ihm zu, rief ihn zu sich, bettelte und schmeichelte.

Breeemen, Breeemen, Breeemen.

Der alte Mann warf schnell einen Blick zurück zum oberen Treppenabsatz, der von seiner Position aus ebenfalls sichtbar war. Eine weitere Kreatur erschien dort, ein Spiegelbild der ersten, die sich aus der Düsternis löste.

Breeemen, Breeemen, Breeemen.

Jetzt betraten beide die Treppe, die eine stieg herauf, die andere hinab. Bremen war gefangen zwischen ihnen. Der Weg führte entweder nach unten oder nach oben, es gab keine Türen, die von der Treppe fortführten. Es war also das eine oder das andere. Sie hatten auf ihn gewartet, erkannte er. Sie hatten ihn das erledigen lassen, was er vorgehabt hatte, hatten ihn suchen lassen, was er brauchte, und dann hatten sie ihn eingeholt. Ein Plan des Dämonenlords, der wissen wollte, was so wichtig war, dass sein Erzfeind hierher zurückkehrte, welcher Schatz, welches Stück Magie so wertvoll war, dass er es bergen wollte. Findet es heraus, hatte der Dämonenlord ihnen aufgetragen, und dann stehlt es von seiner Leiche und bringt es mir.

Bremen schaute von einem zum anderen. Einst waren sie Druiden gewesen, jetzt aber in unaussprechliche Ungeheuer verwandelt. Wahnsinnige, wild gewordene Wesen, die ihrer Menschlichkeit beraubt und in einer Art geformt worden waren, dass sie nur noch einem letzten Ziel dienen konnten. Es fiel schwer, sie zu bedauern. Sie waren menschlich genug gewesen, als sie die Festung und ihre Bewohner verraten hatten. Sie waren damals frei genug gewesen, sich entscheiden zu können.

Aber eigentlich, erkannte er plötzlich, hätten es doch drei sein müssen. Wo war der dritte?

Gerade rechtzeitig warnten ihn seine bis aufs äußerste geschärften Instinkte, und er blickte genau in dem Augenblick nach oben, als das Ding sich aus seinem Versteck in einer Nische hinunterfallen ließ. Bremen warf sich zur Seite, und die Kreatur stürzte mit dem lauten Krachen von zerbrechenden Knochen auf die Stufen. Aber es war noch nicht vorbei. Sie erhob sich in einem Gewirr aus Zähnen und Klauen, aus Geschrei und Gespeie, und wollte sich mit ihrem ganzen Gewicht auf den alten Mann stürzen. Bremen handelte instinktiv und verteidigte sich mit dem Druidenfeuer, einer blauen Flammenwand, die die Kreatur verschlang. Aber selbst jetzt gab das Ungeheuer noch nicht auf. Brennend kam es auf Bremen zu, das schwarze Haar loderte auf wie eine Fackel, die Haut darunter schälte sich in Fetzen ab. Bremen hieb noch einmal auf seinen Gegner ein, jetzt zugleich besorgt und verwundert darüber, dass er sich noch halten konnte. Das Ding raste auf ihn zu, und er drehte sich um, warf sich zu Boden und trat um sich.

Jetzt endlich versagte die Kraft dieses Wesens. Es verlor den Halt und taumelte fort, rollte die Treppe herunter und außer Sichtweite, eine schwarze Fackel in der tintigen Schwärze.

Bremen kam wieder auf die Beine; er war von den Flammen versengt und von den Klauen der Kreatur zerkratzt. Die anderen beiden Angreifer kamen weiterhin langsam auf ihn zu, tänzelten wie spielende Katzen. Bremen versuchte, seine Verteidigungsmagie wieder zu beschwören, aber er hatte sich bei der Abwehr des ersten Angriffs zu sehr verausgabt. Verwirrt über soviel Grimm hatte er zu viel von seiner Kraft verbraucht. Jetzt blieb ihm beinahe nichts mehr.

Die Kreaturen schienen dies zu wissen. Sie näherten sich ihm langsam, begierig ächzend.

Bremen drückte sich mit dem Rücken an die Treppenwand und blickte ihnen entgegen.

Währenddessen schlichen Kinson und Mareth durch die Gänge der Festung und suchten ihn. Überall lagen Leichen, aber es gab kein Zeichen von dem alten Mann. Obwohl sie Augen und Ohren offenhielten, konnten sie keine Spur von ihm finden. Kinson machte sich immer mehr Sorgen. Wenn nun etwas Fürchterliches in der Festung versteckt wäre und auf Eindringlinge wartete, würde es sie vielleicht zuerst finden. Es würde sie vielleicht finden, bevor sie auf Bremen stießen, und Bremen wäre gezwungen, sie zu retten. Oder war der Druide bereits Opfer dieser Wesen geworden, ohne dass seine Freunde es gehört hatten? Waren sie schon zu spät?

Er hätte Bremen niemals alleine gehen lassen sollen!

Sie kamen an den Leichen der Wachen vorbei, die an den oberen Stufen des zweiten Stockwerks letzten Widerstand geleistet hatten, und gingen weiter nach oben. Noch immer war nichts zu hören oder zu sehen. Die Treppe wand sich in unzähligen Stufen ins Dunkel. Mareth ging dicht an der Wand, sie versuchte, einen besseren Blick auf das zu erhalten, was vor ihnen lag. Kinson schaute immer wieder zurück, er befürchtete einen Angriff von hinten. Sein Gesicht und seine Hände waren schweißnaß.

Wo war Bremen?

Dann bewegte sich etwas auf dem nächsten Absatz, eine schwache Änderung des Lichtscheins, ein Zucken der Schatten. Kinson und Mareth erstarrten. Ein seltsames, klagendes Flüstern drang zu ihnen.

Breeemen, Breeemen, Breeemen.

Kinson und Mareth sahen einander an, dann schlichen sie vorsichtig weiter.

Etwas fiel vor ihnen zu Boden, etwas Schweres, Weiches, zu weit entfernt, um es erkennen, aber nah genug, um sich ein grobes Bild machen zu können. Blaues Feuer explodierte. Schreie erklangen. Sekunden später rollte ein Feuerball die Treppe herunter, darin ein lebendes Wesen – wenn auch kaum noch lebendig – das wild um sich schlagend weiterrollte.

Jede Vorsicht vergessend stürmten Mareth und Kinson vorwärts. Sie sahen Bremen weiter oben stehen, gefangen zwischen zwei grauenhaften Kreaturen, die sich ihm von beiden Seiten näherten. Der alte Mann war blutverschmiert und deutlich erschöpft. Druidenfeuer flackerte von seinen Fingerspitzen, aber es entzündete sich nicht. Die Ungeheuer, die sich an ihn heranschlichen, ließen sich Zeit.

»Nein! Zurück!«, schrie Bremen, als er seine Freunde sah.

Mareth jedoch raste plötzlich die Stufen hoch, so dass der völlig überraschte Kinson hinter ihr zurückblieb. Sie spannte sich an und reckte beide Arme hoch, die Handflächen nach oben gewandt, als wollte sie vom Himmel Hilfe erflehen. Kinson eilte ihr bestürzt hinterher. Was tat sie da? Das Ungeheuer, das dem Mädchen am nächsten war, zischte drohend, wirbelte herum und kam auf Mareth zu, sprang blitzschnell mit ausgestreckten Klauen die Stufen hinunter. Kinson schrie entsetzt auf. Er war immer noch zu weit entfernt!

Dann explodierte Mareth förmlich. Es gab ein gewaltiges Dröhnen, und Kinson wurde von der Druckwelle gegen die Mauer geschleudert. Er hatte Mareth, Bremen und die Kreaturen aus dem Blick verloren. Feuer loderte empor, wo Mareth gestanden hatte, ein blauer Streifen, schon beinahe weiß glühend. Das Feuer fuhr durch das Ungeheuer hindurch und riss es in zwei Teile. Dann schoss es weiter, auf das zweite Monster zu, das näher bei Bremen stand, und riss es mit sich fort wie ein Blatt im Wind. Die Bestie kreischte, dann war sie verschlungen. Das Feuer raste weiter, fraß sich an den Steinwänden und Treppen entlang, ließ Rauch aufquellen.

Kinson schirmte sich die Augen ab und kämpfte sich wieder auf die Beine. Das Feuer erlosch von einem Augenblick zum anderen. Nur der Qualm blieb, und dicke Wolken wogten über die Treppe. Kinson stürmte nach oben, wo Mareth auf dem Treppenabsatz zusammengebrochen war. Er hob sie auf, drückte sie an sich. Was war mit ihr geschehen? Was hatte sie getan? Sie war so leicht wie eine Feder, und ihr schmales Gesicht war blass und rußbeschmiert, ihr kurzes, dunkles Haar schweißnass. Ihre Augen waren verdreht und halb geschlossen. Kinson beugte sich herab. Mareth schien nicht zu atmen. Er konnte keinen Puls finden.

Bremen tauchte plötzlich vor ihm auf, er schien direkt aus dem Rauch Gestalt anzunehmen, zerzaust und mit wilder Miene. »Bring sie hier raus!«, rief er.

»Aber ich glaube nicht, dass sie …«, setzte Kinson an.

»Schnell, Kinson!«, schnitt Bremen ihm das Wort ab. »Wenn du sie retten willst, bring sie raus aus der Festung! Geh!«

Ohne ein weiteres Wort drehte sich Kinson um und hastete die Stufen hinunter, Mareth in den Armen, Bremen hinter sich. Sie stolperten durch die Festung, der Rauch ließ sie husten und ihre Augen tränen. Dann hörte Bremen tief unter ihnen ein Grollen, als würde etwas erwachen, etwas Riesiges, Zorniges, etwas, das ebenso ungeheuerlich wie unvorstellbar war.

»Lauf!«, schrie Bremen wieder, aber das wäre nicht notwendig gewesen.

Die drei Gefährten flohen durch das zerstörte Paranor nach draußen, dem Tageslicht und dem Leben entgegen.

Die Suche nach dem Schwarzen Elfenstein

Kapitel 8

Nachdem Tay Trefenwyd sich von Bremen und den anderen getrennt hatte, folgte er dem Mermidon in westlicher Richtung zwischen den Bergen hindurch, die den südlichen Ausläufer der Drachenzähne formten. Die Sonne war bereits untergegangen, und als er sein Lager aufschlug, befand er sich immer noch im Schutz der Berge. Als der Morgen anbrach, machte er sich wieder auf den Weg. Es war ein klarer und milder Tag, der Sturm der vergangenen Nacht hatte das Land gereinigt, und die Sonne schien so grell, dass sie blendete. Der Elf erreichte das Grasland unterhalb der Ebene von Streleheim, die er überqueren wollte. In weiter Ferne konnte er die Wälder des Westlandes erkennen, und dahinter die weiß bedeckten Gipfel des Felsensporns. Er würde ohnehin noch einen weiteren Tagesmarsch benötigen, bevor er Arborlon erreichte, daher schritt er gemächlich voran und ließ seine Gedanken um die Ereignisse der letzten Tage kreisen.

Tay Trefenwyd kannte Bremen seit fast fünfzehn Jahren, länger noch als Risca. Er hatte ihn auf Paranor kennen gelernt, noch vor der Verbannung des Druiden. Tay, noch in der Ausbildung, war gerade frisch aus Arborlon gekommen. Bremen war schon damals alt gewesen, aber sein Charakter immer noch ungeschliffen, seine Zunge noch schärfer als in späteren Jahren. Die Druiden von Paranor hatten ihn bald als etwas verrückt abgetan. Kahle Rese und ein oder zwei andere hatten seine Freundschaft geschätzt und geduldig dem gelauscht, was er zu sagen hatte, aber die Übrigen waren nur bestrebt gewesen, ihm aus dem Weg zu gehen.

Nicht so Tay. Von dem Augenblick ihrer ersten Begegnung an war der Elf fasziniert gewesen. Hier war jemand, der es für wichtig – sogar notwendig – hielt, mehr zu tun, als nur über die Probleme der Vier Länder zu reden. Es hatte ihm nicht genügt, einfach nur zu studieren und bestimmte Angelegenheiten zu besprechen; er hielt es auch für notwendig zu handeln. Bremen stellte sich damit auf die Seite der Druiden des Ersten Rates, die sich vor langer Zeit in die Entwicklung der Rassen eingeschaltet hatten. Nichteinmischung betrachtete er als einen Fehler, der irgendwann das Leben derer kosten würde, die den Druiden lieb und teuer waren. Tay verstand das und Schloss sich Bremens Ansicht an. Wie der alte Mann hatte auch er die alten Überlieferungen studiert, das Leben der Feen, den Gebrauch der Magie in der Welt vor den Großen Kriegen. Wie Bremen hatte er akzeptiert, dass entartete Macht doppelt so tödlich war und dass der rebellische Druide Brona in einer anderen Form weiterlebte und zurückkehren würde, um die Vier Länder zu erobern. Diese Ansicht war unbeliebt und entsprach nicht dem, was die anderen dachten; am Ende hatte sie Bremen den Platz unter den Druiden gekostet.

Zuvor hatte er jedoch Tay zu seinem Verbündeten gemacht. Zwischen beiden war sofort eine enge Freundschaft entstanden, und der alte Mann war zum Lehrer des Jüngeren geworden. Tay hatte sich weiterhin um die ihm vom Rat und den Älteren aufgetragenen Arbeiten gekümmert und auch seine Studien beendet, doch seine freie Zeit und sein Enthusiasmus blieben Bremen vorbehalten. Obwohl die Elfen, die mit der Absicht nach Paranor gekommen waren, dort das Gelöbnis der Druiden abzulegen, von früh an mit der besonderen Geschichte und den Überlieferungen ihrer Rasse vertraut gemacht worden waren, hatten nur wenige von ihnen so viel Verständnis für die Möglichkeiten, die Bremen vorschlug, wie Tay. Aber auch nur wenige waren so begabt. Tays Talent für die Magie hatte sich bereits vor seiner Ankunft auf Paranor gezeigt, aber unter Bremens Anleitung machte er so rasche Fortschritte, dass bald niemand ihm mehr gleichkam, auch sein Mentor nicht. Selbst Risca hatte niemals den Grad erreicht, zu dem Tay gelangt war; möglicherweise war er zu sehr der Kriegskunst verpflichtet, um das Konzept der Magie vollständig aufnehmen und erkennen zu können, dass sie die schlagkräftigste aller Waffen war.

Die ersten fünf Jahre waren für den jungen Elf sehr aufregend gewesen, und sein Denken war unwiderruflich durch das geprägt worden, was er dort gelernt hatte. Die meisten Fähigkeiten, die er erwarb, und große Teile des Wissens, das er sich aneignete, hielt er geheim, denn die Regeln der Druiden schlossen das Einbringen der eigenen Person beim Gebrauch der Magie aus und ließen nur abstrakte Studien zu. Bremen fand diese Regeln dumm und fehl am Platz, aber er war wie immer der einzige im Rat, der zu dieser Ansicht neigte. Also hatte Tay nur im geheimen jene Überlieferungen studiert, die Bremen mit ihm teilen wollte. Als der Rat Bremen ausgeschlossen hatte und dieser plante, seine Studien bei den Elfen weiterzuverfolgen, hatte Tay mit ihm gehen wollen. Bremen hatte abgelehnt. Er hatte es ihm nicht direkt verboten, aber erklärt, dass auf sie beide wichtige Aufgaben warteten. Tay sollte auf Paranor bleiben und Bremens Augen und Ohren sein. Er sollte seine Fähigkeiten weiter vervollkommnen und die anderen von der Gefahr überzeugen, von der Bremen wusste, dass sie existierte. Wenn auch für ihn die Zeit gekommen wäre, Paranor zu verlassen, würde der alte Druide ihn holen.

Genauso war es fünf Tage zuvor geschehen, und Tay, Risca und die junge Heilerin Mareth hatten noch rechtzeitig entkommen können. Aber all die anderen, jene, die er zu überzeugen versucht hatte, die an seinen Worten gezweifelt und ihn verachtet hatten, waren es vermutlich nicht. Tay konnte dies natürlich nicht mit Sicherheit wissen, aber tief im Herzen spürte er, dass die Vision, die Bremen ihnen geschildert hatte, der Wahrheit entsprach. Es würde Tage dauern, bevor die Elfen sich davon würden überzeugen können, aber für Tay stand fest, dass die Druiden ausgelöscht waren.

Aber ganz gleich, was geschehen war, Tays Zeit auf Paranor war zu Ende. Jetzt war sein Platz draußen in der Welt, und wenn die

Rassen überleben sollten, musste Tay tun, was Bremen ihm aufgetragen hatte. Der Dämonenlord war auf dem Weg nach Süden. Das Nordland und die Trolle gehörten ihm bereits, und er würde als nächstes versuchen, sich auch die anderen Rassen untertan zu machen. Jetzt lag es in den Händen von jedem einzelnen von ihnen – Bremen, Risca, Mareth, Kinson Ravenlock und Tay selbst. Sie mussten an dem Ort kämpfen, der ihnen zugewiesen war.

Tays Platz war das Westland, seine Heimat. Zum ersten Mal seit beinahe fünf Jahren kehrte er zurück. In der Zwischenzeit hatte sein jüngerer Bruder geheiratet und war ins Tal von Sarandanon gezogen, und seine Schwester hatte ein zweites Kind geboren. Das Leben war nicht stehen geblieben, seit er fortgegangen war, und Tay wusste genau, er würde nicht in dieselbe Welt zurückkehren, die er verlassen hatte. Mehr noch, er selbst würde Veränderungen mitbringen, die alles in den Schatten stellten, was in seiner Abwesenheit geschehen sein mochte. Es war der Beginn von Veränderungen, die jedes einzelne Land betreffen würden, und nicht alle würden sie begrüßen. Wenn die Elfen erst erfahren hatten, weshalb Tay gekommen war, würde man ihn nicht mehr willkommen heißen. Er würde sich vorsichtig herantasten müssen, würde seine Freunde und Verbündeten gut wählen müssen.

Aber das war Tay Trefenwyds Spezialität. Er war ein umgänglicher, gelassener Mann, der sich um die Sorgen anderer kümmerte und immer sein Bestes gegeben hatte, wenn es galt zu helfen. Er war nicht so erpicht auf Auseinandersetzungen wie Risca und nicht so störrisch wie Bremen. Auf Paranor hatte man ihn aufrichtig gern gehabt, trotz seiner Beziehung zu den beiden Ketzern. Strenge Überzeugungen und eine unnachahmliche Arbeitsmoral prägten ihn und seine Taten, aber er stellte sich nicht über die anderen. Tay nahm die Leute so, wie sie waren, suchte das Gute in ihnen und fand Möglichkeiten, es sinnvoll einzusetzen. Selbst Athabasca hatte sich nicht mit ihm gestritten, denn der Hohe Druide hatte in Tay etwas entdeckt, von dem er hoffte, dass es auch in seinen schwierigen Freunden verborgen lag. Tays große Hände waren so stark wie Eisen, aber sein Herz war weich. Trotzdem verwechselte niemand je seine Güte mit Schwäche. Tay wusste, wann er sich widersetzen und wann er nachgeben musste. Versöhnungsfähigkeit und Kompromissbereitschaft standen bei ihm an erster Stelle, und in den vor ihm liegenden Tagen würde er auch beides benötigen.

Seine wichtigsten Aufgaben bestanden nun darin, seinen König, Courtann Ballindarroch, davon zu überzeugen, eine Suche nach dem Schwarzen Elfenstein zu organisieren, und ihn dazu zu bringen, seine Armee den Zwergen zu Hilfe zu schicken.

Tay lächelte und pfiff eine kleine Melodie vor sich hin, während er das offene Grasland überquerte und in nordwestliche Richtung auf das Waldgebiet zuging, das die östliche Grenze seines Heimatlandes bildete. Er wusste nicht, ob er so einfach erreichen würde, was er anstrebte, aber das spielte keine Rolle. Er würde einen Weg finden. Bremen zählte auf ihn, und Tay hatte nicht vor, ihn zu enttäuschen.

Die Stunden verstrichen, und die Sonne verschwand in den weit entfernten Bergen im Westen. Tay verließ den Mermidon am Rand des Westlandwaldes unterhalb von Pykon und wandte sich nach Norden. Weil es Nacht war und er nicht mehr gut erkennen konnte, was auf der Ebene geschah, zog er jetzt im Schutz der Bäume weiter. Seine Fähigkeiten als Druide halfen ihm dabei. Tay hatte sich auf die Elemente spezialisiert, er hatte studiert, wie Magie und Wissenschaft zusammenspielten, damit die grundsätzlichen Bestandteile der Welt im Gleichgewicht blieben – Erde, Luft, Feuer und Wasser. Tay hatte sich mit diesem Gleichgewicht vertraut gemacht, hatte versucht zu ergründen, wie es das Leben erhielt und förderte, wie die Elemente sich gegenseitig schützten, wenn eine Störung auftrat. Tay hatte gelernt, kraft welcher Regeln man eins durch das andere ersetzen konnte, wie man mit einem Element die anderen zerstören, ihnen Leben geben konnte. Inzwischen war er zum fähigen Magier geworden. Er konnte Bewegungen der Elemente erkennen und ihre

Gegenwart erspüren. Er konnte Gedanken fühlen. In gewisser Weise konnte er sogar die Vergangenheit zurückverfolgen und die Zukunft vorhersagen. Dies war jedoch anders als bei Visionen, denn er hatte dabei keine Verbindung mit den Toten oder den Geistern. Seine Zukunftsschau fußte vielmehr auf den Elementargesetzen, auf Machtlinien, die die Welt umgaben und alle Dinge in Form von Handlungen und Gegenhandlungen, Ursache und Wirkung, Wahl und Konsequenz, miteinander verknüpften. Ein Stein, der in einen ruhigen Teich geworfen wird, erzeugt Wellen. So war es auch mit allem, was das Gleichgewicht der Welt veränderte, egal, wie geringfügig es sein mochte. Tay hatte gelernt, die Veränderungen zu erkennen und zu erahnen, was sie bedeuteten.

Und jetzt, als er im nächtlichen Schatten im Wald einherschritt, las er aus den Bewegungen des Windes, aus den Gerüchen, die noch an den Bäumen klebten und aus den schwachen Vibrationen der Erdoberfläche, dass eine große Gruppe von Gnomen vor einiger Zeit hier vorbeigekommen war und jetzt irgendwo vor ihm wartete. Je weiter er ging, desto stärker spürte er ihre Anwesenheit. Er schlüpfte tiefer in den Wald und lauschte und spürte. Die Magie, die ihm dabei half, sammelte sich in seiner Brust und strömte dann in kleinen, federigen Spuren aus seinen Fingerspitzen.

Tay verlangsamte jetzt seinen Schritt und blieb schließlich stehen, denn er hatte etwas Neues wahrgenommen. Er verharrte vollkommen lautlos und wartete. Eine Gänsehaut kroch ihm über den Rücken und warnte ihn unmissverständlich vor dem, den er gespürt hatte und der sich jetzt näherte. Im nächsten Augenblick erschien er auch schon am Himmel über ihm, gerade noch zwischen Wipfeln zu erkennen – ein Schädelträger, Diener des Dämonenlords. Das Ungeheuer schwebte langsam hin und her, trieb schwerfällig über dem samtenen Schwarz. Er war auf der Jagd nach etwas, aber nicht nach etwas Besonderem. Tay blieb dort, wo er war und widerstand dem natürlichen Impuls wegzurennen. Der Schädelträger zog große Kreise und kehrte zurück; seine geflügelte Gestalt hob sich gegen die Sterne ab. Tay verlangsamte seinen Atem, seinen Herzschlag, seinen Puls – wurde eins mit der lautlosen Dunkelheit des Waldes.

Schließlich flog die Kreatur in Richtung Norden weiter. Vermutlich wollte sie sich denen anschließen, die ihr unterstanden, sinnierte Tay. Es war kein gutes Zeichen, dass sich die Untergebenen des Dämonenlords so südlich in die Nähe des Elfenreiches wagten; es sprach für die Vermutung, dass die Druiden nicht mehr als Bedrohung wahrgenommen wurden, dass die lange geplante Invasion kurz bevorstand.

Tay holte tief Luft. Was, wenn Bremen unrecht hatte und die Invasion sich nicht gegen die Zwerge, sondern gegen die Elfen richtete?

Er ließ sich diesen Gedanken durch den Kopf gehen, während er, immer noch auf der Suche nach den Gnomen, weiterschritt. Zwanzig Minuten später fand er sie am Rand des Trockenwaldes, wo sie ihr Lager aufgeschlagen hatten. Es gab keine Feuerstellen, aber an jeder Ecke standen Wachen. Der Schädelträger kreiste über ihnen. Diese Gruppe plante einen Überfall, aber Tay konnte sich nicht vorstellen, hinter wem oder was sie her waren. Es gab so dicht am Grasland nicht viel, was zu überfallen sich lohnte, lediglich ein paar vereinzelte Behausungen, an denen die Eindringlinge aber wohl kaum interessiert sein konnten. Trotzdem war es nicht angenehm, Gnome aus dem Ostland und auch noch einen Schädelträger so weit westlich, so nah bei Arborlon zu finden. Tay schlich weiter, bis er sie deutlicher erkennen konnte, und beobachtete sie eine Zeit lang, um vielleicht etwas zu erspüren. Aber dieser Versuch misslang, und so zählte er die Gruppe nur sorgfältig und schlich wieder fort. Er verwischte seine Spuren, bis er auf eine abgelegene Gruppe von Tannen stieß, verkroch sich unter die schützenden Äste und schlief ein.

Es war Morgen, als er aufwachte; die Gnome waren bereits aufgebrochen. Vorsichtig untersuchte er von seinem Versteck aus das Gelände, dann wagte er sich hervor und ging zu ihrem Lager.

Ihre Spuren führten nach Westen in den Trockenwald. Tay dachte daran, ihnen zu folgen, aber dann entschied er sich dagegen. Er hatte auch ohne eine neue Aufgabe bereits genug zu erledigen. Abgesehen davon war es möglich, dass noch andere Räuberbanden dort lauerten, und so hielt er es für wichtiger, die Elfen so schnell wie möglich zu warnen.

Also setzte er seine Reise nach Norden weiter fort, immer im Schutz der Bäume. Es war noch nicht Mittag, als er das Tal von Rhenn erreichte und seinem Verlauf nach Westen folgte. Das Tal von Rhenn war die Pforte zu Arborlon und dem Westland, und an seinem entgegengesetzten Ende würden Elfen Wache halten. Dieser östliche Teil mit seinen sanften Grasflächen zwischen zwei Gebirgsausläufern war einladend, aber das Tal verengte sich rasch, das Gelände stieg an, und kleinere Hügel erhoben sich bis hin zu steilen Klippen. Hatte man endlich das andere Ende erreicht, so blickte man geradewegs in einen gähnenden, zerklüfteten Schlund. So bot das Tal von Rhenn eine natürliche Verteidigungsposition gegen jede Armee, die vom Osten her angreifen wollte. Der Wald war zu dicht und das Felsengebirge zu steil, und so war das Tal der einzige Weg, wollte man mit einer einigermaßen großen Streitmacht in das Westland eindringen oder hinausgelangen.

Natürlich standen immer Wachen dort, und Tay wusste, dass er auf jemanden treffen würde. Er musste nicht lange warten. Kaum hatte er die Hälfte des grünen Tals durchquert, da donnerten auch schon Reiter auf ihn zu, um ihn, den Fremden, zur Rede zu stellen. Als sie näher kamen, erkannten sie ihn jedoch und zügelten unter fröhlichen Rufen ihre Pferde. Sie hießen ihn herzlich willkommen, gaben ihm ein Pferd und nahmen ihn mit zum Lager. Der Befehlshaber der Wache sandte augenblicklich jemanden nach Arborlon, um Tays Kommen anzukündigen. Er klärte den Befehlshaber über die räuberische Bande auf, erwähnte aber nur die Gnome und ließ den Schädelträger aus dem Spiel – diese Information wollte er Ballindarroch lieber selbst überbringen. Der Befehlshaber hatte von den Gnomen bisher noch nichts bemerkt und sandte sofort Reiter auf die Suche. Dann sorgte er dafür, dass sein Gast etwas zu essen und zu trinken bekam, und leistete ihm Gesellschaft; er beantwortete Tays Fragen über Arborlon und informierte ihn über den neuesten Stand all der Ereignisse, die ihn beschäftigten.

Das Gespräch war ungezwungen, die Zeit verging schnell. Gerüchten zufolge hielten sich Trolle in der Ebene von Streleheim auf, aber man wusste nichts Genaues, und bisher war noch keiner so weit südlich gesichtet worden. Die Geschehnisse um den Dämonenlord und Paranor behielt Tay für sich. Als er mit essen fertig war und aufbrechen wollte, gab der Befehlshaber ihm ein Pferd und bot ihm zwei Männer als Begleitung an, aber Tay lehnte ab und machte sich allein auf den Weg.

Gedankenverloren ritt er auf Arborlon zu. Es gab Gerüchte, aber gesehen hatte niemand etwas. Geister und Schatten. Der Dämonenlord war so wenig greifbar wie Rauch. Aber Tay hatte den Schädelträger und die Gnome deutlich vor Augen gehabt, und Bremen hatte den Dämonenlord in seinem Versteck im Nordland aufgespürt. Bremen schien sicher zu sein, was geschehen würde, und so lag es jetzt an seinem Freund, einen Weg zu finden, auch die Elfen zu überzeugen.

Die Straße, der Tay folgte, schlängelte sich durch die Wälder des Westlandes; sie ging altem Baumbestand aus dem Weg, führte an kleinen Seen vorbei und folgte dem Lauf gewundener Bäche, je nach Gelände ansteigend oder abfallend. Sonne brach durch die Baumwipfel, streifte hohe Stämme und kleine Grüppchen winziger Wildblumen – ein langer Finger aus Licht inmitten der Schatten. Als wären es Banner und Wimpel, schien seine Heimat Tay willkommen zu heißen. Der Elf zog als Antwort darauf seinen Umhang aus und genoss den Mantel aus Wärme auf seinen breiten Schultern.

Er begegnete auf dem Weg anderen Reisenden, Männern und Frauen, die zwischen den Dörfern hin- und herpilgerten, Händlern und Handwerkern, deren Arbeit man an anderen Orten bedurfte.

Einige nickten und winkten grüßend, andere schritten einfach nur vorbei. Immer aber waren es Elfen, und das war für Tay ungewohnt, denn seit langem war er nicht mehr an einem Ort gewesen, an dem so viele Leute seines eigenen Volkes zusammenwaren. Es erschien ihm nahezu befremdlich, dass alle wie er waren und niemand anders.

Er näherte sich Arborlon in den matten und trägen Stunden des Nachmittags, als die Hitze des späten Frühlingstages selbst auf dem kühlen Wald drückend und schwer lastete. Ein Reiter erschien auf der Bergkuppe vor ihm, er kam aus dem Schein des grellen Lichts heraus und preschte mit wirbelndem Umhang und wehenden Haaren direkt auf ihn zu. Er winkte wild mit einer Hand, und ein stürmischer Schrei zerriss die Stille. Tay erkannte ihn sofort. Lächelnd winkte er eifrig zurück und trieb ebenfalls sein Pferd an. Die beiden trafen sich in einer wirbelnden Wolke aus Staub, zügelten ihre Pferde und sprangen ab, um einander zu umarmen.

»Tay Trefenwyd, so wahr ich lebe!«

Der Neuankömmling schlang die Arme um den großen, schlaksigen Tay und hob ihn wie ein Kind hoch, wirbelte ihn einmal herum und ließ ihn dann mit einem Grunzen wieder herunter.

»Schatten!«, brüllte er. »Du hast wohl nur gegessen, während du fort warst! Du bist so schwer wie ein Pferd!«

Tay drückte die Hände seines besten Freundes. »Ich bin nicht schwer geworden, aber du bist schwach geworden! Faulpelz!«

Der andere erwiderte den Händedruck. »Willkommen zu Hause. Ich habe dich vermisst!«

Tay trat einen Schritt zurück, um ihn richtig betrachten zu können. Wie alle anderen hatte er auch Jerle Shannara das letzte Mal vor fünf Jahren gesehen, als er von Arborlon fortgegangen war. Aber Jerle hatte ihm am meisten gefehlt, mehr noch als seine Verwandten. Jerle war immerhin sein ältester Freund, sein ständiger Kamerad, seit sie im Westland gemeinsam ihre Kindheit und Jugend verbracht hatten. Ihm hatte er immer alles sagen können, ihm hätte er jederzeit sein Leben anvertraut. Die Bande waren früh geknüpft worden und hatten selbst die Jahre ihrer Trennung überstanden, als Tay nach Paranor gegangen und Jerle in Arborlon geblieben war. Als direktem Cousin von Courtann Ballindarroch war es Jerle seit der Geburt vorherbestimmt, dem Thron zu dienen.

Und Jerle Shannara war ein geborener Krieger. Für einen Elf besaß er eine beachtliche körperliche Ausstrahlung, er war wuchtig und hatte kräftige Glieder, katzenschnelle Reflexe, die seiner Größe spotteten, und die Instinkte eines Kämpfers. Schon als er kaum alt genug zum Laufen gewesen war, hatte er sich im Umgang mit Waffen geübt. Er liebte den Kampf und war gefesselt von der Aufregung und der Herausforderung einer Schlacht. Aber er besaß sehr viel mehr als nur körperliche Stärke und Größe. Er war schnell im Denken. Er war schlau. Er war ein unerbittlicher Gegner. Sein Pflichtbewusstsein war außerordentlich. Niemals erwartete er von sich weniger als das Beste, ganz gleich, wie wichtig die Aufgabe war oder ob es jemand bemerken würde. Am wichtigsten war jedoch, dass Jerle Shannara keine Angst hatte. Es lag an seinem Blut oder an der Art, wie er aufgewachsen war, oder vielleicht auch an beidem, aber Tay hatte niemals erlebt, dass sein Freund sich vor irgend etwas fürchtete.

Sie mussten ein merkwürdiges Paar abgeben, dachte er. Zwar waren sie etwa gleich groß und sahen ähnlich aus – beide waren größer als der Durchschnitt, blond und langgliedrig –, aber dennoch waren sie völlig verschieden. Tay war gelassener und in schwierigen Situationen kompromissbereiter; Jerle war leicht aufgebracht und unerträglich trotzig, wenn es darum ging, in einem Streit einen Rückzieher zu machen. Tay war vergeistigt, fasziniert von schwierigen Fragen und komplizierten Rätseln, die ihn herausforderten und verwirrten; Jerle betonte das Körperliche, er zog die Herausforderung im Sport und im Kampf vor, verließ sich auf schnelle Antworten und Intuition. Tay hatte immer gewusst, dass er reisen und bei den Druiden auf Paranor studieren würde; Jerle hatte immer gewusst, dass er Befehlshaber der Elfengarde werden würde, der Eliteeinheit der Elfenjäger, die den König und seine Familie beschützten. Sie besaßen also reichlich unterschiedliche Persönlichkeiten und hatten unterschiedliche Ziele und Absichten, und dennoch waren sie so stark aneinander gebunden, wie es nur Blut oder das Diktat des Schicksals vermochte.

»Du bist also wieder zurück«, stellte Jerle fest. Er strich sich mit der schwieligen Hand über die lockigen, blonden Haare und lächelte seinen Freund verwegen an. »Bist du endlich zu Verstand gekommen? Wie lange wirst du bleiben?«

»Ich weiß es nicht. Aber ich werde nicht wieder zurück nach Paranor gehen. Die Dinge haben sich geändert.«

Das Lächeln des anderen verflog. »Ist das wahr? Erzähl mir davon.«

»Alles zu seiner Zeit. Aber lass es mich auf meine Weise tun. Ich bin aus einem bestimmten Grund hier. Bremen hat mich geschickt.«

»Dann ist es in der Tat ernst.« Jerle kannte den Druiden aus dessen Zeit in Arborlon. Er machte eine Pause. »Hat es etwas mit dem Wesen zu tun, das sie den Dämonenlord nennen?«

»Du warst schon immer schnell im Begreifen. Ja, das hat es. Er marschiert nach Süden, um die Zwerge anzugreifen. wusstest du das?«

»Es gibt Gerüchte, dass sich Trolle in der Ebene von Streleheim aufhalten. Wir dachten, sie würden nach Westen und auf uns zu marschieren.«

»Erst die Zwerge, dann ihr. Ich bin geschickt worden, um Courtann Ballindarroch davon zu überzeugen, dass er Elfen zu ihrer Unterstützung sendet. Ich werde Hilfe dabei benötigen, schätze ich.«

Jerle Shannara griff nach den Zügeln seines Pferdes. »Setzen wir uns etwas abseits vom Weg in den Schatten, während wir reden. Macht es dir etwas aus, wenn wir noch nicht sofort in die Stadt gehen?«

»Nein, ich würde lieber erst mit dir alleine sprechen.«

»Gut. Jedes Mal, wenn ich dich sehe, siehst du deiner Schwester noch ähnlicher.« Sie führten ihre Pferde zu den Bäumen und pflockten sie an einer schlanken Esche an. »Das ist ein Kompliment, wie du weisst.«

»Ich weiß.« Tay lächelte. »Wie geht es ihr?«

»Sie ist glücklich, häuslich und zufrieden mit ihrer Familie.« Jerle schaute ihn wehmütig an. »Sie scheint ohne mich sehr glücklich zu sein.«

»Kira ist nie die Richtige für dich gewesen. Das weisst du so gut wie ich. Sieh dir an, wie du lebst. Was würdest du mit ihrem Leben anfangen? Was würde sie mit deinem anfangen? Ihr habt keine anderen Gemeinsamkeiten als eure Kindheit.«

Jerle grunzte. »Das trifft auch auf uns zu, und dennoch stehen wir uns sehr nah.«

»Sich nah zu stehen ist etwas anderes als verheiratet zu sein. Und mit uns lässt sich das gar nicht vergleichen.«

Tay streckte sich im Gras aus und schlug die langen Beine übereinander. Jerle hockte sich auf einen Baumstumpf. Er starrte angestrengt seine Schuhe an, als sähe er sie zum ersten Mal in seinem Leben. Seine sonnengebräunten Hände waren über und über mit Narben, kleinen roten Kerben und Kratzern übersät. Tay konnte sich nicht erinnern, dass er jemals anders ausgesehen hatte.

»Bist du noch immer Befehlshaber der Elfengarde?«, wollte er von seinem Freund wissen.

Jerle schüttelte den Kopf. »Ich gelte dafür inzwischen als zu wichtig. Ich bin Courtanns Hauptberater in militärischen Angelegenheiten. Sein General ohne Titel, der all den anderen *wirklichen* Generälen einen Rat gibt, wenn es schon zu spät ist. Nicht, dass das im Augenblick viel zählen würde, schließlich sind wir mit niemandem im Krieg. Aber ich nehme an, das könnte sich ändern, nicht?«

»Bremen glaubt, dass der Dämonenlord versuchen wird, die anderen Rassen zu unterwerfen, und dass er mit den Zwergen beginnt und dann weitermacht. Die Armee der Trolle ist sehr mächtig. Wenn die Rassen sich nicht verbünden und zusammen Widerstand leisten, werden sie überwältigt werden, eine nach der anderen.«

»Aber die Druiden werden das nicht zulassen. Ohnehin dem Tod geweiht, wie sie sind – nichts gegen dich, Tay –, werden sie sich nicht still verhalten.«

»Bremen glaubt, dass Paranor gefallen ist und die Druiden längst vernichtet sind.«

Jerle Shannara hob den Kopf und sah seinen Freund an. »Wann ist das geschehen? Wir haben nichts davon gehört.«

»Vor höchstens ein oder zwei Tagen. Bremen ging nach Paranor zurück, um sich zu vergewissern, aber er schickte mich nach Arborlon, und daher weiß ich es nicht genau. Es wäre sehr hilfreich, wenn du jemanden schicken könntest, um es herauszufinden – bevor ich mit dem König spreche. Jemanden, der zuverlässig ist.«

»Das werde ich tun.« Jerle schüttelte langsam den Kopf. »Alle Druiden vernichtet? Wirklich alle?«

»Alle außer Bremen, mir, einem Zwerg namens Risca und einer jungen Frau aus Storlock, die noch in der Ausbildung ist. Wir haben Paranor kurz vor dem Angriff zusammen verlassen. Vielleicht ist später noch jemand entkommen.«

Jerle sah ihn eindringlich an. »Du bist also zurückgekommen, um uns zu warnen, um vom Untergang Paranors zu berichten und unsere Hilfe im Kampf gegen den Dämonenlord und die Trollarmee zu erbitten?«

»Es gibt noch etwas. Etwas sehr Wichtiges. Und dabei benötige ich deine Hilfe am dringendsten, Jerle. Es gibt einen Schwarzen Elfenstein mit einer Magie von sehr großer Kraft. Dieser Elfenstein ist gefährlicher als alle anderen, und er liegt seit der Zeit der Feen irgendwo im Gebirge der Grimmzacken versteckt. Bremen erhielt einige Hinweise darüber, aber auch der Dämonenlord und seine Geschöpfe suchen ihn. Wir müssen ihn unbedingt zuerst finden. Ich werde den König bitten, eine Expedition auszustatten.

Aber er kommt meiner Bitte vielleicht eher nach, wenn du sie vorbringst.«

Jerle lachte, aber es klang mehr wie ein Aufheulen. »Glaubst du das? dass ich helfen kann? An deiner Stelle würde ich nicht zu sehr auf mich setzen! Ich bin Courtann in der letzten Zeit ein- oder zweimal auf die Füße getreten, und ich glaube, er schätzt mich im Moment nicht gerade! Oh, er mag meinen Rat, wenn es um Truppenbewegungen oder um Verteidigungsstrategien geht, aber das ist auch alles!« Sein Lachen erstarb, und er wischte sich die Augen. »Nun gut, ich werde tun, was ich kann.« Er kicherte. »Du machst das Leben interessant, Tay. Das war schon immer so.«

Tay lächelte. »Das Leben macht sich selbst interessant. Ich bin einfach nur mittendrin, ebenso wie du.«

Jerle streckte den Arm aus, und sie schüttelten sich noch einmal kräftig die Hände und verharrten so für einen Augenblick. Tay spürte die Kraft seines Freundes, und es schien, als könnte er etwas davon an sich ziehen und zu seiner eigenen machen.

Er hielt noch immer Jerles Hand, stand auf und zog seinen Freund mit hoch. »Wir sollten uns jetzt auf den Weg machen und beginnen«, riet er.

Der andere nickte, und sein Lächeln war kühn und zuversichtlich und durch und durch verschmitzt. »Du und ich, Tay«, sagte er. »Wir beide, wie früher. Das wird ein Mordsspass.«

Natürlich hatte er eigentlich etwas ganz anderes gemeint, aber Tay Trefenwyd nahm an, dass er ihn ganz richtig verstanden hatte.

Kapitel 9

Tay besuchte seine Familie und seine Freunde in Arborlon, während er ungeduldig darauf wartete, dass Jerle Shannara den Untergang und die Vernichtung der Druiden bestätigen würde. Sein

Freund hatte ihm versprochen, sofort jemanden nach Paranor zu schicken, um Klarheit über Bremens Vermutungen zu bekommen. Danach würden sie ein Treffen mit dem Elfenkönig Courtann Ballindarroch und dem Hohen Rat vereinbaren. Tay würde die Gelegenheit erhalten, Hilfe für die Zwerge und eine Suchexpedition nach dem Schwarzen Elfenstein zu erbitten. Jerle versprach, ihn zu unterstützen. Zunächst einmal ließen sie die Angelegenheit jedoch ruhen.

Es war nicht einfach für Tay. Er hatte noch lebhaft in Erinnerung, wie sehr Bremen ihn gedrängt hatte, Ballindarroch um Hilfe zu bitten. Die Stimme des alten Mannes flüsterte zu ihm, er hörte sie im Scharren der Schuhe auf losem Geröll, in den Stimmen der Fremden, die er nicht sehen konnte, selbst in seinen Träumen vernahm er sie. Aber Bremen erschien nicht selbst und sandte auch auf andere Weise keine Nachricht, und Tay wusste, dass er nichts erreichen würde, solange er nicht erfahren hatte, wie es um Paranor stand. Ballindarroch hatte ihm sofort, nachdem er von seiner Rückkehr erfahren hatte, einen offiziellen Gruß zukommen lassen, aber er war nicht mit der Aufforderung verbunden gewesen, vor dem König oder dem Hohen Rat zu erscheinen. Alle außer Jerle Shannara gingen davon aus, dass Tays Rückkehr einzig dem Wunsch entsprang, seine Familie und Freunde wieder zu sehen.

Tay wohnte im Haus seiner Eltern, die inzwischen beide alt geworden waren. Sie stellten Fragen über das Leben auf Paranor, aber noch während er antwortete, erlahmte ihr Interesse und sie beharrten nicht auf weiteren Einzelheiten. Vom Dämonenlord und den Schädelträgern wussten sie gar nichts, und von der Armee der Trolle hatten sie lediglich Gerüchte gehört. Sie lebten in einem kleinen Dorf nahe den Gärten des Lebens, entlang der gewaltigen Felswand des Carolan, und sie verbrachten ihre Tage damit, in ihrem winzigen Garten zu arbeiten und ihren jeweiligen Interessen nachzugehen – bei Tays Vater war es die Malerei, bei seiner Mutter das Weben. Sie sprachen mit ihrem Sohn, während sie arbeiteten, stellten abwechselnd Fragen und waren gleichzeitig so in ihre Beschäftigungen versunken, dass sie nur mit einem Ohr zuhörten. Klein, zerbrechlich und von Tag zu Tag schwächer wirkten sie, und Tay dachte an die Zerbrechlichkeit seines eigenen Lebens, das er bis vor kurzem noch für so sicher gehalten hatte.

Tays Bruder wohnte mit seiner Familie viele Meilen südwestlich im Tal des Sarandanon, und so erfuhr er von seinen Eltern alles Wichtige über ihn. Tay und sein Bruder hatten sich nie besonders nahe gestanden und sich seit mehr als acht Jahren nicht gesehen, aber pflichtbewusst hörte er zu und freute sich, dass es ihm gutging.

Mit seiner Schwester Kira war es etwas anderes. Sie wohnte in Arborlon, und gleich am ersten Tag suchte er sie auf. Sie war gerade dabei, ihr jüngstes Kind anzuziehen. Ihr Gesicht war immer noch jung und frisch, ihre Energie grenzenlos und ihr Lächeln so liebenswert wie Vogelgezwitscher. Sie lachte, als sie Tay sah, warf sich stürmisch in seine Arme und drückte ihn an sich. Sie nahm ihn mit in die Küche und brachte ihm ein kühles Bier, dann setzte sie sich auf die alte Bank, um alles über sein Leben zu erfahren und von ihrem zu berichten, am liebsten alles auf einmal. Sie teilten die Besorgnis um ihre Eltern und tauschten Erinnerungen an ihre Kindheit aus, und ohne es zu merken, war es plötzlich dunkel geworden. Am nächsten Tag trafen sie sich wieder, und zusammen mit Kiras Mann und den Kindern gingen sie zu einem Picknick in den Wald am Singenden Fluss. Kira wollte wissen, ob er Jerle Shannara schon getroffen habe; danach erwähnte sie ihn nie wieder. Die Stunden vergingen wie im Flug, und es gelang Tay beinahe zu vergessen, dass er eigentlich aus einem anderen Grund nach Hause gekommen war. Eine Zeit lang spielten die Kinder mit ihm, dann wurden sie schließlich müde, setzten sich auf die Sandbank im Fluss und ließen ihre Füße ins kalte Wasser baumeln. Währenddessen unterhielt er sich mit ihren Eltern darüber, wie die Welt sich verändert hatte. Sein Schwager stellte Lederwaren her und verhandelte regelmäßig auch mit anderen Rassen. Aber seit die Völker im

Nordland unterworfen und vereint worden waren, sandte er seine Händler nicht mehr dorthin. Er hatte gehört, dass es dort teuflische Kreaturen, geflügelte Monster und dunkle Schatten gab, Bestien, die sowohl Menschen als auch Elfen anfielen. Tay hörte zu und nickte; er bestätigte, dass auch er von diesen Gerüchten gehört hatte. Er bemühte sich, Kira nicht direkt anzusehen, wenn er sprach. Er wollte nicht, dass sie sah, was in seinen Augen stand.

Tay traf auch alte Freunde wieder, von denen einige noch nicht einmal richtig erwachsen gewesen waren, als er sie das letzte Mal gesehen hatte. Mit einigen war er sehr eng befreundet gewesen. Aber jetzt gingen sie unterschiedliche Wege, und alle waren schon zu weit vorangekommen, um noch einmal umkehren zu können. Vielleicht war auch er derjenige, der zu weit gegangen war. Sie waren jetzt Fremde, nicht vom Äußeren oder ihrer Stimme her, denn die war ihm noch immer vertraut, sondern wegen der Entscheidungen, die sie seither getroffen und die ihr Leben geprägt hatten. Mit ihnen verband Tay nur die Erinnerung an das, was einmal gewesen war. Es stimmte ihn traurig, überraschte ihn aber nicht. Mit der Zeit fielen die Verpflichtungen fort, und die Bande lösten sich. Freundschaften reduzierten sich auf Geschichten über die Vergangenheit und vage Versprechungen für die Zukunft, und beides war nicht stark genug, um wieder entstehen zu lassen, was verloren war. Aber genauso war es im Leben – man schlug unterschiedliche Wege ein, bis man plötzlich feststellte, dass man allein war.

Auch Arborlon strahlte etwas Seltsames aus, aber in einer Art, wie er es nicht erwartet hätte. Äußerlich war es wie immer, ein Dorf, aus dem erst eine Stadt voller Aufregung und Erwartung, dann das Zentrum des Westlandes geworden war. Zwanzig Jahre ständigen Wachstums hatten Arborlon zur größten und wichtigsten Stadt der nördlichen Hälfte der bekannten Welt werden lassen. Das Ende des Ersten Krieges der Rassen hatte die Rolle der Elfen als eines der Völker der Vier Länder unwiderruflich verändert, und mit dem Niedergang des Südlandes, das vorher den größten Einfluss innegehabt hatte, waren Arborlon und die Elfen immer wichtiger geworden. Doch während die Stadt und die Umgebung selbst nach Tays langer Abwesenheit und trotz lediglich unregelmäßiger Besuche noch eine gewisse Vertrautheit ausstrahlten, wurde er das Gefühl nicht los, dass er hier nicht mehr hingehörte. Das hier war nicht mehr sein Zuhause; den größten Teil der vergangenen fünfzehn Jahre war es das nicht mehr gewesen, und es war zu spät, dies zu ändern. Selbst wenn Paranor und die Druiden vernichtet waren, würde er wohl kaum wieder auf Dauer hierher zurückkehren. Arborlon war ein Teil seiner Vergangenheit, und irgendwie war er ihr entwachsen. Er war ein Fremder in dieser Stadt, so sehr er auch versuchte, sich das Gegenteil einzureden, und er fühlte sich unwohl bei den Bemühungen, sich wieder einzufügen.

Wie schnell doch alles zerrinnen konnte, wenn man nicht genügend Acht gab, dachte er mehr als einmal in den ersten Tagen seiner Rückkehr. Wie schnell sich das Leben änderte!

Am späten Nachmittag des vierten Tages nach seiner Ankunft kam Jerle Shannara mit Preia Starle zu ihm. Tay hatte Preia bisher noch nicht gesehen, obwohl er mehrmals an sie gedacht hatte. Sie war mit Abstand die erstaunlichste Frau, die er jemals gekannt hatte. Vielleicht hätte sein Leben eine andere Richtung genommen, wenn sie nicht schon lange Jerle geliebt hätte, sondern ihn, sinnierte er. Sie war sehr schön, hatte ein kleines, vollkommen geformtes Gesicht, zimtfarbene Haare und Augen, weiche, schimmernde dunkle Haut und einen vollendet geformten Körper, der sich mit der Grazie und der Geschmeidigkeit einer Katze bewegte. Dennoch sagte all dies nur wenig über Preia aus. Sie war mindestens so sehr Kriegerin wie Jerle, hatte gelernt, was sie als Fährtenleserin und Kundschafterin wissen musste und war auf diesem Gebiet besser als jeder andere, den Tay kannte – stark und fest und so zuverlässig wie der Sonnenaufgang. Sie konnte ein Frettchen in einem Sumpf aufspüren. Sie konnte wochenlang allein in der Wildnis leben und sich nur von dem ernähren, was sie dort fand. Sie weigerte sich, ein

Leben wie die meisten Elfenfrauen zu führen und verzichtete auf die Gemütlichkeit eines Heims und die Geborgenheit von Mann und Kindern. Preia war von all dem weit entfernt. Sie war glücklich mit dem Leben, das sie führte, hatte sie Tay einmal versichert. Zu den anderen Dingen würde sie kommen, wenn Jerle dazu bereit war. So lange würde sie warten.

Jerle wiederum war zufrieden so. Er war sich nicht ganz darüber im klaren, was er für Preia empfand, dachte Tay. Er liebte sie auf seine Weise, aber Kira war seine erste und größte Liebe gewesen und er konnte sie nicht vergessen, nicht einmal nach all diesen Jahren. Preia musste das gewusst haben, denn sie war zu klug, um es zu übersehen, aber sie hatte niemals etwas dazu geäußert. Tay hatte vermutet, dass sich ihre Beziehung seit seinem letzten Besuch geändert hätte, aber es schien nicht so. Jerle hatte Preia in seinen Gesprächen mit Tay nicht einmal erwähnt. Er hatte eine Mauer aus Selbstgenügsamkeit und Unabhängigkeit um sich errichtet, und Preia stand noch immer davor und wartete, eingelassen zu werden.

Sie ging lächelnd auf Tay zu, als er von der Westlandkarte aufsah, die er an einem kleinen Tisch im Garten seiner Eltern studierte. Er stand auf, um sie zu begrüßen, und spürte, wie sich seine Kehle bei ihrem Anblick zusammenschnürte. Er beugte sich etwas vor und nahm ihre Umarmung und ihren Kuss entgegen.

»Geht es dir gut, Tay?«, fragte sie zur Begrüßung und trat einen Schritt zurück, um ihn genauer anzusehen. Ihre Hände ruhten leicht auf seinen Armen.

»Jetzt noch besser, da ich dich sehe«, antwortete er und wunderte sich selbst über die kühne Antwort.

Jerle und Preia nahmen ihn mit zum Carolan, wo sie ungestörter miteinander reden konnten. Sie suchten sich einen Platz nahe den Gärten des Lebens und blickten von dort über die Klippen hinweg auf die Wipfel der hohen Bäume jenseits des Singenden Flusses. Jerle hatte eine runde Bank gefunden, damit sie sich gegenseitig ansehen und nicht durch andere abgelenkt würden. Sein Blick schien in weite Ferne gerichtet zu sein, und er hatte beinahe noch nichts gesagt, seit er Tay aufgesucht hatte. Jetzt schaute er ihn zum ersten Mal direkt an.

»Bremen hatte recht«, sagte er. »Paranor ist gefallen. Alle Druiden sind tot. Wenn außer denen, die bei dir waren, noch jemand entkommen konnte, müssen sie sich versteckt halten.«

Tay starrte ihn an, nur langsam sank das ganze Gewicht von Jerles Worten auf ihn herab. Dann sah er Preia an. In ihrer Miene stand keine Überraschung. Sie hatte es bereits gewusst.

»Du hast Preia nach Paranor geschickt?«, fragte er schnell und begriff plötzlich, warum sie hier bei ihnen war.

»Wer wäre besser geeignet gewesen?«, fragte Jerle nüchtern. Er hatte recht. Tay hatte ihn gebeten, jemanden zu schicken, der vertrauenswürdig war, und niemand war vertrauenswürdiger als Preia. Aber die Aufgabe war gefährlich gewesen, und Tay hätte jemand anderen ausgewählt. Hier zeigte sich der Unterschied in ihren Gefühlen gegenüber Preia, erkannte er. Aber deshalb waren die seinen nicht unbedingt von edlerer Natur.

»Sag ihm, was du gesehen hast«, drängte Jerle.

Sie wandte sich Tay zu, sah ihn aus kupferfarbenen Augen beruhigend an. »Ich konnte die Ebene von Streleheim ohne Zwischenfälle überqueren. Es waren Trolle dort, aber keine Hinweise auf Gnome oder den Schädelträger, den du gesehen hast. Ich habe die Drachenzähne bei Morgenanbruch des zweiten Tages erreicht und bin direkt zur Festung gegangen. Die Tore standen offen, und es waren keine lebenden Wesen mehr darin. Ich bin hineingegangen, ohne angegriffen zu werden. Die Wachen lagen niedergemetzelt umher, einige schienen mit Waffen, andere mit Klauen und Zähnen getötet worden zu sein, als wären Tiere auf sie losgegangen. Die Druiden lagen drinnen, sie waren alle tot. Einige sind im Kampf getötet worden. Andere hatte man aus dem Versammlungsraum gezerrt und im Keller lebendig eingemauert. Ich konnte ihre Spuren verfolgen und habe ihre Gräber gefunden.«

Sie hielt inne und sah, wie sich Tays Augen mit einem Blick voller Schrecken und Traurigkeit füllten. Er erinnerte sich daran, wie er die Druiden verlassen hatte. Eine schlanke Hand legte sich auf seine eigene. »Es gab auch Anzeichen eines zweiten Kampfes auf den Treppenstufen, die vom Haupteingang nach oben führen. Dieser Kampf ist noch nicht ganz so lange her, er muss einige Tage nach dem anderen stattgefunden haben. Einige der Ungeheuer wurden wohl vernichtet. Es waren Wesen, die ich nicht identifizieren konnte. Magie ist angewandt worden. Die gesamte Treppe war schwarz verrußt, als hätte ein Feuer sie ausgebrannt und nichts als die Asche der Toten zurückgelassen.«

»Bremen?«, fragte er.

Sie schüttelte den Kopf. »Ich weiß es nicht. Möglicherweise.« Sie drückte seine Hand leicht. »Tay, es tut mir Leid.«

Er nickte. »Obwohl ich es seit einigen Tagen ahnte und mich darauf vorbereiten konnte, tut es weh, dies alles bestätigt zu hören. Alle sind tot. Alle, mit denen ich so viele Jahre gearbeitet und gelebt habe. Es hinterlässt ein leeres Gefühl in mir.«

»Nun, es ist vorbei und geschehen, und wir können es nicht mehr ändern.« Jerle war bereit zum nächsten Schritt. Er stand auf. »Jetzt müssen wir mit dem Rat sprechen. Ich werde zu Ballindarroch gehen und für ein Treffen sorgen. Er wird sich vielleicht ein bisschen aufregen, aber ich werde einen Weg finden, damit er mir zuhört. In der Zwischenzeit kann Preia dir alles berichten, was du sonst noch wissen musst. Sei stark, Tay. Am Ende werden wir zurückholen, was sie uns genommen haben.«

Er ging fort, ohne einen Blick zurückzuwerfen. Wie immer fühlte er sich am wohlsten, wenn er handeln konnte. Tay sah ihm nach, dann schaute er Preia an. »Wie geht es dir?«

»Gut.« Sie beobachtete ihn zweifelnd. »Es hat dich überrascht, dass ich es war, die nach Paranor gegangen ist, nicht wahr?«

»Ja. Es war eine selbstsüchtige Reaktion.«

»Aber eine sehr nette.« Sie lächelte. »Es gefällt mir, dass du wieder zu Hause bist, Tay. Ich habe dich vermisst. Es war immer so interessant, mit dir zu reden.«

Er streckte seine langen Beine aus und blickte über den Carolan auf eine Einheit der Schwarzen Wachen, die gerade auf die Gärten zuschritt. »Jetzt wohl nicht mehr so. Ich weiß nicht mehr, was ich sagen soll. Ich bin erst vier Tage zurück und denke schon wieder daran, fortzugehen. Ich fühle mich entwurzelt.«

»Nun, du bist lange Zeit fort gewesen. Das muss seltsam sein.«

»Ich glaube, ich gehöre nicht mehr hierher, Preia. Vielleicht gehöre ich nirgendwohin, seit Paranor gefallen ist.«

Sie lachte leise. »Ich kenne das Gefühl. Nur Jerle hat niemals solche Gedanken, weil er sie nicht zulässt. Er fühlt sich da wohl, wo er sich wohl fühlen will – er passt sich an. Ich kann das nicht.«

Sie schwiegen einen Augenblick. Tay versuchte, Preia nicht anzusehen.

»In ein paar Tagen, wenn Ballindarroch dir die Erlaubnis gibt, nach dem Stein zu suchen, wirst du nach Westen gehen«, sagte sie schließlich. »Vielleicht fühlst du dich dann besser.«

Er lächelte. »Jerle hat es dir erzählt.«

»Jerle erzählt mir alles. Ich bin seine Lebenspartnerin, auch wenn er das nicht bemerkt.«

»Er ist ein Narr, wenn er es nicht tut.«

Sie nickte abwesend. »Ich werde mit dir kommen, wenn du gehst.«

Jetzt sah er sie direkt an. »Nein.«

Sie lächelte und genoss sichtlich sein Unbehagen. »Das kannst du zu mir nicht sagen, Tay. Niemand kann es. Ich erlaube das nicht.«

»Preia…«

»Es ist zu gefährlich, die Reise ist zu beschwerlich, es ist zu sehr dies und zu sehr das.« Sie seufzte, aber es klang nicht zurechtweisend. »Ich habe das alles schon gehört, Tay – wenn auch nicht von jemandem, der sich so um mich sorgt wie du.« Sie erwiderte seinen Blick. »Aber ich werde mit dir gehen.«

Bewundernd schüttelte er den Kopf, und er musste unwillkürlich lächeln. »Natürlich. Und Jerle wird nichts dagegen einwenden, oder?«

Ein Lächeln glitt über ihr Gesicht und ließ es vor Vergnügen erstrahlen. »Nein. Er weiß es zwar noch nicht, aber wenn er es erfährt, wird er wie immer die Achseln zucken und sagen, dass ich tun soll, was ich tun möchte.« Sie hielt inne. »Er akzeptiert mich so, wie ich bin, mehr als du es tust. Er behandelt mich gleich, ebenbürtig. Verstehst du?«

Tay wusste nicht, ob er es verstand. »Ich glaube, er hat sehr viel Glück, dass er dich hat«, sagte er. Er räusperte sich. »Erzähl mir ein bisschen mehr von dem, was du auf Paranor gesehen hast. Erzähl alles, was du für interessant hältst oder wovon du glaubst, dass ich es wissen sollte.«

Sie zog die Knie hoch, schlang die Arme darum und begann mit ihrem Bericht.

Nachdem Preia ihn allein gelassen hatte, blieb Tay noch eine Zeit lang sitzen. Er wollte sich die Gesichter der Druiden ins Gedächtnis rufen, die er niemals wieder sehen würde. Zu seinem Erstaunen begann die Erinnerung an einige bereits zu verblassen. So war es immer, vermutete er, selbst bei denen, die uns am meisten bedeuteten.

Als sich der Abend näherte, stand er auf und ging am Carolan entlang. Er beobachtete den Sonnenuntergang, sah, wie der Himmel sich golden und silbern färbte, als das Licht langsam versickerte. Er wartete, bis Fackeln die Stadt hinter ihm erleuchteten; dann drehte er sich um und ging zurück zum Haus seiner Eltern. Er fühlte sich fremd und abgeschnitten. Die Zerstörung Paranors und der Tod der Druiden hatte ihn aus seiner Verankerung gerissen, und er trieb ziellos wie ein Schiff dahin. Ihm blieb nur noch, Bremens Ermahnung zu beherzigen und den Schwarzen Elfenstein zu suchen. Genau das würde er auch tun. Und dann würde er sein

Leben von neuem beginnen können. Er fragte sich, ob er das fertigbrächte. Er fragte sich, wo er beginnen würde.

Als er sich seinem Ziel näherte, sah er einen Boten des Königs aus den Schatten treten und ihm bedeuten, dass er sofort mit ihm kommen sollte. Die Dringlichkeit dieser Aufforderung war offensichtlich, und so sträubte Tay sich nicht lange. Er verließ den Weg und folgte dem Boten zurück zum Carolan und dem Palast, in dem der König mit seiner nicht unbeträchtlichen Familie wohnte. Courtann Ballindarroch war der fünfte aus seinem Geschlecht, und die Größe der königlichen Familie hatte mit jeder neuen Krönung zugenommen. Jetzt beherbergte der Palast nicht mehr nur den König und die Königin, sondern auch fünf Kinder und ihre Ehepartner, mehr als ein Dutzend Enkelkinder und zahlreiche Tanten, Onkel, Vettern und Basen. Zu ihnen gehörte auch Jerle Shannara, selbst wenn er die meiste Zeit seines Lebens in den Quartieren der Elfengarde verbrachte, wo er sich entschieden wohler fühlte.

Der Palast kam in Sicht; ein Lichtermeer vor dem dunklen Hintergrund der Gärten des Lebens. Doch der Bote brachte Tay nicht zum Vordereingang, sondern führte ihn nach links auf einen kleinen Weg, der das Hauptgebäude mit dem Sommerhaus an einem Ende des Anwesens verband. Tay hielt Ausschau nach der Elfengarde, die dort Wache hielt. Er konnte sie spüren, konnte sogar mit Hilfe seiner Magie erkennen, wie viele es waren, aber sehen konnte er sie nicht. Im Palast bemerkte er Schatten hinter den Fenstern, die gesichtslosen Gespenstern ähnlich hin und her schritten. Den Boten interessierte das nicht; er dirigierte ihn vorbei am Hauptgebäude auf jenen Ort zu, den Ballindarroch zu ihrem Treffpunkt bestimmt hatte. Tay wunderte sich über die Schnelligkeit, mit der er gerufen worden war. War etwas Neues geschehen? Hatte es eine weitere Tragödie gegeben? Er zwang sich, nicht voreilig zu spekulieren, sondern eine Antwort abzuwarten.

Der Bote brachte ihn direkt zur Vordertür des Sommerhauses und forderte ihn auf einzutreten. Tay ging allein durch den Eingangsbereich in den dahinterliegenden Wohnbereich und stieß dort auf Jerle Shannara.

Sein Freund zuckte die Achseln und streckte die Hände in einer hilflosen Geste aus. »Ich weiß auch nicht mehr als du. Man hat mich aufgefordert, hier zu erscheinen, und da bin ich.«

»Hast du dem König erzählt,was wir wissen?«

»Ich habe ihm erzählt, dass du so schnell wie möglich eine Audienz beim Hohen Rat brauchst und dass du wichtige Neuigkeiten hast. Sonst nichts.«

Sie starrten einander an und ließen ihre Gedanken freien Lauf. Dann öffnete sich die Vordertür und Courtann Ballindarroch erschien. Tay fragte sich, woher er jetzt gekommen war – aus dem Hauptgebäude oder aus dem Garten, wo er möglicherweise auf sie gewartet und gehorcht hatte. Courtann war unberechenbar. Er war ein Mann mittleren Alters von durchschnittlichem Körperbau und normaler Größe, etwas gebeugt und leicht ergraut. In seinem Gesicht und am Nacken zeigten sich erste Falten. Es war nichts Auffälliges an Courtann; er sah sehr gewöhnlich aus. Er besaß weder die Stimme eines Redners noch die Ausstrahlung eines Führers, und er war schnell bereit zuzugeben, dass man sich irrte, so etwas von ihm zu erwarten. Er war in der üblichen Weise auf den Thron gekommen – als ältestes Kind des vorherigen Königs – und Macht war für ihn weder etwas Erstrebenswertes, noch etwas, vor dem man zurückweichen musste. Er hatte den Ruf, nicht zu unerwartetem oder unerhörtem Verhalten zu neigen und auch keine dramatischen oder überstürzten Veränderungen anzustreben, und so betrachtete sein Volk ihn auch eher als eine Art freundlichen älteren Verwandten.

»Willkommen daheim, Tay«, grüßte er. Er lächelte gelöst und schien überhaupt nicht angespannt zu sein, als er auf den jüngeren Mann zuging und dessen Hand drückte. »Ich dachte, wir sollten deine Neuigkeiten erst einmal allein besprechen, bevor du sie dem Hohen Rat vorstellst.« Er fuhr mit der Hand durch seinen dichten Haarschopf. »Ich ziehe es vor, Überraschungen in meinem Leben auf ein Minimum zu beschränken. Und vielleicht kann ich dir helfen, wenn du einen Verbündeten brauchst. Nein, sieh nicht deinen Vertrauten an – er hat kein Wort gesagt. Und selbst wenn er es hätte, ich hätte ihm nicht zugehört. Er ist zu unzuverlässig. Jerle ist nur hier, weil ich weiß, dass ihr niemals Geheimnisse voreinander habt, und daher macht es sicherlich keinen Sinn, jetzt damit beginnen zu wollen.«

Er deutete mit der Hand auf ein paar Sessel. »Setzen wir uns dort hinüber. Mein Rücken macht mir zu schaffen – das machen die vielen Enkelkinder. Und lassen wir die Förmlichkeiten. Wir kennen uns doch alle schon viel zu lange.«

Es stimmte, dachte Tay. Er setzte sich neben Jerle, so dass er den König direkt ansehen konnte. Courtann Ballindarroch war gut zwanzig Jahre älter, aber sie waren ihr ganzes Leben lang Freunde gewesen. Jerle hatte immer am Hof gelebt, und da Tay dort auch viel Zeit verbracht hatte, war er Courtann häufig begegnet. Als sie Jungen waren, hatte Courtann sie zum Fischen und Jagen mitgenommen, und bei besonderen Festen und Anlässen waren sie einander immer wieder begegnet. Tay war dabei gewesen, als Courtann vor ungefähr dreißig Jahren gekrönt worden war. Jeder von ihnen wusste, was er vom anderen zu erwarten hatte.

»Ich muss zugeben, dass ich von Anfang an nicht ganz geglaubt habe, dass du nur zurückgekehrt bist, um uns zu besuchen«, erklärte der König mit einem Seufzer. »Du bist immer viel zu zielstrebig gewesen, als dass du deine Zeit verschwenden würdest – wie mit einem Vergnügungsbesuch zu Hause. Ich hoffe, du nimmst mir das nicht übel.« Er lehnte sich zurück. »Also was für Neuigkeiten hast du? Lass alles hören.«

»Es gibt eine ganze Menge zu berichten«, erwiderte Tay und beugte sich vor, um den Blick des anderen besser erwidern zu können. »Bremen hat mich geschickt. Er kam vor ungefähr zwei Wochen nach Paranor und versuchte, uns vor einer Gefahr zu warnen. Er war ins Nordland gegangen und hatte sich von der

Existenz des Dämonenlords überzeugt. Er hatte festgestellt, dass es sich um den rebellischen Druiden Brona handelt, der nach mehreren hundert Jahren immer noch lebt und den seine Magie am Leben hält. Brona war es, der die Trolle vereinte, sie sich unterwarf und zu seiner Armee machte. Bevor er auf Paranor auftauchte, verfolgte Bremen diese Armee, die jetzt in südliche Richtung auf das Ostland zumarschiert.«

Er hielt inne, um die richtigen Worte zu finden. »Der Rat der Druiden wollte ihn nicht anhören. Athabasca schickte Bremen fort, und eine Handvoll von uns ging mit ihm. Caerid Lock, den wir ebenfalls baten, uns zu begleiten, weigerte sich jedoch. Er blieb zurück, um Athabasca und die anderen vor sich selbst zu schützen.«

»Ein guter Mann«, befand der König. »Sehr fähig.«

»Bremen führte uns in das Tal von Shale. Dort, am Hadeshorn, sprach er mit den Geistern der Toten. Ich habe es gesehen. Sie zeigten ihm mehrere Visionen. Die erste bedeutete, dass Paranor und die Druiden verloren sind. Die zweite, dass der Dämonenlord in die Vier Länder einmarschieren wird und dass ein Talisman geschaffen werden muss, um ihn zu zerstören. Die dritte Vision hängt mit einem Schwarzen Elfenstein zusammen, einer Magie, die der Dämonenlord sucht, die wir jedoch vor ihm finden müssen. Nachdem die Geister der Toten sich wieder zurückgezogen hatten, schickte Bremen den Druiden Risca zu den Zwergen, um sie vor der Gefahr zu warnen. Mich sandte er, dich zu warnen. Außerdem soll ich dich davon überzeugen, deine Armee nach Osten über die Grenze zu bringen, damit sie sich mit den Streitkräften der Zwerge verbinden kann. Denn nur, wenn wir unsere Kräfte vereinen, können wir die Armee des Dämonenlords vernichten. Ich soll dich außerdem bitten, eine Suche nach dem Schwarzen Elfenstein in Gang zu setzen.«

Jetzt lächelte Ballindarroch nicht mehr. »Du berichtest das alles sehr direkt«, meinte der König. Er machte sich nicht die Mühe, seine Überraschung zu verbergen. »Ich hätte gedacht, dass du etwas subtiler vorgehen würdest.«

Tay nickte. »Das hatte ich auch vor. Und ich hätte es getan, wenn ich vor dem Hohen Rat zu dir gesprochen hätte. Aber jetzt spreche ich mit dir allein. Nur wir drei sind hier, und wie du bereits gesagt hast, kennen wir uns gut genug, um uns nicht verstellen zu müssen.«

»Es gibt noch einen besseren Grund«, wandte Jerle schnell ein. »Erzähl es ihm, Tay.«

Tay faltete die Hände in seinem Schoß, wandte aber den Blick nicht vom König ab. »Ich spreche erst jetzt mit dir, weil ich zuvor sichergehen wollte, was mit Paranor und den Druiden geschehen ist. Ich habe Jerle gebeten, jemanden auszuschicken und es überprüfen zu lassen. Das hat er getan. Er hat Preia Starle geschickt. Sie ist heute nachmittag zurückgekehrt und hat mit mir gesprochen. Paranor ist tatsächlich gefallen. Alle Druiden und jene, die sie bewachten, sind tot. Caerid Lock lebt nicht mehr. Athabasca lebt nicht mehr. Niemand ist mehr übrig – niemand, Courtann, der die notwendige Kraft besitzt, um sich Brona widersetzen zu können.«

Courtann Ballindarroch starrte ihn sprachlos an, dann stand er auf und trat zum Fenster. Er blickte in die Nacht hinaus, kehrte zurück und setzte sich wieder. »Das sind beunruhigende Neuigkeiten«, sagte er ruhig. »Als du mir von Bremens Visionen berichtet hast, dachte ich, es würde sich als ein Trick oder eine Täuschung erweisen, jedenfalls nicht als die Wahrheit. Alle Druiden sind tot, sagst du? Viele von ihnen stammten aus unserem Volk. Aber sie sind doch immer dort gewesen, so lange sich die Vergangenheit zurückverfolgen lässt. Und jetzt sollen sie fort sein? Alle? Ich kann es kaum glauben.«

»Sie sind aber fort«, erklärte Jerle, bestrebt, den König nicht zu lange bei diesen Gedanken verweilen zu lassen. »Jetzt müssen wir schnell handeln, um zu vermeiden, dass uns dasselbe Schicksal widerfährt.«

Der Elfenkönig strich über seinen Bart. »Aber auch nicht zu schnell, Jerle. Wir sollten einen Augenblick darüber nachdenken. Wenn ich das tue, was Bremen verlangt, und die Elfenarmee nach

Osten bringe, sind Arborlon und das Westland ohne Verteidigung. Das ist eine gefährliche Sache. Ich kenne die Geschichte des Ersten Krieges der Rassen gut genug, um die damaligen Fehler vermeiden zu wollen. Hier ist Vorsicht geboten.«

»Vorsicht bedeutet Verzögerung, und dafür haben wir keine Zeit«, fauchte Jerle.

Der König warf ihm einen eisigen Blick zu. »Dränge mich nicht zu etwas, Cousin.«

Tay konnte nicht riskieren, dass die beiden in Streit gerieten. »Was schlägst du vor, Courtann?«, schaltete er sich schnell ein.

Der König schaute ihn an. Er stand auf und ging wieder zum Fenster, wo er mit dem Rücken zu ihnen gewandt stehen blieb. Jerle warf Tay einen Blick zu, aber der beachtete ihn nicht. Es war jetzt eine Angelegenheit zwischen ihm und dem König. Er wartete, bis Courtann sich wieder umdrehte, zurück zu den Stühlen ging und Platz nahm.

»Ich bin überzeugt, dass alles stimmt, was du gesagt hast, Tay, also sieh meine Antwort als etwas an, das nicht im Widerspruch dazu steht. Ich habe großes Vertrauen zu dem, was Bremen sagt. Wenn er meint, dass der Dämonenlord lebt und der rebellische Druide Brona ist, dann ist das auch so. Wenn er sagt, dass die Magie des Landes zu üblen Zwecken missbraucht wird, dann wird es auch so sein. Aber ich habe die Geschichte studiert, und ich weiß, dass Brona niemals ein Dummkopf war, und wir können nicht davon ausgehen, dass er das tut, was wir erwarten. Er weiß sicherlich, dass Bremen entkommen ist und versuchen wird, ihn aufzuhalten. Er hat überall Augen und Ohren. Er weiß vielleicht, noch bevor wir es selbst wissen, was *wir* vorhaben. Wir müssen gründlich nachdenken über das, was notwendig ist, bevor wir handeln.«

Er hielt inne und ließ seine Zuhörer seine Worte in sich aufnehmen. »Was wirst du also tun?«, fragte Tay schließlich.

Courtann lächelte väterlich. »Ich werde natürlich mit dir vor den Hohen Rat treten und dich unterstützen. Der Rat muss davon überzeugt werden, dass deine Neuigkeiten uns zum Handeln zwingen. Das sollte nicht allzu schwer sein. Die Zerstörung Paranors und die Tötung der Druiden wird genügen, um sie zu überzeugen, denke ich. Deine Bitte, nach dem Schwarzen Elfenstein suchen zu dürfen, wird vermutlich sofort erfüllt werden. Es gibt keinen Grund, diesen Plan nicht schnell in die Tat umzusetzen. Natürlich wird dein Schatten, mein Vetter, darauf bestehen, dass er mit dir gehen kann, und wie du vielleicht schon vermutest, bin ich sehr dafür.«

Er erhob sich, und die anderen standen ebenfalls auf. »Was deinen zweiten Wunsch betrifft, dass unsere Armee loszieht, um den Zwergen zu Hilfe zu kommen, so muss ich dir sagen, dass ich darüber noch etwas länger nachdenken muss. Ich werde Kundschafter aussenden, die herausfinden sollen, ob sich der Dämonenlord in den Vier Ländern aufhält. Wenn sie zurückkommen und Bericht erstatten und ich darüber nachgedacht habe und der Hohe Rat genug Zeit hatte, um es zu besprechen, wird eine Entscheidung fallen.«

Er hielt inne und wartete auf Tays Antwort. »Meinen ergebensten Dank, Herr«, erklärte Tay schnell. Tatsächlich war es mehr, als er erwartet hatte.

»Beweise ihn mit guten Argumenten vor dem Rat.« Der König legte Tay eine Hand auf die Schulter. »Sie warten jetzt im Versammlungsraum auf uns. Sie werden die Bestätigung haben wollen, dass es einen guten Grund gibt, der sie um diese Zeit ihren Familien entreißt.« Er warf Jerle einen Blick zu. »Vetter, du kannst mit uns kommen, wenn du glaubst, dass du deine Zunge im Zaum halten kannst. Deine Stimme wird in dieser Angelegenheit sehr geachtet, und wir könnten deinen fähigen Rat brauchen. Einverstanden?«

Jerle nickte zustimmend, und sie verließen zusammen das Sommerhaus, um durch die Nacht zum Versammlungsraum zu gehen. Vor und hinter ihnen erschienen wie aus dem Nichts Mitglieder der Elfengarde, dunkle Schatten vor dem entfernten Fackellicht des Palastes. Der König schien keine Notiz von ihnen zu nehmen; leise vor sich hinsummend schritt er voran und betrachtete die Sterne.

Tay war überrascht und auch zufrieden, dass der König so schnell reagiert hatte. Er atmete die Nachtluft tief ein und genoss den Duft von Jasmin und Flieder, während er seine Gedanken für das ordnete, was ihm bevorstand. Er bereitete bereits die Reise nach Westen vor und überlegte, was sie würden mitnehmen müssen, welchen Weg sie wählen und wie sie vorankommen würden. Wie viele würden sie sein? Ein Dutzend Personen sollte genügen. Es wären genug für ihre Sicherheit und nicht so viele, dass sie Aufmerksamkeit auf sich ziehen würden. Er war sich der großen und beeindruckenden Gestalt Jerles bewusst, der neben ihm ging und in seine eigenen Gedanken versunken war. Es war ein gutes Gefühl, ihn dabeizuhaben, so entschlossen und zuverlässig wie er war. Erinnerungen an die alten Zeiten, als sie Jungen waren, kehrten zurück. Immer hatten sie ein neues Abenteuer vor Augen gehabt, immer hatte es etwas anderes zu erledigen, eine andere Herausforderung zu meistern gegeben. Das hatte Tay in den letzten Jahren sehr gefehlt. Es war gut, dieses Gefühl jetzt wieder zu erleben. Zum ersten Mal seit seiner Rückkehr fühlte er sich wieder ein wenig zu Hause.

In dieser Nacht sprach er mit einer Überredungskunst und Überzeugungskraft vor dem Hohen Rat, wie er es selbst niemals für möglich gehalten hätte. Er tat alles, was Bremen ihm gesagt hatte. Aber es war Bremen selbst, der den Ausschlag gab, auch wenn er nicht zugegen war. Der alte Mann war beliebt und geachtet in Arborlon, und er hatte in jenen Tagen, als er dort die Geschichte und Magie der Elfen erforschte, viele Freunde gewonnen. Wenn er die Hilfe der Elfen benötigte, würde der Rat dafür sorgen, dass er sie erhielt – erst recht, seit bekannt war, dass Paranor und die Druiden vernichtet waren. Er erhielt die Erlaubnis, eine Suche nach dem Schwarzen Elfenstein zu organisieren. Unter der Führung von Tay Trefenwyd und Jerle Shannara würde eine entsprechende Gruppe zusammengestellt werden. Was die Bitte um Hilfe für die Zwerge betraf, so versprachen sie, darüber rasch nachzudenken. Der Rat unterstützte Tay nach Kräften – viel stärker noch, als

Courtann Ballindarroch geglaubt hätte. Als der König sah, welche Auswirkung Tays Worte auf die Mitglieder des Rates hatten, bestätigte auch er seine Unterstützung, betonte aber gleichzeitig, dass es noch einige Probleme zu lösen galt, bevor den Zwergen Hilfe gesandt werden konnte.

Es war Mitternacht, bevor der Rat sich wieder trennte. Tay und Jerle standen draußen vor dem Versammlungsraum und schlugen einander begeistert auf die Schultern. Der König schritt lächelnd an ihnen vorbei und verschwand. Der Himmel war über und über mit Sternen besät, und die Luft war warm und süß. Ihr Erfolg berauschte die Freunde geradezu. Die Dinge hatten sich genauso entwickelt, wie Tay es gehofft hatte, und am liebsten hätte er es Bremen sofort mitgeteilt. Jerle redete unaufhörlich, er taumelte geradezu vor Aufregung, wenn er an die Reise nach Westen dachte. Ein neues Abenteuer, das ihn aus der langweiligen Routine des Lebens am Hofe von Arborlon erlösen würde.

In diesem Augenblick höchsten Jubels glaubten beide fest daran, dass alles möglich war und sie nichts mehr aufhalten konnte.

Kapitel 10

Als alle anderen fort und sie wieder allein waren, gingen Tay und Jerle zusammen zum Palast. Sie ließen sich Zeit, denn die Freude über ihren Sieg vor dem Hohen Rat hielt sie noch gefangen und keiner der beiden wollte sich schon schlafenlegen. Es war eine ruhige Nacht, die Stadt war erfüllt von Frieden, und die Welt schien ein Ort voller Träume und Stille. Fackeln züngelten in Hauseingängen und an den Wegkreuzungen – ein Leuchtfeuer gegen die Schatten, die jetzt, da der Mond sich anschickte, hinter dem Horizont zu versinken, noch schwärzer schienen. Gebäude ragten aus dem Dunkel, großen Bestien ähnlich, die sich zum Schlafen zusammengerollt hatten. Bäume säumten die Gehwege und umgaben die Heime der Elfen, standen wie Wachen Schulter an Schulter reglos in der Dunkelheit. Ein beruhigendes Gefühl durchströmte Tay, als sein Blick träge über das offene Gelände und zwischen die Schatten hindurch fiel; es war, als würde jemand über sie wachen und sie beschützen. Jerle plauderte munter weiter; er dachte an die bevorstehenden Ereignisse und sprang wild gestikulierend von einem Thema zum nächsten, unterbrochen nur von seinem eigenen dröhnenden Lachen. Tay ließ ihn gewähren, ließ sich wohl auch ein bisschen mitreißen, aber er hatte sich genügend freigemacht, um gleichzeitig zuhören und seine Gedanken in andere Richtungen wandern lassen zu können. Er dachte daran, dass seine Vergangenheit wieder zu einem Teil seines gegenwärtigen Lebens geworden war und dass er nun vielleicht neu beginnen könnte, was er einst zurückgelassen hatte.

»Wir werden Pferde brauchen, um das Sarandanontal zu durchqueren«, dachte Jerle laut vor sich hin. »Aber der Weg durch den Wald bis hinauf zum Tal schaffen wir schneller zu Fuß, und auch in den Grimmzacken nützen uns Pferde nichts. Wir müssen für jeden Teil der Reise andere Vorkehrungen treffen, andere Dinge berücksichtigen.«

Tay nickte, aber er antwortete nicht. Das war auch gar nicht nötig.

»Ein Dutzend sollten wir mindestens sein, aber doppelt so viele wären möglicherweise besser. Wir dürfen nicht zu wenige sein, falls wir gezwungen sind, uns zu verteidigen und zu kämpfen.« Jerle Shannara lachte. »Ich weiß gar nicht, warum ich mir Sorgen mache. Wer würde es wohl wagen, es mit uns zweien aufzunehmen?«

Tay zuckte die Achseln und schaute zu den Lichtern des Palastes, die jetzt ein gutes Stück weiter vorne zwischen den Bäumen hindurchschimmerten. »Ich hoffe nur, dass wir es nicht herausfinden müssen.«

»Nun, wir werden vorsichtig vorgehen, da kannst du sicher sein. Wir brechen in aller Stille auf, halten uns im Schutz der Bäume, meiden gefährliche Orte. Aber …« Er blieb stehen und zwang Tay, ebenfalls anzuhalten und ihn anzusehen. »Wir dürfen keinen Fehler machen – wir müssen davon ausgehen, dass sie nach uns suchen, der Dämonenlord und seine Anhänger. Sie wissen, dass Bremen der Druidenfestung entkommen ist. Möglicherweise vermuten sie sogar, dass er in ihr Versteck im Nordland eingedrungen ist. Ganz sicher gehen sie davon aus, dass auch er nach dem Schwarzen Elfenstein sucht.«

Tay dachte darüber nach. »Mit dem Schlimmsten rechnen, damit wir nicht überrascht werden können. Meinst du das?«

Jerle Shannara nickte plötzlich ernst. »Genau.«

Sie schritten weiter den Pfad entlang. »Ich bin noch gar nicht müde«, klagte Jerle. Wieder blieb er stehen. »Wo können wir jetzt noch ein Glas Bier trinken? Ein bisschen feiern?«

Tay zuckte die Achseln. »Im Palast?«

»Nicht im Palast! Ich hasse den Palast! All die vielen Eltern und herumtobenden Kinder, nichts als Familien. Nein, dort lieber nicht. Bei dir zu Hause?«

»Meine Eltern schlafen bereits. Außerdem fühle ich mich da so fremd wie du im Palast. Was hältst du von der Kaserne der Elfengarde?«

Jerle strahlte. »Abgemacht! Ein oder zwei Gläser und dann ins Bett. Wir haben noch viel zu bereden, Tay.«

Sie gingen weiter. Als sie am Palast vorbeikamen, warfen sie einen Blick hinüber. Im unteren Teil war es dunkel, der Platz davor ruhig. Nirgendwo rührte sich etwas. Hinter dem Vorhang eines Fensters im oberen Stockwerk brannte ein Licht; eine Kerze in einem Kinderzimmer, das Versprechen eines neuen Tages.

Irgendwo in der Ferne gab ein Nachtvogel schrille Rufe von sich. Verloren hallten sie wider, bevor sie in der Stille erstarben.

Jerle blieb abrupt stehen und hielt Tay zurück. Er starrte zum Palast hin.

»Was ist?«, fragte Tay nach einem Augenblick.

»Ich sehe keine Wachen.«

Tay sah genauer hin. »Wo siehst du keine Wachen? Ich dachte, man soll sie gar nicht sehen.«

Jerle schüttelte den Kopf. »Du nicht, aber ich schon.«

Tay starrte in die gleiche Richtung, aber er sah nichts vor der Schwärze des Gebäudes oder auf dem von Bäumen überdachten Platz. Keine Gestalt, die auch nur entfernt an Elfen erinnern würde. Er hielt nach einer Bewegung Ausschau, fand aber keine. Elfenjäger waren geübt darin, mit ihrer Umgebung zu verschmelzen. Die Elfengarde beherrschte es sogar noch besser. Dennoch hätte er sie eigentlich genauso mühelos finden können wie Jerle.

Schließlich setzte er seine Magie ein, einen kleinen Strahl, mit dem er von einem Ende zum anderen über den gesamten Palastbereich strich und alles abtastete. Jetzt entdeckte er eine Bewegung, aber sie war rasch und verdächtig und fremd.

»Da stimmt etwas nicht«, sagte er sofort.

Jerle Shannara ging wortlos auf den Palast zu, er wurde immer schneller. Neben ihm war Tay, der das Gefühl von etwas Schrecklichem in sich aufsteigen spürte. Er suchte nach einer Erklärung, versuchte die Ursache zu benennen, aber die Empfindung entglitt ihm, flüchtig und trotzig, wie sie war. Tay überprüfte die Schatten auf beiden Seiten, und plötzlich erschien alles finster und geheimnisvoll. Seine Hände tasteten nach der Luft, und Druidenmagie strömte aus den Fingerspitzen, um ein weites Netz zu spannen. Er spürte, wie es etwas berührte. Dieses Etwas wand und krümmte sich und schoß blitzschnell davon.

»Gnome!«, stieß er aus.

Jerle rannte jetzt, er griff an seinen Gürtel und Riss sein kurzes Schwert heraus. Die Klinge glänzte im Dunkeln. Jerle Shannara ging niemals irgendwohin, ohne seine Waffen mitzunehmen. Tay bemühte sich, Schritt zu halten. Keiner sprach auch nur ein Wort, Seite an Seite flogen sie auf die Tür zu, schauten argwöhnisch nach rechts und links und waren auf alles vorbereitet.

Die Türen standen offen. Drinnen brannte kein Licht. Vom Gehweg aus war dies unmöglich zu erkennen gewesen. Jerle wurde nicht langsamer. Gebückt sprang er durch die Tür; das Schwert griffbereit in der Hand. Tay folgte ihm.

Der Flur erstreckte sich wie ein höhlenartiger Tunnel vor ihnen. Überall lagen Leichen verstreut umher, wie Säcke mit alter Kleidung, blutüberströmt und reglos. Elfen, aber hier und da auch Gnome. Der Boden klebte von all dem Blut. Jerle bedeutete Tay, auf die eine Seite zu gehen, während er die andere übernehmen wollte. Zusammen bahnten sie sich ihren Weg durch die Halle und zu den Haupträumen. Die Zimmer waren ruhig und leer. Die beiden Kameraden kehrten um und stiegen die Treppe hinauf. Jerle sprach auch jetzt noch nicht. Er unterließ es, Tay eine Waffe anzubieten, sparte sich zu erklären, was er zu tun hatte. Es war nicht nötig. Tay war ein Druide und wusste es selbst.

Wie Gespenster schlichen sie die Treppe hinauf, lauschten in die Stille hinein und warteten auf ein verräterisches Geräusch. Sie erreichten den oberen Absatz und schauten auf den dunklen Flur vor sich. Hier lagen noch mehr tote Wachen. Tay war erstaunt. Es hatte nicht den geringsten Lärm gegeben! Wie konnten diese Männer, diese geübten Elfenjäger, sterben, ohne vorher Alarm zu schlagen?

Der Flur am Ende der Treppe verzweigte sich in zwei Richtungen, er bohrte sich in die Dunkelheit und wand sich in die Flügel, wo die königliche Familie in ihren Räumen schlief. Jerle blickte Tay mit hellen und ernsten Augen an; mit einer raschen Handbewegung forderte er ihn auf, nach rechts zu gehen, während er sich nach links wandte. Tay schaute seinem Freund nach. Einer Moorkatze ähnlich duckte er sich, dann bog er schnell nach links.

Tay ging weiter, ballte die Hände zu Fäusten. Dicht sammelte sich die herbeigerufene Magie in der Innenfläche seiner Hände und wartete darauf, freigelassen zu werden. Furcht mischte sich mit Schrecken. Jetzt hörte man auch Geräusche, leise Stimmen, Schluchzen und Schreie, die beinahe so schnell verhallten, wie sie gekommen waren. Tay rannte darauf zu. Schatten bewegten sich in dem Gang vor ihm, als er um die Ecke in den hinteren Flügel bog. Klingen blitzten auf, und Gestalten sprangen auf ihn zu. Gnome. Er schob jeden weiteren Gedanken beiseite und reagierte nur noch. Seine rechte Hand fuhr nach oben und öffnete sich, so dass die Magie gegen seine Angreifer explodierte und sie nach oben warf. Sie krachten mit einer solchen Wucht gegen die Wand, dass er ihre Knochen bersten hörte. Dann ging er zwischen ihnen hindurch, als wären sie nicht vorhanden, schritt an offenen Türschwellen vorbei, auf denen Elfenleichen lagen – Mütter, Väter und Kinder – und blieb vor den Türen stehen, die noch geschlossen waren und hinter denen es vielleicht noch Hoffnung gab.

Eine neue Welle von Angreifern brach aus einem Versteck hervor, als er vorbeieilte; sie stürzten sich auf ihn und zwangen ihn zu Boden. Tödliche, scharfkantige Waffen wurden erhoben und sausten auf ihn hinab. Aber er war ein Druide, und seine Verteidigung war bereit. Die Klingen prallten von ihm ab, als träfen sie auf einen Panzer, und er packte die drahtigen Körper und schleuderte sie zur Seite. Auch ohne Magie war er stark, aber gegen beides hatten die Gnome überhaupt keine Chance. Beinahe sofort war er wieder auf den Beinen. In einem tödlichen Bogen schwang er das Feuer über sich und zerriss die wenigen, die noch standen. Neue Schreie wurden laut, und von Entsetzen gepackt ging er weiter. Er wusste, was geschehen war. Es war ein tödlicher Angriff auf die gesamte königliche Elfenfamilie. Er wusste sofort, dass es dieselbe Gruppe von Gnomenjägern war, der er unterhalb des Tals von Streleheim begegnet war. Und es war ihm klar, dass sie weder Kundschafter noch Räuber waren, sondern Attentäter, und dass auch der Schädelträger irgendwo sein musste, der sie angeführt hatte.

Er streifte eine Tür nach der anderen und sah nichts als abgeschlachtete Ballindarrochs, große und kleine, im Schlaf oder unmittelbar nach dem Aufwachen niedergemetzelt. Waren sie erst einmal an der Elfengarde vorbeigekommen, hatte die Gnome nichts mehr von ihrer tödlichen Mission abhalten können. Tay fluchte. Sie mussten Magie benutzt haben. Ohne Magie hätten die Attentäter nicht hineingelangen können, ohne dass Alarm ausgelöst worden wäre. Er kochte vor Wut. Durch eine andere Tür sah er, wie Gnome gerade versuchten, einen Mann und eine Frau zu töten, die sie gegen die Schlafzimmerwand getrieben hatten. Tay schleuderte seine Magie auf die Angreifer und verbrannte sie bei lebendigem Leib. Schreie erhoben sich jetzt wie zur Antwort; nun endlich wurde der Alarm gegeben, den er sich erwünscht hätte. Er kam allerdings nicht aus seinem Flügel, sondern von dort, wo Jerle Shannara inzwischen sicherlich ebenfalls kämpfte.

Er ließ den Mann und die Frau gegen die Wand gesackt zurück und eilte weiter. Für sie kam jede Hilfe zu spät. Jetzt blieben nur noch wenige Türen übrig. Plötzlich begriff er voller Verzweiflung, dass hinter einer von ihnen Courtrann Ballindarroch schlief.

Hastig hielt er auf diesen Raum zu, mittlerweile ohne allzu große Hoffnung, überhaupt noch jemanden retten zu können. Vorher kam er jedoch an zwei Türen zu beiden Seiten des Flurs vorbei. Die linke war geschlossen, aber die rechte war offen, und als er sich näherte, stürzten Gnome heraus und auf ihn zu. Sie rissen blutverschmierte Waffen empor, und ihre gelben Augen blitzten. Auf ihren verschlagenen Gesichtern breitete sich Überraschung aus. Er zeigte mit dem Finger auf sie, und sie verschwanden in einer gewaltigen Feuerexplosion; sie waren tot, bevor sie überhaupt begreifen konnten, was geschah. Tay spürte, wie der Gebrauch einer solchen Macht an seinen Kräften zehrte. Eine Prüfung dieser Art hatte er noch niemals zuvor bestehen müssen, und Vorsicht war geboten. Bremen hatte ihn mehr als einmal davor gewarnt, dass die Nutzung von Magie begrenzt war. Was jetzt noch übrig war, musste er für den Moment aufbewahren, wenn sie wirklich gebraucht wurde.

Er sah jetzt, dass auch die Tür zum Schlafzimmer des Königs geöffnet war; die Eindringlinge hatten sie aufgebrochen.

Er zögerte nicht und stürzte ins Zimmer. Es gab kein Licht, aber durch die breiten Fenster an der gegenüberliegenden Wand fiel ein matter Schimmer von Straßenlicht hinein. An den Wandbehängen und Vorhängen wanderten verzerrte und groteske Schatten auf und ab. Courtann Ballindarroch war gegen eine der Seitenwände geschleudert worden. Das düstere Licht enthüllte seinen schrecklichen Zustand; Gesicht und Brust waren blutig, ein Arm grauenhaft verdreht, die Augen geöffnet und hektisch blinzelnd. Der Schädelträger stand ein paar Schritte entfernt; er krümmte sich in die Falten seiner ledernen Flügel, gehüllt in Umhang und Kapuze. Er hatte die Königin aus den zerfetzten Bettlaken gerissen und hielt sie jetzt in seinen Klauen. Ihr Körper war zerschmettert und leblos, ihre Augen starr. Als Tay erschien, warf das Monster sie in einer lässigen Geste fort und drehte sich zu dem Druiden um. Der Schädelträger zischte herausfordernd. Jetzt kamen auch Gnome aus den Schatten und griffen an, aber Tay erschlug sie wie Stechmücken. Dann sandte er seine gesamte Kraft gegen ihren Anführer. Der Schädelträger war unvorbereitet, er hatte vielleicht eine weitere Wache erwartet, ein weiteres hilfloses Opfer. Tays Magie explodierte in dem Ungeheuer, und der gewaltige Feuerausbruch riss die Hälfte seines Gesichts fort. Der Schädelträger heulte auf vor Schmerz und Wut und kratzte sinnlos an der Stelle, wo die Haut fehlte, dann stürzte er sich voller Kraft auf Tay. Seine Geschwindigkeit war bemerkenswert, und jetzt war Tay derjenige, der überrascht war. Bevor er sich wappnen konnte, kam der Schädelträger auf ihn zugerauscht, stieß ihn beiseite und war auch schon verschwunden.

Tay kämpfte sich wieder auf die Beine, er zögerte nur einen Augenblick, um Courtann Ballindarroch anzusehen, dann jagte er dem Ungeheuer hinterher.

Er rannte den dunklen Gang entlang zurück, ignorierte die Toten und das verschmierte Blut und versuchte, seine Sinne auf andere mögliche Angreifer zu konzentrieren. Der Schädelträger, kaum mehr als ein verschwommener Schatten, bewegte sich vor ihm durch die Finsternis. Rufe drangen von draußen herein, und jetzt war das Dröhnen von Schritten und das Klirren aufeinander prallender Waffen zu hören – die Elfengarde, endlich durch den Alarm aus ihren Baracken herbeigerufen, überschwemmte den Palast. Tay konnte das Blut in seinen Ohren rauschen hören, während er rannte. Er warf seinen Umhang fort, um schneller laufen zu können. Der Schädelträger war jetzt an der Treppe angekommen, aber instinktiv folgte er der leichten Krümmung des Flurs in den gegenüberliegenden Flügel und konnte so der Gruppe von Elfenjägern entkommen, die bereits die Treppe hinaufstürmten. Während Tay hinter dem Ungeheuer herstürzte, rief er seine Landsleute zu Hilfe.

Und er rief nach Jerle Shannara.

Der Schädelträger warf einen Blick zurück, und die entstellte Gestalt, nur noch ein rottriefendes schreckliches Etwas, wurde plötzlich vom Schein einer Fackel angeleuchtet. Mit höhnischen Rufen forderte Tay sie heraus, er legte soviel Wut und Gehässigkeit in seine Stimme, wie er nur konnte. Aber der geflügelte Jäger wurde nicht langsamer, sondern wandte sich jetzt einer schmalen Treppe zu, die zu einer Balustrade führte. Das Ungeheuer war schneller als Tay, und die Entfernung zwischen ihnen vergrößerte sich. Tay fluchte wütend.

Dann sah er plötzlich am anderen Ende des Flurs eine einzelne Gestalt, geschmeidig wie ein Tiger, die sich mit Leichtigkeit zwischen den Toten hindurchschlängelte und die Treppe emporsprang, um die Jagd nach dem Schädelträger aufzunehmen.

Jerle.

Tay raffte seine letzten Kräfte zusammen und hetzte hinter ihnen her, während sein keuchender Atem in seinen Lungen brannte. Nur wenige Augenblicke nach seinem Freund erreichte er die Stufen und folgte ihm. Er stolperte, fiel, raffte sich entschlossen wieder auf und rannte weiter.

Auf der Balustrade sah er Jerle im Kampf mit dem Schädelträger. Es war eigentlich ein ungleicher Kampf, denn der geflügelte Jäger war deutlich stärker als der Elf, aber Jerle Shannara schien geradezu besessen zu sein. Er kämpfte, als machte es keinen Unterschied, ob er lebte oder starb, als wäre das einzig Wichtige, dass sein Gegner nicht entkommen konnte. Sie preschten vor und wichen zurück, über den Gang und gegen die Balustrade, wanden und drehten sich, von Schatten zum Licht, in den Schatten. Jerle hielt mit seinen Armen die Flügel des Monsters umfangen, so dass es nicht davonfliegen konnte. Der Schädelträger schlug mit den Klauen nach dem Elf, aber Jerle war hinter ihm, und so bekam sein Gegner ihn nicht zu fassen.

Tay schrie und raste auf seinen Freund zu, um ihm zu helfen. Er rief die Magie in seine Fingerspitzen, genauso, wie Bremen es ihn gelehrt hatte, und vereinte die Stärke seines Körpers mit den Elementen der Welt, die ihn geboren hatte, eine Verstärkung des Lebensfeuers. Der Schädelträger sah ihn kommen und wandte sich ab, er stellte sich so, dass Jerle zwischen ihm und Tay war und der Druide seine Magie nicht anwenden konnte. Elfenjäger blickten von unten hinauf, sie erkannten erst jetzt, dass dort oben gekämpft wurde. Dann sahen sie, dass es Jerle war. Pfeile wurden auf Sehnen gelegt, und Langbögen krümmten sich.

Plötzlich befreite sich das Monster aus Jerles Griff, sprang auf die Balustrade und breitete die Flügel aus. Einen kurzen Moment hing die gewaltige, schwarze Gestalt vor dem Licht, eine albtraumhafte, in die Enge getriebene Bestie auf der Suche nach einem Zufluchtsort. Tay bündelte sämtliche Kraft, die er noch besaß und ließ das Druidenfeuer in die verhasste Gestalt fahren. Unten schossen die Elfenjäger ihre Pfeile ab und ein Dutzend davon gruben sich in die Kreatur. Der Schädelträger erbebte, fiel in sich zusammen, versuchte noch einmal, sich wieder aufzurichten. Feuer und Rauch wanden sich um ihn, und sein Körper war gespickt mit Pfeilen. Ein zweiter Pfeilhagel drang in ihn ein. Jetzt klappte einer der Flügel zusammen. In einer letzten Anstrengung machte er einen Satz auf die Wipfel einer Baumgruppe, aber seine Kraft war am Ende und sein Körper konnte nicht mehr standhalten. Mit einem gewaltigen

Krachen fiel er zu Boden und wurde sogleich von einem Schwarm Elfenjägern umringt.

Selbst dann dauerte es noch sehr, sehr lange, bis er tot war.

Die Suche nach weiteren Angreifern, die sich möglicherweise im Palastbereich, in der Stadt oder den nahe liegenden Wäldern versteckt hielten, blieb erfolglos. Es schien, als wären alle getötet worden. Vielleicht hatten sie damit gerechnet zu sterben. Vielleicht wussten sie es bereits, bevor sie nach Arborlon gekommen waren. Es spielte jetzt keine Rolle mehr. Wichtig war nur, dass sie die Aufgabe, die sie in die Elfenstadt geführt hatte, erfolgreich erledigt hatten. Sie hatten die Familie Ballindarroch ausgelöscht. Männer, Frauen und Kinder waren im Schlaf getötet worden, einige waren gar nicht mehr aufgewacht, andere nur so lang, um erkennen zu können, was geschah. Das Ausmaß der Zerstörung war ungeheuerlich. Courtann Ballindarroch war nur noch schwach am Leben. Die Heiler behandelten ihn die ganze Nacht, aber selbst, nachdem sie alles getan hatten, was in ihren Kräften stand, gab es nur wenig Hoffnung. Ein Sohn, der zweitjüngste, lebte noch. Alyten war im Westen mit einigen Freunden auf der Jagd gewesen und nur durch Zufall dem Schicksal seiner Familie entkommen. Auch zwei Enkel – noch Kinder – hatten überlebt, sie schliefen in dem Zimmer neben dem König und waren nur deshalb gerettet worden, weil die mörderischen Gnome noch keine Zeit für sie gehabt hatten. Selbst während des Angriffs waren sie nicht aufgewacht. Das älteste Kind war kaum vier, das jüngste noch nicht einmal zwei Jahre alt.

Innerhalb von wenigen Stunden hatte sich die Stadt in ein bewaffnetes Lager verwandelt. An allen Ecken standen Elfenjäger und hielten Wache. Patrouillen kontrollierten jeden Weg, jeden Fußpfad und das gesamte Tal von Rhenn, um rechtzeitig Alarm geben zu können. Die Bewohner der Stadt wurden geweckt und auf einen großen Angriff vorbereitet. Niemand wusste, was als nächstes geschehen würde, alle waren entsetzt und verschreckt über die

Ermordung der königlichen Familie. Alles schien möglich zu sein, und jeder war entschlossen, der nächsten Katastrophe, wie immer sie auch aussehen mochte, vorbereitet zu begegnen.

Bei Morgenanbruch hatte sich das Wetter geändert. Die Temperatur war gesunken, der Himmel hatte sich bewölkt, und die Luft war schwer und still. Schon bald setzte ein leichter, feiner Nieselregen ein, und das Licht verdüsterte sich.

Tay saß mit Jerle Shannara auf einer Fensterbank in einer kleinen Nische des Palastes und sah dem Regen zu. Die Toten waren inzwischen fortgetragen und alle Räume zweimal nach weiteren verborgenen Attentätern durchsucht worden. Die Elfen hatten das Blut fortgewischt und die Zimmer, in denen das Gemetzel stattgefunden hatte, ausgeräumt und gesäubert. All dies war noch in den dunklen Stunden vor Tagesanbruch geschehen, so als wollte man die Schreckensbilder verbergen. Jetzt war der Palast leer. Selbst die zwei Enkelkinder von Courtann Ballindarroch waren in andere Häuser gebracht worden, bis man sich entschieden hatte, was mit ihnen geschehen sollte.

»Du weisst, warum dies geschehen ist, nicht wahr?«, wollte Jerle plötzlich von Tay wissen und beendete damit das Schweigen, das einige Zeit zwischen ihnen geherrscht hatte.

Tay schaute ihn an. »Die Morde?«

Jerle nickte. »Um unsere Absichten zu vereiteln. Um uns aus dem Gleichgewicht zu werfen. Um uns davon abzuhalten, die Armee zu mobilisieren.« Er klang müde. »Kurz gesagt, um zu verhindern, dass wir den Zwergen zu Hilfe kommen. Wenn Courtann tot ist, werden die Elfen nichts unternehmen, solange nicht ein neuer König bestimmt ist. Der Dämonenlord weiß das. Deshalb hat er seine Attentäter nach Arborlon geschickt und ihnen aufgetragen, alle zu töten. Wenn wir uns endlich wieder genügend organisiert haben, um auch nur eine Entscheidung über unsere eigene Situation zu treffen, wird es für die Zwerge zu spät sein. Das Ostland wird fallen.«

Tay holte tief Luft. »Das dürfen wir nicht zulassen.«

Jerle schnaubte spöttisch. »Courtann Ballindarroch wird mit etwas Glück noch einen Tag leben. Du hast gesehen, was man ihm angetan hat. Er ist kein starker Mann, Tay. Ich weiß nicht, wieso er überhaupt noch am Leben ist.«

Jerle lehnte sich mit angezogenen Beinen gegen die Mauer und sah aus wie ein kleiner Junge, der wider Willen im Haus festgehalten wird. Seine Kleidung war zerrissen; er hatte sie nach dem Kampf noch nicht gewechselt. Eine böse Schnittwunde war links vom Kiefer zu sehen. Er hatte die Wunde gewaschen und dann wieder vergessen. Er sah aus wie ein Häufchen Elend.

Tay schaute an sich selbst herunter. Auch er machte keinen besseren Eindruck. Sie beide brauchten dringend ein Bad und etwas Schlaf.

»Was wird er noch tun, um uns aufzuhalten?«, fragte Jerle leise.

Tay schüttelte den Kopf. »Hier wird er nichts mehr tun. Was bliebe noch übrig? Aber er wird jetzt hinter Risca und Bremen her sein, vermute ich. Vielleicht ist es auch schon geschehen.« Er blickte in den Regen hinaus und lauschte dem leisen Trommeln auf dem Glas.

Er dachte darüber nach, was in dieser Nacht mit den Elfen geschehen war – die königliche Familie ermordet, jegliches Gefühl von Sicherheit vernichtet, ihr Seelenfriede zerstört. Viel war ihnen genommen worden, und Tay war absolut nicht sicher, ob sie in der Lage sein würden, es sich zurückzuholen. Jerle hatte recht. Der Hohe Rat würde nichts zur Hilfe der Zwerge unternehmen, solange der König sich nicht erholt hatte oder gestorben und durch einen anderen ersetzt worden war. Niemand würde die Verantwortung für eine solche Entscheidung übernehmen. Es war die Frage, ob das überhaupt jemand könnte. Alyten könnte an Stelle seines Vaters handeln, aber es schien unwahrscheinlich. Er war nur ein impulsiver junger Mann, dem in seinem bisherigen Leben noch nicht viel Verantwortung übertragen worden war. Meistens hatte er seinem Vater zur Seite gestanden und getan, was man ihm aufgetragen hatte. Er besaß keinerlei Führungserfahrungen. Zwar würde er nach Courtanns Tod König sein, aber der Hohe Rat würde seine Entscheidungen nicht sofort unterstützen. Und Alyten würde sich auch nicht beeilen, welche zu treffen. Er würde sich vorsichtig und unentschlossen geben, ängstlich bemüht, jeden Fehler zu vermeiden. Es war die falsche Zeit für ihn, König zu werden. Der Dämonenlord würde schnell seine Vorteile daraus ziehen.

Es war niederschmetternd, wie gewaltig und verworren das Dilemma war. Die Elfen wussten, wer für diesen Angriff verantwortlich war. Der Schädelträger war deutlich sichtbar gewesen, bevor er hatte vernichtet werden können, und auch die Gnomenjäger hatte man erkannt. Sie alle hatten dem Dämonenlord gedient. Aber Brona war gesichtslos und in den Vier Ländern allgegenwärtig, eine Macht ohne Zentrum, eine Legende, die auf einem Mythos gründete, und niemand wusste, wie er zu entlarven war. Er war da, und er war es auch wieder nicht. Er existierte, aber in welcher Gestalt? Wie sollten sie gegen ihn vorgehen? Seit die Druiden von Paranor vernichtet worden waren, gab es niemanden mehr, der ihnen sagen konnte, was sie tun sollten, der ihnen einen Rat geben konnte und den sie genug achteten, um auf ihn zu hören. Nur zweimal hatte der Dämonenlord kurz zugeschlagen, und schon hatte er das Gleichgewicht der Mächte in den Vier Ländern zerstört und die stärkste Rasse zur Untätigkeit verdammt.

»Wir können nicht einfach hier herumsitzen«, bemerkte Jerle treffend, als hätte er Tays Gedanken gelesen.

Tay nickte. Er dachte daran, dass ihnen die Zeit davonlief, dass plötzlich all das in Gefahr war, was Bremen von ihm erwartete. Er starrte in den Regen. Ein grauer Schleier hüllte die Welt auf der anderen Seite des Fensters in einen trüben Dunst. Noch vor kurzem war alles so selbstverständlich gewesen, und jetzt war nichts mehr sicher.

»Wenn wir schon nichts mehr für die Zwerge tun können, müssen wir wenigstens für uns selbst sorgen«, sagte er ruhig. Seine

Augen hielten Jerles Blick fest. »Wir müssen nach dem Schwarzen Elfenstein suchen.«

Sein Freund sah ihn einen Augenblick lang forschend an, dann nickte er. »Das können wir auch, nicht wahr? Courtann hat bereits seine Zustimmung gegeben.« Ein Hauch von Aufregung blitzte in den blauen Augen. »Wir werden beschäftigt sein, während wir hier ohnehin nur abwarten könnten, wie sich die Dinge entwickeln. Und wenn wir den Stein gefunden haben, besitzen wir eine Waffe gegen den Dämonenlord.«

»Zumindest enthalten wir ihm etwas vor, das er gegen uns verwenden könnte.« Tay dachte an Bremens Warnung vor der Macht des Schwarzen Elfensteins. Er richtete sich auf und schüttelte seine Niedergeschlagenheit ab. Er hatte wieder ein Ziel, das es zu verfolgen galt.

»Sehr gut, mein Freund«, bemerkte Jerle schelmisch. »So mag ich dich schon viel lieber.«

Tay stand auf, er war jetzt voller Eifer. »Wann können wir aufbrechen?«

Ein Lächeln spielte um Jerles Mund. »Wann bist du marschbereit?«

Kapitel 11

Bei Anbruch des nächsten Tages machten Jerle, Tay und die wenigen, die sie mitnehmen wollten, sich auf den Weg. Leise verließen sie die Stadt, zu einer Zeit, da die Bewohner noch dabei waren aufzuwachen. Sie waren nur fünfzehn, und so war es nicht allzu schwer, ungesehen zu verschwinden. Tay und Jerle hatten die anderen Mitglieder der kleinen Gesellschaft erst am Abend vor ihrem Aufbruch benachrichtigt. Dies aber nicht etwa aus Hinterlist, sondern einfach nur aus Vorsicht. Je weniger von ihrer Absicht wussten oder sie hatten aufbrechen sehen, desto weniger konnten auch darüber Auskunft geben. Auch das, was beiläufig in Unterhaltungen gesagt wurde, konnte in falsche Ohren dringen. Der Hohe Rat wusste von ihren Plänen. Alyten würde es später erfahren; er war immer noch nicht von seinem Jagdausflug zurück. Aber das genügte. Selbst die direkten Familien der Beteiligten wussten nicht, wohin sie gingen oder was sie vorhatten. Nach allem, was mit den Ballindarrochs geschehen war, wollte niemand mehr ein unnötiges Risiko eingehen.

Sie ließen eine beunruhigende Situation zurück. Ballindarroch schwebte in Lebensgefahr; es war immer noch nicht klar, ob er sich wieder erholen würde. Während seiner Abwesenheit würde der Hohe Rat die Staatsgeschäfte leiten, wie das Elfenrecht es vorschrieb; in Wirklichkeit jedoch würde er sehr wenig tun, solange das Schicksal des Königs nicht entschieden war. Als einzig überlebender Sohn würde Alyten an Stelle seines Vaters regieren, aber bis eine formelle Krönung notwendig werden würde, könnte er lediglich als Regent fungieren. Das Leben würde weitergehen, die Staatsgeschäfte jedoch beinahe zum Erliegen kommen. Die Armee würde wachsam sein; die Kommandanten wussten, was zu tun war, um die Stadt mit ihren Bewohnern und in geringerem Ausmaß auch die Elfen der umliegenden Landgebiete zu schützen. Aber sie würden sich strikt nur an Verteidigungsmaßnahmen halten, und niemand würde einen Überfall auf die Gebiete jenseits des Westlandes befürworten, solange Ballindarroch sich nicht erholt oder sein Sohn seinen Platz eingenommen hatte. Die Zwerge würden also keine Hilfe erhalten. Der Hohe Rat verhielt sich in dieser Angelegenheit so engstirnig, dass er sich sogar weigerte, die Zwerge über das, was geschehen war, zu informieren. Sowohl Tay als auch Jerle baten unabhängig voneinander darum, aber sie erhielten lediglich zur Antwort, dass man sich mit ihrem Gesuch beschäftigen werde. Plötzlich bestimmte Heimlichtuerei das Geschehen. Da es nichts mehr gab, was sie in dieser Sache tun konnten, beschlossen Tay und

Jerle, ihren Aufbruch nicht mehr zu verzögern. Der König würde leben oder sterben, Alyten würde König werden oder nicht, und der Hohe Rat würde die Zwerge benachrichtigen oder sich in Stillschweigen hüllen – alles würde sich auf die eine oder andere Weise entwickeln, und ihre Anwesenheit in Arborlon würde keinerlei Einfluss darauf haben. Es war besser, mit der Suche nach dem Schwarzen Elfenstein zu beginnen und zu beeinflussen, was sie beeinflussen konnten.

Es gab auch andere Gründe, warum sie fortgingen. Als Resultat des Attentats waren zwei Probleme aufgetaucht, von denen eines Tay, das andere Jerle betraf. Beide verstärkten die Dringlichkeit, ihre Pläne umzusetzen und die Stadt zu verlassen.

Zum einen wunderten sich die Bewohner laut darüber, warum der Angriff auf die königliche Elfenfamilie so bald nach Tays Rückkehr von Paranor erfolgt war. Die Druiden wurden von den meisten geachtet, aber einige Elfen misstrauten ihnen auch. Es waren zwar nicht viele, aber im Zuge einer solch fürchterlichen und unerwarteten Katastrophe zogen ihre Stimmen immer mehr Aufmerksamkeit auf sich. Die Druiden verfügten über Macht, und sie verhielten sich geheimnisvoll. Das war eine Kombination, die von Natur aus bereits verstörend war, besonders aber zusammen mit der Entscheidung der Druiden, sich nach dem Ersten Krieg der Rassen zu isolieren. War es nicht möglich, flüsterten die Stimmen, dass die Druiden in das, was mit den Ballindarrochs geschehen war, irgendwie verwickelt waren? Tay hatte den König aufgesucht und noch in der Nacht des Attentats mit dem Hohen Rat gesprochen. Hatte es vielleicht einen Streit gegeben, der Tay erzürnt hatte – und dadurch auch alle anderen Druiden? War er nicht der erste gewesen, der das Schlafzimmer des Königs erreicht hatte, während das Morden noch andauerte? Hatte jemand gesehen, was geschehen war, was er getan hatte? Es spielte keine Rolle, dass diese Fragen schon in dem einen oder anderen Forum mehr oder weniger offiziell angesprochen worden waren und dass niemand im Hohen Rat über Tays Verhalten irgendwie betroffen zu sein schien. Was zählte, war das Fehlen von deutlichen Antworten und unbestreitbaren Tatsachen, und es war klar, dass während ihrer Abwesenheit wilde Theorien aufblühen würden.

Das zweite Problem war sogar noch beunruhigender. Denn einige meinten, wenn die gesamte Familie Ballindarroch ausgelöscht sei und auch Courtann Ballindarroch sterben würde, sollte Jerle Shannara König sein. Es war gut und schön, sich an die Erbfolge zu halten, aber Alyten war schwach und unentschlossen und nicht sehr beliebt bei denen, die er regieren würde. Und wenn er versagen sollte, wäre ein Kind von vier Jahren der nächste in der Thronfolge. Dies würde jahrelange Regentschaft nach sich ziehen, und das wollte niemand. Abgesehen davon lebte man in gefährlichen, anstrengenden Zeiten, und sie benötigten einen starken Herrscher. Der Angriff auf die königliche Familie signalisierte den Beginn von etwas Schlechtem. Jeder konnte das erkennen. Das Nordland war bereits vom Dämonenlord und seinen geflügelten Jägern erobert. Wenn er sich nun als nächstes den Elfen zuwandte? Es gab Gerüchte, dass sich seine Armee bereits in Richtung Süden bewegte. Jerle Shannara war ein Vetter ersten Grades und der nächste in der Thronfolge, wenn alle Ballindarrochs ausgelöscht wären. Vielleicht sollte er lieber von Anfang an regieren, unabhängig davon, wer nach Courtann noch übrig geblieben war. Als ehemaliger Befehlshaber der Elfengarde, als Stratege der Elfenarmee und Berater des hohen Rates sowie des Königs war er hervorragend geeignet. Vielleicht sollte die Wahl unabhängig von Nachfolge und Protokoll getroffen werden. Vielleicht sollte sie schnell getroffen werden.

Tay und Jerle hörten früh genug von diesen Gerüchten, und da sie erkannten, wohin sie führen würden, hielten sie es für das beste, sich vom Schauplatz zurückzuziehen, bis das Durcheinander sich gelegt hatte. Dieses lockere Geschwätz lieferte ihnen zusätzlich einen Grund, die ohnehin schon dringend notwendige Suche nach dem Schwarzen Elfenstein zu beschleunigen und rasch aufzubrechen. Innerhalb von vierundzwanzig Stunden hatten sie ihre Gruppe zusammengestellt, die Versorgung organisiert, die Frage der Beförderung geklärt und ihre Reisepläne geschmiedet. Und schon waren sie auf dem Weg.

Als sie aufbrachen, umgab sie ein kühler, nebliger Nieselregen, der schon seit einigen Stunden fiel und vorläufig auch nicht nachzulassen schien. Die Wege und Pfade waren bereits nass und die Baumstämme und Äste schwarz. Nebel kroch aus dem Wald empor, erhob sich von der noch warmen Erde und füllte die Risse und Spalten. Feuchtigkeit umhüllte alles, und wie Gespenster durch die Nacht schlich die Gruppe durch den frühen Morgen. Sie reisten zu Fuß und trugen nur ihre Waffen, Vorräte und die Kleidung, die sie in den nächsten vierundzwanzig Stunden benötigen würden. Danach würden sie waschen, was sie trugen, und auf die Jagd gehen, bis sie das Tal des Sarandanon erreichten. Es war ein Marsch von ungefähr drei Tagen. Dort sollten sie für den Rest der Reise, die sie nach Westen zu den Grimmzacken führen würde, mit Pferden, frischer Kleidung und Vorräten versorgt werden.

Ihre Gruppe bestand aus sehr verschiedenen Leuten. Bis auf einen hatte Jerle Shannara alle selbst ausgewählt. Dazu hatte er Tays Einverständnis, denn dieser war zu lange von Arborlon und den Elfen fort gewesen, um zu wissen, wer für ihre Suche am besten geeignet war. Sie brauchten Elfenjäger, Kämpfer ersten Ranges, und Jerle hatte zehn ausgewählt, mit denen zusammen sie dann schon zwölf waren. Preia Starle hatte bereits angekündigt, dass sie mitgehen würde, selbstbewusst wie immer, und weder Tay noch Jerle hatten es auf einen Streit ankommen lassen wollen. Jerle hatte sich dann noch für einen weiteren Fährtensucher entschieden, einen wettergegerbten Krieger namens Retten Kipp, der mehr als dreißig Jahre bei der Elfengarde gedient hatte. Zwei Fährtensucher würden die Möglichkeit haben, nicht nur das Gebiet vor der Gruppe, sondern auch das hinter ihr auszukundschaften. Außerdem könnte ein Ersatz notwendig werden, falls Preia etwas geschehen sollte. Tay hatte diese Worte zwar nicht gerne gehört, aber auch nicht von der Hand weisen können.

So waren sie bereits vierzehn. Tay hatte um einen fünfzehnten gebeten.

Der Mann, den er hatte haben wollen, war Vree Erreden. Auf den ersten Blick eine seltsame Wahl, und Jerle hatte dies auch ausgesprochen. Vree Erreden war bei den Elfen nicht sehr beliebt, er war ein einsiedlerischer, zerstreuter und schüchterner Mann, der sich um wenig anderes als seine Arbeit kümmerte. Er war ein Lokat, ein Mystiker, der sich darauf spezialisiert hatte, Vermisste Leute und verlorene Gegenstände zu finden. In so mancher Diskussion wurde darüber gestritten, wie erfolgreich er bei dem, was er tat, wirklich war. Wer an ihn glaubte, stand unerschütterlich auf seiner Seite. Die anderen fanden ihn dumm oder fehlgeleitet. Er wurde toleriert, weil er gelegentlich nachweisbare Erfolge für sich verbuchen konnte und weil das Elfenvolk im allgemeinen Verständnis für jene hatte, die anders waren, zumal sie in den Augen der anderen Rassen über die Jahre hinweg selbst Verdacht erregt hatten. Vree Erreden stellte über seine Erfolge selbst keine Behauptungen auf; das erledigten die anderen. Aber der Ursprung dieser Behauptungen tat nichts dazu, das Bild des Mannes in den Augen seiner Gegner zu verbessern.

Tay gehörte nicht zu jenen. Er identifizierte sich sehr stark mit Vree Erreden, auch wenn er das bisher niemandem mitgeteilt hatte. Er glaubte, dass sie verwandte Geister waren. Wenn Vree gewollt hätte, hätte er ein Druide werden können. Seine Fähigkeiten legten diese Möglichkeit nahe, und Tay hätte ihn empfohlen. Sie hatten beide im Laufe der Zeit bestimmte Talente ausgebildet. Tay war der Elementarist, Vree der Lokat. Tays Fähigkeit war allerdings deutlicher sichtbar, denn er nahm von den Schätzen und Vorräten der Erde, wenn er Magie anwandte, und das Benutzen dieser Macht lieferte sichtbar den Beweis für das, was er zu tun vermochte. Vree Erredens Talent dagegen ruhte beinahe vollkommen in ihm selbst, war von Natur aus passiv und schwer zu beweisen. Mystiker arbeiteten vorwissenschaftlich, mit Intuition, mit Ahnungen und Gefühlen, die alle stärker waren als jene Instinkte, die gewöhnliche Männer und Frauen erfahren konnten – und alle waren unsichtbar. Lokaten waren einst viel gegenwärtiger gewesen, zu einer Zeit, als Elfen und andere Feenwesen diese Fähigkeiten regelmäßig angewandt hatten. Jetzt war nur eine Handvoll übrig geblieben; die anderen waren mit dem Untergang der Alten Welt und den unwiderruflichen Veränderungen in der Natur der Magie verbunden. Aber Tay hatte die alten Lehren studiert und verstand den Ursprung von Vree Erredens Macht, und für ihn war sie so wirklich wie seine eigene.

Am späten Nachmittag des Tages vor ihrer geplanten Abreise hatte er den Lokaten aufgesucht und im Hof über eine zerfledderte Sammlung von Karten und Papieren gebeugt gefunden. Als Tay durch das Tor des kleinen, unscheinbaren Hofes auf Vree zugekommen war, hatte dieser ihm kurzsichtig entgegengeblinzelt. Die Sonne und die nachlassende Sehkraft hatten den Lokaten zum Schielen gebracht. Jedes Jahr, so hieß es, wurden seine Augen ein wenig schlechter – aber während seine Augen schlechter wurden, schärfte sich seine Intuition.

»Mein Name ist Tay Trefenwyd«, hatte Tay sich angekündigt und war näher gekommen, so dass das Licht auf sein Gesicht fallen konnte.

Vree Erreden hatte aufgeblickt und ihn nicht erkannt. Tay war fünf Jahre fort gewesen, so war es durchaus möglich, dass sich der Mann nicht länger an ihn erinnerte. Er trug auch nicht die Kleidung seines Ordens, sondern hatte sich zu den bequemen, weiten Gewändern entschlossen, die die Elfen des Westlandes bevorzugten. So war es sehr gut möglich, dass der Lokat ihn nicht als Druiden hatte erkennen können.

»Ich brauche deine Hilfe bei der Suche nach etwas«, war Tay unverzagt zur Sache gekommen. Der andere hatte wie zur Antwort sein schmales Gesicht ein bisschen emporgereckt. »Wenn du einverstanden bist, mir zu helfen, wirst du die Möglichkeit haben, viele Leben zu retten, darunter viele Elfen. Es wird der wichtigste Fund sein, den du jemals gemacht hast. Wenn du Erfolg hast, wird niemand mehr deine Fähigkeiten anzweifeln.«

Vree Erreden hatte plötzlich amüsiert ausgesehen. »Das ist eine kühne Behauptung, Tay.«

Tay hatte gelächelt. »Ich bin in einer Situation, in der ich kühne Behauptungen machen muss. Ich werde morgen zu einer Reise aufbrechen, die mich ins Tal des Sarandanon führt und noch weiter darüber hinaus. Ich muss dich davon überzeugen, mit mir zu gehen. Ich habe keine Zeit für feinsinnige Überredungskünste.«

»Was ist es, was du suchst?«

»Ein Schwarzer Elfenstein, der seit den Tagen der Feen vor Tausenden von Jahren verschwunden ist.«

Der kleine Mann hatte ihn nur angeschaut. Er hatte Tay nicht gefragt, warum er zu ihm gekommen war oder wie stark er an ihn glaubte. Er hatte akzeptiert, dass Tay Vertrauen in seine Kräfte hatte, vielleicht wegen seiner Person, vielleicht auch wegen der Taten, die er bereits vollbracht hatte. Vielleicht spielte es aber auch gar keine Rolle. Doch in seinen Augen hatte Neugier gestanden – und der Hauch eines Zweifels.

»Gib mir deine Hände«, hatte er Tay aufgefordert.

Tay hatte die Hände ausgestreckt, die Vree Erreden fest mit seinen eigenen umschlossen hatte. Der Griff war überraschend stark gewesen. Sein Blick hatte den von Tay einen Augenblick festgehalten, dann hatte er durch den Druiden hindurch und ins Leere geblickt. Lange Zeit hatte er reglos wie ein Stein verharrt und etwas gesehen, das Tay verborgen geblieben war. Dann hatte er geblinzelt, Tays Hand losgelassen und sich wieder hingesetzt. Ein kleines Lächeln hatte seine dünnen Lippen umspielt.

»Ich werde mitkommen«, hatte er nur gesagt.

Er hatte sich noch erkundigt, wo sie sich treffen würden und was er mitzubringen hatte, dann hatte er sich ohne ein weiteres Wort wieder seinen Karten und Papieren zugewandt, als hätte er die Angelegenheit bereits wieder vergessen.

So waren sie schließlich zu fünfzehnt, als sie im Morgengrauen Arborlon verließen, eingehüllt in ihre Umhänge und Kapuzen, so dass sie im trüben Licht beinahe gesichtslos wirkten. Weshalb sie gekommen waren, wussten sie selbst am besten. Und nun marschierten sie hintereinander an der steilen Wand des Carolan entlang bis zu der Stelle, wo der Singende Fluss in seinem Bett schäumte. Sie überquerten den Fluss auf einem Fährfloß, das für die Stadtbewohner bereitgehalten wurde, und wandten sich auf den schattigen Wegen der alten Wälder in Richtung Westen.

Den ganzen Tag hindurch marschierten sie im Regen, der niemals vollkommen aufhörte, auch wenn er nach einiger Zeit etwas nachließ. Sie machten einmal Rast, um etwas zu essen, und ein zweites Mal, um ihre Wasserschläuche wieder aufzufüllen, aber ansonsten machten sie keine Rast mehr. Niemand ermüdete, auch Vree Erreden nicht. Sie waren Elfen und daran gewöhnt, weite Strecken zu gehen, und alle waren geübt genug, um mit Jerle Shannaras gemäßigtem Tempo Schritt halten zu können. Der Boden war schlammig und der Pfad unsicher, und mehr als einmal mussten sie mühevoll nach einem Weg über einen kleinen Fluss suchen, der durch den Regen entstanden war. Niemand beklagte sich. Niemand sprach überhaupt sehr viel. Selbst als sie zum Essen anhielten, setzten sie sich mit einem gewissen Abstand zueinander hin, wandten sich in ihren Umhängen vom Regen ab und waren bald in ihre eigenen Gedanken versunken. Einmal ging Tay zu Vree Erreden, um ihm zu sagen, wie sehr er seine Entscheidung mitzukommen schätzte, und der Lokat sah ihn an, als hätte Tay den Verstand verloren, als hätte er gerade das Dümmste seit Anbeginn der Weltgeschichte von sich gegeben. Tay lächelte, setzte sich wieder hin und versuchte nie mehr, Vree auf diese Weise anzusprechen.

Sie entfernten sich zunehmend von den Bergen, die Arborlon schützten, und näherten sich dem Sarandanon. Die Nacht brach heran, und sie schlugen ein Lager auf. Es wurde kein Feuer angezündet, und so blieb ihre Mahlzeit kalt. Im Wald war es dunkel und still, und abgesehen von dem ständigen Regen war keinerlei Bewegung zu sehen. Noch mindestens ein weiterer Tag würde vergehen, ehe sie aus dem Wald herauskommen und das offene Grasland des Tals erreichen würden, jenes Land, auf dem das Getreide wuchs und das Vieh gehalten wurde, von dem das Elfenvolk sich ernährte. Danach würde es noch etwas mehr als ein Woche bis zu den Grimmzacken und ihrem endgültigen Bestimmungsort dauern.

Nachdem Tay sein Mahl beendet hatte, saß er gedankenverloren allein da und starrte ins Dunkel. Er fröstelte. In seinem Kopf wiederholte er die Vision, die Bremen beim Hadeshorn gesehen hatte, und hoffte, etwas zu finden, was er bisher übersehen hatte. Die Einzelheiten der Vision waren ihm mittlerweile so vertraut wie eine häufig benutzte, zerknitterte alte Landkarte, die er nach Belieben aufklappen konnte. Bremen hatte ihm das Versteck des Talismans beschrieben, so wie der Schatten Galaphiles es ihm enthüllt hatte. Alles, was jetzt übrig blieb, war, den Stein im wirklichen Leben auch zu finden. Es gab mehrere Wege, wie dies geschehen könnte. Die Kundschafter Preia Starle und Retten Kipp könnten durch eine Anhäufung sicht- und greifbarer Hinweise im Zuge ihrer Fährtensuche auf den Schwarzen Elfenstein stoßen. Tay, der Elementarist, könnte ihn selbst entdecken, könnte die Risse in den Linien der Macht finden, die von der Magie des Talismans verursacht wurden. Und Vree Erreden könnte ihn durch seine besonderen Fähigkeiten als Lokat finden, indem er den Elfenstein wie jeden anderen Gegenstand suchte, durch vorwissenschaftliche Intuition.

Tay schaute zu dem Lokaten herüber, der bereits eingeschlafen war. Die meisten anderen schliefen ebenfalls oder waren dabei, in den Schlaf zu gleiten. Selbst Jerle Shannara hatte sich schon ausgestreckt und in seine Decke gerollt. Ein einzelner Elfenjäger hielt an einem Ende des Lagers Wache; ein weiterer nächtlicher Schatten. Tay beobachtete ihn einen Augenblick, dann wandte er sich wieder

Vree Erreden zu. Der Lokat musste Bremens Vision gesehen haben, als er bei seinem ersten Besuch Tays Hände festgehalten hatte. Dessen war Tay sich jetzt sicher, wenn er es auch zu dem damaligen Zeitpunkt nicht erkannt hatte. Das hatte bei seiner Entscheidung mitzukommen den Ausschlag gegeben, dieser flüchtige Blick auf einen Ort, verloren in der Zeit, auf eine Magie, die eine mittlerweile vergangene Welt überlebt hatte, auf etwas, das einmal bekannt gewesen war und vielleicht wiedererweckt werden würde. Dieser Gedankendiebstahl zeugte von einer guten Arbeit, und Tay bewunderte die Unverfrorenheit, mit der der andere Mann ihn begangen hatte. Nicht jeder würde es wagen, den Riegel zu den Gedanken eines Druiden aufzubrechen.

Er erhob sich nach einer Weile, und da er noch nicht schläfrig war, ging er zu der Stelle, wo die Wache patrouillierte. Der Elfenjäger bemerkte ihn, machte jedoch keine Anstalten näher zu kommen, sondern setzte seine Runden fort. Tay blickte auf die durchnässten Bäume; seine Augen passten sich den Lichtverhältnissen an, und er sah befremdliche Formen und Gestalten im Regen, obwohl Mond und Sterne fehlten. Er beobachte, wie ein Stück Wild vorbeistrich, mit nervösem Blick und aufmerksam aufgestellten Ohren. Er sah Nachtvögel, die schnell von Ast zu Ast flatterten, Jäger auf der Suche nach Futter. Hin und wieder, wenn sie etwas gefunden hatten, stürzten sie blitzschnell auf den Waldboden und erhoben sich wieder, hielten zwischen ihren Krallen und Schnäbeln kleine Geschöpfe fest. Er sah in diesen Opfern ein Bild des Elfenvolkes, falls der Dämonenlord siegen sollte. Er stellte sich vor, wie hilflos sie wären, wenn Brona seine Jagd begann. Er spürte bereits, dass nach ihnen gesucht wurde, dass man sie als Beute betrachtete. Er dachte nur ungern daran, aber glaubte auch nicht, dass dieses Gefühl in der nächsten Zeit verschwinden würde.

Er dachte noch immer darüber nach, als Preia Starle wie aus dem Nichts neben ihm auftauchte. Wider Willen zuckte er zusammen, dann zwang er sich wieder zur Ruhe, als er das Lächeln in ihren

Mundwinkeln bemerkte. Sie war den ganzen Tag fort gewesen, hatte schon früh mit Retten Kipp die Gruppe verlassen, um das Gebiet vor ihnen auszukundschaften. Niemand hatte gewusst, wann einer von ihnen wieder zurück sein würde. Fährtensucher besaßen die Freiheit zu tun, was sie für notwendig hielten, und richteten sich nach ihrem eigenen Zeitplan. Preia zwinkerte ihm zu, als sie sah, wie der Schreck aus seinem Gesicht wich und sich statt dessen Verdruss breitmachte. Sie sagte nichts, sondern nahm seinen Arm und führte ihn ins Lager. Ihre Kleidung, lockere Waldläuferkleidung mit Handschuhen und weichen Schuhen, war durch und durch nass. Der Regen klebte ihr die kurzgeschnittenen, lockigen, zimtbraunen Haare an den Kopf, und Tropfen rannen ihr übers Gesicht. Sie schien es nicht zu bemerken.

Sie bat ihn, sich einige Meter von den anderen Schlafenden entfernt unter eine Eiche zu setzen, wo das dichte Gras trocken und bequem war. Sie löste den Gürtel mit den langen Messern, das Kurzschwert und den Eschenbogen, dann nahm sie neben ihm Platz. Sie wirkte eigentlich viel zu jung und zerbrechlich, um solche Waffen zu tragen.

»Kannst du nicht schlafen, Tay?«, fragte sie ruhig und drückte seinen Arm.

Er kreuzte die Beine und schüttelte den Kopf. »Wo bist du gewesen?«

»Hier und dort.« Sie wischte sich Regentropfen aus dem Gesicht und lächelte. »Du hast mich nicht bemerkt, nicht wahr?«

Er sah sie reuevoll an. »Was denkst du? Genießt du es, das Leben der Leute zu verkürzen, indem du sie so erschreckst? Ich konnte vorher schon nicht schlafen, aber wie soll ich es jetzt?«

Sie grinste. »Ich denke, das schaffst du schon. Du bist schließlich immer noch ein Druide, und Druiden können alles. Nimm dir ein Beispiel an Jerles Gemüt. Er schläft immer wie ein Baby. Er weigert sich wach zu bleiben, selbst wenn ich es lieber anders hätte.«

Sie blinzelte, merkte, was sie da gesagt hatte, und wandte schnell den Blick ab. Nach einem Augenblick sagte sie: »Kipp ist schon weiter zum Sarandanon gegangen, um sich zu überzeugen, dass die Pferde und Verpflegung bereitstehen. Ich bin zurückgekommen, um dir von den Gnomen zu berichten.«

Er blickte sie ernst an und wartete. »Es sind zwei große Gruppen«, fuhr sie fort, »beide nördlich von uns. Vielleicht gibt es noch mehr. Es gibt eine Menge Spuren. Ich glaube nicht, dass sie über uns Bescheid wissen. Noch nicht. Aber wir müssen vorsichtig sein.«

»Hast du herausgefunden, was sie dort machen?«

Sie schüttelte den Kopf. »Jagen, würde ich vermuten. Die Spuren legen das jedenfalls nahe. Sie halten sich in der Nähe von Kensrowe auf, nördlich vom Grasland. Aber sie bleiben möglicherweise nicht dort, erst recht nicht, wenn sie von uns wissen.«

Tay dachte darüber nach. Er spürte, dass Preia auf eine Reaktion wartete und sein Gesicht in dem düsteren Licht beobachtete. Einer der Schlafenden hörte mit Schnarchen auf und hustete, ein anderer bewegte sich. Der Regen hatte wieder eingesetzt und bildete einen Schirm gegen das Dunkel der Nacht.

»Hast du einen Schädelträger gesehen?«, fragte er schließlich.

Sie schüttelte wieder den Kopf. »Nein.«

»Irgendwelche merkwürdigen Spuren?«

»Nein.«

Er nickte und hoffte, dass dies auf irgend etwas hindeutete. Vielleicht hatte der Dämonenlord seine Ungeheuer zu Hause gelassen. Vielleicht mussten sie sich nur mit Gnomen auseinander setzen.

Sie kniete sich hin, um aufzustehen. »Gib Jerle meinen Bericht, Tay. Ich muss wieder weiter.«

»Jetzt?«

»Jetzt ist besser als später, falls du den Wolf draußen vor der Tür lassen willst.« Sie grinste. »Erinnerst du dich an diesen Spruch? Du hast ihn immer benutzt, als du darüber gesprochen hast, nach Paranor zu gehen und Druide zu werden. So hast du ausdrücken wollen, dass du uns beschützen würdest, die armen, zu Hause bleibenden Freunde, die du zurücklassen würdest.«

»Ich erinnere mich.« Er hielt ihren Arm fest. »Hast du Hunger?«

»Ich habe bereits gegessen.«

»Willst du nicht lieber bis zur Dämmerung warten?«

»Nein.«

»Willst du Jerle deinen Bericht nicht lieber selbst geben?«

Sie betrachtete ihn einen Augenblick ernsthaft und schien über etwas nachzudenken. »Ich möchte, dass du ihn für mich weitergibst. Wirst du das tun?«

Der Klang ihrer Stimme hatte sich geändert. Sie wollte mit ihm nicht darüber diskutieren. Er nickte wortlos und nahm die Hand wieder fort.

Sie stand auf, band Messer und das Schwert wieder um, nahm den Bogen auf und lächelte ihm kurz zu. »Du solltest darüber nachdenken, worum du mich gerade gebeten hast, Tay«, sagte sie.

Sie schlüpfte ins Dunkel zurück, und einen Moment später war sie fort. Tay blieb noch eine Weile sitzen und sann über das nach, was sie gesagt hatte, dann stand er auf, um Jerle zu wecken.

Auch am nächsten Tag regnete es; diesmal war es ein gleichmäßiger Niederschlag. Die Gruppe setzte ihren Weg durch den Wald weiter fort, hielt nach den Gnomen Ausschau und war äußerst wachsam. Die Stunden verstrichen nur langsam, und der Sonnenaufgang wurde zum Sonnenuntergang, nachdem den ganzen Tag graues Zwielicht geherrscht hatte, da Wolkenbänke und mit Wasser vollgesogene Äste das Licht abhielten. Die Reise ging nur langsam und eintönig voran, und sie begegneten niemandem.

Die Nacht kam und ging, und weder Preia Starle noch Retten Kipp kehrten zurück. Bei Anbruch des dritten Tages näherte sich die Gruppe dem Tal von Sarandanon. Der Regen hatte inzwischen aufgehört, und der Himmel begann sich aufzuklären. Sonnenlicht schimmerte durch die Lücken in den auseinandertreibenden Wolken, schmale Lichtstrahlen, die aus dem hellen Blau hinabfielen. Die Luft erwärmte sich, und die Erde begann zu dampfen und zu trocknen.

Auf einer Lichtung, die mit wilden Frühlingsblumen bewachsen war und im hellen Sonnenlicht lag, fanden sie Preia Starles zerbrochenen und schmutzigen Eschenbogen. Einen anderen Hinweis auf die Elfin gab es nicht.

Aber überall waren die Fußabdrücke der Gnomenjäger.

Kapitel 12

Das Tageslicht verschwand und die Nacht kroch aus dem Anar, während sich die gewaltige Armee des Dämonenlords vom Janissonpaß her über das Grasland der nördlichen Rabbebene ergoss. Der Marsch von der Ebene von Streleheim bis dorthin hatte sie einen ganzen Tag gekostet, denn der Janisson war schmal und gewunden und die Armee führte einen fast zwei Meilen langen Tross aus Packtieren und Wagen mit sich. Die Krieger bewegten sich mit unterschiedlicher Geschwindigkeit; die Reiterei war rasch und um Schnelligkeit bemüht, die leicht bewaffneten Fußsoldaten, Bogenschützen und Schleuderer etwas langsamer, und die schwer bewaffneten Fußsoldaten sogar noch langsamer. Aber kein anderer Teil der Armee mühte sich so sehr ab und litt unter ähnlichen Schwierigkeiten wie der Tross, der kaum von der Stelle zu kommen schien. Alle paar Minuten musste angehalten werden, weil Räder oder Achsen gebrochen waren, Zügel durcheinander geraten waren oder Tiere gefüttert werden mussten, oder einfach nur, weil es Zusammenstöße oder andere Unfälle gab.

Eine halbe Meile weiter südlich hielt Risca sich in den Drachenzähnen verborgen und beobachtete den Treck mit einem grimmigen Gefühl von Befriedigung. Hauptsache, die dunklen Gestalten werden langsamer, dachte er. Hauptsache, dieser verhasste Marsch nach Süden in sein Heimatland verzögerte sich.

Der größte Teil der Armee bestand aus Trollen. Sie sahen phlegmatisch, dickhäutig und ziemlich uninteressant aus und ähnelten eher irgendwelchen Bestien als Männern. Die größten und wildesten waren die Felsentrolle, die über ein Meter achtzig wurden und mehrere hundert Pfund wogen. Sie bildeten das Herz der Armee, und ihr disziplinierter, mit hervorragender Genauigkeit durchgeführter Marsch ließ auf ihre Kampfkraft schließen. Es gab andere Trolle, die überwiegend die Lücken zu füllen hatten. Die Reiterei und leichten Fußsoldaten bestanden hauptsächlich aus Gnomen, wenn auch die kleinen, drahtigen Kämpfer, die wie die Trolle in Stämmen organisiert waren, weniger fähig und auch nicht so gut geübt waren. Sie dienten aus zwei Gründen in der Armee des Dämonenlords. Der erste und wichtigste Grund lag in ihrer fürchterlichen Angst vor Magie, und die Magie des Dämonenlords überschritt bei weitem alles, was sie jemals für möglich gehalten hatten. Der zweite und nur unwesentlich weniger wichtige Grund war, dass sie von dem versuchten Widerstand der größeren, viel wilderen und besser bewaffneten Trolle wussten. Deshalb hatten sie schnell beschlossen, auf die Seite der Sieger zu wechseln, bevor ihnen diese Entscheidung aufgezwungen wurde.

Dann gab es auch noch jene namenlosen Kreaturen aus der Unterwelt, Wesen, die aus den schwarzen Löchern kamen, auf die sie in den vergangenen Jahrhunderten beschränkt gewesen waren und aus denen sie nur durch die Magie des Dämonenlords hatten befreit werden können. Bei Tageslicht hüllten sie sich in Umhang und Kapuze und waren nur vage Gestalten in dem aufgewirbelten Staub des Marsches, Ausgestoßene durch Geburt und gemeinsame Überzeugungen. Aber wenn sich die Dämmerung herabsenkte und die Schatten länger wurden, legten sie ihre Vermummungen ab und zeigten sich – schreckliche, missgestaltete Monster, die von allen gemieden wurden. Unter ihnen waren auch die Schädelträger, die geflügelten Jäger, die Brona direkt unterstellt waren. Die Schädelträger waren selbst einmal Männer gewesen, Druiden, die zu viel und zu häufig von der Magie gekostet und dadurch verdorben worden waren. Sie schwangen sich jetzt in die Luft, erhoben sich in das matte Licht des sterbenden Tages auf der Suche nach Beute, die ihren Hunger stillen würde.

Und mitten zwischen den Horden wurde die gewaltige, schwarze, mit Seide bedeckte Sänfte des Dämonenlords von etwa dreißig Trollen unerbittlich wie ein Floß auf stürmischem Wasser vorwärtsgetrieben. Die verhüllenden Vorhänge waren selbst im strahlendsten Licht undurchdringlich, das eiserne Gestell mit Spitzen und rasiermesserscharfen Klingen bestückt, die Wimpel mit weißen Totenköpfen verziert. Risca beobachtete, wie die Kreaturen sich über die Sänfte beugten und sie berührten, im vollen Bewusstsein, dass, wenn auch sie ihn nicht sehen konnten, ihr Herr und Meister sie nur allzu gut wahrnahm.

Müde lehnte Risca sich in seiner Felsspalte zurück und ließ sich von den Schatten einhüllen. Die Nacht senkte sich herab, und die gesamte Armee aus dem Nordland war dabei, nach Süden zu marschieren, um in das Gebiet des Anars einzudringen und das Land der Zwerge zu erobern. Bremen hatte natürlich recht gehabt – in allem. Brona hatte den Ersten Krieg der Rassen überlebt und sich all die Jahre nur versteckt, um Kraft für einen neuen Schlag zu sammeln. Jetzt war er als Dämonenlord zurückgekehrt, und die Trolle und Gnome standen auf seiner Seite, hatten sich ihm unterworfen und zu seinen Dienern erklärt. Wenn die Druidenfestung zerstört war, wie Bremen es vorhergesehen hatte und Risca jetzt auch vermutete, war niemand mehr übrig, der für die freien Rassen eintreten konnte, niemand zumindest, der Magie beherrschte. Eine Rasse nach der anderen würde fallen – die Zwerge, die Elfen, die Menschen. Nacheinander würden die Vier Länder unterworfen werden. Es würde schnell geschehen. Noch glaubte niemand, dass es wirklich möglich sein könnte, und es würde zu spät sein, wenn sie es endlich begriffen. Risca hatte sich jetzt mit eigenen Augen von der Größe der Armee des Dämonenlords überzeugen können. Eine Lawine, unaufhaltsam und gewaltig. Wenn die Rassen überleben wollten, mussten sie sich vereinigen. Aber wenn man sie sich selbst überließ, würde zu viel Zeit vergehen, bis eine solche Entscheidung gefallen wäre. Die Politik würde jede Bemühung, einen Entschluss zu fassen, behindern. Eigeninteressen würden zu einer unklugen Vorsicht führen, und sie würden alle Sklaven sein, bevor sie überhaupt begriffen, was geschehen war.

Bremen hatte dies vorhergesehen, und jetzt lag es an den wenigen, die ihm geglaubt hatten, einen Weg zu finden, um das Unausweichliche zu verhindern.

Risca griff in seinen Sack und zog ein Stück altes Brot heraus, das er bereits vor mehreren Tagen in der Nähe der Grenze von einem Siedler gekauft hatte. Geistesabwesend biss er davon ab. Er hatte Bremen und die anderen drei Tage zuvor am Hadeshorn verlassen, um die Zwerge vor dem Dämonenlord zu warnen und sie dazu zu bringen, Widerstand gegen die Nordlandarmee zu leisten. Als er jedoch die westliche Grenze des Rabb erreicht hatte, fand er, dass seine Aufgabe entschieden einfacher sein würde, wenn er berichten könnte, dass er die näher rückende Armee mit eigenen Augen gesehen hatte. Dann könnte er eine Schätzung ihrer Größe und Stärke geben und wäre in seiner Bitte überzeugender. Also hatte er sich nach Norden gewandt und einen zweiten Tag dazu genutzt, um den Jannissonpass zu erreichen. Am dritten Tag schließlich hatte er sich in einem Versteck in den Gebirgsausläufern der Drachenzähne verkrochen und beobachtet, wie die Armee des Dämonenlords von der Streleheimebene über den Jannissonpass näher rückte; immer größer und größer war sie geworden, fast so, als würde sie niemals enden. Er hatte Einheiten und Abteilungen gezählt, Tiere und Wagen, Stammeswimpel und Schlachtenbanner, bis er alles genau einschätzen konnte. Es hätte ebenso gut auch das gesamte Volk der Trolle sein können – es war die größte Armee, die er jemals gesehen hatte. Die Zwerge würden ihnen niemals allein Widerstand leisten können. Sie könnten den Vormarsch der Armee vielleicht etwas verlangsamen oder auch verzögern, aber sie würden sie niemals aufhalten können. Selbst dann, wenn die Elfen ihnen zu Hilfe kämen, wären sie ihnen zahlenmäßig immer noch gewaltig unterlegen. Und sie hatten keine Magie von der Art, wie sie Brona und die Schädelträger und die Kreaturen der Unterwelt besaßen. Sie hatten keine Talismane. Sie hatten nur Bremen, Tay Trefenwyd und ihn selbst – die letzten drei Druiden.

Risca schüttelte den Kopf, kaute das Brot und schluckte es herunter. Die Kräfte auf beiden Seiten waren zu ungleich. Es musste einen Weg geben, das zu ändern.

Er hörte auf zu essen und nahm einen tiefen Schluck aus dem Bierschlauch, den er über seine Schulter geschlungen hatte. Dann stand er auf und ging wieder zu der steilen Felskante, von der aus er auf das Lager der Armee schauen konnte. Inzwischen waren Feuer angezündet worden, da die nächtliche Dunkelheit sich jetzt fast völlig ausgebreitet hatte, und kleine Bündel von Flammenlicht erhellten die Ebene. Dicker Rauch hing in der Luft. Die Armee erstreckte sich auf eine Länge von etwa einer Meile, und es herrschte reges Treiben. Mahlzeiten wurden vorbereitet und Schlafstätten errichtet, Reparaturen ausgeführt und Pläne geschmiedet. Wenn es die Möglichkeit gegeben hätte, diesen Irrsinn allein durch Willenskraft oder der Stärke seiner Wut aufzuhalten, Risca hätte gewiss genug von beidem gehabt. Er erhaschte einen Blick auf zwei Schädelträger, die hinter dem Schein des Feuers im tintenschwarzen Himmel kreisten und nach feindlichen Kundschaftern suchten. Er kauerte sich in den schützenden Fels und wurde eins mit dem Berg, ein weiteres farbloses Stück Stein. Er ließ den Blick die Längs- und Breitseite des Lagers entlangwandern, kehrte jedoch immer wieder zu der schwarzseidenen Sänfte zurück, die den Dämonenlord verbarg. Sie befand sich jetzt in der Mitte der Armee. Trolle und andere weniger menschliche Kreaturen standen darum herum, eine kleine

Insel der Stille inmitten wimmelnder Aktivitäten. In der Nähe der Sänfte brannte kein Feuer. Es näherten sich auch keine der Kreaturen aus dem erleuchteten Teil des Lagers. Tiefe Finsternis umgab sie wie ein See und betonte ihren Abstand vom Rest des Lagers, ihre Unberührbarkeit.

Riscas Miene verhärtete sich. Die Schwierigkeiten begannen und endeten mit dem Ungeheuer, das sich in diesem Zelt aufhielt, dachte er. Der Dämonenlord ist der Kopf all dieser Bestien, die uns bedrohen. Schneide den Kopf ab, und die Bestien werden sterben.

Töte den Dämonenlord, und die Gefahr wird gebannt sein.

Töte den Dämonenlord…

Es war ein wilder, gefährlicher, spontaner Gedanke, und Risca gestand sich nicht zu, ihn weiter zu verfolgen. Er drängte ihn beiseite und zwang sich, über seine tatsächlichen Möglichkeiten nachzudenken. Bremen verließ sich auf ihn. Er musste die Zwerge über diese Armee informieren, damit sie sich auf die Belagerung ihres Heimatlandes vorbereiten konnten. Er musste die Zwerge überreden, gegen eine Armee anzutreten, die ihre eigene um ein Vielfaches übertraf, ohne Hoffnung, sie besiegen zu können. Raybur und die Älteren des Zwergenrates mussten überzeugt werden, nach einem Mittel zu suchen, das den Dämonenlord vernichten könnte, und sie mussten erkennen, dass die Zwerge die Zeit, die dazu nötig war, mit ihrem Leben würden erkaufen müssen. Es war eine große Aufgabe und würde ein riesiges Opfer bedeuten. Ihm, dem Druiden *und* Krieger, der sich gegen jede vom Dämonenlord gesandte Kreatur stellen konnte, würde es obliegen, sie anzuführen.

Denn Risca war zum Kampf geboren. Kampf war alles, was er kannte. Er war im Rabenhorn groß geworden, der Sohn von Eltern, die ihr gesamtes Leben in der Wildnis des Ostlandes verbracht hatten. Sein Vater war Kundschafter gewesen, seine Mutter Fallenstellerin. Sein Vater hatte acht Brüder und Schwestern, seine Mutter sieben. Die meisten lebten immer noch höchstens wenige Meilen voneinander entfernt, und Risca hatte im Laufe der Zeit bei allen einmal gewohnt. Während seiner Kindheit und Jugend hatte er seine Tanten, Onkel, Vettern und Basen ebenso oft gesehen wie seine Eltern. In dieser Familie spielte die Verantwortung für die Erziehung der Kinder eine große Rolle. Die Zwerge in diesem Teil der Welt lagen ständig mit den Stämmen der Gnome im Krieg, und jederzeit drohte Gefahr. Aber Risca konnte der Herausforderung standhalten. Man hatte ihn von früh an gelehrt, zu kämpfen und zu jagen, und er hatte entdeckt, dass er gut darin war – tatsächlich sogar noch besser als nur gut. Er konnte Dinge spüren, die andere nicht wahrnahmen. Er konnte ausfindig machen, was anderen verborgen blieb. Er war über sein Alter hinaus schnell, wendig und stark. Er verstand die Kunst des Überlebens. Wo andere starben, blieb er am Leben.

Mit zwölf Jahren wurde er von einem Koden angegriffen und tötete die Bestie. Mit dreizehn war er einer von zwanzig, die in einen Hinterhalt der Gnome gerieten. Er allein überlebte. Als seine Mutter beim Aufstellen von Fallen getötet wurde, war er erst fünfzehn, aber er verfolgte die Schuldigen und brachte sie ganz alleine zur Strecke. Als sein Vater bei einem Jagdunfall starb, schaffte er seine Leiche tief ins Innere des Gnomenlandes und beerdigte ihn dort, damit sein Geist weiterhin die Feinde in die Flucht schlagen konnte. Die Hälfte seiner Brüder und Schwestern waren zu dieser Zeit bereits tot, sie waren dem Kampf oder Krankheiten zum Opfer gefallen. Risca lebte in einer brutalen, unnachgiebigen Welt, und sein Leben war hart und unsicher. Aber Risca überlebte, und hinter seinem Rücken begannen die Leute zu flüstern, dass die Klinge noch nicht geschmiedet war, die ihn töten würde.

Als er zwanzig Jahre alt war, kam er vom Rabenhorn nach Culhaven und begann seinen Dienst bei Raybur, dem frisch gekrönten König der Zwerge und vielbewunderten Krieger. Aber Raybur behielt ihn nur kurze Zeit in Culhaven, denn dann wurde er nach Paranor zu den Druiden geschickt. Raybur hatte Riscas besondere Fähigkeiten erkannt und glaubte, dass es für die Zwerge am besten wäre, wenn dieser junge Mann mit dem Herzen eines Kriegers und den Fähigkeiten eines Jägers von den Druiden ausgebildet werden würde. Wie der Elfenkönig Courtann Ballindarroch kannte auch er Bremen und bewunderte ihn. Also verfasste der Zwergenkönig eine Mitteilung, die direkt an den alten Mann gerichtet war und in der er darum bat, dem jungen Risca eine besondere Ausbildung zukommen zu lassen. Mit dieser Notitz reiste Risca zur Festung der Druiden. Er blieb dort, wurde ein ergebener Anhänger Bremens und begann, an die Wege der Magie zu glauben.

Jetzt starrte er auf das schwarze seidene Zelt im feindlichen Lager weit unten, und er dachte an die Möglichkeiten, wie ihm die Magie in dieser Situation dienen konnte. Als Magier stand er Bremen kaum nach – in diesen Tagen, wenn man seine Jugend und sein Durchhaltevermögen und Bremens Alter bedachte, war er vielleicht sogar noch stärker als der alte Mann. Er glaubte fest daran, auch wenn er wusste, dass Tay Trefenwyd dies sicherlich bestreiten würde. Wie Tay hatta Risca gewissenhaft die Lektionen studiert, die Bremen sie gelehrt hatte, und sie hatten sogar dann noch daran gearbeitet, als der alte Mann verbannt worden war, hatten sich immer und immer wieder den unteschiedlichsten Prüfungen unterzogen. Risca hatte so gut wie für sich allein studiert und gearbeitet, denn keiner der anderen Druiden, auch nicht Tay Trefenwyd, betrachtete sich als Krieger oder strebte die Beherrschung der Kriegskunst an, wie er es tat. Denn für Risca hatte die Magie nur einen einzigen sinnvollen Zweck – sich und seine Freunde zu schützen und die Feinde zu vernichten. Alle anderen Anwendungsmöglichkeiten interessierten ihn nicht – die Heilkunst, Prophezeiungen, Vorwissenschaft, Emphatie, das Meistern der Wissenschaften, Elementarismus, Geschichte, Zauberei. Er war ein Kämpfer, und seine Leidenschaft galt der Stärke der Waffen.

Die Erinnerungen kamen und zogen wieder davon, und seine Gedanken kehrten zu der Angelegenheit zurück, die vor ihm lag. Was sollte er tun? Er konnte nicht einfach seine Verantwortung beiseite schieben, aber er konnte auch nicht ignorieren, was er war. Weiter unten kräuselten sich die seidenen Falten des Zeltes im schwachen, tänzelnden Feuerschein des Lagers. Ein Schlag war alles, was er benötigte. Wie leicht wären all ihre Probleme gelöst, wenn er ihn ausführen könnte!

Er atmete tief ein und aus. Er hatte keine Angst vor Brona. Er war sich bewusst, wie gefährlich er war, wie machtvoll, aber er hatte keine Angst. Er besaß selbst ein beträchtliches Maß an Magie, und er glaubte nicht, dass irgendwer ihm standhalten würde, wenn er sie in gebündelter Form einsetzen könnte.

Er Schloss die Augen. Warum wagte er auch nur, darüber nachzudenken? Wenn er versagte, würde niemand die Zwerge warnen können! Er hätte sein Leben für nichts hingegeben!

Aber wenn er erfolgreich wäre…

Er lehnte sich wieder gegen die Felsen, nahm seinen Reiserucksack ab und begann, die Waffen abzulegen. Die Entscheidung, so vermutete er, war bereits in dem Moment getroffen worden, als die Idee in seinem Kopf auftauchte. Den Dämonenlord töten und dem Wahnsinn ein Ende bereiten. Er war für ein solches Wagnis am besten geeignet, und dies war der ideale Zeitpunkt, solange die Armee des Nordlandes noch in der Nähe der Heimat war und Brona sich vor einem Angriff geschützt wähnte. Auch wenn er selbst sterben müsste, wäre es das wert. Risca war bereit, dieses Opfer zu bringen. Ein Krieger war immer bereit zu diesem Opfer.

Als er nur noch in seinen Schuhen, Hosen und im Hemd da stand, schob er einen Dolch in seinen Gürtel, nahm seine Streitaxt und begann, nach unten zu klettern. Es war beinahe Mitternacht, als er den Fuß der Berge erreichte und sich daran machte, die Ebene zu überqueren. Über ihm kreisten immer noch die Schädelträger, aber er war jetzt hinter ihnen und in Magie gehüllt, die ihn vor ihren suchenden Augen verbarg. Sie hielten nach Feinden Ausschau und würden ihn nicht sehen. Leichtfüßig schritt er voran, das Licht der Feuerstellen verdeckte ihn vor denen, die ihn hätten bemerken können. Das Lager wurde jämmerlich und völlig unzureichend bewacht. Eine Reihe von Wachen, Gnome und Trolle, hatte sich viel zu weit voneinander entfernt und zu nah am Licht aufgestellt, um etwas sehen zu können, das aus dem Dunkeln kam. Der Himmel war bewölkt, die Nachtluft war voller Rauchschwaden, und selbst unter den besten Bedingungen musste man scharfe Augen haben, um Bewegungen aus der Richtung der Ebene wahrnehmen zu können.

Dennoch ging Risca kein Risiko ein. Als das schützende Gestrüpp und Gebüsch dünner wurde, kroch er gebückt weiter. Vorsichtig wählte er den Weg aus, auf dem er sich nähern wollte und entschied sich für einen Gnom als Ziel. Die Streitaxt ließ er im Gras liegen und nahm nur den Dolch mit. Der Gnom sah ihn nicht. Risca zog die Leiche zurück ins Gras, verbarg ihn und wickelte sich selbst in den Umhang des Mannes, zog die Kapuze tief übers Gesicht, nahm die Axt wieder auf und ging ins Lager.

Ein anderer Mann hätte vielleicht zweimal überlegt, bevor er einfach so aufrecht in das Lager der Feinde schritt. Risca verschwendete kaum einen Gedanken daran. Er wusste, dass der direkte Weg immer der beste war, wenn man jemanden überraschen wollte, und dass man dazu neigte, weniger das zu sehen, was direkt vor den Augen lag, als das, was am Rande des Blickfeldes war. Man neigte dazu, auszublenden, was keinen Sinn machte, und ein einsamer Feind, der mitten in der Nacht in das Zentrum eines schwerbewachten Lagers marschierte, machte nun überhaupt keinen Sinn.

Dennoch hielt er sich an den Rändern des Feuerscheins und achtete darauf, dass der Umhang so saß wie bei den anderen. Er schlich nicht auffällig und beugte auch seinen Kopf nicht übermäßig, denn das wäre ein eindeutiges Zeichen gewesen, dass etwas nicht stimmte. Er bewegte sich, als gehörte er dazu. Er ging an der ersten Reihe der Wachen und Feuerstellen vorbei und schritt in die Mitte des Lagers. Rauch wehte hinter ihm her, und er benutzte ihn wie einen Schleier. Gelächter und laute Rufe drangen zu ihm, die Männer aßen und tranken, erzählten einander Lügengeschichten. Waffen klirrten, und die Lasttiere stampften und schnaubten in der dunstigen Dunkelheit. Risca bewegte sich zwischen ihnen hindurch, ohne langsamer zu werden; niemals verlor er sein Ziel aus dem Blick, das sich jetzt wie ein gezackter Vorsprung aus Stangen und dunklen Wimpeln über der riesigen Armee erhob. Risca trug die Streitaxt jetzt locker an der Seite und gab sich mit Hilfe seiner Magie das Aussehen eines unbedeutenden Soldaten, so als wäre er wie einer von den anderen Gnomenjägern auf dem Weg zu einem unwichtigen Auftrag.

Er geriet tief in das Gewirr aus Feuerstellen und Männern, umherstehenden Wagen und Stapeln von Versorgungsmaterial, festgebundenen Packtieren, gewaltigen Gestellen mit Spießen und Speeren, deren Stiele und eisenbeschlagene Spitzen sich in den Himmel wanden. Flicker waren damit beschäftigt, Zügel und Ausrüstung auszubessern. Wenn möglich, hielt er sich an den Teil des Lagers, der von den Gnomen besetzt war, aber hin und wieder war er gezwungen, an Gruppen von Trollen vorbeizugehen. Er versuchte, wie ein Gnom zu wirken, ehrerbietig und misstrauisch, er zeigte keine Furcht, wirkte nicht herausfordernd und drehte sich beim Näherkommen auch nicht ängstlich ab, nur um ihre kantigen, unpersönlichen Gesichter nicht allzu genau ansehen zu müssen.

Schweiß rann ihm über Rücken und Arme, und das kam nicht von der Hitze. Die Männer streckten sich jetzt in der Nähe des Feuers zum Schlafen aus, rollten sich in ihre Decken und wurden still. Risca ging schneller. Er brauchte den Lärm und das rege Treiben, um seine Bewegungen verbergen zu können. Wenn alle schliefen, würde es auffallen, wenn er als einziger immer noch umherlief. Er näherte sich jetzt dem Refugium des Dämonenlords – er sah, wie sich das Dach gegen den dunklen Himmel abhob. Die Zahl der Feuerstellen nahm ab, je näher er kam, und es wurden auch immer weniger Soldaten. Niemandem war erlaubt, sich in der Nähe des Dämonenlords aufzuhalten, und es verspürte wohl auch niemand den Wunsch dazu. An einer Feuerstelle, an der ein Dutzend Männer schliefen, hielt Risca inne. Es waren Trolle, riesige Kämpfer mit harten Gesichtern; neben ihnen lagen ihre Waffen. Er beachtete sie nicht weiter, sondern studierte den offenen Platz vor ihm. Egal, welche Zeltseite er betrachtete, es waren immer etwa dreißig Meter, die das schwarze Zelt von der schlafenden Armee trennten. Es waren keine Wachen zu sehen. Risca zögerte. Warum gab es keine Wachen? Er schaute sich vorsichtig suchend um. Er fand keine.

Zu diesem Zeitpunkt hätte er beinahe kehrtgemacht. Irgend etwas war falsch, das spürte er. Es hätten Wachen da sein müssen. Warteten sie im Zelt? Waren sie irgendwo, wo er sie nicht sehen konnte? Um dies herauszufinden, würde er den Platz zwischen der nächsten Feuerstelle und dem Zelt überqueren müssen. Das Licht war jedoch zu hell und würde ihn verraten, und so war er auf die Hilfe seiner Magie angewiesen, um sich unsichtbar zu machen. Da draußen würde er allein sein, ohne irgendeine Möglichkeit, sich zu verstecken.

Sein Verstand raste. Lauerten vielleicht Schädelträger im Dunkeln? Waren sie alle fort zum Jagen, oder waren einige zurückgeblieben, um den Meister zu beschützen? Standen andere Ungeheuer Wache?

Die Fragen brannten in ihm, aber er fand keine Antworten.

Er zögerte noch einen Moment, blickte sich um, lauschte und prüfte die Luft. Dann löste er den Griff seiner Streitaxt und ging los. Er rief Magie herbei, um sich einzuhüllen, um mit der Nacht zu verschmelzen, eins mit der Dunkelheit zu werden – nur einen leisen Hauch, damit diejenigen, die mit Magie vertraut waren, nicht gewarnt werden würden. Er war jetzt vollkommen entschlossen. Er konnte es tun. Er musste es tun. Er überquerte den Platz so lautlos wie eine Wolke, die über einen windstillen Himmel schwebt. Kein einziges Geräusch drang zu ihm. Keine Bewegung war zu erkennen. Selbst jetzt fand er immer noch niemanden, der das Zelt bewachte.

Dann war er dort. Die Luft um ihn herum war tödlich still, die Geräusche und Gerüche und Bewegungen der Soldaten verblassten. Er stand dicht vor der schwarzen Seide und wartete, ob seine Instinkte ihm eine Gefahr meldeten. Als sie dies nicht taten, ließ er die rassiermesserscharfe Kante seiner Streitaxt an dem schwarzen Stoff hinunterfahren und schlitzte das Zelt auf.

Jetzt hörte er etwas – ein Seufzen vielleicht oder ein leises Stöhnen. Schnell schlüpfte er durch die Öffnung.

Trotz des Dunkels passten sich seine Augen sofort an. Es war nichts dort – keine Personen, keine Möbel, keine Waffen, kein Bettlager, kein Lebenszeichen. Das Zelt war leer.

Risca starrte ungläubig.

Dann erhob sich ein Zischen in der Stille, lang und durchdringend, und die Luft begann sich vor seinem Gesicht zu bewegen. Das Dunkel vereinigte sich, kam zusammen, um sich zu materialisieren, wo vorher nichts gewesen war. Eine schwarz umhüllte Figur nahm langsam Gestalt an. Risca begriff, was geschah, und ein fürchterlicher Schauer durchfuhr ihn. Der Dämonenlord war die ganze Zeit dagewesen, unsichtbar hatte er beobachtet und gewartet. Vielleicht hatte er von Riscas Kommen sogar gewusst. Er war nicht, wie der Zwerg geglaubt hatte, eine Kreatur aus Fleisch und Blut, die mit normalen Waffen getötet werden konnte. Mittels Magie hatte er seine sterbliche Hülle in eine andere Form gebracht und konnte jetzt jede Gestalt annehmen – oder auch gar keine. Kein Wunder, dass es keine Wachen gab. Es waren keine nötig.

Der Dämonenlord griff nach ihm. Einen Augenblick lang glaubte Risca, sich nicht bewegen zu können und sterben zu müssen, ohne auch nur einen Finger zu seiner eigenen Rettung gerührt zu haben. Dann durchbrach das Feuer seiner Entschlusskraft seine Furcht und versetzte ihm einen Stoß. Trotzig brüllte er die schreckliche schwarze Gestalt an, die skelettartige Hand, die sich nach ihm ausstreckte, die blutroten Augen, seinen eigenen Schrecken, den Verrat des Schicksals. In einem riesigen Bogen brachte er die Streitaxt nach oben, und das Feuer seiner eigenen Magie strömte durch sie hindurch. Der Dämonenlord machte irgendwelche Zeichen, und

Risca hatte das Gefühl, als legten sich eiserne Bänder um seinen Körper. Mit enormer Anstrengung zerriss er sie und schleuderte die Streitaxt fort. Die Waffe krachte in die bemäntelte Gestalt und ging in Flammen auf.

Risca nahm sich nicht die Zeit, das Ergebnis seines Schlages zu begutachten. Instinktiv wusste er, dass dies ein Kampf war, den er nicht gewinnen konnte. Die Stärke seiner Waffen und seine kriegerischen Fähigkeiten reichten nicht aus, um diesen Feind zu vernichten. In dem gleichen Augenblick, da er die Axt losließ, tauchte er unter der Zeltöffnung hindurch wieder ins Freie, kam auf die Beine und stürzte davon. Rufe erschollen bereits von den Feuerstellen, und die Männer wurden jäh aus dem Schlaf gerissen. Risca schaute sich nicht um, aber er spürte Bronas Gegenwart wie eine schwarze Wolke, die versuchte, nach ihm zu greifen und ihn festzuhalten. Er raste über die freie Grasfläche und sprang durch das nächstliegende Feuer, trat nach den sterbenden Flammen und verteilte Funken und Brandmale in alle Richtungen. Er entriss einem schlafenden Mann das Schwert und sprang nach links in die Rauchwolke des verstreuten Feuers.

Jetzt ertönte überall Alarm. Die Hand des Dämonenlords griff noch immer nach ihm, sie legte sich fest um seine Brust, wurde aber schwächer, als sich die Entfernung zwischen ihnen vergrößerte. Risca hatte in der Zwischenzeit allen Mut verloren, und jetzt versuchte er, ihn zurückzugewinnen. Ein Troll erschien vor ihm, forderte ihn heraus und blieb mit Riscas Dolch im Hals zurück. Der Zwergendruide handelte instinktiv, immer noch unfähig, klar zu denken. Männer wirbelten um ihn herum, rannten in alle Richtungen und suchten nach dem Grund für diesen Aufruhr. Risca zwang sich jetzt, langsamer zu rennen und das rasende Klopfen seines Pulses und die Enge um seine Brust nicht zu beachten. Schatten! Er war so nah davor gewesen! Er ging rasch weiter, rannte aber jetzt nicht mehr, um keine Aufmerksamkeit auf sich zu lenken. Er rief Magie herbei, die er im Moment seiner Flucht unbeachtet gelassen hatte, und erkannte zum ersten Mal, dass er beinahe die Kontrolle über sie verloren, beinahe seiner Furcht nachgegeben hatte. Rasch hüllte er sich ein, dann wandte er sich nach links auf die offene Ebene zu. Es war eine andere Richtung als die, aus der er gekommen war, eine Richtung, in die sie nicht schauen würden. Wenn sie ihn jetzt entdeckten und er wäre gezwungen, sich den Weg freizukämpfen, würde er getötet werden. Es waren zu viele für ihn. Zu viele für einen einzelnen Mann, ob Druide oder nicht.

Er hastete durch das Lager und spürte, wie er von der Kraftanstrengung seiner Begegnung mit dem Dämonenlord beinahe erstickt wurde. Er zwang sich, gleichmäßig zu atmen, das Durcheinander des Lagers zu ignorieren, nicht auf die Schreie und Rufe und das Trampeln der Füße zu achten, als in jede Richtung ein Kommando bewaffneter Soldaten ausgeschickt wurde. Vor sich sah er die Schwärze der Ebene, die endlose Weite, die sich hinter dem Ring der Feuerstellen erstreckte. Überall an der Grenze standen Wachen, aber sie schauten nach draußen ins Dunkel, weil sie einen Angriff von dort vermuteten. Er hatte den beinahe unwiderstehlichen Drang, einen Blick über die Schulter zu werfen, zu sehen, ob ihm jemand oder etwas folgte, aber etwas sagte ihm, dass er sich zu erkennen geben würde, wenn er es täte. Vielleicht würde der Dämonenlord in seine Augen sehen und wissen, wer er war, selbst durch die Verkleidung hindurch. Vielleicht würde er sein Gesicht erkennen. Möglicherweise wäre das genug, um ihn unschädlich machen zu können. Risca schaute sich nicht um. Er ging weiter geradeaus, wurde langsamer, um sich zu entscheiden, an welcher Stelle er aus dem Lager fliehen wollte, als er sich den Wachen näherte.

»Du und du«, befahl er zwei Gnomen, als er an ihnen vorbeiging. Er wurde nicht langsamer dabei, denn sie sollten sein Gesicht nicht sehen können. Er benutzte ihre eigene Sprache, als er sie anredete, eine Sprache, die er seit seinem zehnten Lebensjahr fließend beherrschte. »Kommt mit mir.«

Sie stellten keine Fragen. Soldaten taten das selten. Er sah aus und wirkte wie ein Soldat, und so folgten sie ihm ohne Widerrede. Er ging in die Dunkelheit hinaus, als wüsste er genau, was er wollte, als hätte er einen Auftrag auszuführen. Er nahm sie weit mit in die Ebene hinein, dann schickte er sie in zwei entgegengesetzte Richtungen fort und ging einfach weg. Er versuchte nicht, wegen seiner Waffen und seines Mantels zurückzukommen, er wusste, dass es zu gefährlich war. Er konnte von Glück reden, dass er überhaupt noch am Leben war, und es wäre nicht gut, das Glück noch weiter zu versuchen. Tief atmete er die nächtliche Luft ein und beruhigte seinen Puls ein wenig. wusste Bremen, wie ihr Feind sich verwandelt hatte? Erkannte der alte Mann, welche Macht der Dämonenlord besaß? Es musste so sein, denn er war in das Versteck des Meisters gegangen und hatte ihn bespitzelt. Risca wünschte, er hätte dem alten Mann ein paar mehr Fragen gestellt, als er noch die Möglichkeit dazu gehabt hatte. Denn dann hätte er niemals in Erwägung gezogen, Brona alleine zu vernichten. Er hätte erkannt, dass er die Waffen dazu nicht besaß. Kein Wunder, dass Bremen nach einem Talisman suchte. Kein Wunder, dass er sich auf die Vision der Toten verließ, um von ihnen Rat zu erhalten.

Risca suchte den Himmel nach Schädelträgern ab, aber es waren keine zu sehen. Trotzdem ließ er seinen Schutzzauber weiterbestehen, um sich zu verbergen. Er ging in die Rabbebene hinaus und wandte sich dann südöstlich auf den Anar zu. Bevor ihn das Licht des nächsten Tages erreichen würde, wäre er schon in der Sicherheit der Bäume. Er hatte überlebt, um weiterkämpfen zu können, und er konnte sich glücklich schätzen.

Aber wie konnte er gegen einen Feind wie den Dämonenlord gewinnen? Was sollte er den Zwergen sagen, um ihnen Hoffnung zu geben?

Die Antworten entglitten ihm. Grübelnd stapfte er in die Nacht hinein.

Kapitel 13

Zwei Tage später errichtete die Nordlandarmee zwanzig Meilen von Storlock entfernt ihr Lager. Die Armee hatte die Ebene ungehindert überquert und sich dann nach Osten auf den Anar zugewandt. Wie ein gewaltiger, schwerfälliger Wurm hatte sie sich immer näher an den Zufluchtsort der Zwerge herangeschoben, wobei sie den Wäldern, in denen sie sich trotz ihrer Größe leicht hätte verlieren können, ferngeblieben war. Feuer wurden angezündet und hoben sich in der Ferne gegen den dämmernden Himmel ab, ein heller gelber Dunstschleier, der sich meilenweit über die Ebene erstreckte. Kinson Ravenlock sah das schimmernde Licht bereits vom Rand der Drachenzähne unterhalb der Mündung des Tals von Shale. Die Armee hatte vermutlich den Nachmittag damit verbracht, den Fluss Rabb zu überqueren, bevor sie Rast machte. Bei Morgenanbruch würde sie weiter nach Süden marschieren, was bedeutete, dass sie ihr Lager beim nächsten Sonnenuntergang ganz in der Nähe des Dorfes der Storen aufschlagen würde.

Was wiederum bedeutete, wie der Grenzländer erkannte, dass er und Mareth den Rabb in dieser Nacht noch, vor dem Weitermarsch der Armee, überqueren mussten, wenn sie verhindern wollten, auf der falschen Seite der Ebene in der Falle zu sitzen.

Reglos stand er im Schatten einer Felsspalte ungefähr fünfzehn Meter über der Ebene und wünschte, einen Tag eher hier angelangt zu sein, um sich nicht der Gefahr aussetzen zu müssen, die eine nächtliche Überquerung mit sich brachte. Er wusste, dass mit Einbruch der Dunkelheit Bronas geflügelte Jäger das offene Gelände absuchen würden, das zwischen ihnen und der Sicherheit lag. Es war kein angenehmer Gedanke. Er schaute zurück zu Mareth, die sich hingesetzt hatte und ihre Füße rieb, um die schmerzhaften Folgen des Gewaltmarsches zu lindern, den sie an diesem Tag hinter sich gebracht hatten. Ihre Schuhe hatte sie achtlos neben ihren

Umhang und einige Vorräte geworfen. Sie hätten nicht noch schneller sein können, das wusste er. Er hatte sie immer wieder antreiben müssen, um überhaupt so weit zu kommen. Sie war noch immer geschwächt von dem Erlebnis in der Druidenfestung; ihr Durchhaltevermögen hatte schnell abgenommen, und häufige Pausen waren nötig geworden. Aber sie hatte sich nicht ein einziges Mal beklagt, nicht einmal dann, als er darauf bestanden hatte, sich erst in Storlock etwas Schlaf zu gönnen. Sie war ein Mensch von großer Entschlusskraft, wie er widerwillig anerkennen musste. Er wünschte nur, er könnte sie ein bisschen besser verstehen.

Er schaute wieder auf die Ebene und die Feuerstellen, auf die dunkle Wand, die vom Osten heranrollte und sich in zunehmenden Schichten über die Landschaft verteilte. Also heute nacht würde es geschehen. Er wünschte, er könnte Magie herbeirufen, um ihre Anwesenheit zu verbergen, aber er hätte sich ebenso gut wünschen können, Flügel zu besitzen. Natürlich konnte er Mareth nicht bitten, ihre Magie einzusetzen. Bremen hatte es verboten. Und Bremen war immer noch fort, so dass auch von ihm keine Hilfe zu erwarten war.

»Kommt und esst etwas«, rief Mareth ihn zu sich.

Er drehte sich um und kletterte von den Felsen herunter. Sie hatte Teller mit Brot, Käse und Früchten bereitgestellt und Bier in Becher gegossen. Sie hatten gestern bei einem Bauern oberhalb von Varfleet Vorräte eingetauscht, und dies war der Rest dessen, was sie erhalten hatten. Er setzte sich ihr gegenüber und begann zu essen, ohne sie dabei anzusehen. Sie waren zwei Tage marschiert, seit sie das zerstörte Paranor gesehen hatten, waren noch einmal durch den Kennonpaß gegangen und hatten sich dann unterhalb der Gebirgswand der Drachenzähne am Mermidon entlang nach Osten gewandt, bis sie hier angelangt waren. Bremen hatte sie vorausgeschickt, hatte ihnen genaue Anweisungen gegeben. Sie sollten weiter bis zum Rabb marschieren und diesen dann überqueren, um nach Storlock zu gelangen. Dort sollten sie nach einem Mann fragen, von dem der Druide glaubte, dass er irgendwo in der Wildnis des Ostlandes lebte, ein Mann, von dem Kinson niemals zuvor gehört hatte. Sie sollten feststellen, wo er zu finden sei, und dann auf Bremen warten. Der Druide hatte nicht erklärt, was er in der Zwischenzeit vorhatte. Er hatte ihnen auch nicht gesagt, warum sie nach diesem unbekannten Mann suchen sollten. Er hatte ihnen einfach nur aufgetragen, was sie tun sollten – was Kinson tun sollte, genauer gesagt, denn Mareth hatte bei dieser Unterhaltung noch geschlafen – und dann war er zwischen den Bäumen verschwunden.

Kinson vermutete, dass er zurück zur Druidenfestung gegangen war, und wieder fragte sich der Grenzländer nach dem Grund. Als sie aus Paranor geflohen waren, hatte ein wahnsinniger Strudel aus Lärm und Wut getobt, aus befreiter, wild gewordener Magie, die zum Teil Mareth, zum Teil aber der Festung selbst entstammte. Es war, als hätte sich eine Bestie erhoben, um sie zu verschlingen, und Kinson glaubte sogar, er hätte ihren Atem in seinem Nacken spüren und das Scharren der Krallen hören können, als sie von ihr verfolgt wurden. Aber unbeschadet hatten sie den Wald erreicht und sich dort versteckt, während die Wut der Bestie langsam erstarb. Sie hatten sich den ganzen nächsten Tag im Schutz der Bäume gehalten und Mareth schlafen lassen. Bremen hatte sich um die junge Frau gekümmert, zunächst ziemlich besorgt, aber nachdem sie lange genug wach gewesen war, um wenigstens einen Becher Wasser trinken zu können, ehe sie wieder einschlief, hatten sich seine Sorgen etwas gelegt.

»Ihre Magie ist zu mächtig für sie«, hatte er Kinson erklärt. Während der späten Morgenstunden, nachdem Mareth wieder eingeschlafen war, hatten sie abwechselnd Wache gehalten. Die Sonne hatte hoch am Himmel gestanden und die düstere Erinnerung an die vorherige Nacht zu verblassen begonnen. Aber hinter einer Wand aus Bäumen war Paranor stumm gegenwärtig gewesen, so still wie der Tod und ganz ohne jedes Leben. »Es scheint mir offensichtlich, dass sie zu den Druiden ging, um ihre Magie besser zu verstehen.

Ich vermute jedoch, dazu war sie nicht lange genug bei ihnen. Vielleicht wollte sie mit uns kommen, damit wir ihr helfen können.«

Er hatte seinen grauen Kopf geschüttelt. »Aber hast du gesehen, was geschehen ist? Sie hat ihre Magie herbeigerufen, um mich vor jenen Kreaturen zu schützen, die Brona für meine Rückkehr zurückgelassen hatte, und sofort verlor sie die gesamte Kontrolle darüber! Sie scheint nicht genau abwägen zu können, wie viel sie benötigt. Vielleicht ist es aber auch keine Frage des Abwägens. Vielleicht nimmt ihre Magie, ist sie erst einmal herbeigerufen, jede beliebige Gestalt an. Wie auch immer, es fließt wie ein Strom aus ihr heraus! In der Druidenfestung verschluckte die Magie die Kreaturen, als wären sie nicht mehr als Stechmücken. Sie war so mächtig, dass die zum Schutz der Festung von den ersten Druiden eingesetzte Erdmagie herbeigerufen wurde. Ich habe diese Magie bei meiner Rückkehr überprüft, weil ich sicher sein wollte, dass sie sich immer noch gegen einen Angriff auf die Festung wehren würde. Ich konnte zwar die Druiden nicht vor dem Dämonenlord schützen, aber ich konnte das Schlimmste von Paranor selbst abwenden. Mareths Magie hat die Kreaturen Bronas so eingehend zerstört, dass die Erdmagie vermutete, die Festung selbst wäre gefährdet. Deshalb hat auch sie sich entladen.«

»Du hast einmal gesagt, dass Mareth angeborene Magie besitzt«, grübelte Kinson. »Woher kommt sie wohl, wenn sie so mächtig ist?«

Der alte Mann schürzte seine Lippen. »Von einem anderen Druiden, nehme ich an. Einem Elf vielleicht, der alte Magie in seinem Blut trägt. Einem Feenwesen, das die alte Welt überlebt hat. Irgend etwas in dieser Art wird es sein.« Er runzelte zweifelnd die Stirn. »Ich frage mich, ob sie selbst die Antwort weiß.«

»Ich frage mich, ob sie es uns sagen würde, wenn es so wäre«, antwortete Kinson.

Bisher hatte sie kaum davon gesprochen. Als sie aufgewacht war, war Bremen fort. Es blieb Kinson überlassen, Mareth zu erklären, dass sie ihre Magie nicht wieder benutzen sollte, bevor Bremen nicht zurück sein und sie dabei beraten würde. Sie akzeptierte das Verbot mit kaum mehr als einem Nicken und sagte nichts zu dem, was in der Festung geschehen war. Sie schien die ganze Angelegenheit vollkommen vergessen zu haben.

Er beendete sein Mahl und blickte wieder auf. Sie beobachtete ihn.

»Was denkt Ihr?«, fragte sie ihn.

Er zuckte die Achseln. »Ich denke über den Mann nach, den wir finden sollen«, log er. »Ich habe mich gefragt, warum Bremen ihn für so wichtig hält.«

Sie nickte langsam. »Cogline.«

»Ihr kennt seinen Namen?«

Sie antwortete nicht. Sie schien ihn nicht gehört zu haben.

»Vielleicht kann uns einer Eurer Freunde in Storlock helfen.«

Ihre Augen wurden matt. »Ich habe in Storlock keine Freunde.«

Einen Augenblick starrte er sie einfach nur verständnislos an. »Aber ich dachte, Ihr hättet Bremen gesagt …«

»Ich habe gelogen.« Sie nahm einen tiefen Atemzug und ihr Blick wandte sich von ihm ab. »Ich habe ihn angelogen, und ich habe auch auf Paranor alle angelogen. Es war die einzige Möglichkeit, dort aufgenommen werden zu können. Ich wollte nichts mehr auf der Welt, als bei den Druiden studieren, und ich wusste, sie würden mich nicht lassen, wenn ich ihnen nicht einen Grund geben würde. Also sagte ich, dass ich in Storlock studiert hätte. Ich habe ihnen schriftliche Unterlagen gegeben, die dies bestätigten. Diese Zeugnisse waren gefälscht. Ich habe sie bewusst in die Irre geführt.« Sie hob ihren Blick wieder. »Aber ich würde jetzt gerne mit den Lügen aufhören und mit der Wahrheit beginnen.«

Es war vollkommen schwarz um sie herum, das letzte bisschen Tageslicht verschwand jetzt ebenfalls, und sie konnten einander kaum erkennen. Weil sie in dieser Nacht den Rabb überqueren würden, hatte Kinson sich nicht erst die Mühe gemacht, ein Feuer anzuzünden. Jetzt bedauerte er es, denn dann hätte er Mareths Gesicht sehen können.

»Ich denke«, sagte er langsam, »dass dies ein guter Augenblick für die Wahrheit ist. Aber woher weiß ich, dass das, was Ihr sagt, diesmal wahr ist und nicht einfach nur eine weitere Lüge?«

Sie lächelte schwach und etwas traurig. »Ihr werdet es wissen.«

Er hielt ihren Blick fest. »Ihr habt wegen Eurer magischen Fähigkeiten gelogen, nicht wahr?«, erriet er.

»Ihr seid sehr scharfsinnig, Kinson Ravenlock«, meinte sie. »Das gefällt mir. Ja, die Lügen waren wegen meiner Magie notwendig. Ich habe mich verzweifelt bemüht, einen Weg zu finden, um …« Sie zögerte und suchte nach den richtigen Worten. »Um mit mir zu leben. Ich habe schon zu lange gegen meine Kraft gekämpft, und ich werde langsam müde und verzweifelt. Ich habe manchmal daran gedacht, meinem Leben ein Ende zu setzen wegen all dem, was sie mit mir gemacht hat.«

Sie hielt inne und schaute ins Dunkel hinaus. »Ich habe die Magie seit meiner Geburt. Angeborene Magie, wie ich Bremen schon erklärt habe. Das war die Wahrheit. Ich habe meinen Vater nie gekannt. Meine Mutter starb während meiner Geburt. Ich wurde von Menschen großgezogen, die ich nicht kannte. Wenn ich Verwandte gehabt hatte, so hatten sie sich zumindest niemals zu erkennen gegeben. Die Leute, die mich angenommen hatten, taten dies aus Gründen, die ich niemals verstanden habe. Es waren harte, schweigsame Menschen, und sie haben mir wenig gesagt. Ich denke, es war irgendeine Art von Pflicht, aber sie haben mir nie deren Grund erklärt. Als ich zwölf war, ging ich von ihnen fort, um bei einem Töpfer zu lernen. Ich musste irgendwelche Dinge aus dem Geschäft holen, Material besorgen oder sauber machen. Wenn ich wollte, durfte ich ihm auch bei der Arbeit zusehen, aber meistens musste ich tun, was mir aufgetragen worden war. Ich hatte natürlich meine Magie, aber sie war noch ebenso wenig entwickelt wie ich und zeigte sich nur in kleinen, unbedeutenden Dingen.

Als ich zur Frau heranwuchs, blühte die Magie mit mir auf. Eines Tages versuchte der Töpfer, mich zu schlagen, und ich verteidigte mich spontan und rief die Magie herbei. Ich hätte ihn beinahe getötet. Daraufhin verließ ich ihn, ging ins Grenzland, um dort ein neues Leben zu beginnen. Eine Zeit lang wohnte ich sogar in Varfleet.« Ihr Lächeln kehrte zurück. »Vielleicht sind wir uns dort einmal begegnet. Oder wart Ihr zu der Zeit bereits fort? Ich vermute, Ihr wart fort.« Sie zuckte die Achseln. »Ein Jahr später wurde ich wieder angefallen. Dieses Mal waren es mehrere Männer, und sie hatten mehr im Sinn, als mich nur zu schlagen. Wieder rief ich die Magie herbei. Zwei der Männer kamen nicht lebend davon. Ich verließ Varfleet und ging nach Osten.«

Ihr Lächeln wurde spöttisch und bitter. »Ich schätze, Ihr erkennt das System. Ich begann zu glauben, dass ich einsam bleiben musste, weil ich mir nicht trauen konnte. Ich ließ mich von einer Gemeinschaft zur nächsten treiben, von einem Hof zum anderen und hielt mich mit den verschiedensten Tätigkeiten am Leben. Es war eine wichtige Zeit. Ich habe neue Dinge über meine Magie gelernt. Sie war nicht nur zerstörerisch, sie konnte auch stärken. Ich stellte fest, dass ich Emphatin war. Ich konnte die Magie herbeirufen und Personen heilen, die verletzt oder krank waren. Ich stellte dies durch Zufall fest, als ein Mann, den ich kannte und mochte, durch einen Sturz verletzt worden war und die Gefahr bestand, dass er starb. Diese Offenbarung gab mir Hoffnung. Wenn ich die Magie in dieser Weise benutzte, war sie kontrollierbar. Ich verstand nicht, warum, aber sie schien sich mir zu fügen, wenn ich sie herbeirief, um zu heilen und nicht zu zerstören. Vielleicht ist Wut von Natur aus weniger zu kontrollieren als Sympathie. Ich weiß es nicht.

Wie auch immer, ich ging dann nach Storlock, um die Erlaubnis zu erhalten, dort zu studieren und den Umgang mit meiner Magie zu lernen. Aber die Storen kannten mich nicht und wollten mich in ihren Reihen nicht akzeptieren. Es sind Gnome, und noch niemals war einem Mitglied einer anderen Rasse erlaubt worden, bei ihnen zu studieren. Sie weigerten sich, bei mir eine Ausnahme zu machen. Monatelang versuchte ich, sie zu überzeugen, wohnte in ihrem Dorf und beobachtete sie bei der Arbeit, aß mit ihnen, sofern sie mich ließen. Ich bat nur um diese Möglichkeit und nichts weiter.

Dann kam eines Tages ein Mann aus der Wildnis und besuchte die Storen. Er wollte etwas von ihnen, etwas von ihren Überlieferungen, und sie schienen nicht im mindesten abgeneigt, ihm das Gewünschte zu geben. Ich war verwundert. Ich hatte monatelang um kleine Stückchen gebettelt und nichts bekommen. Jetzt erschien dieser Mann wie aus dem Nichts, ein Südländer, kein Gnom, und die Storen hatten nichts Eiligeres zu tun, als ihm zu helfen. Ich beschloss, ihn nach dem Grund zu fragen.«

Sie scharrte mit ihrem Schuh über den Boden, als wollte sie in der Vergangenheit graben. »Er sah merkwürdig aus, lang und dünn, sehr hager und knochig und mit einem verhärmten Gesicht und wirrem Haar. Er schien beinahe ununterbrochen geistesabwesend zu sein, als wäre es das Schwierigste von der Welt, eine normale Unterhaltung zu führen. Aber ich brachte ihn dazu, mit mir zu sprechen und sich meine Geschichte anzuhören. Während ich sprach, stellte sich heraus, dass er eine ganze Menge von Magie verstand, und deshalb erzählte ich ihm alles. Ich vertraute ihm. Ich weiß bis zum heutigen Tage nicht warum, aber es war so. Er erzählte mir, dass die Storen mich nicht aufnehmen würden, und dass es keinen Sinn hatte, weiter im Dorf zu bleiben. Geh nach Paranor zu den Druiden, schlug er vor. Ich lachte. Sie werden mich auch nicht haben wollen, meinte ich. Aber er sagte, sie würden. Er erklärte mir, was ich ihnen sagen müsste, und half mir, eine Geschichte zu erfinden. Er schrieb die Papiere, die mir Zugang verschaffen würden. Er meinte, er verstünde einiges von Druiden und wäre vor langer Zeit selbst einer gewesen. Ich sollte allerdings seinen Namen nicht nennen, denn er sei dort nicht sehr geschätzt, wie er sagte.

Ich habe dann nach seinem Namen gefragt, und er nannte ihn

mir. Cogline. Er erzählte mir, dass die Druiden nicht mehr das wären, was sie einmal waren. Er sagte, dass außer Bremen niemand mehr in die Vier Länder hinausging, wie es früher der Fall gewesen war. Die Geschichte, die er für mich vorbereitet hatte, würden sie akzeptieren, wenn ich meine Heilkünste demonstrierte, meinte er. Sie würden nicht weiter nachforschen, denn sie wären übermäßig vertrauensselig. Er hatte recht. Ich sagte, was er mir geraten hatte, und die Druiden nahmen mich auf.«

Sie seufzte. »Aber Ihr versteht, warum ich Bremen gebeten habe, mich mitzunehmen, ja? Das Studium der Magie wird in Paranor nicht im geringsten gefördert, in keiner auch nur irgendwie bedeutungsvollen Weise. Nur einige wenige wie Risca und Tay verstehen etwas davon. Ich hatte keine Gelegenheit zu lernen, wie ich meine eigene Magie beherrschen kann. Wenn ich ihre Existenz offenbart hätte, hätten sie mich sofort weggeschickt. Die Druiden haben Angst vor der Magie. *Hatten* Angst, denn jetzt sind sie alle tot.«

»Ist Eure Magie stärker geworden?«, wollte er wissen, als sie innehielt. »Ist sie noch unkontrollierbarer geworden? War es so, als Ihr sie in der Festung gerufen habt?«

»Ja.« Ihr Mund Schloss sich zu einer harten Linie, und plötzlich standen ihr Tränen in den Augen. »Ihr habt es gesehen. Es hat mich vollständig überwältigt. Es war wie ein Strudel, der mich zu verschlingen drohte. Ich bekam keine Luft mehr!«

»Und deshalb hofft Ihr auf Bremen, damit er hilft, einen Weg zu finden, wie Ihr die Magie meistern könnt. Der einzige Druide, der ihre Macht verstehen könnte.«

Sie sah ihn geradewegs an. »Ich entschuldige mich nicht für das, was ich getan habe.«

Er warf ihr einen langen Blick zu. »Ich habe nicht eine Minute geglaubt, dass Ihr das tun würdet. Und ich beabsichtige auch nicht, ein Urteil über Euch zu fällen. Ich habe Euer Leben nicht gelebt. Aber ich denke, dass die Lügen hier ein Ende haben sollten. Ich finde, Ihr solltet Bremen, wenn er wiederkommt, genau das sagen, was Ihr mir gesagt habt. Wenn Ihr seine Hilfe erwartet, solltet Ihr zumindest ehrlich zu ihm sein.«

Sie nickte und wischte sich ungeduldig die Augen. »Das habe ich auch vor«, sagte sie. Sie sah klein und verletzlich aus, aber ihre Stimme war hart. Sie würde jetzt nichts mehr von sich preisgeben, soviel war klar. Es musste sie schon quälen, dass sie ihm überhaupt soviel erzählt hatte.

»Man kann mir vertrauen«, sagte sie plötzlich, als hätte sie seine Gedanken gelesen.

»Bei allem außer Eurer Magie«, warf er ein.

»Nein. Selbst dabei. Ihr könnt mir vertrauen, dass ich sie nicht benutze, solange Bremen mich nicht dazu auffordert.«

Er sah sie einen Augenblick lang an, dann nickte er. »Also gut.« Ihm schoß plötzlich der unerwartete Gedanke durch den Kopf, dass sie sich ziemlich ähnlich waren. Sie waren beide weit gereist, um die Vergangenheit hinter sich zu lassen, und ihre Reisen waren noch nicht zu Ende. Sie hatten sich beide an Bremen gebunden und ihr Leben untrennbar mit seinem verknüpft. Und beide konnten sich nicht mehr vorstellen, dass es jemals eine andere Möglichkeit gegeben hatte.

Er schaute in den Himmel und stand auf. »Es ist Zeit, dass wir uns auf den Weg machen.«

Sie schwärzten sich ihre Gesichter und Hände, banden ihre metallenen Ausrüstungsgegenstände und Waffen fest, damit sie nicht klirrten, und verließen dann ihr Versteck in den Bergen, um den Rabb zu überqueren. Die Nachtluft war kühl und weich, eine leichte Brise wehte von den Gebirgsausläufern herüber und trug den Geruch von Salbei und Zedernholz mit sich. Über ihnen trieben Wolken dahin und schirmten den Mond und die Sterne ab, so dass sie nur ein schwaches Licht abgaben und auch nur hin und wieder sichtbar waren. In einer solchen Nacht waren Geräusche über weite Entfernungen hörbar, und deshalb schritten Kinson und Mareth langsam und vorsichtig durch das hohe Gras, vermieden jedoch die losen Felsstücke, die ihre Gegenwart nur zu leicht verraten hätten. Die Feuer der lagernden Armee nördlich von ihnen hoben sich wie ein Lichtermeer gegen die Nacht ab, von den Drachenzähnen im Westen bis zum Anar im Osten. Immer wieder blieb Kinson stehen und lauschte, versuchte die normalen Geräusche herauszuhören und war argwöhnisch bei denen, die nicht passen wollten. Mareth folgte einen Schritt hinter ihm. Kinson spürte sie, ohne sich umdrehen zu müssen, sie war wie sein Schatten.

Die Stunden vergingen, und die Ebene streckte sich weit vor ihnen aus, zog sich immer weiter in die Länge, so dass es eine Zeit lang schien, als würden sie gar nicht von der Stelle kommen. Kinson behielt den Himmel über sich im Blick; er fürchtete, dass die geflügelten Jäger in dieser Nacht wieder ihre Streifzüge unternehmen würden. Er blickte aus Gewohnheit nach oben und nicht, weil er glaubte, die dunklen Gestalten wirklich zu sehen. Seine Erfahrung hatte ihn gelehrt, dass er sie zuerst spüren würde und sich dann sofort verstecken musste. Wenn er darauf wartete, sie zu sehen, würde es zu spät sein. Aber das unangenehme Prickeln, der kühle Schauer von Beklommenheit und die Warnung vor etwas Unpassendem blieben aus, und er ging weiter. Mareth folgte gehorsam.

Sie hielten einmal inne, kauerten sich in einem sich schlängelnden Graben, der stark bewachsen war, nebeneinander und tranken aus ihren Bierschläuchen. Als sie so im Dunkeln beieinander saßen, fragte sich Kinson, wie es wohl sein mochte, wenn man wie sie ohne Familie und Freunde war, ausgeschlossen wegen der Magie, heimatlos geworden durch Umstände und eigene Wahl. Sie zeigte Mut und Beharrlichkeit, dachte er, da sie nicht aufgegeben hatte, als es für sie noch einfach gewesen wäre. Und sie hatte auch weder sich noch andere geschädigt, während sie ihren eigenen Weg suchte. Er fragte sich, wie viel von all dem wohl Bremen dazu verleitet hatte, sie mitzunehmen. Wie sehr mochte Mareth den alten Mann wohl getäuscht haben? Nicht so sehr, wie sie dachte, vermutete er. Er wusste aus Erfahrung, dass Bremen in eine Person hineinsehen und die wichtigen Teile erkennen konnte, als wäre sie aus Glas. Das war einer der Gründe, warum der Druide nach all diesen Jahren immer noch am Leben war.

Irgendwann nach Mitternacht kreuzte ein Schädelträger ihren Weg. Er kam von Osten, aus der Richtung, in die sie gingen. Kinson war überrascht, denn er hatte geglaubt, jegliche Gefahr würde aus dem Norden kommen. Er spürte die Kreatur, warf sich sofort flach ins dichte Unterholz und zerrte Mareth mit nach unten. Er konnte an ihrem Gesicht erkennen, dass sie wusste, was geschah. Tief verborgen in ihrem Unterschlupf zog er sie dicht an sich heran.

»Nicht aufschauen«, flüsterte er. »Denkt nicht einmal an das, was da über uns fliegt. Er spürt uns, wenn Ihr es tut.«

Sie pressten sich fest an den Boden, als die Kreatur näher kam. Ihre Angst wurde immer größer, bis sie in ihnen rauschte wie Sommerhitze. Kinson zwang sich, gleichmäßig zu atmen und an die Tage zu denken, als er ein Junge war und mit seinen Brüdern jagen ging. Er lag vollkommen reglos da, seine Muskeln waren entspannt, seine Augen geschlossen. Dicht an ihn gedrängt passte Mareth sich seiner Atmung und seiner Körperhaltung an. Der Schädelträger zog über ihnen seine Kreise. Kinson spürte ihn, er wusste aus Erfahrung, wie nah er war, wusste es aus der Zeit, die er als Kundschafter im Nordland verbracht hatte und in der die geflügelten Jäger das Land, in dem er unterwegs war, jede Nacht abgekämmt hatten. Bremen hatte ihm beigebracht, wie man ihnen auswich, wie man überlebte. Die Schrecken, die die Ungeheuer hervorriefen, konnten nicht vermieden werden, aber er konnte sie ertragen. Die Gefühle alleine waren immerhin keine Gefahr. Mareth verstand. Sie lag ruhig, den Kopf in seiner Armbeuge, und zitterte oder rührte sich nicht. Sie versuchte auch nicht aufzustehen oder sich aus ihrem Versteck zu erheben. Geduldig und entschlossen blieb sie einfach liegen.

Schließlich flog der Schädelträger weiter und ließ sie zitternd, aber erleichtert zurück. Es war immer dasselbe, dachte Kinson, während er aufstand. Er hasste das Gefühl von Scham, das er empfand, wenn er sich so verkriechen musste. Aber er hätte es noch mehr gehasst, sterben zu müssen.

Er lächelte Mareth zuversichtlich zu, und sie zogen weiter durch die Nacht.

Kurz vor der Morgendämmerung erreichten sie Storlock, nass und verdreckt von einem plötzlichen Schauer, der sie etwa eine Meile vor dem Dorf eingeholt hatte. Mit traurigen Mienen kamen ihnen die Storen in ihren weißen Umhängen entgegen und baten sie herein. Es wurde kaum etwas gesprochen; Worte waren offensichtlich unnötig. Die Storen schienen sie beide zu erkennen und stellten keine Fragen. Es war möglich, dass sie sich an sie erinnerten, dachte Kinson, während er ins Dorf geführt wurde. Mareth hatte hier gewohnt, und er hatte Storlock mehrmals zusammen mit Bremen besucht. Auf jeden Fall wurden die Dinge dadurch einfacher. Die Storen zeigten sich großzügig, was das Essen und die Unterbringung anging. Als hätten sie diese Gäste seit längerer Zeit erwartet, versorgten sie die beiden mit heißer Suppe, trockener Kleidung und frischen Betten in den Gästezimmern des Hauptgebäudes. Innerhalb einer Stunde nach ihrer Ankunft waren Kinson und Mareth eingeschlafen. Als sie aufwachten, war es später Nachmittag. Das Dorf war ruhig, und auch im nahen Wald war es still. Als sie die Hauptstraßen von einem Ende bis zum anderen entlanggingen, begegneten sie durchgeistigten Storen, die schweigend ihren Pflichten nachgingen und die Fremden kaum ansahen. Niemand näherte sich ihnen. Niemand sprach sie an. Sie besuchten mehrere Krankenhäuser, wo die Heiler sich um die Leute kümmerten, die aus den verschiedenen Teilen der Vier Länder hierher gekommen waren. Niemanden schien es zu kümmern, dass sie dort erschienen. Niemand bat sie zu gehen. Während Mareth mit einigen kleinen Gnomenkindern spielte, die sich beim Kochen verbrannt hatten, ging Kinson nach draußen und schaute auf die dunkel werdenden Bäume und dachte über die Gefahr nach, die durch die herannahende Armee des Nordlandes drohte.

Beim Essen erzählte er Mareth von seiner Sorge. Die Armee würde bei ihrem Marsch durch den Rabb eine Stelle erreichen, die sehr dicht am Dorf lag. Sollten sie Bedarf an Nahrungsmitteln oder anderen Dingen haben, wie es bei Armeen meist der Fall war, so würden Kundschafter auf einen Streifzug geschickt werden und Storlock wäre ernstlich in Gefahr. Die meisten wussten von den Storen und der Arbeit, die sie leisteten, und sie achteten sie. Aber Bronas Armee würde sich an diese Verhaltensregeln nicht halten, sie würde anderen Gesetzen gehorchen, und den Schutz, der dem Dorf normalerweise zugebilligt wurde, ignorieren. Was würde aus den Storen werden, wenn einer der Schädelträger hierher käme? Die Heiler hatten keine Möglichkeit, sich selbst zu schützen, sie waren ahnungslos, was Kriegskunst anging. Sie verließen sich auf ihre Neutralität und ihr Desinteresse an Politik und fühlten sich sicher dabei. Aber war das genug, wenn es um die geflügelten Jäger ging?

Während er dieses Dilemma in seinem Kopf hin und her wälzte, fragte er nach Cogline und erfuhr beinahe sofort, wo er ihn finden würde. Es schien kein großes Geheimnis zu sein. Cogline kam regelmäßig nach Storlock, um sich mit allen möglichen Gütern zu versorgen, die er lieber hier erwarb als in den Marktflecken am Rand der Wildnis, in die er sich zurückgezogen hatte. Der ehemalige Druide hatte sich sein Heim tief im Anar gewählt, in dem selten durchquerten Gewirr des Dunkelstreif, an einer Stelle, die Kamin genannt wurde. Nicht einmal Kinson hatte jemals vom Kamin gehört, obwohl er von Dunkelstreif wusste und ihn als einen Ort betrachtete, den man besser meiden sollte. Spinnengnome lebten dort, borstige, kaum menschliche Kreaturen, die so wild und primitiv waren, dass sie mit den Geistern verkehrten und den alten Göttern opferten. Dunkelstreif war wie erstarrt in der Zeit und hatte sich seit den großen Kriegen nicht verändert. Kinson war nicht sehr wohl, als er hörte, dass dieser Ort vermutlich ihr nächstes Ziel sein würde.

Als das gemeinsame Mahl beendet war und die Storen sich wieder an ihre Arbeit machten, setzte sich Kinson mit Mareth auf eine Bank in die Vorhalle des Speiseraums und starrte in die sich hinabsenkende Nacht. Er war unruhig. Bremen war nicht erschienen. Vielleicht war er noch auf Paranor. Vielleicht saß er auf der anderen Seite des Rabb in der Falle, weil die Armee des Nordlands sich zwischen ihm und dem Dorf niedergelassen hatte. Kinson mochte diese Unsicherheit nicht. Es gefiel ihm nicht, auf die Ankunft des Druiden warten zu müssen, verdammt zur Trägheit, obwohl er gerne etwas unternommen hätte. Wenn es notwendig war, konnte er auch warten, aber er fragte sich, wieso dies ausgerechnet jetzt nötig war. Er hätte sich sogar lieber auf die Suche nach Cogline gemacht, auch wenn er dafür in den Dunkelstreif hätte gehen müssen. Er hatte das Gefühl, dass die Zeit ihm davonlief.

Eine Reihe von Storen kam vorbei; sie hatten Umhänge und Kapuzen an und waren verschlossen und geheimnisvoll. Sie gingen die Treppen der Vorhalle hinunter und überquerten den Weg zu einem anderen Gebäude. Ihre weißen Gestalten verschmolzen langsam mit dem grauen Dunst des Dämmerlichts, als wären sie Geister in der Nacht. Kinson wunderte sich über ihre Unbeirrbarkeit, über die besondere Mischung aus Hingabe an ihre Pflicht und Verschlossenheit gegenüber allem, was jenseits dieses winzigen Dorfes lag. Er warf einen Blick auf Mareth, versuchte, sie sich als eine der ihren vorzustellen, fragte sich, ob sie wohl immer noch wünschte, sie hätten sie aufgenommen. Würde die Isolation besser zu ihr passen, zu dem, was ihre Magie ihr aufbürdete, zu der ständigen Gefahr unkontrollierter Ausbrüche? Hätte sie sich hier weniger unter Zwang gefühlt als auf Paranor? Das Rätsel ihres Lebens faszinierte ihn, und er stellte fest, dass er über sie in einer Art und Weise nachdachte, wie er es über andere niemals tat.

Er schlief schlecht in dieser Nacht; seine Träume waren voller gesichtsloser, bedrohlicher Kreaturen. Als er kurz vor Morgengrauen aufwachte, war er so schnell auf den Beinen und hatte das Schwert so rasch in der Hand, dass er gar nicht merkte, was er tat.

Draußen erklangen raue und kehlige Stimmen, und er konnte das Klirren und Klappern von Waffen hören. Er wusste sofort, was geschehen war. Ohne auch nur die Schuhe anzuziehen, schlich er aus dem Schlafzimmer und den Gang entlang zum Vordereingang, wo einige Fenster zur Hauptstraße hin geöffnet waren. In den Schatten verborgen, blinzelte er ungesehen hinaus.

Eine große Gruppe von räuberischen Trollen war mitten auf der Straße erschienen und hatte sich vor einem kleinen Häuflein von Storen aufgebaut, die auf den Stufen zum Hauptkrankenhaus standen. Die Trolle waren bewaffnet und bedrohlich, ihre Gesten ließen keinen Zweifel daran, dass sie vorhatten dort einzudringen. Die Storen stellten sich ihnen nicht direkt in den Weg, aber sie machten ihn auch nicht frei. Die verärgerten Stimmen gehörten den Trollen, die Storen dagegen blieben trotz der Drohungen der Angreifer ruhig. Kinson verstand nicht, was die Trolle wollten – ob Nahrungsmittel und Vorräte oder noch mehr. Aber er konnte erkennen, dass sie auf die Erfüllung ihrer Forderungen nicht verzichten würden. Sie hatten genauso schnell begriffen wie er, dass es in diesem Dorf niemanden gab, der sich gegen sie zur Wehr setzen konnte.

Kinson starrte von dem dunklen Gebäude zu dem im Schatten liegenden Weg, von dem dichten Wald zur offenen Straße und wog seine Möglichkeiten ab. Er konnte hier bleiben und hoffen, dass nichts geschehen würde. Wenn er das tat, würde er die Storen zu dem Schicksal verdammen, das die Trolle für sie bereithielten. Er konnte die Trolle von hinten angreifen und wahrscheinlich vier oder fünf von ihnen töten, bevor die übrigen ihn überwältigten. Damit würde er nicht viel gewinnen. Wenn er erst einmal tot war, was sicher geschehen würde, konnten die Trolle ohnehin mit den Storen machen, was sie wollten. Er konnte sie weglocken. Aber er konnte nicht garantieren, dass er alle Trolle aus dem Dorf locken würde und dass sie nicht später wiederkehren würden.

Plötzlich fiel ihm Mareth ein. Sie hatte die Kraft, diese Leute zu retten. Ihre Magie war so mächtig, dass sie die gesamte Gruppe der

Trolle in Brand setzen konnte, bevor diese auch nur zu blinzeln vermochten. Aber Mareth durfte ihre Magie nicht benutzen, und ohne ihre Magie war sie so verwundbar wie alle anderen.

Auf der anderen Seite des Weges hatte einer der Trolle damit begonnen, die Treppe zur Vorhalle hinaufzusteigen. Die Storen standen ihm im Weg wie unschuldige Schafe einem Wolf. Kinson packte sein Schwert fester und ging zur Vordertür, die er vorsichtig öffnete. Was immer er auch tun würde, er würde es schnell tun müssen.

Er wollte gerade aus dem Schatten der Tür heraustreten, als ein Schrei erscholl. Jemand drängte sich aus dem Gebäude und zwischen den Storen hindurch, eine torkelnde, halb bekleidete Gestalt, die wankte und mit den Armen herumfuchtelte, als wäre sie vom Wahnsinn befallen. Fetzen wirbelten um die Figur herum, Verbände von Wunden, die jetzt offenlagen und nässten. Das Gesicht der Kreatur war schwer gezeichnet von wunden Stellen und Verletzungen, der Körper war zerbrechlich geworden von der Auszehrung, die die Knochen gegen die fleckige und ausgedörrte Haut drückte.

Die Gestalt stolperte aus der Mitte der Storen zum Rand der Vorhalle und jammerte verzweifelt. Die Trolle hoben argwöhnisch ihre Waffen, jene in der ersten Reihe wichen vor Schreck einen Schritt zurück.

»Die Pest!«, heulte die zerschundene Kreatur. Das Wort durchschnitt die Stille, hart und unbarmherzig. Ein Schwarm Insekten löste sich vom Rücken des Kranken und schwirrte summend umher. »Die Pest! Die Pest ist überall! Flieht! Flieht!«

Der Kranke schwankte etwas und fiel dann auf die Knie. Fleischfetzen lösten sich von ihm, und Blut tropfte aus den offenen Wunden auf die Holztreppe, verdampfte in der kühlen Nachtluft. Kinson zuckte entsetzt zurück. Diese Krankheit ließ das Wesen buchstäblich zerfallen!

Es war zu viel für die Trolle. Sie waren Soldaten bis auf den

Grund ihres Herzens und mutig gegenüber jedem Feind, den sie sehen konnten. Vor dem Unsichtbaren allerdings erschreckten sie sich ebenso wie die harmloseste Krämerseele. Bemüht, keine Angst zu zeigen, waren sie dennoch entschlossen, keinen Augenblick länger in der Nähe dieses Schreckensbildes zu bleiben, das vor ihnen auf den Stufen zusammengebrochen war. Ihr Anführer bedachte die Storen und ihr Dorf mit einer Geste voll ängstlichem Trotz, und die gesamte Patrouille eilte den Weg in Richtung Rabb zurück und verschwand zwischen den Bäumen.

Kinson trat ins Licht hinaus. Nachdem sich sein Pulsschlag wieder beruhigt hatte, ließ er sein Schwert sinken. Er blickte zu den Storen, die sich auf der anderen Seite des Weges zusammendrängten, um über die seltsame Erscheinung zu beratschlagen. Sie schienen die Krankheit nicht zu fürchten. Auch Kinson zwang sich, seine Angst niederzuringen, und überquerte die Straße, um zu sehen, ob er helfen könne.

Als er die Gruppe erreichte, sah er Mareth in ihrer Mitte stehen.

»Ich habe mein Versprechen gebrochen«, sagte sie. In ihren großen, dunklen Augen stand ein ängstlicher Blick, sie wirkte besorgt. »Es tut mir Leid, aber ich konnte nicht zusehen, wie ihnen Schaden zugefügt wurde.«

»Du hast deine Magie benutzt«, erriet er verwundert.

»Nur ein bisschen. Nur den Teil, der zur Heilung benutzt wird, den Teil, den ich als Emphatin benutze. Ich kann ihn umkehren, damit das, was gesund ist, krank aussieht.«

»Aussieht?«

»Nun ja, irgendwie jedenfalls.« Sie zögerte. Er konnte jetzt sehen, wie müde sie war, die dunklen Ringe unter ihren Augen, die Linien des nachlassenden Schmerzes in ihren Mundwinkeln. Schweiß lag auf der Stirn. Ihre Hände waren verkrampft. »Ihr versteht das, Kinson, ja? Es war notwendig.«

»Und gefährlich«, fügte er hinzu.

Ihre Lider flatterten. Sie stand kurz vor einem Zusammenbruch.

»Es geht mir jetzt gut. Ich brauche nur ein wenig Schlaf. Würdet Ihr mich stützen?«

Er schüttelte ungläubig den Kopf, dann hob er sie ohne ein Wort auf und trug sie zurück in ihr Zimmer.

Am folgenden Tag brach die Nordlandarmee ihr Lager ab und marschierte weiter nach Süden. Einen Tag später erschien Bremen. Mareth hatte sich von den Folgen ihrer Tat erholt und sah wieder kräftig und gut aus, aber dafür wirkte Bremen ausgezehrt und angegriffen; er war staubbedeckt und schlammbespritzt und ganz offensichtlich zornig. Er aß, badete, zog frische Kleidung an und erzählte ihnen dann, was geschehen war. Nachdem er sich davon überzeugt hatte, dass die Magie, die die Druidenfestung bewachte, sich wieder in ihr Refugium zurückgezogen hatte und die Festung intakt war, war er noch einmal zum Hadeshorn gegangen, um mit den Geistern der Toten zu sprechen. Er hatte gehofft, mehr aus den Visionen lernen zu können, die ihm bei seinem ersten Besuch gezeigt worden waren, noch etwas anderes erfahren zu können. Aber die Geister hatten nicht mit ihm gesprochen, hatten sich nicht einmal gezeigt, und die Wasser des Sees waren über seinen Ruf so erbost gewesen, dass sie ihn beinah überschwemmt und für die Dreistigkeit seines Eindringens in die Tiefen hinabgezogen hätten. Bremens Stimme wurde härter, als er von der Art und Weise sprach, wie man mit ihm umgesprungen war. Es sah so aus, als hätte er alle Hilfe erhalten, die ihm zustand. Mehr durfte er offenbar nicht erwarten. Von nun an würde ihr Schicksal zum größten Teil in ihren eigenen Händen liegen.

Als Kinson ihn nach Cogline fragte, brach Bremen das Gespräch ab. Dafür war später noch Zeit genug. Jetzt sollten sie etwas Geduld haben und einem alten Mann den nötigen Schlaf gönnen.

Kinson und Mareth waren klug genug, nicht mit ihm zu streiten. Ein paar Tage Ruhe waren sicherlich notwendig, damit der Druide seine Kraft wiedererlangte.

Aber noch bevor die Sonne am nächsten Morgen aufging, holte Bremen sie aus ihren Betten und führte sie aus dem noch schlafenden Dorf der Storen hinaus in die tiefe Stille der letzten Nachtstunden, auf den Weg zum Dunkelstreif.

Kapitel 14

Als sie sich dem Sarandanontal näherten und Preia Starle und Retten Kipp immer noch nicht zurückgekehrt waren, schlug Tay Trefenwyd vor, die Führung der kleinen Gruppe aus Arborlon selbst zu übernehmen. Jerle Shannara sprach sich zuerst dagegen aus, wenn auch nicht sehr intensiv, und gab dann Tay recht. Der Druide mit seinen besonderen Fähigkeiten war am besten geeignet, das zu bemerken, was sie bedrohen mochte. Tay spann ein feines Netz aus Magie, dessen Fäden wie verlängerte Nervenenden funktionierten und ihn vor dem warnten, was sie weiter vorne erwartete. Er nutzte seine Fähigkeiten und beschwor die Elemente, um zu erfahren, ob Eindringlinge zugegen waren.

Er konnte nichts feststellen.

Hinter ihm schwärmten die anderen aus, sie hielten nach allen Seiten Ausschau. Es war wärmer geworden, die Feuchtigkeit der letzten zwei Tage war verschwunden. Die Bäume vor ihnen standen nicht mehr so dicht beieinander, so dass das Tal von Sarandanon sichtbar wurde. Die weite Ebene dehnte sich bis zum Fuß der westlichen Berge aus.

Tays Gedanken schweiften ab. Zum ersten Mal seit seiner Rückkehr von Paranor gestattete er sich, darüber nachzudenken, was es für ihn bedeuten würde, Preia Starle zu verlieren. Dies war ein merkwürdiger Gedanke, denn sie hatte ihm ja niemals auf eine Weise gehört, dass er sie überhaupt hätte verlieren können. Wenn sie zu jemandem gehörte, dann war es Jerle. Sie hatte immer zu ihm gehört, und Tay hatte es gewusst. Aber jetzt erkannte er, dass er sie trotzdem unerschütterlich und ohne Bitterkeit Jerle gegenüber liebte. Er akzeptierte, dass sie mit seinem besten Freund zusammenlebte, und begnügte sich zufrieden damit, dass sie für ihn eine Art Erinnerung war, die er heraufbeschwören und bewundern, niemals aber wirklich besitzen konnte. Er war Druide, und Druiden hatten keine Lebenspartner, denn ihr Leben war dem Streben nach Wissen und der Verbreitung der Lehren gewidmet. Sie lebten abseits von allen anderen und starben allein. Aber ihre Gefühle waren dieselben wie die anderer Männer und Frauen, und Tay verstand, dass seine Gefühle zu Preia ihn immer irgendwie aufrechterhalten hatten.

Wie würde es für ihn sein, wenn sie fort wäre?

Die Frage brannte in ihm wie Feuer, erhitzte sein Blut, versengte seine Haut, drohte, ihn zu verbrennen. Er konnte sich dieser Frage kaum stellen, geschweige denn eine Antwort darauf finden. Was, wenn sie tot wäre? Er hatte sich immer darauf vorbereitet, sie auf andere Weise zu verlieren. Er wusste, dass sie eines Tages Jerle heiraten würde. Er wusste, dass sie Kinder haben und ein ganz anderes Leben führen würde als er selbst. Er hatte sich schon lange Zeit zuvor von jeder anderen Möglichkeit verabschiedet. Er hatte das alles hinter sich gelassen, als er zu den Druiden gegangen war, um einer der ihren zu werden. Er hatte erkannt, dass das, was er für Preia empfand, im wirklichen Leben keinen Ausdruck finden würde, sondern eine in seinem Herzen verschlossene Phantasie bleiben musste – dass sie niemals mehr für ihn sein würde als eine sehr gute Freundin.

Aber nun, angesichts der Möglichkeit, dass sie tot sein konnte, zwang er sich, der Tatsache ins Auge zu sehen, der er sich stets verweigert hatte – dass er niemals wirklich die Hoffnung aufgegeben hatte, dass eines Tages das Unmögliche eintreten und sie Jerle verlassen und zu ihm kommen würde.

Die Erkenntnis war so erschütternd, dass er für einen Augenblick vergaß, wo er war. Er lockerte die Fäden seiner Magie, vergaß, die dunklen Stellen vor ihnen zu durchkämmen, und war blind gegenüber allem außer dieser einen Wahrheit. Wenn Preia sein wäre – er hatte diesen Traum am Leben gehalten und sorgfältig in den geheimsten Ecken seiner Gedanken beschützt. Wenn Preia sein wäre – denn er konnte nicht aufhören, sie zu begehren.

Oh, Schatten!

Im nächsten Augenblick hatte er sich wieder unter Kontrolle, nahm die Fäden seiner Magie wieder auf und durchsuchte die Gegend weiter. Er durfte sich solche Gedanken nicht erlauben. Er durfte nicht weiter an Preia Starle denken. Die Ermahnungen Bremens kehrten zurück, Worte, die sich mit dem eisernen Gewicht von Waffen um seinen Körper gelegt hatten. Er musste die Elfen überzeugen, den Zwergen zu Hilfe zu kommen. Er musste den Schwarzen Elfenstein finden. Diese beiden Aufgaben bestimmten sein Leben. Nichts anderes zählte. Es gab andere außer ihm selbst und denjenigen, die er liebte, und ihr Leben hing von seiner Beharrlichkeit ab, von seinem Eifer, von seiner Entschlossenheit. Er schaute in das dunstüberzogene Tal vor ihm und riss sich mit purer Willenskraft von seinem vorherigen Gedanken los.

Gegen Mittag erreichten sie das Tal von Sarandanon. Sie trafen noch zwei weitere Male auf zahlreiche Spuren von Gnomen, sahen sie jedoch niemals selbst. Die Elfen waren jetzt nervös, sie wollten so rasch wie möglich die Reittiere übernehmen, die ihnen versprochen worden waren, und dann aus diesem Gebiet wieder verschwinden. Auf einem offenen Gelände wie diesem ohne jede Fluchtmöglichkeiten von einer überlegenen Macht angegriffen zu werden, hätte sie ernsthaft in Schwierigkeiten gebracht. Tay durchsuchte die Erde und die Luft nach Gnomen und fand überall Hinweise, dass sie dort gewesen waren, aber nicht mehr. Die Gnome, entschied er schließlich, mussten den östlichen Teil der Ebene kreuz und quer nach ihnen absuchen. Wenn sie Preia gefunden hatten, würden sie auch wissen, dass sie nicht allein war. Man konnte davon ausgehen, dass eine Fährtenleserin mit einer größeren Gruppe unterwegs war. Hatten sie Preia also gefunden? Diese Folgerung schien unvermeidlich, schließlich hatten sie inmitten der vielen Fußstapfen der Feinde Preias zerbrochenen Bogen gefunden. Was wiederum zu der unausweichlichen zweiten Frage führte, die er so verzweifelt zu vermeiden suchte.

Jerle kannte alle die Vorposten, bei denen Elfenjäger Pferde erhalten konnten, und er wandte sich an den nächsten. Das Land war leicht hügelig und dort, wo kein Getreide angebaut war, von hohem Gras bewachsen. Der Elfentrupp hielt sich an die Getreideflächen und blieb den Bergen fern. Als sie etwas weniger als eine Meile von ihrem Ziel entfernt waren, spürte Tay deutliche Anzeichen von Gnomen und ließ die Gruppe innehalten. Irgendwo weiter vorne hatte der Feind eine Falle aufgestellt. Die Gnomenjäger erwarteten sie. Jerle und Tay gingen allein weiter, kämpften sich erst ein Stück nach Süden, dann wieder nach Norden, um sich den Gegnern aus einer anderen Richtung zu nähern als erwartet. Tays Magie verhinderte, dass sie entdeckt werden konnten und verlieh ihren Augen zusätzliche Schärfe. Als sie die kleine Ansammlung von Gebäuden erreichten, aus denen der Vorposten bestand, war Tay fest überzeugt, dass sich die Falle hier befand. Der Wind, nicht mehr als eine leichte Brise, blies ihnen ins Gesicht, und sie konnten beide den Feind deutlich riechen; eine grobe Mischung aus Körperfett und Erde, schwer und stechend. Die Gnome hatten keine Anstrengungen unternommen, den Geruch zu verschleiern. Tay war sofort gewarnt. Gnomenjäger waren normalerweise vorsichtiger. Tay und Jerle krochen zu einer Stelle, von der aus sie eine Seite der Scheune und die gesamte Pferdekoppel erkennen konnten. Es war nichts zu sehen. Die Koppel war leer. Niemand rührte sich im Hof. Vom Haus drang kein Geräusch herüber.

Dennoch war irgend etwas dort versteckt. Tay war sich dessen ganz sicher.

Ohne dass sie sich verständigten oder es aussprachen, dachten beide unabhängig voneinander daran, dass Preia Starle in diese merkwürdigen Ereignisse verwickelt sein könnte. Da sie nicht wieder fortgehen wollten, ohne genau zu wissen, was geschehen war, schlichen sie sich hinter einem Weizenfeld an einem Entwässerungsgraben entlang, so dass sie jetzt die vordere Seite des Hauses und die Scheune sehen konnten. Tay spürte Bewegungen in beiden Gebäuden, unruhige Feinde, die auf sie warteten. Er versuchte, noch mehr aufzuspüren, noch mehr Gefahren zu entdecken. Nichts. Er atmete langsam und tief, er folgte seinem Freund, der leise weiterschlich. Er nahm die Weizenhalme wahr, deren leichte Bewegungen im Wind kleine, singende Geräusche erzeugten, und er spürte die tiefe Stille des Landes als Hintergrund. Er erinnerte sich daran, wie es war, als sie ein paar Nächte zuvor in das Haus der Ballindarrochs geschlichen waren – er erinnerte sich an seine Vorahnung, an das Gefühl drohenden Unheils.

Dann waren sie dort, wo Jerle hingewollt hatte, immer noch im Weizen verborgen, aber nah genug, um die Vorderseite des Vorpostens sehen zu können. Jerle hob den Kopf ein wenig und zog ihn dann schnell wieder zurück. Sein Gesicht war aschfahl. Tay starrte ihn einen Augenblick an, suchte in seinen Augen, dann erhob er sich vorsichtig, um selber zu sehen.

Retten Kipp hing mit ausgestreckten Armen und Beinen am Scheunentor. Sie hatten Nägel durch seine Hände und Beine getrieben, damit er nicht hinunterfiel. Blut tropfte aus seinen Wunden und drang in das zersplitterte Holz. Haare und Kleidung hingen wie bei einer Vogelscheuche schlaff nach unten. Aber dann bewegte Kipp den Kopf leicht, als versuchte er, ihn zu heben. Der alte Fährtenleser war zwar schwach, aber er lebte immer noch.

Tay zog den Kopf ein und Schloss einen Moment lang die Augen. Wut und Angst wallten in ihm auf und versuchten, die Kontrolle über seine Vernunft zu gewinnen. Kein Wunder, dass die Gnome nicht mehr Mühe darauf verwandt hatten, ihre Anwesenheit zu verbergen. Mit Retten Kipp als Köder konnten sie ganz sicher davon ausgehen, dass sich die Elfen zeigen würden. Tay kämpfte gegen seine Gefühle an und starrte grimmig auf Jerle.

Der Blick seines Freundes war kalt und fest, als er sich zu ihm neigte. »Haben sie Preia auch?«, flüsterte er.

Tay antwortete nicht. Er wusste nicht, ob seine Stimme ihm gehorchen würde. Statt dessen Schloss er die Augen ein zweites Mal und schickte die Fäden seiner Magie auf der Suche nach der Freundin in das Haus und die Scheune. Es war riskant, aber Tay sah keinen anderen Weg. Er ließ sich Zeit und drang tief in jedes Gebäude ein, um sicherzugehen.

Dann öffnete er die Augen wieder. »Nein«, stieß er keuchend hervor.

Jerle nickte. Nichts an seiner Miene deutete darauf hin, was dies für ihn bedeuten mochte. Seine Worte waren kaum hörbar. »Wir können Retten Kipp nicht herausholen – aber wir können ihn auch nicht so zurücklassen.«

Er starrte Tay an und wartete. Tay nickte. Er wusste, was Jerle von ihm wollte. »Ich verstehe«, sagte er leise.

Es war gefährlich, das wusste er. Wenn auch die Gnomenjäger den Gebrauch der Magie nicht spürten, ein Schädelträger würde es ganz sicherlich. Er hatte während der Suche nach Preia zwar keines der geflügelten Ungeheuer entdecken können, aber möglicherweise hielten sie sich auch bewusst verborgen. Diese Falle war vielleicht ausdrücklich für ihn gedacht, damit er, als einer der gesuchten Druiden, sie zu den anderen führen würde. Wenn ein Schädelträger anwesend war und er Jerles Bitte nachkam, waren sie verloren. Dennoch hatte er kaum eine Wahl. Jerle hatte recht. Sie konnten Kipp nicht so zurücklassen.

Er rief die Magie herbei, hüllte sich in ihr düsteres Gewand, brachte die Luft über sich mit ihrer Macht in Bewegung, spürte die Hitze ihrer Leidenschaft in seiner Brust. Er behielt die Augen offen, denn diesmal musste er auch sehen können. Sein Gesicht veränderte sich und nahm den Ausdruck einer Totenmaske an. Er sah, wie Jerle bestürzt vor ihm zurückwich. Er wusste, wie er aussah.

Dann hob er den Kopf gerade hoch genug, um Retten Kipps zerfetzte, gepeinigte Gestalt erkennen zu können und spann seine Magie an den schmalen Fäden seiner Lebenslinien entlang zu ihm hin. Er ging sehr vorsichtig vor, prüfte erst den Äther, bevor er in den Fährtensucher eindrang, aus Angst vor dem, was dort vielleicht auf ihn wartete. Aber nichts geschah, und so fuhr er fort. Als er Retten Kipps Herz erreichte und seinen Schmerz und seine Qual fühlte, hörte er auch das Geräusch von Rettens stockendem Atem, als wäre es sein eigener. Er zog die Luft ab, die die sterbenden Lungen des alten Mannes versorgte und wartete dann geduldig, bis Retten Kipp zu atmen aufgehört hatte.

Als er fertig war, ließ er sich neben Jerle auf den Boden sinken. Sein Gesicht glänzte vor Schweiß. Tränen standen ihm in den Augen. »Es ist geschehen«, flüsterte er.

Jerle Shannara legte eine Hand auf seine Schulter und drückte sie sanft, um ihn zu beruhigen. »Es war notwendig, Tay. Er hat sehr gelitten. Wir konnten ihn nicht einfach so zurücklassen.«

Tay nickte wortlos. Er wusste, dass Jerle recht hatte, aber er wusste auch, dass es nicht sein Freund war, der mit der Erinnerung daran leben musste, wie Retten Kipps Lebensfaser erst sanft zwischen seinen Fingern pulsierte und dann erstarb. Ihm war kalt, und er fühlte sich innerlich leer. Er fühlte sich zerstört und verlassen.

Jerle machte ihm ein Zeichen, und zusammen schlichen sie durch den Graben und durch die Felder wieder zurück und ließen den Vorposten und seine Bewohner, die Lebenden und die Toten, hinter sich.

Sie brauchten eine gute Stunde, ehe sie wieder bei ihren Gefährten anlangten. Inzwischen war es fast schon später Nachmittag, und die Sonne neigte sich den spitzen Graten des Grimmzackengebirges entgegen. Die Elfen traten in den grellen Sonnenschein und waren geblendet, als sie die Felder und Hügel verlassen und sich auf die Ebene hinauswagen mussten. Tay ging weiterhin voran, mit Hilfe von Magie suchte er in einem weiten Netz vor ihnen die Gegend ab. Nach ihrer Rückkehr vom Bauernhaus hatte er nachgesehen, ob sie verfolgt wurden, aber er hatte nichts erkennen können. Vor ihnen fanden sich jedoch immer wieder Hinweise auf Feinde. Er wusste nicht genau, wie groß die Gruppen waren, auf jeden Fall aber waren es mehrere. Er und Jerle hatten darüber nachgedacht, bis zum Einbruch der Dunkelheit zu warten und erst dann weiterzugehen, schließlich jedoch entschieden, dass es sicherer war weiterzumarschieren. Jerle führte sie zu dem zweiten Vorposten, der ein paar Meilen weiter entfernt lag, in der Hoffnung, dass die Gnome diesen nicht auch entdeckt hatten. Niemand sprach ein Wort. Jeder suchte mit den Augen die Gegend nach Feinden ab.

Dann war plötzlich Vree Erreden neben Tay und griff nach seinem Arm. Sein verhärmtes Gesicht glühte eifrig. »Dort!« Er zeigte scharf nach links. »Dort in dem Tal sind Pferde versteckt, ein Dutzend oder mehr!«

Tay und Jerle blieben stehen und starrten nach vorn; sie konnten hinter dem Feld, das dicht mit Sommerweizen bepflanzt war, nichts entdecken.

Der Blick des Lokaten schoß von einem zum anderen; seine Ungeduld war offensichtlich. »Verschwendet nicht eure Zeit! Ihr könnt sie von hier nicht sehen!«

»Woher wisst Ihr es dann?«, fragte Jerle schnell.

»Intuition!«, schnappte der andere. »Wie sonst?«

Der große Mann schaute ihn zweifelnd an. »Der Vorposten, den wir suchen, liegt gleich da vorne. Gibt es da auch Pferde?«

Vree Erredens Stimme war eindringlich und scharf. »Ich weiß nur, was meine Intuition mir sagt! Dort, in diesem kleinen Tal hinter den Hügeln, sind Pferde!« Wie zur Betonung zeigte er abermals dorthin.

Jerle Shannara runzelte die Stirn, die Beharrlichkeit des anderen irritierte ihn. »Was ist, wenn Euer Gefühl Euch täuscht, Lokat? Wie weit ist es zu diesem Tal, das keiner von uns sehen kann?«

Tay hob schnell die Hand, um einer verärgerten Antwort Vree Erredens zuvorzukommen. Er stand einen Augenblick reglos da und wägte die Möglichkeiten ab, dann spähte er ein letztes Mal über die Felder. »Bist du dir sicher, was die Pferde angeht?«, fragte er den Mann ruhig.

Der Blick, den der andere ihm zuwarf, war vernichtend. Tay lächelte gequält, dann nickte er. »Ich denke, wir sollten nachsehen, was dort liegt.«

Trotz Jerles anhaltender Bedenken änderten sie den Kurs und gingen weiter. Das Becken des Sarandanontals breitete sich jetzt vor ihnen aus, und weite Ackerflächen bildeten einen Flickenteppich aus gepflügter Erde und neuem Getreide. Die Elfen waren jetzt ganz im offenen Gelände und deutlich sichtbar für jeden, der sie suchte. Es war nicht zu ändern. Welchen Weg sie auch wählten, sie würden immer ungeschützt sein, und Tay versuchte, sich mit dem Gedanken anzufreunden, so weit es ging. Sie entfernten sich immer weiter von dem Vorposten, und wenn Vree Erreden unrecht hatte oder getäuscht worden war, wären ihre Chancen, sich retten zu können, außerordentlich gering. Tay versuchte, sich keine Sorgen zu machen. Genau deshalb hatte er ja den Lokaten mitgenommen – weil er die Fähigkeit besaß, etwas zu sehen oder zu spüren, was nicht einmal Tay mit Hilfe seiner Magie möglich war. Der kleine Mann hätte nichts gesagt, wenn sein Instinkt nicht sehr stark gewesen wäre. Er wusste so gut wie alle anderen, wie bedrohlich ihre Lage war.

Tay erweiterte sein Netz aus Magie, und jetzt fand er die Feinde, nach denen er suchte. Eine berittene Gnomenpatrouille kam aus nördlicher Richtung auf sie zu, zwar war sie noch in einiger Entfernung von ihnen, aber sie raste wild über die Ebene. Er konnte sie noch nicht sehen, doch es gab keinen Zweifel an ihrer Absicht. Schnell warf er Jerle einen Warnruf zu, und die Mitglieder der kleinen Gruppe begannen zu laufen. Die Felder vor ihnen grenzten an eine Reihe niedriger Hügel. Dahinter muss das Tal liegen, dachte

Tay. Und auch die Pferde, betete er, denn sie waren jetzt zu weit weg vom Vorposten, um auf anderem Weg entkommen zu können.

Dann erschienen noch mehr Gnome. Diese neue Gruppe strömte aus ihrem Versteck bei dem Vorposten herbei, der jetzt hinter den Feldern kaum noch sichtbar war. Die Gnome waren zu Fuß, marschierten aber zielstrebig voran, um den Elfen den Weg abzuschneiden; sie wollten sie offensichtlich bis zur Ankunft ihrer berittenen Brüder aufhalten. Tay Biss die Zähne zusammen, während er rannte. Von dem Vorposten war keine Hilfe zu erwarten. Jetzt gab es nur noch Vree Erredens Intuition und das Tal.

Jerle Shannara überholte ihn leichtfüßig und mühelos, seine Füße flogen nur so über den gepflügten Boden, als er zwischen den Getreidereihen hindurch auf die Hügel zuhielt. Auch die anderen preschten nach vorn, sie waren schneller zu Fuß als Tay. Der Druide kämpfte schwer und spürte beim Atmen einen scharfen Schmerz in der Brust. Panik ergriff ihn plötzlich. Was, wenn die Pferde, die Vree Erreden wahrgenommen hatte, ebenfalls eine Falle waren? Was, wenn Gnome auf ihnen saßen und sie erwarteten? Verzweifelt versuchte er, sein Netz aus Magie auszuwerfen, um zu erkennen, ob es jenseits der Hügel Grund für einen solchen Verdacht gäbe, aber seine Kraft reichte für diese Entfernung nicht mehr.

Raue Schreie gellten von ihren Verfolgern herüber. Tay ignorierte sie. Vree Erreden erschien an seiner Seite; er war in weit besserer Verfassung, als Tay jemals vermutet hätte. Tay rief ihm eine Warnung zu, aber der Lokat schien sie nicht zu hören, sondern überholte ihn und lief weiter. Tay bildete jetzt das Schlusslicht. Das ist wohl der Preis für das viele Sitzen in meinem Leben, dachte er ironisch.

Dann brach Jerle Shannara aus dem Maisfeld aus und lief den Hügel hoch. Gleichzeitig ertönte ein schrilles Wiehern und das Donnern von Hufen hinter dem Kamm. Eine Staubwolke wirbelte in der klaren Luft des Nachmittags auf. Jerle verlangsamte seinen Schritt, er war unsicher, wem er gegenüberstehen würde, und zog mit einem schnellen Griff sein Schwert. Seine Elfenjäger eilten herbei, um ihm zur Seite zu stehen. Klingen blitzten in der Sonne.

Im nächsten Augenblick kam eine Reihe von Pferden in Sicht, die sich in einem wilden Ausbruch an Geräuschen und Farbe aus dem grellen Licht der Sonne drängten. Es waren ein Dutzend, vielleicht auch mehr, die zusammengebunden aus der flirrenden Hitze des späten Nachmittags herausgaloppierten.

Sie wurden von einem einzigen Reiter geführt, der vornübergebeugt auf dem ersten Pferd saß.

Tay Trefenwyd blieb abrupt am Rande des Maisfeldes stehen. Sein Herz klopfte wild, und das Blut rauschte ihm in den Ohren.

Auf dem Pferd saß Preia Starle.

Ohne ihr Tempo zu verlangsamen, schoß sie an Jerle Shannara vorbei und ließ einige Pferde los, deren Zügel sie in seine wartenden Hände warf. Sie ritt weiter und verteilte so nacheinander Reittiere an die Elfenjäger. Dann schoß sie direkt auf Tay zu und zog die Zügel fest an, um ihr Pferd zum Stehen zu bringen.

»Hinauf mit dir, Tay Trefenwyd, das wird ein Ritt um Leben und Tod! Die Gnome sind überall!« Ihr Gesicht war blutverschmiert, ebenso ihr Hemd, Wangen und Arme waren zerkratzt. Sie wendete ihr Pferd so dicht neben ihm, dass sie ihn beinahe zu Boden warf. »Steig auf!«, schrie sie.

Es blieb keine Zeit zum Nachdenken. Die anderen saßen bereits auf den Pferden und stoben davon. Tay setzte seinen Fuß in den Steigbügel, den sie freigemacht hatte und schwang sich hinter sie. »Halt dich an mir fest!«, schrie Preia.

In einem Wirbelwind aus Staub und Sand und donnernden Hufen rasten sie hinter den anderen her.

Es war eine dramatische Flucht. Diejenigen Gnome, die zu Fuß waren, verstreuten sich auf den Feldern, um ihnen die Flucht abzuschneiden. Einige hatten Schleudern, andere Bögen. Jetzt kamen, zum ersten Mal sichtbar, aus dem Norden die Gnome auf den Pferden herbeigeritten. Zusammen zählten sie viermal soviel wie die Elfen. Auf jeden Fall waren sie zu deutlich in der Überzahl, als dass Jerle und seine Männer ihnen in einem offenen Kampf hätten entgegentreten können.

Jerle Shannara übernahm die Führung und preschte direkt in die Gruppe der Gnome, die zu Fuß waren. Der Grund dafür lag auf der Hand. Die einzige Hoffnung der Elfen bestand darin, schneller als die berittenen Gnome zu sein, und dazu mussten sie an ihnen vorbeikommen und sie weit hinter sich lassen. Wenn sie sich nach links wandten, wohin die unberittenen Gnome sie zu treiben versuchten, würden sie zu den kleinen Hügeln zurückkehren und langsamer werden müssen, und dann konnten die berittenen Gnome ihnen den Weg abschneiden. Wenn sie sich nach rechts wandten, würden sie direkt auf ihre berittenen Feinde zuhalten. Es machte natürlich keinen Sinn umzukehren. Also blieb ihnen nur, nach vorne zu preschen, hinter die marschierenden Gnome zu gelangen und in westliche Richtung zu reiten – denn alle, sowohl Elfen als auch Gnome, wussten, dass es den Gnom noch nicht gab, der schneller reiten konnte als ein Elf.

Also rasten Jerles Leute durch die Maisfelder, möglichst weitläufig ausgeschwärmt, um die Reihen der feindlichen Bogenschützen und Schleuderer zu verwirren und zu trennen und sich so aus der Falle zu befreien. Die Gnome schossen hierhin und dorthin in dem Versuch, ihre Beute zu verfolgen. Die Elfen hielten sich tief gebückt, um möglichst kleine Ziele abzugeben. Nur Jerle vollbrachte das Unglaubliche und stellte sich in den Steigbügeln sogar noch auf. Wie ein Wahnsinniger schrie er auf die Gnome vor sich ein und schwang sein Schwert wie eine Sense. Tay erkannte, dass keiner sonst aus ihrer Gruppe in seiner Nähe war. Jerle preschte geradewegs auf die Gnome zu und trieb den Braunen rücksichtslos über das gepflügte Feld. Tay wusste, was sein Freund vorhatte. Er wollte möglichst viele der Feinde auf sich ziehen, um seinen Gefährten eine bessere Gelegenheit zur Flucht zu geben.

Preia zischte ihm zu, unten zu bleiben, Riss den kräftigen Rotbraunen scharf herum und brach aus dem Feld aus. Tay kauerte sich hinter Preias schlanken Rücken, der ihn dennoch schützte, und klammerte sich fest an ihre Taille. Er spürte ihren Körper sich mal zu dieser, mal zu jener Seite neigen, immer im Rhythmus mit den Bewegungen des Pferdes. Er erhaschte einen Blick auf jemanden, der auf sie zuritt, ein veschwommenes Etwas mit wirbelnden Armen und Beinen. Etwas Kleines, Festes schlug gegen seine Schulter und er spürte, wie sein Arm taub wurde. Ohne es zu wollen, ließ sein Griff, mit dem er sich an Preia fest hielt, etwas nach, und er glaubte schon zu stürzen, als sie mit einem Arm nach hinten langte und ihm half, oben zu bleiben. Sie erreichten das westliche Ende des Feldes, sprangen über einen Entwässerungsgraben auf einen breiten Streifen Grasland zu und galoppierten auf dem offenen Gelände weiter. Tay riskierte einen Blick über seine Schulter. Die Gnome knieten am Rande des Maisfelds, schleuderten Steine und schossen Pfeile ab. Aber die Reichweite ihrer Geschosse war bereits zu gering, als dass sie die Elfen noch erreichen konnten.

Tay sah wieder nach vorn. Elfenjäger preschten an beiden Seiten an ihnen vorbei und rasten in den Sonnenuntergang, hinter die verlassenen Gebäude des Vorpostens und auf das Grasland zu. Tay versuchte, sie zu zählen; besonders interessierte ihn, ob Jerle unversehrt war, aber die Landschaft war voller Staub und in einen feuchten Schimmer der spätnachmittäglichen Hitze gehüllt, so dass er schnell aufgab und all seine Bemühungen darauf konzentrierte, nicht vom Pferd zu fallen.

Die Elfen sammelten sich nicht weit hinter dem Vorposten und ließen die Pferde in einem ruhigeren Tempo laufen, bei dem sie ihren Verfolgern aber immer noch voraus waren. Wie durch ein Wunder hatten alle überlebt, zum größten Teil sogar unverletzt. Jerle Shannara hatte kaum eine Schramme. Tay bemerkte, dass er an der Schulter von einem Stein getroffen worden war und sich bereits ein Bluterguss gebildet hatte. Die Taubheit zog sich aber schon wieder zurück und wich einem dumpfen Schmerz. Nichts gebrochen, stellte er fest, und schob die Angelegenheit beiseite. Hinter ihnen schwenkten die berittenen Gnome über das offene Grasland nach Westen, als sie erkannten, dass ihre Beute sich aus der Falle in den Maisfeldern befreit hatte. Aber sie hatten ihre Pferde bereits hart angetrieben, um bis hierher zu gelangen, und sie kannten das Gelände nicht so gut wie die Elfen. Jerle übernahm wieder die Führung und wählte den vorteilhaftesten Weg für seine Gruppe. Dies hier war seine Heimat, und er kannte sich aus. Dort, wo das Land plötzlich abfiel, fand er einen Weg, der weiter oben entlangführte. Er wusste, wo Senkgruben oder Sümpfe und Moore drohten, und sie konnten in einem weiten Bogen ausweichen. Und wo breite Flüsse schnell und wild durch ihr Bett rauschten, konnte er auf seichte Stellen hindeuten. Die Jagd ging weiter, aber die Gnome fielen immer weiter zurück, und bei Einbruch der Dunkelheit waren sie am düster werdenden Horizont nicht mehr zu sehen.

Tay und seine Freunde verlangsamten das Tempo ihrer Pferde etwas, um zu vermeiden, dass ein Pferd bei dem schlechten Licht stürzte, aber sie versagten sich noch lange jede Rast, weil sie das Risiko, zufällig entdeckt zu werden, nicht eingehen wollten. Jerle führte sie an einem Bach entlang nach Norden, er verheimlichte ihr wirkliches Ziel, indem er die Richtung wechselte. Die Dunkelheit umhüllte sie wie ein willkommener Freund. Die Hitze des Tages ließ nach, es wurde kühler. Eine Zeit lang fiel leichter Regen, dann zogen die Wolken weiter. Die Elfen sprachen nicht, während sie ritten, so dass nur das Plätschern des seichten Wassers zu hören war, und später, nachdem sie den Bach verlassen hatten, das gedämpfte Donnern der Hufe auf der weichen Erde.

Als keine Gefahr mehr bestand, beugte sich Tay zu Preias Ohr und fragte leise: »Was ist mit dir passiert?«

Sie drehte sich herum und sah ihn an. Ihre Augen leuchteten inmitten all der Schrammen in ihrem Gesicht. »Eine Falle.« Ihre Stimme klang vor Ärger wie ein Zischen. »Kipp war vorausgegangen, um an dem ersten Vorposten die Pferde für uns bereitzustellen. Ich wollte die Gegend auskundschaften, damit wir nicht von den Gnomen überrascht würden, von denen wir wussten, dass sie sich in diesem Gebiet aufhielten. Aber sie warteten bereits auf uns. Ich hatte Glück, Kipp nicht.«

»Wir haben Kipp gefunden, Jerle und ich«, sagte er leise.

Sie nickte, antwortete aber nicht. Er wollte ihr sagen, was er getan hatte und warum, aber er konnte die Worte nicht über die Lippen bringen.

»Woher haben sie es gewusst?«, wollte er wissen.

Er spürte, wie sie die Schultern zuckte. »Sie haben es nicht gewusst. Sie haben geraten. Die Vorposten sind kein Geheimnis. Die Gnome wussten, dass wir nach dem Schwarzen Elfenstein suchen würden. Sie haben einfach auf uns gewartet. Sie warten an allen Vorposten, schätze ich.« Sie hielt inne. »Wenn sie unsere Pläne genau gekannt hätten, wenn sie gewusst hätten, wie sie uns finden könnten, hätten sie mich ebenso wie Kipp erwischt. Aber ich entdeckte sie ein bisschen früher als sie mich.«

»Trotzdem hast du gegen sie kämpfen müssen. Wir haben deinen Bogen gefunden.«

Sie schüttelte den Kopf. »Das hatte ich befürchtet. Ich konnte es nicht ändern.«

»Wir dachten …«

»Ich habe ihn auf der Flucht verloren«, schnitt sie ihm das Wort ab, bevor er sagen konnte, was er gedacht hatte. »Dann suchte ich Kipp. Dort fand der Kampf statt. Am Vorposten, wo sie ihn ergriffen hatten. Aber es waren zu viele für mich. Ich musste ihn zurücklassen.«

Bitterkeit verlieh ihrer Stimme eine ungewohnte Schärfe. Es hatte sie Überwindung gekostet, ihm das zu erzählen. »Auch wir mussten ihn zurücklassen«, gestand er.

Sie drehte sich nicht um. »Lebend?«

Er schüttelte langsam den Kopf.

Er spürte, wie sie erleichtert aufseufzte. »Ich konnte nicht umkehren, um euch zu warnen. Es waren zu viele Gnome zwischen uns. Ich musste weitergehen und versuchen, Pferde zu besorgen. Mir war klar, dass wir ohne Pferde am Ende wären. Außerdem hoffte ich, ein paar von ihnen abziehen zu können.« Ihr Lachen klang dünn und gekünstelt. »Ein frommer Wunsch, fürchte ich. Wie auch immer, ich habe letzte Nacht, während sie schliefen, eins unter ihrer Nase wegstehlen können, bin damit nach Süden zu einem weiteren Vorposten geritten, der hinter dem Tal liegt und von dem ich wusste, dass sie ihn noch nicht entdeckt hatten. Dort habe ich diese Pferde organisiert, sie zurückgebracht und mich mit ihnen versteckt, bis ihr gekommen seid.«

Tay starrte sie verwundert an. »Wie in aller Welt hast du das alles an einem einzigen Tag geschafft?«

Sie zuckte die Achseln. »Es war nicht so schwer.« In dem darauf folgenden Schweigen hörten sie nur das leise, dumpfe Geräusch der Pferdehufe. »Nicht so schwer wie das, was ihr getan habt.« Sie schaute ihn noch einmal an; ihr Lächeln war traurig und etwas unsicher. »Du warst hervorragend, Tay.«

Er zwang sich, zurückzulächeln. »Du warst besser.«

»Ich würde dich nicht gern verlieren«, sagte sie plötzlich und drehte sich wieder um.

Er saß still hinter ihr, unfähig, etwas zu erwidern.

Sie ritten die ganze Nacht hindurch und schlugen kurz vor Morgengrauen in einer tiefen, dicht mit den schlanken Zweigen von Eschen und weißen Birken bewachsenen Schlucht ihr Lager auf. Sie schliefen nur wenige Stunden, standen wieder auf, aßen und ritten weiter. Der Regen war zurückgekehrt, nun ein beständiges Nieseln, und mit ihm ein Nebel, der das ganze Land in Grau hüllte. Der Nebel und der Regen verbargen sie vor denen, die sie suchten, und so preschten sie den ganzen Tag bis tief in die Nacht hinein weiter. Tay ritt mit Preia an der Spitze; er benutzte seine Magie, um die Gegend vor ihnen abzusuchen. Aber er fürchtete nicht so sehr, dass sie von Gnomenjägern entdeckt werden könnten, als dass sie aus Versehen über sie stolpern würden. Sie ließen die Pferde meist im Schritt gehen, um ihre Kraft für die Zeit aufzuheben, wo sie sie benötigen würden, und um Stürze auf der regennassen Erde zu vermeiden.

Tay und Preia schwiegen und konzentrierten sich darauf, die Gegend zu erforschen; er mit Magie, sie mit den Augen. Aber sie pressten sich in dem schweren Regen dicht aneinander, und das war für Tay genug. Er träumte davon, dass sie einander mehr bedeuteten, als es der Fall war. Es war ein sinnloses Gedankenspiel, aber er fühlte sich dadurch für kurze Zeit so, als hätte er einen Platz in der Welt außerhalb Paranors. Er glaubte, wenn er sich nur genug bemühte, würde er vielleicht einen Weg finden, irgendwohin zu gehören, selbst ohne Preia. Er wusste, dass sie ihn nicht begleiten konnte, aber vielleicht konnte sie ihm helfen, diesen Weg zu finden. Er fasste sie locker um die Taille, schützte sie mit seinem breiteren Rücken vor dem Regen und spürte, wie ihre Körperwärme sich mit seiner mischte. Er machte sich Gedanken über sein Leben und fragte sich, wie er dahin gekommen war, wo er sich jetzt befand. Er sann über die Entscheidungen nach, die er getroffen hatte, und überlegte, ob er sich heute wohl ebenso entscheiden würde.

Sie schliefen kurz vor Morgenanbruch des dritten Tages, nachdem sie Unterschlupf in einem kleinen Hain aus hochgewachsenen Laubbäumen gefunden hatten, der sich im hinteren Teil eines kleinen Talkessels nah am Kensrowe befand. Sie waren jetzt am westlichen Ende des Tals angelangt, und vor ihnen erstreckten sich der dunkle See von Innisbore und der Pass, der sie zu den Grimmzacken bringen würde. Tay hatte an diesem Tag keine Spuren entdeckt, die auf Gnome hinwiesen. Er begann zu glauben, dass sie ihre Verfolger abgehängt hatten und sie in dem Gewirr der vor ihnen liegenden Berge endgültig loswerden würden.

Tay stand früh auf und sah, dass auch Jerle Shannara bereits wach war. Er stand am Rand des Lagers und spähte in den neuen Tag. Es war immer noch düster, das Wetter hatte sich nicht geändert.

Jerle drehte sich um, als Tay sich näherte. »Guten Morgen, Tay. Die Nacht war ein wenig kurz, nicht wahr?«

Tay zuckte die Achseln. »Ich habe gut genug geschlafen.«

»Aber nicht, wie du es gewohnt bist. Nicht, wie es bei den Druiden auf Paranor war, in einem Bett, in einem trockenen Zimmer, mit einer warmen Mahlzeit nach dem Aufwachen.«

Tay trat neben ihn und vermied es, ihn anzusehen. »Das spielt keine Rolle. Die Druiden sind alle tot. Paranor ist verloren. Dieser Teil meines Lebens ist vorüber.«

Sein Freund sah ihn scharfsinnig an. »Etwas beschäftigt dich. Ich kenne dich zu gut, um es nicht zu bemerken. Du warst in diesen letzten zwei Tagen ziemlich abwesend. War es Retten Kipp? Ist es das, was du getan hast, um seine Qual zu lindern?«

»Nein«, antwortete Tay wahrheitsgemäß. »Es ist schwieriger.«

Jerle wartete einen Moment. »Soll ich raten, oder möchtest du lieber, dass ich dich in Ruhe lasse?«

Tay zögerte; er war nicht sicher, ob er überhaupt Antwort geben wollte. »Es hat damit zu tun, dass ich zurückgekommen bin, nachdem ich zu lange fort war«, erwiderte er schließlich. Er wählte seine Worte sorgfältig. »Ich war zwanzig Jahre fort vom Westland. Jetzt bin ich wieder hier, und es kommt mir vor, als gehörte ich nicht mehr hierher. Ich weiß nicht, wo ich hingehöre, wie ich mich verhalten soll oder was ich tun soll. Wenn es diese Suche nicht gäbe, wäre ich vollkommen verloren.«

»Vielleicht sollte die Suche erst einmal genügen«, schlug sein Freund sanft vor. »Vielleicht ergibt sich das übrige im Lauf der Zeit.«

Tay schüttelte den Kopf. »Das glaube ich nicht. Ich denke, ich habe mich verändert und kann die Veränderung nicht mehr rückgängig machen. Diese Jahre auf Paranor haben mich auf eine Weise geprägt, die ich erst jetzt anfange zu begreifen. Ich fühle mich gefangen zwischen dem, was ich war, und dem, was ich bin. Ich glaube, ich bin weder das eine noch das andere.«

»Aber du bist gerade erst nach Hause gekommen, Tay. Du kannst nicht erwarten, dass du sofort dasselbe fühlst wie früher. Natürlich ist es erst einmal merkwürdig.«

Tay schaute seinen Freund an. »Ich denke, ich sollte wieder fortgehen, Jerle, wenn all dies vorbei ist.«

Jerle Shannara strich sich das blonde Haar aus dem Gesicht. Die Feuchtigkeit des Nebels glänzte auf seiner Haut. »Es würde mir sehr leid tun, wenn das so wäre.« Er hielt inne. »Aber ich würde es verstehen, Tay. Und wir werden trotzdem immer Freunde sein.«

Er legte eine Hand auf Tays Schulter und ließ sie dort ruhen. Tay lächelte. »Wir werden immer Freunde sein«, bekräftigte er.

Sie ritten, wieder im feuchten Dunst, nach Westen. Im Laufe des Tages war der Regen stärker geworden. Sie brachten das letzte Viertel des Tals von Sarandanon hinter sich, in Finsternis eingehüllte Reiter, die kaum sich selbst erkennen konnten. Es war, als wäre die Welt, aus der sie gekommen waren, und die, in welche sie gingen, weggeschmolzen. Es war, als wäre nichts übrig als dieses kleine Stückchen Erde, auf dem sie gerade ritten und das erst kurz vor ihnen Gestalt annahm, um sich bald nach ihnen wieder aufzulösen, das aber niemals länger vorhanden war als jene paar Augenblicke, die sie brauchten, um es zu durchqueren.

Als es dämmerte und das Licht sich ganz zurückzog, erreichten sie den Gipfelschlund – den Eingang zu dem Pass, der durch das Kensrowegebirge zu den Grimmzacken führte. Dort stießen sie wieder auf Gnomenjäger, und erneut waren sie vor ihnen. Ein großes Kontingent hatte sich vor dem Passeingang festgesetzt und blockierte den Zugang. Die Gruppe unterschied sich von der, die sie im östlichen Tal angegriffen hatte, denn diese Jäger hatten sich bereits eine Zeit lang hier niedergelassen. Preia Starle erkundete die

Gegend und fand ihr Lager. Das Lager, so berichtete sie, war alt und gut abgesichert. Die Reihen der Wachen erstreckten sich bis zum Eingang des Passes, und es gab keine Möglichkeit, ungesehen an ihnen vorbeizugelangen. Sie hätten den Schlund ganz vermeiden können, aber dies würde drei Tage mehr beanspruchen; eine Verzögerung, die sie sich nicht leisten konnten. Sie mussten einen Weg finden hindurchzukommen.

Nach einiger Überlegung einigten sie sich auf einen Plan, der hauptsächlich auf dem Überraschungseffekt basierte. Sie warteten bis Mitternacht, bestiegen dann ihre Pferde und ritten direkt auf den Pass zu. Mit ihren Umhängen und den Kapuzen konnten sie einander bei Nacht und Regen kaum selbst erkennen und erst recht nicht so schnell von den Gnomenwachen bemerkt werden. Sie ritten ohne Hast und mit scheinbarer Lässigkeit, so als gehörten sie dorthin, wo sie waren. Als sie sich dem Pass so weit genähert hatten, dass sie möglicherweise von einer Wache herausgefordert werden würden, rief Tay, der aus seiner Zeit auf Paranor eine Reihe von Sprachen beherrschte, den Gnomen in ihrer eigenen Sprache etwas zu und verhielt sich so, als würden sie erwartet. Die Verstärkung, erklärte er beiläufig, und die Elfen ritten näher.

Zu dem Zeitpunkt, da die Gnome beschlossen, der Unsicherheit ein Ende zu setzen und zu handeln, waren die Elfen bereits an ihnen vorbei und drückten den Pferden die Fersen in die Flanken. Sie drängten zum Eingang des Passes, ritten direkt durch das Lager, zerstoben Feuerstellen und Gnome in alle Richtungen, und brüllten dabei, als wären sie einhundert statt nur eine Handvoll. Die Überraschung war gelungen. Bis die Gnome aus ihren Betten gerollt waren und hinter ihnen herjagten, waren die Elfen schon fort und in Sicherheit.

Aber dann war es vorbei mit ihrem Glück. Als Vorsichtsmaßnahme gegen genau solche Schliche hatten die Feinde am entfernten Ende des Passeingangs eine zweite Reihe von Wachen postiert. Diese Gnome hörten die Warnrufe ihrer Gefährten und warteten, während die Elfen auf sie zuritten. Mit Speeren, Pfeilen und Schleudersteinen griffen sie Tays Gruppe an, als sie auf den Eingang des Passes zuritten. Die Elfen hatten keine Zeit, langsamer zu werden und ihre Strategie zu überdenken, sie konnten sich nur so weit wie möglich hinabbeugen und hoffen, dass sie durchkommen würden. Jerle Shannara stieß furchtlos und unnachgiebig rechts in den dichtesten Knoten der Angreifer. Waffen wurden vor ihm wild durch die Luft geschwungen, und ein Hagel von Geschossen drohte ihn zu spicken. Aber wie so oft schon gelang es ihm irgendwie, nicht nur selbst auf dem Pferd zu bleiben, sondern auch das Tier aufrecht zu halten. Zusammen rasten sie in die Gruppe von Feinden, und Tay Trefenwyd sah Gnome wie morsches Holz zur Seite fliegen. Dann war Jerle Shannara durch.

Tay und Preia konnten ebenfalls entkommen. Das stämmige Pferd der Fährtenleserin war nach links geprescht und über eine Schnur gesprungen, die dazu gedacht war, es zu Boden zu werfen. Die Schreie der Gejagten und der Jäger mischten sich mit dem Gewieher der Pferde. Reiter schossen vorbei, körperlose Schatten, die im Zwielicht hin und her hetzten. Verzweifelt versuchte Tay, mit Hilfe seiner Magie einen Schirm um die verbliebenen Elfen zu werfen, sie so vor den Gnomen zu verbergen.

Dennoch fehlten fünf von ihnen, als sie sich wenige Meilen jenseits des Gipfelschlunds wieder trafen. Jetzt waren sie nur noch neun, und die Hunderte von Gnomenjägern, die im Tal von Sarandanon verstreut waren, würden ebenfalls hierherströmen und sie zu den Grimmzacken verfolgen.

Und sie würden ihre Jagd erst aufgeben, wenn sie sie gefunden hätten.

Kapitel 15

Als der nächste Tag sich dem Ende zuneigte, waren die Elfen bereits tief im Grimmzackengebirge. Nach ihrem Durchbruch in der Nacht zuvor bei Baen Draw waren sie bis zum Tagesanbruch weitergeritten und hatten sich durch die zerklüfteten Gebirgsausläufer gekämpft. Erst als das Morgenlicht aus dem Osten hervorgekrochen war und sich über das Becken des Sarandanon ergossen hatte, hatten sie sich eine Pause gegönnt. Nach wenigen Stunden Schlaf waren sie wieder aufgestanden, hatten gegessen und sich auf den Weg gemacht. Der Regen hatte inzwischen aufgehört, aber der Himmel war immer noch grau, und Nebel hing wie eine dicke Decke zwischen den Bergen. Es war Feuchtigkeit in der Luft, die nach Erde und modrigem Holz roch. Als sie weiter nach oben kamen und die Hügel unfruchtbar und felsig wurden, verschwand der Geruch. Jetzt war die Luft kühl, scharf und klar, und der Nebel begann sich aufzulösen.

Es wurde Mittag, und sie ließen die Hügel hinter sich und wandten sich in die Berge. Jerle Shannara hatte den anderen bereits mitgeteilt, dass sie bis zum Beginn der Dunkelheit weiterreiten würden; er wollte den Abstand zwischen ihnen und ihren Verfolgern vergrößern und nur auf solchem Gelände Rast machen, wo sich ihre Spuren nicht allzu leicht von den Feinden zurückverfolgen ließen. Niemand erhob Einwände. Gehorsam ritten sie durch das Zwielicht und beobachteten, wie der Nebel aufklarte und die Berge enthüllte. Die Grimmzacken waren eine Wand aus zerklüftetem Fels; Gipfel ragten gen Himmel, bis sie in den Wolken verschwanden, Klippen fielen mehrere hundert Meter beinahe senkrecht in die Tiefe, und gewaltige Felsnasen und Spalten erinnerten an die Zeit der Entstehung der Erde, als sie mit ungeheurem Druck zusammengeschoben worden waren. Die Berge erhoben sich zum Himmel, als wollten sie sich von der Welt lösen, sie sahen aus wie die ausgestreckten Arme gewaltiger Riesen, erstarrt in der Zeit. So weit die Elfen auch nach Norden und Süden blickten, sie sahen nichts als Felsen, die sich vom Himmel abhoben wie ein unüberwindliches Hindernis, wie eine uneinnehmbare Festung.

Als die Nacht hereinbrach, hatten sie die niedrigeren Gipfel bereits hinter sich gebracht und konnten weder auf die Gebirgsausläufer, durch die sie hergekommen waren, noch auf das entfernte Tal des Sarandanon zurückblicken. Sie fanden einen Fichtenhain in einem engen Tal zwischen zwei schneebedeckten Gipfeln und schlugen dort ihr Lager auf. Es gab frisches Wasser und Gras für die Pferde und auch Holz für ein Feuer.

Sobald sie sich niedergelassen und gegessen hatten, machte Preia Starle sich auf, den Weg wieder zurückzugehen. Sie wollte feststellen, ob ihre Feinde die Verfolgung aufgenommen hatten. Während Tay auf ihre Rückkehr wartete, beriet er sich mit Jerle und Vree Erreden über die Vision, die ihm enthüllt hatte, wo sich der Schwarze Elfenstein befand. Noch einmal erzählte er von den Besonderheiten, achtete darauf, alles, was Bremen ihm mitgeteilt hatte, zu beschreiben. Jerle Shannara hörte aufmerksam zu, seine Miene war ernst, sein Blick konzentriert und unbewegt. Vree Erreden dagegen schien beinahe gleichgültig zu sein, sein Blick schweifte häufig ab und schaute in die Nacht, als würde er nach etwas suchen, das hinter den Worten lag, die Tay ihnen anbot.

»Ich bin niemals in diesem Teil des Westlandes gewesen«, erklärte er, als Tay geendet hatte. »Ich weiß nichts von der Beschaffenheit des Geländes. Wenn ich das Versteck, das wir suchen, erspüren soll, müssen wir noch etwas näher herankommen.«

»Wie hilfreich«, warf Jerle verärgert ein. Er hatte gesehen, wie der Blick des Lokaten abgeirrt war, und demonstrierte jetzt seinen Missmut. »Ist das alles, was Ihr tun könnt?«

Vree Erreden zuckte die Achseln.

Jerle war wütend. »Vielleicht könntet Ihr etwas mehr leisten, wenn Ihr besser auf das geachtet hättet, was Tay erzählt hat!«

Der Lokat schaute ihn mit einem vor Kurzsichtigkeit leicht schiefen Blick an. Ein schwaches Feuer glomm in seinen Augen. »Ich will Euch etwas erzählen. Als Tay Trefenwyd zu mir kam und mich um Hilfe bat, habe ich in seinem Geist gelesen. Ich kann das manchmal. Ich habe Bremens Vision gesehen, diejenige, die Tay gerade beschrieben hat, und meine Erinnerung daran ist noch sehr genau. Diese Vision ist echt, mein Freund. Wenn sie es nicht wäre, wäre ich nicht hier. Sie ist echt, und der Ort, den sie zeigt, existiert tatsächlich, das weiß ich. Dennoch ist es mir nicht möglich, sie mit dem Wissen, das ich bis jetzt habe, zu finden!«

»Jerle, du bist viel in diesem Land gereist«, lenkte Tay schnell ab. Er wollte eine heftige Auseinandersetzung zwischen den beiden vermeiden. »Klingt denn nichts von dem, was ich beschrieben habe, vertraut?«

Sein Freund schüttelte den Kopf. Ein verstimmter Ausdruck breitete sich auf seinem Gesicht aus. »Meistens beschränkten sich meine Reisen auf die Pässe – das Halysjoch und den Spindelpass – und das, was dahinter liegt. Deine Beschreibung der Bergformation – die zwei Gipfel, die wie zwei gespreizte Finger aussehen – könnte auf ein Dutzend zutreffen, die ich gesehen habe.«

»Aber du bist nicht sicher, auf welche?«

»Was sollte ich wohl sonst meinen?«, schnappte sein Freund.

»Welchen Weg sollen wir dann deiner Meinung nach gehen?«, drängte Tay weiter. Er verstand das ungewöhnliche Verhalten seines Freundes nicht, der seine Wut so offen zeigte.

Jerle stand auf. »Woher soll ich das wissen? Frag doch ›meinen Freund‹, den Lokaten hier, welchen Rat er für dich hat!«

»Einen Augenblick«, sagte Vree Erreden schnell und stand ebenfalls auf. Er blickte Jerle an und wirkte in dem Schatten des anderen Mannes klein und schmächtig, aber keineswegs eingeschüchtert. »Wärt Ihr einverstanden, etwas auszuprobieren? Ich könnte Euch helfen, Euch daran zu erinnern, falls Ihr diese bestimmte Formation schon einmal gesehen habt.«

Tay sprang jetzt auch auf; er begriff, was der Lokat vorhatte. »Kannst du mit Jerle das gleiche tun wie mit mir?«, fragte er schnell. »Kannst du seine Erinnerung zurückholen, so wie du Bremens Vision gefunden hast?«

»Wovon redet ihr da?«, fauchte Jerle und schaute von einem zum anderen.

»Vielleicht«, antwortete Vree Erreden auf Tays Frage. Dann blickte er Jerle Shannara an. »Ich habe es dir eben schon gesagt. Manchmal kann ich Gedanken lesen. Ich habe es bei Tay gemacht, um einen Blick auf Bremens Vision zu werfen. Ich kann es bei dir versuchen und nachsehen, ob dein Unterbewusstsein irgendeine Erinnerung an die Formation enthält, die wir suchen.«

Jerle lief rot an. »Probiert Eure Magie an jemand anderem aus!«

Er wandte sich ab, aber Tay hielt ihn am Arm fest und zog ihn wieder zurück. »Aber wir haben niemand anderen, Jerle. Wir haben nur dich. Hast du Angst?« Der große Mann starrte ihn beinahe zornig an. Tay wich keinen Zentimeter zurück, denn er hatte keine andere Wahl. Der nächtliche Himmel hatte sich aufgeklärt, und die riesige Weite war übersät mit Sternen. Ihre Helligkeit blendete beinahe. Wie er da so unter ihrem Licht im Schatten der Berge stand, mitten in einer unerwarteten Konfrontation mit seinem besten Freund, fühlte sich Tay auf merkwürdige Weise den Blicken der anderen ausgesetzt.

Jerle befreite sich vorsichtig aus Tays Griff. »Ich habe vor nichts Angst, und das weisst du«, sagte er leise.

Tay nickte. »Ich weiß es. Und jetzt lass es Vree bitte probieren.«

Sie nahmen wieder Platz und rückten in der Stille eng zusammen. Vree Erreden nahm Jerle Shannaras Hände in seine eigenen, hielt sie leicht fest und starrte dem anderen direkt in die Augen. Dann Schloss er sie. Tay betrachtete das Paar etwas unsicher. Jerle war so angespannt wie eine Katze kurz vor dem Sprung, bereit, beim ersten Anzeichen von Gefahr fortzurasen. Der Lokat dagegen war ruhig und gelöst, besonders jetzt, wo er irgendwo in seine eigenen

Tiefen abgetaucht war, um zu finden, was er suchte. Sie verharrten einen Augenblick in dieser Haltung. Es war eine merkwürdige Verbindung, und keiner von beiden gab etwas von dem preis, was gerade geschah.

Dann ließ Vree Erreden Jerle Shannaras Hände wieder los und nickte kurz. »Ich habe es. Zumindest ist es etwas, womit wir beginnen können. Eure Erinnerung ist sehr gut. Die zwei Gipfel, die zusammen ein V bilden, werden die Zwicker genannt – zumindest von Euch.«

»Ich erinnere mich jetzt«, sagte der große Mann leise. »Es war vor fünf oder sechs Jahren, als ich einen dritten Weg zur Rauen Platte gesucht habe, die in den Bergen nördlich vom Spindelpass liegt, tief im dichtesten Bergmassiv. Es gab keine Möglichkeit, dort hindurchzukommen, also gaben wir es auf. Aber ich erinnere mich jetzt an diese Formation. Ja, ich erinnere mich an sie!«

Dann schien seine Begeisterung wieder zu verschwinden, und er klang wieder verärgert. »Genug davon.« Er nickte knapp, mehr an sich selbst gerichtet als an die anderen, und stand dann auf. »Wir haben unseren Ausgangspunkt. Ich hoffe, jetzt sind alle glücklich. Vielleicht kann ich jetzt ein wenig schlafen.«

Er drehte sich um und stapfte davon. Tay und Vree Erreden sahen ihm nach, keiner von beiden sagte etwas. »Er ist nicht immer so«, meinte Tay schließlich.

Der Lokat erhob sich. »Er hat gerade bei einem Angriff fünf Männer verloren, die ihm vertrauten, und er hat das Gefühl, er hätte vorhersehen müssen, was geschehen würde.« Tay zuckte die Schultern. »Das ist genau das, was er jetzt denkt. Er konnte es nicht vor mir verstecken, obwohl er es sich innig gewünscht hat.«

»Aber dass diese Männer gestorben sind, war nicht sein Fehler«, erklärte Tay. »Niemand ist daran schuld.«

Der Lokat warf ihm einen Seitenblick zu. »Jerle Shannara sieht das nicht so. Würdest du es so sehen, wenn du an seiner Stelle wärst?«

Dann wandte er sich ab und ging davon; er überließ es Tay, weiter über die Angelegenheit nachzudenken.

Bei Tagesanbruch wandte sich die Gruppe nach Norden, durch die Berge hindurch auf den Spindelpass zu. Preia Starle war im Laufe der Nacht zurückgekehrt und hatte berichtet, dass es keine Anzeichen für eine direkte Verfolgung gab. Keiner glaubte auch nur einen Augenblick, dass dies wirkliche Sicherheit bedeutete. Es hieß lediglich, dass sie eine kleine Atempause hatten. Die Gnome waren immer noch da draußen und suchten nach ihnen, aber die Elfen würden in den Bergen schwer zu finden sein. Die Wege schlängelten sich wild durch die Felsen und verschwanden immer wieder plötzlich zwischen Geröll und Felsbrocken. Wenn sie etwas Glück hatten, würden sie so lange nicht entdeckt werden, bis sie gefunden hatten, was sie suchten.

Ein frommer Wunsch, dachte Tay, aber das Beste, was er hoffen konnte. Den ganzen restlichen Tag ritten sie nach Norden, ohne etwas von ihren Verfolgern zu sehen. Sie folgten einer Reihe von tiefen Tälern, die sich am östlichen Rand des Gebirges bis zum Eingang des Spindelpasses wanden. In dieser Nacht lagerten sie auf einem Plateau, von dem aus sie den Pass und die vom Sarandanon herführenden Täler beobachten konnten, ganz in der Nähe von der Stelle, wo Jerle die V-Formation gesehen hatte, die er die Zwicker nannte. Er war heute in etwas besserer Stimmung, zwar immer noch in sich gekehrt und schweigsam, aber nicht mehr so kurz angebunden. Vielleicht half es etwas, dass sie jetzt eine deutlichere Vorstellung von dem hatten, was sie tun würden. Bei Tay hatte er sich sogar in eher lässiger Weise entschuldigt, hatte auch eine lockere Bemerkung zu seinem etwas schroffen Wesen gemacht. Mit Vree Erreden sprach er darüber nicht, aber Tay ließ die Angelegenheit auf sich beruhen.

Preia Starle schien von Jerles veränderter Haltung nicht betroffen zu sein und verhielt sich so, als wäre alles in Ordnung. Tay nahm an, dass sie die Stimmungen ihres Freundes mittlerweile genügend kannte, um mit jeder seiner Anwandlungen entsprechend umgehen zu können. Er spürte einen kleinen Stich von Eifersucht, denn zwischen ihnen beiden gab es diese Nähe nicht. Erneut wurde er daran erinnert, dass er der Außenstehende war, dass er aus einer anderen Welt in sein altes Leben zurückgekehrt war und immer noch versuchte, sich wieder einzufügen. Er wusste nicht, warum ihn das so bekümmerte, abgesehen davon, dass Paranor vollständig verloren war und sein Leben sich um die Beziehung drehte, die ihn einerseits mit Preia, andererseits mit Jerle verband. Er konnte nicht behaupten, dass es eine ehrliche Beziehung war, denn er verbarg vor den beiden vieles von dem, was er für Preia empfand. Oder zumindest glaubte er, dass er es verbarg. Vielleicht wussten sie auch weitaus mehr, als sie zu erkennen gaben, und er spielte mit Geheimnissen, obwohl eigentlich alle Geheimnisse bekannt waren.

Sie ritten bei Sonnenaufgang weiter und erreichten die Zwicker um die Mittagszeit. Tay erkannte die Gipfel sofort, denn sie passten vollkommen zu dem Bild aus Bremens Vision. Die Gipfel brachen in einem tiefen Spalt auseinander, so dass sie sich in einem scharfen V gegen den Horizont erhoben. An der Vorderseite des Spalts war ein Gewirr von kleinen Bergen, abgetragen durch Zeit und Wetter und vollkommen leer außer spärlichem Gestrüpp von Tannen und Erlen. Eine Bergwand war durch die Lücke im V zu erkennen, aber sie war so von Nebel umgeben, dass ihre Umrisse verschwommen blieben.

Am unteren Ende eines Passes, der zu den Gipfeln führte, ließ Jerle die Gruppe anhalten und stieg ab. Über ihnen kreisten Raubvögel vor dem Blau des Himmels; ihre Flügel spreizten sich weit, wenn sie in langen, eleganten Schwüngen ihre Kreise zogen. Es war ein klarer und schöner Tag, denn die Regenwolken waren nach Osten zum Sarandanon weitergewandert. Tay spürte die Sonne warm und beruhigend auf seinem Gesicht, als er nach oben in die gewaltige Weite schaute und über ihre verborgenen Geheimnisse sinnierte.

»Wir werden die Pferde hier lassen und zu Fuß weitergehen«, erklärte Jerle. Er grinste, als er Tays Gesicht sah. »Wir können ohnehin nur noch ein kleines Stückchen weiterreiten, Tay. Dann müssten wir sie an einer Stelle zurücklassen, wo sie allen, die uns folgen, ungeschützt ausgeliefert sind. Hier dagegen können wir sie im Wald verstecken. Möglicherweise müssen wir ja Hals über Kopf fliehen.«

Preia stimmte ihm zu, und Tay wusste, dass sie recht hatten, auch wenn er sich nicht wohl bei dem Gedanken fühlte, die Tiere aufzugeben, die sie schon aus so mancher Gefahr gerettet hatten. Abgesehen davon war es schwierig genug gewesen, sie überhaupt zu bekommen. Aber auch ihre Verfolger würden von dieser Stelle aus zu Fuß weitergehen müssen, und so beschloss er, mit dem zufrieden zu sein, was er hatte.

Jerle bestimmte einen der Elfen zur Wache bei den Pferden. Es war ein grauhaariger Krieger namens Obann, der die Tiere nehmen und an einem Ort verstecken sollte, wo sie nicht gefunden werden würden. Dann sollte er bis zur Rückkehr der Gruppe Wache halten. Obann wollte lieber den anderen folgen, wenn er die Pferde versorgt hatte, aber Jerle hielt nichts davon. Er wies darauf hin, dass ein Suchtrupp der Gnome anrücken könnte und er dann gezwungen wäre, das Versteck zu verlegen. Oder seine Gefährten könnten auf dem Rückweg angegriffen werden und er müsste ihnen die Pferde entgegenbringen. Widerstrebend stimmte Obann zu, nahm die Pferde und verschwand.

Dann führte Jerle die kleine Gruppe, die mittlerweile auf sieben Personen geschrumpft war – er selbst, Tay, Preia, Vree Erreden und weitere drei Krieger – durch das Gewirr aus Felsen und Bäumen auf die dunkle Spalte der Zwicker zu.

Den gesamten restlichen Tag kletterten sie. Tay sann wieder über die Aufgabe nach, die vor ihm lag. Er hätte sich beruhigen können, indem er sich einredete, dass auch die anderen aus der Gruppe die Verantwortung für die Beschaffung des Schwarzen Elfensteins trugen, aber es blieb die Tatsache, dass Bremen ausdrücklich ihm den Auftrag gegeben hatte, und nicht ihnen. Darüber hinaus war er der einzige Druide unter ihnen und der einzige, der eine Form der Magie beherrschte, die wirklichen Schutz bieten konnte, und somit auch am besten geeignet, den Elfenstein zu finden und zu bergen. Er hatte auch den anderen Teil von Bremens Vision nicht vergessen – die Gefahren, die das Versteck des Elfensteins umgaben, den Hinweis auf die dunklen Spiralen, die den Stein vor Dieben schützten, das unverkennbare Gefühl von etwas Bösem. Das Auffinden des Elfensteins, das war ihm klar, würde nur der erste Schritt sein. Ihn zu bergen, war der zweite, und das würde nicht ohne Risiko geschehen. Wenn der Elfenstein all die Jahrhunderte ungestört geblieben war, dann musste er sehr gut geschützt sein. Vree Erreden und Preia Starle mochten ihm helfen, ihn zu finden, und Jerle Shannara und die Elfenjäger mochten ihm helfen, ihn zu bekommen, aber letztendlich fiel die Bürde ihm allein zu.

So soll es vermutlich auch sein, dachte er schließlich. Den größten Teil der vergangenen fünfzehn Jahre, beinahe sein gesamtes erwachsenes Leben, war er für solche Situationen ausgebildet worden. Genau das war der Sinn seiner Zeit auf Paranor gewesen, sofern sie überhaupt einen Sinn gehabt hatte. Nichts von dem, was er bisher geleistet hatte, war vergleichbar mit dem, was jetzt von ihm erwartet wurde. Wie die anderen Druiden hatte er die Zeit auf Paranor damit verbracht, sich in seine Studien zu vertiefen und Wissen anzueignen, und wenn er auch weiter an seinen Fähigkeiten gearbeitet hatte, hatte sein Leben doch zu einem überwiegenden Teil aus Sitzen bestanden. Fünfzehn Jahre lang hatte er in einer isolierten, weltabgeschiedenen Festung verbracht und sich nicht in die Geschehnisse der Welt eingemischt. Jetzt, wo seine Zeit auf Paranor beendet war, würde sich sein Leben für immer verändern, und genau hier in diesen Bergen, zwischen den Ruinen einer anderen Zeit, begann es, mit einem Talisman, den seit Beginn der Menschheitsgeschichte noch niemand gesehen hatte.

Er durfte also keinen Fehler machen – das war von außerordentlicher Wichtigkeit. Ein Fehler hieß, jede Hoffnung auf Vernichtung des Dämonenlords zu zerstören, ein Fehler verschloss die Möglichkeit, eine Waffe zu schaffen, die ihn würde vernichten können, und noch mehr, ein Fehler bedeutete auch das Ende von Tay Trefenwyds eigenem Leben. In einer Sache wie dieser würde es keine zweite Chance geben, keine Gelegenheit, zurückzugehen und es noch einmal zu probieren. Dieser Versuch würde alles auf die Probe stellen, woran er jahrzehntelang geglaubt, worauf er sich vorbereitet hatte.

Seine Sorgen nahmen zu. Die Gruppe war müde; sie war erschöpft davon, gejagt zu werden, wegzulaufen und sich zu verstecken, aus Fallen entkommen zu müssen, nicht schlafen zu dürfen und lange Stunden unterwegs zu sein. Sie hatten seit einer Woche nicht richtig gegessen, denn ihnen fehlten die Vorräte, die sie sich eigentlich hatten beschaffen wollen, und so lebten sie nur von dem, was sie während ihrer Flucht erlegen und finden konnten. Der Verlust ihrer Gefährten entmutigte sie, und die Angst, dass ihre Suche doch nicht erfolgreich wäre, nagte beständig an der harten Oberfläche ihrer Entschlossenheit. Niemand sprach darüber, aber sie war da, in den Gesichtern, in ihren Augen, in der Art ihrer Bewegungen, sichtbar für jeden, der es sehen wollte.

Die Zeit lief ihnen davon, dachte Tay Trefenwyd. Sie entschlüpfte ihnen wie Wasser, das durch zwei zum Becher geformte Hände tropfte, und wenn sie nicht aufpassten, würde sie plötzlich ganz verschwunden sein.

Bei Einbruch der Nacht hatten sie den Zugang zum Pass erreicht und schlugen in einem kleinen Erlenwäldchen im Schutz der Berge ihr Lager auf. Hier, etwas weiter oben am Abhang, war es kühl, aber noch nicht richtig kalt. Die Felswände schienen die Hitze, die sich im Laufe des Tages im Pass sammelte, zu speichern; möglicherweise deshalb, weil sie sich steil in ein tiefes Tal hinabsenkten, das weit nach Osten und Westen reichte. Tay und seine Gefährten aßen wenig und tranken um so mehr, da sie noch reichlich Wasservorräte besaßen, dann wickelten sie sich in ihre Decken und schliefen ungestört bis zum Morgengrauen.

Beim ersten Licht des neuen Tages marschierten sie weiter. Die Sonne ergoss sich ins Tal und ließ Dunststreifen wie Leuchtfeuer am östlichen Horizont aufblitzen. Preia Starle führte die Gruppe an, sie erkundete einige hundert Meter voraus den Weg und kehrte immer wieder zu ihnen zurück, um sie vor Hindernissen zu warnen, auf einen besseren Pfad hinzuweisen und dafür zu sorgen, dass keinem etwas geschah. Tay marschierte neben Jerle, aber keiner der beiden sprach viel. Sie kletterten am westlichen Ende aus dem Tal hinaus, ließen den Schatten der Zwillingsgipfel hinter sich und fanden prompt den Weg durch eine gewaltige Berme versperrt. Gigantische Steinstücke schienen aus der Erde geschlagen und von riesigen Händen willkürlich zusammengetragen worden zu sein und darauf zu warten, dass sie jemand wieder auseinander sortieren und zurücklegen würde.

Preia kehrte zurück und führte sie beinahe eine ganze Meile links an der Berme vorbei, bis sie auf einen Pfad hinauf in die zerklüfteten Felsen stießen. Jerle hatte inzwischen alles, was sein Gedächtnis ihm noch mitteilen wollte, zusammengetragen, und so blieb ihnen nichts übrig, als so lange weiterzugehen, bis sie etwas fanden, das zu Bremens Vision passte. Sie kletterten über die Berme, immer darauf bedacht, die senkrecht in die Dunkelheit abfallenden Spalten zu vermeiden. Schon ein einziger falscher Schritt hätte dazu führen können, abzurutschen und für immer verloren zu sein, und so hielten sie sich fern von den schmalen, nach unten abfallenden Kanten und den steilen Kämmen der Abhänge. Jerle hatte recht gehabt, als er darauf bestanden hatte, die Pferde zurückzulassen, erkannte Tay. Die Tiere wären hier völlig unbrauchbar gewesen.

Am Kamm der Berme trafen sie auf einen schmalen gewundenen Pfad, der in dem Gelände kaum auszumachen war und durch einen schmalen Hohlweg in die größeren Felsen darüber führte. Vorsichtig folgten sie ihm, folgten Preia, die sich mit erstaunlicher Leichtigkeit bewegte, in einem Moment sichtbar und im nächsten bereits wieder verschwunden war.

Als sie wieder auf sie stießen, stand sie am Ende des Hohlwegs und schaute auf die Berge hinter sich. Als die anderen näher kamen, wandte sie sich ihnen zu, und die Aufregung war ihr deutlich ins Gesicht geschrieben. Sie deutete auf etwas, und Tay erkannte sofort die Bergformation gleich links von ihnen. Türme reckten sich in merkwürdigen Winkeln in den Himmel und waren am Fuß von einer breiten, hohen Gruppe herabgefallener Felsbrocken umgeben.

Wie in sich verhakte Finger, zu einer einzigen Masse zusammengedrängt.

Tay lächelte erschöpft. Sie hatten die Stelle gefunden, die zerklüftete Ansammlung von Gipfeln, die irgendwo in ihren Tiefen eine Festung verborgen hielten – eine Festung, die Bremen in seiner Vision gesehen hatte und die den Schwarzen Elfenstein barg.

Tay Trefenwyd war überrascht, wie leicht es gewesen war, die V-förmigen Zwillingsgipfel und die zugehörige Bergkette zu finden. Dank Preia Starle und Vree Erredens Fähigkeit, verlorene Erinnerung zugänglich zu machen, waren sie mit einer Geschwindigkeit zu ihrem Ziel gelangt, die jeder Logik trotzte. Wenn die Gnome sie nicht hin und wieder gestört hätten, wären sie beinahe mühelos hierher gelangt.

Genauso schnell wurde es jetzt allerdings schwierig. Sie verbrachten den ganzen Tag und auch noch den nächsten damit, nach dem Eingang zu der Feste zu suchen, die in den riesigen Gipfeln versteckt sein musste. Sie fanden nichts. Riesige Felsen, Felsblöcke und Steinplatten stapelten sich überall, sie boten Dutzende von Öffnungen an, die ins Leere führten. Langsam und sorgfältig untersuchten sie jeden Pfad, folgten ihm durch jeden Schatten bis zu einem plötzlichen Abfall der Klippen oder einer Felswand, die jedem weiteren Vordringen ein Ende setzte. Die Suche ging weiter, zog sich jetzt schon über den dritten und vierten Tag hin, und noch immer hatten sie nichts finden können.

Langsam verloren sie die Beherrschung. Sie hatten einen langen Weg zurückgelegt und einen hohen Preis gezahlt, um hierher zu kommen, und die Vorstellung, jetzt am Ende angelangt zu sein, war mehr, als sie ertragen konnten. Alle hatten das quälende Gefühl, dass ihnen die Zeit davonlief, dass Gefahr aus dem Osten drohte, wo die Gnome ihre unvermeidliche Suche weiter fortsetzten, dass ihnen der Schwung verloren ging und Enttäuschung sich breitmachte.

Jerle Shannara hielt sie auf Trab. Entgegen Tays Befürchtung wurde er nicht missmutig und übellaunig, und er verfiel auch nicht in die Stimmung, die er nach dem Verlust der Elfenjäger beim Gipfelschlund gezeigt hatte – er blieb einfach ruhig und entschlossen und fest. Er trieb sie alle unaufhörlich an, sogar Tay. Er bestand darauf, dass sie mit der Suche fortfuhren, die Spuren zurückverfolgten, die sie gekommen waren. Er zwang sie, immer wieder und wieder in jede Öffnung in den Felsen zu spähen. Allein seine Willenskraft verhinderte, dass sie die Hoffnung aufgaben. Tay stellte wieder einmal fest, dass sein Freund der ideale Anführer war.

Vree Erreden konnte hingegen nur noch wenig helfen. Er hatte keine Visionen, keine Ahnungen, keine Hinweise seiner Instinkte – nichts, was ihnen hätte zeigen können, wo die Feste oder ihr Eingang liegen mochte. Den Lokaten schien das nicht aus der Ruhe zu bringen; er wirkte sogar zuversichtlich. Aber Tay nahm an, dass er an Misserfolge gewöhnt war. Er hatte wohl die Tatsache akzeptiert, dass seine Fähigkeiten nicht auf Befehl funktionierten. Immerhin lehnte er sich nicht zurück und wartete darauf, dass etwas geschah. Wie jeder in der Gruppe half er bei der Suche, spähte in Winkel und Spalten, in Ritzen und Hohlwege. Er äußerte sich nicht dazu, dass sein Talent derzeit versagte, und Jerle Shannara, soviel musste man ihm zugute halten, sprach es ebenso wenig an.

Am Ende war es Preia Starle, die den Eingang entdeckte. Obwohl sich das Gebiet vor ihnen wie ein wild wuchernder Irrgarten ausbreitete, hatten sie nach dem vierten Tag den größten Teil abgesucht. Es war ihnen mittlerweile klar, dass, wenn nicht die Vision sie in die Irre geleitet hatte, die Festung in einer Art und Weise verborgen sein musste, an die sie noch nicht gedacht hatten. Preia stand am Morgen des fünften Tages ihrer Suche vor der Dämmerung auf, setzte sich in den Schatten eines nach Osten zeigenden Felsens und beobachtete, wie sich das Licht langsam über den Gipfeln hinter ihr erhob und die Dunkelheit vertrieb, wie sich das Grau der verblassenden Nacht in das Silber und Gold des neuen Tagesanbruchs verwandelte. Hell tasteten die Sonnenstrahlen über die steil aufragenden Felsen, glitten an den Vorderseiten der Klippen entlang, als wären es gemalte Flecken an hölzernen Wänden. Das Licht tauchte in jede dunkle Spalte und verlieh ihr ein wenig Farbe, meißelte die Kanten und Formen jeder einzelnen Felswand heraus.

Und dann sah sie die Vögel. Es waren große, hagere Wasservögel, aber von jeglichem sichtbaren Wasser meilenweit entfernt. Sie stiegen aus einer Spalte an der Vorderseite eines Gipfels empor, der sich, umringt von anderen, mehr als hundert Meter über sie erhob. Die Vögel, etwas mehr als ein Dutzend, erhoben sich mit dem anbrechenden Tageslicht wie auf einen unausgesprochenen Befehl hin, stiegen in den Himmel und tauchten in den neuen Tag im Osten.

Was taten Wasservögel zwischen diesen kahlen Felsen? fragte sich Preia Starle sofort.

Sie ging schnell zu den anderen, um ihnen davon zu berichten. Sie beschrieb, was sie gesehen hatte, überzeugt davon, dass es eine Untersuchung wert war. Plötzlich schrie Vree Erreden auf, als hätte er eine Offenbarung. Ja, ja, das war es, was sie gesucht hatten. Wilder Tatendrang erfasste die Elfen, die von den Bemühungen ihrer Suche und den fünf Nächten auf hartem Stein steif und wund waren, und sie brachen mit großer Entschlossenheit von ihrem Lager auf und zogen in die Berge.

Sie brauchten bis zum Vormittag, um die Spalte zu erreichen, aus der die Vögel aufgeflogen waren. Es gab keinen direkten Weg hinauf, und der Pfad, dem sie folgen mussten, schlängelte sich mühsam durch die Klippen, führte vor und zurück. Es erforderte bei jedem Schritt Überlegung und Sorgfalt. Wie immer führte Preia die Gruppe an, und sie erreichte die Spalte zuerst und verschwand in der Öffnung. Als die anderen ebenfalls angekommen waren und auf einem schmalen Felsvorsprung innehielten, kam sie mit der Nachricht zurück, dass ein Weg durch den Felsen schnitt.

Sie traten einer hinter dem anderen ein. Die Wände der Spalte standen eng beieinander und umschlossen die Suchenden. Die Wärme der Sonne wich feuchten, kühlen Schatten, und das Licht wurde immer schwächer. Bald bildeten Überhänge und Vorsprünge ein Dach, das sie fast vollkommen abschloss. Aber der Hohlweg war so voller Ritzen, dass nahezu an jeder Ecke etwas Helligkeit hineinfiel. Ihre Augen gewöhnten sich rasch an das Zwielicht, und sie konnten weitergehen. Sie stellten fest, dass die Vögel oben, wo die Wände weiter auseinander standen, mehr Raum zur Verfügung hatten. Sie fanden weiße Federn und Reste von altem Gras und Geäst, die möglicherweise für den Bau von Nestern hineingetragen worden waren. Die Nester würden jedoch sicherlich weiter oben sein, wo es mehr Luft und Licht gab. Die Gruppe drängte weiter.

Nach einer Zeit lang waren die Überhänge so niedrig, dass sie gebückt weitergehen mussten. Dann verzweigte sich der Hohlweg nach links und rechts. Preia wies sie an zu warten und ging nach rechts. Nach einiger Zeit kehrte sie zurück und führte sie nach links. Bald darauf verbreitete sich der Hohlweg wieder, und sie konnten aufrecht stehen. Auch das Licht weiter vorne wurde heller. Sie näherten sich dem Ende dieses Durchgangs.

Nach fünfzig Metern öffnete sich die Spalte auf einen gewaltigen See hin. Die Wasserfläche stand so plötzlich vor ihnen, dass sie an Ort und Stelle stehen blieben und ihn anstarrten. Er ruhte in einem gewaltigen Krater, und sein Wasser war absolut ruhig; nicht einmal die kleinste Welle war zu sehen. Darüber spannte sich der Himmel, eine wolkenlose, blaue Kuppel, die sowohl Licht als auch Wärme in den Krater leitete. Sonnenstrahlen spiegelten sich auf dem Wasser, und der See gab die Bilder der umstehenden Berge in allen Einzelheiten wider. Tay suchte mit Hilfe seiner Magie die Klippen ab und fand hoch oben in den Felsen die Nester der Seevögel. Es waren jedoch keine Vögel zu sehen. Nichts regte sich im Schutz der Bergwände und über der glatten Oberfläche des Sees, und es herrschte eine Stille, die gewaltig und vollkommen war und gleichzeitig so zerbrechlich wie Glas.

Nach einer kurzen, eiligen Unterredung mit Jerle führte Preia Starle sie am linken Seeufer entlang. Das Ufer bestand aus einer Mischung aus zerbrochenen Felsstücken und flachen Felsvorsprüngen, und das Scharren ihrer Schuhe auf dem Boden hallte in der gähnenden Tiefe des Kraters schaurig wider. Tay ließ seine Magie umherstreifen, während sie gingen, ließ sie nach Fallen und versteckten Gefahren suchen. Statt dessen fand er jedoch Strahlen einer Erdkraft, die so stark und so alt waren, dass sie sein zerbrechliches Netz zerstörten und ihn zwangen, es immer wieder erneut aufzubauen. Er rief Jerle zu sich und warnte ihn. Gewaltige Magie war hier am Werk, so alt wie die Zeit und genauso fest verankert. Sie bewachte den Krater und alles, was dazu gehörte. Tay hatte zwar nicht das Gefühl, dass von ihr eine direkte Gefahr ausging, aber er konnte auch ihre Quelle nicht ausmachen oder ihren genauen Zweck bestimmen. Es wäre klug, bei ihrem weiteren Vorstoß besondere Vorsicht walten zu lassen.

Sie marschierten weiter, bis sie beinahe die Hälfte des Sees umrundet hatten. Immer noch gab es kein Zeichen von Bewohnern dieser Anlage. Weder Tay noch Vree Erreden vermochte zu entdecken, was sie suchten. Die Sonne war inzwischen über den Felsenrand gekrochen und brannte direkt auf sie nieder; ein Feuerball vor dem tiefen Blau. Sie konnten nicht nach oben schauen, ohne geblendet zu werden, und so hielten sie ihren Blick nach unten gerichtet, als sie weitergingen.

Es war zu dieser Zeit, kurz vor Mittag, als Tay Trefenwyd den Schatten sah.

Er hatte sich kurz vom Wasser entfernt und auf eine etwas höher gelegene Fläche begeben. Die Sonne spiegelte sich grell auf der immer noch reglosen Wasseroberfläche, und er wollte einen ungestörten Blick auf das andere Ufer des Sees werfen. Während er nach einer Position suchte, die das blendende Licht etwas mindern würde, sah er, dass der Schatten eines Felsvorsprungs über die ganze Länge des Sees hinweg auf Klippen fiel, die mehrere hundert Meter weit vom See entfernt lagen. Die Spitze dieses Schattens kletterte an einer Felswand empor und endete dann in einer engen Schlucht. Irgend etwas an dieser Schlucht erregte Tays Aufmerksamkeit, und er sandte seine Magie aus, um die Öffnung zu erforschen.

Was er fand, waren Schriftzeichen, die oben in den Felsen gemeißelt worden waren.

Schnell ging er weiter, um Preia Bescheid zu geben, und gemeinsam wandte sich die kleine Gruppe vom See ab und ins Landesinnere. Wenige Augenblicke später standen sie vor der Schlucht und starrten in stillem Nachdenken auf die Schrift. Sie war sehr alt und nicht zu entziffern. Es war Elfenschrift, aber der Dialekt war ihnen nicht bekannt, und die Arbeit war so sehr vom Wetter abgenagt, dass sie beinahe ganz abgetragen war.

Dann trat Vree Erreden einen Schritt vor, ließ sich von Tay und Jerle hochheben und strich mit seinen Fingern über die Schrift. Einen Augenblick verharrte er so, die Augen geschlossen, die Hände tastend, innehaltend, dann wieder tastend. Dann ließ er sich hinuntergleiten. Wie in Trance beugte er sich zu dem Felsen hinunter, auf dem sie standen, und scheinbar ohne auf das zu achten, was er tat, konzentrierte er seinen Blick auf etwas, das sie nicht sehen konnten. Mit einem Stein ritzte er Buchstaben in die weiche Oberfläche.

Tay beugte sich darüber und las.

DIES IST DIE KAU-MAGNA.
WIR LEBEN NOCH IMMER HIER.
BERÜHRE NICHTS. TRAGE NICHTS FORT.
UNSERE WURZELN SIND STARK UND TIEF.
NIMM DICH IN ACHT.

»Was bedeutet das?«, flüsterte Jerle.

Tay schüttelte den Kopf. »Es bedeutet, dass das, was hinter dem Eingang liegt, von Magie bewacht wird und jede Störung unangenehme Folgen haben wird.«

»Es heißt, sie sind noch am Leben«, bemerkte Vree Erreden. Er zischte beinahe vor Ungläubigkeit. »Aber das kann nicht sein! Seht euch die Schrift an! Sie muss aus der Zeit der Feen stammen!«

Sie starrten die Schriftzeichen an, die Spalte und dann einander. Hinter ihnen warteten die Elfenjäger mit Preia Starle. Niemand sagte ein Wort. Sie alle hatten das Gefühl, als zerflösse die Zeit, als vereinigten sich Vergangenheit und Gegenwart und wiesen über die Vergänglichkeit des Lebens und der Geschichte hinaus. Sie hatten das Gefühl, am Rand einer Klippe zu stehen und zu wissen, dass jeder falsche Schritt unweigerlich den Tod zur Folge hatte. Tays Wahrnehmung der fremden Magie war so stark, dass er beinahe den Eindruck hatte, sie würde seine Haut berühren. Alt, mächtig, mit eisernem Willen, aus einer bestimmten Absicht heraus und mit einem bestimmten Grund beschworen, erfüllte sie seine Sinne und drohte ihn zu überwältigen.

»Wir sind nicht bis hierher gekommen, um wieder umzukehren«, bemerkte Jerle Shannara mit ruhiger Stimme und schaute Tay an. »Das kommt gar nicht in Frage.«

Tay nickte. Er war genauso entschlossen. Er schaute Vree Erreden an, dann Preia Starle und die hinter ihr stehenden Elfenjäger und wandte sich schließlich wieder Jerle zu. Er warf seinem Freund ein etwas schiefes Lächeln zu. Dann holte er tief Luft und verschwand in dem dunklen Schlund der Spalte.

Kapitel 16

Der Spalt in dem Felsen öffnete sich sofort zu einem breiten Gang, der die Möglichkeit bot, zu zweit nebeneinander zu stehen. Stufen wanden sich nach unten in eine Dunkelheit von so gewaltigem Ausmaß, dass nicht einmal Tay Trefenwyds scharfer Blick sie durchdringen konnte. Er ging einige Meter weiter und tastete sich an der Wand entlang, bis er gegen eine Metallplatte stieß. Licht strömte bei der Berührung von ihrer glatten Oberfläche, blaßgelb und kühl. Er starrte die Platte überrascht an, denn einer solchen Magie war er noch niemals begegnet. Das Licht enthüllte jetzt eine andere Platte weiter vorn, wo es wieder dunkel wurde. Tay ging zu ihr, legte seine Hand darauf, und auch sie erstrahlte. Das ist unglaublich, dachte er staunend. Er hörte die Schritte der anderen hinter sich und überlegte einen Moment, was sie wohl denken mussten. Aber niemand sagte etwas, und er schaute sich nicht nach ihnen um. Statt dessen ging er weiter durch den dunklen Korridor, den er immer wieder erhellte, indem er eine Metallplatte nach der anderen berührte.

Der Abstieg dauerte lange. Tay konnte nicht abschätzen, wie viel Zeit dabei verging, denn seine gesamte Konzentration war darauf gerichtet, Druidenmagie auszusenden und so versteckte Fallen aufzustöbern. Die Metallplatten, durch die sie mit dem notwendigen Licht versorgt wurden, zeugten von einem unerwartet ausgeklügelten System. Über Feenmagie war nicht viel bekannt, denn die meisten Überlieferungen waren im Laufe der Zeit verloren gegangen. Dennoch hatte Tay immer als selbstverständlich angenommen, dass die Wurzeln ihrer Magie mehr in der Natur und weniger in der Technologie zu finden waren. Diese Metallplatten schienen ihn jedoch zu widerlegen, und das machte ihn unsicher. Du darfst nichts so akzeptieren, wie es scheint, ermahnte er sich. Seine Druidenmagie arbeitete eifrig, sie trieb im Luftstrom, strich durch Felsspalten und sprang über Staubkörnchen, die sie selbst aufgewirbelt hatte. Tay beeilte sich, die Geheimnisse der Welt, an denen sie vorbeikamen, so gut wie möglich zuzuordnen und einzuteilen. Er fand keine Spuren, die von anderem Leben zeugten, obwohl die Warnung oberhalb der Tür etwas anderes behauptet hatte. Nichts deutete darauf hin, dass überhaupt jemand oder etwas hier gewesen wäre, seit Jahren nicht, vielleicht auch seit Jahrhunderten. Dennoch hatte Tay das eindeutige Gefühl, dass irgend etwas ihn beobachtete und begutachtete und weiter vorne mit geduldiger und unerbittlicher Absicht auf ihn wartete.

Die Treppe endete vor einer gewaltigen, zweiflügeligen Eisentür, die weder von Schlössern verriegelt noch von Magie bewacht wurde. In den Stein über dem verrosteten Rahmen waren die Worte KAU-MAGNA gemeißelt – aber nur diese Worte. Die anderen rückten näher. Auf Händen und Knien untersuchte Preia Starle den Boden vor den Türen, dann stand sie auf und schüttelte den Kopf. Hier war schon sehr lange niemand mehr gewesen.

Tay untersuchte die beiden Türflügel und den Spalt dazwischen. Nichts geschah. Daraufhin trat er einen Schritt nach vorn, legte die Hände auf die großen Eisengriffe und drückte sie nach unten.

Die Griffe gaben leicht nach, die Verriegelung löste sich, und die Türen schwangen in einem Bogen nach innen, als würden sie in vollkommenem Gleichgewicht gehalten. Trübes Licht strömte durch die Öffnung, als würde es durch eine regenverschmierte Glasscheibe gefiltert.

Vor ihnen stand eine gewaltige Festung. Die Steinplatten waren so unglaublich alt, dass die Ecken und Kanten sich abgeschliffen hatten und die Oberflächen des Steins zersprungen waren und wirkten, als wären sie von Spinnenweben bedeckt. Es war eine wunderbare Konstruktion, ein Meisterwerk der Ausgewogenheit aus Türmen, aus miteinander verwobenen Brüstungen, die an jeder Ecke frei nach vorn und hinten hinausragten, aus einem Geflecht sich windender Stege, die an die Feinheit eines gewebten Teppichs erinnerten. Die Festung schraubte sich höher und höher empor, bis ihre höchsten Türme kaum noch zu erkennen waren. Berge rahmten sie ein, ragten durch ein Dach aus Wolken und Nebel in den Himmel. In den höheren Lagen wuchsen dicht an den Felswänden Bäume und Büsche, und Zweige und Ranken senkten sich nach innen auf die Turmspitzen, bündelten das Tageslicht zu kleinen, gebrochenen Strahlen. Hier lag die Ursache für den merkwürdigen Schimmer des Lichts, in jenem Filter aus Laub.

Tay schritt über die Türschwelle und betrat einen gewaltigen Hof, der sich zu beiden Seiten hin ausbreitete und auf das zentrale Gebäude der Festung zulief. Jetzt erkannte er, dass ihr bisheriger Weg sie durch Gänge zwischen den äußeren Mauern der Burg geführt hatte. Verwundert starrte er auf die Mauern, die bis zu den Gipfeln aufstiegen, und er begriff, dass die Berge sich im Laufe der Zeit bewegt und die alte Festung immer mehr eingeschlossen und bedrängt hatten, bis die Wände rissig geworden waren und zerbröckelten. Einen Zentimeter nach dem anderen forderten die Berge den Boden zurück, auf dem die Burg erbaut worden war, und eines Tages würden sie sich für immer um sie schließen.

Die Gruppe ging weiter und schaute sich wachsam um. Die Luft war feucht und muffig, sie trug den Gestank von Sumpf und Verfall mit sich. Dies war seltsam für einen so tief in den Bergen liegenden Ort. Allerdings waren sie, seit sie durch die Spalte am Eingang des Kraters hereingekommen waren, ein gutes Stück in die Tiefe hinabgestiegen, und Tay hielt es für möglich, dass sie sich jetzt dem Meeresgrund näherten und der Boden sumpfig sein könnte. Er schaute hinauf zu den weit über ihm an den Felsstücken hängenden Bäumen, Büschen und Ranken und erkannte, dass der Nebel beinahe ein Regen war. Er spürte die Feuchtigkeit auf seiner Haut. Er sah zu den Türen und Fenstern der Festung, schwarz gähnende Löcher im grauen Dunst. Eisenscharniere und Schlösser hingen einsam und nutzlos hinab, das Holz um sie herum war inzwischen verrottet und verschwunden. Feuchtigkeit hatte auch auf den Stein und

Mörtel eingewirkt und ihn abgetragen und zerfressen. Tay schritt zu der Mauer des nächsten Turms und rieb mit der Hand über den Stein. Die Oberfläche bröckelte wie Sand unter seinen Fingern. Diese alte Festung, diese Kau-Magna vermittelte das unangenehme Gefühl, als würde sie beim nächsten starken Wind zusammenfallen.

Dann sah Tay Vree Erreden. Der Lokat hockte in der Mitte des Hofes auf den Knien, den Kopf zwischen die Schultern gezogen, die Arme vor der Brust verschränkt, als wollte er sich daran hindern, vollständig zusammenzubrechen. Sein Atem war ein raues Keuchen in der Stille. Tay eilte zu ihm und kniete sich neben ihn. Auch Preia erschien, dann Jerle.

»Was ist los, Vree?«, fragte Tay den sichtlich leidenden Mann. »Bist du krank?«

Der Lokat nickte hastig, presste seine Arme noch fester an den Körper und sackte gegen Tay. Er zitterte, als wäre ihm schrecklich kalt.

»Dieser Ort«, zischte er. »Schatten, spürst du es nicht?«

Tay hielt ihn fest. »Nein. Nichts. Was ist es, das du fühlst?«

»Eine solche Macht! Sie ist böse und fühlt sich so rau an wie Sandkörner an meiner Haut! Zuerst habe ich gar nichts gespürt, aber dann war es plötzlich überall! Es hat mich überwältigt! Einen Augenblick lang dachte ich, ich könnte nicht mehr atmen!«

»Wo kommt sie her, diese Macht?«, fragte Jerle und trat noch näher.

Der Lokat schüttelte den Kopf. »Ich weiß es nicht. Das hier ist nichts, was ich kenne, nichts, was ich vorher schon einmal erlebt hätte! Es war keine Vision oder Ahnung oder… etwas anderes dieser Art. Es war Finsternis, eine Welle tiefster Finsternis, und dann ein Gefühl von…«

Er holte tief Luft, um sich zu beruhigen, dann Schloss er die Augen und schwieg. Tay schaute besorgt auf ihn hinab, er befürchtete, Vree hätte das Bewusstsein verloren. Aber Preia griff nach seinem Arm und schüttelte den Kopf. Vree Erreden ruhte nur. Tay störte ihn nicht. Reglos hielt er den Lokaten in seinen Armen, und mit ihm wartete die gesamte Gruppe.

Schließlich öffnete der gequälte Mann wieder die Augen, atmete tief ein und rückte dann ein Stück von Tay ab. Er stand auf. Er sah sie mit festem Blick an, nur seine Hände zitterten noch. »Der Schwarze Elfenstein«, flüsterte er, »ist hier. Das war es, was ich gespürt habe, die Quelle des Bösen.« Er blinzelte, blickte dann Tay scharf an. »Seine Macht ist unglaublich!«

»Kannst du uns sagen, wo er sich befindet?«, fragte Tay und versuchte, ruhig zu bleiben.

Der Lokat schüttelte den Kopf. Er verschränkte die Arme vor der Brust, als wollte er sich verteidigen. »Irgendwo da vorn. In der Festung.«

Also gingen sie vorsichtig weiter in die eigentliche Burg hinein. Tay führte sie wieder an, er warf sein Netz aus Magie vor ihnen aus, um gegen alle Gefahren gewappnet zu sein. Im Zentrum der Festung schritten sie durch eine weitere Tür und folgten den dahinterliegenden Gängen. Tay spürte Preia hinter sich und fühlte, wie Jerle seinen Ellbogen streifte. Sie beschützen mich, dachte er. Er schüttelte den Kopf. Er war etwas irritiert, weil er die Nähe des Schwarzen Elfensteins nicht gespürt hatte, obwohl sie sich doch Vree Erreden so offensichtlich enthüllt hatte. Die Druidenmagie hatte ihn im Stich gelassen. Warum? War seine Magie in dieser Festung nicht mehr von Bedeutung? Nein, gab er sich selbst die Antwort, denn zuvor, am Eingang, hatte er ja die Anwesenheit von etwas gespürt, das ihn beobachtete. Aber um was genau handelte es sich? Der Elfenstein konnte keine Intelligenz besitzen, aber es war klar, dass irgend etwas hier lebte. Was konnte es nur sein?

Sie drängten durch die Burg, bahnten sich ihren Weg immer tiefer in die Katakomben. Schatten bedeckten alles wie mit dunklen Schichten aus muffigem Samt. Staub wirbelte unter ihren Füßen auf. Die Möbel, die einmal diese Festung verschönert hatten, waren zerfallen. Nichts war mehr übrig als metallener Schrott und Stofffetzen. Rostige Nägel ragten aus der Wand hervor, wo einst Wandteppiche und Gemälde gehangen hatten. In einer anderen Zeit hatte es hier Kunstfertigkeit und handwerkliches Können gegeben, aber nichts daran hatte sich über die Zeit hinaus erhalten. Von den Fluren und Gängen zweigten Räume ab, einige riesig und königlich, andere klein und vertraulich, alle ohne jegliches Leben. In einem der Korridore standen Bänke, doch als Tay seine Hand darauf legte, zerfielen sie zu Staub. Glas lag zerbrochen in kleinen Nischen. Waffen lagen zerstört und nutzlos geworden herum, nur noch Stapel aus verrottetem Holz und verrostetem Metall. Fenster gähnten wie leere Augenhöhlen erblindeter Augen. Alles war ruhig, es herrschte Grabesstille.

An einer Kreuzung von mehreren breiten Fluren hielt Vree Erreden die Gruppe auf. Er presste eine Hand an die Schläfe, und Schmerz verzerrte seinen mageren, angespannten Körper. »Nach links«, keuchte er und zeigte in die entsprechende Richtung.

Sie taten, wie er gesagt hatte. Preia wartete und nahm dann Vrees Arm, um ihn zu stützen. Er atmete wieder sehr hastig und zwinkerte heftig, als wollte er seine Verwirrung abschütteln. Tay drehte sich kurz zu ihm um und sah ihn an. Er fühlte sich merkwürdig schutzlos, als hätte seine Magie ihn im Stich gelassen. Er biss die Zähne zusammen, um dieses Gefühl der Unzulänglichkeit zu verscheuchen und zwang sich weiterzugehen. Seine Magie würde ihn niemals verlassen, redete er sich immer wieder ein. Niemals.

Sie folgten einer breiten Treppe, die sich um die äußeren Wände eines riesigen Rundbaus wand, nach unten. Ihre Schritte hallten schwach in der modrigen Stille, und jetzt fühlte Tay erneut diese Augen, noch stärker dieses Mal, noch deutlicher. Was immer in dieser Festung noch am Leben war, musste jetzt sehr nahe sein.

Sie erreichten den Fuß der Treppe und blieben stehen. Vor ihnen breitete sich ein großer Hof aus, erhellt von dunstigem Sonnenlicht, das Schatten in kleine Fetzen und Fransen zerfallen ließ. Der abgestandene Modergeruch der dunklen Gänge hatte sich verzogen, und der Staub, der bisher in der stehenden Luft gehangen hatte, war verschwunden.

In der Mitte des Hofes befand sich ein Garten.

Der Garten hatte die Form eines Rechtecks und war von einem breiten Weg umgeben, der aus bemalten Ziegeln und Steinen bestand, deren Farben noch immer kräftig waren. Blumen wuchsen am äußeren Rand, in einer Vielfalt, die Tay nicht identifizieren konnte, in den unterschiedlichsten Farben und ungemein üppig. In der Mitte des Gartens befand sich ein Hain aus schlanken Bäumen und Rankenpflanzen, die so eng beieinander standen, dass sie beinahe untrennbar ineinander verschlungen waren. Die Blätter leuchteten grün und glänzten, und die Stämme und Äste waren sonderbar gesprenkelt.

Ein Garten! Tay Trefenwyd staunte. Ein Garten, tief in den Eingeweiden dieser uralten Festung, von der man meinen sollte, dass dort nichts wachsen und kein Sonnenlicht hineingelangen könnte. Er konnte es kaum glauben!

Beinahe ohne nachzudenken verließ er die Treppe und eilte zum Rand des Gartens. Er war bereits einige Meter weit gegangen, als Jerle Shannara ihn mit einem festen Griff zurückzog.

»Nicht so schnell, Tay«, warnte er.

Verwirrt blickte Tay die anderen an, dann sah er Vree Erreden wieder auf den Knien hocken. Preia hielt ihn fest, und er ließ seinen Kopf langsam von einer Seite zur anderen taumeln. Plötzlich erkannte Tay, wie stark der Drang gewesen war, weiterzugehen, wie begierig er gewesen war, den Garten auszukundschaften. Er begriff, dass er seine Verteidigungsmechanismen völlig außer acht gelassen hatte. Er war so eifrig gewesen, dass er den schützenden Schild seiner Druidenmagie ohne einen weiteren Gedanken fallengelassen hatte.

Wortlos ging Tay zu Vree Erreden. Der Lokat klammerte sich sofort an ihn, er spürte ihn eher, als dass er ihn sah, und zog ihn nah zu sich heran. »Der Schwarze Elfenstein«, brachte er zischend zwischen den Zähnen hervor, »er liegt hier!«

Seine Hand zeigte zitternd auf den Garten.

Preia berührte sanft Tays Arm, und er sah sie an. Ihre zimtfarbenen Augen waren aufmerksam und äußerst wachsam. »Er ging genau in dem Augenblick in die Knie, als du die Treppe verlassen hast. Etwas hat ihn angegriffen. Was ist geschehen?«

Tay schüttelte den Kopf. »Ich bin nicht sicher.«

Er griff nach Vree Erredens Hand und umschloss sie mit der seinen. Der Lokat zuckte zurück, dann war er wieder ruhig. Tay rief seine Magie herbei, ließ einen heilenden Balsam entstehen, den er in die hageren Arme und in den Körper des Lokaten schickte. Vree Erreden seufzte kurz auf und beruhigte sich, ließ den Kopf sinken.

Preia sah Tay fragend an. »Halte ihn einen Augenblick«, bat er sie.

Dann stand er wieder auf. »Was soll dieser Garten deiner Meinung nach?«, fragte er Jerle leise.

Sein Freund schüttelte den Kopf. »Auf jeden Fall nichts Gutes, wenn der Schwarze Elfenstein darin liegt. Ich würde an deiner Stelle nicht hineingehen.«

Tay nickte. »Aber ich werde den Elfenstein nicht bekommen, wenn ich es nicht tue.«

»Ich frage mich, ob es dir gelingt, selbst wenn du hineingehst. Du hast gesagt, dass die Vision vor etwas gewarnt hat, das den Stein bewacht. Vielleicht ist es dieser Garten. Oder etwas, das in dem Garten lauert.«

Sie standen dicht nebeneinander, starrten in das Gewirr aus Ranken und Ästen und versuchten, die Gefahr zu entdecken, von der beide spürten, dass sie dort wartete. Ein leichter Wind schien die glänzenden Blätter einen kurzen Augenblick zu bewegen, aber dann war wieder alles still. Tay streckte den Arm aus und sandte einen Fühler seiner Magie nach vorn, um das Innere des Gartens zu überprüfen. Der Fühler schlängelte sich hinein und suchte sehr sorgfältig, aber er fand nur noch mehr von dem, was Tay ohnehin schon sehen konnte – schlanke Bäume und Ranken mit glänzenden Blättern und Erde, in der sie wuchsen.

Dennoch spürte er Leben hinter dem, was der äußere Schein der Pflanzen vermuten ließ, er spürte die Gegenwart von etwas sehr Starkem, sehr Altem und Tödlichem.

»Komm mit«, sagte er schließlich zu Jerle.

Sie ließen die Gruppe stehen und begannen vorsichtig, den Rand des Gartens abzuschreiten und zu untersuchen. Der Weg war breit und frei, und so konnten sie in alle Richtungen schauen, während sie weitergingen. Der Garten maß ungefähr hundert Meter an jeder Längs- und dreißig Meter an der Querseite. Er sah an allen Seiten gleich aus – Blumen schmückten seinen Rand, und Bäume und Ranken waren im Innern. Es gab keinen Pfad hinein, und nichts deutete auf irgendwelches weiteres Leben hin. Es gab keinen Hinweis auf den Schwarzen Elfenstein.

Als sie wieder dort angekommen waren, wo sie begonnen hatten, ging Tay zurück zu Vree Erreden. Der Lokat war wieder bei Bewusstsein und kauerte sich neben Preia. Seine Augen waren geöffnet, und er starrte unverwandt den Garten an. Trotzdem hatte Tay den Eindruck, als würde er auf etwas ganz anderes blicken.

Tay kniete sich neben ihn. »Bist du sicher, dass der Schwarze Elfenstein hier ist?«, fragte er ruhig.

Der Lokat nickte. »Irgendwo in diesem Irrgarten«, flüsterte er. Seine Stimme war heiser vor Angst. Plötzlich blickte er Tay an. »Du darfst nicht hineingehen, Tay Trefenwyd! Du wirst nicht wieder herauskommen! Das, was den Elfenstein bewacht, was in diesem Garten ist, wartet auf dich!«

Er hob seine Hand und ballte sie vor seinem schmerzverzerrtem Gesicht. »Hör auf mich! Du kommst nicht allein dagegen an!«

Tay stand auf und ging zu Jerle Shannara. »Ich möchte, dass du mir hilfst«, sagte er. Er achtete sorgfältig darauf, dass Vree Erreden ihn nicht hören konnte. »Ruf die anderen Elfenjäger herbei, aber lass Preia bei dem Lokaten.«

Jerle sah ihn forschend an, dann bedeutete er den Elfenjägern näher zu kommen. Als sie alle um ihn versammelt waren, schauten sie Tay fragend an.

»Ich möchte, dass ihr meine Arme fest haltet«, erklärte er ihnen. »Zwei auf jeder Seite. Haltet sie fest, und egal was ich sage oder tue, ihr dürft sie niemals loslassen. Lasst mich auf keinen Fall frei. Achtet nicht auf das, was ich sage. Wenn es möglich ist, schaut mich nicht einmal an. Könnt ihr das tun?«

Die Elfenjäger blickten sich an und nickten. »Was wirst du tun?«, fragte Jerle.

»Ich werde mit Hilfe der Druidenmagie nachsehen, was in diesem Garten liegt«, antwortete Tay. »Es wird mir nichts geschehen, wenn ihr euch an das haltet, was ich euch gesagt habe.«

»Ich werde mich daran halten«, antwortete sein Freund. »Jeder von uns wird es. Aber mir gefällt das alles nicht.«

Tay lächelte; sein Herz klopfte. »Mir auch nicht.«

Dann Schloss er die Augen und wischte die anderen aus seinem Gedächtnis. Er rief seine Magie herbei und zog sich ganz in sein Inneres zurück. Dort, tief im Kern seines Seins, bildete er mit Hilfe der Magie ein Bild seiner Selbst, ein Wesen ganz aus Geist und ohne Substanz, das er in einem langen, langsamen Atemzug entließ.

Wie ein unsichtbares Gespenst löste er sich von seiner körperlichen Gestalt, ein kleines Stück Äther gegen das blass graue Licht der uralten Feste. Er schlüpfte hinter Jerle Shannara und die Elfenjäger, hinter Preia Starle und Vree Erreden und auf das dicke, grüne Gewirr des reglosen Gartens zu. Je weiter er schritt, desto stärker und klarer spürte er die fremde Magie. Alt, listig und fest verankert, reichten ihre Wurzeln tiefer hinunter als die der Bäume und Reben, die sie verborgen hielten. Sie war die Wesenheit, der die Machtlinien dieser Festung verpflichtet waren. Als Spinnfäden wuchsen sie aus ihr heraus, wickelten sich um Stein und Eisen, reichten von den äußeren Wänden zu den entferntesten Turmspitzen, von den tiefsten Kellern zu den höchsten Zinnen. Sie erstreckten sich über die Berge, wo sie eine Bresche in den Himmel geschlagen hatten, eine gewaltige Konzentration aus Gedanken und Gefühl und Stärke. Tay ging auf ihr Netz zu und bahnte sich vorsichtig seinen Weg daran vorbei, schlich sich dahinter, ohne es zu berühren, und ging weiter.

Dann war er im Garten, schlängelte sich durch das Labyrinth und hinein in die üppige Moderigkeit der Erde und den süßen, scharfen Geruch der Blätter und Ranken. Der Garten sah überall gleich aus, tief und geheimnisvoll und umfassend. Tay segelte gewichtslos und körperlos auf einem Luftstrom, vermied die Machtlinien, die sich hier überall erstreckten, und tat nichts, um eine Störung herbeizurufen, die alarmierte, was immer hier wachen mochte.

Er war inzwischen so weit vorgedrungen, dass er glaubte, er müsste den Garten eigentlich nahezu einmal durchquert haben, als er eine unerwartete Verstärkung der Machtlinien bemerkte. Es war dort, wo das Licht schwächer zu werden schien und die Schatten sich wieder ausbreiteten. Hier verschwanden auch die schlanken Bäume und die Ranken und machten der Dunkelheit Platz. Nackte Erde lag dort, nichts wuchs mehr, diffuses Licht wurde aufgesaugt wie Wasser von einem Schwamm. Etwas Unsichtbares pulsierte mit dem vollen Klang und der Beharrlichkeit eines schlagenden Herzens, etwas, das sich in schützende Magie und allumfassende Macht hüllte.

Tay Trefenwyd trat näher heran, er blinzelte in die erdrückenden Schatten und stahl sich hinter die wachsamen Linien der Macht. Er verlangsamte seinen Pulsschlag, das Flüstern seines Atems und das Klopfen seines Herzens bis zur absoluten Stille. Er ließ nur noch den kleinsten Teil von sich übrig und wurde eins mit der Dunkelheit.

Dann sah er ihn. Auf einem uralten Metallgestell, in das Runen gehämmert und fremde Geschöpfe geschmiedet waren, ruhte ein

Elfenstein so schwarz wie Tinte und so undurchdringlich, dass sich kein Licht von seiner glatten Oberfläche widerspiegelte. Unergründlich, unendlich und eine Macht abstrahlend, die jenseits all seiner Vorstellungskraft lag, wartete der Schwarze Elfenstein.

Er wartete auf ihn.

O Schatten! Auf ihn!

So, wie eine Motte von Licht angezogen wird, streckte Tay die Hand nach ihm aus – spontan, ohne zu denken, und unfähig, dagegen anzukämpfen. Er griff mit der Verzweiflung und der Not eines ertrinkenden Mannes nach dem Stein, und diesmal war Jerle Shannara nicht dabei, um ihn zurückzuhalten. Ein Bild nur, ein Geist ohne Körper, verschwendete er keinen Gedanken an das, was er tat. In diesem Moment war seine Vernunft verloren und seine Begierde alles, was zählte.

Dass er nur ein Geist und nicht mehr war, rettete ihn. In dem Augenblick, da er die Hand um den Elfenstein schloss, war er erkannt und erkannte. Er spürte die Linien der Macht als Antwort auf seine Anwesenheit schimmern, spürte, wie sie warnend erzitterten und aufheulten. Er versuchte sich zurückzuziehen, dem Herannahenden zu entfliehen, doch es gab kein Entrinnen. Der Wächter, den er nicht hatte erkennen können, das Ding, das in den Ruinen der Kau-Magna lebte, nahm plötzlich grauenhafte Gestalt an. Die Erde bebte als Reaktion darauf, dass sie zu Leben erweckt worden war, und die Ranken, die im gesamten Garten wuchsen und kurz zuvor noch schlaff und kraftlos herunterhingen, flogen jetzt empor – sie wurden zu jenen Spiralen des Todes, vor denen Galaphiles' Schatten gewarnt hatte. Schlangengleich peitschten sie suchend durch die Spalten zwischen den Bäumen. Magie trieb sie an, speiste sie, gab ihnen Leben, und Tay Trefenwyd wusste sogar in seiner Geistesgestalt sofort, wozu sie da waren. Sie umschlangen seine Arme und Beine, seinen Körper und seinen Kopf, kamen zu Dutzenden von überallher. Sie wanden sich um ihn und begannen zuzudrücken. Tay spürte ihren Druck – den er eigentlich nicht hätte spüren dürfen, war er doch nur ein Geist. Aber die Magie des Gartens hatte eine solche Macht, dass sie ihn selbst in dieser schwer fassbaren Form aufstöbern konnte. Magie gegen Magie – sie hatte eine Kraft, die sogar einen Druiden zerstören konnte. Tay hatte das Gefühl, als würde er entzwei gerissen. Er hörte seinen eigenen Schrei als Reaktion darauf – der Schmerz hatte in seinem Geist eine eigene Realität angenommen. Er sammelte sich im Innersten seiner zerrissenen Form, brachte den kleinen Teil, der wichtig war, in ein Quäntchen nicht größer als ein Staubkorn, und raste durch eine Lücke in den schlingenden Reben direkt auf das Licht zu.

Dann war er plötzlich wieder in seinem Körper, schrie und wand und krümmte sich und versuchte so sehr, sich freizukämpfen, dass Jerle Shannara und die Elfenjäger ihn nur mit Mühe festhalten konnten. Er keuchte, zitterte und brach schließlich erschöpft in ihren Armen zusammen. Er war schweißgebadet, und seine Kleidung war ganz zerrissen von seinen Versuchen, sich aus den Händen der anderen zu befreien. Der Garten vor ihm wogte vor Leben, ein Ozean voll tödlicher Absicht, ein Sumpf, dem nichts entkommen konnte, was in ihm gefangen war.

Und dennoch war es ihm gelungen.

Er schloss die Augen. »Schatten!«, flüsterte er und bekämpfte die Erinnerung daran, wie die hartnäckigen Reben sich um ihn geschlungen und zugedrückt hatten.

»Tay!« Jerles Stimme klang heiser und verzweifelt. Der große Mann hielt ihn fest, schlang die Arme um ihn. *Wie Ranken!* Jerle zitterte. »Tay, hörst du mich?«

Tay Trefenwyd drückte bestätigend die Hand seines Freundes und öffnete die Augen. Es ging ihm jetzt gut – das redete er sich jedenfalls ein. Er war in Sicherheit und unverletzt. Er atmete tief und langsam, um sich wieder zu beruhigen. Er war zu den Lebenden zurückgekehrt und hatte alles über den Schrecken der Magie des Schwarzen Elfensteins erfahren, was er wissen musste.

Er berichtete den anderen über alles, was er erfahren hatte. Er log sie nicht an, doch er enthielt ihnen den finstersten Teil der Wahrheit. Er versuchte, nicht zu zeigen, wie verängstigt er war, aber als er das Erlebnis wiederholte, schwemmte die Furcht wieder wie ein gewaltiger, breiter und tiefer Fluss über ihn hinweg. Er sprach mit ruhiger und fester Stimme und berichtete in knappen Worten. Dann sagte er ihnen, das er jetzt eine Weile nachdenken müsse, um zu wissen, was als nächstes zu tun sei.

Sie ließen ihn alleine, nur Vree Erreden nicht. Der Lokat ging unaufgefordert mit ihm, und sobald sie außer Hörweite waren, nahm er Tays Arm.

»Du hast nichts von dem Wächter gesagt. Du hast ihn nicht genannt, aber du musst seine Identität kennen.« Vrees Finger übten stärkeren Druck aus. »Ich habe gespürt, wie er auf dich gewartet hat – ganz besonders auf dich, als wärst du etwas Besonderes für ihn. Erzähl mir, was es ist, Tay Trefenwyd.«

Sie gingen zur Wendeltreppe und setzten sich auf die Stufen der Festung. Der Garten vor ihnen war wieder reglos; erneut ein Garten und nichts weiter. Es war, als wäre niemals etwas geschehen.

Tay sah den Lokaten an, dann wandte er den Blick ab. »Wenn ich es dir erzähle, muss es unter uns bleiben. Niemand darf davon erfahren.«

Vree Erreden nickte. »Ist es der Dämonenlord?«, flüsterte er.

Tay schüttelte den Kopf. »Was hier herrscht, ist viel älter als er. Was in dem Garten lebt, hat einmal diese Burg bewohnt. Es ist ein Abbild des Lebens, einer Gruppe von Feengeschöpfen, überwiegend Elfen, die Jahrhunderte zuvor wie du und ich gewesen sein mögen. Aber sie begehrten die Macht des Schwarzen Elfensteins, und ihre Begierde war so verzweifelt, dass sie nicht widerstehen konnten. Sie benutzten den Stein – alle, vielleicht gemeinsam, vielleicht auch getrennt, und sie wurden zerstört. Ich kann nicht sagen, wie, aber mir wurde ihre Geschichte eröffnet. Ich konnte ihren Schrecken und ihren Irrsinn fühlen. Sie wurden verwandelt und zu

Teilen des Gartens, zu einem gemeinsamen Bewusstsein, einer gemeinsamen Macht. Ihre Magie erhält das, was von der Burg übrig geblieben ist, und sie haben die Gestalt dieser Bäumen und Ranken angenommen.«

»Sie sind menschlich?«, fragte der Lokat voller Schrecken.

»Sie waren es einmal. Jetzt sind sie es nicht mehr. Sie verloren alles Menschliche, als sie die Macht des Elfensteins beschworen.« Tay sah ihn fest an. »Bremen hat mich vor dieser Gefahr gewarnt. Er hatte mir erklärt, dass ganz gleich, was geschehen würde, ich den Schwarzen Elfenstein niemals benutzen dürfte.«

Vree Erreden senkte den Kopf; er blinzelte mehrmals. »Ich konnte spüren, dass da etwas lebt, dass etwas auf dich wartet. Ich habe es dir bereits gesagt. Aber *warum* wartet es? Suchte es einen von seiner Art, Geschöpfe der Macht, Wesen, die die Magie in irgendeiner Form benutzen können? Oder bewacht es sie vor ihnen? Was treibt es an? Es ist an mir vorbeigegangen, glaube ich, denn meiner Magie fehlt es an dieser Qualität und Stärke. Meine Magie besteht aus Instinkt und Vision, und die braucht es nicht. Aber, Schatten, ich konnte die dunkle Seite wahrhaftig spüren!«

Er wandte sich wieder an Tay. »Du hast die Macht eines Druiden, und eine solche Macht ist viel zwingender. Es ist keine Frage, dass es deine Kraft entweder fürchtet oder begehrt.«

Tays Gedanken rasten. »Es schützt den Schwarzen Elfenstein, weil der Elfenstein die Quelle seiner Macht ist. Und seines Lebens. Ich habe beides bedroht, indem ich in den Garten gegangen bin und die Machtlinien aufgestöbert habe. Weiß es aber, dass ich ein Druide bin? Das frage ich mich.«

»Es weiß ganz sicher, dass du ein Feind bist, denn es hat versucht, dich zu vernichten. Es weiß, dass du nicht auf seiner Seite stehst.« Der Lokat holte tief Luft. »Es wird darauf warten, dass du es noch einmal tust, Tay. Wenn du noch einmal in den Garten gehst, wirst du verschlungen werden.«

Sie starrten sich wortlos an. *Es weiß, dass du ein Feind bist,* wiederholte Tay in Gedanken Vree Erredens Worte. *Es weiß, dass du nicht auf seiner Seite stehst.* Er erinnerte sich plötzlich an etwas, aber er wusste nicht genau woran. Einen Moment rang er mit sich, dann fiel es ihm ein. Es war Bremen, der seine Erscheinung geändert hatte, seine Gestalt, sogar sein Denken, um in das Versteck des Dämonenlords eindringen zu können. Bremen, der sich so verändert hatte, dass er zu einem der Ungeheuer geworden war, die dort gewohnt hatten.

Konnte er das gleiche hier tun?

Der Atem stockte ihm, und er wandte sich ab, weil er nicht wollte, dass Vree Erreden in seinen Augen lesen konnte. Er konnte selbst nicht glauben, was er gerade dachte. Er konnte sich nicht vorstellen, dass er auch nur einen Augenblick lang einen Gedanken daran verschwendete. Das war einfach widerwärtig!

Aber welche andere Chance blieb ihm? Es gab keinen anderen Weg – das wusste er bereits. Er blickte zu den anderen hinüber, die am Rand des tödlichen Gartens saßen. Sie waren von weither gekommen, um den Schwarzen Elfenstein zu finden, und keiner von ihnen würde umkehren. Es war sinnlos, etwas anderes zu glauben. Es stand zu viel auf dem Spiel, und der Preis war zu hoch, als dass sie versagen durften. Eher würden sie sterben.

Oh, aber es musste einen anderen Weg geben! Seine Gedanken wurden angespannter, als er an die festgezurrten Bänder aus Eisen dachte. Wie konnte er es nur anstellen? Welche Chance hatte er? Dieses Mal würde es kein Entrinnen geben, wenn er versagte. Er würde vernichtet werden…

Verschlungen.

Er stand auf, denn er musste stehen, wenn er diese Entscheidung fällen sollte, er musste sich von seiner Angst entfernen. Er ging von der Treppe weg und ließ den überraschten Lokaten einfach sitzen. Er ging auch von den anderen weg – von Jerle und Preia und den Jägern –, um sich zu sammeln und seine Stärke einzuschätzen. Eine hagere Gestalt, und er fühlte sich so abgenutzt und gebeugt wie der

Stein um ihn herum – und auch nicht weniger verletzlich dem Lauf der Zeit gegenüber. Er kannte sich als der, der er war – ein Druide als erstes, als letztes und für immer, aber nur einer aus einer Handvoll, einer aus einer Gruppe, die aller Wahrscheinlichkeit nach aussterben würde. Die Welt änderte sich, und einige Dinge mussten sich verändern. So war es wohl auch mit ihnen, mit Bremen, mit Risca, mit ihm selbst.

Aber sie würden nicht in ruhiger Selbstzufriedenheit gehen, dachte er ärgerlich. Sie durften nicht als Geister gehen, sich im Nebel auflösen mit dem nächsten neuen Tag, unbedeutende Dinge nur und halbvergessen.

Wir sollten nicht weniger sein, als was wir sind.

Bekräftigt durch seine eigenen Worte und bewaffnet mit der Kraft seiner Überzeugungen raffte er seinen letzten Mut zusammen und rief Jerle Shannara herbei.

Kapitel 17

»Es gibt einen Weg, wie wir den Schwarzen Elfenstein bekommen können«, sagte Tay ruhig zu Jerle Shannara. »Aber nur ich kann es tun, und ich muss es allein tun.«

Sie standen abseits von den anderen. Mit einem schiefen Lächeln versuchte Tay den Kloß, der ihm im Hals saß, zu ignorieren. Der Tag neigte sich dem Ende zu, und die Sonne war bereits im Westen hinter den Kuppen der Berge verschwunden. Er wollte hier nicht vom Einbruch der Nacht überrascht werden.

Jerle beobachtete ihn eine Zeit lang stumm. »Du wirst Magie anwenden, nehme ich an.«

»Ja.«

Die scharfen Augen seines Freundes waren fest auf ihn gerichtet. »Um dich zu verkleiden?«

»Ja. So ähnlich.« Tay machte eine Pause. »Ich möchte lieber nicht von den Einzelheiten sprechen. Mir wäre lieber, wenn du mir einfach vertrautest. Ich muss das alleine durchmachen, egal, was auch geschieht. Niemand darf in meine Nähe kommen, solange ich es nicht ausdrücklich erlaube. Das wird nicht einfach sein, denn ihr werdet versucht sein, anders zu handeln.«

»Es wird gefährlich werden.« Das war keine Vermutung, sondern eine Feststellung.

Tay nickte. »Ich muss in den Garten gehen. Wenn ich nicht wieder herauskomme, musst du die Gruppe nach Arborlon zurückbringen. Nein, höre mir bis zu Ende zu«, kam er einem Einwand zuvor. »Wenn ich getötet werde, hat niemand sonst eine Chance. Du hast ein mutiges Herz, Jerle, aber keine Magie, und ohne Magie kannst du das, was im Garten ist, nicht überwinden. Du musst nach Arborlon zurückkehren und auf Bremen warten. Er wird euch helfen. Wir haben den Schwarzen Elfenstein ausfindig gemacht, und es bleibt uns nur noch, einen Weg zu finden, wie wir ihn in unseren Besitz bringen können. Wenn es mir nicht gelingt, muss er es tun.«

Jerle Shannara stützte die Hände in die Hüften und wandte sich entrüstet ab. »Ich bin nicht gut darin, einfach nur daneben zu stehen und zuzusehen, während jemand anders sein Leben riskiert – erst recht nicht, wenn du es bist.«

Tay verschränkte die Arme über der Brust und starrte zu Boden. »Das verstehe ich. Es würde mir genauso gehen. Es ist hart, warten zu müssen. Aber ich muss dich darum bitten. Ich werde deine Kraft und Stärke später brauchen, wenn meine aufgebraucht ist. Und noch etwas. Wenn ich wieder herauskomme und du mich siehst, musst du meinen Namen sagen, auch wenn du nicht sicher bist, ob ich es bin.«

»Tay Trefenwyd«, wiederholte der andere pflichtgemäß.

Sie starrten sich eine Weile an und dachten zurück an die Jahre, die sie nun schon befreundet waren, versuchten das, was die Situation von ihnen verlangte, mit dem zu vergleichen, was sie insgeheim von sich selbst erwarteten.

»In Ordnung«, sagte Jerle schließlich. »Geh und tu, was du tun musst.«

Auf Tays Bitte hin führte Jerle die anderen zu der Wendeltreppe, wo sie weit genug entfernt vom Rand des Gartens sein würden. Tay blickte nur einmal zurück zu ihnen, begegnete einen kurzen Moment dem Blick von Preia Starle und wandte sich dann ab. Seit sie die Burg betreten hatten, hatte er Abstand genommen von seinen Gefühlen ihr gegenüber, denn er konnte es sich nicht leisten, auf diese Art abgelenkt zu werden. So war es auch jetzt, und er konzentrierte sich auf seine Existenz als Druide, auf die Jahre, die er mit der Ausbildung seiner besonderen Talente verbracht hatte, mit den Disziplinen und Fähigkeiten, die er beherrschte. Bremen erschien vor seinem geistigen Auge: das dünne, faltige Gesicht, die sonderbaren, zwingenden Augen, die in seinem ganzen Wesen spürbare Bestimmtheit. Er rief sich den Auftrag ins Gedächtnis; den Auftrag, der ihn dazu gebracht hatte, hierherzukommen.

Dann schaute er in den Garten auf das tödliche Gewirr der Ranken, die unsichtbare Lebenskraft, die tief verborgen irgendwo im Innern schlummerte. Er zwang sich zur Gelassenheit, verlangsamte seinen Herzschlag und seinen Puls und beschwichtigte seine Gedanken, hüllte sich in eine Decke aus Ruhe. Er griff nach den Elementen, die seine Magie antrieben – nach Luft, Wasser, Feuer und Erde, seinen Werkzeugen. Er rief herbei, was er von ihnen finden konnte, spürte sie auf und barg sie, begab sich in ihre berauschende Mitte. Er atmete sie ein, saugte sie in sich auf und begann langsam, sich zu verändern.

Er ging vorsichtig vor, um das gewünschte Ergebnis zu erzielen, und rief die Druidenmagie in kleinen, einzelnen Schritten herbei. Er verwandelte sich ohne Hast, schälte sich Lage für Lage aus seiner eigenen Identität, legte seine Gestalt ab, änderte sein Aussehen. Er schrubbte sich sauber, so dass von seiner körperlichen Identität nichts mehr übrig war. Dann versenkte er sich in sein Inneres, um auch dort zu ändern, was vorhanden war. Er verschloss seine Gefühle und Überzeugungen, seine Emotionen und Gedanken, seine Wertvorstellungen – alles, was ihn zu dem machte, was er war. Er bündelte sie zusammen und versteckte sie an einem Ort, wo sie nicht gefunden werden konnten, wo nichts außer seinem Namen sie hervorlocken würde, ausgesprochen von Jerle Shannara.

Dann begann er, sich neu zu gestalten. Er nahm dafür von dem Leben des Gartens, von den Geschöpfen, die früher einmal menschlich gewesen waren. Er fand ihre Essenz, den Kern dessen, was die Magie des Schwarzen Elfensteins aus ihnen gemacht hatte, und ließ sie in seinem Innern erblühen. Er wurde zu dem, was sie waren, genauso dunkel und verloren, genauso zerstört und fruchtlos, eine Kopie ihres Irrsinns, ihrer Form des Bösen. Er wurde wie sie, so dass er sich zwischen ihnen hin und her bewegen konnte, aber er bewahrte einen Rest der Essenz seines Selbst auf. Er war nur einen Schritt von ihrem Schicksal entfernt und ihnen so nah, dass es nach der Vollendung dieses Schrittes keinen Unterschied mehr geben würde.

Die zuschauenden Elfen konnten seine Veränderung beobachten. Sie sahen seine große, leicht gebeugte Gestalt schrumpfen und sich zusammenkrümmen. Sie sahen seine schmächtigen Arme und Beine sich winden. Sie spürten, wie die Fäulnis über ihn hinweg und in ihn hineinschwemmte, bis nichts anderes mehr da war. Sie rochen den Verfall, schmeckten ihn. Er war ein einziges, abscheuliches Gräuel gegenüber allem, was gut war, gegenüber allem Menschlichen, so dass selbst Jerle Shannara, der sich innerlich abgehärtet und auf alles gefasst gemacht hatte, was sein Freund vorhatte, vor ihm zurückwich.

In Tay Trefenwyds Kopf tobte der Irrsinn in voller Blüte, er war vollkommen besessen. Er stank nach den lähmenden Auswirkungen der düsteren Magie dieses Gartens, nach dem Zerfall, der jenen zuteil wurde, die ihn mit ihrem Leben erfüllten, die ihn zu ihrem

Heim erwählt hatten. Einen Augenblick lang glaubte Tay, die Magie zu verstehen, zu wissen, wie sie aus dem fehlgeleiteten Gebrauch des Schwarzen Elfensteins entstanden war. Doch die Intensität dieses Verständnisses bedrohte auch noch seine letzten gesunden Anteile, den winzigen Kern, der ihn an sein Ziel fesselte, und er war gezwungen zurückzuweichen.

Jetzt trat er in den Garten, ein Gefährte jener Kreaturen, die er in sich aufgenommen hatte. Er schritt kühn voran, denn nichts anderes machte Sinn. Er ging, als wäre er einer von ihnen, einer, der immer noch den Pflichten anhing, die sie im gleichen Augenblick zurückgelassen hatten, als sie ihre Gestalt veränderten. Er ging als einer, der noch die Welt bewohnte, die sie bereits aufgegeben hatten. Er schlüpfte zwischen den Bäumen hindurch und wirbelte die kraftlosen Ranken auf, wie wenn eine Schlange den Zufluchtsort einer anderen betritt. Er war ebenso giftig wie sie, und was aus ihnen geworden war, war um nichts schlechter als das, was sich in seinem Innern widerspiegelte. Er glitt in die düsteren Tiefen hinab, suchte ihre Behaglichkeit, wand sich schlängelnd in ihre Umarmung, seelenlos.

Der Garten und seine Geschöpfe reagierten genauso, wie er es gehofft hatte. Sie hießen ihn willkommen, schlossen ihn als einen der ihren in die Arme, ganz so, als würden sie ihn wieder erkennen, als wäre er ihnen vertraut. Er tauchte tief in ihre Fäulnis, ihren Zerfall ein und gestattete ihnen, die Ranken ihrer eins gewordenen, gemeinsamen Gedanken in sein Bewusstsein hineinzuzwängen und so seine Absicht zu erkennen. Er war ihr Wärter, er war der Hüter ihres Gartens. Er war gekommen, um ihnen etwas zu bringen, einen Wechsel, der neues Wachstum verkündete, der ihren unausgesprochenen Hunger befriedigen würde. Er war gekommen, um sie zu erlösen.

Er drang tief in den Garten ein, so tief, dass er sich beinahe in dem verlor, zu dem er geworden war. Alles andere zersetzte sich und würde der Erinnerung nicht standhalten, wenn er nicht wieder hinauskäme. Er wand sich zu einem Knoten zusammen, der sein Leben in kleinen, scharlachroten Tropfen auspreßte. Ganz Irrsinn und Pein, war er nur noch ein verheerendes Gespenst ohne eine Spur seiner früheren Identität. Nichts von dem, was er jemals gewesen war, existierte noch.

Aber er wurde auch von dem unveränderlichen und zwingenden Ziel angetrieben, dem er sich überantwortet hatte. Wegen des Schwarzen Elfensteins war er hierher gekommen, und er war selbst in seinem Irrsinn fest entschlossen, ihn sich zu holen. Angefüllt von dieser Beharrlichkeit und diesem unerbittlichen Wunsch, näherte er sich dem Stein. Die Machtlinien berührten ihn und schlängelten sich fort. Die Ranken bebten, aber eher aus Anerkennung denn aus Wut. Der Garten erlaubte ihm, sich zu dem Stein hinabzubeugen, ihn in seine Hände zu nehmen, ihn an seine Brust zu heben. Er war gekommen, um sich um den Stein zu kümmern, erkannten sie. Er war gekommen, um neue Magie aus ihm herauszulocken, Magie, an der sie teilhaben würden, die sie nähren und ihren Hunger wieder befriedigen würde.

Denn dies war die Verkleidung, die Tay Trefenwyd gewählt hatte. Die Geschöpfe, aus denen der Garten bestand, konnten nicht mehr die Kraft beschwören, der sie untertan waren, konnten sich nicht mehr von ihr nähren, sondern waren eingesperrt in das, was sie aus ihnen gemacht hatte, gefangen inmitten der Ranken und Bäume und Blumen und für immer fest verwurzelt auf dem rechteckigen Fleckchen Erde tief innerhalb der Festung, die einst ihr Heim gewesen war. Sie bewachten den Stein, als wäre er das Schloss zu ihren Fesseln, und warteten auf die Zeit, da ein Schlüssel gebracht würde, um sie zu befreien. Tay war der Überbringer dieses Schlüssels. Tay war die Chance und die Hoffnung und das Versprechen, das ihr Irrsinn ihnen zugestand.

So ging er Schritt für Schritt weiter zurück durch den Garten, in seinen Händen – oder was er für seine Hände hielt – den Schwarzen Elfenstein. Dicht hinter sich spürte er die Linien der Macht, aber das Netz aus Magie gab ihm Raum, und die Ranken lösten sich, um ihn hindurchzulassen. Sie raschelten leise, als er vorbeistrich, und er spürte, wie der Garten vor Schmerz erzitterte. Aber der Schmerz kehrte in ihn zurück, und es war ein süßes Gefühl. Der Schmerz war das Versprechen neuer Qual, der Qual der Verwandlung. Dunkle Absichten führten seine Schritte, fraßen an seinem Herzen und spornten ihn weiter an. Eine neue Kraft arbeitete an seiner entstellten Gestalt; eine Berührung, die so vorsichtig war, als wenn sanfte Finger über Haut strichen. Es war die schlummernde Kraft des Schwarzen Elfensteins, die zu Leben erwachte – erpicht darauf, wieder freigelassen zu werden, und bestrebt zu versprechen, was alles möglich wäre. Zärtlich wie eine Geliebte strich sie um Tay Trefenwyd, berührte seine Gestalt und erfüllte ihn mit Freude. Die Kraft des Steins könnte ganz ihm gehören, wisperte sie. Er könnte nach Belieben über sie verfügen, und sie würde ihm alles geben.

Er durchbrach die Schatten des Gartens und trat ins Licht, befreit von den Ranken, von den Stimmen und den Berührungen derer, die dort hausten. Er war eine schreckliche, heruntergekommene Erscheinung und in keiner Hinsicht menschlich, sondern so düster und abscheulich, dass sie ihn nicht wieder erkannten. Er ging zu dem Steinweg, den Schwarzen Elfenstein fest in seinen Händen, die Machtlinien unsichtbar in seinem Gefolge. Nur er war in der Lage, die Fäden zu erkennen, die ihn jederzeit wieder zurückziehen konnten. Die Elfen, die mit ihm zur Kau-Magna gekommen waren, starrten ihn erschreckt an. Dann griffen sie mit einem Schreckensschrei zu ihren Waffen und machten sich bereit, seinem Angriff entgegenzutreten. Er sah sie an und wusste nicht, wer sie waren. Er sah sie an, und sie waren ihm gleichgültig.

Dann hob Jerle Shannara die Hand, um seine Gefährten daran zu hindern, die Waffen zu benützen. Allein und ohne jeden Schutz schritt er der Erscheinung entgegen und starrte sie unverwandt an. Als er nur noch ein paar Meter entfernt war, blieb er stehen und flüsterte in die Stille hinein: »Tay Trefenwyd?« Seine Stimme war heiser und verzweifelt.

Der Klang seines Namens, ausgerufen von Jerle Shannara, brachte Tay Trefenwyd wieder ins Leben zurück. Die Druidenmagie, die in der tiefsten, undurchdringlichsten Ecke seines Seins in Schach gehalten worden war, durchflutete ihn und schoss aus ihm heraus. Sie befreite ihn von den Fesseln der Verkleidung, die er angelegt hatte, und führte ihn aus der Finsternis hinaus und fort von dem Morast, in den er eingesunken war. Sie brannte die Hülle der Kreatur fort, zu der er sich gemacht hatte, brannte sie ebenso fort wie den Irrsinn, der ihn besessen hatte. In einem kurzen, schnellen Augenblick fügte sie ihn neu zusammen, stellte seine frühere Identität, sein ehemaliges Aussehen wieder her, gab ihm seine Vernunft und seine Überzeugungen zurück.

Dann durchtrennte sie die Machtlinien, die ihm auf den Fersen waren, und gab ihm die alleinige Verfügung über den Schwarzen Elfenstein.

Der Garten tobte. Die Ranken und Bäume drängten mit einer solchen Kraft aus der Erde, dass sie sich ihren Wurzeln zu entreißen drohten. Sie stürzten auf den Schwarzen Elfenstein und Tay Trefenwyd zu, wollten den einen zurück, den anderen zerstören. Aber Tay wurde von dem Feuer seiner Druidenmagie geschützt, die nun wieder in Kraft getreten und dazu bestimmt war, ihn vor der Wut des Gartens zu bewahren. Ranken schlugen nach ihm, wanden sich um ihn und versuchten, ihn wieder in die finsteren Tiefen zu ziehen. Aber das Feuer hielt sie zurück, verbrannte sie zu Asche und schützte den Druiden.

Jerle Shannara und die anderen eilten vorwärts und schlugen mit ihren Schwertern und Messern auf die um sich schlagenden Ranken ein. *Nein!* dachte Tay und versuchte, sie daran zu hindern. *Nein, bleibt zurück!* Er hatte ihnen gesagt, ihm nicht nahe zu kommen, hatte gerade Jerle davor gewarnt! Aber die Elfen konnten nicht anders, als sie sahen, dass er mit dem wertvollen Elfenstein zurückgekehrt war und in Bedrängnis zu sein schien. Also kämpften sie sich mutig und furchtlos mit gezogenen Waffen vorwärts, ungeachtet der Größe der Gefahr vor ihnen.

Zu spät erkannten sie ihren Fehler. Schnell wie der Blitz wandte sich der Garten ihnen zu. Den ihm am nächsten stehenden Elfenjäger fing er ab, bevor er sich durch einen Sprung ins Freie retten konnte, und zerriss ihn in kleine Stücke. Verzweifelt dehnte Tay den Schutz seines Druidenfeuers auf seine bedrängten Freunde aus und gestattete seinem eigenen Schild, schwächer zu werden. Dann rannte er auf die Felsen zu, die Sicherheit versprachen, und brüllte den anderen zu, ihm zu folgen. Alle bis auf einen taten dies – noch ein Elfenjäger, der zu langsam reagiert hatte und, als er sich umdrehte, von hinten angegriffen und ins Verderben gezerrt wurde.

Tay erreichte die Treppe und riegelte diesen Bereich ab. Er spürte, wie die Machtlinien überall um ihn herum zusammenbrachen, wie die Magie des Gartens langsam verebbte. Die Entwendung des Schwarzen Elfensteins hatte tief in der Lebenskraft der Kau-Magna Schaden angerichtet, und die feine Struktur ihrer Hülle war jenseits aller Heilungsmöglichkeiten beschädigt. Tay fühlte den Boden unter seinen Füßen erzittern.

»Was ist das? Was passiert da?«, schrie Jerle und sprang neben ihn.

»Die Festung stürzt ein!«, rief Tay. »Wir müssen hier raus!«

Sie rannten die Flure entlang, durch das Gewirr aus Gängen die dunklen, leeren Tunnel zurück zu der Spalte, durch die sie Einlass gefunden hatten. Eine merkwürdige und beunruhigende Mischung aus Hochstimmung und Unbehagen tobte in Tays Brust. Er war frei, sein gewagtes Spiel war erfolgreich gewesen, und sein Blut raste bei diesem Gedanken. Aber der Preis dafür war noch nicht berechnet. Etwas war mit ihm im Garten geschehen, etwas, das er noch nicht klar erkennen konnte. Er schaute an sich herunter, als rechnete er damit, dass ihm etwas fehlte. Aber er war ganz, wie er sah, ganz und unbeschädigt. Der Schaden lag in seinem Innern.

Risse erschienen entlang der uralten Wände der Festung und

klafften vor ihren Augen weiter auseinander. Steinbrocken bebten gewaltig und zerbröckelten. Tay hatte die Macht der Kau-Magna zerstört, jener sorgfältig ausbalancierten Magie, und nun brach alles in sich zusammen. Ihre Zeit in der Welt, solange sie auch angedauert hatte, war jetzt vorüber.

Preia Starle schoss an Tay vorüber und rannte weiter, sie rief irgend etwas über ihre Schultern zurück. Sie nahm ihren Platz als Kundschafterin der Gruppe wieder ein, flog mit wehendem zimtfarbenem Haar über die erbebenden Steine. Tay blickte ihr nach; er war nicht in der Lage, sie so deutlich zu sehen, wie er es eigentlich hätte können sollen. Seine Sicht war verschwommen, und er hatte Schwierigkeiten zu atmen. In tiefen Zügen sog er die Luft ein, und dennoch war es nicht genug.

Er stolperte, als Jerle Shannara ihn einholte, einen kräftigen Arm um seinen geschwächten Körper schob und ihn mit sich zog. Hinter ihm drängten Vree Erreden und der letzte verbliebene Elfenjäger.

Die Wände und Dächer brachen zusammen, als sie aus der Burg hinaus und über den Hof auf die Außenmauer und die Tore zustürzten. Tay spürte Feuer in seiner Brust. Ein Teil der bösen Magie des Gartens war noch immer in ihm, erkannte er. Er versuchte, sie mit Hilfe seiner eigenen Magie auszuschließen, sie von seinem Körper fernzuhalten. Er schaute an sich hinab und versuchte, Sicherheit aus dem zu schöpfen, was er sah.

Zu seinem großen Entsetzen bemerkte er, dass der Elfenstein an seiner Brust zu pulsieren begonnen hatte. Er riss sich von dem Anblick los und bedeckte den schwarzen Edelstein schnell, damit die anderen es nicht sahen.

Die fünf rasten durch das Tor der Festung und die Treppenstufen hinauf, die sie zurück zu der Felsspalte brachten, durch die sie hereingekommen waren. Hinter ihnen nahm das Dröhnen zu, vermischte sich mit dem Geräusch berstender und herabrutschender Steine. Staub vernebelte den Gang und nahm ihnen die Luft zum

Atmen. Vree Erreden blieb jetzt ebenfalls zurück, und der Elfenjäger neben Tay half ihm. Wie alte Männer stolperten die vier vorwärts, hustend und keuchend versuchten sie, mit Preia Starle Schritt zu halten.

Dann gab es tief im Innern des Berges eine Explosion, und eine gewaltige Wolke aus Schutt und Geröll brach von hinten über sie herein, Riss ihnen die Füße weg und ließ sie zu Boden stürzen. Benommen und mitgenommen richteten sie sich jedoch wieder auf und hasteten weiter.

Tays Kraft ließ bedenklich nach. Der Schmerz in seinem Körper breitete sich aus. Er spürte, wie das Pulsieren des Schwarzen Elfensteins immer stärker wurde. Der Teil der Magie des Gartens, der noch immer in ihm war, nährte die Magie des Elfensteins. Er hatte sich zu gut verkleidet. Er hatte sich zu sorgfältig verändert. Er hatte geglaubt, sich von dem, was er getan hatte, erholen zu können, aber die Krankheit, mit der er sich angesteckt hatte, würde sich nicht so einfach vertreiben lassen. Er biss die Zähne zusammen und kämpfte sich weiter vor. Es war ein Risiko gewesen, das er akzeptiert hatte. Er konnte jetzt nichts mehr dagegen tun.

Dann waren sie jenseits der Spalte und wieder auf dem Pfad, der im Innern des Bergkraters zum See führte. Nur wenige Meter vor ihnen stand Preia Starle, als wäre sie zu Eis erstarrt.

»Schatten!«, zischte Jerle Shannara.

Vor ihnen standen in einem Halbkreis, aus dem es kein Entrinnen gab, Dutzende von Gnomenjägern. In der Mitte waren zwei der tödlichen Schädelträger, schwarz umhüllt und zusammengekauert wie Gespenster, die auf die Nacht warten.

Ihre Verfolger hatten sie also doch noch eingeholt.

Die Elfen blieben abrupt hinter Preia stehen. Tay zählte schnell. Sie waren fünf Elfen gegen beinahe einhundert Geschöpfe des Dämonenlords. Sie hatten keine Chance. Preia wich vorsichtig an Jerles Seite zurück. Sie hatte noch keine Waffe gezogen.

»Sie warteten bereits, als ich herauskam«, sagte sie leise. In ihrer

Stimme lag keine Spur von Angst. Sie blickte zu Tay, und ihr Gesicht war merkwürdig ruhig. »Es sind zu viele für uns.«

Jerle nickte. Auch er starrte grimmig zu Tay. Hinter ihnen quoll Staub und Schotter aus der Spalte, als eine neue Explosion den Berg erschütterte. Die Erde bebte unter ihren Füßen; sie reagierte noch immer auf den Fall der Kau-Magna und den Verlust ihrer Magie.

»Wir müssen zurück«, flüsterte Jerle. »Vielleicht finden wir einen anderen Weg hinaus.«

Aber es gab keinen anderen Weg, das wusste Tay. Es gab nur diesen einen Weg, der an den Schädelträgern und den Gnomenjägern vorbeiführte. In die Spalte zurückzukehren wäre dem Selbstmord gleichgekommen. Der gesamte Berg brach zusammen, und alles, was sich in den Gängen befand, würde zermalmt werden. Links hinter ihm lockerte der einzige noch verbliebene Elfenjäger seinen Griff um Vree Erreden und ließ den Mann langsam auf den Felsboden gleiten. Der Lokat war beinah bewusstlos. Blut klebte an seinem Kopf und Gesicht. Wann war das geschehen? fragte Tay sich still. Wie hatte ihm das entgehen können?

Der Elfenjäger trat einen Schritt nach vorn und stand neben ihm.

Es ist hoffnungslos, dachte Tay.

Dann befreite er sich aus Jerles Halt und versuchte, allein zu stehen. Er stellte fest, dass es ging. Er richtete sich auf und schaute dann seinen Freund direkt an. Jerle starrte argwöhnisch zurück, und mit einiger Überwindung gelang es Tay zu lächeln. Preia Starle beobachtete ihn neugierig; ihre Augen waren hell und herausfordernd, und er dachte, dass sie vielleicht sah, was Jerle nicht sehen konnte.

»Wartet hier auf mich«, sagte er.

»Was willst du tun?«, wollte Jerle sofort wissen und trat einen Schritt nach vorn, um ihn am Arm festzuhalten und zurückzuziehen.

Tay befreite sich mit Nachdruck von ihm. »Es ist alles in Ordnung«, sagte er. »Wartet einfach hier.«

Er wählte seinen Schritte vorsichtig auf dem weichen, lockeren Stein, und er spürte durch den Berg hindurch das rumpelnde Beben, als die Zerstörung der Kau-Magna weiter vorangetrieben wurde. Er warf einen Blick an den Klippen hoch und zum Himmel, nahm die Ausmaße des Kraters in sich auf und den stillen, von ihm eingefassten See, die Gipfel der Bäume, die verschwindende Sonne. Er erlaubte seinen Gedanken abzuschweifen und dachte an Bremen und Risca, die jetzt weit weg in einem anderen Teil der Vier Länder waren und ihren eigenen Kampf fochten. Er stellte sich vor, wie es für sie sein musste. Er dachte an seine Familie und sein Heim in Arborlon, an seine Eltern und Kira, an seinen Bruder und dessen Frau und Kinder, an seine langjährigen Freunde und die Orte, an denen er gelebt hatte. Er dachte an das zum Scheitern verurteilte Paranor und die Druiden. In einigen wenigen, kurzen Augenblicken ließ er die Dinge der Vergangenheit und der Gegenwart vor seinem geistigen Auge erscheinen, breitete die einzelnen Überlegungen vor sich aus, bündelte sie dann wieder und legte sie für immer beiseite.

Als er nur noch ein Dutzend Meter von den Schädelträgern entfernt war, blieb er stehen. Die Ungeheuer hatten sich aus der Hocke erhoben und beobachteten ihn mit bösen roten Augen. Ihre Gesichter waren im Schatten der Kapuzen verborgen. Tay hatte nicht so viel Magie übrig, wie er benötigen würde, um ihnen entgegentreten zu können, das wusste er. Er hatte sich im Garten beim Kampf mit der Kau-Magna verbraucht und war jetzt krank und erschöpft. Er akzeptierte das mit aller Gelassenheit. Die Suche nach dem Schwarzen Elfenstein war beendet. Jetzt blieb nur noch, den Stein sicher nach Arborlon zurückzubringen. Den anderen, die bei ihm waren, musste die Möglichkeit gegeben werden, ihre Reise nach Hause zu vollenden. Er musste dafür sorgen. Doch wenn er sonst in der Lage gewesen wäre, sie alle zusammen zu beschützen, konnte er jetzt kaum auf sich selbst aufpassen. Und dennoch musste er es tun. Er war ihre einzige Chance.

Er schaute nach unten auf seine fest zusammengepresste Faust. Die Macht des Schwarzen Elfensteins lag darin. Bremen hatte ihn davor gewarnt, sie herbeizurufen, und er hatte dem alten Mann versprochen, es nicht zu tun. Aber die Dinge entwickelten sich nicht immer so, wie man es sich wünschte.

Er Riss seine Faust mit einem kräftigen Schwung nach oben und spürte den düsteren Puls des Elfensteins gegen seine Handinnenfläche pochen. Er raffte das letzte Bisschen, das ihm an Kraft und Entschlossenheit verblieben war, zusammen, griff tief in das Herz der Magie und rief ihre Kraft herbei. Die Schädelträger reagierten bereits. Sie witterten die Gefahr und riefen ihr eigenes todbringendes Feuer herbei, ein böses, grünes Strahlen, das sie auf ihn abschossen. Aber sie waren nicht schnell genug. Der Schwarze Elfenstein hatte auf Tays Ruf gewartet, jetzt nahm er ihn auf und verband sich mit ihm, ein Meister und ein Sklave, auch wenn die Rollen noch nicht vollständig festgelegt waren. Der Stein pulsierte wild vor Erwartung, seine Magie drängte zwischen Tays Fingern in einem Streifen aus Nicht-Licht hinaus, eine schwarze Leere, die alles verschlang, was sich ihr in den Weg stellte. Sie zerschmetterte das Feuer der Schädelträger, zerschmetterte die Schädelträger selbst. Sie zerschmetterte jeden einzelnen der Gnomenjäger, selbst jene, die zu fliehen versuchten, sie tötete alle bis auf den letzten erschreckten Kämpfer. Sie verschlang und verbrannte die Ungeheuer zu Asche, stahl ihnen dann ihr Leben und nährte damit den Halter des Steins.

Tay zitterte und schrie auf, als die Magie des Elfensteins erfüllt mit dem Leben seiner Opfer in ihn zurückkehrte. Die Bosheit der Schädelträger und die tödliche Kraft ihres Feuers drangen tief ins Innere seines Körpers; ihre gesamten dunklen Absichten und bösen Begierden erfüllten und zerstörten ihn. In diesem Moment erkannte er das Geheimnis der Macht des Schwarzen Elfensteins – sie raubte die Kräfte anderer Magie und wandelte sie in eigene Macht um. Aber der Preis war grauenhaft, denn die gestohlene Macht wurde zur Macht des Elfensteinbesitzers und veränderte ihn für immer.

Sekunden später war es vorüber. Alle Feinde, die sich ihnen entgegengestellt hatten, waren vernichtet. Auf dem Pfad waren nur noch Kleidungsfetzen und Waffenreste und kleine Aschenhäufchen zu sehen. In der Luft hing der Geruch von verbranntem Fleisch, und über der Oberfläche des immer noch stillen Kratersees waren leichte Wellen zu sehen, die die Hitze des Schwarzen Elfensteins hinterlassen hatte.

Tay fiel auf die Knie, die aufgebrachte Magie durchwühlte ihn. Er spürte, wie sie an seinem Körper und Geist fraß und beide als Staub zurückließ. Er konnte es durch nichts aufhalten. Er war zerstört, und es war vorbei mit ihm. Der Schwarze Elfenstein fiel aus seinen kraftlosen Fingern und auf den Boden, wo er still liegenblieb. Sein Nicht-Licht war inzwischen verloschen, und das Pulsieren hatte aufgehört. Tay starrte ihn angestrengt an und suchte nach einem Weg, wie er seine Magie so bündeln konnte, dass sie aufhielt, was mit ihm geschah. Schmerzerfüllt schloss er die Augen. Nichts hätte ihn auf so etwas vorbereiten können – absolut gar nichts. Er hatte Bremens Warnung missachtet, und dies war der Preis, den er dafür zahlen musste.

Dann hielt Jerle Shannara ihn im Arm, er beugte sich zu ihm hinab und sprach mit ihm. Auch Preia war da. Er konnte ihre Stimmen hören, aber er verstand ihre Worte nicht. Er hielt seine Augen geschlossen und bekämpfte die Magie des Schwarzen Elfensteins. Er war einmal zu oft in den Garten gegangen. Die Magie hatte ihre Saat in ihm aufgehen lassen, Wurzeln geschlagen und wartete jetzt darauf, dass er ihren Verlockungen erlag. Es war eine Falle, die er nicht vorhergesehen hatte.

»Tay«, hörte er Preia schreien.

Etwas Dunkles wuchs jetzt in ihm, etwas Gewaltiges und unvorstellbar Böses. Wieder wurde er in den Sog der Magie gerissen, die von dem widerwärtigen Wesen der Schädelträger verseucht war. Er wurde von ihr überwältigt und war machtlos, gegen sie anzukämpfen. Er war bereits zu mitgenommen.

»Preia«, flüsterte er. »Sag Bremen…«

Dann entfernte er sich von ihnen, verlor sich in einer anderen Zeit, an einem anderen Ort. Es war Sommer in Arborlon, und er war wieder ein Kind. Er hatte mit Jerle gespielt und war gestürzt, als er versucht hatte, an einer Mauer emporzuklettern. Er war hart mit dem Kopf aufgeschlagen und lag im Gras. Jerle hatte neben ihm gestanden und gesagt: »Oh, stell dich nicht so an! Der Sturz war doch nicht schlimm! Du bist nicht verletzt!« Und Tay hatte sich bemüht aufzustehen, war immer noch benommen gewesen und hatte Schürfwunden an den Ellbogen und im Gesicht gehabt. Preia, die auch dabeigewesen war, hatte ihn in die Arme genommen und festgehalten und gesagt: »Ganz ruhig, Tay. Warte einen Augenblick, bis die Benommenheit vorbei ist. Es gibt keinen Grund zur Eile.«

Er öffnete die Augen. Jerle Shannara hielt ihn in den Armen; seine sonst so ruhige Miene zeigte jetzt nur Trauer und Schmerz. Preia kniete dicht neben ihm; Tränen standen ihr in den Augen, rannen über ihr Gesicht.

Seine Hand griff nach ihrer und hielt sie fest.

Dann benutzte er seine Magie genauso, wie er es bei Retten Kipp getan hatte; er hielt die Luft aus seinen Lungen fern. Er spürte, wie sein Herzschlag und der Puls sich verlangsamten, wie auch die Zerstörung seines Körpers langsamer wurde und endlich ganz aufhörte. Er wurde schläfrig. Das war alles, was ihm blieb – Schlaf.

Dunkelheit verschleierte seine Augen und raubte ihm die Sicht. Er seufzte einmal tief auf. Der Tod kam schnell und sanft und trug ihn mit sich fort.

Das Schmieden des Schwertes

Kapitel 18

Es dauerte beinahe eine ganze Woche, bis Bremen, Mareth und Kinson Ravenlock den Ort namens Kamin erreichten. Sie legten den ganzen Weg zu Fuß zurück, denn der Druide und der Fährtensucher waren beide der Meinung, so schneller voranzukommen als auf einem Pferderücken. Sie kannten dieses Land gut, hatten es oft zuvor durchquert, und die Abkürzungen, die sie im Laufe der Jahre herausgefunden hatten, waren zu Pferd nicht zu bewältigen. Früher oder später hätten sie die Tiere ohnehin zurücklassen müssen, und da war es besser, gleich von Beginn an zu Fuß zu gehen und die Sache nicht noch schwieriger zu machen.

Für die beiden mochte das ja alles schön und gut sein, dachte Mareth. Sie waren gewohnt, weite Strecken zu gehen. Mareth war es nicht. Dennoch beschwerte sie sich nicht.

Kinson führte die Gruppe; er suchte einen Weg, von dem er glaubte, dass er für alle drei angenehm wäre. Er wusste, dass Mareth nicht so geübt war, zu Fuß zu gehen, aber sie war sehr widerstandsfähig. An den ersten zwei Tagen, als die Gegend noch einigermaßen flach und der Blick auf die weiteren Wege und Pfade frei war, wählte er einen Weg über offenes Gelände. Er hielt oft an, um Mareth eine Verschnaufpause zu gönnen, und sorgte jedes Mal dafür, dass sie etwas trank. Abends sah er nach ihren Schuhen und Füßen und vergewisserte sich, dass alles in Ordnung war. Überraschenderweise ließ sie dies ohne Widerrede mit sich geschehen. Sie war seit Bremens Rückkehr etwas in sich gekehrt, und Kinson vermutete, dass sie sich auf den Augenblick vorbereitete, da sie dem Druiden die Wahrheit über sich sagen musste.

In der Zwischenzeit marschierten sie durch die Pässe des Wolfsktaags zum Dunkelstreif. Meistens folgten sie dabei dem Fluss Rabb, denn er bot eine gute Orientierungsmöglichkeit und versorgte sie außerdem mit Trinkwasser. Die Tage verstrichen langsam und waren sonnig, die Nächte ruhig. Die tiefen Wälder gewährten Schutz und Ruhe und die Reise verlief ohne Zwischenfälle.

In der dritten Nacht machte Mareth ihr Versprechen wahr und erklärte Bremen, dass sie ihn angelogen hatte, was ihre Zeit in Storlock betraf. Sie erklärte, dass sie sich alles, was sie über Magie wusste, ob es die Heilkunst betraf oder etwas anderes, selbst beigebracht hatte. Ihre Fähigkeiten hatten sich durch mühsame und manchmal schmerzhafte Erfahrungen ausgeprägt. Es schien ihr jedoch, als funktionierte die Magie am besten, wenn sie zu heilenden Zwecken angewandt wurde; in solchen Momenten ließ sie sich deutlich besser kontrollieren.

Sie berichtete auch, dass es Cogline gewesen war, der sie gedrängt hatte, zu den Druiden nach Paranor zu gehen, der ihr geraten hatte, dort Hilfe zu suchen. Sie erklärte, dass er ihr geholfen hatte, die notwendigen Dokumente zu fälschen, um auf Paranor Aufnahme zu finden.

Zu Kinsons Überraschung war Bremen kein bisschen verärgert. Er lauschte aufmerksam, nickte zustimmend und sagte nichts. Sie hatten ihre Mahlzeit beendet, saßen um das Feuer und sahen zu, wie die Flammen beinahe bis zur letzten Glut hinunterbrannten. Die Nacht war hell vom Mondenschein und den Sternen. Bremen warf keinen Blick auf Kinson. Tatsächlich schien er vergessen zu haben, dass der Grenzländer überhaupt anwesend war.

Als das Mädchen fertig war, lächelte Bremen ermutigend. »Nun, du bist eine mutige junge Frau. Und ich schätze das Vertrauen, das du Kinson und mir entgegenbringst. Natürlich werden wir versuchen, dir zu helfen. Was Cogline angeht – dass er dich nach Paranor geschickt und dir falsche Schreiben ausgestellt hat, dass er dich ermutigt hat, dich zu verstellen – nun, das klingt sehr nach ihm. Cogline hat für die Druiden nicht viel übrig. Am liebsten würde er ihnen bei dem geringsten Anlass die Ohren lang ziehen.

Aber ich denke, er wusste ebenfalls, dass du schließlich den Weg zu mir finden würdest, wenn es dir ernst genug wäre, die Wahrheit über deine Magie zu erfahren.«

»Kennt Ihr Cogline gut?«, fragte Mareth.

»So gut, wie jeder andere ihn kennt. Er war vor meiner Zeit Druide, in den Tagen des Ersten Krieges der Rassen. Er kannte Brona. In bestimmter Hinsicht sympathisierte er mit ihm. Er glaubte, alle Wege des Lernens müssten gefördert und keine Formen des Studiums dürften verboten werden. In dieser Hinsicht trug er selbst etwas Rebellisches in sich. Aber Cogline war auch ein guter und vorsichtiger Mann. Er hätte sich niemals derart in Gefahr gebracht wie Brona.

Er verließ Paranor noch vor diesem. Er verließ die Druiden, weil er mit den Einschränkungen, die sie seinen Studien auferlegten, nicht mehr einverstanden war. Seine Interessen lagen auf dem Gebiet der vergessenen Wissenschaften, jene, die der alten Welt vor ihrer Zerstörung gedient hatten. Aber der Hohe Druide und der Druidenrat unterstützten seine Arbeit nicht. In jenen Tagen zogen sie die Magie vor – eine Kraft, der Cogline misstraute. Sie waren der Meinung, dass man die alten Wissenschaften besser unbeachtet ließe. Zwar mochten sie der alten Welt genutzt haben, aber ebenso hatten sie zu ihrer Zerstörung beigetragen. Nur langsam und vorsichtig sollten diese Geheimnisse entschlüsselt werden, und auch nur für einen begrenzten Gebrauch. Cogline hielt das für Unsinn. Die Wissenschaften ließen sich nicht zurückhalten, argumentierte er. Sie würden sich nicht entsprechend den Gesetzen der Menschheit enthüllen, sondern ihren eigenen Gesetzen folgen.«

Bremen schlang die Arme um die hochgezogenen Knie. Er bestand fast nur noch aus Haut und Knochen, und sein Lächeln hatte etwas Wehmütiges. »Also ging Cogline fort, wütend über das, was sie ihm angetan hatten – und was er sich selbst angetan hatte, nehme ich an. Er zog sich in den Dunkelstreif zurück und fuhr mit seinen Studien fort. Ich sah ihn ab und zu, immer wieder kreuzten sich unsere Wege. Wir unterhielten uns. Wir tauschten Informationen und Gedanken aus. Wir waren beide auf bestimmte Weise Ausgestoßene. Mit dem einen Unterschied, dass Cogline sich nicht mehr als Druide verstand, während ich mich weigerte, mich als etwas Geringeres zu sehen.«

»Er ist noch älter als du«, bemerkte Kinson beiläufig. Er stocherte mit einem Stock in der Asche herum und vermied es, Bremen anzusehen.

»Er benutzt den Druidenschlaf, wenn du das meinst«, erwiderte Bremen gelassen. »Es ist die einzige Spielart der Magie, die er sich selbst gestattet. Er misstraut allem übrigen. Allem.« Er sah Mareth an. »Er hält Magie für gefährlich und unkontrollierbar. Ich nehme an, es hat ihm eine gewisse Freude bereitet, von dir zu erfahren, dass du dieselbe Erfahrung gemacht hast. Indem er dich nach Paranor schickte, wollte er den Druiden etwas beweisen. Unglücklicherweise hast du dein Geheimnis zu gut verborgen gehalten, und sie fanden niemals heraus, wozu du fähig bist.«

Mareth nickte und schwieg. Aus dunklen Augen blickte sie gedankenverloren ins Leere.

Kinson streckte sich. Er spürte, dass die beiden ihn ungeduldig machten und verwirrten. Die meisten Leute machten ihr Leben unnötig schwierig, und dies war ein weiteres Beispiel dafür.

Er begegnete Bremens Blick. »Da wir jetzt alle unsere Geheimnisse und unsere Vergangenheit ausgebreitet haben, sag mir eins: Warum gehen wir zum Kamin? Was wollen wir von Cogline?«

Bremen sah ihn einen Augenblick lang forschend an, bevor er antwortete. »Wie ich schon sagte, führte Cogline die Studien der alten Wissenschaften fort. Er weiß um Geheimnisse, die allen anderen verborgen sind. Das eine oder andere könnte für uns von großem Nutzen sein.«

Er hielt inne und lächelte. Er hatte alles gesagt, was er sagen würde, das wusste Kinson. Es gab wahrscheinlich noch weitere Gründe, und vermutlich behielt der alte Mann sie nicht nur deshalb zurück, weil er ihm keinen Schreck einjagen wollte. Kinson war jedoch weder bestrebt, darüber zu spekulieren, was es wohl sein könnte, noch wollte er danach fragen. Er nickte, als wäre er mit der Antwort zufrieden, und erhob sich.

»Ich werde die erste Wache übernehmen«, verkündete er und schlich in die Dunkelheit davon.

Er brütete bis nach Mitternacht über dieser Angelegenheit, als Bremen kam und ihn ablöste. Der alte Mann erschien wie aus dem Nichts – Kinson hörte ihn niemals kommen – und ließ sich neben dem Grenzländer nieder. Sie leisteten einander einige Zeit schweigend Gesellschaft und starrten einfach nur in die Nacht. Sie saßen auf einem niedrigen Felsvorsprung über dem Rabb, der sich zwischen den Bäumen hindurchschlängelte. Die Wasseroberfläche war glatt und schimmerte silbrig im Mondlicht. Der Wald war still und schläfrig, und die Luft roch nach Fichte und Wacholder. Der Dunkelstreif begann gleich rechts von ihrem Lagerplatz. Wenn sie am nächsten Morgen aufbrachen, würde das Gelände zerklüfteter und die Reise beschwerlich werden.

»Was Cogline uns geben kann«, sagte der alte Mann plötzlich mit leiser, aber eindringlicher Stimme, »ist sein reiches Wissen über Metallurgie. Erinnerst du dich an die Visionen? In ihrem Mittelpunkt stand das Schmieden einer magischen Waffe, die den Dämonenlord zerstören kann. Diese Waffe ist ein Schwert. Das Schwert wird von einem Mann in die Schlacht getragen, dem wir noch nicht begegnet sind. Es werden viele Dinge notwendig sein, um das Schwert mit der Kraft auszustatten, die notwendig ist, wenn es der Macht Bronas standhalten soll. Hierzu gehört auch der Prozess des Schmiedens, durch den die Waffe jeder anderen geschmiedeten Waffe bis aufs Haar gleicht. Cogline wird uns über diesen Prozess aufklären.«

Er sah Kinson an und lächelte. »Ich hielt es für das Beste, diese Information für uns zu behalten.«

Kinson nickte und enthielt sich einer Antwort. Er starrte zu Boden, nickte wieder und stand dann auf. »Gute Nacht, Bremen.«

Er war im Begriff fortzugehen.

»Kinson?«

Der Grenzländer drehte sich um. Bremen hatte sich schon wieder abgewandt, er starrte auf den Fluss und in den Wald. »Ich bin auch gar nicht so sicher, dass bereits alle Geheimnisse und die gesamte Vergangenheit auf dem Tisch liegen. Mareth ist eine sehr vorsichtige junge Frau und handelt wohl überlegt. Sie hat ihre eigenen Gründe für das, was sie tut, und sie behält sie für sich, bis sie es für angemessen hält, sie zu offenbaren.« Er hielt inne. »Aber das weisst du ja bereits. Gute Nacht.«

Kinson blieb noch einen Augenblick stehen, dann verschwand er.

Sie marschierten drei weitere Tage durch das mittlerweile raue und unübersichtliche Land, in dem die einzigen Spuren von Tieren stammten. Sie trafen weder andere Menschen, noch fanden sie Hinweise auf sie. Die Gegend war jetzt bergig, mit vielen Schluchten und Graten. Das Frühjahrshochwasser des Rabb hatte das Gelände ausgewaschen, und es war mit taillenhohem Gras und Büschen bewachsen. Mindestens ein Dutzend Mal brach der Fluss aus seinem Bett aus und bildete neue Schleifen und Moraste, so dass sie sich nicht länger auf ihn als Wegweiser verlassen konnten. Kinson führte sie deshalb tiefer in die Wälder und durch ein Gebiet, wo die Schatten des alten Baumbestands die Büsche und Gräser hinderten, zu dicht zu wachsen und die Reisenden dadurch die Abhänge und Spalten besser überwinden konnten. Das Wetter blieb gut, und so kamen sie angemessen voran, selbst bei dem schwierigen Gelände.

Bremen ging neben Mareth und sprach mit ihr über ihre Magie; er versuchte, ihr Ratschläge zu geben, wie sie damit umgehen sollte.

»Es gibt Möglichkeiten, wie du sie kontrollieren kannst«, bot er an. »Die Schwierigkeit liegt darin, die Wege zu erkennen. Angeborene Magie ist komplizierter als erlernte Magie. Den Umgang mit erlernter Magie kann man durch Versuche erweitern und so das Wissen immer weiter ausbauen. Man lernt, was funktioniert und was nicht; es ist vorhersagbar, und gewöhnlich versteht man irgendwann auch, warum die Dinge so und so sind. Aber bei angeborener Magie ist das nicht immer möglich. Angeborene Magie ist einfach da, von Anfang an, ein Teil von deinem Fleisch und Blut. Sie tut, was sie will, wann sie will, und oftmals auch, wie sie will, und man kann eigentlich nur versuchen, das Warum der Dinge so weit wie möglich zu verstehen.

Das Problem bei der Kontrolle von angeborener Magie vergrößert sich durch andere Faktoren, die die Wirkungsweise der Magie beeinflussen. Dein Charakter kann auf die Ergebnisse einwirken, ebenso deine Gefühle, deine Stimmung. Auch dein Körper – so hat man eingebaute Abwehrmechanismen gegenüber allem, was die Gesundheit bedroht, und diese beeinflussen ebenfalls die Wirkung der Magie. Selbst deine Sicht der Welt, Mareth, deine innere Haltung, Überzeugungen, deine Vernunft – sie alle können das Ergebnis mitbestimmen. Die Magie ist ein Chamäleon. Manchmal gibt sie einfach auf und verschwindet, ohne zu versuchen, die Schutzmechanismen und Hindernisse zu durchbrechen, die du ihr in den Weg legst. Manchmal aber wächst sie zu einem Sturm an und überwindet alles, was du tust, um sie aufzuhalten.«

»Was ist es, das mich so beeinflusst?«, fragte sie ihn.

»Genau das müssen wir herausfinden«, antwortete er.

Am sechsten Tag ihrer Reise erreichten sie den Kamin. Es war kurz nach Mittag, und sie waren aus einer Reihe steiler Hügel und felsiger Täler herausgetreten, die von der Nähe des Rabenhorngebirges kündeten. Sie schwitzten, und ihre Füße schmerzten, und da sie den Rabb und seine Nebenflüsse schon lange verlassen hatten, hatten sie sich seit zwei Tagen nicht waschen können. Niemand hatte an diesem Tag viel gesprochen; sie konzentrierten all ihre Energie darauf, ihr Ziel noch vor Einbruch der Nacht zu erreichen, wie Kinson es vorausgesagt hatte. Trotz des schrecklichen Rufs, der den Dunkelstreif umgab, waren sie auf der Reise niemals bedroht worden – wenn ihnen überhaupt etwas zugesetzt hatte, dann war es die Langeweile, die im Laufe der Zeit immer drückender geworden war. So war es eine Erleichterung, als sie eine einzelne, schornsteinähnliche Turmspitze in den Himmel emporragen sahen, angestrahlt vom hellen Schein des Sonnenlichts, das bis zum Ende des vor ihnen liegenden Tales reichte. Sie traten unter den Fichten heraus, wo die Schatten so dicht waren, dass sie sich den Weg beinahe hatten ertasten müssen, und dann lag der Kamin plötzlich vor ihnen. Kinson zeigte mit dem Finger darauf, aber Bremen und Mareth nickten bereits erkennend und lächelten.

Sie schritten über kleine Wiesen mit Wildblumen den Hügel hinunter und wieder in den kühlen Schatten des Waldes, der das Tal bedeckte. Es war still, als sie unter die hohen Laubbäume traten – rote Ulmen, weiße und schwarze Eichen, Hickorynußbäume und Birken. Auch Nadelhölzer wuchsen hier, uralt und zottig, aber die Laubbäume überwogen deutlich. Bald waren sie wieder eingeschlossen von einem Dach von Ästen und einer Wand von Zweigen und verloren den Kamin wieder aus dem Blick. Kinson führte sie, er suchte immer noch nach Spuren und fand nach wie vor keine, aber jetzt wunderte er sich darüber. Wenn Cogline in diesem Tal wohnte, streifte er dann niemals darin umher? Es gab keinerlei Anzeichen, dass diese Gegend bewohnt war. Hinweise auf Vögel und kleine Bodentiere waren zu sehen, aber nicht auf einen Menschen.

Sie überquerten einen Fluss, und kühle Gischt spritzte ihnen von den Stromschnellen entgegen, die das Wasser aufwirbelten. Kinson strich sich mit der Hand übers Gesicht, er schloss die Augen und wischte sich den Schweiß von der Stirn. Er blinzelte beim Weitergehen die Feuchtigkeit fort und lauschte der Stille, warf einen Blick zurück zu Bremen und Mareth, die wenige Schritte hinter ihm folgten. Er fühlte sich merkwürdig unbehaglich, konnte aber die Ursache nicht ergründen. Seine Instinkte als Fährtenleser sagten ihm, dass etwas nicht stimmte, aber niemand der beiden anderen schien besorgt zu sein.

Er ließ sich einen Schritt zurückfallen, um neben sie zu gelangen. »Irgend etwas stimmt nicht«, brummte er.

Mareth sah ihn an. Bremen zuckte nur die Schultern. Irritiert übernahm Kinson wieder die Führung. Sie schritten über eine große Lichtung hinweg auf eine Gruppe von Tannen zu und drängten sich durch einen Vorhang aus Ästen. Plötzlich roch Kinson Rauch. Er hielt inne und wandte sich um, um die anderen zwei zu warnen.

»Schau weiter nach vorn«, warnte Bremen. Er blickte über Kinson hinweg nach vorn, und gleichzeitig wurden Mareths Augen immer größer.

Kinson wirbelte herum und sah sich der größten Moorkatze gegenüber, die er jemals gesehen hatte. Das Tier stand ungefähr zwei Meter von ihm entfernt und starrte ihn an. Die strahlenden Augen der Katze waren von einem leuchtenden Gelb, und ihre Schnauze war schwarz, aber der Rest bestand aus einem merkwürdigen Muster. Moorkatzen wurden nur selten gesehen, und der Volksmund besagte, dass der Anblick einer Moorkatze gewöhnlich das letzte Ereignis im Leben einer Person darstellte. Moorkatzen blieben meist unter sich und verbrachten ihr Leben in den Sümpfen des Ostlandes. Sie waren nur schwer zu finden, denn sie konnten ihre Farbe der Umgebung anpassen. Sie waren im Durchschnitt zwei bis zweieinhalb Meter lang und an der Schulter ungefähr einen Meter hoch, aber diese hier war vier Meter lang und beinahe eineinhalb Meter hoch. Sie war nahezu in gleicher Augenhöhe wie Kinson und hätte über ihm sein können, bevor er Zeit gehabt hätte, auch nur zu zwinkern.

»Bremen«, sagte er leise.

Hinter sich hörte er ein merkwürdiges Geräusch, und die Moorkatze zuckte bestätigend mit ihrem Kopf. Das Geräusch kam wieder, und jetzt erkannte Kinson, dass es von Bremen kam. Die Moorkatze leckte sich über die Schnauze und erwiderte Bremens Gruß, dann wandte sie sich ab und verschwand.

Bremen trat neben den verdutzten Grenzländer und legte ihm beruhigend die Hand auf die Schulter. »Das ist Coglines Katze. Ich würde sagen, wir sind ganz in der Nähe unseres Freundes, oder nicht?«

Sie traten aus dem Wald und überquerten eine Lichtung, die von einem Bach geteilt wurde. Die ganze Zeit über trottete die Moorkatze voran, weder besonders eilig noch besonders langsam; sie schien keinerlei Interesse an ihnen zu haben, blieb aber immer in Sichtweite. Kinson schaute Mareth fragend an, aber sie schüttelte nur den Kopf. Offensichtlich wusste sie auch nicht mehr als er.

Schließlich erreichten sie eine weitere Lichtung mit einer kleinen Hütte darauf. Sie war vom Wetter mitgenommen und ziemlich reparaturbedürftig, einzelne Schindeln hatten sich gelöst, Scharniere waren aus den Verankerungen gerissen, und einige der Holzlatten auf der Veranda waren zersplittert und zerbrochen. Das Dach sah noch ziemlich sicher aus, und der Schornstein war in Ordnung, aber der Gemüsegarten befand sich in einem desolaten Zustand, und Unkraut wucherte bereits erwartungsvoll an den Holzwänden empor. Ein Mann stand vor dem Eingang und wartete auf sie, und Kinson wusste sofort aus der Erinnerung an Mareths Beschreibung, dass dies Cogline sein musste. Er war groß und gebeugt, eine knochige, hagere Gestalt, zerzaust und ungekämmt, und seine Kleidung war in demselben Zustand wie die Hütte. Seine Haare waren dunkel, aber mit Grau durchsetzt, und sie standen wie die Stacheln eines Igels von seinem kantigen Kopf ab. Ein dünner Spitzbart zierte sein Kinn, ein Schnauzbart die Oberlippe. Linien zogen sich durch sein wettergegerbtes Gesicht, Furchen, die nicht nur Beweise gelebter Jahre waren. Er stützte eine Hand in die Hüfte und sah mit breitem Grinsen zu, wie sie näher kamen.

»Nun, nun, nun!«, rief er begeistert aus. »Das Mädchen aus Storlock ruft. Hätte nicht gedacht, dich so schnell wieder zu sehen, Mädchen! Du hast mehr Mut, als ich vermutet hätte. Und den wahren Meister der Überlieferungen hast du gefunden, wie es scheint? Schön, dich zu sehen, Bremen von Paranor!«

»Schön, dich zu sehen, Cogline«, erwiderte Bremen und streckte ihm die Hand entgegen, die der andere einen Moment lang fest hielt. »Wie ich sehe, hast du uns deine Katze zur Begrüßung entgegengeschickt. Wie heißt der Kater noch? Flitzer? Er hat meinen Freund so sehr erschreckt, dass es ihn wahrscheinlich fünf Jahre seines Lebens gekostet hat.«

»Ha, dafür gibt's ein Heilmittel, und wenn das Kinson Ravenlock ist, der neben dir steht, dann kennt er es vermutlich schon!« Cogline winkte dem Grenzländer zu. »Der Druidenschlaf wird dir diese Jahre in einem Augenzwinkern zurückgeben!« Er reckte den kantigen Kopf. »Du weisst, wozu der Kater gut ist, mein Freund?« Kinson schüttelte den Kopf. »Er ist dazu da, unwillkommene Gäste abzufangen, und das heißt so gut wie alle. Die wenigen, die bis hierher gelangen, wissen, wie man mit ihm spricht. Bremen weiß wie, nicht wahr, alter Mann?«

Bremen lachte. »Alter Mann? Da schimpft ein Esel den anderen Langohr, meinst du nicht auch?«

»Ich würde nicht nein sagen, aber auch nicht ja. Also, das Mädchen hat dich gefunden, ja? Hat lange genug gedauert. Mareth, nicht wahr?« Cogline verneigte sich leicht vor ihr. »Ein hübscher Name für ein hübsches Mädchen. Ich hoffe, du hast sämtliche Druiden zum Wahnsinn und einem schlimmen Ende entgegengetrieben.«

Bremen kam einen Schritt auf ihn zu. Das Lächeln verschwand von seinem Gesicht. »Die Druiden haben bereits von alleine ein schlimmes Ende gefunden. Vor nicht einmal zwei Wochen, Cogline. Außer mir selbst und zwei anderen sind alle tot. Hast du es nicht gehört?«

Der andere Mann starrte ihn an, als wäre er verrückt geworden, dann schüttelte er den Kopf. »Kein einziges Wort. Aber ich bin auch eine Zeit lang nicht aus dem Tal herausgekommen. Alle tot? Du bist da ganz sicher, wie?«

Bremen griff in seinen Umhang und holte den Eilt Druin heraus. Er hielt ihn hoch, damit der andere ihn sehen konnte, und ließ ihn im Licht baumeln.

Cogline zog seinen Mund zusammen. »Allerdings. Das da wäre nicht in deinem Besitz, wenn Athabasca noch leben würde. Alle tot, sagst du? Schatten! Wer war das? Er, nicht wahr?«

Bremen nickte. Es war nicht notwendig, den Namen auszusprechen. Cogline schüttelte wieder den Kopf und verschränkte die Arme über der Brust. »Das habe ich ihm nicht gewünscht, niemals. Aber sie waren Narren, Bremen, das weisst du. Sie haben ihre Mauern gebaut und die Tore verschlossen und ihr Ziel vergessen. Sie haben uns vertrieben, die beiden einzigen, die ein bisschen Verstand besaßen, die einzigen, die begriffen, was wichtig war. Galaphile würde sich ihrer schämen. Aber alle tot? Schatten!«

»Wir sind gekommen, um mit dir darüber zu sprechen«, sagte Bremen ruhig.

Coglines scharfer Blick begegnete blitzartig dem des alten Mannes. »Natürlich. Du bist diesen ganzen Weg hierher gekommen, um mir die Neuigkeiten mitzuteilen und mit mir darüber zu sprechen. Wie nett von dir. Nun, wir kennen uns, nicht wahr? Der eine alt, der andere älter. Der eine ein Abtrünniger, der andere ein Ausgestoßener. Keiner von uns beiden auch nur ein bisschen hinterhältig. Ha!«

Coglines Kichern klang leise und freudlos. Er sah einen Augenblick lang zu Boden, dann wanderte sein Blick zu Kinson. »Sag, Fährtenleser – scharfsichtig wie du bist, hast du auf dem Weg hierher auch die andere bemerkt?«

Kinson zögerte. »Die andere was?«

»Ha! Das habe ich mir gedacht! Die andere Katze natürlich! Du hast sie nicht gesehen?« Cogline schnaubte. »Nun, dann kann ich nur sagen, wie gut es ist, dass Bremen dich mag, denn sonst wärst du wahrscheinlich schon ihr Mittagsmahl geworden!« Er kicherte, verlor dann das Interesse und machte eine einladende Geste. »Also kommt jetzt! Es gibt keinen Grund, hier draußen stehen zu bleiben. Drinnen wartet Essen auf euch. Ich nehme auch an, ihr würdet gern ein Bad nehmen. Eine Menge Arbeit für mich, doch das muss euch nicht kümmern. Ich bin ein guter Gastgeber. Also kommt!«

Leise vor sich hinschimpfend und murmelnd sprang er in großen Sätzen die Stufen hoch und verschwand in der Hütte. Seine Besucher folgten ihm gehorsam.

Sie wuschen sich selbst und ihre Kleider, trockneten sie, so gut es ging, kleideten sich neu an und setzten sich in dem Augenblick zu Tisch, da die Sonne gerade unterging. Der Himmel färbte sich erst orange und golden, dann purpurn, und schließlich nahm er einen Indigo-Amethystton an, der sogar Kinson verwundert durch den Schleier der Bäume starren ließ. Das Mahl, das Cogline ihnen servierte, übertraf sämtliche Erwartungen des Grenzländers, ein Eintopf aus Fleisch und Gemüse mit Brot, Käse und kaltem Bier. Sie aßen an einem Tisch, den sie vor die Hütte gestellt hatten. Über ihnen prangte der Nachthimmel mit seiner kaleidoskopisch geordneten Sammlung an Sternen. Kerzen beleuchteten den Tisch und verströmten einen Duft, von dem Cogline behauptete, dass er die Insekten fernhielte. Vielleicht besaß seine Behauptung einen wahren Kern, gestand Kinson ihm zu, denn er sah, solange sie aßen, nirgends etwas umherfliegen.

Die Moorkatzen gesellten sich zu ihnen, sie kamen mit der Dunkelheit zurück und kauerten sich in die Nähe des Tisches. Wie Cogline erklärt hatte, waren es zwei – Bruder und Schwester. Flitzer, der Kater, den sie auf ihrem Weg getroffen hatten, war der größere der beiden, während die Katze Wolke kleiner und schlanker war. Cogline beschrieb, wie er sie als kleine Kätzchen gefunden hatte, verlassen im Sumpf und hilflose Beute für die Gestaltswandler. Sie waren hungrig und verängstigt gewesen und hatten dringend Pflege benötigt, also hatte er sie mit nach Hause genommen. Er lachte, als er daran dachte. Nur winzig kleine Fellbündel waren sie damals gewesen, hatten aber schnell an Größe zugenommen. Er hatte nichts unternommen, um sie bei sich zu behalten, sie hatten sich ganz alleine dazu entschlossen. Wahrscheinlich mochten sie seine Gesellschaft, vermutete er.

Die Dämmerung kam und ging, und die Stille der Nacht senkte sich über sie. Die drei hatten ihr Mahl beendet, und während sie so saßen und Bier aus Tonkrügen tranken, berichtete Bremen Cogline, was den Druiden von Paranor widerfahren war. Als er fertig war, lehnte sich der ehemalige Druide mit dem Krug Bier in der Hand zurück und schüttelte angewidert den Kopf.

»Narren, allesamt«, sagte er. »Es tut mir Leid um sie, es tut mir Leid, dass es ein solches Ende mit ihnen nehmen musste, aber ich bin auch wütend auf sie, weil sie die Möglichkeiten verspielt haben, die Galaphile und die anderen ihnen mit der Gründung des Ersten Rats gegeben hatten. Sie haben ihr Ziel aus den Augen verloren, den Grund ihres Daseins. Das kann ich ihnen nicht verzeihen.«

Er spuckte auf den Boden. Wolke blickte zu ihm auf und blinzelte verwirrt. Flitzer rührte sich nicht. Kinson sah von dem einen zum anderen, von dem wild behaarten Einsiedler zu seinen Katzen, und er fragte sich, was das Leben hier oben wohl im Kopf eines Menschen anrichten mochte.

»Nachdem ich die Druiden verlassen hatte, ging ich zum Hadeshorn und sprach mit den Geistern der Toten«, fuhr Bremen fort. Er nippte an seinem Bier, und die Falten seines wettergegerbten Gesichtes vertieften sich bei der Erinnerung daran. »Galaphile persönlich kam zu mir. Ich habe ihn gefragt, was ich tun könnte, um Brona zu zerstören. Als Antwort zeigte er mir vier Visionen.« Er beschrieb eine nach der anderen. »Es ist die Vision des Mannes mit dem Schwert, die mich zu dir führt.«

Coglines kantiges Gesicht zog sich wie eine Faust zusammen. »Erwartest du von mir, dass ich dir helfe, diesen Mann zu finden? Sollte ich ihn kennen?«

Bremen schüttelte den Kopf. Seine grauen Haare sahen in dem Kerzenlicht wie feine Seidenfäden aus. »Es ist nicht der Mann, sondern das Schwert, das deine Aufmerksamkeit verlangt. Es ist ein Talisman, den ich schmieden muss. Die Vision enthüllte, dass der Eilt Druin durch den Prozess des Schmiedens zu einem Teil der

Waffe wird. Diese Waffe wird ein Fluch für Brona sein. Ich gebe zu, dass ich noch nicht alle Einzelheiten verstehe. Ich kenne nur die Beschaffenheit der benötigten Waffe. Und ich weiß, dass während des Schmiedens besondere Sorgfalt angewendet werden muss, wenn sie stark genug sein soll, um Bronas Magie überwinden zu können.«

»Also du bist den ganzen weiten Weg nur deshalb gekommen, um über die Druiden zu reden, ja?«, fragte der andere, als hätte Bremen gerade den Vorhang über einem Geheimnis gelüftet.

»Niemand kennt sich mit Metallurgie besser aus als du. Der Prozess des Schmiedens muss aus einer Mischung aus Wissenschaft und Magie bestehen, um erfolgreich sein zu können. Ich werde die Magie – meine eigene und die des Eilt Druin – in den Prozess einfließen lassen. Aber ich brauche deine wissenschaftlichen Kenntnisse. Ich brauche das, was allein die Wissenschaft zur Verfügung stellen kann – die richtige Mischung der Metalle, die korrekte Temperatur beim Schmelzen und die genauen Zeiten. Was muss geschehen, damit das Metall stark genug ist, um jeder Gefahr trotzen zu können, die sich gegen es richtet?«

Cogline wischte die Angelegenheit mit einer schnellen Handbewegung vom Tisch. »Du brauchst nicht weiterzureden, denn du hast bereits das Entscheidende vergessen. Magie und Wissenschaft lassen sich nicht verbinden. Wir beide wissen das. Wenn du also ein magisches Schwert schmieden musst, dann benutze die Magie. Ich kann dir dabei nicht helfen.«

Bremen schüttelte den Kopf. »Ich fürchte, wir werden die Regeln ein bisschen ändern müssen. Magie reicht nicht aus, um diese Aufgabe zu erfüllen. Auch die Wissenschaft ist gefragt, die Wissenschaft der alten Welt. Brona ist ein Geschöpf der Magie, und gegen Magie hat er sich gewappnet. Er kennt die Wissenschaften nicht, kümmert sich nicht um sie, hat kein Interesse für sie übrig. Für ihn, wie für viele andere, ist die Wissenschaft vergangen und vorbei, ein Teil der alten Welt. Aber wir wissen, dass es anders ist, nicht wahr? Die Wissenschaft schläft ebenso, wie einst die Magie geschlafen hat.

Jetzt wird die Magie bevorzugt, doch das bedeutet nicht, dass Wissenschaft keinen Platz hat. Sie könnte wichtig sein, wenn es um das Schmieden dieses Schwertes geht. Wenn ich die besten Techniken der alten Wissenschaften beherrsche, habe ich eine weitere Kraft, auf die ich mich stützen kann. Ich brauche diese Kraft. Ich bin allein mit Kinson und Mareth. Außer uns gibt es nur noch zwei Verbündete, der eine ist nach Osten, der andere nach Westen gegangen. Wir sind die einzigen. Unsere Magie ist nur ein Bruchteil dessen, was unser Feind besitzt. Wie sollen wir den Dämonenlord und seine Anhänger ohne eine Waffe besiegen, gegen die er sich nicht verteidigen kann?«

Cogline rümpfte die Nase. »Es gibt keine solche Waffe. Abgesehen davon ist es nicht sicher, dass eine Waffe, die mit Hilfe der Wissenschaft – ganz oder teilweise – geschmiedet wird, eine bessere Chance hätte als eine der Magie. Es könnte geradeso gut sein, dass nur Magie sich gegen Magie durchsetzen kann, und dass alles andere nutzlos ist.«

»Das glaube ich nicht.«

»Glaub, was du willst.« Cogline fuhr sich gereizt durch die Haare. Ein boshafter Zug zuckte ihm um den Mund. »Ich habe die Welt und ihre gewöhnlichen Überzeugungen bereits vor langer Zeit hinter mir gelassen. Ich habe sie nicht vermisst.«

»Aber beide werden dich früher oder später einholen, ebenso, wie sie uns alle einholen. Sie werden nicht einfach verschwinden oder aufhören, nur weil du ihnen widerstehst.« Bremen heftete seinen Blick auf den anderen. »Brona wird eines Tages hierherkommen, nachdem er mit denen fertig ist, die sich nicht verstecken konnten. Das solltest du wissen.«

Coglines Miene verhärtete sich. »Er wird diesen Tag bereuen, das verspreche ich dir!«

Bremen wartete und schwieg, er wollte diese Aussage nicht in Frage stellen. Kinson blickte Mareth an. Sie begegnete seinem Blick und hielt ihn fest. Er wusste, sie dachte das gleiche wie er – dass

Coglines Haltung dumm war, seine Gedanken ganz offensichtlich lächerlich. Dennoch hielt Bremen sich zurück und forderte den Exdruiden nicht weiter heraus.

Cogline rückte sich unbehaglich auf der Bank zurecht. »Warum bedrängst du mich so, Bremen! Was erwartest du von mir? Ich will mit den Druiden nichts zu tun haben!«

Bremen nickte, sein Gesichtsausdruck war gelassen, sein Blick fest. »Das verlangen sie auch nicht von dir. Die Druiden sind fort. Es gibt keine mehr, mit denen du zu tun haben könntest. Es gibt nur noch uns beide, Cogline, alte Männer, die länger leben, als sie sollten, Beschwörer des Druidenschlafs. Ich werde langsam müde, aber ich werde nicht ruhen, ehe ich nicht getan habe, was ich für jene tun kann, die nicht so lange leben – die Männer, Frauen und Kinder der verschiedenen Rassen. Sie sind diejenigen, die unsere Hilfe brauchen. Sag mir, wollen wir auch mit ihnen nichts zu tun haben?«

Cogline setzte zu einer Antwort an und hielt dann inne. Alle am Tisch wussten, was er sagen wollte und wie dumm seine Worte klingen würden. Seine Kiefermuskeln verkrampften sich in einer Mischung aus Ärger und Hilflosigkeit. Unschlüssigkeit stand in seinen scharfen Augen.

»Was kostet es dich, wenn du uns hilfst?«, drängte Bremen weiter. »Wenn du wirklich mit den Druiden nichts zu tun haben willst, dann bedenke dies. Die Druiden wären hierbei keine Hilfe gewesen – tatsächlich haben sie sich entschieden, nicht zu helfen, als sie die Möglichkeit dazu hatten. Sie waren diejenigen, die bestimmten, dass ihr Kreis fern und abseits der Politik der Rassen bestehen sollte. Diese Entscheidung hat sie zerstört. Jetzt hast du dieselbe Entscheidung zu treffen. Dieselbe Entscheidung, Cogline – mach keinen Fehler. Rückzug oder Teilnahme. Was soll es sein?«

Sie saßen still am Tisch, der Druide, der ehemalige Druide, der Fährtenleser und das Mädchen, und die Nacht umhüllte sie tief und warm. Die großen Katzen lagen schlafend am Boden; wenn sie atmeten, war ein leichtes, regelmäßiges Pfeifen zu hören. Die Luft roch nach verbranntem Holz, nach Essen und nach dem Wald. Es war behaglich und friedlich. Die vier hatten sich ins Herz des Dunkelstreif eingesponnen, und wenn man sich genügend anstrengte, dachte Kinson Ravenlock, konnte man sich leicht einreden, dass nichts von der Welt da draußen hier eindringen konnte.

Bremen beugte sich nur leicht nach vorn, aber die Entfernung zwischen ihm und Cogline schien dramatisch zu schrumpfen. »Was gibt es da noch zu überlegen, mein Freund? Du und ich, wir haben immer die richtige Antwort auf unser Leben gefunden, oder nicht?«

Cogline grunzte spöttisch, machte eine abwehrende Geste und schaute ins Dunkel hinaus. Dann ließ er sich wieder zurücksinken. »Es gibt ein Metall, das so stark wie Eisen ist, aber sehr viel leichter, biegsamer und weniger empfindlich. Eine richtige Legierung, eine Metallmischung, die in der alten Welt üblich war. Hauptsächlich Eisen, das bei großer Hitze mit Kohlenstoff getempert wurde. Ein Schwert aus dieser Mischung wäre tatsächlich von Furcht erregender Kraft.« Er sah Bremen scharf an. »Aber die Temperaturen, die in diesem Prozess benötigt werden, sind weit höher als die, die ein Schmied in seiner Schmiede hervorbringen kann. Für Temperaturen von diesem Ausmaß bräuchten wir Maschinen, und diese Maschinen sind längst vergessen.«

»Hast du genaue Kenntnisse über den Schmiedeprozess?«, fragte Bremen.

Cogline nickte und tippte sich an den Kopf. »Hier oben. Ich werde sie dir geben. Ich werde alles tun, um dich wieder auf den Weg zu schicken und diese nutzlose Befragung zu beenden. Trotzdem kann ich ihren Sinn noch nicht erkennen. Ohne einen Brennofen oder Hochofen, der heiß genug ist…«

Kinsons Blick wanderte zurück zu Mareth. Sie starrte ihn direkt an, und er sah in ihre dunklen, riesigen Augen, die von dem Helm ihres kurz geschnittenen schwarzen Haares überschattet waren, und auf ihren weichen und ernsten Mund. In diesem Augenblick glaubte er, sie beinahe zu verstehen, auf eine Art, wie es zuvor nicht möglich gewesen war. Es lag etwas in der Art, wie sie ihn ansah, in der Offenheit ihres Gesichtsausdrucks, in der Intensität ihres Blicks. Aber dann lächelte sie unerwartet, ihr Mund verzog sich sonderbar, und ihre Augen wanderten von seinem Gesicht zu etwas, das sich dahinter befand.

Als er sich umdrehte, um nachzusehen, was es war, bemerkte er, dass Flitzer ihn anstarrte. Das Gesicht der großen Moorkatze war nur wenige Zentimeter von seinem eigenen entfernt, und die leuchtenden Augen hefteten sich auf ihn, als wäre er die merkwürdigste Katze, die das Tier jemals gesehen hatte. Kinson schluckte den Kloß in seinem Hals hinunter. Er konnte den heißen Atem des Katers auf seinem Gesicht spüren. Wann war er wach geworden? Wie hatte er es geschafft, ihm so nahe zu kommen, ohne dass er es bemerkt hatte? Kinson hielt dem Blick des Katers einen Augenblick stand, atmete dann einmal tief ein und wandte sich ab.

»Ich nehme nicht an, dass du mit uns kommen willst?«, fragte Bremen gerade ihren Gastgeber. »Es ist eine Reise von ein paar Tagen, gerade lang genug, um zu sehen, wie der Talisman geschmiedet wird.«

Cogline grunzte wieder und schüttelte den Kopf. »Spiel deine Spielchen woanders, Bremen. Ich gebe dir die Anweisungen für den Schmiedevorgang und meine besten Wünsche mit auf den Weg. Wenn du mit beidem etwas anfangen kannst, in Ordnung. Aber ich gehöre hierher.«

Er hatte etwas auf ein kleines Stück altes Pergament gekritzelt, das er jetzt dem Druiden reichte. »Dies ist das beste, was die Wissenschaft dir bieten kann«, brummte er. »Nimm es.«

Bremen nahm den Zettel und stopfte ihn in seinen Umhang.

Cogline reckte sich, dann schaute er nacheinander Kinson und Mareth an. »Passt auf diesen alten Mann auf«, warnte er. Bestürzung lag plötzlich in seinem Blick, als hätte er etwas entdeckt, was ihm nicht gefiel. »Man muss sich mehr um ihn kümmern, als er glaubt. Dir, Fährtenleser, schenkt er sein Gehör. Achte darauf, dass er dir zuhört, wenn er dich braucht. Du, Mädchen – wie war dein Name? Mareth? Dir schenkt er mehr als nur sein Gehör, nicht wahr?«

Niemand sagte etwas. Kinsons Augen wanderten zu Mareth. Auf ihrem Gesicht war nichts zu erkennen, aber plötzlich war sie sehr blass.

Cogline sah sie unverfroren an. »Macht nichts. Auf jeden Fall schütze ihn vor sich selbst. Achte auf ihn.«

Er hörte abrupt auf zu sprechen, als hätte er plötzlich bemerkt, dass er zu viel redete. Er murmelte noch etwas, das sie nicht verstehen konnten, dann stand er auf, eine Gestalt aus Haut und Knochen, eine zerzauste Karikatur seiner selbst.

»Schlaft hier und macht euch morgen wieder auf den Weg«, brummte er müde.

Er betrachtete sie forschend, als hätte er zuvor etwas übersehen, als glaubte er, dass sie vielleicht andere wären als die, die sie vorgaben zu sein. Dann drehte er sich um und verschwand.

»Gute Nacht«, riefen sie ihm noch hinterher. Er antwortete nicht. Festen Schrittes ging er davon und schaute nicht mehr zurück.

Kapitel 19

Wolken kratzten an den Rändern des Viertelmonds und warfen seltsame Schatten, die über den Boden rasten wie Nachtvögel. Es war die drückende Stunde vor Sonnenaufgang, da der Tod in nächster Nähe ist und Träume die Macht übernehmen. Die Luft war warm und reglos, es war still. Alles schien langsamer abzulaufen, als würde das Leben einen Moment von seinem unausweichlichen Weg abkommen und den Tod für ein paar kostbare Augenblicke hinauszögern.

In einer Woge dunkler Gestalten, die an ein treibendes Floß

erinnerte, waren die Zwerge unter den Bäumen des Anar hervorgeschlüpft. Zu mehreren Tausend hatten sie den Wolfsktaag durchquert, dann etwa ein Dutzend Meilen weiter nördlich vom Lager des Dämonenlords den Jadepass. Es waren zwei Tage vergangen, seit die Armee südlich an Storlock vorbeimarschiert war. Die Zwerge hatten unaufhörlich ihren Marsch beobachtet und entschieden, mit ihrem Angriff bis jetzt zu warten.

Sie pirschten sich an den Baumreihen entlang bis zu der Stelle, wo der Rabb eine lange, tiefe Niederung durchfloss und sich einem Flüsschen namens Nunne näherte. Die Nordlandarmee hatte sich unklugerweise entschieden, ihr Lager hier aufzuschlagen. Zweifellos gab es hier genügend Wasser und Gras und auch entsprechende Fläche, um sich auszubreiten, aber die höheren Lagen wurden an die Angreifer verschenkt und zwei Seiten der Armee waren einem gegnerischen Flankenfeuer schutzlos ausgesetzt. Es würde ein Leichtes sein, die Wachen auszuschalten, und selbst die umherstreifenden Schädelträger vermochten Männer in einer solch verzweifelten Situation nicht abzuschrecken.

Als sie nahe genug heran waren und Schutz benötigten, gab Risca ihnen Deckung, indem er südlich des Flusses Nunne Bilder entstehen ließ, die die geflügelten Jäger ablenkten. Als dann noch die Wolken das Licht des Monds und der Sterne vollständig abschirmten, marschierten die Zwerge ein. Behände krochen sie die letzte Meile bis zur schlafenden Armee, töteten die Wachen, bevor sie Alarm schlagen konnten, und nahmen das höher gelegene Gelände nordöstlich vom Fluss in Besitz. Von beiden Seiten des Kammes aus griffen sie mit ihren Langbögen und Schlingen an, setzten die Trolle, Gnome und Ungeheuer der Finsternis unaufhörlich ihren Anschlägen aus. Die Armee erwachte zum Leben, und die brüllenden und fluchenden Männer griffen zu den Waffen, fielen aber noch währenddessen verwundet oder tödlich getroffen zu Boden. Inmitten all der Verwirrung wurde ein Sturmangriff der Reiterei vorbereitet, ein Gegenangriff, der von vornherein zum Scheitern verurteilt war und wieder zusammenbrach, als die Reiter aus dem tobenden Strudel des Lagers den Abhang hinaufdrängten.

Ein Schädelträger schwebte heran und kreiste rachsüchtig über den Zwergen, Klauen und Reißzähne drohend entblößt, ein lautloser Jäger auf Beutezug. Aber Risca hatte so etwas vorhergesehen und sich entsprechend vorbereitet; als der Schädelträger jetzt erschien, wartete er, bis der Geflügelte ganz nah heran war, ehe er ihn mit seinem Druidenfeuer überzog, das ihn in einen Wirbel aus Feuer und Geschrei versetzte.

Sie hatten schnell und wohl durchdacht zugeschlagen. Aber es war kaum möglich, einer Armee von dieser Größe mehr als oberflächlichen Schaden zuzufügen, der ohne längerfristige Konsequenz blieb, und so hielten sich die Zwerge nicht lange auf. Ihr vorrangigstes Ziel war gewesen, Verwirrung anzurichten und den Feind von seiner vorgesehenen Marschroute abzubringen. Dieses Ziel hatten sie erreicht, und so flohen sie auf dem schnellsten Weg zurück in die Wälder, um sich wieder dem Jadepass zuzuwenden. Der Feind nahm sofort die Verfolgung auf, eine große Anzahl Berittener jagte ihnen hinterher. Noch hatten sie die Größe der Zwergenarmee nicht bestimmen können. Bei Sonnenaufgang, als die Zwerge nicht mehr weit vom Eingang des Jadepasses entfernt waren, waren die Verfolger bereits dicht hinter ihnen.

Alles verlief genauso, wie Risca es geplant hatte.

»Da«, sagte Geften leise und zeigte auf die Bäume am Eingang des Passes.

Tief unter ihnen marschierten die letzten Männer der Zwergenarmee durch den Pass und verteilten sich zwischen den Felsen. Sie nahmen ihre Stellungen ein, wie auch die anderen der viertausend Mann starken Streitkraft. Hinter ihnen, weniger als eine halbe Meile entfernt, waren die ersten Verfolger in den stillen, tiefen Schatten des frühmorgendlichen Waldes zu erkennen. Noch während er seinen Blick auf sie richtete, sah Risca, wie sich die Bewegung wellenförmig ausbreitete – wie bei einem Stein, der in einen bis dahin stillen See geworfen wird. Es war eine beachtliche Streitkraft, die hinter ihnen her war, und viel zu groß, als dass sie ihnen in einem direkten Kampf hätten gegenübertreten können, auch wenn ein großer Teil der Zwergenarmee hier versammelt war.

»Wann?«, antwortete er Geften mit einer Frage.

Der Fährtenleser zuckte die Achseln; eine sparsame Bewegung, wie all seine Gesten, und so unauffällig und beherrscht wie der Mann selbst. Grobes, widerspenstiges Haar krönte einen seltsam länglichen Kopf. »Eine Stunde vielleicht, sofern sie anhalten und darüber beratschlagen, wie schlau es ist, in diesen Pass einzudringen.«

Risca nickte. »Sie werden anhalten. Sie haben sich jetzt schon zweimal die Finger verbrannt.« Er lächelte den Veteranen aus der Zeit der Gnomengrenzkriege an. »Behalt sie im Auge. Ich werde dem König Bericht erstatten.«

Er verließ seine Position und zog sich in die Felsen zurück, kletterte von der Stelle fort, von der aus Geften ihre Verfolger im Visier hatte. Risca spürte eine Welle der Erregung durch seinen Körper strömen, angetrieben von dem Wissen, dass eine zweite Schlacht kurz bevorstand. Der Schlag gegen das Lager der Nordlandarmee hatte seinen Kampfgeist nur geweckt. Tief sog er die Morgenluft ein. Er war bereit. Es kam ihm vor, als hätte er sein ganzes Leben nur auf diese Situation gewartet. All die vielen Jahre auf Paranor, in denen er sich in der Kriegskunst, der Kampftaktik und dem Umgang mit Waffen geübt hatte, waren nur für diesen Zweck bestimmt gewesen, für die Chance, einem Feind widerstehen zu können, der ihn in einer Weise herausforderte, wie es nichts auf Paranor jemals vermocht hatte. Er fühlte sich lebendiger als je zuvor, und selbst die Aussichtslosigkeit ihrer Situation ließ den Rausch nicht schwächer werden.

Er war drei Tage zuvor bei den Zwergen angekommen und sofort zu Raybur gegangen. Der König war bereits auf die Nordlandarmee aufmerksam geworden und wusste von ihrer Absicht, und so empfing er den Druiden sofort. Risca bestätigte lediglich, was Raybur ohnehin schon wusste, und er überzeugte ihn davon, etwas zu unternehmen. Raybur war König und Krieger, wie Risca Druide und Krieger war, ein Mann, der sein ganzes Leben im Kampf verbracht hatte. Wie Risca hatte er als Junge in den Kriegen gegen die Gnomenstämme mitgefochten. Über Jahre hinweg hatten die Zwerge versucht, den Vormarsch der Gnome in jene Gebiete zwischen dem Unteren und Mittleren Anar zu verhindern, die die Zwerge als ihr Land betrachteten, solange sie sich erinnern konnten. Als er König geworden war, hatte Raybur dieses Ziel mit großer Beharrlichkeit verfolgt. Er hatte seine Armee tief ins Innere des Feindeslandes geführt, die Gnome zurückgeschlagen und die Grenzen seiner Heimat ausgeweitet, bis sie doppelt so groß wie vorher war und die Gnome so weit nördlich des Rabb und östlich des Silberflusses zurückgedrängt waren, dass sie keine Gefahr mehr darstellten. Zum ersten Mal seit Jahrhunderten war das gesamte Gebiet sicher und konnte von den Zwergen besiedelt werden.

Aber jetzt wurden sie wieder herausgefordert, und zwar von dieser Armee, die sich ihnen unaufhörlich näherte. Raybur hatte die Zwerge mobilisiert und auf den bevorstehenden Kampf vorbereitet, auf einen Kampf, von dem alle wussten, dass sie ihn allein nicht würden gewinnen können und den sie trotzdem austragen mussten, wenn sie überleben wollten. Risca hatte ihnen erklärt, dass die Elfen kommen würden. Bremen hatte darauf gedrängt, wie wichtig es war, und Tay Trefenwyd, dem er grenzenlos vertraute, war nach Westen gegangen, um dies in die Wege zu leiten. Dennoch mussten die Zwerge die Zeit bis zum Eintreffen der Hilfe alleine überwinden. Raybur verstand das. Er stand Bremen und Courtann Ballindarroch sehr nahe und kannte sie beide als ehrbare Männer. Sie würden tun, was in ihrer Macht stand. Aber die Zeit war kostbar, und sie durften sich auf nichts verlassen. Auch das hatte Raybur begriffen. Also wurde Culhaven geräumt – dorthin würde die

Nordlandarmee als erstes kommen, und die Zwerge würden ihre Heime nicht gegen eine solch gewaltige Armee schützen können. Frauen, Kinder und Alte wurden daher tief ins Innere des Anar geschickt, wo sie sich verstecken konnten und in Sicherheit waren, bis die Gefahr vorüber war. Die Zwergenarmee marschierte in der Zwischenzeit über den Wolfsktaag nach Norden, um sich dem Feind entgegenzustellen.

Raybur drehte sich um, als Risca näher kam. Er wandte sich von seinen Befehlshabern und Beratern ab, vergaß Wyrik und Banda, die ältesten seiner fünf Söhne, und ließ die Karten, die sie studiert und die Pläne, die sie erörtert hatten, achtlos liegen. »Sie kommen also?«, fragte er schnell.

Risca nickte. »Geften beobachtet sie. Er schätzt, dass wir eine Stunde haben, bevor sie zuschlagen.«

Raybur nickte und bedeutete dem Druiden, ein Stück mit ihm zu gehen. Der Zwergenkönig wirkte riesig, auch wenn er nicht sehr groß war, denn er hatte breite, starke Schultern, eine kräftige Brust und einen gewaltigen Kopf mit ausgeprägten, wettergegerbten Gesichtszügen und einem Bart. Seine Nase war krumm, und die zotteligen Augenbrauen verliehen ihm ein etwas wildes Aussehen, aber hinter seinem grimmigen Äußeren war er außerordentlich warmherzig, fröhlich und überschwänglich. Fünfzehn Jahre älter als Risca, war er dennoch körperlich so beeindruckend wie der Druide, und wäre ihm in einem fairen Kampf mehr als nur ein ebenbürtiger Gegner gewesen. Die beiden standen sich sehr nahe, in einigen Bereichen sogar näher als ihren Familien, denn sie teilten gemeinsame Überzeugungen und Erfahrungen, hatten beide ein hartes Leben hinter sich und waren mehrmals nur knapp dem Tode entronnen.

»Erzähl mir noch einmal, worin dein Plan besteht«, forderte der König Risca auf. Er legte ihm den Arm um die Schultern und führte ihn von den anderen fort.

»Du kennst ihn bereits«, schnaubte Risca. Den Plan hatten sie gemeinsam entwickelt, Risca hatte ihn entworfen und der König gebilligt, und wenn sie ihn auch den anderen in groben Zügen mitgeteilt hatten, behielten sie doch die Einzelheiten für sich.

»Erzähl es mir trotzdem.« Raybur drehte ihm kurz das schroffe Gesicht zu, dann wandte er sich wieder ab. »Muntere mich auf. Ich bin dein König.«

Risca nickte lächelnd. »Die Trolle und Gnome auf der einen Seite und deine Leute auf der anderen werden sich im Pass treffen. Wir werden versuchen, die Feinde nicht hineinzulassen. Wir werden ihnen eine gute Vorstellung liefern und dann scheinbar geschlagen zurückfallen. Am nächsten Tag werden wir ihren Marsch durch die Berge verzögern und sie zwingen, langsamer zu werden, aber wir werden sie nicht zum Anhalten bringen. In der Zwischenzeit wird der Rest ihrer Armee nach Süden zum Silberfluss weitergezogen sein. Die Zwerge werden bei ihrer Ankunft fliehen. Unsere Feinde werden Culhaven verlassen vorfinden und feststellen, dass niemand da ist, um sich ihnen entgegenzustellen. Sie werden glauben, dass die gesamte Zwergenarmee im Wolfsktaag kämpft.«

»Was nicht sehr weit von der Wahrheit entfernt ist«, seufzte Raybur und strich sich mit der schwieligen Hand über den Bart.

»Was nicht sehr weit von der Wahrheit entfernt ist«, wiederholte Risca. »Sie werden den Sieg wittern, weil sie das Gelände kennen, und in den Noosepass marschieren. Dort werden sie darauf warten, dass ihre Gefährten uns durch die Täler nach Süden und in ihre Arme treiben. Die Gnome werden ihnen erklärt haben, dass nur zwei Wege aus dem Wolfsktaag herausführen – im Norden der Jadepass und etwas südlicher der Noosepass – und es kein Entrinnen für unsere Armee gibt, wenn sie zwischen diesen beiden gefangen wird.«

Raybur nickte und strich sich sorgenvoll über den Schnurrbart. »Aber wenn sie zu früh oder zu spät auf uns stoßen ...«

»Das werden sie nicht«, schnitt Risca ihm das Wort ab. »Wir werden es nicht zulassen. Abgesehen davon werden sie das Risiko nicht eingehen. Sie werden vorsichtig sein und befürchten, dass wir einen Weg finden, der um sie herum führt, falls sie zu schnell sind. Es ist einfacher für sie, uns auf sich zukommen zu lassen. Sie werden warten, bis sie uns sehen, und dann zuschlagen.«

Sie setzten sich nebeneinander auf einen flachen Felsen und starrten auf das Gebirge. Es war ein schöner, sonniger Tag, aber die abseits des Passeingangs tiefer liegenden, kreuz und quer verlaufenden Kämme und Täler des Wolfsktaag waren bereits von Nebelschleiern umhüllt.

»Ein guter Plan«, entschied Raybur schließlich.

»Einen besseren haben wir nicht«, wandte Risca ein. »Bremen würde vielleicht etwas Besseres einfallen, wenn er hier wäre.«

»Er wird früh genug kommen«, erklärte Raybur leise. »Und auch die Elfen. Dann werden wir dem Eindringling etwas zeigen, das ihm nicht sehr gefallen wird.«

Risca nickte wortlos, aber er dachte an seine Begegnung mit Brona wenige Tage zuvor, erinnerte sich an seine Gefühle, als er das Ausmaß der Macht des Dämonenlords zu spüren bekam, erinnerte sich, wie der andere ihn gelähmt, ihn beinahe fest in seinem Griff gehabt hatte. Ein solches Ungeheuer würde nicht einfach zu besiegen sein, ganz gleich, welche Größe oder Stärke die Armee besaß, die gegen ihn antrat. Dies war mehr als ein Kampf mit Waffen und Männern, es war ein Kampf der Magie. Und in einem solchen Kampf waren die Zwerge in einem entschiedenen Nachteil, solange Bremens Vision von einem Talisman sich nicht erfüllte.

Er fragte sich, wo der alte Mann jetzt wohl war. Er fragte sich, wie viele seiner Visionen bereits Gestalt angenommen haben mochten.

»Die Schädelträger werden versuchen, uns ausfindig zu machen«, überlegte Raybur.

Risca runzelte die Stirn und sann darüber nach. »Sie werden es versuchen, aber der Wolfsktaag wird ihnen nicht freundlich gesonnen sein. Und es wird auch keinen Unterschied machen, was sie sehen. Wenn sie erkennen, was wir getan haben, wird es bereits zu spät für sie sein.«

»Sie werden dich suchen«, sagte Raybur plötzlich und sah den Druiden an. »Sie wissen, dass du ihre größte Bedrohung bist – ihre einzige Bedrohung außer Bremen und Tay Trefenwyd. Wenn sie dich töten, haben wir keine Magie, um uns zu schützen.«

Risca zuckte die Schultern und lächelte. »Dann solltet Ihr wohl gut auf mich aufpassen, mein König.«

Die Nordländer brauchten länger, als Geften angenommen hatte, um sich zum Angriff zu formieren, der dann jedoch um so stürmischer erfolgte. Der Jadepass war breit, wo er sich zum östlichen Anar hin öffnete, verengte sich dann aber abrupt bei den Zwillingsgipfeln, die den Eingang zum Wolfsktaag bildeten. Aufgrund seiner bisherigen Erfahrungen musste der Dämonenlord wissen, dass die Zwerge starken Widerstand leisten würden, und deshalb warf er die gesamte Kraft seiner Armee in die Bresche und versuchte, gleich beim ersten Angriff durchzubrechen. Gegenüber einem weniger gut vorbereiteten Feind wären sie auch erfolgreich gewesen, aber die Zwerge hatten die Pässe des Wolfsktaags seit Jahren gegen räuberische Gnomenbanden verteidigt und dabei den einen oder anderen Trick gelernt. Die Größe der Nordlandarmee würde bereits durch die Enge des Passes und das zerklüftete Gebiet in hohem Maß an Bedeutung verlieren. Die Zwerge versuchten nicht, sich dem Angriff der Nordländer in den Weg zu stellen, sondern griffen aus dem Schutz der Abhänge an. Zuvor hatten sie Fallgruben ausgehoben, und jetzt ließen sie gewaltige Felsblöcke herabdonnern. Mit Spitzen versehene Barrikaden schoben sich an ihren Platz. Es regnete Pfeile und Speere. Hunderte von Angreifern starben in diesem ersten Gefecht. Die Trolle waren besonders zäh, gewaltig und stark und geschützt gegen die Wurfgeschosse, die sie töten sollten. Aber sie waren auch schwerfällig und langsam, und viele von ihnen fielen in die Gruben oder wurden von Felsblöcken zermalmt. Dennoch kämpften sie sich weiter vor.

Schließlich wurden sie am Eingang des Passes aufgehalten. Raybur hatte an der Rückseite eines mit trockenem Holz aufgefüllten Grabens eine Mauer aus Baumstämmen errichten lassen, und beim ersten Ansturm der Nordländer ließ er alles anzünden. Da die Trolle von den Nachfolgenden weitergedrängt wurden und zu schwer zum Klettern waren, konnten sie sich nicht rechtzeitig in Sicherheit bringen. Sie starben an Ort und Stelle, verbrannten bis auf die Knochen. Ihre Schreie und der Gestank ihres verkohlten Fleisches erfüllte die Luft, und der Angriff kam zum Erliegen.

Gegen Mittag kamen sie wieder, weniger kampflustig dieses Mal, und wieder wurden sie zurückgeschlagen. Sie griffen ein weiteres Mal bei Anbruch der Nacht an. Jedes Mal wurden die Zwerge ein bisschen tiefer in den Pass gezwungen. Raybur und seine Söhne hatten sich auf beiden Seiten der Paßenge aufgestellt; sie leiteten die Verteidigung, hielten sie so lange aufrecht, wie es vernünftig schien, bevor sie sich zurückzogen und zwar widerwillig, aber umsichtig Boden preisgaben, um nicht mehr Männer zu opfern, als unbedingt notwendig war. Raybur befehligte zusammen mit Geften die linke Seite, während sich Wyrik und Fleer um die rechte kümmerten. Risca blieb es überlassen, sich seinen eigenen Platz zu suchen. Die Zwerge kämpften mutig, obwohl sie immer wieder von Gegnern angegriffen wurden, die ihnen mehr als dreifach überlegen und von zahllosen Schlachten kampfgestählt und erfahren waren. Solange es noch Tageslicht gab, ließen sich die geflügelten Jäger und andere Kreaturen der Unterwelt nicht blicken, und so verschwendete Risca seine Magie nicht zur Verteidigung. Es ging ihnen schließlich nicht darum, diese Schlacht zu gewinnen, sondern sie so langsam wie möglich zu verlieren.

Der Einbruch der Nacht brachte auch eine Pause der Kampfhandlungen, und wieder breitete sich über die Berge scheinbar Ruhe aus. Nebel schwebte langsam von den höheren Lagen in das langsam entschwindende Licht hinab und hüllte Verteidiger wie Angreifer gleichermaßen ein. Die Stille wurde intensiver, je schlechter die Sicht wurde, und eine schwache Brise glitt feucht und süßlich von den Felsen hinab, liebkoste und neckte sie. Es war etwas Lebendiges in den Berührungen des Windes, unsichtbar und körperlos, aber doch so sicher wie das Herannahen der Mitternacht. Es waren Geschöpfe des Wolfsktaag, Wesen einer Magie, die so alt wie die Zeit und so notwendig wie die Seele der Menschen waren. Die Zwerge kannten sie und misstrauten ihren Absichten. Sie waren Vorboten von größeren und mächtigeren Wesen, und man hörte lieber nicht auf sie. Sie flüsterten Lügen und falsche Versprechungen, übertrugen Träume und verräterische Visionen, und ihnen in irgendeiner Weise Aufmerksamkeit zu schenken war beinahe so, wie den Tod zu sich einzuladen. Die Zwerge wussten dies. Es war ihr Wissen, das sie schützte.

Nicht so die Gnome, die ihnen gegenüber am Eingang des Passes ihr Lager aufgeschlagen hatten. Die Berge und die Wesen, die in ihnen hausten, erschreckten sie. Abergläubisch und jeder Magie misstrauend, ganz besonders jedoch der Art, wie sie sich hier manifestierte, hätten sie den Wolfsktaag am liebsten gänzlich gemieden. Es gab hier Götter, zu denen man beten, und Geister, die man beschwichtigen musste. Es war geheiligter Boden. Aber die Macht des Dämonenlords und seiner finsteren Anhänger versetzte sie in noch größere Furcht, und so schlossen sie die Reihen mit den stureren und weniger leicht zu beeindruckenden Trollen. Aber sie taten dies nur widerwillig, und die Zwerge bereiteten sich darauf vor, diese Angst gegen sie einzusetzen.

Wie Risca vorhergesehen hatte, führte die Nordlandarmee einige Stunden vor der Morgendämmerung einen neuen Angriff durch, zu einer Zeit, da die Dunkelheit und der Nebel ihre Manöver noch verbargen. Sie kamen leise und in großer Anzahl, sammelten sich auf der Sohle des Passes und entlang seiner Abhänge, um allein durch ihre Masse die Zwerge zu überrennen. Aber Raybur hatte seine Verteidigungslinie von der Stelle, wo der Kampf in der Abenddämmerung geendet hatte, etwa hundert Meter weit zurückgezogen. Zwischen der alten und der neuen Verteidigungslinie hatten die Zwerge Stapel aus grünem Astwerk und neuen Blättern errichtet und sie zum späteren Anzünden zurückgelassen. Auf der Sohle des Passes waren, versetzt zwischen den Feuern, neue Barrikaden errichtet und Gräben ausgehoben worden. Als die Nordländer dorthin kamen, wo sie die Zwergenlinie vermuteten, fanden sie den Ort verlassen vor. Hatten die Zwerge ihre Verteidigung aufgegeben? Hatten sie sich im Schutz der Dunkelheit zurückgezogen? Die Feinde waren einen Augenblick verwirrt und zögerten, während ihre Anführer die Situation überdachten. Jetzt waren die Zwerge bereit zum Angriff. Risca zündete mit Hilfe seiner Magie die Scheiterhaufen an, die die Abhänge und den Boden des Passes spickten, und plötzlich sahen die Nordländer sich von einem dicken Vorhang aus Rauch umhüllt, der sie zum Keuchen brachte und ihnen die Sicht nahm. Mit tränenden Augen und kratzenden Rachen kamen sie dennoch beharrlich näher.

Dann sandte Risca die Geister. Einige erschuf er mit seiner Magie, andere lockte er aus dem Nebel und schickte sie zum Spielen in den Qualm. Es waren Wesen mit Reißzähnen und Klauen, mit roten Mäulern und schwarzen Augen, Ausgeburten der wirklichen und eingebildeten Ängste der Nordländer, die sich jetzt den keuchenden, halb blinden Kriegern zuwandten. Die Gnome wurden wahnsinnig vor Angst und schrien gellend ihr Entsetzen hinaus. Nichts konnte sie zwingen, sich diesen Gespenstern zu stellen. Sie brachen aus den Reihen aus und rannten davon. Jetzt schlugen die Zwerge zu, und die Schleuderer, Werfer und Bogenschützen sandten ihre tödlichen Wurfgeschosse mitten in das Herz der angreifenden Streitmacht. Immer weiter drängten sie die Feinde zurück, deren Angriff zum Erliegen kam und schließlich völlig zusammenbrach, als bei jedem Ansturm weitere Männer starben. Als der Morgen anbrach, gehörte der Pass wieder den Zwergen.

Am darauf folgenden Tag griffen die Nordländer wieder an; sie weigerten sich, aufzugeben, und waren fest entschlossen, die Linie der Zwerge zu durchbrechen. Ihre Verluste waren erschreckend, aber auch die Zwerge verloren Männer – und sie hatten weniger Möglichkeiten, die Gefallenen zu ersetzen. Am Nachmittag begann Raybur, Vorbereitungen für den Rückzug zu treffen. Zwei Tage hatten sie dieser Armee widerstanden, und das genügte. Jetzt war es an der Zeit, sich ein wenig zurückzuziehen und den Feind hinter sich herzulocken. Sie warteten, bis die Nacht hereinbrach und die Dunkelheit um sie herum erneut alles verhüllte. Dann zündeten sie einen letzten Graben mit trockenem Holz, Blättern und grünen, jungen Bäumen an, damit ihre Bewegungen vom Rauch verdeckt würden, und traten den Rückzug an.

Risca blieb zurück, um sicherzugehen, dass der Feind ihnen nicht zu schnell folgte. Mit einer kleinen Gruppe von Zwergenjägern verteidigte er die engste Stelle des tiefen Passes gegen einen zaghaften Angriff, bevor auch sie sich zurückzogen und den anderen folgten. Einmal tauchte ein Schädelträger auf und versuchte, unter der Schicht aus Nebel und Qualm durchzutauchen, aber Risca antwortete mit seinem Druidenfeuer und verjagte ihn.

Sie marschierten die ganze Nacht hindurch, bis tief ins Innere der Berge. Geften führte sie an, er war ein Veteran zahlreicher Expeditionen und vertraut mit den Schluchten und Hohlwegen, den Kämmen und Abhängen; er kannte das Ziel ihres Weges und wusste, wie er dorthin gelangen würde. Sie vermieden die finsteren, engen Stellen, wo Ungeheuer hausten, jene Wesen, die seit uralten Zeiten überlebt und dem Aberglauben der Gnome Gestalt verliehen hatten. Wenn möglich, hielten sie sich an das weiter oben gelegene, offenere Gelände, und vertrauten auf den Schutz durch die Dunkelheit und den Nebel, die sie vor den Verfolgern verbargen. Auch die Nordlandarmee hatte ihre Späher, aber es waren Gnome, und die Gnome würden vorsichtig sein. Rayburs Streitmacht bewegte sich rasch und wohl überlegt voran. Wenn die Armee des

Dämonenlords wieder auf sie stoßen würde, sollte es erneut auf einem Gelände ihrer Wahl sein.

Am nächsten Tag, als die Zwerge nach einer Ruhepause von einigen Stunden wieder unterwegs waren, stieß ein Bote der kleineren Gruppe zu ihnen, die am südlichen Ende des Gebirges den Noosepass verteidigte. Der Rest der Armee des Dämonenlords war eingetroffen und drängte vom unteren Ende der Rabbebene ins Innere, um dort ein Lager aufzuschlagen. Die Zwerge würden den Pass mindestens einen Tag halten können, bevor sie der Übermacht nachgeben müssten. Raybur sah Risca an und lächelte. Ein Tag würde genügen.

An diesem Nachmittag, als die Sonne bereits hinter den Gipfeln verschwunden war und der Nebel aus den höheren Lagen hinabkroch wie Kletterpflanzen auf der Suche nach Licht, ließen sie es zu, dass die vom Jadepass herabkommende Nordlandarmee sie einholte. Sie warteten in einer Schlucht, in der der Weg durch ein Gewirr von riesigen Felsen und trügerischen Abhängen führte, und griffen die Nordländer an, als sie aus dem ungeschützten Talkessel traten. Sie hielten die Stellung gerade lang genug, um den Vormarsch der Gegner aufzuhalten, dann wichen sie wieder zurück. Die Dunkelheit brach herein, und ihre Verfolger waren gezwungen, ihr Lager für die Nacht aufzuschlagen und den Gedanken an Vergeltung aufzuschieben.

Als der Tag anbrach, waren die Zwerge verschwunden. Die Nordländer drängten weiter, sie wollten dieses Katz-und-Maus-Spiel endlich beenden. Aber die Zwerge überraschten sie erneut um die Mittagszeit und führten sie dieses Mal in eine Sackgasse, wo sie ihren ungeschützten Flanken zusetzten, als sie sich zurückziehen wollten. Zu der Zeit, da die Nordländer sich endlich erholt hatten, waren die Zwerge wieder verschwunden. Den ganzen Tag ging es so weiter, eine einzige Abfolge von Angriff und Rückzug, bei der die kleinere Streitmacht die größere unablässig verhöhnte und demütigte. Aber sie näherten sich weiter dem südlichen Ende des Gebirges, und die

Nordländer, wütend über ihre Unfähigkeit, mit den Zwergen fertig zu werden, schöpften neuen Mut aus der Tatsache, dass ihrer Beute langsam die Versteckmöglichkeiten ausgingen.

Der Kampf war jetzt ernst geworden. Ein falscher Schritt, und die Zwerge hätten für immer verspielt. Boten rannten hin und her zwischen jenen, die dem aus dem Norden kommenden Feind immer neue Nadelstiche versetzten, und den anderen, die noch immer den Noosepass im Süden hielten. Jetzt kam es auf eine äußerst genaue Zeitplanung an. Der Feind im Süden versuchte hartnäckig, den Pass zu nehmen, aber die Zwerge hielten stand. Der Noosepass war einfacher zu verteidigen und schwerer einzunehmen, egal, wie groß die beiden Armeen auch waren. Aber die Zwerge würden ihn gegen Einbruch der Abenddämmerung verlassen und langsam und wohl überlegt zurückweichen, um die Nordländer glauben zu machen, sie hätten gesiegt. Die Armee des Dämonenlords würde den Pass einnehmen und dann darauf warten, dass ihre Kameraden die in die Enge getriebenen und umstellten Zwerge ihren Speerspitzen entgegentrieben.

Es wurde Abend, und während eine Armee der Nordländer den Noosepass besetzte, drängte die zweite unerbittlich nach Süden. Die Zwerge waren zwischen beiden gefangen und es gab keinen Ort mehr, wohin sie hätten fliehen können.

Den ganzen Tag über hatte Rayburs Armee darum gekämpft, den Vormarsch der Angreifer aus dem Norden zu verlangsamen. Der Zwergenkönig setzte jede Taktik ein, die er in den dreißig Jahren als Krieger erlernt hatte, und wann immer es eine Möglichkeit gab, hämmerte er auf die Eindringlinge ein und schuf neue Gelegenheiten, wenn sich keine von allein ergaben. Er teilte seine Armee in drei Gruppen auf, übergab seinen Generälen das Kommando über die größte, damit sie ein offensichtliches Ziel für den Feind darstellte. Die zwei kleineren Kompanien – eine befehligte er selbst, die andere sein ältester Sohn Wyrik – bildeten die Zange, mit der sie die Nordländer bei jeder Gelegenheit bedrängten. Ihr Vorgehen war glänzend aufeinander abgestimmt, und so zwangen sie den Feind erst diesen Weg entlang, dann einen anderen. Wenn es der einen Gruppe gelang, einer Flanke den Schutz zu nehmen, wartete die andere bereits darauf zuzuschlagen. Behände und immer wieder ausweichend wanden und schlängelten sich die Zwerge um die größere Armee, weigerten sich hartnäckig, von ihr festgenagelt zu werden, und bedrängten sie ein ums andere Mal mehr.

Als die Nacht hereinbrach, waren sie erschöpft. Schlimmer noch – die Zwerge aus dem Norden waren so weit zurückgedrängt worden, dass sie an die Gruppe aus dem Süden stießen. Die Gruppen verbanden sich und verschmolzen zu einer; beide waren so weit wie möglich zurückgewichen und hatten jetzt keinen Ort mehr, an den sie gehen konnten. Eigentlich hätten die nächtliche Dunkelheit und der Nebel sie genügend eingehüllt, so dass die Nordländer sich erst am Morgen um sie kümmern müssten. Statt dessen ging die Jagd jedoch weiter, zu einem großen Teil deshalb, weil die Nordländer zu wütend und wild waren, um warten zu können. Der Noosepass lag nur ein paar Meilen weiter. Die Zwerge saßen in der Falle, sie konnten sich nirgendwo mehr verstecken; endlich hatten die Nordländer die Gewissheit, mit ihrer überlegenen Streitmacht die lange fällige Vergeltung üben zu können.

Als die Nacht sich über das Tal, in das die Zwerge sich zurückgezogen hatten, herabsenkte und der Nebel dicht genug war, schickte Raybur ein paar Späher aus, um vor Überraschungen durch den Feind sicher zu sein. Die Zeit lief ihnen davon, und sie mussten jetzt schnell handeln. Geften wurde herbeigerufen, und der erfahrene Veteran bereitete die Flucht vor, die von Anfang an zentraler Bestandteil ihres Plans gewesen war. Die Flucht würde unter dem Schutz der Dunkelheit beginnen und um Mitternacht beendet sein. Der König hatte diesen Plan mit Risca geschmiedet, als der Kriegerdruide aus Paranor zurückgekehrt war. Er basierte auf einem Geheimnis, das nur die Zwerge kannten, denn niemand außer ihnen wusste, dass noch ein dritter Weg aus den Bergen herausführte. Ganz in der Nähe der Stelle, wo sie lagerten, nicht weit vom zugänglicheren Noosepass entfernt, gab es eine Reihe von miteinander verbundenen Hohlwegen, Höhlen und Felsgraten, die sich östlich aus dem Wolfsktaag herauswanden und in die Wälder des mittleren Anar führten. Geften selbst hatte ungefähr acht Jahre zuvor diesen verborgenen Pfad entdeckt, ihn gemeinsam mit einer Hand voll anderer Zwerge erkundet und dann Raybur informiert. Das Wissen darüber war sorgfältig geheimgehalten worden. Einige Zwerge hatten den Durchgang hin und wieder benutzt, um sicherzugehen, dass er noch offen war, und um sich die einzelnen Abzweigungen und Kehren zu merken, aber Niemandem sonst war der Weg gezeigt worden. Risca hatte bei einem Besuch in seiner Heimat wenige Jahre zuvor durch Raybur davon erfahren, da der König gewöhnlich seine Geheimnisse mit dem Mann teilte, der ihm so nahe stand wie seine Söhne. Als die Nordlandarmee nach Osten marschiert war, hatte sich Risca daran erinnert, und der Plan hatte Gestalt angenommen.

Jetzt setzten die Zwerge ihn in die Tat um. Langsam zogen sie Männer ab und verringerten so ihre Stärke in einer langen, gleichmäßigen Linie, die nach Osten in die Berge zurückwich und dem Fluchtweg folgte, den Geften peinlichst genau angeordnet hatte. Dann berichteten die Späher, dass die Nordländer sich dem Eingang des Tals näherten. Der gefährlichste Teil des Plans lag jedoch noch vor ihnen. Die Nordländer mussten aufgehalten werden, bis sich die Zwerge in Sicherheit gebracht hatten. Mit Risca und einer Gruppe von zwanzig Freiwilligen wandte sich Raybur nach Norden. Sie versteckten sich in einem Gewirr von Felsen, von denen aus sie den Talkessel überblicken konnten, und als die ersten feindlichen Soldaten erschienen, griffen sie an.

Es war eine sehr sorgfältig geführte, kurze Attacke, die nur das Ziel hatte, die Feinde zu stören und zu verwirren, denn die Zwerge waren zahlenmäßig weit unterlegen. Aus dem Schutz der Felsen heraus benutzten sie ihre Bögen und feuerten ihre Pfeile gerade lang genug ab, um die Aufmerksamkeit auf sich zu lenken, bevor sie sich zurückzogen. Selbst jetzt war die Flucht noch schwierig. Die Nordländer jagten wild hinter ihnen her. Es war dunkel und trügerisch zwischen den Felsen, ein Labyrinth aus zackigen Kanten und tiefen Spalten, und wie immer im Wolfsktaag waren die Lichtverhältnisse schlecht. Nebel kroch von den höher gelegenen Gipfeln herab zum Talboden. Die Zwerge waren mit dem Gelände vertrauter als ihre Verfolger und schlüpften behände durch das Gewirr, aber die Nordländer waren überall, schwärmten kreuz und quer über die Felsen. Einige der Verteidiger wurden überrannt, andere nahmen den falschen Weg. Sie alle wurden getötet. Der Kampf war heftig. Risca benutzte seine Magie, er sandte Druidenfeuer mitten zwischen die Feinde und schleuderte sie so zurück. Eine Handvoll grotesker Unterweltgestalten kam in Sicht und taumelte ohne Verstand hinter den kletternden Zwergen her, und Risca sah sich gezwungen, lange genug stehen zu bleiben, um sie ebenfalls zurückzuwerfen.

Dabei hätten sie ihn beinahe erwischt. Sie kamen von drei Seiten auf ihn zu, angezogen vom Schein des Druidenfeuers. Waffen schnellten durch die Luft, und dunkle Wesen warfen sich auf ihn und versuchten, ihn zu Boden zu reißen. Er kämpfte stürmisch und vergnügt, fühlte sich in einer Weise lebendig, wie er es sonst nie sein konnte, war ganz in seinem Element. Er war stark und schnell, und sie würden ihn nicht überwältigen. Er warf seine Angreifer zurück, wehrte ihre Schläge ab, benutzte Druidenmagie, um seinen Rückzug zu tarnen, und entkam.

Dann war er im hinteren Teil des Felsenlabyrinths und rannte hinter den letzten anderen Zwergen her. Ihre Streitmacht war auf die Hälfte geschrumpft, und jene, die noch übrig waren, waren blutverschmiert und erschöpft. Raybur wartete, bis Risca bei ihm war. Sein Gesicht war grimmig und glänzte schweißnaß im schwachen Licht. Seine Streitaxt war blutbefleckt, eine Klinge zerbrochen.

»Wir müssen uns beeilen«, warnte er und stapfte weiter. »Sie haben uns fast eingeholt.«

Risca nickte. Speere und Pfeile flogen von den Felsen zu ihnen hinauf. Die Zwerge hetzten weiter nach oben und hörten die Schreie der hinter ihnen herjagenden Nordländer. Wieder ging einer von Riscas Leuten zu Boden; in seinem Hals steckte ein Pfeil. Nur eine Handvoll von ehemals zwanzig war jetzt noch übrig. Risca wirbelte herum, als er etwas vom Himmel herabstürzen spürte, und ließ Feuer auf eines der geflügelten Ungeheuer zujagen, das daraufhin davontaumelte. Der Nebel war jetzt dichter. Wenn sie ihre Verfolger noch ein paar weitere Minuten hinter sich lassen könnten, würden sie sie abgehängt haben.

Genauso geschah es. Sie drängten weiter, bis sie jenseits jeglicher Erschöpfung waren. Als sie jetzt zu achten den Platz erreichten, auf dem sie sich zuvor versammelt hatten, war nur noch Geften da. Wortlos hasteten sie hinter dem besorgten Fährtenleser her, der sie in die Berge und dahinterliegenden Gipfel führte.

Hinter ihnen schwärmten die Nordländer ins Tal, brachen durch Bäume und Büsche und heulten laut vor Wut. Irgendwo hatten sich die Zwerge versteckt und saßen in der Falle. Bald schon würden sie sie finden. Die Jagd ging weiter, sie bewegten sich weiter nach Süden auf den Noosepass zu. Mit etwas Glück, dachte Risca, würden die beiden Hälften der Armee des Dämonenlords im Nebel und in der Dunkelheit aufeinander stoßen und jeweils die andere Gruppe für die Feinde halten. Mit etwas Glück würde eine große Anzahl von ihnen tot sein, bevor sie ihren Fehler erkannten.

Risca kletterte zwischen den Felsblöcken hindurch, die den Beginn der höheren Gebirgslagen markierten. Die Feinde würden ihnen hierher nicht folgen, nicht im Dunkeln, und am nächsten Morgen würden sie längst an der Stelle vorbeimarschiert sein, wo sie ihre Spuren noch hätten finden können.

Raybur wartete auf Risca und schlug ihm anerkennend auf die breite Schulter. Risca lächelte, aber innerlich fror er. Er hatte sich ein Bild von der Armee verschafft, die sie gejagt hatte. Ja, diesmal hatten sie dem Dämonenlord entkommen können. Sie hatten die Nordländer zu einer langen und sinnlosen Jagd verleitet, ihren Vormarsch verzögert und überlebt, um den Kampf an einem anderen Tag weiterführen zu können.

Dieser Tag allerdings würde ein Tag der Abrechnung werden.

Und er würde, fürchtete Risca, nur zu bald kommen.

Kapitel 20

Schwerer, anhaltender Regen hüllte Arborlon in einen Vorhang aus schimmernder Nässe und grauem Nebel. Es war Nachmittag, und auch jetzt, mehr als neun Stunden nach Beginn der Regenfälle, schienen sie immer noch nicht nachzulassen. Jerle Shannara hatte sich in die Abgeschiedenheit des königlichen Sommerhauses zurückgezogen und schaute hinaus auf den Regen. Er sah, wie die Tropfen gegen die Fensterscheiben klatschten und auf den Fußweg prasselten, in mittlerweile Hunderte von Pfützen. Er sah, wie sich die Bäume im Wald veränderten, wie ihre Stämme seidig schwarz wurden und die Blätter ein sattes Grün annahmen. In seiner tiefen Niedergeschlagenheit schien es ihm beinahe, als würde auch er sich verändern, wenn er nur lange genug in den düsteren Regen starrte.

Er war in sehr übler Stimmung. Dies war bereits seit seiner Rückkehr in die Stadt vor drei Tagen so. Er war mit den restlichen Mitgliedern seiner arg mitgenommenen Gruppe – Preia Starle, Vree Erreden und die Elfenjäger Obann und Rusk – nach Hause zurückgekehrt. Sie brachten den Schwarzen Elfenstein und die Leiche von Tay Trefenwyd mit zurück und eine Stimmung, die genauso düster war wie die, die sie erwartete. In ihrer Abwesenheit war Courtann Ballindarroch an den Folgen seiner Wunden gestorben. Sein Sohn Alyten hatte den Thron bestiegen und als erste Amtshandlung eine

Gruppe von Kundschaftern zusammengestellt, mit der er losgestürmt war, um die Mörder seines Vaters aufzuspüren. Welch ein Irrsinn! Aber niemand hatte ihn aufgehalten. Jerle war angewidert. Es war die Tat eines Narren, und er fürchtete, dass die Elfen jetzt einen Narren zum König hatten. Entweder dies oder gar keinen, denn Alyten Ballindarroch hatte Arborlon eine Woche zuvor verlassen, und seither gab es kein Lebenszeichen mehr von ihm.

Jerle Shannara starrte aus dem Fenster in den Regen hinaus, auf das tiefe Grau, das absolute Nichts. Sein Blick war leer. Auch das Sommerhaus war leer – nur er war dort, allein mit seinen Gedanken. Sie waren für niemanden eine gute Gesellschaft. Sie verfolgten ihn. Der Verlust von Tay hatte ihn aus dem Gleichgewicht gebracht, war schmerzvoller, als er sich vorzustellen vermocht hatte, berührte ihn weit tiefer, als er sich selbst gegenüber zugeben wollte. Tay Trefenwyd war sein bester und engster Freund gewesen. Unabhängig von den unterschiedlichen Entscheidungen, unabhängig von der jeweiligen Dauer ihrer beruflich bedingten Trennungen, unabhängig von den Ereignissen, die ihr Leben geprägt und verändert hatten – ihre Freundschaft hatte alles überdauert. Nichts hatte sich verändert, als Tay zu den Druiden gegangen und einer von ihnen geworden war, während Jerle erst als Befehlshaber der Elfengarde und dann als königlicher Berater in Arborlon geblieben war. Und als Jerle bei Tays Ankunft in Arborlon vor erst so kurzer Zeit gesehen hatte, wie sein Freund den Hügel hinaufgeritten kam, hatte er das Gefühl gehabt, als wären nur einige Augenblicke seit ihrem letzten Treffen vergangen, als bedeutete ihnen Zeit gar nichts. Jetzt war Tay tot, er hatte sein Leben geopfert, damit seine Freunde leben konnten, damit der Schwarze Elfenstein sicher nach Arborlon gebracht werden konnte.

Der Schwarze Elfenstein. Die tödliche Waffe. Jerle Shannara wurde von einer Woge finsterster Wut erfasst, als er an den verfluchten Talisman dachte. Ihn zu behalten, hatte das Leben seines Freundes gekostet, und Jerle hatte noch immer keine Vorstellung von seinem Zweck. Wozu war er gut? Welcher Zweck konnte den Verlust seines teuersten, liebsten Freundes rechtfertigen?

Er fand keine Antwort. Er hatte getan, was getan werden musste. Er hatte den Elfenstein nach Arborlon gebracht und verhindert, dass er in die Hände des Dämonenlords fiel, und die ganze Zeit über hatte er gedacht, dass es besser wäre, wenn er diese Magie loswürde, wenn er den Stein in die tiefste, dunkelste Spalte würfe, die er finden konnte. Wäre er allein gewesen, er hätte es möglicherweise getan, so heftig waren seine Wut und seine Trauer über den Verlust von Tay. Aber Preia und Vree Erreden hatten ihn begleitet, und auch ihnen oblag es, für den Stein zu sorgen. Also hatte er ihn nach Hause gebracht, wie Tay es gewünscht hatte, und mit dem festen Wunsch, jeden Anspruch darauf aufzugeben, sobald sie zu Hause wären.

Aber auch hier stand das Schicksal gegen ihn. Courtann Ballindaroch war tot, und sein Sohn und Nachfolger war unterwegs zu einer irrsinnigen Mission. Wem dann hätte er also den Elfenstein geben sollen? Ganz sicher nicht dem Hohen Elfenrat, denn der bestand nur aus einer Brut nutzloser, zänkischer alter Männer, denen es sowohl an Weitsichtigkeit wie an Vernunft fehlte und die hauptsächlich damit beschäftigt waren, sich selbst zu schützen, jetzt, da Courtann tot war. Er konnte den Stein auch nicht Alyten geben, der ohnehin abwesend war – er war niemals für ihn bestimmt gewesen. Also blieb nur Bremen, aber der Druide war noch nicht in Arborlon eingetroffen, und es war fraglich, ob er überhaupt jemals kommen würde.

Die einzigen, die er in dieser Sache befragen konnte, waren Preia und Vree Erreden, und nachdem letzterer sein Einverständnis erklärt hatte, folgte Jerle Preias Rat und versteckte den Schwarzen Elfenstein tief in den Katakomben des Palastkellers, wo niemand ihn ohne seine Hilfe finden würde, weit weg von den neugierigen Augen und schnüffelnden Nasen, die vielleicht versucht wären, seine Macht freizulassen. Jerle, Preia und der Lokat verstanden die Gefahr des Elfensteins wie kein anderer. Sie hatten gesehen, was die dunkle Magie anrichten konnte. All ihre Feinde, denen Tay entgegengetreten war, waren innerhalb von einem Lidschlag zu Asche verbrannt worden. Tay Trefenwyd war trotz seines Druidenschutzes von der Gegenreaktion vernichtet worden. Eine solche Macht war finster und ohne Sinn und gehörte für immer verbannt.

Ich hoffe, es war dein Leben wert, Tay, dachte Jerle Shannara trostlos. *Aber ich kann es mir kaum vorstellen.*

Die feuchte Kühle des Regens kroch an ihm empor und ließ seine Knochen schmerzen. Das Feuer im Ofen hinter ihm, die einzige Wärmequelle in dem großen Versammlungsraum, drohte zu erlöschen, und er ging hinüber, um ein paar Scheite nachzulegen. Er starrte in die neu auflodernden Flammen und wunderte sich über die Launen des Schicksals. In diesen wenigen letzten Wochen hatte er soviel verloren. Welchen Sinn sollte das haben? Wo würde das alles enden? Jerle schüttelte den Kopf und strich sich das blonde Haar aus dem Gesicht. Philosophische Fragen verwirrten ihn nur. Er war ein Krieger und dann am besten, wenn er gegen etwas kämpfen konnte. Aber wo war in dieser Sache der feste Kern? Wo war sein Fleisch und Blut? Er fühlte sich mitgenommen, äußerlich angeschlagen und innerlich hohl. Die Stimmung des Regens und des grauen Tages passten dazu. Er war zurückgekehrt, um vor einem Nichts zu stehen, ohne Ziel, ohne erkennbare Zukunft, voller Leid und Schmerz.

Am Tag seiner Rückkehr war er zu Tays Eltern und Kira gegangen und hatte ihnen von seinem Tod erzählt. Er hätte diese Aufgabe niemals jemand anderem übertragen. Tays Eltern, bereits alt und leicht verwirrt, hatten die Neuigkeiten ruhig und mit wenigen Tränen aufgenommen, sie sahen mit dem näherkommenden Ende des eigenen Lebens die grundsätzliche Unausweichlichkeit und Launenhaftigkeit des Todes. Aber Kira war am Boden zerstört gewesen. Weinend hatte sie sich in Jerles Arme geworfen, hatte ihn voller Verzweiflung festgehalten, eine Kraft in ihm gesucht, die er nicht besessen hatte. Er hatte sie im Arm gehalten und daran gedacht, dass sie für ihn genauso verloren war wie ihr Bruder. Sie hatte sich an ihn geklammert, ein Bündel aus Fleisch und Blut und Kleidern, so leicht wie die Luft und genauso körperlos, schluchzend und zitternd. In diesem Augenblick war ihm der Gedanke durch den Kopf geschossen, dass die Trauer um Tay alles war, was sie jemals teilen würden.

Er wandte sich vom Feuer ab und starrte wieder aus dem Fenster. Grau und feucht schritt der Tag voran, und auch das stete Vergehen der Zeit konnte ihm keine Hoffnung geben.

Die Vordertür öffnete und Schloss sich wieder, ein Mantel wurde aufgehängt, und Preia Starle trat zu ihm. Nässe glitzerte auf ihrem Gesicht und ihren Händen, auf ihrer weichen, braunen Haut, die immer noch von den Schnitten und Schrammen ihrer Reise zu den Grimmzacken gezeichnet war, und in ihrem lockigen, zimtfarbenen Haar. Preia schaute ihn an, als wäre sie überrascht von dem, was sie sah.

»Sie möchten, dass du ihr König wirst«, erklärte sie ruhig.

Er starrte sie an. »Wer?«

»Alle. Der Hohe Rat, die Berater des Königs, die Leute auf den Straßen, die Elfengarde, die Armee, einfach alle.« Sie lächelte müde. »Du bist ihre einzige Hoffnung, sagen sie. Alyten ist zu unzuverlässig, zu rücksichtslos für diese Aufgabe. Er hat keine Erfahrung. Es spielt keine Rolle, dass er bereits König ist; sie wollen, dass er abdankt.«

»Aber es leben zwei Enkel! Was ist mit ihnen?«

»Kinder, kaum alt genug, um laufen zu können. Außerdem wollen die Elfen keine Kinder auf dem Thron von Ballindarroch. Sie wollen dich.«

Er schüttelte ungläubig den Kopf. »Sie haben nicht das Recht, diese Entscheidung zu fällen. Niemand hat es.«

»Du hast es«, sagte sie.

Sie schritt zum Feuer. Sie bewegte sich mit der Geschmeidigkeit einer Katze, und sie war ganz Anmut und Kraft. Er wunderte sich über die Leichtigkeit ihrer Bewegungen. Er wunderte sich über ihre Beherrschung. Er war erstaunt über ihre Kraft, selbst jetzt, angesichts all dessen, was geschehen war. Sie stand vor dem Feuer und rieb sich die Hände, um sie zu wärmen. Nach einiger Zeit hörte sie auf und starrte nur noch ins Feuer.

»Ich habe heute eine Stimme gehört«, sagte sie. »Auf der Straße. Tays Stimme. Er rief mich, sagte meinen Namen. Ich hörte ihn ganz deutlich. Ich war so sehr bestrebt, ihn zu finden, dass ich mich umdrehte und mit einem Mann zusammenprallte, der hinter mir ging. Ich stieß ihn zurück, beachtete nicht, was er sagte, sondern suchte Tay.« Sie schüttelte langsam den Kopf. »Aber er war nicht da. Ich hatte es mir nur eingebildet.«

Ihre Stimme erstarb in einem Flüstern. Sie drehte sich nicht um.

»Ich kann immer noch nicht glauben, dass er tot ist«, sagte Jerle nach einem Augenblick. »Ich glaube immer noch, dass es ein Irrtum ist, dass er draußen ist und jeden Moment durch diese Tür hereinkommen wird.«

Er schaute zum Eingang hin. »Ich will nicht König sein. Ich will, dass Tay wieder lebt. Ich will, dass alles wieder so wie früher ist.«

Sie nickte wortlos und starrte immer noch ins Feuer. Sie konnten hören, wie der Regen auf das Dach und gegen die Fenster prasselte. Sie konnten das Wispern des Windes hören.

Dann drehte Preia sich um und ging zurück zu Jerle. Reglos stand sie vor ihm. Er konnte den Blick nicht deuten, den sie ihm zuwarf. Er war so voller unterschiedlicher Gefühle, dass er sie nicht einzeln benennen konnte. »Liebst du mich?«, fragte sie ihn frei heraus und sah ihm dabei in die Augen.

Er war so erstaunt über diese Frage, so vollkommen überrascht, dass er keine Antwort darauf fand. Er starrte sie einfach nur mit offenem Mund an.

Sie lächelte schwach, und es schien ihm, als wollte sie Anspruch auf etwas erheben, das ihm bisher entgangen war. Ihre Augen füllten sich mit Tränen. »wusstest du, dass Tay mich geliebt hat?«

Er schüttelte langsam und verblüfft den Kopf. »Nein.«

»So lange ich mich erinnern kann.« Sie hielt inne. »Genauso lange, wie du Kira liebst.« Schnell hob sie die Hand und legte einen Finger auf seine Lippen. »Nein, lass mich ausreden. Es muss einmal ausgesprochen werden. Tay hat mich geliebt, aber er hätte niemals etwas unternommen. Er sprach nicht einmal davon. Seine Treue dir gegenüber war so stark, dass er es nicht konnte. Er wusste, dass ich zu dir gehörte, und obwohl er sich nicht sicher über deine Gefühle war, tat er nichts, um sich einzumischen. Er war überzeugt, dass du mich liebtest und mich heiraten würdest, und er hätte niemals seine Beziehung zu dir oder mir aufs Spiel gesetzt, um das zu ändern. Er wusste von Kira, aber er wusste auch, dass sie nicht die Richtige für dich war – auch wenn du selbst es nicht erkannt hast.«

Sie trat einen Schritt auf ihn zu. Die Tränen rannen ihr jetzt über die Wangen, aber sie beachtete sie nicht. »Es gab eine Seite in Tay Trefenwyd, die du niemals erkannt hast. Du hast sie nicht erkannt, weil du nicht richtig hingeschaut hast. Er war ebenso vielschichtig wie du. Ihr habt geglaubt, dass ihr euch kennen würdet, dass ihr den anderen verstehen würdet, aber das war nicht wirklich so. Ihr wart gegenseitig euer Schatten, aber so, wie sich der Schatten vom Körper unterscheidet, habt ihr euch voneinander unterschieden. Ich kenne den Unterschied. Ich habe ihn immer gekannt.«

Sie schluckte. »Jetzt musst auch du ihn akzeptieren. Und auch, was es bedeutet zu leben, während der Schatten tot ist. Tay ist tot, Jerle. Tay liebte mich, aber er ist tot. Liebst du mich ebenfalls? Liebst du mich ebenso stark? Oder wird Kira immer zwischen uns sein?«

»Kira ist verheiratet«, antwortete er leise, mit brüchiger Stimme.

»Kira lebt. Leben bedeutet Hoffnung. Wenn du sie nur verzweifelt genug willst, wirst du vielleicht einen Weg finden, wie du sie für dich gewinnen kannst. Ich habe einen der beiden wichtigsten Männer in meinem Leben verloren. Ich habe ihn verloren, ohne dass ich mir jemals die Zeit für ein solches Gespräch genommen habe, wie wir es jetzt führen. Ich möchte nicht, dass dies noch ein zweites Mal geschieht.«

Sie hielt inne. Ihr war anzusehen, wie unbehaglich sie sich fühlte, aber sie wich seinem Blick nicht aus. »Ich will dir etwas sagen. Wenn Tay mich gebeten hätte, zwischen euch beiden zu entscheiden, hätte ich vielleicht ihn gewählt.«

Eine endlose Stille entstand. Ihre Blicke begegneten sich und hielten sich aneinander fest. Sie standen mitten im Raum, vollkommen reglos. Das Feuer in der Feuerstelle knisterte leise, und der Regen prasselte gegen die Scheibe. Die Schatten im Raum waren mit dem Einbruch der Nacht länger geworden.

»Ich will dich nicht verlieren«, sagte Jerle ruhig.

Preia antwortete nicht. Sie wollte mehr hören.

»Ich habe Kira einmal geliebt«, gestand er. »Ich liebe sie immer noch, schätze ich. Aber es ist nicht mehr so wie früher. Ich weiß, dass ich sie verloren habe, und ich trauere nicht mehr länger darum. Das habe ich seit Jahren schon nicht mehr getan. Ich habe sie gern. Ich denke an sie, wenn ich an Tay und unsere Kindheit denke. Sie war ein Teil davon, und ich wäre dumm, wenn ich versuchte, mir einzureden, dass es anders sei.«

Er holte tief Luft. »Du hast mich gefragt, ob ich dich liebe. Ja, das tue ich. Ich habe noch niemals bewusst darüber nachgedacht – ich habe es einfach immer so hingenommen. Ich glaubte vermutlich, dass du immer da sein würdest, und habe jeden Gedanken daran als unnötig beiseite geschoben. Warum sollte ich über etwas nachdenken, das so offensichtlich war? Es schien keine Notwendigkeit dafür zu geben. Aber das war falsch. Ich erkenne das jetzt. Ich habe dich für selbstverständlich gehalten, ohne es auch nur zu merken. Ich dachte, es wäre gut so, wie es war, es würde genügen, was wir miteinander teilten. Ich sperrte mich gegenüber Veränderungen oder Zweifeln.

Aber ich habe Tay verloren, und ein großer Teil von mir ging mit ihm. Ich habe meine Orientierung verloren und mein Ziel. Ich bin am Ende einer Straße angelangt, der ich eine Zeit lang gefolgt bin, und ich finde keine Möglichkeit umzukehren. Wenn du mich fragst, ob ich dich liebe, muss ich mich der Tatsache stellen, dass meine Liebe zu dir vielleicht alles ist, was mir geblieben ist. Das ist nicht wenig, aber auch kein Trost für meinen Schmerz. Es ist weit mehr als das. Ich komme mir dumm vor, wenn ich das sage, aber es ist die einzige Wahrheit, die ich anerkennen kann. Sie bedeutet mir mehr als alles andere in meinem Leben. Tay hat mich dies durch seinen Tod erkennen lassen. Es ist ein hoher Preis, aber so ist es.«

Er streckte beide Hände aus und legte sie sanft auf ihre Schultern. »Ich liebe dich, Preia.«

»Wirklich?«, fragte sie still.

Er spürte, wie sich eine gewaltige Kluft zwischen ihnen auftat, als sie diese Worte sprach. Er spürte ein riesiges Gewicht auf seinen Schultern. Unbeholfen stand er vor ihr, unfähig, sich etwas anderes einfallen zu lassen. Seine Größe und Stärke hatten ihm bisher immer das Gefühl von Sicherheit gegeben, aber bei Preia schienen sie eher gegen ihn zu arbeiten.

»Ja, Preia«, sagte er schließlich. »Ich liebe dich wirklich. Ich liebe dich so sehr, wie ich überhaupt nur jemanden lieben kann. Ich weiß nicht, was ich sonst noch sagen soll. Vielleicht eins – dass ich hoffe, du liebst mich immer noch.«

Selbst jetzt sagte sie noch nichts, sondern stand weiter reglos vor ihm und schaute ihm in die Augen. Ihre Tränen waren versiegt, aber ihr Gesicht war verschmiert und feucht. Ein winziges Lächeln ließ ihre Mundwinkel erzittern. »Ich habe niemals aufgehört, dich zu lieben«, flüsterte sie.

Sie machte einen Schritt auf ihn zu und ließ sich von ihm in die Arme nehmen. Nach einer Weile umschlang auch sie ihn.

Sie saßen zusammen vor dem Feuer, als Vree Erreden wenige Stunden später erschien. Es war mittlerweile dunkel; das letzte Tageslicht war verblasst und der heftige Dauerregen in leichten Nieselregen übergegangen, der geräuschlos auf den bereits durchtränkten Waldboden fiel. Stille hatte sich über die ermüdete Stadt gesenkt, und Lichter erschienen in den Fenstern von Gebäuden, die zwischen den Lücken aus wassertriefendem Buschwerk und Blättern kaum sichtbar waren. Niemand wohnte jetzt im Palast, das Gebäude stand leer, solange die Reparaturarbeiten verrichtet wurden. Nur im Sommerhaus war Leben. Selbst hier wachte die Elfengarde über Jerle, den sie sowohl als einen der ihren wie auch als ein Mitglied der königlichen Familie schützte, zumal die Gerüchte in ihm schon den zukünftigen König sahen.

Die Elfengarde hielt Vree Erreden dreimal auf, bevor er die Tür zum Sommerhaus erreichte, und sie ließ ihn nur deshalb ein, weil Jerle angeordnet hatte, dass dem Lokaten zu allen Zeiten freier Eintritt gewährt werden sollte. Es war seltsam, wie sich ihre Beziehung verändert hatte. Sie hatten wenig Gemeinsamkeiten, und Tays Tod hätte auch leicht jeden Anschein von Freundschaft im Keim ersticken können, denn während ihrer Reise nach Westen war der Druidenelf die Ursache ihrer Bindung gewesen. Jetzt, da Tay tot war, hätten sie auch auseinander gehen können, jeder misstrauisch und verächtlich dem anderen gegenüber, jeder in sich selbst zurückgezogen.

Aber dies war nicht geschehen. Vielleicht hatte jeder von ihnen für sich allein die unausgesprochene Entscheidung gefällt, dass dies nicht geschehen sollte, dass sie Tay zumindest dies schuldeten. Vielleicht band sie das gemeinsame Bedürfnis aneinander, die schrecklichen Vorgänge während ihrer Reise zu verstehen, in dem Tod ihres Freundes etwas Gutes zusehen. Tay hatte sich für sie geopfert – sollten sie nicht um seinetwillen ihre Uneinigkeiten beiseite schieben? Sie hatten nach ihrer Rückkehr über vieles gesprochen – über das, was ihr Freund getan hatte, wie wichtig es für ihn gewesen war, den Auftrag Bremens auszuführen, über die tödliche Natur des Schwarzen Elfensteins und über seinen möglichen Platz in einem größeren Plan. Zusammen mit Preia Starle hatten sie darüber geredet, was Tay hatte erreichen wollen und wie sie dafür sorgen konnten, dass dem Folge geleistet wurde – wie Bremen den Schwarzen Elfenstein bekommen und die Elfen ausgesandt werden konnten, um den Zwergen zu helfen. Ihre Gedanken drehten sich nicht um sie selbst, sondern um die Welt und die Gefahren, die sie bedrohten.

Zwei Nächte vor ihrer Rückkehr nach Arborlon hatte Jerle den Lokaten gefragt, ob er ihm von seinen Visionen oder Ahnungen berichten könnte, die möglicherweise das berührten, was sie sich vorgenommen hatten. Die Frage war ihm nicht leicht gefallen, und Vree Erreden wusste das. Nachdem er einen Moment nachgedacht hatte, stimmte der Lokat zu und sagte, dass er alles tun würde, was in seiner Macht stand, um zu helfen. Er würde seine Fähigkeit sogar Jerle direkt zur Verfügung stellen, wenn der andere irgendwelche Verwendung dafür hätte. Jerle nahm das Angebot an. Sie schüttelten sich die Hand, um ihr Abkommen zu bekräftigen – und, obwohl sie es nicht sagten, auch den Beginn ihrer Freundschaft.

Und jetzt kam also der Lokat zum ersten Mal nach zwei Tagen zu ihm; wie eine geschlagene Kreatur trat er aus dem Regen. Sein abgetragener Mantel war vollkommen durchnässt, seine kleine, hagere Gestalt war gebeugt und zitterte. Preia empfing ihn an der Tür, sie nahm seinen Mantel und führte ihn zum Feuer, damit er sich wärmen konnte. Jerle goss starkes Bier in einen Becher und reichte es ihm. Preia wickelte eine Decke um seine Schultern. Vree Erreden nahm dies alles unter Dankesworten und verlegenen Blicken entgegen. Er sah sehr ernst aus. Er war aus einem ganz bestimmten Grund hier.

»Ich muss euch etwas sagen«, erklärte er Jerle, nachdem er zumindest so warm geworden war, dass er nicht mehr zitterte. »Ich hatte eine Vision, und sie betrifft dich.«

Jerle nickte. »Was hast du gesehen?«

Der Lokat rieb sich die Hände, dann trank er einen Schluck Bier. Sein Gesicht war erschöpft und seine Augen tief und hohl, als hätte er nicht genug geschlafen. Aber er hatte diesen gehetzten Blick, seit sie von den Grimmzacken zurückgekehrt waren. Die Ereignisse in der Kau-Magna hatten an seiner Seele gezehrt. Die Festung und ihre Bewohner hatten ihn gnadenlos angegriffen und versucht, ihn zu zerbrechen, damit er Tay Trefenwyd nicht mehr von Nutzen wäre. Sie hatten versagt, aber der Schaden, den sie dem Lokaten zugefügt hatten, war offensichtlich.

»Als Tay zum ersten Mal zu mir kam und mich um Hilfe bei der Suche nach dem Schwarzen Elfenstein bat, benutzte ich meine Fähigkeiten, um in seinen Geist zu schauen.« Er setzte sich zurecht, um Jerle besser ansehen zu können. Sein Blick war immer noch ungewöhnlich ernst. »Es war eine Möglichkeit, schnell und genau zu erkennen, was ich für ihn finden sollte. Ich habe ihm nicht erzählt, was ich tat; ich wollte nicht, dass er irgendwelche Wahrheiten vor mir verbarg.

Was ich entdeckte, war mehr, als was ich gesucht hatte. Der Druide Bremen hatte ihm von vier Visionen berichtet. Eine davon handelte von der Kau-Magna und dem Schwarzen Elfenstein. Sie war diejenige, die ich sehen sollte. Aber ich sah auch die anderen. Ich sah die Zerstörung von Paranor, während Bremen nach einem Medaillon suchte, das an einer Kette hing. Ich sah den Druiden noch einmal an einem dunklen See …«

Seine Stimme brach, und er wischte mit einer schnellen, eifrigen Handbewegung beiseite, was er hatte sagen wollen. »Sie spielen keine Rolle. Nur die letzte Vision ist jetzt wichtig.«

Er hielt inne, als wäre er abgelenkt. »Ich habe Gerüchte gehört. Die Elfen wollen dich zu ihrem König. Sie wollen mit Alyten und den Enkeln nichts zu tun haben und dich krönen.«

»Das ist nur Gerede, nichts weiter«, warf Jerle schnell ein.

Vree Erreden verschränkte seine Hände in seinem Umhang. »Das glaube ich nicht.«

Preia rückte näher an Jerle heran. »Was hast du gesehen, Vree? Ist Alyten Ballindarroch tot?«

Der Lokat schüttelte den Kopf. »Das weiß ich nicht. Es ist mir nicht gezeigt worden. Ich habe etwas anderes gesehen. Etwas, das die Frage der Königsherrschaft betrifft.« Er holte tief Luft. »Bremens letzte Vision, die ich in Tays Gedächtnis fand, handelte von einem Mann, der mit einem Schwert bewaffnet auf einem Schlachtfeld steht. Das Schwert war ein Talisman voller mächtiger Magie. In den Griff des Schwerts war deutlich das Bild des Eilt Druin eingraviert – eine Hand, die eine brennende Fackel hält. Diesem Mann gegenüber stand ein ganz in Schwarz gehülltes Wesen, körperlos und unergründlich bis auf die Augen, die wie Nadelstiche aus roten Flammen aussahen. Der Mann und der Geist waren in einem mörderischen Kampf verschlungen.«

Er trank wieder von dem Bier, und jetzt wandte er den Blick ab. »Ich konnte diese Vision nur kurz sehen und habe ihr nicht viel Bedeutung geschenkt. Sie war damals nicht wichtig. Sie ließ das übrige, was Tay mir von seiner Suche erzählte, glaubwürdiger erscheinen, nicht mehr. Ich habe darüber nicht mehr nachgedacht, bis heute.«

Er hob den Kopf. »Ich habe heute vor dem Feuer die Karten noch einmal studiert. Die Hitze der Flammen und der gleichmäßig fallende Regen lullten mich ein, und ich bin eingeschlafen. Während ich schlief, hatte ich eine Vision. Sie kam plötzlich, stark und unerwartet. Dies ist deshalb ungewöhnlich, weil die Visionen und Vorahnungen, die mir Hinweise darauf geben, wo etwas Gesuchtes gefunden werden kann, langsamer und sanfter erscheinen. Aber diese Vision war scharf und klar, und ich erkannte sie sofort. Es war Bremens Vision von dem Mann und dem Geist auf dem Schlachtfeld. Aber dieses Mal erkannte ich die Gestalten. Der Geist war der Dämonenlord. Und der Mann, Jerle Shannara, warst du.«

Jerle hätte beinahe laut gelacht. Aus irgendeinem Grund kam ihm das alles vollkommen lächerlich vor. Vielleicht lag es an der Unmöglichkeit, sich so etwas vorzustellen. Vielleicht war es seine Unfähigkeit, zu akzeptieren, dass zwar Vree Erreden ihn in der

Vision erkannt hatte, Tay jedoch nicht. Vielleicht war es auch nur eine Reaktion auf das unangenehme Gefühl, das ihn bei den Worten des Lokaten beschlich.

»Da ist noch etwas.« Der Lokat ließ ihm keine Zeit zum Nachdenken. »Das Schwert, das du trugst, hatte das Emblem des Medaillons, das Bremen in der Vision des zerstörten Paranor trug. Das Medaillon nennt sich Eilt Druin. Es ist das Symbol der Hohen Druiden von Paranor. Seine Magie ist sehr mächtig. Das Schwert war die Waffe, die geschmiedet wurde, um Brona zu zerstören, und der Eilt Druin wurde zu einem Teil dieser Waffe. Niemand hat mir von diesen Dingen erzählt. Das solltest du wissen. Ich weiß einfach, dass es so ist. Genauso wie ich in dem Moment, da ich dich auf dem Schlachtfeld gesehen habe, wusste, dass du König der Elfen geworden bist.«

»Nein.« Jerle schüttelte trotzig den Kopf. »Du hast einen Fehler gemacht.«

Der Lokat sah ihn direkt an, ohne ihm auszuweichen.

»Hast du mein Gesicht gesehen?«

»Ich musste dein Gesicht nicht sehen«, erklärte Vree Erreden leise. »Ich musste auch deine Stimme nicht hören oder nachsehen, ob andere dir so folgten, wie sie einem König folgen würden. Du bist es gewesen.«

»Dann ist die Vision grundsätzlich falsch. Sie muss falsch sein!« Jerle warf Preia einen hilflosen Blick zu, aber sie antwortete mit demonstrativem Schweigen. Er ballte ärgerlich die Fäuste. »Ich will damit nichts zu tun haben!«

Niemand sagte mehr etwas. Das Feuer knisterte leise vor sich hin, und die Nacht war tief und still, als würde sie verstohlen zuhören, was da vor sich ging, gespannt auf das warten, was noch geschehen würde. Jerle erhob sich und ging zum Fenster. Er starrte auf die Bäume und den Nebel und versuchte, sich in Nichts aufzulösen. »Wenn ich zulassen würde, dass sie mich krönen …«

Er beendete den Satz nicht. Preia stand auf und sah ihn quer über den Raum hinweg an. »Es würde dir Gelegenheit geben, die Dinge zu Ende zu bringen, die Tay Trefenwyd nicht beenden konnte. Wenn du König wärst, könntest du den Hohen Rat überzeugen, den Zwergen Hilfe zu schicken. Wenn du König wärst, könntest du selbst entscheiden, wann und wohin du den Schwarzen Elfenstein bringen willst, ohne jemandem dafür Rechenschaft ablegen zu müssen. Und am wichtigsten ist, wenn du König wärst, hättest du die Gelegenheit, den Dämonenlord zu vernichten.«

Jerle Riss den Kopf herum. »Der Dämonenlord hat die Druiden besiegt. Welche Chance könnte ich gegen ein so mächtiges Wesen wohl haben?«

»Eine bessere als jeder andere, der mir einfällt«, antwortete sie schlagfertig. »Die Vision hat sich zweimal enthüllt, einmal gegenüber Bremen, einmal gegenüber Vree. Vielleicht ist es eine Prophezeiung. Wenn es so ist, dann hast du die Gelegenheit, etwas zu tun, was nicht einmal Tay tun konnte. Du hast die Möglichkeit, uns alle zu retten.«

Er starrte sie an. Sie erklärte ihm, dass sie ihn als König akzeptieren würde. Sie behauptete, dass er König sein *musste.* Sie bat ihn, ihr zuzustimmen.

»Sie hat recht«, sagte Vree Erreden leise.

Aber Jerle Shannara hörte ihm nicht zu. Er fuhr fort, Preia anzustarren, und dachte daran, wie sie wenige Stunden zuvor von ihm verlangt hatte, sich in einer anderen Angelegenheit zu entscheiden. Wie viel bedeute ich dir? Wie wichtig bin ich? Jetzt stellte sie die gleichen Fragen wieder, nur waren die Worte etwas anders. Wie viel bedeutet dir dein Volk? Wie wichtig ist es dir? Er war sich der plötzlichen, überstürzten Veränderung in ihrer Beziehung und der neuen Richtung seines Lebens bewusst, beides ausgelöst durch Tay Trefenwyds Tod. Ereignisse, die er nicht einmal im Traum für möglich gehalten hatte, waren zusammengekommen und hatten diese Veränderung herbeigeführt. Zielstrebig und eigensinnig hatte das Schicksal ihn erwählt. Verantwortung, Herrschaft, die Hoffnungen seines Volkes – es lag an ihm, eine Entscheidung zu treffen, die all das ins rechte Gleichgewicht brachte.

Seine Gedanken rasten bei der Suche nach Antworten, die er nicht fand. Aber er wusste mit einer Sicherheit, die ihn erschreckte, dass ganz gleich, welche Wahl er traf, sie ihn für immer verfolgen würde.

»Du musst dich stellen«, sagte Preia plötzlich. »Du musst dich entscheiden.«

Er hatte das Gefühl, als würde die Welt sich drehen und außer Kontrolle geraten. Sie verlangte zu viel von ihm. Es bestand noch nicht die Notwendigkeit, überhaupt etwas zu entscheiden. Jede gegenwärtige Notwendigkeit wurde nur von Gerüchten und Spekulationen genährt. Der Thron war ihm noch nicht offiziell angetragen worden. Alytens Schicksal war noch nicht entschieden. Was war mit den Enkelkindern von Courtann Ballindarroch? Tay Trefenwyd selbst hatte ihr Leben gerettet. Durfte man sie ohne einen Gedanken übergehen? Er selbst hatte sich noch nicht zu einer eindeutigen Position durchgerungen. Er konnte kaum glauben, worüber er da nachdenken sollte.

Aber seine Gedanken hatten einen hohlen und unausgereiften Beigeschmack, und in der Stille ihres Nachhalls fand er sich dem grinsenden Gespenst seiner eigenen Verzweiflung gegenüber.

Er wandte sich von den beiden ab, die darauf warteten, dass er etwas sagen würde, und schaute aus dem Fenster in die Nacht hinaus.

Es gab keine Antwort.

Kapitel 21

Es war Sonnenuntergang, und die Stadt Dechtera war in blutrotes Licht getaucht. Die Stadt lag in einer Ebene zwischen niedrigen Hügeln im Norden und Süden, und die Mauern und Dächer der Häuser und anderen Gebäude bildeten ein unruhiges Gewirr vor dem purpurnen Horizont. Dunkelheit kroch aus dem Grasland im Osten und drängte die letzten Flecken verblassenden Lichts zurück, sie saugte das Land in ihren schwarzen Schlund. Die Sonne hielt sich hinter einer tiefen Wolkenbank verborgen und färbte Himmel und Erde erst orange, dann rot; mit vollen, atemberaubenden Farben malte sie in einer trotzigen Geste, als der Tag widerwillig seinem Ende entgegenging.

Östlich der Stadt, wo die Dunkelheit bereits die ersten Anhöhen erklommen und begonnen hatte, in die tiefer gelegenen Ebenen Schatten auszuwerfen, stand Kinson Ravenlock neben Bremen und Mareth und starrte wortlos auf das Ziel ihrer langen Reise.

Dechtera war eine Industriestadt und von den anderen wichtigen Städten des Südlandes leicht zu erreichen, ganz in der Nähe der wichtigen Minen. Dechtera war weit größer als jede andere Stadt im Norden, im Grenzland, im Land der Zwerge, Elfen oder gar der Trolle. Es gab Wohnhäuser und Geschäfte hier, aber geprägt wurde alles von den Schmelzöfen, die über die ganze Stadt verstreut lagen und ununterbrochen brannten. Tagsüber konnte man sie an dem senkrecht aufsteigenden, dicken Rauch erkennen, nachts an dem heißen Glühen ihrer offenen Schlünde. Gierig fraßen sie Holz und Kohle, die den Brennvorgang in Gang hielten und dafür sorgten, dass das in ihren Bäuchen verschwindende Erz geschmolzen und geformt werden konnte. Stunde um Stunde klirrten in den Schmieden die Hämmer auf die Ambosse und versprühten wilde Funken, und so war Dechtera die Stadt der endlosen Farben und ewigen Geräusche. Qualm und Hitze, Asche und Staub erfüllten die Luft, umhüllten die Gebäude und Menschen. Unter den Städten des Südlandes übernahm Dechtera die Rolle des rußüberzogenen Mitglieds einer Familie, die diese Stadt mehr brauchte als wünschte, mehr akzeptierte als liebte, und die niemals daran dachte, Dechtera auch nur mit annähernd so etwas wie Stolz oder Hoffnung zu betrachten.

Es war eine ungewöhnliche Entscheidung, ausgerechnet diesen Ort für das Schmieden ihres Talismans zu bestimmen, dachte Kinson Ravenlock wieder einmal, denn Dechtera war eine Stadt ohne Phantasie, ihr Überleben gründete auf Mühe und Arbeit, und sie war zudem den Druiden und der Magie feindlich gesonnen. Trotzdem hatte Bremen einige Tage zuvor, als der Grenzländer zum ersten Mal Bedenken geäußert hatte, fest behauptet, dass ihr Mann hier zu finden wäre.

Wer immer er auch war, ergänzte Kinson still für sich, denn obwohl der Druide sich bereit erklärt hatte, ihnen das Ziel ihrer Reise mitzuteilen, so hatte er ihnen doch nicht verraten, wen sie aufsuchen würden.

Sie hatten beinahe zwei Wochen für die Reise benötigt. Cogline hatte Bremen die Rezeptur für die Mischung der Metalllegierung gegeben, nach der das Schwert für den Kampf gegen den Dämonenlord geschmiedet werden sollte. Der ehemalige Druide war bis zu ihrer Abreise unwirsch und argwöhnisch geblieben und hatte ihnen beim Abschied deutlich zu verstehen gegeben, dass er keinen von ihnen wieder sehen wollte. Müde hatten sie sich mit dieser Entlassung abgefunden und den Kamin verlassen, um zurück zum Dunkelstreif zu gehen. Allein dieser Teil ihrer Reise hatte beinahe eine Woche in Anspruch genommen. Wieder zurück in Storlock, hatten sie sich Pferde besorgt und waren auf die Ebene hinausgeritten. Die Nordlandarmee war mittlerweile in den Süden weitergezogen und damit beschäftigt, die Zwerge im Wolfsktaag zu jagen. Bremen hatte sich dennoch um jene Teile der Armee gesorgt, die sich noch außerhalb des Anar herumtrieb, und deshalb hatte er seine Gefährten zum Runnegebirge und dann in südlicher Richtung an den Ufern des Regenbogensees entlanggeführt. Er hielt es so weit westlich vom Anar für unwahrscheinlicher, auf Anhänger des Dämonenlords zu stoßen. Sie hatten den Silberfluss überquert und den Nebelsumpf umgangen, bevor sie in das Tiefland des Schlachtengrundes eindrangen. Die Reise war beschwerlich gewesen, und sie hatten sehr vorsichtig sein müssen, denn dieses Land barg auch ohne die Kreaturen des Dämonenlords genug Gefahren, und es machte keinen Sinn, unnötige Risiken auf sich zu nehmen. Im Tiefland des Schlachtengrundes hausten Geschöpfe, die aus alter Magie entstanden waren und den im Wolfsktaag lauernden Wesen ähnelten, und wenn Bremen sie auch kannte und wusste, wie sie zu bekämpfen waren, hatte er es doch vorgezogen, ihnen völlig aus dem Wege zu gehen.

Also waren die drei auf einer Strecke nach Süden geritten, die zwischen den unfruchtbaren Gebieten des Schlachtengrundes mit seinen Sirenen und anderen Geschöpfen auf der einen Seite und den dunklen Tiefen der schwarzen Eichen mit ihrer Wolfsbrut auf der anderen Seite hindurchführte. Sie waren nur tagsüber gereist und hatten nachts sorgfältig Wache gehalten. Eher gespürt als gesehen hatten sie die Wesen, die sie hatten vermeiden wollen, die sowohl einheimisch als auch fremd waren – Wesen des Landes, des Wassers und der Luft. Sie waren sich der Blicke bewusst gewesen, die ihnen ständig folgten, und hatten mehr als einmal die Gegenwart eines solchen Geschöpfes gespürt. Aber keines von ihnen hatte sie direkt herausgefordert oder einen Versuch unternommen, ihnen zu folgen, und so waren sie den Gefahren des Grenzlandes entkommen und hatten ihre Reise unbeschadet fortgesetzt.

Nun, gegen Ende des dreizehnten Tages der letzten Etappe ihrer Odyssee, standen sie da und starrten auf die rote Flut von Dechteras Ofenfeuern.

»Ich hasse diese Stadt jetzt schon«, gab Kinson bedrückt zu. Er strich sich den Staub von den Kleidern. Das Land um sie herum war öde und trocken, ohne jeden Baum und Schatten, und es gab nur hohes Gras und Sand. Wenn es jemals regnen sollte in diesem Teil der Welt, dann sicherlich nicht regelmäßig.

»Ich würde an einem solchen Ort nicht leben wollen«, pflichtete Mareth ihm bei. »Ich kann mir nicht vorstellen, dass irgend jemand das will.«

Bremen schwieg. Er stand da und betrachtete Dechtera, dann Schloss er die Augen und wurde ganz still. Kinson und Mareth sahen einander an und warteten; sie ließen ihn gewähren. Unter ihnen glühten die Schlünde der Schmelzöfen. Die Röte des Sonnenuntergangs war inzwischen verschwunden und die Sonne weit genug hinter dem Horizont versunken, dass ihr Licht nur noch als kaum sichtbarer, dünner Streifen durch die Wolken im Westen fiel. Stille breitete sich über der Ebene aus – wenn man vom Hämmern von Metall auf Metall absah.

»Wir sind angekommen«, sagte Bremen plötzlich. Er hatte die Augen wieder geöffnet. »Dechtera ist die Heimat der besten Schmiede der Vier Länder, jedenfalls außerhalb der Trollgebiete. Die Südländer haben vielleicht keine Verwendung für Druiden, aber sie können uns mit dem versorgen, was wir brauchen; besser als alle anderen. Wir müssen nur noch den richtigen Mann finden. Das wird deine Aufgabe sein, Kinson. Du wirst unbehelligt durch die Stadt gehen können, ohne Aufmerksamkeit auf dich zu ziehen.«

»In Ordnung«, stimmte Kinson zu. Er war eifrig bestrebt, die Sache weiter fortzuführen. »Wer ist es, den ich suche?«

»Das musst du selbst entscheiden.«

»Ich soll das entscheiden?« Kinson war verblüfft. »Wir sind diesen ganzen Weg hierher gekommen, um einen Mann zu finden, den wir nicht einmal kennen?«

Bremen lächelte nachgiebig. »Geduld, Kinson. Und Vertrauen. Wir sind nicht blind oder ohne jeden Grund hierher gekommen. Der Mann, den wir suchen, ist hier, ob er uns bekannt ist oder nicht. Wie ich schon sagte, die besten Schmiede der Vier Länder leben in

Dechtera. Aber wir müssen einen unter ihnen auswählen, und wir müssen weise wählen. Es wird einige Zeit in Anspruch nehmen. Deine Fähigkeiten als Fährtenleser werden dir behilflich sein.«

»Auf was genau soll ich bei diesem Mann achten?«, drängte Kinson. Er war verwirrt über seine eigene Unsicherheit.

»Worauf du bei jedem anderen Mann auch achten würdest – und zusätzlich auf besondere Fähigkeiten und Kenntnisse in seinem Handwerk und Stolz auf die Qualität seiner Arbeit. Ein Meisterschmied.« Bremen legte seine knochige Hand auf die Schulter des Grenzländers. »musst du mir wirklich diese Fragen stellen?«

Kinson schnitt eine Grimasse. Mareth, die auf der anderen Seite stand, lächelte schwach. »Was mache ich, wenn ich diesen Meisterschmied gefunden habe?«

»Du kehrst zu mir zurück. Wir werden gemeinsam hinuntergehen und versuchen, ihn für unser Vorhaben zu gewinnen.«

Kinson schaute zurück auf die Stadt, auf das Labyrinth aus dunklen Gebäuden und flackernden Feuern, auf die Mischung von schwarzen Schatten und purpurroten Schimmern. Der Arbeitstag war in die Arbeitsnacht übergegangen, und weder wurden die Schmelzöfen schwächer, noch arbeiteten die Menschen langsamer. Schwüle Hitze und Schweiß legten sich in einer feuchten Schicht über die Stadt.

»Ein Schmied, der Erze so mischen kann, dass man stärkere Legierungen erhält, und der das Tempern der Metalle so weit versteht, um diese Stärke erreichen zu können.« Kinson schüttelte den Kopf. »Und zudem einen Schmied, der es für richtig hält, den Druiden dabei zu helfen, eine magische Waffe zu schmieden.«

Bremen drückte die Schulter seines Freundes. »Halte dich nicht zu sehr mit den Überzeugungen unseres Schmieds auf. Achte statt dessen auf die anderen Qualitäten. Finde den Meister, den wir suchen – und überlass mir alles übrige.«

Kinson nickte. Er sah Mareth an, begegnete ihren großen dunklen Augen. »Was ist mit euch beiden?«

»Mareth und ich werden hier auf deine Rückkehr warten. Du wirst alleine erfolgreicher sein. Du wirst dich ohne die Bürde deiner Kameraden freier bewegen können.« Bremen zog die Hand wieder zurück. »Aber sei vorsichtig, Kinson. Es sind zwar deine Landsleute, aber sie sind nicht notwendigerweise deine Freunde.«

Kinson legte seinen Rucksack ab, überprüfte die Waffen und zog den Umhang fest um die Schultern. »Ich weiß.«

Er griff nach der Hand des alten Mannes und drückte sie. Vogelknochen, die viel zerbrechlicher waren, als er in Erinnerung hatte. Schnell ließ er wieder los.

Dann beugte er sich so spontan zu Mareth hinab und küsste sie auf die Wange, dass er später außerstande war zu sagen, warum er das getan hatte. Er drehte sich um und schritt den Abhang des in dunkle Nacht gehüllten Berges hinab und auf die Stadt zu.

Er brauchte mehr als eine Stunde für den Weg, aber er beeilte sich auch nicht übermäßig, sondern schritt gemächlich dahin. Es gab keinen Grund zur Eile, und er wollte nicht unnötig die Aufmerksamkeit von Leuten auf sich ziehen, die ihn zufällig beobachteten. Er spürte, wie die Temperatur stieg, als er sich den Gebäuden näherte, hörte den Klang der Hämmer und Zangen auf Metall lauter und lauter werden. Stimmen erschollen, eine Kakophonie, die die Nähe von Bierhäusern, Tavernen, Wirtshäusern und Bordellen ankündigten. Lachen ertönte über all dem Gegrunze, Gefluche und Geschimpfe, verstärkte zusätzlich den Lärm und das Getöse. Diese Mischung aus Arbeit und Vergnügen war allgegenwärtig und verwirrend. In dieser Stadt gab es keine Trennung der Lebensbereiche, erkannte der Grenzländer. Überhaupt keine Trennung.

Er musste an Mareth denken, daran, wie ruhig sie ihn anschauen konnte – wenn sie ihn in einer Art und Weise beobachtete, die er nicht verstand, ganz so, als würde sie ihn aus irgendeinem Grund abschätzen. Noch mehr verwunderte ihn, wie wenig es ihn störte. Er fand Zuversicht in ihrem Blick und eine Art von Trost und Beruhigung in der Tatsache, dass sie ihn besser kennen lernen wollte. Dies war niemals zuvor so gewesen, nicht einmal mit Bremen. Aber Mareth war anders. Sie waren sich in den vergangenen Wochen, während sie in den Süden nach Dechtera gereist waren, sehr nahe gekommen. Sie hatten nicht von der Gegenwart gesprochen, sondern von der Vergangenheit, von der Zeit, als sie jung gewesen waren, darüber, wie sie die Kindheit und Jugend erlebt hatten. Sie hatten sich gegenseitig ihre Geschichten erzählt und dabei viele Gemeinsamkeiten entdeckt. Die Gemeinsamkeiten lagen jedoch nicht so sehr in den Erlebnissen oder Erfahrungen als vielmehr in den Einstellungen. Sie hatten in ihrem Leben die gleichen Lektionen gelernt und waren zu den gleichen Schlüssen gekommen. Ihre Sicht der Welt war ähnlich. Sie waren zufrieden mit dem, was und wer sie waren, akzeptierten, dass sie anders als die anderen waren. Sie waren zufrieden damit, alleine zu leben, zu reisen und Unbekanntes auszukundschaften, Neues zu entdecken. Sie hatten die Familienbande lange Zeit zuvor aufgegeben und die Kleidung der Städter gegen robuste Reisekleider eingetauscht. Sie betrachteten sich als Ausgestoßene aus freiem Willen und fanden es richtig so, wie es war.

Aber am wichtigsten von allem war ihre beiderseitige Bereitschaft, Geheimnisse des anderen zu akzeptieren und es dessen Entscheidung zu überlassen, sie zu offenbaren. Dies bedeutete Mareth vielleicht mehr als Kinson, denn sie war diejenige, die mehr Wert auf ihre Privatsphäre legte. Von Anfang an hatte sie Dinge zurückgehalten, und Kinson war sicher, dass sie trotz ihrer jüngsten Enthüllungen noch weitere Geheimnisse hatte. Er konnte darin jedoch nichts Schlimmes sehen, sondern glaubte fest daran, dass jeder Mensch das Recht hatte, mit den eigenen Dämonen selbst und ohne die Einmischung anderer fertig zu werden. Indem Mareth mit ihnen ging, riskierte sie genauso viel wie er und Bremen. Sie hatte viel gewagt, als sie sich mit ihnen zusammentat, zu einem Zeitpunkt, da es einfach für sie gewesen wäre, ihre eigenen Wege zu gehen. Vielleicht würde Bremen in der Lage sein, ihr mit ihrer Magie zu helfen, vielleicht auch nicht – es gab keine Garantie. Das musste sie wissen. Schließlich hatte er die Angelegenheit kaum erwähnt, seit sie den Kamin verlassen hatten, und Mareth hatte ihn nicht dazu gedrängt.

Auf jeden Fall waren sie sich als Folge ihres Vertrauens näher gekommen, hatten sie die Bande zwischen sich mit großer Sorgfalt enger geschmiedet, und inzwischen besaßen sie beide genug Erfahrung, um die Worte und Handlungen des anderen besser abschätzen zu können. Kinson gefiel das.

Dennoch konnte er einen Rest an Distanz zwischen ihnen nicht überwinden, eine Kluft, die nicht durch Worte oder Taten beseitigt werden konnte. Es war Mareths Entscheidung, diesen Zustand so beizubehalten, und wenn es auch beileibe nicht nur Kinson war, den sie auf Armeslänge von sich hielt, so kam es ihm – vor allem angesichts der Nähe, die sie bereits zwischen sich geschaffen hatten – manchmal doch so vor. Mareths Gründe, ihm unbekannt, schienen von Gewohnheit und Furcht geprägt zu sein. Etwas in ihr forderte, dass sie sich von anderen fernhielt, irgendein Mangel, eine Schwäche oder vielleicht ein Geheimnis, das furchterregender war als alles, was er sich vorzustellen vermochte. Hin und wieder spürte er ihre Versuche, mit einigen kleinen Worten oder Handlungen aus ihrem selbstgewählten Gefängnis auszubrechen. Aber es schien ihr nicht zu gelingen. Linien waren in den Sand gezogen, ein Rechteck, in dem sie zu stehen hatte, und sie brachte es nicht über sich, es zu verlassen.

Deshalb fühlte er sich wohl jetzt so zufrieden, vermutete er, denn er hatte sie mit diesem Kuss überrascht, so sehr, dass er für einen Augenblick ihre Abwehr überwunden hatte. Er rief sich den Ausdruck in ihrem Gesicht in Erinnerung. Er musste daran denken, wie sie schützend ihre Arme um ihren zierlichen Körper geschlungen hatte.

Er lächelte in sich hinein, während er weiterging. Jetzt waren mehr Einzelheiten der Stadt zu sehen – Mauern und Dächer, aus

Fenstern und Türeingängen scheinende Lichter, von Ratten durchstreifte Gassen und von Obdachlosen gesäumte Straßen, arbeitende Männer und Frauen, die sich durch einen Schleier aus Asche und Hitze bewegten und dennoch zielbewusst wirkten. Kinson schob die Gedanken an Mareth beiseite, da die Aufgabe, die vor ihm lag, seine ganze Aufmerksamkeit erforderte. Später würde Zeit für Mareth sein. Er ließ das Bild ihres auf ihm ruhenden Blicks noch einen Moment lang nachwirken, dann wischte er es fort.

Er ging über eine der Hauptstraßen in die Stadt hinein, nahm sich Zeit, die Menschen um sich herum zu betrachten. Er war in einem Arbeiterviertel, mitten zwischen Läden und Lagerhäusern. Flache, von Eseln gezogene Wagen transportierten Metallreste zu den Öfen, damit sie dort geschmolzen und neu geformt werden konnten. Er warf einen abschätzenden Blick auf die von Rost verkrusteten, verwitterten Gebäude, vernachlässigt und teilweise halb zerfallen, und ging weiter. Er kam an einer Reihe kleinerer Schmieden vorbei, in denen jeweils nur ein einzelner Schmied mit primitiven Werkzeugen und Gussformen an Brennöfen arbeitete, die nur für kleinere Arbeiten gedacht waren. Er blieb nicht stehen, sondern ging weiter, vorbei an Schlackenhalden und Schrotthaufen, an Stapeln aus dem Holz alter Häuser, an ganzen Reihen verlassener Gebäude. Ein übler, durchdringender Geruch stieg aus dem Rinnstein und den Abfallhaufen auf. Kinson verzog angeekelt das Gesicht. Schatten flackerten auf und sprangen in dem Schein der Schmelzöfen und der Straßenlampen hin und her, kleine Geschöpfe, die in einem Moment aus ihrem Versteck herausschossen und im nächsten schon wieder verschwunden waren. Die Männer, die ihm begegneten, waren gebeugt und müde; sie waren ihr Leben lang Arbeiter, von einem Zahltag zum nächsten, bis der Tod ihre Seele zu sich nahm. Nur wenige machten sich die Mühe aufzuschauen, wenn er an ihnen vorüberging. Niemand sprach etwas.

Er näherte sich der Stadtmitte. Es war kurz vor Mitternacht, und stickige, lähmende Hitze herrschte in den Straßen. Er warf einen

Blick durch die Türen und Fenster der Bierhäuser und Tavernen, wägte ab, ob er hineingehen sollte oder nicht. Schließlich wählte er ein oder zwei Häuser aus, die seinem Zweck entgegenzukommen schienen, und trat ein, aber er blieb immer nur lang genug, um dem Gespräch zu lauschen, eine oder zwei Fragen zu stellen, ein Getränk zu bestellen, wenn er dazu aufgefordert wurde, und zog dann weiter. Wer machte die beste und schönste Schmiedearbeit in der Stadt? pflegte er zu fragen. Wer war der Meister seines Faches? Die Antworten unterschieden sich jedes Mal, und die Gründe dafür unterschieden sich sogar noch mehr. Kinson merkte sich die Namen, die er mehr als nur einmal gehört hatte, und blieb an einer Reihe von mittelgroßen Schmieden stehen. Er wollte sie prüfen und schaute deshalb den dort arbeitenden Schmieden zu. Einige antworteten mit kaum mehr als einem gleichgültigen Grunzen, andere waren gesprächiger. Ein oder zwei gaben sogar wohl überlegte Antworten. Kinson hörte zu, lächelte zustimmend und ging weiter.

Mitternacht kam und verging.

»Er wird heute nacht nicht mehr zurückkommen«, sagte Bremen, während er von dem Hügel auf die Stadt hinuntersah. Trotz der Hitze hatte er seinen Umhang eng um die schmale Gestalt gezogen.

Mareth stand schweigend neben ihm. Sie hatten dem Grenzländer nachgesehen, bis er nicht mehr zu erkennen war, nur noch eine verschwindende Gestalt, die sich in der Dunkelheit auflöste. Selbst dann hatten sie sich noch nicht bewegt, sondern waren wie Wachen gegen die herannahende Nacht stehen geblieben. Am Himmel leuchteten Sterne und ein Viertelmond, die zwar von den Anhöhen aus, aber nicht von der rauchumhüllten Stadt weiter unten sichtbar waren.

Bremen wandte sich jetzt um, tat ein paar Schritte nach links und setzte sich auf einen Flecken weichen, dicken Grases – eine Wohltat für seine alternden Knochen. Er seufzte zufrieden. Er benötigte immer weniger, um Zufriedenheit zu erlangen, dachte er. Er überlegte, ob er etwas essen sollte, erkannte aber, dass er nicht wirklich hungrig war. Er blickte auf, als Mareth zu ihm kam und sich unaufgefordert neben ihn setzte. Sie spähte in die Dunkelheit, als wartete dort etwas auf sie.

»Möchtest du etwas essen?«, fragte er, aber sie schüttelte den Kopf. Versunken in ihre Gedanken, zurück in der Vergangenheit oder vielleicht auch eingesponnen in Spekulationen über die Zukunft – er hatte gelernt, den Blick zu deuten. Oft war Mareth ganz woanders als in Wirklichkeit, mit einem unruhigen Geist und unzufriedenem Herzen.

Er ließ sie einige Zeit in Ruhe und gab sich seinen eigenen Gedanken hin; er wollte das, was er vorhatte, nicht überstürzen. Es war eine ungewisse Angelegenheit, und wenn sie das Gefühl bekam, zu etwas gezwungen zu werden, würde sie sich vollständig vor ihm verschließen. Und dennoch musste es eine Lösung geben, und sie musste jetzt kommen.

»In Nächten wie dieser denke ich oft an meine Kindheit«, sagte er schließlich, ohne sie anzusehen. Er starrte auf die Spitze des Berges und die Sterne, die darüber hingen. Er lächelte. »Oh, ich schätze, es scheint, als könnte jemand, der so alt ist wie ich, niemals jung gewesen sein. Aber ich war es. Ich wohnte im Bergland unterhalb von Leah mit meinem Großvater, der ein sehr fähiger Metallarbeiter war. Selbst als er alt war, waren seine Hände noch gerade und sein Auge fest. Ich habe ihm stundenlang zugesehen und war vollkommen erstaunt über seine Geschicklichkeit und Geduld. Er liebte meine Großmutter sehr, und als sie starb, nahm sie einen Teil von ihm mit, den er niemals wieder zurückgewann, aber der Verlust war die Zeit, die sie miteinander geteilt hatten, wert. Er sagte, nun hätte er mich an ihrer Stelle. Er war ein guter Mann.«

Er sah jetzt Mareth an und bemerkte, wie sie interessiert zurückblickte. »Bei meinen Eltern war es eine andere Sache. Sie waren meinem Großvater überhaupt nicht ähnlich. Sie konnten sich niemals an einer Stelle länger niederlassen, nicht einmal in ihrem kurzen Leben, und nichts von der Hingabe meines Großvaters an seine Arbeit schien in ihnen zu wurzeln. Sie wanderten immerzu herum, veränderten ihr Leben, suchten nach etwas Neuem, etwas anderem. Kurz, nachdem ich geboren wurde, ließen sie mich bei meinem Großvater zurück. Sie hatten keine Zeit für mich.«

Nachdenklich runzelte er die Stirn. »Ich habe es ihnen viele Jahre lang übelgenommen, aber schließlich habe ich verstanden. So ist es nun einmal mit Eltern und Kindern. Jede Seite enttäuscht die andere in einer Weise, die weder beabsichtigt ist noch erkannt wird, und es braucht eine Zeit, um diese Enttäuschung zu überwinden. So war es mit der Entscheidung meiner Eltern, mich zu verlassen.«

»Aber Ihr habt ein Recht, zu erwarten, dass Eure Eltern während Eurer Kindheit bei Euch bleiben«, erklärte Mareth.

Bremen lächelte. »Das habe ich auch geglaubt. Aber ein Kind versteht nicht immer die Entscheidungen seiner Eltern. Eigentlich kann ein Kind nur hoffen, Eltern zu haben, die versuchen, das Beste für es zu tun. Zu entscheiden, was das Beste ist, ist jedoch eine schwierige Aufgabe. Meine Eltern wussten, dass es nicht gut für mich wäre, unter ständigem Hin- und Herreisen aufzuwachsen, denn sie hätten mir nicht die nötige Aufmerksamkeit schenken können, die ich brauchte. Sie konnten sie sich kaum gegenseitig geben. Also ließen sie mich bei meinem Großvater, der mich liebte und sich um mich kümmerte, wie sie es nicht vermochten. Es war die richtige Wahl.«

Sie wägte den Gedanken einen Augenblick ab. »Aber sie hat Euch gezeichnet.«

Er nickte. »Eine Zeit lang, aber nicht dauerhaft. Vielleicht hat diese Entscheidung sogar dazu beigetragen, mich zu stärken. Ich gebe nicht vor, es zu wissen. Wir entwickeln uns so gut, wie es unter den gegebenen Umständen eben geht. Was nützt es, uns selbst für etwas zu kritisieren, das jahrelang zurückliegt? Besser, wir versuchen einfach zu verstehen, warum wir sind, wie wir sind, und uns dann zu bessern, indem wir daraus lernen.«

Beide schwiegen lange und sahen einander an. Ihre Gesichter wurden von dem Licht der Sterne und des Mondes genug beleuchtet, um ihren Ausdruck preiszugeben.

»Ihr sprecht über mich, nicht wahr?«, wollte Mareth schließlich wissen. »Meine Eltern, meine Familie.«

Bremen zuckte mit keiner Wimper. »Du enttäuschst mich nicht, Mareth«, sagte er leise. »Dein Einfühlungsvermögen ist sehr groß.«

Er spürte, wie sie sich anspannte. »Ich nehme meinen Eltern übel, was sie getan haben. Sie ließen mich bei Fremden aufwachsen. Es war nicht der Fehler meiner Mutter, sie starb bei meiner Geburt. Und ich weiß auch nichts über meinen Vater. Vielleicht ist auch er tot. Vielleicht war es auch nicht sein Fehler.« Sie schüttelte den Kopf. »Aber das ändert nichts daran, wie ich ihnen gegenüber empfinde. Es macht das Gefühl, verlassen worden zu sein, nicht einfacher.«

Bremen beugte sich vor, er musste seinen Körper in eine andere Position bringen, um Muskelkrämpfe und Gelenkschmerzen zu verhindern. Die Schmerzen kamen jetzt häufiger als früher und gingen nicht mehr so schnell fort.

Genau das Gegenteil von meinem Appetit, dachte er ironisch. Willkommen im Alter. Selbst der Druidenschlaf verlor die Macht, ihn zu erhalten.

Sein Blick suchte ihren. »Ich nehme an, dass du einen Grund hast, auf sie böse zu sein, der über das hinausgeht, was du mir erzählt hast. Ich habe das Gefühl, dass deine Wut wie ein Gewicht auf deinem Herzen liegt, ein großer Stein, den du nicht von der Stelle zu bewegen vermagst. Vor langer Zeit einmal hat er die Grenzen deines Lebens bestimmt. Er hat dich auf die Reise nach Paranor geschickt und zu mir geführt.«

Er wartete und ließ die Bedeutung seiner Worte auf sie einwirken, ließ sie sehen, was in seinen Augen war. Sie sollte für sich entscheiden, dass er nicht der Feind war, den sie suchte, denn es war offensichtlich, dass sie ihn suchte. Sie sollte erkennen, dass er ihr Freund sein würde, wenn sie ihn ließe. Sie sollte ihm vertrauen, ihm die letzte Wahrheit enthüllen, die sie so sorgfältig verschlossen hielt.

»Ihr wisst es«, erwiderte sie leise.

Er schüttelte den Kopf. »Nein. Ich rate nur, nichts weiter.« Er lächelte müde. »Aber ich würde es gerne wissen. Ich würde dir gerne Trost bieten, wenn ich könnte.«

»Trost.« Sie sprach das Wort in einer matten, hoffnungslosen Weise aus.

»Du bist zu mir gekommen, um die Wahrheit über dich selbst zu erfahren, Mareth«, fuhr er sanft fort. »Du hast es vielleicht nicht so gesehen, aber genauso ist es. Du bist gekommen, um Hilfe mit deiner Magie zu erhalten, mit deiner Macht, von der du dich nicht befreien kannst, ohne die du aber auch nicht leben kannst. Es ist eine fürchterliche, schreckliche Bürde, aber nicht schlimmer als die Bürde der Wahrheit, die du verborgen hältst. Ich kann ihr Gewicht von hier aus spüren, Kind. Du trägst es wie Ketten, die um deinen Körper geschlungen sind.«

»Ihr wisst es«, flüsterte sie beharrlich. Mit dunklen, großen Augen starrte sie ihn an.

»Höre mir zu. Diese Bürden sind untrennbar miteinander verbunden, die Wahrheit, die du versteckst, und die Magie, die du fürchtest. Ich habe das in der Zeit gelernt, die ich mit dir gereist bin, indem ich dich beobachtet habe. Wenn du dich von der Macht der Magie über dich befreien willst, musst du dich erst einmal der Wahrheit stellen, die du in deinem Herzen verborgen hältst. Über deine Eltern. Über deine Geburt. Darüber, was du bist und wer du bist. Erzähl es mir, Mareth.«

Sie schüttelte müde den Kopf, ihr Blick flackerte, und sie schlang die Arme um ihren Körper, als wollte sie ihn vor der Kühle schützen.

»Erzähl es mir«, drängte er.

Sie schluckte die aufsteigenden Tränen hinunter, bekämpfte ein plötzliches Zittern und hob ihr Gesicht dem Sternenlicht entgegen.

Dann begann sie langsam und mit bebender Stimme zu sprechen.

Kapitel 22

»Ich habe keine Angst vor Euch«, sagte sie als erstes. Die Worte schossen nur so aus ihr heraus, als könnte sie allein dadurch, dass sie sie aussprach, eine geheime Kraftquelle anzapfen. »Vielleicht denkt Ihr das, nachdem Ihr meine Geschichte gehört habt, aber es wäre falsch. Ich habe vor niemandem Angst.«

Die Erklärung überraschte Bremen, doch er zeigte es nicht. »Ich maße mir keine Urteile über dich an, Mareth«, sagte er.

»Ich bin möglicherweise sogar stärker als Ihr«, fügte sie trotzig hinzu. »Meine Magie könnte durchaus mächtiger sein als Eure, daher gibt es für mich keinerlei Grund, Angst zu haben. Ihr könntet es bereuen, wenn Ihr mich herausfordern würdet.«

Er schüttelte den Kopf. »Ich habe keinen Grund, dich herauszufordern.«

»Wenn Ihr meine Geschichte gehört habt, denkt Ihr vielleicht anders darüber. Dann haltet Ihr es möglicherweise für nötig, Euch zu schützen.« Sie atmete tief ein. »Versteht Ihr nicht? Zwischen uns ist nichts so, wie es scheint! Wir werden vielleicht Feinde sein, die danach trachten, einander zu verletzen!«

Er dachte einen Augenblick still über ihre Worte nach. »Das glaube ich nicht. Aber sage mir, was du mir zu sagen hast. Und verschweige nichts«, meinte er dann.

Sie starrte ihn sprachlos an, als wollte sie versuchen, die Tiefe seiner Aufrichtigkeit auszuloten und den wahren Grund seiner Beharrlichkeit herauszufinden. Sie war ganz in sich zusammengesunken, und in ihren großen, dunklen Augen spiegelten sich ihre aufgewühlten Gefühle wie in einem tiefen See.

»Meine Eltern sind immer ein Geheimnis für mich geblieben«, sagte sie schließlich. »Meine Mutter starb bei meiner Geburt, und mein Vater war bereits vorher verschwunden. Ich habe sie niemals kennen gelernt, sie niemals gesehen. Ich wusste von ihnen lediglich deshalb, weil die Leute, die mich aufzogen, mir deutlich genug zu verstehen gaben, dass ich nicht ihr Kind war. Sie sagten das nicht unfreundlich, aber sie waren strenge, entschlossene Menschen, die ihr Leben lang für das gearbeitet hatten, was ihnen gehörte, und davon ausgingen, dass das bei allen so sein müsste. Sie sorgten für mich, aber ich gehörte nicht zu ihnen. Ich gehörte zu Menschen, die tot und verschwunden waren.

Schon als ich sehr klein war, wusste ich, dass meine Mutter bei meiner Geburt gestorben war. Die Leute, bei denen ich aufwuchs, machten kein Geheimnis daraus. Sie sprachen hin und wieder von ihr, und als ich alt genug war, um Fragen über sie zu stellen, beschrieben sie sie mir. Sie war klein und dunkel gewesen wie ich. Sie war hübsch gewesen. Sie hatte die Gartenarbeit geliebt und war gerne geritten. Sie schienen sie für einen guten Mensch gehalten zu haben. Sie hatte in ihrem Dorf gewohnt, aber im Unterschied zu den meisten dort war sie in andere Teile des Südlandes gereist und hatte etwas von der Welt gesehen. Sie war nicht in dem Dorf aufgewachsen, sondern von einem anderen Ort zugezogen. Ich habe niemals erfahren, woher sie kam oder warum sie in diesem Dorf gelandet war. Wenn es irgendwo im Südland noch andere Verwandte gegeben haben sollte, so erfuhr ich zumindest nichts davon. Vielleicht wussten auch die Leute, bei denen ich aufwuchs, nicht mehr.«

Sie hielt inne, aber ihr Blick war fest auf den alten Mann gerichtet. »Diese Leute, bei denen ich wohnte, hatten zwei Kinder, die älter waren als ich. Sie liebten diese Kinder und ließen sie spüren, dass sie ein Teil der Familie waren. Sie nahmen sie mit, wenn sie andere Leute besuchten oder ein Picknick veranstalteten. Sie haben das niemals mit mir getan. Ich habe von Anfang an gespürt, dass ich nicht wie diese Kinder war. Ich musste zu Hause bleiben, mich um dieses oder jenes kümmern, die Hausarbeit erledigen, tun, was man mir aufgetragen hatte. Ich durfte spielen, aber es war mir immer klar, dass es für mich etwas anderes war als für meinen Bruder und meine Schwester. Als ich älter wurde, bemerkte ich, dass meine neuen Eltern aus Gründen, die ich nicht verstand, mir gegenüber beunruhigt waren. Irgend etwas an mir mochten sie nicht, irgendwie trauten sie mir nicht. Es war ihnen lieber, wenn ich für mich alleine spielte, statt mit meinem Bruder und meiner Schwester, und meist tat ich das auch. Sie gaben mir zu essen und Kleidung und ein Dach über dem Kopf, aber ich war ein Gast in ihrem Haus und kein Mitglied der Familie. Nicht wie mein Bruder und meine Schwester. Das wusste ich.«

»Selbst damals muss das bitter für dich gewesen sein und dich entmutigt haben«, meinte Bremen.

Mareth zuckte die Achseln. »Ich war ein Kind. Ich habe nicht genug vom Leben verstanden, um zu ermessen, was mir angetan wurde. Ich habe meine Situation akzeptiert und mich nicht beklagt. Sie behandelten mich nicht schlecht. Ich glaube, die Leute, die mich aufzogen, mochten mich auch irgendwie, sonst hätten sie mich nicht aufgenommen. Das haben sie natürlich niemals gesagt. Sie teilten mir niemals den Grund dafür mit, aber ich muss davon ausgehen, dass sie nicht für mich gesorgt hätten – selbst in der Art und Weise, wie sie es taten –, wenn sie nicht etwas Liebe für mich empfunden hätten.«

Sie seufzte. »Mit zwölf begann ich eine Ausbildung. Man hatte mir gesagt, dass es so geschehen würde, und wie alles andere habe ich es als natürlichen Teil meines Lebens, des Erwachsenwerdens, hingenommen. Es störte mich nicht, dass mein Bruder und meine Schwester keine Ausbildung machten. Sie waren immer anders behandelt worden, und ich verstand, dass ihr Leben anders als meins verlaufen würde. Nachdem ich die Ausbildung begonnen hatte, sah ich die Leute, die mich großgezogen hatten, nur noch selten. Meine Pflegemutter besuchte mich einmal und brachte mir einen Korb mit etwas Essen. Es war ein schrecklicher Besuch, und sie verschwand schnell wieder. Einmal sah ich beide auf der Straße, als sie an der Töpferwerkstatt vorbeikamen. Sie vermieden es, mich anzusehen. Damals wusste ich schon, dass der Töpfer mit Vorliebe den kleinsten Grund zum Anlass nahm, mich zu schlagen. Ich hasste mein neues Leben bereits, und ich warf meinen Pflegeeltern vor, mich fortgegeben zu haben. Ich wollte sie nicht mehr sehen. Ich sah sie auch niemals wieder, nachdem ich dem Töpfer und meinem Geburtsort entkommen war.«

»Auch nicht deinen Bruder oder deine Schwester?«, wollte Bremen wissen.

Sie schüttelte den Kopf. »Es gab keinen Grund dazu. Welche Bande wir auch geknüpft haben mochten, während wir zusammen aufwuchsen, inzwischen waren sie längst zerbrochen. Der Gedanke an sie stimmt mich mittlerweile nur noch traurig.«

»Du hattest eine schwere Kindheit. Jetzt, da du erwachsen bist, verstehst du das besser, nicht wahr?«

Sie lächelte ihn an, aber es war ein kaltes und zerbrechliches Lächeln. »Ich habe viele Dinge begriffen, die mir als Kind verborgen geblieben sind. Aber lasst mich meine Geschichte zu Ende bringen, und dann könnt Ihr selbst urteilen. Wichtig bei all dem ist, dass ich, kurz bevor ich die Lehre bei dem Töpfer begann, Gerüchte über meinen Vater hörte. Ich war damals elf und wusste bereits, dass ich mit zwölf eine Ausbildung beginnen würde. Ich wusste, ich würde das Haus verlassen, und ich schätze, das ließ mich zum ersten Mal über die Möglichkeiten und die Bedeutung der weiten Welt nachdenken. Händler und Fährtenleser und Kesselflicker zogen durch unser Dorf, und daher wusste ich, dass es noch andere, weit entfernte Orte gab. Ich fragte mich manchmal, ob mein Vater wohl auch irgendwo da draußen war und wartete. Ich fragte mich, ob er von mir wusste. Als ich ein Kind war, hatte ich irgendwann angenommen, dass meine Eltern niemals geheiratet und daher auch nicht als Mann und Frau zusammengelebt hatten. Meine Mutter hatte mich alleine ausgetragen, mein Vater war längst fort. Was war mit ihm geschehen? Niemand sagte es mir. Ich dachte mehr als einmal daran zu fragen, aber es lag etwas in der Art, wie meine Pflegeeltern über meine Mutter und ihr Leben sprachen, die mich daran hinderte. Meine Mutter galt irgendwie als Sünderin, und man hatte ihr die Sünde wohl nur deshalb vergeben, weil sie bei meiner Geburt gestorben war. Ich war ein Teil der Sünde, aber mir war noch nicht klar, wie und warum.

Als ich alt genug war und spürte, dass sie etwas vor mir verborgen hielten, wollte ich natürlich wissen, um was es ging. Ich war elf – alt genug, um Täuschung und Betrug erkennen zu können, und auch alt genug, um sie selbst auszuüben. Ich begann, Fragen über meine Mutter zu stellen, kleine und unschuldige Fragen, die weder Ärger noch Verdacht hervorriefen. Ich befragte fast ausschließlich meine Pflegemutter, denn sie war weniger schweigsam. Ich stellte die Fragen, wenn wir alleine waren, und dann horchte ich in der Nacht an der Tür meines Schlafzimmers auf das, was sie ihrem Mann darüber berichtete. Manchmal sagte sie gar nichts. Manchmal wurden die Worte von der geschlossenen Tür verschluckt. Aber ein- oder zweimal bekam ich ein paar Sätze mit, eine Aussage, ein Wort – eine kurze Erwähnung meines Vaters. Aber nicht die Worte selbst enthüllten soviel, sondern die Art, wie sie ausgesprochen wurden. Mein Vater war ein Auswärtiger, der auf seiner Reise in dieses Dorf gekommen war, kurze Zeit dort verbracht hatte, ein- oder zweimal wiedergekehrt und dann verschwunden war. Die Leute im Dorf hatten ihn gemieden, abgesehen von meiner Mutter. Sie hatte sich offenbar zu ihm hingezogen gefühlt. Es gab dafür keinen besonderen Grund. War es die Art seines Blickes, wie er sprach? Das Leben, das er führte? Ich konnte es nicht herausfinden. Aber es war eindeutig, dass sie ihn fürchteten und ablehnten, und ein bisschen von dieser Furcht und Ablehnung hatten sie auch auf mich übertragen.«

Sie hielt inne und versuchte, sich wieder zu fassen. Sie wirkte zart und verletzlich, aber Bremen wusste, dass dieser Eindruck trog. Er wartete und wich dem Blick nicht aus, den sie auf ihn geheftet hatte.

»Ich wusste damals schon, dass ich nicht wie die anderen war. Ich wusste von meiner Magie, wenn sie auch gerade erst zum Vorschein kam. Ich hatte die körperliche Reife noch nicht erreicht, und so war es bisher noch vorwiegend eine unbestimmte Regung, ein leichtes Raunen in einem kindlichen Körper. Es schien mir eine logische Schlussfolgerung zu sein, dass das, was sie fürchteten und ablehnten, die Magie war, und die hatte ich von meinem Vater geerbt. In meinem Dorf misstraute man der Magie grundsätzlich – es war das ungewollte Vermächtnis des Ersten Krieges der Rassen, als die Menschen von dem rebellischen Druiden Brona unterworfen und im Krieg gegen die anderen Rassen besiegt und ins Exil getrieben worden waren. Magie war der Grund für all dies gewesen, das gewaltige, dunkle Unbekannte, das in den Ecken des Unterbewusstseins lauerte und die Unachtsamen bedrohte. Die Leute in meinem Dorf waren abergläubisch und nicht sehr gebildet; sie fürchteten sich vor vielen Dingen. Magie konnte für vieles herhalten, das sie nicht verstanden. Ich denke, die Leute, die mich aufzogen, glaubten, dass ich mich zu irgendeiner Manifestation meines Vaters entwickeln würde, zu einer Trägerin seiner magischen Saat, und so konnten sie mich niemals ganz als ihr Kind anerkennen. Im elften Jahr meines Lebens begann ich zu verstehen, warum das so war.

Auch der Töpfer kannte meine Geschichte, obwohl er anfangs nicht davon sprach. Er mochte nicht zugeben, dass er vor einem Kind Angst hatte, selbst vor einem mit meiner Geschichte, und er zog gehörigen Stolz aus der Tatsache, dass er mich zu sich genommen hatte, obwohl sich alle anderen weigerten. Ich habe das zunächst nicht erkannt, aber er erzählte es mir später. ›Niemand wollte dich haben – deshalb bist du hier. Du solltest mir dafür dankbar sein.‹ Er sagte so etwas immer, wenn er zu viel getrunken hatte und daran dachte, mich zu schlagen. Das Trinken lockerte seine

Zunge und verlieh ihm eine Kühnheit, die sonst nicht vorhanden war. Je länger ich bei ihm war, desto mehr trank er – aber das hatte nichts mit mir zu tun. Er hatte die meiste Zeit seines Lebens zu viel getrunken, und es war das Älterwerden und das auf ihm lastende Gefühl des Versagens, denn er hatte in seinem Leben keinen Erfolg gehabt, der ihn hätte ermutigen können. Als seine Trinkerei zunahm, nahmen seine Arbeitszeit und die Qualität der Waren ab. Ich habe oftmals seine Stelle eingenommen, Aufgaben übernommen, die ich beherrschte. Ich brachte mir eine ganze Menge bei und war schnell ziemlich geübt.«

Betrübt schüttelte sie den Kopf. »Ich war fünfzehn, als ich ihn verließ. Er hatte einmal zu oft versucht, mich ohne Grund zu schlagen, und ich wehrte mich. Zu dem Zeitpunkt war ich bereits voll ausgewachsen. Meine Magie schützte mich. Bis zu dem Tag, als ich mich zur Wehr setzte, hatte ich das Ausmaß ihrer Kraft noch nicht ermessen können. Jetzt wusste ich es. Ich hätte ihn beinahe getötet. Ich rannte fort aus dem Dorf und meinem Leben und wusste, dass ich niemals wieder zurückkommen würde. An jenem Tag hatte ich etwas begriffen, was ich vorher nur vermutet hatte. Ich begriff, dass ich das Kind meines Vaters war.«

Sie hielt inne. Wilde Entschlossenheit stand in ihren dunklen Augen. »Ich hatte die Wahrheit über meinen Vater erfahren. Der Töpfer hatte sich einmal zu viel betrunken und es mir gesagt. Er trank gewöhnlich, bis er kaum noch stehen konnte, und dann verhöhnte er mich jedes Mal. Er sagte es immer und immer wieder. ›Weisst du nicht, wer du bist? Weisst du nicht, *was* du bist? Das Kind deines Vaters! Ein Schandfleck auf der Erde, geboren von einem Dämon und seiner Hexe! Du hast seine Augen, kleines Mädchen! Du hast die Farbe seines Blutes und seine dunkle Gestalt! Du bist wertlos für alle außer für mich, also achte lieber auf das, was ich dir auftrage! Höre auf das, was ich sage! Sonst kriegst du überhaupt keinen Platz mehr in der Welt!‹

So ging es jedes Mal, und immer folgten Schläge. Ich spürte die

Schläge damals nicht sehr. Ich wusste, wie ich mich schützen konnte und was ich sagen musste, damit er aufhörte. Aber ich wurde es leid. Ich wurde wütend über diese Demütigung. An dem Tag, als ich ihn verließ, wusste ich bereits, bevor er mich zu schlagen versuchte, dass ich mich wehren würde. Als er mich wegen meines Vaters anschrie, lachte ich ihm ins Gesicht. Ich nannte ihn einen Lügner und Trinker. Ich erklärte ihm, dass er überhaupt nichts von meinem Vater wusste. Er verlor vollständig die Kontrolle über sich. Er warf mir Wörter an den Kopf, die ich nicht wiederholen möchte. Er erklärte mir, mein Vater sei aus dem Norden heruntergekommen, aus dem Grenzland, in dem sein schwarzer Orden sich eingenistet hatte. Er sagte, mein Vater sei ein Beschwörer der Magie und Seelenräuber gewesen. ›Ein Dämon im Gewand eines Mannes! Im schwarzen Umhang! Mit Wolfsaugen! Dein Vater, Mädchen! Oh, wir wussten, was er war! Wir kannten sein dunkles Geheimnis! Und du, sein vollkommenes Abbild, so geheimnistuerisch und scharfsinnig! Du glaubst, wir sehen es nicht, aber wir sehen es! Wir alle, das ganze Dorf! Was glaubst du, warum du bei mir bist? Was glaubst du, warum die Leute, die dich aufgezogen haben, so wild darauf waren, dich wieder loszuwerden? Sie wussten, was du bist! Druidenbrut!‹«

Sie holte tief Atem, sah ihn an und wartete darauf, dass er etwas sagte. Sie hungerte geradezu nach einer Reaktion. Aber er schwieg.

»Ich wusste, dass er recht hatte«, sagte sie schließlich. In ihren leisen Worten lag eine unmissverständliche Herausforderung an Bremen. »Ich nehme an, ich hatte es schon seit einiger Zeit gewusst. Hin und wieder gab es Gerüchte von schwarz bemäntelten Männern, die die Vier Länder durchstreiften und deren Orden sich in der Festung von Paranor niedergelassen hatte. Beschwörer der Magie, allmächtig und allwissend, Geschöpfe, die mehr Geist als Mensch waren, die Ursache von soviel Leid und Schmerz unter der Bevölkerung des Südlandes. Sie sprachen davon, dass hin und wieder einer das Dorf besucht hatte. ›Einst‹, so flüsterten sie, wenn sie glaubten, dass ich nichts hören könnte, ›blieb einer. Er hat eine

Frau verführt. Es gab ein Kind!‹ Dann hoben sich warnende Hände, und die Stimme verstummte. Mein Vater. Er war es, von dem sie mit hastigen, verängstigten Stimmen sprachen. Mein Vater!«

Sie krümmte ihren Rücken und beugte sich vor, und Bremen wusste, dass sie dabei ihre mächtige Magie aus der Mitte ihres zarten Körpers in die Fingerspitzen gleiten ließ, bereit zuzuschlagen. Der Hauch eines Zweifels flackerte kurz in ihm auf. Er zwang sich zur Ruhe, saß vollkommen reglos da und ließ sie zum Ende kommen.

»Ich bin zu der Überzeugung gekommen«, sagte sie langsam und entschlossen, »dass sie von Euch sprachen.«

Der Ladeninhaber wollte gerade abschließen, als Kinson Ravenlock aus dem Dunkel trat und auf das Schwert starrte. Es war schon zu vorgerückter Stunde, und die Straßen von Dechtera hatten sich zu leeren begonnen; es waren nur noch ein paar Männer zu sehen, die ins Wirtshaus gingen. Kinson hatte seine Suche erschöpft aufgegeben und sich daran gemacht, in einem der Wirtshäuser eine Unterkunft zu finden. Sein Weg hatte ihn auch durch diese Straße geführt, die voller Waffengeschäfte war. Dort hatte er das Schwert entdeckt. Es lag hinter kleinen, schmutzigen Glasscheiben. Vor lauter Müdigkeit hätte er es beinahe übersehen, aber dann zog das Glitzern der Metallklinge seinen Blick geradezu magisch an.

Jetzt starrte er das Schwert verblüfft an. Es war das einzigartigste Stück Arbeit, das er jemals gesehen hatte. Selbst das verschmierte Glas und das schwache Licht konnten den kraftvollen Glanz der polierten Klinge oder die Schärfe der Schneide nicht verdecken. Es war gewaltig, viel zu groß für einen durchschnittlichen Mann. Eine feine, raffinierte Verzierung war in den großen Griff eingearbeitet, ein Bild von Schlangen und Burgen vor dem Hintergrund eines Waldes. Es lagen noch andere, kleinere Klingen da, ebenso faszinierend und schön und offensichtlich von derselben Hand geschmiedet, wenn Kinson sich nicht völlig irrte, aber es war dieses große Schwert, das ihn in seinen Bann zog.

»Entschuldigung, ich schließe jetzt«, verkündete der Ladeninhaber und begann, die Lampen im hinteren Teil des schäbigen, aber erstaunlich sauberen Ladens zu löschen. Hieb- und Stichwaffen jeder Art lagen dort – Schwerter, Dolche, Äxte, Spieße – und unzählige andere, sie lehnten an jeder Wand, stapelten sich auf jeder verfügbaren Oberfläche, in Kisten und auf Regalen. Kinsons Blick kehrte immer wieder zu dem Schwert zurück.

»Es wird nicht lange dauern«, sagte er schnell. »Ich möchte Euch nur eine Frage stellen.«

Der Ladeninhaber seufzte und kam zu ihm. Er war geschmeidig und drahtig, hatte Muskeln an den Oberarmen und kräftige Hände. Er näherte sich Kinson, und es sah aus, als könnte er selbst mit einer Klinge gut umgehen, wenn es darauf ankäme. »Ihr möchtet über das Schwert sprechen, richtig?«

Kinson lächelte. »Das stimmt. Woher wusstet Ihr das?«

Der Ladeninhaber zuckte die Achseln und fuhr sich mit der Hand durchs glänzende, dunkle Haar. »Ich habe gesehen, worauf sich Euer Blick richtete, als Ihr zur Tür hereinkamt. Abgesehen davon fragt jeder danach. Wie sollten sie auch nicht? Ein wunderbares Stück Arbeit, wie man es kaum noch einmal in den Vier Ländern findet. Und sehr kostbar.«

»Da gebe ich Euch gern recht«, sagte Kinson. »Ich nehme an, dass es deshalb auch noch zum Verkauf steht.«

Der Ladeninhaber lachte. »Oh, das ist nicht zu verkaufen. Es ist nur zur Ansicht da und gehört mir. Für alles Geld in Dechtera oder irgendeiner anderen Stadt würde ich es nicht verkaufen. Eine solche Fertigkeit kann man nicht kaufen und nur selten finden.«

Kinson nickte. »Eine schöne Klinge. Aber es braucht wohl einen starken Mann, um es zu schwingen.«

»Wie Ihr es seid?«, fragte der Ladeninhaber und zog eine Augenbraue hoch.

Kinson zuckte resigniert die Achseln. »Ich fürchte, es ist auch für mich zu groß. Seht Euch diese Länge an.«

»Ha!« Der Ladeninhaber schien amüsiert. »Jeder denkt dasselbe! Das ist das Wunder dieser Klinge. Seht, es war ein langer Tag, und ich bin müde. Aber ich werde Euch ein kleines Geheimnis verraten. Wenn Euch gefällt, was Ihr seht, werdet Ihr vielleicht etwas kaufen und mir die Zeit vergüten, die ich mit Euch verbracht habe. In Ordnung?«

Kinson nickte. Der Ladeninhaber ging zum Schaufenster, griff unter die Ablage und löste etwas. Eine Reihe von klickenden Geräuschen war zu hören, dann nahm er eine Kette fort, die sehr geschickt um den Griff gewunden war und das große Schwert am Sockel befestigt hatte. Vorsichtig nahm er es herunter. Er drehte sich um und hielt Kinson breit grinsend die Waffe vor die Nase – er balancierte sie so leicht in seinen Händen, als würde sie so gut wie nichts wiegen.

Kinson starrte ihn ungläubig an. Der Ladeninhaber lachte verständnisvoll, dann reichte er dem Grenzländer das Schwert. Kinson nahm es, und sein Erstaunen wuchs sogar noch. Das Schwert war so leicht, dass er es in einer Hand halten konnte.

»Wie ist das möglich?«, fragte er atemlos und hielt die glänzende Klinge in Augenhöhe. Er war ganz benommen von der wunderbaren Arbeit, von der Leichtigkeit, mit der sie sich führen ließ. Er warf dem Ladenbesitzer einen Seitenblick zu. »Es kann keine Kraft besitzen, wenn es so leicht ist!«

»Es ist das stärkste Stück Metall, das Ihr jemals gesehen habt, mein Freund«, erklärte der Ladeninhaber. »Die besondere Mischung der Metalle und das Tempern der Legierung haben es stärker als Eisen und so leicht wie Zinn gemacht. Es gibt nichts Vergleichbares. Hier, lasst mich Euch noch etwas zeigen.«

Er nahm Kinson das Schwert wieder ab und legte es zurück an seinen Platz, dann befestigte er die Ketten wieder und brachte schließlich ein Messer hervor, dessen Klinge allein über eine Elle zählte. Das Messer war mit der gleichen feinen Verzierung versehen und von denselben kunstfertigen Händen hergestellt wie das Schwert.

»Dies ist ein Messer für Euch«, verkündete der Ladeninhaber freundlich und überreichte es Kinson mit einem Lächeln. »Das ist etwas, das ich Euch verkaufen würde.«

Es war genauso wunderbar wie das Schwert, wenn auch nicht von so eindrucksvoller Größe. Kinson war dennoch sofort berauscht. Leicht, perfekt ausbalanciert, wunderschön geschmiedet, scharf wie eine Katzenklaue – eine Waffe von unglaublicher Schönheit und Kraft. Kinson lächelte, als er den Wert der Klinge erkannte, und der Ladeninhaber lächelte zurück. Kinson fragte nach dem Preis, und der Ladeninhaber nannte ihn. Sie feilschten einige Minuten, dann war der Handel perfekt. Es kostete Kinson beinahe jede Münze, die er besaß, und das war eine beachtliche Summe, aber er dachte nicht ein einziges Mal daran, von diesem Kauf Abstand zu nehmen.

Kinson band das Messer an seinen Gürtel, wo die Klinge angenehm an der Hüfte lehnte. »Meinen besten Dank«, sagte er. »Das war eine gute Wahl.«

»Es gehört zu meiner Arbeit, so etwas zu erkennen«, wandte der Ladeninhaber ein.

»Aber meine Frage bleibt bestehen«, sagte Kinson, als der andere ihn hinausführen wollte.

»Richtig, Eure Frage. Habe ich sie noch nicht beantwortet? Ich dachte, sie würde das Schwert betreffen, das Ihr ...?«

»Sie hat in der Tat mit dem Schwert zu tun«, unterbrach Kinson ihn und blickte noch einmal auf die Klinge. »Und mit einem anderen Schwert. Ich habe einen Gefährten, der eine solche Waffe benötigt, sie aber entsprechend seiner eigenen Anweisungen schmieden lassen möchte. Diese Aufgabe verlangt nach einem meisterhaften Schmied. Der Mann, der Euer Schwert gefertigt hat, scheint genau der Richtige für diese Arbeit.«

Der Ladeninhaber starrte ihn an, als hätte sein Gegenüber den Verstand verloren. »Ihr möchtet, dass der Schmied, der mein Schwert gefertigt hat, Euch eine Waffe herstellt?«

Kinson nickte. »Seid Ihr es?«, fügte er rasch hinzu.

Der Ladeninhaber lächelte trostlos. »Nein. Aber statt ihn könnt Ihr auch genauso gut mich fragen, denn das wird Euch genauso wenig helfen.«

Kinson schüttelte den Kopf. »Das verstehe ich nicht.«

»Nein, das glaube ich.« Der Ladeninhaber seufzte. »Hört mir genau zu, denn ich werde es Euch erklären.«

Bremens erste Reaktion auf Mareths Worte war, ihr frei heraus zu sagen, wie lächerlich ihre Anklage war. Aber ihr Blick ließ ihn zögern. Sie musste viel Zeit damit verbracht haben, diesen Schluss zu ziehen, und sie hatte es sicherlich nicht leichtfertig getan. Sie verdiente eine ernsthaftere Antwort.

»Mareth, wie kommst du darauf, dass ich dein Vater bin?«, fragte er leise.

Die Nacht duftete nach wohlriechenden Gräsern und Blumen, und das Licht des Mondes und der Sterne verlieh den Bergen über der grell leuchtenden, entfernten Stadt einen weichen, silbrigen Schimmer.

»Ihr haltet mich für eine Närrin«, fauchte sie.

»Nein, niemals. Erzähl mir die Gründe für deinen Verdacht. Bitte.«

Sie schüttelte den Kopf; weshalb hätte Bremen nicht sagen können. »Schon lange vor meiner Geburt hielten sich Druiden auf Paranor auf und blieben der Welt fern. Sie hatten sich von den Rassen zurückgezogen und ihre frühere Angewohnheit, unter die Leute zu gehen, aufgegeben. Hin und wieder besuchte einmal jemand seine Familie und Freunde, aber keiner von ihnen stammte aus meinem Dorf. Wenige machten sich die Mühe, überhaupt ins Südland zu gehen.

Aber es gab einen, der es tat, der regelmäßig kam. Ihr. Ihr kamt trotz des Argwohns, den man im Südland den Druiden entgegenbrachte. Ihr seid sogar immer wieder gesehen worden. Es wurde bei den Leuten meines Dorfes geflüstert, dass Ihr der Dämon gewesen wäret, von dem meine Mutter mich empfing, dass Ihr das dunkle Gespenst gewesen wäret, das sie verführt hatte.«

Sie schwieg wieder. Sie atmete schwer. Es lag ein unausgesprochener Vorwurf in ihren Worten, der ihn daran hinderte, einfach nur zu sagen, dass sie unrecht hatte. Sie war angespannt und abweisend, und ihre Magie knisterte vor dunkler Energie in ihren Fingerspitzen.

Gebannt starrte sie ihn an. »Ich habe Euch gesucht, so lange ich mich erinnern kann. Ich habe die Bürde meiner Magie wie ein Gewicht um meinen Hals getragen, und nicht ein Tag verging, an dem sie mich nicht an Euch erinnerte. Meine Mutter konnte mir nichts von Euch erzählen. Ich hatte nur Gerüchte. Aber während meiner Reisen schaute ich mich um. Ich wusste, es würde einmal der Tag kommen, an dem ich Euch finden würde. Ich ging nach Storlock und dachte, ich würde Euch dort begegnen, hoffte, Ihr würdet vorbeikommen. Nicht Ihr, sondern Cogline verschaffte mir den Zugang nach Paranor, und das war sogar noch besser, denn ich wusste, dass Ihr schließlich dort auftauchen würdet.«

»Und dann hast du mich gebeten, mitkommen zu dürfen, als ich fortging.« Er dachte nach. »Warum hast du es mir nicht damals gesagt?«

Sie schüttelte den Kopf. »Ich wollte Euch erst besser kennen lernen. Ich wollte selbst sehen, was für ein Mensch mein Vater war.«

Er nickte bedächtig und dachte darüber nach. Dann faltete er die Hände: alte Knochen mit runzliger Haut, unwiderruflich abgenutzt und wettergegerbt.

»Du hast mir in dieser Zeit zweimal das Leben gerettet.« Sein Lächeln war müde, aber er blickte sie neugierig an. »Einmal beim Hadeshorn, einmal auf Paranor.«

Sie starrte zurück und dachte an das, was sie getan hatte, ohne eine Antwort darauf zu finden.

»Ich bin nicht dein Vater, Mareth«, erklärte er.

»Ich wusste, dass Ihr das sagen würdet!«

»Wenn ich dein Vater wäre«, sagte er ruhig, »wäre ich sehr stolz darauf. Aber ich bin es nicht. Zu der Zeit, als du empfangen wurdest, reiste ich durch die Vier Länder, und es mag sogar sein, dass ich durch das Dorf deiner Mutter gekommen bin. Aber ich habe keine Kinder. Es fehlt mir sogar die Fähigkeit, Kinder zeugen zu können. Ich lebe bereits eine ziemlich lange Zeit mit Hilfe des Druidenschlafs. Aber dieser Schlaf fordert sehr viel. Er hat mir Zeit gegeben, die ich sonst nicht gehabt hätte, aber er verlangt auch einen Preis. Ein Teil dieses Preises ist die Unfähigkeit, Kinder zu zeugen. Daher bin ich niemals eine Beziehung mit einer Frau eingegangen. Ich hatte niemals eine Geliebte. Vor langer Zeit war ich einmal verliebt, aber das ist so lange her, dass ich mich kaum an das Gesicht des Mädchens erinnern kann. Es war noch, bevor ich Druide wurde. Es war, bevor ich begonnen habe, diese Art von Leben zu führen. Seither hat es niemals wieder eine Frau gegeben.«

»Ich glaube Euch nicht«, entgegnete sie.

Er lächelte traurig. »Doch, das tust du. Du weisst, dass ich dir die Wahrheit sage. Du spürst es. Ich bin nicht dein Vater. Aber die Wahrheit ist noch härter. Der Aberglaube der Leute in deinem Dorf führte wahrscheinlich zu der Annahme, dass ich der Mann gewesen sei, der dich gezeugt hat. Meinen Namen konnten sie schnell herausfinden, und vielleicht versteiften sie sich nur deshalb darauf, weil dein Vater ein Fremder in einem schwarzen Mantel war und Magie besaß. Aber höre mir zu, Mareth. Es gibt noch mehr zu beachten, und es wird nicht angenehm für dich sein.«

Sie presste die Lippen aufeinander. »Warum bin ich nicht überrascht?«, fragte sie dann.

»Ich habe schon vor diesem Gespräch viel über den Charakter deiner Magie nachgedacht. Angeborene Magie, die ererbt ist und dem, was und wie du bist, so eigen ist wie das Fleisch deines Körpers. Das geschieht selten. Es war ein Merkmal der Feenwelt, aber die ist zum überwiegenden Teil seit Jahrhunderten tot. Es gibt nur noch die Elfen, und die haben ihre Magie bis auf einen kleinen Rest verloren. Den Druiden, mich selbst eingeschlossen, fehlt jede Form von angeborener Magie. Also woher stammt deine, wenn dein Vater ein Druide war? Nehmen wir einmal an, er war ein Druide. Wer von den Druiden besitzt diese Form der Macht? Welcher von ihnen hatte Magie nötig, um dich zu zeugen?«

»O Schatten«, sagte sie leise. Sie hatte begriffen, worauf er hinauswollte.

»Warte, sag noch nichts«, verlangte er. Er nahm ihre Hand und hielt sie fest. Sie wehrte sich nicht dagegen; ihre Augen waren weit aufgerissen, ihre Miene spiegelte ihre Qual. »Sei stark, Mareth. Du musst stark sein. Dein Vater wurde von den Leuten deines Dorfes als Dämon und Geist beschrieben, eine dunkle Kreatur, die nach Bedarf unterschiedlich aussehen konnte. Du selbst hast diese Worte benutzt. Diese Art Magie ist von den Druiden nie praktiziert worden. Zum größten Teil *konnten* sie es nicht einmal. Aber es gab andere, für die eine solche Magie kein Problem gewesen war.«

»Lügen«, flüsterte sie, aber ihr Vorwurf blieb kraftlos.

»Der Dämonenlord hat sich Kreaturen verpflichtet, die menschliche Gestalt annehmen können. Sie tun dies aus verschiedenen Gründen. Sie versuchen, wie die zu sein, die sie sich untertan machen wollen. Sie versuchen, zu täuschen, die Menschen für sich zu gewinnen und zu benutzen. Manchmal dient diese Unterwerfung keinem anderen Ziel als dem, die eigene verlorene Menschlichkeit wiederzuerlangen, für kurze Zeit noch einmal das Leben zu leben, das sie hinter sich ließen, als sie zu den Wesen wurden, die sie jetzt sind. Manchmal geschieht es auch einfach nur aus Bösartigkeit. Die Magie, die diese Kreaturen umgibt, ist so sehr ein Teil dessen geworden, wer und was sie waren, dass sie sie ohne nachzudenken benutzen. Sie handeln aus Instinkt und mit dem Ziel, ihre Bedürfnisse, wie immer sie auch geartet sein mögen, zu stillen. Nicht aus dem Gefühl oder Verstand heraus, sondern aus Instinkt.«

Tränen standen jetzt in Mareths Augen. »Mein Vater?«

Bremen nickte langsam. »Es würde erklären, wieso du über angeborene Magie verfügst. Angeborene Magie – das dunkle Geschenk, das dir dein Vater hinterlassen hat. Nicht das Geschenk eines Druiden, sondern eines Wesens, dem Magie zum Lebensblut geworden ist. Es ist so, Mareth. Es ist schwer zu akzeptieren, ich weiß, aber es ist so.«

»Ja«, flüsterte sie. Sie sprach so leise, dass er sie kaum verstehen konnte. »Ich war so sicher.«

Sie senkte den Kopf und begann zu weinen. Ihre Hände klammerten sich um seine, und die Magie verschwand aus den Fingerspitzen, sie verschwand mit der Wut und der Spannung und kauerte sich zu einem harten Knoten tief in ihrem Innern zusammen.

Bremen rückte etwas näher und legte den knochigen Arm um ihre Schultern. »Noch etwas, mein Kind«, sagte er sanft. »Ich wäre trotzdem gern dein Vater, wenn du willst. Ich schätze dich sehr. Ich könnte dir Ratschläge geben und dir bei deinem Bemühen helfen, die Natur deiner Magie zu verstehen. Das Erste, was ich dir sagen würde, ist: du bist nicht dein Vater. Du bist kein dunkles Wesen wie er, auch nicht durch Geburt. Deine Magie gehört dir ganz allein. Du musst ihre Macht tragen, und das ist ein schweres Gewicht. Aber wenn die Magie dir auch von deinem Vater mitgegeben wurde, so bestimmt sie doch nicht deinen Charakter oder die Beschaffenheit deines Herzens. Du bist eine gute und starke Person, Mareth. Du bist absolut nicht die dunkle Kreatur, die dich gezeugt hat.«

Mareths Kopf ruhte an seiner Schulter. »Das kann man nicht wissen. Ich könnte genau das sein.«

»Nein«, beruhigte er sie. »Nein. Du bist nicht wie er, Kind. Überhaupt nicht.«

Er strich ihr übers Haar und drückte sie an sich. Er ließ sie weinen, ließ den Schmerz und die Qual so vieler Jahre hinausfließen und versiegen. Sie würde danach leer und betäubt sein, und er würde sie mit neuer Hoffnung und neuem Ziel erfüllen müssen.

Er glaubte, eine Möglichkeit gefunden zu haben, wie er ihr all dies geben konnte.

Zwei ganze Tage verstrichen, bevor Kinson Ravenlock zurückkehrte. Er kam bei Abenddämmerung aus dem Tal hoch, schritt aus dem orangefarbenen Licht heraus, das durch den Rauch und das Feuer von Dechteras großen Schmelzöfen entstand. Er sehnte sich danach, bei ihnen zu sein, ihnen von den Neuigkeiten zu erzählen, und schwungvoll warf er seinen staubigen Umhang von sich und umarmte beide Gefährten überschwänglich.

»Ich habe den Mann gefunden, den wir brauchen«, verkündete er, während er sich im Gras niederließ und den Bierschlauch entgegennahm, den Mareth ihm reichte. »Genau der richtige Mann, denke ich.« Sein Lächeln wurde breiter. »Unglücklicherweise ist er nicht ganz meiner Meinung. Jemand wird ihn davon überzeugen müssen, dass ich recht habe. Deshalb bin ich zu euch zurückgekehrt.«

Bremen nickte und deutete auf den Bierschlauch. »Trink und iss etwas, und dann erzähl uns alles darüber.«

Im Westen versank die Sonne hinter dem Horizont, und das Licht änderte rasch seine Farbe und Beschaffenheit. Kinson konnte einen Schimmer von Sorge in den Augen des alten Mannes entdecken. Ohne etwas zu sagen, blickte er Mareth an. Mutig hielt sie seinem Blick stand.

Der Grenzländer ließ den Bierschlauch sinken und betrachtete die beiden ernst. »Ist etwas geschehen, während ich fort war?«

Es herrschte einen Augenblick Stille. »Wir haben uns Geschichten erzählt«, antwortete Bremen. Er lächelte wehmütig, schaute zu Mareth und dann wieder zu Kinson. »Möchtest du eine von ihnen hören?«

Kinson nickte nachdenklich. »Wenn du glaubst, dass dafür Zeit ist.«

Bremen streckte seine Hand nach Mareth aus, und das Mädchen gab ihm ihre Hand. Tränen standen in ihren Augen.

»Ich denke, wir sollten uns die Zeit für diese eine nehmen«, meinte der alte Mann.

Allein sein Tonfall ließ Kinson nicht daran zweifeln, dass er recht hatte.

Kapitel 23

Urprox Screl saß allein auf der alten Holzbank. Er hatte sich vornübergebeugt und die Ellbogen auf den Knien aufgestützt, in der einen Hand das Schnitzmesser, in der anderen einen Holzblock. Geschickt bewegten sich seine Hände hin und her, drehten sich mal in die eine, mal in die andere Richtung; und mit kleinen, kurzen Stößen aus dem Handgelenk schnitzte er kleine Formen und ließ die Späne aufwirbeln. Etwas Wunderbares entstand, auch wenn er noch nicht sicher war, was es war. Das Geheimnisvolle war ein Teil des Vergnügens. Ein Holzblock legte immer bestimmte Möglichkeiten nahe, bevor er das Messer in die Hand nahm. Man musste nur genau hinsehen, um sie zu erkennen. Wenn er dies erst geschafft hatte, war die Arbeit bereits zur Hälfte getan, und das Herausarbeiten der konkreten Form schien beinahe wie von selbst zu gehen.

Es war Abend in Dechtera, und das Licht verblasste zu einem dunstigen Grau, in dem die Schmelzöfen nicht mehr mit ihren glühendweißen Augen glitzerten. Die Hitze war drückend, aber Urprox Screl war an Hitze gewöhnt, und daher störte es ihn nicht, dort zu sitzen. Er hätte zu Hause bei Mina und den Kindern bleiben können, mit ihnen essen können, wenn der Tag sich dem Ende zuneigte, auf der langen Veranda hin und her schaukeln oder unter dem Schatten des alten Hickorynussbaums ausruhen können. Es war ruhig dort und kühl, denn sein Haus lag am Rand der Stadt. Unglücklicherweise war genau das auch das Problem. Ihm fehlten der Lärm und die Hitze und der Gestank der Brennöfen. Wenn er arbeitete, wollte er sie in seiner Nähe haben. Sie waren so lange ein

Teil seines Lebens gewesen, dass es nicht in Ordnung schien, sie jetzt nicht mehr um sich zu haben.

Abgesehen davon war dies der Ort seines Schaffens, wie fast immer während der vergangenen vierzig Jahre. Auch für seinen Vater war dies der Ort gewesen, an dem er gearbeitet hatte. Vielleicht würde es bei seinem Sohn genauso sein – bei dem einen oder anderen. Wenn er arbeitete, war er am liebsten hier. Hierher gehörte er, wo sein Schweiß und die Qual seinem Leben Gestalt verliehen hatten, wo er mit seiner Eingebung und Fähigkeit das Leben anderer geprägt hatte.

Das war wohl eine kühne Aussage, aber er war auch ein kühner Mann. Oder verrückt, je nachdem, wen man fragte.

Mina verstand. Sie verstand alles, was mit ihrem Mann zusammenhing, und das war mehr, als man von all den anderen Frauen sagen konnte, die er kannte. Der Gedanke daran ließ ihn lächeln. Er gab ihm ein besonderes Gefühl für Mina. Er begann, leise vor sich hinzupfeifen.

Leute gingen die Straße hinauf und hinunter, sie eilten in diese oder jene Richtung, geschäftige kleine Wiesel, ganz in ihre Aufgabe versunken. Viele von ihnen waren in derselben langen Zeit, in der er Schmied gewesen war, Ladeninhaber gewesen, Händler, Künstler, Arbeiter. Die meisten hatten ihn bewundert – sein Können, seine Leistungen, sein Leben. Einige hatten geglaubt, dass er das Herz und die Seele dieser Stadt in sich trage.

Er seufzte, und das Pfeifen erstarb. Ja, er kannte sie alle, aber sie beachteten ihn jetzt kaum noch. Wenn er einmal den Blick eines anderen einfing, erhielt er vielleicht ein ernstes Nicken oder einen flüchtigen Wink. Einer oder zwei von ihnen würden vielleicht stehen bleiben und mit ihm sprechen. Das war aber auch das höchste. Meist mieden sie ihn. Was immer mit ihm nicht in Ordnung war, sie wollten nicht, dass es auf sie abfärbte.

Er wunderte sich wieder einmal, wieso sie nicht akzeptieren konnten, was er getan hatte, und es dabei bewenden ließen.

Er starrte einen Augenblick auf seine Schnitzerei. Es war ein rennender Hund, flink und kräftig mit ausgestreckten Beinen, angelegten Ohren und hocherhobenem Kopf. Er würde dieses Stück seinem Enkel Arken geben, dem ältesten Sohn seiner Tochter. Die meisten Schnitzereien verschenkte er, obwohl er sie auch hätte verkaufen können, wenn er nur wollte. Aber er brauchte kein Geld, er hatte genug und würde mehr bekommen können, wenn es notwendig war. Was er brauchte, war Frieden der Seele und so etwas wie ein Ziel. Schlimm, dass er selbst zwei Jahre später noch Schwierigkeiten hatte, beides zu finden.

Er schaute kurz über seine Schulter auf das Gebäude hinter sich, das dunkel und still in der Kakophonie der Stadt ruhte. Im wachsenden Zwielicht warf es seinen rechteckigen Schatten auf ihn. Die großen Türen, die ins Innere führten, waren heute geschlossen – er hatte sich nicht die Mühe gemacht, sie zu öffnen. Manchmal tat er es, nur weil er sich dann etwas heimischer fühlte, mehr als ein Teil seiner Arbeit. Aber in der letzten Zeit hatte es ihn eher niedergeschlagen gemacht, wenn er so vor den offenen Türen und dem dunklen und stillen Inneren saß, in dem nach all den Jahren beständiger Hitze und Geräusche und Aktivität nichts mehr geschah. Abgesehen davon zog es nur die Neugierigen an, die die Möglichkeit von etwas vermuteten, das niemals geschehen würde.

Er schob die Holzspäne mit der Schuhspitze hin und her. Es war besser, die Vergangenheit dort hinter Schloss und Riegel zu halten, wo sie hingehörte.

Die Nacht brach herein, und er stand auf, um die Fackeln anzuzünden, die an dem schmaleren Seiteneingang des Gebäudes angebracht waren. Sie würden ihm genug Licht verschaffen, um noch weiter arbeiten zu können. Er sollte nach Hause gehen, das wusste er. Mina würde warten. Aber es war eine Unruhe in ihm, die seine Hände immer in Bewegung hielt und seine Gedanken treiben ließ, eingerahmt in die nächtlichen Geräusche, die sich mit der Dunkelheit verstärkten. Er konnte Klänge ausmachen, jeden einzelnen, konnte sie voneinander so sicher trennen wie die Späne, die sich vor seinen Füßen gestapelt hatten. Er kannte sie alle so gut – genau wie die Stadt und seine Bewohner. Das Wissen gab ihm ein angenehmes Gefühl. Dechtera war keine Stadt für jeden. Sie war etwas Besonderes und einzigartig und sprach in einer eigenen Sprache. Entweder man verstand, was sie sagte, oder nicht. Entweder war man fasziniert von dem, was man hörte, oder man zog weiter.

Vor kurzem hatte er zum ersten Mal in seinem Leben gedacht, dass er vielleicht ungefähr soviel von der Sprache der Stadt gehört hatte, wie es ihm wichtig war.

Er dachte darüber nach, was das bedeutete, und vergaß seine Schnitzerei einen Augenblick, als die drei Fremden herankamen. Zuerst hatte er sie gar nicht bemerkt, in ihren dunklen Umhängen und eingehüllt in die Dunkelheit waren sie lediglich ein Teil der Menge, die vor ihm die Straße entlangging. Aber dann lösten sie sich aus dem Strom und kamen direkt auf ihn zu, und es gab keinen Zweifel mehr daran, was sie vorhatten. Sofort war er neugierig – es war ungewöhnlich, dass sich ihm in dieser Zeit jemand näherte. Die Kapuzen bereiteten ihm etwas Sorge; es musste schrecklich heiß darunter sein. Versteckten sie sich vor etwas oder jemandem?

Er stand auf und trat auf sie zu, ein großer, grobknochiger Mann mit kräftigen Armen, einer breiten Brust und großen, kantigen Händen. Sein Gesicht war überraschend glatt für einen Mann seines Alters. Ein dünner Bart zierte sein breites Kinn, und er hatte schwarzes Haar, bis auf eine kahle Stelle am Hinterkopf. Er legte das Messer und die Schnitzerei auf die Bank neben sich, stützte die Hände in die Hüften und wartete. Als die drei vor ihm standen, zog der größte von ihnen die Kapuze herunter und offenbarte sein Gesicht. Urprox Screl nickte. Es war der Bursche, der ihn gestern besucht hatte, der Grenzländer, der aus Varfleet gekommen war, ein ruhiger, ernster Mann, der eine Menge mehr Fähigkeiten besaß, als er offenbarte. Er hatte von einem Ladeninhaber ein Messer erworben und war gekommen, um Urprox ein Lob für sein Meisterwerk auszusprechen. Angeblich. Denn er hatte das Gefühl, als hätte der Besuch noch einem anderen Zweck gedient. Außerdem hatte der Grenzländer erklärt, er wolle wiederkommen.

»Ihr steht zu Eurem Wort, sehe ich«, grüßte Urprox, denn er erinnerte sich jetzt an das Versprechen des anderen und wollte die Sache schnell selbst in die Hand nehmen – es ging schließlich um seine Stadt, sein Heim, seine Regeln.

»Kinson Ravenlock«, erinnerte der Grenzländer ihn.

Urprox Screl nickte. »Ich weiß.«

»Hier sind Freunde, die Euch gerne kennen lernen möchten.« Die Kapuzen wurden zurückgezogen und enthüllten ein Mädchen und einen alten Mann. Sie sahen ihn direkt an, wandten jedoch der Masse der Vorbeigehenden den Rücken zu. »Wir würden gerne ein paar Minuten mit Euch sprechen.«

Sie warteten geduldig, während er sie eingehend betrachtete und eine Entscheidung fällte. Er konnte nichts Genaues sagen, aber irgend etwas störte ihn. Ihm war unbehaglich zumute, aber das Gefühl war sehr unklar und ungenau. Die drei strahlten eine unmissverständliche Zielstrebigkeit aus. Sie machten den Eindruck, als wären sie einen langen Weg gekommen und hätten einige Härten überstanden. Urprox war sicher, dass die Frage des Grenzländers lediglich eine Form der Höflichkeit war und er nicht wirklich die Wahl hatte.

Er lächelte wohlwollend. Trotz seiner Bedenken war er neugierig. »Worüber möchtet Ihr mit mir sprechen?«

Jetzt übernahm der alte Mann das Wort, und der Grenzländer zog sich schnell zurück. »Wir benötigen Eure Fähigkeiten als Schmied.«

Urprox lächelte weiter. »Ich arbeite nicht mehr in der Schmiede.«

»Kinson sagt, Ihr seid der Beste von allen, und Eure Arbeit sei das Schönste, was er jemals gesehen hat. Er würde das nicht sagen, wenn es nicht so wäre. Er weiß eine Menge über Waffen und diejenigen, die sie herstellen. Kinson ist an vielen Orten in den Vier Ländern gewesen.«

Der Grenzländer nickte. »Ich habe das Schwert des Ladeninhabers gesehen. Ich habe niemals eine Arbeit wie diese gesehen, nirgendwo. Ihr besitzt ein einzigartiges Talent.«

Urprox Screl seufzte. »Ich kann Euch die Mühe ersparen, noch mehr Zeit zu verschwenden. Ich war gut in dem, was ich tat, aber ich tue es nicht mehr. Ich war ein Meisterschmied, aber diese Tage sind vorbei. Ich habe mich zur Ruhe gesetzt. Ich arbeite nicht mehr mit Metall. Ich mache diese besonderen Arbeiten nicht mehr, und ich nehme auch keine Aufträge mehr an. Ich schnitze Holz; das ist alles, was ich noch tue.«

Der alte Mann nickte, er schien kein bisschen verwirrt. Er blickte an Urprox vorbei auf die Holzbank und die dort liegende Schnitzerei. »Habt Ihr das gemacht? Darf ich es sehen?«

Urprox zuckte die Achseln und reichte ihm den Hund. Der alte Mann starrte die Figur längere Zeit an, drehte sie hin und her, folgte mit dem Finger der Form des Holzes. Aufrichtiges Interesse stand in seinen Augen.

»Das ist sehr gut«, sagte er schließlich. Er reichte das Stück dem Mädchen, das es ohne Kommentar annahm. »Aber nicht so gut wie Eure Waffenarbeiten. Euer wirkliches Können liegt dort, im Gestalten von Metall. Schnitzt Ihr schon lange?«

»Seit ich ein Kind war.« Urprox wurde langsam unruhig. »Was wollt Ihr von mir?«

»Ihr müsst einen sehr zwingenden Grund dafür gehabt haben, Euch wieder der Holzschnitzerei zuzuwenden, nachdem Ihr als Meisterschmied so erfolgreich wart«, fuhr der alte Mann fort, ohne ihn zu beachten.

Urprox wusste, dass seine Geduld auf eine harte Probe gestellt würde. »Den hatte ich auch. Ich hatte einen sehr guten Grund, aber ich will nicht mit Euch darüber sprechen.«

»Nein, das wollt Ihr sicher nicht. Ich fürchte aber, dass Ihr es tun müsst. Wir brauchen Eure Hilfe, und es ist meine Aufgabe, Euch davon zu überzeugen.«

Urprox starrte ihn an; er war erstaunt über diese Offenheit. »Nun, zumindest seid Ihr ehrlich, was Eure Absichten betrifft. Aber jetzt bin ich natürlich gewarnt und bereite mich darauf vor, jedes Argument, das Ihr mir vorlegen werdet, zu widerlegen. Ihr verschwendet also wirklich nur Eure Zeit.«

Der alte Mann lächelte. »Ihr wart bereits vorgewarnt. Ihr seid klug genug, um zu erkennen, dass wir eine weite Strecke gereist sind, um Euch zu sehen, und dass wir Euch daher für sehr wichtig halten.« Die Falten in dem wettergegerbten Gesicht vertieften sich. »Also sagt, warum habt Ihr das alles aufgegeben? Warum seid Ihr kein Schmied mehr? Warum, wo Ihr es doch so viele Jahre gewesen seid?«

Urprox Screl runzelte unwillig die Stirn. »Ich bin es leid geworden.«

Sie ließen ihm Zeit, noch mehr zu sagen, aber er weigerte sich. Der alte Mann schürzte die Lippen. »Ich schätze, es war wahrscheinlich mehr als nur das.«

Er wartete einen Augenblick, und in diesem Moment schien es Urprox, als würden die Augen des alten Mannes weiß, als hätten sie ihre Farbe und ihren Ausdruck verloren und wären so leer und unlesbar wie Stein. Er hatte das Gefühl, als würde der alte Mann geradewegs durch ihn hindurchsehen.

»Ihr habt den Mut verloren«, sagte der andere mit sanfter Stimme. »Ihr seid ein freundlicher Mann mit Frau und Kindern, und trotz all Eurer körperlichen Kraft mögt Ihr keinen Schmerz. Aber die Waffen, die Ihr geschmiedet habt, waren dazu da, Schmerz zu verursachen, und Ihr wusstet, dass dies geschah, und Ihr hasstet es. Ihr seid es leid gewesen, davon zu wissen, und deshalb habt Ihr Euch entschieden, dass genug genug war. Ihr hattet Geld und andere Fähigkeiten, und so habt Ihr einfach die Schmiede geschlossen und seid fortgegangen. Niemand außer Euch und Mina weiß dies. Niemand versteht es. Sie halten Euch für verrückt. Sie meiden Euch wie eine Krankheit.«

Die Augen wurden wieder schärfer und sahen ihn an. »Ihr seid ein Ausgestoßener in Eurer eigenen Stadt, und Ihr versteht nicht, wieso. Aber die Wahrheit ist, dass Ihr ein Mann von einem einzigartigen Talent seid, und jeder, der Euch oder Eure Arbeit kennt, sieht das und kann nicht akzeptieren, dass Ihr es so einfach verschwendet.«

Urprox spürte, wie ihm eine Gänsehaut über den Rücken lief. »Ihr habt ein Recht auf Eure Meinung. Nun, da Ihr sie mitgeteilt habt, möchte ich nicht weiter mit Euch reden. Ihr solltet lieber gehen.«

Der alte Mann starrte in die Dunkelheit hinaus, aber er bewegte sich nicht vom Fleck. Die Menschenmenge hinter ihm war nicht mehr so dicht, und die Nacht hatte sich endgültig über die Stadt gesenkt. Urprox Screl fühlte sich plötzlich sehr allein und verwundbar. Selbst in dieser vertrauten Umgebung, so nah bei Leuten, die ihn kannten und ihm helfen würden, wenn er Hilfe brauchte, fühlte er sich vollkommen verlassen.

Das Mädchen reichte ihm den Hund zurück. Urprox nahm ihn entgegen und schaute tief in ihre großen, dunklen Augen, die ihn auf unerklärliche Weise anzogen. In ihrem Blick lag etwas wie Verständnis für das, was er getan hatte. Er hatte diesen Ausdruck niemals in den Augen anderer gefunden, außer in denen Minas. Er war überrascht, ihn hier zu entdecken, in den Augen eines Mädchens, das ihn überhaupt nicht kannte.

»Wer seid Ihr?«, fragte er wieder und schaute von einem zum anderen.

Der alte Mann sprach jetzt. »Wir haben einen Auftrag zu erfüllen, der Auswirkungen auf das Schicksal der gesamten Welt haben wird. Wir sind einen weiten Weg gekommen, um diesen Auftrag auszuführen. Unsere Reise hat uns an verschiedene Orte geführt, und selbst wenn Ihr wichtig für den Erfolg unseres Auftrags seid, wird sie hier nicht enden. Ihr seid nur ein kleines Stück in einem Puzzle, das wir zusammensetzen müssen. Wir brauchen ein Schwert, Urprox Screl, ein Schwert – anders als alle anderen, die Ihr jemals geschmiedet habt. Es bedarf der Hand eines Meisterschmiedes, um es zu formen. Es braucht besondere Zutaten. Es ist dazu ausersehen, nicht zu zerstören, sondern zu retten. Es wird sowohl die schwerste als auch die schönste Arbeit sein, die Ihr jemals gemacht habt oder machen werdet.«

Der große Mann lächelte nervös. »Kühne Worte. Aber ich fürchte, ich glaube ihnen nicht.«

»Weil Ihr in Eurem Leben kein weiteres Schwert mehr schmieden wolltet. Weil Ihr alles hinter Euch gelassen habt, und der Pakt, den Ihr mit Euch geschlossen habt, in Gefahr ist, wenn Ihr nachgebt.«

»Das trifft es gut. Ich habe diesen Teil meines Lebens zu einem Ende gebracht und geschworen, niemals wieder zurückzukehren. Ich sehe keine Notwendigkeit, meine Meinung Euretwegen zu ändern.«

»Wenn ich Euch nun erzählte«, sagte der alte Mann gedankenvoll, »dass Ihr die Möglichkeit hättet, Tausende von Leben zu retten, indem Ihr das Schwert schmiedet, das wir suchen? Wenn Ihr sicher wüsstet, dass es so ist? Würde das Eure Meinung ändern?«

»Aber es ist nicht so«, beharrte Urprox störrisch. »Keiner Waffe könnte das gelingen.«

»Stellt Euch vor, es wäre das Leben Eurer Frau und Kinder unter jenen, die Ihr mit dem Schmieden dieses Schwertes retten könntet. Stellt Euch vor, dass Eure Weigerung, uns zu helfen, ihr Leben kosten würde.«

Die Muskeln in den Schultern des Schmiedes spannten sich. »Jetzt sind also meine Frau und Kinder in Gefahr – wollt Ihr, dass ich es so sehe? Ihr seid wirklich verzweifelt, wenn Ihr Euch herablasst, mir so zu drohen!«

»Stellt Euch vor, dass all dies in den nächsten Jahren geschehen wird, wenn Ihr uns nicht helft. Alles.«

Urprox fühlte den Hauch eines Zweifels in sich aufsteigen. Der alte Mann schien so sicher. »Wer seid Ihr?«, fragte er ein letztes Mal.

Jetzt machte der andere einen Schritt nach vorn und trat dicht an ihn heran. Urprox Screl konnte jede Falte in seinem wettergegerbten Gesicht sehen, jede einzelne Strähne seines ergrauten Haares oder Bartes. »Ich bin Bremen«, antwortete der alte Mann. Sein Blick schien den Schmied beinahe zu durchbohren. »Habt Ihr schon von mir gehört?«

Urprox nickte langsam. Er brauchte jedes Quäntchen Stärke, um seine Haltung zu bewahren. »Ich habe von Euch gehört. Ihr seid einer der Druiden.«

Da war wieder das Lächeln. »Ängstigt Euch das?«

»Nein.«

»Ängstige ich Euch?«

Der große Mann sagte nichts, er presste die Kiefer aufeinander.

Bremen nickte langsam. »Ihr braucht keine Angst zu haben. Ich bin Euer Freund, auch wenn es Euch nicht so vorkommen mag. Es ist nicht meine Absicht, Euch Angst zu machen. Ich spreche nur die Wahrheit. Euer Talent wird benötigt, und zwar sehr dringend und verzweifelt. Es betrifft jeden einzelnen Fußbreit Boden der Vier Länder. Es ist kein Spiel, mit dem wir uns die Zeit vertreiben. Wir kämpfen um das Leben vieler Leute, unter anderem auch um das Eurer Frau und Kinder. Ich übertreibe nicht, und ich mache Euch auch nichts vor, wenn ich sage, dass nur wir übrig geblieben sind, um sie gegen die Bedrohung zu verteidigen.«

Urprox spürte, dass er wieder an Sicherheit gewann. »Und was wäre das genau?«

Der alte Mann trat einen Schritt zurück. »Ich zeige es Euch.«

Er hob seine Hand und ließ sie vor Urprox Screls verdutzten Augen durch die Luft wirbeln. Die Luft glänzte und erwachte zum Leben. Er konnte die Ruinen einer Stadt sehen, deren Gebäude zertrümmert auf dem dampfenden und qualmenden Boden lagen. Die Luft war voller Schutt und Asche. Die Stadt war Dechtera, und die Bewohner lagen alle tot in den Straßen und Hauseingängen. Was sich zwischen den Schatten hindurch bewegte und an den Körpern zerrte, war nicht menschlich, sondern missgestaltet und krankhaft. Wesen aus dem Reich der Phantasie – und dennoch nur zu wirklich. Sie waren wirklich, und in der Vision von Dechteras Zerstörung das einzige, das überleben würde.

Die Vision verschwand. Urprox zitterte, als der alte Mann vor ihm wieder Gestalt annahm und ihn mit ernstem und direktem Blick ansah. »Habt Ihr es gesehen?«, fragte er ruhig. Urprox nickte. »Das war die Zukunft Eurer Stadt und der Bewohner. Es war die Zukunft Eurer Familie. Das war alles, was übrig bleiben wird. Aber zu der Zeit, wenn diese Vision eintrifft, wird der Norden bereits verschwunden sein. Die Elfen und die Zwerge werden vernichtet sein. Die dunkle Welle, die sie verschlang, wird dann hier angekommen sein.«

»Das sind Lügen!« Urprox sprach die Worte schnell aus, getrieben von Angst und Ärger. Er nahm sich nicht die Zeit, vernünftig nachzudenken. Er war unbedacht und dickköpfig in seiner Weigerung, zu glauben, was er gesehen hatte. Mina und die Kinder tot? Alle, die er kannte, tot? Das war unmöglich!

»Harte Wahrheiten«, sagte Bremen ruhig. »Keine Lügen.«

»Ich glaube Euch nicht! Ich glaube nichts von all dem!«

»Seht mich an«, befahl der alte Mann mit weicher Stimme. »Seht in meine Augen. Seht tief hinein.«

Urprox Screl tat, wie ihm geheißen; er war unfähig, sich dagegen zu wehren und spürte einen Zwang, zu gehorchen. Er starrte in Bremens Augen und sah, wie sie sich wieder weiß färbten. Er fühlte, wie er in die Flüssigkeit hineingezogen wurde, von ihr umarmt und verschlungen wurde. Er spürte, wie er sich auf unerklärliche Weise mit dem alten Mann verband, ein Teil von ihm wurde, eingeweiht wurde in das, was Bremen wusste. In diesen Momenten der Verbindung sah er blitzartige Bruchstücke von Wissen, Wahrheiten, die er weder anzweifeln noch leugnen konnte. Sein Leben offenbarte sich ihm jäh, alles, was war und was sein würde, die Vergangenheit und die Zukunft als Zusammenspiel von Bildern und Bruchstücken, die so furchterregend und überwältigend waren, dass Urprox sich voller Verzweiflung selbst mit den Armen umklammerte.

»Nicht«, flüsterte er und schloss die Augen vor dem, was er gerade sah. »Zeigt mir nicht noch mehr!«

Bremen brach die Verbindung ab, und Urprox taumelte einen Schritt zurück, bevor er sich wieder in der Gewalt hatte und aufrichtete. Die Kälte, die zuerst nur sein Rückgrat entlanggekrochen war, hatte jetzt seinen ganzen Körper ergriffen. Der alte Mann nickte. »Ich bin fertig mit Euch. Ihr habt genug gesehen, um zu erkennen, dass ich nicht lüge. Zweifelt nicht länger daran. Akzeptiert, dass mein Verlangen ehrlich ist. Helft mir, zu tun, was ich tun muss.«

Urprox nickte. Seine kräftigen Hände hatten sich zu Fäusten geballt, und der Schmerz in seiner Brust war geradezu greifbar. »Ich werde hören, was Ihr zu sagen habt«, versprach er widerwillig. »Das zumindest kann ich tun.«

Aber noch während er die Worte aussprach, wusste er, dass er weit mehr tun würde.

Bremen ließ ihn auf der Bank Platz nehmen und setzte sich dann neben ihn. Die beiden wirkten wie zwei alte Freunde, die ein Geschäft miteinander diskutierten. Der Grenzländer und das Mädchen standen still daneben und lauschten. Auf der Straße hinter ihnen gingen die Menschen vorbei, ohne etwas zu ahnen. Niemand näherte sich ihnen. Niemand warf auch nur einen Blick hinüber. Vielleicht konnten sie ihn nicht einmal mehr sehen, dachte Urprox. Vielleicht war er unsichtbar geworden. Denn er hatte bemerkt, dass viel Magie im Spiel gewesen war, als Bremen mit ihm gesprochen hatte.

Zuerst erzählte Bremen ihm vom Dämonenlord und seinem Eindringen in die anderen Länder. Das Nordland war verloren, in das

Ostland war er einmarschiert, und das Westland war in großer Gefahr. Das Südland würde das letzte sein, aber dann wäre es, wie die Vision gezeigt hatte, für alle zu spät. Der Dämonenlord war ein Geschöpf der Magie, das jenseits des sterblichen Lebens weiterexistieren konnte und Kreaturen von übernatürlicher Stärke um sich versammelt hatte, die ihm bei seinen Plänen halfen. Keine gewöhnliche Waffe würde ihn zerstören können. Also benötigten sie dieses Schwert, das Urprox würde schmieden müssen; ein Gegenstand aus Magie und Eisen, eine Klinge, die das Wissen und Können zweier Meister verband, das des Meisterschmieds und des Druiden, das der Wissenschaft und der Magie.

»Es muss auf beide Weisen sehr stark sein«, erklärte Bremen. »Es muss fähig sein, dem Schlimmsten, was zu seiner Vernichtung ausgesandt wird, zu widerstehen. Wissenschaft und Magie. Ihr werdet das erste beisteuern, ich das zweite. Aber Eure Arbeit ist von höchster Wichtigkeit, denn wenn das Schwert nicht die nötigen Eigenschaften hat, die es zu seiner Erhaltung braucht, wird die Magie, die ich hinzufüge, nicht haften.«

»Was wisst Ihr über das Schmieden von Metallen?«, fragte Urprox, der jetzt wider Willen interessiert war.

»Dass Metalle in einer bestimmten Art und Weise zusammengefügt und getempert werden müssen, damit die Legierung die notwendige Stärke erhält.« Bremen griff in seinen Umhang und brachte die Rezeptur zum Vorschein, die Cogline ihm gegeben hatte. »Dies werden wir benötigen, um das gewünschte Ergebnis zu erzielen.«

Urprox nahm den Zettel und studierte ihn aufmerksam. Er nickte, während er las, versunken in Gedanken. Ja, das war die richtige Kombination der Metalle, die nötige Mischung verschiedener Brennvorgänge. Dann hielt er inne und lächelte breit. »Diese Temperaturen! Habt Ihr Euch genauer angesehen, was diese Mischung erfordert? Seit der Zerstörung der alten Welt sind solche Temperaturen beim Brennen von Metall nicht mehr gesehen worden! Die Brennöfen und auch die Mischungsangaben sind verloren gegangen! Wir haben nicht die Möglichkeiten, das zu tun, was hier verlangt wird!«

Bremen nickte langsam. »Welche Hitze wird Euer Ofen aushalten? Wie stark kann der Brennprozeß sein?«

Der Schmied schüttelte den Kopf. »Jede Temperatur. Welche Hitze auch immer wir erzeugen können. Ich habe den Schmelzofen selbst gebaut, und er hat mehrere Schichten aus Stein und Erde, um die Hitze abzuschirmen und zu erhalten. Aber das ist nicht das Problem. Das Problem ist der Brennstoff. Wir haben keinen Brennstoff, der stark genug ist, um eine solche Hitze zu erzeugen, wie dieses Rezept verlangt! Ihr müsstet das wissen!«

Bremen nahm den Zettel aus Urprox' Hand und steckte ihn wieder in seinen Umhang. »Wir benötigen diese höheren Temperaturen nur für eine kurze Zeitspanne. Ich kann aushelfen. Ich habe die Mittel, die Euch fehlen. Versteht Ihr, was ich meine?«

Urprox verstand. Der alte Mann würde Magie benutzen, um die notwendige Hitze zu erzeugen. Aber war das möglich? War seine Magie stark genug? Die Temperaturen, die sie brauchten, waren enorm! Er schüttelte den Kopf und starrte den anderen zweifelnd an.

»Werdet Ihr es tun?«, fragte Bremen ruhig. »Ein letztes Mal den Brennofen der Schmiede benutzen, ein letztes Mal Metall schmieden?«

Der Meisterschmied zögerte. In den vergangenen Minuten war er kurz zu seinem alten Selbst zurückgekehrt, zu dem Mann, der er so viele Jahre gewesen war, fasziniert von der Herausforderung, die das Schmieden dieser Waffe bedeutete, verpflichtet der Sicherheit seiner Familie und seiner Nachbarn, seiner Stadt und seines Landes. Es gab Gründe, zu tun, um was der alte Mann bat, gestand er sich ein. Aber es gab auch Gründe, sich zu weigern.

»Wir brauchen Euch, Urprox«, sagte der Grenzländer plötzlich, und das Mädchen nickte zustimmend. Sie alle warteten auf eine Antwort, erwartungsvoll und entschlossen.

Nun, dachte er, seine Holzschnitzereien waren nicht von der gleichen Qualität wie seine Metallarbeiten, soviel war richtig. Sie waren es niemals gewesen. Es war eine Flucht, auch wenn er es anders bezeichnen würde. Wenn er ehrlich war, war es dumm, anzunehmen, dass sie von wirklicher Bedeutung waren. Was bedeutete es also für ihn, ein letztes Mal eine Klinge zu entwerfen, eine Waffe, deren Bedeutung weit über jede andere hinausreichte, die er jemals geschmiedet hatte? Die vielleicht Leben rettete? Oder log der alte Mann, was dies betraf? Er konnte nicht absolut sicher sein, aber er glaubte es nicht. Er besaß einige Menschenkenntnis, schon so lange, wie er etwas über Metalle wusste. Auch jetzt vertraute er ihr. Dieser Mann, Druide oder nicht, strahlte Ehre und Wahrhaftigkeit aus. Er glaubte an seine Aufgabe und war eindeutig überzeugt, dass auch Urprox Screl daran glauben sollte.

Der Schmied schüttelte den Kopf, lächelte und zuckte dann die Schultern. »Also gut. Wenn ich Euch damit loswerde, werde ich Euch Euer Schwert machen.«

Bis in die tiefe Nacht besprachen sie, was für den Schmiedeprozeß nötig sein würde. Urprox würde Brennstoff und Metalle besorgen, um den Schmelzofen anzufeuern und die Legierung herzustellen. Es würde mehrere Tage dauern, um die Temperatur an den notwendigen Punkt zu bringen, an dem sie würden beginnen können. Das Schmieden selbst würde verhältnismäßig schnell vonstatten gehen, wenn Bremens Magie ausreichte, um die Hitze weiter zu erhöhen. Die Gussform war bereits entworfen, und nur kleine Veränderungen mussten noch hinzugefügt werden, damit sie jene Gestalt erhielt, die Bremen benötigte.

Bremen zeigte ihm das Medaillon, das er in seinem Umhang versteckt gehalten hatte, zeigte ihm das fremdartige und bezwingende Bild der Hand, die eine brennende Fackel umfasste. Das Bild wurde Eilt Druin genannt, erklärte ihm der Druide, und es musste in den Griff des Schwertes eingelassen werden, wenn es in die Form gegossen wurde. Urprox schüttelte den Kopf. Es würde in der Hitze schmelzen, warnte er, die Arbeit wäre zu zart, um das Tempern zu überstehen. Aber der alte Mann schüttelte den Kopf und meinte, er sollte sich keine Sorgen machen. Der Eilt Druin war aus Magie geschmiedet, und die Magie würde ihn schützen. Die Magie, betonte er, würde dem Schwert die Kraft und Stärke geben, die notwendig waren, um den Dämonenlord zu zerstören.

Urprox Screl wusste nicht, ob er dies glauben sollte oder nicht, aber er akzeptierte es als etwas Gegebenes. Es war schließlich nicht sein Problem, zu entscheiden, ob das Schwert in der Lage war zu tun, was der Druide beabsichtigte. Die Aufgabe des Schmieds bestand nur darin, es entsprechend der vorgegebenen Rezeptur und seinem Wissen gemäß zu schmieden, so dass es aus dem Brennprozeß so stark wie möglich hervorging. Drei Tage hatten sie also zur Vorbereitung. Aber es gab noch anderes zu bedenken. Jeder wusste, dass Urprox nicht mehr arbeitete. Sobald die Materialien geliefert würden, würde es Fragen geben. Sie würden in dem Augenblick zunehmen, da der Ofen angezündet würde. Und erst die Aufmerksamkeit, die das Schmieden des Schwertes selbst auf sich zog!

Aber den alten Mann schien das nicht zu bekümmern, er forderte Urprox Screl auf, sich nicht zu sorgen, sondern einfach nur seinen Teil zu erledigen und sich darauf zu konzentrieren, dass er und die Schmiede bereit wären. Während der Vorbereitungen würden er und seine Kameraden bei ihm bleiben und sich der neugierigen Nachbarn annehmen.

Und so begann es also. Sie trennten sich in dieser Nacht mit einem Handschlag, um ihre Übereinkunft zu besiegeln. Die drei Fremden waren zufriedener mit dem Ergebnis als Urprox Screl, aber der Schmied war aufgeregt und trotz seiner Bedenken fasziniert von der vor ihm liegenden Aufgabe. Er ging nach Hause zu seiner Familie und saß in den frühen Morgenstunden mit Mina am Küchentisch und erzählte ihr von seiner Entscheidung. Wie immer hielt er nichts zurück. Sie hörte ihm zu und stellte Fragen, aber sie riet ihm nicht, seine Meinung zu ändern. Es lag an ihm, die Wahl zu treffen, sagte sie, denn er verstand besser als sie, was von ihm erwartet wurde und wie er später damit würde leben können. Für sie sah es so aus, als hätte er gute Gründe, die angebotene Arbeit auszuführen, und die Beurteilung der Männer und des Mädchens musste er aufgrund seiner eigenen Einschätzung ihrer Charaktere fällen und nicht aufgrund der Gerüchte und des Klatschs anderer.

Wie immer verstand Mina ihn besser als alle anderen.

Am nächsten Tag gegen Mittag wurde aus den Bergwerken der Grenzgebiete im Ostland schwere Kohle in die Feuerstellen und Brennstoffbehälter der Schmiede geschafft. Die Türen zu dem Gebäude wurden aufgestoßen, und der erste Erhitzungsprozess begann. Die Metalle trafen ein, entsprechend der Rezeptur Coglines. Gussformen wurden gesäubert. Urprox verschmähte jede Hilfe, sondern arbeitete allein in der Hitze des Gebäudes. Hilfe war auch nicht notwendig. Er hatte diese Schmiede selbst gebaut, und so gab es Winden und Flaschenzüge, mit denen er alles, was benötigt wurde, auch bewältigen konnte. Die unvermeidliche Menschenmenge, die sich um das Gebäude versammelte, um zu sehen, was er tun würde, belästigte ihn nicht so sehr, wie er befürchtet hatte. Sie war vielmehr zufrieden damit, einfach nur zuzuschauen. Jemand – niemand konnte sagen, wer es war – setzte das Gerücht in Umlauf, dass Urprox Screl den Brennofen nicht deshalb anheizte, weil er wieder im Geschäft war, sondern weil er die Schmiede verkaufen und der Käufer erst sicher sein wollte, ob sie auch wirklich so funktionierte, wie ihm erklärt worden war, bevor er sein Geld investierte. Der Eigentümer, flüsterte man, kam aus dem tiefen Südland, ein Mann, der mit seiner jungen Frau und seinem alten Vater zu Besuch war. Von Zeit zu Zeit konnte man sie an Screls Seite sehen, am Eingang der Schmiede oder auf den Straßen der Stadt; sie eilten hin und her, holten weitere Informationen über ihren beabsichtigten Erwerb ein und versuchten sich zu vergewissern, ob der angestrebte Kauf auch vernünftig war.

Für Urprox verging die Zeit rasch. Seine Zweifel, die noch in der ersten Nacht so stark gewesen waren, verschwanden mit dem unerwarteten Hochgefühl, das ihn durchfuhr, als er sich auf die Herausforderung dieses ungewöhnlichen Brennvorgangs vorbereitete. Kein Schmied in den Vier Ländern hatte jemals mit Magie gearbeitet – jedenfalls wusste niemand von einem solchen Fall – und es war unmöglich, bei dieser Aussicht nicht aufgeregt zu sein. Er wusste tief in seinem Herzen, genau wie Kinson Ravenlock bestätigt hatte, dass er der Beste seines Faches war, dass er die Kunst, aus Metall Klingen zu formen, wie kein anderer verstand. Jetzt wurde er gebeten, über alles hinauszugehen, was er jemals versucht hatte, eine Waffe zu schaffen, die besser als seine bisher beste sein würde, und er war genügend Handwerker, um das Ausmaß des Vertrauens zu ermessen, das man seinem Talent entgegenbrachte. Er war sich immer noch nicht sicher, ob die Klinge zu dem in der Lage sein würde, was Bremen von ihr verlangte, ob sie in irgendeiner Weise den Einmarsch würde aufhalten können, vor dem der alte Mann gewarnt hatte, ob sie Schutz vor der Bedrohung des Dämonenlords würde bieten können. Diese Fragen galten anderen. Für Urprox Screl gab es nur die Herausforderung, seine Fähigkeiten in einer Weise einzusetzen, die er sich niemals hätte träumen lassen.

Und so war er derart vertieft in seine Vorbereitungen, dass es zwei Tage dauerte, ehe ihm auffiel, dass sie gar nicht über Bezahlung gesprochen hatten – nur um im nächsten Moment zu begreifen, dass es keinen Unterschied machte, dass die Bezahlung in diesem Fall nicht wichtig war.

Er hatte in den zwei Jahren, die seine Schmiede geschlossen gewesen war, nichts vergessen, und es war angenehm zu entdecken, dass er noch genau wusste, was er zu tun hatte. Er machte sich voller Vertrauen und Entschlossenheit an die Arbeit, baute die Hitze in dem Brennstoffbehälter auf und maß die Temperatur mit kleinen Proben, indem er Metalle von verschiedener Härte und Beschaffenheit schmolz. Zusätzlich angeforderte Brennstoffe und Materialien trafen ein und wurden verstaut. Der Druide, der Grenzländer und das Mädchen schauten vorbei, um zu sehen, wie weit er war, und verschwanden wieder. Er wusste nicht, wohin sie gingen, wenn sie ihn verließen, er wusste auch nicht, wie genau sie ihm zusahen. Sie sprachen nur gelegentlich mit ihm, und dann übernahm meist der alte Mann das Reden. Hin und wieder zweifelte er an seiner Hingabe an diese Aufgabe, an seinem Glauben an die Geschichte des alten Mannes von der drohenden Zerstörung. Aber diese Zweifel waren nur flüchtig und vergingen schnell wieder. Er war jetzt wie ein Wagen, der sich selbständig gemacht hatte, der mit einer solchen Geschwindigkeit den Berg hinabraste, dass niemand ihn aufhalten konnte. Die Arbeit allein war alles, was zählte. Er war überrascht, wie sehr sie ihm gefehlt hatte. Der beißende Geruch des Brennstoffes, wenn er von den Flammen verschlungen wurde, das Klappern des rohen Metalls auf dem Weg zum Schmelztiegel, das heiße Brennen des Feuers an seiner Haut, das Aufsteigen von Asche und Rauch aus dem Schornstein des Brennofens – sie waren wie alte Freunde, die ihn nach seiner Rückkehr wieder begrüßten. Der Gedanke daran, wie schnell er seinen Schwur gebrochen hatte, nie wieder in seinem Fach zu arbeiten, machte ihm Angst. Noch mehr Angst machte ihm jedoch die Vorstellung, sich diesmal vielleicht nicht so schnell wieder losreißen zu können.

In der dritten Nacht, spät am Abend, kamen die drei ein letztes Mal zu ihm – der Druide Bremen, der Grenzländer Kinson Ravenlock und das Mädchen, dessen Namen er nie erfuhr. Die Schmiede war bereit, und sie schienen das zu wissen, ohne dass er es ihnen gesagt hatte, denn sie kamen nach Sonnenuntergang zu ihm und grüßten ihn in einer Art und Weise, die anzeigte, dass sie gekommen waren, um zu sehen, wie er sein Versprechen zum Abschluss brachte. Die Metalle, die sie für das Brennen benötigten, wurden ausgelegt, die Gussformen für die Flüssigkeit bereitgestellt, und die Winden, Flaschenzüge, Ketten und Schmelztiegel, die das rohe Metall während der verschiedenen Phasen begleiten würden, sorgfältig an Ort und Stelle gebracht. Urprox kannte die Rezeptur des alten Mannes auswendig. Alles war bereit.

Sie saßen eine Zeit lang zusammen im Schatten der Schmiede und warteten darauf, dass die Stadt sich etwas beruhigte und die Leute schlafen gingen. Sie ließen die Hitze über sich hinwegziehen und sahen zu, wie die Nacht sich herabsenkte. Sie sprachen wenig, sondern lauschten auf die Geräusche, jeder in eigene Gedanken vertieft. Die Bevölkerung der Stadt wirbelte und brandete umher wie Wellen, die gegen die Felsen eines entfernten Ufers spülten, immer gerade außerhalb der Sichtweite. Mitternacht brach an, und die Menge trieb zu den Bierstuben und Vergnügungshäusern. Die Straßen leerten sich.

Der alte Mann stand auf und nahm Urprox Screls Hand. »Ihr müsst heute Nacht Eure beste Arbeit verrichten«, erklärte er fest. »Ihr müsst es tun, wenn wir Erfolg haben wollen.«

Der Schmied nickte. Er war bis zur Taille nackt, und seine Muskeln glänzten vor Schweiß. »Ich werde tun, was nötig ist. Vergesst Ihr nicht, Euren Beitrag zu leisten.«

Bremen lächelte über die Antwort; die Furchen seines gealterten Gesichts sahen bei dem Licht des Brennofens, das vom Feuer durch die Ritze in der Kohlentür nach draußen flackerte, noch tiefer aus. »Ihr habt keine Angst, nicht wahr?«

»Angst? Vor Feuer und Metall? Davor, nach Tausenden von Waffen eine weitere zu schmieden, auch wenn mit Hilfe der Magie?« Urprox Screl schüttelte den Kopf. »Eher sollte ich Angst vor der Luft haben, die ich atme. Was wir heute nacht machen, unterscheidet sich kaum von dem, was ich mein ganzes Leben getan habe. Mit einer kleinen Abweichung vielleicht, aber nicht mehr. Abgesehen davon, was ist das Schlimmste, das mir passieren kann? dass ich versage? Das wird nicht geschehen.«

»Magie ist immer unvorhersehbar. Selbst, wenn Ihr sicher in der Anwendung Eurer Fähigkeiten als Schmied seid, könnte es sein, dass es sich bei der Magie anders erweist.«

Der Schmied betrachtete den alten Mann einen Moment eingehend, dann lachte er langsam. »Das glaubt Ihr nicht. Ihr seid so sehr ein Künstler wie ich. Ihr würdet eher sterben als zuzulassen, dass die Magie versagt.«

Es entstand eine lange Stille, als die beiden sich ansahen. Die Luft in der Schmiede flirrte um sie herum, und das Licht des Ofens flackerte. »Ihr prüft mich noch ein letztes Mal«, erkannte der Schmied ruhig. »Macht Euch nicht die Mühe. Es ist nicht nötig. Ich bin bereit für das, was kommt.«

Aber der alte Mann schüttelte den Kopf. »Ich versuche zu prüfen, was dies Euch antut. Man kann nicht mit Magie arbeiten und unverändert daraus hervorgehen. Euer Leben wird niemals mehr so sein wie vorher. Ihr müsst das spüren.«

Urprox Screl warf dem alten Mann ein ironisches Lächeln zu. »Ich *hoffe* darauf. Lasst mich Euch etwas gestehen. Abgesehen von Mina und den Kindern bin ich das Leben leid. Ich bin es leid, was aus mir geworden ist. Ich habe es nicht verstanden, bis Ihr gekommen seid. Jetzt verstehe ich es nur zu gut. In diesem Augenblick würde ich jede Veränderung willkommen heißen.«

Er spürte, wie die Augen des anderen einen Moment forschend auf ihm ruhten und fragte sich, ob er vielleicht zu voreilig gesprochen hatte.

Dann nickte der alte Mann. »Also gut. Lasst uns beginnen.«

Noch Jahre später kursierten Geschichten darüber, was in jener Nacht geschehen war, Geschichten, die von Mund zu Mund gingen und immer mehr die Formen von Legenden annahmen. Sie kamen aus verschiedenen Quellen, aber alle hatten ihren Ursprung in den kurzen Blicken der Vorbeigehenden, die einen Augenblick stehen geblieben waren, um zu sehen, was da in Urprox Screls großer Schmiede vor sich ging. Die Türen hatten in dieser Nacht offen gestanden, damit frische Luft hineinströmen und die verbrauchte Hitze entweichen konnte, und jene, die sich nahe genug herangewagt hatten, waren Zeugen von Visionen geworden, die sie später zu Ausgeburten des Irrsinns erklärten.

In dieser Nacht hatte Urprox Screl ein Schwert geschmiedet, aber der Akt des Schmiedens war es, der für immer Gegenstand von Legenden blieb.

Zwischen denen, die dabei waren, war alles abgesprochen gewesen. Wie Gespenser waren sie durch die rauchige, aschebeladene Luft geglitten und hatten sich vor der Hitze und dem grellen Licht des Schmelzofens geduckt und nur kurz aufgerichtet, um ihren Aufgaben nachzukommen und sich schnell wieder zu bücken. Da war der Schmied, der anerkannte Meister seines Faches, der Mann, der zwei Jahre zuvor die Arbeit aufgegeben hatte und jetzt, für eine einzige Nacht, ohne jemandem ein Wort zu sagen, zurückgekehrt war. Da war der alte Mann, eingehüllt in seinen schwarzen Umhang, ein Mann, der zeitweise nahezu ätherisch wirkte, zeitweise so hart und fest wie Stein. Und dann gab es noch den Grenzländer und das Mädchen. Sie hatten alle ihre Rolle zu spielen gehabt. Der Schmied und der alte Mann hatten bei dem Schmieden des Schwertes Seite an Seite gearbeitet. Der jüngere Mann hatte ihnen geholfen, auf Aufforderung dies oder das herbeigebracht, wenn nötig, seine Kraft oder sein Gewicht zur Verfügung gestellt.

Das Mädchen war an der Tür geblieben und hatte darauf geachtet, dass niemand versuchte einzudringen oder zu lange stehen zu bleiben und zuzusehen. Merkwürdigerweise war sie es, die den stärksten Eindruck hinterlassen hatte. Einige erzählten, sie hätte ihre Gestalt geändert, um die allzu Neugierigen zu vertreiben, wäre für einen kurzen Augenblick zu einer Bestie der Unterwelt oder zu einer Moorkatze geworden. Andere sagten, sie hätte nackt vor dem großen Schmelzofen nach einem Ritus getanzt, der das Tempern unterstützte. Und wieder andere meinten, wenn sie einen auch nur angesehen hätte, hätte man den Verstand verloren. Alle stimmten darin überein, dass etwas an ihr war, was über ihre Erscheinung hinausging.

Niemand bezweifelte, dass in jener Nacht Magie angewandt wurde. Die Hitze des Feuers war zu intensiv, der grelle Schein zu stark, die Explosionen, wenn sich das geschmolzene Erz ergoss, zu wild gewesen. Einige sagten, sie hätten ein grünes Licht gesehen, das von den Händen des alten Mannes floß und die Feuer der Schmiede angefacht hätte, es hätte die Winden und Flaschenzüge beflügelt, das Geformte aus den Flammen zu heben, und später, nach dem Gießen, die Klinge geschliffen und geschärft, um ihre raue Oberfläche zu glätten und polieren. Während der Meisterschmied damit beschäftigt gewesen wäre, verschiedene Metalle in den Ofen zu schicken, sie zu mischen und die Legierung dann zu rühren, hätte der alte Mann Sprüche gemurmelt. Die Metalle wären ins Feuer gegeben und wieder herausgenommen worden, das Geschmolzene wäre dann in eine Form gegossen, getempert und wieder herausgehämmert worden. Und jedes Mal hätte die Magie des alten Mannes hell aufgelodert, während sie die Vorgänge unterstützte. O ja, es war Magie im Spiel, als dieses Stück geschmiedet wurde, keine Frage, da waren sich alle Erzähler einig.

Sie sprachen auch von dem allgegenwärtigen Bild einer Hand, die eine brennende Fackel emporhielt. Niemand verstand die Bedeutung des Bildes, aber es war wie ein Gespenst, das überall aufzutauchen schien. Einige wollten es auf einem Medaillon gesehen haben, das der alte Mann aus einem Umhang herausgenommen hatte. Wieder andere hatten gesehen, wie es aus der Glut selbst aufgestiegen war, wieder geboren aus dem heißesten Kern des Feuers, ein von den Toten auferstandener Geist. Aber jene, die es zuletzt erblickt hatten, hatten es auf dem Griff des großen Breitschwerts gesehen – beim Schmieden eins geworden mit der metallenen Form, hatte das Bild jetzt geglänzt und geglüht, und die Hand hatte die Verbindung von Klinge und Knauf umfasst, die Flamme sich entlang der Klinge bis zu ihrer Spitze gewunden.

Das Gießen, Tempern, Formen und Schärfen des Schwertes hatte den Rest der Nacht in Anspruch genommen. Befremdliche Geräusche waren über dem Hämmern des Schmieds und dem Zischen des Dampfes erklungen, als die Klinge gekühlt wurde. Farben waren in dem Brennprozess entstanden, wie sie niemand zuvor gesehen hatte, das Spektrum sämtlicher Regenbogenfarben, das in der Stadt der Schmiede dennoch jede Erfahrung mit dem Schmieden überstieg. Es hatte ein Geruch und Geschmack in der Luft gehangen, der hier nicht hingehörte, dunkel und Furcht erregend. Diejenigen, die sich der Schmiede in jener Nacht genähert hatten, hatten schnelle, besorgte Blicke hineingeworfen; sie hatten sich über den Sturm, dessen Zeuge sie wurden, gewundert, und waren weitergegangen.

Am nächsten Morgen war das Schmieden beendet und die drei Fremden waren fort. Niemand hatte sie weggehen sehen. Niemand wusste, wohin sie gegangen waren. Auch das Schwert war fort, und es wurde vermutet, dass die drei es mitgenommen hatten. Die Schmiede stand leer im Licht des frühen Morgens, die Feuer kühlten ab; ein Prozess, der mehrere Tage anhalten sollte. Einige, die sich zu nahe an die immer noch offen stehende Tür herangewagt hatten, behaupteten später, dass die Erde unter ihren Füßen Funken gesprüht hätte, als sie versucht hatten, hineinzublinzeln. Magie, flüsterten sie. Ganz sicher Magie.

Urprox Screl ging nach Hause und kehrte nicht wieder zurück. Die Schmiede, verkündete er, war wieder geschlossen. Er sprach wie gewöhnlich mit seinen Freunden und seinen Nachbarn und versicherte ihnen, dass nichts Ungehöriges in jener Nacht geschehen wäre. Er hatte ein Schwert für mögliche Käufer geschmiedet, und sie waren wieder fortgegangen, um über den Wert ihres Erwerbs nachzudenken. Er lächelte, als er das sagte. Er schien ziemlich ruhig. Aber seine Augen hatten einen gehetzten, abwesenden Blick.

Einen Monat später hatte er die Stadt verlassen. Mina und seine Kinder und Enkelkinder gingen mit ihm, die gesamte Familie. Zu diesem Zeitpunkt gab es bereits Gerüchte, dass er seinen Körper und seine Seele den dunklen Wesen verkauft hätte, die im Norden lebten. Niemand wollte noch etwas mit ihm zu tun haben. Es war nur gut, dass er fort war, stimmten alle überein.

Niemand wusste, wohin er gegangen war. Es gab natürlich Gerüchte. Es gab immer Gerüchte.

Einige sagten, er wäre nach Norden ins Grenzland gegangen und hätte sich dort mit seiner Familie niedergelassen. Andere meinten, er hätte seinen Namen geändert, damit niemand erführe, wer er war.

Jahre später behauptete ein Mann, ihn gesehen zu haben. Jemand, der mit Juwelen handelte und der eine weite Strecke der Vier Länder auf der Suche nach neuen Märkten durchreist hatte. Es war in einem kleinen Dorf oberhalb des Regenbogensees gewesen, berichtete er, wo er Urprox Screl gesehen hätte.

Nur, dass er den Namen Screl nicht mehr benutzte.

Er nannte sich jetzt Creel.

Kapitel 24

Wind und Regen zerrten an den Schutzwällen der Feste Stedden, ein Spiegel der wütenden Kämpfe vor den Toren der breiten Burg. Zweimal war die Nordlandarmee bis zu den Mauern vorgedrungen, und zweimal hatten die Zwerge sie zurückgeschlagen. Mitternacht nahte, der Himmel war schwarz, die Luft schwer vor Regen, so dass es unmöglich war, mehr als ein paar Meter weit zu sehen, wenn nicht gerade das grelle Licht eines Blitzes über das gesamte Rabenhorngebirge zuckte.

Das nächste Mal verlieren wir, dachte Risca, als er die Treppe zum Haupthof hinunterschritt. Er war auf der Suche nach Raybur. Nicht, dass jemand daran gezweifelt hätte. Es war ein Wunder, dass sie sich überhaupt so lange hatten halten können. Es war sogar ein noch größeres Wunder, dass sie nach sechs Wochen Kampf und

Rückzug immer noch am Leben waren. Aber jetzt liefen ihnen Zeit und Glück davon. Sie hatten so viel Zeit herausgeschunden, wie überhaupt möglich war.

Wo waren die Elfen? Warum waren sie nicht gekommen?

Wochenlang seit ihrer Flucht aus dem Wolfsktaag hatten die Zwerge einen Verteidigungskampf gegen die vorpreschenden Nordländer geführt. Die Armee des Dämonenlords hatte sie bei jedem Ansturm hart getroffen, aber dennoch hatten sie weitergekämpft. Im Wolfsktaag hatten sie Glück gehabt; sie waren beinahe ohne Verluste entkommen. So war es jedoch nicht weitergegangen. In ein Dutzend Kämpfe waren sie seither verwickelt gewesen, und in vielen von ihnen hatten ihre Verfolger die Oberhand gewonnen, sei es durch Beharrlichkeit oder Glück. Viele Zwerge waren niedergemetzelt worden. Dennoch hatten die Ostländer sich stürmisch verteidigt und ihren Angreifern heftige Verluste beigebracht, aber auf Dauer hatten sie keine Chance gegen eine Armee von solcher Stärke und Größe. Die Zwerge waren mutig und entschlossen, aber beinahe jedes Mal waren sie weiter zurückgezwungen worden.

Jetzt hatten sie sich tief im Rabenhorngebirge verkrochen, und es bestand die Gefahr, dass sie auch aus diesen schützenden Mauern vertrieben werden würden. Der Wolfsktaag und der Mittlere Anar waren verloren. Culhaven war schon früh gefallen. Der Silberfluss, der vom Regenbogensee nach Cillidellan floss, befand sich ebenfalls in den Händen der Feinde. Sie hatten keine Möglichkeit zu erfahren, welche Teile vom Nordland verloren waren. Vermutlich alle. Sollten die Feinde auch das Rabenhorngebirge einnehmen, so würden die Zwerge gezwungen sein, sich bis zur Hochwarte und der Feste Dun Fee Aran zurückzuziehen. Sollte diese ebenfalls fallen, wäre auch ihr letzter Schlupfwinkel verloren. Dann würde ihnen keine andere Wahl mehr bleiben, als noch weiter nach Osten zu fliehen, in ein Gebiet, das sie bisher so gut wie gar nicht kannten.

Und genau das würde passieren, vermutete Risca. Natürlich waren sie niemals in der Lage, sich längere Zeit zu halten. Die Feste

Stedden würde gegen Morgen untergehen. Die Nordländer hatten bereits die Wassergräben und Fallgruben überquert und bauten jetzt eifrig Sturmleitern, die sie an die Mauern lehnen würden. Wind und Regen schienen ihre Bemühungen nicht zu beeinträchtigen. Etwas Stärkeres als die Elemente hatte sie im Griff – Entsetzen, Irrsinn, Angst vor der Kreatur, die sie befehligte. Magie trieb sie an, dunkel und schrecklich, und es mochte durchaus sein, dass sie in ihrem gegenwärtigen Zustand den Tod den Folgen eines Versagens, einer Niederlage vorzogen.

Risca erreichte den Fuß der Treppe und trat aus dem Turm hinaus auf den Hof. Das Schlachtengebrüll fegte über ihn hinweg, eine Kakophonie, die sogar der wüste Sturm nicht übertönen konnte. Ein Rammbock hämmerte gegen die Tore, pochte mit gleichmäßiger geistloser Beharrlichkeit gegen die Portale. Die Tore bebten, hielten aber stand. Oben auf den Zinnen standen die Zwerge und ließen einen so dichten Pfeil- und Speerhagel auf die Menge der Angreifer niederprasseln, dass sie unmöglich ihr Ziel verfehlen konnten. Ein Ölfeuer kletterte an einer Wand empor, die Überreste einer früheren Attacke, der die Zwerge widerstanden hatten. Überall rannten Verteidiger umher, versuchten, Lücken in den Reihen zu füllen. Es waren einfach nicht genug Männer da.

Plötzlich erschien Raybur aus dem Chaos und hob den Arm. »Wir werden ihnen nur so lange standhalten können, bis sie die Leitern fertig gestellt haben«, brüllte er gegen den Wind. »Wir können nicht mehr, Risca!«

Risca nickte. Er war müde und entmutigt. Er war es leid, umherzurennen und gejagt zu werden, und er war wütend, dass es wieder von vorne beginnen würde.

»Die Tunnels sind fertig«, erwiderte er, ohne sich die Mühe zu machen, lauter zu sprechen. Er hatte sich gerade vergewissert, dass ihr Fluchtweg bereit war. Geften hatte die Tunnels selbst ausgekundschaftet und dafür gesorgt, dass sie frei waren. Der Fluchtweg der Zwerge würde von der Rückseite der Burg aus durch den Fels hindurchführen und an der Ostseite des Gipfels münden. Von hier aus würden sie in das dicht bewaldete Tal dahinter hinabsteigen und sich wieder einmal in Luft auflösen.

Raybur zog ihn vom Hof fort und zurück in den Windschatten des Turmeingangs, aus dem er gekommen war. Seine Augen waren ernst.

»Wo bleiben die Elfen?«, fragte der Zwergenkönig mit nur mühsam zurückgehaltener Wut.

Risca schüttelte den Kopf. »Sie würden kommen, wenn Tay Trefenwyd eine Möglichkeit gefunden hätte, sie herzubringen. Etwas muss geschehen sein. Etwas, von dem wir nichts wissen.«

Raybur schüttelte mit offensichtlichem Missmut den bärtigen Kopf. »Das macht diesen Krieg ein bisschen einseitig, findest du nicht? Nur wir und niemand anderes gegen eine Armee wie die da draußen?« Schreie hallten von der Mauer herüber, und die Verteidiger rasten, um eine neue Lücke zu füllen. »Wie viel länger sollen wir uns hier halten? Wir verlieren mit jedem Kampf mehr Männer, und wir können uns nicht leisten, so viele zu verlieren!«

Seine Wut war verständlich. Einer der bereits Gefallenen war sein ältester Sohn. Wyrik war vier Tage zuvor von einem verirrten Pfeil getötet worden. Sie waren auf dem Rückzug über den Anar ins Rabenhorngebirge gewesen und hatten beabsichtigt, die Feste Stedden zu erreichen, als er gefallen war. Der Pfeil war durch seinen Hals ins Hirn gedrungen. Er war auf der Stelle tot gewesen, noch bevor jemand bemerkt hatte, dass er überhaupt getroffen war. Raybur war neben ihm gewesen, als es geschehen war, und hatte ihn in seinen Armen aufgefangen.

Die beiden Männer standen da und starrten sich in den dampfenden Schatten des Eingangs an; jeder konnte in den Augen des anderen lesen, dass er an den Tod des Jungen dachte.

Raybur wandte empört den Blick ab. »Wenn wir nur eine Nachricht hätten, eine Bestätigung, dass Hilfe unterwegs ist…« Er schüttelte wieder den Kopf.

»Bremen würde uns niemals im Stich lassen«, erklärte Risca fest und ruhig. »Was auch immer geschieht, er wird kommen.«

Raybur kniff die Augen zusammen. »Wenn er noch lebt.«

Die Worte hingen messerscharf in der Stille, anklagend, trostlos und voller Verzweiflung.

Dann riss ein schreckliches Geräusch sie aus ihren Gedanken, und ein fürchterliches Grunzen erregte ihre Aufmerksamkeit. Es klang deutlich nach zerreißenden Metallverankerungen und nachgebendem Holz. Die beiden Männer wussten sofort, was es war, aber Raybur rief es als Erster aus.

»Die Tore!«

Sie rannten von der Tür fort in die regennasse Nacht. Ein Blitz zerriss die dunkle Wolkendecke. Die Haupttore vor ihnen hatten sich unter dem Angriff des Rammbocks verbogen. Die Riegel knackten bereits, und die Bolzen zersplitterten langsam. Die Zwerge versuchten, die nachgebende Schutzvorrichtung mit zusätzlichem Holz zu stützen, aber es war nur eine Frage der Zeit, wann alles zusammenkrachen würde. Das Hämmern des Rammbocks verstärkte sich, und die Schreie der Angreifer schwollen rhythmisch an. Die Zwerge auf den Mauern zogen sich, unsicher geworden, von ihren Verteidigungspositionen zurück.

Fleer rannte auf seinen Vater zu; sein langes Haar flatterte im Wind. »Wir müssen alle rausbringen!«, schrie er mit bleichem und schmerzerfülltem Gesicht.

»Dann tu es doch!«, fauchte Raybur. Seine Stimme war kalt und hart. »Zieht euch von den Mauern zurück und lauft zum Tunnel! Mir reicht es jetzt hier!«

Fleer rannte fort, während Raybur sich aufgebracht umdrehte und zu den Toren schritt. Sein Gesicht war gerötet und entschlossen. Als Risca sah, was er vorhatte, folgte er ihm, packte ihn am Arm und drehte ihn zu sich herum.

»Nein, Raybur«, erklärte er. »Ich werde mich ihnen entgegenstellen, nicht du!«

»Allein?«, fauchte der König und befreite sich mit einer wilden Handbewegung aus dem Griff des anderen.

»Wie viele wolltest du denn bitten, bei *dir* zu bleiben?« Riscas Erwiderung war scharf. »Und jetzt geh! Bring die Armee raus!«

Regen tropfte ihnen in die Augen und zwang sie immer wieder zu blinzeln; zwei einsame Gestalten, verbunden im Streit. »Das ist Wahnsinn!«, zischte der König.

Risca schüttelte den Kopf. »Du bist König, und du musst dich in Sicherheit bringen. Was geschieht mit den Zwergen, wenn du fällst? Abgesehen davon habe ich die Druidenmagie als Schutz, und das ist mehr als du von dir behaupten kannst. Jetzt geh, Raybur!«

Das rechte Tor brach zusammen, zersplitterte und barst in tausend Trümmer. Dunkle Gestalten drängten mit blitzenden Waffen auf die Öffnung zu. Risca hob seine Hand; er rief die Druidenmagie herbei. Raybur zögerte einen Augenblick und schoß dann davon; er rief seine Befehlshaber zu sich und erteilte Anweisungen zum Rückzug. Die Zwerge kletterten von den Zinnen und rannten zur Tür des Turms und in die Sicherheit der dahinterliegenden Gänge. Die Männer an den Toren waren bereits geflohen. Risca stand allein im Regen und wartete gelassen. Er war es müde, wegzurennen, gejagt zu werden. Er war bereit, sich ihnen entgegenzustellen und zu kämpfen. Er wollte seine Chance.

Als die erste Welle der Angreifer die Öffnung erreichte, sandte er das Druidenfeuer auf sie. Er verbrannte alles, was in Sichtweite war. Die Flammen kletterten über die Trümmer und verschlangen die vorderen Reihen der Nordländer, bevor sie auch nur einen Gedanken an Flucht verschwenden konnten. Die anderen weiter hinter ihnen in der Dunkelheit fielen zurück; sie waren nicht in der Lage, der Hitze zu widerstehen. Risca ließ das Feuer noch etwas bestehen und dann versiegen. Wie ein Rausch jagte die Magie durch seinen Körper und schwemmte jede Furcht, jeden Zweifel, jede Müdigkeit und jeden Schmerz beiseite. Wie immer in der Hitze des Gefechts wurde sie für Risca zum Einzigen, für das zu leben sich lohnte.

Das Pochen des Rammbocks setzte wieder ein, und bald danach fiel auch die zweite Torhälfte; jetzt war die Öffnung noch größer. Aber niemand näherte sich dem Eingang. Risca blinzelte durch den Regen nach oben. Die letzten Zwerge zogen sich jetzt von den Zinnen und Wachtürmen zurück. In wenigen Momenten würde er ganz allein sein. Er sollte jetzt auch fliehen, das wusste er. Er sollte mit den anderen fortrennen, sich retten, solange es noch möglich war. Es hatte keinen Sinn zu bleiben. Aber er konnte sich nicht aufraffen. Es war, als läge der Ausgang des Kampfes in seinen Händen, als könnte er allein dadurch, dass er dort stand und sich ihnen widersetzte, das Gemetzel aufhalten, das ihnen allen den Untergang zu bringen drohte.

Dann erschien etwas Gewaltiges in der ausgebrannten Öffnung, ein schattenhafter Umriss wälzte sich in den Eingang. Risca zögerte, er wollte sehen, was es war. Der Schatten kam weiter zum Vorschein und wurde von dem blassen, verschwommenen Schimmer des versiegenden Druidenfeuers beleuchtet. Es war eine Kreatur aus Bronas Unterwelt, ein Monster aus Schlamm und Schleim, aus spitzen Dornen und gepanzerten Schuppen, mit schweren Gliedern und einem riesigen Körper. Es stand auf zwei Beinen, war aber kaum menschlich und duckte sich wie unter der Bürde seiner eigenen Hässlichkeit. Die gelben Augen flammten mordlüstern auf. Das Monster erblickte den Druiden und wurde langsamer, es drehte sich um und sah ihn direkt an. Mit den Klauen umklammerte es einen ungeheuren Knüppel.

»Also gut.« Risca holte tief Luft.

Die Kreatur blieb einen Augenblick allein in der Öffnung stehen, dann trottete sie langsam zu den brennenden Trümmern. Niemand folgte ihr, obwohl Risca hören konnte, wie die Nordländer jede Menge Leitern gegen die unbewachten Mauern lehnten und sich zu dem Sturm sammelten, der sie in die Festung Stedden schwemmen würde.

Und in der Zwischenzeit soll diese Kreatur mich herausfordern, dachte Risca. Er war fest überzeugt, dass sie für nichts anderes bestimmt war. Glauben sie, dass ich nicht gegen sie ankomme? Wollen sie prüfen, über welche Macht ich verfüge, welche Kraft ich besitze? Was ist der Grund für diesen Unsinn?

Er konnte natürlich keine dieser Fragen beantworten. Und jetzt kam das Ungeheuer, um ihn zu holen. Es schob Geröll und Leichen zur Seite, während es vom Eingang zum Hof stapfte. Die gelbleuchtenden Augen waren fest auf den Druiden gerichtet.

Sie wollen mich in die Falle locken, dachte der Druide plötzlich. Das Ungeheuer dient nur dazu, mich abzulenken. Die Überheblichkeit, die darin lag, ließ ihn lächeln.

Die Kreatur aus der Unterwelt wälzte sich weiter auf ihn zu, schneller jetzt und wilder. Sie hob den Knüppel, der sowohl Schild als auch Waffe war. Es war immer noch Zeit zu fliehen, aber Risca blieb, wo er war. Einige der Nordländer beobachteten ihn. Er würde ihnen etwas geben, an das sie sich noch lange erinnern konnten.

Als die Kreatur nur noch acht Meter von ihm entfernt war, umfasste Risca seine Streitaxt mit beiden Händen, riss sie hoch und holte aus, dann schleuderte er die glitzernde Klinge auf das Ungeheuer. Die Bestie setzte gerade zum Angriff an, und sie hatte keine Möglichkeit, dem Schlag auszuweichen. Die Axt krachte in die Stirn und spaltete sie unter metallischem Knirschen. Blut sickerte aus der Wunde, schwärzliche Flüssigkeit, die das aufgerissene Maul der Kreatur füllte. Die Bestie, bereits tot, fiel auf die Knie und kippte vornüber.

Risca hatte sich schon zurückgezogen und rannte auf die Sicherheit versprechende Tür zu, als sich zu beiden Seiten in den Schatten etwas bewegte. Instinktiv benutzte er seine Magie. Der plötzliche Schein der Flammen beleuchtete eine Hand voll dunkel geflügelter, rotäugiger Schädelträger, die jetzt auf ihn losgingen. Risca biss die Zähne zusammen. Die Feinde waren schneller gewesen, als er vermutet hatte, und über die Mauer gekommen, während er plangemäß auf ihren Köder gewartet und sich um ihn gekümmert hatte. Er schoss nach rechts auf den nächststehenden zu und hämmerte mit dem Druidenfeuer auf ihn ein. Der geflügelte Jäger fiel nach hinten, zischte vor Wut und ließ rotes Feuer vor Risca explodieren, als dieser versuchte, den Turmeingang zu erreichen. Etwas traf den Zwergenkrieger und warf ihn zu Boden – es musste einer der Schädelträger mit seinen schlitzenden Klauen gewesen sein. Risca rollte sich zur Seite und rappelte sich wieder auf. Rauch entstand dort, wo das Feuer gebrannt hatte, und vermischte sich mit dem Regen und dem Nebel. Der Donner rumpelte und krachte mit neuer Wut. Freudenschreie erschollen, als die Nordländer durch die ungeschützte Lücke in den Hof hinter ihm drängten.

Ein anderer Schädelträger griff Risca an; nur knapp konnte er dem plötzlichen Sprung ausweichen. Es war so dumm gewesen, seine Flucht zu verzögern! Der Gedanke schoss ihm so schnell wie der Blitz durch den Kopf und war auch schon wieder verschwunden. Er schleuderte kleine Fetzen von Druidenfeuer nach beiden Seiten und hechtete durch Waffen und Zähne und Klauen hindurch auf die Tür zu. Er wagte nicht zurückzuschauen, denn er wusste, was es zu sehen gab, und fürchtete, dass es ihn lähmen würde. Noch einen Schädelträger musste er zurückschleudern, einen, der vor ihm niedergestürzt war, um seine Flucht aufzuhalten. Verzweifelt sandte er Feuerstöße in alle Richtungen und zwang die zu dicht herangekommenen Feinde damit ein wenig zurück, dann raste er die letzten paar Meter auf den Eingang zu, als würde er selbst in Flammen stehen, und warf sich durch den offenen Türeingang.

Er taumelte, war aber sofort wieder auf den Beinen und rannte weiter nach vorn. In den Tunnels der Burg war es stockdunkel, denn die Fackeln waren alle gelöscht worden. Doch Risca kannte die Feste Stedden und brauchte kein Licht, um seinen Weg zu finden. Er hörte seine Feinde hinter sich, und als er am Ende des ersten Ganges angekommen war, drehte er sich nur so lange um, wie er benötigte, um den Tunnel von einem Ende zum anderen in

Flammen aufgehen zu lassen. Das würde ihre Geschwindigkeit ein wenig herabsetzen, nichts weiter. Aber er benötigte auch nicht mehr.

Wenige Augenblicke später trat er durch eine gewaltige, eisenbeschlagene Tür, schloss sie hinter sich und verriegelte sie gegen weitere Verfolgung. Jetzt würden sie ihn nicht mehr bekommen. Nicht in dieser Nacht. Aber nur zu deutlich hatte er gespürt, dass er beim nächsten Mal vielleicht nicht soviel Glück haben würde.

Er wischte sich das Blut ab, das in seine Augen rann, und spürte den Schmerz der klaffenden Wunde an seiner Stirn. Er war nicht ernstlich verletzt. Später war Zeit genug, sich darum zu kümmern. Raybur und die anderen würden irgendwo weiter hinten im Tunnel auf ihn warten. Risca kannte den Zwergenkönig und wusste, dass Raybur ihn nicht im Stich lassen würde. Freunde taten so etwas nicht.

Er schluckte und kämpfte gegen das trockene Gefühl in seinem Hals.

Was konnte also mit Tay Trefenwyd und den Elfen geschehen sein?

Die Nacht breitete sich wie eine weiche, warme Decke über Arborlon aus. Es hatte aufgehört zu regnen. Jerle Shannara stand am vorderen Fenster des Sommerhauses und wartete auf den Sonnenaufgang. Er hatte die ganze Nacht nicht geschlafen; Zweifel hatten ihn befallen, deren Grund er in dem Verlust von Tay Trefenwyd sah. Die Vorstellung dessen, wie es hätte sein können und wie es jetzt sicherlich sein würde, quälte ihn und machte ihn unruhig. Er befand sich auf dem Höhepunkt einer Entwicklung, die einige Wochen zuvor begonnen hatte und mit dem Heranbrechen des nächsten Tages enden würde, und er konnte die Verzweiflung nicht abschütteln, die ihn bei dem Gedanken beschlich, dass Umstände und Glück sein Schicksal in einer Art und Weise bestimmten, wie er es niemals hätte vorausahnen und jetzt auch nicht würde ändern können.

»Komm her, mein Lieber.« Preia Starle rief ihn von der dunklen Halle her. Sie stand da und hatte die Arme schützend um sich gelegt.

»Ich habe gerade nachgedacht«, erwiderte er wie aus weiter Ferne.

Sie ging zu ihm, legte die Arme um seine Taille und drückte ihn an sich. »Du denkst in der letzten Zeit viel zu viel nach.«

Das stimmte, dachte er. Vorher war es nicht so gewesen, nicht, als Tay noch am Leben war, bevor der Dämonenlord gekommen und das Unglück über die Elfen hereingebrochen war. Damals war er freier gewesen, es hatten ihn noch keine Verantwortungen und Verpflichtungen von größerer Bedeutung gefesselt, sein Leben und seine Zukunft hatten noch ihm gehört, und er hatte zwischen allen Möglichkeiten der Welt wählen können. Wie schnell das doch anders geworden war!

Er legte eine Hand auf die ihre. »Ich möchte immer noch nicht König werden.«

Aber er würde König werden, beim nächsten Tageslicht. Bei Sonnenaufgang würde er gekrönt werden, in einer Zeremonie nach der Tradition der Elfenkönige, die noch aus der Zeit der Feen herrührte. Es war längst beschlossene Sache, entschieden durch Ereignisse, die mit dem Attentat auf Courtann Ballindarroch begonnen und in dem Tod seines letzten Sohnes ihren Höhepunkt gefunden hatten. Wochenlang hatten die Elfen noch die Hoffnung gehabt, dass der Erbe des Königs von der unklugen Suche nach den Mördern seines Vaters zurückkehren würde. Aber Alyten war ein dreister und dummer Junge und hätte niemals nach dem Unheil suchen sollen, das er schließlich aufspürte. Die Nordländer hatten ihn erwartet; sie hatten darauf gehofft, dass er sie suchen würde. Sie hatten dazu beigetragen, dass er über sie stolperte, hatten sich in einen Hinterhalt gelegt und ihn schließlich getötet. Er war von den wenigen seiner Männer, die überlebt hatten, zurück nach Hause gebracht worden, der letzte echte Erbe des Thrones der Ballindarroch-Familie und gleichzeitig Jerle Shannaras letzte Hoffnung, dass die Elfen nicht auf ihn angewiesen wären.

Genauso war es nun aber. Viele hätten Alyten ohnehin niemals

als Herrscher gebilligt. Die Nordländer drohten ihnen wieder, sie beanspruchten jetzt die gesamte Streleheimebene und würden ihnen damit jeden möglichen Kontakt mit anderen Ländern und deren Bewohnern nehmen. Nur zu bald würden die Feinde ins Westland einmarschieren – daran bestand kaum ein Zweifel. Sie warteten nur auf die Rückkehr des Dämonenlords, der nach Osten gegangen war, um die Zwerge anzugreifen. Elfenjäger, die als Kundschafter ausgeschickt worden waren, hatten soviel in Erfahrung bringen können. Dennoch hatte der Hohe Rat noch immer nicht reagiert, sondern darauf gewartet, dass Alyten zurückkehrte und offiziell zum König ernannt würde. Nun war auch Alyten tot, und es waren nur zwei seiner Neffen übrig geblieben, von denen der eine zu klein zum Regieren, der andere sogar zu jung war, um das Ausmaß der Geschehnisse zu begreifen, mit denen sie sich auseinander setzen mussten. Sollte an ihrer Stelle ein Regent herrschen? Sollten sie mit Hilfe von Ratgebern regieren? Schnell hatte sich das deutliche Gefühl ausgebreitet, dass keine dieser Lösungen ausreichte, um das bevorstehende Unglück abzuwenden, und dass Jerle Shannara als Cousin ersten Grades und erfahrenster Kämpfer und Stratege im Westland die einzige Hoffnung der Elfen war.

Selbst so hätte die Diskussion über diese Angelegenheit noch unendlich weitergeführt werden können, wenn nicht die Umstände gedrängt hätten und Preia Starle derart entschlossen gewesen wäre. Sie war beinahe sofort zu Jerle gekommen, als die Überlebenden die Leiche Alytens zurückgebracht hatten und ein so wilder Streit entbrannt war, dass eine unwiderrufliche Spaltung des Elfenvolks kurz bevorgestanden hatte.

»Du darfst nicht zulassen, dass dies geschieht«, hatte sie Jerle ins Gewissen geredet. Es war Nacht gewesen, einer jener trägen, schläfrigen Abende, an denen die Hitze des Tages immer noch dick und klebrig in den Winkeln von Mund und Augen hing. »Du bist die einzige Hoffnung, die die Elfen haben, und das weisst du. Wir werden kämpfen müssen, wenn wir überleben wollen, Jerle. Die

Nordländer werden uns keine Wahl lassen. Wenn dies geschieht, wer anders als du soll uns dann führen? Wenn du uns aber führst, dann als König.«

»Mein Recht auf den Thron wird immer in Zweifel stehen«, hatte er erwidert. Er war es leid, darüber zu diskutieren, und die Notwendigkeit, es doch zu tun, machte ihn krank.

»Liebst du mich?«, hatte sie ihn plötzlich gefragt.

»Du weisst, dass ich dich liebe.«

»Und ich liebe dich auch. Also höre jetzt auf mich. Mache mich zu deiner Frau. Mache mich zu deiner Lebenspartnerin und Helferin, zu deiner engsten Vertrauten und ewigen Freundin. Ich bin dir all dies bereits, also ist der Schritt, den du noch tun musst, nur ein sehr kleiner. Erkläre dem Hohen Rat, dass du König sein willst, und dass du und ich die beiden kleinen Jungen, die ihre Familien verloren haben, adoptieren und zu unseren Söhnen machen wollen. Sie haben sonst niemanden. Warum sollten sie nicht uns haben? Dann wird es kein Gerede mehr geben. Es wird keine Einwände mehr geben. Und die Jungen werden die Möglichkeit haben, wenn sie erwachsen sind, nach dir den Thron zu besteigen. Das wird die Wunden lindern, die ihnen durch den Tod der vielen anderen Ballindarrochs zugefügt wurden, und die Elfen haben die Möglichkeit, sich dem Problem zu stellen, wie sie überleben können!«

Und so war es schließlich geschehen. Preias Beharrlichkeit hatte ihn überwältigt, als nichts anderes es vermochte. Er sollte sich später noch oft über die Einfachheit dieser Lösung wundern. Er hätte Preia ohnehin geheiratet, hatte er sich gesagt. Er liebte sie und wollte sie zur Frau. Sie war der Mensch, der ihm am nächsten stand, seine Vertraute, seine Geliebte. Die Elfen zogen einen König mit Erben vor, und die Familie Ballindarroch war sehr beliebt gewesen, also würden sie die Idee, die Jungen zu adoptieren, unterstützen. Die Forderung nach Jerles Krönung war überwältigend.

Im Schutz von Preias Umarmung schaute er in die Nacht hinaus und erinnerte sich. Wie weit er in so kurzer Zeit gekommen war.

»Möchtest du auch eigene Kinder haben, Preia?«, wollte er plötzlich von ihr wissen.

Stille senkte sich herab, während sie über die Frage nachdachte – oder zumindest über ihre Antwort. Jerle versuchte, nicht in Preias Gesicht zu sehen.

»Ich möchte mein Leben mit dir teilen«, sagte sie schließlich. »Im Augenblick ist es schwierig, an etwas anderes zu denken. Wenn die Elfen wieder in Sicherheit sind, wenn der Dämonenlord vernichtet ist…« Sie hielt inne und warf ihm einen langen, festen Blick zu. »Willst du wissen, ob die Bande des Blutes einen Unterschied in meiner Hingabe den Jungen gegenüber machen, die wir als eigene annehmen wollen? Das tun sie nicht. Sie werden unsere Kinder sein, als wären sie uns geboren. Bist du mit ihnen auch zufrieden?«

Er nickte schweigend und dachte daran, wie sich ihre Beziehung entwickelt und wie dramatisch sie sich nach dem Tode Tays verändert hatte. Er hatte lange Zeit über ihr Geständnis nachgedacht, dass sie auch seinen Freund geliebt hatte, dass sie vielleicht sogar mit ihm gegangen wäre, wenn er sie darum gebeten hätte. Es machte ihm nicht soviel aus, wie es vielleicht hätte sein sollen. Er hatte Tay selbst geliebt, und jetzt, da er tot war, war es schwer, ihm etwas nicht zu gönnen.

»Du wirst im Hohen Rat sitzen«, sagte er ruhig zu ihr. »Und auch Vree Erreden. Wenn ich kann, werde ich ihn zum Ersten Minister machen. Stimmst du mir da zu?«

Sie nickte. »Du hast dich weit von deiner früheren Meinung über den Lokaten entfernt, nicht wahr?«

Er zuckte die Schultern. »Ich werde beantragen, dass die Elfenarmee mobilisiert wird, um nach Osten zu marschieren – nein, ich werde darauf bestehen.« Er reckte sich entschlossen. »Ich werde das tun, was Tay getan hätte. Ich werde die Zwerge nicht im Stich lassen. Ich werde dafür sorgen, dass Bremen den Schwarzen Elfenstein erhält. Und wenn ich als König versagen sollte, dann zumindest nicht deshalb, weil es mir an Mut oder Hingabe mangelt.«

Es war eine dreiste, kompromisslose Erklärung, ein Eckpfeiler gegen die Zweifel und Unsicherheiten, die immer noch am Rande seiner Zuversicht lauerten. Preia würde das wissen. Er konnte sich keine Verzögerung leisten. Die Linie zwischen Erfolg und Misserfolg, zwischen Leben und Tod würde nur sehr dünn sein.

Preia presste sich dicht an ihn. »Du wirst tun, was du tun musst; alles, wovon du weisst, dass es richtig ist. Du wirst König sein, und es wird kein Bedauern geben. Du wirst deine Leute anführen und ihnen wieder Sicherheit geben. Es ist deine Bestimmung, Jerle. Es ist dein Schicksal. Vree hat es in seinen Visionen gesehen. Du musst erkennen, dass es wahr ist.«

Er wartete lange, ehe er antwortete. »Ich sehe in erster Linie, dass ich keine andere Wahl habe. Und ich muss immer wieder an Tay denken.«

Sie standen eine ganze Weile da, ohne ein Wort zu sprechen. Dann führte Preia ihn zu ihrem Bett und hielt ihn bis zum Morgen in den Armen.

Kapitel 25

Eifrig bestrebt, die bereits verlorene Zeit wieder aufzuholen, besorgten sich Bremen, Kinson und Mareth Pferde und ritten in nördlicher Richtung auf die Grenze des Südlandes und den Silberfluss zu. Sie reisten zügig und hielten nur an, um zu essen und zu schlafen, und sie sprachen auch nicht viel miteinander. Ihre Gedanken wurden von den Erinnerungen an das Schmieden des Schwertes beherrscht, die Bilder waren noch so lebendig, dass es selbst Tage später schien, als wäre es erst Augenblicke zuvor geschehen. Es war nicht zu leugnen, dass die Folgen der herbeigerufenen Magie dem Prozess eine andere Dimension verliehen hatten. Dabei hatte die Erschaffung des Talismans auch die drei verändert, jeden auf unterschiedliche Weise. Sie waren neu geboren, denn so, wie beim Schmieden das Schwert geschaffen worden war, waren auch sie neu gestaltet worden, und sie fragten sich nun, was eigentlich aus ihnen geworden war.

Kinson Ravenlock oblag die Aufgabe, das Schwert zu tragen. Bremen hatte ihm die Verantwortung übergeben, sobald sie die Stadt verlassen hatten, aus einer Notwendigkeit heraus, die er nicht ganz vor seinem Freund hatte verbergen können. Es war beinahe so, als könnte der alte Mann das Gewicht der Waffe nicht tragen, als könnte er nicht ertragen, sie zu berühren. Es war eine seltsame, beunruhigende Erfahrung, aber Kinson hatte wortlos das Schwert an sich genommen und quer über seinen Rücken geschnallt. Ihm machte das Gewicht nichts aus, wenn auch die Bedeutung für die Zukunft der Rassen unmöglich zu leugnen war. Aber er hatte die Visionen am Hadeshorn nicht selbst gesehen und trug daher im Gegensatz zu dem Druiden zumindest nicht auch noch diese Last. Er trug das Schwert, wie er jede Waffe getragen hätte, und obwohl seine Gedanken immer wieder in die Schmiede zurückkehrten, beschäftigte ihn eigentlich nicht die Vergangenheit, sondern die Gegenwart.

Nachts nahm er die Klinge manchmal heraus und untersuchte sie. Er hätte es nicht getan, wenn Mareth ihn nicht am ersten Abend, als sie wieder draußen waren, darum gebeten hätte; ihre Neugier war stärker gewesen als ihre Furcht, und das Grübeln über das, was in der Schmiede geschehen war, hatte dies nur noch verstärkt. Bremen hatte keine Einwände erhoben, wenn er auch aufgestanden und ein paar Schritte weggegangen war, und so sah Kinson keinen Grund, Mareths Bitte nicht nachzugeben. Zusammen hatten sie die Klinge in den Feuerschein gehalten und untersucht. Es war ein einmalig schönes Stück von vollkommener Ausgewogenheit, glatt, geschmeidig und glänzend, und es war so leicht, dass es trotz seiner Größe und Länge auch mit einer Hand geführt werden konnte. Der Eilt Druin war in den Griff eingelassen worden, gerade da, wo die Klinge ansetzte, und die Flamme erhob sich aus der sie umfassenden Hand und wand sich um die Schneide, als wollte sie bis zu ihrer Spitze brennen. Die polierte Oberfläche war makellos, nahezu eine Unmöglichkeit bei einem normalen Schmiedeprozess, aber in diesem Fall ermöglicht durch die Zusammenführung von Coglines Rezept und Bremens Magie.

Nachdem Kinson das Schwert mehrere Tage getragen hatte, erkannte er, dass seine fehlende Ehrfurcht zum Teil daher rührte, dass Bremen bisher immer noch nicht zu wissen schien, wozu der Talisman gedacht war. Natürlich sollte er helfen, den Dämonenlord zu zerstören – aber wie? Mit welcher Art von Magie die Waffe nun eigentlich versehen war, blieb ein Geheimnis, selbst dem Druiden. Es war für einen Elfenkrieger gedacht – soviel hatte die Vision von Galaphile enthüllt. Aber was sollte der Krieger mit der Klinge tun? Sollte er sie wie eine gewöhnliche Waffe schwingen? Dies schien angesichts der besonderen Macht des Dämonenlords nicht sehr wahrscheinlich. Das Schwert musste eine Magie besitzen, der Brona nicht würde widerstehen können, die jede Verteidigung des rebellischen Druiden zunichte machen und ihn zerstören würde. Aber was für eine Magie konnte das sein? Der Eilt Druin besaß einige Magie, hieß es, aber Bremen hatte niemals in Erfahrung bringen können, worin sie bestand. Was immer sie war, in der langen Spanne seines Lebens schien sie nicht ein einziges Mal benutzt worden zu sein.

Bremen gab dies offen vor dem Grenzländer und dem Mädchen zu, und er tat es nicht zögernd, sondern mit einer Mischung aus Verwirrung und Neugier. Das Geheimnis der Magie des Schwertes war für den Druiden kein Hindernis, sondern eine Herausforderung, der er mit derselben Entschlossenheit begegnete, die er in der Suche nach dem Schmied an den Tag gelegt hatte. Er war zu dem Schluss gekommen, dass es wahrscheinlich nicht ausreichte, wenn das Schwert mit der notwendigen Magie versehen war. Selbst das Hinzufügen des Eilt Druin schien nicht genug. Noch etwas war nötig, und er musste herausfinden, was es war. Wie er Kinson einmal versicherte, beruhigte ihn dabei die Tatsache, dass sie so weit gekommen waren und bereits soviel erledigt hatten. Daraus schloss er, dass alles, was sie sonst noch suchten, ebenfalls in Reichweite lag.

Es war eine merkwürdige Logik, die Kinsons Art zu denken widersprach, aber Bremen hatte in der Zeit, da sie zusammen waren, eine ganze Reihe von Dingen nur durch Kraft und Glauben erreicht, und so gab es keinen Grund, jetzt an ihm zu zweifeln. Wenn das Schwert die Magie besaß, die den Dämonenlord zerstören konnte, würde Bremen auch ihren Charakter herausfinden.

Also reisten sie aus dem tiefen Südland und wieder zum Schlachtengrund und auf den Silberfluss zu. Ihr Ziel waren die Wasser des Hadeshorn, erklärte der alte Mann seinen Begleitern. Dort würde er den Geistern der Toten einen neuen Besuch abstatten und versuchen herauszufinden, was als Nächstes zu tun war. Außerdem wollte er sich informieren, was aus den Zwergen geworden war. Das Wetter war heiß und schwül, und sie mussten häufig Rast einlegen und sich und ihren Pferden Ruhe gönnen. Quälend langsam schlich die Zeit voran. Sie sahen nichts von den Kämpfen, von denen sie wussten, dass sie weiter nördlich stattfinden mussten, stießen auch auf keinen Hinweis auf die Anwesenheit der Nordländer. Dennoch blieben ihre Sorgen, was während ihrer Reise anderswo geschehen sein mochte und dass sie vielleicht zu spät kommen würden.

Spät am Nachmittag des ersten Tages ihrer Reise durch den Schlachtengrund ließ Bremen sie anhalten und führte sie die letzten hellen Stunden des Tages aus der Ebene heraus und in die Schwarzen Eichen. Wieder hatten sie sich zwischen den zwei Sümpfen hindurchwinden und jeder Gefahr ausweichen müssen. Jetzt gab er seine Vorsicht auf und brachte sie direkt in den verbotenen Wald. Kinson war beunruhigt, hielt aber den Mund. Bremen würde einen guten Grund haben, wenn er diesen Weg wählte.

Sie hatten ihn kaum betreten, waren gerade einmal dreißig Meter weit hineingeritten, als Bremen abstieg. Von hier war das sonnengebleichte Tiefland noch immer zwischen den Bäumen sichtbar, während die dunkleren Bereiche des Waldes noch vor ihnen lagen. Der Druide ließ Mareth zurück bei den Pferden und nahm Kinson mit zu einer Gruppe von Eisenbäumen, die er eine Zeit lang gedankenvoll betrachtete, bevor er einen Ast fand, der ihm gefiel und den er Kinson abschneiden ließ. Der Grenzländer tat kommentarlos, wie ihm geheißen, und hackte mit seinem Breitschwert durch das kräftige Holz. Bremen ließ ihn auch die Nebenzweige abhacken, dann nahm er das Holz in seine knotigen Hände und nickte zustimmend. Sie gingen zu den Pferden zurück, stiegen wieder auf und ritten aus dem Wald heraus. Kinson und Mareth sahen einander verwirrt an, schwiegen jedoch.

Ein bisschen weiter, in einem Tal, schlugen sie ihr Lager auf. Das Tal war nicht viel mehr als eine Senke zwischen den Bäumen. Hier musste Kinson das Eisenbaumholz noch weiter in Form eines Stabs schnitzen. Er arbeitete beinahe zwei Stunden daran, während die anderen beiden das Essen vorbereiteten und sich um die Tiere kümmerten. Als er das Holz so weit wie möglich bearbeitet und die Unebenheiten dort, wo kleinere Zweige entsprungen waren, geglättet hatte, nahm Bremen den Stab an sich. Sie setzten sich um ein kleines Feuer, während der Tag zu wenigen schwachen Lichtstreifen im Westen geschrumpft war und die Nacht aus den länglichen Schatten herauskroch. Sie waren nahe an den Bäumen der Schwarzen Eichen, in angemessener Entfernung zur Ebene. Ein Bach wirbelte ganz in der Nähe entschlossen über eine Reihe von Felsen, bevor er sich wieder in die Schatten schlängelte. Die Nacht war still, frei von störenden Geräuschen, Bewegungen oder beobachtenden Augen.

Bremen stand auf und stellte sich vors Feuer, den Stab aufrecht in der Hand. Das eine Ende stieß er fest auf die Erde, das andere zeigte gen Himmel, beide Hände umfassten die Mitte. Der Stab war zwei Meter lang und nach seinen Anweisungen geschnitzt, er war noch roh an den Stellen, an denen Kinson ihn bearbeitet hatte.

»Bleibt sitzen, bis ich fertig bin«, befahl er geheimnisvoll.

Er schloss die Augen und wurde vollkommen still. Einen Augenblick später glühten seine Hände mit weißem Licht. Langsam verbreitete sich das Licht in beide Richtungen, über die gesamte Länge des Stabs. Kinson und Mareth sahen still zu, sie folgten Bremens Ermahnung. Das Licht drang in das Holz ein und veränderte es merkwürdig, schlängelte sich in seltsamen Mustern, zuerst langsam, dann immer schneller. Die ganze Zeit über blieb Bremen vollkommen reglos stehen, hielt die Augen geschlossen und runzelte angespannt die Stirn.

Dann erstarb das Licht, wanderte über den Stab zurück in die Hände des Druiden, bevor es versiegte. Bremen öffnete die Augen. Er holte tief Luft und hob den Stab. Das Holz war so schwarz wie Tinte, und seine Oberfläche war glatt und glänzend. Etwas von dem Licht, das es versiegelt hatte, spiegelte sich in dem tiefen Glanz der Oberfläche, beinahe so wie ein Funke, der aufblitzt und erlischt, bevor er an einer anderen Stelle auftaucht, unerreichbar wie das Funkeln eines Katzenauges.

Bremen lächelte und überreichte Mareth den Stab. »Der ist für dich.«

Sie nahm ihn in die Hände und wunderte sich bei der Berührung. »Er ist noch warm.«

»Er wird auch warm bleiben.« Bremen ließ sich wieder nieder, ein Hauch von Müdigkeit kroch über sein zerfurchtes Gesicht. »Die Magie wird nicht entweichen, sondern dort drinnen bleiben – solange der Stab unversehrt ist.«

»Und was ist der Zweck dieser Magie? Weshalb gibst du mir den Stab?«

Der alte Mann beugte sich etwas nach vorn. Das Licht veränderte das Muster in den Falten seines Gesichts. »Der Stab soll dir helfen, Mareth. Du hast lange und hart nach einer Möglichkeit gesucht, wie du deine Magie kontrollieren kannst, wie du sie daran hindern kannst, wild zu werden oder dich zu verschlingen. Ich habe lange darüber nachgedacht, was man tun könnte. Ich glaube, der Stab ist die Antwort. Pflanze das eine Ende fest auf die Erde, und er wird das Übermaß jeder Art von Magie, die du anwenden willst, forttragen.«

Er hielt inne und suchte ihre dunklen Augen. »Du verstehst, was das bedeutet, nicht? Es bedeutet, dass ich glaube, dass du deine Magie wieder anwenden musst, jetzt, wo wir nach Norden gehen. Alles andere wäre dumm. Der Dämonenlord wird uns suchen, und es werden Zeiten kommen, da du dich beschützen musst, und vielleicht auch andere. Möglicherweise bin ich dann nicht da, um dir zu helfen. In diesen Momenten musst du dich auf deine Magie verlassen können. Ich hoffe, der Stab wird dir erlauben, sie ohne Furcht anzuwenden.«

Mareth nickte bedächtig. »Auch wenn die Magie angeboren ist?«

»Auch dann. Es wird dich einige Zeit kosten, bis du gelernt hast, den Stab ordentlich zu benutzen. Ich wünschte, ich könnte voraussagen, wann es so weit ist, aber das kann ich nicht. Du musst dich an den Zweck des Stabes erinnern, und wenn du gezwungen bist, dich zu verteidigen, musst du das immer im Kopf behalten.«

Sie zog eine Augenbraue hoch, als sie ihn ansah und meinte: »Handle nicht rücksichtslos. Rufe die Magie nicht herbei, ohne zuvor an den Stab zu denken. Wende die Magie nicht an, ohne den Stab auf den Boden zu setzen und einen Tunnel in dir zu öffnen, durch den die überschüssige Magie abfließen kann.«

Er lächelte. »Du bist schnell, Mareth. Wenn ich dein Vater wäre, ich wäre stolz auf dich.«

Sie lächelte zurück. »Du wirst immer mein Vater sein. Nicht in dem Sinn, wie es einmal war, sondern in einem guten Sinn.«

»Ich fühle mich geschmeichelt. Und jetzt nimm den Stab als dein Eigentum und vergiss seinen Zweck nicht. Wenn wir erst wieder das Gebiet des Silberflusses betreten haben, sind wir zurück im Feindesland, und der Kampf mit dem Dämonenlord beginnt von Neuem.«

Sie schliefen gut in dieser Nacht und machten sich bei Morgenanbruch wieder auf den Weg. Sie ritten langsam, ließen ihre Pferde häufig verschnaufen und arbeiteten sich stetig weiter nach Norden. Rechts von ihnen schimmerte der Schlachtengrund in der Sonne, öde und trist und bar jeder Bewegung. Links von ihnen erhoben sich die Schwarzen Eichen wie eine dunkle Mauer und so still wie die Ebene. Die drei schwiegen die meiste Zeit. Kinson trug das Schwert, Mareth den Stab und Bremen das Gewicht ihrer Zukunft.

Bei Abenddämmerung hatten sie den Nebelsumpf umrundet und den Silberfluss erreicht. Da es Bremen wichtig war, vor dem nächsten Morgen einen Blick auf die Ebene des Rabb und das übrige Land im Norden zu werfen, beschloss er, die auf der anderen Seite des Flusses beginnenden Anhöhen noch in der Nacht zu erklimmen. Sie fanden eine flache Stelle, wo der Fluss wegen des geringen Niederschlags und der großen Hitze in den letzten Tagen nicht sehr hoch war und nur langsam dahinfloss, und als die Sonne im Westen müde hinter dem glatten Schimmer des Regenbogensees versank, ritten sie über eine Reihe von Hügeln auf einen Felsvorsprung zu. Etwas weiter, im Schutz einer dichten Baumgruppe, stiegen sie ab, banden die Pferde an und schritten zu Fuß weiter. Inzwischen war das Tageslicht in ein silbriges Grau übergegangen, und die Schatten der Nacht wurden länger. Die Luft, immer noch stickig vor Hitze, war jetzt rau und schmeckte nach Staub und vertrocknetem Gras. Nachtvögel flogen auf der Suche nach Futter in der Dunkelheit umher; tauchten kurz mit blitzschnellen Bewegungen auf und waren auch schon wieder verschwunden. Überall um sie herum summten hungrige Insekten.

Sie erreichten den Rand des Felsvorsprungs und hielten inne. Die Sonne überzog die Ebene mit rotem Feuer.

Unter ihnen breitete sich die Nordlandarmee aus. Sie lagerte einige Meilen weiter nördlich, zu weit vorne im flachen Land, um die einzelnen Schlachtenbanner erkennen zu können, aber zu gewaltig und finster, als dass sie sie hätten verwechseln können. Feuerstellen waren bereits errichtet und angezündet worden, und kleine Lichtblitze flackerten im Grasland wie Glühwürmchen. Pferde und Wagen standen im Kreis, Räder und Zuggurte knarrten und knirschten, Reiter und Fahrer brachten Nahrungsmittel und Waffen an Ort und Stelle, Zelte blähten sich in der immer noch schwülwarmen Brise. Eines dieser Zelte war von undurchdringlichem Schwarz, und seine Rippen bestanden nur aus Kanten und Stacheln. Es stand ganz allein genau in der Mitte des Lagers, ein breiter Streifen freien Geländes trennte es wie ein Graben von den übrigen ab. Der Druide, der Grenzländer und das Mädchen starrten auf das Lager hinunter.

»Was hat die Nordlandarmee hier zu suchen?«, fragte Kinson schließlich.

Bremen schüttelte den Kopf. »Ich weiß es nicht. Sie muss aus dem Anar gekommen sein, wo wir sie zuletzt gesehen haben. Vielleicht marschiert sie jetzt nach Westen …«

Er ließ den Rest unausgesprochen. Wenn die Armee des Dämonenlords sich vom Ostland zurückzog, hatte sie den Kampf mit den Zwergen beendet und würde jetzt vermutlich die Elfen angreifen. Aber was war aus Raybur und seiner Armee geworden? Was war aus Risca geworden?

Kinson schüttelte verzweifelt den Kopf. Wochen waren seit der Invasion des Ostlandes vergangen. In der Zwischenzeit konnte viel geschehen sein. Er fragte sich plötzlich, das Schwert von Urprox Screl auf dem Rücken, ob sie nicht vielleicht viel zu spät waren, um mit ihrem Talisman noch von Nutzen sein zu können.

Er griff nach dem Riemen, mit dem das Schwert befestigt war, löste ihn und reichte Bremen die Waffe. »Wir müssen herausfinden, was vorgefallen ist. Und dazu bin ich wohl am besten geeignet.« Er legte auch sein Breitschwert ab und behielt nur das kurze Schwert und das Jagdmesser. »Bis zum Morgengrauen sollte ich wieder zurück sein.«

Bremen nickte; er machte sich nicht die Mühe, etwas dazu zu sagen. Er verstand, was der Grenzländer meinte. Jeder von ihnen konnte nach unten gehen, aber es war Bremen, den sie zu diesem Zeitpunkt am allerwenigsten verlieren durften. Jetzt, da sie das Schwert besaßen, den Talisman, den die Vision des Galaphiles angekündigt hatte, mussten sie herausfinden, wie es benutzt wurde und wer es benutzen sollte. Bremen war der einzige, der das tun konnte.

»Ich werde mit dir gehen«, sagte Mareth plötzlich spontan.

Der Grenzländer lächelte. Das Angebot kam unerwartet. Er dachte einen Augenblick darüber nach, dann sagte er, wenn auch nicht unfreundlich, zu ihr: »Für zwei ist es doppelt so schwer, unbemerkt umherzuschleichen. Warte hier bei Bremen und hilf ihm, bis zu meiner Rückkehr Wache zu halten. Das nächste Mal kannst du an meiner Stelle gehen.«

Er schnürte seinen Waffengürtel fest, ging ein paar Dutzend Schritte nach rechts und kletterte dann den Abhang hinunter, hinein in das verschwindende Licht.

Als der Grenzländer fort war, begaben sich der alte Mann und das Mädchen wieder zu den Bäumen zurück und schlugen ihr Lager auf. Sie nahmen eine kalte Mahlzeit zu sich, denn sie wollten das Risiko nicht eingehen, das ein Feuer in dieser Nähe zur Nordlandarmee und den vermutlich nachts ausschwärmenden Schädelträgern bedeutet hätte. Sie waren entkräftet von der Reise und der Hitze des Tages und sprachen nur kurz miteinander, bevor Bremen die erste Wache übernahm und Mareth sich schlafen legte.

Die Zeit verging nur langsam, die Nacht wurde noch dunkler, und die Feuer im feindlichen Lager schienen immer heller. Der Himmel öffnete sich einer Flut von Sternen. Es gab in dieser Nacht keinen Mond; entweder war es Neumond, oder er war so weit südlich, dass er hinter der Wand aus Bäumen, die den Felsvorsprung säumten, nicht zum Vorschein kam. Bremens Gedanken wanderten zu anderen Zeiten und anderen Orten, zu den Tagen des nun für immer verlorenen Paranor, zu den Anordnungen, die er

Tay Trefenwyd und Risca gegeben hatte, zu seiner ersten Begegnung mit Kinson Ravenlock, zu seiner Suche nach der Wahrheit über Brona. Er dachte an die lange Geschichte von Paranor und fragte sich, ob der Druidenrat wohl jemals wieder zusammentreten würde. Woher aber, fragte er sich selbst, sollten neue Druiden kommen, jetzt, wo die alten tot waren? Unersetzliches Wissen war mit ihrem Untergang verloren gegangen. Einiges davon war in der Historie der Druiden festgehalten, aber nicht alles. Obwohl sie wie Einsiedler gelebt und sich damit selbst zum Scheitern verurteilt hatten, waren jene, die Druiden geworden waren, die Begabtesten vieler Generationen in den Vier Ländern gewesen. Wer würde ihren Platz einnehmen?

Es war eine unsinnige Frage, denn wenn er in seiner Bemühung, den Dämonenlord zu vernichten, versagte, würde niemand übrig bleiben und einen neuen Druidenrat einberufen können. Schlimmer noch war der Gedanke, der ihn jetzt wieder bedrängte, dass er immer noch keinen Nachfolger gefunden hatte. Er blickte auf die schlafende Mareth und fragte sich einen Moment, ob sie vielleicht diese Position einnehmen könnte. Seit sie Paranor verlassen hatten, waren sie einander sehr nahe gekommen, und sie besaß ein natürliches Talent. Ihre Magie war von unglaublicher Stärke und Kraft. Aber es gab noch keinerlei Garantie dafür, dass sie sie auch würde beherrschen können, und wenn das nicht der Fall war, war ihr Talent wertlos. Von Druiden wurde vor allem Disziplin und Selbstkontrolle verlangt, und Mareth kämpfte noch um beides.

Er schaute zurück über das Grasland des Rabb. Er ließ die Hand auf das Schwert sinken. Noch immer ein Geheimnis, klagte er im stillen. Was musste er tun, um die Lösung zu entdecken? Er würde zum Hadeshorn reisen, um noch einmal Hilfe von den Toten zu erbitten, aber es gab keine Garantie, dass er sie erhalten würde. Bei seinem letzten Besuch hatten sie sich geweigert, auch nur zu erscheinen. Warum sollte es jetzt anders sein? Würden sie wegen des Schwerts aus den Tiefen der Unterwelt emporsteigen? Würde es ihnen Anlass genug sein, zu erscheinen? Würden sie vielleicht seinem Ruf folgen und sich ihm zeigen, weil sie einmal selbst menschlich gewesen waren und die Bedürfnisse eines Menschen verstehen konnten?

Müde rieb er sich die Augen. Als er sie wieder öffnete, bewegte sich eines der feindlichen Feuer auf ihn zu. Er zwinkerte ungläubig, in der sicheren Überzeugung, dass es sich um eine Einbildung handeln müsse. Aber das Feuer kam näher, ein kleiner, flackernder Schein, der sich seinen Weg über die dunkle Fläche der Ebene bahnte. Es schien geradezu zu strömen. Als es näher kam, erhob sich Bremen unwillkürlich und überlegte, was er tun sollte. Seltsamerweise empfand er überhaupt keine Angst, sondern lediglich Neugier.

Dann verhielt das Licht und nahm Gestalt an, und Bremen erkannte, dass es von einem kleinen Jungen getragen wurde. Der Junge hatte ein weiches Gesicht und durchdringende klare, blaue Augen. Als er näher kam, lächelte er zur Begrüßung und hielt das Licht empor. Bremen zwinkerte wieder. Ein solches Licht hatte er noch niemals gesehen. Es stammte nicht von einer Flamme, sondern schimmerte aus einem Glas- und Metallgehäuse, als würde es seine Kraft von einem winzigen Stern erhalten.

»Ich grüße dich, Bremen«, sagte der Junge leise.

»Ich grüße dich«, antwortete Bremen.

»Du siehst müde aus. Diese Reise zehrt an deinen Kräften. Aber du hast viel erreicht, also war es vielleicht ein gerechter Handel.« Die blauen Augen des Jungen schimmerten. »Ich bin der König des Silberflusses. Hast du von mir gehört?«

Bremen nickte. Er hatte von dieser Feengestalt gehört, der letzten ihrer Art, ein Wesen, dem nachgesagt wurde, nahe am Regenbogensee und den Ufern des Flusses zu hausen, von dem er seinen Namen erhalten hatte. Es hieß, er habe seit Tausenden von Jahren überlebt und sei eines der ersten Wesen gewesen, das von dem *Wort* geschaffen wurde. Es hieß auch, dass seine Visionen und seine

Magie von enormem Alter und ebensolcher Reichweite wären. Gelegentlich erschien er in Not geratenen Reisenden, oft als Junge, manchmal auch als alter Mann.

»Du sitzt in meinem Garten«, sagte der Junge. Er deutete mit seiner Hand in einer langsamen Bewegung einen Bogen an. »Wenn du richtig hinsiehst, erkennst du ihn.«

Bremen schaute hin, und plötzlich lösten sich der Felsvorsprung und das Flachland auf und er fand sich in einem Garten voller blühender Bäume und Weinreben wieder. Die Luft war angefüllt mit ihrem Duft, das Flüstern der Zweige wie ein leises Singen gegen die seidige Schwärze der Nacht.

Die Vision verschwand wieder. »Ich bin gekommen, um dir Ruhe zu geben und Sicherheit«, sagte der Junge. »Diese Nacht zumindest wirst du in Frieden schlafen. Es wird keine Wache nötig sein. Deine Reise hat dich einen weiten Weg von Paranor fortgeführt, und sie ist noch lange nicht beendet. An jeder Ecke wirst du dich einer neuen Herausforderung gegenüber sehen, aber wenn du vorsichtig gehst und deine Instinkte beachtest, wirst du überleben, um den Dämonenlord zu vernichten.«

»Weisst du, was ich tun muss?«, fragte Bremen schnell. »Kannst du es mir sagen?«

Der Junge lächelte. »Du musst tun, was du für das Beste hältst. Das ist die Natur der Zukunft. Sie ist uns, die wir bereits am Leben teilhaben, nicht völlig klar. Sie ist ein Tablett voller Möglichkeiten, und wir müssen wählen, welche von ihnen wir geschehen lassen wollen, und dann dafür sorgen, dass sie geschehen. Geh du jetzt zum Hadeshorn. Trage das Schwert zu den Geistern der toten Druiden. Erscheint dir diese Entscheidung falsch?«

Nein, sie schien richtig. »Aber ich bin nicht sicher«, bekannte der alte Mann.

»Lass mich das Schwert sehen«, bat der Junge sanft.

Der Druide hob das Schwert, damit der Junge es untersuchen konnte. Der Junge streckte die Hand aus, als wollte er es halten, hielt aber dann inne, kurz bevor er es beinahe berührte und fuhr statt dessen mit den Fingern über die Länge der Klinge. Dann zog er seine Hand wieder zurück.

»Du wirst wissen, was du tun musst, wenn du dort bist«, sagte er. »Du wirst wissen, was notwendig ist.«

Zu seiner eigenen Überraschung verstand Bremen. »Beim Hadeshorn.«

»Dort, und später in Arborlon, wo sich alles verändert hat und ein neuer Anfang gemacht wurde. Du wirst es wissen.«

»Kannst du mir von meinen Freunden erzählen, was aus ihnen geworden ist …?«

»Die Ballindarrochs wurden getötet, und es gibt einen neuen Elfenkönig. Du musst ihn aufsuchen, um Antworten auf deine Fragen zu erhalten.«

»Was ist mit Tay Trefenwyd? Was mit dem Schwarzen Elfenstein?«

Aber der Junge, in der Hand das sonderbare Licht, hatte sich bereits erhoben. »Schlafe, Bremen. Der Morgen kommt früh genug.«

Eine große Müdigkeit überfiel den alten Mann. Obwohl er wollte, gelang es ihm nicht, aufzustehen und dem Jungen zu folgen. Er wollte ihm noch weitere Fragen stellen, brachte aber die Worte nicht über seine Lippen. Es war, als zerrte ein gewaltiges Gewicht beharrlich an ihm. Er sank zu Boden, eingewickelt in seinen Mantel, mit müden Augen und schwer atmend.

Der Junge hob noch einmal die Hand. »Schlafe, auf dass du die Kraft findest, die du brauchst, um weiterzugehen.«

Der Junge und das Licht zogen sich in die Dunkelheit zurück, sie wurden immer kleiner. Bremen versuchte zu erkennen, wohin sie gingen, aber es gelang ihm nicht, wach zu bleiben. Seine Atemzüge wurden tiefer, und die Augen fielen ihm zu.

Als der Junge und das Licht verschwanden, schlief er bereits.

Bei Tagesanbruch kehrte Kinson Ravenlock zurück. Er trat aus einer Decke aus Morgennebel, die dick und feucht über dem Rabb hing. Die Luft hatte sich während der Nacht abgekühlt. Hinter ihm rührte sich die Armee des Dämonenlords, eine träge Bestie, die sich auf den Weiterzug vorbereitete. Kinson dehnte und streckte sich müde, als er den alten Mann und das Mädchen erreicht hatte. Sie waren beide wach und warteten auf ihn; sie sahen aus, als hätten sie überraschend gut geschlafen. Er schaute sie nacheinander an und wunderte sich über die neue Tatkraft in ihren Augen, über die Frische ihrer Entschlossenheit. Er legte seine Waffen ab und nahm das kalte Frühstück und das Bier entgegen, das sie ihm reichten, dann setzte er sich dankbar unter die Schatten spendenden Zweige einer kleinen Eichengruppe.

»Die Nordländer marschieren gegen die Elfen«, erklärte er ohne weitere Einleitung. »Sie sagen, die Zwerge seien vernichtet.«

»Aber du bist nicht sicher«, kam Bremen ihm zuvor. Er saß ihm gegenüber, Mareth an seiner Seite.

Kinson schüttelte den Kopf. »Sie haben die Zwerge bis hinter das Rabenhorngebirge zurückgetrieben und bei jeder Auseinandersetzung geschlagen. Sie sagen, sie hätten sie an einem bestimmten Ort, der Feste Stedden, zerschlagen, aber Raybur und Risca scheinen entkommen zu sein. Sie sind wohl auch nicht ganz sicher, wie viele von den Zwergen sie getötet haben.« Er zog eine Braue hoch. »Das klingt für mich nicht nach einem ordentlichen Sieg.«

Bremen nickte; er dachte nach. »Aber der Dämonenlord wird im Laufe der Jagd immer unruhiger. Er fühlt sich nicht von den Zwergen bedroht, fürchtet aber die Elfen. Also wendet er sich nach Westen.«

»Woher weißt du das alles?«, wollte Mareth von Kinson wissen. Sie war offensichtlich beeindruckt. »Wie hattest du ihnen so nahe kommen können? Du konntest dich doch nicht zeigen.«

»Nun, sie sahen mich und sie sahen mich auch wieder nicht.« Der Grenzländer lächelte. »Ich war nahe genug, um sie zu berühren, aber sie konnten mein Gesicht nicht sehen. Sie dachten, ich wäre einer von ihnen. Wenn man sich in solcher Dunkelheit in einen Mantel einhüllt, eine Kapuze aufsetzt und sich etwas nach vorn beugt, halten sie einen für einen der ihren, weil sie ganz einfach nicht erwarten, dass man etwas anderes ist. Es ist ein alter Trick, den man aber üben sollte, bevor man ihn wirklich anwendet.« Er warf ihr einen prüfenden Blick zu. »Du scheinst während meiner Abwesenheit gut geschlafen zu haben.«

»Die ganze Nacht«, gab sie reuevoll zu. »Bremen hat mich nicht aufgeweckt, um mich meinen Teil der Wache übernehmen zu lassen.«

»Es bestand keine Notwendigkeit«, sagte der Druide schnell und schob die Angelegenheit beiseite. »Aber jetzt müssen wir uns um das Heute kümmern. Wir sind an einer weiteren Kreuzung angelangt, fürchte ich. Wir müssen uns trennen. Kinson, ich möchte, dass du ins Ostland gehst und nach Risca suchst. Finde die Wahrheit heraus. Wenn Raybur und die Zwerge noch eine Streitmacht sind, bringe sie nach Westen, damit sie die Elfen unterstützen. Erzähle ihnen von dem Talisman, der den Dämonenlord zerstören wird, aber dringe darauf, dass wir ihre Hilfe benötigen, um ihn zu stellen.«

Kinson dachte einen Augenblick über die Sache nach. Er runzelte die Stirn. »Ich werde tun, was ich kann, Bremen. Aber die Zwerge haben sich auf die Elfen verlassen, und es scheint, als wären sie niemals aufgetaucht. Ich frage mich, wie bereit die Zwerge jetzt sein werden, den Elfen zu helfen.«

Bremen sah ihn fest an. »Es liegt an dir, sie von der Dringlichkeit zu überzeugen. Es ist unbedingt nötig, Kinson. Sag ihnen, dass die Ballindarrochs getötet wurden und ein neuer König gewählt wurde. Sag ihnen, dass dies die Elfen gehindert hat. Erinnere sie daran, dass wir alle in Gefahr sind, nicht nur Einzelne.« Er warf einen schnellen Blick auf Mareth, die ihm am nächsten saß, dann blickte er den Grenzländer wieder an. »Ich muss zum Hadeshorn gehen, um mit den Geistern der Toten über das Schwert zu sprechen. Von dort werde ich mich nach Westen zu den Elfen wenden, um den Träger des Schwertes zu finden. Dort werden wir uns wiedertreffen.«

»Wohin soll ich gehen?«, fragte Mareth sofort.

Der alte Mann zögerte. »Kinson wird dich mehr brauchen als ich.«

»Ich brauche niemanden«, wandte der Grenzländer sofort ein. Seine dunklen Augen trafen ihre, dann senkte er rasch den Blick.

Mareth schaute Bremen fragend an. »Ich habe alles für dich getan, was möglich war«, sagte er ruhig.

Sie schien zu verstehen, was er damit sagen wollte. Sie lächelte mutig und schaute Kinson an. »Ich würde gerne mit dir gehen, Kinson. Deine Reise wird länger sein, und vielleicht hilft es, wenn wir zu zweit sind. Du fürchtest dich nicht vor mir, nicht wahr?«

Kinson grunzte. »Wohl kaum. Erinnere dich nur daran, was Bremen dir über den Stab gesagt hat. Vielleicht verhindert er, dass du meinen Rücken in Brand setzt.«

Er bedauerte die Worte, noch bevor er sie zu Ende gesprochen hatte. »Ich meinte das nicht so«, sagte er reuevoll. »Es tut mir Leid.«

Sie schüttelte wegwerfend den Kopf. »Ich weiß, was du meinst. Es gibt nichts, wofür du dich entschuldigen musst. Wir sind Freunde, Kinson. Freunde verstehen einander.«

Sie lächelte ihn beruhigend an, und in diesem Augenblick dachte er, dass sie vielleicht wirklich Freunde waren. Aber er fragte sich gleichzeitig, ob sie nicht noch etwas anderes gemeint hatte.

Kapitel 26

Nachdem Bremen nun wieder alleine war, wandte er sich nach Norden zum Hadeshorn. Im morgendlichen Dunst bahnte er sich seinen Weg hinunter in die Rabbebene, während die Sonne sich in den wolkenlosen, blauen Himmel erhob. Er führte sein Pferd im

Schritttempo in östlicher Richtung von der Nordlandarmee fort, immer darauf vorbereitet, möglicherweise einem der Späher zu begegnen, die sie sicherlich ausschicken würden, oder auf eine Gruppe von Nachzüglern zu treffen. Er konnte in einiger Entfernung die Armee hören, die sich ebenfalls wieder auf den Weg machte, begleitet von den Geräuschen rumpelnder Wagen und Gerätschaften, knarrender und quietschender Zugriemen und Halteseile, und einem Stimmengewirr, das körperlos und ziellos aus dem Nebel zu ihm drang. Bremen hüllte sich in seine Druidenmagie, um auch nicht durch einen dummen Zufall entdeckt zu werden, und versuchte, aus dem Gewirr der Geräusche diejenigen herauszufiltern, die von Gefahr künden mochten, und sorgfältig auf Bewegungen in der Nebeldecke zu achten.

Die Zeit lief davon, und die Sonne machte sich daran, den Nebel zu durchdringen und zu verjagen. Das Getöse der aufbrechenden Armee wurde schwächer und entfernte sich in westlicher Richtung von ihm, und so ließ Bremen in seiner Wachsamkeit etwas nach. Er konnte die Ebene jetzt deutlicher erkennen, die verdörrten Flächen aus verbrannter Erde und versengtem Gras, die ganze staubige Weite von den Wäldern des Anar bis zum Runnegebirge, die von den Nordländern zertrampelt und besudelt worden war. Er ritt zwischen den Überresten und Abfällen der Armee hindurch, vorbei an Trümmern und Müll, und er wunderte sich über die Hässlichkeit und Sinnlosigkeit des Krieges. Urprox Screls Schwert hing über seinem Rücken; seit Kinson gegangen war, musste er dieses Gewicht wieder selbst tragen. Er spürte, wie es sich beim Reiten gegen ihn presste, eine beständige Erinnerung an die Herausforderung, der er sich noch zu stellen hatte. Er war ein wenig erstaunt über die Beharrlichkeit, mit der er die Verantwortung dafür übernommen hatte und behielt. Er hätte sich soviel ersparen können, hätte er es nicht getan. Es gab keinen besonderen Grund, warum ausgerechnet er diese Bürde auf sich genommen hatte. Niemand hatte ihn gezwungen. Niemand war zu ihm gekommen und hatte gesagt, du musst das tun. Es war seine freie Wahl gewesen, und an diesem Morgen, während er auf die Drachenzähne und die ihn erwartende Auseinandersetzung zuritt, konnte er nicht anders, als sich über die merkwürdige Anwandlung zu wundern, die ihn wohl dazu getrieben hatte.

Er fand in der Ebene kein Wasser, als der Mittag nahte, und so ritt er ohne Unterbrechung weiter. Einmal stieg er ab und führte das Pferd neben sich. Er hatte sich gegen die Mittagshitze abgeschirmt; die Sonne, ein strahlender, weißer Ball, brannte erbarmungslos vom Himmel. Er dachte über das Ausmaß der Gefahr nach, der die Bewohner der Vier Länder gegenüberstanden. Ihre Situation erschien ihm so hoffnungslos wie das Land unter der Sonne. Soviel hing von Dingen ab, die noch unbekannt waren – der Magie des Schwerts, dem Träger des Schwerts, den verschiedenen Aufgaben, die die einzelnen Mitglieder ihrer kleinen Gruppe übernommen hatten, und dem Zusammentreffen all dieser Einzelteile zum richtigen Zeitpunkt und am richtigen Ort. Das Unterfangen war lächerlich, wenn man die einzelnen Teile getrennt untersuchte, und es barg so viele Möglichkeiten des Scheiterns. Wenn er es aber als Ganzes betrachtete, wenn er die Notwendigkeit gegen die Vorherbestimmung abwog, dann war ein Scheitern undenkbar.

Als die Nacht hereinbrach, schlug er in einer Schlucht auf der offenen Ebene, wo ein kleines Rinnsal und etwas Gras dem Pferd ein bisschen Nahrung boten, sein Lager auf. Bremen aß von dem Brot, das er immer noch bei sich trug, und trank aus dem Bierschlauch. Er sah zu, wie am Nachthimmel die Sterne aufzogen und blickte auf den Viertelmond, der sich über dem südlichen Horizont erhob. Er hatte das Schwert in seinen Schoß gelegt und sinnierte wieder über dessen Gebrauch. Mit den Fingern fuhr er über den Kamm des Eilt Druin, als könnte er ihm dadurch das Geheimnis seiner Magie entlocken. Du wirst wissen, was nötig ist, hatte der König des Silberflusses zu ihm gesagt. Stunde um Stunde verging, während er in der stillen, friedlichen Nacht in seine Gedanken vertieft dasaß. Die

Nordlandarmee war jetzt zu weit weg, als dass er sie hätte hören oder ihre Feuerstellen sehen können. In dieser Nacht gehörte die Rabbebene ihm allein, und er hatte das Gefühl, als wäre außer ihm niemand sonst auf der Welt.

Bei Morgenanbruch ritt er weiter. An diesem Tag kam er schneller voran. Der Himmel bewölkte sich und dämpfte die Hitze der Sonnenstrahlen. Unter den Hufen seines Pferdes wirbelte Staub auf und trieb im sanften Westwind dahin. Das Land vor ihm veränderte sich, es wurde wieder grüner, wo der Mermidon aus dem Runnegebirge herausfloss. Kleine Wäldchen säumten die Quellen und Nebenflüsse des großen Flusses. Am späten Nachmittag hatte Bremen ihn an einer flachen Stelle überquert und wanderte nun auf die Wand der Drachenzähne zu. Er hätte anhalten und sich ausruhen können, aber er beschloss weiterzuziehen. Die Zeit war ein strenger Dienstherr und gestattete ihm keine Bequemlichkeit mehr.

Als die Nacht hereinbrach, hatte er die Gebirgsausläufer erreicht, die in das Tal von Shale führten. Er stieg ab und band sein Pferd in der Nähe einer Quelle fest. Er nahm seine Mahlzeit zu sich, während er die Sonne hinter dem Runnegebirge versinken sah und an das dachte, was vor ihm lag. Zumindest lang würde die Nacht werden, und auf jeden Fall würde Erfolg oder Niederlage sie beenden. Die Ungewissheit war immer noch gewaltig. Seine Gedanken wanderten eine Zeit lang ab, und er bemerkte plötzlich, wie er kleine Teile seines Lebens herauspickte und untersuchte, als könnten sie ihm Zuversicht in seine Fähigkeiten geben. Er hatte einige Erfolge gehabt in seinen Bemühungen, die Pläne des Dämonenlords zu vereiteln, und er hätte Mut daraus schöpfen können. Aber er wusste auch, dass in diesem gefährlichen Spiel ein einziger Fehltritt unwiderrufliche Folgen haben und alles, was er bereits erreicht hatte, zunichte machen konnte. Er sinnierte über die Ungerechtigkeit, die darin lag, aber er wusste auch, dass niemals in der Geschichte der Welt die wichtigen Dinge, das, was zählte, von Gerechtigkeit bestimmt worden waren.

Um Mitternacht stand er auf und ging in die Berge. Er trug den schwarzen Umhang, Zeichen seines Amtes, mit dem Emblem des Eilt Druin auf der Brust, und er hatte Urprox Screls wundersames Schwert bei sich. Er lächelte. Urprox Screls Schwert. Er sollte es anders nennen, denn es gehörte dem Schmied nicht länger. Aber er hatte noch keinen Namen dafür und konnte ihm auch keinen geben, solange nicht der richtige Besitzer gefunden oder das Ziel des Schwertes bestimmt war. Also schob er die Frage nach dem Namen des Schwertes beiseite, atmete die frische Nachtluft ein, die in diesen Ausläufern kühl und so klar war, dass er glaubte, unendlich weit in die Ferne blicken zu können.

Er durchquerte einige kleinere Täler und Hohlwege, die in das Tal von Shale führten, und als er sein Ziel erreicht hatte, waren es immer noch einige Stunden bis Morgenanbruch. Er stand eine Zeit lang am Rande des Tals und schaute hinunter zum Hadeshorn. Der See war still und die Oberfläche glatt wie Glas, sie warf das Bild des hellen, sternenklaren Nachthimmels zurück. Er schaute in den Spiegel des ruhigen Wassers und ertappte sich bei der Frage, welche Geheimnisse es wohl verbarg. Hier, in den Tiefen dieses Sees, warteten die Antworten, von den Geistern der Toten gehortete Schätze, vielleicht, weil dies alles war, das von dem Leben, von dem sie sich verabschiedet hatten, übrig geblieben war, vielleicht, weil man im Tod so wenig besaß, was man sein Eigen nennen konnte.

Er setzte sich auf einen Stein, starrte hinaus auf den See und grübelte über dessen Geheimnisse. Wie mochte es wohl sein, wenn das Leben beendet war und man den Körper abstreifte? Wie lebte es sich in den Wassern des Hadeshorn? Fühlte man im Tod ähnlich wie im Leben? Trug man sämtliche Erinnerungen mit sich? Hatte man die gleichen Bedürfnisse und Wünsche? Gab es noch einen Zweck im Dasein, wenn der Körper zurückgeblieben war?

Soviel Unbekanntes, dachte er. Aber er war alt, und die Geheimnisse würden sich ihm bald genug offenbaren.

Eine Stunde vor Anbruch des Morgens nahm er das Schwert und

ging hinunter ins Tal. Er bahnte sich seinen Weg vorsichtig über lose scharfkantige Felsbrocken und bemühte sich angestrengt, nicht an das zu denken, was vor ihm lag. Er zog sich tief in sein Inneres zurück und sammelte seine Gedanken, versuchte sich Klarheit zu verschaffen über das, was er wollte. Die Nacht war friedlich und ruhig, aber er konnte bereits spüren, wie sich unter der Erde etwas rührte. Er kam zum Ende des Pfades und trat an den Rand des Hadeshorn. Einen Augenblick lang blieb er reglos stehen, und ein Gefühl von Unsicherheit stieg in ihm auf. Soviel hing von dem ab, was als nächstes geschehen würde, und er wusste so wenig darüber, was er tun sollte.

Er legte sein Schwert am Rand des Wassers vor sich nieder und richtete sich auf. Jetzt konnte er nichts mehr ändern. Die Zeit verrann nach ihren eigenen Gesetzen.

Er begann mit den Beschwörungsformeln und Handbewegungen, die die Geister der Toten herbeirufen würden. Mit grimmiger Entschlossenheit kämpfte er sich zu ihnen durch, verbiss sich so viele Zweifel und Unsicherheiten und legte soviel Angst wie möglich beiseite. Er spürte, wie die Erde unter ihm bebte und der See in Reaktion auf seine Bemühungen in Bewegung geriet. Der Himmel wurde dunkel, als verhüllten Wolken ihn, und die Sterne verschwanden. Wasser zischte und brodelte, und die Stimmen der Toten erhoben sich zu einem Wispern, das sich schnell zu Stöhnen und Rufen steigerte. Bremen spürte, wie seine Entschlossenheit stärker wurde, als wollte sie ihn in irgendeiner Weise vor dem beschützen, was die Toten mit ihm tun könnten. Er hatte die Beschwörung jetzt beendet, nahm das Schwert wieder auf und trat einen Schritt zurück. Wüst wirbelte der See und versprühte Gischt in alle Richtungen. Die Stimmen schwollen zu einer ungeheuerlichen Kakophonie an, die sich am Rand des Wahnsinns bewegte. Der Druide stand wie angewurzelt an seinem Platz und wartete auf das, was kommen musste. Er war jetzt eingeschlossen in dem Tal und abgeschnitten von allen Lebenden, ganz allein mit den Toten.

Wenn etwas schief ging, war niemand da, um ihm zu helfen. Wenn er versagte, würde keiner nach ihm suchen. Was immer geschehen würde an diesem Tag, es lastete auf seinen Schultern.

Dann explodierte der See mit einer geradezu vulkanischen Kraft, und ein Geysir schoss direkt in den Himmel, eine schwarze Säule aus Wasser. Bremen riss die Augen auf. So etwas hatte er noch nie zuvor gesehen. Die Säule hob sich gen Himmel, und ihr Wasser fiel weder zusammen, noch löste es sich auf. Um sie herum tänzelten die gespenstischen, schimmernden Umrisse der Geister des Todes. Sie erschienen in Schwärmen und tauchten nicht direkt aus dem See auf, sondern wurden von der wirbelnden Wassermasse ausgespuckt. Als wären sie noch im Wasser, so schwammen sie durch die Luft; ihre Gestalten ein brillantes Kaleidoskop vor der Schwärze der Nacht. Während sie umherwirbelten, schrien sie mit schrillen, ergreifenden Stimmen, als würden all ihre Wünsche sich in diesem einzigen Augenblick erfüllen.

Dröhnendes Husten drang jetzt mitten aus der Säule, und unwillkürlich wich Bremen einen Schritt zurück. Das Geräusch brachte den Boden unter seinen Füßen zum Zittern. Er war zu weit gegangen, dachte er voller Schrecken. Er hatte etwas falsch gemacht. Aber jetzt war es zu spät, und er konnte es nicht mehr ändern, selbst wenn er gewusst hätte, wie. Und auch zur Flucht war es zu spät.

Er hielt das Schwert in seinen Händen, und das in den Griff des Schwertes eingelassene Bild des Eilt Druin begann zu glühen.

Bremen zuckte zurück, als hätte er sich verbrannt. *Schatten!*

Dann spritzte die Wassersäule auseinander und fiel in der Mitte zusammen, als hätte sie der Blitz getroffen. Licht blitzte im Innern auf, so brillant, dass Bremen gezwungen war, seine Augen abzuschirmen. Er hob schützend die Arme hoch und hielt das Schwert vor sich, als sollte es welcher Bedrohung auch immer trotzen. Das Licht loderte auf, und dunkle Gestalten traten hervor. Eine nach der anderen nahm Form an, verhüllt und schwarz wie die Nacht um sie herum, dampfend vor innerer Hitze.

Bremen sank auf die Knie, er war unfähig, angesichts dessen, was da geschah, noch länger stehen zu bleiben. Er versuchte immer noch, gleichzeitig seine Augen zu schützen und zu schauen. Eine verhüllte Figur nach der anderen kam auf ihn zu, und jetzt erkannte Bremen, wer sie waren: die Geister der toten Druiden, die Schatten derer, die zuvor gestorben waren, die einmal in dieser Welt gelebt hatten und jetzt im Tod größer waren als im Leben. Erscheinungen, denen es an Substanz mangelte, die aber dennoch eine schreckliche Präsenz hatten. Der alte Mann konnte nicht verhindern, dass er vor ihnen zurückwich, so viele kamen auf einmal, und immer mehr, eine scheinbar endlose Reihe, die in der Luft vor ihm schwebte und sich über das aufgewühlte Wasser des Sees unausweichlich näherte.

Jetzt hörte er sie sprechen, hörte sie seinen Namen rufen. Ihre Stimmen erhoben sich über denen der kleineren Gestalten, die sie begleiteten, sprachen seinen Namen immer und immer wieder aus. *Bremen, Bremen.* Ganz vorn war Galaphile, und seine Stimme war die kräftigste. *Bremen, Bremen.* Der alte Mann wünschte sich sehnlichst, fliehen zu können, und er hätte alles gegeben, wäre es ihm möglich gewesen. Sein Mut verließ ihn, und seine Entschlossenheit zerfiel in nichts. Diese Erscheinungen kamen seinetwegen, und er konnte bereits die Berührung ihrer geisterhaften Hände auf seinem Körper spüren. Der Wahnsinn tobte in seinem Kopf und drohte ihn zu überwältigen. Immer weiter kamen sie, ungeheure Gestalten, die sich ihren Weg durchs Dunkel bahnten, gesichtslose Erscheinungen, Geister ohne Zeit und Geschichte. Er spürte, dass er zitterte und es nicht verhindern konnte, dass er nicht einmal denken konnte. Am liebsten hätte er vor Verzweiflung laut aufgeschrien.

Dann waren sie bei ihm. Zuerst Galaphile, und hilflos ließ Bremen den Kopf in die Armbeuge sinken.

– Zeige mir das Schwert –

Ohne zu zögern tat er, wie ihm geheißen, und hielt es ihnen wie einen Talisman entgegen. Galaphile streckte die Hand aus, und seine Finger streiften den Eilt Druin. Sofort loderte das Emblem in weißem Licht auf. Galaphile drehte sich um, und ein anderer Druide erschien, berührte es ebenfalls und ging fort. So geschah es weiter, bis ein Geist nach dem anderen vor den alten Mann getreten war und mit den Fingern über den Eilt Druin gestrichen hatte. Immer und immer wieder loderte das Emblem zur Reaktion auf. Seine Augen hinter dem erhobenen Arm geschützt, beobachtete Bremen, was geschah. Es hätte eine Segnung sein können, Anerkennung und Zustimmung. Aber der alte Mann wusste, dass es noch mehr war, etwas weit Dunkleres. Die Berührung der Toten hinterließ etwas auf dem Schwert. Er spürte, wie es geschah. Er konnte spüren, wie es stattfand.

Das war es, weshalb er gekommen war. Es gab keinen Zweifel daran. Das hatte er gesucht. Dennoch konnte er selbst jetzt, in dem Moment des Geschehens, die Bedeutung dieses Vorgangs nicht entschlüsseln.

Daher kniete er bestürzt und verwirrt am Rand des Hadeshorns, lauschte und wunderte sich über das, was geschah. Schließlich waren alle Druiden vorbeigezogen, hatten den Eilt Druin berührt und waren wieder gegangen. Jetzt war Bremen allein. Die Stimmen der Geister verklangen langsam, und in der nachfolgenden Stille konnte er das Keuchen seines eigenen, angestrengten Atems hören. Schweiß nässte seinen Körper und glitzerte auf seinem Gesicht. Sein Arm schmerzte von dem langen Hochhalten des Schwertes, aber er konnte sich noch nicht dazu überwinden, es zurückzunehmen. Er wartete, wissend, dass es noch nicht vorbei war, dass noch etwas folgen würde.

– Bremen –

Sein Name wurde von einer Stimme ausgesprochen, die er jetzt erkannte. Er hob vorsichtig den Kopf. Die Schatten der Druiden waren verschwunden. Die Wassersäule war fort. Alles, was noch da war, war der See und die Schwärze der Nacht und, direkt vor ihm, der Schatten Galaphiles. Er wartete geduldig auf Bremen, während sich dieser erhob und das Schwert an seinen Körper drückte, als würde es ihm Kraft verleihen. Tränen liefen ihm über die Wangen, und er wusste nicht, wie sie dorthin gekommen waren. Waren es seine eigenen? Er versuchte zu sprechen, aber es gelang ihm nicht.

Statt dessen sprach der Schatten.

– Höre mir zu. Dem Schwert wurde seine Kraft verliehen. Bringe es jetzt zu dem, der es tragen wird. Du findest ihn im Westen. Du wirst es wissen, wenn du ihn siehst. Es gehört jetzt ihm –

Bremens Stimme tastete nach Worten, die jedoch nicht kommen wollten. Der Geist streckte ihm einen Arm entgegen.

– Frage –

Der Verstand des alten Mannes klärte sich, und seine Stimme war heiser und voller Ehrfurcht. »Was hast du getan?«

– Den Teil gegeben, den wir geben konnten. Unsere Leben sind vergangen. Unsere Lehren sind verloren. Unsere Magie hat sich im Laufe der Zeit aufgelöst. Nur unsere Wahrheit bleibt, all das, was im Leben zu uns gehörte, in unseren Lehren, in unserer Magie, hart und scharfkantig und von tödlicher Macht –

Wahrheit? Bremen starrte vor sich hin; er verstand gar nichts. Wie sollte die Macht des Schwertes darin liegen? Welche Art von Magie konnte aus der Wahrheit kommen? All die Druiden, die zu ihm getreten waren und das Schwert berührt hatten, es zum Auflodern gebracht hatten – für so etwas?

Der Schatten Galaphiles machte wieder ein Zeichen, eine Geste, die so zwingend war, dass Bremen die Fragen hinunterschluckte und seine Aufmerksamkeit sofort dem Geist zuwandte. Die dunkle Gestalt vor ihm wischte mit einer Handbewegung alles außer seiner eigenen Gegenwart fort, und die Stille um sie herum war vollkommen.

– Höre, Bremen, letzter von Paranor, ich werde dir erklären, was du wissen musst. Höre –

Und Bremen, der mit Herz und Seele den Worten des Geistes hingegeben war, lauschte.

Als es vorüber und der Schatten Galaphiles verschwunden war, als die Wasser des Hadeshorn wieder ruhig und glatt dalagen und der Morgen silbrig und golden aus dem Osten hervorkroch, ging der alte Mann an den Rand des Tales von Shale und schlief dort eine Zeit lang zwischen den schwarzen Felsen. Die Sonne erhob sich und der Tag wurde heller, aber der Druide wachte nicht auf. Er schlief einen tiefen, traumreichen Schlaf, und die Stimmen der Toten flüsterten ihm etwas in Worten zu, die er nicht verstehen konnte. Er erwachte bei Sonnenuntergang, verfolgt von seinen Träumen, seiner Unfähigkeit, ihre Bedeutung zu entschlüsseln, und seiner Furcht, dass sie ihm Geheimnisse vorenthielten, die er enthüllen musste, sollten die Rassen überleben. Er saß in der Hitze im Schatten, zog den Rest Brot aus seinem Rucksack und aß schweigend die Hälfte davon, während das Zwielicht immer dunkler wurde. Er starrte auf die Berge, auf die hohen, seltsamen Formationen der Drachenzähne, deren östliche Ausläufer zur Ebene hin an den Wolken kratzten. Er trank aus dem Bierschlauch, der jetzt nahezu leer war, und dachte über das nach, was er erfahren hatte.

Über das Geheimnis des Schwertes.

Über die Beschaffenheit seiner Magie.

Dann stand er auf und ging über die Gebirgsausläufer zurück zu der Stelle, wo er sein Pferd in der Nacht zuvor angebunden hatte. Das Pferd war weg. Jemand hatte es genommen; die Fußspuren des Diebes waren deutlich im Staub zu erkennen, sie stammten nur von einer Person, näherten sich und führten dann wieder fort. Er verschwendete keinen weiteren Gedanken daran, sondern begann, nach Westen zu gehen, denn er war nicht gewillt, seine Reise noch weiter zu verzögern. Es würde ihn mindestens vier Tage kosten, wenn er zu Fuß ginge, mehr noch, wenn er der Nordlandarmee ausweichen musste, was ziemlich sicher der Fall war. Aber er konnte es nicht ändern. Vielleicht würde er unterwegs ein anderes Pferd finden.

Die Nacht wurde tiefer, und der Mond ging auf, er wurde voller und erhellte den Himmel. Die Wolken waren graue Schatten auf der Weite des Himmels, während sie in stiller Prozession dahinglitten. Bremen ging zügig voran und folgte dem silbernen Faden des Mermidon, der sich in westliche Richtung schlängelte, immer im Schatten der Drachenzähne, wo das Mondlicht ihn nicht verraten konnte. Im Gehen wog er seine Möglichkeiten ab, wälzte sie in seinem Kopf hin und her. Er ließ vor seinem geistigen Auge alles noch einmal entstehen. Galaphile kam erneut zu ihm, sprach zu ihm und enthüllte ihm alles. Die Geister der Toten gingen auf ihn zu, ernste und stumme Gespenster, deren Hände nach dem Griff des Schwertes fassten, kurz auf dem Bild des Eilt Druin ruhten und sich dann wieder zurückzogen.

Sie gaben die Wahrheiten weiter, die sie im Leben entdeckt hatten. Sie erfüllten das Schwert mit der Kraft, die solche Wahrheiten hervorbringen konnte.

Sie verliehen ihm Macht.

Er atmete tief die Nachtluft ein. Verstand er jetzt wirklich die Macht des Talismans? Er glaubte es, und dennoch schien die Magie, die er in dem Kampf einsetzen musste, so klein gegen den mächtigen Feind. Wie sollte er den Mann, der das Schwert schwingen musste, davon überzeugen, dass es genügte, um zu siegen? Wie viel von dem, was er wusste, sollte er preisgeben? Zu wenig, und er riskierte, den Träger des Schwertes aus Ignoranz zu verlieren. Zu viel, und er riskierte, dass der Kämpfer aus Angst aufgab. Auf welcher Seite sollte er irren?

Würde er es wissen, wenn er dem Mann begegnete?

Diese Unsicherheit gab ihm das Gefühl, ziellos dahinzutreiben. Soviel hing von dieser Waffe ab, und dennoch blieb es allein ihm überlassen, ihren Gebrauch zu bestimmen.

Ihm allein, denn das war die Bürde, die er auf sich genommen, der Pakt, den er geschlossen hatte.

Die Nacht schritt voran, und Bremen erreichte die Kreuzung, wo der Fluss sich nach Süden zum Runnegebirge wandte. Der Wind wehte aus Südwesten und führte auf seinem Rücken den Geruch des Todes mit. Bremen blieb abrupt stehen, als sich seine Nase mit dem Gestank füllte. Er überlegte, was er jetzt tun sollte, dann ging er auf eine schmale Stelle in der Biegung des Flusses zu und überquerte ihn. Vor ihm lag Varfleet, eine Siedlung des Südlandes, in der er fünf Jahre zuvor Kinson für sich gewonnen hatte. Der Gestank kam von dort.

Er erreichte die Stadt, als es noch mehrere Stunden bis zum Morgen waren; die Nacht war wie ein stiller, dunkler Schleier. Der Geruch wurde schärfer, je näher er kam, und er wusste sofort, was geschehen war. Rauch stieg empor und bildete im Mondlicht träge Wirbel aus grauen Bändern. Rote Glut flammte noch schwach auf. Holz ragte auf wie Speere, die im Boden steckten. Varfleet war bis auf den Boden niedergebrannt, und alle seine Bewohner waren getötet oder vertrieben worden. Tausende von ihnen. Der alte Mann schüttelte hilflos den Kopf, als er die stillen, leeren Straßen betrat. Die Gebäude waren zerstört und geplündert worden. Überall lagen Menschen und Tiere tot umher, in grotesken Verrenkungen zwischen den Trümmern. Bremen ging durch die zerstörte Stadt und wunderte sich über die Grausamkeit. Er stieg über die Leiche eines alten Mannes, dessen Augen offen waren und ins Leere starrten. Eine Ratte kroch unter ihm hervor und huschte davon.

Bremen erreichte das Zentrum der Stadt und blieb stehen. Es schien nicht so, als hätte es hier einen richtigen Kampf gegeben, denn er fand nur wenige benutzte Waffen. Viele der Toten sahen aus, als wären sie im Schlaf überrascht worden. Wie viele aus Kinsons Familie, wie viele seiner Freunde waren unter ihnen? Er schüttelte traurig den Kopf. Der Angriff war schätzungsweise zwei Tage her. Die Nordlandarmee war von Osten gekommen und hatte sich nach Westen über den Regenbogensee auf den Weg zu der Schlacht mit den Elfen gemacht. Es war Varfleets Unglück, dass es auf dem Weg der Eindringlinge lag.

Alle Dörfer des Südlandes zwischen diesem hier und der Ebene von Streleheim würden ein ähnliches Schicksal erleiden, dachte er verzweifelt. Eine große Leere breitete sich in ihm aus. Aber Worte, mit denen er seine Gefühle hätte beschreiben können, schienen unzulänglich.

Er zog seinen dunklen Umhang fester um sich, schob das Schwert auf seinem Rücken zurecht und verließ die Stadt wieder, bestrebt, nicht mehr auf die Verwüstung zu schauen. Er hatte sie beinahe hinter sich gelassen, als er eine Bewegung wahrnahm. Ein anderer Mann hätte sie völlig übersehen, aber Bremen war Druide. Er sah nicht mit den Augen, sondern mit dem Geist.

Es lebte noch etwas in diesen Trümmern, etwas, das sich versteckte.

Er bog nach links ab, ging vorsichtig weiter und rief seine Magie herbei, um ein Schutznetz um sich herum zu bilden. Er fühlte sich nicht bedroht, aber er wusste genug, um auf jeden Fall vorsichtig zu sein. Er bahnte sich seinen Weg durch eine Reihe zerstörter Häuser bis zu einem eingestürzten Schuppen. Dort, im Eingang, kauerte eine Gestalt.

Bremen blieb stehen. Es war ein Junge von etwa zwölf Jahren, mit zerrissener und schmutziger Kleidung. Asche und Ruß bedeckten Gesicht und Hände. Der Junge drückte sich nach hinten in die Schatten, als wünschte er, dass die Erde selbst ihn verschlingen möge. In der einen Hand hielt er ein Messer. Seine Haare waren strähnig und dunkel, schulterlang und hingen ihm wirr ins schmale Gesicht.

»Komm her, Junge«, sagte der alte Mann leise. »Es ist alles in Ordnung.«

Der Junge bewegte sich keinen Millimeter.

»Es ist niemand hier außer dir und mir. Wer immer das getan hat, ist fort. Komm jetzt heraus.«

Der Junge blieb, wo er war.

Bremen schaute in die Ferne, er war von dem plötzlichen Glanz einer Sternschnuppe abgelenkt. Er holte tief Luft. Er konnte es sich nicht leisten, noch länger hier zu bleiben, und für den Jungen konnte er ohnehin nichts tun. Er vergeudete nur seine Zeit.

»Ich muss jetzt fort«, sagte er müde. »Du solltest auch gehen. Diese Leute hier sind alle tot. Reise zu einem der Dörfer weiter südlich und bitte dort um Hilfe. Viel Glück.«

Er drehte sich um und ging weiter. Noch viele andere würden ihr Heim verlieren und viele weitere Leben in Trümmern liegen, bevor sie den Dämonenlord besiegt hätten. Eine deprimierende Feststellung. Er schüttelte den Kopf. Er ging etwa hundert Meter und blieb dann plötzlich stehen. Als er sich umdrehte, sah er, wie der Junge an einer Mauer lehnte, das Messer in der Hand, und ihn anstarrte.

Bremen zögerte. »Hast du Hunger?«

Er griff in seinen Rucksack und zog das letzte Stück Brot heraus. Der Junge reckte den Kopf, und ein Lichtstrahl fiel ihm aufs Gesicht. Seine Augen glitzerten, als er das Brot sah.

Seine Augen…

Bremen spürte, wie sich ihm die Kehle zuschnürte. Er kannte diesen Jungen! Es war der Junge, den er in Galaphiles vierter Vision gesehen hatte! Die Augen verrieten ihn; der Blick war so intensiv, so durchdringend, dass er einem die Haut vom Körper zu schälen schien. Nur ein Junge, ein Waise dieser Verwüstung, und dennoch war etwas so Grundlegendes um ihn, etwas so Fesselndes…

»Wie heißt du?«, fragte Bremen mit sanfter Stimme.

Der Junge antwortete nicht. Er bewegte sich nicht. Bremen zögerte, dann ging er auf ihn zu. Sofort zog sich der Junge wieder in die Schatten zurück. Der alte Mann hielt inne, legte das Brot nieder, drehte sich um und ging davon.

Fünfzig Meter weiter blieb er wieder stehen. Der Junge folgte ihm, er beobachtete ihn genau und kaute an dem Brot, während er sich näherte.

Bremen stellte ihm ein Dutzend Fragen, aber der Junge sprach immer noch nicht mit ihm. Als Bremen sich ihm nähern wollte, wich er schnell wieder zurück. Die Versuche des Druiden, den Jungen zu überreden, näher zu kommen, blieben fruchtlos.

Schließlich drehte Bremen sich um und ging weiter. Er wusste nicht, was er mit dem Jungen machen sollte. Er wollte ihn nicht mitnehmen, aber Galaphiles Vision legte nahe, dass es eine ganz besondere Verbindung zwischen ihnen beiden gab. Vielleicht würde er mit etwas Geduld den Grund dafür herausfinden. Als die Sonne aufging, wandte er sich wieder nach Norden und überquerte den Mermidon. Er folgte dem Verlauf der Drachenzähne und marschierte bis zum Sonnenuntergang weiter. Als er ein Lager aufschlug, war auch der Junge da, er saß hinter ihm auf der Lichtung, die er ausgewählt hatte, hielt sich im Schatten verborgen und beobachtete ihn. Bremen hatte nichts zu essen, aber noch einen Rest Bier. Er schlief bis Mitternacht, dann wachte er auf, um seine Reise fortzuführen. Der Junge wartete bereits. Als Bremen weiterging, folgte er ihm.

So ging es drei Tage lang. Am Ende des dritten Tages kam der Junge in das Lager und setzte sich neben den alten Mann, um das Mahl aus Wurzeln und Beeren mit ihm zu teilen. Als Bremen am nächsten Morgen aufwachte, schlief der Junge neben ihm. Zusammen standen sie auf und gingen nach Westen.

An diesem Abend, als sie den Rand der Ebene von Streleheim erreichten und sich daran machten, sie zu überqueren, sprach der Junge seine ersten Worte.

Sein Name, so erklärte er dem alten Mann, war Allanon.

Die Schlacht im Tal von Rhenn

Kapitel 27

Es war später Nachmittag, und graues, diesiges Licht schien in das Arbeitszimmer im Sommerhaus der Familie Ballindarroch. Jerle Shannara schaute auf die Karten, die er auf dem Tisch vor sich ausgebreitet hatte. Draußen regnete es noch immer. Ihm war, als würde es bereits seit Wochen regnen, obwohl er genau wusste, dass das nicht stimmte und dieses Gefühl hauptsächlich durch seinen gegenwärtigen Gemütszustand hervorgerufen wurde. Aber jedes Mal, wenn er sich einen Augenblick Zeit nahm, um hinauszublicken, schien es wieder zu regnen. Und heute war der Niederschlag sogar noch heftiger als sonst, angetrieben von einem Westwind, der an den Zweigen und Ästen der Bäume rüttelte und Blätter umherstreute, als wären sie alte Papierschnipsel.

Er blickte von den Karten auf und seufzte. Er fand einigen Trost in der Tatsache, dass das Wetter die Truppenbewegungen des Dämonenlords ziemlich beeinträchtigen würde, mehr zumindest als seine eigenen. Die Armee des Dämonenlords war schwerfälliger – eine gewaltige, träge Bestie, die viel Platz brauchte und durch das viele Gepäck und die Belagerungsmaschinen eingeschränkt war. Selbst bei bestem Wetter konnte sie an einem Tag nicht viel mehr als zwanzig Meilen zurücklegen. Sie hatte drei Tage zuvor die Ebene von Streleheim erreicht und gerade erst den Mermidon überquert. Das bedeutete, dass sie zumindest noch zwei weitere Tage bis zum Tal von Rhenn brauchen würde. Dennoch standen die Elfen bereit. Ihre Kundschafter hatten ihnen schon vor mehr als einer Woche vom Vormarsch der Nordlandarmee berichtet, und so hatten sie genügend Zeit für entsprechende Vorbereitungen gehabt. Als sie erst einmal vom Heranrücken der Nordländer wussten, war es leicht zu erraten, über welchen Weg sie Arborlon und die Elfen angreifen würden. Das Tal von Rhenn war die einfachste und direkteste Verbindung zum Westland, und eine große Armee wäre auf jeder anderen Strecke bedeutenden Schwierigkeiten ausgesetzt. Sie wäre zudem gezwungen, die Heimatstadt der Elfen von der bestgeschützten Seite aus anzugreifen. Im Norden, Süden und Westen war die Stadt von Bergen, Felsen und dem Singenden Fluss umgeben. Nur vom Osten aus war sie verwundbar, weil sie hier keinen natürlichen Schutz besaß. Und es gab nur eine einzige Möglichkeit, den Zugang aus dem Osten strategisch zu verteidigen – das Tal von Rhenn. Sollte der Pass fallen, würde der Weg nach Arborlon frei sein.

Genau dies zeigten auch die Karten. Jerle starrte sie schon seit mehr als einer Stunde an und konnte ihnen doch nichts Neues entnehmen. Die Elfen mussten das Rhenntal gegen den zu erwartenden Angriff der Nordlandarmee verteidigen, oder sie waren verloren. Es gab keine Möglichkeit, eine zweite Verteidigungslinie aufzubauen – zumindest keine, die es wert war, über sie nachzudenken. Damit waren die Grundzüge der Verteidigungsstrategie festgelegt. Ihnen blieb nur Taktik. Die Elfen würden das Tal von Rhenn verteidigen, aber wie? Wie weit nach vorn sollten sie ihre Linien bringen, um den ersten Ansturm zu verlangsamen? Wie viele Male konnten sie es sich leisten zurückzuweichen? Welche Schutzmaßnahmen sollten sie ergreifen, damit sie nicht von einer kleineren Streitkraft eingekreist würden, die in die Wälder hatte eindringen können? Welche Formation sollten sie gegen eine Armee anwenden, die fünfmal so groß war wie ihre und während ihres Marsches nach Westen eine Unzahl von Belagerungsmaschinen angehäuft hatte?

Die Karten gaben keine direkten Antworten auf diese Fragen, aber indem er sie studierte, halfen sie Jerle, das Notwendige herauszufinden.

Er schaute wieder durch das Fenster auf den Regen. Preia würde bald zurück sein, und sie würden ihre Mahlzeit einnehmen – die letzte, bevor sie in das Tal von Rhenn aufbrachen. Ein großer Teil der Armee lagerte bereits dort. Der hohe Rat hatte den Notstand erklärt, und der frisch gekrönte König hatte den Oberbefehl übernommen. Seine Macht war jetzt allumfassend und unumstößlich. Erst zwei Wochen zuvor hatten sie ihn gekrönt, dann hatte er Preia geheiratet und die beiden Waisen der Ballindarrochs adoptiert. Nachdem das Problem der Krönung erledigt war, hatte er seine Aufmerksamkeit auf den Hohen Rat gerichtet. Vree Erreden war jetzt Erster Minister und Preia ein vollwertiges Ratsmitglied. Es hatte ein bisschen Gemurmel gegeben, aber keinen Widerstand. Er hatte die Elfenarmee mobil machen und den Zwergen zu Hilfe schicken wollen und den Rat um Zustimmung gebeten. Es hatte noch mehr Gemurmel gegeben, und Widerstand war angedroht worden, aber bevor die Angelegenheit hatte bereinigt werden können, waren sie über den Anmarsch der Nordlandarmee informiert worden. Nun gab es keinen Grund mehr für die Elfen, anderswo hinzugehen.

Als er noch einmal über diese Sache nachdachte, schüttelte Jerle den Kopf. Er wusste nicht, was aus den Zwergen geworden war. Niemand wusste es. Er hatte Reiter nach Osten geschickt, um so etwas darüber zu erfahren, ob die Zwerge vernichtet worden waren, aber er hatte noch nichts Endgültiges von ihnen gehört. Er konnte daraus nur den einen Schluss ziehen, dass die Zwerge nicht in der Lage waren, ihnen zu helfen, und sie dies allein durchstehen mussten.

Er schüttelte müde den Kopf. Die Elfen hatten keine Verbündeten, keine Magie, keine Druiden und keine echte Chance, diesen Krieg zu gewinnen – ungeachtet der Visionen, Prophezeiungen und großen Hoffnungen.

Er schaute wieder auf die Karten, die eine sorgfältige Darstellung des Geländes boten, als würde die Antwort des Problems dort vor ihm liegen und er hätte sie bisher nur noch nicht gesehen. Noch vor kurzem hätte er sich eine derart ehrliche Antwort über die Situation nicht zugestanden. Es gab einmal eine Zeit, da hätte er nicht zugegeben, dass er einen Kampf gegen einen stärkeren Feind würde verlieren können. Er hatte sich seither sehr verändert. Der Verlust Tay Trefenwyds und der Ballindarrochs, beinahe auch der von Preia, seine Krönung als König der Elfen unter eher unangenehmen Umständen und die Erkenntnis, dass das Bild, das er von sich selbst hatte, mehr als nur ein bisschen fehlerhaft war – das alles hatte ihm zu denken gegeben und dazu geführt, dass er einen anderen Standpunkt eingenommen hatte. Diese Erfahrung hatte ihn zwar nicht gelähmt, aber doch sehr ernüchtert. So ähnlich war es wohl, wenn man erwachsen wurde, vermutete er. Das Leid und die Qualen, wenn man die Kindheit für immer hinter sich ließ.

Er ertappte sich plötzlich dabei, wie er die Narben auf seinem Handrücken beobachtete. Sie wirkten selbst wie kleine Landkarten der Entwicklung seines Lebens. Er war in unglaublich kurzer Zeit ein riesiges Stück weiter gekommen – Krieger von Geburt an und jetzt König der Elfen – und die Narben an seinem Körper zeugten deutlicher von den Kosten dieser Reise, als es Worte je zu sagen vermocht hätten. Wie viele Narben würde er in dem Kampf mit dem Dämonenlord davontragen? War er stark genug für diese Auseinandersetzung? War er stark genug, um zu überleben? Nicht nur sein eigenes Schicksal hing von dieser Schlacht ab, sondern auch das seines Volkes. Wie viel Kraft war dafür erforderlich?

Mit einem lauten Krachen flogen die Türen auf, die zur Terrasse führten. Der starke Wind trieb sie gegen die Mauer, so dass die Vorhänge wild umherwirbelten. Jerle Shannara griff rasch nach seinem Breitschwert, als zwei schwarz bemäntelte Gestalten regendurchnässt und vornübergebeugt in den Raum drangen. Der Wind wehte die Karten vom Tisch auf den Boden, und die Lampen flackerten und verlöschten.

»Lass die Hand, wo sie ist, Elfenkönig«, befahl der erste der beiden Eindringlinge, während der zweite, kleinere, sich umdrehte, die Tür wieder Schloss und Wind und Regen aussperrte.

Es wurde still im Raum. Wasser tropfte von den dunklen Mänteln auf den Steinboden, sammelte sich zu kleinen Pfützen. Der

König duckte sich argwöhnisch, das Schwert zur Hälfte aus der Scheide gezogen. Er war angespannt und zum Sprung bereit. »Wer seid Ihr?«, verlangte er.

Der größere der beiden zog seine Kapuze zurück und enthüllte in dem grauen, schwachen Licht sein Gesicht. Jerle Shannara holte tief Luft. Es war der Druide Bremen.

»Ich hatte dich schon aufgegeben«, flüsterte Jerle. Es war eindeutig, welche Erleichterung er empfand. »Wir alle hatten dich aufgegeben.«

Das Lächeln des alten Mannes war bitter. »Ihr hattet Grund dazu. Es hat lange gedauert, um euch zu erreichen, beinahe so lange, wie es dauerte herauszufinden, dass du es bist, den ich suchte.« Er griff in seinen nassen Umhang und holte ein langes, schmales Bündel heraus. Es war in dunkles Tuch gewickelt. »Ich habe dir etwas mitgebracht.«

Jerle Shannara nickte. »Ich weiß.« Er steckte sein halb gezogenes Schwert in die Scheide zurück.

Überraschung trat in die scharfen Augen des Druiden. Er sah seinen Begleiter an. »Allanon.« Der Junge zog ebenfalls seine Kapuze zurück. Mit seinen dunklen Augen starrte er den Elfenkönig scharf an, aber seine Miene verriet nichts. »Zieh deinen Umhang aus und warte vor der Tür. Bitte darum, dass uns niemand stört, ehe diese Unterhaltung beendet ist. Sag ihnen, der König hat es so befohlen.«

Der Junge nickte und ließ den Umhang von den Schultern gleiten. Dann hängte er ihn an einem Kleiderständer auf, schlüpfte durch die Tür und war verschwunden.

Bremen und Jerle Shannara standen alleine im Arbeitszimmer des Königs. Die Karten lagen immer noch verstreut auf dem Boden. Sie blickten sich an. »Es war eine lange Zeit, Jerle.«

Der König seufzte. »Ich schätze, das war es. Fünf Jahre? Vielleicht länger?«

»Lange genug, um die Züge deines Gesichtes zu vergessen. Oder vielleicht bist du auch einfach nur älter geworden, wie wir alle.« Das Lächeln kam und verschwand in dem Zwielicht. »Sag mir, was du von meinem Besuch weißt.«

Jerle sah zu, wie der andere seinen Umhang abnahm und ihn müde zur Seite warf. »Ich weiß, dass du mir ein Schwert bringen wirst, das mit Magie geschmiedet wurde, und dass ich es im Kampf gegen den Dämonenlord tragen soll.« Er zögerte. »Ist das wahr? Bringst du mir eine solche Waffe?«

Der alte Mann nickte. »Ja.« Er nahm das mit Stoff umwickelte Bündel und legte es vorsichtig auf den Tisch. »Aber ich war nicht sicher, dass es für dich gedacht war. Ich wusste es erst, als ich dich dort stehen sah – bereit, mir einen Hieb mit dem Schwert zu versetzen, das zur Hälfte aus der Scheide ragte. In diesem Augenblick wusste ich, dass du derjenige sein würdest. Ich habe vor einigen Wochen am Hadeshorn eine Vision gesehen, wie du das Schwert gehalten hast, aber ich hatte dich nicht erkannt. Hat Tay Trefenwyd dir von der Vision erzählt?«

»Ja, das hat er. Aber auch er wusste nicht, dass das Schwert für mich gedacht war. Es war der Lokat Vree Erreden, der mich darüber aufgeklärt hat. Er sah in einer eigenen Vision, wie ich das Schwert hielt. Der Griff war mit dem Emblem einer brennenden Fackel versehen, die von einer Hand gehalten wird. Tay sagte, es seien die Insignien der Druiden.«

»Ein Lokat?« Bremen schüttelte den Kopf. »Ich dachte, es wäre Tay gewesen, der ...«

»Nein. Tay Trefenwyd ist tot. Er wurde vor Wochen in den Grimmzacken getötet.« Die Stimme des Elfenkönigs klang jetzt hastig und erregt, und die Worte sprudelten nur so heraus. »Ich war bei ihm. Wir waren ausgezogen, um den Schwarzen Elfenstein zu suchen, wie du uns aufgetragen hattest. Wir fanden den Stein, aber die Wesen des Dämonenlords fanden uns auch. Wir waren nur zu fünft, und sie waren hundert. Auch Schädelträger waren dabei. Tay wusste, dass es unser Untergang gewesen wäre. Er hatte seine eigene Magie bereits dafür gebraucht, um den Elfenstein zu holen, und daher benutzte er …«

Dem König fehlten die Worte. Er spürte, wie ihm Tränen in die Augen traten und seine Kehle sich zuschnürte. Er konnte nicht weitersprechen.

»Er benutzte den Schwarzen Elfenstein und wurde von ihm zerstört«, beendete der alte Mann den Satz. Seine Stimme war so leise, dass man sie kaum hören konnte. »Obwohl ich ihn gewarnt hatte. Obwohl er wusste, was geschehen würde.« Er verschränkte die müden, alten Hände. »Weil er es tun *musste*. Weil er nicht anders handeln *konnte*.«

Sie standen einander stumm gegenüber, den Blick abgewandt. Dann bückte Jerle sich und begann, die verstreuten Karten wieder aufzuheben und auf den Tisch neben das Bündel zu legen. Der alte Mann sah ihm einen Augenblick zu, dann bückte auch er sich, um ihm zu helfen. Als die Karten wieder an Ort und Stelle waren, umfasste Bremen die Hände des Königs mit seinen eigenen.

»Ich bedauere, dass er fort ist, sehr viel mehr, als ich vielleicht ausdrücken kann. Er war für uns beide ein guter Freund.«

»Er hat mir das Leben gerettet«, sagte Jerle leise. Er wusste nicht, was er noch sagen sollte, und dann entschied er, dass das genügen musste.

Bremen nickte. »Ich war besorgt seinetwegen«, murmelte er, während er die Hände des Elfenkönigs freigab und zu einem Stuhl ging. »Können wir uns setzen, während wir reden? Ich bin seit gestern Abend marschiert, um dich zu erreichen. Der Junge hat mich begleitet. Er ist ein Überlebender eines Angriffes auf Varfleet. Die Nordlandarmee verwüstet bei ihrem Vormarsch das Land und seine Bewohner, sie zerstören alles, töten jeden. Der Dämonenlord wird ungeduldig.«

Jerle Shannara setzte sich ihm gegenüber. Die Hände des alten Mannes hatten sich wie getrocknete Blätter angefühlt, als sie sich um seine geschlossen hatten. Wie der Tod. Die Erinnerung an diese

Berührung dauerte an. »Was ist aus den Zwergen geworden?«, fragte er in dem Bemühen, seine Gedanken in eine andere Richtung zu lenken. »Wie waren nicht in der Lage, etwas über sie zu erfahren.«

»Die Zwerge versuchten, dem Angriff der Nordländer so lange wie möglich Widerstand zu leisten. Die Berichte über das, was danach geschah, sind widersprüchlich. Es sind zwar Gerüchte, aber ich habe keinen Anlass zu glauben, dass sie falsch sind. Ich habe Freunde beauftragt, der Wahrheit auf die Spur zu kommen und die Zwerge zu bitten, euch zu Hilfe zu kommen – sofern sie dazu in der Lage sind.«

Der König schüttelte den Kopf. Ein bedrückter Blick trat in seine Augen. »Warum sollten sie uns helfen, nachdem wir sie nicht unterstützt haben? Wir haben sie im Stich gelassen, Bremen.«

»Ihr hattet einen Grund.«

»Vielleicht. Ich bin nicht mehr so sicher. Du hast von Courtann Ballindarrochs Tod gehört? Von der Ermordung seiner Familie?«

»Man hat es mir erzählt.«

»Wir haben getan, was wir konnten, Tay und ich. Aber der Hohe Rat wollte ohne einen König, der sie führen würde, nicht handeln. Es war nicht zu ändern. Also schoben wir unsere Versuche, den Zwergen zu helfen, beiseite und gingen statt dessen auf die Suche nach dem Schwarzen Elfenstein.« Er hielt inne. »Ich frage mich jetzt, ob das eine kluge Wahl war.«

Der Druide beugte sich nach vorn. Sein Blick war ernst. »Ist der Elfenstein in deinem Besitz?«

Der König nickte. »Er ist sicher versteckt und wartet auf dich. Ich will nichts mit ihm zu tun haben. Ich habe gesehen, was er anrichten kann, war Zeuge seiner Gefährlichkeit. Der einzige Trost, den ich aus dieser ganzen Angelegenheit ziehe, ist die Vorstellung, dass der Stein benutzt werden wird, um den Dämonenlord und seine Kreaturen zu zerstören.«

Aber Bremen schüttelte den Kopf. »Nein, Jerle. Das ist nicht der Zweck des Schwarzen Elfensteins.«

Jerle hob überrascht den Kopf. Dann schwollen die Adern an seinen Schläfen vor Zorn. »Willst du damit sagen, dass Tay umsonst gestorben ist? Ist es das, was du meinst?«

»Sei nicht wütend auf mich. Ich mache die Regeln in diesem Spiel so wenig wie du. Auch meine Rolle wird vom Schicksal diktiert. Der Schwarze Elfenstein ist keine Waffe, die den Dämonenlord zerstören kann. Ich weiß, du kannst das nur schwer glauben, aber es ist so. Der Elfenstein ist eine mächtige Waffe, aber sie verwandelt die, die ihn benutzen. Sie werden mit der gleichen Macht infiziert, die sie zu überwältigen suchen. Der Dämonenlord ist so sehr vom Bösen durchdrungen, dass jeder Versuch, den Elfenstein gegen ihn anzuwenden, zur Vernichtung des Benutzers führen wird.«

»Warum haben wir dann soviel riskiert, um ihn zu holen?« Jerle machte seinem Ärger jetzt unverblümt Luft.

Die Worte des alten Mannes waren leise und zwingend. »Weil er nicht in Bronas Hände fallen darf. Weil er in seinen Händen zu einer Waffe würde, gegen die wir nichts ausrichten können. Und, Elfenkönig, weil er für etwas noch viel Wichtigeres benötigt wird. Wenn dies vorbei ist und der Dämonenlord nicht mehr existiert, wird der Elfenstein den Druiden ermöglichen, den Ländern zu helfen – auch wenn ich, der letzte Druide, nicht mehr bin. Er wird ihrer Magie und ihren Überlieferungen erlauben, zu überleben.«

Der König starrte den Druiden wortlos an, als würde er gar nichts begreifen. Ein leises Klopfen an der Tür lenkte sie ab. Der König blinzelte, dann blickte er zur Tür. »Wer ist da?«, fragte er gereizt.

Die Tür öffnete sich, und Preia Starle trat ein. Jerles unwirsche Art schien sie nicht weiter zu berühren. Sie blickte erst Bremen, dann Jerle an. »Ich würde den Jungen gerne mit zu den Unterkünften der Elfengarde nehmen, wo er etwas zu essen bekommen und sich ausruhen kann. Er ist erschöpft. Er braucht nicht länger Wache zu stehen; ich habe dafür gesorgt, dass euch niemand stören wird, solange ihr euch unterhalten wollt.« Sie wandte sich wieder Bremen zu. »Willkommen in Arborlon.«

Der alte Mann erhob sich und verbeugte sich leicht. »Mylady Preia.«

Sie lächelte erwidernd. »Niemals für dich. Einfach nur Preia.« Das Lächeln verschwand. »Du weißt also, was geschehen ist?«

»Dass Jerle König ist und du Königin? Es war das Erste, was ich erfahren habe, als ich die Stadt erreichte. Alle sprechen darüber. Ihr seid beide gesegnet, Preia. Ihr werdet viel füreinander und für euer Volk tun können. Ich bin sehr glücklich über diese Neuigkeit.«

Ihre Augen glänzten. »Du bist sehr liebenswürdig. Aber entschuldigt mich jetzt. Ich werde den Jungen mitnehmen. Macht euch keine Sorgen um ihn, wir haben bereits Freundschaft geschlossen.«

Sie ging wieder durch die Tür und zog sie hinter sich zu. Bremen sah erneut den König an. »Du hast großes Glück, dass du sie hast«, sagte er ruhig. »Ich nehme an, du weißt das.«

Jerle Shannara dachte daran, dass er Preia vor noch nicht allzu langer Zeit beinahe verloren hätte. Der Gedanke, die Vorstellung, dass sein Bild von ihr so falsch gewesen war, verfolgte ihn noch immer. Tay und Preia, die beiden Personen, die ihm von allen anderen auf der ganzen Welt am nächsten standen: Er hatte sie beide falsch eingeschätzt, hatte versagt in dem Bemühen, sie zu kennen, und er hatte eine Lektion erteilt bekommen, die er niemals vergessen würde.

Es war jetzt wieder still im Zimmer. Das Zwielicht füllte die Ecken mit Schatten, und der Regen draußen plätscherte sanft. Der König erhob sich und zündete die Kerzen wieder an, die der Wind ausgeblasen hatte. Die Dunkelheit verzog sich. Der alte Mann beobachtete ihn wortlos und wartete.

Der König nahm wieder Platz, er fühlte sich immer noch unbehaglich. Er runzelte die Stirn, als er Bremens scharfem Blick begegnete. »Ich dachte gerade, wie wichtig es ist, nichts für selbstverständlich zu halten. Ich hätte daran denken müssen, als es um den Schwarzen Elfenstein ging. Aber Tay zu verlieren war nicht möglich, ohne zu glauben, dass er für einen guten Zweck gestorben ist.

Ich hatte irrtümlich angenommen, dass der Stein der Zerstörung des Dämonenlords dienen sollte. Es ist schwer zu akzeptieren, dass Tay für etwas anderes gestorben ist.«

»Es ist schwer zu akzeptieren, dass er überhaupt gestorben ist«, sagte Bremen ruhig. »Aber sein Tod hängt trotzdem mit der Zerstörung des Dämonenlords zusammen, und er ist nicht weniger wertvoll oder wichtig, nur weil der Elfenstein eine andere Funktion hat, als du dachtest. Tay würde das verstehen, wäre er hier. Als König musst du das gleiche tun.«

Jerle Shannaras Lächeln war bitter und gequält. »Es ist noch neu für mich, König zu sein. Es ist nicht das, was ich gewollt hatte.«

»Das ist nicht weiter schlimm«, erwiderte der Druide achselzuckend. »Zielstrebigkeit ist nicht die Charaktereigenschaft, die dir in der Auseinandersetzung mit dem Dämonenlord helfen wird.«

»Und *was* wird mir helfen? Erzähl mir von dem Schwert, Bremen.« Die Ungeduld des Königs mischte sich jetzt in Jerle Shannaras Wut und Entmutigung. »Die Nordlandarmee marschiert auf uns zu. Sie wird das Rhenntal in zwei Tagen erreicht haben. Wir müssen sie dort aufhalten, sonst sind wir verloren. Wenn wir aber eine wirkliche Chance haben wollen, brauche ich eine Waffe, gegen die der Dämonenlord machtlos ist. Du sagtest, du hättest eine solche mitgebracht. Erzähl mir von ihrem Geheimnis. Erzähl mir, was sie tun kann.«

Er wartete jetzt, mit gerötetem Gesicht, mit eifriger Miene. Bremen rührte sich nicht; er hielt dem Blick stand und sagte nichts. Dann stand er auf, ging zum Tisch mit den Karten, nahm das eingewickelte Bündel hoch und reichte es dem König. »Dies gehört jetzt dir. Öffne es.«

Jerle Shannara tat, wie ihm geheißen; er öffnete die Knoten, die den Stoff zusammenbanden, und wickelte das Tuch vorsichtig auseinander. Als er fertig war, hielt er ein Schwert und dessen Scheide in der Hand. Das Schwert war von durchschnittlicher Länge und Größe, aber ungewöhnlich leicht und von vollendeter Form. Im

Griff war das Bild der Hand eingraviert, die eine brennende Fackel hält. Der König zog das Schwert aus der Scheide und bewunderte die glatte, makellose Oberfläche der Klinge, staunte über das Gefühl in seiner Hand – als würde sie dorthin gehören, als wäre sie wirklich für ihn gemacht. Versunken betrachtete er sie einen Augenblick. Die Flamme kletterte aus der Fackel und lief bis zur Spitze der Klinge. In dem trüben Licht des Arbeitszimmers konnte man sich beinahe einbilden, dass sie mit einem ganz eigenen Licht flackerte. Jerle hielt das Schwert mit gestrecktem Arm vor sich hin, prüfte seinen Griff und das Gleichgewicht. Das Metall glitzerte lebhaft im Kerzenlicht.

Der König sah Bremen an und nickte langsam. »Eine wunderbare Klinge«, meinte er weich.

»Es ist mehr daran, als das, was du siehst, Jerle Shannara – und auch weniger«, erwiderte der alte Mann rasch. »Also höre gut zu, was ich dir sage. Diese Information ist nur für dich. Allein Preia darf es sonst noch wissen, und auch nur, wenn du es für wichtig hältst. Vieles hängt davon ab. Ich muss dein Wort darauf haben.«

Der König zögerte, blickte auf das Schwert und nickte dann. »Ich gebe dir mein Wort.«

Der Druide ging zu ihm. Er stand dicht neben ihm und senkte seine Stimme. »Indem du das Schwert annimmst, machst du es zu deinem. Aber du musst seine Geschichte kennen und seinen Zweck, wenn es dir wirklich dienen soll. Zuerst also seine Geschichte.«

Er hielt inne und suchte vorsichtig nach Worten. »Das Schwert wurde von einem der besten Schmiede im Südland nach einer Rezeptur aus der alten Welt geschmiedet. Hitze und Magie haben es getempert. Es ist aus einer Legierung hergestellt, die es sowohl leicht als auch stark werden ließ. Es wird im Kampf nicht zerschellen, ob es von Eisen oder Magie getroffen wird. Es wird jeder Prüfung standhalten, der du es aussetzt. Es ist mit Druidenmagie versehen. In dem Metall verbirgt sich die Kraft sämtlicher Druiden, die jemals gewesen sind, all jener, die im Laufe der Jahre nach Paranor gekommen und dann von dieser in die nächste Welt übergetreten sind. Nachdem es geschmiedet worden ist, brachte ich es zum Hadeshorn und rief die Geister dieser Druiden aus der Unterwelt herbei. Sie erschienen alle, und einer nach dem anderen trat vor und berührte diese Klinge. Du hast den Eilt Druin, das Medaillon der Hohen Druiden und Symbol ihrer Stärke, gesehen. Er ist bei der Herstellung der Klinge in den Griff eingelassen worden – eine Hand, die eine Flamme emporhält. Dies wollten die Geister bezeugen, ihm wollten sie den letzten Rest ihrer irdischen Macht spenden – die verbliebene Macht, die sie in ihre neue Existenz hatten hinüberretten können.

Und das bringt uns jetzt zum Zweck des Schwertes. Es ist eine wunderschön gestaltete Klinge, eine Waffe von großer Kraft und Dauer – aber das allein reicht nicht aus, um es in die Lage zu versetzen, den Dämonenlord zu vernichten. Das Schwert ist nicht dazu gedacht, wie eine gewöhnliche Waffe benutzt zu werden. Das kann es, und ganz sicher wird es das auch. Aber es wurde nicht wegen der Schärfe seiner Klinge oder der Härte seines Metalls geschmiedet, sondern wegen der Kraft der Magie, die in ihm ruht. Diese Magie, Elfenkönig, ist es, die dir den Sieg verschaffen wird, wenn du dem Wesen Brona gegenüberstehst.«

Er holte tief Luft, als hätte ihn das Reden angestrengt. Sein zerfurchtes Gesicht wirkte müde und blass in dem schwachen Licht. »Die Kraft dieses Schwertes, Jerle Shannara, ist die Wahrheit. Die einfache, reine Wahrheit. Die umfassende, ungeschminkte Wahrheit. Die vollkommene Wahrheit ohne jede Täuschung, Lüge und Fassade, so dass sich der, gegen den die Magie des Schwertes gerichtet ist, völlig offenbart. Es ist eine mächtige Waffe, eine, der Brona nichts entgegenzusetzen hat, denn er ist in Täuschungen und Lügen und Fassaden gehüllt, existiert im Schatten und Verborgenen. Das sind die Fallen seiner Stärke. Er überlebt, indem er die Wahrheit über sich selbst in Schach hält. Zwinge ihn, sich dieser Wahrheit zu stellen, und er wird verdammt sein.

Ich verstand dieses Geheimnis noch nicht, als es mir am Hadeshorn erklärt wurde. Wie kann die Wahrheit stark genug sein, eine so gewaltige Gestalt wie den Dämonenlord zu vernichten? Aber nach und nach erkannte ich es. Die Worte ›Eilt Druin‹ bedeuten ›Durch Wahrheit zur Macht‹. Das war das Bekenntnis der Druiden, ihr selbstgestecktes Ziel, als sie sich auf Paranor versammelt hatten, und seit der Zeit des Ersten Rates ihre Absicht den Rassen gegenüber: die Menschen mit der Wahrheit zu versorgen. Wahrheit für mehr Wissen und Verständnis. Wahrheit zur Erleichterung des Fortschritts. Wahrheit, um Hoffnung bieten zu können. Indem sie dies taten, konnten die Druiden den Rassen helfen, sich zu erneuern.«

Seine dunklen Augen blinzelten. Er schien sehr weit weg zu sein. »Was sie einst im Leben waren, liegt nun in der Klinge, die du trägst, und du musst eine Möglichkeit finden, wie ihr Vermächtnis dir nutzen kann. Es wird nicht einfach sein. Es ist nicht so einfach, wie es zunächst scheinen mag. Du wirst das Schwert im Kampf gegen den Dämonenlord tragen. Du wirst ihn in die Enge treiben. Du wirst ihn mit dem Schwert berühren, und seine Magie wird ihn zerstören. All das ist möglich. Aber nur, wenn du in deinem Entschluss, in deinem Geist und in deinem Herzen stärker bist als er.«

Der Elfenkönig schüttelte den Kopf. »Wie kann ich das tun? Selbst, wenn ich akzeptiere, was du mir gesagt hast – und ich weiß noch nicht einmal, ob ich das kann, es ist nicht leicht, daran zu glauben –, wie kann ich stärker sein als eine Kreatur, die sogar dich zerstören könnte?«

Der alte Mann griff nach Jerles Hand, die das Schwert umfasste, und hob sie empor, so dass das Schwert zwischen ihnen hing. »Indem du die Macht des Schwertes zuerst gegen dich selbst richtest!«

Furcht trat in die Augen des Elfenkönigs und glitzerte scharf in dem Licht. »Gegen mich? Die Druidenmagie?«

»Höre mir zu, Jerle«, beruhigte der andere ihn. Er umfasste das Handgelenk des Elfen, so dass der Arm, der das Schwert hielt, nicht zur Seite fallen konnte und die helle, glänzende Klinge sie wie ein silberner Faden verband. »Was von dir erwartet wird, ist nicht einfach – das habe ich dir bereits gesagt. Aber es ist möglich. Du musst die Macht des Schwertes gegen dich selbst richten. Du musst dich von der Magie erfüllen lassen und gestatten, dass sie dir die Wahrheiten deines eigenen Lebens offenbart. Du musst gestatten, dass sie sich vor dir entblößen, sich dir so zeigen, wie sie sind, und dich angreifen. Einige von ihnen werden unangenehm sein. Es wird schwierig sein, ihnen gegenüberzutreten. Wir sind Geschöpfe, die unaufhörlich uns und unser Leben gestalten, um die Fehler zu überleben, die wir gemacht haben. In vielerlei Hinsicht ist es das, was uns einer Kreatur wie Brona gegenüber verletzlich macht. Aber wenn du die Selbstprüfung, die das Schwert erfordert, überstehst, wirst du aus der Erfahrung stärker als dein Feind hervorgehen und ihn zerstören können. Denn, Elfenkönig, Brona kann eine solche Selbstprüfung nicht zulassen, weil er aus nichts anderem als Lügen, Halbwahrheiten und Täuschungen besteht!«

Eine lange Pause entstand, während der die beiden Männer sich ansahen, als wollten sie sich gegenseitig messen. »Wahrheit«, sagte der Elfenkönig schließlich mit einer so leisen Stimme, dass der Druide ihn kaum hören konnte. »Was für eine brüchige Waffe.«

»Nein«, erwiderte der andere rasch. »Die Wahrheit ist niemals brüchig. Sie ist die stärkste Waffe von allen.«

»Wirklich? Ich bin ein Krieger, ein Kämpfer. Waffen sind alles, was ich kenne – Waffen aus Eisen, geführt von starken Männern. Du sagst, dass mir all dies nichts nützen wird, dass ich dies alles beiseite legen muss. Du sagst, ich muss zu etwas werden, das ich niemals gewesen bin.« Er schüttelte langsam den Kopf. »Ich weiß nicht, ob ich das kann.«

Der alte Mann ließ ihn los, und das Schwert sank nach unten. Er legte seine knochigen Hände auf die mächtigen Schultern des Königs. Es steckte eine unerwartete Kraft in diesem alternden Körper, und eine wilde Entschlossenheit lag in seinen Augen.

»Du musst dich daran erinnern, was du bist«, flüsterte der Druide. »Du musst dich daran erinnern, wie du zu dem wurdest, was du bist. Du bist niemals einer Herausforderung ausgewichen. Du hast niemals die Verantwortung von dir gewiesen. Du hast niemals Angst gehabt. Du hast überlebt, was die meisten anderen getötet hätte. Dies ist deine Geschichte, ist das, was und wer du bist.«

Der Druck der Hände verstärkte sich. »Du hast großen Mut, Jerle, und ein kühnes Herz. Aber du misst dem Tod von Tay Trefenwyd mehr Bedeutung bei als deinem eigenen Leben. Nein, werde nicht wütend. Ich will weder Tay kritisieren noch gering schätzen, was sein Tod dir bedeutet. Ich will dich nur daran erinnern, dass es die Lebenden sind, die zählen. Immer. Gib deinem Leben, was ihm zusteht, Elfenkönig. Sei stark, wo du stark sein musst. Schiebe die Möglichkeit, gegen den Dämonenlord vorzugehen, nicht einfach deshalb von dir, weil dir die Waffe, die dazu ausgewählt wurde, unbekannt ist. Sie ist auch ihm unbekannt. Er kennt Klingen, die von Menschen hergestellt wurden, und er wird deine für eine solche halten. Überrasche ihn. Lass ihn den Geschmack von einer ganz besonderen Art Metall schmecken.«

Jerle Shannara wich jetzt ein wenig zurück, er schüttelte den Kopf und betrachtete das Schwert immer noch zweifelnd. »Ich bin nicht so dumm, etwas nur deshalb nicht zu glauben, weil es mir schwer fällt, es zu akzeptieren«, sagte er. Er blieb vor dem Fenster stehen und schaute nach draußen in den Regen. »Aber das hier ist schwer. Es verlangt soviel von mir.« Sein Mund wurde zu einer harten Linie. »Wieso bin ich dazu auserwählt? Es macht keinen Sinn für mich. Es gibt so viele, die besser für eine solche Waffe geeignet sind. Ich verstehe etwas von Eisen und roher Kraft. Dies hier… dieses raffinierte Kunstwerk ist mir nicht geheuer. Wahrheit als Waffe macht nur Sinn, wenn es um Ratsversammlungen oder Politik geht. Sie erscheint mir nutzlos auf einem Schlachtfeld.«

Er drehte sich zu dem Druiden um. »Ich würde mich dem Dämonenlord ohne Zögern entgegenstellen, wenn ich diese Waffe wie eine gewöhnliche Klinge führen könnte, die ein Meisterschmied zu diesem Zweck mit all seinen Fähigkeiten aus Metall schmiedete. Ich könnte die Waffe ohne irgendwelche Zweifel annehmen, wenn ich sie als das benutzen könnte, was sie zu sein vorgibt.« Seine blauen Augen blickten gequält. »Aber dies hier? Ich bin ungeeignet dafür, Bremen.«

Der Druide nickte langsam als Zeichen des Verstehens. »Aber du bist alles, was wir haben, Jerle. Wir können nicht wissen, wieso du dazu ausersehen wurdest. Möglicherweise, weil es dein Schicksal war, Elfenkönig zu werden. Vielleicht auch aus Gründen, die hinter allem liegen, was wir erkennen können. Vielleicht könnten die Toten es uns sagen, aber sie haben sich entschieden, es nicht zu tun. Wir müssen das akzeptieren und weitermachen. Du bist derjenige, der das Schwert tragen soll. Du sollst es in den Kampf führen. Es ist vorherbestimmt. Es gibt keine andere Wahl, und du musst das Beste daraus machen.«

Seine Stimme verklang zu einem Flüstern. Draußen fiel der Regen immer noch unaufhörlich in einem weichen, regelmäßigen Fluss und hüllte das Waldland in silbrigen Glanz. Der Tag war mit der Sonne nach Westen gezogen, und nun herrschte Dämmerung. Arborlon lag ruhig im Schutz des Waldes – eine Stadt, die langsam ihr nächtliches Kleid anlegte. Es war still im Arbeitszimmer, still im Sommerhaus, und es war, als gäbe es niemanden sonst in der Welt außer diesen beiden Männern, die im Zwielicht der Kerze dastanden und einander anblickten.

»Warum darf niemand außer mir von dem Geheimnis des Schwertes wissen?«, fragte Jerle Shannara ruhig.

Der alte Mann lächelte traurig. »Du könntest deine Frage selbst beantworten, wenn du wolltest, Elfenkönig. Niemand darf davon wissen, weil es niemand glauben würde. Wenn deine Zweifel gegenüber den Fähigkeiten des Schwertes so groß sind, denk darüber nach, welche Zweifel deine Leute haben würden. Vermutlich sogar Preia. Das Schwert bezieht seine Kraft aus der Wahrheit. Wer wird glauben, dass etwas so Einfaches gegen die Macht des Dämonenlords bestehen kann?«

Ja, wer? dachte der König.

»Du hast es selbst gesagt. Ein Schwert ist eine Waffe für den Kampf.« Aus dem Lächeln wurde ein müder Seufzer. »Lass die Elfen damit zufrieden sein. Zeige ihnen das Schwert, das du trägst, die Waffe, die dir übergeben wurde, und sage nur, dass sie ihnen sehr nützlich sein wird. Mehr wollen sie nicht wissen.«

Jerle Shannara nickte wortlos. Nein, dachte er, mehr wollen sie nicht wissen. Der Glaube funktioniert am besten, wenn er von keiner Vernunft getrübt wird.

In diesem Augenblick voller Selbstzweifel und Ängste, in diesem Moment stiller Zustimmung zu einem Pakt, den er weder annehmen noch zurückweisen konnte, wünschte er sich, dass es auch für ihn so einfach wäre zu glauben.

Kapitel 28

Gegen Mittag des folgenden Tages war Jerle Shannara auf dem Weg zum Tal von Rhenn und dem Kampf, den das Schicksal für ihn bestimmt hatte. Er war kurz nach dem Sonnenaufgang mit Preia, Bremen, Allanon, einigen Beratern und seinen Heeresführern von Arborlon aufgebrochen. Drei Kompanien von Elfenjägern folgten ihnen, zwei bestanden aus Fußsoldaten, die andere war beritten. Vier Kompanien lagerten bereits vor dem Eingang des Tals, und zwei weitere würden einen Tag später folgen. Zurück in Arborlon blieben die übrigen Mitglieder des Hohen Elfenrates unter der Leitung des ersten Ministers Vree Erreden, drei Reservekompanien, die Bewohner der Stadt und Flüchtlinge aus den umliegenden Gebieten, die aus Furcht vor der drohenden Invasion in die Stadt gezogen waren. Zurück blieben auch all die Streitereien und Auseinandersetzungen über künftiges Vorgehen und politische Weisheit. Zeit und Möglichkeiten waren begrenzt, und zu einem großen Teil würde die herannahende Armee entscheiden, wie beides genutzt werden würde.

Der Elfenkönig erzählte niemandem von seinem Gespräch mit dem Druiden. Er hatte es abgelehnt, eine öffentliche Erklärung abzugeben, woher sein Schwert stammte. Nur Preia hatte er davon berichtet, aber auch ihr nur erzählt, dass der Dämonenlord gegenüber der Waffe machtlos wäre. Der Magen hatte sich ihm umgedreht, und er hatte gespürt, wie ihm das Blut ins Gesicht geschossen war, während er diese Worte gesprochen hatte, denn sein Glaube daran war noch sehr zerbrechlich und leicht zu erschüttern. Er betrachtete das Konzept der Wahrheit als Waffe im Kampf wie einen kostbaren Schatz. Während sie nach Osten ritten, ließ er sich immer wieder sein Gespräch mit dem alten Mann durch den Kopf gehen. Er war so sehr in seine Gedanken versunken, dass er mehrmals nicht reagierte, als Preia, die neben ihm ritt, mit ihm sprach. Er ritt in voller Rüstung. Das Schwert hing ihm auf dem Rücken; es war im Vergleich zu dem Kettenpanzer und dem Schild so leicht, dass es auch aus Papier hätte bestehen können. Er dachte oft während der Reise daran, wie es sich anfühlte, und sein Gewicht kam ihm so flüchtig vor wie der Gebrauch, für den es bestimmt war. Er hatte immer noch Schwierigkeiten, es als eine wirkliche Möglichkeit anzuerkennen, es als handfeste Tatsache zu begreifen. Er musste erst sehen, wie es funktionierte. Sein Verstand arbeitete nun einmal so, und er war machtlos dagegen. Wirklich war, was er sehen und fühlen konnte. Alles andere war wenig mehr als Worte.

Er äußerte seine Zweifel Bremen gegenüber nicht. Ein Lächeln trat auf seine Lippen, wenn er dem alten Mann begegnete. Er achtete darauf, dass er immer Zuversicht ausstrahlte. Er tat es für sich selbst, aber auch für sein Volk. Die Armee würde ihre Zuversicht aus seinem Verhalten beziehen, und wenn der König einen selbstbewussten Eindruck machte, würden auch seine Leute es sein. Es war ihm schon lange bewusst, dass Schlachten von solchen Dingen entschieden wurden, und er richtete sich gewöhnlich danach. Diese Armee, diese Nation stand unter seinem Befehl – im Guten wie im Schlechten. Was ihnen bevorstand, würde für jeden einzelnen eine Prüfung sein, wie sie sie noch niemals zuvor erlebt hatten. Also hatte er beschlossen, seinen Teil dazu beizutragen.

»Du hast seit Stunden kein Wort mehr gesprochen«, bemerkte Preia plötzlich. Sie wartete, bis er sie ansah, um sicher zu sein, dass er auch zuhörte, ehe sie weitersprach.

»Wirklich?«, erwiderte er. Er war beinahe überrascht, sie neben sich zu finden, so sehr war er in Gedanken gewesen. Sie ritt einen ausdauernden Grauen namens Asche. Auch sie hatte all ihre Waffen angelegt. Es war von Anfang an klar gewesen, dass sie mitkam. Ihre adoptierten Söhne hatten sie in der Obhut anderer zurückgelassen. Preia war wie Jerle für den Kampf geboren.

»Dich bedrückt etwas«, erklärte sie und sah ihn unverwandt an. »Warum erzählst du mir nicht, was es ist?«

Warum eigentlich nicht? Er lächelte wider Willen. Sie kannte ihn zu gut, als dass er ihr etwas hätte vormachen können. Dennoch konnte er ihr von seinen Zweifeln nichts sagen. Er konnte es nicht, denn er musste allein damit fertig werden. Niemand konnte ihm helfen. Nicht jetzt, zumindest nicht, solange er noch keinen festen Boden unter den Füßen spürte.

»Mir fehlen die Worte, um es zu erklären«, sagte er schließlich. »Ich denke noch darüber nach. Bitte habe etwas Geduld.«

»Vielleicht hilft es dir, wenn du es einfach probierst.«

Er nickte und schaute in ihr schönes Gesicht, er sah die Intelligenz in ihren Augen, sah die Wärme und Fürsorge in ihrem Herzen. Seine Gefühle ihr gegenüber hatten sich in der letzten Zeit gewandelt. Das Gefühl von Fremdheit, das immer zwischen ihnen bestanden hatte, war verschwunden. Sie waren jetzt so untrennbar miteinander verbunden, dass er den Eindruck hatte, was auch immer ihm geschehen würde, würde auch ihr geschehen – und umgekehrt. Auch wenn es der Tod selbst wäre.

»Gib mir etwas Zeit«, bat er sie sanft. »Dann werden wir darüber sprechen.«

Sie griff nach seiner Hand und drückte sie einen Augenblick. »Ich liebe dich«, sagte sie.

So kam es, dass er am Nachmittag, als sie das Tal von Rhenn hinaufritten, immer noch nicht von seinen Sorgen gesprochen hatte und sie immer noch darauf wartete, dass er es tun würde. Der Tag war hell und warm, die Luft süß vom Geruch feuchten Grases und des Blattwerks, der Wald um sie herum getränkt mit Erinnerungen an die Regengüsse der vergangenen Wochen. Die Wolken hatten sich schließlich gelichtet, aber der Boden war noch weich, und der Pfad, über den die Elfen nach Osten gekommen waren, morastig. Den ganzen Tag über trafen Berichte von dem Teil der Armee ein, die bereits seit längerem am oberen Teil des Tals ihre Verteidigungsposition eingenommen hatte. Die Nordlandarmee näherte sich weiterhin, sie schob sich langsam von Norden und Süden über die Streleheimebene. Die einzelnen Einheiten trafen unterschiedlich schnell ein, abhängig von ihrer Größe und Beweglichkeit, und je nachdem, zu welchen Teilen sie aus Fußsoldaten, Pferden oder Packtieren bestanden. Die Armee des Dämonenlords war gewaltig und schwoll immer noch weiter an. Bereits jetzt füllte sie das flache Gelände an der Mündung des Tals, so weit das Auge reichte. Sie war viermal so groß wie die Armee der Elfen, und das Verhältnis würde sich mit jeder neu eintreffenden Einheit weiter verschlechtern. Die Meldungen wurden mit ruhigen, gleichmäßigen Stimmen vorgetragen, denen absichtlich jede Emotion fehlte, aber Jerle Shannara war geübt im Erkennen dessen, was sich in den kleinen Pausen und im Tonfall verbarg. Er spürte erste Ansätze von Furcht.

Es war ihm klar, dass er etwas dagegen würde tun müssen. Und zwar schnell.

Ihre Situation war trostlos. Reiter waren nach Osten zu den

Zwergen gesandt worden, um von ihnen Unterstützung zu erbitten, aber die aus dem Westland hinausführenden Pfade waren von den Patrouillen der Nordländer besetzt, und es würde Tage dauern, ehe ein Reiter einen Weg an ihnen vorbei gefunden hätte. Bis dahin waren die Elfen auf sich allein gestellt. Niemand konnte ihnen zu Hilfe kommen. Die Trolle waren ein unterdrücktes Volk, ihre Armeen waren Sklaven des Dämonenlords. Die Gnome waren selbst in ihren besten Zeiten schlecht organisiert und hatten ohnehin für die Elfen nicht viel übrig. Die Menschen hatten sich tief in das Südland in ihre verstreut liegenden Städte zurückgezogen und besaßen überhaupt keine Kampfkraft. Nur die Zwerge waren geblieben – falls sie überlebt hatten. Noch immer gab es keine Nachricht darüber, ob Raybur und seine Armee dem Angriff der Nordlandarmee entkommen waren.

Es gab also genug Grund zur Furcht, dachte Jerle Shannara, während sie durch die Wälder am westlichen Eingang des Rhenntales zogen – der Elfenkönig, seine Begleiter und Berater sowie drei Kompanien von Kriegern. Es gab zu viele Gründe – doch sie durften nicht die Oberhand gewinnen.

Was aber konnte er dagegen tun?

Bremen ritt mit Allanon an seiner Seite ein paar hundert Meter weiter hinten zwischen den Beratern des Königs und den Befehlshabern der Elfenarmee. Er dachte über dieselbe Frage nach. Aber ihn sorgte nicht die Furcht der Elfenkrieger, sondern die des Königs. Denn selbst wenn Jerle Shannara es nicht zugeben wollte oder es ihm vielleicht gar nicht bewusst war – auch er fürchtete sich. Seine Angst war nicht offensichtlich, nicht einmal ihm selbst, aber dennoch war sie da. Wie ein heimtückischer Jäger lauerte sie in den Winkeln seines Geistes und wartete auf ihre Chance. Bremen hatte sie einen Tag zuvor gespürt, in dem Augenblick, als er dem König die Macht des Schwertes enthüllt hatte. Und da war sie gewesen, in seinen Augen, in den Tiefen seiner Verwirrung und Unsicherheit, dort nagte sie und wuchs und konnte am Ende zum Verderben führen. Trotz der Anstrengung des alten Mannes, trotz seiner eigenen, starken Überzeugung von der Macht des Talismans – der König glaubte nicht. Er wollte, aber er tat es nicht. Er würde sicherlich versuchen, einen Weg zu finden, aber es gab keine Sicherheit dafür. Bei all den Ereignissen, die geschehen waren, hatte Bremen niemals so etwas in Betracht gezogen. Jetzt war er dazu gezwungen. Er musste den Tatsachen ins Auge sehen.

Den ganzen Tag, während er ritt, beobachtete er den König, er bemerkte sein Schweigen, erkannte die Anspannung in Kiefer und Nacken. Er ließ sich weder von dem Lächeln noch der Zuversicht überzeugen, die Jerle den anderen vorspielte. Der Krieg, der im Innern des Elfenkönigs tobte, war unmissverständlich. Er rang darum, zu akzeptieren, was ihm erzählt worden war, aber seine Bemühungen versagten. Er war mutig und entschlossen, daher würde er das Schwert in die Schlacht tragen und sich gegen den Dämonenlord stellen, wie ihm aufgetragen war. Aber sein mangelnder Glaube würde dabei zutage treten, seine Zweifel würden ihn schwächen, und er würde sterben. Die Unausweichlichkeit war geradezu zwingend. Eine andere, stärkere Stimme als die Bremens war notwendig. Der alte Mann wünschte plötzlich, Tay Trefenwyd wäre noch am Leben. Tay hatte Jerle Shannara sehr nahe gestanden und hätte einen Weg gefunden, um zu ihm durchzudringen und ihn zu überzeugen, seine Bedenken und Zweifel zu zerstreuen. Tay hätte sich mit dem König gegen den Dämonenlord gestellt, genau wie Bremen es geplant hatte, aber zusammen mit Tay wäre es etwas anderes gewesen. Vielleicht der entscheidende Unterschied.

Aber Tay war tot, und so mussten Stimme und Kraft von jemand anderem kommen.

Bremen musste auch über Allanon nachdenken. Von Zeit zu Zeit warf der alte Mann dem Jungen einen Blick zu. Sein Begleiter war immer noch schweigsam, aber er weigerte sich nicht länger, überhaupt zu sprechen. Zum Teil war dies Preias Verdienst. Der Junge war von ihr angetan und hörte auf ihren Rat. Nach einer Zeit begann er, sich zu öffnen. Seine gesamte Familie war bei dem Überfall der Nordlandarmee umgekommen, hatte er ihnen erzählt. Er hatte fliehen können, weil er zu Beginn des Angriffs nicht zu Hause gewesen war und sich dann versteckt gehalten hatte. Er hatte viele Grausamkeiten gesehen, aber er sprach niemals davon. Bremen drängte ihn nicht. Es genügte, dass der Junge überlebt hatte.

Aber er musste die Vision Galaphiles berücksichtigen, und die konnte er nicht so leicht von sich schieben. Was mochte es bedeuten – er und der Junge am Ufer des Hadeshorn in Gegenwart von Galaphiles Schatten, die hellen, überschäumenden Gestalten der Geister der Toten über dem brodelnden Wasser wirbelnd, die Luft düster und voller Schreie und die Augen des fremden Jungen fest auf ihn gerichtet? Der Druide konnte es nicht erkennen. Und was hatte der Junge überhaupt im Tal von Shale zu suchen, wenn dort an den Wassern des Hadeshorn die Toten herbeigerufen wurden – an einem Ort, wo sich aufzuhalten keinem Menschen erlaubt war und nur er sich hintraute?

Die Vision verfolgte ihn. Merkwürdigerweise hatte er Angst um Allanon. Er wollte ihn beschützen. Er spürte, dass er sich in einer Weise zu dem Jungen hingezogen fühlte, die er selbst nicht erklären konnte. Vielleicht hatte es mit ihrer beider Einsamkeit zu tun. Keiner von ihnen hatte mehr eine Familie oder ein Heim. Keiner gehörte irgendwohin. Beide zogen sich von der Welt zurück, und das war so sehr ein Geisteszustand wie eine Tatsache des Lebens und ebenso unabänderlich. dass Bremen Druide war, trennte ihn auf eine Weise von den anderen, die er nicht ändern konnte, selbst, wenn er gewollt hätte. Aber der Junge hatte sich genauso von ihnen entfernt – zum Teil durch seine eindeutig vorhandene Fähigkeit, in die Gedanken anderer Leute einzudringen; ein Geschenk, dass nur wenige anerkannten. Zum Teil auch durch eine außergewöhnliche Wahrnehmung, die an der Grenze zur Vorahnung lag. Diese seltsamen Augen waren ein Spiegel seines scharfen Geistes und Verstandes, aber sie verbargen noch andere Fähigkeiten. Allanon sah sein Gegenüber an, als könnte er direkt hindurchblicken, und der Blick täuschte nicht. Allanons Fähigkeit, jemanden zu durchschauen und zu erkennen, war erschreckend.

Was sollte Bremen mit dem Jungen tun? Was war es, das er in ihm erkennen sollte? Es war ein Tag für unlösbare Rätsel und nicht zu beantwortende Fragen, und der alte Mann trug die Bürde ihres nagenden Gewichts mit stoischer Ruhe, während er nach Osten ritt. Lösungen und Antworten, glaubte er, würden bald genug kommen.

Als sie das Tal von Rhenn erreichten, verließ Jerle Shannara die anderen und ritt mit Preia fort, um sich die Verteidigungslinie anzusehen und die Elfen wissen zu lassen, dass er angekommen war. Er wurde überall herzlich willkommen geheißen, und er winkte lächelnd und erklärte seinen Männern, dass alles gut werden würde und sie die eine oder andere Überraschung für die Nordländer bereithielten.

Dann machte er sich auf, um einen Blick auf das Lager des Feindes zu werfen. Dieses Mal nahm er einen Führer mit, denn der Boden des Tals war bereits mit Fallen übersät, und er wollte nicht aus Versehen in eine von ihnen hineinstolpern. Preia blieb bei ihm; ihr Anblick war den Kriegern inzwischen genauso vertraut wie der des Königs. Niemand sprach, während sie dem Führer über die grasigen Anhöhen und breiten Steigungen, über einen Streifen abgebrannten Boden und zu einem Punkt in den Felsen hinauf folgten, der die rechte Flanke der Verteidiger vor Blicken aus dem Tal abschirmte. Kundschafter und Läufer hatten hier oben ein kleines Lager errichtet und hielten Wache. Jerle grüßte und trat dann an den Felsvorsprung, um hinabzuschauen.

Vor ihm erstreckte sich die wimmelnde Masse der Nordlandarmee, ein gewaltiger, träger Koloss aus Männern, Tieren, Wagen und Kriegsmaschinen, eingehüllt in Hitze und Staub. Überall war Bewegung. Waffen und Vorräte wurden herbeigeschafft und geordnet, und die einzelnen Einheiten waren damit beschäftigt, sich entlang der Frontlinie in eine gute Position zu bringen. Belagerungsmaschinen wurden an einer Seite aufgestellt. Das Lager war etwa eine Meile vom östlichen Ende des Tals entfernt, weit draußen, wo sie Platz genug hatten, um sich weiter auszudehnen. Jerle spürte die Unsicherheit seiner eigenen Leute. Er wusste, dass Preias Schweigen als kühles Abschätzen ihrer Chancen zu deuten war. Die Armee, die sich anschickte, ihr Heimatland anzugreifen, war eine Lawine, die nicht leicht abzuwenden sein würde.

Er nahm sich Zeit, um die Szene in aller Ruhe zu studieren. Er registrierte, wo Nahrungsmittel, Ausrüstung und Waffen lagen. Er zählte Belagerungsmaschinen und Katapulte. Er bemühte sich, die Banner der Kompanien zu erkennen, die gegen ihn kämpfen würden, und er schätzte die Stärke von Reiterei und Fußsoldaten ab. Er beobachtete, wie sich von Norden und Süden aus der Ebene von Streleheim mehrere Packzüge näherten. Sorgfältig wägte er seine Möglichkeiten ab.

Dann kletterte er wieder hinab und ritt gemeinsam mit Preia zu seiner Hauptstreitmacht zurück. Er rief seine Befehlshaber und Berater zusammen, um Kriegsrat zu halten.

Sie versammelten sich in einem Zelt, das etwas abseits der Frontlinie der Elfensoldaten aufgestellt worden war. Die Elfengarde sorgte dafür, dass sie ungestört blieben. Preia war natürlich anwesend, ebenso wie Bremen. Kier Joplin hatte den Befehl über die Reiterei, Rustin Apt und Cormorant Etrurian den über die Fußsoldaten. Außerdem waren die Befehlshaber Prekkian von der Schwarzen Wache und Trewithen von der Elfengarde anwesend. Dies war das Herz seines Kommandos, die Männer, auf die er sich hauptsächlich stützte. Wenn sie überhaupt eine Chance gegen die Armee haben wollten, die sich gegen sie rüstete, dann musste er sie überzeugen.

»Ich bin erfreut, euch zu sehen, meine Freunde«, grüßte er. Er hatte seine Waffen jetzt abgelegt und stand locker und gelöst vor ihnen. Sie saßen im Kreis, so dass er sie alle sehen oder direkt ansprechen konnte, falls es nötig sein sollte. »Ich bin am Taleingang gewesen und habe die Armee gesehen, die uns bedroht. Ich denke, unser Plan ist klar. Wir müssen angreifen.«

Rufe der Überraschung und des Widerwillens wurden laut – er hatte es erwartet. »Bei Nacht«, rief er in das plötzliche Getöse. »Jetzt!«

Rustin Apt sprang auf. Er war älter geworden und kraftvoll, von so breiter und kompakter Statur, dass es den Anschein hatte, als könnte ihn nichts fortbewegen, wenn er seinen Fuß erst einmal irgendwo hingesetzt hatte. »Mylord, nein! Angreifen? Das könnt Ihr nicht …«

»Immer mit der Ruhe, Rustin.« Der König schnitt ihm mit einer scharfen Handbewegung das Wort ab. »In der richtigen Situation kann ich alles. Du kennst mich gut genug. Also hört jetzt alle einen Augenblick zu. Die Nordlandarmee schmachtet vor uns, fett und unverfroren hält sie sich für unbesiegbar und denkt niemals daran, dass jemand mit ihr spaßen würde. Sie glaubt, dass wir uns hinter unserer Verteidigungslinie in Sicherheit bringen. Aber sie wird größer und größer, und unsere Elfenjäger bemerken es und beginnen zu verzweifeln. Wir können nicht einfach nur dasitzen und warten, bis sie so groß geworden ist, dass sie uns mit einem Mal verschlucken kann. Wir können nicht dasitzen und auf den unausweichlichen Angriff warten. Wir müssen die Schlacht zu ihnen tragen, jetzt, zu unseren Bedingungen, zu einer Zeit unserer Wahl – wenn *wir* dazu bereit sind und nicht sie.«

»Schön und gut«, sagte Kier Joplin ruhig. Er war klein und kompakt und hatte flinke, dunkle Augen. »Aber mit welchem Teil der Armee willst du diesen Angriff durchführen? Die Dunkelheit wird uns helfen, aber die Pferde werden von weitem zu hören sein, und die Fußsoldaten werden in Stücke gerissen werden, ehe sie sich in Sicherheit bringen können.«

Zustimmendes Gemurmel wurde laut. Jerle nickte. »Du hast die gleichen Gedanken, wie ich sie hatte. Was aber, wenn der Feind uns nicht finden kann? Wenn wir unsichtbar werden, sobald sie glauben, sie haben uns? Wenn wir nach und nach angreifen, ein Schlag hier, einer dort, aber ihnen niemals mehr als ein paar Handgemenge liefern?«

Jetzt war es vollkommen still. »Wie willst du das machen?«, fragte Joplin schließlich.

»Ich werde es euch erklären. Aber vorher möchte ich, dass ihr meiner Idee grundsätzlich zustimmt. Ich bin überzeugt, dass wir etwas tun müssen, wenn wir das Vertrauen unserer Krieger in sich stärken wollen. Ich sehe, wie es erlahmt. Ist meine Einschätzung falsch?«

Wieder trat Stille ein. »Nein, du hast recht«, sagte Joplin schließlich.

»Kier, du hast auf die Gefahr hingewiesen, die ein Angriff in sich birgt. Jetzt möchte ich, dass ihr die möglichen Vorteile bedenkt. Wenn wir sie überraschen, sie stören und belästigen, vielleicht sogar ein bisschen verletzen, gewinnen wir Zeit und Vertrauen. Hier sitzen zu bleiben, bringt uns weder das eine noch das andere.«

»Zugegeben«, sagte Cormorant Etrurian schnell. Er hatte ein schmales Gesicht; ein hagerer Mann, der sich in den Grenzkriegen bewährt hatte. Er war früher Adjutant des alten Apt gewesen. »Auf der anderen Seite wäre eine Niederlage zu diesem Zeitpunkt verheerend. Es könnte auch sein, dass sie dann noch früher angreifen.«

»Du hast vielleicht auch unrecht, wenn du glaubst, dass sie uns nicht erwarten«, stimmte Cormorants alter Mentor ein. »Wir wissen nicht, was mit den Zwergen geschehen ist. Und wir stehen einer kampferprobten Armee gegenüber, die vielleicht mehr Tricks kennt als wir.«

»Wir sind deutlich in der Unterzahl«, fügte Etrurian missmutig hinzu. »Mylord, diese Taktik ist einfach zu gefährlich.«

Jerle nickte bei jedem neuen Kommentar und wartete, bis seine Zeit gekommen war. Er wartete, bis sie alle ihre Einwände vorgebracht hatten. Er warf einen Blick auf Preia, die ihn ernst ansah, dann auf Bremen, dessen ausdruckslose Miene nichts von dem enthüllte, was er dachte. Er schaute von einem Gesicht zum nächsten, versuchte herauszufinden, auf welche der Anwesenden er sich fest verlassen konnte. Auf Preia selbstverständlich. Aber die anderen, seine Befehlshaber ebenso wie Bremen, waren noch zu keinem Entschluss gekommen, oder sie hatten sich gegen ihn entschieden. Er wollte ihnen nichts aufzwingen, wenn sie nicht dafür waren, ob er nun König war oder nicht. Aber eine tiefe Entschlossenheit hatte ihn ergriffen. Wie also sollte er sie überzeugen?

Die Stimmen der anderen verklangen. Jerle Shannara richtete sich auf. »Wir sind Freunde, wir alle hier«, begann er. »Wir arbeiten auf das gleiche Ziel hin. Ich weiß, welch gewaltige Aufgabe vor uns liegt. Wir sind alles, was noch zwischen dem Dämonenlord und der Zerstörung der Vier Länder steht. Vielleicht sind wir bereits die letzte Streitmacht, die noch Kraft genug besitzt, sich ihm entgegenzustellen. Vorsicht ist also notwendig. Aber wir müssen auch Risiken eingehen. Es kann keinen Sieg geben ohne Risiko – schon gar nicht hier, an diesem Ort, zu dieser Zeit, gegen diesen Feind. Risiken bestehen bei jedem Kampf, wir können das nicht ignorieren. Wir können uns nur anstrengen, es so gering wie möglich zu halten.«

Er ging zu Rustin Apt und kniete vor ihm nieder. Die erfahrenen, harten Augen des Befehlshabers blickten verwirrt drein. »Was wäre, wenn ich euch einen Weg zeigen würde, wie wir den Feind bei Nacht angreifen könnten? Einen sehr erfolgversprechenden Weg, bei dem nur wenige von uns gefährdet wären, und durch den wir, sollten wir erfolgreich sein, den Feind genug verstören würden, um sowohl das Vertrauen der Armee als auch Zeit zu gewinnen?«

Der alte Mann blickte unsicher drein. »Kannst du das?«, brummte er.

»Wirst du an meiner Seite stehen, wenn ich es kann?«, drängte der König und ignorierte die Frage. Er schaute nach links und nach rechts. »Werdet ihr es alle tun?«

Der Angriff fand nicht in dieser, sondern in der darauf folgenden Nacht statt. Es dauerte noch einen Tag, bis alle Vorbereitungen getroffen und die Männer ausgewählt waren, die daran teilnehmen würden. Zudem mussten Kier Joplin und seine Reiter nach Norden und Cormorant Etrurian und seine Jäger nach Süden gelangen. Beide Kommandos brachen bei Sonnenaufgang auf und hielten sich im Schutz des Waldes und der Felsvorsprünge, so dass sie den Weg zu ihrem jeweiligen Ziel ungesehen zurücklegen konnten. Die Kommandos mussten klein sein, denn Gerissenheit und Gewandtheit nützte ihnen mehr als Stärke. Jeder hatte genaue Anweisungen erhalten, was zu tun war und wann. Die Koordinierung der verschiedenen Elemente dieses Angriffs erforderte eine genaue zeitliche Planung. Wenn er nicht zum richtigen Zeitpunkt erfolgte, würde der Angriff fehlschlagen.

Jerle Shannara führte die Gruppe im Zentrum an, eine Kompanie aus Bogenschützen und der Elfengarde. Dort würden die Kämpfe am wildesten sein, und er würde niemandem erlauben, seine Stelle einzunehmen. Bremen tobte. Er befürwortete den Plan. Er lobte den Einfallsreichtum des Königs und seinen Mut. Aber es war blanker Irrsinn, dass der König den Angriff selbst leiten wollte.

»Denk nach, Elfenkönig! Wenn du jetzt fällst, ist alles verloren, was wir bisher gewonnen haben!« Er hatte Jerle und Preia Starle seinen Standpunkt mitgeteilt, nachdem die anderen gegangen waren. Bremens schütteres Haar und der Bart flogen bei den ärgerlichen Bewegungen des alten Mannes in alle Richtungen. »Du kannst dein eigenes Leben nicht so aufs Spiel setzen! Du musst für die Konfrontation mit Brona am Leben bleiben!«

Es hatte zu dämmern begonnen. Draußen gingen die Vorbereitungen für den Angriff am nächsten Tag voran. Jerle Shannara hatte seine Befehlshaber überzeugt; die Kraft seiner Argumente und seines Verstandes war zu groß, als dass sich ihnen jemand hätte entgegenstellen können, zu bestechend, um ignoriert werden zu können. Einer nach dem anderen hatten sie nachgegeben – zuerst

Joplin, dann die anderen. Am Ende waren sie von dem Plan genauso begeistert wie Jerle selbst.

»Er hat recht«, stimmte Preia Starle zu. »Höre auf ihn.«

»Er hat nicht recht«, erwiderte Jerle. Seine Stimme war ruhig, seine Haltung gefasst, und die Kraft seiner Überzeugung machte sie beide sprachlos. »Ein König muss mit Beispielen führen. Ganz besonders hier, in dieser Situation, wo soviel auf dem Spiel steht. Ich kann von anderen nicht verlangen, was ich nicht selbst tun würde. Die Armee schaut auf mich. Diese Männer wissen, dass ich führe, dass ich nicht zurückbleibe. Sie werden auch hier nicht weniger von mir erwarten, und ich werde sie nicht enttäuschen.«

Er gab nicht nach. Er war zu keinem Kompromiss bereit. Also führte er die Truppen an, wie er gesagt hatte – mit ausdrücklicher Missbilligung des Druiden –, und Preia war wie immer bei ihm. Sie schlichen um Mitternacht aus dem Tal und hinaus auf die Ebene, auf das Lager des Feindes zu. Sie waren nur wenige hundert, und davon waren doppelt so viel Bogenschützen wie Mitglieder der Elfengarde. Still wie Gespenster kroch eine Handvoll voran und setzte die Wachen außer Gefecht, die am Rand des feindlichen Lagers Wache hielten. Kurz darauf waren auch die übrigen Angreifer kaum noch fünfzig Meter entfernt. Hier warteten sie, die Waffen in den Händen.

Als sie schließlich losschlugen, geschah dies hart und unerbittlich. Es begann im Norden mit Kier Joplin. Der Befehlshaber hatte die Hufe von zweihundert Pferden mit schweren Stoffen umwickeln lassen und sich dann bei Sonnenuntergang mit zweihundert Männern und den Pferden aufgemacht, um in einem Bogen den nördlichen Teil des feindlichen Lagers zu erreichen. Als die Elfen weniger als hundert Meter entfernt waren, nahmen sie die dämpfenden Tücher ab, warteten bis eine Stunde nach Mitternacht, bestiegen dann ihre Pferde und griffen an. Sie waren über den Nordländern, ehe Alarm gegeben werden konnte. Sie schlugen entlang eines frisch angekommenen und noch nicht ausgeladenen Versorgungszuges zu. Auf ihrem Ritt ins Lager nahmen sie brennende Äste aus den schwelenden Wachfeuern und steckten die Wagen in Brand. Dann wirbelten sie hinüber zu den Belagerungsmaschinen und zündeten die nächststehenden ebenfalls an. Flammen schossen in den Himmel, während die Reiter durch das Lager rasten und wieder in der Nacht verschwanden. Sie waren so schnell fort, dass die Feinde immer noch damit beschäftigt waren, ihre Verteidigung zu formieren, als der zweite Schlag über sie hereinbrach.

Diesmal kam er von Cormorant Etrurian aus dem Südwesten. Er wartete, bis er die Flammen sah, die von der ersten Attacke kündeten; dann griff er an. Er und seine fünfhundert Fußsoldaten, die bereits an Ort und Stelle waren, trieben einen tiefen Keil in die feindlichen Stallungen, töteten Pferdeknechte und ließen Tiere frei, jagten sie in die Nacht hinaus. Für wenige Augenblicke entwickelten sich Zweikämpfe, dann schwenkten die Elfen nach Westen und zogen sich schnell wieder aus dem Lager zurück und verschwanden.

Die Nordländer reagierten jetzt schneller, aber sie waren verwirrt, denn der Angriff schien von allen Seiten zu kommen. Gewaltige Felsentrolle, riesige Streitäxte und Spieße in den Händen schwingend, mähten alles nieder, das ihnen bei der Suche nach den Angreifern im Weg stand. Aber im Norden brannten die Belagerungsmaschinen und Versorgungswagen, und im Süden rannten die Pferde durcheinander, und so wusste niemand genau, wo der Feind zu finden war. Bremen, der sich bei Jerle Shannaras Kommando in der Ebene versteckt hielt, hatte die Elfen mit Magie eingehüllt und ließ dort Illusionen von Angreifern entstehen, wo keine waren. Der alte Mann konnte solch ein Blendwerk nur eine kurze Zeit aufrechterhalten, jedoch lange genug, um sogar die tödlichen Schädelträger zu irritieren.

Zu diesem Zeitpunkt hatte Jerle Shannaras Truppe sich dem Angriff angeschlossen. Die Bogenschützen wurden von der Elfengarde flankiert und geschützt; sie stellten sich in Reihen an der Lagergrenze der Nordländer auf, spannten ihre langen Bögen und sandten einen Pfeilhagel gegen die Feinde. Schreie erschollen, als die Pfeile ihre Ziele erreichten. Eine Salve nach der anderen prasselte auf die Nordländer nieder, die aufzustehen versuchten und nach ihren Waffen griffen. Der König hielt seine Männer so lange wie möglich an diesem Platz, vielleicht sogar noch einen Augenblick länger. Eine Gruppe von Gnomen schoss wie von Sinnen aus dem Lager und versuchte, die Bogenschützen zu erreichen, aber diese senkten einfach die Bögen und beschossen die unorganisierte Gegenattacke direkt, bis sie zerbrach.

Schließlich schickte sich auch Jerle Shannara an, seine Männer wieder zurückzuziehen. Die Reihen wichen nacheinander zurück, eine deckte jeweils den Rückzug der anderen. Die Männer unter Cormorant Etrurian waren bereits hinter ihnen und trabten rasch durch die Nacht. Sie waren nur undeutliche Schatten auf der Ebene, die von Wolken aus Qualm und Asche überzogen wurde. Felsentrolle erschienen, gewaltige und schwerfällige Kolosse, die aus dem grellen Feuerschein marschierten, Spieße und Streitäxte in der Hand. Pfeile hatten gegen sie keine Wirkung. Die Bogenschützen setzten sich ab, sie rannten durch die dünne Linie der Elfengarde, die noch standhielt. Jerle zog seine Männer schnell zurück, er wollte in dieser Nacht nicht gegen Felsentrolle kämpfen. Keine feindliche Reiterei folgte ihnen, denn die Pferde der Nordländer waren entweder gestohlen oder verjagt worden. Es kam jetzt nur darauf an, den Trollen auszuweichen.

Aber die Trolle, so schwer bewaffnet sie auch waren, kamen schneller näher, als der König erwartet hatte. Die Elfengarde stand jetzt beinahe allein auf der Ebene, während die Bogenschützen und die Elfenjäger in die Sicherheit des Rhenntals zurückgeflohen und die Reiter unter Kier Joplin nach Norden zurückgekehrt waren. Pfeile flogen aus dem Schein des Nordlandlagers heraus. Ein Teil der Elfengarde ging zu Boden und erhob sich nicht mehr. Bremen, der mit den Angreifern auf die Ebene gekommen war, um den König zu beschützen, eilte mit fliegendem schwarzen Umhang hinzu und schleuderte den herannahenden Trollen sein Druidenfeuer entgegen. Das Grasland fing Feuer, und für einen Augenblick brach die Verfolgung zusammen. Die Elfengarde zog sich weiter zurück, sie schützte den alten Mann und den König in ihrer Mitte, wurde aber von allen Seiten bedrängt, während sie auf den Schutz des Tals zueilte. Rauch wirbelte über die Ebene, wurde auf dem Rücken eines plötzlichen Windes voller Hitze und Asche fortgetragen. Preia Starle schoss nach vorn, sie versuchte, eine Bresche durch den Qualm zu schlagen. Aber die Verwirrung durch den Rauch und das Geheule der Verfolger war zu groß. Die kleine Gruppe der Elfenjäger brach auseinander, einige gingen mit Bremen, andere folgten dem König. Jerle Shannara stieß einen Ruf aus, er hörte seinen Namen als Antwort, und plötzlich war alles im tiefen Rauch verschwunden.

Dann krachte etwas Gewaltiges in die Gruppe derer, die mit dem König flohen, stieß die Elfengarde in die Nacht hinaus, schleuderte die Nächststehenden zur Seite, als wären sie nur aus Stroh. Eine ungeheure Form nahm Gestalt an, ein Ungeheuer, das dem Dämonenlord diente und aus der Unterwelt und der Nacht herbeigerufen worden war – nichts als Reißzähne und Klauen und Schuppen. Heulend raste es auf Jerle Shannara zu, und der König hatte kaum Zeit, seine Klinge zu ziehen. Das magische Schwert blitzte auf, seine helle Oberfläche spiegelte das Feuer in der Dunkelheit wider. *Jetzt!* dachte der König und wirbelte das Schwert herum. *Jetzt werden wir ja sehen!* Er beschwor die Magie des Schwertes herauf, rief die Macht an, dass sie ihn beschützen möge, während die Kreatur immer näher kam. Aber nichts geschah. Die Bestie griff an, gut doppelt so groß wie Jerle und auch um einiges breiter. Verzweifelt schlug der König auf sie ein, wie er es bei jedem Feind getan hätte. Das Schwert traf die Bestie, und die Kraft des Hiebes verlangsamte den Angriff. Aber immer noch erschien keine Magie. Jerle Shannara spürte, wie sich plötzlich ein Knoten aus Angst in seinem Magen bildete. Die Bestie wurde jetzt auch von der wieder kampfbereiten

Elfengarde angegriffen, peitschte aber den nächststehenden Elfen das Leben aus dem Leib, schleuderte die übrigen zur Seite und kam wieder auf ihn zu.

In diesem Augenblick erkannte Jerle Shannara, dass er die Magie des Schwertes nicht beschwören konnte und dass jede Hoffnung verloren war, die er darauf gesetzt hatte, dass die Magie ihn beschützen würde. Trotz Bremens Ermahnung hatte er geglaubt, dass eine Magie um das Schwert sein würde, mit der er einen Gegner bezwingen könnte – so etwas wie Feuer, etwas von einer Macht aus der anderen Welt. Aber es war die Wahrheit, die dieses Schwert enthüllte, hatte der alte Mann gesagt, und es schien jetzt nur zu deutlich, dass es nicht mehr vermochte, als die Wahrheit zu enthüllen. Angst drohte ihn zu lähmen, aber mit einem wilden Schrei entriss er sich ihrem Griff und warf sich gegen die angreifende Bestie. Beide Hände um den Griff seines Schwertes, verteidigte er sich in der einzigen Weise, die ihm noch verblieben war. Die breite, glänzende Klinge blitzte auf und grub sich tief in die Kreatur. Blut schoss aus der Wunde. Aber die Bestie kam näher. Sie durchbrach die Abwehr des Königs, schlug ihm die Waffe aus der Hand und schleuderte ihn auf den Boden.

Da erschien Bremen. Wie ein zorniger Geist tauchte er aus der Dunkelheit auf. Seine Hände, in Druidenfeuer gehüllt, schossen nach vorn. Das Feuer löste sich in einem wilden Ausbruch von seinen Fingerspitzen und fraß sich in das Ungeheuer, das gerade nach dem König greifen wollte; es umarmte und verschlang die Bestie und ließ sie zu einer wild zuckenden Fackel werden. Das Monster wich zurück, gellte auf vor Wut, wirbelte herum und raste immer noch brennend in die Nacht davon. Bremen wartete nicht, was daraus werden würde. Er beugte sich zum König hinunter, und zusammen mit anderen Elfen riss er Jerle Shannara hoch und auf die Füße.

»Das Schwert…«, begann der König mit brüchiger Stimme. Er schüttelte verzweifelt den Kopf.

Aber Bremen unterbrach ihn mit ernstem Blick. »Später, wenn Zeit dafür ist, Elfenkönig. Du lebst, du hast gut gekämpft, und der Angriff war erfolgreich. Dies ist genug für eine Nacht. Jetzt komm schnell mit, bevor die anderen Kreaturen uns finden.«

Sie flohen wieder durch die Nacht, der König, der Druide und eine Handvoll der Elfengarde. Rauch und Asche verfolgten sie, und weiter hinten erhellten die immer noch brennenden Versorgungswagen und Belagerungsmaschinen den Horizont. Preia Starle kehrte aus der Dunkelheit zurück, sie war atemlos und wirkte sehr mitgenommen. Ihre Augen waren voller Wut und Furcht. Sie stützte Jerle Shannara, während sie weiterflohen. Der König wehrte sich nicht. Ihre Blicke trafen sich, dann wandte er sich ab.

Die Angst, die in den dunklen Winkeln seines Bewusstseins geschwelt hatte, war in dieser Nacht hell aufgelodert – die Angst, dass das Schwert, das man ihm aufgetragen hatte, nicht für ihn gemacht war, und dass es nicht funktionieren würde, wenn es nötig war. Es hatte ihn herausgefordert, und er hatte die Herausforderung nicht bestanden. Wenn Bremen nicht gewesen wäre, wäre er jetzt tot. Ein Wesen von geringerer Magie hätte ihn erledigt, ein Ding von geringerer Macht als der Dämonenlord. Zweifel rüttelte an seiner Entschlossenheit. Alles, was er vor ein paar Stunden noch für möglich gehalten hatte, war verloren. Die Magie des Schwertes passte nicht zu ihm. Die Magie würde ihm niemals antworten. Es brauchte jemand anderen, jemand, der mehr für den Gebrauch dieser Magie geeignet war. Er war nicht der geeignete Mann. Er war es nicht.

Er konnte die Worte im Herzschlag seines Herzens widerhallen hören, laut und sicher. Er versuchte, seinen Geist und seine Ohren davor zu verschließen, aber er spürte, dass es nicht ging. Voller hoffnungsloser Verzweiflung rannte er weiter.

Kapitel 29

Nachdem Bremen nach Westen aufgebrochen war, um den Elfen das Druidenschwert zu bringen, folgten Kinson Ravenlock und Mareth auf der Suche nach den Zwergen dem Silberfluss in östlicher Richtung. Sie schlängelten sich an diesem ersten Tag nördlich des Flusses durch das hügelige Land und kamen den Wäldern des Anar immer näher. Zäher Nebel hing hartnäckig in den Bergen, verflüchtigte sich jedoch schließlich in der Mittagssonne. Am frühen Nachmittag hatten sie den Anar erreicht, und nachdem sie ihre Pferde an einem kleinen Hof zurückgelassen hatten, tauchten sie in den Wald ein. Das Land hier war weich und eben, aber die Wege waren schmal und zu Fuß leichter zu bewältigen. Sonnenstrahlen drangen durch das Laubdach und sprenkelten den Waldboden mit Lichtflecken. Kinson und Mareth aßen nur wenig während ihrer Rast; sie wollten noch etwas aufheben, falls sie nichts anderes finden sollten.

Die Sonne strahlte von einem meist wolkenlosen Himmel und brachte das Grün der Bäume und das Blau des Flusses zum Leuchten. Vogelgezwitscher erfüllte die Luft, und die Geräusche kleiner, durch das Unterholz huschender Tiere drangen zu den Wanderern. Aber der Pfad war ausgetreten und mit den Überbleibseln der Nordlandarmee übersät, und nirgendwo regte sich menschliches Leben. Hin und wieder wehte der schwache Geruch von verbranntem Holz und kalter Asche zu ihnen herüber, und Schweigen breitete sich aus – eine Stille, die so intensiv war, dass sie die beiden veranlasste, einander wachsam anzuschauen. Sie kamen an kleinen Höfen und Nebengebäuden vorbei, die zum Teil noch standen, zum Teil ausgebrannt waren. Alle waren jedoch verlassen. Es waren keine Zwerge zu sehen. Niemand begegnete ihnen auf ihrem Weg.

»Wir sollten nicht so überrascht sein«, bemerkte Mareth. »Der Dämonenlord hat sich gerade erst aus dem Ostland zurückgezogen. Die Zwerge verstecken sich vermutlich noch.«

Es schien vernünftig, aber es beunruhigte Kinson dennoch, durch ein Land zu reisen, das so unglaublich verlassen war. Es verwirrte ihn, dass nicht einmal Händler zu sehen waren, die ihnen sonst immer wieder begegnet waren. Es machte den Eindruck, als sähe niemand mehr einen Grund, sich in diese Gegend zu wagen. Kinson begann, darüber nachzudenken, wie einfach ein ganzes Volk verschwinden konnte, so als hätte es niemals existiert. Er hatte keinen Maßstab, kein Beispiel für eine Ausrottung von dieser Größenordnung. Was war, wenn die Zwerge einfach ausgelöscht waren? Wenn sie einfach aufgehört hatten zu existieren? Die Vier Länder würden sich von einem solchen Verlust niemals erholen. Es würde niemals wieder wie vorher sein.

Die beiden sprachen nicht viel, während sie so dahinschritten; sie waren zufrieden damit, in Ruhe den eigenen Gedanken nachzuhängen. Mareth hatte den Kopf erhoben und den Blick nach vorn gerichtet; weit über das hinaus, was für beide sichtbar war. Kinson ertappte sich dabei, wie er darüber nachdachte, ob sie wohl ihr Erbe und die damit verbundenen Möglichkeiten im Licht ihrer neuen Erkenntnisse betrachtete. Nicht Bremens Tochter zu sein, nachdem sie so lange fest daran geglaubt hatte, wäre für jeden ein großer Schock gewesen. Möglicherweise die Tochter eines der finsteren Wesen zu sein, die dem Dämonenlord dienten, war noch viel schlimmer. Kinson wusste nicht, wie *er* auf eine solche Offenbarung reagiert hätte. Er glaubte nicht, dass er sie ohne weiteres hätte verdauen können. Bremen hatte betont, dass ihre Eltern keine Auswirkung auf Mareths Charakter haben müssten, aber das zählte natürlich nicht viel. Hier ging es um mehr als nur Logik. Mareth war vernünftig und intelligent, aber die Wirren ihrer Kindheit und die schwierigen Verwicklungen ihres Erwachsenenlebens hatten sie gegenüber Angriffen auf die wenigen Überzeugungen, die ihr bisher Halt gegeben hatten, besonders verletzlich gemacht.

Von Zeit zu Zeit kam ihm der Gedanke, mit ihr darüber zu sprechen. Er hätte ihr gern gesagt, dass sie die Person war, die sie immer geglaubt hatte zu sein, dass er das Gute in ihr sehen konnte, dass er dessen Stärke aus erster Hand miterlebt hatte, und dass sie niemals von etwas so Flüchtigem wie dem Erbe ihres Blutes betrogen werden könnte. Aber ihm fehlten die Worte, in die er derartige Gedanken hätte kleiden müssen, um nicht herablassend zu wirken, und ein solches Risiko wollte er nicht eingehen. Sie schien zufrieden damit, dass er bei ihr war, und trotz seiner harten Erwiderung auf Bremens Vorschlag, dass sie ihm folgen sollte, war auch er insgeheim froh über ihre Begleitung. Er hatte sich an sie gewöhnt, an ihre gemeinsamen Erlebnisse, an ihre Gespräche, an die Art, wie sie jeweils wussten, was der andere dachte, und er verspürte Gefühle für sie, die er nicht so einfach benennen konnte. Sie wurden hervorgerufen durch solch kleine Dinge wie den Klang ihrer Stimme, die Art, wie sie ihn ansah, den Sinn für Kameradschaft, der über das bloße Zusammenreisen hinausging. Es genügte, beschloss er schließlich, dass er dann zugegen sein würde, wenn sie wirklich reden wollte. Sie wusste, dass die Identität und Herkunft ihres Vaters keinen Unterschied für ihn machten. Sie wusste, dass all dies nicht zählte.

Sie erreichten Culhaven gegen Sonnenuntergang, als das Licht bereits verblasste und es kühler wurde. In den Schatten hing der beißende Gestank des Todes. Die Heimatstadt der Zwerge war bis auf den Grund niedergebrannt, das Land verwüstet. Nichts war übrig geblieben als verkohlte Erde, Trümmer, ein paar verbrannte Holzbalken und verstreute Knochen. Viele der Toten waren dort liegen gelassen worden, wo sie gefallen waren. Sie unterschieden sich jetzt kaum noch voneinander, aber die Größe der Knochen verriet, dass auch Kinder darunter gewesen waren. Der Grenzländer und die Druidenschülerin sahen sich traurig um und verschafften sich einen Überblick über die Lage, dann begannen sie, langsam durch die Überreste des Gemetzels zu schreiten. Der Angriff musste schon einige Wochen her sein, denn das Land hatte sich bereits erholt, und kleine grüne Triebe bahnten sich ihren Weg durch die Asche. Aber es gab kein menschliches Leben mehr in Culhaven, und über der großen Waldlichtung hing ein Schleier aus gleichgültigem Schweigen.

In der Mitte der Stadt fanden sie ein riesiges Loch – Hunderte von Zwergen hatte man dort hineingeworfen und verbrannt.

»Warum sind sie nicht fortgerannt?«, fragte Mareth leise. »Warum sind sie geblieben? Sie müssen es gewusst haben. Sie müssen gewarnt worden sein.«

Kinson blieb still. Sie wusste die Antwort ebenso gut wie er. Hoffnung konnte trügerisch sein. Er blickte auf und schaute auf die Ruinen. Wo waren die überlebenden Zwerge? Dies war die Frage, auf die er sich eine rasche Antwort wünschte.

Sie gingen weiter, jetzt schneller, denn es gab nichts zu sehen, was sie nicht bereits in Hülle und Fülle gesehen hätten. Es wurde langsam dunkler, und sie wollten ein gutes Stück hinter den Ruinen der Stadt sein, wenn sie ihr Lager aufschlugen. Hier würden sie ohnehin keine Unterkunft finden. Es gab nichts, das sie hier halten konnte. Sie gingen weiter, folgten dem Fluss dorthin, wo er sich träge aus dem östlichen Wald herauswand. Vielleicht wäre es weiter vorne besser, dachte Kinson hoffnungsvoll. Vielleicht hatte dort jemand überlebt.

Etwas huschte durch die Trümmer neben ihm und ließ den Grenzländer zusammenzucken. Ratten. Er hatte sie vorher nicht gesehen, aber natürlich waren sie da. Ebenso wie andere Aasfresser, vermutete er. Er spürte, wie ihm ein Schauder über den Rücken lief. Er musste an ein Erlebnis aus seiner Kindheit denken, als er in einer Höhle, die er erkundet hatte, eingeschlafen war und beim Aufwachen Ratten über ihn hinweg krabbelten. In diesen kurzen, furchterregenden Augenblicken hatte er das Gefühl gehabt, dem Tod seltsam nahe zu sein.

»Kinson!«, zischte Mareth plötzlich und blieb stehen.

Eine Gestalt in einem Umhang stand vor ihnen. Sie bewegte sich nicht. Ein Mensch, so schien es – es war genug von ihm zu sehen, um wenigstens das festzustellen. Woher er gekommen war, blieb ihnen ein Rätsel. Er hatte einfach Gestalt angenommen, als hätte die Luft ihn herbeibeschworen, aber er musste sich versteckt und auf sie gewartet haben. Er stand ganz in der Nähe des Ufers im Schatten der Reste einer Steinmauer. Er bedrohte sie nicht, sondern stand einfach nur da, wartend, dass sie näher kamen.

Kinson und Mareth wechselten einen Blick. Das Gesicht des Mannes war im Schatten seiner Kapuze verborgen, und die Arme und Beine von den Falten seines Umhangs verhüllt. Es war nicht zu erkennen, wer er war.

»Hallo«, meinte Mareth mutig. Sie hielt den Stab, den Bremen ihr gegeben hatte, wie einen Schild vor sich.

Sie erhielten keine Antwort, und es rührte sich noch immer nichts.

»Wer seid Ihr?«, presste sie hervor.

»Mareth«, wisperte die Gestalt mit leiser Stimme.

Kinson erstarrte. Die Stimme beschwor das Bild von Rattenfüßen und Todesnähe herauf. Er war wieder in der Höhle, wieder ein Junge. Die Stimme kratzte an seinen Nervenenden wie Metall auf Stein.

»Kennt Ihr mich?«, fragte Mareth überrascht. Die Stimme schien sie nicht zu beunruhigen

»Ja«, sagte die Gestalt. »Wir alle, die zu deiner Familie zählen. Wir haben auf dich gewartet, Mareth. Wir haben lange gewartet.«

Kinson hörte, wie sie nach Atem rang. »Wovon redet Ihr?«, fragte sie schnell. »Wer seid Ihr?«

»Vielleicht bin ich der, den du gesucht hast. Vielleicht bin ich es. Würdest du schlecht von mir denken, wenn ich es wäre? Würdest du ärgerlich werden, wenn ich dir sagte, dass ich …«

»Nein!«, schrie sie mit scharfer Stimme.

»Dein Vater bin?«

Die Kapuze fiel nach hinten, und das Gesicht wurde enthüllt. Es war ein hartes, kräftiges Gesicht, und die Ähnlichkeit mit Bremen war deutlich, auch wenn der Mann vor ihnen jünger war. Aber die Ähnlichkeit schien Mareth unverkennbar. Er ließ zu, dass die junge Frau ihn eine Zeit lang ansah, ihn begutachtete. Er schien Kinson vergessen zu haben.

Er lächelte schwach. »Du siehst dich in mir, nicht wahr, mein Kind? Du siehst, wie ähnlich wir sind? Ist es so schwer zu akzeptieren? Bin ich so abstoßend?«

»Irgend etwas stimmt hier nicht«, warnte Kinson leise.

Aber Mareth schien ihn nicht zu hören. Ihre Augen waren auf den Mann gerichtet, der behauptete, ihr Vater zu sein, auf den dunklen Fremden, der so unerwartet vor ihnen aufgetaucht war. Wie hatte er gewusst, wo er suchen musste?

»Ihr seid einer von ihnen!«, zischte Mareth ihm kalt entgegen. »Einer von denen, die dem Dämonenlord dienen!«

Die strenge Miene veränderte sich nicht. »Ich diene denen, die ich gewählt habe, genau wie du. Aber du dienst den Druiden, weil du mich gesucht hast, nicht wahr? Ich kann es in deinen Augen lesen, Kind. Du hast keine wirkliche Verbindung zu den Druiden. Was sind sie für dich? Ich bin dein Vater, ich bin dein Fleisch und Blut, und deine Verbindung zu mir ist eindeutig. Oh, ich verstehe deine Bedenken. Ich bin kein Druide. Ich habe mich einem anderen Ziel verschrieben, einem dem du entgegenstehst. Dein ganzes Leben lang hast du gehört, dass ich das Böse bin. Aber wie böse bin ich, was glaubst du? Sind die Geschichten alle wahr? Oder sind sie möglicherweise überschattet von denen, die sie erzählen, um ihr eigenes Ziel zu verfolgen? Wie viel von dem, was du weißt, kannst du glauben?«

Mareth schüttelte den Kopf. »Genug, denke ich.«

Der Fremde lächelte. »Dann sollte ich vielleicht nicht dein Vater sein.«

Kinson sah, wie sie zögerte. »Seid Ihr es?«

»Ich weiß es nicht. Ich weiß nicht, ob ich es sein will. Ich würde deinen Hass nicht wollen, wenn ich es wäre. Ich würde mir Verständnis und Toleranz von dir wünschen. Ich würde mir wünschen, dass du mir zuhörst, wenn ich dir von meinem Leben erzähle und davon, wie es deins betrifft. Ich würde mir wünschen, dir erklären zu können, warum das Ziel, das ich verfolge, weder böse noch zerstörerisch ist, sondern auf Wahrheiten beruht, die uns alle befreien werden.« Der Fremde hielt einen Augenblick inne. »Erinnere dich daran, dass deine Mutter mich geliebt hat. Konnte ihre Liebe so fehlgeleitet sein? Konnte ihr Vertrauen in mich so falsch sein?«

Kinson nahm eine unmerkliche Veränderung wahr – einen Lufthauch, eine Rauchschwade, eine Welle im Fluss – etwas, das er nicht sehen, sondern nur spüren konnte. Die kurzen Haare in seinem Nacken sträubten sich auf. Wer war dieser Fremde? Woher war er gekommen? Wenn er Mareths Vater war, wie hatte er sie hier gefunden? Woher wusste er, wer sie war?

»Mareth!«, warnte er noch einmal.

»Was ist, wenn die Druiden bei allem, was sie getan haben, einem Irrtum unterlagen?«, fragte der Fremde plötzlich. »Was ist, wenn alles, was du geglaubt hast, auf Lügen und Halbwahrheiten und Fälschungen basiert, die bis an den Ursprung der Zeit zurückreichen?«

»Das ist unmöglich«, antwortete Mareth sofort.

»Was ist, wenn du von denen betrogen wurdest, denen du vertraut hast?«, fuhr der Fremde hartnäckig fort.

»Mareth, nein!«, zischte Kinson ungestüm. Aber sofort hefteten sich die Augen des Fremden auf ihn, und Kinson Ravenlock konnte plötzlich weder sprechen noch sich bewegen. Er war wie erstarrt, als hätte er sich in einen Stein verwandelt.

Die Augen des Fremden richteten sich wieder auf Mareth. »Sieh mich an, Kind. Sieh mich genau an.« Zu Kinsons Erschrecken sah Mareth ihn an. Ihr Gesicht hatte jetzt einen leeren, in die Weite gerichteten Blick, als sähe sie etwas völlig anderes als das, was vor ihr stand. »Du bist eine von uns«, betonte der Fremde. Die Worte waren gleichzeitig sanft und zwingend. »Du gehörst zu uns. Du hast unsere Macht. Du hast unsere Leidenschaft. Du hast alles, was wir haben, nur eines nicht. Dir fehlt unser Ziel. Du musst es in dich aufnehmen, Mareth. Du musst akzeptieren, dass wir recht haben mit dem, was wir suchen – Stärke und ein langes Leben durch den Gebrauch der Magie. Du hast gespürt, wie es durch deinen Körper strömt. Du hast dich gefragt, wie du es zu etwas Eigenem machen kannst. Ich werde dir zeigen, wie. Ich werde dich lehren. Du musst nichts von dem verbergen, was zu dir gehört. Du brauchst keine Angst zu haben. Das Geheimnis liegt darin, dem Beachtung zu schenken, was es von dir will, es nicht zu unterdrücken, vor seinen Ansprüchen nicht zu fliehen. Verstehst du mich?«

Mareth nickte kaum wahrnehmbar. Kinson sah, wie der Fremde vor ihnen sich unmerklich veränderte. Er schien jetzt gar nicht mehr so menschlich, erinnerte auch nicht mehr an Bremen oder Mareth. Er wurde statt dessen etwas ganz anderes.

Langsam und unter Schmerzen wehrte der Grenzländer sich gegen die unsichtbaren Ketten, die seine Muskeln fest hielten. Vorsichtig führte er die Hand an der Hüfte entlang zu der Stelle, wo sein langes Messer in der Scheide steckte.

»Vater?«, rief Mareth plötzlich. »Vater, warum hast du mich verlassen?«

Eine lange Stille breitete sich in der dunklen Nacht aus. Kinsons Hand schloss sich um den Griff seines Messers. Seine Muskeln schrien vor Schmerzen, und sein Geist fühlte sich betäubt an. Das hier war eine Falle wie die, die der Dämonenlord ihnen auf Paranor gestellt hatte! Hatte der Fremde auf sie gewartet, oder nur auf irgend jemandem, der gerade hierherkam? Hatte er wirklich gewusst, dass Mareth kommen würde? Hatte er gehofft, es würde Bremen sein? Seine Finger krallten sich um das Messer.

Jetzt winkte der Fremde der jungen Frau. Seine Hand war knotig, und die Finger hatten Klauen. Aber Mareth schien es nicht zu bemerken. Sie machte sogar einen kleinen Schritt auf ihn zu.

»Ja, Kind, komm zu mir«, drängte der Fremde. Seine Augen

waren jetzt rot wie Blut, und scharfe Zähne erschienen hinter dem Lächeln, das so heimtückisch war wie der Biss einer Schlange. »Lass mich dir alles erklären. Nimm meine Hand, nimm die Hand deines Vaters, und ich werde dir erzählen, was du wissen solltest. Dann wirst du verstehen. Du wirst sehen, dass ich recht habe. Du wirst die Wahrheit erkennen.«

Mareth ging noch einen Schritt auf ihn zu. Sie ließ die Hand, mit der sie den Druidenstab umfasst hielt, etwas sinken.

Im nächsten Augenblick hatte sich Kinson Ravenlock aus der Magie befreit, die ihn gefangen gehalten hatte, er sprengte die unsichtbaren Fesseln und riss sein Messer heraus. In einer einzigen fließenden Bewegung ließ er das Messer auf den Fremden zuschnellen. Mareth schrie vor Angst auf – ob es Furcht um sich selbst oder ihren Vater oder gar um Kinson war, hätte der Grenzländer nicht sagen können. Aber der Fremde veränderte sich blitzartig, und verwandelte sich in etwas eindeutig nicht mehr Menschliches. Ein Arm hob sich, und ein Strahl giftgrünen Feuers schoss nach vorne und verbrannte das Jagdmesser mitten in der Luft.

Das, was jetzt im Dunst aus Rauch und flackerndem Licht vor ihnen stand, war ein Schädelträger.

Ein zweites Mal explodierte ein Feuerstrahl aus den Fingerkrallen, aber Kinson bewegte sich bereits, stürzte sich auf Mareth und riss sie herunter aufs aschebedeckte Geröll. Sofort war er wieder auf den Beinen, wartete nicht erst, ob sie sich erholt hatte, sondern hechtete um einen Baum herum und auf den Schädelträger zu. Er würde schnell sein müssen, wenn er leben wollte. Die Kreatur schlich auf sie zu, Feuer blitzte von den Fingerspitzen, und rote Augen glommen im Schatten der Kapuze. Kinson griff an, und das Feuer verfehlte ihn nur um Haaresbreite, als er sich nach unten warf und hinter das Gerippe eines kleinen Baumes rollen ließ. Der Schädelträger wandte sich rasch in seine Richtung, flüsterte heimtückische und hasserfüllte Worte voll düsterer Versprechungen.

Kinson zog sein Breitschwert. Er hatte seinen Bogen verloren, der hier als Waffe besser geeignet gewesen wäre – obwohl er in Wahrheit keinerlei Waffe besaß, die ihn retten konnte. List und Schläue hatten ihn in der Vergangenheit geschützt, und beides würde ihm in dieser Situation nicht helfen.

»Mareth!«, schrie er verzweifelt.

Dann sprang er aus seinem Versteck und auf den Schädelträger zu.

Der geflügelte Jäger stellte sich zurecht, um dem Angriff zu begegnen, die Hände hatte er erhoben, die Klauen sprühten Funken. Kinson erkannte schnell, dass er zu weit entfernt war, um gegen das Monster etwas auszurichten, bevor das Feuer ihn treffen würde. Er sprang nach links und suchte nach einer möglichen Deckung, fand aber nichts. Der Schädelträger baute sich finster und Furcht erregend vor ihm auf. Kinson versuchte, seinen Kopf zu schützen.

Da schrie Mareth mit scharfer Stimme auf. »Vater!«

Der Schädelträger wirbelte bei dem Klang ihrer Stimme herum, aber das Druidenfeuer schoss bereits aus der erhobenen Spitze von Mareths Stab. Es bohrte sich in den Körper des geflügelten Jägers, und er wurde rücklings gegen eine Wand geschleudert. Kinson taumelte; er fiel hin, als er versuchte, seine Augen zu schützen. Mareths Gesicht wirkte hart in dem tödlichen Licht, es schien wie aus Stein gehauen. In einem ständigen Strom sandte sie Feuer auf den Schädelträger zu, durch seine Abwehr hindurch, durch die dicke Haut, mitten ins Herz. Die Kreatur schrie vor Hass und Schmerz, riss ihre Arme empor, als glaubte sie, noch wegfliegen zu können. Dann verschlang das Feuer die Bestie völlig, und sie verwandelte sich zu Asche.

Mareth schleuderte voller Wut den Stab fort, und das Druidenfeuer erstarb.

»Also gut, Vater«, zischte sie den Überresten entgegen, »ich habe dir meine Hände gegeben, dass du sie in deinen halten konntest. Jetzt erzähle mir von Wahrheit und Lügen. Komm, Vater, sprich zu mir!«

Tränen liefen ihr über die Wangen. Die Nacht schloss sich wieder um sie, und die Stille kehrte zurück. Kinson stand langsam auf und ging auf die junge Frau zu. Er zog sie vorsichtig an sich. »Ich glaube nicht, dass er noch viel dazu zu sagen hat, oder?«

Sie schüttelte wortlos den Kopf, der an seiner Brust ruhte. »Ich war eine solche Närrin. Ich konnte nicht anders. Ich musste ihm einfach zuhören. Ich habe ihm beinahe geglaubt! All diese Lügen! Aber er war so überzeugend. Wieso wusste er von meinem Vater? Woher wusste er, was er sagen musste?«

Kinson strich ihr übers Haar. »Ich weiß es nicht. Die dunklen Wesen dieser Welt kennen manchmal die Geheimnisse, die wir verborgen halten. Sie entdecken unsere Ängste und Zweifel und nutzen sie gegen uns. Bremen hat es mir einmal erzählt.« Er drückte das Kinn auf ihr Haar. »Ich nehme an, diese Kreatur hat auf einen von uns gewartet – auf dich, mich, Bremen, Tay oder Risca – weil wir ihren Meister bedrohen. Diese Falle ähnelte der, die der Dämonenlord in Paranor für uns bereithielt, und sie war für die erstbeste Person gedacht, die hineinlaufen würde. Aber Brona benutzte diesmal einen Schädelträger, und das bedeutet, dass er sehr viel Angst vor dem hat, was wir tun könnten.«

»Ich hätte uns beinahe getötet«, flüsterte sie. »Du hattest recht mit dem, was du über mich gesagt hast.«

»Ich hatte nicht recht«, erwiderte er rasch. »Wäre ich alleine hierher gekommen, ohne dich, wäre ich tot. Du hast mir das Leben gerettet. Und das hast du mit deiner Magie getan. Sieh dir den Boden an, auf dem du stehst, Mareth. Und dann sieh dich selbst an.«

Sie tat, was er sagte. Der Boden war schwarz und verkohlt, aber sie war unberührt. »Siehst du es nicht?«, fragte er sanft. »Der Stab hat deine Magie in bestimmte Bahnen gelenkt, genau wie Bremen es vorhergesagt hatte. Er trug das fort, was dich bedrohen konnte und behielt nur das, was gebraucht wurde. Endlich hast du Kontrolle über deine Magie.«

Sie sah ihn fest an, und die Trauer in ihrem Blick war deutlich.

»Das zählt nicht mehr, Kinson. Ich möchte keine Kontrolle mehr über die Magie haben. Ich will gar nichts mehr damit zu tun haben. Ich habe genug. Ich habe genug davon – wer ich bin, woher ich komme, wer meine Eltern waren, alles, was mit mir zu tun hat.«

»Nein«, sagte er ruhig. Er hielt ihren Blick fest.

»Doch. Ich wollte der Kreatur glauben, sonst hätte ich mich nicht so einfangen lassen. Wenn du dich nicht aus ihrem Griff hättest befreien können, wären wir jetzt beide tot. Ich war nutzlos. Ich bin so von der Suche nach der Wahrheit über mich gefangen, dass ich alle um mich herum in Gefahr bringe.« Ihr Mund wurde hart. »Mein *Vater*, so nannte er sich. Ein Schädelträger. Diesmal waren es Lügen, aber beim nächsten Mal vielleicht nicht. Vielleicht stimmt es. Vielleicht ist mein Vater ein Schädelträger. Ich will es nicht wissen. Ich will gar nichts mehr von Magie und Druiden und geflügelten Jägern und Talismanen wissen.« Sie begann wieder zu weinen, und ihre Stimme bebte. »Ich habe damit abgeschlossen. Jemand anderes soll dich weiterbegleiten. Ich will nicht mehr.«

Kinson starrte ins Dunkel hinaus. »Das kannst du nicht tun, Mareth«, erklärte er schließlich. »Nein, sag jetzt nichts, höre mir einfach nur zu. Du kannst das nicht tun, weil es nicht zu dir passt. Du musst weitermachen. Du wirst gebraucht, um denen zu helfen, die sich nicht selbst helfen können. Ich weiß, du hast nicht nach Verantwortung gesucht. Aber sie ist da, die Bürde, die du tragen musst, weil du eine von den wenigen bist, die die Last auf sich nehmen können. Du, Bremen, Risca und Tay Trefenwyd – die letzten Druiden. Nur ihr vier, denn es ist sonst niemand mehr da, und es wird vielleicht auch niemand mehr da sein.«

»Das ist mir gleichgültig«, murmelte sie matt. »Es ist mir egal.«

»Nein, das ist es nicht«, beharrte er. »Es ist euch allen nicht gleichgültig. Wenn es so wäre, wäre der Kampf mit dem Dämonenlord längst vorüber, und wir wären alle tot.«

Sie standen da und schauten einander an, wie Statuen in den Ruinen der Stadt.

»Du hast recht«, sagte sie schließlich so leise, dass er sie kaum verstehen konnte. »Es ist mir nicht gleichgültig.«

Sie hob den Kopf und küsste ihn auf den Mund. Sie schlang ihre Arme um seine Taille und drückte ihn fest an sich. Es war ein langer Kuss, den sie ihm gab, und es war mehr als nur Freundschaft oder Dankbarkeit. Kinson Ravenlock fühlte, wie etwas tief in seinem Innern warm wurde, etwas, von dem er bisher nicht gewusst hatte, dass es da war. Er erwiderte den Kuss und schlang seine Arme um sie.

Danach blieben sie noch einen Augenblick eng aneinandergedrückt stehen. Ihr Kopf ruhte auf seiner Brust, und er konnte spüren, wie ihr Herz klopfte, hörte ihre Atemzüge. Sie trat einen Schritt zurück und sah ihn an, ohne ein Wort zu sagen, und Verwunderung stand in ihren großen dunklen Augen.

Sie bückte sich, hob den heruntergefallenen Stab auf und ging wieder auf den Wald zu, um dem Silberfluss weiter nach Osten zu folgen. Kinson starrte ihr nach, bis sie nur noch ein Schatten war; er versuchte zu begreifen, was geschehen war. Dann gab er auf und folgte ihr.

Sie marschierten zwei Tage, ohne jemandem zu begegnen. Alle Dörfer, Höfe und Handelsplätze, an denen sie vorbeikamen, waren ausgebrannt und verlassen. Es gab Hinweise darauf, dass die Nordlandarmee vorbeigekommen war und die Zwerge geflohen waren, aber es gab keine Überlebenden. Vögel flogen über den Himmel, kleine Tiere schossen durch das Unterholz, Insekten summten in den Sträuchern, und Fische schwammen im Wasser des Silberflusses, aber es waren keine Zwerge oder Angehörige anderer Rassen zu sehen. Die beiden achteten wachsam auf weitere Schädelträger oder andere der unzähligen Kreaturen der Unterwelt, die sich dem Dämonenlord verpflichtet hatten, aber es tauchten keine auf. Sie fanden etwas zu essen und Wasser, aber niemals viel und immer in der Wildnis. Die Tage vergingen langsam und waren heiß, und nur hin und wieder kühlte die schwüle Luft durch gelegentliche, unregelmäßige Regenfälle ab. Die Nächte waren klar und tief und voller Sterne. Die Welt war friedlich und ruhig und leer. Es entstand das Gefühl, als wären alle, Freunde und Feinde zugleich, vom Angesicht der Welt verschwunden.

Mareth erwähnte ihre Herkunft oder den Gedanken, die Suche aufzugeben, nicht wieder. Sie sprach nicht mehr von der Abscheu, die sie gegenüber ihrer Magie empfand oder von der Furcht vor denen, die sie ausübten. Sie schwieg den größten Teil der Reise, und wenn sie doch etwas sagte, so betraf es das Land, durch das sie zogen und die darin lebenden Geschöpfe. Es schien, als hätte sie die Ereignisse bei Culhaven hinter sich gelassen und sich an den Gedanken gewöhnt, bei Kinson zu bleiben, wenn sie auch ihre Entscheidung nicht in Worte kleidete. Allerdings lächelte sie ihn häufig an und setzte sich manchmal, bevor sie einschlief, noch nah zu ihm.

»Ich bin nicht mehr wütend«, sagte sie schließlich, als sie nebeneinander über eine Wiese mit lauter gelben Wildblumen gingen. Sie sah nach vorn und wich seinem Blick geschickt aus. »Ich war so lange wütend«, fuhr sie nach einem Augenblick fort. »Auf meine Mutter, auf meinen Vater, auf Bremen, die Druiden, jeden. Die Wut gab mir Kraft, aber jetzt entzieht sie mir Energie. Jetzt bin ich einfach nur noch müde.«

»Ich verstehe«, erwiderte er. »Ich reise seit mehr als zehn Jahren – so lange, wie ich mich erinnern kann – immer auf der Suche nach etwas. Jetzt möchte ich einfach nur stehen bleiben und mich ein wenig umschauen. Ich möchte irgendwo ein Heim haben. Hältst du das für dumm?«

Sie lächelte bei seinen Worten, sagte aber nichts.

Gegen Ende ihres dritten Tages, nachdem sie Culhaven verlassen hatten, erreichten sie das Rabenhorngebirge. Im Schutz seines Schattens erklommen sie die Gebirgsausläufer, als die Sonne hinter dem westlichen Horizont zu versinken begann. Der Himmel war ein wunderbarer Regenbogen aus Orange, Purpur und Lila. Die Farben breiteten sich überall aus, sie befleckten die Erde und reichten bis in die dunkler werdenden Ecken des Landes. Kinson und Mareth waren stehen geblieben und schauten sich gerade fasziniert dieses Schauspiel an, als ein einzelner Zwerg auf dem Weg vor ihnen erschien.

»Wer seid Ihr?«, fragte er sie unumwunden.

Er war allein und trug nur einen schweren Knüppel, aber Kinson wusste sofort, dass noch andere in der Nähe waren. Er teilte dem Zwerg ihre Namen mit. »Wir suchen nach Risca«, verriet er ihm. »Der Druide Bremen trug uns auf, ihn zu finden.«

Der Zwerg erwiderte nichts darauf, sondern drehte sich statt dessen um und winkte den beiden, ihm zu folgen. Sie marschierten mehrere Stunden lang über einen Weg, der zwischen den Gebirgsausläufern hindurch auf die unteren Abhänge der Berge zuführte. Das Tageslicht verblasste allmählich, der Mond und die Sterne krochen hervor und beleuchteten ihren Weg. Es wurde kühler, und ihr Atem bildete kleine Wölkchen. Kinson versuchte, noch andere Zwerge zu entdecken, aber er sah niemals mehr als den einen.

Schließlich kamen sie in ein Tal, in dem mehrere Wachfeuer brannten und zehnmal soviel Zwerge um sie herum kauerten. Die Zwerge schauten auf, als sie die Südländer erblickten, und einige erhoben sich von ihren Plätzen. Ihre Blicke waren ernst und argwöhnisch, und die Worte, die sie miteinander wechselten, waren bewusst leise gehalten. Sie trugen nur wenig Besitz bei sich, aber jeder einzelne von ihnen war schwer bewaffnet.

Kinson fragte sich plötzlich, ob er und Mareth in Gefahr waren. Er rückte dichter an Mareth heran, seine Augen bewegten sich unaufhörlich nach links und rechts. Er hatte kein gutes Gefühl, er fühlte sich bedroht. Vielleicht waren diese Zwerge Abtrünnige, die sich von der Hauptarmee entfernt hatten. Vielleicht existierte die Armee überhaupt nicht mehr.

Und dann war plötzlich Risca da. Er wartete, während sie auf ihn zugingen. Er hatte sich nicht verändert seit dem letzten Mal, als sie ihn am Hadeshorn verlassen hatten – bis auf ein paar zusätzliche

Narben. Als sich auf seinem wettergegerbten Gesicht ein Lächeln ausbreitete und er ihnen seine Hand zur Begrüßung entgegenstreckte, wusste Kinson Ravenlock, dass alles wieder gut würde.

Kapitel 30

Zehn Tage nach Jerle Shannaras nächtlicher Attacke griff die Armee des Dämonenlords im Tal von Rhenn die Elfen an.

Der Schlag traf sie jedoch nicht unvorbereitet. Die ganze Nacht hindurch war es im feindlichen Lager ungewöhnlich hektisch zugegangen. Es waren so viele Wachfeuer angezündet worden, dass es schließlich aussah, als stünde das gesamte Grasland in Flammen. Die Belagerungsmaschinen, die nach dem Überfall noch funktionierten, wurden nach vorne geschafft. Wie Riesen ragten sie in die Nacht. Ihre quadratischen, unförmigen Türme schwankten quietschend und knarrend hin und her, und die langen, gebogenen Arme der Wurfmaschinen warfen Schatten, die an gebrochene Glieder erinnerten. Lange vor Tagesanbruch begannen die verschiedenen Einheiten der Armee sich zu sammeln, und selbst am weit entfernten Eingang des Passes konnten die Elfen das Klirren von Waffen und Rüstungen hören. Das schwere Dröhnen von Stiefeln verkündete ihnen, dass die Kampfeinheiten sich formierten. Pferde wurden gesattelt und nach vorn gebracht, die Reiterei stieg auf und nahm ihre Plätze an der Seite der Armee ein, wo sie die Bogenschützen und Fußsoldaten schützen sollte. Es gab keinen Zweifel darüber, was gerade geschah, und Jerle Shannara beeilte sich mit seiner Antwort.

Der König hatte die Zeit, die ihm sein Überfall verschafft hatte, gut genutzt. Die Nordländer hatten sogar noch mehr Zeit benötigt, um sich zu erholen, als er zu hoffen gewagt hatte. Sein Überfall hatte den Belagerungsmaschinen und Versorgungswagen außerordentlichen Schaden zugefügt und die Nordlandarmee dazu gezwungen, neue Maschinen zu bauen, alte zu reparieren und mehr Material aus dem Norden herbeischaffen zu lassen. Einige Pferde waren wieder gefunden worden, aber eine große Anzahl musste ersetzt werden. Die Nordlandarmee schwoll wieder an, als neue Verstärkung eintraf, doch die Elfen waren durch die Tatsache ermutigt, dass sie dieser überlegenen Streitmacht so leicht hatten Schaden zufügen können. Sie hatten neue Hoffnung geschöpft, und der König beeilte sich, diese zu seinem Vorteil zu nutzen.

Als erstes brachte Jerle einen großen Teil seiner Armee vom engen Pass am westlichen Ende des Tals zur Ostseite, wo das Tal sich breit zu den Ebenen hin öffnete. Es gab einen einfachen Grund dafür. Es wäre zwar leichter gewesen, den engeren Pass zu verteidigen, aber Jerle zog es vor, den Feind weiter draußen zu beschäftigen – er sollte um jeden Fuß, den er weiter ins Tal vorrücken wollte, kämpfen müssen. Allerdings barg dies die Gefahr, dass die Linie von Jerles wesentlich kleinerer Streitmacht gegenüber der Übermacht zu dünn werden würde, wenn er sie so weit auseinanderzog. Um diesem Risiko vorzubeugen, hatte der König dort, wo sich das Land zur Ebene hin weit öffnete, von besonderen Einheiten eine Reihe von tödlichen Fallen errichten lassen. Jerle traf sich mit seinen Befehlshabern, um seine Strategie zu diskutieren und einfallsreiche Alternativen auszuarbeiten, von denen er hoffte, dass sie die Übermacht der Nordlandarmee ausgleichen würden. Die Truppen des Dämonenlords würden gewinnen, wenn es ihnen gelang, die größere Anzahl ihrer Kämpfer sinnvoll einzusetzen. Und gerade dies galt es zu verhindern.

Als am zehnten Tag also der Morgen anbrach und die Nordlandarmee sich zeigte, warteten die Elfen bereits auf sie. Vier Kompanien Fußsoldaten und Bogenschützen blockierten mit schussbereiten Waffen die weite Öffnung am östlichen Taleingang. Die Reiterei unter Kier Joplin hatte sich bereits zu beiden Seiten entlang den Ausläufern der Westlandwälder verteilt, die die Felsen säumten. In etwas höheren Lagen waren drei weitere Kompanien von Elfenjägern in Stellung gegangen, von Erdwällen und Barrikaden geschützt und mit Bögen, Schlingen und Speeren bewaffnet.

Aber die Armee, die sich vor ihnen sammelte, war in der Tat entmutigend. Mehr als zehntausend Soldaten hatten sich über die Ebene verteilt, so weit das Auge reichte. Die gewaltigen Felsentrolle standen in der Mitte; ihre großen Spieße erhoben sich zu einem Wald aus Holz und Eisen. Gnome und andere Trolle führten sie an und bildeten die Flanken. Hinter ihnen stand schwere Kavallerie, die Lanzen lässig in die Steigbügel gestützt. Zwillingsbelagerungstürme standen rechts und links von der Armee, und Katapulte und Wurfmaschinen waren in ihrer Mitte verteilt. Im Schimmer des neuen Sonnenlichts wirkte die Nordlandarmee groß genug, um jedes Hindernis aus dem Weg räumen zu können, das sich ihr entgegenstellte.

Erwartungsvolle Stille trat ein, als die Sonne sich über den Horizont schob und den neuen Tag verkündete. Die beiden Armeen standen sich auf dem Grasland gegenüber, Waffen und Rüstungen glänzten, Banner wehten im leichten Wind, und der Himmel war eine befremdliche Mischung aus leuchtendem Blau und mattem Grau. Über ihnen segelten Wolken in gewaltigen, dicken Massen dahin und drohten mit Regen noch vor Tagesende. Der saure Geschmack verbrannter Erde hing in der Luft, ein Rest der mit Wasser gelöschten Feuerstellen. Pferde scharrten unruhig mit den Hufen. Die Männer holten tief Luft und verdrängten jeden Gedanken an ihr Heim, an ihre Familie und bessere Zeiten.

Die Erde erbebte unter den Tritten der Nordlandarmee, als sie auf das Tal zumarschierte. Trommeln gaben den Takt an, damit die Fußsoldaten im Gleichschritt marschierten. Die Räder der Katapulte und Belagerungswagen rumpelten. Stiefel und Hufe donnerten so schwer auf dem Boden, dass das Zittern der Erde bis dorthin spürbar war, wo die Elfen warteten. Staub erhob sich von den verdorrten Ebenen und wurde vom Wind in wilden Wolken aufgewirbelt. Die Armee schien selbst jetzt noch anzuschwellen, als wüchse sie allein durch den Staub, den sie aufwirbelte. Die Stille zerbarst, und das Licht veränderte sich. Inmitten des aufgewühlten Staubes und des Dröhnens der herannahenden Armee erhob der Tod sein Haupt und schaute sich erwartungsvoll um.

Jerle Shannara saß still auf seinem Ross, einem Braunen mit Blässe, und beobachtete, wie der Feind näher rückte. Er sorgte sich um die Auswirkungen, die der Anblick auf seine Männer hatte. Allein die Größe der Feindesmacht war entmutigend, und sie näherte sich mit einem Klang, der das Herz erstarren ließ. Der König konnte die Angst spüren, die sich in seinen Kriegern ausbreitete. Es machte ihn ungeduldig und begann, auch an seiner eigenen Entschlossenheit zu nagen.

Schließlich hielt er es nicht länger aus. Spontan ritt er an die Spitze seiner Armee, so dass Preia, Bremen und seine Leibgarde nur noch verdutzt und entsetzt hinter ihm herstarren konnten. Er preschte vor und zog, sichtbar für alle, die Zügel an, dann begann er, den Braunen vor den ersten Reihen auf und ab paradieren zu lassen. Die Elfenjäger starrten ihn überrascht und erfreut an, während er kühn zu ihnen sprach.

»Beruhigt euch«, rief er gelassen. Er lächelte sie an und blickte jedem einzelnen in die Augen. »Die Größe allein macht den Unterschied nicht aus. Dies ist unser Land, unsere Heimat, unser Volk. Wir lassen uns nicht von einem Eindringling vertreiben, dem es an Mut fehlt. Wir können nicht geschlagen werden, solange wir an uns selbst glauben. Bleibt stark. Erinnert euch an unseren Plan. Erinnert euch daran, was wir tun müssen. Sie werden als erste zerbrechen, das verspreche ich euch. Bleibt ruhig. Behaltet euren Mut.«

Dann ritt er die Reihen auf und ab, hielt hier und dort inne, um dem einen oder anderen Mann, den er erkannte, eine kleine Frage zu stellen und ihnen die Zuversicht zu zeigen, die er hatte, und sie an den Mut zu erinnern, von dem er wusste, dass sie ihn besaßen. Er verschwendete keinen einzigen Blick auf die Lawine, die sich ihnen näherte. Sie sind nichts gegen uns, bedeutete er ihnen. Sie sind bereits geschlagen.

Als der Gegner nur noch zweihundert Meter von ihnen entfernt war und das Dröhnen so laut wurde, dass kein Raum mehr für andere Geräusche blieb, erhob Jerle den Arm zum Salut, wendete den Braunen vor den vorderen Reihen und nahm seinen Platz zwischen ihnen ein. Staub wehte über die Ebene und umhüllte die marschierende Armee und die rollenden Wagen. Trommeln hämmerten einen betäubenden Rhythmus. Die Belagerungswaffen bewegten sich immer näher, von Packtieren mit gewaltigen Seilen ruckartig gezogen. Schwerter und Spieße glänzten im dämmrigen Licht.

Dann, als die herannahende Armee noch etwa einhundertfünfzig Meter entfernt war, gab Jerle Shannara das Zeichen, die Ebene in Brand zu stecken.

Eine lange Reihe von Bogenschützen rannte nach vorn und ließ sich auf ein Knie fallen, um die Pfeile anzuzünden. Gewaltige Langbögen hoben und reckten sich gen Himmel, Sehnen wurden gespannt und losgelassen. Die Pfeile flogen mitten in die Nordlandarmee hinein und landeten in dem Gras, das die Elfen in der Nacht zuvor im Schutz der Dunkelheit mit Öl getränkt hatten, als sie wussten, dass der Angriff kurz bevorstand. Überall zwischen den engen Reihen der Feinde flammte Feuer auf, schoss in die staubige Luft, flackerte in den Himmel. Das Feuer raste die langen Reihen entlang, und die Nordlandarmee wurde erst langsamer, bevor sie auseinander brach und die Schreie der verängstigten Männer und Tiere sich in die frische Morgenluft erhoben.

Aber die Gegner zogen sich nicht zurück und versuchten auch nicht zu fliehen. Statt dessen durchbrachen die vorderen Reihen die tödlichen Flammen und griffen an. Bogenschützen der Gnome schossen ihre Pfeile in wilden Salven in die Luft, aber sie hatten nicht die Langbögen der Elfen, und die Pfeile flogen nicht weit genug. Die Soldaten kamen näher, die Waffen schwingend und brüllend vor Wut, mit dem einen Ziel, dem Feind entgegenzutreten, der sie so überrascht hatte. Es waren über tausend, hauptsächlich Gnome und gewöhnliche Trolle, wenig diszipliniert und impulsiv, und sie drängten nach vorn in die Falle, die auf sie wartete.

Jerle Shannara ließ seine Krieger bleiben, wo sie waren. Die Bogenschützen hatten sich wieder hinter die Reihen zurückgezogen. Als der Feind nah genug war, so dass sie ihn förmlich riechen konnten, hob der König sein Schwert als Signal für eine Gruppe besonders kräftiger Krieger, sich zwischen den Schwertkämpfern in Position zu bringen. Sie zogen an den schweren, gefetteten Seilen, die im Gras lagen, und Dutzende von Barrikaden mit scharfen Spitzen richteten sich auf, um dem Ansturm zu begegnen. Die Angreifer waren bereits zu nah und konnten ihre Geschwindigkeit nicht mehr drosseln, da sie von den nachfolgenden vorwärtsgedrängt und in die tödlichen Spitzen getrieben wurden. Einige versuchten, die eingefetteten Seile durchzuschneiden, aber die Klingen glitten wirkungslos ab. Aus den Angriffsschreien wurden gellende Schreie des Schmerzes und Entsetzens, und qualvoll wurden die Nordländer von den Barrikaden aufgeschlitzt oder von ihren eigenen Leuten totgetrampelt.

Jetzt ließen die Bogenschützen ein zweites Mal ihre Pfeile in gleichmäßigen Wellen von den Sehnen schnellen. Die Nordländer, deren Vordringen durch die Barrikaden blockiert war, bildeten leichte Ziele. Da es keine Möglichkeit gab, sich zu verstecken, konnten sie sich nicht schützen und wurden zu Dutzenden getötet. Das brennende Gras schloss sie von hinten ein und ließ ihnen keine Chance zu entkommen. Der Rest der feindlichen Armee hatte sich in dem Versuch, das Zentrum des Infernos zu umgehen, aufgeteilt und versuchte denen zu helfen, die weiter vorne gefangen waren. Aber die Belagerungsmaschinen, die von Tieren gezogen und in Position gebracht wurden, behinderten ihren Vormarsch, und schon kamen Elfenjäger von beiden Seiten herbeigeritten und griffen ihre Flanken mit Speeren und Kurzschwertern an. Einer der

Türme fing Feuer. Katapulte spuckten einen tödlichen Hagel aus Steinen und Metallstückchen, doch ihr Ziel wurde von Qualm und Staub verdeckt.

Dann ließ Jerle Shannara die Seile der Barrikaden senken. Die Elfen marschierten vorwärts. Speerwerfer und Schwertkämpfer standen in gestaffelten Reihen. Ihre Reihen waren eng, der Schild des Mannes rechts schützte den Mann links von ihm. Sie marschierten direkt in die verwüstete Nordlandarmee hinein, ein erbarmungsloser, stetiger Vormarsch. Verzweifelt über ihre aussichtslose Lage warfen die Nordländer, die zwischen den Elfen und dem Feuer gefangen waren, ihre Waffen weg und versuchten zu fliehen. Aber es gab kein Entrinnen. Sie wurden jetzt von allen Seiten umschlossen, und da sie nirgendwohin konnten, wurden sie schnell in Stücke zerrissen.

Dann jedoch begann das Grasfeuer zu erlöschen, und eine Kompanie von Felsentrollen, die das starke Herz der feindlichen Streitmacht bildeten, marschierte mit großen Spießen in den Händen voran. Die Trolle blieben in Reih und Glied und verlangsamten ihren Schritt auch dann nicht, wenn sie über ihre eigenen Toten und Sterbenden trampelten. Sie machten keinen Unterschied zwischen Freund und Feind. Alles, was ihnen im Weg stand, wurde in Grund und Boden gestampft. Jerle Shannara sah sie kommen und gab den Befehl zum Rückzug. Er zog seine Armee bis zur ursprünglichen Position zurück und sorgte dafür, dass sie sich dort wieder aufstellte. Auf der rechten Seite hatte Cormorant Etrurian den Befehl, auf der linken war es Rustin Apt. Arn Banda stellte die Bogenschützen zwischen beiden Kompanien versetzt auf und ließ sie Pfeile auf die Trolle abschießen. Aber die Trolle waren zu gut geschützt, als dass sie ihnen Schaden hätten zufügen können, und der König gab allen das Zeichen, sich zurückzuziehen.

Die Felsentrolle traten aus dem Feuer und dem Qualm – die besten Krieger der Vier Länder, mit gewaltigen Schultern und Oberschenkeln, mit massiven Muskeln, bewaffnet und zum Kampf bereit. Jerle Shannara gab wieder ein Zeichen, und eine neue Reihe von Barrikaden entstand, um den Weg zu blockieren. Aber die Felsentrolle waren disziplinierter als die Gnome und gewöhnlichen Trolle, und sie machten sich daran, die gespickten Barrikaden zurückzuschieben. Hinter ihnen schwärmte die Hauptmacht der Nordlandarmee; in endloser Zahl erschien sie mit Belagerungstürmen und Katapulten aus dem Dunst. Die Flanken wurden von der Kavallerie geschützt, die sich um die Truppen von Kier Joplin kümmern und sie in Schach halten sollte.

Jerle Shannara zog seine Armee weitere hundert Meter zurück und damit ein gutes Stück in den breiten, östlichen Mund des Rhenntals hinein. Reihe für Reihe wichen die Elfen zurück; es war ein disziplinierter, geordneter Rückzug, aber dennoch ein Rückzug. In der Armee der Nordländer erschollen Jubelrufe – man glaubte, die Elfen wären von Panik übermannt worden und würden fliehen. Niemand in der gewaltigen Nordlandarmee schien die Reihen kleiner Fähnchen zu bemerken, zwischen denen sich die Elfen sorgfältig zurückzogen und die sie im Vorbeigehen verstohlen entfernten. So unerbittlich, wie die Felsentrolle vorrückten und in das Tal drängten, nahmen sie die geordnete Form des Rückzugs ihrer Feinde überhaupt nicht wahr. Hinter ihnen flammten Feuer und Rauch noch einmal auf, stiegen in kleinen Böen empor und erstarben schließlich, als der Wind allmählich nachließ. Das Kommando unter Kier Joplin preschte zurück ins Tal und vor die Spitze der Nordländer, um nicht abgeschnitten zu werden. Sie ritten hinter die Fußsoldaten und formierten sich an den Flanken neu. Die gesamte Westlandarmee war jetzt in Position und erstreckte sich erwartungsvoll über die Breite des Tals. Es war kein Anzeichen von Panik zu sehen, kein Hinweis auf Unsicherheit. Sie hatten eine zweite Falle aufgebaut, und der arglose Feind war geradewegs hineingelaufen.

So stand es also, als die vorderen Reihen der Felsentrolle den Eingang des Tals erreichten und der Boden unter ihren Füßen nachgab. Die schwer bewaffneten Trolle taumelten hilflos in die Gruben, die die Elfen einige Tage zuvor gegraben und getarnt hatten. Sie selbst hatten sie auf ihrem Rückzug sorgfältig vermieden. Die Reihen der Feinde teilten sich und bewegten sich weiter vorwärts, sie vermieden jene Löcher, die sie sehen konnten, aber die Gruben waren über eine Strecke von fünfzig Metern in unregelmäßigen Abständen verteilt, und so brach der Boden ein, ganz gleich, welchen Weg die Trolle wählten. Verwirrung verlangsamte ihren Vormarsch, und der Angriff brach schließlich zusammen.

Sofort gingen die Elfen zum Gegenangriff über. Der König gab den Kriegern, die in den Felsen zu beiden Seiten versteckt waren, ein Zeichen, und Fässer mit Öl rollten über verborgene Rampen auf das Grasland hinunter, um an Felsenstücken zu zerbrechen und sich in die Gruben zu ergießen. Wieder schraubten sich Feuerpfeile in den Himmel und setzten das gesamte östliche Ende des Tals schlagartig in Flammen, als sie in die ölgefüllten Gruben einschlugen. Die Felsentrolle in den Löchern verbrannten bei lebendigem Leib. Die Hauptmacht der Nordlandarmee eilte herbei, aber die Reihen der Trolle waren gesprengt. Schlimmer noch, sie wurden unabsichtlich von den Nordländern überrannt, die ihnen gefolgt waren. Verwirrung breitete sich aus und schien die Oberhand zu gewinnen. Das Feuer verfolgte die Nordländer, Pfeile prasselten auf sie herab, und jetzt marschierte die Westlandarmee mit gewaltigen, gespickten Rammböcken gegen sie. Die Rammböcke stießen mitten in die bereits ausgedünnnten Reihen und rieben die Trolle noch weiter auf. Jetzt kamen die Elfenjäger herbei und fielen mit ihren Schwertern über den Rest her. Diejenigen, die zwischen den Elfen und dem Feuer standen, hielten ihre Position und kämpften kühn, aber auch sie mussten sterben.

Verzweifelt erklommen die überlebenden Nordländer die Felsen zu beiden Seiten des Tals, aber auch dort wurden sie erwartet. Felsblöcke stürzten von oben herunter und zerschmetterten die Kletterer. Pfeile lichteten ihre Reihen. Aus ihrer überlegenen Verteidigungsposition heraus schlugen die Elfen den Angriff beinahe mühelos zurück. Unter ihnen herrschte ein hilfloses Durcheinander, ein regelrechtes Inferno. Der Angriff wurde langsamer und brach dann vollständig ab. Erstickend an Staub und Rauch, verbrannt von den Grasfeuern und blutend aus Pfeil- und Schwertwunden, begann die Armee des Dämonenlords mit dem Rückzug in die Streleheimebene.

Spontan zog Jerle Shannara das Schwert, das Bremen ihm anvertraut hatte, das Schwert, dessen Magie er nicht meistern, an die er nicht einmal glauben konnte. Er stieß es kraftvoll gen Himmel. Die anderen Elfen um ihn herum reckten ebenfalls ihre Schwerter in die Luft und jubelten.

Beinahe sofort erkannte der König die Ironie seine Handlung. Schnell ließ er das Schwert wieder sinken, ein Narrenstab in seiner Hand, der Zauber eines Einfaltspinsels. Ärgerlich wendete er den Braunen, und die Euphorie in ihm erstarb und machte bitterer Scham Platz.

»Jetzt ist es das Schwert von Shannara, Elfenkönig«, hatte Bremen gesagt, als Jerle dem alten Mann nach dem nächtlichen Überfall enthüllt hatte, dass die Magie des Talismans ihn im Stich gelassen hatte. »Es ist nicht länger das Schwert der Druiden, oder meins.«

Die Worte hallten jetzt in Jerles Kopf wider, als er vor den Reihen auf und ab ritt und sie auf den nächsten Angriff vorbereitete, den er kurz vor Sonnenuntergang erwartete. Das Schwert hing wieder in der Scheide an seinem Gürtel, unsicher und rätselhaft. Denn Bremen war zwar schnell dabei gewesen, dem Schwert einen Namen zu geben, aber das hieß noch lange nicht, dass Jerle Shannara dessen Magie auch wirklich beherrschen könnte. Selbst jetzt, nach allem, was er wusste, hatte er nicht das Gefühl, als wäre es wirklich seins.

»Es ist deine Aufgabe, die Magie zu beherrschen, Elfenkönig«, hatte der alte Mann ihm in jener Nacht zugeflüstert. »Aber die

Stärke, es zu tun, wird aus dem Glauben geboren, und dieser Glaube muss notwendigerweise aus dir heraus entstehen.«

Sie hatten sich im Dunkeln zusammengekauert, zehn Tage zuvor, als die Morgendämmerung noch eine Stunde oder länger entfernt war und ihre Gesichter mit Schmutz und Ruß verschmiert und schweißbedeckt waren. Jerle Shannara war in jener Nacht dem Tod sehr nahe gewesen. Das Ungeheuer des Dämonenlords hätte ihn beinahe getötet, und obwohl Bremen noch rechtzeitig erschienen war, um ihn zu retten, war die Erinnerung daran, wie nah er dem Tod gekommen war, lebendig und intensiv. Preia war irgendwo in der Nähe, aber Jerle hatte sich entschieden, mit dem Druiden alleine über seine Niederlage zu sprechen, um die Dämonen zu vertreiben, die in seinem Innern tobten. Er konnte nicht leben mit dem, was ihm widerfahren war, wenn er nicht daran glauben konnte, dass er es ein zweites Mal würde verhindern können. Zu viel hing von der Kraft des Schwertes ab. Was hatte er falsch gemacht, als er sie in dieser Nacht gerufen hatte? Wie konnte er sichergehen, dass es nicht wieder geschehen würde?

So hatten sie allein im Dunkeln gesessen, so eng beieinander, dass sie nur das Pochen ihrer Herzen und das heiße Rauschen ihrer Atemzüge hören konnten, als sie sich der Frage stellten.

»Dieses Schwert ist ein Talisman, der nur für einen einzigen Zweck bestimmt ist, Jerle Shannara!«, hatte der alte Mann beinahe ärgerlich gefaucht. Seine Stimme hatte heiser und ungeduldig geklungen. »Es hat nur einen einzigen Zweck und keinen anderen! Du kannst die Magie nicht herbeirufen, um dich damit gegen alle Kreaturen zu verteidigen, die dich bedrohen! Die Klinge mag dein Leben retten, aber die Magie wird es nicht!«

Der König war bei dieser Zurechtweisung förmlich erstarrt. »Aber du sagtest doch ...«

»Erzähl mir nicht, was ich gesagt habe!« Bremens Worte hatten seine Einwände scharf und beinahe verletzend beiseite gewischt und ihn zum Schweigen gebracht. »Du hast nicht zugehört, was ich gesagt habe, Elfenkönig! Du hast gehört, was du hören wolltest und nicht mehr! Leugne es nicht! Ich sah es, ich habe es beobachtet! Diesmal musst du mir mehr Aufmerksamkeit schenken! Wirst du das tun?«

Jerle Shannara hatte die Lippen zusammengepresst und ein wütendes Nicken zustande gebracht. Er hatte seine Zunge nur deshalb zurückgehalten, weil er wusste, dass er verloren wäre, wenn er nicht tat, wie ihm geheißen.

»Gegen den Dämonenlord wird die Magie antworten, wenn du sie rufst! Aber nur gegen den Dämonenlord, und nur, wenn du stark genug daran glaubst!« Bremen hatte tadelnd den grauen Kopf geschüttelt. »Die Wahrheit kommt aus dem Glauben – merke dir das. Die Wahrheit kommt mit der Erkenntnis, dass sie allgemein gültig ist und allumfassend und keine Vorlieben hat. Wenn du das nicht in dein eigenes Leben aufnehmen kannst, wirst du es auch nicht in die Leben der anderen zwingen können. Zuerst musst *du* sie erfassen, bevor du sie weitergeben willst. Du musst sie zu deiner Rüstung machen!«

»Aber sie hätte mir gegen diese Kreatur helfen müssen!«, hatte der König beharrlich erwidert. Er hatte einfach nicht zugeben wollen, dass seine Einschätzung falsch gewesen war. »Warum hat sie nicht reagiert?«

»Weil es bei einem solchen Ungeheuer keinen Betrug, keine Täuschung gibt!«, hatte der Druide geantwortet. Sein Kiefer war angespannt. »Solche Geschöpfe kämpfen nicht mit Hilfe von Lügen und Halbwahrheiten. Sie bewaffnen sich nicht mit Unwahrheiten. Sie betrügen sich nicht selbst, indem sie glauben, etwas zu sein, was sie nicht sind! Die Magie des Schwertes, das du führst, ist dem Dämonenlord vorbehalten! Nur gegen ihn kann sie genutzt werden!«

So hatten sie weitergestritten, bis zum Morgengrauen waren die Argumente hin- und hergeflogen, bis beide sich endlich etwas Ruhe gönnten. Bremen hatte den König allein gelassen, damit er über das nachdenken konnte, was er ihm gerade erzählt hatte, damit er versuchen würde, die Worte mit seinen Erwartungen in Einklang zu bringen. Nach und nach hatte Jerle begonnen zu akzeptieren, dass wahr sein musste, was Bremen glaubte. Die Magie des Schwerts war auf einen einzigen Zweck beschränkt, und wenn er auch etwas anderes wünschte, so war es nicht zu ändern. Die Magie des Schwertes richtete sich einzig und allein gegen Brona und niemanden sonst. Er musste dieses Wissen in sich aufnehmen, und irgendwie musste er einen Weg finden, die Magie, so fremd und verwirrend sie auch war, zu seiner eigenen zu machen.

Er war schließlich zu Preia gegangen; die ganze Zeit über hatte er gewusst, dass er es schließlich tun würde, genau wie bei allem, das ihm Sorgen bereitete. Denn seit Tay Trefenwyd tot war, war es ihre Stimme, auf die er sich am meisten verließ. Er war ihr sehr viel näher gekommen seit dem Tod seines Freundes, seit ihrer Hochzeit, seitdem er König war. Es waren immer Berater da, die ihm Hilfe boten, und bei einigen von ihnen – besonders bei Vree Erreden – lohnte es sogar zuzuhören. Aber niemand kannte ihn so wie Preia, und die Wahrheit war, dass auch niemand so ehrlich mit ihm war wie sie. So hatte er sich entschlossen, ihr die Wahrheit anzuvertrauen, auch wenn es schwierig sein würde, ihr gegenüber zuzugeben, dass er versagt hatte und jetzt voller Furcht war, wieder zu versagen.

Es war später an diesem Tag gewesen, und seine Unterhaltung mit Bremen war noch frisch in seinem Gedächtnis, die Erinnerungen an die vorhergegangene Nacht noch sehr lebendig. Der Himmel über dem Tal von Rhenn hatte sich bewölkt. Die Elfen hatten argwöhnisch auf eine Antwort der Nordländer auf den Angriff der vorherigen Nacht gewartet. Der Nachmittag war grau gewesen und nur langsam vorübergegangen, und die Sommerhitze hatte sich tief in den ausgetrockneten Boden der Streleheimebene gegraben. Die schwüle Luft hatte den herannahenden Regen angekündigt.

»Du wirst einen Weg finden, die Magie zu beherrschen«, hatte Preia sofort sicher und beharrlich gesagt. Ihr Blick war fest gewesen. »Ich glaube fest daran, Jerle. Ich kenne dich so gut. Du hast noch gegen jede Herausforderung bestanden, und du wirst auch diesmal nicht aufgeben.«

»Manchmal«, hatte er ruhig geantwortet, »manchmal denke ich, es wäre besser, wenn Tay an meiner Stelle wäre. Er würde vielleicht einen besseren König abgeben. Auf jeden Fall würde er sich besser für das Schwert und seine Magie eignen.«

Aber sie hatte sofort den Kopf geschüttelt. »Sag das niemals wieder. Niemals.« Ihre klaren, zimtfarbenen Augen waren hell und klar. »Du warst dazu ausersehen, zu leben und König der Elfen zu werden. Das Schicksal hat dich lange Zeit zuvor auserwählt. Tay war ein guter Freund und bedeutete uns beiden sehr viel, aber er war nicht dafür bestimmt. Hör mir zu, Jerle. Die Magie des Schwertes wird dir gehorchen. Die Wahrheit ist für dich nichts Fremdes. Wir haben unser Leben als Mann und Frau begonnen, indem wir uns Wahrheiten enthüllt haben, die wir noch einen Monat zuvor nicht zugegeben hätten. Wir haben uns einander eröffnet. Es war schwer und schmerzhaft, aber du weißt jetzt, dass du es kannst. Du weißt es. Du weißt es ganz genau.«

»Ja«, hatte er leise zugegeben. »Aber diese Magie scheint so ...«

»Unvertraut«, hatte sie für ihn geendet. »Aber du kannst sie dir vertraut machen. Du hast akzeptiert, dass Magie ein Teil deiner Elfenvergangenheit ist. Tays Magie war real. Du hast selbst entdeckt, dass sie Wunder vollbringen konnte. Du hast gesehen, wie er dafür sein Leben hingegeben hat. All diese Dinge waren möglich mit Hilfe der Magie. Und die Wahrheit gehört ebenfalls dazu, Jerle. Sie ist eine Waffe von großer Macht. Sie kann stark machen, und sie kann zerstören. Bremen ist kein Narr. Wenn er sagt, die Wahrheit ist die Waffe, die du brauchst, dann ist es so.«

Aber noch immer zehrte etwas an ihm, flüsterte ihm etwas Zweifel zu und brachte ihn dazu, sich zurückzuhalten. Die Wahrheit schien eine so schwache Waffe zu sein. Welche Wahrheit konnte mächtig genug sein, ein Wesen zu zerstören, das Ungeheuer aus der

Unterwelt herbeizurufen vermochte? Welche Wahrheit konnte ausreichen gegen eine Magie, die eine Kreatur Hunderte von Jahren am Leben gehalten hatte? Es erschien lächerlich zu glauben, dass Wahrheit allein für irgend etwas ausreichte. Feuer war notwendig. Eisen, gestählt, geschärft und mit vergifteten Spitzen. Eine Kraft, die Felsen spalten konnte. Soviel würde es mindestens brauchen, dachte er immer noch – selbst, als er sich daran machte, die Magie in sich aufzunehmen, die Bremen ihm anbot. Soviel mindestens.

Und jetzt, als er mit dem Schwert von Shannara an seiner Seite das Schlachtfeld auf und ab ritt und die Freude über ihren Sieg seinen Elfenjägern Auftrieb gab, staunte er wieder einmal über die gewaltige Verantwortung, die ihm auferlegt war. Früher oder später würde er dem Dämonenlord gegenüberstehen. Aber dazu musste er ihn zur Konfrontation zwingen, und das wiederum würde erst geschehen, wenn die Nordlandarmee selbst bedroht war. Wie konnte er nur hoffen, so etwas zuwege zu bringen? Denn wenn die Elfen auch einem Angriff standgehalten hatten, so sagte das nichts darüber aus, ob sie einem weiteren, und noch einem, und danach noch einem standhalten würden – unaufhörlich drang die Nordlandarmee weiter vor. Und selbst, wenn es ihnen irgendwie gelingen sollte, wie konnte er den Kampf so wenden, dass die Elfen sogar die Offensive übernahmen? Der Feind war so überwältigend, dachte er immer wieder. Er hatte so viele Leben zur Verfügung, ohne darüber nachdenken zu müssen, ob und wie sie verschwendet werden würden. Für ihn war es nicht so – und auch nicht für seine Krieger. Dies war ein Zermürbungskrieg, und er hatte kaum Hoffnung zu gewinnen.

Dennoch, er musste es. Denn das war alles, was ihm blieb. Das war die einzige Wahl, die er noch hatte.

Wenn sie nicht siegten, würden die Elfen vernichtet werden.

Eine Stunde vor Sonnenuntergang griff die Nordlandarmee wieder an. Wie ein körperloser Geist marschierte sie aus dem verbrannten, staubigen, rauchverhüllten Grasland in das Tal von Rhenn. Fußsoldaten hielten sich hinter gewaltigen Schilden aus Holz verborgen, das so grün war, dass es nicht brennen konnte. Die Kavallerie ritt an den Seiten, um sie gegen Angriffe aus den Felsen im Süden und Norden zu schützen. Langsam und gleichmäßig schritten sie aus dem Dunst. Das Feuer des Graslandes war bereits erloschen, aber die Luft noch immer stechend und herb. Die Nordländer machten einen Bogen um die verkohlten Gruben und die verkrümmten Toten, und als sie erst einmal im Tal waren, suchten sie nach neuen Fallen. Es waren fünftausend Kämpfer, die sich mit klirrenden Waffen dicht hinter den Schilden drängten. Die Trommeln gaben den Takt an, und während sie marschierten, sangen sie zu dem Dröhnen ihrer Schritte und dem Klang der eisernen Klingen und hölzernen Griffe. Sie schleppten ihre Belagerungstürme und Katapulte mit und brachten sie am Eingang des Tals in Position. Eine einzige gewaltige, dunkle Masse waren sie, und sie breiteten sich in der hereinbrechenden Dunkelheit aus, bis es schien, als würden sie ausreichen, um die gesamte Welt zu überwältigen.

Jerle Shannara hatte seine Armee tiefer ins Tal zurückgezogen und ließ sie auf halbem Weg Position beziehen. Er hatte einen Ort gewählt, wo das Tal zum westlichen Ende des Passes hin langsam anstieg, und stellte seine Jäger auf den Anhöhen auf. Er musste seine Strategie ändern, denn der Wind hatte sich im Tal gedreht und blies jetzt in Richtung der Verteidiger – in dieser Situation würde Feuer nur dem Feind nützen. Er hatte hier auch keine Gruben errichten lassen, denn seine eigene Armee hätte dann nicht mehr genügend Raum gehabt, um sich bewegen zu können. Außerdem war ohnehin klar, dass der Feind inzwischen damit rechnen und darauf achten würde.

Statt dessen hatte er den Bau von Dutzenden von Barrikaden angeordnet, deren Enden gespitzt und die so zusammengebunden worden waren, dass sie wie zylindrische Wagenräder aussahen. Jedes Teil maß zwanzig Fuß in der Länge und war leicht genug, um transportiert und in Position gebracht werden zu können, wo die nach unten zeigenden Spitzen sich in die Erde gruben. Er hatte sie in versetzten Abständen über die gesamte Breite des Rhenntals aufstellen lassen, in einem Band dicht vor der Frontlinie der Elfen.

Als sich die Armee des Dämonenlords nun ins Tal ergoss und zielstrebig auf die Elfen losmarschierte, stieß sie als erstes auf dieses Gewirr aus stachelbewehrten Barrikaden. Als die ersten Reihen des Feindes sie erreichten, gab Jerle Shannara seinen Bogenschützen, die er in drei Reihen hintereinander entlang des Abhangs postiert hatte, den Befehl zu schießen. Für die Nordländer, die von den Barrikaden am weiteren Vordringen gehindert wurden, sie aber auch nicht beiseite schieben konnten, gab es keine Möglichkeit zu fliehen. Sie waren in einem vernichtenden Kreuzfeuer gefangen und wurden zu Dutzenden bei dem Versuch, unter, über oder hinter die Barrikaden zu kriechen, getötet. Die Kavallerie versuchte einen Angriff gegen die Elfen weiter oben am Abhang, aber die Abhänge waren zu steil für Pferde, und die Reiter wurden wieder zurückgetrieben.

Schreie erschollen von den Verletzten und Sterbenden, und der Angriff kam zum Erliegen. Die Nordländer versteckten sich hinter ihren Schilden, aber auch mit dieser Deckung kamen sie nicht weiter als bis zu den Barrikaden. Äxte wurden gebracht, um damit die Holzbalken zu durchtrennen, doch jene, die sich ungeschützt hervorwagten, um die gespickten Wagenräder zu zerhacken, blieben nicht mehr lange am Leben. Schlimmer noch, um auch nur durch eine der Barrikaden hindurchzubrechen, musste man sie an mehreren Stellen zerhacken. Das Licht wurde schwächer, der Nebel dichter, und die Welt wurde schemenhaft und vage. Die Nordländer hatten Feuer mit zu den Barrikaden genommen und wollten sie in Brand setzen, aber die Elfen hatten sie vorsorglich aus grünem Holz hergestellt. Lediglich das Gras fing Feuer, doch da die Elfen Gräben zwischen sich und den Barrikaden angelegt hatten, brannte es nur östlich der Verteidigungslinie.

Die Elfen warteten, bis die Dunkelheit alles eingehüllt hatte, dann begannen sie von den Abhängen aus in einer Serie von kontrollierten Ausfällen mit dem Gegenangriff. Da die Elfen die Nordländer auf dem Grund des Tals festgenagelt hatten, war ihr Ziel selbst in dem düsteren Licht einfach auszumachen. Eine Kompanie nach der anderen kam von den Höhen und zwang die Nordländer, sich in allen Richtungen zu verteidigen, erst in die eine, dann in die andere zu drehen. Heftige Kämpfe von Mann zu Mann wurden auf dem Grund des Tals gefochten, das sich schon bald in eine Leichenhalle verwandelte.

Dennoch wich der Feind nicht zurück. Die Nordländer starben zu Hunderten, aber es gab immer neuen Nachschub, und eine gewaltige, ungeheure Streitmacht wälzte sich unaufhörlich ins Tal. Langsam und unausweichlich drängte der Feind nach vorn. Die Barrikaden hielten die Nordlandarmee im Zentrum des Tals in Schach, aber die Abhänge wurden überrannt. Die Elfen, die unter dem Kommando von Cormorant Etrurian die Felsen gehalten hatten, wurden langsam aus ihren Verteidigungspositionen gedrängt und zum Rückzug gezwungen. Schritt für Schritt, Meter für Meter drangen die Nordländer weiter vor, nahmen die Anhöhen in Besitz und zerbrachen die Zange, in die Jerle Shannara sie genommen hatte.

Der König sah, was geschah. Der Himmel war bewölkt, und es begann zu regnen. Der Boden wurde schlammig und rutschig. Schlachtrufe hallten von den Abhängen wider. Die Dunkelheit machte es nahezu unmöglich, irgend etwas zu erkennen, das weiter als ein paar hundert Meter entfernt war. Jerle Shannara benötigte nur einen Augenblick für seinen Entschluss. Schnell hatte er seine Läufer ausgesandt, um die Männer Etrurians zu den Barrikaden zurückzuziehen, die er parallel zu seinen eigenen Linien oben auf den Abhängen hatte errichten lassen. Dort sollten sie stehen und die Stellung halten. Er sandte Läufer, die Arn Banda und seine Bogenschützen zum Rückzug auffordern sollten. Dann stellte er zwei Kompanien Elfenjäger unter Rustin Apt zum Angriff auf. Als die Kämpfer unter Etrurian und die Bogenschützen sich erfolgreich zurückgezogen hatten, ließ er lange Spieße nach vorn bringen und befahl seiner Kompanie, direkt in das Zentrum des feindlichen Angriffs hineinzumarschieren. Er stürmte in dem Moment auf die Nordländer los, als die Armee des Dämonenlords die rechte Flanke durchbrechen wollte. Ihre vorderen Reihen wurden gegen die Barrikaden genagelt. Jerle Shannara ließ Fackeln anzünden, damit die Bogenschützen in dem Durcheinander etwas erkennen und den Feind von den Abhängen treiben konnten.

Die Nordländer, die von den Flanken her beschossen wurden, sammelten sich um die ungeheuren Felsentrolle und setzten zum Gegenangriff an. Sie schoben und wanden sich ihren Weg hinter die Barrikaden und schlugen auf die Elfenjäger ein. Riesige, geflügelte Schatten erschienen aus dem rauchigen Dunst, als Schädelträger sich in den Himmel erhoben, um die Nordländer zu unterstützen. Die Verteidigungslinie gab nach. Der ergraute Rustin Apt ging zu Boden und wurde vom Feld getragen. Trewithen und die Elfengarde preschten nach vorn, um die bröckelnde Verteidigung zu stärken, aber der Feind war zu zahlreich, und die gesamte Elfenfront begann zusammenzubrechen.

Voller Verzweiflung gab Jerle Shannara seinem Pferd die Sporen und warf sich selbst ins Kampfgetümmel. Umgeben von seiner Garde hieb er sich den Weg bis zur feindlichen Front frei und versammelte die Elfenjäger um sich. Die Nordländer kamen von allen Seiten auf ihn zu. Sie versuchten, ihn vom Pferd zu ziehen, ihn aus dem Sattel zu stoßen, alles zu tun, um ihn am weiteren Vordringen zu hindern. Hinter ihm richtete sich die angeschlagene und abgekämpfte Elfenarmee wieder auf und folgte ihm. Schlachtrufe erhoben sich über dem Schreien und Stöhnen der Verletzten und Sterbenden, und die Elfen warfen sich noch einmal auf die Nordländer. Jerle kämpfte, als wollte er den Feind ganz allein zurück ins Nordland treiben, sein Schwert glänzte im Schein der Fackeln und schlug laut klirrend auf feindliche Waffen und Rüstungen. Gewaltige Trolle tauchten vor ihm auf, große, gesichtslose Ungeheuer mit Streitäxten in den Händen, doch der König kämpfte sich durch sie hindurch, als wären sie nur aus Pappe. Nichts und niemand konnte ihn aufhalten, und er erschien nahezu unbesiegbar. Selbst seine Leibgarde konnte nicht mit ihm Schritt halten, und in dem Bemühen, ihm zu folgen, warf sie sich um so heftiger auf den Feind.

Dann zuckte ein Blitz aus einer Felsnase, die dem Kampfplatz am nächsten lag, und glühende Erdklumpen und Scherben aus zerbrochenem Fels explodierten in den Himmel und regneten auf das gesamte Tal herab. Die Männer bedeckten ihre Köpfe und duckten sich vor dem stürmischen Ausbruch, und für einen kurzen Augenblick erstarrte die Zeit. Während die Nordländer zögerten und einen Moment lang zu Statuen wurden, richtete sich Jerle Shannara in seinen Steigbügeln auf und reckte das Schwert von Shannara gen Himmel – ein Zeichen des Trotzes und des Widerstandes, das die entsprechende Wirkung auf seine Männer hatte. Sie stießen wilde Schlachtrufe aus und warfen sich mit solcher Kraft auf den Feind, dass sie ihn vollständig überrannten. Diejenigen unter den Nordländern, die am weitesten entfernt standen und noch in der Lage waren zu fliehen, verkrochen sich hinter den zerbrochenen Barrikaden; sie hatten jegliche Angriffslust verloren. Kurze Zeit hielten sie in diesem Wald aus hölzernen Gebeinen und verbrannter Erde die Stellung. Dann zogen sie sich verdrossen und erschöpft in den östlichen Teil des Tals zurück.

Jerle und die Elfen, vollkommen verdreckt von Regen, Erde, Schweiß und Blut, sammelten sich bei den Barrikaden und beobachteten, wie die Feinde abzogen.

Zumindest an diesem Tag gehörte der Sieg ihnen.

Kapitel 31

Der Morgen zog an einem Himmel herauf, der vom schweren Regen der vorherigen Nacht düster und grau war. Der verbrannte und zerfurchte Boden des Tals von Rhenn war schwarz und dampfte im Dämmerlicht. Die Elfen standen bereit und warteten auf den nächsten Angriff, von dem sie wussten, dass er kommen würde. Erwartungsvoll spähten sie ins Dunkel. Aber es drang kein Geräusch aus dem in schweren Nebel gehüllten Lager des Dämonenlords zu ihnen, und es regte sich auch nichts in der leeren, öden Landschaft. Als die Sonne aufging und es heller wurde, löste sich der Nebel jedoch immer noch nicht auf, und es gab auch keinen Hinweis auf einen Angriff. Es war allerdings undenkbar, dass diese gewaltige Armee sich zurückgezogen hatte. Die ganze Nacht hatte sie wie ein verwundetes Tier ihre Wunden geleckt, nur zu deutlich hatten sich Geräusche von Schmerz und Wut über den Nebel und Regen erhoben und das Donnern des nachlassenden Sturms ersetzt. Die ganze Nacht hatte die feindliche Armee ihre Streitkräfte neu geordnet. Der östliche Teil des Tals war vollkommen in ihren Händen, bis hinauf zu den seitlichen Anhöhen. Sämtliche Belagerungsmaschinen, sämtliches Versorgungsmaterial und die gesamte Ausrüstung waren nach vorne gebracht und über die breite Mündung des Tals verstreut worden. Die Armee konnte sich vielleicht nur langsam und schwerfällig vorwärtsbewegen, aber sie blieb dennoch eine unerbittliche, unaufhaltsame Lawine.

»Sie sind da draußen«, murrte der einäugige Arn Banda. Er stand links neben Bremen, und sein Gesicht hatte einen besorgten, missmutigen Ausdruck angenommen.

Jerle Shannara nickte. »Aber was haben sie vor?«

Ja, was hatten sie vor? Bremen zog den dunklen Umhang fester um seinen mageren Körper, um sich vor der morgendlichen Kühle zu schützen. Sie konnten nicht bis zum anderen Ende des Tals sehen, ihre Augen durchdrangen das Dunkel nicht, aber sie spürten den Feind deutlich. Die Nacht war voller Geräusche und Raserei gewesen, während die Nordländer sich wieder auf die Schlacht vorbereitet hatten, und erst in den letzten Stunden war es so bedrohlich still geworden. Der Angriff an diesem Tag würde in einer anderen Form erfolgen, vermutete der alte Mann. Der Dämonenlord war am Vortag mit hohen Verlusten zurückgeschlagen worden und würde keine Lust haben, diese Erfahrung erneut zu machen. Selbst seine Kraft hatte Grenzen, und früher oder später würde die Macht über jene, die für ihn kämpften, schwächer werden, wenn es keine Siege oder Beute gab. Die Elfen mussten bald zurückgetrieben oder geschlagen werden, sonst würden die Nordländer anfangen, die Unbesiegbarkeit ihres Meisters in Frage zu stellen. Und wenn das Kartenhaus erst einmal begonnen hatte einzustürzen, würde es kein Halten geben.

Rechts von Bremen bewegte sich etwas, klein und heimlich. Es war Allanon. Verstohlen blickte der Druide zu ihm hinüber. Der Junge starrte vor sich hin, mit angespannter Miene, die Augen ins Leere gerichtet. Er sah dennoch etwas – soviel konnte man eindeutig an seinem Gesicht erkennen. Er sah durch den Nebel und das Dunkel auf etwas Dahinterliegendes, seine erstaunlichen Augen drangen zu etwas durch, das den anderen verborgen blieb.

Der alte Mann folgte dem Blick des Jungen. Nebel wirbelte in der Luft, wie ein Umhang, der über dem gesamten östlichen Ende des Tals lag und wie von einer unsichtbaren Macht bewegt wurde. »Was ist es?«, fragte er leise.

Aber der Junge schüttelte nur den Kopf. Er konnte es spüren, aber nicht einordnen. Seine Augen blieben weiterhin auf den Dunst gerichtet, er war vollkommen konzentriert. Er konnte sich gut konzentrieren; das wusste Bremen bereits. Tatsächlich war er darin noch viel besser als nur gut. Seine Intensität war beängstigend. Er hatte es sich nicht erarbeitet, während er aufwuchs, und es war auch kein Teil des Schocks, den er durch die Zerstörung von Varfleet erlitten hatte. Es war etwas Angeborenes – wie die befremdlichen Augen und der rasiermesserscharfe Verstand. Der Junge war außerordentlich ernst und von enormer Zielstrebigkeit, aber vor allem besaß er eine Intelligenz und einen Wissensdurst, die grenzenlos waren. Erst eine Woche zuvor, nach dem nächtlichen Überfall auf das Lager der Nordländer, war er zu Bremen gekommen und hatte den alten Mann gebeten, ihn die Druidenmagie zu lehren. Genauso. Zeigt mir, wie sie benutzt wird, hatte er gefordert – als ob jeder sie lernen könnte, als ob man die Fähigkeit einfach weitergeben könnte.

»Man benötigt Jahre, um auch nur den kleinsten Teil zu beherrschen«, hatte Bremen erwidert, zu verblüfft über die Bitte des Jungen, um sie gleich auszuschlagen.

»Lasst es mich versuchen«, hatte der Junge beharrt.

»Aber warum willst du es überhaupt?« Der Druide war ehrlich verwundert. »Ist es Rache, was du suchst? Glaubst du, die Magie kann sie dir verschaffen? Warum verbringst du nicht deine Zeit damit, den Gebrauch gewöhnlicher Waffen zu erlernen? Reiten zu lernen? Oder die Kriegskunst zu studieren?«

»Nein«, hatte der Junge entschlossen erwidert. »Ich möchte nichts davon. Ich mache mir nichts aus Rache. Ich will so sein wie Ihr.«

In einem einzigen Satz hatte der Junge alles gesagt. Er wollte ein Druide sein. Er fühlte sich zu Bremen hingezogen, und Bremen fühlte sich zu ihm hingezogen, weil sie näher verwandt waren, als der alte Mann vermutet hatte. Galaphiles vierte Vision war ein anderer, kurzer Blick auf die Zukunft gewesen, ein Zeichen, dass es Bande gab, die den Jungen an den Druiden fesselten, ein Versprechen ihrer gemeinsamen Bestimmung. Bremen wusste das jetzt. Der Junge war ihm von einem Schicksal geschickt worden, dass er noch nicht ganz verstand. Hier war vielleicht der Nachfolger, nach dem der alte Druide so lange gesucht hatte. Es war merkwürdig, dass er ihn auf diese Weise finden sollte, aber es war auch nicht ganz unerwartet. Es gab keine Gesetze über die Auswahl von Druiden, und Bremen war klug genug, um nicht damit anzufangen, jetzt welche festzulegen.

So hatte er Allanon ein paar kleine Tricks gezeigt, die er meistern sollte – kleine Dinge, die hauptsächlich Konzentration und Übung erforderten. Er hatte geglaubt, das würde den Jungen für mindestens eine Woche beschäftigt halten. Aber Allanon hatte alles bereits nach einem einzigen Tag beherrscht und war wiedergekommen, um mehr zu erfahren. So war es jeden der vergangenen zehn Tage gegangen. Bremen hatte ihm ein wenig aus der Überlieferung der Druiden mitgeteilt und ihm die Entscheidung überlassen, in welche Richtung er anwenden wollte, was er bereits gelernt hatte. Intensiv verwickelt in die Vorbereitungen gegen den nächsten Angriff der Nordländer, hatte er auch kaum Zeit gehabt, darüber nachzudenken, was der Junge bewerkstelligt hatte. Als er ihn allerdings jetzt beobachtete, wie er in das schwache Dämmerlicht spähte, war er erneut verblüfft über die so offensichtliche Tiefe und Unveränderlichkeit von Allanons Entschluss.

»Da!«, schrie der Junge plötzlich. Seine Augen weiteten sich vor Überraschung. »Sie sind über uns!«

Bremen war für einen Augenblick so erschrocken, dass er kein Wort hervorbrachte. Ein paar Köpfe hoben sich als Reaktion auf die Worte des Jungen, aber niemand unternahm etwas. Dann schwang Bremen seinen Arm gen Himmel und sandte sein Druidenlicht in einem weiten Bogen über den Himmel, woraufhin sich auch ihm die dunklen Schatten offenbarten, die über ihnen kreisten. Schädelträger drehten sich rasch um und flogen davon, als sie entdeckt wurden, und tauchten mit weit ausgebreiteten Flügeln wieder in den Dunst hinab.

Jerle Shannara war sofort an die Seite des Druiden geeilt. »Was tun sie?«, wollte er wissen.

Bremens Blick blieb in den leeren Himmel gerichtet. Er sah zu, wie das Druidenlicht verlosch. Das Dunkel kehrte zurück, trüb und bedrückend. Irgend etwas stimmte mit dem Licht nicht, dachte er plötzlich. Irgend etwas stimmte damit ganz und gar nicht.

»Sie spähen«, flüsterte er. Dann drehte er sich schnell zu Allanon um. »Schau wieder über das Tal. Dieses Mal aber vorsichtig. Versuche nicht, etwas Besonderes zu sehen. Sieh in den Dunst und ins Grau. Betrachte den Nebel.«

Der Junge tat es, und sein Gesicht verzog sich vor Anspannung. Er hielt den Atem an und war vollkommen reglos. Dann riss er den Mund auf und schnappte vor Entsetzen nach Luft.

»Guter Junge.« Bremen legte seinen Arm um den Jüngeren. »Ich sehe es jetzt auch. Aber deine Augen sind schärfer.« Er wandte sein Gesicht zum König. »Diesmal werden uns die dunklen Gestalten angreifen, die dem Dämonenlord dienen, die Kreaturen, die er aus der Unterwelt herbeigerufen hat. Er hat sich entschieden, sie statt seiner Armee gegen uns einzusetzen. Sie wollen durch das Tal zu uns kommen, und daher kundschaften die Schädelträger den Weg für sie aus. Der Dämonenlord benutzt seine Magie, um ihr Kommen zu verschleiern, er verändert das Licht, verdichtet den Nebel. Wir haben nicht viel Zeit. Deine Befehlshaber sollen ihre Truppen aufstellen, und die Krieger sollen sich bereithalten. Ich werde sehen, was ich gegen diesen Angriff tun kann.«

Jerle Shannara gab den Befehl weiter, und die Befehlshaber eilten zu ihren Einheiten, Cormorant Etrurian zur linken Flanke und der verwundete, aber immer noch einsatzbereite Rustin Apt zur rechten. Kier Joplin war bereits an Ort und Stelle, und die Reiterei hatte hinter den Fußsoldaten Stellung bezogen. Arn Banda raste zum Südhang, um die Bogenschützen dort zu alarmieren. Prekkian mit der Schwarzen Wache sowie Trewithen und der größte Teil der Elfengarde wurden als Reserve zurückgehalten.

»Komm mit mir«, sagte Bremen zum König.

Der König, der Druide, Allanon und Preia Starle machten sich zur rechten Seite der Frontlinie auf. Sie gingen zu den vordersten Reihen der Armee, wo der Druide sich umdrehte.

»Die in den ersten Reihen sollen ihre Waffen bereithalten«, ordnete der Druide an. »Sag ihnen, sie sollen keine Angst haben.«

Der König tat es, ohne zu fragen warum, denn er vertraute dem Urteil des Druiden. Er gab den entsprechenden Befehl, und Speere, Schwerter und Spieße reckten sich in die Höhe. Bremens Blick wurde starr, er hob die Hände und rief das Druidenfeuer herbei. Als es sich in einem hellblauen Ball auf seinen Handflächen sammelte, sandte er kleine Flammen aus, die von Waffe zu Waffe zu sprangen, von einer eisernen Spitze zur nächsten, bis das Feuer alle berührt hatte. Die verblüfften Soldaten zuckten zusammen, als die Flammen auf sie zukamen, aber der König befahl ihnen stehen zu bleiben, und sie gehorchten. Darauf gingen Bremen und Jerle Shannara zur nächsten Einheit, und sie wiederholten den Vorgang. Sie schritten die Reihen der unsicheren Soldaten entlang, und der Druide versenkte seine Magie in das Eisen ihrer Waffen, während der König ihnen die Notwendigkeit dieser Aktion erklärte und sie gleichzeitig ermahnte, bereit zu sein, da ein Angriff kurz bevorstünde.

Als der Angriff dann erfolgte, war die Druidenmagie an Ort und Stelle und das Herz der Elfenarmee geschützt. Dunkle Schatten krochen aus dem Zwielicht und nahmen Gestalt an, als bildeten sich Geister aus dem Nebel. Sie kamen in kleinen Gruppen und warfen sich auf die Reihen der Elfen, heulend und kreischend, Wesen mit spitzen Zähnen und geschärften Klauen, mit gesträubten Borsten und rauen Schuppen. Sie waren Geschöpfe aus einer anderen Welt, aus der Dunkelheit und dem Wahnsinn, und kein anderes Gesetz als das des Überlebens hatte Bedeutung für sie. Sie kämpften mit stürmischer Wut und roher Kraft. Einige kamen auf zwei Beinen, andere auf Vieren, und sie alle schienen Ausgeburten krankhafter Albträume zu sein.

Die Elfen wurden zurückgeschlagen, meist gaben sie aus Angst Boden auf, denn sie waren zutiefst erschrocken über diese Bestien. Einige Elfen starben auf der Stelle; die Angst schnürte ihnen Kehle und Herz so zusammen, dass sie nicht in der Lage waren, sich zu rühren und zu verteidigen. Andere starben im Kampf, niedergestreckt, bevor sie selbst auch nur einen einzigen richtigen Hieb hatten austeilen können. Aber es gab auch solche, die sich sammelten und erstaunt feststellten, dass sie die Ungeheuer dank der Druidenmagie auf ihren Waffen tatsächlich treffen konnten, dass diese bluteten und Schmerzensschreie ausstießen. Der erste Angriff hatte die Elfenarmee tief erschüttert, dann raffte sie sich auf und setzte sich zur Wehr.

Aber an der rechten Flanke brachen die Ungeheuer durch. Sie folgten einem gewaltigen Wesen, das in Lederhaut gekleidet und mit Metallplatten gepanzert war. Seine riesigen Klauen zerrissen jeden Mann, der sich ihm in den Weg stellte. Rustin Apt versuchte, es aufzuhalten, wurde aber zur Seite gefegt.

Bremen, der die Gefahr erkannte, eilte hinzu.

In der Abwesenheit des Druiden hielt Jerle Shannara die Mitte; er sah zu, wie die Ungeheuer immer näher herandrängten. Er rief seinen Männern Mut zu, brach sein Versprechen, sich herauszuhalten, riss sein Schwert aus der Scheide und eilte durch die Reihen, um sich am Kampf zu beteiligen. Preia war an seiner Seite, und seine Leibgarde schützte beide. Gewaltige Wölfe kauerten außerhalb der Reichweite der eisernen Spieße und Schwerter, die gegen sie gerichtet waren; sie führten Scheinangriffe, zogen sich wieder zurück und warteten auf eine Bresche in den Reihen der Verteidiger. Als Jerle Shannara sich ihnen näherte, schwebte ein dunkler Schatten aus dem Dunst herunter und sprengte die Linie der Elfen. Ein Schädelträger erhob sich, die Krallen blutigrot. Sofort stießen die Wölfe in die Lücke vor, wild um sich beißend. Aber die Verteidiger hieben auf sie ein, und die Druidenmagie drang durch ihr dickes Fell. Die ersten starben in einem Hagel von Hieben, die restlichen zogen sich knurrend und jaulend zurück.

Auf dem rechten Flügel war Bremen dabei, zu dem Knäuel von Ungeheuern vorzustoßen, die hier die Flanke durchbrochen hatten. Als sie den alten Mann sahen, kamen sie auf ihn zu. Es waren zweibeinige Kreaturen, die einen gewaltigen Brustkorb und schwere, muskulöse Glieder besaßen, mit denen sie einen Mann nur zu leicht zerreißen konnten. Der Kopf saß tief zwischen den nackenlosen Schultern und versank so in den Hautfalten, dass nur die wilden Augen sichtbar waren. Mit wildem schadenfrohen Geheul rasten sie auf den alten Mann zu, aber Bremen sandte ihnen sein Druidenfeuer entgegen und warf sie zurück. Elfen eilten dem alten Mann zu Hilfe und griffen die Bestien von der Seite an. Die Ungeheuer wirbelten herum und schlugen zurück, aber die Klingen der Elfen und das Druidenfeuer zerfetzten sie.

Dann erhob sich vor Bremen herausfordernd die riesige Kreatur, die zuvor die Elfenlinie durchbrochen hatte. Ihre Augen glühten, ihre ledrige Haut glänzte vom Blut der getöteten Elfen. »Alter Mann!«, zischte die Kreatur und stürzte sich auf ihn.

Druidenfeuer barst aus den Händen Bremens, aber das Ungeheuer war bereits zu dicht bei ihm und ergriff die Handgelenke des alten Mannes. Mit der ganzen Kraft seiner gewaltigen Arme zwang das Monster den Druiden zurück. Ganz langsam gab Bremen Boden auf. Jetzt drängten auch die anderen Ungeheuer mit neuer Zuversicht wieder nach vorn. Das Ende war nah.

Da erschien plötzlich der Junge. Er tauchte aus dem Zwielicht auf, sprang auf den ungeschützten Rücken des Ungeheuers und krallte seine Finger fest um dessen gelbe Augen. Brüllend vor Wut zapfte Allanon eine verborgene Kraftquelle an und verband sie mit dem bisschen an Magie, das er beherrschte. Unkontrolliert und widerspenstig, so wild wie ein Sturmwind schoss das Feuer aus seinen Händen und sprühte in alle Richtungen. Es explodierte mit einer solchen Kraft, dass es den Jungen rücklings zu Boden schleuderte, wo er verwirrt liegenblieb. Aber es explodierte auch ins Gesicht des Ungeheuers und zerriss es.

Das Monster gab Bremen sofort frei, riss die Klauenhände an die Augen und floh. Bremen kämpfte sich auf die Beine, er ignorierte die Schwäche, die ihn durchströmte, ignorierte seine Wunden und schickte neues Druidenfeuer auf die Kreatur zu. Dieses Mal raste das Feuer vom Rachen der Bestie bis zu ihrem Herzen hinab und verbrannte sie zu Asche.

Jerle Shannara hatte sich währenddessen bis zur linken Flanke der Armee vorgekämpft. Cormorant Etrurian war zu Boden gegangen. Seine Männer umringten ihn und versuchten, ihn zu beschützen. Der König drängte sich in ihre Mitte und führte einen schnellen, gezielten Gegenangriff gegen die buckligen Kreaturen aus, die über die Reihen der Elfen sprangen und dabei zweischneidige Äxte und böse gezackte Messer schwangen. Banda hatte das Feuer der Bogenschützen auf eine Stelle direkt unterhalb des Abhangs gerichtet, und die Langbögen durchbohrten den Nebel und die Ungeheuer, die sich darin verbargen. Die Elfen hoben Etrurian hoch und trugen ihn weg, und Kier Joplin spornte seine Reiter an, beim Schließen der Lücke zu helfen. Der König übergab Joplin das Kommando und kehrte schnell wieder ins Zentrum seiner Linien zurück, wo der Kampf sogar noch heftiger geworden war. Zweimal wurde er von Hieben getroffen, die ihn taumeln ließen, aber er wehrte sie ab, ignorierte Entsetzen und Schmerz und kämpfte weiter. Preia war links neben ihm und schützte ihn; schnell und wendig parierte sie mit ihrem kurzen Schwert. Neben ihnen kämpfte die Elfengarde, einige von ihnen starben in ihrem Bemühen, den König und die Königin zu schützen. Die Geschöpfe der Unterwelt hatten die Reihen der Westlandarmee jetzt überall durchbrochen, und die Elfen kämpften gegen Angreifer, die aus allen Richtungen zu kommen schienen.

Schließlich hatte Bremen genügend Verteidiger um sich versammelt, um die Ungeheuer, die die Reihe auf der linken Seite durchbrochen hatten, zurückzudrängen. Die Monster wurden fast völlig aufgerieben, und die wenigen Überlebenden drehten sich um und rannten davon; ihre ungeschlachten Gestalten verschwanden im Nebel, als hätte es sie niemals gegeben. Die Armee drängte weiter gegen die vor, die immer noch im Zentrum kämpften, und auch sie gaben nach. Langsam gewannen die Elfen die Oberhand. Die Bestien der Unterwelt fielen zurück und verschwanden.

Zurück in der grauen, dunstigen Leere blieb die Armee des Westlands; wortlos vor Erschöpfung starrte sie den fliehenden Gegnern hinterher.

Die Nordländer griffen am späten Nachmittag erneut an, dieses Mal wieder mit ihrer normalen Armee. Der Nebel hatte sich jetzt verzogen, und der Himmel hatte sich aufgeklärt. Das Licht war grell und klar. Die Elfen sahen von ihrer neuen Verteidigungsposition aus den Feind das zerstörte Rhenntal heraufkommen. Diesmal hatten sie sich noch tiefer ins Tal zurückgezogen, ganz in die Nähe des Passes. Klippen und eine erst kürzlich errichtete Steinmauer, die mit scharfen Spießen gespickt war, umgaben die neue Position. Die Armee der Elfen war zerlumpt und blutig, am Rande der Erschöpfung, aber ohne Furcht. Sie hatten schon zu viel überlebt, um noch Angst zu haben. Ruhig und dicht gedrängt hielten sie ihre Positionen, denn an der Stelle, wo sie warteten, verengte sich das Tal zum Pass. Die Abhänge waren hier so steil, dass nur eine kleine Truppe Bogenschützen und Elfenjäger nötig waren, um die Anhöhe gegen einen Angriff zu verteidigen. In der Mitte drängte sich der größere Teil der Armee. Cormorant Etrurian war zurückgekehrt, seine Schulter und sein Kopf waren bandagiert, sein mageres Gesicht grimmig. Zusammen mit dem sogar noch mehr geschwächten Rustin Apt befehligte er die Einheiten, die dem Herzstück des feindlichen Angriffs standhalten sollten. Arn Banda war mit seinen Bogenschützen auf dem Nordhang. Kier Joplin und die Reiterei hatten sich zum Eingang des Passes zurückgezogen, denn es gab nicht mehr genügend Platz, um sie zum Einsatz bringen zu können. Die Elfengarde und die Schwarze Wache bildeten noch immer die Reserve.

Auf einem Felsvorsprung genau hinter der Elfenlinie standen Bremen und Allanon. Sie konnten den Kampf von hier aus gut überblicken.

Der König und Preia Starle führten auf ihren Pferden die Mitte der Verteidigung an, geschützt von der Elfengarde um sie herum.

Das Hämmern der Trommeln und das Echo schwerer Schritte hallten von der Ebene herauf. Gewaltige Massen an Fußsoldaten marschierten zum Angriff, so viele, dass sie den Boden des Tals vollkommen bedeckten, als sie näher kamen. Hinter ihnen kamen die Kriegsmaschinen – Belagerungstürme und Katapulte, die von Pferden und schwitzenden Männern gezogen wurden. Die letzte Gruppe bildete die Reiterei, Lanzen und Spieße und wehende Banner in den Händen. Gewaltige Felsentrolle trugen den Dämonenlord und seine Anführer in Wagen und Sänften, die in schwarze Seide gehüllt und mit weißen Knochen geschmückt waren.

Dies ist unser Untergang, dachte Bremen plötzlich. Ungebeten drängte sich der Gedanke auf, als er den Vormarsch des Feindes beobachtete. Sie sind zu viele, und wir sind zu schwach. Der Kampf ist zu hart geworden und hat zu lange gedauert, und dies ist nun das Ende.

Er fröstelte bei der Gewissheit, die ihn bei dieser Vorahnung beschlich, aber er konnte ihre Kraft nicht leugnen. Er spürte, wie sie ihn niederdrückte, eine unerbittliche Wahrheit. Er sah, wie die Nordlandarmee weiterrollte, ihre Wagen hinter sich herzog, wie sie das Rhenntal füllte, und sie entwickelte sich in seinen Augen zu einer Flutwelle, die über die Elfen hinwegtoben und sie ertränken würde. Sie hatten nur zwei Tage gegen sie gekämpft, aber der Ausgang war bereits unausweichlich. Wenn die Zwerge ihnen zu Hilfe gekommen wären, hätten sie vielleicht eine Chance gehabt. Wenn irgendeine Stadt des Südlandes eine Armee zusammengestellt hätte, wäre es vielleicht anders gewesen. Aber die Elfen waren allein, und es gab niemanden, der ihnen helfen würde. Sie waren bereits auf ein Drittel ihrer ursprünglichen Stärke geschrumpft, und selbst, wenn der Schaden, den sie dem Feind zugefügt hatten, zehnmal größer sein mochte, spielte es keine Rolle. Der Feind hatte zu viele Kämpfer, deren Leben er aufs Spiel setzen konnte.

Der alte Mann blinzelte müde und rieb sich am Kinn. dass es so enden sollte, war mehr, als er ertragen konnte. Jerle Shannara würde nicht einmal Gelegenheit haben, sein Schwert gegen den Dämonenlord einzusetzen. Er würde hier sterben, in diesem Tal, mit dem Rest seiner Männer. Bremen kannte den König gut, er wusste, Jerle würde eher sein Leben aufgeben, als sich selbst zu retten. Und wenn Jerle Shannara starb, gab es für niemanden mehr Hoffnung.

Der junge Allanon neben ihm regte sich. Auch er konnte das drohende Unheil spüren, dachte der alte Mann. Der Junge besaß Mut, er hatte es an diesem Morgen gezeigt, als er Bremen das Leben gerettet hatte. Er hatte, ohne sich um seine eigene Sicherheit zu sorgen, mit nur einem einzigen Ziel die Magie benutzt – den alten Mann zu retten. Bremen schüttelte den grauen Kopf. Der Junge war übel zugerichtet worden und benommen gewesen, aber er war jetzt nicht weniger zielstrebig als zuvor. Genau wie der König würde er in diesem Kampf tun, was in seinen Kräften stand. Bremen wusste, dass Allanon sich bereits einen Platz aussuchte, von dem aus er kämpfen konnte.

Die Armee des Nordlandes war noch etwa zweihundert Meter entfernt, als sie holpernd stehen blieb. Hektisch brachten die Pioniere und Schlepper die Katapulte und Belagerungstürme nach vorn. Bremen stieg ein Kloß in den Hals. Der Dämonenlord würde keinen direkten Angriff durchführen. Warum so viele Leben verschwenden, wenn es nicht notwendig war? Statt dessen würde er die Katapulte und die in den Türmen versteckten Bogenschützen benutzen, um die tödlichen Geschosse auf die Verteidigung der Westlandarmee niederprasseln zu lassen, bis sich ihre Reihen lichteten – bis sie so wenige waren, dass sie keinen Widerstand mehr leisten konnten.

Die Kriegsmaschinen breiteten sich über die Weite des Tals aus, eine Achse neben der anderen, die Schlingen der Katapulte mit Felsstücken und Eisenblöcken beladen, und in den Schächten der Türme stand hinter jedem Schlitz ein Bogenschütze. In den Reihen der Elfen bewegte sich niemand. Es gab keinen Ort, zu dem sie fliehen, keinen Platz, wo sie sich verstecken, keine bessere Verteidigungslinie, zu der sie sich zurückziehen konnten. Denn wenn der Pass verloren war, war auch das Westland verloren. Das dumpfe Geräusch der Trommeln dröhnte weiterhin und fügte sich in das dumpfe Mahlen der Räder an den Kriegsmaschinen. In der Brust des alten Mannes erklang der Widerhall. Er warf einen Blick auf den dunkler werdenden Himmel, aber der Sonnenuntergang war noch eine Stunde entfernt und die Dunkelheit würde ihnen zu spät zu Hilfe kommen.

»Wir müssen es aufhalten«, flüsterte er. Er hatte nicht absichtlich laut gesprochen, die Worte waren ihm einfach so entschlüpft.

Allanon blickte ihn wortlos an und wartete. Die befremdlichen Augen hefteten sich auf ihn und ließen ihn nicht mehr los. Bremen hielt seinem Blick stand. »Wie?«, fragte der Junge leise.

Und plötzlich wusste Bremen es. Er sah es in diesen Augen, entnahm es dem Wort, das der Junge gesprochen hatte, dem Wispern der Eingebung, die plötzlich in ihm wuchs. Es kam in einem Augenblick schrecklicher Einsicht, geboren aus seiner eigenen Verzweiflung und schwindenden Hoffnung.

»Es gibt einen Weg«, sagte er. Die Falten in seinem alten Gesicht vertieften sich. »Aber ich brauche deine Hilfe. Ich allein habe nicht mehr die Kraft dazu.« Er hielt inne. »Es wird gefährlich für dich sein.«

Der Junge nickte. »Ich habe keine Angst.«

»Du könntest sterben. Wir könnten beide sterben.«

»Sagt mir, was ich zu tun habe.«

Bremen wandte sich der Reihe der Belagerungsmaschinen zu und bat den Jungen, sich vor ihn zu stellen. »Höre also gut zu. Du musst dich mir überlassen, Allanon. Kämpfe nicht gegen das, was du fühlst, egal, was es auch sein mag. Du wirst ein Kanal für mich sein, für meine Magie, für die Magie, die ich besitze, der ich aber nicht mehr genügend Kraft zur Verfügung stellen kann, um ihren

Einsatz durchzustehen. Ich werde sie durch dich einsetzen. Ich werde meine Kraft aus dir beziehen.«

Der Junge schaute ihn nicht an. »Ihr wollt Eure Magie mit meiner Energie nähren?«, fragte er leise, beinahe ehrfurchtsvoll.

»Ja.« Bremen beugte sich zu ihm. »Ich werde dich mit soviel Schutz versorgen, wie ich habe. Wenn du stirbst, werde ich mit dir sterben. Es ist alles, was ich dir anbieten kann.«

»Es ist genug«, erwiderte der Junge. Er hatte den Blick immer noch abgewandt. »Tut, was Ihr tun müsst, Bremen. Aber tut es jetzt, tut es schnell, solange noch Zeit ist.«

Die Nordlandarmee hatte sich vor ihnen aufgebaut – ganz vorn standen die riesigen Kriegsmaschinen, die über und über vor Waffen strotzten. Staub stieg von der verbrannten Erde auf und verhüllte sie, dass es aussah, als hätte sie zu existieren aufgehört. Lichtreflexe tanzten über die Metallklingen und Spitzen, Banner flatterten in hellen Farben.

Der Druide und der Junge sahen sie gemeinsam an, die Männer und die Tiere, die Maschinen, die Geräusche und Bewegungen. Still und allein standen sie auf dem Felsvorsprung. Niemand sah sie, und wenn sie es doch taten, schenkten sie ihnen keine Aufmerksamkeit. Selbst die Elfen kümmerten sich nicht um sie, sondern richteten ihren Blick auf die Armee vor sich.

Bremen holte tief Luft und legte seine Hände auf Allanons schmale Schultern. »Falte deine Hände und zeige mit ihnen auf die Türme und die Katapulte.« Seine Kehle schnürte sich zusammen. »Sei stark, Allanon.«

Der Junge faltete die Hände und schlang die Finger ineinander. Dann hob er die dünnen Arme und zeigte mit ihnen in die Richtung der Nordlandarmee. Bremen stand genau hinter ihm, seine Hände waren ruhig, seine Augen geschlossen. Er rief in seinem Innern das Druidenfeuer herbei. Es sprühte und erwachte zum Leben. Er musste vorsichtig damit umgehen, ermahnte er sich. Das Gleichgewicht zwischen dem, was notwendig war und was er leisten konnte, war sehr empfindlich, und er musste vorsichtig sein, wollte er es nicht verletzen. Nur ein einziger Fehler in der einen oder anderen Richtung, und sie waren alle verloren.

Auf dem Schlachtfeld wurden bereits Katapulte zurückgezogen, und die Bogenschützen in den Türmen legten die Bögen an.

Bremen öffnete jetzt wieder die Augen – sie waren so weiß wie Schnee.

Als ahnte er etwas, wandte sich Jerle Shannara, der weiter unter ihm stand, plötzlich um und schaute ihn an.

Druidenfeuer raste aus Bremens Armen und in Allanons Körper hinein, dann fuhr es aus den geballten Fäusten des Jungen über die Köpfe der wartenden Elfenarmee, über das zerfurchte und verbrannte Grasland hinweg und mitten hinein in die zweihundert Meter entfernt stehenden Kriegsmaschinen des Feindes. Zuerst wurden die Türme getroffen, die in Flammen standen, bevor auch nur irgend jemand mit der Wimper zucken konnte. Von dort sprang es zu den Katapulten, entflammte die Bedienungsmannschaften, zerriss die Seile und verbog die metallenen Stücke. Wie ein lebendiges Wesen, das sich erst das eine, dann das nächste Ziel suchte, fraß sich das Feuer fort, hellblau und so strahlend, dass die Männer beider Armeen gezwungen waren, ihre Augen mit den Schilden vor dem grellen Schein zu schützen. Immer wieder raste es an den vorderen Reihen der Nordlandarmee entlang, verschlang alles und jeden. Nur wenige Momente dauerte es, dann stieß die Flammensäule unzählige Meter in den Himmel, schlängelte sich in gewaltigen Schleifen durch die Luft und zog riesige Rauchwolken hinter sich her.

Schreie und Rufe erschollen aus der feindlichen Armee, als das Feuer sie zerriss. In den Reihen der zuschauenden Elfenarmee herrschte jedoch nur verwundertes Schweigen.

Bremen spürte, wie seine Magie nachließ und das Feuer schwächer wurde, aber in Allanon war immer noch genügend Kraft. Allanon schien an Stärke sogar noch zu gewinnen, die dünnen

Arme nach vorn gestreckt, die Hände erhoben. Bremen fühlte, wie der schlanke Körper des Jungen vor Kraft und Entschlossenheit bebte. Immer noch schoß Feuer von seinen Fingerspitzen, sprang hinter die Kriegsmaschinen mitten in die erstaunte Nordlandarmee und grub sich einen tödlichen Pfad der Verwüstung. *Genug!* dachte Bremen, als er eine gefährliche Wendung im Gleichgewicht wahrnahm. Aber er konnte die Verbindung zwischen sich und dem Jungen nicht lösen, er konnte den Strom seiner Magie nicht unterbrechen. Der Junge war jetzt stärker als er, und es war der alte Mann, dessen Kraft angezapft wurde.

Angesichts dieser neuen Attacke wichen die Nordländer zurück, aber es war kein geordneter Rückzug, sondern eine wilde Flucht – ihr Mut war gebrochen. Selbst die Felsentrolle schlossen sich an; schnell tauschten sie die Feuersbrunst, die ihre Kameraden verschlang, gegen den Schutz der Abhänge. Auch für sie war die Schlacht dieses Tages vorüber.

Dann endlich ließ Allanons Kraft nach, und das Druidenfeuer, das zuvor aus seinen Händen gesprudelt war, erstarb. Er keuchte hörbar und sackte gegen Bremen, der selbst kaum noch stehen konnte. Aber der alte Mann fing sich und hielt den Jungen fest an sich gedrückt. Er wartete, bis sich der Puls ihrer Körper wieder beruhigt hatte und der Herzschlag langsamer geworden war. Schlaff wie Vogelscheuchen lehnten sie aneinander, flüsterten sich gegenseitig beruhigende Worte zu und starrten auf das Inferno, das die Kriegsmaschinen des Nordlands verschlungen hatte und die Rücken des fliehenden Feindes in blutiges Rot tauchte.

Nach der Zerstörung der Kriegsmaschinen des Nordlandes, als sich die Dunkelheit über die Vier Länder senkte und die Feuer in der Mitte des Rhenntals niederzubrennen begannen, ging Jerle Shannara zu Bremen. Der alte Mann saß mit Allanon auf dem Felsvorsprung und aß. Es war jetzt ruhig, die Nordlandarmee hatte sich hinaus auf die Ebene zurückgezogen, und die Elfen behaupteten immer noch die Linien am Westende des Tals. In den Reihen der Verteidiger wurden Mahlzeiten eingenommen, aber man aß in Schichten, um gegen einen Überraschungsangriff gewappnet zu sein. Feuerstellen brannten im hinteren Teil des Lagers, die Abendluft trug den Geruch von Essen mit sich.

Der alte Mann stand auf, als der König kam. Er sah in Jerles Augen einen Blick, den er nicht deuten konnte. Der König grüßte beide, dann bat er Bremen, mit ihm ein kleines Stück zu gehen. Der Junge wandte sich ohne Kommentar wieder seinem Essen zu. Der Druide und der König verschwanden zusammen im Schatten.

Als sie weit genug entfernt waren, dass niemand sie hören konnte, drehte sich der König zu dem alten Mann um. »Ich möchte, dass du etwas für mich tust«, sagte er ruhig. »Ich möchte, dass du deine Magie benutzt, um die Elfen zu kennzeichnen. Sie müssen sich bei einem Kampf im Dunkeln erkennen können, damit sie sich nicht aus Versehen gegenseitig töten. Kannst du das tun?«

Bremen dachte einen Augenblick über die Bitte nach, dann nickte er langsam. »Was willst du tun?«

Der König war müde und abgespannt, aber in seinen Augen lag eine kalte Entschlossenheit, und seine Gesichtszüge wirkten schroff. »Ich plane einen Angriff – jetzt, heute Nacht, bevor sie sich wieder neu formieren können.«

Der alte Mann starrte ihn sprachlos an.

Ein bitterer Zug trat um die Lippen des Königs. »Heute morgen brachten meine Fährtenleser die Nachricht von feindlichen Truppenbewegungen an den Flanken. Sie haben weitere Armeen – kleinere als die, der wir gegenüberstehen, aber immer noch von beachtlicher Größe – nach Norden und Süden geschickt, um uns in einem Bogen zu umgehen und von hinten anzugreifen. Nach dem zu urteilen, wo sie jetzt sind, müssen sie vor mindestens einer Woche losmarschiert sein. Sie kommen nur langsam voran, aber sie werden uns früher oder später einschließen. In wenigen Tagen sind wir von Arborlon abgeschnitten. Wenn das geschieht, sind wir verloren.«

Er starrte in die Dunkelheit, als suchte er dort nach dem, was er als Nächstes sagen könnte. »Sie sind zu viele, Bremen! Wir haben das von Anfang an gewusst. Unser einziger Vorteil war unsere Verteidigungsposition. Wenn sie uns einschließen, wird uns nichts mehr bleiben.« Sein Blick richtete sich wieder auf den alten Mann. »Daher habe ich Prekkian und die Schwarze Wache losgeschickt, um Vree Erreden und den Rat zu warnen und die Verteidigung der Stadt vorzubereiten. Aber unsere einzige wirkliche Hoffnung besteht darin, dass ich das tue, was du mir gesagt hast – ich muss mich dem Dämonenlord entgegenstellen und ihn vernichten. Um das tun zu können, muss ich jedoch die Nordlandarmee zerschlagen. Ich werde niemals wieder eine bessere Gelegenheit haben als jetzt. Die Nordländer sind verwirrt und abgekämpft. Die Zerstörung ihrer Kriegsmaschinen hat sie nervös gemacht. Die Druidenmagie ängstigt sie. Dies ist der richtige Zeitpunkt für den entscheidenden Schlag.«

Bremen nahm sich etwas Zeit zum Nachdenken, bevor er antwortete. Dann nickte er. »Möglicherweise hast du recht.«

»Wenn wir jetzt angreifen, werden sie unvorbereitet sein. Wenn wir hart genug zuschlagen, können wir vielleicht bis zum Dämonenlord durchbrechen. Die Verwirrung eines nächtlichen Angriffs wird uns helfen, aber nur, wenn wir uns von den Feinden unterscheiden können.«

Der Druide seufzte. »Wenn ich die Elfen markiere, damit sie sich gegenseitig erkennen können, wird auch der Feind sie erkennen.«

»Das ist nicht zu ändern.« Die Stimme des Königs war fest. »Es wird ein wenig dauern, bis die Nordländer begreifen, was die Markierungen bedeuten. Zu dem Zeitpunkt werden wir den Kampf ohnehin bereits gewonnen oder verloren haben.«

Bremen nickte wortlos. Es war eine kühne Taktik, eine, die die Elfen zum Untergang verdammen konnte. Aber die Notwendigkeit war sofort ersichtlich, und der Druide wusste, dass er in Jerle einen Mann vor sich hatte, der in der Lage war, einen solchen Angriff durchzuführen. Denn die Elfen würden Jerle Shannara überallhin folgen, und Vertrauen in ihren Anführer war das, was sie am ehesten aufrechterhielt.

»Aber ich habe Angst«, flüsterte der König plötzlich, während er sich hinunterbeugte. »Ich weiß nicht, ob ich es schaffen werde, die Kraft des Schwertes herbeizurufen, wenn es nötig ist.« Er hielt inne. Seine Augen blickten starr geradeaus. »Was ist, wenn das Schwert mir nicht antwortet? Was werde ich dann tun?«

Der Druide streckte die Hand aus und umfasste die des Königs mit festem Griff. »Die Magie wird dich nicht im Stich lassen, Jerle Shannara«, sagte er sanft. »Du hast ein zu starkes Herz, du hast dich zu sehr deiner Aufgabe hingegeben, bist zu sehr der König, den dein Volk braucht. Die Magie wird erscheinen, wenn du sie rufst, denn das ist deine Bestimmung.« Er lächelte traurig. »Du musst daran glauben.«

Der König holte tief Luft. »Komm mit mir«, sagte er.

Der alte Mann nickte. »Ich komme.«

Nördlich des Rhenns, wo die Wolken Schatten auf das offene Grasland warfen und die Ebene sich ausdehnte, schlüpfte Kinson Ravenlock geräuschlos von dem lärmenden Lager des Nordlands fort und kämpfte sich den Weg zurück, den er gekommen war. Er brauchte beinahe eine Stunde, immer im Schutz von Schluchten und ausgetrockneten Flussbetten, fern von den offenen Ebenen. Er wollte die anderen nicht zu lange auf sich warten lassen und ging schnell voran, und er war erleichtert, weil sie möglicherweise doch nicht zu spät gekommen waren.

Mehr als zehn Tage waren vergangen, seit Mareth und er mit dem Rest der Zwergenarmee aus dem Ostland aufgebrochen waren. Die Zwerge zählten noch immer beinahe viertausend, und sie waren schnell vorangekommen. Sie hatten allerdings eine ungewöhnliche Strecke gewählt. Ihr Weg hatte sie nördlich über die Ebene des Rabb geführt, durch den Jannissonpass hindurch, über die Ebene von Streleheim, die sie im Schatten des alten Waldes überquert hatten, der das unglückselige Paranor umgab. Raybur und die Zwergenältesten hatten lange über die Route diskutiert, wenn auch nicht länger als über die Frage, ob sie überhaupt kommen sollten. Was das letztere anging, so war Kinson überzeugend gewesen, als er Bremens Argumente vorgebracht hatte, und Risca stand fest auf seiner Seite. Als Raybur erst einmal überredet war, war die Angelegenheit besiegelt. Die Wahl ihres Weges war weniger nervenaufreibend, aber ebenfalls anstrengend gewesen. Risca war überzeugt, dass ihre Chance, ungesehen zu bleiben, größer sei, wenn sie vom Norden durch feindliches Gebiet kämen – die Armee des Nordlands war schließlich ins Westland marschiert, um die Elfen im Rhenntal zu belagern, und so würden ihre Kundschafter, wenn überhaupt, dann nur aus dem Süden weitere Feinde erwarten. Schließlich hatte er sich durchsetzen können.

Die Zwergenarmee hatte einen halben Tag nördlich vom Rand der Drachenzähne Position bezogen. Risca, Kinson, Mareth und zweihundert andere waren vorgegangen, um die Situation abzuklären. Als die Sonne unterging, war Kinson allein weitermarschiert, da er sich ein genaueres Bild verschaffen wollte.

Jetzt, drei Stunden nach seinem Fortgang, tauchte der Grenzländer wieder aus den Schatten auf.

»Heute früh hat es einen Angriff gegeben«, erklärte er atemlos. Er war große Teile des Rückwegs gerannt, erpicht darauf, seine Neuigkeiten mitzuteilen. »Er ist misslungen. Die Kriegsmaschinen der Nordländer liegen alle verbrannt im Tal von Rhenn. Aber sie bauen neue. Das Lager des Feindes befindet sich am östlichen Eingang. Es ist eine gewaltige Streitkraft, aber sie macht einen unorganisierten Eindruck. Alle laufen wild durcheinander, und nirgendwo sind Anzeichen der dunklen Kreaturen. Selbst die Schädelträger fliegen in dieser Nacht nicht.«

»Bist du zu den Elfen durchgekommen?«, fragte Risca schnell. »Hast du Bremen oder Tay gesehen?«

Der Grenzländer nahm einen großen Schluck aus der Bierhaut, die Mareth ihm reichte, und wischte sich über den Mund. »Nein. Das Tal ist blockiert. Ich hätte mich irgendwie durchschlagen können, aber ich entschied mich, es nicht zu riskieren. Ich beschloss, statt dessen zu euch zurückzukehren.«

Die beiden Männer sahen sich an, dann blickten sie auf die Ebene. »Es liegen viele Männer tot auf dem Schlachtfeld«, sagte der Grenzländer leise. »Zu viele, wenn auch nur ein Zehntel von ihnen Elfen sind.«

Risca nickte. »Ich werde Raybur benachrichtigen lassen, dass er die Armee bei Sonnenaufgang weiterführt. Er kann selbst wählen, von wo er angreifen will.« Sein aufrichtiges Gesicht verzog sich jetzt leicht spöttisch, und seine Augen glänzten. »In der Zwischenzeit bleibt uns nichts anderes, als auf ihn zu warten.«

Der Grenzländer und das Mädchen schauten sich an und schüttelten langsam die Köpfe.

»Ich werde nicht warten«, erklärte Kinson Ravenlock.

»Ich auch nicht«, sagte Mareth.

Der Zwerg nahm seine Streitaxt in die Hand. »Das habe ich auch nicht wirklich erwartet. Sieht so aus, als würde Raybur uns einholen müssen, nicht wahr? Also gehen wir.«

Kapitel 32

Es war drei Stunden nach Sonnenuntergang und nahe Mitternacht, als Jerle Shannara die Elfen in den letzten Kampf führte. Er nahm nur die vollkommen Gesunden mit und ließ die Verwundeten sowie einige Auserwählte als Schutz und Rückendeckung zurück. Alle zusammen – Elfenjäger, Elfengarde, Bogenschützen und weitere Fußsoldaten – zählten sie über zweitausend Mann. Die Reiterei bestand noch einmal zusätzlich aus vierhundert. Er versammelte sie unten im Tal ganz in der Nähe der zerstörten feindlichen Kriegsmaschinen, die immer noch vor sich hin schwelten. Er ging von einer Einheit zur nächsten und erklärte, was er vorhatte.

Bremen ging neben ihm; er trug einen kleinen Topf glühenden Lichts bei sich. Das Licht war von bläulicher Farbe und strahlte ein phosphoreszierendes Glimmen aus, das in der Dunkelheit hell leuchtete. Es schien weder eine Paste noch Flüssigkeit zu sein, sondern einfach glühende Luft. Zum größten Teil bestand sie aus Druidenmagie, aber auch andere Substanzen waren enthalten, obwohl niemand sie erkennen und benennen konnte. Bremen ging auf einen Mann nach dem anderen zu und markierte sie mit dem Licht, indem er einen Stock in das glühende Etwas tauchte, ein kleines bisschen von der mysteriösen Substanz aufnahm und damit die Kleidung des Soldaten bestrich.

Als sie sich im Dunkeln auf den Weg in das Herz des Rhenntals machten, trug jeder Mann Stoffstreifen über den hellen Markierungen, um ihr Kommen vor dem Feind zu verbergen. Ausgewählte Mitglieder der Elfengarde gingen voran, sie schwärmten vor der Angriffstruppe aus, erklommen die Abhänge an den Seiten des Tals und schlichen dann weiter, um die Höhen zu sichern. Als genügend Zeit verstrichen war, marschierte Jerle Shannara mit der Hauptmacht los. Er hielt sich in der Mitte, mit Preia Starle und Bremen an seiner Seite, während er Cormorant Etrurian auf die linke und Rustin Apt auf die rechte Flanke gestellt hatte. Über die gesamte Breite ihres Angriffs, genau hinter der Frontlinie von Elfenjägern, gingen die Bogenschützen unter Arn Banda. Dahinter folgten weitere Elfenjäger, und am Ende, als Reserve für den äußersten Notfall, kamen die Elfenreiter unter Kier Joplin.

Die Strategie des Königs war einfach. Die Elfen sollten sich so nahe wie möglich an die Linien der Nordländer schleichen, ohne gesehen zu werden, und dann aus dem Dunkeln zuschlagen. Sie mussten den Vorteil der Überraschung und Verwirrung nutzen und den Ring der Wachen überrennen – in der Hoffnung, die Wucht ihres

Angriffs würde sie bis ins Herz des gegnerischen Lagers tragen, wo der Dämonenlord lauerte. Dort würde Jerle Shannara dann den rebellischen Druiden stellen und vernichten. So war der Plan. Es gab so viele Dinge, die schief gehen konnten, dass es sich gar nicht lohnte, jede einzelne Möglichkeit zu berücksichtigen. Zeitliche Abstimmung und der Überraschungseffekt waren alles, was ihnen blieb, wenn man von Entschlossenheit und Mut einmal absah.

Sämtliche Zweifel und Ängste der Elfen lösten sich jedoch beim ersten Schritt bereits auf, in der Erkenntnis, dass der Angriff begonnen hatte und es kein Zurück mehr gab, in einer überwältigenden Flut von Erwartung, die alles andere verdrängte. Sie marschierten schnell durchs Tal, so geräuschlos, wie es nur Elfen vermochten. Es gab kein Licht, das ihnen den Weg wies, denn der Himmel hatte sich wieder bewölkt, und die Luft war dick von dem hängenden Rauch der nachmittäglichen Feuersbrunst. Die Feuer im feindlichen Lager vor ihnen wirkten wie eine Serie einsamer Baken, kleine Punkte, die in der Düsternis gelb aufflackerten.

Jerle Shannara dachte nicht an einen möglichen Fehlschlag, als er seine Krieger anführte. Das Schwert von Shannara hing über seinem Rücken. Er dachte an nichts anderes als an die vor ihm liegende Aufgabe und schob alles, was ihn ablenken konnte, von sich. Preia und Bremen waren an seiner Seite, und in ihrer Gegenwart fühlte sich der König der Elfen seltsam unbesiegbar. Es war nicht so, dass er sich unsterblich gefühlt hätte; das hätte er niemals angestrebt. Aber in diesen verzweifelten Augenblicken schien es ihm, als wäre eine Niederlage undenkbar. Stärke umgab ihn, aber auch Abhängigkeit. Eine merkwürdige Mischung, aber für einen König nichts Ungewöhnliches. Die Elfen würden ihr Leben für ihn geben, aber er musste bereit sein, auch seines zu opfern. Nur in diesem Gefüge, in diesem Gleichgewicht konnte Hoffnung darauf bestehen, zu überleben, nicht aufzugeben, den Sieg zu erreichen, den sie so sehr anstrebten.

Die Augen des Königs wanderten zu den Schatten auf den

Höhen, sie suchten nach den Wachen, die möglicherweise Alarm schlagen könnten. Niemand erschien. Die Elfengarde hatte die Wächter beseitigt, ohne entdeckt zu werden. Hinter sich, tief in der Wiege des Tals, konnte Jerle das ferne Klimpern der Zugriemen und das Quietschen von Leder hören, als die Reiterei folgte. Die Flammen der Wachfeuer vor ihnen waren jetzt gut zu erkennen, und auch das Lager der Nordlandarmee dahinter. Die Größe des Lagers schien plötzlich ungeheuerlich, ein ausuferndes Gewirr von Zelten und Vorräten und Männern, ein Durcheinander zahlreicher Leben, wie in einer kleinen Stadt. Es waren immer noch so viele, dachte der König. Der Angriff der Elfen würde schnell und gezielt vonstatten gehen müssen.

Die Westländer waren etwa fünfzig Meter vom Lager entfernt, als er sie anhalten ließ, damit sie sich vor dem enthüllenden Licht der Wachfeuer verkriechen konnten. Wachen standen da und starrten in die Nacht hinaus, einige blickten träge über ihre Schultern auf das, was im Lager vor sich ging. Sie erwarteten ganz sicher keinen Angriff. Jerle Shannara spürte eine heiße Woge von Zufriedenheit in seiner Brust. Er hatte richtig geraten, schien es. Plötzlich dachte er an all das, was er durchgemacht hatte, um bis zu diesem Punkt zu gelangen, und er wünschte sich, dass Tay Trefenwyd bei ihm wäre. Zusammen hätten sie alles erreichen können. Ohne Tay würde es niemals mehr dasselbe sein, dachte er. Niemals mehr.

Er gab den Elfen ein Zeichen, sich bereitzuhalten. Dann ließ Banda seine Bogenschützen in Stellung gehen und die Pfeile auflegen. Jerle Shannara hob sein Schwert, und die Pfeile stiegen in einem tödlichen Hagel in die Luft. Zu dem Zeitpunkt, da sie ihre ahnungslosen Ziele fanden, stürmten die Elfen bereits zum Angriff.

Sie näherten sich mit tödlicher Geschwindigkeit. In Sekundenschnelle hatten sie den freien Platz überquert und die Grenze des Lagers durchbrochen. Die Wachen waren alle tot, getroffen von Pfeilen oder Speeren. Die Nordländer, die sich um die Feuerstellen gekauert hatten, sprangen auf, als die Elfen auf sie einstürmten, sie griffen nach ihren Waffen, stießen Warnschreie aus. Aber die Elfen waren so schnell über ihnen, dass die meisten tot waren, bevor sie sich verteidigen konnten. Jerle Shannara führte die Gruppe an, er bahnte sich seinen Weg durch die äußeren Linien, wie er wollte, die Elfengarde immer an seiner Seite. Auch Preia war dicht bei ihm. Bremen fiel zurück, er war zu alt und zu langsam, um Schritt halten zu können, rief dem König jedoch zu, nicht auf ihn zu warten und weiter voranzustürmen. Auf den Höhen waren jene Gegner, die nicht bereits hatten beseitigt werden können, in Einzelkämpfe mit der Elfengarde verwickelt – die sich zwischen sie geschlichen hatte, während sie schliefen. In der rauchigen Dunkelheit konnten nur die Elfen einander erkennen, da die Markierungen des Druiden auf ihren Schultern glühten. Das ganze feindliche Lager war in wildem Aufruhr.

Dann fand sich der König plötzlich mitten in einer Kompanie gerade erst erwachter Felsentrolle wieder. Die gewaltigen Kreaturen taumelten von ihren Lagern hoch, als sie den Alarm hörten. Die Rüstungen lagen verstreut umher, aber die Waffen hielten sie bereits in den Händen. Jerle Shannara brach zum Innern des Lagers durch, er bemühte sich, jedem Hindernis auszuweichen, aber einigen Trollen gelang es, sich vor ihm aufzubauen, und so musste er stehen bleiben und mit ihnen kämpfen. Er wandte sich dem nächststehenden zu, schwang das Schwert von Shannara in einem weiten Bogen, und der Troll ging zu Boden. Andere versuchten jetzt, den König zu erreichen, sie hatten ihn erkannt und riefen mit gutturalen Stimmen nach ihren Kameraden. Aber die Elfengarde stellte sich den Angreifern in den Weg, sie schwärmte von allen Seiten über die Trolle hinweg, um sie niederzuschlagen und zu töten.

Aus der Dunkelheit hinter sich vernahm der König das Hornsignal von Kier Joplin, das den Angriff ankündigte, und dann donnerte die Elfenreiterei ins Schlachtengetümmel. Eine Explosion erschütterte das Lager, und eine Feuersäule schoss in den Himmel. In ihrem flackernden Schein fing der König einen Blick von Bremen auf, der inmitten fliehender Gnome und gewöhnlicher Trolle stand, eine kleine, zerlumpte Gestalt mit mageren, weit von sich gestreckten Armen, Allanon an seiner Seite.

Weiter vorne kamen die dunklen, mit Totenköpfen geschmückten Zelte des Dämonenlords und seiner Befehlshaber in Sicht. Jerle Shannara verdoppelte seine Anstrengung, die Reihe der feindlichen Soldaten vor ihm zu durchbrechen. Dann tauchte etwas Gewaltiges aus der Nacht neben ihm auf, und er war gezwungen, sich ihm zuzuwenden und es anzusehen. Es sah aus wie ein Wolf, aber der Kopf mit einem Kiefer voll zackiger Zähne war nur noch schwach menschlich. Das Ungeheuer schnappte nach den Elfen, die versuchten, es zu fassen, und schleuderte sie zur Seite. Es griff nach Preia Starle, aber sie sprang zur Seite und bohrte ihr Schwert in den Nacken des Monsters. Mit schnappendem Kiefer stürmte die Bestie auf Jerle Shannara zu, verwundet, aber nicht langsamer geworden. Der König wurde umgerannt und fiel zu Boden, unfähig, der Wucht des Aufpralls auszuweichen. Vergeblich kämpfte er darum, wieder auf die Beine zu kommen, während die Elfenjäger verzweifelt auf das Monster einhieben. Dann, als sich die Kreatur auf die Hinterbeine stellte, um Jerle in Stücke zu reißen, rammte er ihr das Schwert von Shannara tief in die Brust bis ins Herz, und die Bestie sackte leblos zu Boden.

Der König rappelte sich wieder auf. »Die Zelte!«, schrie er den Elfen in Hörweite zu, und mit Preia an seiner Seite stürmte er nach vorn.

Hinter der Mündung des Rhenntals, nördlich des Lagers, arbeiteten Kinson, Mareth, Risca und die Zwerge sich zu den östlichen Anhöhen durch, wo sie hofften, eine Lücke in den Linien der Nordländer zu finden. Als der Angriff der Elfen begann, erstarrten sie, voller Unsicherheit darüber, was geschehen war. Rufe und Schreie drangen aus dem Lager der Nordländer empor, und blitzartig verwandelte sich alles in ein Chaos. Sofort bildeten die kampferprobten Zwerge einen Keil, der auf das bereits mitgenommene Lager zeigte. Sie sahen, wie die am Rand des Lagers liegenden Nordländer aus dem Schlaf gerissen wurden, nach ihren Waffen griffen und sich verwirrt umsahen.

»Was ist geschehen?«, zischte Mareth in Kinson Ravenlocks Ohr.

Dann hörten sie den Schlachtruf der Elfen, hörten, wie er sich über den Lärm erhob, sich von einer Stimme auf die andere übertrug.

»Die Elfen greifen an!«, rief Risca verwundert aus.

Pfeile flogen von den Höhen ins Lager, durchbohrten die Wachen. Am äußersten Rand des Lagers schlugen Waffen klirrend aufeinander. Die Zwerge standen wie angewurzelt da, als der Kampf begann, sie lauschten den Geräuschen, die stärker wurden und näher kamen. Die Elfen hatten die Verteidigung der Nordländer durchbrochen und stürzten mitten in das Herz des feindlichen Lagers.

»Was sollen wir tun?«, fragte Kinson. Er starrte durch die Dunkelheit auf das Gewimmel feindlicher Soldaten, wie sie auftauchten und in dem rauchigen Dunst der Wachfeuer wieder verschwanden.

Direkt vor ihm erhob sich ein Schädelträger in die Luft, er stieg auf wie ein Gespenst, mit ausgebreiteten Flügeln und gekrümmten Krallen. Er wendete sich von den Zwergen ab und glitt in östliche Richtung auf die Ebene zu. Einen Augenblick später folgte ihm ein weiterer.

»Sie fliehen!«, brachte Mareth ungläubig heraus.

Dann explodierte im Lager etwas, und eine Flammensäule schoss in den Himmel, erhob sich wie ein Speer in die Dunkelheit, von unsichtbaren Händen den Wolken entgegengeschleudert. Einen Augenblick hing sie noch in der Luft, dann löste sie sich in Rauch auf.

Risca ergriff seine große Streitaxt und schaute die anderen kurz an. »Ich habe genug gesehen. Die Elfen brauchen uns. Lassen wir sie nicht warten!«

Sie gingen weiter, Risca als erster, Kinson und Mareth an seiner

Seite. Die Zwerge formierten sich in Angriffsposition. Risca führte sie nach Osten zu den Anhöhen, immer auf der Hut vor den Bogenschützen und bestrebt, von ihnen nicht für Nordländer gehalten zu werden. Sie wanden sich durch den hinteren Teil des Lagers hindurch, wo die Reiter der Gnome bereits dabei waren, aufzusitzen und fortzureiten. Als sie gerade unterhalb der Vorpostenkette waren, stieß Risca den Schlachtruf der Zwerge aus und führte seine Leute in den Kampf.

Beinahe sofort wurden sie angegriffen. Ob es nur Zufall war oder eine Folge der schnellen Reaktion der Verteidiger, rasch waren die Zwerge umringt von einer ganzen Kompanie Felsentrolle in vollständiger Rüstung. Zwei Dutzend Zwerge starben in der ersten Minute des Kampfes, unfähig, sich gegen die soviel kräftigeren Trolle zu behaupten. Risca sammelte die am nächsten Stehenden um sich, rief das Druidenfeuer herbei und brannte sich einen Weg durch die Nordländer, die jetzt gezwungen waren zurückzuweichen. Riesige Wölfe, die Brona von den Schwarzen Eichen herbeigerufen hatte, setzten in einer keilförmigen Formation zum Angriff an. Wieder mussten die Zwerge zurückweichen, und dieses Mal wurde ihre Gruppe in der Mitte gespalten.

In dem Durcheinander wurden Kinson und Mareth von Risca getrennt. Der Druide ging nach links zum hinteren Teil des Lagers, während der Grenzländer und das Mädchen sich nach rechts wandten und dem Trupp von Zwergen folgten, die sich jenen Elfen anschließen wollten, die bereits in der Mitte des Lagers kämpften. Der stürmische Kampf nahm Risca zunächt so in Anspruch, dass er die beiden nicht sofort Vermisste – seine Gedanken waren auf etwas ganz anderes gerichtet. Die Intensität, mit der die Nordländer sich verteidigten, hier im hinteren Teil des Lagers, wo doch der Hauptangriff der Elfen von vorne erfolgt war, bestätigte ihm, dass der Dämonenlord ganz in der Nähe sein musste. Er hatte bereits zwei Schädelträger davonfliegen sehen und vermutete, dass der Angriff mehr Zerstörung angerichtet hatte, als die Elfen hoffen konnten, und dass Brona sich auf die Flucht vorbereitete. Während die Felsentrolle und die Kreaturen der Unterwelt ihn verteidigten, würde er sich mit den Schädelträgern aus dem Lager schleichen und wieder in den Norden zurückziehen. Die Nordländer rasten bereits in die Nacht davon, sie flohen aus dem Lager wie Schlangen, die aus ihrem Nest vertrieben wurden. Die Gnome und gewöhnlichen Trolle zogen sich aus dem Kampf zurück und überließen es anderen, an ihrer Stelle zu kämpfen. Die Reiterei zerstreute sich in alle Richtungen, führerlos und voller Panik. Der hintere Teil der Nordlandarmee war zerschlagen, und es erforderte nicht viel Einsicht zu erkennen, dass die Anführer – für die Zeit keine Bedeutung hatte – wieder hinter dem Messergebirge Schutz suchen würden, um sich dort neu zu formieren und eine neue Invasion vorzubereiten.

Aber Risca hatte zu viel durchgemacht, um dies so einfach zulassen zu wollen. Der Druide war fest entschlossen, sie aufzuhalten, und zwar jetzt und hier.

Mit einem Dutzend seiner Zwerge um sich, kämpfte er sich zu den ungefähr zwanzig Gnomenreitern durch. Ein Schädelträger raste und tobte zwischen ihnen, ein wildes Gespenst mit glühenden Augen und wogendem Umhang, bemüht darum, die verängstigten Gnomen in Reihen aufzustellen, um die Flanken zu schützen. Hinter ihm, wo die Nacht am schwärzesten und das Lager unbeleuchtet war, bewegte sich etwas unter den schwarzen Seidenzelten. Pferde wieherten, als sie mit Peitschenhieben zu einer bestimmten Stelle getrieben wurden, und riesige, dunkle Wagen rollten durch den Rauch hindurch auf die Ebene hinaus.

Mit der Streitaxt in der Hand und dem Druidenfeuer in der Brust machte Risca sich daran, sie aufzuhalten.

Jerle Shannara kämpfte sich seinen Weg mit einer schon beinahe erschreckenden Zähigkeit frei. Er war immer noch an der vorderen Front des Elfenangriffs, tief im Lager der Nordländer, und er führte die anderen, als er sich dem dunklen, wehenden Stoff des Zeltes des

Dämonenlords näherte. Es gab dort einen Ort absoluter Finsternis, einen Platz, zu dem kein Licht drang. Die Wachfeuer, die sie an den Grenzen des Lagers hinter sich gelassen hatten, ließen seltsame Schatten entstehen, aber es gab wenig zu sehen und noch weniger, dem man trauen konnte. Die Feinde, die versuchten, den Elfenkönig aufzuhalten, wurden zu einer gesichtslosen Masse, einige waren Trolle oder Gnome, andere vollkommen andere Wesen. Er ging auf sie los, ungeachtet dessen, was sie waren, und ohne sich um etwas anderes als sein Vorankommen zu kümmern. Preia kämpfte an seiner Seite so stürmisch und wild wie er. Dahinter bemühte sich die Elfengarde vergeblich, Schritt zu halten.

Dann ging Preia zu Boden. Ein Schatten, der auf allen Vieren aus der Schwärze aufgesprungen war, hatte sie aus dem Gleichgewicht gebracht. Mit weit aufgerissenem Maul und glühenden Augen warf sich ein riesiger, borstiger Körper auf die Königin. Jerle wirbelte herum, um ihr zu helfen, aber in einem Moment der Unachtsamkeit wurde er auch zur gleichen Zeit von einem dieser Wesen zu Boden gezwungen. Andere erschienen, Wölfe, die aus der Dunkelheit hinzudrängten und eine Bresche in die Gruppe jener Elfen rissen, die versuchten, den verbotenen Boden zu betreten. Die Bestien tauchten in solcher Anzahl auf, dass es einen Augenblick schien, als wären sie unbesiegbar. Preia war in einem Wirbel von Gegnern verschwunden. Jerle Shannara kämpfte auf dem Rücken liegend, er schwang das Schwert gegen jeden, der ihm nahe kam, und versuchte, wieder aufzustehen.

»Shannara! Shannara!« Elfengarde und Elfenjäger eilten hinzu, um ihm zu helfen.

Druidenfeuer leuchtete auf und verbrannte die angreifenden Wölfe mitten im Sprung. Bremen beteiligte sich am Kampf, sein Umhang in Fetzen, seine Augen glühend wie die der Kreaturen, die er vernichten wollte. Die Wölfe zogen sich angsterfüllt zurück, die Zähne immer noch gefletscht. Noch einer verschwand in der blauen Flamme, und der Rest stob auseinander, heulend vor Wut und Schrecken. Der König kam wieder auf die Beine, drehte sich nach Preia um. Aber sie stand bereits neben ihm, mit schweißüberströmtem und schmerzverzerrtem Gesicht. Blut lief an einem Arm herunter, wo das feste Ledermaterial zerbissen und das weiche Fleisch bis zu den Knochen aufgerissen war. Sie band die Wunde ab, aber ihr Gesicht war blass.

»Lauf weiter«, rief sie ihm zu. »Warte nicht! Ich komme schon!«

Er zögerte nur einen Augenblick, dann rannte er los, eine Handvoll Männer der Elfengarde hinter sich. Die Wölfe waren die letzte Abwehrreihe gewesen, hinter der sich der Dämonenlord verkriechen konnte, und der Weg lag jetzt frei vor ihm. Der Boden war wie ein schwarzes Loch, aber Jerle Shannara verlangsamte seinen Schritt keinen Augenblick. Nur eine Sache zählte – dass er den feindlichen Anführer fand und stellte. Er überquerte das unbeleuchtete Gelände in rasendem Tempo, nicht mehr länger besorgt, was ihn erwarten könnte. Er war so entschlossen, diesen Kampf zu einem Ende zu bringen, dass er sich allem gestellt hätte.

Irgendwo hinter sich hörte er Bremen einen Warnruf ausstoßen; aber es war vergeblich. Der alte Mann war von dem Kampf dermaßen erschöpft, dass er nicht folgen konnte.

Jerle Shannara erreichte das Zelt des Dämonenlords wie im Fluge, Riss sein Schwert nach unten, schnitt durch den dunklen Stoff und ließ Totenköpfe und Knochenschmuck an den Pfosten klappernd in die Nacht fliegen. Der Zeltstoff klaffte unter seiner Klinge, und ein kalter, trockener Wind wehte aus der Öffnung.

Drinnen war es so schwarz, dass Jerle nichts erkennen konnte. Bemüht, sich zu verteidigen, schwang er das Schwert in einem wilden Bogen über sich, zerfetzte alles in Reichweite. Aber seine Klinge zischte nutzlos durch die Luft. Jerle warf sich zur anderen Seite des Zeltes, zerschlitzte dort den Stoff und ließ die Nacht herein. Qualm und Geräusche drangen ins Innere, und die Kälte wich erneut der Wärme des Sommers.

Der Elfenkönig wirbelte hastig herum und sprang abwehrbereit in die Hocke.

Doch das Zelt war leer.

Im gleichen Augenblick griffen Risca und seine Zwerge die restlichen Gnomenreiter an. Der Schädelträger, der die letzten in Schach hielt, wich vor Riscas Druidenfeuer zurück, und die erschreckten Gnome schossen davon. Einen Augenblick lang stand niemand den Zwergen gegenüber. Dann erklang das schwere Rumpeln von eisenbeschlagenen Rädern, und eine Karawane von dunkelgekleideten Reitern und stoffverhängten Wagen tauchte aus dem Lager auf. Risca warf sich der Karawane in den Weg und schickte sein Druidenfeuer auf das Leitpferd, das scheute und zurückzuckte und die Wagen zu einem plötzlichen, unruhigen Halt brachte.

Beinahe sofort schwärmte eine Horde Ungeheuer hinter den schlingernden Transportwagen und den wiehernden Pferden hervor – Wesen aus der Unterwelt. Der Angriff war heftig und zwang Risca und die Zwerge trotz ihrer Bemühungen zurück. Sie kämpften mit grimmiger Entschlossenheit, dicht um ihren Anführer geschart. Risca sandte den Angreifern eine Welle seines Druidenfeuers nach der anderen entgegen.

Inzwischen hatten die vermummten Fahrer die Pferde wieder angetrieben und fuhren in einer anderen Richtung weiter; brüllend vor Wut peitschten sie auf die Tiere ein. Risca versuchte, sie zu erreichen, die Karawane noch einmal zum Halten zu bringen. Aber die Wesen aus der Unterwelt waren überall, und er konnte nicht genügend Druidenfeuer entfachen. Die Überzahl des Gegners machte sich jetzt bemerkbar. Immer mehr von Riscas Kameraden fielen.

Dann plötzlich wichen die Ungeheuer zur Seite, und Wellen von panischen Nordländern fluteten aus dem Schlachtgetümmel heraus, strömten an den Zwergen vorbei. Ein großer Teil der Nordlandarmee schien sich auf der Flucht zu befinden, als hätte jeder einzelne Soldat zur gleichen Zeit festgestellt, dass er jetzt genug ausgehalten hatte und ihm nur noch eins übrig blieb, nämlich zu fliehen. Gnome und Trolle rasten in die Nacht. Es war eine gewaltige, unaufhaltsame Welle, und Risca und seine Gefährten hatten Mühe, nicht einfach mitgeschwemmt zu werden.

Als der Andrang sich etwas legte, schaute Risca sich um. Er stand allein am Rand des sich auflösenden Lagers. Die Zwerge, die an seiner Seite gekämpft hatten, waren alle tot. Die Bestien aus der Unterwelt waren verschwunden, geflohen mit den Nordländern. Der Kampf im Lager ging unvermindert weiter, da die Elfen auf diejenigen Feinde einstürmten, die noch immer standhielten. Beide Seiten waren in einen letzten verzweifelten, wilden Kampf verwickelt.

Im Norden, wo die Ebene von Streleheim sich unter einem bleiernen Himmel erstreckte, begann die Karawane des Dämonenlords langsam zu verschwinden.

Roter Dunst verschleierte den Blick des Druiden, und ein Gefühl von Hoffnungslosigkeit durchströmte ihn. Er wirbelte herum auf der Suche nach einem Pferd, aber es war keins da. Die immer noch vorbeirasenden Nordländer machten einen großen Bogen um ihn, sie hatten das flackernde Druidenfeuer an den Fingerspitzen seiner rechten Hand und die glühende Streitaxt in seiner linken gesehen. Blut lief ihm übers Gesicht, und seine Augen glitzerten voll kalter Wut.

In der Ferne verschwand die Karawane in der Nacht.

Kapitel 33

Im Morgengrauen war die gesamte Nordlandarmee in die Flucht geschlagen, und die Elfen jagten hinter dem Dämonenlord her. Die Schlacht hatte noch den größten Teil der Nacht gedauert; noch

Dutzende von kleinen Handgemengen waren mit aller Härte ausgetragen worden. Ein Teil der Nordländer mochte bereits frühzeitig geflohen sein, aber viele waren geblieben. Die stärkeren und disziplinierteren Einheiten hatten bis zuletzt jeden Fußbreit Boden bitter und verzweifelt verteidigt.

Die Zahl der Toten auf beiden Seiten war beeindruckend. Die Elfen hatten nahezu die Hälfte all derer verloren, die in dieser Nacht mit Jerle Shannara in den Kampf gezogen waren. Rustin Apt lag tot am Eingang des Passes, seine Truppe war stark geschrumpft. Der einäugige Arn Banda war auf der Anhöhe getötet worden. Cormorant Etrurian hatte eine so schwere Wunde erlitten, dass er einen Arm verlieren würde. Allein Kier Joplin von den Elfenreitern und Trewithren von der Elfengarde hatten nur leichte Verletzungen davongetragen, und daneben gab es noch achthundert Männer, die kräftig genug und in der Lage waren, weiterzukämpfen.

Es war ein kühler, frischer Tag, der das Ende des Sommers und den Beginn des Herbstes ankündigte. Im Osten erhob sich die Sonne blass hinter den zerklüfteten Gipfeln der Drachenzähne, als Jerle Shannaras Kommando über das nebelverhangene Grasland ritt. Leichter Frost bedeckte den Boden, silbern und feucht schimmerte er im zunehmenden Licht, und der Atem der Männer und Pferde war in Form kleiner Wolken sichtbar. Habichte kreisten über ihnen, glitten im Wind auf und ab, stille Zuschauer einer Jagd, die weit unter ihnen stattfand.

Jerle Shannara hatte nicht einen Moment gezögert, die Verfolgung von Brona aufzunehmen. Er war längst jenseits der Angst, jenseits der Unentschlossenheit, jenseits von Müdigkeit und Hunger und weit davon entfernt, aufzugeben. Er war bei dem Kampf in der Nacht verletzt worden und blutete, aber er spürte keinen Schmerz. Er hatte das Schwert von Shannara auf den Rücken geschnallt und verschwendete keinen Gedanken mehr daran, ob die Magie auf seinen Ruf reagieren würde oder nicht. Die Zeit zum Nachdenken war vorüber, und jetzt blieb ihm nur noch, sich der

Verantwortung zu stellen, die man ihm übertragen hatte. Zweifel und Ängste mochten noch weit hinten in seinem Kopf lauern, aber das gleichmäßige Dahintreiben, Meile um Meile, vertrieb sie immer mehr aus seinem Bewusstsein. Er spürte die fließenden Bewegungen seines Pferdes unter sich, aber abgesehen davon nahm er nur das Rauschen seines Blutes, das Pochen seines Herzens und die Stärke seiner Entschlossenheit wahr.

Preia Starle ritt neben ihm, obwohl sie so übel zugerichtet war, dass sie ohne Hilfe nicht einmal in den Sattel gekommen war. Ihr Arm war verbunden und die Blutung hatte nachgelassen, aber ihr Gesicht war blass und verzerrt, sie atmete stoßweise. Dennoch hatte sie sich geweigert zurückzubleiben, als Jerle sie darum gebeten hatte. Sie war kräftig genug zum Reiten, hatte sie beharrlich gesagt, und sie würde es tun. Sie würde das Ende dieser Sache genauso erleben wie den Beginn – an seiner Seite.

Bremen und Allanon waren ebenfalls mit von der Partie, obwohl der alte Mann kaum kräftiger war als Preia. Er war so ausgelaugt von der intensiven Anwendung der Druidenmagie, dass er kaum noch Reserven hatte. Nicht, dass er sich beklagt hätte, aber jeder mit Augen im Kopf und klarem Verstand konnte es erkennen. Dennoch – er hatte versprochen, beim König zu sein, wenn es an der Zeit wäre, das Schwert zu benutzen, und er würde sein Versprechen halten.

Mareth, Kinson Ravenlock und Risca, um einiges ausgeruhter und kräftiger, begleiteten die anderen ebenfalls. Für sie stand die Schlacht noch bevor, und da sie sich über den erschöpften Zustand der anderen durchaus im klaren waren, hatten sie sich insgeheim geschworen, ihnen soviel Unterstützung und Schutz zu geben, wie sie konnten. Hinter ihnen ritten Kier Joplin mit seinen Leuten und Trewithren mit der Elfengarde sowie das letzte Häuflein Zwerge, die mit Risca in den Süden gezogen, aber gleich zu Beginn der Schlacht von ihm getrennt worden waren. Alle zusammen zählten sie weniger als neunhundert. Sie wagten nicht, zu lange darüber nachzudenken, ob sie genug wären, den Dämonenlord zu vernichten. Niemand wusste, wie viele mit dem rebellischen Druiden geflohen oder seither zu ihm gestoßen waren. Sicherlich waren noch Schädelträger und Bestien der Unterwelt unter ihnen, dazu Wölfe von den Schwarzen Eichen und Felsentrolle und andere Geschöpfe aus den Ländern im Norden und Osten. Auch wenn nur ein kleiner Teil von der Armee übrig geblieben war, die das Rhenntal belagert hatte, waren die Gegner in der Überzahl.

Immerhin wussten die Elfen, dass ihnen von Norden Raybur mit fünftausend Zwergen entgegenkam. Wenn sie es schaffen konnten, den Dämonenlord in diese Richtung zu treiben, hatten sie durchaus eine Chance.

Die Sonne stieg höher am Himmel empor, der in eine seltsame Mischung aus Grau und Silber getaucht war, und das Licht verjagte die nächtlichen Schatten und die Kühle. Aber der Nebel weigerte sich, sich aufzulösen, und blieb beharrlich nah über dem Boden hängen, er legte sich über breite Mulden und sanfte Hügel. Kleine Tümpel bildeten sich an tiefer gelegenen Stellen und ließen das Grasland zum Morast werden. Nichts rührte sich in der Ferne, der Horizont war leer und still. Die Habichte über ihnen waren verschwunden. Jerle Shannaras Armee ritt schweigend, in gleichmäßigem, festem Tempo, immer ein Auge wachsam auf das Land um sie herum gerichtet.

Es war Nachmittag, als sie den Dämonenlord endlich einholten. Seit Mittag hatte es schon so ausgesehen, denn sie hatten liegen gebliebene Wagen gefunden, deren Achsen während der Flucht gebrochen waren. Eine Stunde zuvor waren sie auf eine deutliche Fährte ihrer Beute gestoßen, eine solche Menge an Spuren von Rädern, Tieren und Männern, dass es sogar für die Fährtenleser schwierig war zu entscheiden, wie viele den Dämonenlord begleiteten. Preia war abgestiegen, um nachzusehen – gegen den Wunsch des Königs – und hatte in ihrer ruhigen, sicheren Art berichtet, dass es weniger als tausend sein mussten.

Als das Elfenkommando jetzt auf einer kleinen Erhöhung stehen blieb, einige hundert Meter südlich von der Stelle, wo der restliche Teil der Nordlandarmee zum Halt gezwungen war, konnten sie selbst sehen, dass ihre Königin recht gehabt hatte. Die Feinde hatten die dunklen Wagen in die Schatten einer Reihe von Bergausläufern gezogen, die sich im Osten terrassenförmig gegen die Drachenzähne erhoben. Davor standen die Geschöpfe des Dämonenlords – Felsentrolle und andere menschenähnliche Gestalten, verhüllte Wesen aus der Unterwelt, graue Wölfe, die am Rande des Nebels kauerten, und schließlich Schädelträger, von denen einige wie große dunkle Vögel über der Gruppe schwebten.

Hinter ihnen aber hatten sich die Zwerge unter Raybur quer über die Ebene verteilt, kampfbereit verstellten sie den Nordländern den Weg. Der Dämonenlord schien in der Falle zu sitzen.

Aber der Nebel täuschte, und die schattenhaften Bilder waren eine Illusion. Viele der Kreaturen, deren Körper in Fetzen von schwebendem Grau gehüllt waren, waren tot. Ihre Körper waren verrenkt, gegen Felsenstücke gedrückt und auf Waffen aufgespießt. Arme und Beine ragten wie zerbrochene Stöcke in den Himmel. Dunkle Umrisse schimmerten im Dunst, die verbrannten Überreste derjenigen Toten, die aus der Unterwelt gekommen waren. Es hatte bereits ein Kampf stattgefunden. Der rebellische Druide und seine Anhänger waren auf die Zwerge gestoßen und hatten versucht, ihre Reihen zu durchbrechen. Aber der Versuch war misslungen, und Rayburs Männer hatten sie zurückgedrängt. So hatte der Dämonenlord den Rest seiner Armee um sich geschart und sich auf die jetzige Position zurückgezogen. Die Zwerge standen zu einem neuen Angriff bereit. Beide Seiten warteten.

Jerle Shannara wunderte sich. Worauf warteten sie?

Die Erkenntnis kam rasch. Auf mich, dachte er. Auf das Schwert von Shannara.

Er begriff jetzt, dass hier alles enden würde, hier auf der Ebene von Streleheim, auf diesem bereits blutgetränkten Boden. Er würde dem Dämonenlord im Kampf entgegentreten, und einer von ihnen würde getötet werden – so war es vorherbestimmt und bereits vor langer Zeit vom Schicksal entschieden.

Er sah die anderen an, verwundert darüber, wie ruhig er sich fühlte. »Er sitzt in der Falle. Er kann nicht entkommen. Die Zwerge haben ihm die Flucht in das tiefe Nordland unmöglich gemacht, und jetzt muss er sich uns stellen.«

Risca hob seine Streitaxt. »Lassen wir ihn nicht warten.«

»Einen Moment.« Es war Bremen, der so alt und abgehärmt wirkte, dass er sich in dem verschwindenden Licht des Nachmittags selbst nicht mehr ähnlich sah; ein mitgenommener alter Kauz, der sich nur noch auf seine Entschlossenheit stützen konnte. »Er wartet auf uns, allerdings. Er will, dass wir kommen. Wir sollten uns eine kleine Pause gönnen.«

Risca sagte trotzig: »Er hat keine andere Wahl als zu warten. Was bekümmert dich, Bremen?«

»Denk nach, Risca. Er sucht den Kampf mit uns, weil er glaubt, dass er noch entfliehen kann, wenn er gewinnt.« Der Blick des alten Mannes wanderte von einem Gesicht zum anderen. »Wenn er uns alle zerstört, die letzten Druiden und auch den König der Elfen, würde er fast alle Gefahren beseitigen, die ihn bedrohen. Er könnte sich dann verstecken, sich wieder erholen und schließlich zurückkehren.«

»Er wird mir nicht entwischen«, brummte Risca dumpf.

»Unterschätze ihn nicht, Risca«, warnte der alte Mann. »Unterschätze nicht die Macht der Magie, über die er verfügt.«

Sie schwiegen. Risca erinnerte sich daran, wie nahe er dem Tod gekommen war, als er das letzte Mal versucht hatte, sich dem Dämonenlord entgegenzustellen. Er sah den alten Mann an, dann ließ er den Blick über die dunstige Ebene schweifen. »Was schlägst du also vor? dass wir nichts tun?«

»Nur, dass wir vorsichtig sind.«

»Warum sollten wir etwas anderes sein?« Riscas Stimme war

voller Ungeduld. »Wir verschwenden nur Zeit! Wie lange sollen wir hier noch stehen bleiben?«

»Er wartet auf mich«, sagte Jerle Shannara plötzlich. »Er weiß, dass ich zu ihm kommen werde.« Die anderen blickten ihn an. »Er wird gegen mich kämpfen, weil er glaubt, dass es der einfachste Weg für ihn ist. Er hat keine Angst vor mir. Er glaubt, dass er mich problemlos vernichten kann.«

Der alte Mann sagte nichts. Preia Starle trat einen Schritt nach vorn. »Du wirst nicht allein zu ihm gehen. Wir werden bei dir sein.«

»Wir alle!«, schnappte Risca, der nicht zurückstehen wollte.

»Aber es liegt große Gefahr darin«, warnte Bremen wieder, »wenn wir alle zusammen kommen. Wir sind müde und abgekämpft. Wir sind nicht so stark, wie wir eigentlich sein sollten.«

Mareth trat jetzt vor, mit energischem Schritt. »Wir sind stark genug, Bremen.« Sie nahm ihren Druidenstab fest in beide Hände. »Du kannst nicht erwarten, dass wir einfach hier stehen bleiben und zusehen.«

»Wir sind einen langen Weg gekommen, um das Ende zu sehen«, echote Kinson Ravenlock. »Dies ist auch unser Kampf.«

Sie alle starrten jetzt den alten Mann an, warteten darauf, dass er sich äußerte. Er sah sie an, ohne sie zu sehen, sein Blick war weit in die Ferne gerichtet und wirkte verloren. Er schien etwas zu bedenken, was jenseits ihres Begreifens lag, weit entfernt vom Hier und Jetzt, etwas, das über die bevorstehende Gefahr hinausging.

»Bremen«, sagte der König sanft. Er wartete, bis die müden Augen sich wieder auf ihn richteten. »Ich bin bereit. Zweifle nicht an mir.«

Der Druide starrte ihn einen langen Augenblick an, dann ergab er sich müde und nickte. »Wir werden tun, was du willst, Elfenkönig.«

Risca ließ Flaggen auf die Speerspitzen stecken, um Raybur zu benachrichtigen, was sie vorhatten. Sofort erschien ein Zeichen als

Antwort. Die Zwerge würden auf das Kommando des Elfen hin vordringen. Der Weg in den Norden war blockiert für jeden, der zu fliehen versuchte. Jetzt lag es an Jerle Shannara und den Elfen, die Falle zuschnappen zu lassen.

Der König ließ Trewithren und ein Dutzend Männer der Elfengarde zur Unterstützung kommen. Risca rief sechs Zwerge zu sich. Während sie sich versammelten, trat Jerle Shannara mit Preia Starle zur Seite und sprach ruhig mit ihr. »Ich möchte, dass du hier auf mich wartest«, sagte er.

Sie schüttelte den Kopf. »Das kann ich nicht, und du weisst das.«

»Du bist verletzt. Du hast nicht die Geschwindigkeit und Kraft, auf die du dich verlassen kannst, wenn du in Ordnung bist. Womit willst du das ausgleichen?«

»Verlang nicht von mir, dass ich dich allein gehen lasse.«

»Es wird mich nur ablenken, wenn ich mir Sorgen um dich machen muss!« Sein Gesicht war gerötet, sein Blick zornig. Seine Stimme war kaum mehr als ein Flüstern. »Ich liebe dich, Preia.«

»Würdest du von Tay Trefenwyd verlangen zurückzubleiben, wenn er hier wäre?«, erwiderte sie sanft. Sie ließ ihn einen Augenblick darüber nachdenken, während sie seinen Blick suchte. Ein kaum merkliches Lächeln stahl sich auf ihre Lippen. »Ich liebe dich auch. Also erwarte nicht weniger von mir, als ich es selbst tue.«

Zur selben Zeit sprach Kinson Ravenlock mit Mareth. »Bist du wirklich bereit?«, fragte er sie ruhig.

Sie sah ihn überrascht an. »Natürlich. Warum sollte ich es nicht sein?«

»Du wirst deine Magie benutzen müssen. Es wird nicht einfach sein. Du hast selbst davon gesprochen, wie wenig du sie magst.«

»Das habe ich«, gab sie zu. Sie rückte näher zu ihm und berührte ihn mit der Hand leicht an der Schulter. »Aber ich werde tun, was ich tun muss, Kinson.«

Bremen schritt zu den ersten Reihen der Kompanie und wandte sich an die Männer. »Ich werde uns mit genügend Magie umgeben, um den ersten Schlag abzulenken, aber mehr kann ich nicht tun. Meine Kraft ist am Ende. Risca und Mareth müssen für uns alle eintreten. Achtet aufeinander, aber achtet am meisten auf den König. Er muss die Gelegenheit erhalten, sein Schwert gegen Brona zu benutzen. Davon hängt alles ab.«

»Er wird seine Chance bekommen«, versprach Risca, der direkt vor dem alten Mann stand. »Das schulden wir Tay Trefenwyd.«

Danach zogen sie los. Jerle Shannara und Preia Starle führten sie an; rechts und links vom Königspaar gingen Risca und Bremen. Einige Schritte hinter ihnen folgten Allanon, Kinson Ravenlock und Mareth. Die Elfengarde und die Zwergenjäger verteilten sich an beiden Seiten. Dahinter folgte der Rest der Armee. Im Norden kamen die Zwerge langsam von den Anhöhen herunter. Das Licht begann jetzt zu verblassen, und mit den länger werdenden Schatten brachte die Luft die Kühle des frühen Abends. Die Kreaturen vor ihnen auf der Ebene rüsteten sich im Nebel zum Angriff.

Die grauen Wölfe schlugen zuerst zu; sie stürmten vorwärts, rissen an den ersten Reihen der Elfen und Zwerge und schossen wieder davon. Risca ließ sein Druidenfeuer hervorschnellen, um die nächststehenden zu zerstreuen, aber sofort wurde er von anderen angefallen. Riesige Ungeheuer aus der Unterwelt wälzten sich schwerfällig in Sicht, wischten das Feuer fort, stießen die Klingen zur Seite. Felsentrolle marschierten in festen Formationen hinzu, ihre großen Spieße zu einer blitzenden Reihe von Metallspitzen gesenkt. Der Rauch des Druidenfeuers mischte sich mit dem Nebel, und das gesamte Schlachtfeld war in grauen Dunst gehüllt.

Jerle Shannara ging unberührt weiter. Niemand näherte sich ihm, sämtliche Angreifer wichen zur Seite. Der Dämonenlord wartet auf dich, flüsterte eine Stimme tief in seinem Innern. Der Dämonenlord will dich.

Die Felsentrolle kamen auf Kinson Ravenlock zu und schlugen ihn zu Boden. Mareths Stab sprühte blaue Flammen, aber sie konnte das Feuer nicht benutzen, ohne zu riskieren, dass Kinson verletzt wurde. Die Elfenjäger eilten dem Grenzländer zu Hilfe und hieben auf die Trolle ein, dann griffen andere Kreaturen in den Kampf ein, und bald waren alle in das Gewühl verwickelt.

Vor Jerle Shannara erschien ein Schädelträger, der aber gleich wieder zur Seite trat, um statt seiner Bremen herauszufordern. »Alter Mann«, zischte er voll finsterer Erwartung.

Allanon stellte sich schützend vor Bremen; er wusste, dass der Druide ausgelaugt war, dass seine Magie so gut wie am Ende war. Aber es war Risca, der an seiner Stelle eingriff, dessen Feuer mit solcher Kraft in den Schädelträger einschlug, dass es das Ungeheuer nach hinten schleuderte und in ein qualmendes Bündel verwandelte. Der Zwerg drängte sich wieder zur Spitze des Angriffskeils, seine Kleidung hing vom Kampf mit den grauen Wölfen in Fetzen, sein Gesicht war blutverschmiert. »Kommt schon!«, brüllte er und reckte seine Streitaxt herausfordernd hoch.

Kinson war wieder auf den Beinen, mitgenommen und übel zugerichtet, aber er hieb wild mit seinem Breitschwert auf die Felsentrolle ein, die sich ihm entgegenstellten. Die Elfengarde und die Zwergenjäger standen Seite an Seite neben ihm und zwangen die Nordländer zurück. Vor ihnen im wirbelnden Nebel kräuselten sich die dunklen, seidigen Dächer der Wagen wie Leichentücher.

Jerle Shannara ging weiter. Er war jetzt allein, abgesehen von Preia. Bremen und Allanon waren zurückgefallen, und Risca war irgendwo im Handgemenge verschwunden. Die Elfenjäger und die Elfengarde rannten durch den Dunst, aber dort, wo der König hinging, wagte anscheinend niemand zu folgen. Der Dunst öffnete ihm einen Korridor, an dessen anderem Ende Jerle eine dunkle, verhüllte Gestalt erkannte. Die Gestalt streifte die Kapuze zurück, und rote Augen brannten trotzig und voller Wut. Der Dämonenlord. Er hob den Arm und winkte Jerle Shannara zu.

Komm zu mir, Elfenkönig. Komm zu mir.

Weiter hinten bemühte sich Bremen, den König zu erreichen. Allanon half ihm jetzt, er stützte ihn. Der alte Mann hatte das

Druidenfeuer herbeigerufen und benutzte den Jungen wieder als zusätzliche Kraftquelle, aber seine Schwäche war zu groß. Er sah, wie der Dämonenlord aus dem Nebel heraus Gestalt annahm, sah, wie er Jerle Shannara zu sich winkte. Die Kehle schnürte sich ihm zusammen. War der König bereit für diese Konfrontation, oder würde ihn seine Entschlossenheit im Stich lassen? Der Druide wusste es nicht, er konnte es nicht wissen. Der König verstand so wenig von der Magie des Schwertes, und wenn er ihre Macht erkannte, würde er vielleicht ins Taumeln geraten. Es lag große Kraft in Jerle Shannara, aber auch Unsicherheit. Was würde die Oberhand gewinnen, wenn der Dämonenlord vor ihm stand?

Mareth erreichte Kinson und zog ihn zur Seite, während sie die Felsentrolle mit dem Druidenfeuer zurückjagte. Sie überschwemmte den Boden damit, und die Nordländer zogen sich vor ihrer Wut zurück. Kinson schwankte, als er mit ihr Schritt zu halten versuchte; er hatte tiefe Schnittwunden an der Seite und an den Beinen. Ein Arm hing lose herab. »Geh weiter«, sagte er. »Beschütze den König!«

Der Kampf wurde jetzt mit ungeheurer Verbissenheit geführt, da die Elfen und Zwerge die Nordländer von beiden Seiten eingeschlossen hatten. Schreie erschollen im nachlassenden Nachmittagslicht, vermischten sich mit dem Klirren der Waffen und dem Stöhnen der kämpfenden und sterbenden Männer. Blutlachen bedeckten die Erde, und Gestalten mit verrenkten und zerschmetterten Gliedmaßen lagen sterbend am Boden.

Einer der Wagen wurde herübergezogen, und Geschöpfe, die aussahen, als wären sie aus Metallbrocken gegossen, kamen zischend wie Schlangen aus ihrer Höhle. Hinterhältig gingen sie auf Raybur los, aber die Zwerge beschützten ihren König und trieben sie zurück.

Voller Wut und Enttäuschung über den Fehlschlag wandten sie sich Bremen und Allanon zu.

In Windeseile hatten sie den alten Mann und den Jungen umzingelt. Diese Geschöpfe waren drahtig und knotig und ließen jede menschliche Form vermissen, ihre Gesichter waren stumpf und wirkten zerschmettert, wie als Folge eines schrecklichen Unfalls. Sie durchbrachen die Front der Elfengarde, die sich ihnen in den Weg zu stellen versuchte, und warfen sich rücksichtslos nach vorn. Allanon rief das Druidenfeuer herbei, aber diesmal versagte er bei seinen Bemühungen. Bremen kniete im Gras, er hatte den Kopf gesenkt, seine Konzentration war auf Jerle Shannara gerichtet, den er mit dem Geist suchte, während er tiefer in den Nebel wanderte.

Es hätte das Ende für sie beide bedeutet, wenn Kinson Ravenlock nicht gewesen wäre. Geschwächt von seinen Wunden war er Mareth gefolgt und hatte den Angriff auf den alten Mann und den Jungen bemerkt. Instinktiv raffte er zusammen, was er an schwachen Reserven noch in sich trug, und eilte zu ihnen. Er erreichte sie gerade rechtzeitig, als eine Horde Ungeheuer an der Elfengarde vorbeistürmte. Er schwang sein Breitschwert in einem großen Bogen, und drei der Kreaturen gingen zu Boden. Dann stürmte er auf die anderen los, zwang sie zurück, hämmerte mit der Waffe auf sie ein. Zähne und Klauen rissen an ihm, und er spürte, wie ihm neue Wunden gerissen wurden. Und die Feinde waren zu zahlreich, als dass er sie allein hätte aufhalten können. Er rief Bremen und dem Jungen zu, sie sollten fliehen. Einen Augenblick später überwältigten die Kreaturen ihn und rissen ihn zu Boden.

Wieder wurde er von Mareth gerettet. Sie erschien in einem Meer aus Druidenfeuer, und ihr Stab loderte wild auf. Die Geschöpfe der Unterwelt wirbelten herum und wollten sich auf sie stürzen, doch das Feuer verschlang sie wie alte, dürre Zweige. Weitere Ungeheuer schossen herbei und versuchten, hinter ihren Flammenschild zu gelangen. Kinson mühte sich, auf die Beine zu kommen, aber er wurde wieder in den Kampf gezerrt. Die Elfengarde, die Zwerge, die Felsentrolle und Ungeheuer erschienen jetzt scharenweise, und einen Moment lang sah es so aus, als hätten sich sämtliche übriggebliebenen Soldaten beider Armeen an genau diesem Punkt des Schlachtfeldes wieder gefunden.

Weiter vorne, vom Nebel verdeckt, näherte sich Jerle Shannara immer noch dem Dämonenlord. Brona wuchs mit jedem Schritt, den der Elfenkönig tat, an Größe, bis seine dunkle Gestalt das Licht am anderen Ende des Nebeltunnels verdeckte, und seine Augen blitzten grell voll wilder Verachtung. Ungeheuer bewegten sich schützend im Nebel um ihn herum. Jerle spürte, wie sein Selbstvertrauen und seine Zuversicht ins Wanken gerieten. Dann schoss etwas aus dem Nebel und riss Preia von seiner Seite. Jerle wirbelte herum, um sie zu retten, aber sie war bereits fort, verschwunden in der Dunkelheit. Der König schrie auf vor Angst und Wut, dann hörte er Preias Stimme an seinem Ohr, spürte, wie sie seinen Arm drückte, und bemerkte, dass sie ihn niemals verlassen hatte. Was er gesehen hatte, war nur eine Illusion gewesen.

Das Gelächter des Dämonenlords troff von Niedertracht und Verschlagenheit.

Komm zu mir, Elfenkönig! Komm zu mir!

Preia stolperte und ging zu Boden. Ohne den Blick von der dunklen Gestalt vor sich zu lassen, griff Jerle nach ihr, aber sie schob ihn weg.

»Lass mich hier«, sagte sie.

»Nein«, erwiderte er sofort.

»Ich behindere dich nur, Jerle. Du bist zu langsam mit mir.«

»Ich werde dich nicht verlassen!«

Sie streckte die Hände nach seinem Gesicht aus, und er spürte das warme, schlüpfrige Blut. »Ich kann mich nicht mehr auf den Beinen halten. Ich blute zu sehr, um weitergehen zu können. Ich muss hier bleiben, Jerle. Ich werde hier auf dich warten. Bitte. Lass mich hier bleiben.«

Sie sah ihn unbeirrt an, der Blick ihrer zimtfarbenen Augen war fest auf ihn gerichtet, ihr bleiches Gesicht schmerzverzerrt. Langsam richtete der Elfenkönig sich auf, zog sich von ihr zurück, kämpfte gegen die Tränen in seinen Augen an. »Ich komme wieder zurück«, versprach er.

Sie hatte sich auf den einen Ellbogen gestützt und hielt das kurze Schwert in der freien Hand. Jerle tat nur wenige Schritte, dann drehte er sich wieder um und sah nach ihr. Sie bedeutete ihm mit einem Nicken weiterzugehen. Als er eine Sekunde später wieder nach ihr schaute, war sie verschwunden.

Kinson Ravenlock war inzwischen wieder auf die Beine gekommen und versuchte, sein Breitschwert gegen die Masse der Feinde einzusetzen, die Mareth einzuschließen drohten. Er erhielt jedoch einen solch fürchterlichen Schlag, dass er auf dem Boden landete und um Atem rang. Mareth wandte sich ihm zu, und im selben Augenblick griff ein riesiger Wolf sie an. Er war über ihr, bevor sie das Druidenfeuer herbeirufen konnte, und schlug so fest zu, dass ihr der Druidenstab aus den Händen glitt. Sie stürzte zu Boden, während der Wolf immer noch an ihr zerrte. Kinson hörte ihren Schrei und versuchte verzweifelt, zu ihr zu gelangen, aber seine Beine gehorchten ihm nicht. Er lag da und spuckte Blut, sein Atem war flach, und er war nahe daran, das Bewusstsein zu verlieren.

Dann explodierte Mareth förmlich, und das Druidenfeuer schoß in alle Richtungen aus ihr heraus. Der angreifende Wolf versank in Flammen. Alle, die näher als zehn Meter um sie herumstanden, verbrannten. Kinson bedeckte instinktiv den Kopf, aber das Feuer leckte an seinem Gesicht und an seinen Händen und sog die Luft weg, die er zu atmen versuchte. Der Grenzländer schrie hilflos, und alles um ihn herum versank in einem gewaltigen Meer aus Flammen.

Preia Starle lag in dem Tunnel aus Nebel, der zum Dämonenlord führte, und beobachtete, wie ein Schädelträger Gestalt annahm und auf sie zuging. Jerle war nicht mehr zu sehen, er war jetzt zu weit entfernt. Sie hätte ihn rufen können, aber sie entschied, es nicht zu tun. Unter Schmerzen kämpfte sie sich auf die Knie; weiter schaffte sie es nicht. Wut überkam sie. Trotzdem, es war ihre eigene Entscheidung gewesen mitzukommen. Sie sah zu, wie die Kreatur näher kam und hielt ihr Schwert schützend vor sich. Sie würde nur einen einzigen Schlag führen können, und das wäre wahrscheinlich in jedem Fall zu wenig. Sie holte tief Luft und wünschte, sie hätte genug Kraft, um zu stehen.

Der Schädelträger zischte, und seine großen, ledernen Flügel schlugen gegen seinen buckligen Rücken.

»Kleine Elfin«, flüsterte er begierig, und seine roten Augen glühten.

Er griff nach ihr, und sie holte mit dem Schwert aus.

Jerle Shannara hatte die Entfernung zwischen sich und dem Dämonenlord bis auf ein Dutzend Meter verringert. Er sah, wie sich die dunkle, verhüllte Gestalt vor ihm hin- und herbewegte und veränderte, als wäre sie ein Teil des Nebels, der um sie beide herumwirbelte. Die Glutfeuer im Innern der Kapuze brannten mit wilder Intensität. Als wäre er schwerelos, schwebte der Dämonenlord über der Erde – eine hohle, leere Hülle. Die seltsame, bezwingende Stimme fuhr fort, den Elfenkönig zu rufen.

Komm zu mir. Komm zu mir.

Jerle Shannara tat es. Er hob sein Schwert, den Talisman, den er bis zu dieser Auseinandersetzung getragen hatte, dessen Magie er aber nicht kannte und von der er nicht wusste, wie er sie anwenden sollte, und machte sich zum Kampf bereit. Während er das tat, tanzte ein heller Funke über die Oberfläche der Klinge, glitt die polierte Längsseite entlang und verschwand in seinem Körper. Er stockte, als das Licht in ihn eindrang, spürte, wie es vor Energie pulsierte. Sein Körper wurde von Wärme erfüllt, die sich von der Brust bis zu den Gliedmaßen ausbreitete. Er fühlte, wie die Wärme zum Schwert zurückkehrte, etwas von ihm mitnahm und sie beide verband, so dass er mit der Klinge eins wurde. Dies geschah so schnell, dass es vorüber war, ehe er überhaupt daran denken konnte, es aufzuhalten. Verwundert starrte er das Schwert an, das jetzt eine Verlängerung seiner selbst war, dann die dunkle Gestalt vor sich, und schließlich die jetzt langsam schwindende Welt aus Nebel und Schatten.

In diesem Augenblick stieg er tief in sein Inneres hinab, gezogen von einer Kraft, der er nicht widerstehen konnte. Er wurde immer kleiner, immer winziger, je größer die Welt wurde, und bald war er zu einem unbedeutenden Körnchen Leben in einem gewaltigen, vor Lebewesen nur so wimmelnden Universum geschrumpft. Er sah sich, wie er war, kaum mehr als Staub. Auf dem Rücken eines Windes wurde er über die gesamte Welt getragen, über all das hinweg, was war und was jemals sein würde. In einem gewaltigen Schauspiel breitete sich die Welt vor ihm aus und erstreckte sich viel weiter, als er jemals würde sehen oder gar bereisen können. So war es, erkannte er. Dies war sein Stellenwert im allumfassenden Lauf der Dinge.

Dann schien sich die Welt, über die er flog, schichtweise zu häuten, und was vorher hell und vollkommen gewesen war, wurde jetzt dunkel und fehlerhaft. In kleinen Segmenten der Offenbarung erwachten Verrat und Grauen sämtlicher Geschöpfe, die je gelebt hatten, zu neuem Leben. Jerle Shannara wich zurück vor dem Schmerz und der Bestürzung, die jedes einzelne Wesen ihn spüren ließ, und dennoch gab es kein Abwenden. Dies war die Wahrheit – die Wahrheit, von der er gewusst hatte, dass das Schwert sie ihm enthüllen würde. Er erzitterte angesichts der Tiefe, der Gewalt ihrer Wirkung. Erschrocken und voller Scham, jeglicher Illusionen beraubt, war er gezwungen, die Welt und ihre Bewohner so zu sehen, wie sie waren.

In diesem Augenblick hatte er das Gefühl, als würde er in seiner Entschlossenheit versagen. Aber die Bilder verschwanden, die Welt verdunkelte sich, und für einen Moment stand er wieder im Nebel, wie angewurzelt vor der hoch aufragenden Gestalt des Dämonenlords, während das Schwert von Shannara in weißem Licht glühte.

Hilf mir, betete er. Die Bitte richtete sich an niemanden, denn er war vollkommen allein.

Von neuem erfüllte ihn das Licht, und wieder zog sich die Welt der Nebel und Schatten zurück. Jerle stieg zurück in seine innersten

Tiefen, und diesmal sah er sich der Wahrheit seines eigenen Lebens gegenüber. Mit unerbittlicher Entschlossenheit entfaltete es sich vor ihm, Bild für Bild, eine gewaltige Collage aus Erfahrungen und Ereignissen. Aber dies waren nicht die Bilder, die er sehen wollte; es waren jene, die er zu vergessen wünschte, die er in der Vergangenheit begraben hatte. Es war nichts dabei, auf das er stolz war, mit dem er jemals hatte konfrontiert werden wollen. Lügen, Halbwahrheiten und Täuschungen standen vor ihm wie Geister in einem Spukhaus. Hier war der wirkliche Jerle Shannara, ein fehlerhaftes und unvollkommenes Geschöpf, schwach und unsicher, unsensibel und voll falschem Stolz. Er sah das Schlimmste, was er in seinem Leben getan hatte. Er sah, wie er andere enttäuscht hatte, wie er ihre Bedürfnisse ignoriert, sie in Schmerz zurückgelassen hatte. So viele Male hatte er versagt. So viele Male hatte er falsch entschieden.

Er versuchte wegzuschauen. Er versuchte, die Bilder aufzuhalten. Er wäre vor dem, was ihm gezeigt wurde, davongelaufen, wenn er sich dazu aus der Magie des Schwertes hätte befreien können. Er konnte sich diesen Wahrheiten nicht stellen, denn sie trafen ihn mit einer solchen Härte, dass sie seine geistige Gesundheit bedrohten. In diesem Augenblick begriff er die schreckliche Macht der Wahrheit, und er erkannte, warum Bremen so besorgt um ihn gewesen war. Aber ihm fehlte die Kraft, die Entschlossenheit. Der Druide hatte einen Fehler gemacht, als er zu ihm gekommen war. Das Schwert von Shannara war nicht für ihn bestimmt. Ihn als seinen Träger auszuwählen, war ein Fehler gewesen.

Aber er gab nicht vollständig auf vor dem, was er zu sehen bekam, auch wenn es Tay Trefenwyd und Preia Starle berührte, auch wenn es die Tiefe ihrer Freundschaft enthüllte. Er zwang sich hinzusehen, zu akzeptieren, sich selbst zu vergeben angesichts der Eifersucht, die in ihm aufstieg, und er spürte, wie er dabei an Stärke gewann. Er bemerkte, wie er zu glauben begann, dass sein Schwert tatsächlich eine wirksame Waffe gegen den Dämonenlord sein könnte, gegen eine Kreatur, deren gesamte Existenz auf einer Illusion aufgebaut war. Welchen Preis würde die Magie von Brona fordern, wenn er gezwungen war zu erkennen, dass er aus wenig mehr als den Ängsten der Menschen bestand – ein Trugbild, das bei der kleinsten Veränderung des Lichts zu verschwinden drohte? Vielleicht war der Dämonenlord ja so erbärmlich, dass nichts von seiner Menschlichkeit, seinem Fleisch und Blut, seinen Gefühlen und seiner Vernunft übrig blieb. Vielleicht war die Wahrheit ihm ein Gräuel.

Die Bilder lösen sich auf, und das Licht erlosch. Jerle Shannara sah, wie die Luft vor ihm aufklarte und der Dämonenlord wieder Gestalt annahm. Wie lange hatte die Magie gebraucht, ihm dies alles zu enthüllen? Wie lange hatte er hier wie angewurzelt gestanden? Jetzt näherte sich die verhüllte Gestalt, gleichmäßig und unaufhörlich verringerte sich die Entfernung zwischen ihnen. Die Stimme des Dämonenlords zischte vor Erwartung. Übelkeit stieg in Jerle auf, eine Welle nach der anderen hämmerte gegen seine Entschlossenheit, versuchte, seine körperliche Stärke zu durchbrechen und ihm seinen Mut zu rauben.

Komm zu mir. Komm zu mir.

Jerle Shannara empfand sich als ein Nichts, als vollkommen hilflos gegenüber dem Ungeheuer, dem er sich entgegenstellte. Die Macht des Dämonenlords war so gewaltig und schrecklich, dass kein Wesen dagegen bestehen konnte. Sie war so unveränderlich, dass keine Magie sie überwinden konnte. Beharrlich flüsterte die Stimme weiter.

Leg das Schwert nieder. Komm zu mir. Du bist nichts. Komm zu mir.

Aber der Elfenkönig hatte sich bereits zu einem Nichts schrumpfen sehen, war Zeuge seines schlimmsten Selbst gewesen. Selbst die fürchterliche Verzweiflung, die ihn innerlich zerriss, als der Dämonenlord näher kam, brachte ihn nicht dazu, sich abzuwenden. Die Wahrheit ängstigte ihn jetzt nicht mehr. Er reckte das Schwert in die Höhe, ein heller silberner Faden in der Düsternis. »Shannara! Shannara!«, rief er.

Das Schwert stieß herab, fuhr durch die Abwehr des Dämonenlords, zerschmetterte seine Magie und drang in die dahinterliegende verhüllte Gestalt. Der Dämonenlord erbebte, verzweifelt versuchte er, den Schlag abzuwenden. Aber jetzt wanderte das Licht des Schwertes von der Klinge auf den ummäntelten Schatten zu, drang in ihn ein. Der Dämonenlord wich erst einen, dann einen zweiten Schritt zurück. Jerle Shannara drängte weiter vor, angewidert von der Wut und dem Hass, die von seinem Gegner ausgingen, aber unerbittlich in seiner Bestimmung. Der Kampf zwischen ihnen würde hier enden. Der Dämonenlord würde an diesem Tag sterben.

Der Dämonenlord hob ihm die verhüllten Arme entgegen und richtete die knöcherne Hand voll kalter Entschlossenheit auf ihn. Er zischte vor Wut.

Wie kannst du es wagen, über mich zu urteilen? Du hast sie sterbend zurückgelassen! Dafür hast du sie geopfert! Du hast sie getötet!

Jerle zuckte vor den Worten zurück, und in unbarmherzigen Bildern sah er Preia Starle hilflos auf dem Boden liegen, sah, wie sie blutete und mit ihren Kräften am Ende war und wie ein Schädelträger mit ausgestreckten Klauen nach ihr griff. Sie stirbt wegen mir, dachte er voller Entsetzen. Weil ich sie im Stich gelassen habe.

Die Stimme des Dämonenlords drängte sich in seine Gedanken.

Und dein Freund, Elfenkönig. Bei der Kau-Magna. Er starb für dich! Du hast zugelassen, dass er für dich starb!

Jerle Shannara schrie wild auf vor Bestürzung und Wut. Als wäre es eine gewöhnliche Waffe, nahm er das Schwert und hieb mit aller Kraft, die ihm geblieben war, auf den Dämonenlord ein. Das Schwert schnitt geradewegs durch den dunklen Umhang, aber das Licht, das auf der Klinge erstrahlte, flackerte wie in Bedrängnis. Der Dämonenlord fiel in sich zusammen, seine hasserfüllte Stimme ging in verzweifeltes Flüstern über, und sein dunkler Umhang lag in einem kleinen Häuflein auf dem Boden.

Zurück blieb ein schattenhaftes Etwas, das augenblicklich in den Nebel entfloh.

Vollkommen reglos verharrte der Elfenkönig in der anschließenden Stille; erst starrte er geradeaus vor sich, dann auf den leeren Umhang. In seinen Augen standen Zweifel und Fragen, die sich jeglichen Antworten verweigerten.

Mareth stand allein auf einem Stück Erde, das von ihrer Magie schwarz verbrannt war. Das Druidenfeuer hatte sich schließlich von allein verbraucht, und sie hatte ihre Macht wieder unter Kontrolle. Überall lagen Leichen, und schaurige Stille hing wie eine Glocke über dem Schlachtfeld. Blinzelnd sah die junge Frau zu, wie der Dunst sich lichtete. Ein langes, tiefes Klagen erscholl, eine Kakophonie aus Stimmen, die sich voller Verzweiflung erhoben. Aus dem Nebel stiegen Geister empor, die so gegenstandslos wie Rauch waren, dunkle Bilder gegen das verblassende Tageslicht, formlos und treibend. Waren es die Geister der Toten? Sie stiegen in das Rot des Sonnenuntergangs und verschwanden, als hätten sie niemals existiert. Weiter unten verwandelten sich die Leichen der Schädelträger zu Asche, die Kreaturen der Unterwelt lösten sich auf, und die Wölfe rannten heulend über die leere Ebene.

Es ist vorbei, dachte sie verwundert.

Der Nebel wirbelte umher und hellte sich auf und verschwand dann ganz. Das Schlachtfeld lag jetzt unverhüllt da, ein Leichenhaus voller Toter und Verwundeter, Blutender und Verbrannter und Entstellter. In seiner Mitte stand der Elfenkönig mit gesenktem Schwert. Sein Blick war ins Leere gerichtet.

Mareth griff nach dem Druidenstab, den sie im Kampf verloren hatte. Dann sah sie Risca ausgestreckt in einem Haufen toter Feinde liegen. Er hatte so viele Wunden erhalten, dass seine Kleidung über und über mit Blut getränkt war. Ein verwirrter Blick lag in seinen offenen, starrenden Augen, als wäre er überrascht, dass das Schicksal, das er so oft herausgefordert hatte, ihn schließlich doch für sich beanspruchte. Wann war er gefallen? Sie hatte es nicht einmal gesehen. Ihr Blick wanderte weiter. Kinson Ravenlock lag ein paar Meter hinter ihr, seine Brust hob und senkte sich schwach. Hinter ihm, etwas weiter entfernt, kauerten Bremen und der Junge. Mareths Blick blieb an dem Druiden hängen, und einen Augenblick lang starrten sie sich an. Sie dachte daran, wie lange und mühevoll sie nach ihm gesucht hatte, wie viel sie geopfert hatte, um eine Druidin zu werden. Bremen und sie. Sie waren die Vergangenheit und Gegenwart der Dinge, der Druide in der Dämmerung und die zukünftige Druidin. Tay Trefenwyd war tot. Risca war tot. Bremen war ein alter Mann. Schon bald würde sie die letzte sein, die von ihrem Orden übrig blieb, die letzte der Druiden.

Ihr Blick verließ Bremen, und sie nahm den Stab auf. Sie hielt ihn in ihren Händen, als würde sie mit ihm die Verantwortung dessen messen, wer und was sie war, und sie starrte verzweifelt auf das Schlachtfeld.

Tränen traten in ihre Augen.

Lass es hier enden, dachte sie.

Dann warf sie den Stab fort und beugte sich hinab, um Kinson in die Arme zu schließen.

Kapitel 34

Jerle Shannara rettete an diesem Tag seiner Königin das Leben, denn indem er den Dämonenlord verbannte, verbannte er die Schädelträger – auch denjenigen, der Preia bedrohte. Nachdem er sich nicht mehr von der Macht des Dämonenlords ernähren konnte, verschwand Preias Angreifer einfach im Nichts. Preia erholte sich von ihren Verletzungen und kehrte mit Jerle ins Westland zurück. Zusammen regierten sie viele Jahre über das Elfenvolk. Sie kämpften niemals wieder in einer anderen Schlacht, statt dessen richteten sie ihre Energie darauf zu lernen, wie man in einer immer komplizierteren und anspruchsvolleren Welt herrschte. Mit Vree Erreden als Berater an ihrer Seite vervollkommneten sie die Kunst der Staatsführung. Sie hatten drei eigene Kinder, alle Töchter, und als Jerle Shannara viele Jahre später starb, folgte ihm der älteste der letzten Söhne der Ballindarrochs, die Jerle und Preia viele Jahre zuvor adoptiert hatten.

Jerle Shannara trug das magische Schwert bis zu seinem Tod. Sein Sohn, der ihm auf den Thron folgte, trug es ebenfalls eine Zeit lang, dann steckte er es in einen Block Tre-Stein und ließ diesen nach Paranor bringen.

Kinson Ravenlock starb nicht an seinen Wunden, sondern erholte sich nach einigen Wochen der Genesung in der Nähe von Tyrsis. Mareth blieb an seiner Seite und sorgte für ihn, und als es ihm gut genug ging, folgten sie dem Mermidon nach Westen zu einer bewaldeten Insel im Schatten der Drachenzähne, wo sie sich niederließen. Hier lebten sie zusammen und heirateten schließlich. Sie bebauten das Land, errichteten dort einen größeren Handelsplatz und schließlich weitere kleine am Fluss entlang. Andere aus dem Grenzland zogen zu ihnen, und bald lebten sie inmitten einer blühenden Gemeinschaft. Im Laufe der Zeit entwickelte sich diese Handelsansiedlung zu der Stadt Kern.

Mareth benutzte ihre Magie nie wieder im Sinne der Druiden. Sie wandte ihre Fähigkeiten statt dessen der Heilkunst zu, und aus allen Teilen der Vier Länder kamen Kranke zu ihr. Sie nahm Kinsons Namen an, als sie heirateten, und von ihrem eigenen war niemals mehr die Rede. Kinson machte sich noch lange Zeit Sorgen um sie, er befürchtete, ihre Magie könnte wieder ausbrechen und ihre Entschlossenheit untergraben, aber dies geschah niemals. Sie hatten mehrere Kinder, und lange nachdem sie gestorben waren, sollte ein Kind aus ihrer Blutslinie in einem anderen Kampf gegen den Dämonenlord eine besondere Rolle spielen.

Raybur überlebte und kehrte mit den Zwergen nach Hause

zurück, um sich der beschwerlichen Aufgabe zu widmen, Culhaven und die anderen Städte, die die Nordlandarmee vernichtet hatte, wieder aufzubauen. Er nahm Risca mit und begrub den Druiden in den neuangelegten Gärten des Lebens, hoch oben auf einem Felsvorsprung, von dem aus es möglich war, viele Meilen weit den Silberfluss durch die Wälder des Anar fließen zu sehen.

Die Nordlandarmee war an jenem Tag in der Ebene von Streleheim so gut wie vernichtet worden. Diejenigen Trolle und Gnome, die etwas früher aus dem Tal von Rhenn geflohen waren, fanden den Weg in ihre Heimat. Die Macht des Dämonenlords war gebrochen, und die Rassen im Norden und Osten begannen mit dem schmerzlichen Prozess, ihr in tausend Scherben zerfallenes Leben wieder zusammenzusetzen. Sowohl das Volk der Gnome wie auch das der Trolle, die von Natur eine stammesgebundene Gesellschaftsstruktur besaßen, distanzierten sich von den anderen Rassen, und eine Zeit lang gab es nur wenig Kontakt. Es sollte mehr als hundert Jahre dauern, bevor eine Form von Gleichheit zwischen Siegern und Besiegten entstand und zumindest wieder mit dem Austausch von Handelsgütern begonnen werden konnte.

Bremen verschwand bald nach dem letzten Kampf. Niemand sah ihn fortgehen. Niemand wusste, wohin er gegangen war. Er sagte Mareth Lebwohl, und durch sie auch dem zu diesem Zeitpunkt noch bewusstlosen Kinson. Er teilte der jungen Frau mit, dass er sie beide niemals wieder sehen würde. Es gab später Gerüchte, dass er nach Paranor zurückgekehrt sei, um dort seine letzten Jahre zu verbringen. Kinson dachte manchmal daran, sich auf die Suche nach ihm zu machen, um die Wahrheit herauszufinden. Aber er tat es niemals.

Jerle Shannara sah ihn noch einmal, weniger als einen Monat nach der Schlacht im Tal von Rhenn. Es waren nur wenige Minuten spät in der Nacht, als der alte Mann nach Arborlon kam, um mit Hilfe seiner Magie den Schwarzen Elfenstein fortzuschaffen. Sie sprachen nur flüsternd von dem Talisman, als wären selbst die Worte zu schmerzvoll, als würde selbst die Erwähnung der dunklen Magie ihren Seelen Narben zufügen.

Das war das letzte Mal, dass ihn jemand gesehen hatte.

Der Junge Allanon verschwand ebenfalls.

Langsam kehrte die Welt zu dem zurück, was sie vorher gewesen war, und die Erinnerungen an den Dämonenlord begannen zu verblassen.

Drei Jahre vergingen. An einem warmen und vom Sonnenlicht erhellten Nachmittag im Spätsommer kletterten ein alter Mann und ein Junge die Gebirgsausläufer der Drachenzähne zum Tal von Shale empor. Bremen war jetzt runzlig und vom Alter gebeugt, und sein Haar und sein Bart waren inzwischen vollkommen weiß. Er war nicht mehr gut zu Fuß und seine Sehfähigkeit ließ nach. Allanon war fünfzehn, größer und viel stärker jetzt, seine Schultern waren breit, seine Arme und Beine kräftig. Er war beinahe ein Mann, und sein Gesicht zeigte bereits die dunklen Schatten eines Bartes, seine Stimme wurde tief und rau. Inzwischen war er Bremen im Gebrauch der Druidenmagie ebenbürtig. Aber es war der alte Mann, der voranging, und der Junge, der ihm auf ihrer letzten gemeinsamen Reise folgte.

Drei Jahre lang hatte Allanon bei Bremen gelernt. Der alte Mann hatte akzeptiert, dass der Junge sein Nachfolger werden würde, der letzte der Druiden. Tay und Risca waren tot, und Mareth hatte einen anderen Weg gewählt. Allanon war jung, aber er war begierig zu lernen, und es war von Anfang an klar, dass er die notwendige Entschlossenheit und Stärke besaß, um das zu werden, was er werden musste. Bremen arbeitete drei Jahre lang jeden Tag mit ihm, brachte ihm alles bei, was er über die Magie der Druiden und die Geheimnisse ihrer Macht wusste; er gab ihm die Möglichkeit zu experimentieren und zu entdecken. Allanon war voll stürmischen Eifers, beinahe übermäßig zielstrebig, immer auf Erfolg aus. Er war klug und intuitiv, und sein Vorwissen nahm im Lauf seiner weiteren Entwicklung nicht ab. Häufig sah Allanon, was dem alten Mann verborgen war; sein scharfer Verstand fing Möglichkeiten auf, die selbst der alte Druide nicht erkannt hatte. Er blieb mit Bremen auf Paranor, wo die beiden sich vor der Welt verschlossen, die Historie der Druiden studierten und die Lektionen lernten, die die Bücher der Vorfahren lehrten. Bremen benutzte seine Magie, um ihre Anwesenheit in der leeren Festung vor anderen zu verbergen. Niemand kam und störte sie.

Oft dachte Bremen an den Dämonenlord und die Ereignisse, die zu seiner Verbannung geführt hatten. Er sprach mit dem Jungen darüber, erzählte ihm alles, was geschehen war – von der Vernichtung der Druiden, von der Suche nach dem Schwarzen Elfenstein, vom Schmieden des Schwertes von Shannara und vom Kampf im Tal von Rhenn. Er teilte Allanon die Einzelheiten erst mündlich mit, dann schrieb er sie für die Historie der Druiden nieder. Insgeheim sorgte er sich um die Zukunft. Seine eigene Kraft ließ nach. Sein Leben neigte sich dem Ende zu. Er würde die Vollendung seines Werks nicht mehr erleben. Das würde Allanon überlassen bleiben und jenen, die ihm nachfolgten. Aber wie unzureichend das schien! Es genügte ihm einfach nicht, hoffen zu können, dass der Junge und seine Nachfolger sein Werk fortführen würden. Er selbst war es, der die Verantwortung und die erforderlichen Fähigkeiten hatte, um auszuführen, was notwendig war.

Also hatte er vier Tage zuvor den Jungen zu sich gerufen und erklärt, dass seine Studien jetzt abgeschlossen seien. Sie würden Paranor verlassen, um zum Hadeshorn zu gehen und den Geistern einen letzten Besuch abzustatten. Sie packten Vorräte ein und verließen die Festung bei Sonnenaufgang. Vorher rief der alte Mann die Magie herbei, damit sie die Mauern von Paranor schützte und die alte Festung verbarg. Aus den Tiefen des Druidenbrunnens wirbelte ein grünliches Licht nach oben. Als der Junge und der alte Mann in Sicherheit waren, begann Paranor wie das Trugbild einer Luftspiegelung zu schimmern, schmolz langsam im Sonnenlicht und verschwand in der Luft. Es würde von da an in regelmäßigen Abständen auftauchen und wieder verschwinden, manchmal bei hellem Mondschein, manchmal in schwärzester Nacht, aber es würde niemals bleiben. Der Junge sagte nichts, als sie sich abwandten und zwischen den Bäumen verschwanden, aber der alte Mann konnte an seinem Blick erkennen, dass er verstand, was geschah.

So erreichten sie bei Sonnenuntergang den Eingang zum Tal von Shale und schlugen im Schatten der Drachenzähne ihr Lager auf. Sie nahmen stumm ihre Mahlzeit zu sich und sahen zu, wie es dunkler wurde und die Sterne zu leuchten begannen. Als Mitternacht anbrach, standen sie auf, gingen zum Rand des Tals und schauten in seinen von Felsen gesäumten Kessel. Der Hadeshorn schimmerte im Sternenlicht, er wirkte ruhig und unberührt. Vom Tal drang kein Laut herauf. Nichts bewegte sich auf der glatten Oberfläche.

»Ich werde in dieser Nacht fortgehen«, sagte der alte Mann schließlich.

Der Junge nickte, sagte aber nichts.

»Ich werde hier sein, wenn du mich brauchst.« Er hielt inne. »Das wird eine ganze Weile nicht der Fall sein, vermute ich. Aber wenn es so weit ist, musst du herkommen.«

Der Junge sah ihn unsicher an.

Bremen seufzte; er bemerkte, wie verwirrt Allanon war. »Ich muss dir jetzt etwas erzählen, was ich niemals jemand anderem erzählt habe, auch nicht Jerle Shannara. Setz dich zu mir und höre mir zu.«

Sie setzten sich auf die Bank aus zerklüftetem Fels. Ihre Gestalten hoben sich als Silhouette gegen den Hintergrund der Sterne ab. Der alte Mann schwieg einen Augenblick, während er die Worte in seinem Kopf vorbereitete. Die Linien in seinem Gesicht vertieften sich.

»Jerle Shannara hat bei seinem Versuch, den Dämonenlord zu vernichten, versagt«, sagte er schließlich. »Als er zögerte, das Schwert zu benutzen, als er sich erlaubte, von Selbstzweifeln und

Anklagen abgelenkt zu werden, ließ er Brona entwischen. Ich wusste von diesem Versagen, weil ich – auch wenn ich von dem Benutzen meiner Druidenmagie zu geschwächt war, um weitergehen zu können – dem König mit meinem geistigen Auge gefolgt war und so Zeuge dieser Auseinandersetzung wurde. Ich sah, wie er im letzten Moment zögerte, dann versuchte, den Talisman wie eine gewöhnliche Waffe zu benutzen und wie er meine wiederholte Warnung vergaß, auf die Kraft der Magie alleine zu vertrauen. Ich sah, wie sich die dunklen Schatten aus dem Nebel erhoben, als der Umhang des Dämonenlords unter dem letzten Schwerthieb zusammenfiel, und ich wusste, was es bedeutete. Der Dämonenlord und die Schädelträger sind durch die Magie aus ihrer körperlichen Daseinsform vertrieben worden, sie sind wieder dazu verdammt, als dunkle Geister zu existieren. Sie flohen zurück in den Äther – aber sie sind nicht vernichtet.«

Er schüttelte den Kopf. »Es gab keinen Grund, das dem König zu erzählen. Es wäre durchaus nichts gewonnen worden. Jerle Shannara war ein mutiger und findiger Held. Er hat seine eigenen Bedenken und Ängste überwunden, um die Druidenmagie gegen den wohl furchterregendsten Feind in der Geschichte der Vier Länder anzuwenden. Er tat dies unter den unglücklichsten Bedingungen und den grausamsten Umständen, und bis auf eine Sache hat er alles erfüllt, was von ihm erwartet wurde. Es genügte, dass er den Dämonenlord besiegt und aus den Vier Ländern vertrieben hatte. Es genügte, dass die Magie des Schwertes von Shannara die Macht des rebellischen Druiden so vollständig schwächte, dass es Jahrhunderte dauern wird, bevor er wieder Gestalt annehmen kann. In der Zwischenzeit ist genügend Zeit, sich darauf vorzubereiten, wenn es so weit ist. Jerle Shannara tat, was er konnte, und ich habe mich entschieden, es dabei zu belassen.«

Seine alternden Augen hingen an Allanon. »Aber du musst von diesem Versagen wissen, denn du bist derjenige, der gegen die Folgen gerüstet sein muss. Brona lebt und wird eines Tages zurückkehren. Ich werde nicht da sein, um mich ihm entgegenstellen zu können. Du wirst es an meiner Stelle tun müssen – oder wenn nicht du, dann einer wie du, einer, den du wählen wirst, so wie ich dich erwählt habe.«

Beide schwiegen und sahen sich lange Zeit nur an.

Dann schüttelte Bremen hilflos den Kopf. »Wenn es einen anderen Weg gäbe, würde ich ihn wählen.« Es war ihm unbehaglich, davon zu sprechen, als würde er nach einer Entschuldigung suchen, seine Meinung doch noch zu ändern, auch wenn er wusste, dass es nicht möglich war. »Ich wünschte, ich könnte noch länger bei dir bleiben, Allanon. Aber ich bin alt, und ich spüre beinahe jeden Tag, wie ich schwächer werde. Der Druidenschlaf genügt nicht mehr. Ich muss eine andere Form annehmen, wenn ich dir in dem bevorstehenden Kampf noch von Nutzen sein will. Verstehst du, was ich sage?«

Der Junge schaute ihn mit dunklen, eindringlichen Augen an. »Ich verstehe es.« Er hielt inne, und das Licht in seinen Augen veränderte sich. »Ich werde dich vermissen, Vater.«

Der alte Mann nickte. Der Junge nannte ihn jetzt so. Vater. Der Junge hatte ihn adoptiert, und es fühlte sich richtig an. »Ich werde dich auch vermissen«, erwiderte er sanft.

Sie sprachen noch länger darüber, was geschehen würde, von der Vergangenheit und der Zukunft und der untrennbaren Verbindung, die sie aneinanderband. Sie teilten die Erinnerungen, die sie in den vergangenen Jahren zusammen geschmiedet hatten, wiederholten die gegenseitigen Schwüre und gingen noch einmal die Lektionen durch, die in den bevorstehenden Jahren wichtig werden würden.

Dann, als die Nacht sich dem Ende zuneigte und der Morgen anbrach, gingen sie zusammen zum Tal von Shale. Nebel war mit der kühlen Luft aufgekommen, und jetzt hing er wie ein Tuch über dem Tal, hüllte es in schimmernde Dunkelheit und schloss die Sterne und ihr silbriges Licht aus. Die Schritte der beiden knirschten auf dem losen Stein, und ihre Herzen schlugen voller Erwartung. Der Hadeshorn glänzte wie schwarzes Eis, glatt und ruhig. Nicht das leiseste Kräuseln störte die spiegelglatte Oberfläche.

Als sie etwa fünf Meter von dem dunklen Rand des Sees entfernt waren, holte Bremen den Schwarzen Elfenstein aus seinem Umhang und reichte ihn dem Jungen.

»Pass gut auf ihn auf, bis du zur Festung zurückkehren wirst«, erinnerte er ihn. »Denk daran, was er ist. Denk daran, was ich dir von seiner Macht erzählt habe. Sei vorsichtig.«

»Ja«, versicherte Allanon.

Er ist nur ein Junge, dachte der alte Mann plötzlich. Ich verlange zu viel von ihm, er ist nur ein Junge. Er starrte Allanon wider Willen an, als könnte er etwas entdecken, was ihm vorher entgangen war, etwas Besonderes an seinem Charakter, das ihm weitere Zuversicht geben würde. Dann wandte er sich um. Er hatte den Jungen so gut vorbereitet, wie er konnte. Es musste genügen.

Er trat allein an das Ufer des Sees und starrte über die dunklen Wasser. Er Schloss die Augen, sammelte sich für das, was nötig war, und rief mit Hilfe seiner Druidenmagie die Geister der Toten herbei. Sie kamen rasch, beinahe, als hätten sie seinen Ruf erwartet, auf *ihn* gewartet. Ihre Schreie erhoben sich aus der Stille, die Erde bebte, und die Wasser des Hadeshorn wirbelten wie im Innern eines großen Hexenkessels. Dampf zischte, und Stimmen flüsterten und stöhnten aus den schattenhaften Tiefen. Langsam erhoben sich die Geister aus dem Nebel und der Gischt, aus dem Strudel der Dunkelheit, aus den gequälten Schreien. Einer nach dem anderen erschien, zuerst kleine, silbrige Gestalten der geringeren Geister, dann die größere, dunklere Form Galaphiles.

Bremen drehte sich jetzt um und schaute noch einmal zu Allanon zurück. In diesem kurzen Moment sah er die Einzelheiten von Galaphiles vierter Vision, derjenigen, die sich seinem Verständnis so lange entzogen hatte – er selbst vor den Wassern des Hadeshorn, Galaphile, der sich durch den Nebel und den Wirbel der verlorenen Geister näherte, und Allanon, der mit traurigen Augen zusah, was geschah.

Die Gestalt kam weiter auf ihn zu, ein unerbittlicher Schatten, der stärker als die Nacht war, die er durchschritt. Er ging auf den Wassern des Hadeshorn, als wäre es fester Boden, und näherte sich der Stelle, an der Bremen wartete. Der alte Mann streckte die Hand aus, um den Geist zu grüßen.

»Ich bin bereit«, sagte er weich.

Die Gestalt nahm ihn in die Arme und trug ihn über die Wasser des Hadeshorn und in seine Tiefen hinab.

Allanon stand allein am Ufer und starrte in die Stille. Er bewegte sich nicht, als die Wasser sich wieder beruhigt hatten. Er stand immer noch reglos da, als es heller wurde und die Sonne über die Drachenzähne kletterte. Mit einer Hand umklammerte er den Schwarzen Elfenstein, den er in seinem Umhang verborgen hielt. Seine Miene war fest und entschlossen.

Als die Sonne sich vollständig in den Morgenhimmel erhoben und die letzten Schatten aus dem Tal vertrieben hatte, wandte er sich um und ging davon.

Die Hexe von Shannara

Ins Deutsche übertragen
von Andreas Helweg

FÜR CAROL UND DON MCQUINN

Weil sie dem Wort *»Freund«*
auf so viele Arten neuen Sinn
gaben, dass ich sie nicht mehr
zählen kann …

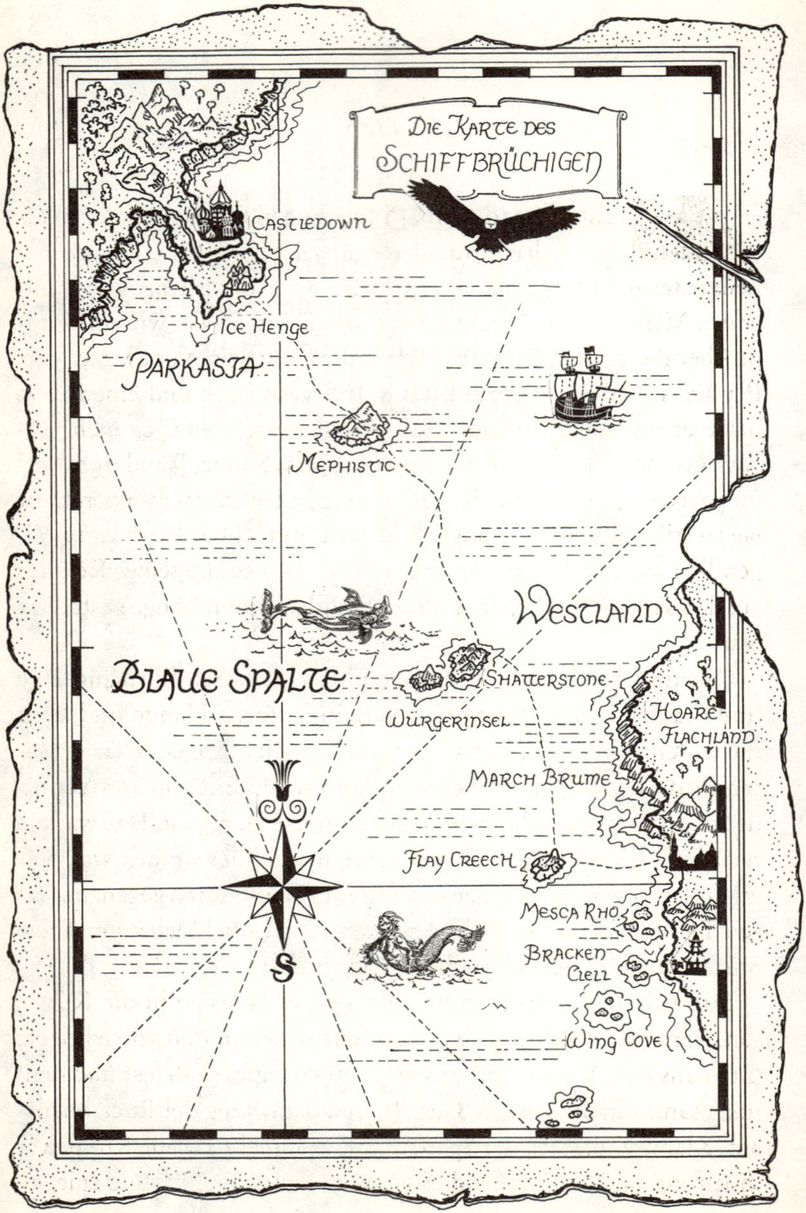

Die Karte des
Schiffbrüchigen
Castledown
Ice Henge
Parkasta
Mephistic
Westland
Blaue Spalte
Shatterstone
Würgerinsel
Hoare
Flachland
March Brume
Flay Creech
Mesca Rho
Bracken
Cell
Wing Cove
S

Eins

Hunter Predd patrouillierte in den Gewässern der Blauen Spalte nördlich der Insel Mesca Rho, einem Außenposten der Flugreiter am westlichen Rand der Elfengewässer, als er den Mann an einer Spiere hängen sah. Der Kerl war wie eine Puppe über die ganze Länge der Holzes drapiert, sein Kopf lag auf der Planke, sein Gesicht ragte kaum aus dem Wasser, und einen Arm hatte er um sein schmales Floß geschlungen, damit er nicht abrutschte. Seine Haut war verbrannt und von Sonne, Wind und Wetter gezeichnet, und seine Kleidung hing in Fetzen an ihm herab. Er lag so still, dass man unmöglich sagen konnte, ob er noch lebte. Eigentlich war es die eigentümlich rollende Bewegung seines Körpers auf den sanften Wellen, die Hunter Predd zuerst ins Auge gestochen war.

Obsidian hielt bereits in sanftem Flug auf den Schiffbrüchigen zu und brauchte die Führung seines Reiters durch Hände und Knie nicht, denn er wusste, was zu tun war. Da seine Augen schärfer waren als die des Elfen, hatte er den Mann vor Hunter im Wasser entdeckt und Kurs auf ihn genommen, um ihn zu retten. Das war ein wichtiger Teil seiner Arbeit, für die er ausgebildet worden war, jene zu finden und zu retten, deren Schiffe auf See verloren gegangen waren. Der Rock konnte einen Menschen auf tausend Meter von einem Stück Holz oder einem Fisch unterscheiden.

Mit weit ausgestreckten Flügeln ging er langsam in die Kurve, sank hinunter und holte den Mann mit sicherem und vorsichtigem Griff aus dem Wasser. Die großen Krallen legten sich fest und dennoch sanft um die schlaffe Gestalt, und dann stieg der Rock wieder auf. Klar breitete sich der Spätfrühlingshimmel als blaue Kuppe vor ihnen aus, und die strahlende Sonne erwärmte die Luft und spiegelte sich silbern blitzend auf den Wellen. Hunter Predd lenkte sein Reittier zurück zu einem kleinen Atoll, das einige Meilen von Mesca Rho entfernt war und das nächstliegende Stück Land darstellte. Dort würde er sehen, was er tun konnte, wenn es nicht schon zu spät war.

Sie erreichten das Atoll in weniger als einer halben Stunde, da Hunter Predd Obsidian niedrig hielt und gleichmäßig fliegen ließ. Schwarz wie Tinte und im besten Alter war dieser Rock der Dritte in seiner Zeit als Flugreiter und vermutlich der Beste. Obsidian war nicht nur groß und kräftig, sondern besaß auch hervorragende Instinkte und hatte gelernt vorauszuahnen, was der Flugreiter als Nächstes von ihm wollte. Inzwischen waren sie fünf Jahre zusammen, nicht lange für einen Reiter und sein Tier, dennoch handelten sie bereits, als seien ihre Körper und Seelen miteinander verbunden.

Langsam flatternd ging Obsidian auf der Leeseite des Atolls nieder, legte seine Last auf einem sandigen Streifen Strand ab und landete auf den nahen Felsen. Hunter Predd sprang von ihm herunter und eilte zu der reglosen Gestalt. Der Mann reagierte nicht, als der Flugreiter ihn auf den Rücken drehte und nach Lebenszeichen forschte. Puls war vorhanden, das Herz schlug. Die Atmung ging schleppend und flach. Dann betrachtete Hunter Predd das Gesicht und stellte fest, dass die Augen und die Zunge herausgeschnitten worden waren.

Es handelte sich um einen Elfen, erkannte der Flugreiter. Allerdings nicht um ein Mitglied des Wing Hove. Das war offensichtlich, da die Narben vom Harnisch an Unterarm und Händen fehlten. Hunter untersuchte den Körper sorgfältig auf gebrochene Knochen hin, entdeckte jedoch keine solchen Schäden. Die einzigen Verletzungen waren jene im Gesicht. Vor allem litt der Mann an Ernährungsmangel und Unterkühlung. Hunter benetzte die Lippen des Mannes mit frischem Wasser aus seinem Schlauch und ließ ein wenig in den Mund rinnen. Die Lippen bewegten sich schwach.

Nun dachte Hunter über seine Möglichkeiten nach und entschied sich, den Mann in den Seehafen Bracken Clell zu bringen, die nächste Siedlung, in der er einen Elfenheiler finden würde, der ihm die notwendige Pflege angedeihen lassen konnte. Er hätte ihn auch nach Mesca Rho fliegen können, doch die Insel war lediglich ein Außenposten. Ein zweiter Flugreiter und er selbst waren die einzigen Bewohner. Einen Heiler gab es dort nicht. Wenn er dem Mann das Leben retten wollte, würde er es riskieren müssen, ihn zum Festland zu transportieren.

Der Flugreiter wusch die Haut des Mannes mit frischem Wasser ab und trug eine Heilsalbe auf, die vor weiteren Schädigungen schützte. Hunter hatte keine zusätzliche Kleidung dabei; deshalb würde der Mann die Reise in den Lumpen an seinem Leib hinter sich bringen müssen. Erneut versuchte er, dem Mann Wasser einzuflößen, und diesmal bewegte sich der Mund gierig. Der Mann stöhnte leise. Er strengte sich an, die entstellten Augen zu öffnen und lallte etwas Unverständliches.

Weil es das Naheliegendste war und weil es der Flugreiter in seiner Ausbildung so gelernt hatte, durchsuchte er den Mann und nahm ihm die zwei einzigen Gegenstände ab, die er fand. Beide überraschten und verblüfften ihn. Er betrachtete sie genau, wobei er die Stirn runzelte.

Da er seinen Aufbruch nicht länger aufschieben wollte, legte er den Verletzten mit Obsidians Hilfe auf den breiten Rücken des Rocks. Mit gepolsterten Riemen wurde er gesichert. Nachdem Hunter alles ein letztes Mal überprüft hatte, bestieg er sein Tier, und Obsidian hob ab.

Drei Stunden lang flogen sie in die heranziehende Dunkelheit nach Osten, und bei Sonnenuntergang erreichten sie Bracken Clell. Die Bevölkerung des Seehafens bestand aus einem Rassengemisch, in dem Elfen vorherrschten, und die Bewohner waren an den Anblick von Flugreitern und ihren Rocks gewöhnt. Hunter Predd lenkte Obsidian landeinwärts zu einer Lichtung, die für Landungen vorgesehen war, und der große Rock glitt sanft zwischen die Bäume hinunter. Ein Bote, der unter den sich rasch versammelnden Neugierigen ausgewählt wurde, lief in die Stadt, und der Elfenheiler erschien in einem Pulk von Trägern mit einer Bahre.

»Was ist ihm zugestoßen?«, fragte der Heiler Hunter Predd, als er die leeren Augenhöhlen und den malträtierten Mund bemerkte.

Hunter schüttelte den Kopf. »So habe ich ihn gefunden.«

»Wer ist er?«

»Ich weiß es nicht«, log der Flugreiter.

Er wartete, bis der Heiler und seine Helfer den Schiffbrüchigen hochgehoben hatten und ihn zum Haus des Heilers trugen, wo der Mann in einem Krankenzimmer untergebracht werden würde, ehe er Obsidian zu einem etwas entlegeneren Ort schickte und der Gruppe dann folgte. Was er wusste, würde er weder dem Heiler noch jemand anderem in Bracken Clell mitteilen. Denn das durfte nur ein einziger Mann erfahren.

Er setzte sich auf die Veranda, legte den Langbogen und das Jagdmesser neben sich ab, rauchte seine Pfeife und wartete auf den Heiler. Die Sonne war untergegangen, und das letzte Licht tauchte das Wasser der Bucht in Purpur- und Goldtöne. Hunter Predd war für einen Flugreiter klein und schlank, doch zäh wie eine geknüpfte Leine. Man konnte ihn weder jung noch alt nennen, doch lag sein Alter in der angenehmen Mitte und gefiel ihm sehr gut. Das von der Sonne gebräunte Gesicht war faltig, die Augen leuchteten stechend blau unter dem dichten braunen Haar, und er wirkte genau so wie das, was er war: ein Elf, der den größten Teil seines Lebens im Freien verbracht hatte.

Während er wartete, holte er einmal kurz das Kettchen hervor, hielt es ins Licht und vergewisserte sich, dass er sich bei dem Wappen darauf nicht geirrt hatte. Die Karte ließ er in seiner Tasche.

Einer der Helfer des Heilers brachte ihm einen Teller mit Essen, das Hunter schweigend verspeiste. Nachdem er damit fertig war, tauchte der Helfer erneut auf und nahm den Teller wieder mit. Der Heiler war noch nicht wieder erschienen.

Es war spät, als es schließlich so weit war, und der Heiler, der abgehärmt und beunruhigt wirkte, setzte sich neben Hunter. Sie kannten sich bereits seit einiger Zeit, denn der Heiler hatte sich nur ein Jahr, nachdem Hunter aus den Grenzkriegen zurückgekehrt und in den Dienst bei den Flugreitern vor der Küste eingetreten war, in dem Seehafen niedergelassen. Sie hatten mehr gemeinsam als ihre Rettungsbemühungen, und obwohl sie aus verschiedenen Gegenden stammten und verschiedene Berufe hatten, ähnelten sich ihre Überzeugungen in Bezug auf die Dummheit des Fortschritts der Welt. Hier im Hinterland der Zivilisation, wie man die Vier Länder nannte, hatten sie ihre kleine Zuflucht vor dem Wahnsinn gefunden.

»Wie geht es ihm?«, fragte Hunter Predd.

Der Heiler seufzte. »Nicht gut. Vielleicht bleibt er am Leben. Wenn man es so nennen kann. Er hat die Augen und die Zunge verloren. Beides wurde mit Gewalt entfernt. Unterkühlung und mangelnde Ernährung haben ihn so nachhaltig seiner Kräfte beraubt, dass er sich möglicherweise nie wieder ganz erholen wird. Einige Mal wurde er wach und wollte sich verständlich machen, konnte es jedoch nicht.«

»Im Laufe der Zeit vielleicht …«

»Zeit ist nicht das Problem«, unterbrach ihn der Heiler und lenkte damit Hunters Blick auf sich. »Er kann weder sprechen noch schreiben. Es ist nicht nur die Zunge oder die mangelnde Kraft. Es ist sein Kopf. Er hat den Verstand verloren. Was auch immer er erleiden musste, hat nicht wieder gutzumachenden Schaden bei ihm angerichtet. Ich glaube, er weiß nicht, wo er ist, und womöglich nicht einmal, wer er überhaupt ist.«

Hunter Predd blickte hinaus in die Nacht. »Nicht einmal seinen Namen?«

»Nicht einmal den. Ich denke, er erinnert sich kaum an das, was ihm zugestoßen ist.«

Der Flugreiter schwieg und grübelte. »Würdest du ihn noch eine Weile hier behalten, ihn pflegen und auf ihn aufpassen? Ich möchte mir die Sache ein wenig genauer anschauen.«

Der Heiler nickte. »Wo willst du anfangen?«

»Vielleicht in Arborlon.«

Das leise Scharren eines Schuhs erregte seine Aufmerksamkeit. Ein Helfer erschien mit heißem Tee und einer Mahlzeit für den Heiler. Er nickte ihnen wortlos zu und verschwand wieder. Hunter Predd erhob sich, ging zur Tür, vergewisserte sich, dass sie allein waren, und setzte sich wieder neben den Heiler.

»Pass gut auf diesen geschundenen Mann auf, Dorne. Keine Besucher. Nicht, bis du von mir gehört hast.«

Der Heiler nippte an seinem Tee. »Hältst du etwas vor mir verborgen?«

»Ich habe da so einen Verdacht. Aber ich brauche Zeit, um ihn zu überprüfen. Kannst du mir die geben?«

Sein Gegenüber zuckte mit den Schultern. »Ich kann es versuchen. Der Mann dort drinnen hat dabei auch ein Wörtchen mitzureden, ob er bei deiner Rückkehr noch hier sein wird. Er ist sehr schwach. Du solltest dich beeilen.«

Hunter Predd nickte. »Ich bin so schnell mich Obsidians Flügel tragen wieder hier«, antwortete er leise.

Hinter ihm in der Dunkelheit, nahe der offenen Tür, löste sich ein Schatten von der Wand und schlich lautlos davon.

Der Helfer, der dem Flugreiter und dem Heiler das Essen serviert hatte, wartete bis nach Mitternacht, als die Menschen von Bracken Clell selig schliefen, ehe er aus seinem Zimmer schlüpfte, durch das Dorf eilte und im Wald verschwand. Er bewegte sich rasch und ohne die Hilfe eines Lichts, denn er kannte seinen Weg gut, da er ihn bereits oft gegangen war. Er war ein kleiner, runzliger Mann, der sein ganzes Leben in dieser Ortschaft verbracht hatte und dem man selten einen zweiten Blick widmete. Er wohnte allein und hatte nur wenige Freunde. Im Haus des Heilers diente er seit mehr als dreizehn Jahren. Er war ruhig, klagte nie, und obwohl es ihm an Fantasie mangelte, konnte man sich immerhin auf ihn verlassen. Seine Qualitäten konnte er in der Arbeit beim Heiler gut gebrauchen, besser hingegen noch als Spion.

Er erreichte die Käfige, die er in dem abgedunkelten Pferch hinter der alten Hütte verborgen hielt, in der er geboren war. Nach dem Tod seines Vaters und seiner Mutter war der Besitz an den ältesten

Sohn übergegangen. Es war ein armseliges Erbe, und er hatte sich nie damit abgefunden, dass das alles sein sollte. Dann hatte sich ihm eine Gelegenheit geboten, die er sofort ergriffen hatte. Ein paar Wörter, hier und da belauscht, ein Gesicht oder ein Name aus den Geschichten, die in Tavernen und Bierschenken kursierten, Stückchen und Fetzen von Wissen über jene, die aus dem Meer gerettet und in das Haus des Heilers gebracht wurden – den richtigen Leuten war das etwas wert.

Und vor allem einer Person.

Der Helfer wusste, was von ihm erwartet wurde. Das hatte sie ihm von Anfang an eingeschärft. Sie war die Gebieterin, vor der er sich verantworten musste, wenn er den Pfad des Gehorsams verließ, den sie ihm gewiesen hatte. Wer auch immer das Haus des Heilers betrat, was auch immer gesprochen wurde und ob es wichtig war oder nicht, sie sollte es erfahren. Sie erklärte ihm, die Entscheidung, sie zu rufen, liege bei ihm. Aber es sei besser, voreilig zu handeln als verspätet. Eine verpasste Gelegenheit war für sie schlechter zu ertragen als ein wenig verschwendete Zeit.

Zunächst hatte er die Lage einige Male falsch eingeschätzt, aber sie war nicht böse auf ihn gewesen. Ein paar Fehler waren zu erwarten. Meistens erkannte er, welche Nachricht etwas wert war und welche nicht. Vor allem kam es auf Geduld und Ausdauer an.

Beide Eigenschaften hatte er entwickelt, und sie gereichten ihm zum Vorteil. Diesmal, das wusste er, hatte er eine wirklich wichtige Sache entdeckt.

Er öffnete die Tür des Käfigs und nahm einen der seltsamen Vögel heraus, die sie ihm gegeben hatte. Sie sahen bösartig aus mit ihren scharfen Augen und Schnäbeln, ihren Pfeilflügeln und schmalen Körpern. Stets beobachteten sie ihn, wann immer er hereinkam, sie aus den Käfigen holte oder eine Nachricht an ihren Beinen befestigte, wie er es jetzt gerade tat. Er mochte es nicht, wie sie ihn anstarrten, und deshalb erwiderte er ihren Blick nur selten.

Nachdem er die Botschaft befestigt hatte, warf er den Vogel in die Luft, und der stieg in die Dunkelheit auf und verschwand. Manchmal kehrten sie mit Nachrichten von ihr zurück. Dann wieder kehrten sie ohne Botschaft zurück und warteten darauf, von ihm wieder in den Käfig gesteckt zu werden. Er fragte sich nie, woher sie kamen. Besser war es, das spürte er, einfach ihre Nützlichkeit zu akzeptieren.

Jetzt starrte er in den Nachthimmel. Er hatte getan, was er konnte. Nun blieb ihm nur noch abzuwarten. Sie würde ihm mitteilen, was als Nächstes erforderlich war. Das tat sie immer.

So schloss er die Türen des Stalls, in dem die Käfige versteckt waren, und schlich den Weg zurück, auf dem er gekommen war.

Zwei Tage später war Allardon Elessedil gerade aus einer langen Sitzung des Hohen Rates der Elfen zurückgekehrt, in der die Erneuerung der Handelsvereinbarungen mit den Städten von Callahorn und der offenbar unendliche Krieg, den sie als Verbündete der Zwerge gegen die Föderation führten, besprochen worden waren, als ihm berichtet wurde, dass ein Flugreiter auf ihn warte und ihn sprechen wolle. Es war spät geworden, und er war müde, doch der Flugreiter hatte den weiten Weg vom Seehafen Bracken Clell im Süden nach Arborlon hinter sich gebracht, eine Reise von zwei Tagen, und er weigerte sich, seine Nachricht jemand anderem als dem König zu überbringen. Der Berater, der Allardon über die Anwesenheit des Flugreiters in Kenntnis setzte, beschrieb auch die Entschlossenheit des Mannes, sich davon nicht abbringen zu lassen.

Der Elfenkönig nickte und folgte seinem Berater zu dem Flugreiter. Seine Übereinkunft mit dem Wing Hove verlangte von ihm, dass er der Bitte um ein Gespräch unter vier Augen bei der Aushändigung von Botschaften nachkam. Gemäß eines Vertrages, der in den frühen Jahren von Wren Elessedils Herrschaft abgefasst worden war, hatten die Flugreiter den Landelfen als Kundschafter und Boten an der Küste der Blauen Spalte über hundertunddreißig Jahre lang gedient. Sie wurden mit Waren und mit Münzen entlohnt, und die Vereinbarung hatte den Elfenkönigen und -königinnen mehr als einmal Nutzen gebracht. Wenn der wartende Flugreiter darum gebeten hatte, Allardon persönlich zu sprechen, dann hatte er einen guten Grund dafür, den man nicht ignorieren sollte.

Mit den Wachen Perin und Wye an seiner Seite folgte er seinem Berater, nachdem sie den Hohen Rat verlassen hatten, und ging durch die Gärten zum Palast der Elessedils. Allardon Elessedil war seit über zwanzig Jahren König, seit dem Tod seiner Mutter, Königin Aine. Er war mittelgroß und von mittlerer Statur, trotz seines Alters in guter Form, hatte einen scharfen Verstand und einen kräftigen Körper. Nur das ergrauende Haar und die Falten seines Gesichts gaben Zeugnis von seinem Alter. Er war ein direkter Nachfolger der großen Königin Wren Elessedil, die die Elfen und ihre Stadt aus der Inselwildnis von Morrowindl geführt hatte, in welche die Föderation und die verhassten Schattenwesen sie getrieben hatten. Er war ihr Ururenkel, und sein ganzes Leben lang hatte er seine Taten an den ihren gemessen.

In diesen Zeiten war das nicht leicht. Der Krieg mit der Föderation wütete seit zehn Jahren und zeigte kein Anzeichen eines baldigen Endes. Die Südlandkoalition aus Grenzlandbewohnern, Zwergen und Elfen hatte den Vormarsch der Föderation unterhalb des Dulnwaldes vor zwei Jahren zum Stillstand gebracht. Jetzt befanden sich die Armeen in einer Pattsituation – an einer Front, die sich nicht mehr bewegte und trotzdem alarmierend viele Leben verschlang. Der Versuch der Föderation, die Grenzländer erneut zu erobern, die sie zu Zeiten von Wren Elessedil verloren hatten, war ein Raubzug, der nicht toleriert werden durfte. Dennoch glaubte der König, dass seine Vorgängerin inzwischen längst einen Weg gefunden hätte, dem Gemetzel ein Ende zu bereiten, was ihm nicht gelungen war.

Was jedoch mit der gegenwärtigen Angelegenheit nichts zu tun hatte, schalt er sich. Der Krieg mit der Föderation fand an der Grenze zwischen den Vier Ländern statt und hatte sich noch nicht bis zur Küste ausgebreitet.

Er betrat das Empfangszimmer, in dem der Flugreiter wartete, und entließ seine Begleiter. Ein Mitglied der Leibgarde war sicherlich in dem Raum versteckt, um jederzeit eingreifen zu können; allerdings hatte Allardon noch nie von einem Flugreiter gehört, der zum Meuchelmörder geworden war.

Während sich die Tür vor seinem kleinen Gefolge schloss, streckte er dem Reiter die Hand entgegen. »Tut mir Leid, dass Ihr warten musstet. Ich habe im Hohen Rat gesessen, und mein Berater wollte mich nicht stören.« Er schüttelte die sehnige Hand und betrachtete das wettergegerbte Gesicht. »Ich kenne Euch, nicht wahr? Ihr habt mir schon ein oder zwei Mal eine Nachricht überbracht.«

»Nur einmal«, sagte der andere. »Und zwar vor langer Zeit. Ich wundere mich, dass Ihr Euch noch an mich erinnert. Mein Name ist Hunter Predd.«

Der Elfenkönig nickte, erinnerte sich nicht an den Namen, lächelte aber dennoch. Flugreiter gaben nicht viel auf Formalitäten, und er wollte jetzt hier auch nicht darauf bestehen. »Was habt Ihr für mich, Hunter?«

Der Flugreiter griff in sein Gewand und zog eine kurze, feine Metallkette und ein Stück Tierhaut hervor. Beides hielt er dem König hin, während er erklärte: »Vor drei Tagen bin ich auf Patrouille über die Gewässer nördlich der Insel Mesca Rho, einem Außenposten von Wing Hove, geflogen. Dabei habe ich einen Mann gefunden, der auf einer Schiffsplanke trieb. Es war kaum noch Leben in ihm, er litt an Unterkühlung und Wassermangel. Ich habe keine Ahnung, wie lange er dort draußen war, aber es muss schon eine Weile gewesen sein. Seine Augen und seine Zunge wurden ihm gewaltsam entfernt, bevor man ihn ins Wasser warf. Er trug dies.«

Er ließ die Kette baumeln, die sich als Armkettchen entpuppte, und Allardon nahm sie entgegen, betrachtete sie und erbleichte. An dem Armband hing das Wappen der Elessedils, die ausgebreiteten Äste des heiligen Ellcrys, der von einem Ring aus Blutfeuer umgeben war. Es war dreißig Jahre her, seit er dieses Armband zum letzten Mal gesehen hatte, aber er erkannte es sofort wieder.

Er richtete den Blick auf den Flugreiter. »Der Mann, den Ihr gefunden habt, trug dies?«, fragte er leise.

»Am Handgelenk, ja.«

»Habt Ihr ihn erkannt?«

»Den Mann nicht, nur das Armband.«

»Gab es keine weiteren Hinweise?«

»Nur dies. Ich habe ihn sorgsam durchsucht.«

Er reichte Allardon ein Stück weiche Haut. An den Rändern war sie ausgefranst und von Wasserflecken übersät. Vorsichtig öffnete der Elfenkönig sie. Es handelte sich um eine Karte, bei der die Tinte bereits ausgeblichen und an manchen Stellen verschmiert war. Der König betrachtete sie eingehend, um herauszufinden, was er eigentlich in der Hand hielt. Er erkannte die Küste von Westland entlang der Blauen Spalte. Eine gepunktete Linie führte von Insel zu Insel in westliche und nördliche Richtung und endete an einer eigenartigen Ansammlung massiver Stacheln. Unter jeder Insel und der Kette aus Stacheln standen Namen, von denen er keinen kannte. Die Schrift der Legende war nicht zu entziffern. Die Zeichen, welche die Karte schmückten und vielleicht bestimmte Orte bezeichneten, stellten seltsame und beängstigende Wesen dar, die er nie zuvor gesehen hatte.

»Erkennt Ihr diese Zeichen?«, fragte er Hunter Predd.

Der Flugreiter schüttelte den Kopf. »Der größte Teil der Karte liegt außerhalb des Gebiets, in dem wir patrouillieren. Die Inseln sind mit den Rocks nicht zu erreichen, und ihre Namen sind mir nicht vertraut.«

Allardon trat an die hohen, mit Gardinen versehenen Fenster, durch die man hinaus in den Garten schauen konnte, und betrachtete die Blumenbeete. »Wo ist der Mann, den Ihr gefunden habt, Hunter? Lebt er noch?«

»Ich habe ihn bei dem Heiler gelassen, der in Bracken Clell dient. Als ich aufbrach, war er noch am Leben.«

»Habt Ihr sonst jemandem von diesem Armband und der Karte erzählt?«

»Niemandem außer Euch. Nicht einmal dem Heiler. Er ist mein Freund, doch ich weiß recht gut, wann Schweigen vonnöten ist.«

Allardon nickte zustimmend. »Das stimmt.«

Er ließ Gläser mit kaltem Bier und einen Krug zum Nachfüllen bringen. Während er mit dem Flugreiter darauf wartete, rasten seine Gedanken hin und her. Die geborgenen Gegenstände und ihre Geschichte machten ihn ratlos, und er war sich nicht sicher, wie er nun weiter vorgehen sollte. Das Armband hatte er wieder erkannt, und damit vermutlich auch die Identität des Mannes, dem man es abgenommen hatte. Beide hatte er seit dreißig Jahren nicht gesehen und auch nicht erwartet, ihnen jemals wieder zu begegnen. Die Karte war ihm unbekannt, doch obwohl er die Schrift nicht entziffern und die Zeichen nicht verstehen konnte, hatte er so eine Ahnung, was sie möglicherweise zeigte.

Plötzlich dachte er an seine Mutter Aine, die seit zwanzig Jahren tot war, und die Erinnerung an das Leid ihrer letzten Lebensjahre trieb ihm Tränen in die Augen.

Abwesend spielte er mit dem Armband.

Vor dreißig Jahren hatte seine Mutter, die Königin, einer Expedition per Segelschiff zugestimmt, um einen Schatz von großem Wert zu suchen, von dem behauptet wurde, er habe die Großen Kriege überlebt, welche die Alte Welt zerstört hatten. Der Grund für die Expedition war ein Traum der Seherin seiner Mutter gewesen, einer Elfenmystikerin von großer Macht und breiter Anerkennung. Der Traum handelte von einem Land aus Eis, einer zerstörten Stadt in diesem Land und einem Ort, an dem ein Schatz von unvorstellbaren Ausmaßen verborgen gehalten und bewacht wurde. Dieser Schatz, falls er entdeckt wurde, besaß die Macht, den Lauf der Geschichte zu ändern und somit das Leben all jener, die mit ihm in Berührung kamen.

Die Seherin war dem Traum gegenüber misstrauisch gewesen, denn sie kannte die Macht, mit der Träume täuschen können. Die Form des gesuchten Schatzes blieb im Ungewissen, und die Ortsangaben waren vage. Das Land, in dem er sich befand, lag jenseits der Blauen Spalte in einem Gebiet, welches niemand je betreten hatte. Es gab keine Anweisungen, wie man es finden und erreichen konnte und nur wenig mehr als eine Reihe von Bildern, die es beschrieben. Vielleicht, so lautete der Rat der Seherin, sollte man den Traum am besten auf sich beruhen lassen.

Aber Allardons älterer Bruder Kael Elessedil war von den Möglichkeiten, welche der Traum bot, und von der Herausforderung der Suche nach einem unbekannten Land begeistert. Er hatte diesen Traum als sein Schicksal begriffen und seine Mutter angefleht, ihn ziehen zu lassen. Am Ende hatte sie es ihm erlaubt. Kael Elessedil hatte also seine Expedition gewährt bekommen und war mit drei Schiffen in See gestochen.

Kurz vor seiner Abreise hatte seine Mutter ihm die berühmten blauen Elfensteine gegeben, die einst Königin Wren gehört hatten. Die Elfensteine würden ihn zu seinem Ziel führen und vor Gefahren beschützen. Ihre Magie würde die Elfen außerdem sicher nach Hause bringen.

Als Kael Elessedil zur Küste aufbrach, wo die von seiner Mutter ausgewählten Schiffe lagen, hatte er das Armband getragen, das sein Bruder jetzt in Händen hielt. Damals hatte Allardon ihn zum letzten Mal gesehen. Die Expedition war nie zurückgekehrt. Die Schiffe, ihre Mannschaften, sein Bruder, alles und jeder waren einfach verschwunden. Suchexpeditionen waren gestartet worden, eine nach der anderen, doch von den vermissten Elfen war keine Spur gefunden worden.

Allardon seufzte leise. Bis heute. Er starrte das Armband in seiner Hand an.

Kaels Verschwinden hatte im Leben der Familie alles verändert. Seine Mutter hatte sich von dem Verlust niemals erholt, und in den letzten Jahren ihres Lebens waren ihre Gesundheit und ihre Hoffnung geschwunden, während ein Rettungsversuch nach dem anderen scheiterte und man die Suche schließlich aufgab. Nach ihrem Tod wurde Allardon, was er nie erwartet hatte, zum König erklärt. Eigentlich hätte sein Bruder diese Position einnehmen sollen.

Er dachte an den versehrten Mann, der ausgezehrt, ohne Stimme und blind im Haus des Heilers von Bracken Clell lag, und fragte sich, ob sein Bruder endlich heimgekehrt war.

Das Bier wurde gebracht, und Allardon setzte sich mit Hunter Predd auf eine Bank im Garten und fragte den Flugreiter wieder und wieder aus, wobei er die gleichen Punkte mehrere Male ansprach und sich ihnen aus verschiedenen Winkeln annäherte, damit er alles erfuhr, was es zu erfahren gab. Hunter begriff, wenigstens zum Teil, die Wunde, die er bei dem Elfenkönig aufgerissen hatte, und deshalb fügte er sich bereitwillig. Er stellte selbst keine Fragen, wofür Allardon dankbar war, sondern beantwortete lediglich die des Königs, dem er Gesellschaft leistete, solange sie gewünscht wurde.

Nachdem die Befragung beendet war, bat Allardon den Flugreiter, die Nacht hier zu verbringen, damit der König Zeit habe, sich zu überlegen, ob er ihn noch weiter brauche. Er formulierte es nicht als Befehl, sondern als Bitte. Reiter und Tier sollten Unterkunft und Verpflegung erhalten, und sein Bleiben werde als Gefälligkeit betrachtet. Hunter Predd stimmte zu.

Wieder allein und nun in seinem Arbeitszimmer, wo er am häufigsten über Angelegenheiten nachdachte, die es erforderten, verschiedene Möglichkeiten zu überprüfen, überlegte sich Allardon, was er zu tun hatte. Nach dreißig Jahren und den erheblichen Verletzungen würde er seinen Bruder vielleicht nicht wieder erkennen, selbst wenn es Kael war, den der Heiler von Bracken Clell pflegte. Er musste davon ausgehen, denn das Armband war echt. Die Karte dagegen beunruhigte ihn. Was sollte er damit anfangen? Ihren Wert vermochte er nur zu schätzen, doch lesen konnte er sie nicht vollständig. Wenn er eine neue Expedition zusammenstellen sollte, was er bereits ernsthaft in Erwägung zog, musste er jede mögliche Anstrengung unternehmen, um herauszufinden, mit was er zu rechnen hatte.

Er brauchte demnach jemanden, der ihm die Anmerkungen auf der Karte übersetzte. Jemanden, der ihm sagen konnte, was sie bedeuteten.

Es gab nur einen einzigen Menschen, der dazu in der Lage war, vermutete er. Jedenfalls nur einen, den er kannte.

Draußen war es inzwischen dunkel, und die Nacht senkte sich über den Westlandwald, die Mauern und Dächer der Stadt verschwanden und wurden von den Lichtern ersetzt, die bewiesen, dass sie noch immer existierten. Im Heim der Elessedils war es still. Seine Frau beschäftigte sich mit ihren Töchtern und arbeitete an einer Steppdecke für seinen Geburtstag, über die er eigentlich gar nicht Bescheid wissen sollte. Sein ältester Sohn Kylen befehligte ein Regiment im Krieg gegen die Föderation. Sein Jüngster, Ahren, jagte in den nördlichen Wäldern mit Ard Patrinell, einem Hauptmann der Leibgarde. Trotz der Größe seiner Familie und seiner Stellung als König fühlte er sich überraschend allein und hilflos angesichts dessen, was er tun musste.

Aber wie? Wie würde er zustande bringen, was notwendigerweise zu tun war?

Die Stunde des Abendessens war gekommen und gegangen, und er blieb, wo er war, und grübelte weiter. Es war schwierig, auch nur darüber nachzudenken, was er eigentlich tun müsste, denn der Mann war ihm in vielerlei Hinsicht ein Gräuel. Trotzdem musste er sich mit ihm einlassen, seine Vorbehalte beiseite schieben und ihre gegenseitige Feindseligkeit ignorieren. Er konnte das, weil es dazu gehörte, ein König zu sein, und er hatte schon ähnliche Zugeständnisse in anderen Situationen gemacht. Nur einen Weg zu finden, den anderen zu überzeugen, war schwierig. Dazu musste er sich etwas ausdenken, was nicht auf sofortige Ablehnung stieß, und das war nicht ganz einfach.

Am Ende fand er das Gesuchte direkt vor seiner Nase. Er würde Hunter Predd, den Flugreiter, als Gesandten schicken. Der Flugreiter würde helfen, weil er die Wichtigkeit seiner Entdeckung erkannt hatte und weil Allardon dem Wing Hove Zugeständnisse machen würde, die sie schon lange begehrten. Der Mann, dessen Dienste er wollte, würde wohlwollend antworten, da er keinen Streit mit den Flugreitern hatte, sondern mit den Landelfen, und da Hunter Predds direkte Sprache ihm zusagen würde.

Natürlich gab es keine Garantien. Sein Plan mochte fehlschlagen, und er wäre vielleicht gezwungen, es erneut zu versuchen – vielleicht sogar selbst nach Bracken Clell zu reisen. Ja, das würde er, wenn alles andere misslang. Dennoch zählte er auf die Neugier seines Widersachers, um ihn zu gewinnen; dem Rätsel der Karte würde er nicht widerstehen können. Über die Verlockungen ihrer Geheimnisse würde er nicht hinwegsehen können. Sein Leben erlaubte das nicht. Denn was immer er sonst noch war, und er war vielerlei, in erster Linie war er ein Gelehrter.

Der Elfenkönig holte die Karte hervor und legte sie auf seinen Schreibtisch. Er hätte sie eigentlich gern kopieren lassen, um für den Fall eines Verlustes vorzusorgen. Aber eine Kopie erhöhte die Gefahr eines Verrats, der das ganze Unternehmen innerhalb einer Sekunde scheitern lassen konnte. Ein Schreiber konnte vieles erschließen, ohne die Herkunft der Karte oder ihren Wert zu kennen. Eine Indiskretion war durchaus möglich.

Nichtsdestotrotz, er würde bei dem Schreiber bleiben, bis der seine Arbeit beendet hatte. Nachdem er seine Entscheidung getroffen hatte, schickte er einen Diener los, um denjenigen zu rufen, der gebraucht wurde. Das Abendessen würde noch eine Weile warten müssen.

Zwei

In der gleichen Nacht, in der Allardon Elessedil auf seinen Schreiber wartete, der eine Kopie der von Hunter Predd überbrachten Karte anfertigen sollte, erhielt der Spion im Hause des Heilers von Bracken Clell eine Reaktion auf die Nachricht, die er seiner Gebieterin vor zwei Tagen geschickt hatte. Allerdings hatte er mit einer solchen Reaktion nicht gerechnet.

Sie erwartete ihn, als er bei Einbruch der Nacht in seine Wohnung kam, das Tagwerk hinter sich hatte und mit den Gedanken bei anderen Dingen war. Vielleicht dachte er daran, später hinaus zu den Käfigen zu schleichen und zu schauen, ob einer der geflügelten Kuriere eine Antwort gebracht hatte. Möglicherweise freute er sich auch nur auf eine warme Mahlzeit und ein kühles Bett. Wie auch immer, sie vorzufinden, damit hatte er nicht gerechnet. Ihre Anwesenheit überraschte und verängstigte ihn gleichzeitig, und so zuckte er zusammen, als sie sich aus den Schatten löste. Sie beruhigte ihn mit einem sanften Wort und wartete geduldig ab, bis er sich genügend erholt hatte, um sie angemessen zu begrüßen.

»Gebieterin«, flüsterte er, beugte das Knie und verneigte sich tief. Es gefiel ihr, dass er seine guten Manieren nicht vergessen hatte. Obwohl sie seit vielen Jahren nicht hier gewesen war, erinnerte sie sich an seine Wohnung.

Sie ließ ihn ein wenig gebückt stehen, stellte sich vor ihn, und ihr beruhigendes, sanftes Flüstern hing leise und leicht in der Luft. Die graue Robe verhüllte sie von Kopf bis Fuß, die Kapuze verbarg ihr Gesicht. Ihr Spion hatte sie niemals im Licht gesehen oder auch nur den kleinsten Blick auf ihre Züge erhascht. Sie war ein Rätsel für ihn, eine schattenhafte Präsenz. Sie verschmolz mit der Dunkelheit, war ein Wesen, das man eher fühlte denn sah und das selbst dann noch Wache hielt, wenn es unsichtbar war.

»Gebieterin, ich habe Euch eine wichtige Sache zu berichten«, murmelte der Spion und blickte nicht auf, sondern wartete, bis man ihm erlaubte, sich aufzurichten.

Die Ilse-Hexe beließ ihn in seiner Haltung und dachte nach. Sie wusste mehr, als er sich vorstellen konnte, mehr, als er ahnen konnte, denn sie besaß Kräfte, die über sein Verständnis weit hinausgingen. Aus der Nachricht, die er ihr gesandt hatte – aus den Worten, der Handschrift, dem Geruch auf dem Papier –, hatte sie die Dringlichkeit erschlossen, die er verspürte. Aus der Art, wie er sich jetzt präsentierte – seinem Benehmen, seinem Tonfall, seiner Haltung –, entzifferte sie seine Nöte. Das war ihre Gabe: stets mehr zu wissen als diejenigen, mit denen sie in Berührung kam, sie zu wissen lassen wünschten.

Jetzt streckte die Ilse-Hexe den Arm aus. »Erhebe dich«, befahl sie.

Der Spion gehorchte, hielt den Kopf und den Blick jedoch weiter gesenkt. »Ich hatte nicht erwartet, dass Ihr kommt …«

»Bei einer Angelegenheit von solcher Wichtigkeit konnte ich nicht anders reagieren.« Sie beugte sich leicht vor. »Erzähle mir jetzt, was du weißt.«

Der Spion zitterte vor Aufregung und wollte nur allzu bereitwillig zu Diensten sein. Im Schatten der Kapuze lächelte sie.

»Ein Flugreiter hat einen Mann aus dem Meer gerettet und ihn zu dem Heiler gebracht, der in diesem Ort dient«, berichtete der Spion, der es nun wagte, den Blick bis zum Saum ihrer Robe zu heben. »Die Augen und die Zunge wurden dem Mann genommen, und der Heiler meint, er sei halb wahnsinnig. Das bezweifle ich nicht, so wie er aussieht. Der Heiler kann die Identität des Mannes nicht feststellen, und auch der Flugreiter nicht, allerdings vermutet er etwas. Er hat dem Mann etwas abgenommen, ehe er ihn hierher gebracht hat. Ich habe es kurz betrachten können – ein Armband mit dem Wappen der Elessedils.«

Der Spion hob nun den Blick und suchte den ihren. »Der Flugreiter verließ Arborlon vor zwei Tagen. Ich belauschte, wie er dem Heiler sagte, wohin er aufbricht. Das Armband hat er mitgenommen.«

Sie starrte ihn schweigend einen Moment lang an, und ihre verhüllte Gestalt verharrte still wie die Schatten. Ein Armband mit dem Wappen der Elessedils, dachte sie. Der Flugreiter würde es vermutlich zu Allardon Elessedil bringen. Wessen Armband war das? Was bedeutete es, dass es bei diesem blinden und stummen und für verrückt gehaltenen Elfen gefunden worden war?

Die Antworten verbargen sich im Kopf des Schiffbrüchigen. Sie musste ihn daher zwingen, sie preiszugeben.

»Wo ist der Mann jetzt?«, erkundigte sie sich. Der Spion richtete sich eifrig auf; die Hände hatte er wie zum Gebet unter dem Kinn gefaltet. »Er liegt im Krankenzimmer des Heilers, wo er bis zur Rückkehr des Flugreiters gepflegt, aber auch isoliert wird. Niemandem ist es erlaubt, ihn zu besuchen oder mit ihm zu sprechen.« Er schnaubte leise. »Als könnte das überhaupt jemand. Schließlich hat er keine Zunge, um zu antworten, nicht wahr?«

Sie scheuchte ihn zur Seite, und er bewegte sich wie eine Marionette. »Warte hier auf mich«, verlangte sie. »Ich werde zurückkehren.«

Durch die Tür betrat sie die Nacht, huschte als geisterhafter Schemen lautlos und ohne Anstrengung durch die Straßen. Die Ilse-Hexe mochte die Dunkelheit und fand einen Trost darin, den ihr das Tageslicht versagte. Die Dunkelheit beruhigte sie, milderte Ecken und Kanten und verminderte die Klarheit. Das Sehen verlor an Bedeutung, denn das Auge konnte getäuscht werden. Eine Bewegung hier oder dort konnte das Aussehen eines Gegenstandes verändern. Was im Licht zuverlässig wirkte, wurde in der Finsternis verdächtig. So spiegelte sie ihr Leben, eine Sammlung von Bildern und Stimmen, von Erinnerungen, die ihr Wachstum formten, die keineswegs alle in einer bestimmten Abfolge geordnet und nicht auf eine Weise verbunden waren, die Sinn ergab. Wie die Schatten, mit denen sie sich so stark identifizierte, bestand ihr Leben aus zerfransten Enden und losen Fäden, die dazu einluden, neu genäht zu werden. Ihre Vergangenheit war nicht in Stein gehauen, sondern auf Wasser gemalt. Erfinde dich selbst neu, hatte man ihr vor langer Zeit aufgetragen. Erfinde dich selbst neu, und du wirst unergründlich für jene, die aufdecken wollen, wer du wirklich bist.

In der Nacht, in der Dunkelheit und im Schatten konnte sie dies leichter verwirklichen. Sie brauchte ihr Aussehen keinem zu enthüllen und konnte ihr Wesen verbergen. Außerdem konnte sie andere dazu bringen, sich ein Bild von ihr zu machen, und sie dadurch dauerhaft täuschen.

Ohne angesprochen zu werden, ging sie durch die Stadt und begegnete fast niemandem, und die wenigen, die ihr entgegenkamen, bemerkten ihre Gegenwart nicht. Es war spät, der größte Teil des Ortes schlief, und diejenigen, welche sich des Nachts in Bierschenken und Lusthöhlen herumtrieben, kümmerten sich nur um ihre eigenen Belange. Sie verzieh ihnen ihre Schwächen, diesen Männern und Frauen, doch sie würde sie niemals als Gleiche akzeptieren. Seit langem gab sie nicht mehr vor zu glauben, ihre gemeinsame Herkunft verbinde sie in irgendeiner Weise. Sie war eine Kreatur des Feuers und des Eisens. Sie war in Magie und Macht geboren. Ihre Bestimmung verlangte, über das Leben anderer zu entscheiden und sich selbst nie von ihnen beeinflussen zu lassen. Mit ganzer Leidenschaft erhob sie sich über das Schicksal, das andere ihr als Kind zugedacht hatten, und rächte sich an ihnen, weil sie das gewagt hatten. Sie würde so viel mehr sein als sie, und sie wären für immer ein Nichts.

Wenn sie ihnen erlaubte, ihren Namen auszusprechen, wenn sie ihn selbst kundtat, würde man sich daran erinnern. Dann wäre er nicht mehr in der Asche ihrer Kindheit verborgen. Er wäre nicht mehr wie ein Bruchstück ihrer verlorenen Vergangenheit. Er würde schweben wie der sanfte Gleitflug des Falken und mit der milchigen Helligkeit des Mondes leuchten. Den Bewohnern dieser Welt würde er ewig in den Köpfen bleiben.

Das Haus des Heilers lag vor ihr, dicht an den Bäumen des Waldes. Sie war spät am Nachmittag aus dem Wildewald losgeflogen, hatte ihren Unterschlupf wegen der Nachricht des Spions verlassen, da sie deren Wichtigkeit spürte und die Geheimnisse, die sich dahinter verbargen, enthüllen wollte. Ihren Kriegswürger hatte sie in dem alten Bewuchs unter den Steilhängen gelassen; über den schrecklichen Kopf hatte sie eine Haube gezogen und die Krallen angepflockt. Sonst würde er sich aufbäumen, und zwar so wild, dass sogar Magie ihn nicht halten konnte, wenn sie nicht zugegen war. Als Kampfvogel suchte er allerdings seinesgleichen. Sogar die großen Rocks hüteten sich vor ihm, denn der Würger kämpfte stets bis zum Tode, ohne viel an seine Verteidigung zu denken. Niemand würde ihn bemerken, da sie einen Zauber der Furcht ausgesprochen hatte, um Unerwünschte zu vertreiben. Bis Sonnenaufgang würde sie längst zurückgekehrt sein.

Sie schlüpfte auf spitzen Zehen durch die Tür ins Haus des Heilers, schlich durch die vorderen Räume zu den Krankenzimmern, summte leise, wenn sie Helfern begegnete, die noch arbeiteten, und lenkte ihre Gedanken nach innen und ihre Blicke von ihr fort, damit sie nicht von ihnen bemerkt wurde. Diejenigen, die vor der Tür des Schiffbrüchigen Wache hielten, versetzte sie in Schlaf. Sie sanken auf ihre Stühle, lehnten sich an Wände und auf Tische, ihre Augen schlossen sich, und ihr Atem ging langsam und tief. Im Haus des Heilers wurde es still und friedlich, und ihr Lied fügte sich angenehm in den Ort ein. Sie erfüllte die Luft mit ihrer Musik, einer zarten Decke, die Vorsicht und Unbehagen verhüllte, die sonst möglicherweise ausgelöst worden wären. Bald war sie allein und konnte in Ruhe arbeiten.

Der Schiffbrüchige döste auf dem Bett in seinem Zimmer, eine leichte Decke lag über seinem fiebrigen Körper, und die Vorhänge vor den Fenstern waren geschlossen. Seine Haut war mit Blasen übersät und rau, und die lindernde Salbe, die der Heiler aufgetragen hatte, glänzte feucht. Sein Körper war durch den Ernährungsmangel ausgemergelt, sein Herz schlug schwach in der Brust, und das gezeichnete Gesicht wirkte wie das eines Skeletts, denn die Lider waren tief in die Höhlen eingesunken, aus denen man die Augen entfernt hatte, und der Mund war eine vernarbte rote Wunde hinter aufgeplatzten Lippen.

Aufmerksam betrachtete ihn die Ilse-Hexe eine Zeit lang, damit ihre Augen ihr so viel wie möglich berichten konnten; sie bemerkten die deutlichen Elfenzüge, das graue Haar, demzufolge er nicht mehr jung war, und die gekrümmten Finger, die mit stillen Schreien von erduldeten Foltern sprachen. Es gefiel ihr nicht, wie sich der Mann anfühlte; man hatte ihn absichtlich leiden lassen und für Dinge ausgenutzt, die sie sich gar nicht vorstellen wollte. Auch den Geruch, den er von sich gab, mochte sie nicht, und auch nicht die leisen Geräusche. Er lebte an einem anderen Ort in einer anderen Zeit und konnte das, was er erlitten hatte, nicht vergessen.

Als sie ihn berührte, ganz sanft die schlanken, kühlen Finger auf seine Brust setzte, zuckte er zusammen wie nach einem Hieb. Rasch setzte sie ihre Magie ein und sang leise, um ihn zu beruhigen, ihm Frieden und Trost zu spenden. Der gewölbte Rücken entspannte sich langsam, und die gekrümmten Finger umklammerten nicht länger die Bettdecke. Ein Seufzen entfloh den aufgeplatzten Lippen. Für diesen Mann war Erleichterung in jeder Form willkommen, dachte sie und sang weiter, während sie sich an seiner Gegenwehr vorbei in sein Unterbewusstsein vordrängte.

Nachdem er wieder still lag, sich ihrer Fürsorge überlassen hatte und von ihr abhängig geworden war, legte sie die Hände auf den fiebrigen Körper, damit sie Gedanken und Gefühle aus ihm ziehen konnte. Das, was verschlossen in seinem Kopf lag, musste sie befreien – Erlebnisse, Mühen, Geheimnisse. Sie musste dies durch seine Sinne erreichen, aber vor allem durch seine Stimme. Dazu brauchte sie nur einen Weg zu finden, es ihn selbst wünschen zu lassen.

Am Ende war es gar nicht so schwer. Sie band ihn durch ihren Gesang, forschte währenddessen sanft, und er erzeugte diese leisen, unverständlichen Laute, zu denen er in der Lage war. Sie entzog ihm ein Ächzen, ein Murmeln, ein Keuchen nach dem anderen. Aus jedem Laut gewann sie ein Bild von dem, was er wusste, und dieses machte sie dann zu ihrem eigenen. Die Laute waren unmenschlich und voller Schmerzen, doch sie nahm sie ohne mit der Wimper zu zucken auf und badete ihn in einer Flut aus Mitgefühl, Trost und Mitleid, aus Sanftheit und dem Versprechen der Heilung.

Sprich mit mir. Lebe neu durch mich. Überlasse mir alles, was du verbirgst, und ich gebe dir Frieden.

Er gehorchte, und die Bilder waren hell, bunt und verblüffend. Ein Ozean, riesig, blau und unerforscht. Inseln, eine nach der anderen, manche grün und üppig, andere öde und felsig, doch fühlte sich jede anders an, und jede verbarg etwas Ungeheuerliches. Stürmische, verzweifelte Gefechte, in denen Waffen klirrend aufeinander prallten und Männer fielen. Gefühle von solcher Intensität, solch roher Gewalt, dass sie die Ereignisse, die sie ausgelöst hatten, in den Schatten stellten und die Narben enthüllten, die sie ihrem Besitzer hinterlassen hatten.

Schließlich sah sie Säulen aus Eis, die in den dunstigen, kühlen Himmel ragten, deren massige Formen sich bewegten und knirschten wie die Zähne eines Riesen, während ein dünner Strahl blauen Feuers, das aus der Magie der Elfensteine geboren war, durch etwas hindurchschoss, was dahinter lag. Es handelte sich um eine Ruinenstadt, die alt war und in der es von riesigen Beschützern wimmelte. Dort gab es eine Feste, begraben in der Erde und beschützt von glattem Metall und hellen roten Augen, in denen Magie funkelte …

Der Ilse-Hexe stockte der Atem bei diesem letzten Bild, einem Bild jener Magie, die der Schiffbrüchige in dieser vergrabenen Feste gefunden hatte. Diese Magie wurde durch Wörter beschworen – aber durch so viele! Deren Anzahl schien endlos zu sein und erstreckte sich aus sanften Lichtern in die Schatten, ihre Macht erhob sich in die Luft und bildete einen riesigen Baldachin, der die ganze Erde bedecken konnte!

Der Schiffbrüchige wand sich unter ihr, und einen Augenblick lang löste sich der Griff, mit dem sie ihn hielt, da sie kurz die Konzentration verlor. Rasch brachte sie ihr Lied wieder zum Einsatz und drang noch tiefer in seinen Kopf ein, um ihn unter Kontrolle zu bekommen.

Wer bist du? Sag deinen Namen! Sein Körper zuckte, und der Mann gab schreckliche Geräusche von sich. *Sag ihn mir!*

Er antwortete, und nun verstand sie die Bedeutung des Armbands.

Was hattest du noch bei dir? Was noch?

Er kämpfte gegen sie an, obwohl er nicht begriff, wogegen er sich eigentlich wehrte; er wusste nur, dass es sein musste. Es war nicht ausschließlich seine Idee, sich zu wehren, das spürte sie; da hatte ihm offensichtlich jemand dieses Bedürfnis eingeimpft, oder es war durch ein Ereignis ausgelöst worden. Aber sie handhabte ihre Magie mit Kraft und Sicherheit, und ihm mangelte es an den Möglichkeiten, ihr zu widerstehen.

Eine Karte sah sie. Eigenhändig hatte er sie auf eine alte Tierhaut gezeichnet. Eine Karte, begriff sie, die nicht länger bei ihm war, sondern auf dem Weg nach Arborlon und zum Elfenkönig.

Sie versuchte zu erkennen, was auf die Karte gezeichnet war, und für einen Augenblick konnte sie ein vages Bild aus seinem Ächzen und Stöhnen rekonstruieren. Dabei erhaschte sie einen Blick auf Namen und Symbole, erkannte eine gepunktete Linie, die Inseln vor der Küste von Westland und in der Blauen Spalte verband. Diese Linie verfolgte sie bis zu den Säulen aus Eis und dem Land, in dem das Versteck lag. Aber Wörter und Zeichnungen gingen verloren, als er erneut zusammenzuckte. Seine Stimme war erschöpft, sein Kopf leer, und sein Körper war schlaff und reglos.

Sie beendete ihr Lied und trat von ihm zurück. Alles, was sie von ihm bekommen würde, hatte sie sich geholt, und was sie erfahren hatte, genügte, um zu wissen, was notwendig war. Einen Augenblick lauschte sie in die Stille hinein und versicherte sich, dass ihre Anwesenheit noch nicht bemerkt worden war. Der schiffbrüchige Elf lag auf seinem Lager und regte sich nicht, hatte sich so tief in sich zurückgezogen, dass er niemals wieder hervorkommen würde. Vielleicht würde er überleben, sich jedoch niemals wieder erholen.

Sie schüttelte den Kopf. Es war sinnlos, ihn so zurückzulassen.

Kael Elessedil, Sohn der Königin Aine und einst Thronanwärter der Elfen. Das hatte sich vor ihrer Zeit zugetragen, aber sie kannte die Geschichte. Seit dreißig Jahren wurde er vermisst, und so endete sein armseliges Schicksal.

Die Ilse-Hexe trat näher, warf die Kapuze zurück und enthüllte das Gesicht, das nur wenige je zu sehen bekamen. Sie ähnelte in nichts dem, was man hinter der Kleidung vermuten mochte. Sehr jung war sie, kaum eine erwachsene Frau, und sie hatte langes und dunkles Haar, ihre Augen funkelten blau, und ihr Gesicht war glatt und anmutig. Als sie ein Kind gewesen war – damals hatte sie noch den Namen getragen, den sie heute nicht mehr aussprach –, hatte sie in den Spiegel geschaut, den das Wasser in einer kleinen Bucht des Baches bildete, der nicht weit von ihrem Zuhause floss, und sich vorgestellt, wie sie aussehen würde, wenn sie erwachsen war. Damals, als es ihr wichtig gewesen war, hatte sie sich nicht vorstellen können, hübsch zu werden. Auch heute hielt sie sich nicht für hübsch, doch spielte es keine Rolle mehr für sie.

Sie beugte sich vor, um den kranken Mann auf die Lippen zu küssen, und in Gesicht und Augen lagen Wärme und Zärtlichkeit. Der Kuss dauerte lange genug, damit sie ihm den Odem aus der Lunge saugen konnte, und dann starb er.

»Ich wünsche dir Frieden, Kael Elessedil«, flüsterte sie ihm ins Ohr.

Danach verließ sie das Haus des Heilers auf dem gleichen Weg, auf dem sie gekommen war, und hüllte sich wieder in ihre Kapuze. Ihre schemenhafte Gegenwart lenkte niemandes Aufmerksamkeit auf sie. Die Helfer würden erwachen, nachdem sie gegangen war, und nicht wissen, dass etwas geschehen war, dass sie geschlafen hatten und dass die Zeit verstrichen war.

Inzwischen sortierte die Ilse-Hexe die Bilder, die sie erhalten hatte, und überlegte sich, welche Möglichkeiten sich ihr boten. Die Magie, die Kael Elessedil entdeckt hatte, war unbezahlbar. Obwohl sie nicht einmal wusste, woraus sie bestand, spürte sie das. Natürlich wollte sie diese Magie besitzen. Deshalb musste ihr das gelingen, was er nicht geschafft hatte – sie finden und für sich beanspruchen. Gewiss wurde sie auf irgendeine Weise bewacht, wie es bei einer solchen Magie notwendig war, aber es gab keine Schutzvorrichtungen, die sie nicht überwinden konnte. Ihr Vorgehen war bereits beschlossen, nur die Einzelheiten bedurften noch der Klärung.

Was sie begehrte, selbst wenn sie es nicht wirklich brauchte, um zum Erfolg zu gelangen, war die Karte. Sie schlich durch das dunkle Bracken Clell und grübelte, auf welche Weise sie in ihren Besitz kommen könnte. Der Flugreiter hatte die Karte zusammen mit Kaels Armband zu Allardon Elessedil gebracht. Der Elfenkönig würde die Wichtigkeit der beiden Stücke erkennen, doch wäre er nicht in der Lage, die Worte auf der Karte zu verstehen. Und außerdem hätte er nicht den Vorteil, die Gedanken seines nunmehr verstorbenen Bruders zu kennen. Er würde bei jemand anderem Hilfe suchen, um die geheimnisvollen Symbole, die sein Bruder gefunden hatte, zu entziffern.

An wen würde er sich wenden?

Sie kannte die Antwort auf die Frage bereits, ehe sie ganz zu Ende gedacht war. Es gab nur einen, den er fragen konnte. Einen, der es bestimmt wissen würde. Ihr Feind, einarmig und mit dunklen Brauen, an Körper und Seele verkrüppelt. Ihre Nemesis, die ihr in der Kunst der Ausübung roher Magie das Wasser reichte.

Sofort begriff sie, was das bedeutete. Daraus würde sich ein Wettstreit bei der Suche entwickeln, und Zeit wäre von nun an ein kostbares Gut. Den Luxus von Sorgfalt und Vorsicht bei der Planung konnte sie sich nicht leisten. Sie würde sich einer Herausforderung stellen müssen, die sie wie nichts bisher auf die Probe stellte.

Sogar der Morgawr würde sich vielleicht in einen Streit dieser Größenordnung einmischen wollen.

Während ihrer Überlegungen war sie deutlich langsamer geworden, und jetzt beschleunigte sie ihren Schritt wieder. Sie war mit ihren Gedanken der Wirklichkeit ein Stück zu weit voraus. Ehe sie in den Wildewald zurückkehren konnte, musste sie die Sache hier beenden. Sie musste die losen Enden verknüpfen. Ihr Spion wartete, weil er den Wert seiner Nachricht erfahren wollte. Natürlich freute er sich auf Lob für seinen Fleiß und einen Lohn für seine Mühen. Für beides wollte sie sorgen.

Dennoch schweiften ihren Gedanken, während sie still durch den Ort ging und sich der Wohnung ihres Spions näherte, immer wieder zu der Konfrontation, die ihr bevorstand und die sich in einer Zeit abspielen würde, die jetzt noch in der Ferne lag, an einem Ort, der womöglich weit von den Ländern entfernt war, durch die sie gerade reiste. Eine Konfrontation des Willens, der Magie und der Schicksale. Sie und ihre Widersacher würden um die Überlegenheit kämpfen, genauso wie sie es sich immer erträumt hatte – das Bild brannte in ihren Gedanken wie eine glühende Kohle und entfachte ihre Fantasie.

Ihr Spion wartete, als sie bei ihm eintrat. »Gebieterin«, begrüßte er sie und ließ sich gehorsam auf ein Knie nieder.

»Erhebe dich«, befahl sie.

Er richtete sich auf, hielt nur den Blick und den Kopf gesenkt.

»Du hast deine Sache gut gemacht. Was du mir gezeigt hast, öffnet mir Türen, von denen ich nur geträumt habe.«

Sie beobachtete, wie er vor Stolz strahlte und sich die Hände voller Erwartung der Belohnung rieb, die sie ihm nun gewiss geben würde. »Danke, Gebieterin.«

»Es ist an mir, mich zu bedanken«, erwiderte sie, griff in ihre Robe und zog einen Lederbeutel hervor, in dem es verlockend klimperte. »Öffne ihn erst, nachdem ich gegangen bin«, sagte sie leise. »Ich wünsche dir Frieden.«

Ohne weiteren Aufschub verließ sie ihn, denn sie hatte ihre Aufgaben beinahe erledigt. Sie ging aus dem Ort hinaus zu der verrottenden Hütte, die ihrem Spion gehörte, ließ die Vögel frei und schickte sie in den Wildewald zurück. Dort würden sie bereits in ihrem Unterschlupf warten, wenn sie zurückkehrte. Der Spion würde sie nicht mehr brauchen. Dem Beutel mit Gold hatte sie eine winzige Schlange beigefügt, deren Gift so tödlich war, dass schon ein kleiner Ritzer ausreichte. Ihr Spion würde nicht bis morgen früh warten, um die Münzen zu zählen; er würde es noch heute Nacht machen. Natürlich würde man ihn finden, aber bis dahin wäre die Schlange verschwunden. Das Geld wäre vermutlich genauso schnell weg. In einem Viertel wie dem, in dem der Spion lebte, war es wohl bekannt, dass Tote kein Gold mehr brauchten.

Sie dachte nicht mehr über die Angelegenheit nach, als sie sich auf den Rückweg zu ihrem Würger machte. Obwohl sie viele hatte und diese über alle Vier Länder verstreut waren, gab sie ihre Spione nicht leichtherzig auf. Sie beschützte sie sogar, wenn sie so nützlich und verlässlich waren wie dieser.

Aber selbst der beste Spion konnte entlarvt werden und sie verraten, und das durfte sie nicht riskieren. Besser nahm sie einen gewissen Verlust in Kauf, als ein offensichtliches Risiko einzugehen. Ein Leben war ein kleiner Preis für einen Vorteil ihrem ärgsten Feind gegenüber.

Aber wie sollte sie in den Besitz der Karte gelangen? Welche List konnte sie einsetzen, die ihr bemerkenswerter Widersacher nicht durchkreuzen konnte?

Einen Augenblick dachte sie daran, sich die Karte selbst zu holen.

Aber sie Allardon Elessedil zu stehlen, der sie inzwischen in Händen halten dürfte, im Herzen des Elfenlandes, war eine zu gefährliche Sache, um sie ohne gründliche Planung zu unternehmen. Sie konnte versuchen, sie auf dem Weg zu ihrem Widersacher abzufangen, aber woher erfuhr sie, auf welchem Wege sie befördert wurde? Außerdem war es dafür möglicherweise schon zu spät.

Nein, sie musste den rechten Augenblick abwarten, nachdenken und einen unauffälligeren Weg finden, das zu erlangen, was sie begehrte.

Sie erreichte ihr Reittier, entfernte die Fesseln und die Haube, während sie es mit ihrer Magie still hielt, dann stieg sie hinter dem dicken, gefiederten Hals an der Stelle auf, wo die Flügel am Körper saßen, und schon ging es los. Zeit und List würden sie am besten zum Ziel führen, dachte sie zufrieden. Der Wind strich durch ihr Gesicht, und die Gerüche des Waldes wichen der reinen kalten Nachtluft in der Höhe.

Zeit und List und die Macht der Magie, die ihr angeboren war, würden ihr eine ganze Welt einbringen.

Drei

Hunter Predd war von der pragmatischen Sorte, wie es typisch für die Flugreiter war. Welche unwillkommenen Karten das Leben auch immer austeilte, er nahm sie so würdig er konnte auf und machte sich an die Erledigung seiner Aufgaben. In diese Kategorie fielen auch Reisen ins Innere der Vier Länder, die sich jenseits des Elfenterritoriums erstreckten. Der Gedanke an einen Flug ins Landesinnere bereitete ihm Unbehagen; vor allem gefiel es ihm nicht, Orte aufzusuchen, die er noch nie gesehen hatte.

Paranor war ein solcher Ort.

Er war überrascht, dass Allardon Elessedil ihn bat, die Karte dorthin zu bringen. Überrascht, weil es angemessener erschien, einen Landelfen die Reise für den König machen zu lassen als einen Reiter vom Wing Hove. Er war ein Mann, der mit nichts hinter dem Berg hielt, und deshalb fragte er den König offen heraus nach den Gründen für seine Entscheidung. Der Elfenkönig erklärte, derjenige, der die Karte bekommen sollte, habe vielleicht Fragen, welche nur er beantworten könnte. Ein zweiter Elf würde ihn auf seiner Reise begleiten, wenn er das wünschte – nur welchen Sinn ergab das, wenn er dem, was Hunter Predd wusste, nichts hinzufügen konnte.

Es war ganz einfach. Die Karte musste zu einer bestimmten Person befördert werden, die sie untersuchen würde. Hunter sollte außerdem Allardon Elessedils Respekt und seine Bitte überbringen, der Empfänger der Karte möge nach Arborlon kommen und mit dem Elfenkönig überlegen, wie man die Wörter und die Zeichen der Karte übersetzen könnte.

Natürlich gab es einen Haken an der Sache. Hunter Predd, der kein Dummkopf war, sah ihn kommen. Der Elfenkönig hob ihn sich bis zum Schluss auf. Die Person, der der Flugreiter die Karte aushändigen sollte, war der Druide, der Walker hieß, und das Ziel des Reiters war der Keep des Druiden in Paranor.

Walker. Sogar Hunter Predd, der selten die Küste der Blauen Spalte verließ, hatte von ihm gehört. Angeblich war er der letzte Druide. In der Geschichte der Vier Länder stellte er eine düstere Figur dar, und es hieß von ihm, er lebe bereits hundertfünfzig Jahre und sei immer noch jung. Er hatte in den Zeiten von Wren Elessedil gegen die Schattenwesen gekämpft. Danach war er für einige Jahrzehnte verschwunden und vor etwa dreißig Jahren wieder aufgetaucht. Der Rest von dem, was der Flugreiter über ihn wusste, lag noch mehr im Dunst. Es gab Gerüchte, denen zufolge Walker ein Zauberer war, der über große Magie verfügte. Angeblich hatte er versucht, einen Konvent abzuhalten, und war damit gescheitert. Außerdem hieß es, er wandere noch immer durch die Vier Länder und sammle Wissen und werbe Jünger an. Jeder fürchtete ihn und misstraute ihm.

Nur Allardon Elessedil nicht, so schien es, der darauf bestand, dass Angst und Misstrauen unberechtigt seien, dass Walker ein Historiker und ein Akademiker sei und dass der Druide vor allem als Einziger die Fähigkeit besitzen könnte, die Zeichnungen und Wörter dieser Karte zu entziffern.

Nachdem Hunter Predd kurz darüber nachgedacht hatte, übernahm er die Aufgabe, nicht aus Pflichtgefühl oder Sorge oder aus irgendwelchen Gefühlen für den Elfenkönig, die eher an Desinteresse grenzten. Er übernahm sie nur deswegen, weil der König ihm versprochen hatte, als Belohnung für seine Mühen würde eine Insel südwestlich des Irrybisgebirges in den Besitz des Wing Hove übergehen, welche die Flugreiter schon lange begehrten. Ein fairer Preis, dachte Hunter, als er das Angebot hörte. Die Gelegenheit war gut, der Lohn war es wert, und das Risiko erschien nicht übermäßig groß.

Eigentlich sah er überhaupt kein Risiko, ganz gleich, aus welchem Blickwinkel er es betrachtete. Möglicherweise erzählte ihm der Elfenkönig nicht alles; ja, im Grunde war sich Hunter Predd dessen sicher. So waren Herrscher nun einmal. Trotzdem hätte der König nichts gewonnen, wenn er ihn in den Tod schickte. Bestimmt wollte Allardon Elessedil erfahren, was denn nun auf der Karte stand – insbesondere, wenn der Schiffbrüchige, bei dem er sie gefunden hatte, tatsächlich sein Bruder war. Ein Druide wäre vielleicht in der Lage, das herauszufinden, wenn er tatsächlich so gebildet war, wie der König behauptete. Hunter Predd kannte keinen Flugreiter, der je persönlich mit diesem Druiden zu tun gehabt hätte. Auch hatte er von keinem seiner Leute scharfe Worte gegen ihn gehört. So wägte er Gefahren und Belohnung gegeneinander ab und kam zu dem Schluss, die Gelegenheit wahrzunehmen sei wirklich das Beste.

Also brach er auf, verließ Arborlon zur Mittagszeit mit Obsidian und machte sich nach Osten in Richtung Streleheim auf. Er überquerte die Ebene und glitt über Callahorn und die Drachenzähne hinweg, wo er eine schmale, verschlungene Schlucht in den zerklüfteten Gipfeln suchte, die zu Fuß unpassierbar gewesen wäre, seinem Rock jedoch gerade ausreichend Platz bot. Bald ließ er die Berge hinter sich, glitt über die Baumwipfel von Paranor dahin. Nachdem er den Wald erreicht hatte, ließ er Obsidian an einem kleinen See landen, trinken und ausruhen. Während er wartete, blickte er über den See zum anderen Ufer, wo sich die Bäume zu einer dunklen Mauer zusammendrängten. Er verspürte wie so oft Mitleid für jene, die gezwungen waren, ihr Leben auf dem Boden zu verbringen.

Kurz vor Sonnenuntergang kam die Druidenburg in Sicht. Es war nicht schwierig, sie aus der Luft zu entdecken. Sie stand auf einem Berg tief im Wald, und die Spitzen und Zinnen hoben sich scharf gegen die untergehende Sonne am Horizont ab. Man konnte die Festung schon aus einer Entfernung von vielen Meilen sehen; die Steinmauern und die spitzen Dächer, die in den Himmel ragten, bildeten eine dunkle und gewaltige Präsenz. Allardon Elessedil hatte Hunter den Keep in allen Einzelheiten beschrieben, bevor dieser aufgebrochen war, doch der Flugreiter hätte ihn auch so erkannt. Es war ein Ort, über den dunkle Gerüchte kursierten, eine Zuflucht des Letzten eines Rates, dem alle misstrauten und den alle fürchteten.

Obsidian landete sanft am Fuße des Berges, auf welchem der Keep stand. Schatten uralter Bäume überlagerten das Land, während die Sonne im Westen unterging. Nur der Keep selbst war noch immer in Licht getaucht und erhob sich aus dem Wald und aus den Schatten, überragte still und in der Zeit erstarrt die Umgebung. Der Flugreiter betrachtete ihn voller Zweifel. Es wäre leichter, mit Obsidian zur Spitze der Erhebung zu fliegen, doch er wagte es nicht, so dicht an den Mauern zu landen. Hier boten die Bäume dem Rock ein wenig Schutz, und außerdem gab es Platz genug für eine rasche Flucht. Ein Flugreiter hatte stets vor allem die Sicherheit seines Tieres im Auge.

Er pflockte den Rock nicht an und setzte ihm auch keine Haube auf; Rocks waren so ausgebildet, dass sie dort blieben, wo man sie zurückließ, und sie kamen, wenn man sie rief. So ließ er Obsidian am Fuß der Erhebung und am Rand der Bäume und begann den kurzen Aufstieg. Er erreichte die hoch aufragenden Mauern, als das letzte Sonnenlicht verschwunden war und der Keep in Schatten gehüllt wurde. Nun starrte er nach oben und suchte nach Lebenszeichen. Da er keine fand, ging er zum nächsten Tor, das verriegelt und verrammelt war. An beiden Seiten entdeckte er kleinere Türen. Er versuchte es bei ihnen, doch sie waren verschlossen. Jetzt trat er ein Stück zurück und schaute nochmals nach oben.

»Hallo, da drinnen!«, rief er.

Aber er erhielt keine Antwort. Das Echo seiner Stimme verhallte, und Stille kehrte ein. Geduldig wartete er. Langsam wurde es immer dunkler. Er blickte sich um. Wenn er nicht bald jemanden auftrieb, müsste er den Berg wieder hinuntersteigen und ein Lager für die Nacht aufschlagen.

Erneut sah er nach oben und suchte die Zinnen und Türme ab. »Hallo! Ich bringe eine Nachricht von Allardon Elessedil!«

Lauschend stand er in der Stille, die nun folgte, und fühlte sich im Schatten der riesigen Mauern des Keeps klein und unbedeutend. Vielleicht war der Druide ja auf Reisen. Oder er hielt sich irgendwo anders auf, nur eben nicht im Keep, und dies alles war bereits eine ungemeine Zeitverschwendung. Der Flugreiter runzelte die Stirn. Wie konnte man überhaupt herausfinden, ob der Druide zu Hause war …?

Seine Frage wurde durch eine Bewegung neben ihm unterbrochen. Er fuhr herum und stand plötzlich der größten Moorkatze gegenüber, die er je gesehen hatte. Das riesige schwarze Tier starrte ihn mit Laternenaugen an wie ein hungriger Vogel einen schmackhaften Käfer. Hunter Predd stand so ruhig da wie möglich. Ansonsten gab es wenig, was er tun konnte. Die große Katze stand rechts über ihm, und alle Waffen, die er hätte ziehen können, um sich zu verteidigen, wirkten armselig. Die Moorkatze rührte sich nicht, sondern betrachtete ihn lediglich eingehend, wobei sie den Kopf leicht zwischen die mächtigen Schultern gesenkt hatte, während der Schwanz hinter ihr in der Dunkelheit leicht zuckte.

Hunter brauchte einen Augenblick, bis er bemerkte, dass mit dieser Moorkatze etwas nicht stimmte. Trotz ihrer Größe und offensichtlichen Kraft wirkte sie leicht durchscheinend und verschwand in Sekundenabschnitten teilweise und tauchte wieder auf, erst ein Bein, dann eine Schulter, der Mittelteil und so weiter. So etwas Seltsames hatte er noch nie gesehen, aber trotzdem änderte das seine Meinung nicht, was das Weglaufen betraf.

Endlich schien die Moorkatze mit der Inspektion zufrieden und wandte sich ab. Sie trat ein paar Schritte näher und drehte sich dann um. Hunter Predd bewegte sich nicht. Die Moorkatze kam erneut ein Stück näher und schaute abermals zurück.

An einer Seite des Haupttors schwang eine kleine, eisenbeschlagene Tür geräuschlos auf. Die Katze lief darauf zu und blickte zurück. Es waren noch ein paar Versuche notwendig, aber schließlich hatte der Flugreiter es begriffen. Die Moorkatze wartete auf ihn. Er sollte ihr folgen – durch die offene Tür in den Keep des Druiden.

Hunter Predd war nicht geneigt, Widerspruch zu erheben. Er holte tief Luft und ging durch den Eingang in den Keep.

Der Mann, der einst Walker Boh gewesen und heute nur noch schlicht Walker war, hatte den Flugreiter bereits vor langem kommen sehen. Seine Schutzlinien der Magie hatten das Nahen des anderen angekündigt, und er hatte auf der Mauer gestanden, wo er nicht gesehen werden konnte, und ihn bei der Landung und auf dem Weg zum Tor beobachtet. In der schwarzen Robe, die eng um die breiten Schultern lag, hatte er den Flugreiter betrachtet, während dieser die Mauern des Keeps absuchte. Dann hatte der Flugreiter etwas gerufen, doch Walker hatte nicht geantwortet. Stattdessen hatte er abgewartet, was der andere nun unternehmen würde. In diesem Fall war Abwarten eine ratsame Vorsichtsmaßnahme.

Nachdem der Flugreiter zum zweiten Mal gerufen hatte und behauptete, er habe eine Nachricht von Allardon Elessedil bei sich, hatte Walker Ondit nach unten geschickt, um ihn zu holen. Der große Moorkater ging gehorsam und leise hinunter und wusste, was er zu tun hatte. Walker folgte ihm und fragte sich, aus welchem Grund ihm der König des Elfenlandes eine Nachricht mit einem Flugreiter schickte. Er konnte sich lediglich zwei Gründe vorstellen. Erstens wusste er, wie Walker auf einen Elfen aus Arborlon und insbesondere auf den König reagieren würde, und vermutlich hoffte Allardon, dem Flugreiter sei mehr Glück beschieden. Zweitens konnte der Flugreiter genauere Kenntnisse über das besitzen, was die Nachricht betraf. Walker stieg die Treppe von seinem Aussichtspunkt hinunter und zuckte mit den Schultern. Er würde den Grund bald herausfinden.

Als er unten ankam und in den Hof trat, warteten der Flugreiter und Ondit bereits. Er schob seine Kapuze zurück und enthüllte Kopf und Gesicht, während er hinüberging und den Neuankömmling begrüßen wollte. Dadurch, diesen Mann einzuschüchtern, gewann er nichts. Gewiss handelte es sich bei dem Flugreiter um einen zähen erfahrenen Veteranen, und der war sicherlich freiwillig und nicht auf Befehl hierher gekommen. Den Elessedils war er nicht zu Loyalität verpflichtet. Die Flugreiter beharrten stets auf ihre Unabhängigkeit, genauso wie die Fahrenden, und wenn dieser nun hier war, so fern ab von seiner Heimat und seinem Volk, dann hatte er dafür einen guten Grund. Walker war neugierig, diesen Grund zu erfahren.

»Ich bin Walker«, stellte er sich vor und bot dem Flugreiter die Hand.

Der andere nahm sie entgegen und nickte. Mit den grauen Augen erfasste er Walkers dunkles Gesicht, den schwarzen Bart und das lange Haar, die markanten Züge und die hohe Stirn und natürlich die stechenden Augen. Den fehlenden Arm des Druiden schien er nicht zu bemerken. »Hunter Predd.«

»Du hast einen langen Weg hinter dich gebracht, Flugreiter«, bemerkte Walker. »Nicht viele kommen ohne Grund hierher.«

Der andere brummte zustimmend. »Das wundert mich nicht.« Er schaute sich um, und sein Blick verharrte auf der Moorkatze. »Ist das deine?«

»Soweit ein Moorkater jemandem gehören kann.« Walkers Blick glitt zu ihm. »Sein Name ist Ondit. Wo immer ich hingehe, eilt mir schon ein Ondit voraus, witzig, nicht wahr? Das passt gut dazu, wie sich die Dinge nun einmal für mich entwickelt haben. Aber ich nehme an, das weißt du längst.«

Der Flugreiter lächelte unverbindlich. »Zeigt er sich immer so seltsam – in Einzelteilen, die auftauchen und verschwinden?«

»Meistens. Du hast behauptet, eine Nachricht von Allardon Elessedil zu bringen. Ist sie tatsächlich für mich?«

»Allerdings.« Hunter Predd wischte sich den Mund mit dem Handrücken ab. »Du hättest nicht zufällig einen Krug Bier für mich übrig?«

Walker lächelte. Offen und direkt, bis ins Mark ein Flugreiter. »Komm herein.«

Er führte ihn über den Hof zu einer Tür im Bergfried. In einem Raum, den er zur Aufbewahrung von Vorräten benutzte und in dem er seine einsamen Mahlzeiten einnahm, holte er zwei Gläser und einen Krug hervor und stellte sie auf einen kleinen Holztisch an der Seite. Er bat den Flugreiter mit einer Geste, Platz zu nehmen, setzte sich ihm gegenüber hin und füllte die Gläser. Schweigend tranken sie einen großen Schluck. Ondit war verschwunden. In der letzten Zeit kam er selten, wenn er nicht gerufen wurde.

Hunter Predd stellte sein Glas ab und lehnte sich zurück. »Vor vier Tagen flog ich auf Patrouille über die Blaue Spalte, oberhalb der Insel Mesca Rho, und da habe ich einen Mann im Wasser gefunden.«

Er erzählte seine Geschichte, wie er den schiffbrüchigen Elf gefunden, dessen Zustand festgestellt und das Armband und die Karte entdeckt und den Mann einem Heiler in Bracken Clell anvertraut hatte, während er selbst nach Arborlon zu Allardon Elessedil weitergeflogen war. Das Armband, so erklärte er, hatte Kael, dem Bruder des Königs, gehört, der bei einer Expedition verschollen war. Bei dieser Unternehmung hatte man nach einer Magie gesucht, welche Königin Aines Seherin vor dreißig Jahren im Traum erschienen war.

»Über die Expedition weiß ich Bescheid«, merkte Walker an und bat ihn fortzufahren.

Viel mehr gab es nicht zu erzählen. Nachdem Allardon Elessedil festgestellt hatte, dass es sich um Kaels Armband handelte, hatte er die Karte betrachtet und sie nicht entziffern können. Offensichtlich war jedoch die Route seines Bruders darauf verzeichnet. Ansonsten konnte er nur wenig anderes darauf verstehen. Er fragte Hunter, ob dieser sie hierher zu Walker bringen würde, der ihm, so glaubte er, helfen könnte.

Walker hätte beinahe laut gelacht. Das war typisch für den Elfenkönig: Er suchte Hilfe bei dem Druiden, als würde seine eigene Ablehnung von Hilfe nicht mehr zählen. Doch er riss sich zusammen. Er nahm das zusammengefaltete Stück verwitterter Haut entgegen, als es ihm gereicht wurde, und legte es ungeöffnet auf den Tisch.

»Hast du dein Tier schon versorgt?«, erkundigte er sich und richtete den Blick von der Karte auf das Gesicht des Flugreiters. »Musst du heute Nacht noch einmal hinaus?«

»Nein«, antwortete Hunter Predd. »Obsidian hat so weit alles.«

»Warum isst du dann nicht etwas, nimmst hinterher ein heißes Bad und schläfst dich aus. Während der letzten Tage bist du vermutlich weit gereist, und du musst müde sein. Ich studiere derweil die Karte, und wir unterhalten uns morgen früh weiter.«

Er bereitete für den Flugreiter eine Suppe, der er ein wenig Trockenfisch beifügte, stellte ihm außerdem etwas Brot auf den Tisch und beobachtete zufrieden, wie der andere aß und währenddessen noch einige Gläser Bier trank. Die Karte ließ er liegen, wo sie war, auf dem Tisch zwischen ihnen, und er zeigte kein weiteres Interesse an ihr. Über das, was er da hatte, war er sich selbst nicht recht im Klaren, und er wollte ganz sichergehen, ehe er dem Flugreiter eine Reaktion zeigte, die dieser möglicherweise dem Elfenkönig überbrachte. Wegen des schlechten Verhältnisses zu Allardon Elessedil durfte er nichts preisgeben. Es war schon genug, dass er einem Mann gegenüber Höflichkeit aufbringen musste, der so wenig getan hatte, um sie zu verdienen. Aber in einer Welt, in der Bündnisse manchmal notwendig waren, musste er gezwungenermaßen Spielchen mitspielen, auf die er ansonsten gern verzichtet hätte.

Nachdem Hunter Predd gegessen und gebadet hatte und zu Bett

gegangen war, kehrte Walker an den Tisch zurück und nahm die Karte. Er trug sie durch muffige Gänge und gewundene Treppen hinauf in die Bibliothek, die den Druiden bereits seit der Zeit von Galaphile diente. In den uralten Regalen waren die verschiedensten belanglosen Bücher mit Druidenaufzeichnungen über das Wetter und Ernteerträge und Listen von Vornamen und Geburten und Todesfällen bestimmter Familien aufgereiht. Hinter diesen Regalen jedoch befanden sich in einem Raum, der von einer Magie geschützt wurde, die niemand außer ihm selbst durchdringen konnte, die Chroniken der Druiden, die sagenhaften Bücher, in denen die über tausend Jahre alte Geschichte des Ordens und die Magie, die seine Mitglieder empfangen und ausgeübt hatten, aufgezeichnet waren.

Er machte es sich an seinem Platz zwischen den Insignien seines Vorgängers bequem, entfaltete die Karte und studierte sie eingehend.

Er brauchte dafür eine lange Zeit, viel länger, als er vermutet hatte. Was er entdeckte, erstaunte ihn. Die Karte war faszinierend und bot vielerlei Möglichkeiten. Unbestreitbar war sie wertvoll, aber bevor er die Legende nicht übersetzt hatte, konnte er den genauen Wert nicht festlegen. Und die Legende war in einer Sprache verfasst, die er nicht kannte.

Aber er hatte Bücher über das Übersetzen von Sprachen, die er benutzen konnte, und so trat er schließlich an das Regal, das die Chroniken und ihre Geheimnisse der Macht verbarg. Er griff hinter eine Reihe Bücher und berührte hintereinander mehrere Eisenknöpfe. Ein Verschluss schnappte auf, und ein Teil des Regals schwang nach außen auf. Walker schlüpfte durch die Öffnung und stand in einem Raum mit Wänden, Boden und Decke aus Granit, in dem sich außer einem langen Tisch mit vier Stühlen nichts befand. Er entzündete die rauchlosen Fackeln in den eisernen Wandhaltern und zog das Regal hinter sich zu.

Dann drückte er die Hand gegen die Granitwand und senkte konzentriert den Kopf. Alles Wissen, welches die Druiden seit den Anfängen ihres Ordens gesammelt hatten, gehörte nun ihm, war seines geworden, als er vor so vielen Jahren das verlorene Paranor zurückerobert und selbst zum Druiden geworden war. Nun wandte er einen kleinen Teil dieses Wissens an und erinnerte sich an die Chroniken der Druiden. Blaues Licht löste sich von seinen Fingerspitzen und breitete sich wie Venen im Fleisch auf dem Stein aus.

Einen Augenblick später verschwand die Wand, und die Bücher seines Ordens standen in langen Reihen und nummeriert vor ihm. Die Einbände waren aus Leder gefertigt und mit Gold geprägt.

Mit diesen Büchern verbrachte er in dieser Nacht viel Zeit und las in vielen von ihnen, während er nach dem Schlüssel für die Sprache auf der Karte suchte. Nachdem er ihn endlich gefunden hatte, überraschte und verwirrte ihn dieser. Die Sprache leitete sich von einer anderen her, die in der alten Welt gesprochen worden war, noch vor den Großen Kriegen, und die seit zweitausend Jahren tot war. Wie, fragte sich Walker, konnte ein Elf eine Sprache aus dieser Zeit lernen? Warum sollte er sie benutzen, um diese Karte zu zeichnen?

Nachdem er sich Antworten auf seine Fragen überlegt hatte, fand er diese äußerst verstörend.

Bis zur Dämmerung arbeitete er an der Übersetzung und achtete darauf, nichts falsch zu deuten. Je mehr er entzifferte, desto größer wurde seine Erregung. Die Karte war der Schlüssel zu einer Magie von solchem Wert, solcher Macht, dass ihm der Atem stockte. Still saß er da und malte sich die Möglichkeiten aus. Zum ersten Mal seit Jahren sah er einen Weg, das zu verwirklichen, was ihm seit so langer Zeit verwehrt geblieben war – ein Druidenkonzil, eine Körperschaft, die unabhängig von allen Völkern war und die die schwierigsten Geheimnisse des Leben lüften und die größten Probleme lösen und damit das Leben aller Einwohner der Vier Länder verbessern sollte.

Diesen Traum verfolgte er seit dreißig Jahren, seit er aus dem Druidenschlaf erwacht und hinaus in die Welt gegangen war, um das Versprechen zu erfüllen, das er gegeben hatte, als er zum Druiden geworden war. Was er sich vorstellte, war ein Rat von Delegierten aller Länder und Rassen, aller Regierungen und Provinzen, die sich dem Studium, der Bildung und der Forschung widmeten. Aber von Anfang an war er auf Widerstand gestoßen – nicht nur dort, wo er damit gerechnet hatte, sondern überall. Sogar bei den Elfen, insbesondere bei Allardon Elessedil und vor ihm bei seiner Mutter. Niemand wollte Walker die Autonomie zugestehen, die er für notwendig hielt. Alle waren übermäßig vorsichtig und misstrauisch, und sie hatten Angst davor, was ein starker Druidenrat für das sowieso schon labile Gleichgewicht der Macht bedeuten könnte. Und keiner wollte die Chance ergreifen, die der Druide ihnen bot.

Walker seufzte. Ihre Forderungen waren lächerlich und nicht zu akzeptieren. Wenn die Nationen und die Völker ihre Delegierten nicht freiwillig ziehen lassen wollten und die Kontrolle über sie aufgaben, damit sie sich ihrem Druidenleben widmen konnten, war die ganze Sache sinnlos. Er hatte niemanden davon überzeugen können, dass das, was er vorhatte, nach einer gewissen Zeit allen nützen würde. Druiden, glaubten sie, durfte man kein Vertrauen schenken, sie würden ihnen nur Probleme bereiten, ohne die man sehr gut auskam. Die Geschichte zeigte, dass Druiden für jeden Krieg verantwortlich zeichneten, der seit der Zeit des Ersten Rates in Paranor geführt worden war. Es war ihre Magie, die Magie, die sie unter solcher Geheimhaltung ausübten, die sie am Ende vernichtet hatte. Diese Erfahrung wollte niemand noch einmal machen. Die Magie gehörte heute allen. Ein neues Zeitalter hatte begonnen, in dem neue Gesetze herrschten. Es wäre notwendig, die Druiden zu kontrollieren, falls man ihnen erlaubte, sich abermals zu formieren. Etwas anderes würde nicht genügen.

Am Ende waren seine Anstrengungen vergeblich, und Walker wurde überall verbannt. Armselige Fehden, selbstsüchtige Interessen und kurzsichtige Persönlichkeiten brachten ihn vollends ins Abseits. Verblüffung und Zorn blieben zurück. Er hatte darauf gezählt, dass die Elfen sich an die Spitze seiner Bewegung setzen würden, aber die Elfen hatten ihn genauso zurückgewiesen wie die anderen. Nach dem Tod von Königin Aine war Allardon Elessedil seine größte Hoffnung gewesen, doch der Elfenkönig hatte verkündet, er würde sich an die Wünsche seiner Mutter halten. Er würde keine Elfen zum Studium nach Paranor schicken. Einem Druidenrat würde man nicht zustimmen. Walker musste seinen Weg allein gehen.

Jetzt jedoch glaubte Walker, und dabei kam fast Euphorie in ihm auf, er habe einen Weg gefunden, auf dem er alles ändern konnte. Diese Karte gab ihm einen mächtigen Hebel in die Hand. Diesmal würde ihm Hilfe, wenn er darum bat, nicht verweigert werden.

Vorausgesetzt, ermahnte er sich rasch, dass er die Magie finden und bergen könnte, was der Elfenexpedition unter Kael Elessedil nicht gelungen war. Falls er sie aus ihrem Versteck holen könnte, in dem sie verborgen und beschützt war. Falls er die lange, gefährliche Reise überlebte, die er zunächst unternehmen musste.

Er würde Hilfe brauchen.

Nachdem er die Chroniken ins Regal zurückgestellt hatte, vollführte er mit der Hand eine kreisförmige Bewegung und schloss die Wand. Als der Raum wieder aus nackten Wänden bestand und die Kerzen gelöscht waren, ging er in die Bibliothek zurück und schob das Regal an seinen Platz. Dann blickte er sich einmal um und vergewisserte sich, dass alles seine Ordnung hatte. Er schob die Karte in seine Robe und ging hinauf auf den Wehrgang, wo er den Sonnenaufgang betrachtete.

Während er dastand und über den Baumwipfeln das erste silbrige Licht am östlichen Himmel betrachtete, trottete Ondit herbei und gesellte sich zu ihm. Die große Katze saß neben ihm und schien Gesellschaft zu suchen. Walker lächelte. Sie spendeten sich gegenseitig Trost, dachte er. Seit der Schatten von Allanon aufgetaucht war. Seit er den Keep des Druiden wieder in die Welt der Menschen zurückgebracht hatte, indem er das jüngste Mitglied des Ordens wurde. Seit Cogline gestorben war.

Die Übrigen aus der alten Zeit waren ebenfalls verschieden – die Ohmfords, Morgan Leah, Wren Elessedil, Damson Rhee. Ondit und er hatten als Einzige überlebt. Sie waren in mehr als einer Hinsicht Verbannte, einsame Wanderer in einer Welt, die sich während seines Schlafes beachtlich gewandelt hatte. Doch nicht die Veränderungen in den Vier Ländern beunruhigten ihn heute Morgen. Es war eher das Gefühl, dass die Ereignisse, die sich zutragen würden, weil er die Karte gelesen hatte und weil seine Suche nach der darauf verzeichneten Magie es erforderte, ihn zu dem machen würden, was er stets vermieden hatte – zu einem Druiden im alten Sinne, einem Manipulator und Intriganten, zu jemandem, der stets durchdacht handelte, der entschied, was andere erfahren durften und was nicht. Wie Allanon damals. Das hatte er an Druiden immer so verachtet. Er wusste, auch sich selbst würde er verachten, wenn es zum Vorschein käme.

Und zum Vorschein kommen würde es, und vielleicht würde es ihn für immer verändern.

Die Sonne stieg in einem Rausch leuchtenden Goldes über den Horizont. Ein klarer, heiterer und warmer Tag lag vor ihm. Walker spürte die ersten Strahlen auf dem Gesicht. Eine so kleine Sache, und doch so willkommen. Seine Welt war in den letzten Jahren sehr geschrumpft. Jetzt würde sie sich wieder ausdehnen, und das auf eine Weise, die er sich kaum hatte vorstellen können.

»Nun gut«, sagte er leise, als wollte er die Angelegenheit auf sich beruhen lassen.

Er wusste, was zu tun war. Er musste nach Arborlon gehen und mit Allardon Elessedil sprechen. Den Elfenkönig konnte er vielleicht von der Notwendigkeit überzeugen, mit ihm zusammenzuarbeiten, wenn sie das Geheimnis der Karte lüften wollten. Er musste ihn überreden, eine Expedition auszurüsten, die auf die Suche nach der Magie ging, welche in der Karte erwähnt wurde, und Walker sollte die Leitung übernehmen. Außerdem musste er einen Weg finden, wie er den Elfenkönig zu seinem Verbündeten machte, ohne ihm seine wirklichen Absichten zu verraten.

Er durfte nur gerade so viel wie notwendig von seinem Wissen preisgeben und keinesfalls mehr. Vorsicht war geboten.

Mit einem Blinzeln verscheuchte er das Misstrauen. Er war Walker, der Letzte der Druiden, die letzte Hoffnung für die höchsten Ideale, für die sein Orden bei seiner Gründung so vehement eingetreten war. Wenn die Vier Länder in Frieden vereinigt werden sollten, musste die Magie von einem Druidenrat kontrolliert werden, der nicht einer einzigen Regierung oder einem Volk verantwortlich war, sondern allen. Nur er konnte das vollbringen. Nur er kannte den Weg dorthin.

Er bückte sich zu Ondit hinunter und legte dem Kater sanft die Hand auf den breiten Kopf. »Du musst hier bleiben, alter Freund«, flüsterte er. »Du hältst Wache, bis ich zurückkehre.«

Dann richtete er sich auf und reckte sich. Hunter Predd schlief in einem abgedunkelten Zimmer und würde vorerst noch nicht aufwachen. So blieb ihm vor ihrem Aufbruch Zeit für ein Stündchen Schlaf. Das würde genügen müssen.

Während die Moorkatze hinter ihm herlief und im neuen Licht wie eine Fata Morgana auftauchte und wieder verschwand, verließ er seinen Aussichtspunkt und stieg die Treppe hinunter in den Keep.

Vier

Redden Alt Mers abgetragenes schwarzes Leder knarzte leise, als er durch das Kriegslager der Föderation zum Flugplatz schritt. Viele drehten den Kopf nach ihm um. Manche zog die rote Mähne an, die wie feurige Fäden über seine Schultern wallte. Andere beeindruckte seine geschmeidige, lockere und selbstsichere Haltung, die eines Mannes, der über Kraft und Behändigkeit verfügte.

Für die meisten war er eine Legende. Achtundsiebzig bestätigte Abschüsse bei hundertzweiundneunzig Einsätzen, alle mit dem gleichen Luftschiff geflogen, alle ohne ernsthaften Zwischenfall beendet.

Man hatte Glück, wenn man mit Redden Alt Mer flog, darauf schworen die alten Matrosen. An einem Ort, wo ein Flieger schätzungsweise sechs Monate überlebte, hatte Alt Mer es auf drei Jahre gebracht und dabei kaum einen Kratzer abbekommen. Gewiss, er hatte das richtige Schiff. Doch es bedurfte mehr, um über der Front am Leben zu bleiben. Geschick, Mut und Erfahrung waren notwendig – und natürlich mehr als nur ein bisschen Glück. Der Kapitän besaß all dies im Übermaß. Fast sein ganzes Leben hatte er in der Luft verbracht, war mit sieben Schiffsjunge geworden, Erster Offizier mit fünfzehn, Kapitän mit zwanzig. Wenn der Wind des Glücks drehte, sagten die alten Matrosen, wusste Redden Alt Mer am besten, wie man darauf segelte.

Der Mann aus dem Volk der Fahrenden dachte darüber nicht nach. Es brachte Unglück, im Krieg über das Glück nachzudenken. Und wirkliches Pech war die Folge, wenn man darüber grübelte, warum man anders als die anderen war. Eine Ausnahme von der Regel zu sein war schön und gut, doch wer wollte schon die Gründe erfahren, warum man selbst noch lebte und die anderen tot waren. Das war klarem Verstand nicht gerade förderlich.

Während er durch das Lager ging, scherzte er mit einigen, die er kannte, winkte anderen zu. Er wusste, was sie von ihm hielten, und er überspielte es, wie es ein alter Freund getan hätte. Es tat ihm schließlich nicht weh. In einem Krieg konnte man gar nicht genug Freunde haben.

Drei Jahre steckte er jetzt in diesem, und zwei davon saßen sie auf dem breiten Rücken der prekkendorranischen Anhöhe fest, während sich die Bodentruppen der Föderation und der Freien Tag für Tag gegenseitig die Köpfe blutig schlugen. Er war ein Fahrender, der aus dem Seehafen March Brume im Südwesten der Blauen Spalte stammte, und er hatte bereits zahlreiche kriegerische Auseinandersetzungen mitgemacht, ehe er sich hier gemeldet hatte. Ohne Übertreibung durfte er behaupten, dass er sein Leben auf Kriegsschiffen verbracht hatte. Er wäre sogar fast auf einem geboren worden, aber sein Vater, selbst ein Kapitän, hatte es gerade noch geschafft, mit seiner Mutter einen Hafen zu erreichen, ehe die Wehen einsetzten. Doch von dem Zeitpunkt an, als er Schiffsjunge geworden war, hatte er in der Luft gelebt. Er konnte nicht erklären, was ihm daran so gut gefiel; es war schlicht und einfach so. Es fühlte sich gut an zu fliegen, als würde ein Netz von Zwängen und Fesseln gekappt und er plötzlich wirkliche Freiheit genießen. Wenn er auf dem Boden war, dachte er immer nur daran, in die Luft zurückzukehren. War er in der Luft, dachte er an nichts anderes.

»Hey, Käpt'n!« Ein Fußsoldat, der den Arm in einer Schlinge trug und dessen eine Gesichtshälfte verbunden war, humpelte auf ihn zu. »Puste mir ein bisschen von deinem Glück herüber!«

Redden Alt Mer grinste und blies in seine Richtung. Der Soldat lachte und winkte mit dem gesunden Arm. Der Fahrende ging weiter, schnupperte an der Luft, schmeckte sie und vermisste währenddessen das Meer. Den größten Teil seiner Zeit in der Luft hatte er im Westen über der Blauen Spalte verbracht. Wie die meisten Fahrenden war er ein Söldner, trat in die Dienste, die ihm die höchsten Geldsummen einbrachten, und schwor jenen Treue, die ihn dafür bezahlten. Im Augenblick bot die Föderation den besten Sold an, und daher kämpfte er für sie. Aber langsam wurde er unruhig; ihm stand der Sinn nach Veränderung und etwas Neuem. Der Krieg mit den Freien dauerte bereits zehn Jahre an. Um es offen zu sagen, sein Krieg war das nicht, und seiner Meinung nach ergab er auch nicht viel Sinn. Geld konnte einen Mann nur zum Mitmachen bewegen, wenn er nicht auf sein Herz hörte.

Außerdem, gleichgültig, wo man war, früher oder später ging das Glück zur Neige. Besser war man bereits an einem anderen Ort, wenn das geschah.

Zwischen dem Durcheinander von Zelten und Lagerfeuern trat er hinaus auf den Flugplatz. Die Kriegsschiffe waren an ihren Plätzen festgebunden und schwebten knapp über dem Boden; die leichten Segel an ihren Zwillingsmästen waren der Sonne zugeneigt. Die meisten hatte die Föderation gebaut, was man deutlich sah. Große, hässliche, sperrige Rohlinge, die mit Metall bewehrt und mit den Farben und Insignien ihrer Regimenter bemalt waren. Sie lümmelten im Himmel herum wie verirrte Kletterpflanzen. Beim Transport von

Truppen und Rammen leisteten sie hervorragende Dienste. Doch wenn man mit ihnen in der Schlacht rasch und leicht kreuzen wollte, blieb einiges zu wünschen übrig. Ihre Lebenserwartung an der Front entsprach der ihrer Kapitäne, und die war nicht besonders hoch.

Er ging weiter und würdigte sie kaum eines Blickes. Gescherzt, wie zwischen ihm und den Fußsoldaten, wurde hier nicht. Die Offiziere und Mannschaften der Föderation verachteten ihn. Fahrende waren Söldner, keine Karrieresoldaten. Fahrenden galt die Sache der Föderation oder das Leben der Männer, die für sie ausgehoben worden waren, nichts. Das Schlimmste allerdings war das Wissen, dass die Offiziere und Mannschaften der Fahrenden so viel besser waren. In der Luft half der Glauben an etwas wenig, einen am Leben zu erhalten.

Einige spöttelnde Bemerkungen wurden ihm von einem metallgerüsteten Rumpf hinterhergerufen, doch er ignorierte sie. Niemand würde es wagen, ihm solche Kommentare ins Gesicht zu schleudern. Nicht im Augenblick jedenfalls. Nicht, seit der Letzte, der es gewagt hatte, durch seine Hand gestorben war.

Die schlankeren, schnittigeren Luftschiffe der Fahrenden kamen nun in Sicht, während er sich dem hinteren Ende des Feldes näherte. Die *Schwarze Moclips* stand ganz vorn, und der gewienerte Rumpf aus Holz und Metall glänzte in der Sonne. Es war das beste Schiff, das er je geflogen hatte, schnell und leicht mit Ambientlicht-Segeln und Strahlungssammler zu steuern. Seine Länge betrug gute fünfunddreißig Meter, und es ähnelte einem großen schwarzen Rochen. Die niedrige flache Kampfkanzel befand sich mittschiffs auf einer Deckschicht, die von Querbalken gestützt und von zwei Pontons geschützt wurde, die vorn und hinten in Rammen ausliefen. Zwei Reihen von Diapsonkristallen verwandelten das Licht, das von den Kollektorsegeln aufgefangen wurde, in Bewegungsenergie, welche das Schiff antrieb. Die Brücke befand sich am Heck, wo die Pilotenkanzel in der Mitte angebracht war; die Instrumente waren sorgsam vor Schaden geschützt. Drei Masten hielten die Ambientlicht-Segel, eins am Bug, eins am Heck und eins mittschiffs. Die Segel selbst waren eigentümlich geformt, breit und straff am unteren Ende, wo sie am Mast befestigt waren, doch geschwungen, wo die Spieren sie hoch zu einem spitzen Dreieck zogen. Diese Machart sorgte beim Kreuzen für minimales Erschlaffen. In der Luft waren Geschwindigkeit und Kraft entscheidend, und beides musste innerhalb von Sekunden verfügbar sein.

Furl Hawken rannte vom Schiff aus auf ihn zu; der lange blonde Bart schwankte von einer Seite zur anderen. »Wir sind zum Abheben bereit«, rief er und wurde langsamer, als er Alt Mer erreichte und neben ihm herging. »Einen guten Tag haben wir uns ausgesucht, nicht wahr?«

»Wir haben einen ruhigen Segeltörn vor uns.« Redden Alt Mer legte dem Zweiten Offizier die Hand auf die breite Schulter. »Irgendein Zeichen von Kleine Rote?«

Furl Hawken bewegte den Mund, als würde er kauen, und senkte den Blick. »Liegt krank im Bett, Käpt'n. Hat wohl die Grippe. Du weißt, wie sie ist. Wenn sie könnte, würde sie kommen.«

»Jedenfalls weiß ich, dass du der schlechteste Lügner in hundert Meilen Umkreis bist. Sie hängt bestimmt in einer Schenke herum oder treibt Schlimmeres.«

Der große Mann wirkte verletzt. »Nun, das mag sein, aber du solltest es für den Augenblick auf sich beruhen lassen, denn wir haben ein dringlicheres Problem.« Er schüttelte den Kopf. »Wie wir es nicht sehr oft in diesen Zeiten haben. Denn nicht jedes Oink kommt aus dem gleichen Schweinestall.«

»Ach, unsere Freunde vom Föderationskommando?«

»Ein Kommandant ist für den Flug mit zwei seiner Lakaien an Bord gekommen. Zu Zwecken der Beobachtung. Erkundung. Ein Tag im Himmel. Mann! Ich habe nur genickt und wie das Weib eines Seemanns gegrinst, das dem werten Gemahl gerade das Versprechen abnimmt, nie wieder zur See zu fahren.«

Redden Alt Mer nickte abwesend. »So geht man mit diesen Leuten am besten um, Hawk.«

Inzwischen hatten sie die *Schwarze Moclips* erreicht, und er schwang sich auf die Strickleiter und kletterte zur Brücke hinauf, wo der Kommandant der Föderation und seine Adjutanten warteten.

»Kommandant«, grüßte er freundlich. »Willkommen an Bord.«

»Meine Glückwünsche, Kapitän Alt Mer«, erwiderte der andere. Er stellte sich nicht mit seinem Namen vor, und das verriet dem Fahrenden, mit welchen Augen er ihre Beziehung betrachtete. Der dünne Mann hatte ein blassgelbes, verkniffenes Gesicht. Wenn er nur einen einzigen Tag in den letzten zwölf Monaten an der Front verbracht hatte, sollte es den Fahrenden überraschen. »Sind wir bereit, loszufahren?«

»Bereit zum Abheben, Kommandant.«

»Euer Erster Offizier?«

»Indisponiert.« Oder zumindest sollte sie es sich wünschen, wenn er sie in die Finger bekam. »Mr. Hawken und ich machen das schon. Meine Herren, sind Sie zum ersten Mal in der Luft?«

Der Blick, den die Adjutanten wechselten, war Antwort genug.

»Zum ersten Mal«, bestätigte der Kommandant und zuckte abschätzig mit den Achseln. »Eure Aufgabe ist es, uns möglichst viel zu zeigen. Unsere liegt darin, möglichst viel zu lernen.«

»Lass sie aufsteigen, Hawk.« Er winkte seinen Zweiten Offizier vor, damit er das Setzen der Segel beaufsichtigte. »Es wird heute durchaus ein wenig aufregend werden, Kommandant«, warnte er. »Möglicherweise wird es sogar ein bisschen rau.«

Der Kommandant lächelte von oben herab. »Wir sind Soldaten, Kapitän. Das werden wir schon überstehen.«

Geschwollener Schafskopf, dachte Alt Mer. Du wirst das überstehen, wenn ich es will, und ansonsten nicht.

Er beobachtete seine Mannschaft, alles Fahrende, die jetzt am Mast hinaufkletterten, die Segel setzten und die Halterungen der Strahlungssammler an Ort und Stelle befestigten. Luftschiffe waren wunderbare Gefährte, sie jedoch zu lenken erforderte eine Denkart, an der es den meisten Soldaten der Föderation mangelte. Die Südländer waren gut, wenn sie auf festem Boden ihre Infanterietaktiken ausführten. Ihnen gefiel es, Leichen wie Sandsäcke in Breschen zu werfen und den Feind mit reiner zahlenmäßiger Übermacht zu zermalmen. Aber brachte man sie in die Luft, wussten sie nicht, was als Nächstes zu tun war. Ihre Intuition löste sich in Wohlgefallen auf. Alles, was sie über Kriegskunst wussten, vertrocknete zu Staub und wurde vom ersten Windstoß, der die Segel füllte, verweht.

Fahrende auf der anderen Seite waren für dieses Leben geboren. Es lag ihnen im Blut, und seit tausend Jahren lebten sie auf diese Weise. Fahrende konnten mit Reglementierungen und Drill wenig anfangen. Sie waren eher für die Freiheit geschaffen. Und die verspürten sie, wenn sie ein großes Luftschiff flogen. Von Natur aus und aus Tradition Zugvögel, wanderten sie stets von hier nach dort. An einem Ort zu bleiben war unvorstellbar für sie. Die Föderation versuchte noch immer, den Grund dafür herauszufinden, und sie schickten ständig Beobachter zu den Mannschaften der Fahrenden, die erkunden sollten, was deren Kundschafter wussten und die Eigenen nicht.

Das Ungemach daran bestand in der Tatsache, dass man dies nicht einfach so weitergeben konnte. Die Grenzländer, die für die Freien kämpften, waren auch nicht besser dran. Oder die Zwerge. Nur die Elfen schienen es gemeistert zu haben, auf den Winden mit gleicher Leichtigkeit zu fliegen wie die Fahrenden.

Eines Tages würde sich das ändern. In den Vier Ländern waren Luftschiffe noch immer eine Neuheit. Das Erste war erst vor kaum zwei Dutzend Jahren gebaut und zum ersten Mal geflogen worden. In Diensten als Kampfschiffe standen sie noch keine fünf Jahre. Lediglich eine Hand voll Schiffsbauern verstand die Mechanik der Ambientlicht-Segel, Strahlungssammler und Diapsonkristalle gut genug, um Gefährte zu bauen, die damit angetrieben werden konnten. Licht als Energiequelle zu benutzen war ein alter Traum, der jedoch nur gelegentlich verwirklicht wurde, wie eben hier im Falle der Luftschiffe. Dabei war es eine Sache, sie zu bauen, und eine ganze andere, sie zum Fliegen zu bringen. Geschick, Intelligenz und Instinkt gehörten dazu, sie in der Luft zu halten. Viele Schiffe gingen auch durch schlechte Navigation verloren, durch Verlust der Kontrolle und Panik bei Schäden während der Schlacht.

Fahrende kreuzten mit ihren Handels- und Piratenschiffen schon länger als alle anderen auf den Meeren, und der Sprung zu den Luftschiffen war daher einfach für sie. Als Söldner waren sie für die Föderation von unschätzbarem Wert. Aber die Südländer glaubten trotzdem weiterhin, dass sie einfach lernen könnten, weshalb den Fahrenden das Fliegen so leicht fiel, damit sie deren Kapitäne und Besatzungen durch eigene Leute ersetzen konnten.

Daher stellten seine Passagiere allenfalls drei weitere Personen in einer langen Reihe von Hoffnungsträgern dar.

Er seufzte resigniert. Daran konnte er nichts ändern. Hawken würde für die drei einen großen Wirbel veranstalten. Er selbst nahm seinen Platz in der Pilotenkanzel ein und betrachtete seine Männer, während die das Vertäuen der Sammler und der Segel beendeten. Weitere Schiffe machten sich ebenfalls zum Abheben bereit, und ihre Besatzungen erledigten ähnliche Aufgaben bei der Vorbereitung. Auf dem Flugplatz hielten sich die Bodenmannschaften bereit, die Halteleinen zu kappen.

Die vertraute alte Aufregung sang in seinem Blut, und plötzlich konnte er schärfer sehen.

»Deck die Kristalle ab, Hawk!«, rief er seinem Zweiten Offizier zu.

Furl Hawken gab den Befehl an die Männer weiter, die an Bug und Heck postiert waren, wo die Kristalle mit dem Licht aus den Strahlungssammlern versorgt wurden. Durch das Abdecken wurde die Mechanik in Gang gesetzt, welche es Alt Mer überhaupt erlaubte, das Schiff zu fliegen. Segeltuchabdeckungen und Lünsen, die die Metallhauben sicherten, welche wiederum die Kristalle schützten, wurden abgenommen, und die Kontrolle über das Schiff ging an die Pilotenkanzel.

Alt Mer überprüfte die Hebel und Züge, mit denen die Segel gestellt wurden, in kleinen Schritten. Die *Schwarze Moclips* stemmte sich in die Leinen und schwang leicht hin und her, während Licht in Bewegungsenergie verwandelt wurde.

»Leinen los!«, befahl er.

Die Bodenmannschaft löste die Taue, und die *Schwarze Moclips* hob sanft und mit leichtem Aufwärtsschwung ab. Alt Mer drehte das Steuerrad, mit dem die Ruder gelenkt wurden, und gab die Energie von den Strahlungssammlern in gleichmäßigen kleinen Schritten an die Kristalle weiter. Hinter sich hörte er, dass die Offiziere der Föderation an Stellen eilten, an denen sie sich festhalten konnten.

»Sicherheitsleinen und Gurte befinden sich an den Stagen«, rief er ihnen zu. »Bindet sie euch um die Hüfte, denn schließlich könnte es ein wenig unruhig werden.«

Er gab sich nicht die Mühe nachzuschauen, ob sie seinen Ratschlag beherzigten. Falls nicht, riskierten sie schließlich ihre eigene Haut.

Augenblicke später schwebten sie hinaus über die flache prekkendorranische Anhöhe, mehrere hundert Fuß in der Luft. Die *Schwarze Moclips* flog vorneweg, und weitere sieben Schiffe folgten ihr in lockerer Formation. Luftschiffe konnten leicht tausend Fuß Höhe erreichen, doch Alt Mer bevorzugte die Bereiche, wo die Winde nicht so kräftig wehten. Er betrachtete die zwei Rammen, die zu beiden Seiten des Decks durch die Luft schnitten, zwei schwarze Hörner, die sich von der grünen Erde abhoben. Niedrig und flach wirkte die *Schwarze Moclips*, wie ein Falke auf der Jagd, der geräuschlos am mittäglichen Himmel seine Kreise zog.

Wind füllte die Segel, und die Fahrenden der Mannschaft beeilten sich, den Vorteil der zusätzlichen Energie auszunutzen. Alt Mer verhüllte die Diapsonkristalle, verlangsamte den Energiezufluss durch die Strahlungssammler und überließ das Schiff ganz dem Wind. Furl Hawken gab Anweisungen und ermahnte alle mit seiner lauten, dröhnenden Stimme, sich vorsichtig von einer Position zur anderen zu bewegen. Da die Mannschaft auf dem fliegenden Schiff auf Bewegungsfreiheit angewiesen war, trug sie keine Sicherheitsleinen. Das würde sich allerdings ändern, wenn der Kampf begann.

Alt Mer riskierte rasch einen Blick über die Schulter zu den Offizieren der Föderation – riskierte ihn tatsächlich, denn wenn er bei ihrem Anblick zu lachen anfing, würde er sich Ärger einhandeln, den er nicht gebrauchen konnte. Es war allerdings nicht so schlimm, wie es hätte sein können. Der Kommandant und seine Adjutanten hielten die Reling so fest, dass die Fingerknöchel weiß waren, aber bislang war keinem übel geworden, und sie verbargen auch die Augen nicht hinter den Händen. Der Fahrende winkte ihnen ermutigend zu und verdrängte sie aus seinen Gedanken.

Als die *Schwarze Moclips* sich ein gutes Stück vom Lager der Föderation entfernt hatte und sich der Front der Freien näherte, gab er den Befehl, die Waffen des Schiffes zu entsichern. Davon trug die *Schwarze Moclips* mehrere an Bord, die alle an Mittschiff sorgsam gestapelt und verstaut waren. Pfeil und Bogen, Schleudern und Speere wurden überwiegend für Angriffe aus der Entfernung eingesetzt. Lanzen und Schwerter wurden im Nahkampf verwendet. Lange Piken mit gezackten Klingen und Enterhaken, die an Wurfseilen befestigt waren, kamen vor allem zum Einsatz, um ein feindliches Schiff heranzuziehen und die Segel zu zerreißen oder die Strahlungssammler zu beschädigen.

Die zwei Dutzend Soldaten der Föderation, die unter Deck Platz gefunden hatten, stiegen nun die Kajütstreppe in der Mitte des Schiffs hinauf, um sich zu bewaffnen. Einige nahmen ihren Posten hinter einem Schild bei den Segeln ein. Andere bemannten die Katapulte, von denen Eimer mit Metallscherben und brennendes Pech abgeschossen wurden. Alle hatten bereits ungezählte Luftkämpfe an Bord der *Schwarzen Moclips* überlebt. Alt Mer und seine Mannschaft von Fahrenden überließen ihnen das Kämpfen. Seine Verantwortung bestand darin, sich um das Schiff zu kümmern. Die gesamte Anstrengung der Mannschaft war notwendig, um es in der Hitze der Schlacht ruhig zu halten und es so zu postieren, dass die Soldaten ihre Waffen zum Einsatz bringen konnten und dass man, falls notwendig, die Ramme verwenden konnte. Von der Mannschaft wurde die Teilnahme am Kampf nicht erwartet, solange das Schiff nicht Gefahr lief, geentert zu werden.

Der Kapitän der Fahrenden beobachtete die Soldaten, die sich eifrig an ihre Posten begaben, und einen Augenblick überwältigte ihn die Energie, die Männer aufbringen konnten, um sich gegenseitig zu töten.

Furl Hawken tauchte plötzlich neben ihm auf. »Alles bereit, Käpt'n. Mannschaft, Waffen und Schiff.« Er verdrehte die Augen zur Seite. »Wie geht es unseren unerschrockenen Passagieren?«

Alt Mer schaute sich erneut kurz über die Schulter um. Ein Adjutant hatte sich vom Sicherheitsgurt befreit und den Kopf in einem Eimer vergraben. Der andere war bleich wie ein Bettlaken und zwang sich verbissen, nicht hinüber zu seinem Kameraden zu sehen. Der verkniffene Kommandant kritzelte etwas in sein Notizbuch, und den schwarz gekleideten Körper hatte er in eine Ecke des Decks gezwängt.

»Sie würden es bevorzugen, wenn wir am Boden geblieben wären, glaube ich«, erwiderte er milde.

»Ich frage mich, ob ihr Bericht auch die Vorgänge in ihren Eingeweiden enthalten wird.« Hawken kicherte und ging davon.

Die *Schwarze Moclips* flog über die Linien der Freien hinweg, während die anderen sieben nun zu beiden Seiten ausschwärmten. Zwei waren Schiffe mit Fahrenden, die übrigen fünf gehörten der Föderation. Er kannte die Kapitäne. Die beiden Fahrenden und einer von der Föderation waren verlässlich und geschickt. Der Rest blieb genau so lange in der Luft, bis ihnen der eine oder andere Fehler unterlief. Redden Alt Mer versuchte deshalb, ihnen unbedingt aus dem Weg zu gehen.

Vor ihnen stiegen die Luftschiffe der Freien auf, um sich ihnen entgegenzustellen. Der Kapitän holte sein Handfernrohr hervor und studierte die Beschriftungen. Zehn, elf, zwölf – er zählte sie, während sie abhoben. Fünf gehörten Elfen, die anderen Freien. Dieses Verhältnis gefiel ihm nicht allzu gut. In erster Linie sollte er sich mit jedem feindlichen Luftschiff, dem er begegnete, anlegen und es zerstören, ohne dass sein eigenes Schaden nahm. Als könnte das etwas am Ausgang des Krieges ändern. Er verscheuchte den Gedanken. Also würde er sich die Elfenschiffe vorknöpfen – sollten sich die anderen doch selbst versenken.

»Sicherheitsleinen anlegen, meine Herren!«, rief er den Passagieren von der Föderation zu und packte das Steuer fester. Die feindlichen Schiffe kamen näher.

Bei zweihundert Meter Abstand und einer Geschwindigkeit von zwanzig Knoten lenkte er die *Schwarze Moclips* seitlich aus der Formation und tauchte steil nach unten ab. Er zog das Schiff wieder gerade, erhöhte die Geschwindigkeit und brachte das Luftschiff dazu, unter einem der Freien aufzusteigen. Während er auf dessen Leeseite segelte, warfen seine Katapulte scharfe Metallteile und Feuerbälle in die entblößten Rümpfe und Segel. Ein Schiff ging in Flammen auf und begann zu sinken. Ein Zweites reagierte auf den Angriff und feuerte die eigenen Katapulte ab. Metallstücke pfiffen über Alt Mers Kopf hinweg, derweil er das Steuerrad schnell drehte, um aus der Schusslinie zu gelangen.

Sekunden später waren alle Luftschiffe in die Schlacht verwickelt, und auf dem Boden hielten die Männer der einander gegenüberstehenden Armeen den Atem an und schauten hinauf zum Himmel. Hin und her glitten die kämpfenden Schiffe, stiegen abrupt auf oder gingen in plötzlichen Manövern tiefer. Feuerbälle zogen hellrote Streifen durch den blauen Himmel, Metallstücke und Pfeile zischten durch die Luft. Zwei Schiffe der Föderation kollidierten und stürzten ab, nachdem die Steuer ausgefallen und die Hauben verloren waren und die Kristalle so viel Energie lieferten, dass sie mitten in der Luft explodierten. Ein weiteres Schiff wich einem Kampf auf eine Art und Weise aus, die jeglicher Logik entbehrte und eher an Panik denken ließ. Ein Schiff der Freien schob sich in eins der Fahrenden, die Metallplatten kreischten, die Strahlungssammler krachten laut und brachten beide zum Schlingern, bei dem sie sich wieder voneinander entfernten. Überall schrien Männer vor Angst, Wut und Schmerz.

Die *Schwarze Moclips* stieg inmitten des Mahlstroms auf und brach wie ein Seeungeheuer aus der Tiefe hervor. Redden Alt Mer riss das Schiff zur Seite und sah sich einem Elfenschiff gegenüber, welches sich in Position brachte. Feuerbälle schossen vor Alt Mer durch die Luft, aber er glitt darunter hinweg und legte das Schiff schräg, um die eigenen Waffen zum Einsatz zu bringen. Das Elfenschiff drehte und steuerte auf ihn zu. Kein Feigling, dieser Kapitän, dachte der Fahrende voller Bewunderung. Er wich nach links aus und stieg steil hoch, wobei die geschwungene Spitze seiner rechten Ramme dem Elfenschiff den Hauptmast abriss und damit das Hauptsegel außer Gefecht setzte. Das Elfenschiff schlingerte und gab sich alle Mühe, die Höhe zu halten.

Die *Schwarze Moclips* schwang sofort herum und machte sich zum Angriff bereit. »Ganz ruhig jetzt!«, rief Alt Mer. Das rote Haar wehte hinter ihm im Wind wie ein blutrotes Banner.

Aber von der rechten Seite kam ein zweites Schiff in Sicht, eins von der Föderation, dessen Brücke zerstört war, dessen Kapitän nirgends zu entdecken war und dessen Mannschaft verzweifelt versuchte, die Kontrolle wieder zu erlangen. Flammen loderten mittschiffs auf Deck und züngelten am Hauptmast hinauf. Alt Mer hielt die *Schwarze Moclips* ruhig, doch plötzlich drehte das Schiff der Föderation und schwenkte nach rechts auf Kollisionskurs. Der Kapitän der Fahrenden zog am Steuer, öffnete die Hauben und ließ die Kristalle arbeiten.

Die *Schwarze Moclips* stieg auf und entging dem Schiff der Föderation um Haaresbreite, das unter ihr passierte. Pontons kratzten über die Mastspitze, Segel zerrissen.

Alt Mer fluchte vor sich hin. War es nicht schon schlimm genug, dass er sich um die feindlichen Schiffe Sorgen machen musste? Da er erwartete, das Elfenschiff teilweise außer Kraft gesetzt zu haben, drehte er die *Schwarze Moclips*, doch dort fand er stattdessen das Föderationsschiff vor, dem er gerade ausgewichen war. Er riss die Kontrollen der Hauben zurück, versuchte zu steigen und abermals auszuweichen. Doch das Föderationsschiff schlingerte immer noch rechts und links. Die Mannschaft ohne Kapitän versuchte verzweifelt, die Strahlungssammler zu verankern, ehe die Kristalle das Schiff umkippten. Die Segel standen in Flammen, Kristalle explodierten, und die Mannschaft schrie vor Angst.

Alt Mer schaffte das Ausweichmanöver nicht mehr rechtzeitig. »Achtung!«, brüllte er jenen zu, die ihm vielleicht zuhörten. »Achtung, Achtung, Achtung!«

Die *Schwarze Moclips* traf das Föderationsschiff unterhalb ihres Focksegels, erbebte und schwankte fürchterlich, fing den Stoß jedoch durch ihre Rammen ab. Trotzdem warf die Wucht des Aufpralls Alt Mer gegen das Steuer. Kurz erhaschte er einen Blick auf den Kommandanten der Föderation und seine Adjutanten hinter sich, die seitlich über das Deck flogen. Das Gurtzeug hielt den Kommandanten und einen der Adjutanten fest, doch die Sicherheitsleine des Zweiten riss, und der unglückliche Mann kugelte über Deck, ging über die Reling und war verschwunden. Alt Mer konnte noch seinen Schrei hören.

»Kapitän!«, heulte der Kommandant vor Wut und Schrecken.

Zeit zum Antworten blieb keine. Zwei weitere Elfenschiffe näherten sich rasch und spürten, dass sich ihnen die Chance bot, ihren ärgsten Widersacher zu vernichten. Alt Mer rief, man möge sich auf Ausweichmanöver gefasst machen, und lenkte das Schiff steil nach unten, wobei der Kommandant und sein verbliebener Adjutant erneut über das Deck rutschten, diesmal in die andere Richtung. Ein Elfenschiff folgte ihnen, und daher ging er unter das Zweite. Die *Schwarze Moclips* drehte und wendete sanft unter seinem festen Griff am Steuer.

Der Kommandant brüllte ihm von hinten immer noch etwas zu, aber Alt Mer beachtete ihn nicht. Er lenkte die *Schwarze Moclips* nach oben, während seine Katapulte auf die Elfenschiffe schossen, die das Feuer erwiderten. Metallstücke zerfetzten bei einem das Focksegel, und einer der glücklichsten Schüsse, die Alt Mer je gesehen hatte, zerstörte das Steuerruder. Das Schiff schwankte und versuchte mühselig, wieder Kraft zu gewinnen. Alt Mer ignorierte es und wandte sich dem anderen zu. Metallstücke trafen die Pontons und das Oberdeck der *Schwarze Moclips* und stießen sie zur Seite. Aber ihr Panzer hielt, und Alt Mer warf sich nun geradewegs auf den Feind.

»Bereit zum Angriff!«, rief er nach unten und schob die Kontrollen nach vorn, um die Kraft auf die Kristalle zu leiten.

Die *Schwarze Moclips* stieß gegen den Hauptmast des Elfenschiffes. Der Mast brach, als hätte ihn eine Sturmböe gepackt, fiel auf das Deck und riss Segel und Strahlungssammler mit sich. Mehr als eines Drittels der Energie seines Schiffes beraubt, war der Kapitän gezwungen, die Kristalle zu verdecken und tiefer zu gehen. Alt Mer hielt die *Schwarze Moclips* auf Abstand und beobachtete, wie die beiden Elfenschiffe schlingernd nach unten gingen und dabei versuchten, sich aufrecht zu halten, während die Mannschaften wild herumkrabbelten und die Sammler neu ausrichteten. Um sie herum gingen jetzt alle Schiffe der Freien nach unten und gaben die Jagd auf. Vier Schiffe der Föderation waren abgestürzt und brannten auf der Ebene. Zwei derjenigen, die noch flogen, waren beschädigt, eins davon schwer. Alt Mer blickte nach unten zu den halb zerstörten Schiffen der Freien und erteilte den Befehl zum Rückzug.

Plötzlich schrie ihm der Kommandant der Föderation mit verkniffenem Gesicht etwas ins Ohr. Er hatte sich von der Sicherheitsleine befreit und war über das Deck gekrochen. Mit einer Hand hatte er die Reling der Pilotenkanzel gepackt, mit der anderen fuchtelte er wild herum. »Was glaubt Ihr eigentlich, was wir hier tun, Kapitän?«

Alt Mer hatte keine Ahnung, wovon der Mann redete, und er scherte sich nicht um seinen Ton. »Nach Hause fliegen, Kommandant. Legt Eure Sicherheitsleine wieder an.«

»Ihr lasst sie entkommen!«, fauchte sein Gegenüber. »Ihr lasst sie entkommen!«

Alt Mer blickte über die Seite der *Schwarzen Moclips* zu den Schiffen der Freien. Er zuckte mit den Achseln. »Vergesst sie. Eine Weile lang werden sie nicht mehr aufsteigen.«

»Aber irgendwann werden sie wieder unsere Luftschiffe jagen! Ich befehle Euch, sie zu zerstören, Kapitän!«

Der Fahrende schüttelte den Kopf. »An Bord dieses Schiffes habt Ihr keine Befehle zu erteilen, Kommandant. Geht zurück auf Euren Platz.«

Der Kommandant packte ihn an der Jacke. »Ich bin ein Offizier von höherem Rang, Kapitän Alt Mer, und ich erteile Euch einen Befehl.«

Redden Alt Mer hatte die Nase gestrichen voll. »Hawk!«, rief er. Sein Zweiter Offizier war augenblicklich bei ihm. »Hilf dem Kommandanten zurück in den Sicherheitsgurt. Und sorge dafür, dass er ordentlich zugeschnallt wird. Kommandant, wir reden später weiter.«

Furl Hawken löste den fast widerstandslosen Offizier von der Pilotenkanzel, schob ihn hinüber zur Heckreling und schnallte ihn in seinen Gurt, wobei er den Stift zum Öffnen entfernte. Auf dem Weg nach vorn kam er bei Alt Mer vorbei, zwinkerte und warf ihm den Stift zu. »Ich wünschte, die Kleine Rote wäre hier, um das mitzuerleben«, flüsterte er mit einem Grinsen.

Das konnte man hier und jetzt gut sagen, dachte der Fahrende finster, während seine Hände fest auf dem Steuer des Schiffes lagen, doch wenn sie landeten, würde die Geschichte ein wenig anders aussehen. Diesen Zwischenfall würde der Kommandant wohl kaum vergessen, und er bezweifelte, ob ein Untersuchungsausschuss sich gegen einen Regulären und auf die Seite eines Söldners stellen würde. Allein der Anschein von Gehorsamsverweigerung genügte, um in dieser Armee zur Verantwortung gezogen zu werden. Recht oder Unrecht zählten nicht, nicht einmal die Tatsache, dass an Bord eines Luftschiffes – wie auch an Bord jedes anderen Schiffes – der Kapitän das letzte Wort hatte. Die Föderation würde ihrem eigenen Mann den Rücken stärken, und er würde im Rang degradiert oder ganz aus den Diensten entlassen.

Mit seinen grünen Augen suchte er den Horizont ab und ließ den Blick nach Westen schweifen, wo die Berge in den blauen Himmel ragten. Das einzig Gute daran, ein Flieger zu sein, war, dass man bei Einbruch der Dunkelheit stets woanders landen konnte.

Sofort dachte er daran, mit der *Schwarzen Moclips* dorthin zu fliegen und überhaupt nicht mehr umzukehren. Aber dieses Schiff gehörte nicht ihm, und er war kein Dieb (im Augenblick wenigstens nicht), und außerdem konnte er die Kleine Rote nicht einfach zurücklassen. Das Beste war, ins Lager zu fliegen, die Sachen zu packen und bis zum Einbruch der Dunkelheit zu verschwinden.

Mit einem Mal roch er die Blaue Spalte und erinnerte sich an die Farben des Frühlings in March Brume.

Vorsichtig brachte er das Luftschiff nach unten und ließ es von der Mannschaft vertäuen, dann ging er nach hinten und befreite den Kommandanten und seinen Adjutanten. Sie sagten kein Wort, würdigten ihn nicht einmal eines Blickes. Nachdem das Gurtzeug gelöst war, eilten sie von Bord, als hätten sie sich verbrüht. Alt Mer ließ sie gehen und machte sich daran, die Schäden an der *Schwarzen Moclips* zu überprüfen, damit die notwendigen Schritte für die Reparatur eingeleitet werden konnten. Inzwischen betrachtete er das Schiff bereits wie eines, das einem anderen gehört. Er verabschiedete sich im Grunde schon von ihr.

Wie sich herausstellte, war er dabei zu langsam. Er stieg gerade die Strickleiter zum Flugplatz hinunter, als der Kommandant mit einem Trupp regulärer Soldaten der Föderation zurückkehrte.

»Kapitän Alt Mer, Ihr steht unter Arrest, weil Ihr einem ranghöheren Offizier während des Einsatzes in der Schlacht den Gehorsam verweigert habt. Eine schlimme Beleidigung. Wollen wir doch mal sehen, wer jetzt den Befehl hat, was?« Der Kommandant versuchte, bedrohlich zu lächeln, was ihm misslang, und er errötete wütend. »Bringt ihn weg!«

Furl Hawken und die Mannschaft kamen vom Schiff und hielten die Waffen bereits in der Hand, doch Redden Alt Mer gebot ihnen mit einer Geste Einhalt. Er zog seine Waffen, ging an dem Kommandanten vorbei und reichte sie dem angegrauten Anführer des Trupps, einem Mann, mit dem er schon etliche Gläser Bier getrunken hatte.

»Wir sehen uns heute Abend, Hawk«, rief er über die Schulter seinem Zweiten Offizier zu.

Plötzlich blieb er stehen und betrachtete die *Schwarze Moclips.* Er würde das Schiff niemals wieder sehen, das wusste er. Es war das

Beste, auf dem er je das Kommando gehabt hatte, und vielleicht würde er niemals ein Besseres bekommen. Hoffentlich würde sich der neue Kapitän als würdig erweisen, was er allerdings bezweifelte. Wie auch immer, er würde es mehr vermissen, als er sich vorstellen wollte.

»Meine Dame«, flüsterte er, »es war großartig.«

Damit blickte er an dem Kommandanten vorbei zum Anführer des Trupps und zuckte gleichgültig mit den Schultern. »Geht voraus, Hauptmann. Ich vertraue mich Euren Händen an.«

Was auch immer dieser Mann über die ganze Angelegenheit dachte, er war klug genug, seine Gedanken für sich zu behalten.

Fünf

Der stämmige Frontsergeant mit dem flachen Gesicht trank bereits seit über einer Stunde im Hinterzimmer des Schmieds der Kompanie, ehe er den Mut aufbrachte, zu ihr hinüberzugehen. Sie saß hinten allein an einem Tisch und hüllte sich in Schatten und jene Art einstudiertes Desinteresse an ihrer Umgebung, die deutlich machte, dass sie nicht angesprochen werden wollte. Der Sergeant hätte das fünf Krüge Bier früher vermutlich noch begriffen, als sein Urteilsvermögen noch ausreichte, ihn vor solch dummen Fehlern zu warnen. Aber seine Wut darüber, wie sie ihn in der Nacht zuvor gedemütigt hatte, vermischte sich mit einem Übermut, der mit der Menge des einverleibten Biers zunahm und der schließlich den Sieg davontrug.

Er baute sich breit vor ihr auf, denn er war ein großer Kerl, und seine Größe sollte bedrohlich wirken.

»Wir beide haben noch ein Hühnchen zu rupfen, Kleine Rote«, verkündete er laut.

Köpfe drehten sich um. Einige Soldaten erhoben sich und stahlen sich leise zur Tür. Die Frau des Schmieds, die tagsüber die Schenke für ihren Mann führte, sah mit gefurchter Stirn herüber. Draußen in der Gluthitze der Schmiede klirrte Eisen, und heißes Metall, das im Wasser abgekühlt wurde, zischte und dampfte.

Rue Meridian schaute nicht auf. Ihr Blick ging starr ins Leere, die Hände umschlossen locker den Bierkrug. Sie war hier, weil sie allein sein wollte. Eigentlich hätte sie fliegen sollen, aber ihr Herz gehörte der Sache nicht mehr, und ihre Gedanken schweiften ständig zur Küste und nach Hause.

»Hörst du nicht?«, fauchte er.

Sie konnte den Frontsergeant riechen, seinen ungewaschenen Körper und das fettige Haar, die schmutzige Uniform und den schlechten Atem. Sie fragte sich, ob er überhaupt bemerkt hatte, wie widerlich er geworden war, seit er im Feld lebte.

»Du hältst dich wohl für etwas Besonderes, was?«, wagte er sich weiter vor, vielleicht, weil sie schwieg. Er schob sich näher heran. »Sieh mich an, wenn ich mit dir rede, Fahrende!«

Sie seufzte. »Reicht es nicht, dass ich dir zuhöre und dich rieche? Muss ich dich auch noch anschauen? Das erscheint mir doch ein wenig viel verlangt.«

Einen Augenblick starrte er sie leicht verwirrt an. Dann stieß er den Krug zwischen ihren Händen zur Seite und zog sein Kurzschwert. »Du hast mich betrogen, Kleine Rote! Das kannst du mit anderen machen, aber nicht mit mir! Ich will mein Geld zurück!«

Sie lehnte sich langsam auf ihrem Stuhl zurück und hob den Blick. Flüchtig sah sie ihn an, dann schaute sie wieder zur Seite. »Ich habe dich nicht betrogen, Sergeant.« Sie lächelte freundlich. »Das war überhaupt nicht notwendig. Du warst so schlecht, also brauchte ich es nicht. Wenn es dir eines Tages gelingen sollte, besser zu werfen, könnte ich gezwungen sein, dich zu betrügen.«

Die Zornesröte stieg ihm erneut ins Gesicht. »Gib mir mein Geld zurück!«

Wie durch Magie erschien ein Wurfmesser in ihrer Hand. Sofort wich er zurück. »Ich habe es ausgegeben, bis auf den letzten Heller.

Abgesehen davon war es nicht besonders viel.« Sie blickte ihn abermals an. »Wo liegt dein Problem, Sergeant? Du hast gerade eine ganze Stunde am Tresen getrunken, also kannst du nicht blank sein.«

Seine Lippen bewegten sich, als habe er Schwierigkeiten, die Worte hervorzubringen. »Gib mir einfach mein Geld zurück.«

Gestern Abend hatte sie ihn in einem Messerwerfduell geschlagen, obwohl »Duell« wohl eigentlich das falsche Wort dafür war, denn er war mit Abstand der schlechteste Messerwerfer, der ihr je begegnet war. Die Niederlage hatte ihn den Stolz und den Geldbeutel gekostet, und offensichtlich war er nicht darauf eingestellt gewesen, diesen Preis zu bezahlen.

»Lass mich in Ruhe«, sagte sie müde.

»Du bist ein Nichts, Kleine Rote!«, explodierte er. »Nur eine kleine betrügerische Hexe!«

Kurz dachte sie daran, ihn umzubringen, aber sie hatte keine große Lust, sich mit den Folgen einer solchen Tat auseinander zu setzen, daher ließ sie die Idee fallen. »Willst du eine Revanche, Sergeant?«, fragte sie stattdessen. »Ein Wurf. Wenn du gewinnst, bekommst du dein Geld zurück. Siege ich, kaufst du mir einen frischen Krug Bier und lässt mich in Ruhe. Abgemacht?«

Er beäugte sie misstrauisch, als wolle er herausfinden, wo der Haken bei der Sache war. Sie wartete geduldig, sah ihm in die Augen und balancierte das Wurfmesser locker auf der Hand.

»Abgemacht«, stimmte er am Ende zu.

Sie erhob sich, und ihre dunkle Kleidung, die typisch für die Fahrenden war, fiel leicht an ihr herunter. Die helle Schärpe und den Schal hatte sie um Taille und Schulter gebunden, die Enden liefen in Seidenbändern aus, das lange rote Haar leuchtete im Lampenschein. Rue Meridian war eine schöne Frau, und nicht wenige Männer hatten sich von ihr angezogen gefühlt, als sie in die Armee der Föderation eingetreten war. Aber die Anzahl war rasch geschwunden, nachdem die ersten beiden, die mit wenig Erfolg versucht hatten, der Kleinen Roten ihre Zuneigung aufzudrängen, Wochen im Lazarett verbracht hatten, um sich von ihren Verletzungen zu erholen.

Die Männer fanden sie immer noch attraktiv, doch jetzt passten sie genauer auf, auf welche Weise sie sich ihr näherten. Denn an der Kleinen Roten war eigentlich nichts wirklich »klein«. Sie hatte breite Schultern und war groß gewachsen, schlank und gut in Form. Kleine Rote nannte man sie wegen ihres Halbbruders Redden Alt Mer, dem Großen Roten. Beide besaßen das gleiche rote Haar und die gleiche langgliedrige Gestalt, die gleichen grünen Augen, das gleiche Lächeln und explosive Temperament. Außerdem hatten sie die gleiche Mutter, nur verschiedene Väter. In ihrem wie auch in vielen anderen Clans der Fahrenden kamen und gingen die Männer, während die Frauen blieben.

Der Frontsergeant schaute sich nach einem Ziel um. Gestern Abend hatten sie einen kleinen Kreis von der Größe eines Daumennagels gewählt, der auf einen der Stützbalken gemalt war. Beide hatten abwechselnd geworfen, jeder zwei Mal. Der Sergeant hatte die Stelle zwei Mal verfehlt – sie nicht. Darüber hatte sich der Sergeant zwar beschwert, aber dennoch bezahlt, wobei ihn die Gegenwart von so vielen anderen Fahrenden und mit ihnen befreundeten Soldaten eingeschüchtert hatte. Von Betrug war jedenfalls keine Rede gewesen, geschweige denn davon, das Geld zurückzuverlangen. Anscheinend hatte er die ganze Nacht im eigenen Saft vor sich hin geköchelt.

»Dort«, sagte er, zeigte auf denselben schwarzen Kreis auf dem Balken und trat an den Strich auf dem Boden, den er gestern gezogen hatte.

»Halt mal, halt«, beschwerte sich die Frau des Schmieds augenblicklich. »Letzte Nacht hast du mir schon eine ganze Reihe Gläser zerdeppert, weil du den Balken nicht getroffen hast. Zielen kannst du kaum besser als Leute einschätzen, Blenud Trock! Heute wirst du dein Messer irgendwo anders hinwerfen!«

Der Sergeant starrte sie finster an. »Du bekommst dein Geld, wenn ich meins bekomme.«

Trock. Zum ersten Mal hörte Rue Meridian seinen Namen. »Gehen wir dort drüben hin, Sergeant«, schlug sie vor.

Sie führte ihn vom Tresen tiefer in den Raum. Das provisorische Gebäude stand hinter einem Hügel, und ein erdiger Sturzbach hatte nach dem Regen ein deutliches V an der hinteren Wand hinterlassen. Genau rechts darüber hingen Tröpfchen an einem Balken, die dann und wann auf den Boden fielen.

Sie blieb gute sechs Meter davor stehen und zog mit dem Fuß eine Linie in den Staub. Es war ganz sicher nicht der sauberste Laden, den sie je besucht hatte, aber auch nicht der schmutzigste. Diese Art von Schenken kam und ging mit den Bewegungen der Armee. Diese hatte nur deshalb so lange überlebt, weil sich die Armee seit einiger Zeit nicht mehr bewegte. Zwar waren solche Schenken eigentlich nicht erlaubt, trotzdem drückte man ein Auge zu, da die Soldaten hier draußen am Ende der Welt, Meilen von jeder Stadt entfernt, einen Zufluchtsort brauchten.

Sie strich sich das feuerrote Haar zurück und sah den Sergeant an. »Wir bleiben nebeneinander stehen. Wenn der nächste Tropfen vom Balken fällt, werfen wir auf das V. Wer am schnellsten und am nächsten drankommt, hat gewonnen.«

»Hmm!«, grunzte er und nahm seinen Platz ein. Er murmelte noch etwas vor sich hin, das sie jedoch nicht verstehen konnte. Mit dem Messer in der Hand stellte er sich auf. »Fertig«, tat er kund.

Sie holte tief und langsam Luft und ließ die Arme locker an den Seiten hängen, während sie das Messer bequem in der rechten Hand hielt, wo sich die Klinge kühl und sanft an die Haut ihres Unterarms drückte. Hinter ihnen hatten sich Männer versammelt, Soldaten auf Fronturlaub oder außer Dienst, die sich das kleine Vergnügen nicht entgehen lassen wollten. Sie nahm vage wahr, dass weitere von draußen hereinströmten, dennoch blieb es seltsam still im Raum. Eine eigentümliche Mattigkeit erfüllte sie; ihr wurde seltsam leicht im Kopf, als habe sich ihr Verstand vom Körper getrennt. Sie richtete die Augen starr auf den Balken mit den Tropfen, die in einer langen Reihe dort hingen, winzige Nadelstiche, die vor dem Schatten das Licht spiegelten.

Als endlich ein Tröpfchen fiel, schoss ihr Arm vor, und das Messer flog so schnell aus ihrer Hand, dass es bereits genau in der Spitze des Vs steckte, ehe der Sergeant seine Wurfbewegung beendet hatte. Die Klinge des Sergeants landete ungefähr sechs Zoll daneben.

Tosender Applaus erhob sich, und ein paar Jubelrufe waren zu hören. Rue Meridian zog ihr Messer aus dem Holz und ging hinüber zum Tresen, um ihren Einsatz abzuholen. Die Frau des Schmiedes hatte den Krug schon bereitgestellt. »Der geht auf deine Rechnung, Sergeant Trock«, rief sie ihm zu und lächelte Rue breit an. »Bezahl ihn, ehe du gehst.«

Der Frontsergeant schlich an die Wand und zog sein schweres Wurfmesser heraus. Kurz wog er es in der Hand, während er Rue Meridian einen giftigen Blick zuwarf. Dann schob er es in die Scheide unter seinem Gewand und schwankte zu ihr hinüber. »Ich bezahle gar nichts«, verkündete er und baute sich neben ihr auf.

»Das liegt ganz bei dir«, erwiderte sie und nippte an dem Bier.

»Wenn nicht, kommst du hier nicht wieder rein«, mahnte die Frau des Schmieds scharf. »Hör jetzt endlich mit dem Ärger auf.«

»Ich werde nicht zahlen, weil du mich betrogen hast!«, wandte er sich wütend wieder an Rue. »Du hast geworfen, ehe der Tropfen den Balken verlassen hat. Das ist ja wohl klar wie Kloßbrühe.«

Um ihn herum wurde abfälliges Murmeln laut, viele schüttelten den Kopf, doch niemand widersprach. Ermutigt beugte er sich so weit vor, bis sie die Hitze seines Atems spüren und den Gestank nur allzu deutlich riechen konnte. »Weißt du, was du für ein Problem hast, Kleine Rote? Du brauchst jemanden, der dir ein paar Manieren beibringt. Dann wärst du nicht so verbohrt ...«

Der Rest von dem, was er sagen wollte, blieb ihm im Hals stecken, als er plötzlich die Messerspitze an seiner Kehle unterhalb des bärtigen Kinns spürte.

»Du solltest besser nachdenken, ehe du sprichst, Sergeant«, zischte sie. »Du hast bereits genug von dir gegeben, was mich überzeugen könnte, dir die Kehle durchzuschneiden.«

Eisiges Schweigen breitete sich im Raum aus. Niemand bewegte sich, nicht einmal die Frau des Schmieds, die mit einem Geschirrtuch in der Hand und offenem Mund dastand.

Der Frontsergeant keuchte, denn nun schob Rue Meridian das Messer ein wenig höher und hob damit sein Kinn an. Die Klinge war so plötzlich aufgetaucht, dass seine Hände an den Seiten hingen und seine Waffen nutzlos in der Scheide steckten. »Ich wollte nicht …«

»Du wolltest nicht«, unterbrach sie ihn, »dass ich bessere Manieren lerne, hab ich Recht?«

»Ja.« Er schluckte heftig.

»Du wolltest vor allem nicht, dass sie mir jemand beibringt, der so grob und dumm ist wie du, nicht wahr?«

»Ja.«

»Und jetzt möchtest du dich bestimmt entschuldigen, weil du gesagt hast, ich hätte dich betrogen, und weil du meine Mittagsruhe, die mir lieb und teuer ist, gestört hast, nicht?«

»Ja, ja!«

Sie schob ihn zurück, hielt das Messer jedoch weiterhin an seinem Hals. Als er ein Stück vom Tresen entfernt stand, nahm sie ihm mit der freien Hand die Waffen ab. Dann stieß sie ihn rückwärts auf einen Stuhl.

»Ich habe meine Meinung geändert«, sagte sie, und ihr Messer verschwand in ihrer Kleidung. »Ich möchte mir mein Bier nicht von dir bezahlen lassen, ob ich es nun gewonnen habe oder nicht. Du sollst nur still sitzen, wo du bist, bis ich entscheide, dass du gehen darfst. Wenn du auch nur mit einem einzigen Muskel zuckst, könnte ich das V an der Wand mit dem V zwischen deinen Beinen verwechseln, und dann versuche ich mein Glück mit einem weiteren Wurf.«

Der große Mann senkte den Blick unfreiwillig und hob ihn sofort wieder. Die Wut in seinen Augen wurde nur von seiner Furcht übertroffen. Er glaubte ihr aufs Wort, was sie sagte.

Sie griff gerade nach dem Bierkrug, als die Tür zur Werkstatt des Schmieds aufging und Furl Hawken hereinstürzte. Alle im Raum schauten sich um, und er blieb sofort stehen, da ihm die unnatürliche Stille auffiel.

Dann entdeckte er sie. »Kleine Rote, es ist was passiert. Wir müssen gehen.«

Sie blieb, wo sie war, nahm den Krug in die Hand, hob ihn an die Lippen und trank den Inhalt aus, als hätte sie alle Zeit der Welt. Die Anwesenden sahen ihr schweigend zu. Niemand regte sich. Nachdem sie fertig war, stellte sie den Krug auf den Tresen und trat hinüber zu dem Frontsergeanten. Sie beugte sich dicht zu ihm hinunter, als wolle sie ihn zu etwas verleiten. Er ließ sich nicht in Versuchung führen, und daraufhin sagte sie leise: »Wenn ich dich noch einmal sehe, bringe ich dich um.«

Während sie an der Frau des Schmieds vorbeiging, warf sie eine Münze auf den Tresen und zwinkerte ihr zu. Dann war sie draußen und stand mitten in der Schmiede. Furl Hawken folgte ihr.

Rasch durchquerten sie das Labyrinth aus Ambossen, Essen und Schrotthaufen und die anschließenden provisorischen Gebäude dahinter – Küchen, Waffenkammern, Lazarette, Befehlsstände, Ställe, Vorratslager und so weiter. Hier ging es trotz der Mittagshitze geschäftig zu. Der Himmel war wolkenlos und blau, die Sonne brannte wie ein weißer Feuerball auf die staubigen Anhöhen und die lagernde Armee herunter. Rue Meridian schüttelte den Kopf. Zum ersten Mal seit gestern sah sie das Tageslicht, und ihr Schädel reagierte mit wildem Pochen darauf.

»Ist der Große Rote wütend auf mich?«, fragte sie, während sie die Gebäude hinter sich ließen und die Zeltstadt betraten.

»Der Große Rote liegt in Ketten und hat zwanzig Jahre Zwangsarbeit oder Schlimmeres vor sich«, knurrte ihr Begleiter, drängte sich näher an sie heran und hielt die Stimme gesenkt. »Wir hatten heute Morgen Gesellschaft, ein paar Offiziere der Föderation. Einer ging während des Angriffs über die Reling, ein Unfall zwar, aber tot ist er allemal. Der hohe Offizier war wütend. Er wurde noch zorniger, als sich dein Bruder weigerte, einigen übel beschädigten Schiffen der Freien zu folgen und sie zu versenken. Nachdem wir wieder

Boden unter den Füßen hatten, verhaftete dieser Kerl den Großen Roten, führte ihn ab und versprach ihm, er würde in Kürze eine abrupte Veränderung seiner Karriere erleben.«

Sie schüttelte den Kopf. »Daran können wir nichts ändern, oder? Ich meine, jedenfalls nicht mit offiziellen Bittschriften.«

Furl Hawken schnaubte. »Wir sind Fahrende, Kleine Rote. Was stellst du dir vor?«

Sie legte ihm die Hand auf die massige Schulter. »Ich glaube, ich habe diesen Ort wirklich satt, diese Leute, diesen Krieg, dieses ganze Geschäft. Wir brauchen eine neue Arbeit. Was machen wir uns aus dem hier? Am Anfang hat uns nur das Geld hergelockt, und davon haben wir jetzt für eine Weile lang genug.«

Furl Hawken schüttelte den Kopf. »Geld hat man nie genug, Kleine Rote.«

»Das stimmt auch wieder«, gestand sie ein.

»Außerdem ist es hier nicht so schlecht.« Seine Stimme nahm einen wehmütigen Ton an. »Ich habe mich irgendwie daran gewöhnt. Es wächst einem ans Herz, dieses flache Land, diese Weite, der Staub und der Schmutz.«

Freundschaftlich stieß sie ihm in die Seite. »Mach dich nicht lustig über mich! Du hasst es genau so sehr wie ich!«

Auf seinem Gesicht breitete sich ein Grinsen aus. »Nun, vielleicht.«

»Zeit, nach Hause zu gehen, Hawk«, verkündete sie feierlich. »Versammle die Männer, such die Ausrüstung zusammen, hol unseren Sold, Vorräte und Pferde für alle, und dann treffen wir uns in einer Stunde auf dem Südhügel.« Erneut stieß sie ihm in die Seite und lachte. »Na los, du Riesenaufschneider!«

Sie wartete, bis er aufgebrochen war; danach wandte sie sich der Palisade zu, wo die Föderation ihre Gefangenen und Missliebigen unterbrachte, die im Freien zusammengekettet oder in große Holzkisten gesteckt wurden, wo einem an einem so heißen Tag das Hirn zu Brei gekocht wurde. Allein bei dem Gedanken, ihr Bruder könnte in einer solchen Kiste hocken, knirschte sie mit den Zähnen. Das

Gebaren den Fahrenden gegenüber hatte sich keinen Deut verändert, seit diese vor drei Jahren in die Dienste der Föderation getreten waren. Fahrende waren Söldner, und Söldner waren ein notwendiges Übel. Wie treu sie dienten, war dabei nicht von Belang. Auch nicht, wie viele von ihnen für die Sache der Föderation starben. Gleichgültig war zudem, dass sie sich als die besseren Flieger erwiesen hatten – und häufig auch als die besseren Kämpfer. In den Augen der meisten Südländer waren Fahrende allein deshalb weniger wert, weil sie Fahrende waren, und ihre Fähigkeiten und Leistungen konnten daran nichts ändern.

Natürlich standen die Fahrenden ganz unten auf der Liste, weil sie ein nomadisches Leben führten. Wenn man kein Heimatland und keine Armee hatte, fehlte es auch an Macht. Ohne Macht hatte man Schwierigkeiten, Respekt einzufordern. Fahrende hatten auf diese Weise seit zweitausend Jahren überlebt, in freien Lagern und in Clans. Die Fahrenden glaubten, das Land gehöre allen, aber insbesondere jenen, die darauf herumreisten. Das Land war ihre Mutter, und sie teilten die Ideen der Elfen, dass es geschützt und gehegt werden sollte. Infolgedessen zeigten sich die Elfen am tolerantesten den Fahrenden gegenüber und erlaubten ihnen, durch die Wälder von Westland zu ziehen, wo sie im Landesinneren als Händler und an der Küste als Seeleute lebten.

Überall sonst wurden sie selten willkommen geheißen und lebten ständig in der Gefahr, vertrieben zu werden oder Schlimmeres zu erleiden. Willkommen waren sie eigentlich nur, wenn sie sich zum Söldnertum verpflichteten, um in Kriegen zu kämpfen, mit denen sie eigentlich wenig zu schaffen hatten.

Rue Meridian und ihr Bruder sowie einige Dutzend andere waren aus dem Osten aus der Gegend um das Küstendorf March Brume gekommen, um der Föderation in dieser Auseinandersetzung zu helfen. Es wurde gutes Geld bezahlt, und die Risiken waren annehmbar. Die Freien waren im Umgang mit Luftschiffen nicht besser als die Föderation. Es gab regelmäßig Schlachten, doch für die Fahrenden waren sie eher Übungen, um schlechten Fliegern auszuweichen.

Trotzdem, so überlegte sie abschließend, langweilte es sie inzwischen, und es war Zeit weiterzuziehen. Insbesondere jetzt. Schon seit Wochen suchte sie nach einer Ausrede für den Aufbruch, doch ihr Bruder hatte darauf bestanden, sich an die Bedingungen ihrer Anwerbung zu halten. Sie schüttelte den Kopf. Als würde die Föderation ihre Loyalität in irgendeiner Weise verdienen, während sie gleichzeitig von ihr wie Untermenschen behandelt wurden. Und jetzt noch das. Den Großen Roten in Ketten zu legen, weil er den Befehl eines Offiziers der Föderation missachtet hatte, der es besser wissen müsste und gar nicht erst einen hätte erteilen sollen. Auf einem Luftschiff galt das Wort des Kapitäns als Gesetz. Das Ganze war lediglich ein Vorwand, die Fahrenden in ihre Schranken zu weisen und ihnen kollektiv den Stiefel der Föderation in den Nacken zu setzen. Dumme, törichte Leute, schäumte sie innerlich. Es wäre interessant zu sehen, wie viel Erfolg sie noch mit ihren Luftschiffen haben würden, wenn die Mannschaften der Fahrenden erst einmal abgezogen waren.

Sie stampfte auf dem staubigen Boden der Straße auf, während sie durch das Lager ging und Pfiffe, Rufe und unanständige Einladungen ignorierte oder mit einem Winken oder einer unmissverständlichen Geste beantwortete, wenn sie es für angemessen hielt. Sie überprüfte ihre Waffen, ein schlankes Rapier, ihre Wurfmesser, die um die Hüfte gebunden waren, einen Dolch, den sie im Stiefel verbarg, und eine Schleuder, die sie unter den Schulterstreifen geschoben hatte.

Schon meinte sie, das Meer zu riechen, den salzigen Duft, der schwer in der Luft hing, den rauen Dunst über hölzernen Anlegern und Balken, den fischigen Geruch der Küste und den Rauch der Kamine, in denen man bei Sonnenuntergang Feuer machte, um die Kälte der Nacht aus den Häusern und Bierschenken zu vertreiben. Das Binnenland roch nach Staub und Trockenheit, nach verbrannter Erde und flutartigem Regenwasser, das innerhalb von Stunden wieder versickert war. Drei Jahre Staub und Dürre, drei Jahre Gestank von Männern und Tieren, ohne nur einmal den Ozean zu sehen, waren genug.

In einem Teil des Lagers, wo sie einige Soldaten kannte, erbat sie sich etwas zu essen von einem Koch, mit dem sie sich angefreundet hatte, wickelte es in Papier und nahm es mit. Der Große Rote würde hungrig sein.

Nun schritt sie durch die äußeren Bereiche des Lagers und näherte sich den Holzwänden des Pferchs, als würde sie einen Mittagsspaziergang unternehmen.

»Hey, Kleine Rote«, begrüßte sie eine der Wachen am Tor freundlich. »Willst du deinen Bruder besuchen?«

»Ich will ihn rausholen«, erwiderte sie lächelnd.

Die andere Wache schnaubte. »Ha, das wird aber nicht so leicht werden.«

»Aber auch nicht besonders schwierig«, entgegnete sie. »Ist der Kommandant drinnen?«

»Er isst zu Mittag oder hält gerade ein Nickerchen, kannst du dir aussuchen.« Die erste Wache kicherte. »Was hast du da?«

»Mittagessen für den Großen Roten. Kann ich zu ihm?«

»Sicher. Wir bringen ihn in den Schatten an der hinteren Wand, wo der Laufsteg ist. Wir wollen es ihm so bequem wie möglich machen, solange er hier drin ist, aber nach dem Gesicht des Offiziers zu schließen, der ihn hergebracht hat, stehen seine Chancen nicht allzu gut. Eine fiese Fresse hatte der Kerl.« Er schüttelte den Kopf. »Tut mir Leid wegen dieser Sache, Kleine Rote. Wir mögen deinen Bruder.«

»Oh, ihr mögt ihn, aber mich nicht?«

Die Wache errötete. »Du weißt, was ich sagen wollte. Los, gib deine Waffen her. Dann muss ich die Päckchen mit Essen überprüfen, und danach kannst du zu ihm.«

Sie reichte ihm den Gürtel mit den Messern sowie das Rapier und machte die Schleuder los. Den Dolch im Stiefel behielt sie. Mit absolutem Gehorsam kam man in dieser Welt nur bis zu einem bestimmten Punkt und nicht weiter. Sie lächelte fröhlich und gab alles durch das Tor.

Ihr Bruder saß unter einem Überhang an der hinteren Wand, genau an der Stelle, die die Wache ihr beschrieben hatte. Er beobachtete sie, während sie näher kam, und bewegte sich nicht, offenbar, weil die Eisenschellen an Handgelenken, Knöcheln und Hüfte, die mit Bolzen an den Wänden befestigt waren, dies unmöglich machten. Auf dem Laufsteg darüber patrouillierten Wachen oder standen müßig im Schatten der Wachtürme an den Ecken des Pferchs herum. Niemand schien Interesse daran zu haben, unnötig Kraft zu verschwenden.

Sie hockte sich vor ihren Bruder und neigte kritisch den Kopf zur Seite. »Besonders gut siehst du nicht aus, großer Bruder.«

Redden Alt Mer neigte seinerseits den Kopf zur Seite. »Ich dachte, du würdest krank im Bett liegen.«

»Ich war herzenskrank«, entgegnete sie. »Aber bei der Aussicht, schon bald von hier aufzubrechen, fühle ich mich gleich viel besser. Ich glaube, wir haben der Armee der Föderation genau so viel Zeit gewidmet, wie sie verdient hat.«

Er verscheuchte eine Fliege, die vor seinem Gesicht herumsummte, und die Ketten klirrten laut. »Mich bringst du nicht dazu, dir zu widersprechen. Meine Zukunft als Söldner sieht nicht sehr rosig aus.«

Sie blickte sich um. Im Pferch ging es laut zu, Männer murmelten und fluchten, Ketten klirrten, Stiefel stampften über den Laufsteg. Die Luft war heiß und trocken und stand still, und der Gestank von ungewaschenen Körpern, Schweiß und Exkrementen durchsetzte alles.

Sie hockte sich im Schneidersitz vor ihn hin und legte das Päckchen mit Essen zwischen ihnen auf den Boden. »Wie wäre es mit einer Kleinigkeit zu essen?«

Sie wickelte die Mahlzeit aus, und ihr Bruder verschlang sie gierig. »Das ist gut«, lobte er sie. »Aber was genau sollen wir jetzt machen? Ich dachte, du hättest dir schon einen Weg überlegt, mich hier rauszuholen.«

Grinsend strich sie ihr Haar zurück. »Willst du sagen, dir selbst ist noch keiner eingefallen? Du hast dich hübsch in die Nesseln gesetzt, was?«

»Oh, ich hatte Hilfe dabei.« Er kaute nachdenklich auf einem Stück Brot. »Hast du mir nichts zu trinken mitgebracht?«

Sie griff in ihr Gewand und holte eine Taschenflasche hervor. Er nahm sie und trank einen tiefen Schluck. »Bier«, stellte er anerkennend fest. »Was ist los? Soll das meine Henkersmahlzeit werden?«

Sie stibitzte ein Stück des gebratenen Fasans. »Das wollen wir nicht hoffen.«

»Also?«

»Also schlagen wir die Zeit tot, bis Hawk alles für unseren Aufbruch vorbereitet hat.« Sie nahm ihm die Flasche ab und trank. »Außerdem haben wir vielleicht keine Zeit zum Essen mehr, wenn wir erst einmal unterwegs sind. Ich erwarte jedenfalls, dass wir vor Einbruch der Dunkelheit keine Rast mehr einlegen.«

Er nickte. »Schätze ich auch. Demnach hast du einen Plan.«

Sie grinste. »Was meinst du?«

Sie beendeten das Mahl, tranken den Rest des Biers und saßen schweigend da, bis Rue Meridian glaubte, Furl Hawken habe genug Zeit gehabt, um die nötigen Vorbereitungen zu treffen und zum Treffpunkt zu kommen. Sie erhob sich, sammelte die Überreste des Essens ein und ging zu der Hütte, die dem Kommandanten des Pferchs als Behausung diente. Auf dem Weg dorthin warf sie die Reste auf den Komposthaufen. Für die Mutter Erde tat man, was man konnte, selbst an einem Ort wie diesem.

Das Büro des Kommandanten betrat sie, ohne anzuklopfen, und schloss die Tür hinter sich. Der Kommandant lehnte auf seinem Stuhl an der Wand und döste. Er war ein korpulenter Mann, und Hände und Gesicht waren vernarbt. Sie trat mit dem Dolch in der Hand um den Tisch und schlug dem Mann so hart sie konnte hinter das Ohr. Der Kerl sank geräuschlos auf den Boden.

An der Wand waren Schlüsselbunde aufgereiht. Sie suchte sich denjenigen aus, an dem ein Holzstück mit dem Namen ihres Bruders befestigt war, und ging wieder hinaus. Als sie eine Wache über den Hof gehen sah, rief sie hinüber: »Der Kommandant will meinen Bruder sehen. Bring ihn bitte rein.«

Die Wache, die daran gewöhnt war, von fast jedem Befehle entgegenzunehmen, stellte keine Fragen. Der Mann ließ sich die Schlüssel geben und machte sich auf. Ein paar Minuten später war er zurück und schob den Großen Roten langsam vor sich her, wobei Handgelenke und Knöchel noch immer gefesselt waren. Sie stand neben ihm, ließ ihn eintreten, schloss die Tür und streckte die Wache mit einem Hieb ins Genick nieder.

Ihr Bruder blickte sie an. »Sehr wirkungsvoll. Willst du auf diese Weise die ganze Truppe erledigen?«

»Ich glaube, das wird nicht notwendig sein.« Sie öffnete mit dem Schlüssel die Ketten an Armen und Beinen. Er rieb sich die Handgelenke und schaute sich nach einer Waffe um. »Die brauchst du nicht«, sagte sie ungeduldig.

Sie nahm ein Stück Papier vom Schreibtisch des Kommandanten, auf das das Abzeichen der Föderation gedruckt war, und schrieb mit Feder und Tinte eine kurze Mitteilung darauf. Nachdem sie fertig war, beäugte sie das Ganze kritisch und nickte dann. »Das genügt. Du bist ein freier Mann. Auf geht's.«

Sie schob sich den Dolch in den Stiefel, und gemeinsam gingen sie von der Kommandohütte über den Hof zum Tor. Ihr Bruder blickte sich nervös um. Gefangene und Wachen beobachteten sie. »Bist du sicher, das klappt?«

Sie stieß ihn freundschaftlich in die Seite. »Pass mal auf.«

Am Tor warteten die beiden Wachen, denen sie ihre Waffen überlassen hatte, bereits auf sie. Sie winkte ihnen mit dem Papier zu, auf dem das Abzeichen der Föderation zu sehen war. »Was habe ich euch gesagt?«, sagte sie freundlich und reichte das Schreiben der ersten Wache.

»Das will ich mir erst mal anschauen«, erwiderte der Mann misstrauisch und blinzelte das Papier angestrengt an.

»Ja, sieh es dir ruhig an«, frohlockte sie und zeigte auf das Schreiben. »Er ist in meinen Gewahrsam entlassen worden, bis diese Angelegenheit geklärt wird. Ich habe euch doch gesagt, es würde nicht besonders schwierig werden.«

Die zweite Wache drängte sich heran und spähte der Ersten über die Schulter. Die beiden schienen nicht sicher zu sein, was sie tun sollten.

»Versteht ihr nicht?«, fragte sie und stieß mit dem Zeigefinger auf das Papier. »Die Armee kann es sich nicht leisten, ihren besten Luftschiffkapitän im Pferch festzusetzen, während der Krieg weitergeht. Nicht bloß deshalb jedenfalls, weil es irgendein Offizier der Föderation für eine gute Idee hält. Kommt schon! Gebt mir meine Waffen! Ihr habt den Befehl lange genug angestarrt. Was ist los, könnt ihr nicht lesen?«

Inzwischen starrte sie die zwei finster an. Keiner erwiderte ein Wort.

»Soll ich den Kommandanten etwa noch einmal wecken? Er war beim ersten Mal schon sauer genug.«

»Schon gut, schon gut«, sagte die erste Wache hastig und schob das Stück Papier zurück.

Er reichte ihr die Messer, das Rapier und die Schleuder und scheuchte sie durch das Tor zurück ins Lager. Schweigend gingen sie einige Schritte, ehe Redden Alt Mer sagte: »Das glaube ich einfach nicht.«

Sie zuckte mit den Schultern. »Sie können nicht lesen. Sogar wenn sie es könnten, würde das nichts ändern. Wenn sie danach gefragt werden, behaupten sie bestimmt, ich hätte einen Entlassungsbefehl vorgezeigt, der vom Kommandanten unterzeichnet war. Wer sagt denn, ich hätte keinen gehabt? Wir sind in der Armee, großer Bruder. Soldaten geben nichts zu, was ihnen irgendwelche Schwierigkeiten bereiten könnte. Ein oder zwei Tage werden sie sich aufregen und dann entscheiden, dass sie sich freuen können, weil sie uns los sind.«

Ihr Bruder rieb sich die Arme und blickte hinauf in den makellos blauen Himmel. »Drei Jahre an diesem verfluchten Ort. Geld oder nicht, das war eine verdammt lange Zeit.« Erschöpft seufzte er und klopfte sich auf den Schenkel. »Trotzdem hasse ich den Gedanken, die *Schwarze Moclips* im Stich zu lassen. Ja, das fällt mir richtig schwer.«

Sie nickte. »Ich weiß. Zuerst habe ich daran gedacht, sie einfach zu übernehmen. Aber es wäre schwer, sie zu stehlen, Großer Roter. Zu viele Wachen.«

»Wir besorgen uns ein anderes Schiff«, versprach er und beendete das Thema damit. Ein wenig kehrte der alte Schwung in seinen Schritt zurück. »Irgendwo.«

Sie gingen am Südrand des Lagers entlang zu den Pässen, die hinaus in die Berge vor der Stadt Dechtera und dem Grasland im Westen führten. Wenn sie erst den Rappahalladran und die Ebene dahinter durchquert hatten, wären sie zu Hause.

Vor ihnen erwartete sie Furl Hawken in einem Graben mit zahlreichen anderen Fahrenden, den Pferden und den Vorräten.

»Hawk!«, rief Redden Alt Mer und winkte ihm zu. Dann blickte er über die Schulter zum Lager zurück. »Nun, eine Zeit lang war es ganz lustig. Nicht so lustig, wie es jetzt werden wird, natürlich, gleichgültig, wohin uns der Weg führt, aber es gab einige schöne Augenblicke.«

Rue Meridian lächelte. »Mein Bruder, der ewige Optimist.« Sie strich sich eine lange Haarsträhne aus dem Gesicht. »Hoffentlich hast du diesmal Recht.«

Zehn Minuten später hatten sie die Armee der Föderation hinter sich gelassen und ritten gen Westen zur Küste der Blauen Spalte.

Sechs

Beim ersten Tageslicht schlüpfte der Druide, den man unter dem Namen Walker kannte, aus seinem Schlafzimmer, das man ihm bei seiner Ankunft in der vergangenen Nacht gegeben hatte. Arborlon lag noch in tiefem Schlaf, die Elfenstadt ruhte, und nur die Nachtwache und jene, deren Arbeit frühes Aufstehen erforderte, waren wach. Die große, schlanke, schattenhafte

Gestalt in ihrer schwarzen Robe glitt geräuschlos aus dem Palast und durch die Straßen und Gassen der Stadt zum breiten Bogen des Carolan. Er war sich der Leibgarde bewusst, die ihm folgte, einem einzelnen Elfenjäger, der ihm vom König zugeteilt worden war. Allardon Elessedil war kein Mann, der ein Risiko einging, und so überraschte Walker die Gegenwart des Wachhundes nicht, und er ließ die Angelegenheit auf sich beruhen.

Auf den Anhöhen, wo man vom Carolan aus die Westlandwälder bis zu den zerklüfteten Gipfeln des Steinkamms im Süden überblicken konnte und nach Norden bis hin zum Kensrowegebirge schaute, blieb er stehen. Die ersten Strahlen der Sonne kamen über die Berge hinter ihm, doch noch immer umschloss die Nacht das Land im Westen mit purpurfarbenen und grauen Schatten, die an den Wipfeln und Gipfeln hingen wie Schleier. In der irdenen Schüssel des Sarandanon spiegelten kleine Seen und Flüsse das erste Licht mit silbernen Blitzen inmitten des Karomusters von Bauernhöfen und Feldern. Weiter draußen schimmerte das Wasser des Innisbore rau und metallisch, und die Oberfläche war mit einzelnen Nebelschwaden bedeckt. Irgendwo dahinter lag die riesige Blaue Spalte, und dorthin musste er irgendwann ziehen.

Er betrachtete das Land, studierte es sorgsam und sog die Farben und Formen in sich auf. Er dachte an die Geschichte dieser Stadt. Wie sie in der Zeit von Eventine Elessedil dem Angriff der Dämonen widerstanden hatte, die sich aus dem Bann der Verfemung befreien konnten, weil der Ellcrys im Sterben lag. An ihre Reise aus dem Westland zur Insel Morrowindl – Gebäude, Einwohner und Geschichte waren verschwunden, als hätte es sie niemals gegeben. An ihre Rückkehr in die Vier Länder mit Hilfe von Wren Elessedil, als die Stadt der Attacke der Schattenwesen widerstanden hatte. Immer waren Elfen und Druiden Verbündete gewesen, die durch das gemeinsame Verlangen nach Freiheit für ihre Länder und ihre Völker aneinander gebunden wurden.

Was, fragte er sich düster, war aus diesem Bündnis geworden?

Unter den Anhöhen schäumte der Singende Fluss laut an seinen

Ufern. Er war von der Schneeschmelze in den Bergen und den Regenfällen des Frühjahrs angeschwollen. Der Druide lauschte dem tröstenden, fernen Rauschen des Wassers, das durch die Bäume herüberhallte. Reglos stand er in der ansonsten herrschenden Stille, die er nicht stören wollte. Es fühlte sich eigentümlich an, wieder hier zu sein, aber gleichzeitig auch sehr schön. Seit fünfundzwanzig Jahren hatte er Arborlon nicht mehr besucht. Er hatte nicht geglaubt, noch einmal hierher zu kommen, so lange Allardon Elessedil lebte. Bei ihrer letzten Begegnung war zwischen ihnen eine Kluft entstanden, die anscheinend durch nichts zu überbrücken war. Dennoch stand er jetzt hier, und die Kluft, die so tief erschienen war, wirkte nun belanglos.

Seine Gedanken schweiften umher, als er sich abwandte. Aus reiner Verzweiflung war er zum Elfenkönig nach Arborlon gekommen. All seine Anstrengungen, durch Verhandlungen eine Vereinbarung mit den Rassen herbeizuführen, sodass diese Repräsentanten nach Paranor entsandten, die nach Art der Druiden studierten, waren fehlgeschlagen. Seitdem hatte er allein in Paranor gelebt und sich wieder der Aufgabe gewidmet, die Geschichte der Vier Länder aufzuzeichnen. Ansonsten gab es wenig für ihn zu tun. Verbitterung hatte sich in ihm breit gemacht. Er war in einem Leben gefangen, wie er es sich niemals gewünscht hatte. Nur mit Widerwillen war er ein Druide, den der Schatten Allanons angeworben hatte, und zwar in einer Zeit, in der es keine weiteren Druiden gab und die Anwesenheit von wenigstens einem für das Überleben der Rassen von außerordentlicher Wichtigkeit war. Er hatte das Erbe Allanons angetreten, nicht, weil er es in irgendeiner Weise begehrte, sondern weil Schicksal und Umstände sich verschworen und ihn in eine Position gebracht hatten, in der nur er allein diese Verpflichtung erfüllen konnte. Dies hatte er aus einem Gefühl der Verantwortung getan, weil er hoffte, es möge das Ansehen und die Arbeit der Druiden verändern und er könne einen Weg für den Orden finden, auf dem dieser den Fortschritt der Zivilisation durch gemeinsame Studien und demokratische Teilhabe aller Bewohner der Vier Länder überwachen würde.

Er schüttelte den Kopf. Wie töricht er gewesen war, wie naiv. Die Unterschiede zwischen den Nationen und Rassen waren zu groß, als dass eine einzelne Körperschaft, geschweige denn ein einzelner Mann, sie überwinden konnte. Seine Vorgänger hatten das durchschaut und entsprechend reagiert. Zuerst muss man Stärke zeigen, dann Vernunft walten lassen. Macht verlangte Respekt, und Respekt bot eine Plattform, von der aus man Vernunft einfordern durfte. Er besaß weder das eine noch das andere. Abgesehen davon war er ein Ausgestoßener, ein Einzelgänger, der in den Augen der meisten nicht mehr in diese Zeit gehörte. Seit den Tagen Allanons waren die Druiden aus den Vier Ländern verschwunden. Das war lange her, und niemand erinnerte sich mehr an das, was sie eigentlich gewesen waren. Niemand brachte ihnen mehr Respekt entgegen. Keiner diente ihnen als Katalysator für die Veränderungen in einer Welt, in der Wandel langsam, widerwillig und in winzigen Schrittchen vor sich ging.

Ein tiefer Seufzer entrang sich seiner Brust, als wolle er damit die bittere Erinnerung vertreiben. Das alles gehörte der Vergangenheit an. Vielleicht konnte es nun dort vergraben werden. Möglicherweise hatte er den Schlüssel in die Hand bekommen, der ihn in die Lage versetzte, das zu vollenden, was ihm so lange verwehrt geblieben war.

Die Gärten des Lebens erstreckten sich vor ihm und leuchteten frühlingshaft im Sonnenlicht. Mitglieder der Schwarzen Wache standen an den Eingängen, starr und distanziert, und sie schenkten ihm keinen Blick, während er an ihnen vorbeiging. In den Gärten wuchs der Ellcrys, der heiligste Talisman der Elfen, der Baum, der den Bann der Verfemung aufrechterhielt, jene Mauer, die in alten Zeiten errichtet worden war, um die Dämonen und Ungeheuer auszusperren, welche einst gedroht hatten, die Welt zu überrennen. Er ging zu der Stelle, wo der Baum auf einer kleinen Erhebung, ein wenig von den anderen Pflanzen abgetrennt, wurzelte, die wunderschönen silbernen Äste und scharlachroten Blätter in die Höhe streckte und sich in Gelassenheit und Legende hüllte. Einst war die Pflanze ein Mensch gewesen. Wenn sich ihr Lebenszyklus dem Ende näherte und sie verblich, würde ihr Nachfolger unter den Erwählten, die sie hegten und pflegten, ausgesucht werden. Diese Verwandlung war eigentümlich und wundersam, und sie erforderte eine Opferbereitschaft, die auch er bereits kennen gelernt hatte.

Neben ihm sagte jemand: »Ich habe mich stets gefragt, ob sie mich betrachtet, ob ich durch den Vorzug, die Verantwortung für ihr ganzes Volk tragen zu dürfen, ihre ständige Wachsamkeit verdiene. Und stets frage ich mich, ob ich ihre Erwartungen erfülle.«

Walker drehte sich um und entdeckte Allardon Elessedil neben sich. Seit fünfundzwanzig Jahren hatte er ihn nicht mehr gesehen, trotzdem erkannte er ihn sofort. Er war älter und grauer und von Sorgen ermattet, und die Robe, die er trug, war hell und unscheinbar. Doch noch immer legte er das alte königliche Gebaren an den Tag und strahlte diese steinartige Gegenwärtigkeit aus. Allardon Elessedil konnte man nicht zu den großen Elfenkönigen zählen; diese Ehre hatte ihm die Geschichte versagt, welche ihm keinen Grund und keine Notwendigkeit gegeben hatte, einer zu werden, und außerdem war er von Natur aus weder ruhelos noch neugierig. Er gehörte zu jener Sorte König, die Fürsorge ausübte und es als ihre vorrangige Pflicht betrachtete, die Dinge so zu erhalten, wie sie waren. Risiken einzugehen überließen solche Könige anderen Männern und anderen Rassen, und die Elfen seiner Zeit standen nicht gerade an vorderster Front, was die Evolution der Zivilisation in den Vier Ländern betraf.

Der Elfenkönig bot weder die Hand zum Gruß an, noch sprach er Worte des Willkommens. Es musste abgewartet werden, wie ihr Treffen endete, dachte Walker.

Er sah wieder zum Ellcrys. »Wir dürfen nicht hoffen zu erfahren, was sie sich von uns erwünscht, Elfenkönig. Allein der Versuch wäre anmaßend.«

Wenn dies den anderen beleidigte, zeigte er es nicht. »Hast du wohl geruht?«, fragte er.

»Ja. Ich habe ungestört geschlafen. Aber beim ersten Tageslicht spürte ich den Drang, hierher zu kommen. Ist das ein Problem?«

Allardon Elessedil tat die Frage mit einer Handbewegung ab. »Wohl kaum. Du bist frei, dorthin zu gehen, wo du möchtest.«

Ja, nur tun, was ich möchte, darf ich nicht, dachte Walker. Wie verbittert er gewesen war, als er vor all diesen Jahren von hier aufgebrochen war. Wie verzweifelt. Aber die verstrichene Zeit hatte die Kanten der einst so scharfen Gefühle geglättet, und jetzt gehörten sie überwiegend der Erinnerung an. Ein neues Zeitalter war angebrochen, und der Elfenkönig wurde langsam alt und brauchte ihn nun. Walker konnte das erreichen, was ihm so lange abgeschlagen worden war, wenn er nur sorgsam vorging. Dieses eigentümlich erhebende Gefühl durfte er sich keinesfalls in Stimme und Augen anmerken lassen.

»Geht es deiner Familie gut?«, fragte er, um ein wenig Herzlichkeit zu zeigen.

Der andere zuckte mit den Schultern. »Die Kinder wachsen und gehen ihre eigenen Wege. Sie hören immer weniger auf mich. Zwar bringen sie mir Respekt entgegen, doch fehlt ihnen der Gehorsam. Ich bin für sie eher der Vater und weniger der König, und sie nehmen sich die Freiheit heraus, mich zu ignorieren.«

»Was möchtest du denn, das sie tun sollen?«

»Oh, was Väter sich eben gewöhnlich von ihren Kindern wünschen.« Der Elfenkönig kicherte. »Näher an ihrem Zuhause zu bleiben, weniger Risiken einzugehen, sich mit der bekannten Welt zufrieden zu geben. Kylen kämpft mit den Freien in einer Auseinandersetzung, die ich nicht unterstütze. Ahren wandert durch das Westland und sucht nach einer Zukunft. Meine Söhne glauben, ich würde ewig leben, und sie lassen mich zum Herrschen allein.« Erneut zuckte er mit den Schultern. »Ich nehme an, sie unterscheiden sich nicht von den Söhnen anderer Väter.«

Walker erwiderte nichts. Seine Ansichten würden nicht gern gehört werden. Wenn Allardon Elessedils Söhne zu Männern heranwuchsen, die ihrem Vater nicht sehr ähnelten, war das nur gut.

»Ich bin froh, dass du gekommen bist«, wagte sich der König nach einem Augenblick des Schweigens vor.

Walker seufzte. »Du hast gewusst, dass ich kommen würde. Der schiffbrüchige Elf, handelt es sich bei ihm um Kael?«

»Ich nehme es jedenfalls an. Er trug das Kettchen am Arm. Ein anderer Elf hätte es nicht angelegt. Gewissheit werden wir erst morgen erlangen. Immerhin hoffte ich, die Karte würde dich überzeugen, herzukommen, ja. Hast du sie studiert?«

Walker nickte. »Die ganze Nacht, ehe wir gestern hergeflogen sind.«

»Ist sie echt?«, erkundigte sich Allardon Elessedil.

»Das ist schwierig zu beantworten, es hängt davon ab, in welcher Hinsicht. Wenn du mich fragst, ob sie uns erzählen könnte, was deinem Bruder widerfahren ist, so lautet die Antwort ja. Es könnte die Karte der Reise sein, auf der er verschollen ist. Zwar erscheint sein Name nirgendwo im Geschriebenen, aber die Machart der Tierhaut und der Tinte lassen darauf schließen, dass sie in den vergangenen dreißig Jahren gezeichnet wurde, und daher könnte es seine Arbeit gewesen sein. Ist es seine Handschrift?«

Der Elfenkönig schüttelte den Kopf. »Das kann ich nicht sagen.«

»Die Sprache ist uralt, sie wurde seit den Großen Kriegen nicht mehr verwandt, in denen die Alte Welt sich für immer verändert hat. Könnte dein Bruder diese Sprache gelernt haben?«

Sein Gegenüber dachte einen Augenblick darüber nach. »Ehrlich gesagt habe ich keine Ahnung. Wie viel vermochtest du zu entziffern?«

Walker zog sich die dunkle Robe zurecht und blickte erneut zum Carolan. »Gehen wir ein Stückchen? Die gestrige Reise steckt mir noch in den Knochen, und ein bisschen Bewegung würde mir gut tun.«

Langsam schlenderte er den Weg hinunter, und der Elfenkönig gesellte sich wortlos zu ihm. Schweigend spazierten sie eine Zeit lang durch die Gärten, und der Druide ließ den Dingen die Zeit, die es brauchte, bis er bereit war, darüber zu sprechen. Mochte Allardon Elessedil genauso warten, wie er gewartet hatte. Er wandte seine Aufmerksamkeit anderen Dingen zu, betrachtete die Pflanzen der Gärten, deren unterschiedliche Arten in verschlungener Symmetrie ineinander übergingen, lauschte dem Zwitschern der Vögel und schaute hinauf zu den Wolken, die wie Seide durch das klare Blau des Frühlingshimmels trieben. Leben im Gleichgewicht. Alles war, wie es sein sollte.

Walker sah zum König. »Die Wache, die du für mich abgestellt hast, scheint das Interesse an ihrer Aufgabe verloren zu haben.«

Der König lächelte beruhigend. »Er sollte dich nicht überwachen. Ich wollte nur erfahren, wann du aufwachst, damit wir uns unterhalten können.«

»Aha. Demnach wolltest du dich unter vier Augen mit mir unterhalten. Weil deine Wachen nämlich ebenfalls nirgends zu sehen sind. Wir sind vollkommen allein.« Er zögerte. »Fühlst du dich sicher mit mir?«

Der andere lächelte gequält. »Niemand würde es wagen, mich anzugreifen, während ich in deiner Begleitung bin.«

»Du hast mehr Vertrauen zu mir, als ich verdiene.«

»Wirklich?«

»Ja, falls du davon ausgehst, dass ich einen Angriff von dritter Seite gemeint habe.«

Angesichts dieser Unterhaltung war dem König offensichtlich unbehaglich zumute. Gut, dachte Walker. Ich wollte dich nur daran erinnern, wie du die Dinge zwischen uns belassen hast. Du solltest dir nur überlegen, ob ich möglicherweise eine größere Bedrohung für dich bin als die Feinde, die du so bereitwillig fürchtest.

Sie verließen die Gärten in Richtung Carolan, und das Sonnenlicht ließ das Grün der Anhöhen, die sich an die Wälder unten anschlossen, in hellen Tönen leuchten. Walker führte sie zu einer Bank, die unter einem alten Ahorn stand, dessen Äste sich zu einem weiten Schirm ausbreiteten. Dort setzten sie sich nebeneinander, Druide und König, und schauten zu den Hängen hinüber, deren purpur- und goldfarbene Mischung aus Schatten und Licht bis zum Horizont im Westen reichte.

»Ich wüsste nicht, weshalb ich das Verlangen hegen sollte, dir zu helfen, Allardon Elessedil«, sagte Walker einen Augenblick später.

Der Elfenkönig nickte. »Das ist verständlich. Aber ich bin nicht mehr der Mann, der ich noch bei unserem letzten Gespräch war. Das Ende jenes Treffens bedaure ich zutiefst.«

»Dein Bedauern kann nicht tiefer sein als meins«, erwiderte Walker düster und starrte weiterhin in die Ferne.

»Wir können uns mit Bedauern und Verlust aufhalten, oder wir können uns dem zuwenden, was wir erreichen könnten, wenn wir die Vergangenheit auf sich beruhen lassen.« In der gepressten Stimme des Elfenkönigs schwang Sorge mit, aber gleichzeitig auch ein Hauch Entschlossenheit. »Ich würde gern einen neuen Anfang wagen.«

Jetzt blickte Walker ihn an. »Was schlägst du vor?«

»Eine Chance für dich, das Druidenkonzil zu verwirklichen, von dem du träumst, um die Arbeit zu tun, die du schon so lange erledigen willst, und das Ganze mit meiner Zustimmung und meinem Segen.«

»Geld und Männer würden mir mehr bedeuten als deine Zustimmung und dein Segen«, merkte der Druide trocken an.

Das Gesicht des Elfenkönigs verhärtete sich. »Du wirst beides bekommen. Alles, was du brauchst, sollst du erhalten, wenn du im Gegenzug dazu in der Lage bist, mir zu geben, was ich brauche. Und nun erzähl mir von der Karte. Konntest du die Schrift darauf entziffern?«

Walker dachte eine Weile darüber nach, ehe er antwortete. »Genug um dir zu sagen, dass sie den Anschein erweckt, den Weg zu dem Schatz zu weisen, von dem die Seherin deiner Mutter vor dreißig Jahren geträumt hat. Wie ich bereits erklärt habe, ist die Sprache alt und schwer verständlich. Einige Symbole sind nicht eindeutig. Aber die Namen und Routen und Beschreibungen genügen, um das Wesentliche der Karte zu enthüllen. Reise von der Küste der Blauen Spalte nach Westen zu drei Inseln, von denen jede ein wenig weiter entfernt liegt als die vorhergehende. Auf jeder ist ein Schlüssel verborgen, die alle drei zusammen verwendet eine Tür aufschließen. Die Tür führt zu einem unterirdischen Keep, der neben den Ruinen einer Stadt liegt. Die Ruinen findet man auf einer Vulkaninsel weit nordwestlich von hier. Innerhalb der Ruinen ist ein Schatz versteckt, der eine Macht besitzt, die das Leben verändern kann. Es handelt sich um eine Magie der Worte, eine Magie, welche die Zerstörung der Alten Welt und die Alten Kriege überlebt hat, indem sie dort verborgen war. Die Herkunft der Magie liegt im Dunkeln, aber der Karte zufolge übertrifft sie alle anderen.«

Er hielt kurz inne. »Weil die Karte bei dem blinden und stummen schiffbrüchigen Elfen gefunden wurde, noch dazu mit dem Armband deines Bruders, würde ich glauben, dass sie, wenn man der darauf verzeichneten Route folgt, das Schicksal deines Bruders und vielleicht sogar die Natur der Magie enthüllen könnte.«

Er wartete und ließ dem König Zeit, seine Gedanken zu sammeln. Auf den Anhöhen erschienen die ersten Elfen, um ihren Arbeitstag zu beginnen. Wachen wurden abgelöst. Händler und Fallensteller trafen aus dem Westen ein, überquerten den Singenden Fluss auf Fähren und Flößen, die mit Waren beladene Wagen und Karren trugen, welche anschließend die Rampen des Elfitch hinaufrumpelten. Gärtner nahmen ihr Tagewerk im Garten des Lebens in Angriff, säten und schnitten, pflanzten und düngten. Hier und dort tauchte einer der Erwählten in weißer Robe auf. Kinder spielten, während Lehrer sie zu den Plätzen führten, an denen sie darin unterrichtet werden sollten, Heiler in den Vier Ländern zu werden.

»Demnach setzt du dich für eine Suche ein, zu der mein Bruder vor so langen Jahren aufgebrochen ist?«, fragte der König schließlich.

Walker lächelte schwach. »Und du ebenfalls, sonst hättest du mich nicht gebeten, hierher zu kommen.«

Allardon Elessedil nickte langsam. »Wenn wir die Wahrheit erfahren wollen, müssen wir der Route folgen, die auf der Karte verzeichnet ist, und schauen, wohin sie führt. Ich werde sonst niemals herausfinden, was Kael widerfahren ist. Und auch nicht, was mit den Elfensteinen geschah, die er bei sich hatte. Vielleicht wiegt ihr Verlust sogar schwerer als der seine. Es fällt mir nicht leicht, das zuzugeben, doch warum sollte ich etwas anderes vortäuschen. Die Steine sind ein

Erbe der Elfen, das seit Königin Wren weitergegeben wurde. Ohne sie ist unser Volk geschwächt, und deshalb will ich sie zurück.«

Walkers dunkle Miene war undurchdringlich. »Wer wird diese Expedition anführen, Allardon?«

Die Antwort erfolgte ohne Zögern. »Du. Wenn du dem zustimmst. Ich bin zu alt. Dir kann ich das Kommando anvertrauen und sonst niemandem. Meine Kinder sind zu jung und unerfahren. Sogar Kylen. Er ist stark und leidenschaftlich, dennoch mangelt es ihm an der notwendigen Reife, um eine Expedition dieser Art anzuführen. Mein Bruder hatte die Elfensteine bei sich, und sogar die haben ihn nicht retten können. Vielleicht erweisen sich die Kräfte eines Druiden als hilfreicher.«

»Und wenn ich dem zustimme, gibst du mir dann dein Wort darauf, dass die Elfen einen unabhängigen Druidenrat unterstützen, der frei studieren, forschen und alle Formen von Magie entwickeln darf?«

»Ja.«

»Einen Druidenrat, der keiner einzelnen Nation und keinem einzelnen Volk oder Herrscher gegenüber verantwortlich sein wird, sondern nur dem eigenen Gewissen und den Grundsätzen seines Ordens?«

»Ja.«

»Einem Druidenrat, der seine Erkenntnisse mit allen Völkern teilen wird, falls diese friedlich und zum Besten aller Rassen angewandt werden können?«

»Ja, und nochmals ja!« Der König winkte ungeduldig ab. »Ich stimme allem zu, was du früher schon gewollt hast und was ich damals ablehnte. Allem. Trotzdem, eins musst du begreifen«, fügte er rasch hinzu, »ich kann nicht für andere Nationen und Herrscher sprechen, sondern nur für die Elfen.«

Walker nickte. »Dem Weg, den die Elfen gehen, folgen andere.«

»Und solltest du ebenfalls verloren gehen, endet die Geschichte damit. Ich werde nicht an die Vereinbarung mit einem toten Mann gebunden sein – nicht bei einer Übereinkunft von dieser Art.«

Walkers Blick schweifte hinüber zum Carolan und den Gärten des Lebens und blieb auf den Männern und Frauen haften, die dort arbeiteten und sich ihren Aufgaben widmeten. Das erinnerte ihn an seine eigene Arbeit, an die Notwendigkeit, sich um das Leben der Angehörigen jener Rassen zu kümmern, welche die Druiden vor langer, langer Zeit zu beschützen und zu fördern geschworen hatten. Warum waren ihre Ziele so schwer zu verwirklichen, obwohl es sich dabei um eine so offensichtlich gerechte Sache handelte? Wenn Pflanzen so empfindungsfähig wie Menschen wären, würden sie sich ihren Hütern gegenüber als ebenso schwierig und widerspenstig erweisen?

»Wir verstehen einander, Allardon«, sagte er leise. Sein Blick suchte das Gesicht des Königs. Er wartete ab, bis sich die gereizten Falten glätteten. »Eine Sache noch. Jeder Schatz, den ich auf dieser Reise entdecke, mag er nun magischer Natur sein oder anderer, gehört den Druiden.«

Der Elfenkönig schüttelte bereits den Kopf. »Du weißt, dass ich dem nicht zustimmen kann. Um Geld oder edle Metalle geht es mir dabei nicht. Doch solltest du Magie finden, in welcher Form auch immer, gehört sie den Elfen. Ich bin derjenige, der diese Suche erlaubt und den Auftrag dazu gibt. Ich bin es außerdem, dessen Angelegenheiten sie erforderlich machen. Daher gebührt mir der Anspruch auf alles, was du entdeckst.«

»Zum Wohle deines Volkes«, fügte Walker beiläufig hinzu.

»Natürlich!«

»Damit legst du fest, dass die Ziele der Elfen und ihre Besitzrechte größer sind als die anderer Rassen, sogar wenn die gefundene Magie denen ebenfalls nützen könnte?«

Der König errötete erneut und erstarrte unter seiner Robe. Er beugte sich streitlustig vor. »Versuche nicht, mir Schuldgefühle oder Reue einzureden, weil ich mein eigenes Volk schützen will, Walker! Das ist meine Pflicht! Mögen andere genauso handeln, dann gelangen wir vielleicht zu einem Gleichgewicht!«

»Mir bereitet es lediglich Schwierigkeiten zu begreifen, warum du auf der einen Seite einen Druidenrat unterstützt, der allen Nationen und Völkern gleiche Rechte einräumt, während du auf der anderen für dich behalten willst, was ihnen am meisten nützen könnte. Soll ich für dich auf eine Suche gehen, wenn das, was ich am meisten schätze, mir am Ende versagt bleibt?« Er hielt kurz inne und überlegte. »Magie gehört allen, Elfenkönig, vor allem, wenn sie auf alle Auswirkungen hat. Irgendwo muss man anfangen, Magie zu teilen. Beginnen wir doch hier.«

Allardon Elessedil starrte ihn verbissen an, aber der Druide hielt dem Blick mit ausdrucksloser Miene stand. Die Sekunden zogen sich in die Länge, und keiner der beiden Männer sagte etwas, sondern sah dem Gegenüber nur in die Augen.

»Ich kann nicht zustimmen«, beharrte der König entschlossen.

Walker zog nachdenklich die Augenbrauen hoch. »Ich werde mich mit dir auf einen Handel einlassen«, sagte er. »Auf einen Kompromiss zwischen unseren Standpunkten. Du wirst mit mir teilen, was ich finde, ob nun Magie oder nicht. Bloß sollten wir uns darauf verständigen, auf welche Weise wir teilen. Das, was du ohne meine Hilfe anwenden kannst, werde ich dir freiwillig überlassen. Das, was nur ich benutzen kann, soll mir gehören.«

Der König betrachtete ihn eingehend. »Dieser Handel fällt zu deinem Vorteil aus. Im Umgang mit Magie bist du mir und meinem Volk überlegen.«

»Magie, die der Natur nach elfisch ist, wird schnell von Elfen begriffen und sollte ihnen gehören. Die Elfensteine zum Beispiel sind dein, wenn wir sie entdecken. Aber Magie aus einer anderen Quelle, welcher Art auch immer, dürfen die Elfen nicht allein für sich beanspruchen, insbesondere dann, wenn sie diese nicht beherrschen können.«

»Es gibt keine Magie in der Welt außer jener, die den Elfen aus dem Feenland überbracht wurde! Das weißt du!«

»Dann brauchst du dir keine Sorgen zu machen.«

Hilflos schüttelte der König den Kopf. »Dahinter steckt doch ein Trick.«

»Welcher denn?«

»Also gut, also gut!« Der Elf seufzte. »Diese Angelegenheit muss irgendwie zum Ende gebracht werden. Ich akzeptiere deinen Kompromissvorschlag. Diejenige Magie, die der Natur nach elfisch ist und von uns beherrscht wird, gehört uns. Der Rest verbleibt beim Rat der Druiden. Mir gefällt diese Vereinbarung zwar nicht, aber ich kann damit leben.«

Wortlos gaben sie sich die Hand. Walker erhob sich und blinzelte in den Sonnenaufgang, während er nach Osten über die Bäume hinwegschaute. Seine schwarze Robe bauschte sich sanft im Wind auf. Allardon Elessedil erhob sich mit ihm. Die scharfen Gesichtszüge wirkten trotz der frühen Stunde verkniffen und erschöpft. »Was beabsichtigst du jetzt zu tun?«

Der Druide wandte dem König den Blick zu. »Ich brauche diesen Flugreiter und seinen Rock.«

»Hunter Predd? Ich will mit ihm sprechen. Wirst du mit mir nach Bracken Clell fliegen?«

»Dorthin werde ich zuerst gehen, um von dem Schiffbrüchigen möglichst viel zu erfahren; dann werde ich mich nach einem Schiff und einer Mannschaft umsehen.«

»Dabei könnte ich dir helfen.«

Walker nickte. »Könntest du. Dennoch wäre es mir lieber, wenn du mir auf andere Weise hilfst. Es gibt bestimmte Dinge, die Schiff und Mannschaft besitzen müssen, die ich allerdings erst festlegen kann, während ich beide auswähle. Bei der Bestimmung unserer Wachen möchte ich mich jedoch auf dich verlassen. Natürlich werden Elfenjäger mitkommen, aber vielleicht auch einige andere. Grenzländer und Zwerge, würde ich vorschlagen. Würdest du die für mich auftreiben?«

Der Elfenkönig nickte. »Wie viele möchtest du?«

»Zwei Dutzend, mehr nicht.«

Sie machten sich auf den Rückweg über die Anhöhe und spazierten gemächlich auf die Gärten zu. Um sie herum erwachte Arborlon.

»Zwei Dutzend sind eine kleine Anzahl von Schwertern und Bögen«, merkte der König an.

»Drei Schiffe mit voller Besatzung und Dutzenden Elfenjägern waren offensichtlich ebenfalls zu wenig«, erwiderte Walker. »Ich würde mich lieber auf Geschwindigkeit und Heimlichkeit und den Mut einiger weniger verlassen als auf schiere Masse.«

»Demnach wirst du mit nur einem Schiff in See stechen?«

»Eins wird genügen.«

Allardon Elessedil zog die Schultern hoch und senkte den Blick. »Also gut. Ich selbst werde dich nicht begleiten, wie ich schon sagte, doch ich werde jemanden an meiner Stelle mitschicken.«

»Jeden, den du möchtest …«

Walker beschattete gerade die Augen gegen die grelle Sonne, während er sprach, sonst hätte er das Aufblitzen der Klinge, die geworfen wurde, nicht gesehen. Der Attentäter war einer der Gärtner, der unverdächtige Arbeitskleidung trug wie alle anderen Arbeiter hier. Er hatte sich erhoben, als wolle er seine Werkzeuge einsammeln, und plötzlich war das Messer aufgetaucht.

Durch eine rasche Geste Walkers flog die Waffe zur Seite, als wäre sie gegen eine Wand geprallt, und richtete keinerlei Schaden an.

Inzwischen griff der zweite Attentäter an, dieser mit einem Blasrohr. Auch er war als Gärtner getarnt, kniete in einem Narzissenbeet und schoss in rascher Folge drei Pfeile ab. Walker stieß den König beiseite und blockte auch diesen Angriff ab. Ein dritter Attentäter rannte mit Rapier und Messer auf sie zu. Alle drei waren Elfen, wie man an ihren Gesichtszügen erkennen konnte. Doch ihre Augen starrten ins Leere, und der Druide wusste sofort, dass man ihren Verstand manipuliert hatte, damit sie diesen Angriff begingen.

Schreie wurden auf dem Carolan laut, als andere Elfen bemerkten, was vor sich ging. Soldaten der Schwarzen Wache eilten zur Verteidigung des Königs und senkten die schweren Piken. Elfenjäger tauchten ebenfalls auf; ihre schlanken Gestalten schossen aus den Bäumen hervor. Doch alle waren viel zu weit entfernt.

Walker machte eine Geste in Richtung des Attentäters mit Rapier und Messer, und vor dem Mann entstand eine riesige ätherische Form, eine gigantische Moorkatze, die aus dem Nichts kam und ihn aufhielt. Der Mann brüllte und ging zu Boden, seine Waffen flogen davon, während die Bestie in ihn hineinstürzte und verschwand, ihn jedoch gekrümmt auf der Erde liegend zurückließ. Die übrigen zwei Attentäter griffen ebenfalls an, umgingen den dritten Mann schweigend und entschlossen und mit Wahnsinn in den Augen. Sie warfen sich auf den Druiden und wurden zur Seite geweht, als würden sie aus Papier bestehen. Die schwarze Robe wallte auf wie entfesselte Schatten, und Walker wandte sich von einem zum anderen, nahm ihnen die Waffen ab und beendete ihren Angriff.

Doch die Leibgarde und die Schwarze Wache waren inzwischen nahe genug herangekommen, um ebenfalls einzugreifen. Voller Sorge um ihren König reagierten sie instinktiv und noch dazu ausgesprochen unklug in ihrem Bestreben, ihn beschützen zu wollen. Ein Hagel von Speeren und Pfeilen ging auf die Attentäter nieder, woraufhin die zwei auf der blutgetränkten Erde liegen blieben und ihr Leben aushauchten. Sogar der dritte Mann wurde getroffen, da er zu rasch wieder auf die Beine kam, um verschont zu werden. Walker rief den Elfen zu, sie sollten einhalten und die Attentäter ihm überlassen, doch es war zu spät, um sie zu retten.

Zu spät allerdings auch, um Allardon Elessedil zu retten. Einer der Pfeile, die den Attentätern gegolten hatten, traf den König mitten in die Brust. Er keuchte, sank rücklings zu Boden und blieb liegen. Walker hatte keine Chance gehabt, ihn zu beschützen. Da er sich darauf konzentriert hatte, die Meuchelmörder aufzuhalten, konnte er sich nicht rechtzeitig um die Wachen des Königs kümmern.

Der Druide kniete neben dem König, hob seine Schultern und wiegte seinen Kopf in seinem Schoß. »Elfenkönig?«, flüsterte er. »Hörst du mich?«

Allardon Elessedil hatte die Augen geöffnet und wandte dem Druiden den Blick zu. »Ich bin noch hier.«

Elfenjäger hatten sie erreicht und riefen nach Heilern. Aus allen

Ecken strömten Elfen herbei, um zu erfahren, was geschehen war. Die Schwarze Wache bildete einen Kreis um den getroffenen Herrscher und drängte die Menge zurück. Die Meuchelmörder lagen tot in ihrem Blut, ihre leblosen Körper waren in Sonnenlicht gebadet und auf tiefes Gras gebettet.

Allardon Elessedil hustete Blut. »Ruft einen Schreiber«, hauchte er, »sofort.«

Rasch fand sich einer, ein junger Mann, der kaum erwachsen war und mit bleichem Gesicht und Angst in den Augen neben dem König kniete.

»Alle außer diesem Jungen, dem Druiden und zwei Zeugen mögen sich entfernen«, befahl Allardon Elessedil.

»Hoher Herr, ich kann nicht ...«, wollte ein Hauptmann der Leibgarde widersprechen, doch der König verscheuchte ihn mit einer Geste.

Nachdem ein freier Bereich um sie entstanden war, nickte der Elfenkönig dem Schreiber zu. »Schreibe nieder, was ich dir diktiere«, flüsterte er und hielt den Blick auf Walker gerichtet, während er sprach. »Alles, Wort für Wort.«

Sorgsam und in allen Einzelheiten wiederholte er die Vereinbarung, zu der er erst wenige Augenblicke zuvor mit dem Druiden gelangt war. Eine Expedition sollte unternommen werden, Walker sollte sie leiten. Der Zweck der Fahrt bestand darin, der Route zu folgen, welche auf der Karte beschrieben war, die der Druide besaß, eine Kopie jener Karte, welche von einem Schreiber des Königs im Palast verwahrt wurde. Nach den verschollenen blauen Elfensteinen sollte gesucht werden. Und so weiter und so fort. Nach und nach und voller Schmerzen wiederholte er alles, sogar die Abmachung über die Entdeckung von Magie. Ein Heiler erschien und begann mit der Behandlung der Wunde, doch der König sprach weiter, das Gesicht verzerrt vor Schmerzen, atmete rasselnd und schwer und blinzelte mit den Augen, als vermöge er nur unter Mühen zu sehen.

»Da«, sagte er schließlich. »Sie haben mich ganz umsonst umgebracht. Steh diese Sache durch, Walker. Versprich es mir.«

»Er verblutet«, verkündete der Heiler. »Ich muss ihn in meine Räume bringen und den Pfeil sofort entfernen.«

Walker hob den König hoch, als wöge er nichts, wiegte ihn in der Beuge seines guten, linken Armes und mit dem Stumpf seines rechten und trug ihn über die Anhöhe. Währenddessen redete er unablässig auf ihn ein und sagte ihm, er möge stark bleiben, nicht aufgeben, um sein Leben kämpfen, da es doch Wert und Bedeutung über das hinaus habe, was er ahnte. Von der Leibgarde umgeben, trug er den König, wie er ein schlafendes Kind getragen hätte, hielt ihn sanft in den Armen und stützte den Kopf mit der Schulter.

Mehrmals sprach der König, so leise jedoch, dass nur Walker ihn verstehen konnte. Jedes Mal erwiderte der Druide mit fester Stimme: »Du hast mein Wort darauf. Doch jetzt musst du dich ausruhen.«

Aber manchmal genügen selbst die Ermahnungen eines Druiden nicht. Zu dem Zeitpunkt, da sie die Räume des Heilers erreichten, war Allardon Elessedil bereits verschieden.

Sieben

Walker brauchte bis in den frühen Nachmittag, um sich eine Kopie der Notizen des jungen Schreibers zu sichern und diese zu Ebben Bonner zu bringen, dem Ersten Minister des Elfenrates und nominellen Anführer der Elfen, solange die Formalitäten der Nachfolge Allardon Elessedils noch nicht geregelt waren. Der Erste Minister beugte sich den außergewöhnlichen Umständen von Elessedils Tod und gewährte Walkers Bitte, der rasch nach Bracken Clell aufbrechen wollte, damit er die Vereinbarung in die Tat umsetzen konnte. Walker argumentierte erfolgreich, es gebe allen Grund anzunehmen, die manipulierten Elfen, die am Tod des Königs schuld waren, seien von jemandem geschickt worden, der die

Expedition verhindern wollte. Der Augenblick des Angriffs kurz nach der Übereinkunft zwischen König und Druide sei hingegen vollkommen zufällig, insbesondere da es ihr erstes Treffen nach fünfundzwanzig Jahren war.

Dem König war die Expedition sehr wichtig gewesen, sonst hätte er die letzten Augenblicke seines Lebens nicht damit vergeudet, seinem Schreiber Anweisungen für eben diese Expedition zu erteilen. Gewiss hatte jemand etwas über die Karte und den Schatz, der darauf verzeichnet war, in Erfahrung gebracht. Es brauchte schon eine Menge Vertrauen, um zu akzeptieren, dass eine Verbindung zwischen dem Mord am König und dem Auftauchen der Karte existierte, doch durfte man jetzt auf gar keinen Fall einfach die Hände in den Schoß legen. Walker machte sich Sorgen, dass, wenn die Feinde des Königs schon hier in der Hauptstadt der Elfen zuschlugen, sie ebenso rasch in Bracken Clell handeln würden. Der Schiffbrüchige, der von dem Heiler versorgt wurde, befand sich in großer Gefahr. Vielleicht konnte Walker ihn noch rechtzeitig erreichen. Möglicherweise konnte er wenigstens feststellen, ob es sich um Kael Elessedil handelte.

Er gewann Hunter Predd und Obsidian für die Reise. Der Flugreiter wollte das Chaos, welches sich um ihn herum entfaltete, nur allzu gern verlassen, und war außerdem neugierig zu erfahren, welche Richtung die Geschichte mit dem Schiffbrüchigen und der Karte einschlug. Deshalb brauchte er kaum Ermutigung von Walker, sondern sattelte Obsidian und bereitete sich auf den Flug vor. Sie stiegen in den Nachmittagshimmel auf, während das Volk von Arborlon noch versuchte, die Nachricht vom Tode des Königs zu verarbeiten. Manch einer erfuhr gerade erst davon, da er von einer Reise zurückkehrte oder sich mit den Fährnissen und Erfordernissen des eigenen Lebens beschäftigt hatte. Andere konnten die Neuigkeit schlicht nicht fassen. Walker wusste auch nicht recht, was er glauben sollte. Die Plötzlichkeit des Todes schockierte ihn nicht weniger als die Elfen. Fünfundzwanzig Jahre hatte er den Mann weder gesehen noch mit ihm gesprochen, und dann musste er bei ihrem

Wiedersehen seinen Tod bezeugen. Außerdem hatte er sich dem König gegenüber bei ihrem letzten Treffen feindselig, ja fast unerträglich abweisend benommen. Er fühlte sich zwar keineswegs schuldig wegen seines Betragens, dennoch schämte er sich.

Allardon Elessedil war bereits aufgebahrt worden und wartete auf seine Beerdigung. Seinen Kindern hatte man Boten geschickt, nach Osten zur Front, wo Kylen mit den Freien kämpfte, nach Norden in die Wildnis, wo Ahren jagte. Überall in den Vier Ländern verbreitete sich die Nachricht vom Tod des Elfenkönigs.

Aber Walker durfte keinen weiteren Gedanken daran verschwenden. Seine ganze Sorge galt nun der Sicherheit des Schiffbrüchigen und den ersten Vorbereitungen der Reise, deren Route auf der Karte, welche er in seiner Robe trug, verzeichnet war. Er war davon überzeugt, dass wer immer die Ermordung des Königs befohlen hatte, dadurch dessen Zustimmung zu dieser Expedition verhindern wollte. Bis der neue König auf dem Thron saß, würde der Hohe Rat der Elfen sich vermutlich kaum von der Stelle bewegen. Was Walker davor bewahrt hatte, ganz und gar zum Herumsitzen verurteilt zu sein, war das rasche Handeln des Königs, der ihre Vereinbarung buchstäblich mit seinem letzten Atem diktiert hatte, sodass der Druide umgehend handeln konnte.

Und wenn den Druiden nicht alles täuschte, hatte derjenige, wer auch immer die Meuchelmörder des Elfen gedungen hatte, vermutlich die Absicht, diese Reise ebenfalls zu unternehmen.

Stetig und unermüdlich trug Obsidian seinen Meister und Walker nach Süden, über das dichte Grün des Dreywalds und den Morast Wirrnismoors hinweg. Der Sonnenuntergang näherte sich bereits, da erreichten sie die Gipfel des Pykon und überquerten den silbrigen Faden des Rill Song, des Singenden Flusses. Das Licht begann gerade zu schwinden, als Hunter Predd sein Reittier auf einer großen Lichtung landen ließ. Er schickte den Rock zum Ausruhen zwischen die Bäume, während er und der Druide das Lager aufschlugen. In einer flachen Grube entzündeten sie ein Feuer unter einer uralten Pinie und bereiteten sich das Essen zu. Druide und Flugreiter saßen da, als gehörten sie zu den Schatten des Waldes, so dunkel wirkten ihre Gestalten in der zunehmenden Finsternis. Schweigend aßen sie und lauschten den Geräuschen der Nacht.

»Ein merkwürdiger Tag war das«, sagte der Elf, der an dem Bier nippte, das er sich mit seinem Reisegefährten teilte. »Da denkt man unwillkürlich darüber nach, wie das Leben so laufen kann. Und man stellt sich die Frage, warum überhaupt jemand König werden will.«

Walker nickte und schaute in die Ferne. »Der Wing Hove muss vor langer Zeit das Gleiche gedacht haben.«

»Das stimmt. Aus diesem Grund haben wir einen Rat, der unsere Gesetze macht und die Entscheidungen trifft, und nicht nur einen einzigen Mann an der Spitze.« Der Flugreiter schüttelte den Kopf. »Wurde von seinen eigenen Leuten umgebracht. Er war kein schlechter Mann, Walker. Weshalb haben sie das getan?«

Walker richtete den Blick auf ihn. »Das haben sie nicht. In ihren Augen konnte ich es sehen. Was immer sie dazu gebracht hat, sich gegen ihren König zu wenden, sie waren nicht mehr die Männer, die sie noch vor einigen Tagen gewesen waren. Man hat sie manipuliert. Sie sollten den König angreifen, ihn töten und anschließend selbst sterben.«

Hunter Predd runzelte die Stirn. »Wie sollte man jemanden dazu bringen können?«

»Magie.«

»Bei Elfen?«

Walker schüttelte den Kopf. »Ich bin mir noch nicht ganz sicher. Hätten sie überlebt, hätten sie es vielleicht erzählen können. Tot waren sie mir zu nichts nütze.«

»Wer waren sie? Bestimmt keine Gärtner, oder?«

»Niemand konnte sie identifizieren. Elfen ja, aber nicht aus Arborlon. Harte Kerle, die ein hartes Leben geführt hatten, wenn man nach ihren Händen und Gesichtern gehen darf. Vermutlich haben sie nicht zum ersten Mal getötet.«

»Trotzdem.«

»Trotzdem brauchten sie einen Ansporn, um einen Elfenkönig zu töten. Ihr Auftraggeber hat ihnen diesen Ansporn geboten, indem er Magie einsetzte.« Walker blickte dem anderen in die Augen. »Es tut mir Leid, dass ich dich schon wieder so rasch weiterdrängen musste, doch es galt, keine Zeit zu verlieren. Der Schiffbrüchige ist in Gefahr. Und damit wird es nicht aufhören. Im Verlauf der nächsten ein oder zwei Wochen wirst du mich noch zu einigen anderen Orten fliegen müssen, Hunter Predd. Ich brauche deine Hilfe.«

Der Flugreiter trank den letzten Schluck Bier aus seinem Becher und schenkte sich aus dem Schlauch neben ihm nach. »Um die Wahrheit zu sagen, ich wollte sowieso aufbrechen. Nicht nur, weil der König gestorben ist, sondern weil ich mich in Städten überhaupt nicht wohl fühle. Ein paar Tage sind für mich immer mehr als genug. Ich fliege lieber, gleichgültig mit welchem Risiko.«

Der Druide lächelte. »Nichtsdestotrotz scheinst du knietief in einem Morast zu stehen, mit dem du nicht gerechnet hast, als du die Karte und das Armband nach Arborlon gebracht hast.«

Der Elf nickte. »Das geht schon in Ordnung. Ich möchte wissen, wohin das alles führt.« Plötzlich grinste er. »Wäre es nicht eine Schande, wenn ich mich selbst dieser Chance berauben würde?«

Sie schliefen ohne Störung, und bei Sonnenaufgang brachen sie wieder nach Süden auf. Das Wetter hatte im Verlauf der Nacht gewechselt, und dicke Wolken wälzten sich von der Küste ins Land und bedeckten den Himmel von Horizont zu Horizont. Die Luft war warm und windstill und roch nach frischem Regen, und aus der Ferne, weit im Westen, hallte bedrohlich Donner herüber. Schatten verhüllten das Land, über das sie flogen, verdeckten Bewegungen und Lichter, flüsterten von Geheimnissen, die nicht gelüftet werden sollten.

Walker hatte bereits einen Verdacht, was die Identität des Feindes anging, der versuchte, seine Bemühungen zu unterlaufen. In den Vier Ländern gab es nur wenige, die über eine Magie verfügten, mit der man den Verstand manipulieren konnte – und noch weniger, die eine ausreichende Anzahl von Spionen so gut platziert hatten, dass sie von den Vorgängen in Bracken Clell bis hin nach Arborlon erfahren würden. Er fürchtete, in dieser Angelegenheit zu langsam zu handeln, wenngleich er nicht hätte schneller sein können, wie er sich zur gleichen Zeit eingestehen musste. Er war nur ein einzelner Mann, während der Widersacher, wenn ihn seine Vermutungen nicht trogen, über eine kleine Armee befahl.

Obsidian flog sie durch zerklüftete Engpässe und durch die steilen Cañons des Steinkammgebirges, wobei er versuchte, niedrig zu bleiben, um Deckung zu finden, und gleichzeitig hoch genug, damit er die Grate überwinden konnte. Es ging über die dunklen Vertiefungen des Wildewalds, der Heimat von Ausgestoßenen und Geächteten, die hier von überall her ihre letzte Zuflucht suchten. In ihrer Mitte bildete die Senke einen Tümpel von dunklen, Unheil verkündenden Schatten, einen Sumpf, der sie verschlucken würde, wenn sie nur niedrig genug flogen. Dahinter passierten sie das tiefe Labyrinth des Irrybisgebirges und kamen schließlich in Sichtweite der Blauen Spalte.

Der Abend näherte sich bereits, als sie im Hafen von Bracken Clell eintrafen. Es hatte zu nieseln begonnen, und bald waren ihre Kleider durchnässt, und die einsetzende Dunkelheit wurde weder von Mond noch Sternen erleuchtet. In ihren Mänteln und Kapuzen wirkten sie wie Gespenster der Nacht, bis sie schließlich das Haus des Heilers erreichten, wo Hunter den Schiffbrüchigen vor weniger als einer Woche zurückgelassen hatte. Sie stiegen die Stufen zu der überdachten Veranda hinauf, schüttelten den Regen ab und klopften an die Tür. Während sie warteten, hörten sie von innen ein leises Murmeln und sahen Schatten, die sich hinter den erhellten Vorhängen in den Fenstern bewegten.

Die Tür öffnete sich, und ein schlanker, grauer Elf mit freundlichen, müden Augen und fragendem Blick öffnete. Er lächelte, als er Hunter Predd erkannte, und streckte den beiden Männern einladend die Hand entgegen.

»Mein Freund Dorne«, stellte ihn der Flugreiter Walker vor. »Dieser Mann«, erklärte er dem Heiler danach und deutete auf den Druiden, »ist ein Gesandter, der noch von dem jüngst verstorbenen Allardon Elessedil sowie dem Hohen Rat der Elfen geschickt wurde, um sich unseren Schiffbrüchigen anzuschauen.«

Der Heiler sah ihn stirnrunzelnd an, dann wandte er sich mit besorgter Miene Walker zu und schüttelte ihm die Hand. »Ich habe schlechte Neuigkeiten für euch. Gewiss habe ich mein Bestes gegeben, doch es hat nicht gereicht. Der Mann, den Hunter meiner Obhut überließ, ist tot. Er starb vor einigen Tagen im Schlaf.«

Walker nahm die Nachricht gelassen auf. Sie überraschte ihn nicht, sondern bestätigte lediglich seinen Verdacht. Wer immer die Attentäter geschickt hatte, um Allardon Elessedil zu töten, hatte sich auch des Schiffbrüchigen entledigt. »Wurde er schon begraben?«

»Nein.« Der Heiler schüttelte rasch den Kopf. »Ich habe ihn ins Kühlhaus gebracht, weil ich abwarten wollte, mit welchen Nachrichten Hunter aus Arborlon zurückkehrt.«

»Und sein Zimmer? Das Zimmer, in dem er starb? Ist es bereits wieder belegt?«

»Es ist frei. Wir haben es gereinigt, doch bislang wohnt dort kein neuer Patient.« Der Heiler blickte von einem zum anderen. »Kommt herein ans Feuer, damit ihr trocken werdet. Ich werde euch heiße Suppe bringen lassen. Hier draußen wird es unangenehm.«

Er setzte sie auf Stühle vor dem Feuer, das in dem großen Zimmer brannte, nahm ihnen die Mäntel ab und reichte ihnen Decken, mit denen sie sich trocken reiben konnten. Helfer des Heilers kamen und gingen, während sie ihre Aufgaben erledigten, betrachteten die Reisenden, sagten jedoch nichts. Walker schenkte ihnen keinerlei Beachtung; seine Gedanken galten allein dem toten Schiffbrüchigen. Von dem Lebenden hatte er also nichts mehr erfahren können. Würde er eine Möglichkeit finden, wie ihm der Tote Auskunft geben konnte?

Der Heiler kehrte mit Suppenschüsseln und Bierkrügen zurück, ließ ihnen einen Augenblick Zeit, damit sie mit dem Essen beginnen konnten, und rückte einen Stuhl neben sie. Er wirkte erschöpft und nervös, aber beides war durchaus zu erwarten. Walker spürte weder Geheimnisse noch üble Absichten bei ihm; der Heiler war kein böser Mann.

Ihr Gastgeber fragte sie nach ihrer Reise, und sie unterhielten sich ein wenig mit ihm, während sie aßen. Draußen hatte der Regen an Heftigkeit zugenommen, und die Tropfen prasselten geräuschvoll gegen die Fenster und auf das Dach. Die Lichter, die in den Häusern der Umgebung brannten, verschwammen in der feuchten Dunkelheit.

»Der Mann, den ihr behandelt habt, Dorne, hat er mit jemandem gesprochen?«, fragte Walker schließlich.

Der Heiler schüttelte den Kopf. »Mit niemandem.«

»Hat ihn irgendjemand aufgesucht, wenn auch nur für wenige Augenblicke?«

»Nein, niemand.«

»Veränderte sich sein Zustand, bevor er starb?«

»Nein.«

»War irgendetwas anders an ihm, nachdem er verschieden war?«

Der Heiler dachte einen Augenblick darüber nach. »Nun, vielleicht lese ich mehr hinein, als ich sollte, doch er wirkte friedlich.« Er zuckte mit den Schultern. »Allerdings bringt der Tod Erleichterung vom Leiden mit sich, und dieser Mann hat schwer gelitten.«

Walker dachte schweigend einen Moment darüber nach. Im Kamin knackte das brennende Holz und loderte auf. »Ist während der vergangenen zwei Tage sonst noch jemand im Ort gestorben, möglicherweise unerwartet?«

Der Heiler riss die Augen auf. »Ja, in der Tat. Ein Mann, der bei mir gearbeitet hat – nicht als Heiler, sondern nur als Pfleger –, wurde unweit seiner Hütte tot im Wald aufgefunden. Es war Glück, dass man ihn überhaupt entdeckt hat. Es ist eine abgelegene Stelle, die selten aufgesucht wird. Eine Schlange hat ihn gebissen, eine sehr giftige – was für diese Gegend äußerst ungewöhnlich ist. Das würde man eher von Wildewald erwarten.«

Walker stellte seine Schüssel ab und erhob sich. »Könntest du mir jetzt den Raum zeigen, in dem der Schiffbrüchige gestorben ist?«, bat er den Heiler. »Hunter, iss ruhig weiter. Das kann ich allein erledigen.«

Er folgte Dorne durch einen Gang zu einem Raum im hinteren Teil des Gebäudes. Dann schickte er Dorne zurück, um Hunter Gesellschaft zu leisten, und sagte, er würde in Kürze wieder zu ihnen stoßen. Der Heiler wollte die Wandkerzen anzünden, doch Walker sagte, die Dunkelheit wäre für das, was er vorhabe, besser geeignet.

Nachdem der Heiler gegangen war, stellte er sich in die Mitte des Raums, wo ihn die Dunkelheit einhüllte, lauschte auf den Regen und beobachtete die Bewegungen der Schatten. Nach einer Weile schloss er die Augen, schnüffelte an der Luft und machte sich zu einem Teil seiner Umgebung. Er entspannte sich und ließ seine Gedanken zur Ruhe kommen. Hinten im Gang hörte er das leise Murmeln von Stimmen. Nach und nach blendete er sie aus.

Die Zeit entglitt seinen Händen. Langsam sammelte er die Fragmente dessen, wonach er suchte, die Hinterlassenschaften und Reste mächtiger Magie, die vor nicht allzu langer Zeit eingesetzt worden war. Sie drangen auf verschiedene Weise zu ihm vor, manche als leise Geräusche, andere als Bewegungen, die er durch die geschlossenen Lider wahrnehmen konnte, und wieder andere als Gerüche des Anwenders der Magie. Das genügte zwar nicht, um ein komplettes Bild zu erstellen, doch es gelang ihm, ausreichend kleine Wahrheiten zusammenzutragen, die ihm wohl begründete Vermutungen erlaubten.

Schließlich schlug er zufrieden die Augen auf. Nie konnte die Anwendung von Magie vollkommen vor jenem verborgen werden, der wusste, wo er nach ihr zu suchen hatte. Stets blieben Rückstände erhalten.

Er ging zurück in das Zimmer, wo Hunter Predd und Dorne saßen. Beide blickten bei seinem Eintreten auf. »Kannst du mir das Kühlhaus zeigen?«, bat er den Heiler. »Ich möchte mir die Leiche des Schiffbrüchigen anschauen.«

Der Heiler erklärte sich einverstanden, sagte aber, dass sich das

Kühlhaus ein Stück entfernt befinde. »Es ist kaum eine Nacht, in der es einen bei diesem Wetter nach draußen zieht«, erklärte er.

»Dann gehe ich allein«, schlug Walker vor. »Beschreibe mir nur den Weg.«

Der Druide hüllte sich in seinen feuchten Mantel und ging zur Vordertür hinaus. Er folgte den Anweisungen des Heilers, umrundete das Haus, zuerst unter dem Dach der Veranda, dann unter der Dachtraufe, bis er durch die Schatten in den Regen schlüpfte. Der Wald begann zwanzig Meter hinter dem Gebäude, und das Kühlhaus lag noch einmal hundert Meter weiter. Walker senkte den Kopf wegen des Regens und der niedrigen Zweige und beschritt einen Fußweg, den der Heiler und seine Helfer im Laufe der Zeit ausgetreten hatten. In der Ferne grollte Donner, und ein scharfer Wind vom Ozean blies stetig durch die nassen Äste.

Am Ende des Pfads führte eine Tür zu einem Steindamm, der aus riesigen Felsen bestand und mit Erde und Pflanzen bedeckt war. Über ein Schütz lief Wasser und verschwand in einem Bach. Der Türgriff des Kühlhauses war feucht und kalt, und der Druide brauchte einen Augenblick, bis er den Riegel zurückgelegt hatte.

Im Inneren blieb der Lärm des Sturms zurück. In Halterungen an den Wänden steckten Fackeln, und bei ihnen befand sich Zunder, um sie anzuzünden. Walker steckte eine in der Halterung an und dann eine zweite, die er mit sich nahm. Er schaute sich um. Der Raum war groß und viereckig und bestand vom Boden bis zur Decke aus Steinscheiben. Nischen in den Wänden enthielten hölzerne Schlitten für die Leichen, und in Rinnen, die in den Steinboden gemeißelt waren, flossen austretende Feuchtigkeit und Körperflüssigkeiten ab. Ein mit Metall beschlagener Holztisch stand leer in der Mitte des Raums. Er wurde von dem Heiler für Untersuchungen an den Toten benutzt. Im tiefen Schatten glitzerten an Haken in der Wand scharfe Instrumente wie die Augen von Raubtieren.

Es roch nach Blut und Tod, und rasch begann der Druide mit der notwendigen Arbeit, damit er diesen Ort möglichst bald wieder verlassen konnte. Der Schiffbrüchige befand sich in der Nische ganz links unten vom Eingang aus, und Walker schlug das Laken zurück. Das Gesicht des Mannes war im Fackelschein blutleer und weiß, sein Körper steif, die Haut wächsern. Walker betrachtete ihn, erkannte ihn jedoch nicht. Wenn dies Kael Elessedil gewesen war, so hatte er sich vollständig verändert.

»Wer warst du?«, flüsterte Walker dem Toten zu.

Er rammte die Fackel, die er trug, in die nächstliegende Wandhalterung. Sachte legte er dem Mann die Fingerspitzen auf die Brust und strich langsam den Oberkörper hinunter und dann wieder hoch zu den Schultern. Er tastete Kehle und Schädel vorsichtig ab. Auch auf dem Gesicht suchten seine Finger.

»Erzähl mir etwas«, flüsterte er.

Draußen erschütterte ein Donnerschlag die Erde, aber der Druide sah nicht von seiner Arbeit auf. Er legte dem Toten die Finger auf die versehrten Augen und fühlte, wie die Lider unter seiner Berührung nachgaben; dann strich er langsam über Nase und Wangen.

Als er die blutlosen Lippen erreichte, zuckte er zurück. Hier, zischte er still, war dem Mann das Leben entzogen worden! Die Magie war noch immer vorhanden, und vor zwei Tagen hätte sie sogar noch gebrannt. Er fuhr rasch über die Lippen und forschte weiter. Gewalt war keine angewandt worden. Der Tod war sanft eingetreten, doch rasch und mit gewissem Nachdruck. Aber für den Druiden hatte vor allem etwas anderes Bedeutung: Der Tod kam nicht aus dem Inneren, sondern von außen.

Walker trat zur Seite, ohne den Schiffbrüchigen aus den Augen zu lassen. Verschiedene Fragen drängten sich ihm auf. War der Mörder in die Erinnerung vorgedrungen, ehe er den Tod herbeigeführt hatte? Das war anzunehmen. Der Mörder würde dort nach dem gesucht haben, was Walker in der Karte entdeckt hatte. Aus dem Gedankenaufruhr des Druiden bildete sich eine finstere Gewissheit heraus. Nur eine einzige Person war zu alldem in der Lage. Sein Gegner war jemand, dem gegenüber er selbst keine Feindseligkeit empfand, dem er jedoch verhasst war. Irgendwann musste es ja zu dieser

Auseinandersetzung kommen, das hatte er befürchtet, nur hätte er einen späteren Zeitpunkt bevorzugt.

Sie hingegen würde es aufs Äußerste begrüßen, dass es ausgerechnet jetzt passierte.

Er hob den Blick und starrte in die Dunkelheit des Raums, wobei er zum ersten Mal die Kälte spürte. Kein anderer Feind würde die Vorkehrungen erfordern, die er nun zu treffen gezwungen war. Aber eine Konfrontation mit ihr – eine Konfrontation, die ihm sicher bevorstand – würde nur ein Ende finden, wenn er ihren Zorn durch die Enthüllung einer Wahrheit besänftigen konnte, die seit vielen Jahren im Verborgenen lag. Die schmerzlichen Ereignisse der Vergangenheit waren nicht mehr zu verändern. Was ihm nun zu tun blieb, war die Einflussnahme auf die Zukunft, und sogar die würde nur zu einem hohen Preis durchführbar sein.

Er brachte die Leiche des Schiffbrüchigen zurück in die Nische, löschte die Fackeln und trat in die Nacht hinaus. Dunkelheit und Regen umschlossen ihn, während er durch die Bäume des Waldes auf das Haus zuging. Schnell musste er handeln. Er hatte gedacht, als Nächstes könne er sich auf die Suche nach einem Schiff und einer Besatzung machen, doch das musste warten. Etwas anderes war dringender, und darum hatte er sich sofort zu kümmern.

Morgen um Mitternacht musste er mit dem Toten sprechen.

Acht

Bei Sonnenaufgang des folgenden Tages verließ Walker Bracken Clell. Wieder einmal saß er auf Obsidian hinter Hunter Predd und beobachtete durch einen Vorhang aus Regen, wie der Himmel im Osten langsam die Farbe von getriebenem Blech annahm. Die Niederschläge hatten seit der vergangenen Nacht zwar abgenommen, waren jedoch noch nicht gänzlich abgeflaut. Der

Himmel hüllte sich weiterhin in Wolken und Düsterkeit und bedrückte die durchnässte Erde mit einer Mischung aus Dunst und Schatten. In seinen längst feuchten und kalten Reisemantel gewickelt, zog sich Walker tief in sich zurück, damit die Zeit schneller verstrich. Dort arbeitete er sich sorgfältig durch die Einzelheiten der Aufgaben, die vor ihm lagen. Er wusste, was notwendig war, dennoch ertappte er sich wieder und wieder bei dem Wunsch, es würde jemanden geben, mit dem er die Verantwortung teilen könnte. Diese Einsamkeit war entmutigend. So würde ihm kaum der kleinste Fehler erlaubt sein. Er dachte daran, wie er die Druiden in seiner Jugend verachtet hatte, und zwar vor allem Allanon, und er schalt sich erneut für seine Torheit.

Sie flogen durch den Morgen und hielten nur einmal an, damit sich Obsidian ausruhen konnte, während sie tranken und aßen. Mittags hatten sie bereits den Tirfing überquert und das Westland hinter sich gelassen. Der Dulnwald blieb hinter ihnen zurück, dann das schlanke Band des Rappahalladran. Der Regen wurde schwächer, die Sturmwolken zogen nach Süden, und am Horizont tauchten die ersten blauen Stellen auf. Sie flogen nach Ostnordost, und der Flugreiter lenkte sie über den südlichen Rand der Grenzländer jenseits von Tyrsis und über den Regenbogensee. Die Mittagsrast legten sie an der Westküste des Sees ein, und inzwischen war der Tag hell und klar geworden, ihre Kleidung trocknete in der Sonne, und das Interesse an ihrer Mission lebte neu auf.

»Der Schiffbrüchige, Walker – war es Kael Elessedil?«, fragte Hunter Predd, während sie die letzten Stücke des Waldhuhns aßen, das Dorne ihnen am Morgen mit auf den Weg gegeben hatte.

Walker schüttelte den Kopf. »Ich kann es nicht mit Gewissheit sagen. Seit seiner Kindheit habe ich ihn nicht mehr gesehen, und ich erinnere mich nicht allzu gut an ihn. Doch selbst wenn ich noch eine klare Vorstellung von ihm hätte, wäre es mir schwer gefallen, ihn wiederzuerkennen, nach allem, was er durchgemacht hat.«

»Er ist nicht im Schlaf gestorben, nicht wahr? Nicht eines natürlichen Todes. Jemand hat dabei mitgewirkt, sein Leben zu beenden.«

Der Druide hielt inne. »Ja. Woher weißt du das?«

Der Flugreiter zuckte mit den Schultern, und sein straffer Körper wurde länger, während er sich streckte. »Dorne ist ein begabter Heiler und ein vorsichtiger Mann. Der Schiffbrüchige hat viele Tage auf See überstanden, ehe ich ihn gefunden habe. Er hätte auch noch einige Tage mehr im Bett überlebt, wenn nicht jemand eingegriffen hätte.« Er sah Walker forschend an. »Der Auftraggeber unserer Meuchelmörder?«

Der Druide nickte. »Das möchte ich annehmen. Das Leben dieses Mannes wurde mit Magie geraubt. Es unterschied sich nicht so sehr von dem, was man den Männern angetan hatte, die auf Allardon Elessedil angesetzt wurden.«

Einen Augenblick schwieg der Flugreiter, nippte an seinem Bier und blickte in die Ferne. Dann sagte er: »Weißt du bereits, wer dein Feind ist?«

Mein Feind. Unversöhnlich und tödlich. Walker lächelte ironisch. »Heute Nacht werde ich es ganz genau wissen.«

Der Flugreiter säuberte das Geschirr und packte es ein, fütterte und tränkte sein Tier, bevor er Walker schließlich wieder an Bord winkte. Sie flogen nach Osten über den Regenbogensee, überquerten die Mündung des Mermidon und die breiten Höcker des Runnegebirges. Unten auf dem See trieb eine Hand voll Fischerboote, doch die Fische blickten nicht zu ihnen nach oben, so sehr waren sie in ihre Arbeit vertieft. Das Tag verstrich, die Sonne näherte sich dem westlichen Horizont, und das Licht begann zu schwinden. Der Mond erhellte den Himmel über ihnen, und ein einzelner Stern tauchte ganz nah bei ihnen auf. Die Schatten auf dem Land unten wurden länger und streckten sich wie Finger aus, die das Kommen der Nacht ankündigen.

Es dämmerte bereits, als sie das Südende der Rabbebene erreichten und sich zu den Drachenzähnen aufmachten. Inzwischen waren die riesigen, zerklüfteten Gipfel dunkel und formlos, eine Unheil verkündende Wand, die sich entlang des gesamten Nordhimmels erstreckte. Die Temperatur sank, und Walker zog seinen Mantel enger um sich. Hunter Predd schien die Kälte nichts auszumachen. Walker bewunderte, wie der Flugreiter mit dem Wetter umging, sich stets entsprechend verhielt, ansonsten jedoch nicht davon stören ließ. Das gehörte vermutlich zu den Eigenschaften, die man als Flugreiter brauchte.

Als sie die Ausläufer erreichten, die dort hinaufführten, wohin er heute Nacht gehen würde, war es dunkel. Im Licht des Mondes und der Sterne landete Obsidian auf einem offenen Hang in sicherem Abstand von Felsen und Unterholz, hinter denen sich Feinde verstecken oder die eine rasche Flucht verhindern könnten. Nachdem der Flugreiter sich um die Bedürfnisse des Rocks gekümmert hatte, schlugen sie gemeinsam das Lager auf, zündeten ein Feuer an, kochten und nahmen ihr Abendessen ein. Aus der Ferne hörten sie die Jagdschreie von Reihern und das schrille Klagen der Wölfe. Der Mond tauchte die Ebenen im Süden und Osten in seinen Schein, und durch das bleiche Licht bewegten sich verstohlene Schatten.

»Ich habe über den Schiffbrüchigen nachgedacht«, verkündete Hunter Predd nach längerem Schweigen. Sie hatten ihr Mahl beinahe beendet, und der Flugreiter scharrte mit seinem Stiefel in der harten Erde und rückte mit seinem Bierkrug ein Stück vom Feuer weg. »Wie konnte ein blinder Mann seinen Häschern ohne Hilfe entkommen?«

Walker blickte auf.

»Wie konnte er von dort, wo er eingesperrt war, hierher zu uns in die Spalte kommen?« Der Flugreiter runzelte die Stirn. »Angenommen, er kehrte tatsächlich von der Reise zurück, zu der Kael Elessedil vor dreißig Jahren aufgebrochen ist, dann hatte er einen langen Weg vor sich. Ein Blinder hätte das ohne Hilfe nicht zustande gebracht.«

»Nein«, stimmte Walker zu. »Das hätte er nicht.«

Der Elf beugte sich vor. »Noch eine Sache beunruhigt mich. Wie hat er die Karte in die Finger bekommen? Solange er sie nicht selbst gezeichnet hat, muss er sie entweder gestohlen oder übergeben bekommen haben. Falls er sie selbst zeichnete, kann er das nur getan haben, ehe er geblendet wurde. Wie hat er sie vor denjenigen verborgen, die ihn gefangen gehalten haben? Wenn sie jedoch jemand anderer gezeichnet hat, muss er sie irgendwie erhalten haben. Einerlei, er muss Hilfe gehabt haben. Sogar für die Flucht. Was ist aus dieser anderen Person geworden?«

Walker nickte beifällig. »Du stellst die richtigen Fragen, Hunter Predd. Fragen, die mir schon seit einigen Tagen durch den Kopf gehen. Dein Verstand ist scharf, deine Instinkte sind gut, Flugreiter.«

»Kennst du die Antworten darauf?«, drängte Hunter und ignorierte das Kompliment.

»Keine, die ich dir im Augenblick verraten würde.« Der Druide erhob sich und stellte Teller und Becher zur Seite. »Es ist Zeit für mich zu gehen. Vor dem Morgen werde ich nicht zurück sein, daher kannst du ruhig ein wenig schlafen. Suche nicht nach mir, gleichgültig, welchen Drang du danach verspürst. Verstehst du?«

Der Flugreiter nickte. »Man braucht mich nicht extra aufzufordern, mich aus diesen Bergen fern zu halten. Ich bin froh, dass ich hier bleiben kann.« Er wickelte sich enger in seinen Mantel. »Viel Glück.«

Auf dem Weg aus den Ausläufern in die Drachenzähne wurde es kälter, und während des Aufstiegs sank die Temperatur beharrlich weiter. Zwischen den massiven Felswänden war die Nacht still und leer. Der Mond verschwand hinter den Gipfeln, und nur das Sternenlicht beleuchtete noch den Weg, was dem Druiden allerdings genügte. Er ging einen schmalen, von Geröll bedeckten Weg entlang, der sich zwischen riesigen Felsen entlang wand. Das Durcheinander von zermalmten und zerborstenen Steinen ließ an eine Umwälzung vor langer Zeit denken, welche die Landschaft dramatisch verändert hatte. Einst hatte sich an dieser Stelle vielleicht ein weiterer Gipfel erhoben. Jetzt war davon nur noch eine Ruine geblieben.

Er brauchte fast zwei Stunden für den Aufstieg, und erst kurz vor Mitternacht erreichte er sein Ziel. Er überquerte einen Grat und blickte hinunter auf das Tal von Shale und das sagenumwobene Hadeshorn. Der See lag in der Mitte des Tals, sein glattes Wasser stand dumpf und leblos in der Senke aus poliertem schwarzem Stein, der die Wände und den Boden bedeckte. Das Sternenlicht spiegelte sich in dem Stein, wurde jedoch von dem Hadeshorn aufgesaugt und in Schatten verwandelt. Im Tal unten regte sich nichts. So, wie es von den hohen, einsamen Gipfeln der Drachenzähne umschlossen wurde, sah es aus wie eine Gruft und fühlte sich ebenso an.

Nicht weit von der Wahrheit entfernt, dachte Walker und starrte über die reglose Ebene hinweg.

Mit dem Gesicht zum Tal von Shale gewandt, setzte er sich an eine riesige Felsscheibe und döste. Die Zeit verstrich, ohne dass er es merkte, und bald schon war die Nacht fast vorüber. Eine Stunde vor der Dämmerung erhob er sich und ging mit stetem, wenn auch vorsichtigem Schritt über den lockeren Fels und suchte sich einen Weg hinunter zum Talboden. Dabei passte er gut auf, damit er nicht stolperte und stürzte; die Kanten des polierten Felsens waren messerscharf. Nur das Knirschen des Gerölls störte die Stille. Sterne tauchten das Tal in ihr Licht, und er erreichte den Rand des Sees ohne Schwierigkeiten bis zur Stunde vor der Dämmerung, wenn die Geister der Toten gerufen werden können, um die Geheimnisse der Lebenden preiszugeben.

Er blieb stehen und wartete ab, was als Nächstes passieren würde.

Das Wasser des Hadeshorn hatte bei seinem Näherkommen einen anderen Farbton angenommen, und jetzt schimmerte knapp unter der Oberfläche ein Licht, welches kein Widerschein der Sterne war, sondern aus einer inneren Quelle hervorstrahlte. Er fühlte eine Regung; da wachte etwas auf und nahm seine Gegenwart zur Kenntnis. Er konnte es eher fühlen denn sehen. Seine ganze Aufmerksamkeit richtete sich auf den See, er vergaß alles andere und wusste, jede Störung seiner Konzentration, nachdem er einmal begonnen hatte, würde seine Anstrengungen zunichte machen und ihm möglicherweise sogar Schaden zufügen.

Als er mit sich im Frieden war und sich vollständig konzentriert hatte, begann er damit, die Toten zu rufen. Er sprach leise, denn seine Stimme brauchte nicht weit zu tragen, und vollführte seine Gesten langsam, da es wesentlich mehr auf Genauigkeit denn auf Geschwindigkeit ankam. Er sagte seinen Namen und erzählte von sich und seinem Wunsch und forderte die Toten mit einem Wink auf, zu antworten, und den See, sie freizugeben. Während er dies tat, bewegte sich das Wasser, drehte sich im Uhrzeigersinn und brodelte dann heftiger und heftiger auf. Leise erhoben sich Schreie aus der Tiefe, ausgestoßen von schwachen, ätherischen Stimmen, ein Wispern, das sich in dünnes Kreischen verwandelte. Das Hadeshorn zischte und schäumte und ließ die Schreie in kleinen Gischtfontänen frei, dann in Geysiren, die viele Meter hoch in die Luft aufstiegen. Das Licht unter der Oberfläche wurde heller und pulsierte, und das ganze Tal erbebte.

Dann ertönte ein Grollen tief aus der Erde, und auf dem wallenden Wasser erhoben sich die Geister, weiße, durchscheinende Gestalten, die langsam in die Luft stiegen und durch dünne Dampffäden verbunden waren und von ihrem Leben nach dem Tode für einige wenige kostbare Augenblicke befreit waren, um auf die Erde zurückzukehren, die sie beim Sterben verlassen hatten. Ihre Stimmen vermengten sich zu einem wachsenden Klagen, das dem Druiden eine Gänsehaut bescherte und ihm kalt durch Mark und Bein ging. Er blieb stehen, wo er war, obwohl sie näher kamen, und er kämpfte gegen den Drang an, fortzurennen, sich abzuwenden und Angst zu empfinden. In Spiralen flogen sie in den Nachthimmel, griffen nach dem, was sie verloren hatten, wollten zurückerlangen, was ihnen versagt wurde. Mehr und mehr erschienen und füllten die leere Senke des Tals, bis kein Platz mehr war.

Wer ruft? Wer wagt es?

Schließlich erhob sich ein riesiger schwarzer Schatten aus dem Wasser und trieb die Geister wie Blätter auseinander, während seine verhüllte Gestalt Form annahm und mit einem Arm die Schwärme von Geistern zur Seite fegte, die ihm zu nahe kamen. Das Hadeshorn brodelte und kochte, überallhin spritzte Gischt, Tröpfchen landeten auf dem Gesicht und den Händen des Druiden. Walker hob schützend den Arm, und sofort wandte sich die verhüllte Gestalt ihm zu. Da sie nun mehr Platz hatte, löste sich die Schwärze ein wenig auf und wurde durchscheinender, und plötzlich war es, als könnte man durch das Fleisch die Knochen sehen. Das Wesen glitt über die brodelnde Oberfläche und nahm allen Raum ein, während es sich näherte, sog alles Licht in sich auf.

Als dieses Wesen genau über Walker war, verharrte es und hing reglos in der Luft, neigte leicht den Kopf, dessen Gesichtszüge durch die Kapuze verhüllt wurden. Flach und leidenschaftslos erfüllte die Stimme die Stille.

– Was weißt du von mir –

Walker kniete sich hin, nicht aus Angst, sondern aus Respekt.

»Allanon«, antwortete er und wartete auf die Aufforderung zu sprechen.

Weiter im Westen, wo die tiefen Wälder ihre Bewohner bedecken und beschützen wie ein Ozean das Leben unter dem Meer, näherte sich auch dem Wildewald die Dämmerung. Unter den alten Bäumen blieb das Licht stets fahl und dürftig, sogar zur Mittagszeit am hellsten Sommertag. Schatten verhüllten die Welt der Waldbewohner, und meistens gab es kaum einen Unterschied zwischen Tag und Nacht. Seit langem war der Wildewald eine Wildnis, in die sich nur wenige Außenseiter vorwagten und in der nur diejenigen blieben, die dort geboren waren und die seine Härten ertragen konnten. Somit bildete der Wildewald eine Zuflucht für Wesen, denen die Abwesenheit von Licht erstrebenswert erscheint.

Die Ilse-Hexe war ein solches. Obwohl sie in einem anderen Teil der Vier Länder geboren worden war, wo sie ihre Vergangenheit im hellsten Sonnenschein verbracht hatte, hatte sie sich längst an die zwielichtige Existenz ihrer Gegenwart hier gewöhnt, ja, sie sogar schätzen gelernt. Fast ihr ganzes Leben hatte sie an diesem Ort gewohnt, genauer gesagt, seit sie fünf Jahre alt war. Der Morgawr hatte sie hergebracht, nachdem die Lakaien des Druiden ihre Eltern getötet und versucht hatten, sie zu entführen und für ihre eigenen Zwecke zu benutzen. Er hatte ihr diese Heimat geschenkt, dazu seinen Schutz und sein Wissen über die Anwendung von Magie, damit sie heranwachsen und entdecken konnte, worin ihr wahres Schicksal bestand. Die Dunkelheit, in der sie sich aufhielt, war ihr recht, doch niemals ließ sie sich zu ihrem Sklaven machen.

Manche, das wusste sie, wurden von den Dingen, die Trost spendeten, abhängig. Zu diesen würde sie niemals gehören. Abhängigkeit war etwas für Narren und Schwächlinge.

In dieser Nacht ging sie die primitive Zeichnung durch, die sie aus Kael Elessedils Erinnerung gestohlen hatte, ehe sie sich seiner entledigte, und spürte eine Regung in der Luft, welche die Ankunft des Morgawrs ankündigte. Er hatte ihre Zuflucht vor über einer Woche verlassen und nur wenig über seine Pläne gesagt. Bis zu seiner Rückkehr musste sie mit ihren eigenen Mitteln auskommen. Inzwischen war sie erwachsen, gleichermaßen in seinen wie in ihren Augen, und er fühlte nicht mehr die einstige Notwendigkeit, über sie zu wachen. Er hatte sich ihr nie anvertraut. Das hätte in fundamentaler Weise gegen seine Natur verstoßen und war undenkbar. Schließlich war er ein Hexenmeister und aus diesem Grunde einzelgängerisch und unabhängig. Schon seit sehr, sehr langer Zeit lebte er hier in seiner Zuflucht in der Senke mitten im Herzen des Wildewalds, nicht weit von dem Vorgebirge, das als Hochwarte bekannt war. Einst, so hieß es, seien diese Höhlen von den Hexenschwestern Mallenroh und Morag bewohnt gewesen, ehe die zwei sich gegenseitig vernichtet hatten. Die Ilse-Hexe wusste nicht, ob diese Geschichte der Wahrheit entsprach; der Morgawr redete nicht darüber, und sie hütete sich, ihn zu fragen.

Dunkle Magie gedieh im Wildewald, gehörte anderen Zeiten und Völkern an, einer Welt, die vor den Großen Kriegen ihre Blütezeit erlebt hatte. Magie wurzelte hier in der Erde, und der Morgawr bezog seine Kraft aus ihrer Gegenwart. Er war nicht wie sie; er war nicht für die Magie geboren. Stattdessen hatte er seine Meisterschaft durch Studium und Experiment und durch langsames, qualvolles Ertragen der Nebenwirkungen erlangt, wobei letztere ihn unumkehrbar verändert hatten.

Die Ilse-Hexe sah von ihrer Arbeit auf und bemerkte das leichte Flackern der beiden einzigen Kerzen in den gegenüberliegenden Wandhaltern am Eingang. Schatten schwankten und verfestigten sich erneut auf dem abgetretenen Steinboden. Sie legte die Karte zur Seite und begrüßte ihn. Ihre graue Robe fiel mit leisem Rauschen um ihre schlanke Gestalt, und sie warf das lange dunkle Haar aus dem Kindsgesicht mit den funkelnden blauen Augen zurück. Nur ein Mädchen, hätte ein unbedarfter Besucher gedacht. Nur ein Mädchen, das zur Frau heranwächst. Aber das traf nicht auf sie zu, schon seit langem nicht mehr. Der Morgawr würde einen solchen Fehler nicht begehen, obwohl er es einst getan hatte. Es hatte sie nur einen Herzschlag gekostet, ihn zurechtzuweisen, ihm zu verdeutlichen, dass sie nicht länger ein Mädchen und ein Lehrling, sondern eine erwachsene Frau war, die sich mit ihm messen konnte.

Seitdem waren die Dinge nicht mehr so wie zuvor, und sie würden auch nie wieder so sein, das spürte sie.

Er erschien im Eingang, groß und dunkel in seinem langen schwarzen Mantel. Sein Körper war riesig und muskulös und besaß noch immer eine menschliche Form, doch ähnelte er mehr und mehr den Mwellrets, mit denen er so viel Zeit verbrachte. Seine Haut war schuppig und grau und ohne Haarbewuchs. Sein Gesicht war leer und ausdruckslos, und seine Augen hatten einen reptilienhaften Zug. Er konnte die Gestalt wandeln wie die Rets, doch wesentlich vielseitiger, da ihm die Magie dabei half. Einst zahlreich, waren die Rets über die vergangenen fünf Jahrhunderte hinweg zu einer kleinen Gemeinschaft reduziert worden. Sie steckten voller Geheimnisse und konnten andere manipulieren, und vielleicht bewunderte sie der Morgawr aus diesem Grunde so sehr.

Er blickte sie nun aus dem Dunkel der Kapuze an, und seine grünen, schlitzförmigen Augen wirkten leer und kalt. Früher einmal hätte es sie verängstigt, wenn er sie so betrachtete. Dann hätte sie alles versucht, um ihn dazu zu bringen, den Blick abzuwenden. Jetzt hielt sie ihm stand und starrte ihn sogar noch kälter und leerer an.

»Allardon Elessedil ist tot«, sagte er leise. »Starb durch ein Versehen seiner eigenen Wachen während eines Attentatsversuchs von drei Elfen, deren Verstand beeinflusst worden war. Wen kennen wir, der die Fähigkeit besitzt, Magie auf diese Weise anzuwenden?«

Das war keine Frage, auf die eine Antwort notwendig war, und deshalb ging sie schweigend darüber hinweg. »In deiner Abwesenheit«, erwiderte sie ruhig, »wurde ein Schiffbrüchiger entdeckt, der auf der Blauen Spalte trieb. Er trug ein Armband der Elessedils und hatte eine Karte bei sich. Ein Flugreiter brachte ihn nach Bracken Clell. Einer meiner Spione hat mir davon berichtet. Als ich hinging, um mir den Mann anzuschauen, erkannte ich ihn. Kael Elessedil. Die Karte, die er bei sich gehabt hatte, war bereits unterwegs zu seinem Bruder, aber ich konnte einiges aus den Erinnerungen in seinem Kopf zusammenstellen.«

»Es ist nicht an dir, die Entscheidung über das Leben eines Königs zu treffen!«, zischte der Morgawr wütend. »Du hättest mich aufsuchen sollen, ehe du so etwas unternimmst.«

Sie wurde sehr leise. »Ich brauche keine Erlaubnis, um das zu tun, was ich für notwendig halte. Niemals. Leben zu beenden ist meine Domäne und ganz allein meine, egal um wessen Leben es geht!«

Sie hätte ihm genauso gut sagen können, dass die Sonne in weniger als einer Stunde aufgehen würde. Er reagierte mit Gleichgültigkeit auf ihre Worte, und auch in seiner Antwort und seiner Körperhaltung ließen sich keine Gefühle entdecken. »Was ist mit dieser Karte?«, fragte er.

»Die Karte weist den Weg zu einem Schatz, einer Magie, die aus Worten gebildet wird und die aus der Alten Welt, aus der Zeit vor den Großen Kriegen, stammt.« Sie setzte ihre Stimme ein, um ihn näher zu locken, um ihm ihr eigenes Gefühl von Dringlichkeit und Notwendigkeit aufzuzwingen. Er würde spüren, was sie tat, trotzdem war er verwundbar. »Die Magie verbirgt sich in einem Land jenseits der Blauen Spalte. Kael Elessedil ist dort gewesen und hat sie gesehen. Sie existiert tatsächlich, und sie ist sehr mächtig. Unglücklicherweise wusste sein Bruder ebenfalls darüber Bescheid. Bis ich ihn aufgehalten habe, beabsichtigte er, selbst danach zu forschen.«

Der Morgawr kam in den Raum, trat jedoch nicht zu ihr, sondern an die gegenüberliegende Wand, als wolle er in den Kästen, die sich dort befanden, etwas suchen. Einen Trunk vielleicht? Die Aufzeichnung einer Entdeckung? Dann wurde er langsamer, drehte sich um, und seine Stimme klang wie Eis. »Beabsichtigst du, an seiner Stelle hinzufahren, kleine Hexe?«

»Diese Magie sollte uns gehören.«

»Du meinst dir, nicht wahr?« Er lachte leise. »Aber genau so sollte es sein.«

»Warum begleitest du mich nicht?«, fragte sie und hoffte gleichzeitig, er würde ablehnen.

Er neigte den Reptilienkopf zur Seite und dachte darüber nach. »Das ist deine Entdeckung, deine Angelegenheit. Kümmere dich darum, doch ohne mich. Wenn die Magie uns beiden gehört, bin ich schon zufrieden.«

Sie wartete ab, denn sie wusste, es war noch nicht alles. »Aber?«, fragte sie schließlich.

Seine Augen leuchteten. »Wirst du dich allein aufmachen?«

»Über die Blaue Spalte? Nein. Ich brauche ein Schiff und eine Mannschaft.« Sie hielt kurz inne. »Und außerdem gibt es da eine Komplikation.«

Der Morgawr lachte erneut, langsam und ein wenig spöttisch. »Das ist mir nicht entgangen, so wie du diese Angelegenheit in die Hand genommen hast. Was für eine Komplikation?«

Sie trat ein paar Schritte auf ihn zu, blieb stehen und zeigte, dass sie keine Angst hatte und ihr Vorhaben durchaus unter Kontrolle hatte. Präsenz war von großer Bedeutung, wenn man mit Mwellrets zu tun hatte, und insbesondere mit dem Morgawr. Wenn sie jemanden für selbstbewusst hielten, forderten sie ihn mit großer Wahrscheinlichkeit nicht heraus. Der Morgawr war ein mächtiger Hexenmeister, und er hatte sein Leben damit verbracht, den Umgang mit einer Magie zu erlernen, die den Gegner innerhalb von Augenblicken töten konnte. Inzwischen konnte sie ihm zwar das Wasser reichen, aber sie musste trotzdem weiterhin Vorsicht walten lassen.

»Ehe er gestorben ist, hat Allardon Elessedil die Karte nach Paranor geschickt und Walker nach Arborlon gerufen.«

»Der Druide!«, zischte der Hexenmeister voller Abscheu.

»Der Druide. Er ist gerade rechtzeitig angekommen und hat mit dem König eine Vereinbarung über die Suche nach dem Schatz auf der Karte getroffen, bevor er den Tod Allardons mit anschauen musste. Es wäre ein Glück für uns gewesen, wenn er ebenfalls gestorben wäre. Doch leider hat er überlebt. Er wird die Elfenexpedition anführen.«

Der Morgawr betrachtete sie einen Moment lang wortlos. »Eine Auseinandersetzung mit deinem ärgsten Feind. Darauf musst du sehr erpicht sein.«

»Er ist ein gefährlicher Gegner.«

»Aber du hast geschworen, dass du ihn eines Tages vernichten würdest.« Der Hexenmeister nickte. »Vielleicht ist dieser Tag nah.«

»Vielleicht. Allerdings begehre ich die Magie mehr als den Tod des Druiden.«

Der Morgawr zeigte mit der klauenartigen Hand in die Luft. »Ein Druide, ein paar Elfenjäger, ein Kapitän und eine Mannschaft. Dazu noch einige andere, so wie ich Walker kenne. Er wird sich eine starke Gesellschaft zusammensuchen, die seine Expedition unterstützen soll, vor allem da Kael Elessedil an der gleichen Aufgabe gescheitert ist. Er scheiterte, obwohl er die Elfensteine hatte, um ihn zu beschützen.«

Er warf ihr einen Seitenblick zu. »Und was ist mit denen, kleine Hexe? Mit den wertvollen Elfensteinen?«

Sie schüttelte den Kopf. »Nichts. Er hat sie nicht mit zurückgebracht. Seine Erinnerungen haben mir nicht enthüllt, was aus ihnen geworden ist. Möglicherweise sind sie verloren gegangen.«

»Möglicherweise.« Seine raue Stimme hatte die Schärfe verloren und klang nun nachdenklicher. »Wo hält sich der Druide jetzt auf?«

»Gestern war er noch in Bracken Clell. Von dort ist er aufgebrochen und seitdem nicht wieder aufgetaucht. Meine Spione halten nach ihm Ausschau.«

Der Hexenmeister nickte. »Ich überlasse ihn dir. Ich weiß, du findest gewiss einen Weg, mit ihm fertig zu werden. Ich hingegen werde dir den Rest von dem geben, was du für deine Suche brauchst – ein Schiff, einen Kapitän und eine Mannschaft, dazu eine Hand voll angemessener Beschützer. Das alles werde ich dir besorgen, kleine Hexe. Du bekommst, was notwendig ist.«

Ihr gefiel die Art und Weise nicht, wie er das sagte, und sie wusste, dadurch, dass er ihr diesen Gefallen erwies, wollte er sie unter Beobachtung und vielleicht sogar unter Kontrolle behalten, während sie so weit von ihm entfernt war. Er vertraute ihr nicht mehr. War er einst der Lehrer und sie die Schülerin gewesen, so standen sie sich nun gleichberechtigt gegenüber. Schlimmer noch, das war ihr klar, sie waren Rivalen – keine direkten zwar im Moment, aber das würde nicht mehr lange auf sich warten lassen. Trotzdem konnte sie seine Hilfe nicht zurückweisen. Damit würde sie ihre Angst vor seinen Absichten verraten. So weit würde sie es niemals kommen lassen.

»Ich bin für jede Unterstützung dankbar«, erwiderte sie und neigte leicht den Kopf, als würde sie ihm danken. Fürs Erste schien es besser, ihn zu besänftigen. »Wo beginnen wir?«

»Mit den Einzelheiten der Karte, die du aus Kael Elessedils Erinnerungen rekonstruiert hast.« Er blickte an ihr vorbei zum Tisch, an dem sie gesessen hatte und auf dem die Zeichnung lag. »Darf ich mir die Anfänge deiner Arbeit anschauen?«

Ohne eine Antwort abzuwarten, ging er hinüber und warf einen genaueren Blick darauf.

Die Dämmerung hatte längst eingesetzt, als Walker das Tal von Shale verließ. Sein Treffen mit dem Schatten von Allanon hatte ihn der Kraft und der Energie beraubt, wie er es nicht erwartet hätte. Seit langer Zeit war er nicht mehr zum Hadeshorn gekommen, seit langer Zeit hatte dazu keine Notwendigkeit bestanden, und er hatte vergessen, wie kräftezehrend dieses Erlebnis sein konnte. Man musste sich so sehr konzentrieren. So viel Intuition musste man aufbringen, um die Worte des Schattens richtig zu deuten. Obwohl der

Druide über das meiste Bescheid wusste und auf den Rest vorbereitet war, musste er genau aufpassen, während er zuhörte, damit er nichts falsch verstand oder etwas vergaß.

Als die Geister der Toten verschwunden waren und die Sonne über den Horizont gestiegen war, hatte er sich in dem nun stillen Wasser betrachtet, und sein Gesicht wirkte verwitterter und faltiger, als seine Jahre es verlangt hätten. Einen kurzen Moment stellte er sich den uralten Mann vor, der er einst werden würde.

Der heutige Tag war sonnig und hell, die Wolken und der Regen der beiden vergangenen Tage waren nach Osten abgezogen, und in der Luft lag wieder der Geruch von Lebewesen. In den nächsten Stunden ging er den Weg zurück, den er gekommen war, wobei ihm die Erschöpfung zu sehr zusetzte, um sich schneller zu bewegen, und so dachte er über das nach, was er gerade erfahren hatte. Der Schatten von Allanon hatte zu ihm über die Vergangenheit gesprochen, die er längst kannte, von einer Gegenwart, die er vermutete, und von einer Zukunft, die er nicht verstand. Es gab Menschen und Orte, mit denen er vertraut war, und andere, die er nie zuvor gesehen hatte, dazu Rätsel und seltsame Visionen, und das Ganze bildete ein Durcheinander in seinem Kopf, das sich nicht ordnen würde, solange er nicht geruht und ausreichend Zeit gehabt hatte, alles genau zu bedenken.

Eigentlich war die Richtung, in die er gehen musste, längst festgelegt.

Als er das Lager in den Ausläufern erreichte, wo er Hunter Predd zurückgelassen hatte, wartete der Flugreiter auf ihn. Er hatte das Lager abgebaut, ihre Ausrüstung geordnet und striegelte nun die ebenholzfarbenen Federn Obsidians. Der Rock bemerkte den Druiden zuerst und neigte warnend den Kopf. Hunter Predd drehte sich um, legte die Bürste zur Seite und beobachtete den Druiden, der sich näherte. Wortlos reichte er Walker eine dicke Scheibe Brot mit Marmelade und einen Becher kaltes Wasser, dann fuhr er damit fort, sein Reittier zu striegeln.

Walker ging zu einem Stück Gras, setzte sich und verzehrte das Brot hungrig. Bilder wallten in seinem Kopf auf wie das Hadeshorn bei der Ankunft der Geister der Toten. Allanons Schatten lauerte über ihm, verdeckte das Licht der Sterne, die Augen leuchteten hell, die Stimme klang tief und befehlshaberisch wie ein Echo der grollenden Erde. Walker konnte ihn noch immer sehen, spürte seine dunkle Gegenwart, hörte ihn sprechen. Als er beim ersten Licht schließlich verschwunden war, schien es, als sei die Welt an ihrem Ende angekommen; durch die Luft wirbelten Schatten, in denen die Geisterkörper schimmerten und klagten. Das Wasser des Hadeshorn wallte erneut auf, als würde ein Seeungeheuer hervorbrechen, und die Toten wurden abermals aus der Welt der Lebenden in ihr eigenes Reich zurückgezogen. Die Seele schien Walker herausgerissen zu werden, so fühlte es sich für ihn an, als wäre ein Teil von ihm mit ihnen gegangen. In gewisser Weise stimmte das, vermutete er.

Er hielt beim Essen inne und starrte ins Leere. Wenn er zu lange und zu angestrengt über das nachdachte, was von ihm verlangt wurde, wenn er zu sehr über die Forderungen nachgrübelte, die Allanon gestellt hatte, würde er sich selbst in Zweifel ziehen, wodurch er Schaden nehmen könnte. Dagegen würde es ihn gesund und bei voller geistiger Kraft erhalten, wenn er sich daran erinnerte, was auf dem Spiel stand – das Leben der Menschen, die von ihm abhängig waren, die Sicherheit der Vier Länder und seine Träume von einem Druidenrat, die vielleicht noch in seinem Leben Wirklichkeit werden könnten. Vor allem das Letzte trieb ihn an, denn wenn dies geschähe, würde es jene Entscheidung, die ihm noch immer schwer im Magen lag, rechtfertigen, nämlich jenes Wesen zu werden, das er so lange Zeit verabscheut hatte. Musste er schon ein Druide sein, so wollte er zumindest die Bedingungen selbst bestimmen und nicht in Schande leben.

Nachdem er das Brot gegessen und das Wasser getrunken hatte, erhob er sich erneut. Hunter Predd blickte über die Schulter zu ihm und hörte auf zu striegeln.

»Wohin geht es jetzt, Walker?«, fragte er.

Der Druide beobachtete einen Schwarm Reiher, die über sie hinweg zum Regenbogensee flogen. »Nach Süden«, antwortete er schließlich mit starrem Blick, »um jemanden zu finden, dessen Magie an die meine heranreicht.«

Neun

Bek Rowe kroch durch das hohe Gras am Rande einer Lichtung, die unterhalb einer dicht bewaldeten Hügelkette lag, und lauschte den Geräuschen des Keilers, der sich quer durch das Dickicht wühlte. Er zögerte, als der Wind drehte, und achtete darauf, stets außer Sicht seiner Beute in Windrichtung zu bleiben, lauschte auf deren Bewegungen und schätzte ihr Vorankommen ab. Irgendwo zu seiner Linken wartete Quentin Leah im tiefen Wald. Die Zeit wurde langsam knapp; die Sonne neigte sich rasch dem Horizont im Westen zu, und ihnen blieb nur noch eine Stunde ausreichendes Licht. Sie hatten den Keiler den ganzen Tag gejagt, ihn durch das raue Buschland und die tiefen Wälder verfolgt und auf die Chance gewartet, ihn zur Strecke zu bringen. Bislang hatte sich ihnen jedoch keine gute Gelegenheit geboten, denn die Wildschweinjagd zu Fuß und nur mit Pfeil und Bogen war ein riskantes und schwieriges Unterfangen. Doch wie bei den meisten Dingen im Leben ging es ihnen vor allem um die Herausforderung.

Der sanfte Duft jungen Laubs und frischen Grases vermischte sich mit dem durchdringenden Geruch von Erde und Holz, und Bek atmete tief durch, um sich zu beruhigen. Er konnte den Keiler nicht erkennen und der Keiler, der außergewöhnlich schlecht sehen konnte, ihn bestimmt ebenfalls nicht. Dafür besaß das Wildschwein einen umso schärferen Geruchssinn, und sobald er Bek einmal gewittert hatte, war er zu allem Möglichen in der Lage. Keiler waren aufbrausend und wild, und wenn sie etwas nicht kannten, griffen sie es lieber an, als davor zu fliehen.

Erneut drehte der Wind, und Bek duckte sich rasch. Das Wildschwein bewegte sich in seine Richtung, wie Grunzen und Keuchen verrieten. Wenn Bek auch mit Riesenschritten auf das Mannesalter zuging, war er doch noch ein kleiner, drahtiger Junge, der seiner Größe gemäß allerdings Beweglichkeit und Geschwindigkeit sowie eine überraschende Kraft aufwies. Quentin, der fünf Jahre älter war und bereits als Erwachsener betrachtet wurde, erzählte anderen stets, sie sollten sich nicht täuschen lassen: Bek sei wesentlich zäher, als sein Aussehen vermuten ließ. Ginge es hart auf hart, darauf beharrte der Hochländer, würde er sich Bek Rowe an seiner Seite wünschen. Das war natürlich eine Übertreibung, aber Bek freute sich dennoch darüber. Vor allem, da sie von seinem Vetter stammte, denn niemand würde im Ernst daran denken, Quentin Leah der Lüge zu bezichtigen.

Bek legte einen Pfeil an die Lehne des Bogens und schlich weiter voran. Inzwischen war er nahe genug und konnte den Keiler riechen, was nicht unbedingt angenehm war, doch wahrscheinlich würde er bald zum Schuss kommen. Er schlich nach rechts, folgte den Geräuschen des Wildschweins und fragte sich, ob Quentin sich noch auf dem bewaldeten Hang aufhielt oder sich dem Tier bereits von hinten näherte. Die Schatten der Bäume in Beks Rücken reckten sich wie verlängerte Finger bis in die Lichtung hinein, während der Tag dem Ende zuging. Eine borstige dunkle Gestalt brach durch das Gras vor ihm, dann kam der Keiler in Sicht, und Bek erstarrte sofort. Langsam hob er den Bogen höher und zog die Sehne zurück.

Aber im nächsten Moment glitt ein riesiger Schatten über die Lichtung. Der Keiler erschrak, quiekte wild wie ein Ferkel und ergriff panikartig die Flucht. Bek richtete sich auf und hielt Ausschau, sah jedoch nur noch den Rücken des Schweins, das zunächst im Dickicht und anschließend im Wald dahinter verschwand. Sekunden später war die Lichtung wieder leer und still.

»Schatten!«, murmelte Bek, senkte den Bogen und fuhr sich durch das kurz geschorene Haar. Er stand auf und blickte über die leere Lichtung hinüber zum Wald. »Quentin?«

Der große Hochländer trat zwischen den Bäumen hervor. »Hast du es gesehen?«

»Ich habe einen Blick auf seinen Hintern erhascht, nachdem der Schatten das Schwein aufgescheucht hat. Hast du erkannt, was das für ein Schatten war?«

Quentin hatte inzwischen die Lichtung erreicht und stiefelte durch das hohe Gras. »Irgendeine Art Vogel, oder?«

»Hier in der Gegend gibt es keine so großen Vögel.« Bek beobachtete ihn beim Näherkommen und suchte kurz den leeren Himmel ab. Er schulterte den Bogen und schob den Pfeil zurück in den Köcher. »Vögel von dieser Größe leben an der Küste.«

»Möglicherweise hat er sich verirrt.« Quentin zuckte gleichgültig mit den Achseln. Er rutschte in einer Schlammlache aus und murmelte einige ausgewählte Worte vor sich hin, während er sich wieder aufrichtete. »Vielleicht sollten wir lieber Moorhühner jagen.«

Bek lachte. »Am besten jagen wir Regenwürmer und halten uns ans Fischen.«

Quentin erreichte ihn, breitete die Arme aus und ließ Pfeile und Bogen voller Abscheu fallen. »Ein ganzer Tag, und was können wir vorweisen? Eine leere Wiese. Man sollte meinen, wir hätten wenigstens einmal zum Schuss kommen können. Dieser Keiler hat genug Lärm gemacht, um Tote zu wecken. Bei der Katze, er war wirklich leicht zu finden!«

Dann grinste er fröhlich. »Zumindest haben wir noch dieses Moorhuhn von gestern, damit der Bauch nicht leer bleibt, und einen Schlauch mit kaltem Bier, um den verletzten Stolz zu lindern. Das ist das Schönste am Jagen, Bek. Das Essen und Trinken am Ende des Tages!«

Bek lächelte daraufhin, und nachdem Quentin seine Waffen wieder aufgehoben hatte, eilten sie gemeinsam auf ihr Lager zu. Quentin war groß und hatte breite Schultern, er trug sein rotes Haar lang und hatte es nach Art der Hochländer zu einem Zopf geflochten. Bek, sein Cousin aus dem Tiefland, hatte sich nie an den Stil des Hochlands angepasst, obwohl er den größten Teil seines Lebens bei Quentin und seiner Familie verbracht hatte. Dass seine Herkunft im

Dunkeln lag, hatte einen starken Drang nach Unabhängigkeit in ihm wachgerufen. Vielleicht wusste er nicht, wer er war, dafür wusste er jedoch sehr gut, wer er nicht war.

Sein Vater war ein entfernter Vetter von Coran Leah gewesen, Quentins Vater, doch er hatte im Land am Silberfluss gelebt. Bek konnte sich nur noch an eine schattenhafte Gestalt mit kräftigem, dunklem Gesicht erinnern, denn er war bereits gestorben, als Bek erst zwei Jahre alt war. Er hatte an einer tödlichen Krankheit gelitten und Bek zu seinem Cousin Coran gebracht, da er um seinen bevorstehenden Tod wusste. Sonst hätte er sich an niemanden wenden können. Beks Mutter war verschwunden, Geschwister gab es nicht, auch keine Tanten und Onkel, jedenfalls keine, die ihm näher standen als Coran. Viele Jahre später hatte Coran Leah Bek erzählt, dass sein Vater ihm einst einen großen Gefallen erwiesen habe, und aus diesem Grund habe er Bek sofort bei sich aufgenommen.

Dementsprechend war Bek als Hochländer aufgewachsen, obwohl er kein echter war und auch niemals gedrängt wurde, diese Denkweise anzunehmen. Quentin erklärte ihm, das sei die richtige Einstellung. Warum sollte man versuchen, etwas zu sein, das man nicht war? Wenn man vorgab, irgendetwas zu sein, dann etwas, was niemand anderer war. Diese Idee gefiel Bek, und doch hatte er keine Ahnung, was er sonst sein sollte. Früher oder später, so malte er sich aus, wahrscheinlich genau dann, wenn es darauf ankam, dass er entschlossen handelte, würde er es schon herausfinden.

»Ich bin vollkommen ausgehungert«, verkündete Quentin, während sie den steilen Waldhang hinuntergingen. »Hungrig genug, um einen ganzen Keiler allein zu essen, sollte mir zufällig einer tot vor die Füße fallen!«

Sein breites, kräftiges Gesicht wirkte fröhlich und offen und spiegelte seine Persönlichkeit. Bei Quentin Leah wusste man immer, woran man war. Es gab keine Geheimnisse, keine Verstellung, keine Arglist. Quentin gehörte zu den Menschen, die direkt auf andere zugingen, ihre Gedanken offen aussprachen und ihren Gefühlen freien Lauf ließen. Bek dagegen neigte dazu, mit Worten und Gefühlsbezeugungen sparsamer umzugehen, denn zum Teil betrachtete er sich stets als Außenseiter und ließ daher gern eine gewisse Vorsicht walten.

»Bist du dir sicher mit dem Vogel?«, fragte Bek Quentin und dachte an den riesigen Schatten zurück, der ihm noch immer ein Rätsel war.

Quentin zuckte mit den Schultern. »Ich habe kaum einen Blick darauf erhascht und bin mir nicht sicher. Wie du schon gesagt hast, er sah aus wie einer dieser großen Vögel von der Küste, schwarz, schlank und wild.« Nachdenklich hielt er inne. »Eines Tages möchte ich einmal auf einem reiten.«

Bek schnaubte. »Du möchtest eine Menge Dinge tun. Am liebsten alles, wenn du könntest.«

Quentin nickte. »Stimmt. Aber manches lieber. Und dazu gehört ein solcher Ritt.«

»Ich wünsche mir nur einen Schuss auf diesen Keiler.« Bek schob einen Ast zur Seite. »Nur zwei Sekunden mehr ...«

»Vergiss den Keiler!« Sein Cousin packte spielerisch seine Schultern. »Morgen gehen wir wieder auf die Jagd. Früher oder später erlegen wir ein Wildschwein. Wie könnte uns dieser Erfolg versagt bleiben?«

Ganz einfach, wollte Bek antworten, denn Wildschweine sind schnell, behände und stark, und vor allem können sie sich besser verstecken, als wir sie aufspüren. Doch er ließ die Angelegenheit auf sich beruhen, denn Tatsache war schließlich, wenn sie den Keiler heute erlegt hätten, hätte sich die Frage gestellt, was sie den Rest der Woche getan hätten. Und was Quentin da eingefallen wäre, darüber wollte Bek nicht einmal nachdenken.

Die Schatten verdüsterten den Wald noch mehr als schon am Tage, und rasch schwand das Licht, während die Sonne hinter dem Horizont verschwand und still die Nacht herankroch. Schlangenförmige Nebelschwaden zogen bereits durch Täler und Schluchten, jene dunkleren, kühleren Zufluchten, in denen die Sonne länger abwesend war und somit mehr Feuchtigkeit erhalten blieb. Grillen begannen zu zirpen, Nachtvögel stießen ihre Schreie aus. Bek zog den Kopf ein, weil vom Rappahalladran eine frostige Brise heraufzog. Vielleicht würde er vorschlagen, morgen zu angeln, einfach nur zur Abwechslung. Das war zwar nicht so aufregend wie die Wildschweinjagd, dafür waren die Erfolgsaussichten besser.

Außerdem, dachte er, könnte er dabei in der Nachmittagssonne ein wenig dösen. Er würde träumen und in der Fantasie kleine Reisen unternehmen. Dann konnte man ein wenig über die Zukunft nachdenken, was keine schlechte Idee war, da er sich diese noch gar nicht recht vorstellen konnte.

»Da ist er wieder«, verkündete Quentin fast beiläufig und zeigte zwischen den Bäumen hindurch nach vorn.

Bek sah auf, und obwohl er scharfe Augen hatte, erkannte er nichts. »*Was* ist da?«, fragte er.

»Der Vogel, der über die Wiese geflogen ist. Ein Rock – so heißen sie. Einen Augenblick kam er hinter dem Kamm hervor, dann ist er wieder verschwunden.«

»Rocks fliegen nicht so weit ins Binnenland«, erwiderte Bek. Nicht, solange sie keinen Flugreiter haben, fügte er in Gedanken hinzu. Aber was sollte ein Flugreiter hier draußen wollen? »Das Zwielicht täuscht deine Augen.«

Quentin schien ihn gar nicht zu hören. »So dicht an unserem Lager, Bek. Hoffentlich raubt er nicht unsere Vorräte.«

Sie eilten den Hang hinunter, durchquerten das Tal darunter und stiegen zur Spitze des nächsten Hügels hinauf, auf dem sich ihr Lager befand. Währenddessen unterhielten sie sich nicht mehr, sondern konzentrierten sich auf den Aufstieg und suchten die düsteren Schatten sorgsamer ab. Die Sonne war längst untergegangen, und im Dämmerlicht des Waldes täuschten vielfältige Bewegungen das Auge. Die für das Ende des Tages typische Stille hatte sich über der Welt ausgebreitet und erweckte den Eindruck, alle Lebewesen würden nur darauf warten, wer den ersten Laut von sich gab. Obwohl Bek und sein Cousin sich dessen nicht bewusst waren, gingen sie plötzlich leiser.

Wenn in den Hochlandwäldern die Dunkelheit einbricht, wird es richtig düster, insbesondere, wenn wie an diesem Abend der Mond noch nicht aufgegangen ist und nur die Sterne Licht spenden. Bek stellte fest, wie ihm aus unerklärlichen Gründen plötzlich unbehaglich zumute war, und seine Instinkte beschworen ihn, dass etwas nicht stimmte, obwohl er den Grund nicht erkennen konnte. Das Lager erreichten sie ohne Zwischenfall, allerdings blieben sie am Rand der Lichtung wie ein Mann stehen und schauten sich still um.

Nach einem Augenblick berührte Quentin seinen Vetter an der Schulter und zuckte mit den Achseln. Nichts erregte Verdacht. Bek nickte. Sie betraten die Lichtung, gingen zu ihren Vorräten, die sie an einen Ast gehängt hatten, und fanden sie unversehrt vor. Daraufhin überprüften sie ihre Zeltausrüstung, die sie zwischen den breiten Wurzeln eines Ahorns verstaut hatten, und auch hier war alles in Ordnung. Sie zogen das zusammengerollte Bettzeug hervor und legten es neben die kalte Feuerstelle, eine Grube, die sie vor zwei Tagen ausgehoben hatten. Danach lösten sie das Seil, mit dem ihr Proviant gesichert war, und ließen ihn herunter. Quentin sortierte verschiedene Lebensmittel und Zutaten zum Kochen. Bek holte Zunder hervor und schlug eine Flamme an dem Holz, das sie morgens bereits aufgeschichtet hatten.

Irgendwo in der Finsternis schrie ein Nachtvogel auf der Suche nach Beute oder einem Partner. Bek blickte auf und starrte abermals in die Schatten, bevor er das Feuer anzündete. Nachdem das Holz brannte, ging er zum Rand der Lichtung und sammelte weitere Äste.

Als er sich aufrichtete, stand er einem Fremden in schwarzem Mantel gegenüber. Der Mann war kaum einen Meter entfernt, genau vor ihm, und Bek hatte sein Näherkommen nicht gehört. Der Junge erstarrte, und das Herz schlug ihm bis zum Hals. Sein Kopf verlangte brüllend alle möglichen Arten von Reaktionen, doch er konnte sich zu keiner durchringen.

»Bek Rowe?«, fragte der Fremde leise.

Bek nickte wortlos. Die Kapuze des Fremden verhüllte das Gesicht, aber die tiefe, raue Stimme flößte Vertrauen ein. Beks Panik ließ einen Hauch nach.

Irgendwie hatte auch Quentin Leah die unerwartete Begegnung bemerkt. Er trat aus dem Lichtkreis des Feuers und spähte in die Dunkelheit, wo Bek und der Fremde einander gegenüber standen. »Bek? Alles in Ordnung?« Er näherte sich. »Wer ist da?«

»Quentin Leah?«, fragte der Fremde ihn.

Der Hochländer trat vor und ergriff dabei das lange Messer an seiner Hüfte. »Wer bist du?«

Der Fremde wartete, bis der Hochländer neben Bek stand. »Ich heiße Walker«, antwortete er. »Kennt ihr mich?«

»Der Druide?« Quentin hielt den Griff seines Messers weiterhin fest.

»Eben der.« Sein bärtiges Gesicht kam zum Vorschein, als er die Kapuze zurückzog. »Ich bin hier, weil ich euch um einen Gefallen bitten möchte.«

»Um einen Gefallen?« Quentin verhehlte seine Skepsis nicht und legte die Stirn in Falten. »Uns?«

»Nun, eigentlich nur dich, aber wenn Bek schon hier ist, kann ich auch gleich euch beide fragen.« Er blickte an ihnen vorbei zum Feuer. »Können wir uns nicht setzen, während wir uns unterhalten? Und habt ihr etwas zu essen? Ich habe heute einen langen Weg hinter mich gebracht.«

Als wären sie zu einem Waffenstillstand gelangt, verließen sie die Dunkelheit, betraten das Licht und setzten sich um das Feuer. Bek betrachtete den Druiden aufmerksam und versuchte ihn einzuschätzen. Körperlich war er Furcht einflößend, groß und dunkel, mit langem schwarzem Haar und schmalem, eckigem Gesicht, das von Sonne und Wetter gezeichnet war. Er wirkte weder alt noch jung. Sein rechter Arm war unterhalb des Ellbogens abgetrennt, sodass nur ein Stumpf geblieben war. Trotzdem strahlte er Macht und Selbstbewusstsein aus, und seine seltsamen Augen drückten eine unverkennbare Warnung aus, bei der Wahrheit zu bleiben. Obwohl er sagte, er sei gekommen, um sie zu finden, schien ihn das jetzt, nachdem es so weit war, nicht mehr besonders zu interessieren. Sein Blick schweifte ständig in die Dunkelheit jenseits des Feuers, als würde er nach etwas Ausschau halten.

Und somit war es seine Geschichte, die Bek mehr faszinierte als seine Erscheinung, und der Junge erwischte sich dabei, wie er in seiner Erinnerung nach den wenigen Dingen suchte, die er über ihn wusste. Der Druide lebte im alten Paranor mit den Geistern seiner Vorfahren und Gefährten, die bereits lange tot waren. Den Gerüchten zufolge war er Allanons Nachfolger und direkter Abkömmling. Es hieß, schon zu Zeiten von Quentins Urgroßvater Morgan Leah und der berühmtesten aller Elfenköniginnen, Wren Elessedil, habe er gelebt und im Krieg gegen die Schattenwesen gekämpft. Falls dies stimmte, musste der Druide über hundertdreißig Jahre alt sein. Niemand aus diesen Zeiten lebte sonst noch, und es wirkte eigenartig und rief eine Gänsehaut hervor, dass dem Druiden gelungen war, was kein gewöhnlicher Mann zustande brachte.

Bek wusste viel über Druiden. Er hatte sich mit ihnen beschäftigt, weil zwischen ihnen und der Familie Leah eine lang währende Verbindung bestand. Bei fast jeder großen Unternehmung der Druiden seit der Zeit des Dämonenlords war ein Leah beteiligt gewesen. Die meisten Leute fürchteten sich vor den Druiden und ihrem magischen Erbe, doch die Hochländer waren stets ihre Fürsprecher. Ohne die Druiden, so glaubten sie, würden die Menschen ein ganz anderes Leben führen, und zwar zu einem Preis, den vermutlich niemand zu zahlen bereit war.

»Du sagst, heute hättest du schon einen weiten Weg zurückgelegt?« Quentin brach das Schweigen. »Woher kommst du?«

Walkers Blick schweifte hin und her. »Ursprünglich von den Drachenzähnen. Dann von Leah.«

»Also war das dein Rock«, platzte Bek heraus und konnte plötzlich wieder sprechen.

Jetzt sah Walker ihn an. »Nicht meiner. Obsidian gehört einem Flugreiter namens Hunter Predd. Er sollte in Kürze hier sein. Zuerst versorgt er seinen Vogel.« Er zögerte. »Habt ihr uns gesehen?«

»Im Prinzip nur euren Schatten«, antwortete Quentin, während er geräucherten Fisch in Streifen schnitt und in die Pfanne legte. Zuvor hatte er ihn mit Mehl und Gewürzen bestreut und ein wenig Bier hinzugefügt. »Wir haben Wildschweine gejagt.«

Der Druide nickte. »Das hat mir dein Vater erzählt.«

Quentin blickte rasch auf. »Mein Vater?«

Walker streckte die Beine aus und stützte sich auf den gesunden Arm, als er sich zurücklehnte. »Wir kennen uns. Sagt mal, habt ihr Glück auf der Jagd gehabt?«

Quentin wandte sich wieder dem Fisch zu und schüttelte den Kopf. »Nein, ihr habt das Schwein verscheucht. Oder besser, der Schatten des Rocks.«

»Oh, das tut mir Leid. Auf der anderen Seite war es wichtiger, euch hier zu treffen, als euch diesen Keiler zu gönnen.«

Bek starrte ihn an. Hieß das etwa, er hatte den Keiler absichtlich vertrieben? War der Rock nicht zufällig dort entlang gekommen? Er sah schnell zu Quentin, um die Reaktion seines Cousins zu beobachten, doch der hatte seine Aufmerksamkeit auf Schritte gerichtet, die sich näherten.

»Ach, da ist ja unser Freund, der Flugreiter«, erklärte Walker und erhob sich.

Hunter Predd trat in den Feuerschein, ein schlanker, drahtiger Elf mit knochigen Händen und scharfen Augen. Er nickte dem Hochländer und seinem Vetter zu, als sie vorgestellt wurden, und nahm gegenüber dem Druiden Platz. Walker sprach ein paar Minuten über Flugreiter und Rocks und erläuterte ihre Bedeutung für die Elfen des Westlandes, dann fragte er Quentin nach Neuigkeiten in seiner Familie. Das Gespräch dauerte fort, während der Hochländer den Fisch zubereitete, Brot röstete und ein wenig Gemüse dünstete. Unterdessen beobachtete Bek Walker sorgsam und fragte sich, weshalb dieses Treffen wohl stattfand und welche Art Gefallen der Druide von ihnen wollte, woher er Coran Leah kannte und was er mit einem Flugreiter anstellte.

Doch bevor Walker Bek die Antworten auf diese Fragen lieferte, mussten sie zunächst ihr Essen mit kaltem Bachwasser herunterspülen und das Geschirr spülen.

»Ich möchte, dass ihr mich auf eine Reise begleitet«, erklärte der Druide und nippte an dem Bier, das Quentin ihm eingeschenkt hatte. »Beide. Es wird eine lange und gefährliche Reise. Möglicherweise vergehen Monate bis zu unserer Rückkehr, vielleicht dauert es sogar wesentlich länger. Wir müssen die Blaue Spalte überqueren und in ein Land vorstoßen, welches niemand von uns je betreten hat. Dort werden wir einen Schatz suchen. Wir haben eine Karte und außerdem Anweisungen, was wir tun müssen, um diesen Schatz zu finden. Doch jagt noch jemand diesem Schatz hinterher, und dieser Jemand, eine Sie, ist sehr gefährlich und wird alles tun, um uns daran zu hindern, die Ersten zu sein.«

Diese Erklärung lieferte er eher beiläufig; sie hätten genauso gut über eine Floßfahrt auf dem Rappahalladran sprechen können. Bek Rowe hatte das Hochland noch nie verlassen, und jetzt tauchte plötzlich jemand auf, der mit ihm um die halbe Welt reisen wollte. Er mochte seinen Ohren kaum trauen.

Hunter Predd antwortete als Erster. »Eine Sie?«, fragte er neugierig.

Walker nickte. »Unsere Gegnerin ist eine mächtige Zauberin, die sich Ilse-Hexe nennt. Sie ist der Schützling eines Hexenmeisters namens Morgawr. Die Namen entstammen einer Sprache, die in der Welt der Feenwesen benutzt wurde und zum größten Teil verloren gegangen ist. Ihrer bedeutet ›Sänger‹. Seiner heißt ›Gespenst‹ oder etwas Ähnliches. Sie wohnen im Wildewald, und nur selten wagen sie sich weit heraus. Wie die Ilse-Hexe von der Karte und unserer Reise erfahren hat, weiß ich nicht. Dennoch ist sie für den Tod von mindestens zwei Menschen verantwortlich.« Er hielt kurz inne. »Kennt ihr sie?«

Bek und Quentin sahen sich verdutzt an, doch der Flugreiter nickte voller Abscheu. »Gut genug, um mich von ihr fern zu halten.«

»Diese Möglichkeit bietet sich uns jedoch nicht.« Walker beugte sich vor. »Einer der Toten ist Allardon Elessedil, der Elfenkönig. Wenn die Ilse-Hexe bereit war, ihn umzubringen, um uns von der Suche nach dem Schatz abzuhalten, wird sie gewiss nicht zögern, auch uns zu töten. Gewarnt zu sein ist die beste Rüstung, will ich meinen.«

Sein Blick suchte Quentin und Bek. »Der andere Tote ist der vorherige Besitzer der Karte, ein Schiffbrüchiger, der vor einer Woche in der Blauen Spalte gefunden wurde. Die Jagd, die ich vorschlage, beginnt mit ihm. Er könnte Allardon Elessedils Bruder Kael gewesen sein, und wenn nicht, so gehörte er wahrscheinlich zumindest zu der Gruppe von Elfen, die vor dreißig Jahren eine ähnliche Expedition unternommen haben. Sie sind alle verschwunden und wurden niemals gefunden. Die Karte, die unser Schiffbrüchiger bei sich trug, lässt den Eindruck entstehen, dass sie etwas von großer Bedeutung entdeckt haben. An uns ist es nun, herauszufinden, worum es sich dabei handelt.«

»Demnach beabsichtigst du, über die Blaue Spalte zu segeln und nach diesem Schatz zu suchen?«, fragte Quentin vorsichtig.

»Nicht zu segeln, Hochländer«, entgegnete der Druide. »Ich will fliegen.«

Einen Augenblick lang herrschte Schweigen. Das Holz in der Feuergrube knackte laut. »Auf Rocks?«, erkundigte sich Quentin weiter.

»Auf einem Luftschiff.«

Wieder trat Stille ein. Sogar Hunter Predd war verblüfft. »Aber warum sollen wir dann mitkommen?«, fragte Bek schließlich.

»Aus verschiedenen Gründen.« Walker starrte den Jungen mit seinen dunklen Augen an. »Schenkt mir einen Moment eurer Aufmerksamkeit. Außer euch dreien habe ich das Folgende noch niemandem anvertraut. Das meiste habe ich erst vor kurzem entschieden, und noch immer versuche ich, verschiedene Dinge zu entschlüsseln. Ich brauche jemanden, mit dem ich über meine Gedanken reden kann, jemanden, dem ich vertrauen darf. Außerdem jemanden mit scharfem Verstand und dem richtigen Willen, den benötigten Fähigkeiten und vor allem Mut. Hunter Predd ist so jemand. Dich und deinen Vetter darf ich, denke ich, ebenfalls dazuzählen.«

Bek spürte, wie er plötzlich vor Aufregung fast platzte. Er beugte sich erwartungsvoll zu dem Druiden vor.

»Hunters Nutzen ist offensichtlich«, fuhr Walker fort. »Er ist ein erfahrener Veteran der Lüfte, und ich beabsichtige, eine kleine Anzahl Flugreiter als Eskorte für unser Luftschiff mitzunehmen. Hunter wird sie anführen, wenn er diesen Posten akzeptiert. In diesem Fall muss er sich so weit auf sich selbst verlassen können, dass er meine Gedanken vorausahnen kann und so reagiert, wie es die Umstände und die Ereignisse verlangen.«

Weiterhin sah er Bek an. »Quentins Nutzen ist gleichfalls offensichtlich, obwohl er es selbst vermutlich noch nicht erkannt hat. Quentin ist ein Leah, der älteste Sohn seines Vaters und der Erbe einer mächtigen Magie. Außer ihm verfügt niemand, den ich anwerben könnte, über eine solche Magie. Einst hätten wir uns vielleicht auf die Elfensteine verlassen, aber jene, die sich im Besitz der Elfen befanden, gingen mit Kael Elessedil verloren. Die Ilse-Hexe wird sich Verbündete suchen können, die selbst Magie besitzen. Darüber hinaus werden wir während unserer Suche auch anderen Formen von Magie begegnen. Für einen allein wäre es schwierig, sich ihr zu stellen. Deshalb muss mich Quentin unterstützen.«

Der Hochländer starrte den Druiden an, als habe dieser den Verstand verloren. »Du meinst doch nicht dieses alte Schwert, das mein Vater mir vor einigen Jahren geschenkt hat, als ich ins Mannesalter kam? Dieses alte Relikt hat doch höchstens symbolischen Wert, mehr nicht! Das Schwert von Leah, welches seit Generationen weitergereicht wird und das schon mein Urgroßvater Morgan gegen die Föderation im Kampf für die Befreiung der Zwerge und gegen die Schattenwesen eingesetzt hat – jeder kennt diese Geschichte, aber … aber …«

Ihm schienen die Wörter auszugehen, und so schüttelte er nur ungläubig den Kopf und suchte bei Bek Unterstützung.

Aber Walker ergriff zuerst das Wort. »Du bist mit dieser Waffe vertraut, Quentin. Hast du sie bereits in den Händen gehalten? Als du sie aus der Scheide gezogen und betrachtet hast, muss dir ihr perfekter Zustand aufgefallen sein. Die Waffe ist Jahrhunderte alt. Wie erklärst du dir das, wenn nicht durch Magie?«

»Aber es kann sonst weiter nichts!«, rief Quentin verzweifelt.

»Hast du schon einmal die Magie beschworen und bist dabei gescheitert?«

Der Hochländer seufzte. »Ich komme mir dumm vor, das zuzugeben. Aber ich kannte die Geschichten und wollte lediglich prüfen, ob ein Fünkchen Wahrheit darin steckt. Ehrlich gesagt bewundere ich die Waffe. Ihre Ausgewogenheit und ihr Gewicht sind außergewöhnlich. Und sie sieht aus wie neu.« Er zögerte, und sein breites, offenes Gesicht zeigte eine Mischung aus Zweifel und vorsichtiger Erwartung. »Ist es wirklich magisch?«

Walker nickte. »Aber die Magie reagiert nicht auf Launen, sondern nur auf Not. Aus bloßer Neugier kann man sie nicht beschwören. Der Träger des Schwertes muss bedroht sein. Die Magie rührt von Allanon und den Schatten der Druiden her, die ihm im Leben vorausgegangen sind. Deren Magie würde niemals wild oder launisch werden. Das Schwert von Leah hat seinen Wert, Hochländer, aber das wirst du erst herausfinden, wenn dich dunkle Wesen bedrohen.«

Quentin Leah scharrte mit dem Fuß in der Erde. »Sollte ich dich begleiten, werde ich Gelegenheit bekommen, das herauszufinden, nicht?«

Der Druide starrte ihn lediglich an.

»Hab ich mir schon gedacht.« Quentin betrachtete einen Moment seinen Stiefel, dann sah er Bek an. »Ein richtiges Abenteuer, Vetter. Diese Herausforderung ist ein bisschen größer als eine Wildschweinjagd. Was hältst du davon?«

Zunächst antwortete Bek nicht. Er wusste einfach nicht, was er davon halten sollte. Quentin war vertrauensseliger und glaubte bereitwillig, was man ihm erzählte, vor allem, wenn es sich um etwas handelte, nach dem er sowieso suchte. Seit mehreren Jahren bat er um die Erlaubnis, sich den Freien im Kampf gegen die Föderation anschließen zu dürfen, doch sein Vater hatte es ihm stets untersagt. Quentins Pflichten lagen bei seiner Familie und seiner Heimat. Als ältester Sohn wurde von ihm erwartet, bei der Erziehung und Ausbildung seiner jüngeren Geschwister mitzuhelfen. Quentin wollte durch die gesamten Vier Länder reisen, um zu sehen, was es dort draußen gab. Bislang hatte man ihm hingegen kaum erlaubt, die Grenzen des Hochlands zu überschreiten.

Jetzt und aus heiterem Himmel bot sich ihm die Chance, das zu erleben, was man ihm so lange abgeschlagen hatte. Bek war genauso aufgeregt. Aber er zeigte nicht die gleiche Bereitschaft wie sein Cousin, sich kopfüber in das Abenteuer zu stürzen.

»Vermutlich wundert sich Bek, weshalb ich ihn gebeten habe, ebenfalls mitzukommen«, sagte Walker plötzlich und richtete den Blick erneut auf den Jungen.

Bek nickte. »Allerdings.«

»Dann will ich es dir erzählen.« Erneut beugte sich der Druide vor. »Dich brauche ich aus einem ganz anderen Grund als Hunter oder Quentin. Es hat damit zu tun, wer du bist und wie du denkst. Du hast bereits eine gesunde Portion Skepsis bewiesen, was meinen Bericht angeht. Das ist gut. So sollte es sein. Du überlegst dir eine Sache ganz genau, bevor du ihr Glauben schenkst. Dir gefällt Ausgeglichenheit. Für das, um was ich dich bitten möchte, ist eine solche Einstellung unentbehrlich. Ich brauche einen Kabinenstewart auf dieser Reise, Bek, jemanden, der sich überall aufhalten kann, ohne dass man ihm Fragen stellt, jemanden, dessen Gegenwart man kaum wahrnimmt, der jedoch alles sieht und hört. Du sollst für mich aufpassen, Dinge untersuchen, wenn es notwendig ist, und mir das berichten, was ich übersehen habe. Ich brauche sozusagen ein zweites Paar Hände und Augen. Ein Junge wie du besitzt die Intelligenz und die Instinkte, um zu wissen, wann und wie er mit diesen Händen und Augen an die Arbeit gehen muss.«

Bek runzelte die Stirn. »Du hast mich doch gerade erst kennen gelernt; wie kannst du dir also dieser Eigenschaften bei mir so sicher sein?«

Der Druide schürzte tadelnd die Lippen. »Das muss ich eben, Bek. Glaubst du, ich habe mich in dir getäuscht?«

»Möglicherweise. Und falls?«

Nun lächelte der Druide vorsichtig. »Sollen wir es herausfinden?«

Er blickte zur Seite. »Eine Sache noch«, fügte er an alle gewandt hinzu. »Wenn wir zu dieser Reise aufbrechen, werden wir vermutlich gewisse Erwartungen hegen, was den Charakter unserer Mitreisenden angeht. Im Laufe der Zeit werden sich diese Erwartungen verändern. Die Umstände und die Ereignisse beeinflussen uns alle auf eine Weise, die wir nicht vorhersehen können. Unsere Truppe wird fast vierzig Köpfe zählen. Gern würde ich glauben, dass alle durchhalten werden; allerdings ist das kaum anzunehmen. Manche werden ihr Können beweisen, andere dagegen werden versagen, wenn wir sie am dringendsten benötigen. Das liegt in der Natur der Sache. Die Ilse-Hexe wird weiterhin versuchen, unsere Abreise aufzuhalten; und wenn ihr das nicht gelingt, wird sie versuchen zu verhindern, dass wir unser Ziel erreichen. Deshalb müssen wir lernen, uns auf uns selbst und auf jene zu verlassen, denen wir vertrauen können. Damit liegt eine beachtliche Verantwortung auf unseren Schultern, doch in euch Drei habe ich großes Vertrauen.«

Er lehnte sich zurück, wobei seine Miene unergründlich war. »Also, seid ihr dabei? Kommt ihr mit?«

Hunter Predd sprach als Erster. »Ich war schon von Anfang an mit dabei, Walker. Ich denke, deshalb sollte ich auch bis zum Ende durchhalten. Was diese Sache mit der Verlässlichkeit und Vertrauenswürdigkeit betrifft, kann ich nur sagen: Ich werde mein Bestes geben. Eine Sache weiß ich jedoch – ich kann die Flugreiter finden, die du für diese Expedition benötigst.«

Walker nickte. »Um mehr kann ich dich nicht bitten.« Er betrachtete die beiden Cousins. »Und ihr?«

Rasch wechselten Quentin und Bek einen Blick. »Was meinst du, Bek?«, fragte Quentin. »Lass uns mitmachen. Fahren wir mit.«

Bek schüttelte den Kopf. »Ich weiß nicht. Dein Vater möchte das vielleicht nicht ...«

»Ich habe bereits mit ihm gesprochen«, unterbrach ihn Walker. »Er gibt seine Erlaubnis, wenn ihr mitkommen wollt. Euch beiden. Aber die Entscheidung liegt bei euch und ganz allein bei euch.«

In diesem Augenblick konnte Bek Rowe die Zukunft sehen, nach der er gesucht hatte, so klar, als hätte er sie schon längst erlebt. Dabei ging es nicht so sehr um die eigentlichen Ereignisse, die er erleben würde, um die Herausforderungen, die sich ihm stellten, oder um die Wesen und Orte, die er aufsuchte. Die konnte er sich vielleicht vorstellen, aber nicht wirklich greifen. Es waren die Veränderungen, denen er sich auf einer solchen Reise unterziehen würde, die er nun voraussah und die sowohl einschüchternd als auch beängstigend wirkten. Viele würden tief gehend und dauerhaft sein und sein Leben unumkehrbar beeinflussen. Bek fühlte diese Veränderungen, als wäre sie Schichten von Haut, von denen eine nach der anderen abgezogen wurde, um sein Wachstum zu demonstrieren. Auf einer derartigen Reise passierte so vieles, und niemand kehrte zurück und war noch immer der Gleiche – wobei sich Bek ehrlicherweise eingestand, dass einige sicherlich überhaupt nicht zurückkehren würden.

»Bek?«, drängte Quentin leise.

Er war aus dem Nichts hierher gekommen, ein Außenseiter, den man im Hochland duldete, ein Reisender, der aus einer anderen Familie und von einem anderen Ort stammte. Das Leben war schließlich eine Art Reise, und er konnte es hinter sich bringen, indem er auszog oder hier blieb. Quentin hatte diese Entscheidung stets leicht getroffen. Bek fiel sie schwerer, und trotzdem konnte er ihr nicht aus dem Weg gehen.

Er sah den Druiden an, der den Namen Walker trug, und nickte. »Also gut. Ich komme mit.«

Zehn

Auf dem Heimweg am nächsten Tag quälte sich Bek weiter mit seiner Entscheidung. Obwohl sie längst gefallen war, ging sie ihm immer noch durch den Kopf. Oberflächlich betrachtet hatte er die richtige getroffen. Schließlich standen Leben auf dem Spiel, und jemand musste die Verantwortung auf sich nehmen, nach dieser geheimnisvollen Magie zu suchen, und falls er am Ende mithelfen konnte, allen Völkern und Nationen der Vier Länder eine Magie zu verschaffen, die zu neuen Entwicklungen führte und die Bedürfnisse der Bewohner befriedigte – ein Ergebnis, dessen Möglichkeit Walker ihm immer wieder versichert hatte –, tat er dann nicht das Richtige?

Im Hinterkopf nagte jedoch eine leise Stimme an der Festigkeit seines Entschlusses. Der Druide, das fühlte er, hatte die Wahrheit gesprochen. Dennoch hielt sich Walker gleichzeitig sehr mit Informationen zurück, was eine Tradition der Mitglieder seines Ordens war, und aus diesem Grund war Bek überzeugt, dass er etwas verschwieg. Und zwar wahrscheinlich nicht nur eine nebensächliche Kleinigkeit. Bek spürte es in seiner Stimme und der Weise, wie er ihnen die Sache darstellte. Er wählte die Wörter so sorgsam. Suchte so bedächtig nach den zutreffenden Ausdrücken. Walker wusste mehr, als er preisgab, und Bek fürchtete, manche seiner Bedenken bezüglich der Auswirkungen einer Reise dieser Art auf sein und Quentins Leben hatten ihre Ursache in der Geheimniskrämerei des Druiden.

Allerdings gäbe es ein ganz anderes Problem, wenn er nicht mitginge. Quentin hatte sich vor Bek entschieden und würde sich dem Druiden vermutlich auch ohne ihn anschließen. Sein Vetter suchte schon lange nach einer Entschuldigung, Leah zu verlassen. Da sein Vater dieser besonderen Reise nun zugestimmt hatte – eine Entscheidung, die Bek in höchstem Maße überraschte –, war für Quentin das letzte Hindernis aus dem Weg geräumt. Quentin war für ihn wie ein Bruder. Meistens fühlte sich Bek wie sein Beschützer, obwohl Quentin der Ältere war und die Dinge gewiss genau andersherum betrachtete. Wie auch immer, Bek hatte seinen Vetter sehr gern und bewunderte ihn. Deshalb konnte er nicht hier bleiben, wenn Quentin ging.

Das alles war schön und gut, und trotzdem schwächte es seine Bedenken nicht ab. Weil er dagegen jedoch nichts unternehmen konnte, verscheuchte er die Angelegenheit auf dem Weg nach Hause erst einmal aus seinen Gedanken. Den ganzen Tag marschierten sie in stetigem Tempo dahin, durchquerten das Hochland, schlugen sich durch tiefen Wald, Unterholz und Wildnis, passierten blühende Wiesen, Bäche und kleine Flüsse, neblige Täler und grüne Hügel. Sie verließen die Gegend wesentlich schneller, als sie hergekommen waren, da sie rasch nach Hause wollten, damit sie bald die Vorbereitungen für den erneuten Aufbruch treffen konnten.

Was für Bek abermals eine Hürde darstellte. Walker hatte sie gebeten, ihn auf einer Reise zu begleiten, und im nächsten Moment verschwand er mit unbekanntem Ziel. Er hatte nicht gewartet, bis sie sich ihm anschlossen, oder ihnen angeboten, sie mitzunehmen. Nicht einmal den Zeitpunkt, wann sie sich wieder sehen würden, hatte er ihnen genannt.

»Ich möchte, dass ihr morgen nach Leah zurückkehrt«, hatte er ihnen gesagt, kurz bevor sie sich in ihre Decken rollten und in einen unruhigen Schlaf versanken. »Sprecht mit eurem Vater. Vergewissert euch, dass er tatsächlich seine Erlaubnis gegeben hat. Dann packt eure Ausrüstung zusammen – vergiss das Schwert nicht, Quentin –, sattelt zwei kräftige Pferde und reitet nach Osten.«

Osten! Um der Katze willen, Osten! War das nicht die falsche Richtung?, hatte Bek sofort gefragt. Lebten die Elfen nicht im Westen? Führte sie nicht dahin auch die auf der Karte eingezeichnete Route?

Aber der Druide lächelte nur und wiederholte, sie müssten zuerst nach Osten ziehen, ehe sie nach Arborlon reisten. Dort würden sie einen kleinen Botengang für ihn erledigen, für den ihm selbst keine Zeit blieb. Vielleicht erhielte Quentin dabei sogar Gelegenheit, die Magie seiner Klinge auszuprobieren. Bek würde möglicherweise die Fähigkeiten seiner Intuition testen können. Und außerdem würden sie unter Umständen jemanden kennen lernen, auf den sie sich in den vor ihnen liegenden Tagen verlassen mussten.

Nun, viel konnten sie darauf nicht erwidern, daher hatten sie der Bitte zugestimmt. Genau so, als hätte Walker das schon vorher gewusst, dachte Bek. Tatsächlich spürte er, dass Walker eine Bitte immer so formulierte, dass man sie ihm niemals abschlug. Wenn Walker redete, das fiel Bek auf, pflichtete er dem Druiden oft schon bei, ehe der überhaupt zu Ende gesprochen hatte. Seine Stimme war zwingend genug, um den Wunsch zu wecken, sich zu fügen.

Der Einfluss der Magie, nahm er an. War das nicht ein Teil der Druidengeschichte? Und fürchteten sich die Menschen nicht aus diesem Grunde vor ihnen?

»Dieser Mann, den wir aufsuchen sollen«, sagte er plötzlich und blickte Quentin an. Die Hälfte des langen Heimwegs hatten sie bereits hinter sich gebracht.

»Truls Rohk«, antwortete sein Cousin.

Bek schob seinen schweren Rucksack zurecht. »Truls Rohk. Was ist denn das für ein Name? Wer ist das? Walker hat uns nicht einmal erzählt, wie er aussieht. Beunruhigt dich das nicht?«

»Er hat uns erklärt, wie wir ihn finden. Ganz genau hat er uns beschrieben, wohin wir gehen sollen und auf welche Weise wir dorthin gelangen. Er hat uns die Nachricht gegeben, die wir überbringen sollen, und die Worte genannt, die wir zu sprechen haben. Das ist doch alles, was wir brauchen, um diese Aufgabe zu erledigen, nicht wahr?«

»Ich weiß nicht. Ich weiß nicht, was wir brauchen, weil ich nicht weiß, was für eine Aufgabe wir da übernommen haben.« Bek schüttelte zweifelnd den Kopf. »Wir haben uns fürchterlich unüberlegt in dieses Abenteuer gestürzt, Quentin. Was wissen wir eigentlich über Walker oder die Druiden, über diese Karte oder über irgendetwas?

Gerade genug, damit wir losmarschieren, um die andere Seite der Welt zu bereisen. Hältst du das für besonders klug?«

Quentin zuckte mit den Schultern. »Aus meiner Sicht bietet sich uns eine wunderbare Gelegenheit für eine Reise, auf der wir etwas von der Welt sehen und vor allem einmal die Grenzen von Leah hinter uns lassen können. Wie oft bekommt man eine solche Chance? Und Vater hat sogar seine Erlaubnis gegeben. Das reinste Wunder!«

Bek schnaubte. »Die reinste Erpressung – das passt eher.«

»Nicht bei Vater.« Quentin schüttelte den Kopf. »Der würde eher sterben, als sich erpressen zu lassen. Das dürfte dir doch auch klar sein.«

Widerwillig nickte Bek.

»Nehmen wir die Chance also lieber wahr anstatt sie auszuschlagen. Schauen wir uns an, wie die Welt aussieht. Wenn wir es uns anders überlegen, können wir immer noch aufgeben.«

»Nicht mehr, wenn wir irgendwo draußen über der Blauen Spalte fliegen.«

»Du machst dir zu viele Sorgen.«

»Bestimmt. Und du dir zu wenig.«

Quentin grinste. »Wohl wahr. Aber ich bin mit meinen wenigen Sorgen glücklicher als du mit deinen übertrieben vielen.«

So war Quentin eben: Er verschwendete niemals einen Gedanken daran, was geschehen könnte, sondern lebte lieber im Augenblick. Mit jemandem, der ständig so glücklich war, konnte man sich schlecht streiten, und glücklich war Quentin durch und durch. Er brauchte nur einen sonnigen Tag und die Gelegenheit zu einer Zehn-Meilen-Wanderung, und schon war er zufrieden. Was machte es da schon aus, dass ein Gewittersturm im Anzug war oder Gnomenjäger durch die Gegend streiften. Aus Quentins Sicht geschahen die schlechten Dinge meist dann, wenn man zu viel über sie nachdachte.

Bek ließ die Angelegenheit für den Rest des Heimwegs auf sich beruhen. Er wollte Quentin nicht beeinflussen. Außerdem hatte sein Vetter Recht – er sollte den Dingen die Chance geben, sich ein wenig zu entwickeln, und dann schauen, in welche Richtung es ging.

Die Sonne war gesunken, und der blaugrüne Dunst des Zwielichts zog langsam über das Hochland heran, als die Stadt Leah endlich in Sicht kam. Sie verließen den Wald und folgten einem langen, sanften Hang hinunter zu dem Hochplateau, auf dem die Stadt oberhalb der Tiefebene stand. An das Zentrum von Leah schlossen sich eine Reihe ausgedehnter Anwesen, Bauernhöfe und Genossenschaften an, die sich im Besitz der Bürgerschaft befanden und von dieser geleitet wurden. Zu Allanons Zeiten war Leah eine Monarchie gewesen, und zahlreiche Mitglieder der Familie Leah hatten in ununterbrochener Folge neunhundert Jahre lang regiert. Am Ende hatte sich das Königtum aufgelöst, und das Hochland war unter die Herrschaft der Föderation gefallen. Erst vor fünfzig Jahren hatte sich die Föderation in die Städte hinter der prekkendorranischen Höhe zurückgezogen, und ein Ältestenrat hatte die Regierung übernommen. Coran Leah, der ein Mitglied einer der berühmtesten und bestangesehenen Familien im Hochland war, hatte einen Sitz in diesem Rat erhalten und war erst kürzlich zum Ersten Minister gewählt worden. Diese Position hatte er nur widerwillig angenommen, doch arbeitete er nichtsdestotrotz hart, da er das Vertrauen rechtfertigen wollte, welches die Leute in ihn gesetzt hatten.

In Quentins Augen war diese ganze Regiererei eine Sache für alte Männer. Leah war ein Tropfen im Ozean, so betrachtete er es jedenfalls. Dort draußen in der weiten Welt geschah so vieles, und die Ereignisse in Leah hatten nicht den geringsten Einfluss darauf. Ganze Nationen hatten noch nie vom Hochland gehört. Wenn er in der Zukunft der Vier Länder eine Spur hinterlassen wollte und möglicherweise sogar in den Ländern, die dahinter lagen, musste er die Heimat verlassen und hinaus in die Welt ziehen. Darüber hatte er mit Bek geredet, bis sein Vetter beinahe zu schreien angefangen hätte. Bek gefiel dieser Gedanke nicht. Ihn interessierte der Rest der Welt herzlich wenig. Bek war ziemlich zufrieden damit, wenn er dort bleiben konnte, wo er gerade war. Er betrachtete Quentins unerbittliche Suche nach einem Weg, der aus Leah herausführte, als eine zwanghafte Vorstellung, die gleichermaßen gefährlich und falsch war. Trotzdem, so musste er zugeben, hatte Quentin wenigstens einen Plan für sein Leben, womit er mehr vorweisen konnte als Bek.

Sie schritten durch das Ackerland, über Pferde- und Viehweiden, an Anwesen und Herrenhäusern vorbei, bis sie die Außenbezirke der eigentlichen Stadt erreichten. Das Haus der Leahs befand sich an der gleichen Stelle, an der einst der Palast gestanden hatte, von dem aus die Familie das Hochland regiert hatte. Der Palast war während der Besatzungszeit zerstört worden – niedergebrannt, so hieß es, von Morgan Leah persönlich, aus Protest gegen die Besatzer. Auf jeden Fall hatte Corans Vater ihn durch ein zweigeschossiges Haus ersetzt, wie es der Bautradition der Gegend entsprach: ein wunderbar gestaltetes Dachgesims und viele Mansardenfenster, lange Dachreihen und tiefe Alkoven, Fensterläden und Kamine aus Stein. Die alten Bäume blieben stehen, Blumengärten erblühten vorn und hinten, rankenüberwucherte Lauben wölbten sich über mit Bruchstein gepflasterte Wege, die vom Vorder- und Hintereingang zu den jeweiligen Straßen führten.

In den Fenstern und entlang der Wege brannten bereits Lichter. Sie vermittelten eine warme und freundliche Atmosphäre, und während die beiden auf das Haus zugingen, ertappte sich Bek bei dem Gedanken, wie lang er diese Gastfreundlichkeit noch genießen können würde.

An diesem Abend nahmen sie das Mahl mit der Familie ein, mit Coran und Liria und den vier jüngeren Leahs. Die Kinder verlangten während des Essens mehr Einzelheiten über die Abenteuer zu erfahren, insbesondere über die Wildschweinjagd. Quentin erzählte die Geschichte spannender, als sie sich in Wirklichkeit zugetragen hatte, und erfreute seine jüngeren Brüder und Schwestern mit einem wilden und schaurigen Märchen darüber, wie sie nur knapp dem Tode durch die Hauer und Hufe eines Dutzend tobender Keiler entgangen waren. Coran schüttelte den Kopf, Liria lächelte, und alle Gespräche über Walkers unerwartetes Erscheinen und die Reise, die er vorgeschlagen hatte, wurden auf später verschoben.

Nach dem Essen brachte Liria die jüngeren Kinder zu Bett, und

Bek ließ Quentin und seinen Vater allein, damit sie unter vier Augen über den Druiden sprechen konnten. Er nahm ein langes, heißes Bad und wusch sich den Schmutz des Jagdausflugs ab. Während er dort in der Hitze und im Dampf lag, ließ er sich richtig im Wasser einweichen, und nach und nach wurde er alle Sorgen los. Nachdem er fertig war, ging er in Quentins Zimmer, wo sein Cousin auf dem Bett saß, das alte Schwert in der Hand hielt und es nachdenklich betrachtete.

Quentin schaute bei seinem Eintreten auf. »Vater sagt, wir dürfen mit.«

Bek nickte. »Daran habe ich nicht gezweifelt. Walker ist nicht so dumm, uns in einer wichtigen Frage anzulügen.« Er strich sich eine feuchte Locke aus der Stirn. »Hast du ihn gefragt, wieso er plötzlich zu diesem Meinungswechsel gelangt ist?«

»Habe ich. Er schulde dem Druiden einen Gefallen für etwas, das vor langer Zeit passiert ist, antwortete er. Was genau, wollte er mir nicht verraten. Er hat sofort wieder das Thema gewechselt.« Quentin wirkte grüblerisch. »Trotzdem schien ihn weder unser Aufbruch noch Walkers Auftauchen zu beunruhigen. Er wirkte eher … nun, irgendwie entschlossen, glaube ich. Es war schwierig, sein Gesicht zu deuten, Bek. Er war ausgesprochen ernsthaft – dabei aber ganz ruhig. Und ich soll das Schwert mitnehmen.«

Er betrachtete die Waffe in seinen Händen. »Die ganze Zeit sitze ich hier und starre es an.« Er lächelte. »Ich glaube immer noch, wenn ich es nur scharf genug anschaue, werde ich irgendetwas entdecken. Vielleicht spricht das Schwert mit mir und verrät mir das Geheimnis seiner Magie.«

»Ich glaube, du musst tun, was Walker gesagt hat. Du wirst wohl warten müssen, bis du es wirklich brauchst, bevor du erfährst, wie es funktioniert.« Bek setzte sich neben ihm aufs Bett. »Walker hatte Recht. Das Schwert ist makellos. Keine einzige Kerbe. Hunderte von Jahren alt und in vorzüglichem Zustand. Das wäre es bestimmt nicht, wenn die Magie es nicht auf bestimmte Weise schützte.«

»Ich denke auch.« Quentin drehte die Klinge hin und her und

strich mit den Fingern über die glatte, flache Oberfläche. »Ich fühle mich ein wenig seltsam. Wenn das Schwert magisch ist und ich es schwingen soll, werde ich dann rechtzeitig wissen, was zu tun ist?«

Bek kicherte. »Wann wusstest du jemals nicht rechtzeitig, was zu tun ist? Du wurdest schon in Bereitschaft geboren, Quentin.«

»Und du wurdest zwei Mal so klug geboren und mit wesentlich größerer Intuition als ich«, erwiderte sein Vetter, und in seiner Antwort schwang kein Scherz und kein Lachen mit. Er schaute Bek offen an. »Ich kenne meine Stärken und Schwächen. Und ich kann ehrlich mit ihnen umgehen. Sicherlich überstürze ich die Dinge manchmal, so wie ich sofort die Chance ergriffen habe, an dieser Expedition teilzunehmen. Manchmal ist das gut, manchmal eben nicht. Ich verlasse mich auf dich, damit ich mich nicht allzu weit vom richtigen Weg entferne.«

Bek zuckte mit den Schultern. »Ich werde dich stets gern wieder auf Kurs bringen.« Er grinste.

»Vergiss das nicht.« Quentin betrachtete wieder das Schwert. »Wenn ich etwas übersehe, das notwendigerweise getan werden muss, wenn ich richtig und falsch verwechsle, zähle ich auf dich. Dieses Schwert« – bei diesen Worten hob er es leicht an – »ist vielleicht magischer Natur und kann wundersame Taten vollbringen. Womöglich rettet es Leben. Aber unter Umständen ist es so wie jede andere Magie und kann auch Schaden hervorrufen. Liegt darin nicht die Natur der Magie? Dass sie in beide Richtungen wirken kann? Ich will keinen Schaden anrichten, Bek. Ich will es nicht überstürzt benutzen.«

Das war für Quentin eine tiefschürfende Beobachtung, und Bek dachte, dass sich sein Cousin einfach nicht genug zutraue. Nichtsdestotrotz nickte er. »Jetzt geh und nimm ein Bad«, sagte er, stand auf und ging auf die Tür zu. »Man kann schließlich nicht von mir erwarten, ordentlich nachzudenken, wenn du so riechst!«

Er kehrte in sein Zimmer zurück und begann, Kleidung für ihre Reise zusammenzupacken. Sie würden früh am Morgen aufbrechen. Um Truls Rohk zu finden und anschließend Arborlon zu erreichen, würden sie eine Woche brauchen. Wie viel länger wären sie danach wohl unterwegs? Wie würden die Länder sein, die jenseits der Blauen Spalte lagen? Würde das Klima heiß oder kalt sein, feucht oder trocken, hart oder mild? Er blickte sich hilflos in seinem Zimmer um und erkannte erneut, wie wenig er eigentlich über das wusste, auf was er sich eingelassen hatte. Aber solche Gedanken halfen ihm nicht weiter, daher schob er sie zur Seite und machte sich von neuem an die Arbeit.

Er war fast fertig, da stand Coran Leah plötzlich in der Tür, ernst und nachdenklich. »Ob ich mich vielleicht einen Moment mit dir unterhalten kann, Bek?«

Ohne die Antwort abzuwarten, betrat er das Zimmer und schloss die Tür hinter sich. Einen Augenblick lang stand er einfach nur da, als habe er noch nicht entschieden, was er tun solle. Dann trat er an die Bank, wo Bek gerade seine Kleidung hingelegt hatte, schob sie ein Stück zur Seite und setzte sich.

Bek starrte ihn an und hielt ein Hemd in den Händen, das er zusammenfalten und in den Rucksack packen wollte. »Was ist denn los?«

Coran Leah schüttelte den Kopf. Trotz des Alters von fünfzig Jahren war er noch immer ein stattlicher Mann; er war kräftig, lächelte gern und hatte leuchtend blaue Augen. In Leah war er beliebt und wurde von allen geachtet. Er gehörte zu der Sorte Mann, die sich um die Kleinigkeiten kümmerte, welche andere zu oft übersahen. War jemand in Not, versuchte Coran Leah stets als Erster, Hilfe für ihn zu finden, und misslang das, half er persönlich. Er hatte seine Kinder mit freundlichen Worten und sanftem Druck erzogen, und Bek erinnerte sich nicht, ihn jemals schreien gehört zu haben. Wenn er sich einen Vater hätte auswählen dürfen, hätte Bek nicht länger gesucht, nachdem er Coran entdeckt hatte.

»Ich habe über diese ganze Geschichte nachgedacht, seit Walker gestern bei mir erschien und mir sagte, was er will. Es gibt einiges, was du nicht weißt, Bek – Dinge, die sonst niemand weiß, nicht einmal Quentin, nur Liria und ich. Lange habe ich auf den richtigen

Zeitpunkt gewartet, es dir zu erzählen, und ich schätze, der ist jetzt gekommen.«

Er richtete sich auf und legte die Hände auf die Knie. »Damals, vor vielen Jahren, war es nicht dein Vater, der dich hierher gebracht hat. Es war Walker. Er berichtete mir, dein Vater sei bei einem Unfall ums Leben gekommen und habe dich allein zurückgelassen, und deshalb bat er mich, dich aufzunehmen. Tatsache ist, ich stand Holm Rowe nicht gerade nahe. Seit zehn Jahren hatte ich ihn nicht mehr gesehen. Ich wusste nicht einmal, dass er eine Frau hatte, geschweige denn ein Kind. Aus diesem Grund erschien es mir merkwürdig, dass dein Vater dich zu mir schickte, zu meiner Familie, aber Walker bestand darauf, es sei das Richtige.«

Erneut schüttelte er den Kopf. »Er kann recht überzeugend sein, wenn er will. Ich fragte ihn, woher dein Vater ihn so gut kenne, um dich seiner Obhut zu überlassen. Er antwortete, Holm habe keine Wahl gehabt, da niemand anders da gewesen sei, und er habe Walker vertrauen müssen.«

Bek legte das Hemd ab, das er in der Hand hielt. »Nun, ich weiß, wie überzeugend er wirken kann. Das habe ich schon selbst erlebt. Auf welche Weise hat er dich überredet, deine Zustimmung zu dieser Unternehmung zu geben?«

Coran Leah lächelte. »Er hat mir das Gleiche erzählt, was er vermutlich auch euch gesagt hat – er würde euch beide brauchen, das Leben vieler würde davon abhängen, die Zukunft der Vier Länder würde es erfordern. Er sagte, ihr beiden wärt alt genug, die Entscheidung selbst zu treffen, und ich müsse euch diese Freiheit zugestehen. Gern habe ich mir das nicht angehört, aber natürlich habe ich erkannt, dass er Recht hat. Du bist alt genug, fast schon erwachsen. Quentin ist bereits erwachsen. Ich habe euch so lange unter meinen Fittichen behalten, wie ich konnte.« Er zuckte mit den Schultern. »Vielleicht hängen tatsächlich Leben von dieser Reise ab. Vermutlich schulde ich es euch beiden, das herausfinden zu dürfen.«

Bek nickte. »Wir werden vorsichtig sein«, versicherte er. »Wir passen aufeinander auf.«

»Das weiß ich. Und ich fühle mich besser, wenn ihr beide geht, anstatt nur einer von euch. Liria meint, ihr solltet überhaupt nicht aufbrechen, keiner von euch, doch schließlich ist sie eine Mutter, und Mütter denken nun einmal so.«

»Glaubst du, Quentins Schwert ist tatsächlich magischer Natur? Kann es wirklich das, was Walker behauptet?«

Coran seufzte. »Ich habe keine Ahnung. Unserer Familienchronik zufolge schon. Walker scheint sich dessen sicher zu sein.«

Bek setzte sich ihm gegenüber auf das Bett. »Ich bin mir nicht sicher, ob wir das Richtige tun, wenn wir mitgehen; wir wissen möglicherweise zu wenig, um überhaupt das Risiko abzuschätzen, das wir auf uns nehmen. Trotzdem verspreche ich dir, dass wir keine Dummheiten machen.«

Coran nickte. »Sei vorsichtig mit solchen Versprechungen, Bek. Manchmal kann man sie nur schwer einhalten.« Er schwieg kurz. »Da ist noch etwas, das ich dir erzählen wollte. Es lag mir schon oft auf der Zunge, doch immer habe ich es für mich behalten. Gestern habe ich wieder einmal darüber nachgedacht, als Walker plötzlich in der Tür stand. Also gut. Ich habe nur das Wort des Druiden, dass Holm Rowe tatsächlich dein Vater war und dass er dich hergeschickt hat, um bei mir aufzuwachsen. Später habe ich versucht, es zu überprüfen, doch niemand konnte mir sagen, wann oder wo Holm gestorben ist. Niemand konnte mir auch nur die kleinste Kleinigkeit über ihn sagen.«

Bek starrte ihn überrascht an. »Demnach ist womöglich jemand anderer mein richtiger Vater?«

Coran Leah fixierte ihn mit starrem Blick. »Ich betrachte dich wie meinen eigenen Sohn, Bek. Ich liebe dich genauso sehr wie ihn. Daher habe ich stets mein Bestes getan, um dich gut zu erziehen. Und Liria ebenfalls. Jetzt, wo du uns verlassen wirst, möchte ich keine Geheimnisse zwischen uns haben.«

Er erhob sich. »Am besten lasse ich dich nun allein, du musst ja noch packen.«

Er ging auf die Tür zu, änderte jedoch seine Meinung noch einmal und kam zurück. Er schloss Bek in seine kräftigen Arme und drückte ihn fest an sich. »Sei vorsichtig, Sohn«, flüsterte er.

Danach verließ er das Zimmer, und Bek begann zu grübeln, ob seine Vergangenheit vielleicht genauso ungewiss war wie seine Zukunft.

Elf

Es regnete wieder, als Hunter Predd und Walker auf Obsidian im Seehafen von March Brume eintrafen, der ein Stück weiter nördlich von Bracken Clell an der Küste der Blauen Spalte lag. Sie waren kurz vor Sonnenuntergang in den Regen hineingeflogen, nachdem sie den ganzen Tag nach Westen gereist waren, und es schien, als gingen Feuchtigkeit und Finsternis gemeinsam nieder. March Brume lag an einem steinigen Strand in einer Bucht, die im Norden von hohen Klippen und im Süden von einem Salzwassersumpf begrenzt wurde. Ein tiefer Wald begann gleich hinter dem Ort und erstreckte sich über ein seichtes Tal, und genau südlich dieser Senke hatte der Rock seine Passagiere auf einem schmalen Plateau abgesetzt, damit sie in der alten Hütte eines Fallenstellers Zuflucht für die Nacht fanden.

March Brume war vor allem ein Südlandort, obgleich auch der eine oder andere Elf oder Zwerg hier gesiedelt hatte. Seit Jahrhunderten war der Seehafen für den Bau von Segelschiffen berühmt. Hier wurde vom Beiboot über einmastige Slups bis hin zu dreimastigen Fregatten alles konstruiert. Handwerker kamen von überall aus den Vier Ländern in die kleine Ortschaft, um Arbeit zu suchen und ihre Dienste anzubieten. Ständig wurden Meister und Konstrukteure gebraucht, und diese konnten gutes Geld verdienen. Praktisch jeder, der in dem Städtchen wohnte, beschäftigte sich mit der gleichen Sache.

Dann hatte vor siebenundzwanzig Jahren ein Mann namens Ezael Sterret, seines Zeichens Fahrender von zweifelhaftem Ruf, ein Gelegenheitspirat und -brigant mit einem Hauch erfinderischem Genius, das erste Luftschiff entworfen und gebaut. Es war unhandlich, ungelenk und unzuverlässig, aber es flog. Weitere Konstrukteure waren seinem Beispiel gefolgt, und jedes Modell hatte größeren Erfolg gehabt, und binnen zweier Jahre war das Reisen revolutioniert worden, während sich der Schiffbau in March Brume vollkommen gewandelt hatte. Im alten Hafen wurden in den Werften noch immer Segelschiffe gebaut, allerdings nicht mehr in der gleichen Anzahl wie früher. Die Mehrheit der Schiffe, die nun konstruiert wurden, war für Luftreisen bestimmt, und die Kunden mit den größten Portemonnaies und den dringendsten Wünschen kamen von der Föderation und den Kommandos der Freien Armee.

Walker hatte einen anderen Grund, weshalb er diesen Hafen aus einem Dutzend anderer entlang der Küste auswählte, in denen ebenfalls Schiffe gebaut wurden. Was ihn nach March Brume zog, war die Art der Schiffbauer und Konstrukteure, die im Seehafen ansässig waren – Fahrende, ein Volk, das allgemein unbeliebt war, dem man nicht vertraute und das sich während seiner gesamten Geschichte ständig auf Wanderschaft befunden hatte. Und selbst heute zogen viele der Bewohner oft plötzlich los, wenn sie die Reiselust packte. Sie gehörten nicht nur zu den fähigsten und verlässlichsten Schiffbauern, sondern nahmen außerdem von jedem Arbeit an und begriffen, wie wichtig es war, zu einer Handelsabmachung auch wirklich zu stehen.

Nun wollte Walker herausfinden, inwieweit es der Wahrheit entsprach, was allgemein geglaubt wurde. Seine Instinkte und seine häufige Zusammenarbeit mit den Fahrenden brachten ihn zu der Überzeugung, dass dies seine beste Option war. Seine Cousine, die Elfenkönigin Wren Elessedil, war als Kind von Fahrenden aufgezogen worden und hatte nur mit Hilfe der bei ihnen erlernten Fähigkeiten die Reise zu der Insel Morrowindl überlebt, wo sie das verlorene Volk der Elfen wieder fand. Fahrende hatten auch verschiedenen Mitgliedern von Walkers Familie im Laufe der Jahre geholfen, und er hielt sie für zäh, verlässlich und findig. Wie er waren sie Wanderer. Und ebenso Außenseiter und Einzelgänger. Sogar in den Gemeinden, in denen sich inzwischen viele von ihnen niedergelassen hatten, lebten sie meistens getrennt von anderen Völkerschaften.

Damit war Walker durchaus einverstanden. Je weniger in der Öffentlichkeit und je geheimer er in dieser Angelegenheit verhandeln konnte, desto besser. Er glaubte allerdings keinen Augenblick, dass er seine Anwesenheit oder seine Absichten lange würde geheim halten können. Die Ilse-Hexe würde versuchen, beides herauszufinden. Früher oder später würden ihre Anstrengungen von Erfolg gekrönt sein.

Hunter Predd gelang es, im zerfallenen Herd der alten Hütte ein Feuer in Gang zu setzen, und so konnten sie die Nacht in überwiegend trockener Umgebung verbringen. In der Dämmerung gab Walker dem Flugreiter den Befehl, die schwindenden Vorräte zu ergänzen und seine Rückkehr aus dem Ort abzuwarten. Es könnte mehrere Tage dauern, warnte er, daher sollte sich der Flugreiter keine Sorgen machen, wenn er nicht gleich wieder auftauchte.

Der Tag war ein wenig klarer, der Regen hatte sich in einen kalten, feuchten Nebel verwandelt, der in den Wäldern und an den Klippen hing, der Himmel hellte sich ein wenig auf und erlaubte gelegentlich einen dunstigen Blick auf die Sonne durch schwere dunkle Wolken. Walker ging querfeldein durch den Wald, fand schließlich einen Pfad und folgte diesem, bis er eine Straße erreichte, und diese führte ihn in das Städtchen. March Brume war eine Ansammlung nasser grauer Gebäude, die Wohnhäuser lagen ein Stück von der Küste entfernt am Waldrand, die Werften und Anleger dagegen dicht am Wasser. Der Baulärm übertönte das Krachen der Wellen, ein stetiges Hämmern und Sägen wurde gelegentlich vom Zischen heißen Eisens durchbrochen, zudem von Rufen und Flüchen der Arbeiter. Der Ort war dicht bevölkert und lebendig, sowohl Einwohner als auch Besucher verstopften die Straßen, gingen ihren Geschäften nach, und das mit bemerkenswert guter Laune, wenn man das düstere, feuchte Wetter bedachte.

Walker hatte sich in seinen Mantel gehüllt, um seinen fehlenden Arm zu verbergen, und war auf diese Weise nicht auffällig genug, um irgendwelche Aufmerksamkeit auf sich zu lenken. Leute aller Art kamen und gingen, und wo das Volk der Fahrenden vorherrschte, kümmerte man sich am besten um seine eigenen Angelegenheiten.

So schlenderte der Druide ohne Eile durch die Geschäfte in der Stadtmitte auf den Hafen zu. Soldaten der Föderation lungerten in ihren silber-schwarzen Uniformen herum, während sie darauf warteten, dass ihre Befehle ausgeführt wurden. Auch Soldaten der Freien sah man, und wenngleich diese ihre Anwesenheit nicht so kühn kund taten, waren sie doch aus demselben Grund in March Brume. Das war schon seltsam, dachte der Druide; sie kauften im gleichen Geschäft ein, als sei dies das Natürlichste von der Welt, während sie sich in jeder anderen Situation gegenseitig die Köpfe einschlagen würden.

Er fand den Mann, den er suchte, auf einem Marktplatz am Südende des Städtchens, nicht weit vom Hafen und von den Werften entfernt. Er war in eine leuchtende, doch zerschlissene scharlachrote Robe gekleidet. Dabei war er so mager, dass er sich im gelegentlich kräftigen Wind, der böig vom Wasser herüberwehte, wie Schilf zu biegen schien. Ein dünner schwarzer Bart hing an seinem spitzen Kinn, und das dunkle Haar fiel ihm lang und ungekämmt ins schmale Gesicht. Eine rote Narbe zog sich vom Haaransatz zum Kinn und kreuzte den Rücken der gebrochenen Nase wie der frische Striemen einer Peitsche. Er stand dicht bei einem Brunnen, hatte den Kopf seltsam geneigt und schaute dabei nach oben, als suche er im bewölkten Himmel nach Rat. In der einen Hand hielt er einen Metallbecher, mit der anderen zeigte er mit einer Inbrunst auf die Vorbeigehenden, dass man glauben mochte, ihn zu ignorieren geschehe auf eigene Gefahr.

»Kommt her, ziert euch nicht, zögert nicht, habt keine Angst!« Seine Stimme war dünn und schrill, aber sie zog die Aufmerksamkeit der Passanten auf sich. »Mit einer Münze oder zweien kauft ihr euch den Seelenfrieden, Pilger. Eine Münze oder zwei, und ihr dürft einen Blick in die Zukunft werfen. Versichert euch, wohin ihr eure

Schritte lenken sollt, Freunde. Nehmt euch die Zeit, das zu erfahren, was das Schicksal für euch bereithält, welches Unglück euch widerfahren könnte, welchem falschen Pfad ihr unwissentlich folgen mögt. Kommt zu mir!«

Walker stand auf der anderen Seite des Platzes und beobachtete den Mann eine Weile. Dann und wann blieb jemand stehen, warf eine Münze in den Metallbecher und beugte sich vor, um sich anzuhören, was der Mann zu sagen hatte. Der tat stets das Gleiche – er ergriff die Hand des Spenders und hielt sie fest, während er redete, strich langsam über die Handfläche und nickte derweil ohne Unterlass.

Ein oder zwei Mal suchte sich der Mann einen anderen Standort oder trank aus dem Brunnen, und dabei enthüllte die scharlachrote Robe, dass er nur ein Bein hatte und an Stelle des anderen einen hölzernen Ersatz trug.

Bis der Regen die Menge verscheuchte und den Mann zwang, sich unterzustellen, verharrte Walker an seinem Standort. Erst dann überquerte er den Platz, trat an den Mann in der scharlachroten Robe heran, als suche er ebenfalls nach Schutz vor dem Regen, und stellte sich schweigend neben ihn.

»Vielleicht könntest du die Zukunft für jemanden lesen, der eine lange und gefährliche Reise in ein unbekanntes Land unternehmen will?«, fragte er und schaute hinaus in den Regen.

Der Mann wandte leicht den Blick, der jedoch weiter gen Himmel gerichtet blieb. »Mancher hat schon genug Reisen für fünf Leben unternommen. Vielleicht sollte er zu Hause bleiben und das Schicksal nicht länger herausfordern.«

»Vielleicht hat er aber keine andere Wahl.«

»Paladine der Schatten, die sich nur sich selbst enthüllen, Sucher nach Auflösungen von unbekannten Geheimnissen, die nach dem forschen, was ihrer Unsicherheit ein Ende bereiten könnte.« Er gestikulierte hilflos mit den Händen. »Du warst lange Zeit fort, Pilger. Dort oben in deiner hohen Burg warst du, allein mit deinen Gedanken und Träumen. Willst du wirklich eine Reise in ein fernes Land wagen?«

Walker lächelte schwach. »Du bist der Wetterfrosch des Schicksals, Cicatrix. Nicht ich.«

Das vernarbte Gesicht nickte. »Ein Wahrsager heute, ein versehrter Soldat morgen, ein Verrückter am dritten Tag. Genau wie du, Walker, bin ich ein Chamäleon.«

»In dieser Welt tun wir, was wir tun müssen.« Der Druide beugte sich näher heran. »Aber im Augenblick suche ich nicht nach dir oder den Fähigkeiten, die du im Angebot hast, wenngleich sie höchst beeindruckend sind. Stattdessen brauche ich eine kleine Information über das große Lagerhaus, das du leitest – und ich würde verhindern, dass diese Information andere Ohren erreicht.«

Cicatrix langte nach der Hand des Druiden und ergriff sie, strich mit den Fingern über die Innenhand und hielt sein ruiniertes Gesicht währenddessen gen Himmel. »Du beabsichtigst eine Reise in ein unbekanntes Land, Pilger?« Seine Stimme wurde zu einem Flüstern. »Suchst du vielleicht nach einer Transportmöglichkeit?«

»Nach einer von der Sorte, die fliegt. Einer schnellen und langlebigen. Kein Kriegsschiff, aber eins, das einem Angriff standhalten würde. Es braucht kein Rennboot zu sein, doch sollte es fliegen, als wäre es dafür geschaffen. Ihr Erbauer muss eine Vision gehabt haben, und das Schiff sollte ein Herz besitzen.«

Der dünne Mann lachte leise. »Du suchst nach einem Wunder, Pilger. Sehe ich so aus, als könnte ich damit dienen?«

»Früher konntest du das.«

»Die Vergangenheit kommt zurück und verfolgt mich. Das ist der Ärger, den man hat, wenn man nur lebt, um die Erwartungen der anderen zu erfüllen, und wenn diese Erwartungen auf zweifelhaften Erinnerungen beruhen. Gut.« Er strich weiterhin mit den Fingern über Walkers Handfläche. »Dein Feind in dieser Unternehmung trägt nicht zufällig Silber und Schwarz?«

Walker starrte hinaus in den Regen. »Vor allem hat meine Feindin überall Augen und tötet mit ihrem Lied.«

Cicatrix zischte leise. »Eine Hexe mit einem Hexentrunk also, nicht wahr? Halte dich von ihr fern, Walker.«

»Ich werde mein Bestes tun. Jetzt höre mir aufmerksam zu. Ich brauche ein Schiff und einen Schiffsbauer, einen Kapitän und eine Mannschaft. Sie sollten stark und tapfer sein und außerdem bereit, sich mit den Elfen gegen alle Feinde zu verbünden.« Er hielt kurz inne. »Der Ruf von March Brume wird auf die Probe gestellt, wie es noch nie zuvor der Fall war.«

»Und der meinige.«

»Und der deinige.«

»Wenn ich dich enttäusche, sehe ich dich nie wieder, Pilger?«

»Du wirst es dir zumindest wünschen.«

Cicatrix kicherte. »Drohungen? Nein, nicht von dir, Walker. Du bedrohst niemanden; du zeigst nur deine Besorgnis. Ein armer Krüppel wie ich sollte gut aufpassen, aber nicht aus Furcht.« Seine Finger auf Walkers Hand hielten inne. »Ist der Lohn für jene, die diese Risiken auf sich nehmen, wenigstens beachtlich?«

»Er geht noch darüber hinaus. Die Elfen werden ihre Schatzkammer weit öffnen.«

»Ah.« Der andere nickte, nickte abermals, sein Kopf zuckte seltsam, und sein Blick ging ins Leere. Er ließ Walkers Hand los. »Komm nach Einbruch der Dunkelheit in den Hafen, ans Ende der Vertastraße. Stell dich dorthin, wo man dich sehen kann. Mysterien werden sich enthüllen, Geheimnisse werden gelüftet. Vielleicht wirst du die Reise in ein unbekanntes Land unternehmen.«

Walker holte einen Beutel mit Goldmünzen hervor, und Cicatrix schob ihn sofort in die Tasche. Langsam drehte er sich um und humpelte davon. »Lebe wohl, Pilger. Und viel Glück.«

Den Rest des Tages spazierte Walker im Hafen herum, begutachtete die Schiffe, die gebaut wurden, und die Männer, die daran arbeiteten, hörte den Gesprächen der Segler zu und sammelte Informationen. Er aß in einer großen Taverne am Hafen, wo er ein Gast unter vielen war, und täuschte Desinteresse vor, während er aufmerksam nach den Spionen der Föderation Ausschau hielt, von deren Anwesenheit er überzeugt war. Die Ilse-Hexe würde nach ihm suchen und ihn unbedingt finden wollen. Darüber machte er sich keine Illusionen. Sie war unerbittlich. Wann immer sie konnte, würde sie ihn attackieren und hoffen, das zu beenden, was sie in Arborlon begonnen hatte. Falls sie ihn töten oder außer Gefecht setzen konnte, würde die Suche, zu der er gerade die Vorbereitungen traf, nicht stattfinden, und dann stünde ihr der Weg zu dem auf der Karte verzeichneten Schatz frei. Zwar besaß sie die Karte nicht, doch ließ sie sich vermutlich von den Erinnerungen des Schiffbrüchigen leiten, und nach allem, was er wusste, könnte das ausreichen.

Er dachte lange über die Folgen einer Auseinandersetzung mit ihr nach, einer Auseinandersetzung, die kaum zu vermeiden sein würde. Er ging die Konsequenzen eines unfreundlichen Schicksals durch, von verpassten Gelegenheiten und verlorenen Spielen, und wartete geduldig auf den Einbruch der Nacht.

Als es dunkel war, ging er durch March Brume. Da die Temperatur gesunken war und der Regen aufgehört hatte, stieg vom Wasser Nebel auf. Die Schmieden und Werften waren am Ende des Arbeitstages menschenleer, und in der Stille konnte man die Meeresbrandung nun deutlich hören. Kaufleute hatten ihre Läden geschlossen und Händler ihre Waren verstaut. Die Tavernen, die Gaststätten und die Freudenhäuser waren überfüllt, die Straßen dagegen beinahe verlassen.

Einige Male blieb er im Schatten stehen und wartete – lauschte und schaute sich um. Er ging nicht geradewegs auf sein Ziel zu, sondern machte viele Umwege, um sich zu versichern, dass ihn niemand verfolgte. Trotzdem fühlte er sich unbehaglich. Für jene, die nicht nach ihm suchten, war er unverdächtig, doch die, die nach ihm Ausschau hielten, würden ihn leicht erkennen. Die Ilse-Hexe würde ihre Spione von seinem Kommen in Kenntnis gesetzt haben. Vielleicht wäre es schlauer gewesen, sich zu tarnen. Aber dazu war es jetzt zu spät.

Am Ende der Vertastraße stand er im schwachen Schein einer Straßenlaterne in Dunst und Stille gehüllt. Der Hafen erstreckte sich in Richtung Ozean, die großen, geisterhaften Formen der halb fertigen Schiffsrümpfe und Stützbalken waren im Licht des Städtchens schemenhaft sichtbar. In der Dunkelheit der Nacht sah man keinen einzigen Spaziergänger. Keine Geräusche störten das stete Grollen und Zischen der Brandung.

Er hatte erst ein paar Minuten dort gestanden, da tauchte ein Mann aus der Finsternis auf und trat auf ihn zu. Der Mann war groß und hatte flammend rotes Haar, das er lang trug und mit einem hellen Schal zusammengebunden hatte. Ein Fahrender, dem Äußeren nach. Er hatte den leicht schwankenden Gang eines Seemanns, und sein Mantel blähte sich auf und enthüllte Lederkleidung. Der Mann lächelte freundlich, während er auf Walker zuging, als wären sie alte Freunde, die sich nach langer Zeit wiedertrafen.

»Heißt du Walker?«, fragte er und blieb vor dem Druiden stehen. Die goldenen Ohrringe glitzerten schwach im dunstigen Licht der Straßenlaterne.

Walker nickte.

»Ich bin Redden Alt Mer. Cicatrix hat mir erzählt, du schmiedest Pläne für eine Reise und brauchst Hilfe bei den Vorbereitungen.«

Walker runzelte die Stirn. »Du siehst nicht gerade wie ein Schiffbauer aus.«

Redden Alt Mer grinste breit. »Vermutlich, weil ich keiner bin. Aber ich weiß, wo du den Mann findest, nach dem du suchst. Und ich weiß außerdem, wie ich dich an Bord des schnellsten Schiffes bringe, das je gebaut wurde, dir die beste Mannschaft zusammenstelle, die je auf dem offenen Meer unterwegs war, und dich anschließend hinfliege, wohin immer du willst – weil ich dein Kapitän sein werde.« Er neigte den Kopf zur Seite. »Alles zu einem bestimmten Preis, versteht sich.«

Jetzt betrachtete Walker ihn genauer. Er war anmaßend und dreist, hatte allerdings auch etwas Gefährliches an sich. »Wie kann ich sichergehen, dass du das alles wirklich schaffst, Redden Alt Mer? Und woher weiß ich, dass du der Mann bist, den ich brauche?«

Dem Fahrenden gelang ein Ausdruck vollkommenen Erstaunens. »Cicatrix hat mich zu dir geschickt; wenn du ihm vertraut hast, sollte das genügen.«

»Cicatrix hat schon Fehler gemacht, so hört man.«

»Nur, wenn man ihn um seinen Lohn betrügt und er dir eine Lektion erteilen will. Das hast du doch nicht, oder?« Der Fahrende seufzte. »Also gut. Hier sind meine Referenzen, da dir offensichtlich mein Name nichts sagt. Ich wurde an Bord eines Kriegsschiffes geboren und fahre auf Luftschiffen, seit sie erfunden wurden. Als Schiffsjunge habe ich angefangen, den größten Teil meines Lebens war ich jedoch Kapitän. Ich bin die gesamte Küste des Westlands entlang gesegelt und habe die meisten unbekannten Inseln der Blauen Spalte erkundet. Die letzten drei Jahre habe ich in den Diensten der Föderation auf Kriegsluftschiffen verbracht. Und ich bin dabei kein einziges Mal vom Himmel geholt worden.«

»Und sollte ich dir tatsächlich glauben, dass du die Wahrheit sagst?« Walker trat einen Schritt näher. »Obwohl du jemanden mit einem Dolch in meinem Rücken platziert hast, falls ich dir nicht vertraue?«

Alt Mer nickte langsam und grinste weiterhin. »Sehr gut. Ich kenne mich ein wenig mit Druiden und ihren Kräften aus. Du bist der Letzte deiner Art und wirst in den Vier Ländern nicht gerade besonders respektiert, daher hielt ich es für weise, dich auf die Probe zu stellen. Ein echter Druide, so wurde mir gesagt, würde die Anwesenheit eines Angreifers spüren. Ein echter Druide wüsste, wenn er bedroht wird.« Er zuckte mit den Schultern. »Ich bin einfach nur vorsichtig. Das war nicht als Beleidigung gemeint.«

Walkers Miene blieb finster. »So habe ich das auch nicht aufgefasst. Diese Reise könnte lang und gefährlich für dich werden, sollten wir uns einig sein, dass du der richtige Mann dafür bist, Redden Alt Mer. Offensichtlich möchtest du sie nicht in Begleitung eines Narren oder eines Lügners unternehmen.« Er zögerte. »Das gilt für mich natürlich genauso.«

Der Fahrende lachte leise. »Kleine Rote!«, rief er.

Eine große Frau mit rötlich braunen Locken trat aus der nebligen Dunkelheit hinter Walker und suchte mit den Augen den Schatten ab, woraus zu entnehmen war, dass sie ihm noch weniger traute als ihr Gefährte. Sie nickte Alt Mer zu. Dieser erwiderte das Nicken, und nun war die Ähnlichkeit zwischen den beiden unübersehbar.

»Meine Schwester, Rue Meridian«, stellte Alt Mer sie vor. »Sie wird mein Navigator sein. Außerdem deckt sie mir den Rücken, so wie jetzt gerade.«

Rue Meridian streckte die Hand zum Gruß aus, und Walker tat es ihr gleich. Ihr Griff war fest, und ihre Augen hielten Walkers Blick stand. »Willkommen in March Brume«, sagte sie.

»Gehen wir doch ein wenig aus dem Licht, während wir unser Geschäft besprechen«, schlug Alt Mer fröhlich vor.

Er führte seine Schwester und Walker aus dem dunstigen Schein der Laterne in eine dunkle Gasse, die zwischen den Gebäuden verlief. Auf der Straße hinter ihnen rannte ein kleiner Junge vorbei und jagte einen Metallreifen mit einem Stock vor sich her.

»Also gut, kommen wir zum Geschäftlichen«, sagte Redden Alt Mer und rieb sich begeistert die Hände. »Wohin führt uns die Reise?«

Walker schüttelte den Kopf. »Das kann ich euch nicht sagen. Nicht, bis wir aufgebrochen sind.«

Der Fahrende wirkte erstaunt. »Du kannst es nicht sagen? Ich soll mich zu einer Reise verpflichten, deren Ziel ich nicht kenne? Geht es nach Westen, Osten, Norden, Süden, oben, unten ...«

»Dorthin, wo ich sage.«

Der große Mann schnaubte. »Also gut. Welche Fracht befördern wir?«

»Keine. Wir fahren los, um etwas zu bergen.«

»Wie viele Passagiere?«

»Drei Dutzend, ein paar mehr oder weniger. Keinesfalls über vierzig.«

Der Fahrende runzelte die Stirn. »Für ein Schiff dieser Größe brauche ich eine Mannschaft mit mindestens einem Dutzend Leute, die Kleine Rote und mich eingeschlossen.«

»Ich gestehe dir zehn zu.«

Alt Mer war verärgert. »Du erlegst uns reichlich viele Beschränkungen auf, obwohl du nichts vom Segeln verstehst!«

»Wie gut beabsichtigst du zu zahlen?«, unterbrach ihn seine Schwester rasch.

»Was wäre der normale Preis für eine sehr lange Reise?«, erkundigte sich Walker. Jetzt hatten sie den Teil erreicht, auf den es am meisten ankam. Rue Meridian sah ihren Bruder an. Alt Mer dachte nach, dann schlug er eine Zahl vor. Walker nickte. »Ich zahle diese Summe im Voraus und das Doppelte, wenn wir zurückkehren.«

»Das Dreifache«, erwiderte Rue Meridian sofort.

Walker sah sie lange und nachdenklich an. »Was hat Cicatrix euch erzählt?«

»Dass du reiche Freunde und mächtige Feinde hast.«

»Was hervorragende Gründe sind, uns anzuheuern«, fügte ihr Bruder hinzu.

»Vor allem, wenn die Feinde mit jemandem verbündet sind, dessen Magie so mächtig ist wie deine eigene.«

»Die Magie von einer, die allein mit dem Klang ihrer Stimme töten kann.« Erneut lächelte Redden Alt Mer. »O ja. Wir kennen uns ganz gut mit den Wesen aus, die im Wildewald wohnen. Und wir wissen einiges über Hexen und Hexenmeister.«

»Den Gerüchten zufolge«, sagte seine Schwester leise, »hast du genau neben Allardon Elessedil gestanden, als er getötet wurde.«

»Und den gleichen Gerüchten zufolge wollte er gerade ein Geschäft mit dir abschließen, das die Elfen nun als gültig betrachten.« Alt Mer zog forschend eine Augenbraue hoch.

Walker starrte in die Dunkelheit auf der Vertastraße und sah dann wieder die rothaarigen Geschwister an. »Ihr wisst offenbar eine ganze Menge.«

Der Kapitän zuckte mit den Achseln. »So sollte es auch sein, wenn uns jemand fragt, ob wir für ihn unser Leben riskieren wollen.«

»Was uns zu einer anderen interessanten Frage führt.« Der Druide warf beiden einen nachdenklichen Blick zu. »Warum wollt ihr mich auf dieser Reise begleiten? Warum lasst ihr euch auf dieses Wagnis ein, während andere weniger gefährliche Expeditionen unternehmen?«

Redden Alt Mer lachte. »Eine gute Frage. Eine Frage, auf die es gleich mehrere Antworten gibt. Wollen wir doch mal sehen. Erstens wegen des Geldes. Du bietest uns mehr an als alle anderen. Viel mehr. Wir sind Söldner, daher spitzen wir die Ohren, wenn jemand ein gutes Angebot macht. Zweitens haben wir gerade unter recht unglücklichen Umständen Abschied von der Föderation genommen. Nicht ganz freiwillig, und unsere früheren Dienstherren könnten sich dazu entscheiden, hier in der Gegend nach uns Ausschau zu halten, um die Rechnung zu begleichen. Deshalb wäre es am besten, wenn wir von hier verschwinden würden. Eine weite Reise außerhalb der Vier Länder würde lange genug dauern, damit sie das Interesse verlieren.

Und drittens«, sagte er und lächelte wie ein kleiner Junge mit einer Zuckerstange, »gefällt uns die Herausforderung, eine Reise zu einem neuen Land zu unternehmen, dorthin zu gehen, wo vor uns noch niemand war, und eine neue Welt zu entdecken.« Er seufzte und vollführte eine weitschweifige Geste. »Du solltest keinesfalls unterschätzen, was uns das bedeutet. Jemandem, der nicht wie wir fliegt oder segelt und sein Leben lang unterwegs war, ist das schwer zu erklären. Es hat etwas damit zu tun, wer wir sind und was wir tun, und manchmal zählt das mehr als alles andere.«

»Insbesondere nach unserer Erfahrung mit der Föderation, wo wir nur wegen des Geldes angeheuert haben«, knurrte seine Schwester leise. »Es ist an der Zeit, mal wieder eine erfüllendere Reise zu unternehmen, selbst wenn sie gefährlich wird.«

»Sei nicht so schnell dabei, unserer Denkweise das Geheimnisvolle abzusprechen, Kleine Rote!«, tadelte ihr Bruder sie. Er richtete den Zeigefinger auf den Druiden. »Das sollte an Gründen für unsere Entscheidung genügen. Ich weiß aber auch, weshalb du dich mit uns einlassen willst. Damit meine ich die Kleine Rote und mich nicht persönlich – wenngleich wir es sind, die du willst. Ich meine die Fahrenden überhaupt. Du bist hier, mein Freund, weil du ein Druide bist und wir Fahrende sind und weil wir viel gemeinsam haben. Wir sind und waren stets Außenseiter, ja fast Geächtete, die kaum geduldet und immer misstrauisch beäugt werden. Uns gefällt das Fernweh und der Blick in die weite Welt, und wir denken nicht in solchen Begriffen wie Nationalität und Regierung. Stattdessen sind wir ein Volk, bei dem Freundschaft und Treue viel gelten, das Stärke in Herz und Seele preist, bei dem jedoch gutes Urteilsvermögen noch höher geschätzt wird. Man kann der tapferste Kerl sein, der jemals auf der Erde wandelte, und trotzdem ist man wertlos, wenn man nicht weiß, wann und wo man sich seine Schlacht suchen soll. Wie mache ich mich?«

»Ein wenig langatmig«, erwiderte Walker.

Der große Fahrende lachte freudig. »Ein Druide mit Humor! Wer hätte das für möglich gehalten? Nun, du hast verstanden, worauf ich hinauswill, da brauche ich nicht fortzufahren. Wir sind füreinander geschaffen – vor allem für Expeditionen, bei denen mitzumachen den meisten nicht im Traum einfiele. Du willst uns deshalb, Walker, weil wir gegen alle anderen anzutreten bereit sind. Wir werden uns dem Tod ins Maul stürzen und an seiner Zunge zerren. Weil es im Leben eines Fahrenden allein darum geht. Oder liege ich falsch?«

Walker schüttelte den Kopf, sowohl bestürzt als auch zustimmend.

»Er glaubt dir das alles wirklich«, verkündete seine Schwester nachdenklich. »Das könnte ansteckend sein, und eines Tages infizieren wir uns, und dann wird keiner von uns beiden mehr klar denken können.«

»Langsam, langsam, Kleine Rote. Du sollst mich unterstützen und mir nicht in den Rücken fallen!« Alt Mer seufzte und schenkte Walker einen fröhlichen Blick. »Es gibt außerdem kaum jemanden mit unseren Talenten und unserer Kaltblütigkeit, der dir bei dieser Angelegenheit auch nur einen guten Tag wünschen würde. Fahrende sind die Einzigen, die kühn genug sind, um dein Angebot zu akzeptieren, und dabei sogar noch deine Bitte um Geheimhaltung respektieren.« Er grinste. »Also?«

Walker zog seine schwarze Robe enger um sich, und dabei bewegte sich der Nebel, der in die dunkle Gasse gekrochen war. »Schlafen wir einmal darüber. Morgen können wir uns mit eurem Schiffbauer unterhalten. Ich möchte mir seine Arbeit anschauen und den Mann kennen lernen, ehe ich mich entscheide.«

»Exzellent!«, rief der große Fahrende fröhlich. »Eine faire Antwort!« Er hielt inne, und Bedauern huschte über sein breites Gesicht. »Außer einer Sache. Schlaf kommt nicht in Frage. Wenn du an unseren Diensten interessiert bist, müssen wir heute Nacht aufbrechen.«

»Aufbrechen?« Walker verhehlte seine Überraschung nicht.

»Heute Nacht.«

»Und wohin?«

»Nun, wohin ich sage«, antwortete der Fahrende. Er grinste seine Schwester an. »Ich fürchte, er hält mich jetzt für nicht allzu hell im Kopf.« Dann wandte er sich wieder Walker zu. »Wenn der Schiffbauer, den du willst, hier in March Brume zu finden wäre, würdest du uns doch nicht brauchen, oder? Und er wäre auch nicht von besonderem Nutzen, wenn er sein Geschäft in aller Öffentlichkeit führen würde.«

Walker nickte und begriff. »Ich denke nicht.«

»Eine kurze Reise wäre allerdings dazu notwendig – und diese sollte man am besten im Schutze der Dunkelheit beginnen.«

Walker blickte gen Himmel, als wolle er das Wetter abschätzen. Er konnte im Nebel weder Mond noch Sterne entdecken. »Eine Fußreise, hoffe ich?«

Der große Fahrende grinste abermals. Seine Schwester zog tadelnd eine Augenbraue hoch.

Walker seufzte. »Wie bald müssen wir aufbrechen?«

Redden Alt Mer legte Rue Meridian den Arm um die Schulter. »Jetzt gleich.«

Der Junge mit dem Eisenreifen und dem Stock blieb im tiefen Schatten der Werften verborgen, bis die Drei aus der Gasse hervortraten, die Straße hinaufgingen und verschwanden. Sogar danach regte er sich lange Zeit nicht. Man hatte ihn vor dem Druiden und seinen Fähigkeiten gewarnt. Es genügte schon, dass er ihn gefunden hatte; mehr war nicht erforderlich.

Nachdem er sicher war, wieder allein zu sein, verließ er sein Versteck und rannte auf den Wald hinter dem Städtchen zu. Für sein Alter war er klein und wild wie ein Tier, schlank und drahtig und ungekämmt, nicht wirklich ein Straßenkind, aber doch fast. Seinen Vater hatte er niemals kennen gelernt, seine Mutter hatte er im Alter von zwei Jahren verloren. Seine halb blinde Großmutter hatte ihn erzogen, allerdings konnte sie ihm nichts mehr vorschreiben, seit er sechs war. Jedenfalls war er klug und unternehmungslustig, und so hatte er in dieser Welt, die sie ansonsten beide verschlungen hätte, einen Möglichkeit gefunden, den Lebensunterhalt zu verdienen.

In weniger als einer Stunde traf er, vom Laufen verschwitzt, auf dem verlassenen Bauernhof hinter den letzten Wohnhäusern von March Brume ein. Sein angestrengter Atem war das einzige Geräusch, welches die Stille störte, als er die verfallene Scheune betrat und zu den Vorratsräumen im hinteren Teil ging. In dem besser gesicherten ganz rechts befanden sich die Käfige. Er öffnete das Schloss, schlüpfte hinein, zündete eine Kerze an und kritzelte eine Nachricht.

Die Dame, für die er von Zeit zu Zeit Informationen sammelte, würde ihn dafür gut entlohnen, dachte er aufgeregt. So gut, dass er sich die Klinge kaufen konnte, die er sich schon so lange wünschte. Und er und seine Großmutter würden während der nächsten Wochen genug zu essen haben.

Er befestigte die Nachricht am Fuß eines dieser eigenartigen Vögel mit den wilden Augen, die sie ihm gegeben hatte, ging mit dem Tier wieder hinaus und warf es hoch in den dunklen Himmel.

Zwölf

Redden Alt Mer und Rue Meridian führten Walker mehrere hundert Meter am Hafen entlang, dann wandten sie sich einem schmalen Bootssteg zu. Sie blieben an einem verwitterten Boot mit umgelegtem Mast, einem einzigen Segel und Ruderpinne stehen. Die zwei Fahrenden hielten es ruhig, während der Druide an Bord ging, und rasch stachen sie in See. Innerhalb weniger Augenblicke konnte man den Hafen, das Städtchen und auch das Land nicht mehr sehen. Die Fahrenden platzierten Walker am Bug und wiesen ihn an, nach großen Treibholzstücken Ausschau zu halten, dann stellten sie den Mast auf und setzten das Segel. Walker blickte sich unbehaglich um. Soweit er es einschätzen konnte, gab es keine Möglichkeit zu bestimmen, in welche Richtung sie fuhren. Aber das schien gleichgültig zu sein. Nachdem sich das Segel mit Wind gefüllt hatte, lehnten die beiden sich zurück, Alt Mer am Heck und seine Schwester mittschiffs, und so glitten sie mit stetigem Tempo durch die Nacht.

Es war eine ungewöhnliche Erfahrung, sogar für einen Druiden. Gelegentlich tauchten zwischen den Wolken ein paar Sterne auf, ein oder zwei Mal zeigte sich der Mond, aber ansonsten segelten sie durch eine Brühe aus Nebel und Dunkelheit und immergleichem Meer dahin. Zumindest war das Wasser ruhig. Redden Alt Mer pfiff und summte vor sich hin, während seine Schwester in die dunkle Nacht hinausstarrte. Walker bemerkte, wie er sich in Gedanken erneut mit der Zweifelhaftigkeit und Unsicherheit des Unternehmens beschäftigte, in das er sich kopfüber gestürzt hatte. Die Antworten auf drängende Fragen und die Andeutungen von Möglichkeiten schienen sich unter der Wasseroberfläche zu verbergen. Er kannte ein paar der Zusammenhänge und konnte sich einige weitere ausmalen, doch der Rest – der den weitaus größten Teil ausmachte – blieb noch im Dunkeln.

Mehrere Stunden segelten sie dahin, und weder die Geräusche noch die Umgebung veränderten sich. So überraschte es Walker, als Rue Meridian schließlich eine Öllampe anzündete und sie vorn an den Mast hängte. Vergeblich versuchte das Licht, die Finsternis zu durchdringen, schaffte es kaum, einige Meter vorzustoßen. Redden Alt Mer hatte sich auf die Bank am Heck gesetzt, sein Arm hing über der Ruderpinne, die Füße hatte er auf die Reling gestützt. Er nickte seiner Schwester zu, nachdem diese das Licht angebracht hatte, woraufhin sie nach vorn kam und den Platz mit Walker tauschte.

Kurz danach erschien ein zweites Segelboot, ragte plötzlich vor ihnen auf. Es war wesentlich größer, und Walker schätzte, dass mindestes sechs oder sieben Männer in der Takelage an den beiden Masten arbeiteten. Rue Meridian fing ein ihr zugeworfenes Tau auf und band es am Bug des Skiffs fest. Ihr Bruder löschte die Lampe, strich das Segel, legte den Mast um und setzte sich dann wieder. Die Arbeit dauerte nur Augenblicke, das Tau straffte sich, und nun wurden sie geschleppt.

»Bis wir unser Ziel erreichen, gibt es nichts mehr für uns zu tun«, sagte der Kapitän und machte es sich auf der Bank gemütlich. Kurze Zeit später war er eingeschlafen.

Rue Meridian setzte sich neben Walker. Es dauerte nicht lange, da sagte sie: »Ihn scheint wirklich nichts aus der Ruhe zu bringen. Ich habe ihn schon einmal schlafen sehen, während wir in die Schlacht flogen. Mit Unvorsichtigkeit oder mangelnder Sorgfalt hat das nichts zu tun. Der Große Rote steht immer bereit, wenn er gebraucht wird. Er kann nur einfach abschalten und ist wieder ganz da, sobald es losgeht.«

Mechanisch suchte sie das Wasser ab, während sie sprach. »Er wird dir erklären, er sei der Beste, weil er es selbst glaubt. Deshalb behauptet er auch, dass er dein Mann ist. Vielleicht hältst du ihn für einen Aufschneider, möglicherweise sogar für tollkühn. Ist er aber beides nicht. Er kann einfach nur ungeheuer gut fliegen.« Sie zögerte kurz. »Nein, nicht nur gut. Er ist viel besser. Er kann großartig fliegen. Sein Talent ist unglaublich. Einen besseren Mann habe ich noch nie gesehen. Die Soldaten an der Front haben gedacht, er habe Glück. Das hat er auch, aber zum größten Teil besteht sein Glück aus Tapferkeit, Klugheit und Begabung.«

Sie blickte ihn an. »Ich höre mich doch nicht an wie eine kleine Schwester, die ihren großen Bruder vergöttert?« Leise schnaubte sie. »Nun, das stimmt wohl, trotzdem lasse ich mich durch meine Gefühle für ihn nicht blenden. Wir haben die gleiche Mutter und unterschiedliche Väter. An unsere Väter können wir uns nur verschwommen erinnern. Sie waren Seeleute und Wanderer. Als unsere Mutter starb, waren wir noch sehr jung. Den größten Teil seines Lebens habe ich auf ihn aufgepasst; ich war besser als er. Ich kenne und verstehe ihn. Außerdem weiß ich um seine besonderen Fähigkeiten und Schwächen. Und ich habe alle seine Erfolge und Fehlschläge miterlebt. Niemals würde ich jemanden über ihn belügen, erst recht nicht mich selbst. Du solltest auf mich hören: Der Große Rote ist mindestens zwei andere Männer wert und zudem der Beste, den du für deine Reise finden kannst.«

»Ich hab's gehört«, antwortete Walker leise.

Sie lächelte. »Na, das musstest du ja, ob du wolltest oder nicht.« Jetzt sah sie ihn an. »Dir mangelt es nicht an Intelligenz, Walker. Ich bemerke wohl, dass du die ganze Zeit über nachdenkst. Ich schaue dir in die Augen und sehe deinen Verstand, der arbeitet. Du hörst zu, du schätzt ab und du fällst dementsprechend dein Urteil. Auch die Entscheidung darüber, ob wir zu dieser Expedition gehören werden, wirst du auf diese Weise treffen. Was ich dir erzähle, beeinflusst dich nicht. Aus diesem Grund rede ich auch nicht über meine Gefühle dem Großen Roten gegenüber. Du sollst nur wissen, wo ich stehe.«

Daraufhin schwieg sie und wartete, und kurze Zeit später nickte er: »Das ist nur fair.«

Sie seufzte und suchte eine bequemere Sitzposition. »Offen gesagt geht es mir gar nicht um das Geld. Davon habe ich genug. Aber mir fehlt die innere Ruhe oder das Gefühl für die Zukunft oder einfach etwas, an das ich glauben kann. In den letzten drei Jahren auf der prekkendorranischen Höhe habe ich die Freien gejagt, dann und wann welche umgebracht, ihre Luftschiffe verbrannt und Feuer über ihren Lagern abgeworfen – dabei habe ich mir die Seele verkohlt. Das Ganze war die reinste Dummheit. Ein Krieg wegen Gebietsansprüchen, wegen territorialer Rechte und nationaler Vorherrschaft – welche Bedeutung hat das schon? Abgesehen vom Geld habe ich dabei nichts gewonnen.«

Mit ihren grünen Augen fixierte sie ihn. »Bei deiner Expedition habe ich ein ganz anderes Gefühl. Ein Druide gibt sich nicht mit so armseligen Angelegenheiten ab. Sag mir die Wahrheit – wird mir deine Unternehmung ein wenig mehr bieten?«

Dabei starrte sie ihn so durchdringend an, dass er kurz über die Tiefe ihrer Gefühle staunte. »Ich bin mir nicht sicher«, antwortete er einen Augenblick später. »Es geht schließlich nicht nur um das Geld, das ich euch angeboten habe. Außer eurem Leben steht auch anderes auf dem Spiel. Die Freiheit kann verloren gehen, und die ganze Welt kann sich entweder zum Besseren oder zum Schlechteren verändern. Allerdings kann ich nicht weit genug in die Zukunft schauen, um das genauer zu erklären. Eins hingegen weiß ich: Die Tatsache allein, dass wir aufbrechen, könnte den Unterschied ausmachen, der dir später etwas bedeuten wird.«

»Also retten wir die Welt, ja?« Sie lächelte.

Seine Miene blieb ausdruckslos. »Möglicherweise.«

Das Lächeln verschwand. »Gut, keine Scherze über dieses Thema. Ich wollte keineswegs andeuten, dass du übertreibst. Deshalb erlaube ich mir, ein wenig an das zu glauben, was du versprichst. Es kann ja nicht schaden. Ein wenig Glauben auf beiden Seiten wäre doch ein guter Anfang für eine Partnerschaft, nicht wahr?«

Er nickte und lächelte. »Ja.«

Vogelgesang kündigte das Einsetzen der Morgendämmerung an, und mit dem ersten Tageslicht hoben sich riesige Klippen vom Himmel ab, deren zerklüftete, kahle Wände von Wind und Wetter ausgewaschen waren. Zuerst schien es keinen Weg durch diese beachtliche Barriere zu geben. Aber auf dem Schiff vor ihnen wurde eine Lampe angezündet und in die Höhe gezogen, und an der Küste flammten zur Antwort zwei Lichter auf und markierten den Einlass. Sogar danach war keine Öffnung sichtbar, erst, als sie die Klippen beinahe erreicht hatten. Die Luft hing voller Nebel und Gischt, und das Donnern der Wellen an den Felsen drückte die unmissverständliche Warnung aus, sich fern zu halten. Aber der Kapitän des Schiffes fuhr ohne zu zögern weiter und navigierte zwischen Felsen hindurch, die sein Schiff – und das kleine Skiff, in dem Walker saß, erst recht – mit Leichtigkeit versenken könnten.

Redden Alt Mer war aufgewacht, stand an der Ruderpinne und steuerte das Boot mit sicherer Hand im Kielwasser des Zweimasters. Walker sah zu ihm zurück und war überrascht, weil das Gesicht des Kapitäns so glücklich und erwartungsfroh wirkte. Er genoss diese Fahrt, die Aufregung und die Herausforderung des Meeres, fühlte sich so sehr zu Hause, wie es den meisten anderen wohl unmöglich war.

Und Rue Meridian, die neben ihm stand, lächelte ebenfalls.

Sie drangen zwischen den Felsen in einen schmalen Kanal vor, wobei das Skiff auf dem Meer auf und ab hüpfte. Möwen und Kormorane kreisten über ihnen, ihre Schreie hallten von den Steilwänden wider. Vor ihnen lag eine breite Bucht, die von Klippen umschlossen wurde, deren Oberseite bewaldet war und von denen Wasserfälle über dreißig Meter aus dem Nebel nach unten stürzten. Während sie aus dem Kanal in den relativ ruhigen Hafen einfuhren, ließ der Lärm von Wind und Brandung nach. Hinter ihnen erloschen die Lichter, die sie geleitet hatten.

Aus Dunkelheit und Dunst tauchten die ersten Anzeichen einer Siedlung auf. Über ihren Charakter gab es keinen Zweifel. Eine große Werft lag am Ufer der Bucht, mit Anleger, Schmiede und Holzlager. Eine Reihe Schiffe ankerte am Nordende und hob sich schlank und dunkel gegen das silbrige Wasser ab. Walker erkannte die Luftschiffe am Glitzern der Strahlungssammler.

Während sie sich dem Ufer näherten, ließ das Schiff, das sie schleppte, den Anker herab, und ein kleines Beiboot mit zwei Matrosen an den Riemen wurde heruntergelassen. Sie ruderten zu dem Skiff und nahmen Walker und die Fahrenden an Bord. Alt Mer und seine Schwester begrüßten die Seeleute vertraulich, stellten sie jedoch dem Druiden nicht vor. Die ruderten durch das dunstige Licht und die umherstreifenden Vögel und stiegen an einem der Bootsstege aus. Hafenarbeiter beförderten Ladungen entlang der Wasserfront hin und her, und Handwerker begannen gerade mit ihrer Arbeit. Der Lärm von Hämmern und Sägen vertrieb die Stille, und die Siedlung schien gleichzeitig aus dem Schlaf zu erwachen.

»Hier entlang«, wies Redden Alt Mer den Weg und machte sich zum Strand auf.

So betraten sie das Land und gingen nach links durch die Werften weiter, an Schmieden und Holzstapeln vorbei zu einem Gebäude am Wasser. Davor befand sich eine breite, überdachte Veranda mit Tischen. Große Papierstücke waren auf den Tischen ausgerollt und wurden von Ziegeln gehalten. Männer arbeiteten sich von einem Plan zum anderen durch, überprüften die Beschriftungen und markierten Anpassungen und Änderungen.

Derjenige, der sie bei diesem Tun beaufsichtigte, sah bei der Ankunft von Walker und den Fahrenden auf und kam ihnen entgegen. Er war ein riesengroßer, stämmiger Kerl mit baumstarken Armen und Beinen, einem wilden schwarzen Haarschopf und rötlichem, wettergegerbtem Gesicht, das zum Teil von einem dichten Bart verdeckt wurde. Er trug die hellen Schärpen und goldenen Ohrringe, die Fahrende bevorzugten, und seine mürrische Miene stand im Gegensatz zu den funkelnden Adleraugen.

»Morgen zusammen«, knurrte er wenig freundlich. Seine schwarzen Augen verharrten auf Walker. »Hoffe, du bist ein Kunde, der taub, stumm und blind ist und hier ist, um sein Vermögen mit denen zu teilen, die weniger besitzen als du. Denn wenn nicht, könnte ich dich auch gleich umbringen. Der Große Rote kennt die Regeln.«

Walker ließ sich keinerlei Besorgnis anmerken, als er Redden Alt Mers Stöhnen hörte. »Mir wurde gesagt, hier würde ich den besten Schiffbauer der Welt treffen. Solltest du das etwa sein?«

»Schon möglich.« Die schwarzen Augen richteten sich misstrauisch auf Alt Mer, dann wieder auf Walker. »Du siehst nicht dumm aus, aber auch nicht wie einer, der einen dicken Geldbeutel hat. Wer bist du?«

»Ich heiße Walker.«

Der stämmige Mann betrachtete ihn schweigend. »Der Druide?«

Walker nickte.

»Gut, gut. Das wird vielleicht doch noch interessant. Was lockt einen Druiden heutzutage aus Paranor heraus? Bestimmt keine Kleinigkeiten.« Er streckte die massige Hand aus. »Ich bin Spanner Frew.«

Walker schüttelte die Hand. Sie fühlte sich an wie aus Eisen gemacht. »Druiden gehen immer dorthin, wo sie gebraucht werden.«

»Das muss ziemlich schwierig für dich sein, da es ja nur noch einen von euch gibt.« Spanner Frew lachte dröhnend. »Wie bist du diesen Dieben in die Hände gefallen? Nun gut, die junge Rue kann einem schon den Kopf verdrehen, meinen eingeschlossen.«

»Cicatrix hat sie mir geschickt.«

»Ah, ein tapferer und unglücklicher Mann«, sagte der Schiffbauer mit feierlichem Nicken und überraschte Walker. »Hat bei einem Schiffsuntergang alles außer seinem Verstand verloren, und obwohl es nicht sein Fehler war, hat man ihm die Schuld zugewiesen. Wusstest du das?«

»Ich habe nur Gerüchte gehört. Aber ich kenne Cicatrix gut genug, um ihm zu vertrauen.«

»Gut ausgedrückt. Also hast du dich beim Großen Roten und der Kleinen ins Schlepptau gehängt und suchst nach einem Schiffbauer. Demzufolge willst du verreisen und brauchst ein Schiff dazu. Erzähl mir Näheres.«

Walker lieferte einen kurzen Überblick über das, was er brauchte und wie es eingesetzt werden würde. Er erzählte Spanner Frew nicht mehr als Redden Alt Mer, war jedoch so offen wie möglich. Er hatte bereits entschieden, dass er diesen Mann mochte. Jetzt musste er nur noch überprüfen, ob er ein guter Handwerker war.

Nachdem er geendet hatte, wurde Spanner Frews Stirnrunzeln noch tiefer. »Das wird offensichtlich eine sehr lange Reise, die du da planst, die könnte glatt einige Jahre dauern?« Walker nickte. »Dann braucht das Schiff Quartiere, Vorrats- und Frachträume. Außerdem Verteidigungseinrichtungen für den Fall, dass ihr Feinden begegnet. Desgleichen muss es mit jedem Wetter fertig werden, denn draußen auf der Blauen Spalte gibt es Stürme, die ein gewöhnliches Schiff binnen kurzem in Treibholz verwandeln.« Er listete das alles in nüchternem Ton auf und meinte es nicht als Frage. »Du brauchst Waffen, die in der Luft und an Land zu gebrauchen sind. Ersatzteile, die während der Reise nirgendwo zu bekommen sind – Strahlungssammler, Ambientlichtsegel, Diapsonkristalle und so weiter. Eine große Bestellung. Sehr groß.«

Er betrachtete die Arbeiter hinter sich und schaute dann zum Hafen. »Ich hoffe nur, dir stehen ausreichend Mittel zur Verfügung.«

Abermals nickte Walker.

Spanner Frew verschränkte die fleischigen Arme. »Ich habe ein Schiff für dich. Ist gerade fertig geworden, eine Art Prototyp für eine neue Serie. So ein Schiff gibt es in den Vier Ländern kein zweites Mal. Kein reines Kriegsschiff; es ist vor allem für lange Fahrten konstruiert. Ich wollte es schon auf dem offenen Markt anbieten, vor allem diesen Narren, die sich auf der prekkendorranischen Höhe niedermetzeln. Wenn es ihnen gefallen hätte, wovon ich ausgehe, hätte ich ihnen noch ein Dutzend gebaut und mich dann als reicher Mann zur Ruhe gesetzt.« Seine verdrießliche Miene wurde zu einem bedrohlichen Grinsen. »Lieber würde ich es allerdings dir verkaufen. Möchtest du es dir anschauen?«

An den Werften vorbei führte er sie nach Norden zu der Stelle, wo der Strand sich zu einer Reihe von Felsüberhängen öffnete. Dort lag die Flotte vor Anker, die Walker vorhin bei der Einfahrt in den Hafen gesehen hatte. Es handelte sich um fast ein Dutzend Schiffe verschiedener Größe, doch lediglich eins zog den Blick des Druiden auf sich. Er wusste, das konnte nur das Schiff sein, über das Spanner Frew gesprochen hatte.

»Das ist es.« Der stämmige Schiffbauer deutete mit dem Kopf darauf. »Du hast es gleich entdeckt, nicht wahr?«

Es war wie ein Katamaran gebaut, nur viel größer. Da Holz und Stag und sogar die Lichtsegel in dunklen Farben gehalten waren, wirkte es flach und schlank und irgendwie schurkisch, und die beiden Masten neigten sich so sehr, dass man den Eindruck hatte, es würde sich bewegen, obwohl es auf Reede lag. Das Deck ruhte auf zwei Pontons, deren Enden sich an beiden Seiten zu Hörnern aufschwangen, während der mittlere Teil mit Kanzeln für den Kampf bestückt war. Die Reling neigte sich nach den Seiten, Bug und Heck und bot so Speicherraum und Schutz vor Angriffen. Das Pilotenhäuschen lag mittschiffs zwischen den Masten und war ein wenig erhöht, und außerdem war der Rudergänger von Schilden umgeben, die für ausreichend Schutz sorgten. Die niedrigen Quartiere und Speicher befanden sich vor und hinter den Masten und waren entsprechend der Form des Decks und der Pontons geschwungen, um dem Wind möglichst wenig Widerstand zu bieten. Die Quartiere reichten außerdem fast bis hinunter zur Wasserlinie.

Alles war glatt und geschwungen und glänzte wie poliertes Metall, sogar im leichten Dunst der Bucht.

»Es ist wunderschön«, sagte Walker und wandte sich an Spanner Frew. »Wie fliegt es?«

»Wie es aussieht. Traumhaft. Ich habe es selbst getestet. Es tut alles, was du willst, und sogar noch mehr. Zwar fehlt es ihm an Waffenausrüstung, doch das macht es durch Geschwindigkeit und Beweglichkeit wieder wett. Natürlich«, fügte er hinzu und warf Redden Alt Mer einen Blick zu, »braucht es den richtigen Kapitän.«

Walker nickte. »Ich halte nach einem Ausschau. Hast du irgendwelche Vorschläge?«

Der Schiffbauer brach in schallendes Gelächter aus und wäre beinahe gestolpert. »Oh, das ist lustig, sehr lustig! Hoffentlich hast du den Blick vom Großen Roten gesehen, als du das gesagt hast! Er sah so aus, als hätte man ihn an den Haaren gezogen! Ha, du hast wirklich Humor, Druide!« Walker wandte sich mit trockener Miene wieder dem Schiff zu. »Schön, dass du dich darüber amüsierst, aber ich habe die Frage ernst gemeint. Ich werde den Handel nur abschließen, wenn sich der Schiffbauer bereit erklärt, ebenfalls mitzukommen.«

Spanner Frew blieb das Lachen im Halse stecken. »Was? Was hast du gesagt?«

»Versetz dich einmal in meine Lage«, antwortete Walker milde und schaute noch immer zum Hafen und zum Schiff. »Ich bin ein Fremder, der die Hilfe eines Volkes in Anspruch nimmt, welches für die doppeldeutigen Auslegungen seiner Abmachungen bekannt ist. Fahrende lügen zwar bei ihren Geschäften nicht, doch sie geben der Wahrheit gern einen recht großen Spielraum und beugen die Regeln ein wenig, wenn es ihnen nützt. Das kann ich akzeptieren. Ich gehöre schließlich zu einem Orden, der sich damit auskennt. Aber wie soll ich mich in einer Situation schützen, in der alle Vorteile beim anderen liegen?«

»Du hättest dich am besten fest an ...«, begann der Schiffbauer, doch Walker schnitt ihm mit einer Geste das Wort ab.

»Hör mir nur einen Augenblick zu. Redden Alt Mer behauptet, er sei der beste lebende Luftschiffkapitän. Rue Meridian stimmt dem zu. Du erzählst mir, du seist der beste lebende Schiffbauer, und dieses Schiff sei das beste Luftschiff, das jemals gebaut wurde. Und ich möchte euch auch gern zustimmen, nach allem, was ich gesehen und gehört habe. Ja, ich glaube euch. Doch da ich dir den halben Preis im Voraus zahlen werde, wie kann ich da sichergehen, dass ich keinen Fehler begangen habe?«

Er drehte sich um und sah einen nach dem anderen an. »Indem ich dich mitnehme. Denn ich denke, du wirst kaum mit einem Schiff oder einem Kapitän fliegen, dem du nicht vertraust. Wenn du mitkommst, weiß ich, dass du beiden vertraust und ich nicht in die Irre geführt wurde.«

»Aber das ist unmöglich!«, rief Spanner Frew wütend.

Walker zögerte. »Warum?«

»Weil ... weil ich ein Schiffbauer bin und kein Seemann!«

»Einverstanden. Genau aus dem Grund will ich dich bei mir haben. Wegen der Reparaturen, die nach einem Sturm oder einem Gefecht notwendig sein könnten, wie du vorhin gesagt hast. Ich würde mich viel besser fühlen, wenn du sie beaufsichtigst.«

Der Schiffbauer deutete mit weiter Geste auf die Küste hinter sich. »Ich kann all diese Bauten nicht halb fertig zurücklassen! Man braucht mich hier! Schließlich gibt es noch andere, die fast genauso gut sind wie ich und an meine Stelle treten könnten!«

»Sollen sie doch«, erwiderte Walker ruhig. »Wenn sie genauso gut sind, können sie auch die Schiffe zu Ende bauen.« Er trat vor, bis die beiden sich beinahe berührten. Spanner Frew stand mit hochrotem Gesicht und finsterer Miene da und wich keinen Zollbreit zurück. »Ich habe dir nicht besonders viel erzählt, aber das werde ich jetzt nachholen. Unser Vorhaben ist wichtiger als alles, was du jemals hier schaffen kannst. Von denen, die mich begleiten, verlange ich Mut und Willensstärke und ein Herz, wie es nur wenige besitzen. Ich glaube, du hast ein solches Herz. Enttäusche mich nicht. Und weise mich nicht einfach ab. Denk darüber nach, was ich dir sage, ehe du dir deine Meinung bildest.«

Einen Augenblick lang herrschte Schweigen. Dann räusperte sich Redden Alt Mer. »Das klingt doch fair, Spanner.«

Der Schiffbauer fuhr herum. »Mir ist es vollkommen gleichgültig, was du für fair hältst und was nicht, Großer Roter! Mit dir hat das nichts zu tun!«

»Natürlich hat es etwas mit ihm zu tun«, warf Rue Meridian scharf ein. Sie lächelte ihn spöttisch an. »Was ist los, Schwarzbart? Bist du alt und ängstlich geworden?«

Einen Moment lang glaubte Walker, der stämmige Schiffbauer würde explodieren. Dieser stand da und zitterte vor Wut. »Niemand außer dir dürfte es wagen, so mit mir zu sprechen!«, zischte er sie an.

Wie durch Magie erschien ein Messer in ihrer Hand. Sie warf es in die Luft, fing es auf und ließ es wieder verschwinden. »Früher warst du mal ein ganz guter Pirat, Spanner Frew«, stichelte sie weiter. »Gefiele es dir nicht, wieder einer zu werden? Wie lange bist du nicht mehr auf der Blauen Spalte gekreuzt?«

»Wie lange bist du nicht mehr auf dem Rücken des Windes in ein neues Land geritten?«, fügte ihr Bruder hinzu. »Du würdest wieder jung werden, Spanner. Der Druide hat Recht. Komm mit uns.«

Rue Meridian blickte Walker an. »Natürlich musst du ihn bezahlen. Das Gleiche, was du dem Großen Roten und mir zahlst.«

Walker kam dieser Forderung mit einem Nicken nach. Spanner Frew sah ungläubig von einem zum anderen. »Ihr seid euch schon einig, nicht?«, wollte er von Walker wissen.

Der Druide nickte erneut.

»Bei den Schatten!« Der Schiffbauer seufzte leise. Dann zuckte er plötzlich mit den Schultern. »Nun, lassen wir die Angelegenheit für jetzt auf sich beruhen. Gehen wir frühstücken und schauen wir hinterher, wie die Welt mit vollem Bauch aussieht. Ich könnte ein ganzes Pferd mitsamt Sattel verschlingen. Ha!«, brüllte er und klopfte sich auf den Bauch. »Kommt schon, ihr Haufen elender Diebe! Wollt einen ehrlichen Mann zu einer Seereise ins Nirgendwo verleiten! Einem armen Schiffbauer wollt ihr einreden, er habe verrückten Männern und noch verrückteren Frauen etwas anzubieten! Verschont mich, und hoffentlich habt ihr es nicht auch noch auf meinen Geldbeutel abgesehen.«

Er drehte sich in Richtung der Häuser um, schimpfte weiter lauthals vor sich hin, ging los und kümmerte sich nicht darum, ob die anderen ihm folgten.

Sie nahmen das Frühstück in einem Gemeinschaftssaal ein, der sich unter einem riesigen Zeltdach befand. Die Feuer zum Kochen und die Küchengerätschaften befanden sich am hinteren Ende, wo Rauch und Dampf abziehen konnten, die Tische und Bänke im vorderen Teil. Die gesamte Einrichtung wirkte provisorisch und leicht abbaubar, und auf Walkers Frage hin, wie lange die Siedlung hier schon bestehe, antwortete der Schiffbauer, sie würden mindestens einmal im Jahr umziehen, um sich selbst zu schützen. Schließlich waren sie Fahrende und hielten sich an die alten Traditionen, und die Art ihres Lebens und ihres Geschäfts verlangte zumindest ein Minimum an Geheimhaltung. Anonymität und Beweglichkeit waren hoch geschätzt, obwohl sie eigentlich von niemandem direkt bedroht wurden, der sie als lästig oder als Feind betrachtete, und sie fühlten sich sicherer, wenn sie in regelmäßigen Abständen den Ort wechselten. Das war nicht so schwierig, erklärte der große Mann. Es gab Dutzende solcher Buchten entlang der Küste, und nur die ähnlich einsiedlerischen und diskreten Flugreiter kannten sie.

Während sie speisten, erklärte Spanner Frew, dass jene, die hier arbeiteten und lebten, häufig ihre Familien mitbrachten und dass die Siedlung allen Unterkunft und Verpflegung bot. Die jüngeren Mitglieder der Familie wurden in dem für den Schiffbau notwendigen Handwerk ausgebildet oder gingen verwandten Beschäftigungen nach. Ein jeder sorgte für das Wohlergehen der Gemeinschaft, und was den Ort der Siedlung anging, so hatten sich alle zur Geheimhaltung verpflichtet. In der großen Gemeinde der Fahrenden wusste man darüber Bescheid, doch Fahrende verrieten solche Dinge nie an Außenstehende, solange man die nicht für vertrauenswürdig hielt. Daher hätte Walker Spanner Frew nie gefunden, wenn Cicatrix nicht Redden Alt Mer gegenüber für den Druiden gebürgt hätte.

»Sonst wäre man in March Brume an dich herangetreten und hätte versucht, das Geschäft dort abzuschließen«, brachte der Schiffbauer mit vollem Mund vor, »was für mich vermutlich genauso gut gewesen wäre.«

Nichtsdestotrotz klang Spanner Frew nach dem Frühstück so, als würde er seine Weigerung, Walker zu begleiten, noch einmal überdenken. Er begann bereits, notwendige Vorräte und Ausrüstungsteile aufzulisten, und erklärte ihnen, wo sie am besten verstaut wurden, ließ sich über die Art der Mannschaft aus, die man zusammenstellen musste, und wägte die Rolle ab, die er als Steuermann spielen würde, eine Position, welche er in seiner Zeit auf See eingenommen hatte. Er versicherte Walker, Redden Alt Mer sei der beste Luftschiffkapitän, den er kannte. Der Große Rote sei die richtige Wahl für eine solche Reise. Über Rue Meridian sagte er wenig, gab nur gelegentlich einen Kommentar über ihre bezaubernden Blicke und ihre scharfe Zunge ab; trotzdem wurde deutlich, dass er Bruder und Schwester für ein herausragendes Gespann hielt. Walker sprach kaum, überließ dem geschwätzigen Schiffbauer das Reden, achtete allerdings auf die Blicke, die sich die Drei untereinander zuwarfen, und darauf, wie sie miteinander umgingen.

»Eine Sache möchte ich allerdings von Anfang an klarstellen«, sagte Redden Alt Mer schließlich und wandte sich an den Druiden. »Wenn wir dich als Expeditionsführer akzeptieren, musst du im Gegenzug zustimmen, dass ich an Bord das Kommando habe. Alle Entscheidungen über das Steuern des Schiffes und die Sicherheit von Mannschaft und Passagieren während des Fluges werden von mir getroffen.«

Rue Meridian und Spanner Frew zeigten sich damit offenbar einverstanden, da sie nichts Gegenteiliges verlauten ließen. Nachdem Walker einen Moment lang darüber nachgedacht hatte, nickte er.

»In allen Angelegenheiten, außer wenn es um die Richtung und die Geschwindigkeit geht. In diesen beiden Dingen musst du mir folgen. Wohin es geht und wie schnell, das zu bestimmen liegt allein bei mir.«

»Nur nicht, falls du uns dadurch in Gefahr bringst«, verkündete der andere lächelnd. »Dann musst du auf meinen Rat hören.«

»In dem Fall werden wir drüber reden«, erwiderte Walker.

Später ruderten sie zu dem Schiff hinaus, und Spanner Frew ging mit ihnen vom Bug zum Heck und erklärte, wie es konstruiert war und zu welchen Leistungen es in der Lage war. Walker betrachtete den Aufbau aufmerksam, von den Gefechtskanzeln bis zur Pilotenkajüte, prägte sich alles ein, stellte Fragen und wurde immer zuversichtlicher, was die Eignung des Schiffes betraf. Er erkannte aber auch, dass für Waffen und Vorräte mehr Raum benötigt werden würde, als er bislang erwartet hatte. Aus diesem Grund würde er die Anzahl der Teilnehmer an der Expedition verringern müssen. Die Besatzung war bereits auf ein Minimum beschnitten, selbst wenn Spanner Frew mitkam. Demnach konnte er nur noch bei den Kämpfern sparen. Den Elfen würde das nicht gefallen, doch führte kein Weg daran vorbei. Vierzig Mann waren zu viel. Im besten Fall durften es fünfunddreißig sein, und sogar mit denen würde es schon sehr eng werden.

Diese Sache besprach er ausführlich mit den Fahrenden und versuchte eine Möglichkeit zu finden, den vorhandenen Raum besser zu nutzen. Redden Alt Mer meinte, die Mannschaft könne auf Deck in Hängematten zwischen den Masten schlafen, und Spanner Frew schlug vor, die Vorräte zu reduzieren und sich darauf zu verlassen, sie unterwegs auffüllen zu können. Das war natürlich ein Balanceakt, allerdings dachte Walker, die Flugreiter könnten bei der Suche nach Vorräten helfen, und aus diesem Grund konnten sie dieses Risiko wohl eingehen.

Am Ende des Tages hatten sie sich darüber geeinigt, welche Veränderungen an Bord vorgenommen werden mussten, und eine Liste von Vorräten und Ausrüstung zusammengestellt. Redden Alt Mer würde in den Seehäfen der Umgebung seine Mannschaft zusammensuchen. Schiff, Kapitän und Besatzung, Spanner Frew eingeschlossen, könnten innerhalb einer Woche in Arborlon sein.

Walker war zufrieden. Die Sache kam so voran, wie er es sich erhofft hatte. Nachdem er in der Nacht hier geschlafen hätte, würde er nach March Brume zurückkehren.

Aber er sollte wenig Ruhe finden.

Der Angriff auf die Siedlung erfolgte kurz vor Sonnenaufgang. Ein Wachposten oben auf den Klippen stieß in sein Widderhorn und warnte mit drei schrillen Tönen, welche die Stille der Dämmerung erschütterten und alle aus den Kojen scheuchten. Als die dunklen Rümpfe der Luftschiffe schließlich in der Einfahrt zur Bucht erschienen und in die ersten Strahlen der aufgehenden Sonne segelten, flohen die Frauen, Kinder und Alten der Fahrenden schon in die Wälder und Berge, während die Männer sich zur Verteidigung bereitmachten.

Doch die angreifenden Schiffe waren im Verhältnis zwei zu eins in der Überzahl, und zudem befanden sie sich schon in der Luft und konnten sofort zuschlagen. In einer dunklen Linie strömten sie durch die Hafeneinfahrt herein und flogen kaum hundert Fuß über dem Wasser. An den Relings und in den Gefechtskanzeln drängten sich bewaffnete Männer. Feuer regnete aus Pecheimern auf die Schiffe und ihre Verteidiger herab. Speere und Pfeile erfüllten die Luft mit ihrem Sirren. Die Hälfte der Schiffe unten sank, bevor die Segel gesetzt werden konnten. Dutzende Männer starben in den Flammen, und viele weitere fanden in kleinen Booten den Tod, in denen sie die Schiffe zu erreichen versuchten.

Walker und seine drei Gefährten entgingen diesem Schicksal nur durch Zufall. Zu dem Zeitpunkt, da der Angriff begann, waren sie an Bord und testeten die Reaktionen ihres Schiffs. Aus diesem Grund hatten sie die Lichtsegel bereits ausgerollt und die Strahlungssammler in Position gebracht. Die Fahrenden handelten ohne zu zögern, durchtrennten das Ankerseil mit einem Schwerthieb und stiegen auf. Sekunden später befanden sie sich in der Luft und schossen auf die Angreifer zu wie ein schwarzer Vogel. Das Schiff reagierte mit einer Behändigkeit und Flinkheit, gegenüber der die feindlichen Schiffe wirkten, als ständen sie still.

Walker hatte sich eine Sicherheitsleine um den Bauch gebunden, hockte vor der Pilotenkajüte und sah zu, wie Land und Wasser rasch unter ihm zurückblieben. Während Spanner Frew und Rue Meridian die Steuerbord- und Backbordsammler bemannten, lenkte Redden Alt Mer das schlanke Schiff rücksichtslos durch die Reihen der Angreifer und wäre fast mit einem kollidiert. Die Rümpfe der Schiffe ragten auf beiden Seiten auf und glitten wie nächtliche Phantome vorbei, wie riesige Geister auf der Jagd. Manche kamen ihnen so nah, dass Walker die Föderationsuniformen der Soldaten erkennen konnte, die in den Gefechtsständen hockten und Pfeile abschossen oder Speere nach ihnen schleuderten.

»Festhalten!«, rief Alt Mer von seinem gefährlichen Standort aus und riss die Steuerhebel zurück, wodurch er mehr Höhe und Geschwindigkeit gewann.

Überall flogen Geschosse herum, dunkle Projektile, die sich gegen die zwei hellen Lichtquellen, die Sonne und die Brände im Hafen, abhoben. Walker drückte sich an die Wand der Pilotenkajüte und schützte so seinen Rücken. Er wollte keine Magie anwenden, denn dadurch würde er seine Anwesenheit verraten, was er nicht für angebracht hielt. Zu seiner Rechten fluchte Spanner Frew laut in einem Hagel von Pfeilen und duckte sich tief in eine der Gefechtskanzeln, die einem angreifenden Schiff so nah war, dass er nur die Hand hätte ausstrecken müssen, um es zu berühren. Gegenüber eilte Rue Meridian von Sammler zu Sammler, wich auf wundersame Weise den Pfeilschwärmen aus, die um sie herum niedergingen, und zog mit finsterer und entschlossener Miene an den Leinen.

Die wilde, haarsträubende Flucht erreichte ihren Höhepunkt, als sie mit der Unterseite des Schiffes über die Mastspitzen der Angreifer strichen und endlich die Sicherheit des weiten Himmels erreichten. Überall flohen die verbliebenen Luftschiffe der Fahrenden in die Dunkelheit, stiegen über die Klippen hinweg oder verschwanden entlang der Küste. Unten gingen die Angreifer noch tiefer, setzten alles in Brand und trieben die letzten Bewohner in die Wälder der Umgebung. Masten ragten spitz aus den Flammen auf.

Nachdem das Schiff ein wenig ruhiger in der Luft lag, tauchte Rue Meridian neben Walker auf. »Das waren Schiffe der Föderation!«, fauchte sie wütend. Ihr Gesicht war mit Ruß und Schweiß verschmiert. »Die müssen verrückter sein, als ich dachte! Haben die dort unten alle vertrieben oder getötet und die Häuser niedergebrannt, nur um es uns zu zeigen?«

Walker schüttelte den Kopf. »Nein, hinter euch waren die nicht her, glaube ich.« Er bemerkte ihren erschrockenen Blick. »Und hinter dieser Hexenjagd steckte vermutlich auch überhaupt nicht die Föderation.«

Sie zögerte einen Moment, dann stieß sie zischend die Luft aus. Ja, sie hatte verstanden.

Hinter ihm, jetzt durch die Klippen verborgen, lagen die brennenden Gebäude der Fahrenden, von denen man nun nur noch einen rötlichen Schein sehen konnte, und Luftschiffe versanken in der Tiefe.

Dreizehn

Bek Rowe und Quentin Leah brachen bei Tagesanbruch auf und ritten nach Osten durch das Hochland. Der Tag war kühl und klar, der Duft von frischem Gras und Blumen lag in der Luft, und die Sonne schien ihnen warm ins Gesicht. Im Westen sammelten sich allerdings Wolken, und bei Einbruch der Nacht mochte es durchaus Regen geben. Sie blieben mit den Pferden auf Straßen, bis es keine mehr gab, dann ritten sie über offene Wiesen und Weiden und versuchten, so rasch wie möglich voranzukommen. Im besten Fall würden sie mehrere Tage brauchen, um ins Ostland zu gelangen, wo sie mit der Suche nach dem geheimnisvollen Truls Rohk beginnen konnten. In der alten Zeit, vor der Invasion der Föderationsarmee, hätten sie diesen Weg niemals einschlagen können. Genau vor ihnen lag das Tiefland von Clete, eine trostlose Moorlandschaft voller abgestorbener Bäume, die in Nebel gehüllt waren. Jenseits davon lagen die Schwarzen Eichen, ein riesiger Wald, der mehr Opfer gefordert hatte, als einer der beiden jungen Männer zählen konnte, meist durch Missgeschick und Hunger, manche jedoch auch, vor allem in früheren Zeiten, durch riesige Wölfe, die einst seine meistgefürchteten Bewohner gewesen waren. Das war schon entmutigend genug, doch nachdem der Reisende Moor und Wald hinter sich gebracht hatte, befand er sich noch immer nicht in Sicherheit. Hinter den Schwarzen Eichen folgte der Nebelsumpf, eine heimtückische Gegend, in der den Gerüchten zufolge Kreaturen von außerordentlicher Macht und bemerkenswerter Magie lebten. Südlich des Sumpfes erstreckte sich über Hunderte von Meilen das Tiefland von Battlemound, ein schreckliches Land, das von Sirenen bevölkert war, tödlichen Pflanzen, die ihren Opfern auflauerten, indem sie Stimmen und Gestalten nachahmten und die solcherart Hypnotisierten mit ihren tentakelartigen Wurzeln packten, betäubten und in aller Ruhe verspeisten.

Keinem dieser Wesen wollten die beiden Cousins unbedingt begegnen, aber man konnte ihnen nur schlecht ausweichen, wenn man die Route unterhalb des Regenbogensees wählte. Jeder andere Weg würde sie oben um den Regenbogensee herumführen und mindestens drei zusätzliche Tage kosten – und außerdem natürlich eigene Gefahren bergen. Weiter nach Süden zu reiten würde einen Umweg von mehr als hundert Meilen bedeuten, und dann kamen sie fast an der prekkendorranischen Höhe vorbei, einem Ort, an den es nun wirklich niemanden mit gesundem Verstand zog.

Aber dies hatte die Föderation während der Besatzungszeit in Leah sehr wohl erkannt und Straßen durch Clete und die Schwarzen Eichen gebaut, um die Beförderung von Männern und Ausrüstung zu erleichtern. Viele dieser Straßen wurden heute vernachlässigt und konnten nicht mehr von Wagen benutzt werden, für Reiter waren sie allerdings weiterhin passierbar. Quentin, der Ältere der zwei, hatte die Länder, durch die sie ziehen wollten, eingehender erkundet und zeigte sich zuversichtlich, dass sie den Weg zum Anar ohne Schwierigkeiten finden konnten.

Das gute Vorankommen am ersten Tag bestätigte diese Voraussage. Gegen Mittag hatten sie das Hochland verlassen und waren in den tristen Morast von Clete geritten. Sonne und Himmel verschwanden, und die beiden Vettern wurden unter einem trostlosen Grau aus Nebel und Dunkelheit begraben. Die Straße hingegen blieb sichtbar, also zogen sie weiter. Sie verlangsamten den Schritt, als das Gelände heimtückischer wurde, Gebüsch und Äste der Bäume kamen so nahe, dass sie gezwungen waren, sich zu ducken, während sie die Pferde immer wieder um Treibsand und Dornensträucher lenken mussten. Um sie herum bewegten sich Schatten, von denen manche durch das Spiel des Lichts entstanden, andere von Wesen geworfen wurden, denen es irgendwie gelang, in diesem verwunschenen Land zu überleben. Sie hörten Geräusche, die sie jedoch nicht identifizieren konnten. Ihr Gespräch erstarb, die Zeit schien sich endlos zu dehnen. Ihre ganze Aufmerksamkeit war darauf gerichtet, sicher auf der Straße zu bleiben.

In der Abenddämmerung hatten sie das Tiefland ohne Zwischenfall hinter sich gebracht und betraten nun die Unheil verkündende Finsternis der Schwarzen Eichen. Die Straße hier war ebener und mehr bereist, der Weg offen und klar, und so ritten sie in ein Labyrinth sich stetig verlängernder Schatten. Im Zwielicht hielten sie auf einer Lichtung an und schlugen das Nachtlager auf. Sie machten Feuer, bereiteten ihre Mahlzeit zu, aßen und rollten ihr Schlafzeug aus. Die Vettern scherzten und lachten und erzählten sich eine Zeit lang Geschichten, ehe sie einschliefen.

Der Schlaf dauerte bis Mitternacht, als es so heftig zu regnen begann, dass die Lichtung innerhalb weniger Minuten überflutet war. Bek und Quentin schnappten sich ihre Ausrüstung und retteten sich unter eine große Konifere, wo sie sich mit ihren Reisemänteln zudeckten, derweil sie unter einem Baldachin federartiger Äste saßen und dem Regen zuschauten, der ohne Unterlass bis zum Morgen niederging.

Nach dieser Nacht waren sie steif und verspannt und hatten kaum geruht, trotzdem setzten sie ihre Reise ohne Klagen fort. Unter anderen Umständen hätten sie bessere Ausrüstung bei sich gehabt, doch keiner der zwei hatte sich mit einem Packtier belasten wollen, und so hatten sie nur das Notwendigste mitgenommen. Einige feuchte, kalte Nächte im Verlauf einer Woche waren akzeptabel, wenn man dadurch einige Tage einsparte. Sie nahmen ein kaltes Frühstück zu sich und ritten den ganzen Morgen durch die Schwarzen Eichen, bis der Regen am Nachmittag nachließ und sie das Tiefland von Battlemound erreichten. Hier wandten sie sich nach Süden, weil sie nicht das Risiko auf sich nehmen wollten, durch den Nebelsumpf zu ziehen; sie würden diesen umgehen, im Osten herauskommen und sich dann wieder nach Norden wenden, in Richtung Silberfluss.

Bei Sonnenuntergang hatten sie ihr Ziel fast erreicht, waren Sirenen und anderen Gefahren ausgewichen, hielten sich weiter auf der Straße, bis diese nach Süden abbog, und blieben danach im offenen Gelände der Tiefebene, das nach und nach in Wald und Hügel überging. Schließlich sahen sie das glitzernde Band des Flusses vor sich. Am Ufer schlugen sie im Schutz von Pappeln und Buchen das Lager auf. Der Boden war trocken genug, um das Schlafzeug auszurollen, und sie zündeten ein Feuer an. Anschließend tränkten und fütterten sie die Pferde und rieben sie ab. Dann bereiteten sie das Essen für sich selbst zu, setzten sich in Richtung Fluss und nippten an einem Bier, während sie sich unterhielten.

»Wenn wir bloß mehr über Truls Rohk wüssten«, sagte Bek, nachdem das Gespräch eine Zeit lang geruht hatte. »Aus welchem Grund, glaubst du, hat Walker uns so wenig über ihn erzählt?«

Quentin betrachtete nachdenklich den Sternenhimmel. »Also, er hat uns aufgetragen, ihn zu suchen. Wir bräuchten nur nach ihm fragen, und er würde da sein. Erscheint mir genug.«

»Für dich mag es genug sein, mir reicht es nicht. Wir wissen überhaupt nicht, weshalb wir ihn suchen sollen. Wieso ist er so wichtig?« Bek wollte sich nicht beschwichtigen lassen. »Wenn wir ihn überreden müssen, mit uns nach Arborlon zu kommen, sollten wir dann nicht besser wissen, weshalb er gebraucht wird? Und wenn er sich weigert? Was sollen wir dann tun?«

Quentin grinste fröhlich. »Die Pferde satteln und weiterreiten. Wenn er nicht mitkommt, ist das nicht unser Problem.« Er verzog das Gesicht. »Sieh doch ein, Bek, du machst dir schon wieder Sorgen, obwohl gar kein Grund dazu besteht.«

»Das hältst du mir nur allzu gern vor, oder? Nun gut, ich werde dir auch etwas verraten. Ich traue diesem Walker nicht über den Weg.«

In der Dunkelheit starrten sie sich schweigend an, das Feuer brannte langsam nieder, und die Geräusche der Nacht traten in den Vordergrund. »Was meinst du damit?«, fragte Quentin schließlich. »Meinst du, er belügt uns?«

»Nein.« Bek schüttelte heftig den Kopf. »Wenn ich das dächte, wäre ich nicht hier. Nein, so einer ist er nicht. Aber ich glaube, er weiß etwas, das er uns nicht verrät. Vielleicht sogar eine ganze Menge. Denk doch mal drüber nach, Quentin. Woher wusste er über dich und das Schwert von Leah Bescheid? Er wusste, dass du es hast, ehe er noch mit uns gesprochen hat. Wie hat er uns gefunden? Hat er dich all die Jahre im Auge behalten und nur auf die Gelegenheit gewartet, dich zu einer Suche zu rufen? Auf welche Weise gelang es ihm, deinen Vater zu überreden, uns ziehen zu lassen, obwohl der früher nicht einmal daran gedacht hat, dir zu erlauben, bei den Freien zu kämpfen?«

Abrupt hielt er inne. Gern hätte er Quentin mitgeteilt, was Coran ihm über seine Eltern erzählt hatte. Er wollte Quentin fragen, weshalb sein Vater wohl nichts gesagt hatte, ehe der Druide aufgetaucht war. Außerdem wollte er fragen, ob Quentin eine Ahnung habe, wieso der Druide Bek überhaupt zu den Leahs gebracht hatte, eine Aufgabe, die ein Druide für gewöhnlich nicht übernehmen würde.

Aber im Augenblick war er noch nicht so weit, darüber zu reden; noch grübelte er und versuchte seine eigenen Gefühle zu erkennen, ehe er mit jemand anderem über diese Sache sprach.

»Ich denke, du hast Recht«, sagte Quentin plötzlich und überraschte ihn damit. »Der Druide verbirgt Geheimnisse vor uns, und Ziel und Grund unserer Reise sind dabei noch die kleinsten. Trotzdem, ich habe dir oft genug bei deinen Erzählungen über Druiden und ihre Geschichte zugehört und weiß daher, dass dieses Verhalten für sie normal ist. Sie wissen Dinge, die uns verborgen bleiben, und sie behalten das meiste einfach für sich. Warum sollte dich das beunruhigen? Warum lässt du den Dingen nicht einfach ihren Lauf, anstatt dir so viele Sorgen zu machen? Schau dir mich an: Ich soll ein Schwert tragen, das magischer Natur ist. Dieser Waffe soll ich blind vertrauen, obwohl sie mir niemals einen Hinweis darauf gegeben hat, dass sie mehr ist, als sie scheint.«

»Das ist doch etwas ganz anderes«, betonte Bek.

»Nein, überhaupt nicht.« Quentin lachte, lehnte sich zurück, stützte sich auf die Ellbogen und streckte die langen Beine aus. »Es ist genau das Gleiche. Du kannst dir in deinem Leben über alles, was du nicht weißt, Sorgen machen, oder du kannst deine Grenzen akzeptieren und das Beste daraus machen. Geheimnisse tun doch nicht weh, Bek.«

Bek sah ihn ungläubig an. »Das stimmt nicht. Geheimnisse können großen Schaden anrichten.«

»Also gut, ich versuche es anders.« Quentin trank den Rest seines Biers aus. »Was erreichst du damit, wenn du dir Gedanken über Geheimnisse machst, die möglicherweise gar nicht existieren? Vor allem, wenn du keine Ahnung hast, woraus sie bestehen?«

»Ich weiß, ich weiß.« Bek seufzte. »Dennoch bin ich zumindest darauf vorbereitet, dass vor uns einige hässliche Überraschungen liegen könnten. Und solange ich ein Auge auf Walker werfe, kann er mich nicht mit seinen Verhüllungen der Wahrheit überraschen.«

»Großartig. Du bist vorbereitet und lässt dich nicht übertölpeln. Ich auch nicht, ob du es nun glaubst oder nicht, und das, obwohl ich mir nicht so viele Sorgen mache wie du.« Quentin starrte in die Dunkelheit, wo eine Sternschnuppe über das Firmament zog und verschwand. »Bloß kannst du dich nicht auf jede Möglichkeit vorbereiten, Bek, und gelegentlich wird man eben auch einmal übertölpelt. Tatsache ist doch, gleichgültig, was du tust oder wie sehr du dich anstrengst, manchmal ist alle Mühe vergeblich.«

Bek blickte ihn an und erwiderte nichts. Das stimmt schon, dachte er, doch wollte er nicht wahrhaben, was es bedeutete.

In dieser Nacht wurde sein Schlaf nicht durch Regen und Kälte gestört, der Himmel blieb klar und die Luft warm, und er träumte nicht. Trotzdem wachte er irgendwann aus dem Tiefschlaf auf, lag im Sternenlicht und fühlte sich unbehaglich. Das Feuer war niedergebrannt und lag kalt und grau da. Neben ihm schnarchte Quentin unter seinen Decken. Bek wusste nicht, wie lange er geschlafen hatte, denn der Mond schien nicht, und der Wald über ihm war still und schwarz.

Ohne nachzudenken stand er auf, schaute sich währenddessen vorsichtig um und versuchte, die Quelle seiner Beklommenheit zu entdecken. Es schien jedoch keinen Grund zu geben. Er zog seinen großen Mantel über, wickelte sich fest darin ein und ging hinunter zum Ufer des Silberflusses. Der Strom war vom Frühlingsregen und der Schneeschmelze im Runnegebirge angeschwollen, dennoch floss das Wasser träge dahin. Während Bek dastand, schoss ein Vogel vorbei und glitt als stiller, zielstrebiger Schatten zwischen die Bäume. Bei der unerwarteten Bewegung ging Bek noch ein paar Schritte und blieb erneut stehen. Sorgsam betrachtete er die glitzernde Oberfläche des Wassers und suchte nach dem, was ihn beunruhigte, dann richtete er seine Aufmerksamkeit auf das gegenüberliegende Ufer und die im Schatten liegenden Bäume. Noch immer nichts. Er holte tief Luft und seufzte. Vielleicht hatte er sich geirrt.

Er wollte gerade zu Quentin zurückgehen, da bemerkte er das Licht. Zuerst war es nur ein helles Glimmen, als hätte jemand im Wald auf der anderen Seite einen Funken geschlagen. Bek starrte auf die Stelle und war überrascht, denn es erschien erneut, verschwand wieder, erschien abermals und erstarb, bis das Licht beständig wurde und näher kam. Bei der Ankunft am Fluss tanzte es leicht auf und ab, dann glitt es aus den Bäumen heraus, schwebte frei in der Luft, flog über das Wasser und verharrte wenige Meter vor ihm.

Es leuchtete ihm grell in die Augen, und er blinzelte. Als er wieder sehen konnte, stand ein junges Mädchen vor ihm, das das Licht in der Hand balancierte. Irgendwie war sie ihm vertraut, obwohl er nicht recht wusste, wieso. Wunderschön sah sie aus mit ihrem langen dunklen Haar und den blauen Augen, und die Unschuld in ihrem Gesicht machte ihm das Herz schwer. Das Licht in ihrer Hand ging vom Ende eines polierten Metallzylinders aus und warf einen langen, schmalen Strahl auf den Boden zwischen ihnen.

»Bek Rowe«, sagte sie leise. »Kennst du mich?«

Er starrte sie an und vermochte nicht zu antworten. Sie war aus dem Nichts aufgetaucht, hatte den Fluss vielleicht nur auf der Luft überquert, und er hielt sie für ein Geschöpf der Magie.

»Du hast dich entschieden, eine lange und schwierige Reise zu unternehmen, Bek«, flüsterte sie mit der Stimme eines Kindes. »Du gehst an einen Ort, den bisher nur wenige aufgesucht haben und von dem nur einer zurückgekehrt ist. Aber die größere Reise wird dich nicht über Land und Meer führen, sondern ins Innere deines Herzens. Das Unbekannte, das du fürchtest, und die Geheimnisse, die du vermutest, werden sich dir enthüllen. Alles wird sein, wie es sein soll. Akzeptiere dies, denn es ist die Natur der Dinge.«

»Wer bist du?«, flüsterte er.

»Dies und jenes. Was du vor dir siehst, und vieles, was du nicht siehst. Ich bin ein Chamäleon der Zeit, und meine wahre Gestalt ist so alt, dass ich sie vergessen habe. Für dich bin ich vor allem zwei Dinge. Das Kind, welches vor dir steht und von dem du glaubst, es vielleicht zu kennen, und dies.«

Urplötzlich verwandelte sich das Kind vor ihm in etwas so Grauenhaftes, dass er geschrien hätte, wenn ihm nicht die Stimme in der Kehle erstarrt wäre. Dieses Monstrum war riesig und hässlich, in vernarbte und geschundene Haut gehüllt, die Augen waren rot und wirkten wahnsinnig, der Mund verzog sich zu einem höhnischen Lächeln, bei dem man an unvorstellbare Schrecken dachte. Die Kreatur ragte über ihm auf, denn sie war riesig, obwohl sie gebeugt dastand, und sie gestikulierte hypnotisierend mit den klauenartigen, gekrümmten Händen.

»Diess bin ich ebenfallss, Bek. Diesse Kreatur auss der Hölle. Würdesst du mich lieber sso oder sso ssehen? Hsss. Welche bevorzugsst du?«

»Die andere!«, brachte Bek im Flüsterton hervor. Seine Kehle war trocken geworden, fühlte sich rau an und war vor Angst wie zugeschnürt.

»Sso, Findelkind dess Unglückss. Was gibsst du, damit das geschieht? Hsss. Wie viel deiness Sselbsst opfersst du dafür?«

Das Ding berührte ihn fast, die Klauen strichen über das Vorderteil seines Gewandes. Er wäre davongerannt, wenn er nur dazu in der Lage gewesen wäre, hätte nach Quentin gerufen, der keine zwanzig Meter entfernt schlief. Aber er konnte nichts tun, nur dastehen und die Erscheinung vor sich anstarren.

»Dein isst die Macht, mich von einem inss andere zu verwandeln«, zischte die Kreatur. »Vergisss diess nicht. Niemalss. Hsss.«

Erneut veränderte sich das Wesen innerhalb eines Herzschlags;

jetzt sah Bek einem netten, alten wettergegerbten Mann in die hellen Augen.

»Fürchte dich nicht, Bek Rowe«, sagte der alte Mann leise mit freundlicher Stimme. »Heute Nacht wird nichts erscheinen, das dir ein Leid zufügt. Ich bin hier, um dich zu beschützen. Kennst du mich?«

Überraschenderweise kannte er ihn tatsächlich. »Du bist der König vom Silberfluss.«

Der alte Mann nickte zustimmend. Der König vom Silberfluss war eine Legende in den Vier Ländern, ein Mythos, dem nur wenige je begegnet waren, ein Geisterwesen von magischer Natur, das noch aus der Zeit vor den Großen Kriegen stammte. Er war so alt wie das Wort, hieß es, eine Kreatur, die die Feen überlebt hatte. Hier im Land am Silberfluss lebte er und beschützte es. Angeblich hütete er verborgene Gärten, die so wunderschön und bezaubernd waren, dass kein Mensch sie sich vorstellen konnte. Hin und wieder begegnete ein Reisender ihm, manchmal einer, der Hilfe brauchte. Stets erhaschte derjenige nur einen kurzen Blick auf ihn und behielt nur eine winzige Erinnerung zurück. Niemand konnte ihn hinterher beschreiben oder sich an den Ort erinnern, an dem die Begegnung stattgefunden hatte. Auch die Worte, die gesprochen wurden, konnte niemand wiederholen. Von dem Erlebnis blieb meist nur ein Gefühl zurück, eine Wärme und ein Trost, dass in der Welt nicht alles verloren war und dass es noch Möglichkeiten gab, die Dinge zu richten.

»Beherzige meinen Rat«, sagte der alte Mann leise. »Was ich dir gezeigt habe, ist die Vergangenheit und die Gegenwart. Was noch entschieden werden muss, ist die Zukunft. Die Zukunft gehört dir. Du bist mehr und weniger, als du glaubst, ein Rätsel, dessen Geheimnis das Leben vieler beeinflussen wird. Scheue nicht davor zurück, das zu enthüllen, was du offen legen musst, das zu erfahren, was du wissen willst. Lasse dich nicht von deiner Suche abhalten. Geh dorthin, wohin dein Herz dich führt. Vertraue auf das, was es dir zeigt.«

Bek nickte, obwohl er nicht sicher war, ob er verstanden hatte.

»Vergangenheit, Gegenwart und Zukunft, die Symbiose unseres Lebens«, fuhr der alte Mann leise und sanft fort. »Unsere Geburt, unser Leben, unser Tod, das alles ist zu einem einzigen Bündel verschnürt, mit dessen Entknotung wir unsere Zeit auf dieser Erde verbringen. Manchmal sehen wir ganz deutlich, was wir anstarren. Dann wieder nicht. Manchmal können wir uns ablenken oder täuschen, und wir müssen sorgfältiger auf das schauen, was wir in den Händen halten.«

Er griff in seine Robe und zog eine Kette hervor, an der ein eigentümlicher, silberfarbiger Stein hing. Er hielt ihn Bek hin, damit er ihn betrachten konnte. »Dies ist ein Phönixstein. Wenn du vollkommen in die Irre gelaufen bist, wird er dir den Weg zeigen. Nicht nur in Hinsicht auf das, was du mit den Augen sehen kannst, sondern auch in den Angelegenheiten, die dein Herz betreffen. Er wird dir den Ausweg zeigen, wenn du dich an dunklen Orten aufhältst, und den Weg durch dunkle Orte, falls du ihn einschlagen musst. Sobald du ihn brauchst, löse ihn von der Kette und werfe ihn auf den Boden, damit er zerbricht. Vergiss nicht: In deinem Körper, deinem Herzen und deinem Kopf wird damit alles enthüllt.«

Er übergab Bek den Stein an der Kette, der ihn vorsichtig annahm. In der Tiefe wirkte der Phönixstein flüssig; dort sah Bek Wirbel wie in einem dunklen Tümpel, in den er fallen könnte. Er berührte sachte die Oberfläche. Die Bewegung hörte auf, und die Oberfläche wurde undurchsichtig.

»Benutze ihn so oft du möchtest«, fuhr der alte Mann fort. »Aber verberge ihn vor anderen. Seine Magie macht keine Unterschiede. Er wird seinem Träger dienen, selbst wenn er durch Diebstahl erworben wurde. Bewahre ihn sicher auf.«

Bek legte sich die Kette um den Hals und schob den Stein unter sein Hemd. »Das werde ich«, versprach er.

Sein Verstand raste, während er versuchte, die vielen Fragen in Worte zu kleiden, die sich ihm plötzlich aufdrängten. Aber er konnte nicht mehr klar denken, seine ganze Konzentration war auf den alten Mann und das Licht gerichtet. Der König vom Silberfluss betrachtete ihn mit den freundlichen Augen, bot ihm jedoch keine Hilfe an.

»Wer bin ich?«, stieß Bek verzweifelt hervor.

Er sprach, ohne nachzudenken, die Wörter drängten einfach aus ihm heraus. Diese Frage beschäftigte ihn am meisten, erkannte er plötzlich, diese Frage verlangte vor allen anderen nach einer Antwort, denn in den letzten Tagen war sie zum größten Geheimnis seines Lebens geworden.

Der alte Mann winkte vage mit der zerbrechlichen Hand ab. »Du bist derjenige, der du schon immer gewesen bist, Bek. Aber deine Vergangenheit ist dir nicht zugänglich, und du musst sie neu entdecken. Auf dieser Reise wird dies geschehen. Suche danach, und sie wird dich finden. Empfange sie mit offenen Armen, und sie wird dich befreien.«

Bek war nicht ganz sicher, ob er richtig gehört hatte. Was hatte der alte Mann gerade gesagt? Suche danach, und sie wird dich finden – nicht: Du wirst sie finden? Was sollte das nun wieder bedeuten?

Aber der König vom Silberfluss sprach bereits weiter und riss ihn aus seinen Gedanken. »Schlafe jetzt. Nimm, was ich dir gegeben habe, und ruhe, denn heute Nacht wird nichts mehr geschehen, und du brauchst deine Kräfte für das, was vor dir liegt.«

Erneut machte er eine Handbewegung, und Bek spürte unvermittelt eine große Müdigkeit. »Erinnere dich an meine Worte, wenn du aufwachst«, mahnte der alte Mann, während er sich bereits entfernte, wobei das Licht sich vor und zurück bewegte, immer wieder vor und zurück. »Erinnere dich.«

Dann war die Nacht plötzlich so warm und tröstlich wie die Dunkelheit und die Stille in seinem Zimmer daheim. Es gab noch so vieles, was Bek fragen wollte, so vieles, was er wissen wollte. Doch er lag auf dem Boden, seine Lider waren schwer, und sein Denken umwölkte sich. »Warte«, konnte er gerade noch flüstern.

Doch der König vom Silberfluss verschmolz bereits mit der Nacht, und Bek Rowe verfiel in tiefen Schlaf.

Vierzehn

Als Bek am nächsten Morgen erwachte, war er wieder dort, wo in der Nacht alles begonnen hatte. In seine Decke gehüllt lag er am erloschenen Feuer. Er brauchte einige Augenblicke, bis er die Verwirrung abgeschüttelt und sich klargemacht hatte, dass die Erinnerungen an den König vom Silberfluss real waren. Sie fühlten sich wie ein Traum an, und die Ereignisse trieben zusammenhanglos durch den Dunst in seinem Kopf. Dann sah er in seinem Gewand nach und entdeckte den Phönixstein an der Kette, wo er ihn vor dem Schlafengehen sicher verstaut hatte.

Schlafwandlerisch brachte er Frühstück und Aufräumen hinter sich und dachte, er sollte Quentin etwas von der Begegnung erzählen, konnte sich jedoch nicht dazu durchringen. Er entdeckte ein Muster hinter den Ereignissen, die diese Reise begleiteten, und das beunruhigte ihn. Für gewöhnlich teilte er seinem Cousin alles mit. Sie waren enge Freunde und vertrauten einander. Doch inzwischen hatte er Quentin sein Gespräch mit Coran und seine mitternächtliche Begegnung mit diesem Wesen verschwiegen, das von sich behauptete, der König vom Silberfluss zu sein. Nicht zu vergessen, fügte er rasch hinzu, den Besitz des Phönixsteins. Er war nicht ganz sicher, weshalb er das tat. Offensichtlich wollte er sein Wissen erst einmal selbst verdauen, ehe er es anderen mitteilte.

Vermutlich war er lediglich übervorsichtig und vielleicht ein wenig selbstsüchtig, doch in Wahrheit fühlte er sich verwirrt und zermürbt von all den Dingen, die sich auf einmal ereigneten. Es war schon schwierig genug, sich an den Gedanken zu gewöhnen, eine Reise zu unternehmen, die ihn um die halbe Welt führte. Das war Quentins Traum, nicht seiner. Und Quentin mit seinem magischen Schwert und seinem Mut wurde auch von diesem Druiden Walker gebraucht, nicht Bek. Nur aus Treue seinem Cousin gegenüber hatte Bek zugestimmt – und weil er glaubte, wenn er daheim bliebe, würde er sich für immer fragen, ob er etwas verpasst hatte. Erst durch die jüngsten Entwicklungen mit Coran und dem König vom Silberfluss hatte er sich zu fragen begonnen, ob er bei dieser Expedition vielleicht seinen eigenen Platz hatte, den er sich bisher nicht vorzustellen vermocht hatte.

Daher behielt er, was er wusste, für sich, während sie aßen, im Anschluss die Ausrüstung zusammenpackten und dann abermals aufbrachen und in den hellen, sonnigen Tag hineinritten. Fröhlich und unbeschwert wie gewöhnlich scherzte und lachte Quentin und erzählte Geschichten, während Bek für ihn die Rolle des Publikums spielte und in seiner Unsicherheit vor sich hin köchelte. Flussaufwärts ging es am Ufer des Silberflusses entlang durch einen Morgen, der voller Frühlingsdüfte und Vogelgesang war, durch eine Landschaft, in der sich die verschiedensten Grüntöne mischten, bunte Wildblumen leuchteten und das Sonnenlicht auf dem Wasser glitzerte. Sie sahen Angler am Ufer oder auf Booten in kleinen Buchten, und sie passierten andere Reisende auf der Straße, zumeist Kaufleute und Händler, die zwischen den Ortschaften verkehrten. Der warme Tag schien jeden in gute Laune zu versetzen, und so lächelten alle und grüßten freundlich.

Gegen Mittag hatten die beiden Cousins den Silberfluss an einer Furt westlich der Stelle durchquert, wo er im tiefen Wald des Anar verschwand und von wo aus es nördlich entlang der Baumlinie weiterging. Bis zu dem Zwergendorf Depo Bent, einem Handelsposten im Schatten des Wolfsktaag, war es nur noch ein kurzer Weg, und die Sonne stand noch hoch, als sie dort eintrafen. Depo Bent war lediglich eine Ansammlung von Häusern, Lagergebäuden und Werkstätten auf einer Lichtung im Wald, die sich am Ende der einzigen Straße ausbreitete, welche in die Ebene hinunterführte. An dieser Stelle sollten Bek und Quentin nach Truls Rohk fragen, obwohl sie keine Ahnung hatten, wen.

Sie begannen ihre Unternehmung, indem sie die Pferde in einem Stall ließen, dessen Besitzer ihnen versprach, die Tiere zu striegeln, zu tränken und zu füttern. Schroff und geradeheraus, wie es nun einmal Art der Zwerge ist, erklärte er sich bereit, für ein kleines Extrageld auch ihr Gepäck unterzubringen. Von Pferden und Ausrüstung befreit, gingen die Vettern in eine Taverne und genossen ein herzhaftes Mahl aus Eintopf, Brot und Bier. Die Schenke wurde überwiegend von Zwergen aus dem Dorf besucht, aber keiner schenkte ihnen Beachtung. Quentin trug das Schwert von Leah nach Art der Hochländer quer über dem Rücken, und beide trugen die Tracht der Hochländer, doch falls die Zwerge es seltsam fanden, dass die beiden so weit von zu Hause entfernt waren, so ließen sie es sich nicht anmerken.

»Truls Rohk muss ein Zwerg sein«, vermutete Quentin, während sie aßen. »Niemand sonst würde hier leben. Vielleicht ist er auch ein Fallensteller.«

Bek nickte zustimmend, konnte allerdings nicht ganz verstehen, was Walker mit einem Trapper auf der Expedition anfangen wollte.

Nach dem Essen fragten sie herum, wo sie den Mann wohl finden könnten, nach dem sie suchten, und dabei stellte sich heraus, dass es niemand wusste. Sie begannen mit dem Wirt der Taverne und zogen daraufhin von einem Laden und einer Werkstatt zur anderen, und alle schauten sie nur verdutzt an. Keiner kannte einen Mann namens Truls Rohk. Niemand hatte diesen Namen je gehört.

»Möglicherweise wohnt er ja nicht mehr hier«, erklärte Quentin, nachdem sie über zwanzig Mal erfolglos gefragt hatten.

»Möglicherweise ist es auch einfach nicht so leicht, ihn zu finden, wie Walker uns glauben machen wollte«, murmelte Bek.

Nichtsdestotrotz fragten sie weiter und setzten die Suche fort, gingen von einem Gebäude zum anderen, während der Nachmittag verstrich. Schließlich waren sie wieder beim Stall angekommen, wo sie die Pferde und das Gepäck zurückgelassen hatten. Der Stallbursche war nirgends zu sehen, aber ein stämmiger Zwerg in der Kleidung eines Waldläufers saß davor auf einer Bank und schnitzte an einem Stück Holz herum. Beim Näherkommen der beiden Vettern blickte er auf, legte Messer und Holz beiseite und erhob sich.

»Quentin Leah?«, fragte er auf eine Weise, die besagte, dass er die

Antwort längst kannte. Quentin nickte, und der Zwerg streckte ihm die Hand entgegen. »Ich bin Panax, euer Führer.«

»Unser Führer?«, wiederholte Quentin und ergriff die angebotene Hand. Er zuckte zusammen, da sein Gegenüber fest zudrückte. »Bringst du uns zu Truls Rohk?«

Der Zwerg nickte. »Gewissermaßen.«

»Woher wusstest du, dass wir kommen?«, erkundigte sich Bek überrascht.

»Du musst Bek Rowe sein.« Panax streckte die Hand ein zweites Mal aus, und Bek schüttelte sie kräftig. »Unser gemeinsamer Freund hat mir eine Nachricht geschickt. Es gibt nur wenige von uns, denen er genug vertraut und die er um einen Gefallen bittet.« Er schaute sich um. »Suchen wir uns einen etwas abgeschiedeneren Ort, wo wir alles besprechen können.«

Sie folgten ihm die Straße entlang zu einer schattigen Stelle, wo einige verwitterte Bänke um einen alten Brunnen gruppiert waren, der in letzter Zeit nicht mehr häufig benutzt worden war. Panax bedeutete ihnen mit einer Geste, sie sollten auf einer Bank Platz nehmen, während er selbst sich auf der gegenüberliegenden niederließ. Hier unter den Bäumen war es kühl und still, und der Verkehr auf der Straße des Städtchens rückte plötzlich in weite Ferne.

»Habt ihr schon gegessen?«, erkundigte er sich. Er hatte ein raues Gesicht mit Bart, und man konnte ihn nicht gerade jung nennen. Tiefe Falten furchten seine Stirn, und seine Haut war braun und von Sonne und Wind wettergegerbt. Welcher Beschäftigung er auch für gewöhnlich nachgehen mochte, sie fand im Freien statt, und das schon seit einer ganzen Weile. »Ihr seht aus, als täten euch die Füße weh«, merkte er an.

»Vermutlich, weil wir auf der Suche nach Truls Rohk im ganzen Dorf hin und her gelaufen sind«, erwiderte Bek säuerlich.

Der Zwerg nickte. »Ich bezweifle, dass in Depo Bent überhaupt jemand weiß, wer er ist. Und falls doch, dann kennen sie ihn nicht mit Namen.« Seine braunen Augen schienen in die Ferne zu schauen, als blickten sie über das hinweg, was unmittelbar zu sehen war.

Bek starrte ihn unverblümt an. »Du hättest uns viel Zeit gespart, wenn du uns ein wenig früher gefunden hättest.«

»Ich bin selbst noch nicht lange hier.« Panax ließ sich nicht aus der Ruhe bringen. »Denn ich wohne nicht im Dorf, ich lebe in den Bergen. Als ich die Nachricht von eurem Kommen erhielt, bin ich gleich runtergegangen, um euch zu suchen.« Er zuckte mit den Schultern. »Ich wusste, dass ihr früher oder später zu den Pferden zurückkommen würdet, also entschloss ich mich, einfach beim Stall auf euch zu warten.«

Gern hätte Bek über dieses Thema noch weiter gesprochen, aber Quentin schnitt ihm das Wort ab. »Wie viel weißt du darüber, was eigentlich vor sich geht, Panax? Hast du eine Ahnung, was wir hier tun?«

Panax zuckte erneut mit den Schultern. »Walker ist ein Druide. Und Druiden halten es nicht für notwendig, anderen mehr zu erzählen, als sie unbedingt erfahren müssen.«

Quentin lächelte unbeeindruckt. »Glaubst du, Truls Rohk weiß besser Bescheid?«

»Eher schlechter.« Panax schüttelte amüsiert den Kopf. »Ihr wisst überhaupt nichts über ihn, nicht wahr?«

»Nur, dass wir ihm eine Botschaft von Walker überbringen sollen«, antwortete Bek schärfer, als er es beabsichtigt hatte. Er holte tief Luft. »Ich muss dir sagen, dass mir diese Heimlichtuerei nicht gefällt. Wie soll da jemand eine Entscheidung treffen, wenn man überhaupt nichts gesagt bekommt?«

Der Zwerg lachte dröhnend. »Du meinst, wie soll Truls dir eine Antwort auf die Frage geben, die ihr ihm von Walker überbringt? Ha! Hochländer, deshalb bist du nicht hier! Oh, sicherlich habt ihr eine Nachricht vom Druiden für ihn. Lasst mich raten. Ihr sollt Truls etwas berichten, was Walker vorhat, und fragen, ob Truls mit von der Partie sein möchte. Liege ich damit richtig?«

Er wirkte so selbstgefällig, dass Bek ihm am liebsten gesagt hätte, er liege falsch, doch Quentin nickte bereits zustimmend. »Ihr müsst eine Sache begreifen«, fuhr Panax fort. »Truls schert sich nicht darum, was Walker vorhat. Wenn ihm danach ist mitzugehen, wie es gewöhnlich der Fall ist, wird er das tun. Deshalb hättet ihr nicht den ganzen weiten Weg zurücklegen müssen. Nein, Walker hat euch aus einem anderen Grund geschickt.«

Bek wechselte rasch einen Blick mit Quentin. Um die Macht des Schwerts von Leah zu testen, dachte er. Um sie in eine Situation zu bringen, an der er ihre Entschlossenheit und Zähigkeit ablesen könnte. Plötzlich überkam Bek große Sorge. Was für eine Herausforderung würde sie erwarten?

»Vielleicht sollten wir sofort zu Truls Rohk aufbrechen«, schlug er vor.

Der Zwerg schüttelte den Kopf. »Das geht nicht. Erstens wird er erst nach Einbruch der Dunkelheit herauskommen. Er tut nichts im Tageslicht. Deshalb müssen wir bis zur Nacht warten. Zweitens können wir nicht einfach zu ihm hinlaufen, um mit ihm zu sprechen. Er muss zu uns kommen. Wir könnten ihn bis zum nächsten Sommer jagen und würden doch nicht das Geringste von ihm zu sehen bekommen.« Er zwinkerte Bek zu. »Dort oben in den Bergen hinter uns ist er und beschäftigt sich mit Dingen, mit denen wir gewiss nichts zu tun haben wollen, glaubt mir.«

Angesichts dieser Andeutung erschauderte Bek. Er hatte Geschichten über die Wesen gehört, die im Wolfsktaag lebten, Geschöpfe der Mythen und Legenden, lebendig gewordene Albträume. Wenn man vorsichtig war, konnten sie einem nichts anhaben, doch ein einziger Fehltritt führte oft in die Katastrophe.

»Erzähl uns etwas über Truls Rohk«, bat Quentin leise. Panax betrachtete ihn feierlich, dann lächelte er fast freundlich. »Ich denke, ihr solltet ihn euch lieber mit eigenen Augen anschauen.«

Daraufhin wechselte er das Thema und fragte sie über den Krieg gegen die Föderation aus, und während er ihnen zuhörte, nahm er seine Schnitzarbeit wieder zur Hand. Bek faszinierte die Fähigkeit des Zwergs, seine Aufmerksamkeit so vollständig zwischen zwei Dingen aufzuteilen. Seine Augen waren auf die Sprecher gerichtet, während seine Hände mit dem Messer an dem Holzstück herumschnitzten. Mit seinem stämmigen Körper saß er entspannt da und regte sich nicht, wenn man von den präzisen, sorgfältigen Bewegungen seiner Hände absah. Und manchmal nickte er. Ob er wirklich zuhörte oder mit den Gedanken woanders war, konnte man unmöglich sagen.

Nach einer Weile legte er die Schnitzarbeit, einen Vogel im Flug, fertig auf die Bank neben sich. Ohne ihm auch nur einen weiteren Blick zu widmen, griff er in sein Gewand, holte ein zweites Stück Holz heraus und ging wieder an die Arbeit. Als Bek den Mut aufbrachte, sich zu erkundigen, womit er seinen Lebensunterhalt verdiene, tat er die Frage mit einem Achselzucken ab.

»Oh, ein bisschen mit diesem und ein bisschen mit jenem.« Sein raues Gesicht zeigte kurz ein rätselhaftes Lächeln. »Ich führe manchmal Leute, die Hilfe brauchen, um die Berge zu überqueren.«

Wer, fragte sich Bek, brauchte Hilfe, um über den Wolfsktaag zu gelangen? Nicht die Leute, die in diesem Teil der Welt lebten, die Zwerge und Gnome, die sich gut genug auskannten, um diesen Weg zu meiden. Nicht die Jäger und Fallensteller, die in den Wäldern des Anar ihren Lebensunterhalt bestritten und die lieber in besseren und sichereren Jagdgründen lebten. Niemand jedenfalls, der ein normales Leben führte, denn für den gab es keinen Grund, sich hier aufzuhalten.

Offensichtlich führt er Leute wie uns, entschied er, Leute, die in die Berge müssen, um jemanden wie Truls Rohk zu finden. Aber wie viele von dieser Sorte gab es?

Als würde er seine Gedanken lesen, sah der Zwerg ihn an und sagte: »Nicht viele, nicht einmal viele Zwerge kennen den Weg durch dieses Gebirge – jedenfalls nicht gut genug, um alle Fallen zu entdecken und zu wissen, wie man sie umgeht. Ich kenne sie nur, weil Truls Rohk sie mir gezeigt hat. Er hat mir einmal das Leben gerettet, und während ich mich von meinen Wunden erholte, hat er es mich gelehrt. Vielleicht hatte er das Gefühl, mir eine Möglichkeit zeigen zu müssen, wie ich mich am Leben erhalten kann, nachdem ich ihn verlassen hätte.«

Er stand auf, reckte sich und nahm seine Schnitzarbeit. Den fertigen Vogel überreichte er Bek. »Der ist für dich. Ein Talisman gegen die bösen Dinge, die dich immer wieder ängstigen. Wie bei jeder guten Schnitzarbeit können wir die Dinge besser verstehen, wenn wir ihnen Form und Gestalt geben.« Danach wandte er sich an Quentin. »Für dich werde ich auch einen schnitzen. Was immer Walker mit euch vorhat, ihr werdet allen Schutz brauchen, den ihr kriegen könnt.«

Ohne ihre Antwort abzuwarten, ging er los. »Zeit zum Aufbruch. Zuerst zu mir, und dann hinauf in die Berge. Gegen Mitternacht sollten wir dort sein, und bei Sonnenaufgang zurück. Nehmt mit, was ihr für die Wanderung braucht, und lasst den Rest im Dorf. Hier ist es sicher.«

Bek schob die Schnitzarbeit in sein Gewand, und die beiden Vettern folgten dem Zwerg gehorsam.

Sie verließen Depo Bent und zogen in die niedrigen Ausläufer vor den Gipfeln des Wolfsktaag, während die Schatten bereits länger wurden, die Sonne im Westen unterging und sich die Dämmerung über das Land legte. Die Luft kühlte ab, das Licht wurde schwächer, und ein sichelförmiger Mond tauchte am Himmel im Norden über ihnen auf. Sie gingen in gleichmäßigem Schritt voran und kamen aus dem Flachland in immer zerklüftetere Gegenden. Bereits nach kurzer Zeit verschwand das Dorf hinter Bäumen, und der Weg war nicht mehr zu sehen. Panax führte sie mit erhobenem Kopf und aufmerksamen Augen an und schien nicht darüber nachdenken zu müssen, wohin er seine Füße setzte. Er sprach kein Wort. Bek und Quentin schwiegen ebenfalls, betrachteten den Wald um sich herum und lauschten den Geräuschen der sich herabsenkenden Nacht, die sich aus dem Rascheln der Dämmerung herauskristallisierten – die Schreie der Nachtvögel, das Summen von Insekten, das gelegentliche Schnüffeln und Grunzen größerer Tiere. Keines davon wirkte bedrohlich, doch der Wolfsktaag ragte Unheil verkündend vor ihnen auf, und sein Ruf ließ sie erschaudern.

Es war bereits vollkommen dunkel, als sie Panax' Hütte erreichten, ein kleines, ordentliches Häuschen aus Baumstämmen, das auf einer Lichtung am oberen Rand der Ausläufer stand und kaum sichtbar war. In der Nähe floss ein Bach, den sie hören, aber nicht sehen konnten, und Bäume bildeten eine Schutzwand gegen schlechtes Wetter. Panax ließ sie draußen stehen, während er hineinging und fast augenblicklich wieder heraustrat. Er steckte sich eine Schleuder in den Gürtel und legte eine zweischneidige Axt mit langem Stiel bequem über seine Schulter.

»Bleibt dicht hinter mir und tut, was ich euch sage«, verlangte er. »Sollten wir angegriffen werden, benutzt eure Waffen, um euch zu verteidigen, doch bringt euch nicht selbst in Schwierigkeiten und lasst euch nicht von mir trennen. Verstanden?«

Sie nickten nervös. Angegriffen von was?, hätte Bek am liebsten gefragt.

Die Hütte und die Lichtung blieben hinter ihnen zurück, und sie schritten zwischen den Bäumen hindurch zu den unteren Hängen des Gebirges. Dann begann der Aufstieg. Der Weg war nicht gekennzeichnet, aber Panax schien ihn so gut zu kennen wie seine Westentasche. Er führte sie zwischen riesigen Felsen und altem Bewuchs hindurch, durch schattige Schluchten und Hohlwege, wobei es stetig bergauf ging. Der Nachthimmel war klar und wurde von Mond und Sternen erhellt, die ausreichend Licht lieferten, um den Weg zu sehen. Mehrere Stunden ging es beständig nach oben, und sie wurden wachsamer, als die Bäume ausdünnten, das Felsmassiv mächtiger und die Stille tiefer wurde. Auch die Kälte nahm zu, die Bergluft war dünn und scharf, obwohl kaum ein Wind wehte, und ihr Atem bildete kleine Wölkchen. Schatten strichen in gleichmäßigem, unhörbarem Flug über sie hinweg, nächtliche Jäger bei der Arbeit.

Bek dachte über sein Leben nach, über seine Herkunft, die vage Möglichkeiten und Geheimnisse barg. Wer war er, dass ein Druide ihn vor so vielen Jahren zu Coran Leah gebracht hatte? Nicht nur der verwaiste Spross einer Familie, von der niemand je etwas gehört hatte. Nicht nur ein heimatloses Kind. Wer war er, dass der König vom Silberfluss ihm so unerwartet erschien und ihm einen Phönixstein schenkte und außerdem vor dunklen und verborgenen Bedeutungen warnte?

Er erinnerte sich an die Male, wo er nach seinen Eltern gefragt und von Coran und Liria abgewimmelt worden war. Zuvor hatte das eigentlich keine große Bedeutung für ihn gehabt. Manchmal beunruhigte es ihn ein wenig, keine Antworten zu erhalten und bei seinen Forschungen gebremst zu werden. Aber sein Leben bei Quentins Familie war gut gewesen, und die Neugier hatte niemals genug Macht bekommen, um auf genauere Antworten zu bestehen. Jetzt glaubte er fast, zu bereitwillig aufgegeben zu haben. Oder bauschte er die Sache nur auf?

Die Nacht wurde dunkler, kälter und stiller, und der Aufstieg ging langsamer voran. Dann öffnete sich in einer Steilwand eine Lücke, und durch einen tiefen Hohlweg erreichten sie ein Tal dahinter. Dort bot der dichte Wald Schutz, und was dort lebte, vermochte man sich kaum vorzustellen. Panax schritt gedankenversunken weiter. Der Hohlweg öffnete sich zu einem Graben, der hinunter zur Talsohle führte. Auf der anderen Seite ragten die Gipfel des Wolfsktaag als Silhouette vor dem mondhellen Himmel auf, Wächter auf ihren Posten, von denen einer nach dem anderen mehr in Dunst gehüllt und weniger deutlich zu erkennen war.

In der Mitte des Tals blieb Panax unvermittelt auf einer Lichtung bei einer hohen Ulme stehen. »Hier werden wir warten«, verkündete er.

Bek starrte in die Schatten um sie herum, die immer näher krochen. »Wie lange?«

»Bis Truls bemerkt hat, dass wir hier sind.« Er legte die Axt ab und trat auf die Schatten zu. »Helft mir, ein Feuer anzumachen.«

Sie sammelten totes Holz und schlugen mit Steinen Funken, durch die Zunder in Brand geriet. Rasch flammte das Feuer auf und beleuchtete die Lichtung, konnte die Mauer der Schatten dahinter jedoch nicht durchdringen. Das brennende Holz knackte und prasselte, während es verzehrt wurde, die nächtliche Umgebung hingegen blieb still und rätselhaft. Der Zwerg und die beiden Cousins aus dem Bergland setzten sich mit den Rücken zueinander, sodass sie einerseits die Wärme teilen und anderseits Ausschau halten konnten. Hin und wieder legte einer von ihnen Holz nach, wodurch die Lichtung hell erleuchtet und das Signal deutlich zu sehen blieb.

»Er könnte heute Nacht nicht im Tal sein«, meinte Panax irgendwann, rutschte hin und her und drückte mit seinem Gewicht Bek nach vorn. »Möglicherweise kehrt er nicht vor dem Morgen zurück.«

»Wohnt er hier?«, fragte Quentin.

»Hier genauso wie anderswo. Er hat keine Hütte und kein Lager, keinen Besitz und nicht einmal Vorräte für schlechte Zeiten.« Der Zwerg hielt inne und dachte kurz nach. »Irgendwie ist er ganz anders als ihr und ich.«

Damit ließ er das Thema auf sich beruhen, und weder Quentin noch Bek verfolgten es weiter. Was immer die Vettern heute noch erfahren sollten, musste warten, bis der andere erschien. Bek war sich immer weniger sicher, ob er sich überhaupt darauf freuen sollte. Vielleicht wären sie besser dran, wenn die Nacht einfach verstriche, der Morgen käme und nichts geschehen würde.

»Ich war gerade zwanzig, als ich ihn kennen lernte«, erzählte Panax plötzlich mit leiser, gesenkter Stimme. »Inzwischen kann ich kaum noch genau beschreiben, wie es wirklich war, aber ich war jung und von mir eingenommen und hatte gerade begriffen, dass ich ein Führer werden und weit entfernt von allen Siedlungen leben wollte. Eine Weile war ich allein. Ich hatte meine Heimat früh verlassen und vermisste sie nicht sehr. Schon immer hatte ich mich von anderen fern gehalten, sogar von meinen Brüdern, und vermutlich war es eine Erleichterung für alle, dass ich gegangen bin.«

Über die Schulter warf er Bek einen Blick zu. »Ich war ein wenig so wie du, vorsichtig und misstrauisch, wollte mich nicht täuschen oder in die Irre führen lassen und wusste zwar genug, um auf mich selbst aufzupassen, aber noch nicht viel über die Welt. Die Geschichten über den Wolfsktaag kannte ich, und deshalb entschied ich, mir das Ganze einmal selbst anzuschauen. Ich dachte, durch seine Lage im Rückgrat des Ostlands müsste er häufig genug überquert werden, damit ein Führer sich seinen Lebensunterhalt verdienen könnte. Daher ließ ich mich mit ein paar Männern ein, die dieser Arbeit nachgingen, die aber nicht so viel wussten, wie sie behaupteten. Mit ihnen überquerte ich das Gebirge einige Male und blieb am Leben. Nach ein oder zwei Jahren machte ich mich selbstständig, weil ich glaubte, allein besser dran zu sein.

Eines Tages verirrte ich mich jedoch und fand den Rückweg nicht mehr. Ich hatte Wege erkundet und versucht herauszufinden, wie die Pässe miteinander verbunden waren und wie man am besten vorankam. Ein paar Sachen wusste ich über die Wesen, die im Wolfsktaag zu Hause waren – einige hatte ich bereits mit eigenen Augen gesehen. Manche erblickt man natürlich nie – wenn man Glück hat. Die meisten kann man meiden oder vertreiben, zumindest die aus Fleisch und Blut. Von Geistern und Gespenstern muss man sich fern halten oder sich vor ihnen verstecken, und das kann man lernen. Bloß war ich diesmal unvorsichtig. Ich verirrte mich und machte unglücklicherweise einen Fehler.«

Er seufzte und schüttelte den Kopf. »Gern gebe ich es nicht zu, selbst heute noch nicht. Ich marschierte durch einen Landstrich, von dem ich wusste, dass ich ihn nicht betreten sollte, und dachte, ich könnte so weit gehen, bis ich die Schwierigkeiten, in die ich geraten war, hinter mir gelassen hatte. Dabei stürzte ich, verrenkte mir den Knöchel und konnte kaum noch laufen. Inzwischen brach die Nacht herein, und nachdem es dunkel geworden war, kam eine Werbestie auf mich zu.«

Das Feuer prasselte laut, und Bek fuhr wider seinen Willen zusammen. Werbestien. Im Südland galten sie als Legende, die meist nur halb geglaubt wurde. Gesehen hatte diese Wesen kaum einer. Teils Tier, teils Geist waren sie schwer zu erkennen, und noch schwerer konnte man sich gegen sie verteidigen. Sie ernährten sich von deiner Angst und nahmen eine Gestalt aus deiner Fantasie an, und beinahe nichts konnte gegen sie bestehen, nicht einmal die großen Moorkatzen. Die Möglichkeit, hier einer Werbestie zu begegnen, war nicht gerade eine tröstliche Aussicht. »Ich dachte, sie würden nur tief im Anar leben, weiter nordöstlich.«

Panax nickte. »Früher einmal vielleicht. Die Zeiten ändern sich. Jedenfalls griff diese Werbestie an, und ich kämpfte den größten Teil der Nacht mit ihr, so lange und so heftig, dass ich am Ende, glaube ich, gar nicht mehr wusste, was ich eigentlich tat. Immer wieder verwandelte sie die Gestalt und verletzte mich schwer. Trotzdem wehrte ich mich weiter, drückte mich mit dem Rücken an einen Baum und war zu stur, um hinzunehmen, dass ich diese Art von Auseinandersetzung vermutlich nicht gewinnen konnte. Mit jedem Stoß wurde ich schwächer und müder.«

Er verstummte und starrte in die Dunkelheit. Die Cousins warteten und dachten, er hinge seinen Gedanken und Erinnerungen nach. Dann sprang er urplötzlich auf und packte die Streitaxt fest mit beiden Händen.

»Da draußen bewegt sich etwas ...«, sagte er.

Ein leichtfüßiger, dunkler Schemen tauchte aus der Nacht auf, dann folgte ein Zweiter, dann ein Dritter. Es schien, die Schatten selbst wären zum Leben erwacht, hätten Gestalt angenommen und einen Körper bekommen. Panax wurde zu Boden gestoßen und ächzte angesichts der Wucht des Hiebs, der ihn getroffen hatte. Quentin und Bek rollten sich zur Seite, und die Schatten stürzten vorüber, dunkle Formen, die aus tiefer Kehle knurrten und Zähne und Krallen entblößten.

Ur'wölfe! Bek riss sein langes Messer aus dem Gürtel und wünschte sich, er besäße eine schwerere Waffe, um sich zu verteidigen. Ein Ur'wolfsrudel konnte durchaus einen ausgewachsenen Koden zur Strecke bringen.

Panax war wieder auf den Beinen und schwang die zweischneidige Axt nach rechts und nach links, während die Schatten ihn am Rand des Lichts umkreisten. Immer wieder sprang einer auf ihn zu, doch die geschwungenen Klingen schnitten nur durch die Luft. Bek rief nach Quentin, der ein Stück vom Feuer fortgetaumelt war und sich nun bemühte aufzustehen. Schließlich trat Panax zu ihm und wollte ihm helfen, doch in dem Moment, da er den Blick dem Hochländer zuwandte, sprang ihn ein Ur'wolf an, stieß ihn um, und die Axt flog in hohem Bogen davon.

Einen Moment lang glaubte Bek, jetzt sei alles verloren. Die Ur'wölfe strömten so zahlreich aus der Dunkelheit herbei, dass sie sie niemals würden aufhalten können. Panax und Quentin lagen beide am Boden, und Bek versuchte ganz allein, sie mit seinem langen Messer zu verteidigen.

»Quentin!«, schrie Bek verzweifelt und wurde von einer schlanken Gestalt, die vor ihm aus dem Nichts auftauchte, zu Boden gestoßen.

Dann stand der Hochländer an seiner Seite und hielt das Schwert von Leah mit beiden Händen. Quentins Gesicht war blutleer und vor Angst verzerrt, doch in seinen Augen funkelte Entschlossenheit. Als die Ur'wölfe auf ihn zukamen, schwang er die antike Waffe in weitem Bogen und rief herausfordernd: »Leah! Leah!« Auf einmal glühte das Schwert weiß, und Flämmchen züngelten über die gesamte Länge der polierten Klinge. Überrascht stockte Quentin der Atem; er wich zurück und wäre beinahe über Bek gestolpert. Die Ur'wölfe stoben hektisch auseinander, liefen davon und verschwanden in der Dunkelheit. Quentin, gleichermaßen geschockt wie erleichtert, wollte ihnen gleich hinterher jagen.

»Leah! Leah!«, rief er.

Die Ur'wölfe kehrten zurück, griffen von neuem an und wichen im letzten Moment aus, wenn das Feuer des Schwertes nach ihnen griff. Panax war inzwischen wieder auf den Beinen, und in seinen Augen spiegelte sich Erstaunen, während er die Streitaxt aufhob und sich neben den Hochländer stellte.

Magie!, dachte Bek. *Das Schwert von Leah war also doch magischer Natur! Walker hatte Recht gehabt!*

Aber noch steckten sie in Schwierigkeiten. Die Ur'wölfe dachten nicht daran, ihren Angriff abzubrechen, sondern umkreisten ihre Gegner und suchten nach ihrer Chance. Sie waren zu gewieft, um sich überraschen zu lassen, zu entschlossen, um einfach aufzugeben. Selbst die Magie des Schwertes konnte sie kaum zurückhalten.

»Panax, es sind zu viele!«, rief Bek über das Heulen und Knurren der Ur'wölfe hinweg. Er schnappte sich einen Scheit aus dem Feuer und stieß ihn in Richtung der Angreifer.

Durch Asche und Schweiß halb geblendet, drehten die drei dem Feuer den Rücken zu und wandten sich gegen die Dunkelheit draußen. Die Ur'wölfe huschten durch die Schatten, und ihre fließenden Gestalten waren kaum auszumachen. Augen funkelten und verschwanden wieder, helle Nadelstiche, die höhnten und spotteten. Da Bek nicht feststellen konnte, von wo der nächste Angriff drohte, schwang er das lange Messer vor sich weit durch die Luft. Plötzlich fragte er sich, ob er die Magie des Phönixsteins einsetzen sollte. Nur wollte er nicht recht einsehen, wie der ihm nun helfen könnte.

»Bald werden sie uns überrennen!«, schrie Panax krächzend. »Bei den Schatten! So viele! Wo kommen die bloß alle her?«

»Bek, siehst du, siehst du?« Quentin lachte beinahe hysterisch. »Das Schwert besitzt tatsächlich Magie, Bek! Wirklich!«

In Beks Augen war die Begeisterung seines Cousins gänzlich unangebracht, und das hätte er ihm auch gesagt, wenn er dafür Kraft übrig gehabt hätte. Doch er musste sich vollkommen auf die Bewegungen der Angreifer konzentrieren und konnte keine Energie an Quentin verschwenden.

»Leah! Leah!«, heulte sein Cousin, sprang aus ihrem kleinen Kreis vor, schlug nach den Schatten und zog sich sofort wieder zurück. »Panax!«, rief er. »Was sollen wir tun?«

Dann lief etwas, das noch dunkler und noch schneller als die Ur'wölfe war, vor ihnen entlang und zog einen kalten Wind hinter sich her. Die drei Verteidiger zuckten instinktiv zusammen. In der Nacht zischte es, als würde Dampf einer Erdspalte entweichen, und die Ur'wölfe heulten wild und schnappten ins Leere. In der Finsternis konnte Bek sie nicht erkennen, doch hörte er die Laute, die sie von sich gaben, Laute des Wahnsinns, der Furcht und des Abscheus. Einen Augenblick später befanden sich die Ur'wölfe in wilder Flucht und verschwanden zwischen den Bäumen.

In der anschließenden Stille hielt Bek Rowe den Atem an, duckte sich, bis er fast kniete, und richtete das Messer blind auf die Bäume. Neben ihm stand Quentin so starr wie aus Stein gemeißelt.

Plötzlich bewegte sich die Dunkelheit erneut, und ein riesiger Schemen, der weder richtig menschlich noch irgendwie anders wirkte, erhob sich vor dem flackernden Feuerschein. Er fügte sich langsam aus verschiedenen Schatten zusammen, nahm Gestalt an, ohne seine Identität zu verraten, und war niemals wirklich zu erkennen, schien er doch gleichzeitig aus Träumen und Albträumen geformt zu sein.

»Was ist das?«, flüsterte Quentin Leah.

»Truls Rohk«, antwortete Panax leise, und seine Worte klangen so kalt und brüchig wie Eis im tiefsten Winter.

Fünfzehn

Inmitten des heimtückischen Gewirrs des Wildewaldes lag Grimpen Ward hell erleuchtet und lärmend da. Die Gäste der Bierschenken und Vergnügungshäuser strömten durch die staubigen Straßen, feierten, wenn auch nichts im Besonderen, und bedeuteten sich selbst genauso wenig wie jenen, die sie einst gekannt hatten. Grimpen Ward war die letzte Sprosse auf der Leiter nach unten, ein Schmelztiegel für alle, die keinen anderen Ort mehr hatten, an den sie gehen konnten. Stellte man einem Fremden eine Frage, so wurde einem eher der Geldbeutel gestohlen oder die Kehle durchgeschnitten, als dass man eine Antwort erhielt, und Kämpfe brachen aus, ohne dass es eines Anlasses bedurft hätte. Die einzige Benimmregel, die hier galt, lautete: Steck deine Nase nicht in etwas, das dich nichts angeht.

Sogar Hunter Predd, der es gern drauf ankommen ließ, hütete sich vor denen, die in Grimpen Ward wohnten.

Einst war der Ort ein verschlafenes Städtchen gewesen, in dem

Fallensteller und Jäger ihre Vorräte auffüllten, wenn sie im weiten und wenig erforschten Wildewald auf die Pirsch gingen. Zu abgelegen und einsam, um für irgendeine Form des Handels attraktiv zu sein, war es lange Jahre lediglich ein Außenposten gewesen. Mit der Jagd ließ sich nicht viel Geld verdienen, mehr dagegen durch das Glücksspiel, und langsam hatte sich das Dorf gewandelt. Die Elfen mieden es mehr und mehr, doch Südländer und Fahrende fanden hier, wonach sie gesucht hatten. Männer und Frauen wollten hier ihrer Vergangenheit entfliehen: Sie flohen vor Verfolgern, die sie nicht in Ruhe lassen wollten, vor Träumen, die sich nie erfüllen ließen, und vor ständigen Enttäuschungen; oder sie wollten nicht unter den Zwängen von Regeln leben, die überall galten, und brauchten die Freiheit, die damit einherging, dass es allein wichtig war, der Schnellste oder Stärkste zu sein. Männer und Frauen, die alles verloren hatten, und hofften, hier einen Neuanfang wagen zu können, wobei sie außer Klugheit und fehlender Moral nichts vorzuweisen hatten. Schließlich fanden all diese Leute ihren Weg nach Grimpen Ward. Manche blieben nur kurze Zeit und zogen dann weiter. Andere hielten sich länger auf. Falls es ihnen nicht gelang, am Leben zu bleiben, fanden sie eine ewige Heimstatt.

Bei Tageslicht betrachtet handelte es sich um ein schmutziges, verschlafenes Städtchen, dass aus armseligen Häusern und Hütten bestand, aus zerfurchten, unbefestigten Straßen und düsteren Gassen und aus einer Bevölkerung, die sich im Inneren der Gebäude verkroch, schlief und auf die Nacht wartete. Der Wildewald umschloss den Ort mit seinen uralten Bäumen und dem erdrückenden Gesträuch; und er wurde stets von der Gefahr bedroht, vollständig verschluckt zu werden. Die Bewohner kümmerten sich nicht um die Stadt, nur um das, was sie anzubieten hatte. Grimpen Ward machte einen mürrischen, verärgerten Eindruck, der an ein eingesperrtes, schlecht gefüttertes Tier erinnerte, das nur auf eine Chance zur Flucht wartete.

Hunter Predd ging vorsichtig durch die Straßen, hielt sich von Licht fern und vermied die Menschenansammlungen vor den Türen und auf den Terrassen der Schänken. Als Flugreiter bevorzugte er offenes Gelände. Und weil er ein aufmerksamer Mann war, der Grimpen Ward und ähnliche Orte bereits besucht hatte, wusste er, was er zu erwarten hatte.

Er verlangsamte den Schritt an der Einmündung einer dunklen Gasse, in der drei Männer einen vierten mit Stöcken verprügelten und in seinen Kleidern nach seinem Geldbeutel suchten. Der Mann flehte sie an, ihn nicht zu töten. Gesicht und Hände waren voller Blut. Einer der Räuber blickte hinüber zu Hunter Predd und starrte ihn mit herausforderndem Blick an, um abzuschätzen, ob er ein möglicher Widersacher war. Der Flugreiter tat, was man ihm aufgetragen hatte. Er hielt dem Blick des anderen einen Moment lang stand und zeigte so, dass er sich nicht fürchtete, dann wandte er sich ab und ging weiter.

Grimpen Ward war weder der Ort der Zögerlichen noch derjenigen, welche die Ungerechtigkeiten der Welt wieder gutmachen wollten. In der beengten Atmosphäre dieser Brutstätte der Grausamkeit und der Wut war jeder entweder Beutetier oder Jäger, ein Zwischending gab es nicht. Hunter Predd spürte die Hoffnungslosigkeit und die Niedergeschlagenheit, die das Städtchen einhüllten, und der ganze Ort widerte ihn an.

Er verließ den zentralen Bereich und damit die hellen Lichter und den Lärm und betrat eine Straße mit armseligen Hütten und Bruchbuden, die von jenen bevölkert wurden, die sich in die Gifte des Rausches geflüchtet hatten. Die Wesen, die hier hausten, kamen nie aus ihrer zurückgezogenen Welt hervor, verließen nie die Orte, die sie für sich selbst geschaffen hatten. Er roch die Chemikalien in der Luft, dazu Schweiß und Exkremente.

Nun hielt er auf einen Pfad zu, der zwischen die Bäume führte, schaute sich aufmerksam um, ob ihm jemand folgte, und ging dann weiter. Der Weg wand sich ein kurzes Stück bis zu einem Häuschen, das in einem kleinen Wäldchen aus Eschen und Kirschen stand. Das Haus war sauber und ordentlich, vor den Fenstern hingen Kisten mit Blumen, und dahinter befand sich ein Garten. Hier war es ruhig, eine Oase der Stille inmitten des Tumults. Im vorderen Fenster brannte ein Licht. Der Flugreiter ging zur Tür, stand schweigend einen Moment lang da und lauschte, dann klopfte er an.

Eine schwere Frau mit offenem Gesicht, kurz geschorenem grauen Haar und formlosem Körper öffnete. Ihr Alter konnte man kaum bestimmen, als hätte sie die Kindheit vor einiger Zeit hinter sich gelassen und würde sich nicht mehr verändern, bis sie sehr alt war. Ohne Interesse beäugte sie Hunter Predd, der für sie nur eine weitere verlorene Seele war, denen sie Tag für Tag begegnete.

»Ich habe kein Zimmer mehr frei. Versuch es woanders.«

Er schüttelte den Kopf. »Ich suche nicht nach einem Zimmer, sondern nach einer Frau namens Addershag.«

Sie schnaubte. »Da bist du ein wenig zu spät dran. Die ist seit fünf Jahren tot. Dort, wo du her bist, hört man wohl nur selten Neuigkeiten.«

»Weißt du das genau? Ist sie wirklich tot?«

»So tot wie der gestrige Tag. Ich habe sie draußen begraben, zwei Meter tief und aufrecht stehend, damit sie die begrüßen kann, die sie ausbuddeln wollen.« Sie grinste höhnisch. »Willst du es versuchen?«

Hunter Predd ignorierte die Herausforderung. »Warst du ihr Lehrmädchen?«

Die Frau lachte und verzog das Gesicht. »Kaum. Ich war ihre Haushälterin. Für das, was sie gemacht hat, fehlte mir der Mut. Aber ich habe ihr treu gedient, und sie hat mich großzügig belohnt. Du hast sie gekannt, nicht wahr?«

»Nur aus Erzählungen. Eine mächtige Seherin. Eine Magierin. Wenige wagten es, sie herauszufordern. Sogar jetzt noch, nachdem sie tot ist.«

»Bloß Narren und Verzweifelte.« Die Frau blickte zu den Lichtern der Stadt und schüttelte den Kopf. »Hin und wieder kommen sie immer noch. Einige habe ich begraben, wenn sie nicht auf mich hören und sie in Ruhe lassen wollten. Allerdings fehlen mir ihre Kräfte und Fähigkeiten. Ich tue nur, wozu ich hergerufen wurde; ich kümmere mich um das Haus, das jetzt mir gehört.«

Sie fixierte ihn mit ihrem offenen Blick und wartete.

»Wer liest die Zukunft in Grimpen Ward, nachdem sie dahingegangen ist?«, erkundigte er sich.

»Heuchler und Scharlatane. Untalentierte Diebe, die dich in den Tod schicken und behaupten, es sei etwas anderes gewesen. Sie tauchten in dem Augenblick auf, in dem sie starb, und beanspruchten zu sein, was sie gewesen war.« Die Frau spuckte aus. »Die sollten alle bei lebendigem Leib verbrannt werden.«

Hunter Predd zögerte. Er würde sehr vorsichtig sein müssen. Diese Frau beschützte ihre Erbschaft und zeigte keinerlei Neigung, ihm behilflich zu sein. Dennoch konnte wahrscheinlich nur sie ihm sagen, was er wissen musste.

»Die Addershag kann niemand ersetzen«, stimmte er ernst zu. »Solange sie die Person nicht selbst ausgesucht hätte. Hat sie jemals einen Lehrling ausgebildet?«

Eine Weile schaute die Frau ihn lediglich an, und ihr Misstrauen spiegelte sich in ihren zusammengekniffenen Augen. Sie strich sich durch das kurze Haar. »Wer bist du?«

»Ein Gesandter«, sagte er wahrheitsgemäß. »Aber der Mann, der mich schickt, kannte deine Herrin sehr gut und teilte ihre Leidenschaft für Magie und Geheimnisse. Er lebt ebenfalls schon lange Zeit.«

Sie runzelte die Stirn und verschränkte demonstrativ die Arme vor der Brust. »Ist er hier?«

»In der Nähe. Er bevorzugt es, nicht gesehen zu werden.«

Sie nickte. »Ich weiß, von wem du sprichst. Sag mir trotzdem seinen Namen, wenn ich dir Glauben schenken soll.«

Der Flugreiter nickte. »Er heißt Walker.«

»Ha!« Ihre Augen leuchteten. »Sogar der viel gepriesene Druide brauchte ihre Hilfe von Zeit zu Zeit! So mächtig war sie und so hoch geachtet!« Triumph und Zufriedenheit schwangen in ihrer Stimme mit. »Sie hätte seinem Orden angehören können, wenn sie nur gewollt hätte. Aber sie war nie darauf aus, etwas anderes als eine Seherin zu sein.«

»Gibt es denn«, wagte er sich vorsichtig vor, »noch jemanden, an den er sich wenden könnte, nachdem sie jetzt nicht mehr ist?«

Das Schweigen wurde bedrückend, während sie dastand und ihn von neuem betrachtete und darüber nachdachte. Sie wusste etwas, wollte es jedoch nicht mit ihm teilen. Er wartete geduldig.

»Eine«, sagte sie schließlich und sprach das Wort aus, als hinterlasse es einen bitteren Geschmack im Mund. »Nur eine. Allerdings war sie nicht geeignet. Ihr Charakter war schlecht, und sie verschwendete ihr Talent. Meine Herrin gab ihr so viele Chancen, stark zu werden, und jedes Mal versagte das Mädchen. Am Ende ist es gegangen.«

»Ein Mädchen«, wiederholte Hunter Predd.

»Sehr jung war sie. Noch ein Kind. Und trotzdem schon alt. Als wäre sie im Körper eines Kindes erwachsen geworden. Eifrig und verschwiegen, was für sie sprach, und leidenschaftlich, was gegen sie sprach. Deutlich konnte sie die Zukunft sehen, konnte ihr Voranschreiten erkennen und die Vorzeichen deuten.« Die Frau spuckte erneut aus, und plötzlich klang ihre Stimme müde. »So begabt. Mehr als nur eine Seherin. Das war ihr Verderben.«

Dies verwirrte den Flugreiter. »Was meinst du damit?«

Die Frau starrte vor sich hin und schüttelte den Kopf. »Warum soll ich darüber reden? Wenn du so neugierig bist, frag sie doch selbst. Ryer Ord Star ist ihr Name. Sie wohnt ganz in der Nähe. Ich kann dir den Weg erklären. Willst du ihn wissen?«

Hunter Predd ließ ihn sich schildern und bedankte sich für die Hilfe. In dem Blick, den sie ihm daraufhin zuwarf, lagen Mitleid und Verachtung gleichermaßen. Er hatte sich kaum umgedreht, da hatte sie die Tür bereits hinter sich geschlossen.

Es war einsam und still im Wald, wo Walker Boh außerhalb von Grimpen Ward auf Hunter Predds Rückkehr wartete. In der Dunkelheit bewegte sich nichts. Kein Laut war zu hören. Geduldig wartete der Druide, wenn auch widerwillig und voller Unbehagen, dass er die Suche nach der Addershag dem Flugreiter überlassen musste.

Gewiss glaubte er nicht, Hunter Predd mangle es dafür an Eignung; im Prinzip hielt er den Flugreiter für fähiger als die meisten. Dennoch hätte er die Angelegenheit am liebsten selbst geregelt. Es war seine Idee gewesen, sie aufzusuchen. Er wusste außerdem, wie er sie auffinden konnte. Nach dem Angriff auf Spanner Frews Versteck war deutlich, dass die Ilse-Hexe entschlossen war, ihn daran zu hindern, der Route auf der Karte des Schiffbrüchigen zu folgen. Zwar mochte es so scheinen, als habe die Föderation die Siedlung der Fahrenden überfallen, aber der Druide war überzeugt, dass die Ilse-Hexe dahintersteckte. Ihre Spione mussten ihn in March Brume entdeckt haben, und dann hatte sie ihn nach Norden zu Spanner Frew verfolgt. Glücklicherweise war er ihr an der Küste entkommen, und das sogar – noch mehr Glück – mit seinem neuen Luftschiff. Seine Verbündeten, Redden Alt Mer, Rue Meridian und Spanner Frew, hatten ihn im Schutz der Dunkelheit nach March Brume zurückgeflogen und ihn im Morgennebel dort abgesetzt, wo er Hunter Predd zurückgelassen hatte. Daraufhin waren sie mit dem Luftschiff aufgebrochen, um eine Mannschaft zusammenzustellen. Wenn sie damit fertig wären, würden sie nordwärts nach Arborlon fliegen, sich den Elfen und ihrem neuen Herrscher präsentieren und auf die Ankunft des Druiden warten.

Bis dahin würde es eine Weile dauern, doch Walker brauchte diese Zeit, um zwei Dinge zu bewerkstelligen. Zuerst musste er abwarten, ob Quentin Leah und Bek Rowe Truls Rohk fanden und Arborlon erreichten. Zweitens musste er mit einem Seher sprechen.

Warum ein Seher?, hatte Hunter Predd gefragt, während sie auf Obsidian die Gipfel des Irrybis überquerten und auf Grimpen Ward zuhielten. Wozu brauchten sie einen Seher, wo Walker den Zweck der Karte doch längst erkannt hatte? Aber ihre Reise, erklärte Walker, war nicht so einfach zu ergründen. Er sollte sich die Blaue Spalte als endlose Leere und die Inseln als Trittsteine vorstellen. Die Stabilität dieser Steine und die düsteren Geheimnisse der Gewässer waren ihnen unbekannt. Die Addershag konnte ihnen vielleicht helfen, die Gefahren besser zu erkennen. Sie konnte einiges von dem sehen, was sie bedrohen würde, was auf sie lauerte, was ihnen das Leben rauben würde, wenn sie sich nicht entsprechend darauf vorbereiteten.

Ein Seher konnte Einsichten gewähren, und niemand konnte das besser als die Addershag. Ihre Fähigkeiten waren allgemein anerkannt, und sie hatte sich persönlich doch niemals gegen ihn gestellt. Einst, vor langer Zeit, hatte sie seiner Cousine, der Elfenkönigin Wren Elessedil, bei der Suche nach dem vermissten Elfenvolk geholfen. Das war der Anfang einer Bekanntschaft gewesen, die er stets sorgsam gepflegt hatte. Die Addershag hatte ihn über die Jahre hinweg mehrfach bei sich untergebracht und dabei stets die Magie bewundert, zu der er fähig war, ihn allerdings immer mit einem verschleierten Hinweis davor gewarnt, dass ihre eigene der seinen gleichkomme. Sie lebte bereits fast so lange wie er, und das ohne die Wohltat des Druidenschlafes. Er hatte keine Ahnung, auf welche Weise sie das zustande brachte. Ihr Talent war für sie sowohl eine Bürde als auch ein steter Kampf, und ihr Leben stellte ein wohlgehütetes Geheimnis dar.

Walker war nicht sicher, ob Hunter Predd sie zu einem Gespräch mit ihm überreden konnte. Sie würde sich möglicherweise weigern. Doch einen Versuch war es wert.

Dennoch machten Walker das Warten und die Unsicherheit zu schaffen, und am liebsten hätte er sich ihr offen gezeigt. Zeit war kostbar, der Erfolg hingegen ungewiss. Die Hilfe der Addershag war von größter Wichtigkeit. Sie würde niemals zustimmen, mit ihm zu kommen, aber sie konnte ihm die Augen dafür öffnen, auf was er während der Reise zu achten hätte. Widerwillig würde sie sich darauf einlassen, und zwar nur mit listenreichen Worten und verwirrenden Bildern, aber auch das würde helfen.

Ein leises Rascheln riss ihn aus seinen Gedanken, und er blickte auf, während Hunter Predd aus der finsteren Nacht auftauchte. Der Flugreiter kam allein.

»Hast du sie gefunden?«, fragte der Druide sofort.

Hunter Predd schüttelte den Kopf. »Sie ist seit fünf Jahren tot. Die Frau, die sich früher um sie gekümmert hat, erzählte es mir.«

Walker holte langsam und tief Luft und seufzte. Enttäuschung wallte in ihm auf. Eine Lüge? Nein, eine derartige Lüge würde nicht lange standhalten. Er hätte über den Tod der Seherin Bescheid wissen können, doch hatte er sich in Paranor in den letzten zehn Jahren von der Außenwelt abgeschirmt und vieles von dem, was draußen geschehen war, überhaupt nicht mitbekommen.

Der Flugreiter setzte sich auf einen Baumstumpf und trank aus seinem Wasserschlauch. »Es gibt noch eine zweite Möglichkeit. Ehe sie starb, hat die Seherin einen Lehrling bei sich aufgenommen.«

»Einen Lehrling?« Walker runzelte die Stirn.

»Genauer gesagt, ein Lehrmädchen namens Ryer Ord Star. Sehr begabt, wenn man der Frau glauben darf, mit der ich gesprochen habe. Aber das Mädchen hatte wohl Meinungsverschiedenheiten mit der Addershag. Die Frau deutete an, dass es mit dem schlechten Charakter des Mädchens zu tun habe; mehr hat sie mir jedoch nicht erzählt. Ich solle sie selbst fragen, wenn ich mehr wissen wolle. Sie wohnt nicht weit von hier entfernt.«

Walker dachte kurz darüber nach und wägte die möglichen Risiken und Vorteile ab. Ryer Ord Star? Von der hatte er nie gehört. Und auch nicht davon, dass die Addershag ein Lehrmädchen zu sich genommen hätte. Allerdings hatte er auch nichts vom Tod der Seherin erfahren. Was er über die letzten Jahre wusste oder nicht, war kein Maßstab, um daran die Wahrheit zu messen. Besser fand er selbst heraus, was nun stimmte.

»Zeig mir, wo sie wohnt«, sagte er.

Hunter Predd führte ihn über Wege, die das Zentrum von Grimpen Ward umgingen, und vermied jede Begegnung mit den Bewohnern des Städtchens. Die Dunkelheit verbarg die zwei, und der Wald war ein riesiges, undurchdringliches Labyrinth, in das sich offenbar lediglich die beiden gewagt hatten. Aus der Ferne schallte gelegentlich der Lärm der Stadt herüber, und Lichter erschienen und verschwanden wie die Augen von Raubtieren. Doch sowohl der Flugreiter als auch der Druide wussten, auf welche Weise man sich unauffällig bewegte, und deshalb wurden sie von niemandem bemerkt.

Während sie durch die Dunkelheit schlichen, gingen Walker verschiedene Gedanken durch den Kopf. Seine Möglichkeiten reduzierten sich zunehmend, wurde ihm klar. Zu viele von denen, auf die er sich verlassen wollte, waren tot – zuerst Allardon Elessedil, dann der Schiffbrüchige und nun die Addershag. Der Verlust der Seherin bekümmerte ihn am meisten. Konnte er ohne die Visionen der Addershag bei dieser Expedition auskommen? Allanon hatte das vor vielen Jahren getan. Aber Walker Boh war nicht wie sein Vorgänger und behauptete bestimmt nicht, er könne ihm das Wasser reichen. Er tat, was er konnte, mit dem, was ihm zur Verfügung stand, vor allem, weil er die Notwendigkeit sah, es zu tun, und nicht, weil er die Rolle spielen wollte, die man ihm zugewiesen hatte.

Er dachte nicht gern darüber nach, wer er war und wie er dazu geworden war. Auch an den Weg, den zu gehen er gezwungen worden war, um das zu werden, was nicht in seiner Absicht gelegen hatte, erinnerte er sich nur unwillig. Diese Erinnerungen waren bitter und eine schwierige Bürde. Er war wegen Allanons Machenschaften und auf Coglines Drängen hin Druide geworden, obwohl er große Bedenken dagegen gehegt hatte. Nie hatte er gemeint, er habe irgendetwas mit den Druiden zu tun, nie wollte er Teil dessen sein, was sie darstellten. Er war mit dem Entschluss aufgewachsen, sich vom Erbe seiner Familie fern zu halten – dem Erbe von Shannara. Deshalb hatte er geschworen, seinem Leben eine andere Richtung zu geben.

Aber das war Schnee von gestern, ermahnte er sich, während er an das frühe Feuer seiner Verpflichtung dachte, zu verändern, was vom Schicksal vorherbestimmt war. Was ihn am meisten schmerzte und was so schwer auf seinem Gewissen lastete, war nicht der Bruch des Eides selbst, denn das konnte er mit der Notwendigkeit rechtfertigen, sondern der Abstand, den er zu seinem Weg gewonnen hatte, indem er seine Rolle übernahm. Er hatte geschworen, er würde kein Druide wie die anderen sein, wie Allanon und Bremen vor ihm. Er wollte sich nicht hinter Geheimnissen und Täuschungen verbergen. Außerdem würde er nie andere manipulieren, um seine Ziele zu erreichen. Er würde nicht betrügen oder irreführen. Stattdessen würde er offen, aufrecht und ehrlich handeln. Immer würde er enthüllen, was er wusste, immer würde er ehrlich sein.

Er wunderte sich darüber, wie naiv er gewesen war. Wie töricht. Wie schrecklich und auf verhängnisvolle Weise unrealistisch.

Denn die Vorschriften des Lebens erlaubten keine einfachen Unterscheidungen zwischen richtig und falsch und gut und böse. Man musste seine Wahl zwischen Grautönen treffen, und auf beiden Seiten gab es Heil und Leid abzuwägen. Und im Ergebnis war sein Leben dann unumkehrbar dem Weg seiner Vorgänger gefolgt, und im Laufe der Zeit hatte er genau die Eigenschaften angenommen, die er an ihnen so verabscheut hatte. Ohne es sich je zu wünschen, war er so geworden wie sie.

Weil er die Notwendigkeit sah.

Weil stets und alle Zeit das größere Wohl bedacht werden musste, wenn man sich für eine Handlungsweise entschied.

Erzähl das mal Bek Rowe, wenn dies alles vorüber ist, dachte er finster. Erkläre es dem Jungen.

Unvermittelt traten sie aus dem Wald auf eine Lichtung, auf der dunkel und still ein einziges Häuschen stand. Es war in keinem guten Zustand, das Dach hing durch, im Hof wuchs Unkraut, und der Garten war verödet. Scheinbar hatte hier schon seit einiger Zeit niemand mehr gewohnt.

Dann aber entdeckte Walker das Mädchen. Es saß im Schatten der Veranda, ganz still und mit der Dunkelheit verschmolzen. Als er den Blick auf sie richtete, erhob sie sich sofort und betrachtete ihn und Hunter Predd. Im Licht von Mond und Sternen wirkte sie nun älter, nicht mehr wie ein Mädchen, sondern wie eine junge Frau. Sie trug das blonde Haar lang und offen, und es rahmte ihr bleiches, hageres Gesicht mit dicken Locken ein. Und mager war sie, so mager, dass man glaubte, eine starke Windböe vermöge sie umzustoßen. Sie trug ein einfaches Wollkleid, das sie an der Taille mit einem Stoffstreifen zusammengeschnürt hatte. Ihre Sandalen waren staubig und abgelaufen, und um den Hals hatte sie sich ein Band aus Metall und Leder gelegt.

Mit Hunter Predd an seiner Seite ging er zu ihr. Sie wandte nicht den Blick von ihm ab, schaute sich nicht einmal den Flugreiter an.

»Bist du derjenige, den sie Walker nennen?«, fragte sie mit leiser, hoher Stimme.

Walker nickte. »Der bin ich.«

»Mein Name ist Ryer Ord Star. Ich habe auf dich gewartet.«

Walker betrachtete sie neugierig. »Woher wusstest du, dass ich kommen würde?«

»Ich habe dich in einem Traum gesehen. Wir flogen in einem Luftschiff weit hinaus auf die Blaue Spalte. Düstere Wolken hingen über uns, und Donner dröhnte grollend durch den Himmel. Doch innerhalb der finsteren Wolken verbarg sich etwas noch Finstereres, und ich warnte dich, du solltest dich davor hüten.« Sie hielt kurz inne. »Als ich diesen Traum hatte, wusste ich, du würdest hierher kommen, und ich würde mit dir gehen.«

Walker zögerte. »Ich habe nicht beabsichtigt, dich zu fragen, ob du mich begleitest, ich wollte dich nur bitten …«

»Aber ich muss dich begleiten!«, betonte sie rasch und unterstützte die Dringlichkeit ihrer Aussage mit einer abrupten Geste. »Denn ich habe noch weitere Träume gehabt, eine ganze Menge. Mir ist es bestimmt, mit dir die Blaue Spalte zu überqueren. Das ist mein Schicksal!«

Sie sprach mit solcher Überzeugung, dass es Walker verblüffte. Er blickte Hunter Predd an. Selbst das verwitterte Gesicht des Flugreiters zeigte Überraschung.

»Siehst du?«, fragte sie und deutete auf eine Leinentasche, die zu ihren Füßen stand. »Ich habe schon gepackt und bin zum Aufbruch bereit. Gestern Nacht habe ich von deiner Ankunft geträumt. Der Traum war so eindringlich, dass ich sogar die Zeit erfahren habe. Solche Träume haben Seher nicht oft. Und fast niemals in dieser Häufigkeit. Wenn man sie hat, darf man sie nicht ignorieren. Wir sind miteinander verbunden, du und ich – unsere Schicksale sind auf eine Weise verwoben, dass wir sie nicht trennen dürfen. Was dem einen geschieht, stößt auch dem anderen zu.«

Sie schaute ihn feierlich an, wobei sie das dünne, bleiche Gesicht fragend verzog, als verstehe sie nicht, weshalb er ihre Worte nicht akzeptierte. Walker für seinen Teil war von ihrer Entschlossenheit verwirrt.

»Du warst bei der Addershag in der Lehre?«, erkundigte er sich und wechselte das Thema. »Warum hast du sie verlassen?«

Erneut gestikulierte sie mit den dünnen Händen. »Sie war mir gegenüber sehr misstrauisch. Die Art, wie ich meine Gabe einsetzte, betrachtete sie ebenfalls mit Misstrauen. Ich bin eine Seherin und gleichzeitig ein Empath. Beide Talente sind sehr stark in mir, und ich finde die Notwendigkeit, auch beide zu benutzen, zu zwingend, um sie zu ignorieren. Wenn ich manchmal die eine Gabe benutzte, um die andere zu beeinflussen, schrie mich die Addershag an. ›Du darfst nichts verändern, was so sein soll, wie es sein wird!‹, kreischte sie. Doch wenn ich jemanden von seinen Schmerzen befreien kann, indem ich die Zukunft deute, wem schadet das? Ich habe darin nichts Unrechtes gesehen.«

Walker starrte sie an. »Du liest die Zukunft, stellst fest, dass ein Ereignis eintreffen wird, dann benutzt du deine empathischen Fähigkeiten, um den Schmerz zu lindern, der bei den Betroffenen daraus resultiert?« Walker versuchte sich das vorzustellen, was ihm jedoch nicht gelang. »Wie oft kannst du das machen?«

»Nur gelegentlich. Manchmal wirken meine Gaben auch in umgekehrter Reihenfolge. Dann komme ich zu jemandem, der bereits unter Schmerzen leidet, sehe die Zukunft, die ihm dieses Leiden bereiten wird, und greife ein, um sie zu verändern. Diese Fähigkeit habe ich nicht perfektioniert, und ich setze sie nicht ohne die nötige Umsicht ein. Die Addershag hingegen misstraute meiner empathischen Seite ganz und gar und glaubte, sie würde meine Seherinnenaugen beeinträchtigen. Vielleicht hatte sie Recht. Beide Fähigkeiten gehören zu mir, und ich kann sie nicht voneinander trennen. Bereitet dir das Sorge?«

Walker wusste es nicht. Vor allem beunruhigte ihn seine eigene Unsicherheit der jungen Frau gegenüber. Sie schien davon überzeugt zu sein, dass sie ihn begleiten würde, während er noch mit sich rang, ob er sie überhaupt um Rat fragen sollte.

»Du bist dir meiner nicht sicher«, sagte sie. Er nickte, da er keinen Grund sah, es ihr zu verheimlichen. »Du brauchst nicht zu fürchten, dass ich nicht zu dem in der Lage bin, was notwendig ist. Schließlich bist du ein Druide, und der Instinkt eines Druiden betrügt ihn nie. Vertraue auf das, was dir dein Instinkt über mich rät.«

Sie trat einen Schritt vor. »Ein Empath kann dir Frieden geben, den du auf andere Weise nicht zu finden vermagst. Gib mir deine Hand.«

Ohne nachzudenken reichte er sie ihr, und sie ergriff sie. Ihre Hände waren sanft und warm und umschlossen seine kaum. Sie strich mit den Fingern langsam über seine Handfläche und schloss die Augen. »Du leidest unter solchem Schmerz, Walker«, sagte sie. Er fühlte ein Kribbeln, welche sich gemächlich in schläfrige Ruhe verwandelte, dann plötzlich in aufbegehrende Euphorie. »Du fühlst dich von allen Seiten bedrängt, eine Möglichkeit nach der anderen geht dir verloren, deine Bürde ist bald zu schwer, um sie noch zu tragen. Du hasst dich selbst für das, was du bist, weil du glaubst, du solltest nicht so sein …«

Er riss seine Hand los, trat zurück und war geschockt, wie leicht sie ins Innerste seines Herzens geschaut hatte. Sie schlug die Augen auf und starrte ihn erneut an. »Ich könnte dich von all diesen Schmerzen befreien, wenn du mich nur ließest«, flüsterte sie.

»Nein«, entgegnete er. Er fühlte sich auf eine Weise nackt und entblößt, die ihm nicht gefiel. »Der Schmerz erinnert mich daran, wer ich bin.«

An seiner Seite trat Hunter Predd unbehaglich von einem Fuß auf den anderen und musste Worte mit anhören, die er kaum ertragen konnte. Aber was sollte Walker dagegen tun?

»Hör mir zu«, flüsterte Ryer Ord Star. »Höre, was ich in meinen Träumen gesehen habe. Du wirst eine Reise über die Blaue Spalte unternehmen, um etwas sehr Wertvolles zu suchen – wertvoller für dich als für alle, die dich begleiten. Deine Gefährten sind tapfer und stark im Herzen, doch nur einige werden zurückkehren. Einer rettet dir das Leben. Einer wird versuchen, es dir zu nehmen. Einer liebt dich bedingungslos. Einer hasst dich mit unübertroffener Leidenschaft. Einer führt dich in die Irre. Einer bringt dich wieder zurück. Das habe ich in meinen Träumen gesehen, und ich werde noch mehr sehen. Ich bin dazu bestimmt, deine Augen zu sein, Walker. Wir sind aneinander gebunden. Lass mich mitkommen. Das musst du.«

Ihre leise Stimme war von solcher Leidenschaft erfüllt, dass sie den Druiden in ihren Bann schlug. Er dachte an die Addershag, die stets so verdreht auf ihn gewirkt hatte, deren Worte immer scharf und bedrohlich klangen und deren Stimme einer finsteren Grube zu entstammen schien, in die sich besser niemand wagen sollte. Wie sehr sich Ryer Ord Star von ihr unterschied. Jetzt erkannte er, welche Schwierigkeiten es der jungen Frau bereitet haben musste, sich von jemandem ausbilden zu lassen, der so anders war. Sie musste einen harten Kampf mit ihrer Lehrerin und sich selbst geführt haben und war gewiss nur aus Leidenschaft für ihre Gabe so lange geblieben. Das sah er jetzt. Vertraue auf deinen Instinkt, hatte sie ihn gedrängt. Stets hatte er das getan. Nur diesmal waren seine Instinkte verwirrt, sein Entschluss schwankte.

»Lass mich mitkommen«, wiederholte sie, und ihre Worte waren ein drängendes Flüstern.

Er blickte Hunter Predd nicht an. Was er in den Augen des Flugreiters finden würde, wusste er. Er brauchte nicht einmal in sein eigenes Herz zu schauen, denn er fühlte bereits, was dort lauerte. Stattdessen las er in ihrem Gesicht, um sicherzugehen, dass er nichts übersehen hatte, und er dachte über seine Unternehmung nach. Ein Seher war notwendig für die dunklen Orte, die er betreten musste. Ryer Ord Star besaß diese Gabe, und Zeit, jemand anderen zu suchen, blieb ihm nicht. Trotzdem war sie nicht die Addershag, und das beunruhigte ihn. Andererseits war sie nicht nur bereit, sondern geradezu darauf erpicht, mit ihm zu gehen, und dieses Geschenk konnte er nicht zurückweisen.

»Nimm deine Tasche, Ryer Ord Star«, verkündete er leise. »Wir fliegen heute Nacht zurück nach Arborlon.«

Sechzehn

Bek Rowe erstarrte, als sich die riesige Erscheinung von den fliehenden Wölfen ab- und ihm zuwandte. Quentin trat unwillkürlich einen Schritt zurück und hatte die Freude über die wieder entdeckte Magie des Schwertes von Leah vergessen. Keiner der beiden wagte auch nur zu atmen, während das Wesen vor ihnen geriffelt erschien wie die windumwehte Rinde von Nadelbäumen und dabei wirkte, als betrachte man es durch eine regennasse Fensterscheibe.

Dann wurde es ruhiger, und der zerrissene Mantel senkte sich auf eine langgliedrige Gestalt, wallte noch einmal auf und senkte sich dann auf die Schultern, wobei lose Fäden von den Säumen des Kleidungsstücks herabhingen. Hände und Füße bewegten sich wie Keulen in der Dunkelheit, die das Wesen erzeugte, doch ein Gesicht war im Schatten der Kapuze nicht zu erkennen. Hätte Truls Rohk nicht diese vage menschliche Form besessen, hätte man ihn genauso gut für eines der wilden Tiere halten können, die durch diese Berge streiften.

»Panax«, zischte er. »Warum bist du hier?«

Er sprach den Namen des Zwergs ohne Freundlichkeit und Wärme aus. Seine Stimme klang mal scharf wie ein Messer und dann wieder wie das Zischen von Dampf, der unter Druck entweicht. Bek hatte den Zwerg vollkommen vergessen. Panax hatte die Streitaxt gesenkt und stand der düsteren Kreatur aufrecht gegenüber. Dennoch fanden sich Anzeichen von Wachsamkeit und Anspannung in seinen Augen.

»Walker hat dir eine Nachricht geschickt«, antwortete er der Erscheinung.

Truls Rohk machte keine Anstalten, weiter vorzutreten. »Walker«, wiederholte er nur.

»Das sind Hochländer«, fuhr Panax fort. »Der Große heißt

Quentin Leah. Der jüngere ist sein Vetter Bek Rowe. Ihnen wurde die Nachricht an dich anvertraut.«

»Heraus damit«, sagte Truls Rohk zu den beiden Cousins.

Bek blickte Quentin an, und der nickte. Daraufhin räusperte sich Bek. »Wir wurden gebeten, dir von Walker auszurichten, dass er sich auf eine Reise mit einem Luftschiff über die Blaue Spalte vorbereitet. Er will in einem unbekannten Land nach einem Versteck suchen. Dieses Versteck enthält einen Schatz von großem Wert. Außerdem sollen wir dir mitteilen, dass auch andere nach diesem Schatz suchen, zum Beispiel ein Hexenmeister namens Morgawr und eine Zauberin, die sich Ilse-Hexe nennt ...«

»Hsssss! Finstere Seelen!«, zischte Truls Rohk, und erschrocken hielt Bek mitten im Sprechen inne. »Was noch, Junge?«

Bek schluckte heftig. »Walkers Feinde haben bereits den Elfenkönig Allardon Elessedil getötet und außerdem einen Schiffbrüchigen, der eine Karte bei sich trug, die zu dem Versteck führt. Wir sollen dir sagen, dass er deine Hilfe bei der Suche und deinen Schutz gegen diejenigen benötigt, die ihn aufhalten wollen.«

Langes Schweigen folgte; dann ertönte ein Husten, das ein Lachen oder etwas weniger Angenehmes hätte sein können. »Lügen. Obwohl er nur einen Arm besitzt, kann sich Walker recht gut selbst verteidigen. Was braucht er wirklich?«

Verängstigt und verwirrt starrte Bek sein Gegenüber an, dann blickte er zu Quentin und Panax, fand keine Hilfe bei ihnen und schüttelte den Kopf. »Ich weiß es nicht. Mehr hat er uns nicht erzählt. Das war die ganze Nachricht, genau so, wie er sie uns aufgetragen hat. Er will ...«

»Er will mehr, als du sagst!« Die schneidende Stimme knirschte und zischte. »Du, Hochländer!« Er deutete vage auf Quentin. »Welche Magie übst du aus?«

Quentin zögerte nicht. »Eine alte Magie, die ich erst in der heutigen Nacht entdeckt habe. Dieses Schwert gehört meiner Familie. Wie man mir sagte, hat es seine Magie in den Zeiten von Allanon erhalten.«

»Du führst es armselig«, antwortete Truls Rohk herablassend. »Du, Junge.« Erneut wandte er sich an Bek. »Besitzt du ebenfalls Magie?«

Bek schüttelte den Kopf. »Nein, keine.«

Ihm entging nicht, mit welcher Aufmerksamkeit Truls Rohk ihn musterte, und in der anschließenden Stille schien etwas nach Bek zu greifen, ihn zu berühren und federleicht über seine Stirn zu streichen. Doch es war so rasch vorbei, dass es auch reine Einbildung hätte sein können.

Truls Rohk trat einen Schritt nach rechts, und bei dieser Bewegung enthüllten sich ein Arm und ein Bein riesigen Ausmaßes, muskulös und dicht behaart. Bek hatte den Eindruck, der andere verharre unter dem Mantel in gebückter Haltung, stets zum Aufspringen bereit. Jetzt schon wirkte Truls Rohk riesig – wie groß würde er erst sein, wenn er sich aufrichtete? Nur Trolle wurden so groß, aber Truls Rohk fehlten das dichte Fell eines Trolls und die schwerfälligen Bewegungen. Er war zu schnell und behände, und seine Haut wirkte eindeutig menschlich.

»Der Druide hat euch geschickt, damit ihr auf die Probe gestellt werdet«, knurrte er leise. »Damit ihr eure Ängste und euren Aberglauben überwindet. Eure Magie und euer Mut sind unerprobte Waffen.« Er kicherte leise und endete mit dem bereits bekannten Zischen. »Panax, machst du bei diesem Spielchen etwa ebenfalls mit?«

Der Zwerg schnaubte gereizt. »Ich treibe mit niemandem Spielchen. Man hat mich gebeten, diese Hochländer in den Wolfsktaag und wieder heraus zu führen. Du weißt offensichtlich mehr über diese Sache als ich.«

»Ein Spielchen innerhalb des Spielchens«, murmelte die schattenhafte Gestalt, schlich einige Schritte nach rechts und drehte sich wieder um. Diesmal erhaschte Bek einen kurzen Blick auf das Gesicht unter der Kapuze, das vom Feuerschein kurz erleuchtet wurde. Es war von tiefen, scharlachroten Striemen überzogen, und das Fleisch sah aus, als hätte man es wie Eisen in einem Ofen geschmolzen. »Druidenspiele«, fuhr Truls Rohk fort und verschwand wieder im Schatten. »Die gefallen mir nicht, Panax. Aber Walker zu beobachten ist stets interessant.« Er hielt inne. »Vielleicht auch diese beiden, hm?«

Panax wirkte verwirrt und sagte nichts. Truls Rohk zeigte auf Quentin. »Die Wölfe hätten dich erwischt, wenn ich nicht gekommen wäre. Falls dir danach ist, noch eine Weile zu leben, solltest du den Umgang mit der Magie deines Schwertes üben.«

Bek spürte, wie sich der Blick seines Gegenübers auf ihn legte. »Und du, Junge, du solltest besser niemandem dein Vertrauen schenken. Nicht, bis du gelernt hast, die Dinge klarer zu sehen als bisher.«

Bek war sich bewusst, dass auch Quentin und Panax ihn anschauten. Er hätte Truls Rohk gern gefragt, was er meinte, doch er wagte es nicht.

Truls Rohk spuckte aus und fuhr herum. »Wo werdet ihr euch mit Walker treffen?«, fragte er über die Schulter.

»In Arborlon«, antwortete Bek.

»Dann werden wir uns dort ebenfalls treffen.« Seine Stimme wurde zu einem Flüstern. »Und nun verschwindet aus diesen Bergen, und zwar rasch!«

Eine Windböe erhob sich kalt und scharf, und eine Bewegung ging wie ein Wispern durch die Nacht. Bek und Quentin zuckten zusammen und bedeckten schützend die Augen. Hinter ihnen flackerte das Feuer auf und erlosch.

Als sie wieder in die stille Dunkelheit blickten, war Truls Rohk verschwunden.

Weit im Süden, jenseits des Hochlands von Leah, der prekkendorranischen Höhe und der älteren, industrialisierten Städte Wayford und Sterne, wurde der Verteidigungsminister Sen Dunsidan in der Hauptstadt der Föderation, Arishaig, von einer Berührung an der Schulter geweckt.

Er schlug die Augen auf, blinzelte und starrte, ohne etwas zu erkennen, durch die Dunkelheit an die Decke, wobei er unsicher war, weshalb er aufgewacht war. Im Schlafzimmer war es kalt und still. Er lag auf dem Rücken in dem übergroßen Bett.

»Wacht auf, Minister«, flüsterte die Ilse-Hexe.

Jetzt blieb sein Blick auf der schlanken, verhüllten Gestalt haften, die sich über ihn beugte. »Dunkle Dame meiner Träume«, begrüßte er sie verschlafen lächelnd.

»Sagt nichts«, forderte sie ihn auf und trat einen Schritt zurück. »Erhebt Euch und kommt mit mir.«

Sie beobachtete ihn, während er tat, was sie ihm auftrug, und derweil wirkte sein derbes Gesicht ruhig und gefasst, als würde es ihn nicht im Mindesten überraschen, dass sie so bei ihm erschien. Er war ein mächtiger Mann, und bei der Ausübung dieser Macht durfte er niemals überrascht oder verängstigt wirken. Seit über fünfzehn Jahren hatte er den Posten des Verteidigungsministers inne, und diese Langlebigkeit im Amt hatte er nur deshalb erreicht, weil er während dieser Zeit eine Menge Männer beerdigt hatte, die ihn unterschätzten. Er erweckte einen milden, manchmal sogar unbeteiligten Eindruck, wie ein Beobachter am Rande des Geschehens, der allein darauf bedacht ist, die Dinge für alle zum Besten zu wenden. Stattdessen besaß er die Instinkte und die Moral einer Schlange. In einer Welt, die sich in Raubtiere und das gejagte Wild einteilen ließ, bevorzugte er es eindeutig, zu den ersteren zu gehören. Dabei begriff er sehr wohl, dass das Überleben davon abhing, seine Vorlieben geheim und seinen Ehrgeiz verborgen zu halten. Sobald er sich bedroht fühlte, wie vielleicht gerade in diesem Moment, lächelte er. Aber das Lächeln verbarg natürlich die scharfen Zähne hinter den Lippen.

Die Ilse-Hexe führte ihn wortlos aus dem Schlafgemach durch den Gang zu seinem Arbeitszimmer. Dieser Raum war der Ort, wo er seine Geschäfte abwickelte, und indem sie ihn dorthin führte, begriff er, dass sie aus geschäftlichen Gründen gekommen war. Er war ein Mann mit unstillbarem Appetit, und zudem war er daran gewöhnt, diesen zu befriedigen, wann immer ihm der Sinn danach stand. Sie wollte keinen Zweifel daran lassen, aus welchem Grund sie in seinem Schlafzimmer erschienen war. Die Art, wie er sie angesehen hatte, war ihr nicht entgangen, doch scherte sie sich nicht um das, was sie in seinen Augen entdeckt hatte. Falls er auch nur versuchte, bei ihr Hand anzulegen, würde sie ihn umbringen. Das machte ihr nichts aus; andererseits brachte es ihr keinen Gewinn ein. Deshalb wollte sie von Anfang an klarstellen, dass sich in der Beziehung zwischen ihnen nichts geändert hatte.

Sen Dunsidan war sowohl ihr Spion als auch ihr Verbündeter, ein Mann, der in der Hierarchie der Föderation einen hohen Rang einnahm, um ihr Gefallen zu tun, für die sie sich erkenntlich zeigen würde. Der Verteidigungsminister wusste sehr wohl, wie man Macht in der Regierung einsetzte, doch berücksichtigte er dabei auch stets die Notwendigkeit umsichtigen Vorgehens. Er war klug, geduldig und genau, und seine Arbeitsmoral galt als legendär. Hatte er sich erst einmal einer Aufgabe angenommen, ließ er nicht mehr locker. Allerdings hatte die Ilse-Hexe vor allem seinen Ehrgeiz angezogen. Sen Dunsidan war nicht damit zufrieden, Verteidigungsminister zu sein. Auch der Posten des Kriegs- oder Premierministers würde ihm nicht genügen. Sogar als König wäre er noch nicht zufrieden, und obwohl dieser Rang in der gegenwärtigen Struktur der Föderationsregierung gar nicht existierte, käme er seinen Zielen immerhin schon näher. Was er sich ersehnte, war absolute Macht – über alles und jeden. Bereits früh hatte die Ilse-Hexe begriffen, dass er willig für sie tat, was immer sie verlangte, wenn sie ihm nur zeigte, wie er die absolute Macht erreichen könnte.

So betraten sie nun das Arbeitszimmer. Der Raum war mit Holz getäfelt, wirkte karg und dadurch einschüchternd. Anstatt die Fackeln in den Wandhalterungen anzumachen, die helleres Licht geliefert hätten, entzündete der Minister nur einige Kerzen auf dem breiten Schreibtisch. Er war groß und athletisch und hatte langes, offenes Silberhaar. Er war ein attraktiver Mann mit einer unwiderstehlichen Persönlichkeit, solange man ihn nicht besser kannte, und kannte man ihn erst richtig, wurde er zu jemandem, auf den man genauestens aufpassen musste. Die Ilse-Hexe war solchen Männern bereits zur Genüge begegnet. Manchmal schien die Welt von ihnen voll zu sein.

»Also dann«, sagte er, setzte sich ans eine Ende einer langen Couch und zog in aller Ruhe seinen Morgenmantel zurecht.

Sie blieb ein wenig auf Abstand zu ihm und behielt ihren Mantel an, unter dessen Kapuze ihr Gesicht im Schatten verborgen lag. Er hatte ihr Gesicht bei verschiedenen Gelegenheiten zu sehen bekommen, weil es einfach notwendig gewesen war, doch hatte sie es sorgsam vermieden, ihn in seinen offensichtlichen Absichten zu ermutigen. Gewiss behandelte sie ihn nicht wie ihre anderen Spione, denn er erachtete sich als ihr gleichgestellt, und sein Stolz und sein Ehrgeiz würden nichts Geringeres zulassen. Sie könnte ihn leicht in Knechtschaft stürzen, allerdings wäre er dann nicht mehr nützlich für sie. Aus diesem Grund musste sie ihm seine Stärke lassen, denn sonst konnte er in der politischen Arena der Föderation nicht überleben.

»Haben die Luftschiffe, die ich Euch schickte, ihren Zweck nicht erfüllt?«, erkundigte er sich und runzelte leicht die Stirn.

»Sie taten, was sie konnten«, erwiderte sie neutral. Sorgfältig wählte sie ihre Worte. »Aber mein Widersacher ist klug und mächtig. Man kann ihn nicht leicht überraschen, und so geschah es auch diesmal. Er entkam.«

»Unglücklicherweise.«

»Nur ein vorübergehender Rückschlag. Ich werde ihn erneut finden, und dann werde ich ihn vernichten. In der Zwischenzeit brauche ich Eure Hilfe.«

»Dabei, ihn zu finden, oder dabei ihn zu vernichten?«

»Weder noch. Vielmehr bei seiner Verfolgung. Er benutzt ein Luftschiff mit Kapitän und Mannschaft. Ich brauche ebenfalls eins, wenn ich ihn einholen will.«

Sen Dunsidan betrachtete sie nachdenklich. Im Kopf ging er die Angelegenheit bereits durch, das konnte sie sehen. Rasch hatte er begriffen, dass mehr an der Sache war, als sie preisgab. Wenn sie jemanden jagte, bestand dafür ein Grund. Er kannte sie gut genug und wusste, sie würde ihre Zeit nicht für eine solche Jagd verschwenden, falls sie ihr Opfer einfach nur töten wollte. Demnach musste da noch etwas sein, das für sie äußerst wichtig war. Und jetzt versuchte er herauszufinden, welche Vorteile er daraus ziehen könnte.

Sie entschloss sich, keine Spielchen mit ihm zu treiben. »Ich will Euch ganz offen sagen, welches Interesse ich an dieser Angelegenheit habe«, erklärte sie. »Es geht nicht nur darum, meinen Widersacher zu vernichten. Wir jagen beide dem gleichen Preis hinterher, Minister. Dieser Preis besitzt einen großen Wert und ist außergewöhnlich selten. Er würde uns, Euch und mir, von Nutzen sein, wenn er uns in die Hände fiele. Meine Bitte an Euch, mich bei dieser Unternehmung zu unterstützen, beinhaltet natürlich, dass ich jeglichen Gewinn, den ich daraus ziehe, mit Euch zu teilen gedenke.«

Der große Mann nickte. »Wie Ihr es bisher stets so großzügig gehandhabt habt, Dunkle Dame.« Er lächelte. »Worin besteht der Preis?«

Sie zögerte absichtlich, als würde sie mit sich ringen, ob sie es ihm verraten sollte oder nicht. Er musste denken, die Entscheidung falle ihr schwer. »Eine Form von Magie«, gestand sie schließlich. »Eine höchst einzigartige Magie. Wenn ich sie in meinen Besitz bringen könnte, würde ich viel mächtiger werden, als ich es jetzt bin. Und wenn ich sie mit Euch teile, werdet Ihr der mächtigste Mann in der Regierung der Föderation.« Sie hielt kurz inne. »Würde Euch das gefallen?«

»Oh, ich weiß nicht«, antwortete er und lachte leise. »Solche Macht wäre für einen einfachen Kerl wie mich vielleicht zu viel.« Er legte eine kurze Pause ein. »Habe ich Euer Wort, dass ich bei Eurer Rückkehr an dieser Magie teilhaben werde?«

»Das verspreche ich Euch hoch und heilig, Minister.«

Er verneigte sich leicht. »Mehr darf ich nicht verlangen.« Schon vor langer Zeit hatte sie ihn davon überzeugt, dass sie ihr Wort hielt, sobald sie es einmal gegeben hatte. Selbst wenn sie es bräche, würde ihn der Verrat nicht viel kosten, und diese Tatsache stützte seine Zuversicht zusätzlich.

»Wo werdet Ihr nach dieser Magie suchen?«, fragte er.

Sie schaute ihn lange und eindringlich an. »Jenseits der Blauen Spalte, in einem neuen Land, einer alten Stadt, an einem fremden Ort. Nur wenige sind je dorthin gelangt. Keiner ist zurückgekehrt.«

Den Schiffbrüchigen oder die Elfen erwähnte sie nicht. Es gab keinen Grund, weshalb er das erfahren musste. Sie lieferte ihm nur so viel, dass er das Interesse nicht verlor.

»Keiner ist zurückgekehrt«, wiederholte er langsam. »Nicht sehr aussichtsreich. Werdet Ihr Erfolg haben, wo sonst alle versagten?«

»Was glaubt Ihr, Minister?«

Er lachte leise. »Ich glaube, Ihr seid zu jung für derartige Machenschaften und Intrigen. Denkt Ihr nie daran, Euch mit einfacheren Vergnügungen zu beschäftigen? Wünscht Ihr nie, Ihr könntet Eure Verpflichtungen beiseite schieben, wenn auch nur für wenige Tage, und etwas tun, das Ihr Euch nicht vorzustellen wagt?«

Erschöpft seufzte sie. Er stellte sich dumm und weigerte sich zu akzeptieren, dass sie seine Avancen nicht willkommen hieß. Sie musste ihn bremsen, bevor die Sache aus dem Ruder lief. »Falls ich darüber nachdächte, würdet Ihr einen Ort kennen, an den ich entfliehen könnte?«

Sein Blick ruhte fest und wachsam auf ihr. »Ja.«

»Und würdet Ihr mein Führer und Gefährte sein?«

Erwartungsvoll richtete er sich auf. »Das wäre mir eine Ehre.«

»Nein, Minister, Ihr wärt bald tot, vermutlich noch, bevor der erste Tag um wäre.« Sie hielt inne, damit ihre Worte richtig wirken konnten. »Träumt nicht länger von etwas, das ich nicht bin. Und lasst Euch nie wieder dazu verführen, über solche Träume zu sprechen. Niemals wieder! Ich bin in keiner Weise das, was Ihr Euch ausmalt, und weniger, als Ihr Euch erhofft. Stattdessen bin ich schwärzer als die schlimmsten Untaten, die jemals geschehen können. Bildet Euch nicht ein, Ihr würdet mich kennen. Haltet Euch von mir fern, dann werdet Ihr vielleicht überleben.«

Sein Gesicht war ruhig, doch in seinen Augen flackerte Unsicherheit auf. Sie ließ ihn einen Moment lang mit sich ringen, dann flüsterte sie beruhigende Worte in die Stille und lachte leise wie ein junges Mädchen. »Entschuldigt, Minister. Die scharfe Zurechtweisung war nicht notwendig. Wir sind alte Freunde. Und Verbündete. Wie steht es um meine Bitte? Werdet Ihr mir helfen?«

»Natürlich«, antwortete er rasch. Da er in erster Linie ein Mensch der Politik war, sah Sen Dunsidan die Realität klarer als die meisten anderen. Er wollte die Ilse-Hexe nicht verärgern oder auch nur die vorteilhafte Beziehung zu ihr gefährden. Daher würde er sich alle Mühe geben, seinen unbeholfenen Annäherungsversuch zu überspielen, als habe er niemals stattgefunden. Gewiss würde sie das zulassen. »Ein Schiff, ein Kapitän und eine Mannschaft«, versicherte er ihr, dankbar für die Gelegenheit, ihre Gunst zurückzugewinnen. Er strich sein silberweißes Haar nach hinten und lächelte. »Zu Eurer Verfügung, Dunkle Dame, für so lange Ihr sie braucht.«

»Das Beste, was Ihr habt«, warnte sie ihn. »Ich darf mir keine Schwächen leisten. Diese Reise wird nicht einfach.«

Er erhob sich, ging zum Fenster und schaute hinaus auf die Stadt. Sein Haus stand in einer Reihe Regierungsgebäude, von denen manche Residenzen, andere Amtssitze waren und die allesamt von einem ummauerten Park geschützt wurden, den niemand ohne Einladung betreten durfte. Die Ilse-Hexe lächelte. Außer ihr natürlich. Sie konnte überallhin gehen, wo sie nur wollte.

»Ich gebe Euch die *Schwarze Moclips*«, verkündete Sen Dunsidan. »Sie ist unser bestes Kriegsschiff, von Fahrenden gebaut, und hat sich gut bewährt. Ihre Geschichte ist bemerkenswert. In über zweihundert Luftschlachten hat sie gekämpft, und niemals wurde sie besiegt oder auch nur schwer beschädigt. Gerade hat sie einen neuen Kapitän und eine neue Mannschaft bekommen, und die sind wild darauf, ihre Fähigkeiten unter Beweis zu stellen. Alles erfahrene Männer, versteht mich nicht falsch, lediglich neu auf dem Schiff. Sie wurden dorthin versetzt, als die alte Mannschaft, Fahrende, desertiert ist.«

Sie betrachtete ihn. »Sind sie wirklich erfahren und verlässlich? Und in der Schlacht erprobt?«

»Zwei volle Jahre lang, alle miteinander. Es handelt sich um eine starke und unabhängige Einheit, die gut geführt wird und hervorragend ausgebildet ist.«

Und außerdem aus Föderationssoldaten besteht, wollte sie gerade einwenden, als der Morgawr sie mit rauer Stimme zurückhielt. *Keine Soldaten*, zischte er, sodass nur sie es hören konnte. Das war eine unmissverständliche Erinnerung an seine frühere Warnung, als sie darauf bestanden hatte, Soldaten zu bekommen, um gegen die Elfen in die Schlacht zu ziehen. *Ein Schiff, ein Kapitän und eine Mannschaft – mehr nicht. Frag mich nicht nach dem Grund.* Sie erstarrte unter der Wucht seiner Stimme, die aus dem Schatten hinter Sen Dunsidan erscholl, wo der Morgawr sich versteckt hatte und wartete.

»Meine Dame?«, fragte der Minister besorgt, da er ihr Zögern spürte.

»Vorräte für eine lange Reise«, sagte sie und ging weiter, als habe nichts ihr Nachdenken gestört, und sie blickte direkt zu dem Morgawr, denn eigentlich war sie nicht bereit, ihm Zugeständnisse zu machen. Sie nahm ihm den Versuch übel, die ganze Sache zu kontrollieren, obwohl er keine Neigung zeigte, sich an der Expedition zu beteiligen. Er hielt sich für ihren Mentor, und der war er auch, doch inzwischen fühlte sie sich ihm ebenbürtig und war ihm nicht länger hörig. Immer schon hatte sie Magie besessen, sogar bevor er zu ihr gekommen war und ihr geholfen hatte, ihr in Scherben liegendes Leben neu zu gestalten. Hilflos oder unvorsichtig war sie nie gewesen, und er schien nur allzu schnell zu vergessen, welche Macht sie besaß.

»Das Schiff wird Euch vollständig ausgerüstet und abfahrbereit überstellt.« Sen Dunsidan zog ihre Aufmerksamkeit auf sich. »In einer Woche ist es fertig.«

»In vier Tagen«, korrigierte die Ilse-Hexe leise und hielt seinem Blick stand. »Ich werde selbst herkommen. Schärft dem Kapitän und der Mannschaft ein, dass sie mir in jeder Hinsicht gehorchen müssen. In absolut jeder, Minister. Es darf keine Fragen, keine Widersprüche und kein Zögern geben. Alle Entscheidungen treffe ich ganz allein.«

Der Minister der Föderation nickte wenig begeistert. »Der Kapitän und die Mannschaft werden die entsprechenden Anweisungen erhalten, Dunkle Dame.«

»Jetzt geht zurück ins Bett«, befahl sie ihm, wandte sich ab und entließ ihn.

Sie wartete, bis er gegangen war, und starrte lange aus dem Fenster in die Nacht, dann drehte sie sich zu dem Morgawr um, der groß, dunkel und geisterhaft aus seinem Versteck hervorgetreten war. Er war mit ihr in die Stadt gekommen, hatte sich aber während ihres Gesprächs im Verborgenen gehalten. Denn, so hatte er ihr gesagt, es sei am besten, wenn Sen Dunsidan glaube, sie habe das Kommando. *Was ja im Prinzip auch stimmt*, hätte sie am liebsten entgegnet, hatte sich jedoch zurückgehalten.

»Das hast du gut gemacht«, sagte er und glitt geräuschlos in den schwachen Lichtschein.

»Deine Einmischung gefällt mir nicht!«, fauchte sie ihn an. »Oder deine Ermahnungen, was du glaubst, was ich tun oder lassen sollte! Ich bin diejenige, die ihr Leben riskiert, um in den Besitz dieser Magie zu gelangen!«

»Ich versuche nur zu helfen, wo Hilfe vonnöten ist«, erwiderte er ruhig.

»Dann tue das auch!«, blaffte sie. Ihre Geduld war erschöpft. »Wir brauchen Soldaten! Erfahrene Krieger! Woher soll ich die nehmen, wenn nicht von der Föderation?«

Er überging ihre Wut und Verärgerung mit einem abfälligen Winken seiner behandschuhten Hand. »Von mir«, antwortete er beiläufig. »Ich habe mich bereits darum gekümmert. Ein Dutzend Mwellrets, die von Cree Bega befehligt werden. Du wirst niemanden fürchten müssen.«

Mwellrets. Innerlich krümmte sie sich angesichts dieses Gedankens. Er wusste, wie sehr sie Mwellrets hasste. Gewiss, es waren wilde und gnadenlose Kämpfer, doch genauso sehr musste man sich bei ihnen vor Betrug hüten. Sie vertraute ihnen nicht. Ihre Gedanken konnte sie nicht lesen. Sie widerstanden ihrer Magie und benutzten eigene Schliche und Listen. Deshalb mochte der Morgawr sie, deshalb benutzte er sie. Bestimmt würden sie tapfer für sie kämpfen, gleichzeitig jedoch auch ihre Aufpasser sein. Indem er ihr die Mwellrets mitgab, behielt er seinen Einfluss über sie.

Sie könnte sein Angebot ablehnen, das wusste sie. Doch damit gestand sie nur ihre Schwäche ein. Außerdem würde der Hexenmeister einfach darauf bestehen, denn er war davon überzeugt, dass die Rets notwendig waren …

Plötzlich wurde ihr klar, was es wirklich bedeutete, die Rets mitzuschicken. Der Morgawr traute ihr nicht länger und war nicht mehr sicher, ob sie seinen Befehlen gehorchte. Aber das war nicht alles …

Er fürchtete sich vor ihr.

Sie lächelte, als habe sie gerade entschieden, seinen Vorschlag anzunehmen, und verbarg sorgsam ihre wirklichen Gefühle. »Du hast natürlich Recht«, stimmte sie zu. »Welche besseren Kämpfer könnten wir finden? Wer würde es schon wagen, einen Mwellret herauszufordern?«

Nur ich, dachte sie düster. *Doch wenn du das bemerkst, Morgawr, wird es bereits zu spät für dich sein.*

Siebzehn

Vier Tage, nachdem sie das Wolfsktaaggebirge verlassen hatten, trafen Bek Rowe, sein Cousin Quentin Leah und der Zwerg Panax im Tal von Rhenn ein.

Bek hatte sein ganzes Leben lang Geschichten über das Tal gehört, und während das Trio nun langsam hinunter in den breiten, grasbewachsenen Korridor ritt, erinnerte er sich von neuem daran. Hier hatten vor mehr als tausend Jahren die Elfen und ihr König Jerle Shannara drei Tage lang erbittert gegen die Horden des Dämonenlords gekämpft, bis am Ende der abtrünnige Druide besiegt wurde. Hier waren vor fünfhundert Jahren die Freikämpfer dem Elfenvolk zu Hilfe geeilt, als sie von den Dämonenhorden belagert wurden, die vom Bann befreit waren. Und hier hatte vor weniger als hundertfünfzig Jahren die Elfenkönigin Wren Elessedil die verbündeten Geächteten zur Verteidigung gegen die Föderationsarmeen unter Felsen-Dall geführt, die Besetzung der Föderation beendet und den Kult der Schattenwesen zerschlagen.

Bek blickte zu den steilen Hängen und scharfen Berggraten hinüber. So viele wichtige Schlachten und Auseinandersetzungen waren innerhalb der wenigen Meilen dieses Tores zur Heimat der Elfen ausgetragen worden. Doch jetzt, wo er das Tal betrachtete, lag es still und in Sonnenschein getaucht da, und nichts deutete darauf hin, dass sich hier je ein Ereignis von Bedeutung zugetragen hatte.

Einmal hatte Bek gehört, wie ein Mann zu Coran Leah sagte, dieser Boden sei heilig, weil hier viele ihr Blut vergossen und ihr Leben gegeben hatten, um die Freiheit in den Vier Ländern zu retten. Das sei ein schöner und edler Gedanke, hatte Coran Leah erwidert, doch würde es noch mehr bedeuten, wenn das Opfer dieser unzähligen Toten den Überlebenden etwas Dauerhafteres bescherte.

Der Junge dachte darüber nach, während er nun durch die Stille der Mittagszeit ritt. Am westlichen Ende verjüngte sich das Tal zu einer schmalen Schlucht, einer natürlichen Festung aus Steilwänden und kurvigen Pässen, durch die sich der gesamte Verkehr in die Wälder des Westlandes und in Richtung Arborlon wälzen musste. Jedes Mal, wenn die Heimat der Elfen angegriffen wurde, hatte diese Stelle als vorderste Verteidigungslinie gedient. Bek war noch nie hier gewesen, dennoch kannte er die Geschichte. Er erinnerte sich an die Worte von Coran Leah und stellte überrascht fest, welcher Unterschied bestand, wenn man wirklich an einem Ort gewesen war und ihn sich nicht nur im Kopf ausmalte. All die gewaltigen Ereignisse verblassten in der unendlichen Stille, dem weiten Raum, dem Duft der Wildblumen, dem sachten kühlen Wind und der warmen Sonne – sie wurden verhüllt, als hätten sie niemals stattgefunden. Hier war die Vergangenheit nur mehr eine Vorstellung. Er konnte ihr kaum ein Gesicht verleihen, sich kaum vor Augen führen, wie es gewesen sein musste. Und so fragte er sich, ob die Elfen es je ebenso betrachtet hatten wie er, ob dieser Ort für sie ebenfalls eine Mahnung war, wie vergänglich Siege in Schlachten oftmals sein konnten.

Würde die Reise, die sie jetzt unternahmen, nach ihrem Ende genauso erscheinen? Konnten sie etwas erreichen, das Bestand haben würde?

Die Reise nach Westen war ohne Zwischenfälle vonstatten gegangen. Während der vier Tage hatte sich nichts ereignet. Die beiden Vettern aus dem Hochland und der Zwerg hatten nach ihrer Begegnung mit Truls Rohk das Wolfsktaaggebirge verlassen, den Rest der Nacht und den frühen Morgen in Panax' Hütte geschlafen, anschließend ihre Ausrüstung gepackt, die Pferde geholt, und dann waren sie gegen Mittag nach Arborlon aufgebrochen. Sie reisten mit leichtem Gepäck und besorgten sich unterwegs Vorräte. In den Grenzländern gab es unzählige kleine Ortschaften, in denen sie ohne Schwierigkeiten erwerben konnten, was sie brauchten. So verlief der Ritt nach Westen rasch und ohne Verzögerungen. Sie überquerten die Rabbebene oberhalb des Silberflusses, folgten dem Nordufer des Regenbogensees bis zum Runnegebirge, umgingen Varfleet und Tyrsis durch das Callahornhügelland, erreichten das Flachland oberhalb des Tirfing, dann wandten sie sich entlang des Mermidon nach Norden bis zum Tal von Rhenn. Die Tage waren heiter, sonnig und angenehm, die Nächte kühl und ruhig.

Von Truls Rohk hörten und sahen sie nichts. Panax meinte, das würde auch so bleiben, und damit sollte er Recht behalten.

Ihre Begegnung mit dem schattenhaften, gewaltigen Truls hatte Bek und Quentin gleichermaßen erschüttert, und erst am nächsten

Tag, nachdem sie Depo Bent und den Wolfsktaag weit hinter sich gelassen hatten, wagten sie es, sich über ihn zu unterhalten. Inzwischen war Panax auch bereit, ihnen den Rest von dem zu erzählen, was er wusste.

»Natürlich ist er ein Mensch, so wie ihr und ich«, erwiderte er auf Beks unausweichliche Frage danach, welche Art von Geschöpf Truls Rohk wirklich sei. »Nun, vielleicht nicht genau wie ihr und ich, schätze ich. Aber er ist ein Mensch, kein Tier und kein Geist. Bevor er in die Berge ging, um dort zu leben, war er ein Südländer. Er stammt aus dem Grenzland unterhalb von Varfleet, irgendwo aus dem Runnegebirge: Sein Volk bestand aus Fallenstellern, armen Einwanderern, die oft von der Hand in den Mund lebten. Vor langer Zeit hat er es mir einmal erzählt. Er hat allerdings nie wieder darüber gesprochen. Erst recht nicht über den Teil mit dem Feuer.«

Sie befanden sich mittlerweile auf der Rabbebene und folgten der Sonne nach Westen, während das Tageslicht zu schwinden begann. Keiner der Cousins sagte ein Wort, als der Zwerg innehielt und seine Gedanken sammelte.

»Als er ungefähr zwölf war, gab es ein Feuer. Der Junge schlief bei den Männern in einem Zelt aus Häuten, und das begann zu brennen. Alle anderen schafften es nach draußen, doch der Junge lief in die falsche Richtung, verhedderte sich in den Leinen und konnte sich nicht befreien. Das Feuer verbrannte ihn so fürchterlich, dass man ihn hinterher kaum mehr erkennen konnte. Man glaubte, er würde sterben; ich nehme an, die Männer hielten das sogar für das Beste. Aber trotzdem taten sie für ihn, was sie konnten, und das reichte gerade. Er sagte, ein großer Junge sei er sowieso gewesen, damals schon sehr kräftig, und er habe gegen den Schmerz und das Leiden angekämpft und so sein Leben gerettet.

Also überlebte er zwar, war aber so entstellt, dass sogar seine Familie ihn nicht mehr ertragen konnte. Ich vermag mir nicht vorzustellen, wie er ausgesehen hat. Er sagte, er konnte sich selbst nicht im Spiegel anschauen. Deshalb hat er sich versteckt, in den Wäldern gejagt und ist anderen Menschen aus dem Weg gegangen. Als er alt genug war, ist er fortgezogen, weil er von aller Welt getrennt leben wollte. Er war verbittert und schämte sich, und am liebsten wäre er gestorben. So wanderte er nach Osten in den Wolfsktaag, denn er hatte Geschichten über dessen Bewohner gehört und glaubte, kein anderer Mann würde versuchen, an diesem Ort zu leben, und daher könnte er seine restliche Zeit wenigstens allein verbringen.

Aber in den Bergen ist irgendetwas mit ihm passiert – was, darüber spricht er nicht. Es hat sein ganzes Denken verändert. Er entschied sich, dass er weiterleben und geheilt werden wollte. Deshalb ging er zu den Stors, um Medizin und Salben von ihnen zu bekommen, und anschließend vollführte er ein Selbstheilungsritual. Darüber spricht er ebenfalls nicht. Ich weiß nicht einmal, ob es geholfen hat oder nicht. Er behauptet es zwar, aber trotzdem versteckt er sich noch immer unter diesem Mantel und dieser Kapuze. Deutlich gesehen habe ich ihn noch nie. Weder sein Gesicht noch irgendeinen Teil seines Körpers. Das hat vermutlich noch niemand.«

»Da ist aber noch etwas an ihm«, unterbrach ihn Bek rasch. »Du behauptest, er sei ein Mensch, dass in ihm ein Mann wie du und ich steckt, doch mir erscheint das nicht so. Jedenfalls bin ich einem solchen Mann noch niemals begegnet.«

»Ja«, stimmte Panax zu, »ich auch nicht. Aber ich habe aus gutem Grund gesagt, dass er ein Mensch wie ihr und ich ist, damit ihr nicht denkt, er wäre als ein anderes Wesen geboren worden. Doch ist mehr aus ihm geworden, nur fällt es mir schwer zu beschreiben, woraus dieses ›Mehr‹ besteht. Ein wenig davon kenne und begreife ich. Er hat einen Weg gefunden, wie er sich an die Wesen anpassen kann, die im Wolfsktaag leben. Zum Beispiel ist er in der Lage, die Gestalt zu verändern; das weiß ich sicher. Er vermag das Aussehen von Tieren und Geisterkreaturen anzunehmen; er kann wie sie werden – oder, wenn er will, wie die Wesen, die sie fürchten. Das hat er gemacht, als er diese Ur'wölfe vertrieb. Deshalb sind sie vor ihm weggelaufen. Er ähnelt einer Naturkraft, deren Weg man lieber nicht kreuzt; er kann sich in alles verwandeln, was er braucht, um dich zu töten. Zudem ist er groß und stark, flink und schnell; das Gestaltwandeln ist nur eine zusätzliche Stärke. Er ist wild, und er folgt seinem Instinkt; er weiß, was er in Situationen tun muss, in denen du und ich nur noch wegrennen würden. Außerdem sind die Berge sein Zuhause. Ein Zuhause, wo andere Menschen niemals existieren könnten. Darum möchte der Druide ihn mitnehmen. Truls Rohk wird Hindernisse überwinden, an die sich sonst niemand heranwagen würde. Er wird Probleme lösen, bei denen sich andere nur am Kopf kratzen.«

»Wie hat Walker ihn kennen gelernt?«, erkundigte sich Quentin.

»Er hat von ihm gehört, glaube ich, meist Gerüchte; dann hat er ihn aufgespürt. Er ist der einzige Mann, den ich kenne, der dazu in der Lage ist.« Panax lächelte. »Ich bin nicht einmal sicher, ob er Truls wirklich gefunden hat oder ob er ihm einfach nur nahe genug kam, um dessen Aufmerksamkeit auf sich zu lenken. Möglicherweise gibt es überhaupt niemanden, der Truls Rohk finden könnte. Aber Walker hat ihn irgendwie aufgetrieben und ihn überredet, mit ihm eine Reise zu unternehmen. Ich bin nicht sicher, wohin es das erste Mal ging, aber sie haben eine Art Bund geschlossen. Danach begleitete Truls den Druiden stets williger.«

Er schüttelte den Kopf. »Trotzdem, man weiß nie. Er mag mich und vertraut mir, so wie er jeden mag und jedem vertraut, aber dennoch lässt er mich nicht näher an sich heran.«

»Er ist ängstlich«, bot Bek leise als Erklärung an. »Das sieht man daran, wie er sich versteckt und einem Geist gleich aus dem Nichts auftaucht oder wie er die Gestalt wandelt. Aber wenn er einem in die Augen blickt, hat man das Gefühl, er würde durch dich hindurchsehen und Dinge erkennen, die dir selbst verborgen bleiben.«

»Was mich und das Schwert betraf, hatte er Recht«, stimmte Quentin zu. »Ich wusste nicht, was ich tat. Dabei versuchte ich lediglich, die Magie unter Kontrolle zu bekommen und diese Wölfe auf Abstand zu halten. Wäre er nicht erschienen, hätten sie uns vermutlich erwischt.«

Truls Rohk hatte auch bei Bek etwas entdeckt, Bek wollte jedoch darüber lieber nicht sprechen. Es ging ihm nicht mehr aus dem

Kopf. Er solle besser niemandem sein Vertrauen schenken, hatte der Gestaltwandler ihn gewarnt, nicht, bis er gelernt habe, die Dinge klarer zu sehen als bisher. Diese Ermahnung enthüllte, dass Truls Rohk Einsichten in ihn hatte, die ihm selbst noch fehlten. Den ganzen Weg über hatte er sich an den Blick des Gestaltwandlers erinnert, der durch ihn hindurchging und das wahrnahm, was nicht zu sehen war. Das war eine alte Druideneigenschaft, so viel wusste Bek. Allanon war berühmt dafür gewesen, wie er sein Gegenüber mit den Augen durchdringen konnte. Und Walker besaß diese Fähigkeit ebenfalls. Truls Rohk war kein Druide, aber wenn er einen anblickte, fühlte es sich an, als würde man bei lebendigem Leib enthäutet.

Nach der ersten Nacht unterhielten sie sich nicht mehr häufig über den Gestaltwandler, da Panax offensichtlich seine gesamten Kenntnisse zum Besten gegeben hatte, während Quentin und Bek ihre Ansichten lieber für sich behielten. Die Gespräche drehten sich um andere Themen, insbesondere um die vor ihnen liegende Reise, auf die der Zwerg zwar mitkommen würde, über die er jedoch nur wenig wusste. Walker hatte ihn gedrängt, sich zu ihnen zu gesellen, wenn Truls Rohk sich ebenfalls einverstanden erklärte. Und so erzählten Bek und Quentin Panax alles, was sie selbst erfahren hatten, und die drei verbrachten viel Zeit damit, darüber zu spekulieren, wohin es gehen könnte und wonach sie suchten.

Der Zwerg äußerte offen seine Einschätzung. »Es gibt keinen Schatz, der groß genug wäre, damit sich ein Druide dafür interessiert. Ein Druide kümmert sich nur um Magie. Walker sucht nach einem Talisman oder einem Zauber oder so etwas. Er forscht nach einem mächtigen Gegenstand, der Tod bedeuten würde, wenn er der Ilse-Hexe oder jemandem von ihrer Sorte in die Hände fallen würde.«

Diese Meinung war bezwingend und glaubwürdig, bloß konnte sich niemand etwas so Gefährliches vorstellen. Magie gab es in der Welt, seit die neuen Rassen aus den Großen Kriegen hervorgegangen waren. Manche war mächtig, und insgesamt war sie von den

Druiden entweder gezähmt oder verbannt worden. Vielleicht gab es jedoch eine neue Magie, die während all dieser Jahre nicht entdeckt worden war. Magie existierte nicht in einem Vakuum. Sie tauchte nicht einfach plötzlich aus dem Nichts auf. Jemand hatte sie beschworen, sie perfektioniert und freigesetzt.

»Und deshalb nimmt Walker Leute wie dich mit, Hochländer, mit deinem magischen Schwert, und Truls Rohk«, betonte Panax. »Magie als Gegenmagie, die von ihren Besitzern erfolgreich angewendet werden kann.«

Das erklärte zwar auch nicht unbedingt, warum Bek oder Panax mitkommen sollten, allerdings war Panax immerhin ein erfahrener Jäger und Fährtenleser. Bek hingegen hatte noch überhaupt keine Ausbildung erhalten. Hin und wieder strich er über die glatte, harte Oberfläche des Phönixsteins und erinnerte sich an die Begegnung mit dem König vom Silberfluss. Dann und wann fiel ihm auch wieder ein, dass er nicht der Sohn seines Vaters war. Jedes Mal stellten diese Gedanken natürlich alles in Frage, was er bisher gekannt und für sicher erachtet hatte. Dann spürte er wieder Truls Rohks Blick in dieser Ostlandnacht auf sich ruhen.

Elfenjäger stießen am anderen Ende des Tals auf sie und geleiteten sie durch den Wald nach Arborlon. Eine Eskorte war ungewöhnlich für Besucher, doch von dem Augenblick an, da sie ihre Namen genannt hatten, war es für die Wache klar, dass sie erwartet wurden. Die Straße war breit und der Ritt durch den Nachmittag angenehm. Sie erreichten die Stadt noch bei Tageslicht. Arborlon war weitaus größer und belebter als Leah, mit Läden und Wohnhäusern, so weit das Auge reichte, auf den Straßen herrschte dichter Verkehr, und überall konnte man Angehörigen jeglicher Rassen begegnen. Arborlon stellte einen Kreuzpunkt des Handels dar, wo mit nahezu allen Arten von Waren Geschäfte gemacht wurden. Karawanen brachten die Güter hierher oder beförderten sie in abgelegene Gebiete – nach Sarandanon im Westen, in den Wildewald im Süden und ins Land der Trolle nördlich von hier.

Quentin blickte sich um und grinste breit. »Dafür haben wir den langen Weg zurückgelegt, Bek. Ist es nicht großartig und wunderbar – genau, wie du es dir vorgestellt hast?«

Bek behielt seine Gedanken für sich, denn er getraute sich nicht, sie auszusprechen. Am meisten wunderte er sich darüber, wie ein Volk, das gerade seinen König durch ein Attentat verloren hatte, so wenig Trauer zeigen konnte – obwohl er sich auch nicht recht vorstellen konnte, in welcher Weise es sich sonst benehmen sollte. Das Leben ging weiter, gleichgültig, welche großen Ereignisse ihren Lauf nahmen.

Sie durchquerten die eigentliche Stadt und ritten durch eine Reihe von Parks und Gärten, bis sie den Palast der Elessedils erreichten. Inzwischen war es spät geworden, das letzte Licht schwand rasch, und die Fackeln in Straßen und Gebäudeeingängen wurden angezündet. Die Menschenmengen, die sie zuvor passiert hatten, blieben zurück. Männer der Leibgarde, die Beschützer des Königs und das Herz der Elfenarmee, tauchten stoisch, still und mit scharfen Augen aus den Schatten auf. Sie nahmen den Reisenden die Pferde ab, und der Zwerg und die beiden Vettern wurden einen Weg hinuntergeführt, der von weißen Eichen und hohen Gräsern gesäumt war und zu einem offenen Pavillon führte, welcher auf der Rückseite der Palastgebäude lag und von dem aus man einen wundervollen Blick über die Steilhänge im Osten hatte. Im Pavillon standen Bänke, auf Tischen warteten Krüge mit Bier und kaltem Wasser.

Die Leibgarde, die sie von der Straße bis hierher eskortiert hatte, deutete auf die Bänke und Erfrischungen und entfernte sich.

Da außer ihnen im Pavillon und in der Umgebung niemand zu sehen war, blieben sie stehen und warteten. Nach einigen Minuten setzte sich Panax wortlos auf eine der Bänke, zog sein Messer sowie ein Stück Holz hervor und begann zu schnitzen. Quentin schaute Bek an, zuckte mit den Schultern, ging hinüber zu den Getränken und schenkte sich einen Becher Bier ein.

Bek blieb, wo er war, und blickte sich aufmerksam um. Er dachte daran, dass die Ilse-Hexe nicht weit von hier entfernt den Tod eines Elfenkönigs herbeigeführt hatte. Ihn beschlich ein ungutes Gefühl, wenn er sich überlegte, dass es so einfach war, in der Hauptstadt der Elfen jemanden umzubringen, und inzwischen stellten sie alle begehrte Ziele dar.

»Was machst du?«, fragte Quentin und schlenderte mit dem Bier in der Hand zu ihm hinüber. Inzwischen trug er das Schwert von Leah auf dem Rücken, als habe er das schon sein ganzes Leben lang getan und nicht erst seit einer Woche.

»Nichts«, antwortete Bek. Quentin bemerkte jedoch bereits die Veränderungen, die sich am Ende auf sie beide auswirken würden, wenn er über sich selbst hinauswüchse und sein bisheriges Leben abschüttelte. »Ich habe mich nur gefragt, ob Walker schon hier ist.«

»Nun, du siehst aus, als würdest du erwarten, Truls Rohk könnte hier auftauchen, vielleicht sogar direkt aus dem Erdboden vor deinen Füßen.«

»Die Möglichkeit solltest du nicht so vorschnell von der Hand weisen«, murmelte Panax von der Bank aus.

Quentin schaute sich nun ebenfalls um, doch es war schließlich Bek, der die beiden Gestalten bemerkte, die vom Palast auf sie zukamen. Zunächst konnten die beiden Vettern die Gesichter in der Dunkelheit nicht genau ausmachen. Erst, nachdem sie den Pavillon erreicht hatten und aus dem Schatten getreten waren, erkannten Bek und Quentin die kleine, drahtige Gestalt, die vorausging.

»Hunter Predd«, grüßte Quentin, trat vor und streckte die Hand aus.

»Richtig, Hochländer«, erwiderte der andere, auf dessen wettergegerbtem Gesicht sich ein mildes Lächeln ausbreitete. Er schien sich wirklich zu freuen, Quentin zu treffen. »Die Reise von Leah hierher ist gut verlaufen, scheint mir.«

»Gewiss, gewiss.«

»Und, hat das alte Schwert auf deinem Rücken seine Geheimnisse preisgegeben?«

Quentin errötete. »Das eine oder andere. Du vergisst aber auch gar nichts, wie?«

Bek schüttelte dem Flugreiter ebenfalls die Hand; jetzt, nach dessen Erscheinen, war ihm nicht mehr so unbehaglich zumute. »Ist Walker hier?«, fragte er.

Hunter Predd nickte. »Ja, er ist hier. Alle, die mitkommen, haben sich versammelt. Ihr seid die Letzten.«

Panax erhob sich von der Bank, schlenderte herbei und stellte sich dem Flugreiter vor. Danach wandte sich Hunter Predd an seinen Gefährten, einen großen, kräftig gebauten Elfen, dessen Alter unmöglich zu bestimmen war, der sein graues Haar kurz geschnitten trug und hellblaue Augen hatte. »Dies ist Ard Patrinell«, erklärte er. »Walker wollte, dass ihr ihn kennen lernt. Er wird die Elfenjäger befehligen, die uns begleiten.«

Sie schüttelten dem Elfen die Hand, der ihnen dabei zunickte, aber kein Wort sagte. Wenn je einer so wie ein Krieger ausgesehen hatte, dachte Bek, dann dieser Mann. Narben zierten das offene Gesicht und den muskulösen Körper, dünne weiße Linien und große rosafarbene Striemen auf der sonnengebräunten Haut, Zeugnisse der Kämpfe, die er bestritten und überlebt hatte. Sogar die kleinsten Bewegungen strahlten Kraft aus. Zwar packte er beim Händeschütteln nicht besonders fest zu, dennoch konnte Bek den eisernen Griff dahinter spüren. Sogar seine Haltung wirkte so, als wäre er stets bereit, rasch zu reagieren.

»Du bist ein Hauptmann der Leibgarde«, stellte Panax fest und zeigte auf das scharlachrote Abzeichen auf der Jacke des Elfen.

Ard Patrinell schüttelte den Kopf. »Das war ich. Jetzt nicht mehr.«

»Sie behalten einen Mann nicht als Hauptmann der Leibgarde, wenn der König während dessen Wache ermordet wurde«, bemerkte Hunter Predd.

Panax nickte. »Irgendjemand muss die Schuld am Tod des Königs tragen, sogar wenn man niemanden findet. Dann denken alle, man hätte etwas Sinnvolles unternommen.« Er spuckte in die Dunkelheit. »So, Ard Patrinell, du siehst ziemlich erfahren aus. Hast du auf der prekkendorranischen Anhöhe gefochten?«

Erneut schüttelte der Elf den Kopf. »Ich habe in den Föderationskriegen gekämpft, aber nicht dort. Vor fünfzehn Jahren war ich bei Klepach und Barrengrote dabei, noch als Elfenjäger und nicht als Leibgardist.« Falls Patrinell durch die Fragen des Zwergs verärgert war, ließ er es sich nicht anmerken.

Bek für seinen Teil wunderte sich, wie ein entlassener Hauptmann der Leibgarde die Verantwortung für die Sicherheit von Walkers Expedition übernehmen konnte. War seine Entlassung vielleicht nur ein Zeremoniell, das durch den Tod des Königs notwendig wurde? Oder hatte es etwas anderes damit auf sich?

Ard Patrinells Gesicht strahlte unglaubliche Ruhe aus, als könne nichts seine Zuversicht erschüttern. Er wirkte wie jemand, der viel von der Welt gesehen und begriffen hatte, dass Kontrollverlust der ärgste Feind des Soldaten war. Wenn er seinem König gegenüber versagt hatte, dann trug er diese Schande nicht offen im Gesicht. Bek schätzte ihn als einen Mann ein, der den Wert von Geduld und Ausdauer sehr wohl verstanden hatte.

»Was bleibt noch zu tun, ehe wir aufbrechen?«, erkundigte sich Quentin plötzlich und wechselte das Thema.

»Ungeduldig, Hochländer?«, stichelte Hunter Predd. »Es wird nicht mehr lange dauern. Wir haben ein Luftschiff, einen Kapitän und eine Mannschaft. Zurzeit besorgen wir Vorräte und die Ausrüstung. Das Schiff wird sogar schon beladen. Unser Hauptmann von der Leibgarde hat ein Dutzend Elfenjäger ausgesucht, die uns begleiten sollen.«

»Wir sind ebenfalls bereit«, verkündete Quentin eifrig und grinste erwartungsvoll.

»Noch nicht ganz.« Der Flugreiter wirkte so, als würde er am liebsten nicht fortfahren, doch anscheinend führte kein Weg daran vorbei. Er schaute hinaus in die Nacht und suchte dort nach einer Lösung. »Wir müssen noch einige Absprachen über die Bedingungen der Reise treffen, und ein paar kleine Meinungsverschiedenheiten müssen noch ausgeräumt werden.«

Panax runzelte die Stirn. »Was mögen das für kleine Meinungsverschiedenheiten sein, Hunter Predd?«

Der Flugreiter zuckte ein wenig zu beiläufig mit den Schultern, dachte Bek. »Zum einen denkt Walker, die Expedition habe zu viele Teilnehmer. Platz und Vorräte reichen nicht für alle. Er will wenigstens noch vier oder fünf Mann zurücklassen.«

»Und unser neuer König will hingegen«, ergänzte Ard Patrinell leise, »noch jemanden hinzufügen.«

»Was du wünschst, ist nicht nur unvernünftig, es ist unmöglich«, wiederholte Walker geduldig, erschüttert durch Kylen Elessedils Unnachgiebigkeit in dieser Angelegenheit. »Dreißig, mehr können wir nicht mitnehmen. Die Größe des Schiffes gestattet das nicht. Wie es aussieht, müssen wir sogar noch einige zurücklassen.«

»Vermindere die Anzahl der Teilnehmer auf neunundzwanzig, und dann füge wieder einen hinzu«, erwiderte der Elfenkönig achselzuckend. »Damit wäre das Problem gelöst.«

Sie standen in dem Raum, der früher Allardon Elessedils privates Arbeitszimmer gewesen war, jenes, in dem er die Karte des Schiffbrüchigen zum ersten Mal betrachtet und in dem er Angelegenheiten geregelt hatte, die er nicht in aller Öffentlichkeit besprochen wissen wollte. Wenn der Elfenkönig ein öffentliches Publikum wünschte, so hielt er im Thronsaal oder in den Räumlichkeiten des Hohen Rates Hof. Allardon Elessedil hatte an das Protokoll und die Zeremonie geglaubt, und er hatte beides in Maßen eingesetzt. Sein Sohn, so schien es, war geneigt, das Gleiche zu tun.

Kylen Elessedil begriff, was in Bezug auf Kael Elessedil und die mit ihm verschwundenen Elfen getan werden musste. Es würde eine Expedition geben, die der Druide anführte. Die Elfen sollten die Mittel für ein Schiff und dessen Besatzung liefern, die Vorräte und die Ausrüstung stellen und Elfenjäger abkommandieren, die sich um die Sicherheit des Schiffes kümmerten. Bei dieser Abmachung handelte es sich um den Befehl eines Königs, der im Sterben lag, und sein Sohn würde diesem nicht mit seiner ersten offiziellen Amtshandlung widersprechen.

Was jedoch nicht bedeutete, dass er die Idee, nach Schiffen und

Männern zu suchen, die seit dreißig Jahren verschwunden waren, für vernünftig hielt, ungeachtet des Schiffbrüchigen, des Armbands der Elessedils und der Karte. Kylen war nicht wie sein Vater, im Gegenteil. Allardon Elessedil war zaghaft und vorsichtig gewesen und hatte sich bei seinen Lebenszielen nicht von Ehrgeiz treiben lassen. Sein Sohn zeigte sich dagegen unbesonnen und entschlossen, eine deutliche Spur zu hinterlassen. Die Vergangenheit bedeutete Kylen Elessedil wenig. Ihm waren die Gegenwart und die Zukunft wichtig. Dieser leidenschaftliche junge Mann glaubte ohne Bedenken, dass die Föderationsarmeen vernichtet werden und die Freien und Geächteten siegen müssten. Etwas anderes würde den Elfen ihre Sicherheit nicht garantieren. Während der vergangenen sechs Monate hatte er auf Luftschiffen auf der prekkendorranischen Anhöhe gekämpft und war nur zurückgekehrt, weil sein Vater gestorben und er der nächste in der Thronfolge war. Er wollte nicht unbedingt König werden, es sei denn, es half ihm bei seinen Anstrengungen, die Föderation zu zermalmen. Durchdrungen von der Verpflichtung, einen Sieg über den Feind zu erringen, wollte er an der Front bleiben und seine Männer weiterhin befehligen. Kurz gesagt: Ihm wäre es aus diesen Gründen lieber gewesen, wenn sein Vater nicht gestorben wäre.

Wie es sich verhielt, wollte er unbedingt rasch in den Krieg zurückkehren und scherzte bereits über die Verzögerung, die durch seine Krönung eingetreten war. Doch würde er nicht aufbrechen, so viel wusste Walker, ehe diese Angelegenheit entschieden war, und wichtiger noch, ehe der Hohe Elfenrat über die Bedingungen seiner Nachfolge befunden hatte. Dieser letzte Punkt, das begriff Walker nun, war der Grund, weshalb er darauf bestand, den Namen seines jüngeren Bruders auf die Passagierliste des Schiffes zu setzen.

Kylen Elessedil blieb jetzt stehen, nachdem er auf und ab geschritten war, und blickte den Druiden offen an. »Ahren ist fast schon ein Mann, beinahe erwachsen. Er wurde von dem Mann ausgebildet, den ich ausgewählt habe, um die Elfenjäger auf dieser Expedition anzuführen. Mein Vater hat die Ausbildung meines Bruders vor fünf Jahren arrangiert. Vielleicht hat er die Notwendigkeit dafür vorausgesehen.«

»Vielleicht glaubte er auch, sie solle weitergehen, bis Ahren ein wenig älter ist«, setzte Walker milde dagegen und hielt dem Blick des anderen stand. »Dein Bruder ist zu jung für eine solche Reise. Ihm mangelt es an jener Erfahrung, die ihn zum Mitkommen berechtigen würde. Bessere Männer als er müssen zurückbleiben.«

Der Elfenkönig tat diesen Einwand mit einem Schnauben ab. »Diese Einschätzung kannst du überhaupt nicht treffen. Ist Ahren vielleicht weniger ein Mann als dieser Kabinensteward, den du unbedingt dabeihaben willst? Dieser Bek Rowe? Was hat er zu bieten? Und muss er hier bleiben?«

Walker bewahrte die Fassung. »Dein Vater hat es mir überlassen, die Entscheidung darüber zu treffen, wer mitkommt und wer nicht. Ich habe sorgfältig ausgesucht, und für jede Wahl habe ich gute Gründe. Es steht nicht zur Debatte, weshalb ich Bek Rowe dabeihabe, sondern aus welchem Grund ich Ahren Elessedil mitnehmen sollte.«

Der Elfenkönig ging zum Fenster und schaute hinaus in die Nacht. »Ich brauche dich überhaupt nicht zu unterstützen, Druide. Die Wünsche meines Vater muss ich nicht beherzigen, wenn sie mir falsch erscheinen oder ich entscheide, die Umstände hätten sich verändert. Du strapazierst meine Geduld.«

Er wandte sich zu Walker um und wartete.

»In dieser Angelegenheit steht eine Menge mehr auf dem Spiel«, erwiderte Walker leise. »So viel, dass ich diese Reise auch ohne deinen Segen und deine Hilfe durchführen werde. Darf ich dich erinnern: Dein Vater ist für diese Expedition gestorben.«

»Mein Vater ist *wegen* dieser Expedition gestorben!«

»Er glaubte mir, als ich ihm erzählte, was das Elfenvolk gewinnen kann, wenn wir diese Reise erfolgreich zu Ende bringen, und von welcher Wichtigkeit das ist.«

»Dennoch weigerst du dich, mir zu verraten, worum es eigentlich geht!«

»Weil ich mir selbst noch nicht sicher bin.« Walker ging hinüber zum Schreibtisch des Königs und stützte sich mit den Fingern auf die polierte Oberfläche. »Es geht um eine Magie, die uns vermutlich vieles einbringen wird, doch zunächst muss ich herausfinden, welche Gestalt diese Magie angenommen hat. Denk doch mal nach, Elfenkönig! Wenn es für die Ilse-Hexe wichtig genug ist, deinen Vater und deinen Onkel zu töten, wichtig genug, den Versuch zu unternehmen, mich umzubringen und diese Expedition um jeden Preis zu verhindern, ist es dann nicht auch wichtig genug für dich?«

Der junge König verschränkte die Arme vor der Brust. »Vielleicht machst du dir in dieser Angelegenheit zu viele Sorgen. Möglicherweise ist das alles nicht so wichtig, wie du mich glauben machen möchtest. Die Zukunft der Westlandelfen ist nicht mit einer Magie verbunden, die unter Umständen gar nicht existiert, die man womöglich nicht einmal findet und die sich am Ende als unnütz herausstellen könnte. Die Zukunft der Elfen ist vielmehr mit dem Krieg verbunden, den wir gegen die Föderation führen. Diesen Feind kann ich sehen, und er ist eine wesentlich klarere Bedrohung.«

Walker schüttelte den Kopf. »Warum streiten wir überhaupt? Das sind wir alles bereits durchgegangen, und es führt zu nichts, erneut darüber zu sprechen. Ich bin zu dieser Reise fest entschlossen. Du hast entschieden, der Wunsch deines Vaters solle erfüllt werden, was die Unterstützung durch die Elfen angeht. Wieso streiten wir uns also darüber, einen Jugendlichen zu dieser Expedition mitzunehmen, der weder Erfahrung hat noch jemals auf die Probe gestellt wurde? Soll ich dir sagen, was ich denke, aus welchem Grund du ihn mitschicken willst?«

Kylen Elessedil zögerte, doch Walker sprach trotzdem weiter.

»Er ist dein jüngerer Bruder und der Nächste in der Thronfolge. Ihr beide stammt von zwei verschiedenen Müttern ab. Wenn du in der Schlacht fällst, würde er zum Regenten, vielleicht sogar zum König ernannt werden. Stattdessen willst du den Thron für deine Kinder sichern. Aber dein Ältester ist gerade erst zehn. Dein Bruder würde, wenn er hier wäre, zu seinem Beschützer ernannt werden. Das bereitet dir Sorgen. Um deinen Sohn und den Erben des Throns zu beschützen, schickst du deinen Bruder auf eine Reise, die Monate, möglicherweise Jahre dauern wird. Damit fällt er als potenzieller Nachfolger aus, egal ob als König oder als Regent. Und somit stellt er keine Bedrohung mehr da.«

Er sprach leise, ohne Böswilligkeit oder Vorwurf. Nachdem er geendet hatte, starrte Kylen Elessedil ihn lange an, als wäge er seine Antwort genau ab.

»Du bist verwegen, mir solche Worte ins Gesicht zu schleudern«, sagte er schließlich.

Walker nickte. »Ich schildere dir diese Vermutung lediglich, damit ich dein Denken in Bezug auf diese Angelegenheit besser verstehe. Wenn Ahren Elessedil schon mit mir kommen soll, so möchte ich wenigstens wissen, weshalb.«

Der junge König lächelte. »Mein Vater hat dich nie gemocht. Er hat dich respektiert, aber nicht gemocht. Hast du dich ihm gegenüber ebenso kühn benommen?«

»Noch kühner, würde ich sagen.«

»Trotzdem hat es dir nicht geholfen, oder? Er hat deine Bitte um einen unabhängigen Druidenrat nicht unterstützt, der sich in Paranor versammeln sollte. Das weiß ich. Er hat mir davon erzählt.«

Walker wartete.

»Du riskierst das alles jetzt, indem du mich herausforderst. Ein Teil deiner Abmachung mit meinem Vater bestand in einer Vereinbarung, ein neues Konzil der Druiden zu unterstützen, falls du erfolgreich zurückkehrst. Fünfundzwanzig Jahre hast du daran gearbeitet. Würdest du das nun aufgeben?«

Noch immer wartete Walker und schwieg.

Kylen Elessedil starrte ihn einen weiteren Augenblick an, dann glaubte er, nichts mehr gewinnen zu können. »Ahren wird dich als mein persönlicher Vertreter begleiten. Ich bin verhindert, deshalb wird er an meiner Stelle mitkommen. Es handelt sich um eine Elfenexpedition, und ihre Ziele betreffen vor allem die Elfen. Kael Elessedils Verschwinden muss aufgeklärt werden. Die Elfensteine, so man sie findet, müssen zurückgebracht werden. Das sind Angelegenheiten der Elfen. Was auch immer geschieht, es sollte ein Elessedil anwesend sein. Aus diesem Grund wird mein Bruder mitgehen, und damit sind in dieser Sache genug Worte gewechselt.«

Die Entscheidung stand fest, sie war ein für alle Mal gefallen. Walker sah ein, dass er durch weitere Einwände nichts mehr erreichen konnte. Mochte er noch so große Bedenken gegen Ahren Elessedils Teilnahme hegen, Walker wusste, wann er einen Rückzieher machen musste. »Also gut«, stimmte er zu und lenkte das Gespräch auf andere Themen.

Es war bereits nach Mitternacht, als Quentin Bek wachrüttelte, obwohl er erst vor einer Stunde eingeschlafen war. Ohne weitere Nachricht von Walker über das Schicksal der Expedition und ihrer Teilnehmer hatten sie den Palastgarten verlassen und waren von einer der schweigenden Leibwachen in ihre Schlafgemächer geführt worden. Panax schnarchte in einem benachbarten Zimmer. Ard Patrinell und Hunter Predd waren verschwunden.

»Bek, wach auf!«, drängte Quentin und zerrte an seiner Schulter.

Bek riss sich aus dem Schlummer und schlug die Augen auf. »Was ist denn los?«

»Hunter Predd ist gerade aus dem Palast zurückgekehrt, wo er mit Walker gesprochen hat.« Quentins Augen leuchteten, und seine Stimme zitterte vor Aufregung. »Ich habe ihn kommen hören und ging zu ihm, um zu fragen, was er erfahren hat. Er sagte, ich solle dir einen Abschiedsgruß von ihm ausrichten. Man hat ihn zum Wing Hove geschickt, damit er zwei weitere Flugreiter rekrutiert. Die Entscheidung ist gefallen. Wir brechen in zwei Tagen auf.«

»Zwei Tage«, wiederholte Bek verschlafen.

»Ja, Cousin, aber du hast mich nicht richtig verstanden. Ich habe gesagt, *wir* brechen auf, du und ich!« Quentin lachte fröhlich. »Walker nimmt uns beide mit! Er lässt drei Mann von der Leibgarde hier und nimmt nur einen einzigen Heiler mit. Ich weiß nicht, vielleicht hat er noch jemanden von der Liste gestrichen. Aber uns nicht! Das ist es, was zählt! Wir fahren mit, Bek!«

Danach fiel Quentin ins Bett und schlief sofort ein. Bek, jetzt wach, erschien es irgendwie unausweichlich, dass sie mitgingen. Sogar als Hunter Predd gewarnt hatte, es seien bereits zu viele für die Reise ausgewählt worden, und manche müssten zurückbleiben, hatte er nie in Erwägung gezogen, er selbst könne zu ihnen gehören. Dabei wäre es das Logischste gewesen. Er war der Jüngste und besaß kaum wichtige Eigenschaften. Oberflächlich betrachtet konnte man ihn am besten entbehren. Doch der Nachdruck des Druiden sowie die Begegnungen mit dem König vom Silberfluss und Truls Rohk hatten ihn davon überzeugt, seine Wahl sei untrennbar mit Geheimnissen der Vergangenheit und den bevorstehenden Ereignissen verbunden. Bek war hier, weil es für ihn notwendig war, und sein ganzes Leben würde sich bald für immer verändern.

Das war es, was sich Quentin für sie beide gewünscht hatte. Aber Bek Rowe stellte sich die Frage, ob sie sich nicht beide eines Tages in naher Zukunft des Sprichworts erinnern würden, demzufolge es durchaus gefährlich sein konnte, wenn sich das erfüllte, was man sich wünschte.

Achtzehn

Am nächsten Morgen, als Bek aufwachte, schien die Sonne von einem strahlend blauen Himmel, doch von Quentin Leah war nichts zu sehen. Bek brauchte einen Augenblick, um sich zurechtzufinden, aber nachdem er begriffen hatte, dass er noch immer in Arborlon war, sprang er aus dem Bett und zog sich an. Nachdem er einen Blick in die benachbarten Schlafzimmer geworfen hatte, wusste er, dass Panax ebenfalls fehlte. Er sah kurz aus dem Fenster, und dem Stand der Sonne nach musste es bereits Vormittag sein. Demnach hatte er lange geschlafen. Auf dem Tisch im Vorzimmer standen Getreideflocken, Käse und Milch, die er hungrig herunterschlang, ehe er zur Tür hinausstürmte und nach seinen Freunden suchte.

Er rannte so schnell, dass er mit der Gestalt im schwarzen Mantel zusammenstieß, die gerade hereinkam.

»Guten Morgen, Bek Rowe«, sagte der Druide förmlich. Ein mildes Lächeln spielte um seine Mundwinkel. »Hast du gut geschlafen?«

»Zu gut«, antwortete Bek verdrossen. »Tut mir Leid. Ich wollte kein Faulpelz sein …«

»Bitte, junger Reisender, nun entschuldige dich nicht so überschwänglich.« Walker kicherte leise. Er legte Bek die Hand auf die Schulter. »Du hast nichts verpasst und keine Pflichten vernachlässigt. Es war richtig, so lange zu schlafen. Ihr habt eine lange Reise hinter euch. Ich möchte dich lieber ausgeruht wissen, wenn wir aufbrechen.«

Bek seufzte. »Ich habe wohl angenommen, zu spät dran zu sein, weil Quentin und Panax schon auf und verschwunden waren.«

Walker schüttelte den Kopf. »Dem Hochländer bin ich auf dem Weg hierher begegnet. Er ist auch gerade erst aufgestanden. Panax war ein wenig früher wach, aber der schläft nie viel. Denk nicht mehr drüber nach. Hast du gegessen?«

Bek nickte.

»Dann kannst du mich auf den Flugplatz begleiten und dich ein bisschen umsehen.«

Sie verließen die Schlafgemächer, gingen durch den Palast, ließen die Stadt hinter sich und hielten auf die Südseite des Carolan zu. Auf dem Weg dorthin begegneten sie einer Menge Elfenjäger und Leibgardisten, doch selten gewöhnlichen Bürgern. Niemand schenkte ihnen Beachtung. Wo sie entlanggingen, war es ruhiger als in den meisten anderen Teilen der Stadt. Auf der Rückseite des Gartens des Lebens passierten sie zwei Schwarze Wachen, die einen der Eingänge bewachten. Die beiden standen wie erstarrt da und überragten mit ihren roten Uniformen und ihren hohen Hüten jeden. Innerhalb der Gärten sangen die Vögel und schwirrten umher, Schmetterlinge flatterten von Busch zu Busch und waren so bunt wie die Blüten, auf denen sie landeten, doch die Schwarzen Wachen wirkten wie aus Stein gemeißelt.

Irgendwo in der Mitte dieser Gärten befand sich der legendäre Ellcrys. Sogar Bek, der nicht viel gereist war, kannte die Geschichte. Der Ellcrys war ein Baum, der von einer Magie durchdrungen war, die einen Bann bildete. Dieser hielt durch das Wort aus der Feenwelt seit Jahrhunderten die Dämonen fern. Der Ellcrys hatte das Leben als eine Elfe begonnen, als Mitglied des Ordens der Erwählten, und diese Elfe hatte sich in den Baum verwandelt, weil sie dem Blutfeuer ausgesetzt gewesen war. Solange sie in ihrem verwandelten Zustand stark und gesund blieb, würde ihre Magie den Bann erhalten. Wenn sie, wie es unausweichlich eines Tages geschehen musste, dahinscheiden würde, nähme jemand anderer ihren Platz ein. Dies wurde nicht oft notwendig; der Ellcrys lebte im Durchschnitt tausend Jahre. Trotzdem hielt sich der Orden der Erwählten stets bereit. Einst, vor gar nicht so langer Zeit, waren fast alle von Dämonen ermordet worden, denen der geschwächte Bann die Möglichkeit zur Flucht gestattet hatte. Nur eine Erwählte hatte überlebt, eine junge Elessedil namens Amberle, und sie hatte sich geopfert, um so der gegenwärtige Ellcrys zu werden.

Bek dachte daran, wie Coran ihm diese Geschichte erzählt hatte, als er noch sehr klein gewesen war. Coran hatte ihm viele Geschichten von den Elfen erzählt, und Bek hatte stets gedacht, die Vergangenheit der Elfen sei wesentlich bunter und interessanter als die der übrigen Rassen. Jetzt war er, nachdem er gestern schon durch das Tal von Rhenn gezogen war, ein Besucher der Stadt Arborlon und sah den Garten des Lebens, und nun vermochte er zu glauben, dass es sich tatsächlich so verhielt. Alles hier fühlte sich magisch und zauberhaft an, und all die Geschichten, die ihm sein Vater nahe gebracht hatte, wurden mit neuem Leben erfüllt.

So dachte er, es sei vielleicht doch keine schlechte Idee gewesen, mit auf diese Reise zu gehen, obwohl er das Quentin gegenüber niemals zugeben würde.

»Ist Truls Rohk eingetroffen?«, fragte er Walker plötzlich.

Walker blickte ihn nicht an. »Hast du ihn gebeten zu kommen?«

Bek nickte. »Ja.«

»Hat er zugesagt?«

»Ja.«

»Dann ist er hier.«

Walker schien gern bereit, die Anwesenheit des Gestaltwandlers auf bloßen Glauben hin zu akzeptieren, daher ging Bek dem Thema nicht weiter nach. Schließlich musste das nicht seine Sorge sein. Die nächste Begegnung mit Truls Rohk konnte ruhig noch warten. Walker war bereits beim nächsten Punkt und sprach über die Pläne für den Aufbruch am darauf folgenden Morgen. Das Luftschiff war ausgerüstet und mit Vorräten versorgt, die Mannschaft und die Passagiere hatten sich versammelt, und alles war fertig für die Reise. Er gab sich zufrieden und entspannt, während er ihm detailliert die Vorbereitungen schilderte, doch als Bek ihn ansah, bemerkte er den abwesenden Blick in den dunklen Augen seines Gegenübers, demzufolge er mit den Gedanken ganz woanders war.

Jenseits der Stadt, des Gartens des Lebens und des Carolan schritten sie eine viel befahrene Straße durch einen Wald entlang, auf dessen anderer Seite sich weiter im Süden eine Steilwand befand. Bek konnte das Treiben hören, ehe er es sah, und als sie zwischen den Bäumen hervortraten, breitete sich ein Flugplatz mit zahlreichen Elfenschiffen vor ihnen aus. Nie zuvor hatte Bek Luftschiffe aus solcher Nähe gesehen. Reglos hingen sie über der Erde in der Luft, und sie lagen an der Leine wie gefangene Vögel. Am Boden, vor allem von Beks Standort aus, wirkten sie viel größer. Breit erstreckten sich die Decks auf einer oder mehreren Ebenen und waren mit den Pontons verbunden, die zu Gefechtsstationen ausgerüstet waren. Auf einigen Luftschiffen befanden sich Kabinen und Steuerkanzel am Heck, bei anderen wiederum mittschiffs. Verschiedene Formen von Unterkünften waren manchmal auf, manchmal unter Deck eingebaut. Ein, zwei oder sogar drei Masten ragten in den klaren blauen Himmel.

»Das ist unser Schiff, Bek«, verkündete Walker mit ferner, sanfter Stimme.

Auch ohne dass man es ihm sagte, hätte Bek gewusst, welches Luftschiff der Druide meinte. Das betreffende Schiff unterschied sich deutlich von den anderen und zog unwillkürlich alle Blicke auf sich. Sein Profil war niedrig und schlank, und während es durchaus für Kampfeinsätze geeignet zu sein schien, wirkte es schnell und manövrierfähig wie keines der anderen. Die beiden Masten standen schräg, die Kabinen waren an Bug und Heck tief in das Deck eingelassen und trugen so zu dem schlanken Aussehen bei. Die erhöhte Steuerkanzel befand sich mittschiffs zwischen den Masten. Mehrere Gefechtskanzeln waren in die Pontons eingebaut, die an beiden Enden wie Hörner geschwungen waren und als Rammen dienten. Weitere Kampfkanzeln hatte man in die Reling des Decks eingelassen, die nach innen geneigt war, um bestmöglichen Schutz vor Angriffen zu bieten. Das Luftschiff wirkte dunkel und böse, sogar während es still dalag, und Bek lief ein Schauer über den Rücken, als er es sich im Einsatz vorstellte.

Überall auf Deck liefen Männer umher; manche arbeiteten an den Segeln und Leinen, andere trugen Ausrüstung und Vorräte an Bord.

»Wenn du hier wartest, schicke ich dir jemanden, der dich in deine Arbeit einweist«, sagte Walker und verschwand, ohne eine Antwort abzuwarten.

Bek stand da, betrachtete die schattenhafte Form des Luftschiffs und versuchte sich ohne Erfolg vorzustellen, wie es sein würde, mit ihm zu fliegen und darauf zu Hause zu sein. Eine Reise von der Sorte, die sie planten, würde Wochen, wahrscheinlich sogar Monate dauern, das wusste er. Die ganze Zeit über würden sie an Bord dieses Schiffes leben. Dreißig Männer und Frauen, die in einem kleinen, sich ständig bewegenden Holz- und Eisending gefangen waren und durch die Welt trieben. Dieser Gedanke war ernüchternd.

»Ist es nicht ein wunderbares Schiff?«, riss ihn eine Stimme aus seinen Überlegungen.

Er blickte den Sprecher an, der auf ihn zukam, ein großer Mann mit langem rotem Haar und funkelnden grünen Augen, der schwarzes Leder und einen roten Schal trug. »Das ist es«, stimmte Bek zu.

»Du bist bestimmt Bek Rowe?«, fragte der Mann und grinste offen, freundlich und entwaffnend. Bek nickte. »Ich bin der Kapitän. Redden Alt Mer.« Er streckte die Hand zum Gruß aus, und Bek schüttelte sie. »Du sollst mein Kabinensteward werden, Bek. Also nennst du mich ›Kapitän‹ oder ›Sir‹. Oder einfach Großer Roter, wie alle anderen auch. Warst du schon einmal auf einem Schiff?«

Bek schüttelte den Kopf. »Nicht so richtig. Ein oder zwei Mal auf dem Regenbogensee und auf Flüssen und Bächen im Hochland.«

Der große Mann lachte. »Meine Güte, sie haben mir einen Kabinensteward besorgt, der keine Seebeine hat! Keine Erfahrung mit offener See und freier Luft? Was soll ich mit dir anfangen?«

Bek schnitt eine Grimasse. »Das Beste hoffen?«

»Nein, nein, nein, auf Hoffnung allein können wir uns nicht verlassen.« Erneut grinste er. »Bist du von schnellem Begriff?«

»Ich glaube schon.«

»Gut, das wird schon helfen. Mir bleibt nur der heutige Morgen, um dir etwas beizubringen, ehe wir aufbrechen, daher müssen wir die Zeit nutzen. Kennst du dich mit Luftschiffen aus?«

»Ein wenig.« Bek kam sich dumm und langsam vor, aber der große Mann blieb freundlich.

»Wenn ich fertig bin, weißt du alles über sie.« Er hielt inne. »Einen guten Rat zu Beginn, Bek. Ich bin ein Fahrender, daher kannst du gleich zwei Dinge über mich wissen. Erstens, ich habe mehr über Luftschiffe vergessen, als andere Männer je gelernt haben, und mit der Mannschaft aus Fahrenden, die ich für uns zusammengestellt habe, bringe ich uns überall durch. Also erlaube es dir nie, meine Entscheidungen in Frage zu stellen. Zweitens, sag niemals etwas Schlechtes über Fahrende – nicht einmal, wenn du meinst, ich könnte dich nicht hören.«

Er wartete auf Beks Antwort, also antwortete der: »Nein, Sir.«

»Gut. Das Nächste ist wirklich wichtig, und das solltest du dir gut merken.« Das fröhliche Gesicht wurde ernst. »Der Druide hat den Oberbefehl über die Expedition, deshalb bin ich verpflichtet, seine Wünsche zu respektieren und seinen Befehlen zu gehorchen, außer, wenn die Sicherheit des Schiffes und der Besatzung betroffen ist. Er hat mich angewiesen, dich als meinen Kabinensteward zu mir zu nehmen. Das ist in Ordnung. Aber du und ich, wir müssen miteinander zurechtkommen. Für den Druiden sollst du an Bord Augen und Ohren sein. Du sollst alles und jeden genau beobachten, mich eingeschlossen. Das ist ebenfalls in Ordnung. Ich schätze, du wirst das gut können. Nur denke nicht, ich hätte keine Ahnung, aus welchem Grund du wirklich hier bist. Geht das in Ordnung?«

Bek errötete. »Ich bin kein Spion.«

»Habe ich das behauptet? Habe ich auch nur angedeutet, du würdest zu dieser Sorte gehören?« Der Fahrende schüttelte tadelnd den Kopf. »Kluge Jungs halten Augen und Ohren immer offen. Eigentlich will ich dir nur eines klarmachen: Mag sich der Druide für noch so schlau halten, er ist nicht schlauer als ich. Schließlich will ich nicht, dass du töricht über deinen Kapitän denkst.«

Bek nickte. »Ich auch nicht.«

»Guter Junge!« Redden Alt Mer schien zufrieden zu sein. »Jetzt lassen wir dieses Thema fallen und fangen mit dem Unterricht an. Komm mit.«

Er führte Bek hinüber zu dem Luftschiff und ließ ihn an der Strickleiter hinauf zum Deck klettern. Dort begann er, dem Jungen Schritt für Schritt zu erklären, wie das Schiff funktionierte. Lichtsegel sammelten Licht, entweder direkt einfallendes oder Streulicht, und verwandelten es in Energie. Licht aus jeder Quelle konnte Tag und Nacht verwendet werden. Direktes war am besten geeignet, aber häufig nicht verfügbar, deshalb waren die so genannten Ambientlicht-Segel oder auch Streulichtsegel für das Überleben des Schiffes von höchster Wichtigkeit. Die Lichtenergie aus den Segeln wurde von Leinen übertragen, die Strahlungssammler hießen. Diese Sammler führten die Hitze hinunter zum Deck und in Behälter, die Trennröhren, in denen sich die Diapsonkristalle befanden. Die Kristalle konnten, wenn sie richtig bearbeitet worden waren, die Lichtenergie aufnehmen und in eine Kraft umwandeln, mit der das Schiff angetrieben und gesteuert wurde. Durch das Ent- und Verhüllen der Kristalle bestimmte man die Stärke des Schubs und die Richtung des Schiffes.

Redden Alt Mer ließ das alles von Bek wiederholen, nachdem er geendet hatte, Wort für Wort. Der Junge, den dieser Prozess faszinierte und der genau verstehen wollte, wie er funktionierte, tat dies fehlerfrei. Der Fahrende war zufrieden. Die Prinzipien des Luftschiff-Fluges zu verstehen war grundlegend dafür, wenn man ein solches Gefährt richtig steuern wollte, was die Schiffsführer der Föderation jedoch noch nicht erkannt hatten. Wie man genau ent- und verhüllte, wie man auf dem Wind dahinglitt, wie man Luftlöchern und Lichtlücken auswich, die die Bewegungen des Schiffes von einem Augenblick zum nächsten vollkommen verändern konnten, war nicht leicht zu beherrschen. Fahrende wurden in Freiheit geboren, und sie waren zum Fliegen besser geeignet als andere Männer.

Oder Frauen – denn gerade trat eine große Rothaarige, die Redden Alt Mers Zwillingsschwester hätte sein können, zu ihnen. Dem Kapitän gelang es gerade noch, seinen Fauxpas zu verhindern, indem er seine Schwester, Rue Meridian, als die beste Luftschiff-Führerin vorstellte, die er jemals kennen gelernt hatte, und außerdem würde sie besser kämpfen als jeder Mann, mit dem er je zu tun gehabt hatte. Gegenüber Rue Meridian mit ihrem umwerfenden Aussehen und ihrer nüchternen, keinen Unfug duldenden Art, ihrer Zuversicht, ihren lächelnden Augen und ihrem Lachen fühlte sich Bek unbeholfen und schüchtern. Gleichzeitig jedoch auch irgendwie wohl. Sie stellte ihn nicht auf die Probe wie ihr Bruder und ließ auch keine Zweifel an seinem Recht erkennen, hier zu sein. Stattdessen sagte sie einfach, sie sei froh, ihn an Bord zu haben. Dennoch spürte Bek diesen eisenharten Kern hinter der freundlichen Fassade.

Sie unterhielt sich eine Weile mit ihnen, dann ging sie und beaufsichtigte das Beladen des Schiffes. Dabei hinterließ sie eine Leere in Bek, die ihn erschreckte.

Unter Redden Alt Mers Führung setzten sie ihren Gang über das Luftschiff fort, und der Fahrende erklärte unterwegs alles. Jedes Mal, wenn er mit einer Erläuterung fertig war, ließ er sie von Bek wiederholen. Und jedes Mal schien er mit der Antwort zufrieden zu sein. So beschrieb er die Steuerkanzel und die Verbindungen zu den Trennröhren, Hauben, Rudern und Hauptsammlern. Meistens erledigte die Mannschaft das Setzen der Segel und das Einstellen der Sammler, doch im Notfall musste alles von der Steuerkanzel aus erledigt werden. Zum Landen gab es Anker und Leinen. Waffen verschiedenster Art befanden sich an Bord; manche waren Handwaffen, andere waren auf Deck befestigt. Der Fahrende führte Bek in die Quartiere und Vorratslager. Er brachte ihn bis zur Spitze der Masten, damit er sah, wie die Segel mit den Sammlern verbunden waren, dann zu den Trennröhren, wo die Sammler in den Diapsonkristallen mündeten. Er erklärte schnell, doch ausführlich. Der Junge sollte etwas lernen, und Bek gab sich im Gegenzug alle Mühe.

Einen Teil des Luftschiffes ließ der Fahrende jedoch aus, eine große rechteckige Kiste, die am vorderen Mast vor der Pilotenkanzel angebracht war. Sie war mit schwarzem Segeltuch abgedeckt und mit einem eigentümlichen, metallenen Draht zwischen Mast und Deck festgezurrt. Mehrmals gingen sie an ihr vorbei, und nach dem dritten oder vierten Mal verlor Bek die Geduld.

»Kapitän, was befindet sich unter dem Segeltuch?«, fragte er und zeigte auf die Kiste.

Der Fahrende kratzte sich am Kopf. »Ich weiß es nicht. Sie gehört dem Druiden. Er hat sie vor zwei Tagen ohne mein Wissen vor der Morgendämmerung an Bord gebracht, und als ich sie entdeckte, meinte er nur, wir müssten sie unbedingt mitnehmen, doch er könne mir nicht sagen, was es ist.«

Bek starrte sie an. »Hat schon jemand versucht, einen Blick unter das Segeltuch zu werfen?«

Der Fahrende lachte. »Ein Junge, wie er mir gefällt! Bei den Schatten, Bek Rowe, du steckst voller Überraschungen! Natürlich haben wir es versucht! Mehrere von uns!« Er legte eine dramatische Pause ein. »Willst du wissen, was geschah?«

Bek nickte.

»Versuch es doch selbst einmal.«

Bek zögerte und war jetzt gar nicht mehr so erpicht darauf.

»Mach schon«, drängte der Kapitän, »es tut nicht weh.«

Also griff Bek nach dem Segeltuch, doch als seine Hand sich bis auf Fußlänge genähert hatte, tanzten plötzlich grüne Flämmchen über die Seile, die die Kiste hielten, und sprangen wie Schlangen hin und her. Bek riss die Hand zurück.

Redden Alt Mer kicherte. »So haben wir uns auch verhalten. Mit der Magie eines Druiden sollte man keine Spielchen treiben.«

Beks Unterricht ging weiter, als sei nichts geschehen. Nachdem er sich nun eine Zeit lang an Bord aufgehalten und seine Aufregung sich gelegt hatte, bemerkte er eine Bewegung im Luftschiff, die ihm bislang nicht aufgefallen war, ein leichtes Schwanken und Ziehen an den Ankerleinen. Es gab keinen spürbaren Wind, der Tag war ruhig und still, und auch die anderen Schiffe regten sich nicht. Schließlich fragte Bek danach, und Redden Alt Mer erklärte ihm, das sei eine natürliche Reaktion des Schiffes auf die Absorption des Lichts in den Segeln. Die umgewandelte Energie trieb es in die Höhe, und nur die Leinen verhinderten, dass es davonschwebte. Der Fahrende fügte hinzu, er fliege bereits so lange, dass er diese Bewegung überhaupt nicht mehr spüre.

Für Bek fühlte es sich an, als sei das Luftschiff lebendig, als existiere es unabhängig von den Männern und Frauen der Besatzung. Das war ein unheimliches Gefühl, und je länger er an Bord blieb, desto stärker wurde es. Das Schiff bewegte sich wie eine große Katze, die sich nach dem Schlaf träge und ausgiebig rekelt und langsam wach wird. Die Bewegung setzte sich vom Deck bis in den Rumpf fort, sodass er selbst bald ein Teil davon wurde. Es erinnerte ihn daran, auf stillem Wasser zu treiben.

Redden Alt Mer war gegen Mittag mit ihm fertig und schickte ihn los, um bei der Auflistung der Vorräte und Ausrüstung zu helfen, die ein raubeiniger Fahrender namens Furl Hawken übernommen hatte. Der stämmige Kerl, den alle nur Hawk nannten, hatte kaum einen zweiten Blick für ihn übrig, war jedoch freundlich, und ihm gefiel offensichtlich die Geschwindigkeit, mit der Bek seine Anweisungen begriff. Ein oder zwei Mal kam Rue Meridian vorbei, und dann war Bek stets wie hypnotisiert.

»Sie hat auf jeden diese Wirkung«, erklärte Furl Hawken grinsend, nachdem er den Ausdruck auf Beks Gesicht gesehen hatte. »Die Kleine Rote bricht dir das Herz, indem sie dich nur anschaut. Zu schade, dass niemand auch nur die geringsten Aussichten hat.«

Bek wollte ihn fragen, was er damit meinte, doch er war zu verlegen, um das Thema weiter zu verfolgen, und so ließ er die Angelegenheit fallen.

Am Ende des Tages hatte Bek das meiste von dem gelernt, was er über das Luftschiff wissen musste. Zudem hatte er den größten Teil der Mannschaft kennen gelernt, darunter auch den Schiffbauer, einen wirklich Furcht erregenden Fahrenden namens Spanner Frew, der herumschrie und fluchte und den Eindruck erweckte, er sei bereit, jeden niederzuschlagen, der ihm widersprach. Er begrüßte Bek mit einem Grunzen und ignorierte ihn von da an vollständig. Bek war damit durchaus zufrieden.

Er ging gerade über den Flugplatz zurück, da gesellte sich Quentin zu ihm.

»Warst du an Bord des Schiffes?«, fragte Quentin neugierig. Er schwitzte in seiner zerknitterten, schmutzigen Kleidung. Sein langes Haar war verklebt, und die Haut an Händen und Unterarmen überzogen Schnitte und blaue Flecken.

»Ich war sozusagen kaum nicht an Bord«, antwortete Bek. Er grinste den anderen an. »Und was hast du gemacht, mit Bären gerungen?«

Quentin lachte. »Nein, Walker hat mir befohlen, mit den Elfenjägern zu üben. Ard Patrinell hat den ganzen Tag mit mir gearbeitet. Er hat mich so oft niedergestoßen, und das auf so viele verschiedene Weisen, dass ich nur noch eine Sache weiß: wie wenig ich eigentlich weiß.« Er griff nach seinem Schwert, das er auf dem Rücken trug. »Dieses Ding ist doch nicht so wunderbar, wie ich dachte, Bek.«

Bek lächelte schelmisch. »Nun, vermutlich ist es so gut wie der,

der es führt, Quentin. Jedenfalls darfst du dich glücklich schätzen. Ich habe den ganzen Tag gelernt, wie viel ich über Luftschiffe und übers Fliegen nicht weiß. Und ich wette, ich weiß übers Fliegen eine Menge weniger als du übers Kämpfen.«

Quentin lachte erneut und knuffte ihn, und auf dem Weg zurück in den Palast scherzten sie, während die Sonne hinter dem Horizont verschwand und die Dämmerung ihre Schatten über das Land warf. Jetzt legte sich Stille über die Stadt, während die Menschen nach Hause gingen, und der Lärm des Verkehrs ließ nach. In dem Wald, den die beiden Vettern durchquerten, hörten sie lediglich ferne und undeutliche Stimmen, die von anderen Orten herüberdrangen.

Sie erreichten den Pfad, der zu ihrem Schlafquartier führte, als Bek plötzlich leise fragte: »Quentin? Was, denkst du, machen wir wirklich hier?«

Sie blieben stehen, und sein Cousin blickte ihn verwirrt an. »Was meinst du damit?«

Bek stemmte die Hände in die Hüften und seufzte. »Überleg doch mal. Weshalb sind wir hier? Warum wir, wo Walker doch so viele andere auswählen könnte?«

»Weil Walker glaubt, wir …«

»Ich weiß, was Walker uns gesagt hat.« Bek unterbrach ihn ungeduldig. »Er hat uns erklärt, er brauche zwei junge, kluge Burschen, denen er vertrauen kann. Er wolle dich wegen deines magischen Schwertes und mich, weil ich Augen und Ohren für ihn offen halten soll. Ich weiß das, und ich habe es mir seit unserem Aufbruch immer wieder eingeredet. Aber ich glaube es trotzdem nicht. Ganz und gar nicht.«

Quentin nickte nüchtern und wenig beeindruckt. Manchmal hätte Bek ihn am liebsten geschüttelt. »Hörst du mir eigentlich zu?«, fauchte er.

Sein Cousin nickte. »Sicher. Du glaubst Walker nicht. Und warum nicht?«

»Weil ich es einfach im Gefühl habe.« Bek betonte seine Worte mit einer schneidenden Handbewegung. »Alle, die für diese Expedition ausgesucht wurden, besitzen jahrelange Erfahrung im Kampf oder im Kundschaften. Sie haben die Vier Länder bereist und wissen, wie man mit allen Arten von Schwierigkeiten fertig wird. Und was wissen wir? Nichts. Warum nimmt er zwei so unerfahrene Jungen mit?«

»Er nimmt auch Ahren Elessedil mit«, hielt Quentin dagegen. »Und was ist mit der Seherin, Ryer Ord Star? Sie wirkt nicht besonders stark.«

Bek nickte ungeduldig. »Ich will doch nicht nur auf reine Kraft hinaus, sondern auf besondere Fähigkeiten, Erfahrungen und Begabungen. Ich rede über einen Zweck! Welchen Zweck erfüllen wir? Wir haben gerade den ganzen Tag geübt und gelernt, um Himmels willen. Siehst du jemand anderen, der für diese Reise übt? Bist du wirklich der Einzige, an den sich Walker wenden könnte, der ihn mit Magie unterstützen kann? Der Einzige in den Vier Ländern? Wie nützlich bist du im Augenblick für ihn, nach dem, was im Wolfsktaag passiert ist. Sei ehrlich!«

Einen Moment lang schwieg Quentin. »Nicht sehr«, gab er grollend zu, und zum ersten Mal war in seiner Stimme leiser Zweifel zu hören.

»Und ich?«, hakte Bek nach. »Bin ich der einzige schlaue Junge mit Augen und Ohren, den er mitnehmen könnte? Bin ich tatsächlich so nützlich für ihn, dass er mehrere Elfenjäger mit jahrelanger Erfahrung und Übung zurücklässt, und sogar einen guten Heiler? Sind wir beide wirklich so wundersam, dass er es sich nicht leisten kann, ohne uns aufzubrechen, obwohl er, wie wir wissen, zu wenig Platz an Bord hat?«

In der zunehmenden Dunkelheit starrten sie einander schweigend an. Irgendwo vor ihnen schlug eine Tür zu, und jemand rief einen Namen.

Quentin schüttelte den Kopf. »Was willst du damit andeuten, Bek?«, fragte er. »Sollen wir hier bleiben? Sollen wir die Sache aufgeben?«

Seltsamerweise war das nicht seine Absicht. Es wäre eigentlich der logische Schluss gewesen. Das hätte ein anderer Mann unter diesen Umständen wahrscheinlich getan, doch Bek Rowe hatte sich entschieden, an dieser Reise teilzunehmen. Er war genauso entschlossen mitzugehen wie Quentin. Vielleicht hatte es etwas mit den Geheimnissen zu tun, die er aufgedeckt hatte, seit Walker bei ihnen im Hochland erschienen war – mit der Identität seines Vaters, seiner Herkunft, mit dem König vom Silberfluss und dem Phönixstein, mit Truls Rohk und seiner verschlüsselten Warnung, niemandem zu vertrauen. Möglicherweise war er nur zu stur, um jetzt aufzugeben. Oder es war sein Glaube, dass es ihm vorherbestimmt war, an dieser Expedition teilzunehmen, weil sich diese auf wichtige und unveränderliche Weise auf sein Leben auswirken würde.

Eine leise Stimme der Vernunft flüsterte ihm zu, er solle Quentin sagen: *Ja, wir geben die Sache auf und kehren nach Hause zurück.* Er brachte die Stimme kurzerhand zum Schweigen.

»Ich meine bloß«, erwiderte er stattdessen, »wir sollten vorsichtig sein und die Dinge nicht nur nach dem äußeren Anschein beurteilen. Druiden haben ihre Geheimnisse und treiben mit gewöhnlichen Menschen wie dir und mir ihre Spielchen. Das hat bei ihnen Tradition. Sie beeinflussen und täuschen. Schwindler sind sie, Quentin. Ich weiß nichts über Walker. Und ich habe keine Ahnung, was er eigentlich wirklich mit uns vorhat. Ich denke einfach, wir müssen gut aufpassen. Ich meine, wir …«

Ihm gingen die Worte aus, und so stand er da und blickte seinen Cousin hilflos an.

»Du denkst, wir sollten aufeinander aufpassen«, beendete Quentin den Satz und nickte langsam. »Wie wir es schon immer getan haben, oder?«

Bek seufzte. »Aber vielleicht noch ein bisschen mehr. Und wenn einem von uns irgendetwas faul vorkommt, sollte er mit dem anderen darüber sprechen. Wenn wir nicht zusammenhalten, Quentin, wer sonst?«

»Vermutlich niemand.«

»Vermutlich.«

Quentin betrachtete ihn schweigend und lächelte plötzlich. »Weißt du was, Bek? Hättest du dich nicht bereit erklärt, an dieser Reise teilzunehmen, wäre ich auch zu Hause geblieben.«

Bek starrte ihn überrascht an. »Wirklich?«

Quentin nickte. »Aus dem gleichen Grund, den du gerade angeführt hast. Es gibt niemanden, der mir den Rücken freihalten oder mir die Wahrheit sagen würde. Nur dich. Du denkst, ich würde dich wie den besorgten jüngeren Bruder betrachten, den ich mitschleppe, weil ich muss. Das stimmt nicht. Ich möchte dich bei mir haben. Sicherlich bin ich stärker und größer. Und in manchen Dingen auch besser als du. Doch du hast die Gabe, Sachen auszuknobeln, die mir einfach fehlt. Du näherst dich der Wahrheit an, wie es mir nicht gelingt. Dabei siehst du Dinge, die mir vollkommen entgehen.«

Er machte eine Pause. »Was ich sagen will, ist, dass ich uns als gleichberechtigte Brüder betrachte. Ich achte schon darauf, was du über manche Sachen denkst, ob du es nun bemerkst oder nicht. So ist es immer gewesen. Und so wird es immer sein. Ich werde nichts akzeptieren, wenn ich nicht vorher mit dir darüber gesprochen habe. Du brauchst mich nicht extra darum zu bitten. Ich tue es sowieso.«

Bek fühlte sich töricht. »Ich glaube, ich musste nur mal laut aussprechen, was ich so denke.«

Quentin grinste. »Nun, wer weiß? Vielleicht musste ich es mir auch einmal anhören. Jetzt haben wir es hinter uns. Gehen wir essen.«

Sie betraten den Palast, und für den Rest des Abends dachte Bek immer wieder daran, wie nahe er Quentin doch stand – als Bruder, als Freund und als Vertrauter –, so nahe wie sonst niemandem auf der Welt. Während der Kindheit hatten sie alles geteilt, und er konnte es sich nicht anders vorstellen. Daher gab er sich selbst ein Versprechen: Er wusste nicht, wohin die Reise ging oder was ihnen in den vor ihnen liegenden Tagen bevorstand, aber was auch immer geschah, er würde einen Weg finden, für die Sicherheit seines Bruders zu sorgen.

Neunzehn

Die Dämmerung stellte sich im Osten mit hellem, goldenem Glanz an der Trennlinie von Himmel und Erde ein, und der Flugplatz von Arborlon füllte sich mit Elfen, die beim Start der Expedition zusehen wollten. Tausende drängten sich auf den Straßen, den schmalen Waldwegen und Pfaden und versammelten sich am Rande des Feldes. Ein größeres Kontingent der Elfenarmee war bereits erschienen und hatte an beiden Enden des Flugplatzes Aufstellung genommen. Elfenjäger in ihren hellgrünen und grauen Uniformen, die Leibgarde in ihrem purpurrot gesäumten Smaragdgrün und die Schwarze Wache standen aufrecht, düster und Unheil verkündend wie winterliche Bäume da. Oben kreisten Elfenluftschiffe wie schweigende Phantome und segelten auf dem sanften Morgenwind.

In der Mitte des Flugplatzes schwebte einsam und stolz das schlanke, dunkle Luftschiff im Licht des neuen Tages knapp über dem Boden.

Bek Rowe stand am Bug und schaute sich das Schauspiel an, Quentin und Panax neben sich. Entlang der Reling hatten sich die Fahrenden versammelt, die das Schiff führen sollten, die Elfenjäger, die es verteidigen sollten, und die anderen Mitglieder der Expedition, die Walker ausgesucht hatte. Der Druide hielt sich bei Redden Alt Mer in der Pilotenkanzel auf, hatte die Hände unter der schwarzen Robe gefaltet, und seine Blicke fuhren, während er sprach, unablässig hin und her.

Ahren Elessedil stand allein mittschiffs am vorderen Mast. Er war ein kleiner, schmächtiger Elf mit jungenhaftem Gesicht und stillem Gebaren. Während sein Bruder Kylen, wie bei den Elessedils Tradition, blond und hell war, hatte Ahren dunklere Haut, braunes Haar und ähnelte in der Erscheinung der großen Königin Wren. Er war mit den anderen Elfen an Bord gekommen, hatte sich jedoch bald von ihnen getrennt und sich seitdem abseits gehalten. Er wirkte verloren und unsicher, während er die versammelte Menge betrachtete, und er tat Bek Leid. Seine Position war schwierig. Offiziell stellte er den Vertreter der Elessedilfamilie und der Krone dar, doch alle wussten: Walker hatte ihn nur gezwungenermaßen mitgenommen, weil sein Bruder darauf bestanden hatte. Den Gerüchten zufolge wollte Kylen ihn aus dem Weg schaffen.

Somit waren alle da außer Truls Rohk. Von dem Gestaltwandler war noch immer keine Spur zu sehen.

Ein Trompetenstoß erregte Beks Aufmerksamkeit. Die Versammlung teilte sich, um für den Elfenkönig und sein Gefolge Platz zu machen. Eine lange Kolonne der Leibgarde marschierte in die Lücke und wurde von Standartenträgern begleitet, welche die Banner aller verstorbenen Elfenköniginnen und -könige trugen, deren persönliche Abzeichen auf leuchtend bunte Stoffe genäht waren und im Wind flatterten. Danach kam das Familienbanner der Elessedils in Sicht, ein blutrotes Abbild des Ellcrys auf grünem Grund. Kylen Elessedil folgte ihm zu Pferde und erhob sich so weit genug über die Menge, um von allen gesehen zu werden. Hinter ihm ritten seine Frau und seine Kinder, dann kamen die entfernteren Mitglieder der Familie und das persönliche Gefolge.

Erneut erscholl ein Trompetenstoß. Die Menge verstummte, und Kylen Elessedil hob die Arme zum Gruß.

»Bewohner von Arborlon! Freunde der Elfen!« Seine donnernde Stimme hallte mühelos bis zu den Rändern des Platzes. »Wir haben uns hier versammelt, um Zeugen eines epochalen Ereignisses zu werden. Eine Gruppe von mutigen Männern und Frauen wird an diesem Tage aufbrechen, um uns zu dienen und allen freien und rechtschaffenen Männern und Frauen überall. Sie werden auf den Winden die Welt umsegeln und nach einer Wahrheit suchen, die uns seit dreißig Jahren verborgen ist. Auf ihrer Reise werden sie danach streben, das Schicksal des Bruders meines Vaters zu klären, der vor dreißig Jahren verschwunden ist – und mit ihm Schiffe und Männer und auch die Elfensteine, die unser aller Erbe sind. Diese Männer und Frauen werden nach Schätzen und nach Magie suchen, die rechtmäßig uns gehören und die für diejenigen eingesetzt werden sollten, für die sie bestimmt waren – für die Elfen, für den Einzelnen und die Gesamtheit!«

Ein Jubelschrei erhob sich aus der Menge und schwoll zu einem Tosen an. Bek betrachtete die Gesichter in seiner Nähe, bemerkte allerdings keine Reaktionen außer bei Quentin, bei dem kurz vage Belustigung aufflackerte wie eine Kerze im Wind und sofort wieder erlosch.

»Mein Bruder Ahren leitet diese Expedition für meine Familie und unser Volk«, fuhr Kylen fort, nachdem der Beifall abgeklungen war. »Ihn muss man wegen seiner Tapferkeit und seines Pflichtgefühls loben. Ihn begleiten einige unserer mutigsten Elfenjäger, unser guter Freund von den Druiden aus Paranor – Walker Boh –, einige tüchtige Fahrende, die den Kapitän und die Besatzung des Schiffes stellen, und eine ausgewählte Gruppe anderer, die aus allen Vier Ländern zusammenkamen und mit ihrem Talent und ihrem Mut zum Gelingen dieser Reise beitragen werden. Bedankt euch bei ihnen, meine Freunde! Lobpreist sie!«

Abermals brandete Jubel auf, die Banner wurde geschwenkt, und die Luft war von Lärm und Farben erfüllt. Trotz seines Zynismus spürte Bek, wie unverkennbarer Stolz in ihm aufstieg.

Kylen Elessedil hob die Hände. »Vor kurzem haben wir einen guten und geliebten König verloren. Verrat und Feigheit haben uns meinen Vater, Allardon Elessedil, entrissen. Im Sterben äußerte er den Wunsch, dass diese Expedition trotzdem durchgeführt werden sollte, und ich wäre ein schlechter Sohn, wenn ich seinen letzten Willen missachtete. Jene Männer und Frauen« – er deutete hinter sich zum Schiff – »fühlen genau so wie ich. Um ihren Erfolg und ihre baldige Rückkehr zu gewährleisten, wurde alles Menschenmögliche getan. Wir geben ihnen unsere besten Wünsche mit auf den Weg, und in Gedanken werden wir sie begleiten, bis sie sicher wieder hier gelandet sind.«

Sehr klug, dachte Bek, alles dem alten König anzulasten, der tot war. Kylen hatte bereits eine wichtige Sache über Politik gelernt. Sollte die Expedition fehlschlagen, würde die Schuld daran nicht ihm zugewiesen werden. Hatte sie Erfolg, konnte er den Lohn und die Ehre mit den anderen teilen.

Kopfschüttelnd sah er Quentin an, der nur mit den Schultern zuckte und grinste.

Von neuem begann die Versammlung zu jubeln, und währenddessen überbrachte ein Mitglied des Hohen Elfenrates dem König eine lange, schlanke grüne Flasche. Der König nahm sie entgegen und lenkte seinen Hengst zum Bug des Luftschiffes. Abermals hob er die Hände und wandte sich der Menge zu.

»Nunmehr wünsche ich, der König des Elfenlandes und der Oberste Lord des Westlandes, dieser tapferen Truppe Erfolg und eine gute Reise, und gebe dem Schiff hiermit den ehrenvollen Namen *Jerle Shannara*!«

Er drehte sich abermals zu dem Luftschiff um, stellte sich in den Steigbügeln auf und warf die Flasche gegen die metallgeschützten Hörner der Bugrammen. Das grüne Glas zerbrach, helle Flüssigkeit spritzte heraus, und die Luft füllte sich mit silbernen und goldenen Kristallen, dann mit den Regenbogenfarben, die wie Fontänen zwanzig Meter in die Höhe schossen und alle, die in der Nähe des Königs standen, in einen feinen kristallinen Nebel hüllten. Bek, der unwillkürlich die Augen schützte, wischte sich über das Hemd und bemerkte, dass es sich bei dem Nebel um ein weiches, warmes Pulver handelte, das auf seinen Händen wie Dampf zischte und sich in der Luft auflöste.

Und nochmals brach Jubel aus. »Lang lebe die *Jerle Shannara*« und »Lang lebe Kylen Elessedil«. Trompetenstöße erschollen, Trommeln wurden geschlagen, und die Banner der toten Elfenkönige wurden geschwenkt. Die Seile, welche die *Jerle Shannara* hielten, wurden losgemacht, und das schlanke, schwarze Luftschiff stieg rasch auf, wandte sich von der Sonne ab, dem noch immer dunklen Westen zu und gewann an Geschwindigkeit. Die Versammelten unten blieben zurück, wurden kleiner und verschwanden im Morgendunst. Der Jubel verklang, und schließlich lag Arborlon hinter ihnen.

Der erste Tag verstrich schnell für Bek, wenn auch nicht so rasch, wie er es sich gewünscht hätte. Er begann recht gut, denn Redden Alt Mer holte ihn zu sich in die Pilotenkanzel, während er einige Flugtests mit der *Jerle Shannara* unternahm und verschiedene Manöver durchführte, mit denen er ihre Reaktionen und Eigenschaften überprüfte. Der Fahrende ließ den Jungen das Schiff sogar einmal selbst führen und erklärte ihm die Grundlagen des Steuerns, wie man das Ruder hielt und die Leinen bediente. Bek wiederholte erneut, was er am Tag zuvor über die Bestandteile des Luftschiffes und ihre Funktionen gelernt hatte.

All dies lenkte ihn von der Bewegung des Schiffes ab, das auf dem Rücken des Windes rollte und schaukelte; trotzdem genügte das nicht, um ihn zu retten. Am Ende ließ ihn sein Magen im Stich und drehte sich ihm um, und zwar mit ganz eindeutigen Absichten. Redden Alt Mer bemerkte den Ausdruck in Beks Gesicht und zeigte auf den Eimer, der am Fuß der Kanzel stand.

»Lass dich ruhig gehen«, riet er mit verständnisvollem Lächeln. »Das passiert den Besten von uns.«

Bek bezweifelte das, trotzdem blieb ihm nichts anderes übrig. Die nächsten Stunden verbrachte er damit, sich zu wünschen, er wäre tot, und sich vorzustellen, dass er wirklich sterben würde, wenn das Wetter schlechter werden sollte. Zwischen den Anfällen bemerkte er die schwache junge Seherin Ryer Ord Star, der ähnlich unwohl zu sein schien und die mit einem eigenen Eimer allein an der Heckreling saß, und sogar der stämmige Panax war blass um die Nasenspitze.

Sonst war offenbar niemand betroffen, nicht einmal Quentin, der mit den Elfenjägern auf dem Vorderdeck seinen Waffenübungen nachging, wobei ihn Ard Patrinell zu verschiedenen Hieben und Paraden drängte. Die meisten anderen an Bord, so wurde ihm später vom Großen Roten erzählt, waren bereits auf Luftschiffen gefahren und an die Bewegung gewöhnt. Bek hätte niemals geglaubt, dass ihm wegen einer so schwachen Bewegung so schlecht werden könnte, aber er zwang sich, aufrecht zu bleiben und sich für das zu interessieren, was um ihn herum passierte, behielt dabei seine Sicherheitsleine stets umgelegt, und am Nachmittag musste er schließlich nicht länger mit seinen Eingeweiden ringen.

Walker kam ein, zwei Mal vorbei und erkundigte sich nach ihm. Des Druiden dunkles Gesicht und ernstes Benehmen blieben dabei stets gleich, und auch seine Worte drückten weder Tadel noch Enttäuschung aus. Er fragte lediglich den Jungen und den Kapitän, wie es um die Ausbildung stand, und schien mit den Antworten zufrieden zu sein. Stets tauchte er dabei so unvermittelt auf und war so rasch wieder verschwunden, dass sich Bek fragte, ob der Druide seinen angeschlagenen Zustand überhaupt bemerkt hatte.

In jedem Fall überlebte Bek die Erfahrung und war dankbar, als ihm der Elfenheiler Joad Rish später eine Wurzel gab, die er bei weiteren Attacken kauen sollte. Er probierte sie und fand ihren Geschmack bitter und trocken, entschied jedoch bald, dass jeder Preis recht war, wenn sich nur sein Magen beruhigte.

Kurz vor Sonnenuntergang, als die Fluglektionen für den Tag beendet wurden und sein Gleichgewichtssinn wieder hergestellt war, trat Ahren Elessedil an ihn heran. Bek stand an der Backbordreling und blickte hinaus auf das Land, das sich wie ein Schachbrett aus Grün und Braun unter ihnen erstreckte, während die Sonne am Horizont versank.

»Geht es dir besser?«, fragte der junge Elf besorgt.

Bek nickte. »Obwohl ich eine Zeit lang geglaubt habe, mein Innerstes würde nach außen gekehrt.«

Der andere lächelte. »Für dein erstes Mal hast du dich gut gehalten. Besser als ich. Ich wurde mit zwölf hochgeschickt, um alles über Luftschiffe zu lernen. Auf Befehl meines Vaters. Er glaubte, Kinder sollten in der Technik früh und ausgiebig geschult werden. Ich war kein besonders kräftiger Junge, und mit dem Fliegen kam ich überhaupt nicht zurecht. Zwei Wochen war ich jeden Tag krank. Der Kapitän des Schiffes hat darüber kein Wort verloren, mich aber hat es gedemütigt.«

»Mich hat vor allem überrascht, wie schnell mir übel wurde.«

»Ich glaube, es staut sich in dir auf, und wenn du es bemerkst, ist es im Grunde schon zu spät.« Der Elf zögerte und wandte sich ihm zu. »Ich bin Ahren Elessedil.«

Bek schüttelte seine Hand. »Bek Rowe.«

»Der Druide hat dich mitgebracht, oder? Dich und den Hochländer. Demnach müsst ihr etwas Besonderes sein. Könnt ihr mit Magie umgehen?«

Schon wieder dieses Thema. Bek lächelte reumütig. »Quentin hat ein Schwert, das magisch ist, obwohl er noch nicht genau weiß, wie er es handhaben muss. Ich kann in dieser Richtung gar nichts.« Er dachte an den Phönixstein, behielt den Gedanken jedoch für sich. »Und du?«

Ahren Elessedil schüttelte den Kopf. »Jeder weiß doch, weshalb ich hier bin. Mein Bruder will mich nicht in Arborlon haben. Er fürchtet, dass ich, wenn ihm etwas zustößt, auf den Thron gesetzt werden könnte – anstelle seiner Kinder, weil sie zu jung sind. Das ist schon eine eigenartige Sorge, findest du nicht? Wenn du tot bist, was macht dir das dann noch aus?« Er wirkte traurig und abwesend, während er sprach. »Mein Vater würde mir vermutlich zustimmen. Er hat kaum über seine Nachfolge nachgedacht, und ich schätze, ich würde es ebenfalls nicht tun. Kylen aber schon. Er wurde sein Leben lang daraufhin erzogen, und deshalb ist es ihm wichtig. Wir mögen einander nicht besonders. Vermutlich ist es besser, hier auf diesem Luftschiff zu sein. Zumindest streiten wir uns so nicht.«

Bek nickte und erwiderte nichts.

»Hast du gewusst, dass sich mein Vater und Walker ebenfalls nicht leiden konnten?«, fragte Ahren und sah ihn scharf an. Bek schüttelte den Kopf. »Sie hatten vor einigen Jahren einen fürchterlichen Streit, als es darum ging, den Druidenrat in Paranor wieder einzusetzen. Walker verlangte Vaters Hilfe, doch der wollte sie nicht zusagen. Sie haben jahrelang nicht miteinander gesprochen. Eigenartig, dass sie sich über diese Expedition einig geworden sind, nicht wahr?«

Bek runzelte die Stirn.

»Vielleicht haben sie bei dieser Expedition einfach einige Gemeinsamkeiten entdeckt, die ihnen beim Druidenrat fehlten.« Ahren wartete seine Antwort nicht ab. »Irgendeine Art von Elfenmagie muss damit zu tun haben, und beide wollen sie für sich haben. Wahrscheinlich haben sie sich einfach gegenseitig gebraucht. Da ist diese Karte, die nur Walker lesen kann, und auf der anderen Seite sind da die Kosten für das Luftschiff und die Mannschaft, die nur Vater aufbringen konnte. Und er hätte bestimmt auch zugestimmt, die Elfenjäger zu unserem Schutz mitzuschicken. Falls uns überhaupt jemand beschützen kann. Mein Onkel hatte Elfensteine bei sich, und die haben ihm auch nicht geholfen.«

Ahren sprach so offen mit ihm, und das ermutigte Bek, eine Frage zu stellen, die er sich sonst verkniffen hätte. »Ard Patrinell wurde als Hauptmann der Leibgarde entlassen, als dein Vater ermordet wurde. Wenn er die Gunst deines Bruders und des Hohen Rates verloren hat, weshalb wurde ihm dann der Befehl über die Elfenjäger auf dieser Expedition überlassen?«

Der Elf grinste. »Du weißt nicht, wie diese Dinge bei uns gehandhabt werden, Bek. Gerade weil er die Gunst verspielt hat, wurde er uns zugeteilt. Kylen wollte ihn aus Arborlon fortschicken, fast so dringend wie mich. Ard ist mein Freund und mein Beschützer. Er hat mich persönlich und auf den ausdrücklichen Wunsch meines Vaters ausgebildet. Alles, was ich über Kampf und Taktik weiß, habe ich von ihm gelernt. Kylen vertraut ihm nicht. Der Tod meines Vaters lieferte ihm den perfekten Grund, Ard von seinem Posten zu entfernen, und diese Expedition bot ihm die Möglichkeit, sowohl Ard als auch mich aus der Stadt zu schaffen.«

Er blickte Bek abschätzend an. »Du wirkst recht klug, Bek. Ich werde dir etwas erzählen. Mein Bruder glaubt, wir würden nicht zurückkehren – keiner von uns. Tief im Innersten, wo er seine dunkelsten Geheimnisse verbirgt, hofft er das vielleicht sogar. Er unterstützt diese Expedition, weil er keinen Weg weiß, aus dieser Angelegenheit herauszukommen. Und er tut es nur, da Vater sie im Sterben befohlen hat und es sich ein neu gekrönter König nicht leisten kann, einen solchen Nachlass zu ignorieren. Außerdem wird er so mit ein wenig Glück gleichzeitig mich, Ard Patrinell und den Druiden los, für die er alle drei keine besondere Vorliebe hegt. Wenn wir nicht zurückkommen, sind seine Probleme doch gelöst, oder?«

Bek nickte. »Ich nehme es an.« Er dachte darüber nach, welche Verwicklungen sich daraus ergaben. »Ich habe ein schlechtes Gefühl, an dieser Expedition teilzunehmen.«

Ahren Elessedil neigte den Kopf zur Seite. »Das solltest du nicht. Möglicherweise überleben wir ja.«

In dieser Nacht, während das Luftschiff vom diffusen Licht der Sterne angetrieben wurde und sich Mannschaft wie Passagiere langsam zum Schlafen in ihre Quartiere zurückzogen, rief Walker eine kleine Gruppe der Expeditionsgemeinschaft zu einem Treffen zusammen. Bek und Quentin gehörten zu den Geladenen und waren beide überrascht, zählte sich doch keiner der beiden zur Führerschaft des Schiffes. Inzwischen hatte Bek seinem Cousin vom Gespräch mit Ahren Elessedil erzählt, und die zwei hatten sich lange darüber unterhalten, wie viele andere an Bord wohl ahnten, für wie entbehrlich der Elfenkönig, der sie losgeschickt hatte, sie hielt. Bestimmt war sich Walker darüber im Klaren. Ard Patrinell hatte es sicherlich ebenfalls begriffen. Und das war's. Die Übrigen dachten vermutlich, dass Kylen Elessedil und der Hohe Elfenrat die Expedition unterstützten und tatsächlich die erfolgreiche, sichere Heimkehr erhofften.

Vielleicht wussten die Fahrenden mehr, fügte Bek hinzu. Der Große Rote und seine Schwester schienen schnell von Begriff zu sein, und in den Vier Ländern wusste doch jeder, dass die Fahrenden ihre Ohren überall hatten.

Bek war der Meinung, er sollte die ganze Geschichte Walker auf jeden Fall erzählen, denn der Druide wollte alles hören, was er sah und hörte; bislang hatte er jedoch keine Gelegenheit dazu gefunden. Jetzt hatten sie sich in Redden Alt Mers Quartier hinter dem Heck versammelt, und Bek verdrängte die Angelegenheit aus seinen Gedanken. Außer dem Druiden und den Vettern aus dem Hochland waren der Große Rote und seine Schwester, Ahren Elessedil und Ard Patrinell sowie die gebrechlich wirkende Seherin Ryer Ord Star anwesend. Während sich die anderen dicht um Walker scharten, der vor einem Tisch stand und eine handgezeichnete Karte betrachtete, zog sich die Seherin in eine dunkle Ecke des Raums zurück. Kindlich und schüchtern leuchteten ihre eigentümlichen Augen und ihre pergamentbleiche Haut, und sie betrachtete die Gruppe, als würde sie sich bereithalten, im nächsten Moment das Weite zu suchen.

»Morgen Mittag erreichen wir die Küste der Blauen Spalte«, begann Walker und blickte in die Runde. »Dort angekommen, treffen wir Hunter Predd und die beiden anderen Flugreiter, die uns auf unserer Reise begleiten, für uns kundschaften und Vorräte für uns besorgen. Unsere Fahrt führt uns von dort aus nach Nordwesten, wo wir drei Inseln aufspüren müssen. Auf jeder halten wir an, um nach einem Talisman Ausschau zu halten, den wir für den Erfolg unserer Suche brauchen. Die Inseln sind keinem an Bord bekannt, mich eingeschlossen. Sie liegen jenseits des Gebiets, welches bisher von Luftschiffen oder Rocks erkundet wurde. Auf der Karte, der wir folgen, tragen sie Namen, sind hingegen sonst nicht gut beschrieben.«

»Außerdem sind wir nicht sicher, was die Entfernungen betrifft«, fügte Redden Alt Mer hinzu und zog die Blicke der Anwesenden auf sich. »Der Kurs ist deutlich markiert, aber die Distanzen sind nur vage angegeben. Unser Vorankommen hängt zudem stark vom Wetter ab.«

»Unser Kapitän glaubt nach den Kenntnissen, die ich der Originalkarte entnehmen konnte, dass die Fahrt bis zur ersten Insel ungefähr eine Woche dauert«, fuhr Walker fort. Er zeigte auf die Karte. »Diese Kopie kann sich jeder während der Reise stets anschauen. Ich habe sie etwas vergrößert, damit man sie besser lesen kann. Die Inseln, die wir suchen, liegen hier, hier und hier.« Er zeigte nacheinander darauf. »Flay Creech ist die erste, Shatterstone die zweite und Mephitic die dritte. Sie werden absichtlich von demjenigen ausgewählt worden sein, der die Talismane dort verborgen hat. Jeder Talisman wird sicherlich beschützt werden. Jede Insel wird bewacht. Die Landung ist deshalb gefährlich, und die Suchtrupps sollten daher so klein wie möglich sein.«

»Nach welcher Art von Talismanen suchen wir?«, fragte Ard Patrinell und beugte sich vor, um die Karte besser studieren zu können.

»Schlüssel«, antwortete Walker. »Was die Größe und die Form betrifft, weiß ich nichts Genaues. Den Beschreibungen auf der Karte zufolge sind sie sich sehr ähnlich, aber möglicherweise stimmt das nicht.«

»Wozu sind sie in der Lage?«, erkundigte sich Ahren Elessedil verwegen und setzte seine entschlossenste Miene auf.

Walker lächelte milde. »Was würdest du erwarten, Elfenprinz? Sie öffnen eine Tür. Wenn wir die Schlüssel in Besitz genommen haben, geht die Fahrt weiter bis nach Ice Henge.« Er zeigte auf ein Symbol, das auf die Karte gezeichnet war. »Hier angekommen, suchen wir nach Castledown. Die Schlüssel werden uns Einlass gewähren, wenn wir den Ort gefunden haben.«

Einen Augenblick lang herrschte Schweigen, während sie ernst die Karte betrachteten. Aus dem Schatten starrte Ryer Ord Star Walker mit durchdringendem Blick an, und Bek erschien es, als würde sie ihn verzehren.

»Wie willst du auf diesen Inseln landen?«, fragte Rue Meridian und brach das Schweigen. »Mit dem Schiff oder mit den Rocks?«

»Mit den Rocks, und zwar wo und wann immer es möglich ist, weil sie beweglicher sind«, antwortete der Druide.

Sie schüttelte den Kopf. »Das würde ich mir noch einmal überlegen. Vom Schiff aus können wir dich mit einem Korb oder einer Leiter hinunterlassen. Mit den Rocks musst du richtig landen. Und während sie zum Boden runtergehen, sind sie verwundbar.«

»Damit hast du durchaus Recht«, erwiderte Walker. Er blickte sich um. »Möchte noch jemand etwas sagen?«

Zu Beks Überraschung meldete sich Quentin zu Wort. »Weiß die Ilse-Hexe das auch alles?«

Walker sah den Hochländer eingehend an und nickte. »Das meiste.«

»Demnach veranstalten wir sozusagen ein Rennen?«

Der Druide überlegte, ehe er antwortete. »Die Ilse-Hexe hat keine Karte. Und ihr fehlen außerdem die Beschreibungen. Wahrscheinlich hat sie ihre Kenntnisse aus den Gedanken des Schiffbrüchigen gezogen, der die Karte hergebracht hat. Den Zweck und das Ziel unserer Reise wird sie kennen, denke ich. Doch ob sie über die Einzelheiten Bescheid weiß, bezweifle ich. Der Schiffbrüchige war halb tot, und ich habe guten Grund anzunehmen, dass ihm nicht alles bekannt war, was die Karte enthüllt.«

»Aber sie wird inzwischen selbst mit einem Luftschiff aufgebrochen sein«, unterbrach ihn Ard Patrinell. »Sie sucht nach uns, folgt uns entweder oder lauert uns irgendwo auf.«

Er sagte dies, als handle es sich um eine Tatsache, und Walker widersprach ihm nicht. Stattdessen blickte er nochmals in die Runde. »Ich denke, wir ahnen die Gefahr, in die wir uns begeben. Was wir tun, ist wichtig. Wir müssen bereit sein, uns zu verteidigen. Dass wir dazu gezwungen sein werden, und vermutlich mehr als einmal, ist höchst wahrscheinlich. Ob wir Erfolg haben oder nicht, hängt von unserer Vorbereitung und unserer Entschlossenheit ab. Seid also wachsam. Wo immer ihr euch aufhaltet, schaut euch um und passt auf. Überraschungen können uns das Genick brechen.«

Mit einer Geste löste er die Versammlung auf. »Ich denke, für heute Abend haben wir genug geredet. Geht zu Bett und schlaft. Wir treffen uns morgen und an den folgenden Abenden wieder, um über unsere Pläne zu sprechen.«

Leise gingen sie hinaus und ließen Redden Alt Mer in seiner Kabine zurück. Bek folgte Quentin, doch Walker hielt ihn mit einer leichten Berührung an der Schulter zurück und nahm ihn beiseite. Quentin warf einen Blick zurück und ging ohne eine Bemerkung weiter.

»Komm mit mir«, sagte der Druide zu Bek und zog ihn den Korridor entlang, der zum Vorratsraum führte. Von dort aus stiegen beide nach oben auf Deck und stellten sich backbords an die Reling, wo sie unter einem Baldachin aus schwarzem Himmel und endlosen Sternen allein waren. Der Westwind strich kühl über ihre Gesichter, und Bek konnte das Meer riechen.

»Erzähl mir, was Ahren Elessedil dir heute zu sagen hatte«, verlangte Walker leise und schaute hinaus in die Nacht.

Also erstattete Bek Bericht und wunderte sich nur, dass der Druide sogar sein Gespräch mit dem Elfen bemerkt hatte. Nachdem er geendet hatte, erwiderte Walker nicht gleich etwas, sondern starrte gedankenverloren weiterhin in die Nacht. Bek wartete und dachte, nichts, was er dem Druiden erzählt hatte, sei ihm eigentlich neu gewesen.

»Ahren Elessedil ist aus härterem Holz geschnitzt, als sein Bruder meint«, sagte Walker schließlich. Dann wandte er den Blick Bek zu: »Wirst du auf dieser Reise sein Freund sein?«

Bek dachte über die Frage nach und nickte schließlich. »Ja.«

Walker nickte ebenfalls und war offensichtlich zufrieden. »Halte Augen und Ohren offen, Bek. Du wirst auf dieser Reise Dinge erfahren, die mir verborgen bleiben, und es ist wichtig, dass du nicht vergisst, sie mir zu berichten. Eine Zeit lang wird es vielleicht nichts zu erzählen geben, aber irgendwann doch. Und eine solche Kleinigkeit könnte mir das Leben retten.«

Überrascht blinzelte Bek.

»Unsere junge Seherin hat bereits erfahren, dass ich an einem Punkt der Reise verraten werde. Sie weiß jedoch nicht, wann oder von wem. Immerhin will mich jemand töten, und jemand anderer will mich in die Irre leiten, so viel hat sie gesehen. Vielleicht ist es auch die gleiche Person. Vielleicht geschieht es mit Absicht oder vielleicht nur durch ein Unglück. Das kann ich nicht sagen.«

Bek schüttelte den Kopf. »Keiner, den ich an Bord dieses Schiffes kennen gelernt habe, scheint dir übel zu wollen, Walker.«

Der Druide nickte. »Und wenn es nicht an Bord des Schiffes geschieht? Es könnte der Feind sein, der uns verfolgt, oder jemand, den wir unterwegs treffen. Jedenfalls bekommen vier Augen und Ohren mehr mit als zwei. Noch immer befürchtest du, Bek, du hättest auf dieser Reise keine rechte Aufgabe. Ich sehe es in deinen Blicken und höre es an deiner Stimme. Aber du bist wichtig für mich – für alle von uns –, und zwar sehr. Glaube mir das. Eines Tages, wenn die Zeit gekommen ist, werde ich dir alles erklären. Bis dahin vertraue mir und halte mir den Rücken frei.«

Leise verschwand er in der Dunkelheit und ließ Bek stehen, der ihm verwirrt hinterher sah. Der Junge wollte nur zu gern glauben, was der Druide ihm erzählt hatte – nur wie er auf dieser Fahrt wichtig sein könnte, war für ihn nicht zu erkennen. Er dachte über die Angelegenheit nach. Natürlich würde er Walker den Rücken freihalten, denn das zu tun erschien ihm richtig. Welchen Erfolg er dabei haben würde, stand auf einem anderen Blatt, auf einem, das er sich gar nicht so genau anschauen wollte.

Dann plötzlich fühlte er sich beobachtet. Das Gefühl überfiel ihn rasch und unerwartet und keineswegs schleichend. Die Wucht verblüffte ihn. Rasch suchte er das Deck vom Bug bis zum Heck ab, wo jeweils ein Elfenjäger Wache hielt. Mittschiffs in der Pilotenkanzel steuerte Furl Hawken das Luftschiff. Keiner der drei beachtete ihn, und sonst konnte er niemanden sehen.

Dennoch spürte Bek die verborgenen Augen.

Und so unvermittelt, wie ihn das Gefühl überfallen hatte, war es wieder verschwunden. Um Bek herum hüllte sich die sternenklare Nacht in tiefes Schweigen. Eine kurze Weile lang stand er noch an der Reling, bis er sein Gleichgewicht wieder gefunden und neuen Mut gesammelt hatte, dann eilte er unter Deck.

Zwanzig

Am frühen Nachmittag des folgenden Tages erreichte die *Jerle Shannara* die Küste und schwebte auf die Weite der Blauen Spalte hinaus, dem Unbekannten entgegen. Innerhalb weniger Momente stiegen Hunter Predd und zwei weitere Flugreiter von den Klippen unterhalb des Irrybisgebirges gen Himmel auf und gesellten sich zu ihnen. Hunter Predd glitt dicht ans Schiff heran und grüßte, dann drehte er ab und nahm eine Position an der Seite des Schiffes ein. Für den Rest des Tages flogen die Flugreiter nun in Formation an Bug und Heck, zwei vorn, einer hinten – eine stille und tröstliche Begleitung.

Als Bek irgendwann Walker fragte, was sie in der Nacht machten, erklärte es der Druide ihm. Manchmal flogen sie einfach bis zur nächsten Morgendämmerung durch und passten sich an die langsamere Geschwindigkeit an, die das Luftschiff der Dunkelheit wegen vorlegte. Rocks waren sehr stark und ausdauernd, und sie konnten ohne Pause drei Tage in der Luft bleiben. Meistens jedoch lenkten die Flugreiter ihre Rocks zu einer Insel oder einem Atoll, das groß genug war, um den Reitern und ihren Vögeln Nahrung und Ruhe zu bieten, bevor es weiterging. Sie arbeiteten in Schichten, sodass einer der Flugreiter stets das Schiff bewachte, auch des Nachts, als Schutzmaßnahme. Solange die Rocks da waren, konnte sich niemand nähern, ohne entdeckt zu werden.

Zehn Tage lang passierte nichts, und die Zeit verstrich für Bek Rowe langsam. Jeden Morgen stand er auf und nahm das Frühstück mit den Fahrenden ein, dann folgte er Redden Alt Mer, der das Luftschiff und die Mannschaft gründlich inspizierte. Anschließend stand er beim Kapitän in der Pilotenkanzel, manchmal nur mit ihm allein, gelegentlich mit einem zweiten Fahrenden an den Steuerinstrumenten, und Bek wiederholte, was er über die einzelnen Funktionen des Antriebs gelernt hatte, woraufhin er in einem weiteren

Bereich unterrichtet wurde. Später übernahm er das Ruder, zog Kraft aus den Lichtsegeln, enthüllte die Kristalle oder spannte die Strahlungssammler.

Manchmal, wenn der Große Rote woanders zu tun hatte, überließ man Bek der Obhut von Furl Hawken oder der Kleinen Roten, dann und wann sogar der des stämmigen Spanner Frew. Der Schiffbauer schrie ihn meist nur an und schickte ihn hin und her, kritisierte ihn bissig und drängte ihn, genauer nachzudenken und schneller zu handeln. Auf gewisse Weise war das eine Hilfe. Wenn er ein oder zwei Stunden mit Spanner Frew überstanden hatte, fühlte er sich für alles Weitere gewappnet.

In den Zwischenzeiten musste er außerdem die Aufgaben eines Kabinenstewards erledigen, also vor allem Nachrichten zwischen dem Kapitän und der Mannschaft hin und her bringen, die Quartiere von Redden Alt Mer und seiner Schwester putzen, jeden dritten Tag eine Aufstellung der Vorräte machen, bei den Mahlzeiten servieren und das Geschirr waschen. Der größte Teil der Arbeit war nicht sehr angenehm oder aufregend, doch er kam jeden Tag mit fast allen mehrere Male in Kontakt, und so konnte er Gespräche belauschen und die Einzelnen beobachten. Nichts von dem, was er sah, erschien ihm besonders nützlich, trotzdem hielt er, wie Walker ihn gebeten hatte, Augen und Ohren offen.

Tagsüber sah er wenig von Quentin, denn der Hochländer übte ständig mit Ard Patrinell und den Elfenjägern und verbesserte seine Fertigkeiten im Umgang mit Waffen. Ahren Elessedil begegnete er indes häufiger, denn der übte nie mit den anderen und hatte oft keine Beschäftigung. Bek bezog den jungen Elf in seine Tätigkeiten mit ein und brachte ihm das Wenige bei, was er über das Fliegen von Luftschiffen wusste, machte ihm Mut und tauschte Geschichten mit ihm aus. Zwar erzählte er ihm nicht mehr als Quentin, doch beinahe genauso viel. Nachdem sie einige Zeit miteinander verbracht hatten, verstand Bek, was Walker damit gemeint hatte, dass Kylen Elessedil seinen Bruder falsch einschätzte. Ahren war jung, aber in einer Familie und einer politischen Situation aufgewachsen, die Naivität und

Schwäche weder unterstützte noch tolerierte. In einigen, weniger offensichtlichen Dingen legte Ahren große Stärke an den Tag, und fast täglich wuchs der Respekt, den Bek für ihn empfand.

Hin und wieder besuchte er Panax oder sogar Hunter Predd, wenn der Flugreiter an Bord kam und sich mit Walker oder Redden Alt Mer unterhielt. Die meisten Fahrenden kannte er beim Namen, und sie hatten ihn auf eine lockere Weise in ihrem Kreis aufgenommen, die Kameradschaft, jedoch nicht zwangsläufig Vertrauen beinhaltete. Mit den Elfen hatte er wenig zu tun, vor allem, weil sie woanders untergebracht waren. Er sprach mit dem Heiler, Joad Rish, einem großen, gebeugten Mann, dessen freundliche Miene ihn stets aufmunterte. Der Heiler war sich, ähnlich wie Bek, über seinen Nutzen an Bord im Unklaren und fühlte sich fehl am Platze. Dafür konnte man sich gut mit ihm unterhalten, und er sprach gern mit dem Jungen über Heilmittel und Verfahren, die über die gewöhnlichen Formen der Heilung hinausgingen und hauptsächlich von Elfen angewendet wurden.

Sogar mit der wehmütigen Seherin Ryer Ord Star unterhielt sich Bek ein oder zwei Mal. Sie war allerdings so schüchtern und zurückhaltend, dass sie jedem außer Walker aus dem Weg ging, dem sie überallhin folgte. Wie von dem Druiden in Bann geschlagen, war sie sein Schatten und lief ihm hinterher, lauschte auf jedes Wort und beobachtete jede Bewegung. Dieses Verhalten war ständiges Gesprächsthema, aber nie in Walkers Nähe. Niemand wollte die Anhänglichkeit der jungen Frau dem Druiden gegenüber zur Sprache bringen, wenn sie diesen selbst nicht zu stören schien.

Von Truls Rohk fehlte immer noch jede Spur. Panax behauptete, er sei an Bord, zu sehen war aber nichts von ihm.

Dann, zehn Tage vom Festland entfernt, kam die Insel Flay Creech in Sicht. Es ging auf Mittag zu, der Himmel war grau und verhüllt, und das Wetter wurde zum ersten Mal seit ihrem Aufbruch ungemütlich. Gewitterwolken drängten sich im Westen und wälzten sich langsam auf dem noch immer schwachen Wind heran, und das Brennen der Sonne, die durch die Lücken in den dünneren Wolken geschienen hatte, machte kühlerer Luft Platz. Unter ihnen hob und senkte sich das Meer in sanften Wogen, ein silberbetupfter Azurteppich, der sich am Gestade der Insel brach, doch dahinter am Horizont wirkte er düster und bedrohlich.

Flay Creech bot keinen hübschen Anblick. Die Insel war grau und öde, eine Ansammlung meist glatter Hügel, die von einem unregelmäßigen Netz tiefer Gräben durchzogen war – durch letztere konnte das Meerwasser weit ins Land vordringen. Abgesehen von einigen niedrigen Bäumen und Gräsern wuchs hier nichts. Die Insel war klein, kaum eine halbe Meile lang, und vor der Küste im Süden erhob sich ein großer Felsen, der einer Eidechse ähnelte, die das Maul aufgerissen und den Kamm zur Warnung aufgestellt hat. Auf der Karte, die Walker für die Schiffsgesellschaft gezeichnet hatte, war der Eidechsenkopf die Landmarke, an der man die Insel erkennen sollte.

Redden Alt Mer umfuhr das Eiland langsam mit der *Jerle Shannara* und hielt sich mehrere Hundert Fuß darüber, während sich Besatzung und Passagiere an der Reling versammelten und das Unheil verkündende Stück Land betrachteten. Bek schaute mit den anderen nach unten, entdeckte jedoch nichts Interessantes. Lebenszeichen oder irgendwelche Bewegungen waren nicht zu erkennen. Die Insel wirkte verlassen.

Nachdem sie mehrmals über sie hinweggeflogen waren, gab Walker Hunter Predd, der sich mit den beiden anderen Flugreitern über ihnen hielt, ein Zeichen. Der grauhaarige Reiter näherte sich dem Schiff und schüttelte den Kopf. Sie hatten ebenfalls nichts gesehen. Trotzdem würden sie nicht hinunterfliegen, um die Insel näher zu untersuchen, wie Bek wusste, denn der Druide hatte ihnen befohlen, auf keiner der Inseln zu landen, ehe nicht ein Trupp vom Luftschiff aus hinuntergegangen war. Die Rocks und ihre Reiter waren zu wertvoll, um sie zu riskieren; falls man sie verlor, konnte man sie nicht ersetzen.

Walker rief Redden Alt Mer und Ard Patrinell zu sich. Bek und Quentin drängten sich näher heran, um zu hören, was gesprochen wurde.

»Was hast du gesehen?«, fragte der Druide den Fahrenden gerade.

»Das Gleiche wie du. Nichts. Aber irgendwie gefällt mir der Anblick der Insel nicht. Was hat bloß diese Gräben geschaffen, die kreuz und quer verlaufen?«

Wirkte Redden Alt Mer schon unglücklich, so traf dies auf Ard Patrinell umso mehr zu. »Mir gefällt gar nicht, was ich sehe. Ein solches Gelände ist mir noch nie begegnet. Diese Form. Irgendwie nicht richtig. Unnatürlich.«

Walker nickte. Bek bemerkte seine Unruhe. Die Formation dieser Gräben war eigentümlich.

Wortlos ging der Druide hinüber zu Ryer Ord Star, beugte sich zu ihr vor und sprach leise mit ihr. Die Seherin hörte aufmerksam zu, dann drückte sie die dünnen, kleinen Hände an die Brust, schloss die Augen und wurde vollkommen still. Bek beobachtete sie mit den anderen und fragte sich, was wohl geschehen würde. Schließlich schlug sie die Augen wieder auf und redete rasch und atemlos auf den Druiden ein. Als sie fertig war, schaute er ihr kurz in die Augen, drückte ihre Hand und drehte sich um.

Er kehrte zu Ard Patrinell und Redden Alt Mer zurück. »Ich werde mir die Sache mal etwas genauer anschauen«, sagte er. »Lasst mich in einem Korb hinunter und haltet euch bereit, mich auf mein Zeichen hin sofort wieder hochzuholen. Falls etwas schief geht, folgt mir auf gar keinen Fall.«

»Ich glaube, du solltest nicht allein gehen«, erwiderte Ard Patrinell.

Walker lächelte. »Gut. Ich nehme einen Mann mit.«

Er trat zu Quentin Leah. »Hochländer, ich brauche einen Krieger, der eine schnelle, sichere Klinge führt. Bist du an der Aufgabe interessiert?«

Quentin nickte sofort, und auf seinem sonnengebräunten Gesicht breitete sich ein Grinsen aus. Er rückte das Schwert von Leah auf seinem Rücken zurecht und blinzelte Bek zu, ehe er eilig dem Druiden folgte. Dieser schritt bereits zu Furl Hawken, der den Korb an der Winde vorbereitete.

Ahren Elessedil stand plötzlich neben Bek und legte ihm die Hand auf die Schulter. Panax kam ebenfalls zu ihm. »Was ist los?«, knurrte der Zwerg.

Bek war zu verblüfft, um zu antworten, und versuchte noch immer herauszufinden, warum sein unerfahrener Cousin vom Druiden ausgesucht worden war und nicht der Hauptmann der Elfen oder einer der Jäger. Walker hatte sich schon in den Korb begeben und die dunkle Robe dicht um sich zusammengezogen, während Quentin nun rasch zu ihm stieg. Redden Alt Mer befand sich am Steuer des Schiffes und ließ es an der östlichen Spitze der Insel bis auf zwanzig Fuß Höhe über Grund sinken. Bek wollte seinem Vetter eine Ermunterung zurufen und ihn warnen, er solle bloß vorsichtig sein. Aber er brachte die Worte nicht heraus. Stattdessen stand er da und starrte die Fahrenden an, die den Korb und seinen Inhalt mit der Winde hochzogen und dann am Kran über die Reling führten.

Der Rest der Truppe an Bord schaute zu, wie die Fahrenden den Korb und die beiden Männer darin in Richtung Insel hinunterließen.

Walker Boh dachte hektisch nach, während der Korb sich der Insel entgegensenkte, und eindringlich gingen ihm immer wieder die Worte der Seherin durch den Sinn.

»Drei dunkle Löcher in Raum und Zeit sehe ich, Walker. Drei, die dich verschlingen wollen. Sie liegen im tiefen blauen Wasser, das sich auf ewig unter Himmel und Wind ausbreitet. Eines ist blind und kann nicht sehen, doch es wird dich trotzdem finden. Eines hat Mäuler, die dich in einem Stück verschlingen wollen. Eines ist alles und nichts und wird deine Seele rauben. Alle bewachen Schlüssel, die anders aussehen, als sie sind, und die in keiner Weise so sind, wie sie wirken. Das alles erkenne ich in einem Dunst aus Schatten, der dich überallhin verfolgt und danach trachtet, sich wie ein Leichentuch über dich zu legen.«

Das waren die Worte, die sie gestern Nacht zu ihm gesagt hatte, als sie unerwartet nach Mitternacht zu ihm kam. Sie war aus einem Traum erwacht, der etwas Neues über die Suche enthüllte. Ihr Gesicht war aus Furcht um ihn verzerrt. Sie hatte ihn wach gerüttelt und die seltsame Vision mitgeteilt. Diese war ungebeten eingetreten, zwischen verschiedenen Träumen, war jedoch selbst kein Traum, sondern klar und deutlich ein Blick in die Zukunft, etwas, das unabänderlich geschehen würde.

Er beruhigte sie, hielt sie im Arm, weil sie zitterte und noch nicht vollkommen wach war. Sie war an ihn gefesselt, das wusste er, auf eine Weise, die keiner von beiden bislang verstand. Auf dieser Reise begleitete sie ihn, weil sie glaubte, es sei ihr Schicksal, aber ihre Gebundenheit an ihn war nicht nur von Gefühlen bestimmt, sondern hatte auch etwas Übernatürliches an sich. Sie hatte in ihm eine verwandte Seele gefunden, einen anderen Teil ihres Wesens, und sich daher ganz in seine Obhut begeben. Das gefiel ihm nicht, und er wäre längst dagegen eingeschritten, doch hatte er noch keinen Weg gefunden, sie zu befreien.

Tränen glitzerten in ihren Augen. Sie umklammerte seinen Arm, erzählte ihm von dem Traum und rang mit seiner Bedeutung. Mehr als das, was ihr gegeben war, konnte sie nicht sehen, sie hatte keine Einsichten, die ihm helfen würden, und aus diesem Grunde fühlte sie sich unzulänglich und nutzlos. Er hingegen sagte ihr, für ihn sei die Vision sehr klar und würde ihm Sicherheit geben; dann hielt er sie noch eine Zeit lang im Arm, bis sie sich beruhigt hatte und wieder schlafen ging.

Aber seine Worte waren falsch gewesen, denn er verstand ihre Vision keineswegs vollständig. Die schwarzen Löcher waren die Inseln, die er suchte. Auf jeder erwartete ihn etwas Dunkles und Gefährliches. Die Schlüssel, die er finden würde, ähnelten nicht den Schlüsseln, die er gewöhnt war. Der Dunst aus Schatten, der ihm folgte und ihn einhüllen wollte, war die Ilse-Hexe.

Was die Augen und Münder und Geister betraf, so hatte er keine Ahnung. Hatte sie diese in einer bestimmten Ordnung gesehen? Waren es Manifestationen wirklicher Gefahren oder nur Metaphern für etwas anderes? Er war kurz vor dem Abstieg zu ihr gegangen und hatte sie gebeten, ihre Vision zu wiederholen. Dabei, so hoffte er, würde sie ihm etwas enthüllen, das sie gestern Nacht in der Aufregung vielleicht vergessen hatte. Doch ihre Beschreibung des Traums veränderte sich nicht. Und eine neue Vision hatte sich ebenfalls nicht eingestellt. Daher konnte er nicht wissen, was ihn auf der Insel erwartete, und aus diesem Grund musste er nach den drei Gefahren, die sie vorhergesehen hatte, Ausschau halten, bis sich eine von ihnen präsentierte.

Den Hochländer mitzunehmen, stellte ein Risiko dar. Aber Quentin Leah besaß außer ihm als Einziger richtige Magie, Truls Rohk nicht mitgerechnet, und er brauchte jemanden, der ihm den Rücken freihielt, während er den ersten Schlüssel suchte. Quentin war jung und besaß nicht viel Erfahrung, doch das Schwert von Leah war eine mächtige Waffe, und Quentin hatte inzwischen bereits fast zwei Wochen mit Ard Patrinell Waffenübungen absolviert. Den Elfen hielt Walker für den besten Fechter, den er je getroffen hatte. Er hatte ihn mit dem Hochländer beobachtet. Quentin begriff schnell und zeigte bereits Anzeichen, es eines Tages mit seinem Lehrer aufnehmen zu können. Das allein überzeugte den Druiden, ihm eine Chance zu geben.

Sicherlich hätte man einwenden können, Truls Rohk wäre die bessere Wahl gewesen, allerdings hätte man dann bis Einbruch der Nacht warten müssen. Der im Anzug befindliche Sturm gefiel Walker jedoch nicht, und außerdem hatte er das Gefühl, es sei günstiger, die Anwesenheit des Gestaltwandlers noch ein wenig geheim zu halten.

Der Korb kam auf dem Boden der Insel auf, und die beiden kletterten heraus. Quentin hatte das Schwert gezogen und in beide Hände genommen. »Bleib dicht bei mir, Quentin«, wies ihn Walker an. »Weich nicht vom Weg ab. Pass auf mich auf, aber auch auf dich.«

Sie hasteten geduckt über den flachen Grund und schauten sich wachsam um. Die Oberfläche war steinig und feucht. Aus der Nähe betrachtet wirkten die tiefen Furchen noch geheimnisvoller, denn sie erschienen wie Bewässerungsrinnen im Fels, waren aber nicht gerade und gleichmäßig, sondern geschwungen und unregelmäßig. Manche von ihnen waren über einen Meter tief. Ihr seltsames Netzwerk überzog die ganze Insel. Walker suchte nach Schlupflöchern im Fels, in denen Tiere wohnen und sich verstecken konnten, doch er fand nichts, nur den nackten Stein und die kleinen Tümpel.

Sie gingen weiter, und Walker hielt zwischen dem massiven Fels und dem Meerwasser nach Spuren des Schlüssels Ausschau. Wo könnte ein solcher Schlüssel verborgen sein? Wenn er magischer Natur war, sollte er ihn rasch entdecken. Wenn nicht, konnte die Suche länger dauern – und Zeit kosten, die sie vielleicht nicht hatten.

Er blickte sich aufmerksam um. Die Insel lag still da, und nur das Seegras, das sich im herannahenden Sturmwind neigte, bewegte sich.

Plötzlich spürte Walker etwas Unvertrautes, nicht die Magie, die er erwartet hatte, sondern einen Gegenstand, der nichtsdestotrotz lebendig wirkte, auch wenn er ihn nicht identifizieren konnte. Er befand sich zu seiner Linken in einem Gewirr aus Geröll, das eine Erhöhung an der Südspitze bildete. Der Druide ging sofort darauf zu, an einem der seltsamen Gräben entlang, doch stets so, dass er seine Umgebung im Auge behalten konnte. Quentin Leah folgte ihm wortlos, drängte sich nahe an seinen Anführer in der dunklen Robe heran. Das Schwert funkelte im Sonnenlicht.

Dann verbarg sich die Sonne hinter einer dichten Wolkenbank, und die Insel Flay Creech wurde in Schatten gehüllt.

Im nächsten Augenblick erwachte das Meer um sie herum zu wildem Leben.

An Bord beobachtete Bek Rowe atemlos, wie das Wasser um Flay Creech heftig zu brodeln begann. Das helle Azur verdunkelte sich, die kristallklare Stille wurde aufgewühlt, und Dutzende sich windender Körper drängten aus der Tiefe des Ozeans nach oben. Gigantische Aale, von denen manche mehr als zehn Meter lang waren und deren klaffende Mäuler Hunderte rasiermesserscharfer Zähne zeigten, schlängelten sich aus dem Wasser auf die Insel. Sie kamen aus allen Richtungen und glitten in die tiefen Kanäle, in die sie perfekt passten, sodass Bek es nun begriff: Diese Rinnen waren durch ihr zahlloses Kommen und Gehen über die Jahre entstanden. In einer wimmelnden Masse rutschten sie vom Meer an Land und dann durch die Gräben und von einem seichten Tümpel zum anderen, wobei sie die beiden Männer umzingelten, welche auf das Geröllgewirr zuliefen.

»Schatten!«, hörte Bek Panax fluchen, der den Vormarsch der Aale ebenfalls beobachtete.

Die Tiere waren so erregt, dass sie ständig aneinander stießen, während sie sich durch die Gräben auf ihre Beute zubewegten. Manche erlangten kurzzeitige Vorteile vor ihren Artgenossen, ehe sie wieder in die Kanäle zurückfielen. Einige, die entweder das Gedränge wütend gemacht hatte oder die nur hungrig waren, schnappten nach anderen. Man hatte den Eindruck, die gesamte Insel würde überrannt: Überall waren schleimige Körper, überall bewegte es sich. Von solch riesigen Aalen hatte Bek noch niemals gehört, und auch eine derartige Ansammlung hatte er sich nicht vorstellen können.

Walker grub hektisch zwischen den Felsen und hatte den näher kommenden Ungeheuern den Rücken zugekehrt. Quentin, dicht bei dem Druiden, hatte sich auf eine kleine Erhöhung gestellt, damit er sein Schwert ungehindert einsetzen konnte. Er beobachtete die Masse der Meeresjäger, die auf ihn zukamen, und machte sich bereit.

Oh, aber es sind so viele!, dachte Bek voller Schrecken.

Der erste Aal erreichte Quentin und stieß wie eine Schlange zu. Der Hochländer hob das Schwert von Leah, die Magie erwachte zum Leben und flammte über die gesamte Klinge, und der Aal wurde genau hinter dem klaffenden Maul in zwei Teile getrennt und schlug voller Schmerz und Verwirrung um sich. Seine Artgenossen verschlangen ihn augenblicklich und rissen ihn in Fetzen. Ein Zweiter griff Quentin an, doch dieser vollführte rasch einen weiteren Hieb und tötete den Angreifer. Gleich darauf erlegte er einen Dritten, der hinter ihm aufgetaucht war.

Walker Boh richtete sich aus seiner gebeugten Haltung auf und beschwor das Druidenfeuer. Die blauen Flammen sprangen explosionsartig von seinen Fingern, verbrannten die anrückenden Aale und drängten sie zurück in die Gräben. Dann bückte er sich wieder und suchte weiter.

Kurze Zeit später waren die Aale erneut da, durchbrachen den erlöschenden Ring aus Feuer und sperrten hungrig die Mäuler auf.

Es sind zu viele!, dachte Bek erneut und packte hilflos die Reling des Luftschiffes, während die nächste Welle von Angreifern auf Quentin und den Druiden einstürmte.

»Kapitän!«, rief Ard Patrinell Redden Alt Mer verzweifelt zu.

Der Fahrende mit den feuerroten Haaren hastete sofort in die Pilotenkanzel. »Sicherheitsleinen anlegen!«, schrie er. »Wir greifen sie an!«

Bek schaffte es kaum, sich anzuschnallen, da ging die *Jerle Shannara* bereits in steilen Sturzflug über.

Quentin Leah erschlug den nächsten Aal und fuhr sofort herum, um sich einem weiteren zu stellen. Den ersten Angriff hatte er abgewehrt, doch der Zweite erschien ihm noch wilder und entschlossener. Der Hochländer setzte seine Hiebe gleichmäßig und genau, und er drehte sich ständig um, damit sein Rücken niemals länger als einige Sekunden in eine Richtung entblößt war, genau so, wie Ard Patrinell es ihm bei den Übungen gezeigt hatte. Quentin war stark und schnell, und er geriet angesichts der Übermacht nicht in Panik. Seit er laufen konnte, hatte er im Hochland gejagt, und so hatte er schon oft schrecklichen Gefahren gegenübergestanden. Hier an diesem Ort jedoch wurde langsam die Zeit knapp. Die Riesenaale konnten zwar durch die Magie seiner Waffe getötet werden, doch das Sterben ihrer Artgenossen machte ihnen nichts aus. Sie würden immer weiter vordrängen, bis sie bekommen hatten, was sie wollten. Und es waren so viele, dass sie am Ende Erfolg haben würden. Schon jetzt wurden Quentins Arme schwer, seine Bewegungen wirkten langsam und hölzern. Der Gebrauch der Magie des Schwertes erschöpfte seine Kräfte rasch. Er fühlte es und wusste doch nichts dagegen zu unternehmen. An beiden Armen und an einem Bein blutete er aus Wunden, die ihm die Angreifer mit ihren messerscharfen Zähnen zugefügt hatten, und sein Gesicht war in Schweiß und salzige Gischt gebadet.

Walker ächzte, richtete sich auf und stand plötzlich neben ihm. »Ich habe ihn!«, rief er und schob etwas in seine Robe. »Lauf los! Dort entlang!«

Sie sprangen von dem Felsen herunter, rannten auf ein offenes, flaches Stück Land zu, das keine dreißig Meter entfernt war, und wateten durch die seichten, rutschigen Tümpel. Die Aale jagten ihnen hinterher, ihre riesigen Leiber drängten und schlängelten sich durch die tiefen Kanäle. Über ihnen sank die *Jerle Shannara* herab, hatte die Segel gesetzt und die Strahlungssammler gespannt. Das schlanke Schiff fiel wie ein Senklot aus dem grauen Himmel. Näher und näher kamen die Aale, und Quentin und Walker drehten sich ein letztes Mal um, wobei vom ausgestreckten Arm des Druiden Feuer sprang, während der Hochländer die Magie seines Schwertes aufblitzen ließ.

Der Schatten des Luftschiffes fiel auf sie, und die Strickleiter schwang vorbei, ihr Weg in die Sicherheit. Beide griffen instinktiv danach, packten sie und wurden vom Boden hochgerissen. Die Mäuler der Aale schnappten nur wenige Zoll entfernt ins Leere.

Sekunden später hatten sie die Insel hinter sich gelassen und stiegen an der Leiter hinauf zum Deck.

Bek gehörte zu jenen, die den Druiden und den Hochländer über die Reling zogen. Das Luftschiff stieg bereits wieder über Flay Creech und der Masse enttäuschter Aale in die Höhe. Als sein Vetter endlich vor ihm stand, verletzt und blutend, aber doch lächelnd, wollte Bek ihn eigentlich schelten, weil er solche Risiken einging und ihn zu Tode erschreckte, aber stattdessen schloss er Quentin einfach nur fest in die Arme.

»Aua, du tust mir weh!«, schrie Quentin. Als Bek eilig zurückwich, grinste sein Vetter breit. »Na, glücklich, mich zu sehen, Bek? Hast doch nicht an mir gezweifelt, oder?«

Walker stand neben ihm, kramte in seiner Robe nach dem, was er entdeckt hatte, und alle versammelten sich um ihn. Er brachte ein flaches Metallrechteck mit symmetrischen Kanten hervor, die in einem geometrischen Muster mit einem kleinen, erhöhten, leicht vibrierenden Quadrat verbunden waren. Ein rotes Licht inmitten dieses Quadrats blinkte. Alle starrten das Ding überrascht an. So etwas hatte Bek noch nie gesehen.

»Was ist das?«, fragte Panax schließlich.

»Ein Schlüssel«, antwortete Walker. »Aber keiner von der Sorte, wie wir sie kennen. Dieser Schlüssel gehört zur Technologie der Alten Welt aus der Zeit vor den Großen Kriegen, aus der alten Zivilisation der Menschen. Es muss eine Art Maschine sein, die ein Eigenleben besitzt.«

Er ließ ihnen Gelegenheit, das Ding noch ein wenig zu betrachten, dann schob er es wieder in seine Robe. »Es wird uns große Geheimnisse verraten, wenn wir es entschlüsseln können«, sagte er leise, dann drückte er Quentin dankbar die Schulter und ging davon.

Die anderen kehrten auf ihre Posten oder an ihre Arbeit zurück und ließen das Abenteuer von Flay Creech hinter sich. Joad Rish riss bereits das Hemd des Hochländers auf, weil er die Wunden säubern wollte. Quentin nahm die Glückwünsche einiger Männer der Besatzung entgegen, bevor er sich auf ein Fass plumpsen ließ und zusammenzuckte, als der Heiler mit seiner Arbeit begann. Bek blieb bei ihm, leistete ihm schweigend Gesellschaft, und nur er bemerkte die nackte Angst, die in den grünen Augen seines Cousins aufblitzte, während er an seinem geschundenen Körper hinunterblickte und ihm bewusst wurde, wie nah er dem Tod gekommen war.

Aber dann sah er wieder auf, war wieder ganz er selbst, lächelte und hielt einen Finger in die Höhe.

Der erste Streich, meinte Quentin damit.

Bek erwiderte das Lächeln. Der erste Streich, dachte er, aber zwei lagen immer noch vor ihnen.

Einundzwanzig

Es dauerte zwei weitere Monate bis zur Insel Shatterstone. Bek hatte geglaubt, sie würden eher dort eintreffen, da sie bis nach Flay Creech lediglich zehn Tage gebraucht hatten. Aber Walkers grob gezeichneter Karte ließ sich durchaus entnehmen, dass die Entfernung wesentlich größer war, und das stellte sich tatsächlich als richtig heraus.

Nichtsdestotrotz flogen die Tage nur so dahin, verstrichen mit Routinearbeiten und kleinen Krisensituationen. Bek lernte immer mehr über Luftschiffe – wie sie konstruiert wurden, warum sie fliegen konnten und auf welche Weise man sie wartete. Er bekam Gelegenheit, fast alles eigenhändig auszuprobieren, angefangen vom Polieren der Diapsonkristalle bis hin zum Einfädeln der Strahlungssammler. Er durfte nach oben klettern, um sich anzuschauen, wie die Sammler an den Lichtsegeln befestigt waren, damit sie die Energie weiterleiten konnten. Auch ließ man ihm Zeit, den Umgang mit dem Schiffsruder und den übrigen Instrumenten zu üben. Am Ende der beiden Monate hielt Redden Alt Mer ihn für gut genug, ihm die Pilotenkanzel für mehrere Stunden am Stück zu überlassen, und erlaubte ihm, sich daran zu gewöhnen, wie das Luftschiff auf seine Hand reagierte.

Das Wetter zeigte sich weiterhin meist freundlich. Es gab Stürme, die jedoch keine Schäden am Schiff anrichteten und auch Besatzung und Passagiere nicht in Angst versetzten. Einige Orkane waren kräftiger, sodass das Schiff in Buchten von Inseln oder hinter Klippen Schutz suchte. Ein oder zwei Mal wurden sie von schweren Winden und Regen durchgeschüttelt, während sie noch in der Luft waren, doch die *Jerle Shannara* war gut gebaut und überstand sie mühelos.

Sicherlich half es, den Schiffbauer an Bord zu haben. Funktionierte etwas nicht, fand Spanner Frew das Problem und behob es sofort. Er liebte sein Schiff sehr und jeder, der es schlecht behandelte, wurde von ihm scharf zurechtgewiesen. Einmal beobachtete Bek den Fahrenden dabei, wie er einen Mann zu Boden schlug, nur weil er einen Diapsonkristall nicht richtig entfernt hatte.

Einzig Rue Meridian ließ sich weder von ihm noch von sonst jemandem einschüchtern. Von allen an Bord mit Ausnahme Walkers war sie die ruhigste Person. Bek flößte die Kleine Rote weiter Ehrfurcht ein, und wenn er die Gelegenheit hatte, beobachtete er sie, wobei er eine Sehnsucht empfand, die er kaum verhehlen konnte. Falls sie das bemerkte, so behielt sie es für sich. Sie war ihm gegenüber stets nett und hilfsbereit. Dann und wann neckte sie ihn oder brachte ihn mit ihrem verstohlenen Zwinkern oder einer klugen Bemerkung zum Lachen. Offiziell war sie als Navigator an Bord, doch bald entdeckte Bek, dass sie viel mehr war. Sie kannte sich mit dem Fliegen genauso gut aus wie ihr Bruder, und er betrachtete sie als seinen wichtigsten Ratgeber. Zudem war sie extrem gefährlich. Überall, wohin sie ging, trug sie ihre Messer bei sich, und sie wusste genau, wie sie damit umzugehen hatte. So beobachtete Bek sie einmal bei einem Messerwurf-Wettstreit mit anderen Fahrenden, den sie spielend gewann. Weder ihr Bruder noch Furl Hawken konnten sie schlagen, und das sollte schon etwas heißen. Er dachte, sie sei vielleicht nicht so gut im Umgang mit Waffen wie Ard Patrinell, doch er wollte es lieber nicht auf einen Test ankommen lassen.

Viel Zeit verbrachte er auch mit Ahren Elessedil. Gemeinsam spazierten die beiden vom Bug zum Heck und sprachen über alles, was sie interessierte. Nun, nicht ganz über alles. Einige Dinge behielt Bek lieber für sich. Sogar vor dem Elfen verschwieg er noch immer die Existenz des Phönixsteins. Auch von seiner Begegnung mit dem König vom Silberfluss hatte er niemandem erzählt. Allerdings wurde es zunehmend schwieriger, dieses Geheimnis vor Ahren verborgen zu halten. Im Laufe der Zeit wurde das Verhältnis zwischen ihm und dem jungen Elfen fast so eng wie das zu Quentin, und manchmal dachte er, Ahren wäre sein bester Freund geworden, wenn Quentin diesen Titel nicht zuerst errungen hätte.

»Erzähl mir, was du aus deinem Leben machen willst, Bek«, sagte der Elf eines Abends, während sie vorm Schlafengehen an der Reling standen. »Wenn du tun könntest, was du willst, was würde das sein?«

Bek antwortete, ohne nachzudenken. »Ich würde die Wahrheit über mich herausfinden.«

Damit war es heraus, dabei hatte er es gar nicht gewollt. Er hätte sich auf die Zunge beißen sollen, doch jetzt war es zu spät.

»Was meinst du damit?« Ahren schaute ihn scharf an.

Bek zögerte und suchte einen Ausweg. »Nun ja, ich wurde zu Coran und Liria gebracht, als ich noch ein Kleinkind war, weil meine Eltern gestorben waren. Ich weiß nichts über meine richtigen Eltern. Deshalb habe ich keine eigene Familiengeschichte.«

»Du musst doch Quentins Vater und Mutter ausgefragt haben. Konnten sie dir nichts erzählen?«

»Ich habe mich bei ihnen kaum darüber erkundigt. Während ich aufgewachsen bin, machte es mir nichts aus. Ich lebte eben bei ihnen und Quentin. Sie waren meine Familie und meine Vergangenheit. Aber jetzt möchte ich mehr erfahren. Vielleicht erkenne ich nur gerade, wie wichtig mir das ist, und nun will ich die Wahrheit herausfinden.« Er zuckte mit den Schultern. »Dumm, sich darüber den Kopf zu zerbrechen, hier am Ende der Welt.«

Ahren lächelte. »Das Ende der Welt ist genau der richtige Ort, um darüber nachzudenken, wer du bist.«

Jeden Tag gegen Mittag, für gewöhnlich während Bek mit den Fahrenden zu Tische saß, das Luftschiff steuerte oder sich vielleicht sogar im schmalen Schatten unter dem Vordermast mit Panax ausruhte, stand Ahren Elessedil in der Sonne und übte mit Ard Patrinell zwei Stunden lang den Umgang mit den Elfenwaffen. Manchmal beschäftigten sie sich mit Schwertern und Messern, dann wieder mit Pfeil und Bogen, Äxten oder Schleudern. Gelegentlich saßen die beiden einfach zusammen und redeten, und Bek beobachtete ihre Gesten. Der frühere Hauptmann der Leibgarde nahm seinen jungen Schutzbefohlenen hart ran. Die Übungen fanden zur heißesten Tageszeit statt, und stets waren sie besonders anstrengend. Lediglich zu dieser Zeit sah Bek die zwei zusammen, und schließlich fragte er Ahren danach.

»Früher war er dein Lehrer«, meinte Bek. »Und dein Freund. Warum verbringt ihr nicht mehr Zeit zusammen?«

Ahren seufzte. »Meine Idee war das nicht, sondern seine. Er wurde von seinem Posten entlassen, weil er für das Leben meines Vaters verantwortlich war. Die Elfenjäger, die er anführt, akzeptieren ihn nur, da der König, mein Vater, es so befohlen hatte und weil sie seine Erfahrung und seine Fähigkeiten schätzen. Trotzdem akzeptieren sie seine Freundschaft mit mir nicht. Diese endete mit dem Tod meines Vaters. Meine Ausbildung setzt er nur fort, da mein Vater es so angeordnet hat. Alles andere wäre unziemlich.«

»Aber wir befinden uns mitten auf dem weiten Ozean.« Bek war verblüfft. »Welchen Unterschied würde es schon machen?«

Ahren zuckte mit den Schultern. »Ard muss sich darauf verlassen können, dass seine Männer ihm ohne Widerspruch und Zögern gehorchen. Dazu braucht er ihren Respekt. Was, wenn sie nun glauben, er würde sich bei mir einschmeicheln, um zurückzugewinnen, was er verloren hat? Oder wenn sie denken, er würde mehr als einem Herrn dienen? Deshalb übt er des Mittags mit mir, in der größten Hitze, und härter als mit ihnen. Aus dem gleichen Grund ignoriert er mich sonst. Er begünstigt mich nicht. So gibt er ihnen keinen Grund, an ihm zu zweifeln. Verstehst du?«

Bek verstand es nicht wirklich, dennoch nickte er.

»Außerdem«, fügte Ahren hinzu, »bin ich der zweitgeborene Sohn eines toten Königs, und die zweiten Söhne toter Könige müssen lernen, zäh und unabhängig zu werden.«

Panax, schroff und reizbar, wie er war, sagte zu Bek, die Elfen sollten lieber weniger Zeit damit verbringen, sich gegenseitig auf die Füße zu treten, und stattdessen mehr auf ihre Instinkte vertrauen, dann wären sie besser dran. Früher sei es einmal so gewesen, verkündete er unverblümt. Erst seit die letzten Elessedils die Krone aufgesetzt hatten, hätten sich die Dinge verändert. Auf welche Weise er allerdings zu diesem Schluss gekommen war, da er doch im hinterwäldlerischen Depo Bent wohnte, konnte Bek nicht erkennen. Trotz seines einsiedlerischen Lebens schien der Zwerg ziemlich gut darüber Bescheid zu wissen, was in den Vier Ländern vor sich ging.

»Nimm bloß diesen lächerlichen Krieg zwischen den Freien und der Föderation«, murmelte er einmal, während sie dasaßen und Patrinell und Ahren beim Kampf mit Stöcken zuschauten. »Wozu ist der gut? Seit fünfzig Jahren streiten sie sich wegen desselben Stücks Land, seit mehr als fünfhundert Jahren über die Kontrolle der Grenzländer. Ständig geht es hin und her, nie verändert sich etwas, nie wird eine Entscheidung getroffen. Sollte man nicht denken, dass sie sich nach all der Zeit endlich zusammensetzen und eine Lösung ausarbeiten? Wie kompliziert könnte das sein? Oberflächlich betrachtet, dreht es sich um Souveränität und Gebietsansprüche, dahinter aber stehen Handel und Wirtschaft. Man braucht bloß einen Weg zu finden, sie von diesem Streit abzulenken und sie zu Gesprächen über Handelsbündnisse und den Wohlstand, der daraus resultieren würde, zu bringen, dann wäre der Krieg in zwei Tagen beendet.«

»Aber die Föderation ist entschlossen, die Grenzländer zu beherrschen«, wandte Bek ein. »Die Grenzländer sollen Teil ihres Südlandreiches werden. Was ist damit?«

Der Zwerg spuckte aus. »Die Grenzländer werden niemals Teil eines einzigen Landes sein, denn sie sind Teil aller Vier Länder, solange jemand zurückdenken kann. Der durchschnittliche Südländer schert sich einen Dreck darum, ob die Grenzländer Teil der Föderation sind. Ihn interessiert nur, dass diese Eschenbögen gut für die Jagd geeignet sind, dass die Frauen diese Seidenschals lieben, dass die großen Käse und Biere aus Varfleet kommen und dass die Heilpflanzen, die in Streleheim wachsen, endlich wieder in den Süden geliefert werden! Für die Annexion der Grenzländer hingegen interessieren sich nur die Mitglieder des Koalitionsrates. Die sollte man mal eine Woche auf die prekkendorranische Höhe schicken und abwarten, wie sie dann über diese Angelegenheit denken!«

Während dieser acht eigentümlichen Wochen gab es auch kleine Sehenswürdigkeiten zu bestaunen. Eines Tages tauchten unter dem

Luftschiff mehrere Wale auf, die nach Westen schwammen. Wie große Wassergefährte ritten sie voller Freude auf den Wellen, stießen Fontänen in die Luft und klatschten mit den Schwanzflossen. Der Hochländer und der Elf schauten ihnen zu und beneideten diese Riesen um ihre Freiheit. An einem anderen Tag sprangen Hunderte Delfine in rhythmischem Schwung aus dem Wasser und tauchten wieder ein, kleine helle Schimmer in dem ansonsten tiefblauen Meer. Sie sahen wandernde Schulen von Fischen, manche mit wunderbaren Farben, alle jedoch schlank und schnell. Riesige Kalmare mit zehn Meter langen Tentakeln schwammen vorbei wie gefiederte Pfeile, und gefährliche Raubfische mit Flossen, die Messern gleich durch das Wasser schnitten.

Hin und wieder ging an Bord des Luftschiffes etwas kaputt, für das kein Ersatzteil zu finden war. Manchmal wurden auch die Vorräte knapp. In beiden Fällen mussten die Flugreiter aushelfen. Während einer von ihnen beim Luftschiff blieb, erkundeten die beiden anderen die Inseln der Umgebung und trieben auf, was gerade gebraucht wurde. Zwei Mal durfte Bek sie begleiten, und beide Male suchten sie nach Süßwasser, Obst und Gemüse, um die Vorräte aufzufüllen. Einmal ritt er mit Hunter Predd auf Obsidian, einmal bei dem Reiter namens Gill auf dessen Rock Tashin. Die Flüge waren wunderbar. Er erlebte dabei ein Gefühl der Freiheit, das selbst auf dem Schiff nicht zu finden war. Die großen Vögel waren wesentlich schneller, sie reagierten rascher, und sie fühlten sich im Gegensatz zu dem aus Metall und Holz gebauten Schiff warm und lebendig an.

Die Flugreiter waren freiheitsliebende Leute und hielten sich ein wenig abseits von den anderen. Als Bek allen Mut zusammennahm und Hunter Predd danach fragte, erklärte ihm der wortkarge Flugreiter geduldig, dass man für dieses Leben vor allem fest glauben musste, anders zu sein. Das hatte mit der Zeit zu tun, die man im Flug verbrachte, und mit der Freiheit, die man empfand, wenn man die Sicherheiten aufgab, auf welche sich die am Boden Lebenden verließen. Flugreiter mussten sich als unabhängig betrachten, um ihre Aufgaben erledigen zu können, mussten unbehindert und unbelastet von Verbindungen jeder Art außer der zu ihren Rocks und ihrem eigenen Volk sein.

Bek war nicht sicher, ob nicht ein großer Teil dieses Überlegenheitsdenkens durch die Freiheit des Flugs auf den Rocks hervorgerufen wurde. Dennoch mochte er Hunter Predd und Gill, und es würde ihm sowieso nichts einbringen, wenn er ihre Denkweise infrage stellte. Wäre er selbst ein Flugreiter, so sagte er zu sich, würde er vermutlich genauso denken.

Als er Ahren von seinem Gespräch mit Hunter Predd erzählte, lachte der Elfenprinz. »Jeder an Bord dieses Schiffs hält seine Lebensweise für die Beste, aber die meisten sprechen nicht darüber. Der Grund dafür, warum Flugreiter so offen über ihre reden, liegt darin, dass sie jederzeit auf ihre Rocks springen und davonfliegen können, wenn ihnen eine Erwiderung nicht gefällt!«

Aber es gab nur wenige Streitigkeiten während dieser Wochen, nachdem sie Flay Creech hinter sich gelassen hatten, und schließlich stellte sich ein angenehmer Tagesablauf und damit Zufriedenheit an Bord ein. Erst nachdem einer der Flugreiter die Insel Shatterstone gesichtet hatte, sollte sich das ändern.

Der Flugreiter Gill sah Shatterstone als Erster bei seiner nachmittäglichen Patrouille. Schon seit Tagen hatte man Ausschau gehalten, denn nach Redden Alt Mers Berechnungen musste sie in der Nähe sein. Schon zuvor war eine Gruppe von drei kleinen Inseln aufgetaucht, die als Landmarke auf der Karte eingezeichnet waren und die Gesuchte ankündigten.

Walker Boh stand beim Kapitän in der Pilotenkanzel hinter Furl Hawken, der an diesem Nachmittag das Steuer übernommen hatte, und besprach, ob sie nicht bei Sonnenaufgang am nächsten Tag den Kurs berichtigen sollten, als Gill mit der Neuigkeit zurückkehrte. An Bord verließen alle ihre Arbeit und eilten zur Reling, und der Große Rote drehte die *Jerle Shannara* scharf nach links, um dem Flugreiter zu folgen.

Endlich, dachte der Druide, während sie nach Süden auf die untergehende Sonne zusegelten. Die lange Untätigkeit und die verführerische Bequemlichkeit der Routine hatten ihn mit Sorgen erfüllt. Die Teilnehmer der Expedition mussten stets mit geschärften Sinnen wachsam bleiben. Inzwischen verloren sie das Ziel aus den Augen. Die einzige Lösung war, die Sache weiter voranzutreiben.

Aber als die Insel in Sicht kam, wurden seine Erwartungen enttäuscht. War Flay Creech klein und flach gewesen, so präsentierte sich Shatterstone weitläufig und gebirgig. Eine Vielzahl von Gipfeln erhob sich aus der Blauen Spalte und verschwand in Wolken und Nebel. Überall sahen sie Cañons, die Hunderte Meter tief waren. Die Küste bestand aus zerklüfteten Klippen, die nichts Gutes ahnen ließen, Strände und seichte Stellen waren kaum zu finden, nur abweisende Felswände, die steil aus dem Ozean aufstiegen. Die Insel war üppig mit Bäumen und Gräsern, Buschwerk und Rankpflanzen überwuchert, und Wasserfälle zogen sich wie silberne Fäden durch das Smaragdgrün. Nur auf den Gipfeln und an den windumtosten Steilwänden fehlte der Bewuchs. Vögel erhoben sich von ihren Horsten und stürzten sich wie weiße Blitze zur Jagd ins Meer. An den Klippen wogte die Brandung in langen Wellen gegen die Felsen und erzeugte milchigen Schaum.

Walker ließ die Insel zwei Mal von der *Jerle Shannara* umrunden, merkte sich dabei die Landmarken und versuchte, ein Gefühl für die Landschaft zu entwickeln. Würde man Shatterstone mit gewöhnlichen Methoden durchsuchen, bräuchte man Wochen, vielleicht gar Monate. Sogar dann würde man den Schlüssel noch übersehen, wenn er in einer dieser tiefen Schluchten vergraben war. Er fragte sich, welches der drei Schrecknisse aus Ryer Ord Stars Vision diesen Schlüssel bewachte. Die Aale sollten wohl die Mäuler gewesen sein, die ihn verschlingen wollten. Damit blieb das Blinde, das ihn trotzdem finden würde, oder das Eine, das alles war und nichts und seine Seele rauben wollte. Er hatte gehofft, die Seherin würde erneut eine Vision haben, ehe sie Shatterstone erreichten, doch das war nicht geschehen. Sie mussten sich also mit dem zufrieden geben, was sie hatten.

Er beobachtete die zerklüftete Insel, während sie unter ihnen dahinglitt, und beschloss, seine Entscheidung auf jeden Fall bis zum nächsten Morgen zu verschieben. Der Einbruch der Nacht stand bevor, und er trug sich nicht mit der Absicht, im Dunkeln mit einem Suchtrupp zu landen.

Immerhin könnte er vielleicht Truls Rohk vorausschicken, fiel ihm plötzlich ein. Der Gestaltwandler bevorzugte sowieso die Dunkelheit, und seine Instinkte für die Anwesenheit von Magie waren beinahe so geschärft wie die des Druiden.

Die Flugreiter landeten auf einem offen Steilhang hoch über der tosenden Brandung an der Westküste der Insel, banden ihre Rocks fest und erkundeten die nähere Umgebung. Sie fanden nichts, was sie bedroht hätte, und beschlossen, es sei sicher, hier die Nacht zu verbringen. Bis zum Morgen würde niemand den Versuch unternehmen, ins Landesinnere vorzustoßen. Redden Alt Mer ließ das Luftschiff an einer Klippe in der Nähe ankern und die Leinen so festmachen, dass es in einer Höhe von etwa sechs Metern über dem Boden schwebte. Niemand würde das Schiff bis zum Morgen verlassen, und bis dahin würden die Wachen verstärkt werden. Die Dunkelheit brach bereits über die Insel herein, doch der Himmel über der Küste schien klar zu bleiben. Im Licht von Halbmond und Sternen sollte es leicht sein, alles zu sehen, was sich dem Schiff näherte.

Nach dem Abendessen rief Walker seine Berater in Redden Alt Mers Kabine zusammen und erklärte ihnen seine Pläne für den folgenden Tag. Obwohl er es niemandem sagte, hatte er den Gedanken vorerst fallen gelassen, Truls Rohk einzusetzen. Stattdessen würde er mit einem der Flugreiter über die Gipfel und durch die Schluchten fliegen, um den verborgenen Schlüssel mit seinen Druidensinnen zu entdecken. Weil der Schlüssel eine solch deutliche Ausstrahlung hatte, und zwar vermutlich als einziger Gegenstand auf dieser Insel, bestand die Chance, auf diese Weise sein Versteck zu bestimmen. Wenn er sich an einer Stelle befand, die der Flugreiter ohne Gefahr mit seinem Rock erreichen konnte, würde er ihn selbst bergen. Aber die Cañons waren schmal, und die großen Vögel konnten darin nicht leicht navigieren, daher würde man die Bergung vielleicht mit Hilfe der Mannschaft unternehmen müssen.

Alle stimmten darin überein, dass die Pläne des Druiden Sinn ergaben, und damit war das Thema abgeschlossen.

Am nächsten Morgen brach Walker in der Morgendämmerung mit Hunter Predd und Obsidian auf, um die Westküste der Insel methodisch abzufliegen. Sie suchten den ganzen Tag lang, tauchten in jeden Cañon und jede Schlucht, schwebten über Klippen und Gipfeln, kreuzten über der Insel von der Küste bis zur Mitte, damit sie nichts übersahen. Der Tag war sonnig und heiter, das Wetter wunderbar, der Wind leicht, und ihre Suche ging ohne Schwierigkeiten voran.

Bis Sonnenuntergang hatte Walker allerdings nichts gefunden.

Am Tag darauf machte er sich mit dem spindeldürren Flugreiter Po Kelles und dem grauschwarz gesprenkelten Rock Niciannon auf. Mit einem starken Wind flogen sie nach Süden, über die Unheil verkündende Küstenlinie der Insel hinweg, und hier erspürte Walker kurz nach Mittag die Gegenwart des Schlüssels. Er war tief in einem Tal nahe der Küste vergraben, das zwischen zwei steilen Klippen begann und sich über fünf Meilen in den dichten Dschungel des Inlands erstreckte. Das Gelände war aus der Luft nicht zu erreichen, und nachdem sich Walker die vermutliche Position des Schlüssels eingeprägt hatte, ließ er Po Kelles zum Luftschiff zurückfliegen. Für diesen Tag unterließ er alle weiteren Anstrengungen; er bat lediglich Redden Alt Mer, die *Jerle Shannara* zu einer Steilwand oberhalb des Tals zu bringen, das er in der Dämmerung erkunden wollte.

Walker wartete, bis alle außer den Wachen schliefen, bevor er Truls Rohk rief. Seit der Gestaltwandler an Bord gekommen war, hatte er ihn weder gesehen noch mit ihm gesprochen, obwohl er seine Gegenwart spürte. Nun stand er am hinteren Teil des Schiffes vor dem Heckaufbau, auf dem ein Elfenjäger Wache hielt, spähte hinaus in die Dunkelheit des Inseldschungels und schickte einen stillen Ruf zu Truls Rohk. Er suchte noch nach dem Gestaltwandler, als er bemerkte, dass dieser längst da war und praktisch unsichtbar neben ihm im Schatten hockte.

»Was gibt es, Druide?«, zischte Rohk, als hätte ihn der Ruf verärgert.

»Erkunde für mich das Tal, ehe es hell wird«, antwortete Walker unbeeindruckt. »Nur oberflächlich, mehr nicht. Dort liegt ein Schlüssel, der sich so anfühlt.«

Er holte den anderen hervor und gab ihn Truls Rohk, damit der ihn betasten und seine Energie fühlen konnte.

Truls Rohk grunzte und reichte ihn zurück. »Soll ich ihn dir bringen?«

»Wage dich nicht in seine Nähe.« Walker suchte die Augen seines Gegenübers. »Natürlich könntest du es, aber die damit verbundene Gefahr ist vielleicht größer, als wir vermuten. Ich muss lediglich wissen, wo er sich befindet. Morgen werde ich ihn dann selbst holen.«

Der Gestaltwandler lachte leise. »Ich würde dir niemals eine Gelegenheit verderben, dein Leben anstatt des meinen zu riskieren, Walker. Dir ist das deine so viel weniger wert als mir das meine.«

Ohne ein weiteres Wort schwang er sich über die Reling und war verschwunden.

Walker wartete fast bis zum Morgengrauen auf ihn, döste an der Reling, der Insel den Rücken zugewandt und tief in Gedanken versunken. Niemand störte ihn oder trat an ihn heran. Die Nacht war ruhig und warm, der Wind des Tages hatte sich gelegt, und nur eine sanfte Brise trug den Geruch des Ozeans in die höher gelegenen Bereiche hinauf. Über dem Land bedeckte die Dunkelheit alles mit schwarzer Stille.

Er hatte vielleicht geträumt, doch er konnte sich nicht mehr erinnern, als Truls Rohk ihn mit einer leichten Berührung weckte.

»Hast du süß von einem Inselparadies geträumt, Walker?«, fragte er leise. »Von Sandstränden und hübschen Vögeln? Von Früchten, Blumen und warmen Winden?«

Walker schüttelte den Kopf und wurde vollends wach.

»Das ist gut, denn nichts von dem wirst du in dem Tal unten finden.« Die dunkle Gestalt bewegte sich wie flüssiges Schwarz vor der Reling. »Der Schlüssel, den du suchst, liegt drei Meilen weit im Landesinneren, nahe der Talsohle, in einer nicht gerade kleinen Höhle. Sie ist gut im Dschungel versteckt, aber du wirst sie schon entdecken. Wo er in der Höhle verborgen ist, kann ich dir nicht sagen. Ich habe sie nicht betreten, weil davor etwas Wache hält.«

Walker starrte ihn an. »Ein Lebewesen?«

»Etwas Riesiges, Dunkles, Formloses. Ich konnte keine Blicke spüren, Walker. Ich fühlte nur seine Gegenwart, eine unsichtbare Regung in der Luft, durchdringend und bösartig.«

Keine Blicke. War es vielleicht das Blinde?, grübelte Walker über die Worte des Gestaltwandlers.

»Diese Gegenwart hat mich durch das ganze Tal begleitet, aber sie hat mich nicht belästigt, bis ich mich der Höhle näherte.« Truls Rohk schien darüber nachzudenken. »Es befand sich in der Erde selbst, Druide. Im Boden des Tals, in den Pflanzen und Bäumen.« Er zögerte kurz. »Wenn es sich entschließt, dich zu fangen, kannst du nicht davor weglaufen. Ich bin nicht einmal sicher, ob du ihm ausweichen kannst.«

Damit verschwand er so plötzlich, wie er gekommen war, und Walker stand allein an der Reling.

Der Dämmerung folgte ein heller warmer Tag über einem ruhigen, beinahe unbewegten Meer. Der Wind hatte sich ganz gelegt, der Himmel präsentierte ein wolkenloses Silberblau. Überall war der Horizont eine tiefe Leere, in der Luft und Wasser miteinander verschmolzen. Seevögel drehten ihre Kreise und kreischten, stießen von den Klippen herab und tauchten in den Ozean. Dicke Nebelfelder hingen an den Gipfeln und in den Tälern der Insel, verbargen ihre Geheimnisse und hüllten sie selbst in Düsternis.

Walker wählte Ard Patrinell und drei Elfenjäger zu seiner Begleitung aus. Erfahrung und Schnelligkeit zählten im Dschungel mehr als Kraft, und der Druide wollte erfahrene Männer bei sich haben, um sich dem zu stellen, was immer dort Wache hielt. Redden Alt Mer würde sie mit der *Jerle Shannara* so weit wie möglich in die schmale Schlucht bringen. Dann würden der Druide und die Elfenjäger im Korb herabgelassen werden und den restlichen Weg zu Fuß zurücklegen. Mit ein bisschen Glück brauchten sie nicht weit zu gehen. Nachdem Walker den Schlüssel geborgen hätte, würden sie zum Korb zurückkehren und sich nach oben ziehen lassen.

Als sich die Männer versammelten, sah Walker die Nervosität in ihren Augen. Sie erinnerten sich an die Aale mit ihren riesigen Mäulern und scharfen Zähnen, aber niemand verlor ein Wort darüber. Der Druide war mit dem nicht erprobten Quentin Leah auf die Insel hinabgestiegen, hatte den Schlüssel geholt, und niemand war ernsthaft verletzt worden. Sie fragten sich, ob ihnen das Glück jetzt ebenso hold sein würde.

Mit angelegten Sicherheitsleinen steuerte Redden Alt Mer die *Jerle Shannara* langsam an den Klippen hinunter und in den Nebel, der im Tal lag. Das Licht der Dämmerung blieb hinter ihnen zurück, als das Luftschiff leise zwischen die Bergspitzen glitt und in der Düsternis verschwand. Man konnte kaum mehr zwei Dutzend Meter weit sehen. Alt Mer stand am Ruder und brachte sein Schiff quälend langsam voran. Rue Meridian hielt sich bei den vorderen Rammen auf, spähte in den Nebel und rief ihrem Bruder zu, was sie sah und wie er den Kurs korrigieren sollte. Ansonsten standen alle schweigsam an der Reling, hielten Ausschau und lauschten. Der Nebel legte einen feinen, feuchten Glanz über sie, auf Haut und Kleidung bildeten sich Tröpfchen. Außer dem Nebel, der sich schwerfällig und träge wie ein altes Behemoth bewegte, war es still um sie herum.

Während die Minuten verstrichen und die Dunkelheit nicht nachließ, begann Walker sich Gedanken über die Sicht am Talboden zu machen. Falls er nicht mehr sehen konnte als hier oben, wie würde er dann den Weg finden? Seine Druidensinne halfen ein wenig, aber keine Magie konnte den Verlust des Sehens vollständig ersetzen. Sie würden buchstäblich blind sein.

Er hielt inne. Da war es wieder, dieses Wort. Blind. Es erinnerte ihn an Ryer Ord Stars Vision, an das Ding, das auf dieser Insel auf sie wartete – etwas, das blind war, das dich jedoch trotzdem finden würde. Er richtete seine Sinne auf das, was Truls Rohk in der vergangenen Nacht gespürt hatte. Aber in der Luft konnte er nichts entdecken.

Vor ihnen wurde der Nebel ein wenig lichter, und die Steilwände kamen rasch näher. Redden Alt Mer brachte das Schiff zum Stillstand und wartete, bis die Kleine Rote Meldung machte. Die hing am Bug in ihrer Sicherheitsleine, spähte in den Dunst und winkte ihn dann vorsichtig voran. Äste ragten aus dem Nebel, geisterhafte Finger, die nach dem Luftschiff griffen. Kletterpflanzen klebten an den Bäumen und an den Felswänden.

Dann löste sich der Nebel vollends auf, und die *Jerle Shannara* schob sich in einen Cañon, der überraschend offen und frei war. Der Himmel tauchte wieder über ihnen auf, blau und einladend, und die Talsohle erschien wie ein grünes Meer, das von feuchter Farbe überzogen war. Redden Alt Mer ließ das Luftschiff tiefer gehen, bis es sich nur noch wenige Meter über den Wipfeln befand, dann fuhr er vorsichtig weiter geradeaus. Walker suchte das Ende der Schlucht ab, wo die gegenüberliegenden Felswände einander so nahe kamen, dass sich die an ihnen wachsenden Bäume fast mit den Ästen berührten. Weiter ging es mit dem Schiff nicht mehr. Von hier aus mussten sie zu Fuß gehen.

Also brachte Redden Alt Mer die *Jerle Shannara* nun tiefer herunter, bis die Baumwipfel am Rumpf kratzten. Walker und die vier Elfenjäger lösten ihre Sicherheitsleinen und stiegen in den Korb. Mehrere Hände schoben sich über die Reling, und langsam wurden sie zwischen Bäumen hinuntergelassen.

Nachdem sie den Boden erreicht hatten und aus dem Korb ausgestiegen waren, gab Walker Rue Meridian, die noch immer über dem Bug hing, ein Zeichen, dass sie sicher unten angekommen waren. Dann stand er reglos in der Stille, sammelte sich und suchte nach verborgenen Gefahren. Nichts. Obwohl er die Umgebung sorgsam absuchte, konnte er nichts Bedrohliches entdecken.

Trotzdem stimmte hier etwas nicht.

Dann fiel es ihm auf. Der Dschungel war eine dichte, undurchdringliche Mauer aus Leere und Stille. Keine Vögel, dachte Walker.

Nichts. Nicht einmal ein Insekt zirpte. Außer denen, die in der Erde wurzelten, gab es hier keine anderen Lebewesen.

Der Nebel hatte sich so weit aufgelöst, dass Walker eine Öffnung in den Felswänden erkennen konnte, und er bedeutete Ard Patrinell mit dem Kopf, in diese Richtung loszugehen. Der Anführer der Elfen erwiderte nichts, wandte sich seinen Jägern zu und gab ihnen mit Handzeichen seine Befehle. Ein kräftiger Elf namens Kian übernahm die Führung. Walker ging hinter ihm, dann Patrinell, dann der schlanke Brae und der große Dace. Sie betraten die schmale Spalte, schauten sich wachsam um und waren sich der Gefahr bewusst, mit der sie zu rechnen hatten. Walker suchte den düsteren Dschungel weiterhin mit seinen magischen Fühlern ab, die sanft wie Federn über die Umgebung strichen. An die Spalte schloss sich ein schmaler Korridor an, der ungefähr fünf Meter breit und voller Bäume und Rankpflanzen war. Zwar gab es einen Weg, doch der wand sich hin und her, und man musste sich durch die Vegetation drängen. Um sie herum herrschte Stille.

Es ging stetig weiter voran, ohne dass sie ein Lebenszeichen von Tieren wahrgenommen hätten. Der schmale Korridor verbreiterte sich in einen zweiten Cañon, und der Himmel erschien wieder blau über ihnen. Das Sonnenlicht besprenkelte die Bäume und erhellte den Dunst. Durch einen weiteren Engpass erreichten sie schließlich einen dritten Cañon, der noch größer war.

Plötzlich wurde Walker hin und her geworfen wie ein winziger Käfer, der von der Hand eines Riesen gepackt wurde. Dieses Etwas kam aus der Erde und fegte so rasch über ihn hinweg, dass ihm keine Zeit zum Reagieren blieb. Für einen Augenblick war er wie betäubt. Vielleicht war dieses Etwas die ganze Zeit da gewesen, vielleicht hatte es ihn auch gerade erst entdeckt. Es war sehr kräftig, hatte keine identifizierbare Form und keine Substanz. Dafür befand es sich überall um ihn herum, und obwohl für das Auge unsichtbar, war es unzweifelhaft real. Er erschlaffte unter dem Griff, bot keinen Widerstand und ließ es glauben, er sei hilflos. Die Elfenjäger starrten ihn verwirrt an und begriffen nicht, was vor sich ging. Er beachtete sie nicht, gab keinen Hinweis darauf, dass er sich ihrer Gegenwart bewusst war. So verschwand er in sich selbst, ganz unten, wo ihn nichts berühren konnte. Dort, gut verborgen, wartete er ab.

Einige Augenblicke später zog sich die Präsenz zurück und glitt, zufrieden vielleicht, weil sie nicht bedroht wurde, in die Erde zurück.

Walker schüttelte die Nachwirkungen der Berührung ab und holte tief Luft. Der Angriff hatte ihn erschüttert. Was auch immer in diesem Tal lebte, es besaß eine Kraft, gegenüber der seine eigene winzig wirkte. Es war alt, das hatte er festgestellt, vielleicht so alt wie die Feenwelt. Mit einem Zeichen gab er den Elfen zu verstehen, dass mit ihm alles in Ordnung war, dann blickte er sich rasch um. An dieser Stelle wollte er nicht länger bleiben als notwendig. Eine öde, leere Felserhebung bildete einen runden Höcker in der Mitte des Cañons, eine sonnenüberflutete Zuflucht innerhalb der Dunkelheit des Dschungels. Möglicherweise konnte er von dort aus besser sehen, wo er als Nächstes hingehen musste.

Er winkte die Elfenjäger mit sich, trat aus dem Unterholz und der Düsternis heraus und stieg auf die Steinerhebung. In diesem Moment verschwanden die letzten Spuren der abscheulichen Präsenz. Von seinem neuen Aussichtspunkt überblickte er den Cañon. Viel gab es nicht zu sehen. Am anderen Ende wurde er breiter und ging in einen langen, gewundenen Hang über, der sich in Nebel und Schatten verlor. Der Druide konnte nicht erkennen, was sich dahinter befand. Er betrachtete den Teil des Cañons, in dem er stand, und entdeckte nichts, was ihm weitergeholfen hätte.

Trotzdem zerrte etwas an ihm. Etwas, das ganz in der Nähe war. Er schloss die Augen, klärte seinen Kopf und streckte vorsichtig seine Sinne aus. Fast sofort fand er, wonach er suchte, und er schlug die Augen auf, um den Fund mit ihnen zu bestätigen.

Jetzt konnte er eine dunkle Stelle inmitten der grünen Dschungelwand ausmachen, die vielleicht hundert Meter entfernt war. Das musste die Höhle sein, die Truls Rohk gestern Nacht entdeckt hatte.

Er schaute in die Dunkelheit, während er still und reglos dastand. Der zweite Schlüssel war dort und wartete auf ihn. Aber das Ding, das ihn bewachte, wartete ebenfalls. Er überlegte einen Augenblick, wie er sich der Höhle am besten nähern sollte. Irgendwie fand er keine Lösung. Daher wandte er sich an die Elfenjäger und bedeutete ihnen, dort zu bleiben, wo sie waren. Dann ging er auf die Höhle zu.

Sofort spürte er wieder die Präsenz, doch hatte er seine Gedanken bereits nach innen gerichtet. Er war nichts, ein Objekt ohne Ziel, ohne Zweck und ohne Gedanken. Er mauerte sich ein, ehe der Wächter des Schlüssels seine Absichten lesen oder sein Ziel erkennen konnte, und eilte auf die Höhle zu.

Im Innern blieb er stehen und sammelte seine Gedanken. Jetzt konnte er die Präsenz nicht mehr spüren. Sie war am Eingang der Höhle hinter ihm zurückgeblieben, genauso wie am Fuß der kleinen Erhebung. Fels konnte sie nicht durchdringen, schloss er daraus. Nur die Erde, aus der sie ihre Kraft zog. Konnte er das zu seinem Schutz ausnutzen?

Er schob die Idee beiseite und blickte sich aufmerksam um. Die Höhle bestand aus mehreren Kammern, und durch Spalten im Fels fiel spärlich Licht von oben aus dem Dschungel herein. Walker begab sich auf die Suche nach dem Schlüssel und fand ihn beinahe sofort. Er lag unbewacht auf einem schmalen Felsvorsprung. Der Druide betrachtete ihn einen Moment lang, ehe er ihn nahm, dann schaute er ihn sich genauer an. Das Stück ähnelte dem, das sich bereits in seinem Besitz befand, besaß eine flache Energiequelle und ein blinkendes rotes Licht, doch die hervorstehenden Metalllinien bildeten ein anderes Muster.

Walker blickte sich in der Höhle um, suchte nach dem Wächter des Schlüssels und nach Anzeichen von Gefahr oder Bedrohung, fand jedoch nichts.

Er ging zum Höhleneingang und sah hinaus auf die Lichtung. Ard Patrinell und seine Elfenjäger drängten sich auf der felsigen Erhebung und schauten zu ihm hinüber. Im Dschungel bewegte sich nichts. Walker blieb, wo er war. Irgendetwas würde versuchen, ihn aufzuhalten. Was immer den Schlüssel bewachte, es konnte den Druiden nicht einfach davonlaufen lassen. Es wartete, so viel spürte er. Draußen in den Bäumen. In der Erde, aus der es seine Stärke zog.

Während er noch überlegte, was er als Nächstes tun sollte, brach die Erde vor ihm in einer grünen Explosion auf.

An Bord der *Jerle Shannara*, die in einer Nebelwolke zwei Lichtungen weiter schwebte, beobachtete Bek Rowe Rue Meridian, die einen neuen Strahlungssammler dicht an den Hörnern des Bugs einspannte, als Walker Bohs Stimme schrill in der Stille seines Kopfes rief.

»Bek! Wir werden angegriffen! Zwei Cañons weiter! Alt Mer soll das Luftschiff bringen! Lasst den Korb runter und holt uns hoch! Schnell!«

Erschrocken über den Klang der Stimme, die er in seinem Kopf gehört hatte, zuckte der Junge zusammen. Dann rannte er zur Pilotenkanzel. Ihm kam nicht in den Sinn, sich zu fragen, ob er in die Irre geführt werden sollte. Die Dringlichkeit trieb ihn zum Rennen an, als hätte ihn etwas gestochen, und laut rief er nach dem Großen Roten.

Augenblicke später flog das Luftschiff himmelwärts durch die zerklüfteten Felshänge und über die engen Schluchten hinweg, in denen es nicht navigieren konnte.

Walker Boh starrte vom Höhleneingang zu den Elfenjägern auf der Felserhebung. Der gesamte Boden des Cañons hatte sich in einem Gewirr aus verschlungenen Ranken und Ästen erhoben, die nach allem griffen, was in ihre Reichweite kam. Den Elfenjäger Brae hatten sie gepackt, ehe er sich verteidigen konnte, zerrten ihn von der Erhebung und rissen ihn auseinander, während er noch um Hilfe schrie. Die anderen drei wichen in die Mitte der Felsinsel zurück, zogen die Schwerter und schlugen wild auf die Tentakel ein, die nach ihnen schnappten.

Der Druide schob den zweiten Schlüssel in seine Robe, beschwor das Druidenfeuer und setzte es gegen die grüne Mauer ein, die sich vor ihm gebildet hatte. Blaue Flammen schossen in das Gewirr, verbrannten alles, was sie berührten, und schufen dadurch für kurze Zeit einen Pfad. Walker setzte seinen Angriff weiter fort, brannte sich einen Weg durch die Pflanzenmasse zur Erhebung und versuchte, seine Gefährten zu erreichen. Aber der Dschungel wehrte sich, drängte wieder auf ihn zu und trieb ihn zurück. Ein riesiges, erbarmungsloses Gewicht ging auf ihn nieder und warf ihn auf die Knie. Er wich vom Eingang zurück, und das Gewicht wurde leichter. Der Wächter des Schlüssels konnte ihn nicht erreichen, solange er durch den Stein der Höhle geschützt wurde. Allerdings würde Walker auch nicht mehr herauskommen.

Erst jetzt erkannte er genau, was passiert war, sowohl hier als auch in Flay Creech. Die Wächter der Schlüssel waren aufgestellt worden, um fremde Präsenzen fern zu halten, sie bedrohten mögliche Diebe. Dabei handelte es sich nicht um denkende Existenzen, die sich auf die Vernunft verließen; stattdessen reagierten sie rein instinktiv. Aale und Dschungel waren zu einem einzigen Zweck manipuliert worden. Wie das gelungen war, und wer das bewerkstelligt hatte, wusste Walker noch nicht. Jedenfalls besaßen sie enorme Kraft, und obwohl diese vermutlich auf einen kleinen Bereich beschränkt war, würde sie jeden besiegen, der in ihre Reichweite kam.

Jetzt griff der Dschungel durch den Höhleneingang nach ihm, und Walker wehrte sich mit Druidenfeuer, verkohlte Ranken und Zweige und füllte die Luft mit Rauch und Asche. Falls Redden Alt Mer sie nicht bald hier herausholen würde, wären sie erledigt. Die Elfen durften nicht hoffen, dem Angriff lange widerstehen zu können. Und sogar die Magie eines Druiden kannte ihre Grenzen.

Also griff er erneut an, entschlossen, sich zu befreien. Verzweiflung trieb ihn an. Er drängte die Dschungelmauer zurück und wollte nach draußen ans Licht. Dabei erhaschte er einen Blick auf die *Jerle Shannara*, die über ihnen dahinflog, und er hörte die Rufe der Männer und Frauen an Bord. Die Elfen, die auf der Erhebung in der

Falle saßen, schauten nach oben, ließen sich kurz ablenken, und das musste der große Dace mit dem Leben bezahlen. Gräser wickelten sich um seine Beine und warfen ihn um. Der Elf trat um sich und wollte sich befreien. Patrinell und Kian eilten ihm sofort zu Hilfe, doch da war er schon von der Erhebung in den Tod gezerrt worden.

Dann regnete ein Hagel flüssigen Feuers um die Felseninsel hernieder und schloss die gefangenen Elfenjäger ein. Dieser Regen stammte aus Fässern auf dem Schiff, ging auf Ranken und Gräser nieder und flammte auf. Daraufhin wurde sofort der Korb heruntergelassen, der knapp über Ard Patrinell und Kian pendelte. Die beiden brachen ihren Kampf mit dem Dschungel ab, zogen sich über die Seite des Korbs und wurden schnellstens in Sicherheit gebracht.

Nun wandte sich der Dschungel Walker Boh zu: Rankengewächse und Sträucher, Zweige und Baumstämme griffen ihn wütend an. Walker stand in der Höhlenöffnung und brannte sie mit Druidenfeuer nieder, damit er nicht von der Vegetation zu Boden gezerrt wurde. Ein paar Augenblicke noch, dann wäre er frei.

Doch der Hüter des Schlüssels hatte beschlossen, ihn nicht entwischen zu lassen. Ein dorniger Ast schob sich aus dem Schatten vor und schlug auf das Gesicht des Druiden ein. Die fünf Zentimeter langen Dornen bohrten sich in sein Fleisch, rissen Arm und Seite auf. Walker spürte augenblicklich das Gift, das wie kaltes Feuer brannte. Er brach den Ast mit bloßen Händen ab, warf ihn zu Boden und verwandelte ihn in Asche.

Dann landete der Korb vor ihm, und der Druide zog sich über den Rand. Während er nach oben gezogen wurde, klammerten sich weitere Ranken an ihm fest. Mit letzter Kraft verbrannte Walker sie, vernichtete sie eine nach der anderen und kämpfte dann gegen die Bewusstlosigkeit an. Der Korb kam frei und stieg schnell nach oben. Das Luftschiff stieg ebenfalls auf und floh ins Blau. Erschrockene Gesichter spähten von der Reling zu ihm hinunter, verschwammen und verschwanden. Er wehrte sich dagegen, ohne Erfolg jedoch. So brach er auf dem Boden des Korbs zusammen und verlor das Bewusstsein.

Unten auf dem Talboden schlängelte sich eine feurige Masse verdorrender Äste und verschwand in schwarzen Wolken aufwallenden Rauchs.

Zweiundzwanzig

Sechs Tage und Nächte war Walker Boh dem Tode nahe. Das Gift des Dornenstrauchs, ein rasch wirkendes und tödliches Mittel, war tief in seinen Körper eingedrungen. Als die anderen ihn über die Reling an Bord der *Jerle Shannara* hievten, war er bereits bewusstlos. Der Elfenheiler Joad Rish erkannte die Symptome sofort und konnte den Druiden noch dazu bringen, ein Gegenmittel zu schlucken, dann legte er ihm einen Verband aus Heilkräutern um die Wunde, die das Gift herausziehen sollten.

Die Bemühungen des Heilers verlangsamten die Wirkung des Giftes und verhinderten das Schlimmste. Redden Alt Mer bestand darauf, Walker unter Deck in seine eigene Kabine zu tragen, und Joad Rish wickelte den Druiden in Decken ein, um ihn warm zu halten, flößte ihm Flüssigkeit ein, wechselte regelmäßig seine Kleidung und wachte neben seiner Koje. Walkers eigener Körper half bei der Heilung mehr, als es Joad Rish möglich war. Er führte einen stillen Kampf, bei dem ihn der Heiler nur wenig unterstützen konnte.

Bek Rowe war ebenfalls den größten Teil der Zeit anwesend. Seit Walker ihn während des Angriffs im Dschungel gerufen hatte, fühlte er sich dem Druiden auf eine neue und unerwartete Weise verbunden. Die Mannschaft und die Passagiere des Schiffes wunderten sich darüber, dass er allein Walkers Ruf vernommen hatte. Bislang hatte niemand groß darüber gesprochen, doch Bek wusste, was sie dachten. Wenn der Druide mit jemandem Kontakt aufnehmen konnte, so hätte es doch auch Redden Alt Mer sein können, der das Luftschiff steuerte und dem eine viel direktere Reaktion möglich gewesen wäre als Bek Rowe. Aber der Große Rote hatte nichts gehört. Und auch Quentin, Panax und Ryer Ord Star nicht. Vielleicht nicht einmal Truls Rohk. Nur Bek. Woran mochte das liegen? Warum war Bek dazu in der Lage und sonst niemand? Woher hatte Walker gewusst, dass Bek ihn hören konnte?

Diese Fragen quälten ihn, und er würde keine Antwort erhalten, solange der Druide sich nicht von seinen Verletzungen erholt hatte. Dennoch war dies nicht der Hauptgrund, weshalb Bek bei Walker Wache hielt, sondern weil er fürchtete, der Druide würde ihn erneut rufen, da er bewusstlos und ohnmächtig in seinem Körper gefangen war und auf keine andere Weise kommunizieren konnte. Vermutlich war die Entfernung kein Problem für den Druiden, aber während der Krankheit vielleicht doch? Wenn Bek nicht nahe genug bei ihm war, könnte ein Hilferuf ungehört verhallen. Bek wollte sein Gewissen damit nicht belasten. Falls es eine Möglichkeit gab, das Leben des Kranken zu retten, musste er da sein.

Deshalb hockte er also bei Walker Boh in Redden Alt Mers Kabine und sah Joad Rish schweigend bei der Arbeit zu. Gelegentlich schlief er, jedoch nur kurz und nie sehr tief. Ahren Elessedil brachte ihm die Mahlzeiten, und Quentin und Panax statteten Besuche ab. Aber keine Bemühungen konnten ihn aus der Kabine locken. Und die Leute an Bord des Schiffes schienen zu fühlen, dass er an die Seite des Druiden gehörte.

Allerdings hielt er, was niemanden überraschte, nicht allein Wache beim Druiden. Die ganze Zeit saß die junge Seherin Ryer Ord Star neben ihm. Schon seit dem Aufbruch in Arborlon haftete sie an dem Druiden wie ein Schatten. Nun beobachtete sie ihn eingehend während seines Ringens mit dem Gift und beugte das Gesicht konzentriert vor. Auch Joad Rish sah sie bei der Arbeit zu, fragte ihn dann und wann, was genau er machte, nickte ihm zu, wenn er antwortete, und gab so still ihre Zustimmung zu seinen Bemühungen. Gelegentlich sprach sie zu Bek, ein Wort oder zwei, nie mehr, und stets ließ sie dabei den Druiden nicht aus den Augen. Bek studierte sie verstohlen und versuchte ihre Gedanken zu lesen, um zu erfahren, ob sie wohl einen Blick auf Walkers Schicksal geworfen hatte. Aber die Seherin enthüllte nichts, ihre Geheimnisse blieben hinter der starren Maske ihres jugendlichen Gesichts verborgen.

Einmal, als Joad Rish sie allein ließ und sie in dem kerzenerleuchteten Raum gemeinsam auf einer Holzbank am Bett des Druiden saßen, fragte Bek sie, ob sie an Walkers Gesundung glaube.

»Sein Wille ist sehr stark«, erwiderte sie leise. »Doch vor allem braucht er mich.«

Er hatte keine Ahnung, wovon sie redete, und wusste nicht, wie er sie danach fragen sollte. Daher schwieg er, bis schließlich Joad Rish zurückkehrte und die Angelegenheit damit erledigt war. Trotzdem wurde er das Gefühl nicht los, dass die junge Frau ihm hatte mitteilen wollen, auf welch unentwirrbare Weise Walkers Leben mit ihrem verwoben war.

Damit hatte er Recht, wie er zwei Nächte später herausfand. Joad Rish hatte früher an diesem Tag verkündet, er habe alles in seiner Macht Stehende getan, und die weitere Heilung hinge nun von dem Druiden selbst ab. Er hatte die Hoffnung noch nicht aufgegeben, doch bemerkte er keine Veränderung im Zustand des Kranken und war deswegen offensichtlich besorgt. Bek wusste, dass der Druide in seinem Kampf mit dem Gift einen kritischen Punkt erreicht hatte. Er schlief nicht mehr ruhig, sondern wälzte sich bewusstlos herum, befand sich im Delirium und schwitzte. Seine enorme Willensstärke schien an eine Grenze gestoßen zu sein, und das Gift wütete erbarmungslos. Bek hatte das unbehagliche Gefühl, Walker verliere an Boden.

Ryer Ord Star dachte offensichtlich das Gleiche. Kurz vor Mitternacht erhob sie sich plötzlich und forderte Joad Rish auf, er solle von Walker zurücktreten und ihr die Möglichkeit geben, ihm zu helfen. Der Heiler zögerte, entschied dann jedoch, aus welchem Grund auch immer, ihr zu gehorchen. Vielleicht kannte er ihren Ruf als Empath und hoffte, sie könne seinem Patienten ein wenig von seinem Leiden abnehmen. Oder er ahnte, dass er nichts mehr tun konnte, und wollte deshalb jemand anderem die Chance einräumen, einen letzten Versuch zu unternehmen. Also setzte er sich neben Bek auf die Bank, und gemeinsam beobachteten sie die junge Frau.

Sie beugte sich still über den Druiden. Schattenhaft schwebte sie über ihm, legte die Hände auf sein Gesicht. Sie sprach leise und sanft mit ihm, doch der Inhalt ihres Murmelns war in den Geräuschen des nächtlichen Windes für Bek und Joad Rish nicht zu verstehen. Lange Zeit fuhr sie so fort, verband sich mit Walker durch den Klang ihrer Stimme und die Berührung ihrer Hände. Der Druide sollte ihre Gegenwart spüren.

Dann legte sie die Wange auf seine Stirn, ließ die Hände auf dem Gesicht liegen und verstummte. Sie schloss die Augen und atmete tief und gleichmäßig. Walker wurde von Krämpfen geschüttelt, keuchte und stöhnte. Sie hielt ihn fest, während er zuckte. Auf ihrem hageren Gesicht zeigte sich Schweiß, und ihre Stirn legte sich in tiefe Falten. Joad Rish erhob sich halb, blieb dann aber doch sitzen. Bek und er schauten sich nicht an; sie konnten den Blick nicht von dem Drama vor ihnen lösen.

Der eigentümliche Tanz zwischen Druide und Seherin dauerte lange Zeit an, dieses Geben und Nehmen, diese abgehackten Bewegungen und heftigen Reaktionen. Sie saugt das Gift in sich auf, erkannte Bek schließlich, als ihr Körper wild zuckte und ihr Gesicht sich verzerrte. Sie nimmt, was ihn tötet, auf sich. Aber würde es dann nicht sie umbringen? Wie viel stärker als der Druide mochte sie sein, dieses zarte, zerbrechliche Wesen? Er fühlte sich hilflos und verzweifelt, während er ihr bei der Arbeit zusah. Doch konnte er nichts tun.

Urplötzlich brach sie auf dem Boden zusammen. Bek und der Heiler sprangen auf und eilten zu ihr. Sie war bewusstlos. Die beiden Männer legten sie auf eine Matratze auf dem Kabinenboden und deckten sie warm zu. Sie war in tiefen Schlaf gefallen, in sich verschlossen, ertrug sie Walkers Gift, seine Krankheit, seinen Schmerz; Walker ruhte nun wieder friedlich, die Zuckungen hatten aufgehört, das Delirium war vorüber. Joad Rish untersuchte sie beide, fühlte ihren Herzschlag, die Temperatur und den Atem. Danach blickte er Bek an und schüttelte unsicher den Kopf. Ob sie erfolgreich gewesen war, konnte er nicht sagen. Beide lebten, doch Joad Rish vermochte nicht einzuschätzen, ob es so bleiben würde.

Wortlos kehrte er zu der Bank zurück, und das Warten begann von neuem.

In der Morgendämmerung fuhr die *Jerle Shannara* in den stärksten Sturm hinein, den sie bisher erlebt hatten. Redden Alt Mer hatte ihn schon die ganze Nacht vorausgeahnt, weil die Temperatur fiel und sich die Windrichtung änderte. Der Morgen graute bleigrau und blutrot, und er befahl, die Segel zu reffen und alle außer dem Hauptsammler zu kürzen. Blitze zogen sich wie gezackte Linien über den Himmel im Nordwesten, und die Gewitterwolken wälzten sich in dunklen Bänken über den Horizont. Der Große Rote stellte den zuverlässigen Furl Hawken ans Ruder und stieg aufs Hauptdeck zu seiner Mannschaft hinunter. Ein jeder war bereits mit Seilen gesichert. Und alle, die nicht zur Mannschaft gehörten, waren unter Deck geschickt worden. Rue Meridian ging in die Kabine ihres Bruders, wo sie dafür sorgte, dass man Walker Boh an sein Bett band und Bek, Ryer Ord Star und Joad Rish vor dem schlechten Wetter warnte.

Nachdem dies erledigt und die Kleine Rote zurückgekehrt war, heulte der Wind übers Deck und zwischen den Masten und Spieren hindurch. Regen prasselte aus den Wolken herunter, und Dunkelheit brach wie eine Welle über das Luftschiff herein. Redden Alt Mer übernahm das Ruder von Furl Hawken. Spanner Frew hatte sich bereits zum Heck begeben, von wo aus er das gesamte Schiff überblicken konnte. Die Kleine Rote ging zum Bug. Die Mannschaft duckte sich im Schutz der Reling und der Masten und wartete auf das, was da kommen mochte.

Und es kam Fürchterliches. Die düstere Wut des Sturms verschlang sie mit einem Schlag, löschte die Sicht fast vollständig aus, durchnässte sie mit Regen, und das Schiff wurde so heftig hin und her geworfen, dass zu befürchten war, es könnte auseinander brechen. Der Große Rote brachte die *Jerle Shannara* auf eine Höhe von hundert Fuß über der Meeresoberfläche. Er würde das Schiff nicht weiter sinken lassen, denn der Ozean war noch weit gefährlicher als der Wind. Was er von der Blauen Spalte sah, wenn ein Blitz sie erhellte, bestätigte ihn in dieser Annahme. Die See brodelte und kochte, die Wellen türmten sich haushoch auf. In der Luft wurden sie zwar heftig hin und her geschüttelt, konnten jedoch wenigstens nicht untergehen.

Einige Spieren und Leinen waren bereits aufs Deck gekracht oder in die windumtoste Leere gefallen. Das Luftschiff war schlank und vermochte den schlimmsten Orkanböen zu entgehen, trotzdem wurde es immer wieder heftig getroffen. Es schwankte und schaukelte wild. Häufig legte es sich plötzlich nach rechts oder links, so unvermittelt, dass es für den Magen eine Qual war. Redden Alt Mer stand in der Pilotenkanzel, versuchte, das Schiff gerade zu halten, doch selbst das wurde langsam unmöglich. In welche Richtung sie fuhren, konnte er nicht mehr feststellen, und auch nicht, welche Geschwindigkeit sie hatten oder wo sie sich innerhalb des Sturmgebiets befanden. Das Einzige, was ihm gelang, war, sie oben zu halten und gegen den Wind zu drehen.

Es dauerte den ganzen Morgen. Mehrmals übergab der Große Rote das Steuerrad an Furl Hawken, ließ sich im Schutz der Kanzel zu Boden sinken und ruhte sich kurz aus. Im Heulen des Windes konnte er oft nichts mehr hören, und die Haut von Gesicht und Händen fühlte sich wie aufgescheuert an. Sein Körper schmerzte, und seine Arme und Beine brannten vom Ringen mit dem Steuerrad. Doch jedes Mal, wenn er sich ausruhte, fürchtete er, sich zu viel Zeit zu nehmen. So gönnte er sich nur wenige Minuten. Die Verantwortung für Schiff und Mannschaft lag bei ihm, und die konnte er niemand anderem zuschieben. Furl Hawken war so fähig wie er, aber die Sorge für die Sicherheit des Schiffes und der Passagiere oblag ihm selbst. Vielleicht hätte er seine Pflicht mit der Kleinen Roten teilen können, aber er hatte keine Ahnung, wo sie sich aufhielt. Den Bug oder das Heck konnte er längst nicht mehr sehen.

Endlich war der Sturm vorüber. Besatzung und Passagiere waren nass, erschöpft und erleichtert, noch am Leben zu sein. Es war der schlimmste Sturm gewesen, an den Redden Alt Mer sich erinnern konnte. Sie hatten Glück gehabt, weil sie ein Schiff wie die *Jerle Shannara* hatten, und als Erstes, nachdem er es ungefähr wieder auf Kurs gebracht hatte, übergab er nun Furl Hawken das Steuer und gratulierte Spanner Frew. Eine schnelle Überprüfung ergab, dass alle Mitglieder der Mannschaft noch an Bord waren, obwohl einige leichte Verletzungen erlitten hatten. Die Kleine Rote tauchte zwischen den vorderen Rammen auf und berichtete ihm vom Verlust mehrerer Spieren und von zwei Strahlungssammlern; ansonsten hatte sie keine größeren Schäden entdeckt. Doch ein Teil des Vorderdecks war eingebrochen und auf die Fässer gefallen, und nun hatten sie kein Wasser mehr. Sie mussten also welches suchen.

Jetzt erst erinnerte sich Redden Alt Mer an die Flugreiter und ihre Rocks, die draußen im Sturm sich selbst überlassen gewesen waren. Alle drei waren verschwunden.

Nun, im Augenblick konnte er daran nichts ändern. Ihnen blieb noch der halbe Tag, und er gedachte ihn auszunutzen. Noch immer folgten sie Walkers Karte und segelten auf die letzte der drei Inseln zu. Obwohl der Druide ihnen momentan nicht helfen konnte, machte es mehr Sinn, die Reise fortzusetzen, als an einem Ort zu verharren. Starb der Druide, würde man vielleicht eine andere Entscheidung treffen, aber dieser Fall war noch nicht eingetreten.

»Hol alle nach oben und lass sie aufräumen«, sagte er zu seiner Schwester. »Und schau mal nach dem Druiden.«

Sie ging sofort los, doch es war Bek, der mit den Neuigkeiten zurückkehrte. »Er schläft viel ruhiger, und Joad Rish glaubt, er habe das Schlimmste überstanden.« Bek wirkte müde und gleichzeitig zufrieden. »Ich brauche nicht mehr unten zu bleiben. Wenn ich hier oben helfen kann …«

Alt Mer lächelte und klopfte ihm auf die Schulter. »Du bist ein mutiger Kerl, Bek. Ich bin froh, dass du meine rechte Hand bist. Also gut. Such dir Arbeit, wo du willst, und hilf, wo du gebraucht wirst.«

Der Junge eilte sofort zu Rue Meridian, die abgebrochene Spieren zur Seite räumte. Der Große Rote sah ihm einen Moment hinterher, dann ging er zu seiner Pilotenkanzel, von wo aus er ihn weiter im Auge behielt.

»Der Junge ist in sie verliebt, Hawk«, sagte er zu Furl Hawken und seufzte.

Furl nickte. »Sind sie das nicht alle? Nur wird wohl keiner bei ihr landen.«

Redden Alt Mer schürzte nachdenklich die Lippen. »Vielleicht bereitet Bek Rowe uns eine Überraschung.«

Sein Freund schnaubte. »Eher lernen Seekühe fliegen.«

Damit wandten sie ihre Aufmerksamkeit der Aufgabe zu, die Position des Schiffes zu bestimmen, nahmen Kompass und Sextant zur Hand und suchten nach Landmarken. Im Augenblick konnten sie nur abwarten. Erst die Sterne in der Nacht würden die notwendige Hilfe bei der Navigation liefern. Morgen würden sie wieder gutes Wetter haben. Vielleicht tauchten dann auch die verschollenen Flugreiter auf. Und womöglich kam Walker Boh wieder auf die Beine.

Redden Alt Mer schaute noch einmal zu seiner Schwester und Bek Rowe hinüber. Vielleicht würde doch eine Seekuh fliegen lernen.

Fast vierundzwanzig Stunden später tauchten die Flugreiter am Horizont im Osten auf und flogen durch den klaren Himmel auf das Luftschiff zu. Hunter Predd hatte die Führung übernommen. Nachdem er in Rufweite gekommen war, wandte er sich ruhig an Redden Alt Mer.

»Hallo, Kapitän! Alles in Ordnung?«

»Wir haben es überlebt, Flugreiter! Wo habt ihr gesteckt?«

Hunter Predd schnitt eine Grimasse. »Wir haben den Sturm kommen sehen und uns eine Insel gesucht, auf der wir ihn abwarten konnten! In einem solchen Orkan möchte man nicht gern auf einem Rock reiten! Ihr seid ganz schön vom Kurs abgekommen, nicht wahr?«

Alt Mer nickte. »Wir werden schon zurückfinden! Vor allem brauchen wir jedoch Wasser! Könnt ihr welches für uns suchen?«

Der Flugreiter winkte. »Wir schauen uns mal um! Entfernt euch nicht zu weit von hier, solange wir unterwegs sind!«

Mit Gill und Po Kelles im Schlepptau schwenkte er nach Südwesten und begann in Richtung der Sonne nach einer Insel zu suchen. Die Flugreiter hatten den Sturm auf einem Eiland einige Meilen östlich verbracht, in einer Bucht, die durch Hügel und Bäume geschützt war. Zwar hatten sie dadurch den Kontak zum Luftschiff verloren, aber dagegen konnte man nichts machen. In diesem Sturm mit den Rocks zu fliegen wäre zu gefährlich gewesen. Die Erfahrung hatte sie gelehrt, vor Stürmen stets Schutz zu suchen. Vorsichtshalber waren sie über Nacht auf der Insel geblieben und erst in der Dämmerung wieder aufgebrochen. Rocks waren intelligente Vögel, die außergewöhnlich weit sehen konnten. Mit einer Methode, die sie schon zahllose Male angewendet hatten, waren die Flugreiter in Form einer Spirale geflogen, die sie am Ende zur *Jerle Shannara* geführt hatte.

Hunter Predd seufzte. Stürme und andere Herausforderungen machten ihm keine Sorgen. Der mögliche Verlust von Walker schon eher. Natürlich ging er davon aus, dass Walker noch lebte, allein deshalb, weil Redden Alt Mer nichts Gegenteiliges erwähnt hatte. Vielleicht ging es dem Druiden inzwischen ja sogar besser. Da er jetzt jedoch, wenn auch nur zeitweise, außer Gefecht gesetzt war, gelangte das schwache Glied in der Kette, an der diese ganze Expedition hing, dramatisch zum Vorschein – nur Walker begriff, wonach sie eigentlich wirklich suchten. Gewiss, es wussten noch einige andere über die Schlüssel und die Inseln und das endgültige Ziel Bescheid. Und die Seherin hatte zudem Visionen und konnte einiges an Wissen beisteuern. Vielleicht kannten die anderen auch noch ein oder zwei Dinge, die für den Erfolg der Reise von Belang waren.

Trotzdem blieb Walker der Leim, der sie alle zusammenkittete, der Einzige, der eine Gesamtvorstellung von dieser Expedition hatte. Und er hatte Hunter Predd gesagt, er sei auf die Flugreiter mit ihrer Erfahrung angewiesen, wenn er Erfolg haben wollte. Im Vertrauen hatte der Druide ihn gebeten, stets die Augen offen zu halten. Doch die meiste Zeit fühlte sich Hunter, als stochere er im Dunkeln. Nie war er ganz sicher, worauf es ankam. Es war schon schwierig genug, unter diesen Umständen zu arbeiten, wenn Walker gesund und munter war. Da der Druide jetzt jedoch bewusstlos war, wie sollten da die anderen weitermachen, obwohl sie nur so wenig wussten?

Diese Situation, zu dem Schluss gelangte er, durfte so nicht weitergehen. Vorräte suchen und kundschaften in unbekanntem Gelände, viele Meilen vom Festland entfernt, war bereits gefährlich genug. Ohne klare Vorstellung vom Ziel konnte man es nicht länger hinnehmen. Bestimmt dachten die Passagiere an Bord genauso. Was war mit Bek Rowe und Quentin Leah? Die hatte der Druide ebenfalls ins Vertrauen gezogen. Seit dem Aufbruch hatte er kaum noch mit ihnen gesprochen, aber gewiss hegten sie dieselben Bedenken.

Trotzdem wollte Hunter Predd die Sache nicht übermäßig vorantreiben. Er war ein ausgebildeter Reiter vom Wing Hove, und er begriff sehr wohl die Wichtigkeit, Befehlen zu gehorchen, ohne sie infrage zu stellen. Anführer teilten ihr Wissen nicht immer mit denen, die sie führten. Bestimmt nicht mit Gill und Po. Die sollten gefälligst die Aufgaben erledigen, die man ihnen übertrug, und tun, was ihnen gesagt wurde.

Er schüttelte den Kopf. Ohne Ordnung lief man Gefahr, Anarchie walten zu lassen. Zu viel Ordnung dagegen mündete leicht in einer Revolte.

Während er noch darüber nachsann und versuchte, zu einer Entscheidung zu kommen, sichtete er die Insel.

Weit im Osten und Norden hingen Sturmwolken, und im ersten Augenblick hielt er die Insel für eine davon. Doch beim Näherkommen sah er, dass das, was ihm wie dunkle Wolken erschienen war, in Wirklichkeit zerklüftete Klippen der Sorte waren, die sie auch auf Shatterstone vorgefunden hatten, zerfurchte, windumtoste Steilwände. Dicht und üppig wuchs Dschungel im Inneren der Insel. Der Flugreiter blinzelte in die silbernen Wasserfälle und das grelle Grün, welches das Sonnenlicht reflektierte. Dort gab es auf jeden Fall frisches Wasser.

Dann bemerkte er etwas Eigentümliches. Hunderte dunkler Punkte saßen auf den Klippen wie tiefe Pockennarben.

»Was ist das?«, murmelte Hunter Predd vor sich hin.

Er winkte Gill und Po Kelles zu, links und rechts neben ihm zu fliegen. Im Gleitflug näherten sie sich der Insel und ihren Klippen und mussten wegen der Helligkeit, die jetzt am Nachmittag herrschte, die Augen zusammenkneifen.

Hunter Predd blinzelte. Hatte sich einer der Punkte bewegt? Er blickte hinüber zu Po. Der junge Flugreiter nickte, er hatte es ebenfalls gesehen. Hunter Predd bedeutete ihm, hinter ihm zu bleiben.

Gerade wollte er Gill zuwinken, dessen Aufmerksamkeit auf eine Herde Wale gerichtet war, als sich mehrere der dunklen Punkte von den Klippen erhoben.

Unter ihm zuckte Obsidian zusammen und schrie alarmiert auf. An den schwarzen Punkten entfalteten sich Flügel und verliehen den Flecken Größe und Gestalt. Hunter Predd lief es kalt den Rücken hinunter. Der Rock hatte die Gefahr zuerst erkannt. Würger! Kriegswürger! Die wildesten und bedrohlichsten Angehörigen dieser Art. Die Insel war ihr Nistplatz, und Rocks und Reiter waren unwissend über sie gestolpert. Die Kriegswürger würden ihnen das Betreten ihres heimatlichen Bodens, gleich aus welchem Grund, nicht durchgehen lassen. Rocks waren ihre natürlichen Feinde, und die Würger würden angreifen.

Hunter Predd ließ Obsidian eilig wenden und achtete darauf, dass ihm Po Kelles und Niciannon folgten. Doch zu seinem Erstaunen flog Gill weiter. Entweder hatte er die Würger nicht bemerkt, oder er hatte sie noch nicht erkannt. Aus dieser Entfernung war es sinnlos, nach ihm zu rufen, daher benutzte er die Signalpfeife. Erschrocken blickte Gill über die Schulter und sah, wohin seine Gefährten zeigten. Dann entdeckte er die Würger. Hektisch zügelte er Tashin. Doch der Rock geriet in Panik, und anstatt zu wenden, flog er in steilen Spiralen nach unten auf den Ozean zu und zog erst im letztmöglichen Augenblick wieder nach oben.

Dann eilte er Obsidian und Niciannon hinterher, allerdings war er durch dieses Manöver weit zurückgeblieben, und die Würger kamen rasch näher. Kriegswürger sind auf kurze Distanz schnelle und kraftvolle Flieger. Für einen Rock besteht nur die Hoffnung, an Höhe zu gewinnen und die Entfernung zwischen sich und den Würgern rasch zu vergrößern. Hunter Predd begriff, dass Tashin beides nicht schaffen würde. Ihm würde die Flucht nicht gelingen.

Daher riss er Obsidian herum und hielt herausfordernd auf die Würger zu, um sie abzulenken. Po Kelles und Niciannon waren sofort neben ihm. Beide Rocks kreischten vor Wut, denn sie hassten die Feinde genauso sehr wie diese sie. Durch ihre Reitgeschirre waren die beiden Flugreiter an ihren Tieren an Schuhen und Knien gesichert, und so zogen sie nun Pfeil und Bogen hervor. Die Pfeile waren in ein Extrakt aus Brennnesseln und Tollkirschen getaucht worden. Als die beiden Reiter nahe genug an ihren Zielen waren, begannen sie zu schießen.

Einige der Geschosse fanden ihr Ziel. Mehrere Würger brachen den Angriff sogar ab und kehrten zur Insel zurück. Doch die Hauptgruppe, etwa zwanzig, stieß wie eine schwarze Wolke auf Gill und Tashin herab und erwischte sie knapp über der Wasseroberfläche. Bereits bei ihrem ersten Angriff wurde Gill vom Rücken seines Rocks gerissen. Scharfe Krallen und Schnäbel zerfetzten ihn in einer Wolke aus Blut mitten in der Luft. Tashin überlebte nur wenige Sekunden länger. Er erzitterte unter den Hieben, die ihn trafen, bäumte sich kurz auf, dann verschwand er in einem Schwarm schwarzer Körper. Er wurde ins Meer gedrückt und wie sein Reiter in Stücke gerissen.

Hunter Predd betrachtete das Gemetzel voller hilfloser Wut und Niedergeschlagenheit. Es ging alles so schnell. Gerade noch war Gill da gewesen, jetzt war er verschwunden. Lebendig – und dann nur noch eine Erinnerung. Aber was hätte er tun können, um dies zu vermeiden? Hätte er etwas tun können?

Er wendete Obsidian. Po Kelles und Niciannon folgten ihm. Rasch gewannen sie an Höhe, und innerhalb weniger Minuten befanden sie sich in Sicherheit. Ihre Feinde jagten ihnen nicht nach; sie waren mit etwas anderem beschäftigt und kreisten um den großen, mit Federn und Blut bedeckten Kadaver auf dem Meer. Die Flugreiter flogen weiter und schauten nicht zurück.

Dreiundzwanzig

Nachdem ihre Anzahl innerhalb weniger Tage um drei reduziert worden war, setzten die Männer und Frauen an Bord der *Jerle Shannara* ihre Reise sechs Wochen lang ohne Zwischenfälle fort. Trotzdem lagen die Nerven blank. Vielleicht hatte es damit zu tun, so lange auf engstem Raum eingesperrt zu sein, oder mit der Unsicherheit ihres Schicksals. Auch der Klimawechsel war ein möglicher Grund, nachdem das Schiff nach Norden gewendet hatte und die Luft nun kalt und beißend wurde und die Stürme an Häufigkeit zunahmen.

Die Veränderung an Walker war nicht zu übersehen. Zwar hatte er sich von seiner Verwundung auf Shatterstone erholt, aber er zog sich häufig zurück und ließ kaum mehr jemanden an sich heran. Er wirkte so selbstsicher und zielbewusst wie zuvor, trotzdem entfernte er sich von den anderen auf eine Weise, die keine Zweifel ließ, dass er seine eigene Gesellschaft am meisten schätzte. Regelmäßig besprach er sich mit Redden Alt Mer über den Fortgang der Reise und verhielt sich freundlich zu jedem, der ihn ansprach, doch schien er meist nur halb anwesend zu sein. Die nächsten Treffen in der Kabine des Fahrenden wurden abgesagt, da sie, so wurde verkündet, nicht länger notwendig seien. Ryer Ord Star lief ihm immer noch wie ein verirrter Welpe hinterher, aber er bemerkte sie offenbar gar nicht. Sogar Bek Rowe fand es schwierig, sich mit ihm zu unterhalten, und der Junge fragte sich immer noch, warum ausgerechnet er den stillen Ruf auf Shatterstone gehört hatte.

Allerdings war Walker nicht das einzige Mitglied der Expedition, das von diesem Verhalten betroffen war. Ard Patrinell übte zwar weiterhin jeden Tag mit seinen Elfenjägern sowie mit Quentin Leah und Ahren Elessedil, den Rest der Zeit allerdings war er praktisch unsichtbar. Spanner Frew war ein Vulkan kurz vor dem Ausbruch. Einmal lieferte er sich ein Schreiduell mit dem Großen Roten, bei dem alle Mann an Deck rannten und die beiden mit großen Augen anstarrten. Rue Meridian presste die Lippen zusammen und behandelte jeden außer ihrem Bruder und Bek wie einen Fremden. Bek mochte sie gern, und die zwei verbrachten viel Zeit damit, sich gegenseitig Geschichten zu erzählen. Niemand verstand, weshalb sie der Junge so anzog, und Bek genoss es einfach. Panax schüttelte über alles und jeden den Kopf und schnitzte ständig. Truls Rohk war ein Geist.

Einmal kam Hunter Predd an Bord und führte eine grimmige, geflüsterte Unterhaltung mit Walker, die keinen von beiden zufrieden zu stellen schien. Anschließend ging der Flugreiter wütend und mit verkniffenem Gesicht von Bord.

Seit vier Monaten waren sie inzwischen unterwegs, und die Reise begann ihren Tribut zu fordern. Tagelang sichtete man kein Land, und manchmal wurden aus diesen Tagen Wochen. Die Anzahl der Inseln, an denen sie vorbeikamen, nahm ab, und es wurde notwendig, Vorräte und Wasser strenger zu rationieren. Frisches Obst gab es nur noch selten, und Regenwasser wurde in Persennings aufgefangen, die über dem Deck gespannt wurden. Aus Routine wurde Langeweile, Abwechslung war selten. Das Leben war ein dumpfes Einerlei, das bei jedem schlechte Laune hervorrief.

Daran konnte man nichts ändern, erklärte Rue Meridian Bek Rowe eines Tages, während sie zusammensaßen und sich unterhielten. Das Leben an Bord eines Schiffes brachte dies mit sich, und lange Reisen waren die Schlimmsten. Zum Teil hatte es damit zu tun, dass Entdecker und Abenteurer stets über Grenzen hinausgingen. Sogar die Mannschaft der Fahrenden hätte lieber mehr Freiraum gehabt. Keiner von ihnen hatte je eine Reise von solcher Länge unternommen, und sie entdeckten Gefühle und Reaktionen bei sich, die sie bislang nicht gekannt hatten. Das würde sich ändern, wenn sie ihr Ziel erreichten, im Augenblick musste man jedoch schlicht mit diesem Ungemach leben.

»Es hat viel mit Glück zu tun, ein Seemann zu sein, Bek«, sagte sie zu ihm. »Luftschiffe zu fliegen ist ein gefährliches Geschäft, selbst wenn der Kapitän so erfahren ist wie der Große Rote. Seine Mannschaften mögen ihn mehr wegen seines Glücks als wegen seiner Fähigkeiten. Fahrende sind ein abergläubischer Haufen, und sie halten ständig nach guten Vorzeichen Ausschau. Neue Erfahrungen und unbekannte Orte heißen sie nicht willkommen, wenn der Preis dafür das Leben ihrer Kameraden ist. Natürlich zieht sie das Unbekannte an, aber sie holen sich Trost aus dem Vertrauten und Sicheren. Ein wenig widersprüchlich, nicht wahr?«

»Ich dachte, Fahrende wären anpassungsfähiger«, erwiderte Bek.

Sie zuckte mit den Schultern. »Fahrende sind paradox. Sie mögen Bewegung und neue Orte. Nur das Unbekannte gefällt ihnen nicht. Sie vertrauen der Magie nicht. Dafür glauben sie ans Schicksal und an dessen Vorzeichen. Meine Mutter liest in Knochen, um die Zukunft ihrer Kinder zu erfahren. Mein Vater betrachtet die Sterne. Es ergibt nicht immer alles Sinn, aber was tut das schon zur Sache? Ist es besser, ein Zwerg oder ein Fahrender zu sein? Ein gesetztes Leben zu führen oder sich mit jedem Wechsel des Windes in eine andere Richtung zu bewegen? Das hängt doch nur vom Standpunkt ab, oder? Die Erfordernisse dieser Reise stellen für alle eine neue Erfahrung dar, und jeder von uns muss einen Weg finden, wie er damit zurechtkommt.«

Bek machte das nichts aus. Er nahm das Leben hin, wie es kam, und er hatte vor langer Zeit gelernt, die Bedingungen und Umstände, die er vorfand, einfach zu akzeptieren. Vielleicht lag es daran, weil er ein Waise war, der in die Hände einer fremden Familie gegeben worden und mit der Geschichte dieser Fremden aufgewachsen war. Vielleicht hatte es auch damit zu tun, dass er alles im Leben infrage stellte und ihm die Wagnisse dieser Reise deshalb nicht so sehr zusetzten. Schließlich war er nicht mit solcher Begeisterung aufgebrochen wie viele der anderen, und er konnte sein emotionales Gleichgewicht besser ausbalancieren.

So hatte er auch eine beruhigende Wirkung auf die anderen Teilnehmer der Expedition. Wenn er in der Nähe war, wirkten sie weniger reizbar und freundlicher. Er wusste nicht, woran das lag, aber es gefiel ihm, endlich irgendwie nützlich zu sein, und so versuchte er, jedes gesträubte Fell zu glätten, dem er begegnete. Quentin hatte eine ähnliche Wirkung. Nichts schien Beks Cousin je wirklich zuzusetzen. Stets zeigte er Eifer, gute Laune und Optimismus, und er war der Einzige an Bord, der offensichtlich jeden Tag genoss und sich auf den Nächsten freute. Gewiss war das ein Teil seiner Persönlichkeit, aber der Funken sprang auch auf jene über, die eigentlich nicht so großmütig waren.

Kurz nach der Begegnung mit den Würgern ging das Luftschiff entsprechend der Karte auf einen nördlicheren Kurs. Mit jedem Tag wurde es kälter. Der Herbst kehrte ein, und auch das Meer kühlte ab. Ein bleiernes Grau überzog den Himmel, und an den kälteren Tagen lag morgens eine dünne Schicht Eis auf der Reling. Furl Hawken gab die schweren Mäntel, dazu Handschuhe und Stiefel aus, und für die Nachtwache wurden an Deck Feuer zum Aufwärmen angezündet. Die Tage wurden kürzer, die Nächte länger, und die Sonne ging mit jeder Dämmerung weiter südlich auf.

Die ersten Schneeflocken fielen zwei Nächte vor der Ankunft auf der Insel Mephitic.

Walker stand am Bug des Luftschiffs und betrachtete die Insel, während sie sich ihr näherten. Die Flugreiter hatten sie vor einigen Stunden entdeckt. Redden Alt Mer hatte den Kurs korrigiert, nachdem er die Neuigkeit erfahren hatte, und jetzt lag Mephitic genau vor ihnen, ein grünes Juwel, das hell in der Mittagssonne funkelte.

Diese Insel unterschied sich von den beiden anderen, aber das hatte Walker ja schon gewusst. Mephitic war groß und breit, bestand aus welligen Hügeln, dichtem Wald und weitem Grasland. Hier gab es keine hohen Klippen wie auf Shatterstone oder öde Felsen wie auf Flay Creech. Die Insel war außerdem größer als die beiden vorherigen, so groß, dass Walker am dunstigen, herbstlichen Mittag nicht das andere Ende sehen konnte. Sie wirkte auch nicht so Unheil verkündend. Vielmehr erinnerte sie an das Westland, wo es an die Ebene von Streleheim grenzt. Während das Luftschiff auf die

Küste zu sank und langsam darüber kreiste, beobachtete er Rehe, die friedlich weideten, und Schwärme von Vögeln, die in den Himmel aufstiegen. Nichts an diesem Ort erweckte einen gefährlichen oder bedrohlichen Eindruck.

Schon beim ersten Überfliegen fand Walker, wonach sie suchten. Eine wuchtige Burg stand auf einer niedrigen Klippe in Richtung Westen. Davor lag dichter Wald, dahinter eine weite Ebene. Die Burg war alt und zerfallen, die Fallgitter waren zerstört, Fenster und Türen leere dunkle Löcher und Höfe sowie Wehrgänge verwaist. In einem anderen Zeitalter war es eine mächtige Festung gewesen, und die Mauern und Nebengebäude breiteten sich über eine Meile in alle Richtungen aus. Die eigentliche Burg hatte die Größe von Paranor und erschien genauso prächtig.

Anders als die beiden ersten Inseln, von denen nur die Namen auf der Karte standen, war Mephitic deutlich gezeichnet. Vor allem die Festung wurde erwähnt. Der dritte und letzte Schlüssel befand sich irgendwo darin.

Walker zog seine schwarze Robe enger um sich und starrte zur Burg. Die wachsende Unzufriedenheit auf dem Schiff entging ihm nicht. Sicherlich konnte er einen Teil davon auf sich selbst zurückführen. Er hatte sich sehr von den Männer und Frauen an Bord fern gehalten, doch nicht, ohne die Folgen zu bedenken, und nicht aus den Gründen, die man auf dem Schiff vermutete. Er wusste Dinge, die ihnen unbekannt waren, und eine Sache hatte ihn dazu veranlasst, alle auf Armeslänge von sich zu halten, seit er sich erholt hatte.

Das würde sich ändern, wenn er erst einmal den dritten Schlüssel hatte, denn dann könnte er ihnen Hoffnung machen, dass sie das Versteck erreichen und öffnen könnten.

Sicherlich war alles nicht so einfach, wie es von außen erschien, aber wann war schon etwas so, wie es aussah?

Er verspürte eine bittere Zufriedenheit darüber, die Wahrheit zu kennen, aber wirklich besser fühlte er sich dadurch nicht. Hunter Predd hatte ein gutes Recht, wütend auf ihn zu sein, weil er sich dermaßen in Geheimniskrämerei hüllte. Sie alle hatten das Recht dazu, mehr als sie ahnten. Das erinnerte ihn an die Verbitterung, die er selbst vor langer Zeit Druiden entgegengebracht hatte. Er kannte die Natur ihres Ordens. Sie nutzten Macht aus und verwahrten Geheimnisse. Sie manipulierten und betrogen. Vor allem führten sie Ereignisse herbei und setzten andere Menschen zum Wohl der Vier Länder ein. Er hatte niemals zu ihnen gehören wollen, und eigentlich wollte er das auch heute noch nicht. Obwohl er einer von ihnen geworden war, ein Teil ihres Ordens und ihrer Geschichte, hatte er sich geschworen, anders zu sein. Und obwohl er die notwendigen Aufgaben erfüllen wollte, um die Rassen zu vereinigen, würde er nicht die alten Taktiken des Ordens anwenden.

Und nun stieß er wieder einmal darauf, wie schwierig es war, diesen Schwur zu halten. Er entdeckte, wie tief er sich in dessen Ziele und seine Pflicht verstrickt hatte.

Er befahl Redden Alt Mer, die *Jerle Shannara* zu der Ebene vor der Burg zu fliegen und dort in einem Abstand von zweihundert Metern zu ankern. Er rief alle an Bord zusammen und erklärte ihnen, dass er mit einigen Männern die Burg erkunden wolle, jetzt, vor der Dunkelheit. Vielleicht würden sie den Schlüssel ja finden und könnten ihn sogar mitnehmen. Aber er wolle nicht die gleichen Risiken wie auf Shatterstone eingehen, daher würde er vor allem Vorsicht walten lassen. Sobald er eine Gefahr spüre, würden sie zurückkehren und erst morgen weitermachen. Sollten sie wegen dieser Maßnahmen länger brauchen, um ihr Ziel zu erreichen, so wäre das auch nicht schlimm.

Panax, Ard Patrinell und sechs Elfenjäger suchte er zu seiner Begleitung aus. Er zog auch Quentin Leah in die innere Wahl, schüttelte aber dann den Kopf. Bek schaute er gar nicht erst an.

Der Kundschaftertrupp stieg an der Strickleiter vom Schiff herunter und machte sich auf zur Burg. Sie wateten durch hüfthohes Gras und erreichten bald den Westeingang der Burg, eine Zugbrücke, die heruntergelassen war, und ein Fallgitter, das hochgezogen und verrostet war. Sie blieben einen Moment stehen, dann überquerten sie vorsichtig die Zugbrücke und betraten den Burghof. Dutzende Türen führten durch Mauern, Dutzende Treppen führten auf die Türme. Walker überprüfte sie alle und fand nichts. Es gab weder ein Anzeichen für Gefahr noch für Leben.

Dennoch spürte er den Schlüssel, fern und schwach, irgendwo im Inneren des Bergfrieds. Welche Art Wächter behütete ihn? *Eines ist alles und nichts und wird deine Seele rauben.* Die Worte der Seherin hallten rätselhaft und beunruhigend in seinem Kopf wider.

Walker stand lange Zeit im Hof, um genau wahrzunehmen, was seine Sinne ihm zeigten, dann ging er weiter.

Sie durchkämmten die Ruinen von den Türmen bis zu den Kellergewölben, vom Kerker bis zu den Turmspitzen, von der Halle bis zum Hof, von einer Brustwehr zur anderen, kreuz und quer durch das gesamte Labyrinth. Nichts störte sie dabei, und keine Gefahren enthüllten sich ihnen. Zwei Mal glaubte Walker, sie seien dem Schlüssel nahe, meinte, seine Gegenwart stärker zu spüren, seine besondere Mischung aus Metall und Energie zu fühlen. Jedes Mal entzog sich der Schlüssel ihm wieder. Beim zweiten Mal teilte er die Elfenjäger in Paare auf und schickte zwei mit Ard Patrinell, zwei mit Panax los und behielt zwei bei sich, um das gesuchte Stück zu umzingeln. Aber niemand fand irgendetwas.

Ihre Suche war auch in anderer Hinsicht niederschmetternd. Die Festung stellte ein verwirrendes Durcheinander von Zimmern, Höfen und Hallen dar, und im Inneren verlor man sofort die Orientierung. Die Suchenden liefen ständig im Kreis und landeten wieder am Ausgangspunkt. Was auch immer hier vor sich ging, jegliche Bemühungen, das Ziel zu finden, wurden vereitelt, sooft sie es auch versuchten.

Schließlich gaben sie auf. Die Nachmittagssonne stand im Westen am Horizont, und Walker wollte sich nach Einbruch der Dunkelheit nicht mehr in der Burg aufhalten. Der Bergfried wäre dann vielleicht ein weniger freundlicher Ort, und diese Erfahrung würde er sich gern ersparen. Obwohl sie den Schlüssel noch nicht gefunden hatten, war er ganz in der Nähe, so viel wusste er. Es war nur eine Frage der Zeit, bis sie ihn gefunden haben würden.

Er kehrte zum Schiff zurück und berief das erste Treffen seines inneren Kreises seit fast zwei Monaten ein, wo er Bericht erstattete und seine Zuversicht zum Ausdruck brachte. Redden Alt Mer, Rue Meridian, Ard Patrinell, Ahren Elessedil, Ryer Ord Star, Quentin Leah und Bek Rowe waren anwesend, und was er erzählte, stärkte ihren Mut. Morgen würden sie die Suche nach dem letzten Schlüssel fortsetzen, endete er, und gewiss würden ihre Bemühungen dann von Erfolg gekrönt sein.

In der Dämmerung nahm Walker alle außer den Fahrenden, Ryer Ord Star, Truls Rohk und Bek mit sich. Er sah die Enttäuschung und die Verletztheit in Beks Augen, trotzdem ging es nicht anders. Abermals durchforschten sie die Burg, nahmen sich den ganzen Tag dafür Zeit, und wieder fanden sie nichts. Genau wie am vorangegangenen Tag spürte Walker die Nähe des Schlüssels unmissverständlich und deutlich. Dennoch war er nirgends zu entdecken. Aufmerksam hielt er nach dem Hüter Ausschau, wie immer der aussehen mochte – denn er wusste, irgendetwas bewachte den Schlüssel –, aber er konnte nichts finden.

Drei weitere Tage setzte Walker die Suche fort. Er nahm jedes Mal die gleichen Teilnehmer der Expedition mit, teilte sie in verschiedene Gruppen auf und hoffte, in der neuen Kombination würden manche das entdecken, was anderen entgangen war. Von morgens bis abends streiften sie durch die Ruinen. Wieder und wieder liefen sie im Kreis, begannen ihre Suche im Inneren und landeten draußen. Sie erhaschten nicht den geringsten Blick auf den Schlüssel.

Am fünften Abend war Walker müde und entmutigt und fühlte sich genötigt, wenigstens sich selbst, wenn schon niemand anderem, einzugestehen, dass er so nicht weiterkam. Er hatte einen Punkt erreicht, an dem das drohende Scheitern seine Hoffnungen erdrückte. Seine Geduld war am Ende, seine Zuversicht längst ausgehöhlt. Hier zog ihn etwas auf unangenehme und subtile Weise nach unten.

So stand er lange Zeit am Bug des Schiffes, während die Übrigen an Bord schliefen, und versuchte zu entscheiden, was er als Nächstes tun sollte. Irgendetwas hatte er übersehen. Der Schlüssel war dort; er fühlte ihn. Warum war es so schwierig, ihn zu finden? Weshalb entdeckte er nicht, auf welche Weise er verborgen wurde? Wenn ihn keine Magie schützte und kein Wächter zu bemerken war, wie konnte sich dieses Ding Walker ständig entziehen?

Er musste anders an die Sache herangehen. Etwas Neues versuchen. Vielleicht sollte er des Nachts in die Burg gehen. Möglicherweise sah im Dunkeln alles ganz anders aus.

Es war an der Zeit, Truls Rohk zu rufen.

Weit achteraus der *Jerle Shannara,* südöstlich der Insel und außer Sichtweite, hing die *Schwarze Moclips* still über dem Wasser und hatte für die Nacht festgemacht. Mwellret-Wachen streiften über das Deck, wobei sie ihre spinnenartige Gestalt unter Kapuzen und Mänteln verbargen, während sie durch die Dunkelheit gingen. Die Föderationsmannschaft befand sich unter Deck in den Quartieren, außer dem Rudergänger, einem gertenschlanken, drahtigen Veteranen, der Abscheu vor den eidechsenähnlichen Kreaturen empfand, die er auf diesem Schiff transportieren musste.

Die Ilse-Hexe teilte seine Gefühle. Die Mwellrets waren widerlich und gefährlich, aber sie konnte an ihrer Anwesenheit nichts ändern. Die Untergebenen des Morgawr waren der Preis, den sie hatte zahlen müssen, um ihre Suche nach der Magie durchzuführen. Am liebsten hätte sie alle an einen großen Fisch verfüttert.

Nicht, dass sie bei Kommandant Aden Kett und seiner Mannschaft in besserem Ruf stand. Die Soldaten der Föderation konnten sie beinahe genauso wenig leiden; sie stellte eine schattenhafte Präsenz dar, die sich von ihnen fern hielt, ihnen keine Gründe für das nannte, was sie tat, und die am allerersten Tag gleich ein kleines Exempel an einem von ihnen statuiert hatte, der ihren Befehl missachtet hatte. Allein die Tatsache, dass sie offensichtlich ein Mensch war, brachte ihr ein wenig Sympathie ein. Da sie aber über eine Macht verfügte, die sich niemand vorstellen konnte, und sich zudem wenig um sie kümmerte, wenn es sich nicht um ihre Belange drehte, ging man ihr so gut als möglich aus dem Weg.

Und so sollte es ja auch sein. So war es schließlich immer gewesen.

In ihre graue Robe gehüllt, stand sie vor dem Vordermast und starrte in die Nacht. Sie hatte die *Jerle Shannara* seit dem Aufbruch von Arborlon beschattet. Die *Schwarze Moclips* war ein beeindruckendes und leistungsfähiges Luftschiff, und die Mannschaft war so gut ausgebildet und erfahren, wie Sen Dunsidan es versprochen hatte. Beide hatten getan, was zur Verfolgung des Elfenluftschiffes notwendig war. Dabei hatte kaum Gefahr bestanden, die Spur der *Jerle Shannara* zu verlieren. Dafür hatte die Ilse-Hexe schon gesorgt.

Aber was passierte jetzt? Warum lag das andere Schiff so lange vor Anker? Sechs Tage und Nächte wartete sie bereits, und der Druide hatte den letzten Schlüssel noch immer nicht gefunden. Warum? Offensichtlich war das Rätsel dieser Insel schwieriger zu lösen als die beiden vorangegangenen. Würde Walker hier scheitern? Kam er ohne ihre Hilfe nicht mehr weiter?

Sie schniefte angeekelt bei diesem Gedanken. Nein, der nicht. Sogar als Krüppel war er nicht so leicht zu besiegen. Sie mochte ihn hassen und verachten, aber sie wusste, wie Furcht erregend und klug er war. Er würde sein Rätsel lösen und zu dem Versteck weiterfahren, das sie beide zu finden beabsichtigten. Sie würden die Sache zwischen sich austragen, und ihr lebenslanger Hass würde endlich zur Ruhe kommen. Alles lief so ab, wie sie es vorgesehen hatte. Er würde sie nicht enttäuschen.

Dennoch blieb da eine gewisse Unsicherheit zurück und nagte beständig an ihr. Vielleicht überschätzte sie ihn. Hatte er überhaupt schon bemerkt, auf welche Weise er bei seiner Suche beeinflusst wurde? Hatte er, wie sie, den verborgenen Sinn des Schiffbrüchigen und der Karte erkannt?

Sie runzelte die Stirn. Das musste sie zumindest annehmen. Sie konnte es sich nicht leisten, von etwas anderem auszugehen. Aber es wäre schon interessant zu wissen. Vielleicht konnte ihr Spion es ihr verraten. Aber das Risiko war zu groß, ihn bei einer Kontaktaufnahme möglicherweise bloßzustellen.

Sie schritt nach vorn zum Bug und blickte eine Zeit lang hinaus in die Dunkelheit, dann zog sie eine kleine Milchglaskugel aus ihrer Robe und hielt sie ins Licht. Leise sang sie die Kugel an; das Glas wurde klar und zeigte ein Bild der *Jerle Shannara,* die vor der Burgruine geankert hatte. Sie betrachtete es aufmerksam und suchte nach dem Druiden, doch der war nirgends zu sehen. Elfenjäger hielten an Bug und Heck Wache, und ein stämmiger Fahrender stand am Steuer. In der Mitte des Schiffes befand sich der seltsame Kasten, den der Druide an Bord hatte bringen lassen und der durch magische Ketten bewacht wurde.

Was war bloß darin verborgen? Was musste er so sorgsam bewachen?

»Die Elfen wissssen nicht um unss, Herrin«, zischte jemand neben ihr. »Ssollen wir ssie alle im Schlaf umbringen?«

Zorn flammte lodernd wegen dieser Unterbrechung in ihr auf. »Wenn du noch einmal ohne Erlaubnis an mich herantrittst, Cree Bega, werde ich vergessen, wer dich geschickt hat und weshalb du hier bist, und dir einfach die Haut abziehen.«

Der Mwellret verneigte sich unterwürfig. »Entschuldigt, Herrin. Aber wir verschwenden unssere Zeit und unssere bessten Gelegenheiten. Töten wir ssie, und damit hat ess ssich!«

Sie hasste Cree Bega. Der Anführer der Mwellrets wusste, sie würde ihm nichts tun; der Morgawr hatte ihm persönlich seinen Schutz gegen sie garantiert. In seiner Gegenwart hatte sie einen Schwur ablegen müssen. Bei der Erinnerung daran hätte sie sich am liebsten übergeben. Er fürchtete sich aber ohnehin nicht vor ihr. Mwellrets waren gegen die kontrollierenden Kräfte der Magie immun, und Cree Bega mehr als die meisten. Dazu gesellten sich noch seine unerträgliche Arroganz und seine offene Verachtung ihr gegenüber.

Aber sie war die Ilse-Hexe, und sie offenbarte ihm nichts von ihrer Gereiztheit. Niemand brachte sie in Verlegenheit, solange sie es nicht wollte.

»Sie tun die Arbeit für uns, Ret. Wir lassen sie weitermachen, bis sie fertig sind. Dann kannst du so viele umbringen, wie du möchtest – außer einem.«

»Ich weissss von deinem Anspruch auf den Druiden, Herrin«, schnurrte er. »Gibsst den Resst mir und den meinen. Wir werden zufrieden ssein. Kleine Leute, Elfen, gehören unss.«

Sie fuhr mit der Hand über die Kugel. Das Bild der *Jerle Shannara* verschwand, und die Kugel wurde wieder weiß. Sie steckte das gute Stück zurück in die Robe, ohne auch nur einen einzigen Blick auf die Kreatur neben ihr zu werfen. »Euch gehört gar nichts, was ich euch nicht gebe. Vergiss das nicht. Jetzt geht mir aus den Augen.«

»Ja, Herrin«, erwiderte er ohne einen Funken Respekt oder Furcht und glitt in die Dunkelheit davon wie Öl über schwarzes Metall.

Sie sah nicht nach, ob er wirklich gegangen war. Es spielte keine Rolle, was sie dem Morgawr versprochen hatte, dachte sie. Wenn sie mit dieser Sache fertig war, dann war sie auch mit diesen verräterischen Kröten fertig. Mit allen von ihnen, gleichgültig, was sie dem Morgawr versprochen hatte. Und Cree Bega würde der Erste sein.

Die Nacht war ruhig und windstill, und sie wiegte die *Jerle Shannara* wie ein schlummerndes Kind sanft in den Armen. Bek Rowe setzte sich plötzlich auf, starrte in die Dunkelheit und lauschte dem Schnarchen und Atmen von Quentin, Panax und den anderen. Jemand hatte seinen Namen gerufen, ihn in seinem Kopf geflüstert, mit einer Stimme, die er nicht erkannte, mit Worten, die er beim Erwachen augenblicklich vergessen hatte. War das nur Einbildung gewesen?

Er erhob sich, zog Schnürstiefel und Mantel an und kletterte hinauf auf Deck. Oben an der Treppe blieb er reglos stehen, als könnte er die Antwort in der Dunkelheit finden. Er hatte seinen Namen deutlich gehört. Jemand hatte ihn ausgesprochen. Er strich sein lockiges Haar zurück und rieb sich den Schlaf aus den Augen. Der Mond und die Sterne leuchteten hell wie Leuchtfeuer an einem samtschwarzen Himmel. Die Umrisse des Luftschiffes und der Insel waren klar zu erkennen. Alles war ruhig, schien in Eis erstarrt zu sein.

Er ging zum vorderen Mast, bis vor das geheimnisvolle Objekt, das Walker Boh so sorgsam bewachte. Dort schaute er sich nochmals um und forschte nun sowohl in sich als auch draußen nach dem, was ihn hergerufen hatte.

»Suchst du etwas, Junge?«, zischte eine bekannte Stimme leise neben ihm.

Truls Rohk. Bek zuckte unwillkürlich zusammen. Der Gestaltwandler hockte irgendwo im Schatten seiner Kiste, so nahe, dass sich Bek vorstellte, er könne die Hand ausstrecken und ihn berühren. »Hast du mich gerufen?«, hauchte er.

»Es ist eine gute Nacht, um Wahrheiten zu entdecken«, flüsterte der andere mit seiner rauen, nicht ganz menschlichen Stimme. »Willst du es versuchen?«

»Wovon sprichst du?« Bek bemühte sich, seiner Stimme einen festen und ruhigen Klang zu geben.

»Summe für mich. Nur ein bisschen, so wie ein Kätzchen schnurrt. Summe, als wolltest du mich mit deiner Stimme anlocken. Verstehst du?«

Bek nickte und fragte sich, was in aller Welt der andere beweisen wollte. Summen? Ihn mit seiner Stimme anlocken?

»Mach schon. Zweifel nicht an mir. Denke daran, was du tun willst, und dann tu es. Konzentrier dich.«

Bek folgte der Aufforderung. Er malte sich aus, wie der Gestaltwandler neben ihm stand, stellte ihn sich in der Dunkelheit vor und summte, als könnte der Laut allein ihn herholen. Das Summen war allerdings kaum zu hören und, soweit Bek es beurteilen konnte, erfolglos.

»Nein!«, zischte der andere verärgert. »Gib dir mehr Mühe! Mehr durch die Zähne, Junge!«

Bek versuchte es erneut. Sein Summen brummte und vibrierte von der Kehle durch Mund und Nase. Durch die Anstrengung schien die Luft vor seinen Augen zu schimmern, als sei sie flüssig.

»Ja«, murmelte Truls Rohk, und in seiner Stimme schwang Zufriedenheit mit. »Das habe ich mir gedacht.«

Bek verstummte und starrte in die Schatten. »Du hast es dir gedacht? Was?« Ihm selbst hatte das Summen nichts enthüllt. Was hatte Truls Rohk bloß daraus ersehen?

Ein Teil der Schwärze um den Kasten löste sich, nahm Gestalt an und erhob sich im Licht der Sterne. Es war eine nur vage menschliche Form, groß und erschreckend. Bek musste sich zusammenreißen, damit er nicht zurückwich.

»Ich kenne dich, Junge«, wisperte der andere.

Bek erstarrte. »Woher?«

Der andere lachte leise. »Ich kenne dich besser als du dich selbst. Die Wahrheit über dich ist ein Geheimnis. Aber es ist nicht an mir, es zu enthüllen. Der Druide muss es tun. Ich kann dir lediglich ein wenig zeigen, wie es aussieht. Bist du daran interessiert?«

Einen Augenblick dachte Bek daran, sich umzudrehen und davonzugehen. Das, was der andere beabsichtigte, beinhaltete etwas Finsteres, etwas, das den Jungen verändern würde, sobald es einmal enthüllt wäre. Das begriff er instinktiv.

»Wir sind uns ähnlich, du und ich«, sagte der Gestaltwandler. »Wir sind nicht, was wir zu sein scheinen oder wofür andere uns halten. Wir sind auf eine Weise verbunden, die dich überraschen und erstaunen würde. Vielleicht sind unser beider Schicksale irgendwie miteinander verwoben. Was aus dem einen wird, hängt vom anderen ab.«

Bek konnte sich das nicht vorstellen. Er konnte kaum dem folgen, was sein Gegenüber sagte, geschweige denn, was er meinte. Er erwiderte nichts.

»Lügen verhüllen uns wie Masken den Dieb, Junge. Mich, weil ich es so gewollt habe – dich, weil du getäuscht wurdest. Wir sind Gespenster, die im Schatten leben, und die Wahrheit unserer Identität ist ein sorgsam gehütetes Geheimnis. Aber deines ist bei weitem das dunklere. Deines hat seinen Ursprung in einem Spiel des Druiden und in der finsteren Versprechung einer Magie. Meines ist schlicht das Ergebnis eines verdrehten Schicksals und der dummen Entscheidung von Eltern.« Er schwieg kurz. »Komm mit mir, und ich werde es dir erzählen.«

Bek schüttelte den Kopf. »Ich kann nicht gehen …«

»Kannst du nicht?«, unterbrach ihn der Gestaltwandler zischend. »Hinab auf die Insel und in die Burg? Komm mit mir, und wir holen dem Druiden den dritten Schlüssel, ehe er aufwacht. Er liegt dort und wartet auf uns. Du und ich, wir können schaffen, woran der Druide scheitert. Wir finden den Schlüssel und holen ihn her.«

Bek holte tief Luft. »Weißt du, wo er ist?«

Der andere bewegte sich leicht, ein fließender Schemen im Mondlicht. »Es ist nur wichtig, dass ich weiß, wie man ihn findet. Der Druide hat mich heute Abend gebeten, ihn zu suchen, und das habe ich getan. Aber jetzt habe ich mich entschieden, noch einmal hinzugehen und ihn zu holen. Willst du nicht mitkommen?«

Der Junge war sprachlos. Was ging hier eigentlich vor sich?

»Das sollte leicht für dich sein. Ich kenne dein Herz. Dir hat man erlaubt, nichts zu tun. Du wurdest an Bord gelassen, aber den Grund dafür hast du nicht erfahren. Man hat dich belogen und übergangen, als würdest du nichts zählen. Bist du das nicht leid?«

Erst vor zwei Tagen hatte Bek den Mut aufgebracht und Walker nach der Stimme gefragt, die er auf Shatterstone plötzlich im Kopf gehört hatte. Der Druide hatte ihm erklärt, es sei lediglich ein Zufall gewesen, dass er seine Gedanken auf Bek gerichtet habe, dass er kurz vor dem Angriff an den Jungen gedacht und sich deshalb instinktiv an ihn gewandt habe. Diese Lüge war offensichtlich, und Bek hatte sich angewidert abgewandt. Truls Rohk spielte offensichtlich genau auf diesen Zwischenfall an.

»Dies ist deine Chance«, drängte der Gestaltwandler. »Komm mit mir. Wir können tun, was Walker nicht schafft. Hast du Angst?«

Bek nickte. »Ja.«

Truls Rohk lachte tief und dröhnend. »Solltest du nicht. Vor gar nichts. Aber ich werde dich beschützen. Komm mit mir. Hol dir etwas von dem, was du bist, vom Druiden zurück. Bring ihn dazu, innezuhalten. Soll er doch noch einmal überdenken, wie er dich einschätzt. Finde etwas über dich selbst heraus, darüber, wer du bist. Willst du das nicht?«

Bek war sich nicht sicher. Plötzlich war er sich bei überhaupt nichts mehr sicher. Der Gestaltwandler erschreckte ihn aus mehr Gründen, als er sich zu überlegen wagte, aber vor allem durch die düstere Mitteilung, dass Bek nicht der und das war, was er glaubte zu sein. Bek wusste nicht, ob er von diesem Mann und auf diese Weise überhaupt etwas erfahren wollte.

»Ich werde mein Versprechen halten, Junge«, wisperte Truls Rohk. »Ich erzähle dir meine Wahrheit. Nicht das, was du von Panax gehört hast. Nicht, was du dir vorgestellt hast. Die Wahrheit, wie sie wirklich ist.«

»Panax meinte, du wärst in einem Feuer ...«

»Panax hat keine Ahnung. Niemand weiß es, außer dem Druiden.«

Bek starrte ihn an. »Und warum willst du es ausgerechnet mir erzählen?«

»Weil wir uns ähnlich sind, wie ich bereits sagte. Wir sind uns ähnlich, und vielleicht wirst du, indem du etwas über mich erfährst, auch etwas über dich erfahren. Vielleicht. Ich kann mich in dir wiederfinden. Ich sehe, wie ich vor langer Zeit war, und diese Erinnerung schmerzt mich. Wenn ich dir meine Geschichte erzähle, kann ich den Schmerz möglicherweise ein wenig lindern.«

Und ihn mir aufhalsen, dachte Bek. Aber er war neugierig. Neugierig und von dem Gestaltwandler fasziniert. Er schaute zur Burg, die vom Mondlicht erhellt war. Truls Rohk hatte auch wegen des Schlüssels Recht. Bek wollte mehr tun, nicht nur den Kabinensteward spielen. Er ärgerte sich, weil er ständig an Bord bleiben musste. Schließlich wollte er das Gefühl haben, ebenfalls Teil der Expedition zu sein. Er wollte etwas Wichtiges vollbringen. Den dritten Schlüssel zu finden würde für den Anfang genügen.

Allerdings erinnerte er sich auch an die Aale von Flay Creech und den Dschungel von Shatterstone, und so fragte er sich, wie er überhaupt daran denken konnte, dort hinunterzugehen. Truls Rohk wirkte zuversichtlich, doch die Gründe, die er angab, ließen sich durchaus bezweifeln. Dennoch, die anderen waren auch hinuntergestiegen und heil wieder zurückgekehrt. Sollte er sich an Bord vor allem verstecken, was ihnen begegnete? Er hatte gewusst, dass es Risiken geben würde, als er seiner Mitreise zugestimmt hatte. Allen konnte er nicht ausweichen.

Bloß, sollte er sich so willfährig hineinstürzen?

»Komm mit mir, Junge«, drängte Truls Rohk ihn erneut. »Rasch ist die Nacht vorüber, und wir müssen handeln, solange es dunkel ist. Der Schlüssel wartet. Ich werde dich beschützen. Du wirst das Gleiche für mich tun. Auf die Art enthüllen wir gegenseitig die verborgenen Wahrheiten über uns. Komm!«

Einen Moment lang zögerte Bek noch. Dann seufzte er tief. »Also gut«, stimmte er zu.

Truls Rohk lachte. Sekunden später glitten sie über die Seite des Luftschiffes und verschwanden in der Nacht.

Vierundzwanzig

Truls Rohk war entstanden aus flammender Leidenschaft, einer falschen Wahl und einer zufälligen Begegnung, die niemals hätte stattfinden sollen.

Sein Vater stammte aus dem Grenzland, dessen Eltern und Großeltern als Waldläufer und Fährtenleser ihr ganzes Leben in der Wildnis des Runnegebirges verbracht hatten. Als er fünfzehn war, hatte er seine Familie bereits verlassen und sich eine eigene Existenz aufgebaut. Mit zwanzig war er eine Legende, ein Trapper, der den Wolfsktaag der Länge und Breite nach durchquert hatte, der Karawanen mit Einwanderern über die Berge brachte, Jagdgesellschaften führte und Gebiete erkundete, in die sich erst wenige vorgewagt hatten. Er war ein großer Mann mit kräftig gebautem Körper und starkem Willen, flink, begabt und erfahren wie sonst nur wenige. Außerdem kannte er die Wesen, die im Wolfsktaag lebten. Vor ihnen fürchtete er sich zwar nicht, trotzdem vergaß er nie, wozu sie in der Lage waren.

Truls Rohks Mutter lernte er in seinem dreiunddreißigsten Lebensjahr kennen. Sein halbes Leben hatte er als Kundschafter und Führer gearbeitet, und in der Wildnis fühlte er sich mehr zu Hause als in den Vorposten der Zivilisation. Mehr und mehr hatte er sich von den Siedlungen und den Menschen distanziert. Frieden und Trost suchte er zunehmend in der Einsamkeit. Die Welt, die er bevorzugte, war keineswegs eine sichere, aber immerhin war sie ihm vertraut. Überall drohte Gefahr, aber das nahm er in Kauf und akzeptierte es. Im Tausch gegen die Schönheit und Reinheit des Landes hielt er sie für einen angemessenen Preis.

Bisher hatte er stets Glück gehabt, nie einen schweren Fehler begangen und war keine unnötigen Risiken eingegangen. Dieses Glück führte zu einer Zufriedenheit, durch die sein Leben in sicheren Bahnen verlief. So lernte er, vorsichtig und positiv zu denken. Solange er die richtigen Entscheidungen traf, dachte er, würde ihm nichts geschehen. Zwar erlitt er gelegentlich Verletzungen oder wurde krank, jedoch niemals so ernst, dass er sich nicht wieder erholt hätte.

An dem Tag, an dem er Truls Rohks Mutter kennen lernte, verließ ihn allerdings das Glück. Er suchte Schutz vor einem Sturm, als ein Baum weiter oben am Hang von einem Blitz getroffen wurde. Mit einem lauten Knall wurde der Stamm entwurzelt und rutschte mit dem halben Hügel abwärts. Der Grenzländer, dem es so oft gelungen war, zu entkommen, war diesmal einen Schritt zu langsam. Ein riesiger Ast riss ihn von den Beinen. Felsen und Schutt prasselten auf ihn nieder. Sekunden später war er vollständig unter einem Berg von Steinen und Erde begraben, und er hatte das Bewusstsein verloren, ehe er noch ganz verstanden hatte, was passiert war.

Als er erwachte, hatte sich der Sturm gelegt, und die Nacht war hereingebrochen. Voller Überraschung stellte er fest, dass er sich wieder bewegen konnte. Er lag auf einer Lichtung, ein Stück von dem großen Ast und dem Erdrutsch entfernt, sein Körper schmerzte, sein Gesicht blutete, aber er lebte. Jemand sah ihn an, das spürte er, während er sich auf einen Ellbogen hochstemmte. Die Augen des Beobachters glühten in der Dunkelheit, tief im Schatten, hell und wild. Ein Wolf, dachte er. Trotzdem griff er weder nach seiner Waffe noch geriet er in Panik. Er starrte sein Gegenüber lediglich an und wartete ab. Als nichts geschah, setzte er sich auf und dachte, angesichts seiner Bewegung würde der Beobachter davonschleichen. Das tat er jedoch nicht.

Der Grenzländer verstand. Der andere hatte ihn aus Steinen, Erde und Ästen, aus seinem Grab, befreit und ihm das Leben gerettet.

Das Blickduell dauerte lange Zeit an, da weder der Grenzländer noch der andere nachgab. Schließlich sagte der Grenzländer etwas, bedankte sich für die Hilfe. Der andere blieb, wo er war. Der Grenzländer redete lange mit ruhiger und leiser Stimme und kam langsam zu der Überzeugung, dass der Beobachter kein Mensch war, sondern ein Geisterwesen, ein Kind des Wolfsktaag.

Erst kurz vor der Dämmerung kam der Beobachter näher heran, sodass er deutlich zu sehen war. Es war eine Frau, aber keine menschliche. Sie glitt aus dem Schatten heran wie aus farbigem Wasser geformt und veränderte ihr Aussehen währenddessen, war im einen Moment ein Tier, ein Mensch im nächsten, und dann eine Kreuzung zwischen beidem. Sie schien zu versuchen, eine bestimmte Gestalt anzunehmen, wobei sie nicht genau wusste, welche. In allen Variationen war sie allerdings gleichermaßen wunderschön und beeindruckend. Sie kniete neben dem Grenzländer und strich ihm mit sanften, fremdartigen Fingern über Stirn und Gesicht; dabei flüsterte sie ihm Worte zu, die er nicht verstehen konnte, deren Tonfall aber unmissverständlich war – süß, seidig und voller Lust.

Eine Gestaltwandlerin, erkannte er, ein Geschöpf der Alten Welt, ein Wesen der Magie und seltsamer Mächte. Etwas von dem, wer und was er war, hatte sie angezogen. Sie starrte ihn mit solch unverhüllter Leidenschaft an, dass er von ihrem Feuer versengt wurde. Sie wollte ihn auf eine primitive, ursprüngliche Weise, und er spürte in sich den gleichen Trieb.

So paarten sie sich überstürzt und eilig auf dieser Lichtung, und der Akt war eher wegen seiner Raserei als seines verbotenen Charakters Furcht erregend. Ein Mensch und ein Geisterwesen – daraus konnte nichts Gutes hervorgehen, hätten die Alten gesagt.

Sie brachte ihn zu ihrem Schlupfwinkel, und drei Tage paarten sie sich ohne Unterlass, ruhten nur, wenn sie vollkommen erschöpft waren, und überließen sich ansonsten ihrer Leidenschaft. Der Grenzländer vergaß seine Wunden, seine Bedenken und jegliche Vernunft. Für diese eigentümliche Kreatur und das, was sie ihm gab, ließ er alles andere fallen. Er verlor sich in seinem unbeherrschbaren Trieb.

Nachdem es vorüber war, verschwand sie. Er erwachte am vierten Tag in Stille und Leere. Allein und verlassen lag er da. So erhob er sich, schwach und zittrig, doch fühlte er sich so lebendig wie nie zuvor. Ihr Geruch und ihr Geschmack hingen noch in der Luft, hafteten an seiner Haut, steckten noch in seiner Kehle. Ihre Gegenwart, die Art, wie sie sich anfühlte, hatte sich ihm ins Gedächtnis gebrannt. Er weinte und weinte. Ohne sie würde er nie wieder der Gleiche sein. Sie hatte ihn für immer verändert.

Monatelang suchte er nach ihr. Er durchkämmte den Wolfsktaag von einem Ende zum anderen und kümmerte sich um nichts anderes mehr. Er aß, trank, schlief und suchte ohne Unterlass. Das Wetter und die Jahreszeiten wechselten. Ein Jahr verstrich. Er bekam sie nicht zu sehen, fand keinen Hinweis darauf, wohin sie verschwunden war.

Dann eines Tages, gute zwei Jahre später, als er nur noch deshalb nach ihr suchte, weil er nicht wusste, was er sonst tun sollte, und als er längst keine Hoffnung mehr hegte, kam sie zu ihm. Das Jahr neigte sich dem Ende zu, die Blätter hatten die Farbe gewechselt und fielen rot, orange und gelb auf den Waldboden. Er ging gerade auf eine Quelle zu, wo er trinken wollte, bevor er weiterzog. Wo er war, wohin er wollte, wusste er nicht. Er blieb nur in Bewegung, weil er sonst nichts mehr zu tun hatte.

Und plötzlich stand sie vor ihm.

Sie war nicht allein. Ein Junge stand an ihrer Seite, teils menschlich, teils Tier, wie man sofort an seinem Gesicht sehen konnte. Er war der Sohn des Grenzländers. Für einen normalen Jungen von zwei Jahren war er zu groß, denn er erreichte an Höhe schon fast seine Mutter. Durchdringend, doch vorsichtig, starrte er seinen Vater an. In seinem Blick lag Begreifen und Erkennen. Anerkennung. Seine Mutter hatte ihm die Wahrheit über seinen Vater erzählt.

Der Grenzländer trat vor, stand verlegen vor ihnen und wusste nicht, was er tun sollte. Die Frau sprach mit leiser, bezwingender Stimme zu ihm. Ihre Worte waren, so fand der Grenzländer, deutlich. Sie hatte sich mit ihm gepaart, weil der Trieb unwiderstehlich war und er sie auf unerklärliche Weise angezogen hatte. Doch passten sie nicht zusammen, gehörten nicht zueinander. Trotzdem sollte er wissen, dass er einen Sohn hatte. Er sollte es zur Kenntnis nehmen und danach vergessen.

Das war der entscheidende Augenblick. Der Grenzländer hatte nach ihr gesucht, während sie ihn so gut wie vergessen hatte. Weder brauchte noch wollte sie ihn. Sie führte ihr eigenes Leben, das Leben eines Geistes, und er würde niemals dazugehören können. Dass sie ihn zerstört hatte und er sie nicht vergessen oder einfach wieder der werden konnte, der er früher gewesen war, verstand sie nicht. Er gehörte ihr, genauso wie der Junge ihm. Es war gleichgültig, aus welcher Welt er stammte oder welches Leben er einst geführt hatte. Er war der Ihre, und er würde sich nicht fortschicken lassen.

So flehte er sie an zu bleiben. Er fiel auf die Knie, dieser starke Mann, der so viel durchgemacht und erduldet hatte, und bettelte. Er weinte, aber es war nutzlos. Schlimmer noch, sinnlos. Sie begriff sein Verhalten nicht. Ihr fehlte es an den entsprechenden Erfahrungen. Geister weinen und betteln nicht. Sie handeln instinktiv und aus ihren Bedürfnissen heraus. Für sie war die Sache klar. Sie war ein Geschöpf des Waldes und der Geisterwelt. Er hingegen nicht. Daher konnte sie nicht bei ihm bleiben.

Als sie sich schließlich umdrehte, davonging und ihn bereits beinahe wieder vergessen hatte, verwandelte sich seine Verzweiflung in

Zorn. Sein zerstörtes Leben und all die Qualen waren nicht mehr zu ertragen, und so stürzte er sich ohne nachzudenken auf sie und trieb ihr sein Jagdmesser durch den Rücken ins Herz. Sie war tot, ehe er ihren Körper auf den Boden gelegt hatte.

Er riss das Messer heraus und wollte auch den Jungen töten, doch der war verschwunden.

Der Grenzländer lief umher und suchte nach ihm. In der Hand hielt er das Jagdmesser, an dem das Blut der Gestaltwandlerin noch feucht glänzte, und damit fuchtelte er vor den Schatten herum und beklagte sein Schicksal. In der Dunkelheit unter den Bäumen suchte er nach dem Jungen. Der Wahnsinn hatte ganz und gar von ihm Besitz ergriffen, die Blutgier beherrschte sein Wesen.

Er lief umher, bis er vor Erschöpfung zusammenbrach, dann schlief er ein.

Doch ehe er aufwachen konnte, um seine Suche fortzusetzen, fand der Junge ihn, nahm ihm das Messer ab und schnitt ihm mit sicherer, geübter Hand die Kehle durch.

Truls Rohks tiefe, kehlige Stimme verstummte. Geduckt glitt er weiter vor Bek durch das hohe Gras. Der Hochländer wartete auf eine Fortsetzung der Geschichte, die jedoch ausblieb. Schweiß bedeckte das sonnengebräunte Gesicht des Jungen, ein feuchter Schein, der gleichermaßen von Entsetzen und Anstrengung herrührte. Dabei zusehen zu müssen, wie der Vater die Mutter tötet, und anschließend selbst den Vater umzubringen, war ein fürchterliches Erlebnis. Wie musste es gewesen sein, solch rasenden Wahnsinn im Alter von zwei Jahren mit anzuschauen? Schlimmeres konnte sich Bek nicht vorstellen, vor allem, da Truls Rohk halbmenschlich war und menschliche Gefühle kannte.

»Bleib unten«, warnte der Gestaltwandler mit leisem Knurren.

Er blieb stehen und drehte sich zu Bek um. Das Gesicht war unter der Kapuze verborgen, der Körper vom Mantel verhüllt, aber Bek spürte die Hitze, die durch die Kleidung von ihm ausstrahlte.

»Ich habe sie begraben, wo sie niemand finden wird. Zuerst habe ich nichts gefühlt, erst viel später, als ich Zeit hatte, darüber nachzudenken.« Truls Rohks Stimme schien aus weiter Ferne zu kommen. »Es war gar nicht so schrecklich, bis ich begriff, dass ich die beiden einzigen Wesen verloren hatte, die wie ich sind – nicht in körperlicher Hinsicht, sondern durch den Blutbund. Sie waren meine Eltern. Niemand würde jemals für mich sorgen wie sie. Sogar mein Vater hätte mich vermutlich geliebt, wäre ihm Zeit geblieben und er nicht dem Wahnsinn anheim gefallen. Jetzt war ich allein und gehörte weder der einen noch der anderen Art an, war weder Geist noch Mensch. Zum Teil gehörte ich zu beiden Gruppen, und damit gehörte ich eigentlich zu keiner.«

Er lachte verbittert. »Bei den Menschen zu leben habe ich niemals versucht. Ich weiß, wie sie auf mich reagieren würden. Ein paar Mal haben sie mich in den Bergen aufgespürt und gejagt wie ein Tier. Ich habe auch versucht, mich zu den Gestaltwandlern zu gesellen, denn tief im Wolfsktaag leben einige Gruppen von ihnen, und ich konnte ihre Verstecke entdecken. Aber sie witterten meinen menschlichen Teil, und sie wussten, was ich war. Meine Mutter habe eine verbotene Grenze überschritten, sagten sie. Ihr Vergehen sei unverzeihlich. Besser sei es, wenn ich ebenfalls sterben würde. Einer von ihnen könne ich niemals werden. Ich müsse mein Leben in Einsamkeit verbringen.«

Er blickte Bek an. »Verstehst du jetzt, warum wir uns ähnlich sind?«

Bek schüttelte den Kopf. Er hatte keine Ahnung und wusste nicht einmal, ob er irgendwelche Vermutungen anstellen sollte.

»Du wirst schon noch verstehen«, flüsterte der andere.

Er wandte sich ab, ging weiter durch das hohe Gras und eilte nun auf den Eingang der Burg zu. Bek folgte ihm, da er nicht wusste, was er sonst tun sollte, und fragte sich noch immer, in welcher Hinsicht sie sich ähnlich waren. Bis hier unten, kurz vor der Burg, war er gelangt, weil sein Schicksal es verlangte und weil er auf dieser Reise mehr sein wollte als nur ein bloßer Beobachter. Hatte er damit einen Fehler begangen?

Die Burg erhob sich vor ihnen, ein Gewirr verfallener Steinmauern und schwarzer Löcher, wo Türen und Fenster verschwunden waren. Der Mond hatte sich dem Horizont genähert, und die Schatten, welche die Türme und Wehrgänge warfen, reckten sich lang über die Erde. Aus den Ruinen war kein Laut zu hören. Nichts regte sich im Dunkeln.

Truls Rohk blieb stehen und betrachtete ihn abermals. »Der Druide hat im Inneren der Mauern nach dem Schlüssel gesucht. Er hat nicht daran gedacht, dass der Wächter die Burg selbst sein könnte – sein erster Fehler. Er suchte nach einem Wächter, der den Schlüssel durch Angriff verteidigt und jene zu vernichten sucht, die eindringen. Dabei hat er nicht in Erwägung gezogen, dass der Wächter sich auf Täuschung verlegen könnte – sein zweiter Fehler. Nach Antworten auf seine Fragen hat er mit Vernunft und Magie geforscht, weil er sicher war, das eine oder das andere würde zum Ziel führen. Dass sein Widersacher sich auf etwas anderes verlassen könnte, kam ihm nicht in den Sinn – der letzte Fehler.«

Geschmeidig baute er sich vor Bek zu voller Größe auf. Der junge Mann zuckte zusammen, während er in die Dunkelheit von Truls Rohks Kapuze starrte, wo er nur die Augen sehen konnte. »Der Wächter des dritten Schlüssels ist ein Geist, und er haust im Innern dieser Mauern. Er hat keine Erscheinung außer der Burg selbst, und auf diese Weise behütet er auch seine Schätze. Der Schlüssel ist nur eins seiner Besitztümer; für den Geist hat er keinen speziellen Wert. Wer auch immer ihn hier deponiert hat, wusste das. Die Burg bewacht alles gleich, versteckt alles, enthüllt nichts, ein unveränderlicher Hüter. Und er täuscht, Junge. Wie ich. Wie du.«

»Wie können wir diese Täuschungen durchdringen?«, fragte Bek.

Die seltsamen Augen funkelten. »Wir werden versuchen, mit anderen Augen zu sehen.«

Sie gingen weiter bis an den äußersten Rand des Grases, bis sie wenige Meter vor der Zugbrücke und dem Burgtor standen. Während sie sich näherten, hatten sie sich geduckt gehalten und im hohen Gras verborgen, nicht weil der Wächter sie vielleicht sehen könnte, denn der besaß ja keine Augen, sondern weil er ihre Gegenwart spürte, wenn sie sich offenbarten.

»Es ist an der Zeit, andere Mittel einzusetzen, um uns zu tarnen«, sagte Truls Rohk und schlang seine Robe um sich. »Für mich ist das leicht. Ich bin ein Gestaltwandler und kann jede Form annehmen. Für dich ist es schwieriger, Junge. Aber du besitzt die richtigen Hilfsmittel. Summe noch einmal für mich. Diesmal setzt du deine Stimme ein, als würdest du dich noch immer im Gras verstecken. Hier, zieh dir das über den Kopf.«

Er reichte Bek einen Mantel, der zerschlissen und schmutzig war. Gehorsam zog Bek ihn an. Das Kleidungsstück roch nach dem Gras, mit dem er auf Wunsch des Gestaltwandlers verschmelzen sollte. Es dauerte einen Augenblick, bis er den Mantel angezogen hatte, dann sah er den anderen fragend an.

Truls Rohk nickte. »Na los. Summe für mich. Benutze die Laute, um die Luft um dich herum zu verändern. Versetze sie in Schwingung wie Wasser mit einem Stock. Schieb von dir fort, was du kannst. Mache dich zum Teil des Mantels.«

Bek gehorchte und verlor sich in den Gerüchen des Mantels, darin, wie sich der Stoff anfühlte, und vergrub sich tief in Lehm und Wurzeln, an einem Ort, an den sich nur noch Insekten und Tiere vorwagten. Leise und stetig summte er eine Zeit lang vor sich hin, dann blickte er den Gestaltwandler wieder an.

»Du hast es schon ein wenig begriffen?«, flüsterte der andere. »Ich meine, dein wahres Wesen? Aber noch nicht richtig. Lange nicht alles. Komm.«

Er führte Bek aus dem Verborgenen hinaus, wobei sich seine Gestalt sichtlich veränderte und zu einer flüssigen Form wurde. Bek summte leise und hüllte sich in den Mantel, maskierte sich und versteckte, wer und was er war, tief im Innern. Sie betraten die Burg ohne Schwierigkeiten und schritten durch die Dunkelheit der äußeren Höfe in die Finsternis der Hallen. Sie drangen tief in die Ruinen vor und benahmen sich dabei verstohlen wie eine Brise, die aus dem Grasland heranwehte. Mauern erschienen vor ihnen, doch Truls

Rohk ging einfach durch sie hindurch, und erstaunt folgte Bek ihm. Treppen tauchten auf, wo kurz zuvor nichts zu sehen gewesen war, und die beiden stiegen dort je nachdem hinauf oder hinunter. Türen waren plötzlich da und verschwanden hinter ihnen wieder. Bis zu einem gewissen Grad erkannte Bek, dass die gesamte Burg in keiner Hinsicht das war, was sie zu sein schien, sondern stattdessen ein riesiges Labyrinth aus Illusionen darstellte, die mit dem Stein verschmolzen und um der Täuschung willen erschaffen worden waren – um Türen und Gänge vorzuweisen, die ins Leere führten, um Hindernisse zu zeigen, wo es keine gab, um zu verhüllen und zu verdunkeln.

Wenn es keine Magie war, fragte sich Bek, was dann? Oder war diese Magie einfach so riesig und verwoben, dass man sie von den anderen Dingen nicht unterscheiden konnte?

Sie erreichten eine Steinmauer, die dick mit Staub und Spinnweben bedeckt war, eine Barriere aus schweren Steinblöcken, die von Alter und Wetter vernarbt waren. Truls Rohk blieb stehen und winkte Bek zu, er möge zurückbleiben. Dann wandte er sich der Mauer zu und fuhr mit dem Arm durch die Luft davor. Diese schimmerte und veränderte sich, woraufhin der Gestaltwandler fast unsichtbar wurde; nur ein Schatten blieb, ein wenig aufgewehter Staub in einem Windhauch. Dann war er verschwunden, mit dem Stein verschmolzen, als wäre er niemals da gewesen. Verzweifelt suchte Bek nach ihm. Aber nichts war zu sehen.

Doch einen Moment später war er zurück, tauchte aus dem Nichts auf, erhob sich aus der Düsternis, und seine verhüllte Gestalt war so flüssig wie die Schatten, die er nachahmte. Er hielt nur kurz inne, um die Hand auszustrecken und den dritten Schlüssel zu zeigen.

Das war ein Fehler. In diesem Augenblick vergaß Bek vor Aufregung das Summen.

Unvermittelt brach seine Tarnung zusammen, und die Burg fühlte sich anders an. Der Wandel war greifbar wie eine kräftige Windböe, ein fürchterlicher Seufzer, der durch die steinernen Hallen und über die Höfe hallte, ein Schauer, der aus der Tiefe der Erde herrührte. Bek versuchte sich erneut zu tarnen, doch es war zu spät. Etwas Furcht Erregendes heulte durch die Gänge und raste durch den Stein wie eine aus dem Käfig entkommene Bestie. Bek blieb das Herz stehen. Vergeblich strebte er danach, sich irgendwie zu verteidigen.

Truls Rohk rettete ihn. Der Gestaltwandler packte ihn, riss ihn von den Füßen wie ein Kind, nahm ihn unter den Arm und begann zu laufen. Durch die Gänge und Korridore ging es und über Höfe hinweg. Er sprang über zerbrochene Steine und entlang eingesackter Gräben, und er trug den Jungen vor dem erzürnten Geist davon. Aber der war überall, war mit den Mauern der Burg eins, kam von überall her. Versteckte Türen schlugen vor ihnen mit ohrenbetäubendem Krachen zu. Eiserne Tore schlossen sich scheppernd. Riesige Dornen schossen aus der Erde und wollten sie aufspießen. Falltüren öffneten sich unter ihren Füßen. Truls Rohk setzte über die Bedrohungen hinweg oder wich ihnen geschickt aus; manchmal nutzte er die Wände oder gar die Decken aus, um Halt für Hände und Füße zu finden. Nichts hielt ihn auf. Er rannte, als würde er vor einem Feuer fliehen.

Bek gab sich Mühe, ihn zu unterstützen, summte wieder, wusste jedoch nicht genau, was er eigentlich tat. Er summte, damit sie so schnell und flink wie Vögel wurden, um ihnen die Flüssigkeit von Wasser zu verleihen, um ihnen die ätherische Beschaffenheit von Luft zu geben. Er bot alles auf, was ihm einfiel, veränderte ständig die Taktik, wollte das Ding abschütteln, das sie verfolgte. So verschmolz er mit dem Wesen, das ihn trug, verschwand im Geruch von Erde und Gräsern, in den eisernen Muskeln, in den wilden Instinkten und raschen Reflexen. Er verlor sich vollständig in einem Wesen, bei dem er noch nicht einmal angefangen hatte, es zu verstehen. Auf diese Weise ging ihm sein Bewusstsein dessen, wer er war, abhanden. Er entblößte sich seiner Identität und zersplitterte in der Nacht.

Dann plötzlich lag er ausgestreckt auf der Erde, im hohen Gras versteckt, und er bemerkte, dass sie wieder außerhalb der Burg waren. Truls Rohk kauerte neben ihm, hielt den Kopf gesenkt, die Schultern hoben und senkten sich, und sein Atem klang wie das Knurren eines Tieres. Unvermittelt begann er zu lachen, leise und kehlig zunächst, dann lauter und lauter. Bek lachte mit ihm, eigenartig euphorisch, seltsam fröhlich, weil sie den Tod, der sie jagte, überlistet hatten.

»Oh, du bist wirklich nicht das, was du zu sein vorgibst, Junge«, keuchte der Gestaltwandler. »Nichts von dem, was man dir in all den Jahren eingeredet hat! War dir bewusst, dass du solche Dinge allein mit deiner Stimme vollbringen kannst?« Er zeigte zurück zur Burg.

»Was habe ich denn vollbracht?«, fragte Bek, von dem Gelächter durchgeschüttelt.

»Magie!«

Bek verstummte, sein Lachen wich Stille. Er lag im hohen Gras und starrte zu den Sternen hinauf, lauschte den Echos des Wortes in seinem Kopf. *Magie! Magie! Magie!* Nein, dachte er. Das stimmte nicht. Er konnte keine Magie beherrschen. Nein, niemals. Oh, ja, er besaß den Phönixstein, den Talisman, den er um den Hals trug, den ihm der König vom Silberfluss geschenkt hatte, und vielleicht …

»Du hast uns gerettet«, sagte Truls Rohk.

Bek sah ihn an. »*Du* hast uns gerettet!«

Die dunkle Gestalt regte sich und glitt näher. »Ich habe uns vielleicht aus der Reichweite des Geistes gebracht, doch du hast ihn uns vom Hals gehalten. Sonst hätte er uns erwischt. Er wohnt überall in den Ruinen und verbirgt sein wahres Aussehen. Durch diese Täuschung schützt er sich. Aber heute Nacht hast du ihn besiegt. Verstehst du nicht? Du hast die besseren Täuschungen erzeugt, Bewegungen und Geräusche und Farbe … ach, wie süß!«

Er beugte sich vor, wobei er in Mantel und Kapuze unsichtbar blieb. »Hör mir zu. Heute Nacht hast du uns gerettet, doch ich habe dich vorher ebenfalls gerettet. Ich habe dich aus den Ruinen deines Zuhauses geholt und vor dem düsteren Schicksal deiner Familie bewahrt. Damit wären wir quitt.«

Bek starrte ihn an. »Wovon redest du?«

»Wir sind gleich, Junge«, sagte Truls Rohk erneut. »Wir wurden aus der Asche unserer Eltern geboren, aus dem Erbe unseres Blutes, aus einer Geschichte und einem Schicksal, das von uns nicht zu beeinflussen war. Wir sind auf verschiedene Weise verwandt. Aber die Wahrheit ist schwer zu fassen. Etwas davon hast du heute Nacht selbst entdeckt. Den Rest musst du dir von dem Mann holen, der sie wie eine Geisel gefangen hält.«

Er drückte Bek den dritten Schlüssel in die Hand. »Bring dies dem Druiden. Er sollte dir dankbar sein, weil er ihn nicht selbst holen muss – dankbar genug, um dir die Wahrheit zu erzählen, die er unrechtmäßig für sich behält. Vertrauen erzeugt Vertrauen, Junge. Passe sorgsam auf dich auf, bis dir diese Wahrheit über dich enthüllt wird. Hüte das Geheimnis, das du jetzt erfahren hast. Und beherzige meine Worte.«

Damit verschwand er, so rasch und plötzlich, dass er schon fort war, ehe der Junge es überhaupt bemerkte. Bek starrte in das zitternde Gras, durch das Truls Rohk davongegangen war, und stand sprachlos und erschüttert da. Augenblicke später beobachtete er einen Schatten, der sich vom Boden löste und entlang der Ankerleine zum Schiff hinaufkletterte, ehe er oben wieder verschwand.

Die *Jerle Shannara* hing wie aus Stein gemeißelt vor dem Himmel, an dem sich das Morgengrauen bereits abzeichnete. Bek wartete, ob er noch etwas von dem Gestaltwandler zu sehen bekam, und als dies nicht geschah, erhob er sich müde und machte sich auf den Rückweg.

Fünfundzwanzig

Du hast mir nicht gehorcht«, sagte der Druide leise, und seine Stimme klang so frostig, dass Bek das Eis heraushören konnte. »Ich habe dir gesagt, du sollst das Schiff bei Nacht auf keinen Fall verlassen, und du hast es trotzdem getan.«

Sie waren allein in Redden Alt Mers Kabine, wo sich auf dieser Reise schon oft eine Gruppe von neun Leuten versammelt hatte, wo es sich jedoch jetzt so anfühlte, als nehme der Druide genug Platz ein, um Bek zu zerdrücken.

»Der Befehl, den ich erlassen habe, galt für alle, also auch für dich. Er war sehr deutlich. Niemand sollte das Schiff ohne meine Erlaubnis verlassen. Und insbesondere nicht die Burg betreten.«

Bek stand starr vor dem Druiden, streckte die Hand aus und hielt ihm den Schlüssel hin. Von allen möglichen Reaktionen hatte er diese am wenigsten erwartet. Natürlich war er von Schelte für sein unüberlegtes Handeln ausgegangen. Sogar eine Strafpredigt darüber, wie wichtig es ist, Befehlen zu gehorchen, hätte ihn nicht überrascht. Aber in seiner Fantasie hatten diese Tadel stets damit geendet, dass Walker seinen Dank ausdrückte, weil der Junge ihm den Schlüssel geholt hatte. So war es nicht notwendig, einen weiteren Tag in den Ruinen zu suchen und die Sicherheit des Schiffes zu riskieren. Und es würde keine Verzögerung mehr geben. Mit dem dritten Schlüssel in der Hand konnten sie endlich zu ihrem Ziel weiterziehen und den Schatz bergen, der dort auf sie wartete.

Bek bemerkte in den Augen des Druiden allerdings keinen Hinweis auf Dankbarkeit, während er nun vor ihm stand.

Erst an Bord des Schiffes war ihm aufgefallen, dass er den Plan, Walker den Schlüssel vor den anderen Expeditionsteilnehmern zu übergeben, um sich in ihrem Lob zu aalen, nicht durchführen konnte, weil er dann erklären musste, wie er in den Besitz des guten Stücks gelangt war. Das bedeutete, allen von Truls Rohk zu erzählen, was Walker sicherlich nicht gefiele, oder auch von seiner eigenen Magie, wovor der Gestaltwandler ihn gewarnt hatte. Deshalb würde er den Schlüssel dem Druiden unter vier Augen übergeben und sich damit bescheiden müssen, dass lediglich der Anführer nun seinen Wert bei dieser Reise kannte.

Bloß schien solcherlei Anerkennung nicht besonders wahrscheinlich zu sein. Walker hatte sich nicht einmal die Mühe gegeben zu fragen, auf welche Weise der Schlüssel in seine Hände gekommen war.

In dem Augenblick, in dem er ihn gesehen hatte, war er rot vor Zorn geworden.

Er nahm Bek den Schlüssel aus der Hand und wandte den harten, bohrenden Blick nicht von dem Jungen ab. Über ihnen bereiteten sich die anderen auf einen weiteren Tag der Suche vor, da sie noch nicht wussten, dass keine Notwendigkeit mehr bestand, nach unten zu gehen.

»Es tut mir Leid«, brachte Bek schließlich heraus und ließ den Kopf hängen. »Ich habe nicht daran gedacht …«

»Truls Rohk hat dir das eingeredet, nicht wahr?«, unterbrach ihn Walker, und neue Wut verzerrte sein Gesicht. Bek nickte. »Dann erzähl es mir. Erzähl mir alles, eins nach dem anderen.«

Zu seiner eigenen Überraschung tat Bek das nicht. Er erzählte ihm fast alles. Er berichtete davon, wie der Gestaltwandler zu ihm gekommen war und ihn gedrängt hatte, mit ihm in die Burgruine zu gehen und den Schlüssel zu holen. Dann fuhr er damit fort, dass Truls Rohk ständig behauptet habe, sie seien sich ähnlich, und er wiederholte die seltsame Geschichte über seine Geburt und seine Eltern. Er berichtete dem Druiden, wie sie sich der Burg genähert und sie betreten, den Schlüssel entdeckt hatten und geflüchtet waren. Alles über die Magie, die Bek dem Gestaltwandler zufolge besaß, ließ er aus. Er erwähnte nicht, wie seine Stimme diese Magie zu erzeugen schien. Er entschied, dieser Augenblick sei nicht der rechte Zeitpunkt, um sich über das Thema auszulassen.

Walker schien mit dieser Erklärung zufrieden zu sein, und ein wenig erlosch das Feuer in seinen Augen, und das Eis in der Stimme schmolz zum Teil, als er wieder sprach. »Truls Rohk hätte es besser wissen sollen und dich nie in diese Sache verwickeln dürfen. Er müsste wissen, dass er dein Leben nicht so unnötig riskieren darf. Aber er ist ungestüm und unberechenbar, daher überrascht mich sein Handeln nicht. Du hättest in dieser Situation deinen Verstand einschalten sollen, Bek. Auf diese Weise kannst du dich doch nicht an der Nase herumführen lassen. Wenn dir nun etwas zugestoßen wäre?«

»Ja, und wenn schon?«

Die Worte waren heraus, ehe er sie zurückhalten konnte. Er hatte sie nicht aussprechen und den Druiden in dieser Art herausfordern wollen. Aber der Junge fühlte sich um den Lohn seiner Bemühungen betrogen und wurde nun selbst langsam wütend. Schließlich hatte Truls Rohk ihn lange nicht so sehr an der Nase herumgeführt wie Walker.

»Wenn ich nicht zurückgekehrt wäre, welchen Unterschied hätte es gemacht?«, fragte er.

Der Druide starrte ihn verblüfft an.

»Sag mir die Wahrheit, Walker. Ich bin nicht nur hier, weil du an Bord ein weiteres Paar Augen und Ohren brauchst. Und auch nicht nur, weil ich Quentins Cousin bin.« Für einen Rückzieher war es jetzt zu spät, daher musste er sich weiter vorwagen. »Eigentlich bin ich gar nicht wirklich sein Cousin, oder? Coran hat mir vor unserem Aufbruch erzählt, Holm Rowe habe mich gar nicht zu ihm gebracht. Du warst es. Du hast Coran erzählt, sein Cousin habe mich dir übergeben, aber Truls Rohk hat mir erzählt, er habe mich aus den Ruinen meines Zuhauses geholt und mich vor dem düsteren Schicksal meiner Familie bewahrt. Das waren seine Worte. Wer sagt die Wahrheit über mich, Walker?«

Es folgte eine längere Pause. »Alle«, erwiderte Walker schließlich. »Bis zu dem Punkt, bis zu dem sie dazu in der Lage sind.«

»Aber ich bin weder ein Leah noch ein Rowe, oder?«

Der Druide schüttelte den Kopf. »Nein.«

»Wer bin ich dann?«

Walker schüttelte abermals den Kopf. »Ich bin noch nicht so weit, es dir zu erklären. Du musst dich noch eine Weile gedulden, Bek.«

Bek behielt seinen Zorn im Zaum, denn er wusste, wenn er sich gehen ließ, wäre das Gespräch vorüber und damit seine Chance dahin, mehr zu erfahren. Geduld und Ausdauer würden ihm mehr einbringen.

»Du hast mich auf Shatterstone nicht zufällig oder durch Glück erreicht, als du im Dschungel in der Falle gesessen hast, nicht wahr?«, fragte er und versuchte es auf anderem Wege. »Du wusstet, dass du mich auf diese Weise rufen konntest.«

»Ja«, gestand der Druide.

»Woher?«

Erneut schüttelte Walker den Kopf.

»Also gut.« Bek zwang sich, ruhig zu bleiben. »Ich will dir eine Sache erzählen, die ich dir bislang verschwiegen habe. Auf der Reise von Leah nach Arborlon ist mir etwas passiert, worüber ich mit niemandem gesprochen habe, nicht einmal mit Quentin. In der ersten Nacht haben wir am Silberfluss gelagert, und dort hat mich jemand aufgesucht.«

Rasch berichtete er von den Ereignissen, welche die Erscheinung des Königs vom Silberfluss begleitet hatten. Er erzählte, wie das Geisterwesen ihm als junges Mädchen erschienen war, das ihm vage bekannt vorkam, sich dann in ein Reptilienungeheuer verwandelt hatte und schließlich in einen alten Mann. Dann wiederholte er das Gespräch, so wie er sich daran erinnerte, und endete mit dem Phönixstein. Der Druide verzog währenddessen keine Miene, doch seine dunklen Augen verrieten seine gemischten Gefühle.

Nachdem Bek fertig war, stand er in der Stille da, trat von einem Fuß auf den anderen und erwartete halb weitere Schelte wegen seines Mangels an Urteilsvermögen. Aber Walker starrte ihn nur an, als versuche er, ihn zu durchschauen, oder als sehe er den Jungen plötzlich in einem völlig neuen Licht.

»War das wirklich der König vom Silberfluss?«, fragte Bek nach einer Weile.

Der Druide nickte.

»Warum ist er zu mir gekommen? Was hatte er für Gründe?«

Walker wandte kurz den Blick ab und schien die Antwort in der Kabinenwand zu suchen. »Die Bilder von dem jungen Mädchen und dem Ungeheuer sollten dir etwas zeigen und dir helfen, bestimmte Entscheidungen zu treffen. Der Phönixstein soll dich beschützen, falls sich eine dieser Entscheidungen als gefährlich erweist.«

Jetzt starrte Bek den Druiden an. »Was für Entscheidungen?«

Der Druide schüttelte den Kopf.

»Ist das alles, was du mir verraten wirst?«

Der Druide nickte.

»Bist du mir auch wegen dieser Geschichte böse?«, fragte Bek erschöpft. »Weil ich sie dir nicht früher erzählt habe?«

»Es wäre vielleicht gar nicht so dumm gewesen, das zu tun.«

Bek warf die Hände in die Luft. »Das hätte ich vielleicht sogar, wenn ich mich nicht die ganze Zeit gefragt hätte, was ich wirklich bei dieser Expedition soll! Da du mir allerdings nicht alles erzählt hast, fühlte ich nicht die Notwendigkeit, dir im Gegenzug alles zu berichten!« Er schrie, konnte sich nicht mehr beherrschen. »Und nun sage ich es dir nur deshalb, weil ich nicht noch einen Tag weitermachen will, ohne die Wahrheit zu wissen. Schließlich verlange ich nicht die Welt!«

Der Druide lächelte ironisch. »Du verlangst jedoch eine Menge mehr, als du glaubst.«

Der Junge schob das Kinn vor. »Vielleicht. Trotzdem verlange ich es. Ich will die Wahrheit erfahren.«

Aber Walker gab nicht nach. »Die Zeit ist noch nicht reif. Du musst dich gedulden.«

Bek spürte, wie ihm dunkelrote Farbe ins Gesicht stieg und sein Gesicht vor Wut heiß wurde. Seine Entschlossenheit, sich zu beherrschen, löste sich binnen eines Herzschlags auf. »Das ist leicht zu sagen für jemanden, der die Antworten kennt. Dir würde es genauso wenig gefallen wie mir, auf der anderen Seite zu stehen. Ich kann dich nicht zwingen, mir zu verraten, was du weißt. Aber ich kann aufhören, deine Augen und Ohren zu sein, bis du es tust! Wenn du mir nicht genug vertraust, um mir dein Wissen mitzuteilen, dann sehe ich keinen Grund, dir weiter zu helfen!«

Walker nickte kühl und unbewegt. »Das musst du ganz allein entscheiden, Bek. Ich werde deine Hilfe jedenfalls vermissen.«

Einen Augenblick starrte Bek ihn noch an und dachte darüber nach, was ihm zu sagen blieb, dann gab er auf, marschierte hinaus und schlug die Kabinentür hinter sich zu. In seinen Augen standen Tränen, als er zu den anderen auf Deck ging.

Walker blieb noch kurz, wo er war, dachte über das Geschehene nach und überlegte, ob er die richtige Entscheidung getroffen hatte, nichts zu verraten. Irgendwann würde er sein Wissen preisgeben müssen. Alles hing davon ab. Doch falls er es dem Jungen zu bald erzählte, falls Bek zu viel Zeit hatte, darüber nachzudenken, würde er vielleicht vor Angst oder Zweifel erstarren, wenn die Zeit zum Handeln gekommen war. Deshalb war es besser, ihm diese Bürde so lange wie möglich zu ersparen, sogar, wenn sich Walker dadurch seinen Ärger zuzog.

Dennoch sehnte er sich selbst danach, dem Jungen zu berichten, was er über seine Geburt wusste und all die Jahre in sich verborgen hatte.

Er betrachtete den Schlüssel in seiner Hand, die miteinander verbundenen Metalllinien und das blinkende rote Licht in der Kraftquelle. Jetzt hatte er sie alle zusammen, alle drei Schlüssel, und nichts konnte ihn mehr daran hindern, Castledown zu betreten.

Nichts.

Das Wort hallte in seinem Kopf wider, diese bittere und erschreckende Lüge. Von den Lügen, die er nährte, indem er die ganze Wahrheit verschwieg, war dies die heimtückischste. Er schloss die Augen. Wie konnte er es möglicherweise verhindern, sie alle zu vernichten?

Er verließ die Kabine, stieg zum Deck hinauf und rief sie zusammen. Nachdem sie sich um ihn versammelt hatten, hielt er den Schlüssel in die Höhe und verkündete, dass er ihn mit der unschätzbaren Hilfe von Bek Rowe während der Nacht gefunden und an Bord gebracht hatte. Es sei an der Zeit, aufzubrechen und die Reise nach Ice Henge und zum Schatz fortzusetzen.

Jubel erhob sich, und Bek wurde auf Furl Hawkens breite Schultern gehievt und wie ein Held herumgetragen. Die Elfenjäger salutierten ihm mit ihren Schwertern, Panax schlug ihm so heftig auf die

Schulter, dass Bek beinahe von seinem unsicheren Sitz gefallen wäre. Und Rue Meridian packte ihn bei den Schultern und küsste ihn auf den Mund. Der Junge grinste und winkte und freute sich über die unerwartete Aufmerksamkeit. Trotzdem vermied er es, Walker anzusehen.

Das geht schon in Ordnung, dachte der Druide. Sie sind es schließlich, die dich am meisten brauchen werden und deren Vertrauen und Respekt du dir verdienen musst.

Er schob den dritten Schlüssel zu den beiden anderen in die Robe und wandte sich ab.

Das Wetter blieb in der folgenden Woche kalt und rau, während sie weiter nach Ice Henge zogen und gegen den Nordwind kreuzten. Mäntel und Handschuhe nahmen dem Wind die Schärfe, aber trotzdem nagte die Kälte an ihren Knochen und ließ das Blut dicker werden, wodurch alle schwerfällig wurden und schlechte Laune bekamen. Niemand wusste genau, wie weit dieses letzte Ziel der Reise entfernt war, doch der Karte zufolge hatten sie noch ein ganz schönes Stück zurückzulegen.

Nach Mephitic stießen sie auf keine weiteren Inseln, und die Rocks waren gezwungen, auf provisorischen Plattformen zu hocken, die man aus überzähligem Holz gezimmert hatte. Tagsüber wurden diese Plattformen an die Pontons der *Jerle Shannara* gebunden, bei Nacht auf das Wasser hinuntergelassen und am Schiff vertäut. Durch diese Maßnahme verlangsamte sich ihr Vorankommen deutlich.

Bek wurde weiterhin von Redden Alt Mer unterrichtet und fühlte sich inzwischen am Ruder fast wie zu Hause, da er ohne Hilfe navigieren und steuern konnte und darüber Bescheid wusste, wie er in den meisten Situationen zu reagieren hatte. Seine freie Zeit verbrachte er mit Ahren Elessedil, wenn Quentin mit den Elfenjägern übte, und die beiden tauschten Geschichten und Lebensphilosophien aus. Alle hatten sich unübersehbar verändert, seit sie aufgebrochen waren, doch keiner mehr als Ahren Elessedil. Bek schien es, er sei körperlich gewachsen, sein Körper sei durch die Übungen wesentlich zäher und stärker geworden, und was die Kampfkünste anging, so konnte Ahren inzwischen jedem an Bord das Wasser reichen. Offensichtlich lernte er schnell, trotzdem hatte Ard Patrinell bei ihm ein Wunder vollbracht. Noch immer war er ein Heranwachsender wie Bek, doch jetzt war er fröhlicher und hatte bessere Laune, wollte mit jedem Freundschaft schließen, trug eine neu gewonnene Zuversicht zur Schau und fühlte sich weniger als Außenseiter.

Über Bek konnte man das Gleiche leider nicht sagen. Nach der Auseinandersetzung mit Walker hatte er sich stärker in sich selbst zurückgezogen, Mauern um sich herum errichtet und sich eingeredet, je weniger zugänglich er sei, desto besser. Diese Entscheidung war vor allem auf Grund seines Entschlusses gefallen, nichts zu tun, durch das er wieder unter Walkers Einfluss geriet. Er mied den Druiden und hielt sich an diejenigen, die für ihn zu Kameraden geworden waren – Quentin, Ahren, Panax, der Große Rote und die Kleine Rote. Er war weiterhin freundlich und offen, aber zurückhaltender, da ihn verschiedene Fragen quälten. Er dachte mehr als einmal darüber nach, seine Geheimnisse mit jemandem zu teilen, entweder mit Quentin oder mit Ahren, dennoch konnte er sich nicht überwinden. Was würde es ihm schließlich nutzen? Damit erlegte er seine Bürde lediglich einer weiteren Person auf, ohne die eigene Last zu mindern. Niemand außer dem Druiden konnte ihm helfen. Aber auf Walker, das wusste er, musste er warten, vielleicht noch eine lange Zeit.

Am Ende dieser ersten Woche nach Mephitic trat ein Wetterwechsel ein, als eine Warmfront von Süden heranzog. Der Wind drehte, eine Mauer dicker Wolken wälzte sich heran, und die Temperatur stieg. Die klare, kalte Luft machte dichtem Dunst und feuchtem Wind Platz, und die Farben der Welt verblassten. An dem Tag, an dem die Front eintraf, gab es des Nachts noch ausreichend Lücken in den Wolken, um die Sterne zu sehen und den Kurs zu korrigieren. Am zweiten Tag ließ sich der Himmel nur noch in winzigen Fetzen blicken. Am dritten Tag war das Luftschiff vollständig eingehüllt. Die Sonne war nur mehr ein heller Fleck am Himmel über ihnen, dann eine kaum zu erkennende Kugel und schließlich eine helle Stelle, die nicht mehr genau zu lokalisieren war.

Am vierten Tag bestand zwischen Tag und Nacht lediglich ein gradueller Unterschied, und man konnte kaum ein Dutzend Meter weit sehen. Der Große Rote versuchte ohne Erfolg, dieser Suppe zu entkommen, und die Flugreiter waren gezwungen, auf den provisorischen Flößen zu warten, bis dieses Wetter weitergezogen war. Die *Jerle Shannara* war in wirbelnden Nebel und undurchdringliche Dämmerung eingehüllt, und nur der Schiffskompass zeigte noch ungefähr an, wo sie sich befanden.

Schließlich befahl Redden Alt Mer, die Lichtsegel vollständig zu streichen. Da er nichts sehen konnte, fürchtete er, gegen eine Klippe zu fahren, ohne sie zu bemerken. Lieber sollte man abwarten, bis sich das Wetter besserte, verkündete er, als blind in eine Katastrophe zu steuern. Mannschaft und Passagiere nahmen diese Neuigkeit stoisch zur Kenntnis und kümmerten sich danach wieder um ihre eigenen Angelegenheiten. Man konnte nichts daran ändern. Es war zermürbend, nichts zu sehen – keinen Himmel, kein Meer, keine Farben. Nicht einmal Schreie von Seevögeln und das Platschen von Fischen durchdrangen die Dämmerung. Es war, als seien sie allein in einer Art Zwischenleben gestrandet. Männer versammelten sich schweigend an der Reling und starrten hinaus in das undurchdringliche Grau. Sogar den Fahrenden setzte dieser dichte Nebel zu. Vor der Küste der Blauen Spalte und am Wing Hove hielt Nebel meist nur einen Tag an, höchstens zwei, ehe der Wind ihn auseinander trieb. Hier schien er überhaupt nicht mehr verschwinden zu wollen.

Dem vierten Tag folgten ein Fünfter und Sechster ohne Veränderung. Fast eine Woche lang hatten sie nur noch das Luftschiff und sich selbst gesehen. Die Stille wurde unerträglich. Wollte man die Stimmung durch Musik und Lieder beleben, machte es das lediglich noch schlimmer. Sobald die Musik und der Gesang aufhörten, kehrte die Stille zurück, undurchdringlich und unverändert. Die Mannschaft der Fahrenden hatte nichts zu tun, während das Schiff nicht weiterfuhr. Sogar die Waffenübungen der Elfen wurden abgekürzt, da jeder mehr und mehr Zeit damit verbrachte, in die Leere draußen zu starren.

In der sechsten Nacht standen Bek und Quentin an der Heckreling und redeten gerade über den Nebel, der in regelmäßigen Abständen durch das Hochland zog, als Bek in der Stille ein ungewöhnliches Geräusch hörte. Er verstummte sofort und machte Quentin ein Zeichen, er möge ebenfalls schweigen. Gemeinsam lauschten sie. Da war das Geräusch wieder, eine Art Knarren, das in Beks Ohren so klang, als würde die Takelage an Spieren und Klampen zerren. Von der *Jerle Shannara* stammte es jedoch nicht; es kam von irgendwo hinter ihnen aus dem Nebel. Verblüfft starrten sich die Cousins an, dann spähten sie erneut in die Dunkelheit. Wieder hörten sie das Geräusch, und jetzt drehte sich Bek um und schaute nach, ob es noch jemand mitbekommen hatte. Spanner Frew stand in der Pilotenkanzel, und seine dunkle, stämmige Gestalt war deutlich zu erkennen, während er über die Schulter zu ihnen blickte. Redden Alt Mer war an Deck geeilt und stand in der Nähe des Schiffbauers, und dessen Verwirrung spiegelte sich auf seinem Gesicht. Einige andere Männer lauschten an der Reling.

Tiefes Schweigen machte sich breit, während sie darauf warteten, dass sich das Geräusch noch einmal wiederholte.

Bek beugte sich dicht zu Quentin vor. »Was meinst du …?«

Ihm stockte der Atem, und er verschluckte den Rest von dem, was er hatte sagen wollen. Ein riesiger schwarzer Schemen schob sich aus dem Nebel, ein gewaltiger Schatten, der plötzlich Gestalt annahm und den ganzen Horizont ausfüllte. Er befand sich genau über ihnen, so dicht, dass kaum Zeit zum Reagieren blieb. Bek stolperte zurück und zerrte an Quentins Arm. Warnrufe wurden laut, und dazwischen hörte man die schrillen Schreie eines Rocks. Die Vettern wichen vom leicht erhöhten Hinterdeck zurück und stürzten zu Boden, als der schwarze Schemen die *Jerle Shannara* traf und Metall und Holz krachend und kreischend zersplitterten. Das Luftschiff ruckte und schwankte, und Schreie und Flüche gellten schrill durch die Luft.

Überall breitete sich augenblicklich Chaos aus. Bek kam auf die Füße und starrte das Phantom an, das sich in den geschwungenen Rammen am Heck der *Jerle Shannara* verfangen hatte, und schockiert stellte er fest, dass es sich um ein zweites Luftschiff handelte. Die Wucht der Kollision hatte beide Schiffe in eine langsame Drehung versetzt, wodurch es für Bek schwierig war, sich auf den Beinen zu halten. Einer der Rocks segelte an ihm vorbei, erhob sich aus der Dunkelheit wie ein stilles Phantom, das nur kurz auftaucht und sofort wieder verschwunden ist.

Dann hob sich vom Hinterdeck plötzlich eine verhüllte Gestalt ab und sprang auf ihn zu. Bek starrte sie überrascht an und stand wie hypnotisiert da. Er hatte nicht einmal die Geistesgegenwart, nach seiner Waffe zu greifen. Er stand einfach nur da. Die Gestalt nahm Form an, und in der dunklen Öffnung der Kapuze wurde im diesigen Licht ein reptilienähnliches Gesicht mit lidlosen Augen und verzerrtem Mund erkennbar. Klauenartige Hände gestikulierten wild.

»Winssige Leute«, wisperte das Wesen.

Entsetzt erstarrte Bek.

»Ssei sstill jetsst«, drängte es leise und griff nach ihm.

»Nein!«, rief er verzweifelt.

Das tat er, ohne nachzudenken, einfach nur, weil er auf die Gefahr reagierte. Doch setzte er dabei seine Stimme auf die gleiche Weise ein wie in jener Nacht auf Mephitic, als er mit Truls Rohk in die Burgruine gegangen war, und legte die Magie hinein, die er dort entdeckt hatte. Er spürte, wie die Wucht seiner Worte dieses Wesen traf, das daraufhin zusammenzuckte.

Dann riss Quentin ihn zur Seite und sprang dem Wesen entgegen. Das Schwert von Leah schnitt durch die Dunkelheit, und mit einem einzigen, funkelnden Streich wurde dem Eidechsenwesen der Kopf vom Rumpf getrennt. Es brach geräuschlos zusammen, und Blut spritzte durch die Luft.

Weitere Wesen, die genauso aussahen, erschienen an der Reling des phantomhaften Luftschiffes, drängten sich in der Dunkelheit aneinander und schauten herunter, wobei ihre Waffen aufblitzten.

Die Fahrenden und die Elfen stießen laute Rufe aus und versammelten sich mit gezogenen Waffen hinter den beiden Vettern. Ein Hagel von Geschossen ging auf das Schiff nieder, und einige Mann an Bord der *Jerle Shannara* wurden getroffen und brachen gekrümmt zusammen. Quentin stieß Bek hinter einen Stapel Kisten unterhalb des erhöhten Achterdecks und schrie ihn an, er solle in Deckung bleiben.

Einen Augenblick später ruckten die Luftschiffe erneut und trennten sich unter Kreischen von Metall und dem Ächzen von Holz voneinander. Langsam und schwerfällig trieben die beiden Gefährte auseinander, während die Besatzungen sich noch immer an der Reling drängten und sich gegenseitig durch das Nichts anstarrten.

»Alle Mann auf ihre Posten!«, brüllte Redden Alt Mer aus der Pilotenkanzel.

Er betätigte hastig die Steuerungen, ließ das Hauptsegel herunter, um so viel Ambientlicht zu sammeln wie möglich, enthüllte die Diapsonkristalle, damit das Luftschiff Energie bekam, und wendete die *Jerle Shannara,* sodass sie in die Richtung zeigte, in der das andere Schiff verschwunden war. Seine Männer verteilten sich auf Deck und befestigten die Strahlungssammler; unterdessen stürmten die Elfenjäger in die Gefechtsstationen und machten die Waffen kampfbereit. Überall herrschte plötzlich hektische Betriebsamkeit, und Bek erhob sich wieder.

»Was ist eigentlich passiert?«, wollte Bek Quentin fragen, aber sein Cousin war ebenfalls losgeeilt.

Er warf rasch noch einen Blick auf das getötete Ungeheuer und lief dann zum Großen Roten. Der Kapitän brüllte immer noch Befehle, wobei sein wettergegerbtes Gesicht grimmige Entschlossenheit zeigte, während er die Dunkelheit absuchte. Bek starrte mit ihm in die Finsternis. Für einen Augenblick tauchte das andere Schiff noch einmal auf, riesig und geisterhaft, drei Masten, Pontons und Deck, die durch den Nebel glitten. Dann war es erneut verschwunden.

»Das war die *Schwarze Moclips*!«, hörte Bek Redden Alt Mer ungläubig keuchen.

Sie suchten eine Zeit lang nach dem anderen Luftschiff, konnten es jedoch nicht mehr finden. Walker erschien und befahl Alt Mer, die Männer von den Gefechtsständen zu holen. »Meinetwegen«, murmelte der Große Rote, den das Gesehene noch immer erschütterte. »In dieser Suppe eine Luftschlacht auszutragen wäre sowieso eine Riesendummheit.«

Die Elfenjäger versammelten sich um den gefallenen Angreifer, untersuchten ihn, und dabei hörte Bek, wie jemand das Wort »Mwellret« flüsterte. Er wusste nicht, was ein Mwellret war, doch ähnelte das Ungeheuer, das hier tot vor ihm auf dem Deck lag, entsetzlich demjenigen, in das sich der König vom Silberfluss vor Monaten bei ihrem Treffen verwandelt hatte.

Joad Rish war nach oben gekommen und kümmerte sich um die Verwundeten. Er erstattete Walker Bericht, dass niemand ernsthaft verletzt war. Der Druide bat den Großen Roten um eine Schadensmeldung und schien mit dem Gehörten zufrieden zu sein. Bek stand dicht bei ihm, während die Auflistung gemacht wurde, doch sprach er kein Wort mit Walker. Erst nachdem sich alle wieder verstreut hatten, eine neue Wache eingeteilt worden war und Redden Alt Mer das Steuer an Spanner Frew übergeben hatte, beugte sich Walker im Vorbeigehen zu Bek hinunter und flüsterte ihm zu, dass Truls Rohk fehle.

Sechsundzwanzig

An Bord der *Schwarzen Moclips* herrschte Chaos, und eine tödliche Auseinandersetzung bahnte sich an.

Die Ilse-Hexe schlief zu der Zeit, als sich die Kollision der Luftschiffe ereignete, und die Wucht des Zusammenpralls schleuderte sie aus der Koje auf den Boden. Rasch erhob sie sich, warf ihre graue Robe über und hastete aus ihrer abgeschlossenen Kabine hinauf zum Hauptdeck. Inzwischen rannten die Soldaten der Föderation und die Mwellrets überall herum und schrien und fluchten in die neblige Dunkelheit hinein. Die Ilse-Hexe ging zu der Stelle, wo sich die meisten Männer drängten, und entdeckte die schrägen Masten der *Jerle Shannara.* Einer der Mwellrets lag tot auf dem Deck des anderen Schiffes, eine erste Salve Speere und Pfeile war niedergegangen, und der Ausbruch des Luftkampfes stand unmittelbar bevor.

Von Cree Bega und dem Kommandanten der Föderation, Aden Kett, war keine Spur zu sehen.

Von kalter Wut erfüllt, marschierte sie zur Pilotenkanzel und baute sich neben dem Rudergänger auf. Der Mann betrachtete ungläubig das Getümmel, und seine Hände waren am Steuer erstarrt.

»Sofort volle Kraft rückwärts, Rudergänger!«, befahl sie.

In seinem Blick zeigte sich Furcht, als er sie erkannte, trotzdem bewegten sich seine Hände nicht.

»Sofort rückwärts!«, fauchte sie ihn an, und ihre Worte schlugen dem Mann mit solcher Wucht ins Gesicht, dass er weiche Knie bekam.

Diesmal reagierte er, zog Energie von den Lichtsegeln heran und enthüllte die Diapsonkristalle. Die *Schwarze Moclips* bewegte sich ruckend rückwärts, löste sich mit lautem Knirschen vom anderen Schiff und glitt geräuschlos in die Finsternis. Der Rudergänger blickte sie wortlos an und erwartete weitere Anweisungen.

»Was ist passiert?«, erkundigte sie sich, und in ihrer Stimme, die aus den Tiefen der Kapuze erklang, schwang gespannte Schärfe mit.

»Herrin?«, fragte er verwirrt zurück.

»Wie ist es uns gelungen, mit dem anderen Schiff zu kollidieren? Wie konnte das geschehen?«

»Ich weiß es nicht, Herrin«, stammelte der Mann. »Ich habe lediglich Befehle befolgt …«

»Wessen Befehle? Ich habe befohlen, nicht weiterzufahren, sondern die Position zu halten!« Jetzt schäumte sie vor Zorn.

Der Rudergänger deutete vage zum Bug des Luftschiffs. »Kommandant Kett hat gesagt, der Ret habe ihm befohlen …«

Ohne den Rest abzuwarten, verließ sie die Pilotenkanzel und schritt nach vorn. Inmitten des Nebels war die *Schwarze Moclips* eine einsam dahintreibende Insel. Die Mannschaft der Föderation arbeitete bereits daran, den Schaden an Bugrammen und Deck zu beseitigen. Vorn an der Reling hatten sich einige Mwellrets um Cree Bega geschart, der endlich aufgetaucht war. Sie hielt auf ihn zu, ohne den Schritt zu verlangsamen.

»Wer hat meinen Befehl widerrufen?«, verlangte sie zu wissen.

Cree Bega betrachtete sie verschlafen und fixierte sie mit den lidlosen Augen. Sie wusste, was er dachte. Dieses Mädchen, dieses Kind, spricht zu mir, als wäre es mir überlegen. Dabei ist sie ein Nichts. Sie ist ein Mensch, und alle Menschen sind minderwertig. Wer ist sie, in solchem Ton mit mir zu sprechen?

»Herrin«, grüßte er mit einer knappen, pflichtschuldigen Verbeugung.

»Wer hat meinen Befehl widerrufen, die Position zu halten?«, fragte sie erneut.

»Das war ein Verssehen, besste Herrin«, erwiderte er ohne das geringste Anzeichen von Reue in der zischenden Stimme. »Ess schien nichtss dagegen ssu ssprechen, dass kleine Volk weiter zu verfolgen. Ich ssorgte mich, wir könnten unss ssu weit von ihnen entfernen.«

Sie taxierte ihn lange, ehe sie fortfuhr. Worauf das alles hinauslief, wusste sie, doch konnte sie sich keinen Rückzieher leisten. »Wer hat das Kommando auf dieser Expedition, Cree Bega?«

»Du, Herrin«, antwortete er kalt.

»Und warum gibst du dann Befehle, ohne dich zuvor mit mir zu beraten? Woher glaubst du, hast du die Befugnis, einen meiner Befehle zu übergehen? Meinst du vielleicht, du wärst in der Lage, die auf dieser Reise notwendigen Entscheidungen besser zu treffen als ich?«

Er drehte sich langsam um und sah sie an, und nun bemerkte sie, dass er darüber nachdachte, ob eine Konfrontation ratsam war. Fünf seiner Gefährten standen gleich hinter ihm, und sie war allein. Einzeln würde keiner gegen sie ankommen. Zusammen hätten sie vielleicht eine Chance. Er hasste sie und wünschte ihren Tod herbei. Unzweifelhaft war er davon überzeugt, die Expedition auch ohne sie durchführen zu können. Wenn sie auf dieser Reise verschwand, würde der Morgawr niemals erfahren, was ihr zugestoßen war.

»Ssie sspricht mit unss wie mit Kindern!«, fauchte der Mwellret rechts neben Bega und duckte sich wie eine Schlange kurz vorm Zustoßen.

Die Ilse-Hexe zögerte nicht. Sie trat vor und setzte ihre Magie gegen den Sprecher ein. Ihre Stimme durchfuhr ihn mit einem Laut, der durch Mark und Bein ging. Jedes Gran ihrer Kraft bot sie auf. Die Wucht ihrer Attacke hob den schockierten Mwellret von den Füßen, verdrehte und verzerrte ihn zu einem gebrochenen, zerschmetterten Haufen, den man nicht mehr identifizieren konnte, und sie ließ die Überreste über die Reling gehen. Das alles dauerte zwei Sekunden. Der Mwellret war bereits verschwunden, ehe seine Kameraden begriffen, was geschehen war.

Ruhig wandte sie sich den verbliebenen Mwellrets zu. Sie hatte ein Exempel statuieren müssen, damit sie die anderen unter Kontrolle halten konnte. Besser einen Unbekannten als Cree Bega, der als Führer anerkannt und für diese Aufgabe geeignet war. Lieber behielt sie den Feind, den sie kannte, als einen auf seinem Posten zu sehen, der ihr fremd war. Diese Vorführung genügte erst einmal. Sie blickte Cree Bega in die Augen und entdeckte das, wonach sie gesucht hatte. Sein Hass auf sie schimmerte noch durch, doch deutlich zeigten sich auch Furcht und Zweifel. Jetzt sah er nicht mehr nur das schlanke, verletzliche Mädchen. Genauer gesagt, er schätzte nicht mehr die Größe ab, die ihr Sarg haben müsste.

»Herrin«, zischte er und verneigte sich unterwürfig.

»Fordere mich nicht noch einmal heraus, Cree Bega«, warnte sie ihn. »Und wage es nicht, meine Befehle infrage zu stellen oder ihnen in irgendeiner Weise zu widersprechen. Gehorche, Ret oder ich suche mir jemand anderen.«

Mit diesen Worten drehte sie sich um. Sie schaute nicht zurück, benahm sich nicht so, als würde sie sich vor ihm fürchten. Mochte er denken, sie betrachte sich als unverwundbar, und vielleicht würde er das am Ende ja selbst glauben. Solange er meinte, sie mache sich wegen ihrer Sicherheit keine Gedanken, weil sie das nicht nötig habe, würde er es sich zwei Mal überlegen, ehe er sie abermals herausforderte.

Auf dem Rückweg zu ihrer Kabine forschte sie sorgsam nach weiterem Ärger, entdeckte jedoch kein Anzeichen dafür, dass etwas nicht in Ordnung war. Einmal blieb sie stehen und verharrte reglos in ihrer grauen Robe. Inzwischen kannte sie alles, was zur *Schwarzen Moclips* gehörte, jedes Mitglied der Gesellschaft, jedes Lager für Vorräte und Waffen, jeden Balken und jede Metallplatte, die das Luftschiff zusammenhielten. Sie hatte sich damit vertraut gemacht, wie sich das Schiff anfühlte, und war eins damit, hatte stets über alles die Kontrolle und spürte, wann immer sich etwas veränderte. Jetzt bemerkte sie eine winzige Veränderung, die sie beinahe übersehen hätte. Vorsichtig stocherte sie weiter. Sie hatte eine Bewegung festgestellt und die Anwesenheit eines lebendigen Geschöpfes, das nicht hierher gehörte.

Sie suchte noch immer, als Aden Kett auf sie zukam. »Herrin, wir sind bereit, Euren Befehlen entsprechend weiterzusegeln. Im Augenblick halten wir die Position wegen des Nebels. Sonst noch etwas?«

Sein Gesicht war bleich, und er wirkte angespannt; den Tod des Mwellrets hatte er mit angesehen. Allerdings war er der Kapitän des Schiffes, und er würde seine Pflicht erfüllen, gleichgültig, welche Gefühle er persönlich hegte. Die Störung verärgerte sie, aber sie ließ es sich nicht anmerken.

»Danke, Kommandant«, erwiderte sie, und er verneigte sich und ging davon.

Die Unterbrechung hatte sie die Verbindung mit dieser unvertrauten Gegenwart gekostet. Sie blickte sich beiläufig um und nutzte die Zeit, ihre Umgebung erneut zu durchforschen. Nun fand sie nichts mehr. Vielleicht war es nur ein vorbeifliegender Seevogel gewesen. Oder ein Rest der Elfengegenwart von der Berührung mit der *Jerle Shannara.*

Bei dem Gedanken an die Kollision verzog sie das Gesicht. Ein ganzer Ozean voller Luft, durch den man fahren konnte, und trotzdem hatten sie es geschafft, genau auf den Feind zu stoßen. Das war gleichermaßen ironisch und unerträglich. Trotzdem änderte es nichts. Walker wusste bereits, dass sie ihn verfolgte. Ihre Begegnung heute Nacht war vielleicht unglücklich gewesen, allerdings auch unbedeutend. Er würde sich nun mehr bemühen, ihr zu entgehen, doch gelingen würde es ihm nicht. Wo auch immer er hinging, sie würde schon auf ihn warten. Dafür hatte sie gesorgt.

Sie nahm sich einen weiteren Augenblick Zeit, überprüfte die Dunkelheit, welche das Luftschiff umgab, und suchte noch einmal nach dem, was ihr entgangen war, bevor sie zum Schlafen in ihre Kabine zurückkehrte.

Bek starrte Walker hinterher. Truls Rohk fehlte, hatte der Druide gesagt, und dann war er einfach davongegangen. Bek ließ diese Mitteilung erst einmal auf sich wirken, ehe er das tat, was jeder andere genauso gemacht hätte: Er folgte Walker.

Er hatte guten Grund zu glauben, so dachte er später, dass Walker dies beabsichtigt hatte, um auf diese Weise das Schweigen zwischen ihnen zu brechen. Er holte den Druiden an der Reling ein.

»Wo ist er?«, erkundigte er sich.

Walker schüttelte den Kopf. »Ich vermute, auf dem anderen Schiff.«

Bei der Ilse-Hexe, schoss es Bek durch den Kopf, doch er konnte sich nicht überwinden, es auszusprechen. »Warum sollte er so etwas tun?«

»Schwer zu sagen. Truls unternimmt die meisten Dinge rein instinktiv. Vielleicht wollte er versuchen, dort drüben etwas herauszufinden. Oder er hatte einen Plan, den er uns nicht mitgeteilt hat.«

»Aber wenn die Ilse-Hexe ihn findet ...«

»Daran können wir jetzt nichts mehr ändern, Bek. Er hat seine

Wahl getroffen.« Er hielt inne. »Ich habe beobachtet, was du mit dem Mwellret gemacht hast, ehe Quentin eingeschritten ist. Mit deiner Stimme. Hast du gewusst, was du tust?«

Der Junge zögerte und nickte schließlich. »Ja.«

»Wie lange weißt du schon, dass du diese Magie beschwören kannst?«

»Nicht lange. Seit Mephitic.«

Walker runzelte die Stirn. »Wieder Truls Rohk. Er hat sie dir gezeigt, nicht wahr? Warum hast du es mir nicht erzählt?«

Trotzig starrte Bek ihn an und wollte am liebsten nicht antworten. Der Druide nickte. »Das stimmt. Ich habe dir zu der Zeit auch nicht viel anvertraut.« Er schaute dem Jungen tief in die Augen. »Vielleicht ist der Zeitpunkt gekommen, das zu ändern.«

Erwartungsvoll erwiderte Bek: »Sagst du mir jetzt, wer ich bin?«

Walker blickte in die neblige Nacht, und in seinen dunklen Augen verloren sich Zeit und Ort. »Ja.«

Bek wartete, ob er noch etwas hinzufügte, aber er blieb still und hing seinen Gedanken nach, vielleicht auch seinen Erinnerungen. Hinter ihnen reparierten die Fahrenden den Schaden am Heck des Schiffes, die Hörner der Rammböcke hatten jedoch die größte Wucht des Aufpralls abgefangen. Trotzdem hatte sich ein Teil des Decks verbogen. Nur die Mannschaft arbeitete dort, in nahezu völliger Dunkelheit. Die anderen waren fast alle wieder schlafen gegangen. Sogar Quentin hatte sich zurückgezogen.

In der Pilotenkanzel schaute Spanner Frew mit düsterer Miene über die Steuerung hinweg, als solle sein Blick verhindern, dass noch etwas schief ging.

»Ich hätte dir das meiste bereits früher erzählt, wenn ich es nicht für besser erachtet hätte zu warten«, sagte Walker leise. »Ich bin wahrlich nicht glücklich darüber gewesen, es dir zu verschweigen. Eigentlich wollte ich näher an unserem Ziel Ice Henge und Castledown sein, ehe ich mit dir spreche. Sogar nach dem Vorfall auf Mephitic und den Vermutungen, die Truls Rohk dir eingeimpft hatte, hielt ich es immer noch für das Beste.

Jetzt weiß ich allerdings, dass du über eine bestimmte Art von Magie verfügen kannst, und es wäre gefährlich, dir die Quelle und den Nutzen zu verschweigen. Diese Magie ist eine sehr mächtige, Bek. Du hast bisher nur an der Oberfläche gekratzt, und ich will nicht riskieren, dass du sie erneut einsetzt, ehe du dich auf den Umgang mit ihr vorbereitet hast. Wenn du verstehst, wie sie funktioniert und was sie leisten kann, wirst du sie auch beherrschen. Vorher befindest du dich in Todesgefahr. Das bedeutet, ich muss dir alles verraten, was ich über deine Herkunft weiß. Es wird nicht leicht für dich sein, dir dies anzuhören. Schlimmer noch, nachher wirst du nicht leicht mit diesem Wissen leben können.«

Bek stand still neben ihm und lauschte. Äußerlich war der Junge ruhig, innerlich jedoch angespannt und nervös. Er wusste, der Druide blickte ihn an, und wartete auf eine Antwort und die Erlaubnis fortzufahren. Bek schaute ihm in die Augen und nickte; ja, er war bereit.

»Du bist kein Leah und kein Rowe oder auch nur ein entferntes Mitglied ihrer Familien«, sagte Walker. »Dein Name ist Ohmsford.«

Es dauerte einen Moment, bis der Junge den Namen erkannte und sich an dessen Ursprünge erinnerte. All die Geschichten, die er über die Leahs und die Druiden gehört hatte, fielen ihm wieder ein. In diesen Geschichten waren auch Ohmsfords vorgekommen, und zwar noch vor hundertdreißig Jahren, als Quentins Ururgroßvater Morgan Leah gegen die Schattenwesen in die Schlacht gezogen war. Davor hatten Shea und Flick Ohmsford an Allanons Seite gegen den Dämonenlord gekämpft, Wil Ohmsford hatte mit Eventine Elessedil und den Elfen gegen die Dämonenhorden gefochten, und Brin und Jair Ohmsford waren auf der Suche nach dem Ildatch tief ins Ostland gezogen.

Sie alle waren seit vielen Jahren tot, und die Familie Ohmsford war inzwischen ausgestorben. Coran hatte ihm das erzählt.

»Deine Magie ist das Erbe deiner Familie, Bek.« Der Druide schaute über die Reling in die Dunkelheit. »Wil Ohmsford hat sie vor Hunderten von Jahren in sich aufgenommen, als er die Elfensteine einsetzte, um das Leben zweier Frauen zu retten, von denen eine zum Ellcrys wurde und die andere seine Gemahlin. Sein Elfenblut war zu dünn, um die Benutzung der Elfensteine ohne Schaden zu überstehen, und deshalb wurde er unumkehrbar verändert. Dabei zeigte sich dieses Phänomen weniger bei ihm als bei seinen Kindern Brin und Jair, die mit der Begabung geboren wurden, mit ihren Stimmen Magie zu erzeugen, genau wie du. In beiden war die Gabe stark, insbesondere bei dem Mädchen. Sie konnte lebende Dinge durch Singen verwandeln, sie heilen oder sie zerstören. Ihre Kraft nannte man das Wunschlied.«

Er holte tief Luft und atmete langsam aus. Bek wandte den Blick nicht von ihm ab. »Die Magie trat auch in den folgenden Generationen auf, aber nur sporadisch. Fünfhundert Jahre sollte es dauern, bevor sie sich wieder auf bemerkenswerte Weise zeigte. Diesmal bei den Brüdern Par und Coll Ohmsford, die mit mir und der Elfenkönigin Wren Elessedil gegen die Schattenwesen kämpften. Die Magie war sehr, sehr stark in Par Ohmsford. Er war dein Ururgroßvater, Bek.«

Er trat von der Reling zurück und betrachtete den Jungen erneut. »Ich bin ebenfalls mit dir verwandt, obwohl ich die genaue Linie niemals verfolgt habe. Wir sind beide Nachfahren von Brin Ohmsford. Doch während du den Gebrauch des Wunschliedes geerbt hast, ging an mich der Blutsbund über, den sie mit dem sterbenden Allanon geschlossen hatte, die Verpflichtung, dass einer ihrer Nachfahren der Erste der neuen Druiden sein würde. Und dieser Nachfahre war ich, obwohl ich es nicht glauben wollte, als man es mir eröffnete, und es lange Zeit nicht akzeptierte. Widerwillig trat ich in den Orden ein und diente nur mit größten Bedenken.«

Er seufzte leise und wehmütig. »Da. Jetzt ist es heraus. Wir stammen aus einer Familie, Bek, du und ich – uns verbindet das Blut genauso wie die Gabe der Magie.« Er lächelte verbittert. »Diese Kombination erlaubte es mir, dich auf Shatterstone zu rufen, nur mit Gedanken eine Verbindung zu dir herzustellen. Es war kein Zufall, dass ich dich gerufen habe.«

»Ich versteh das alles nicht«, platzte Bek verwirrt heraus. »Warum hast du mir das nicht früher erzählt? Weshalb hast du ein Geheimnis daraus gemacht? Die Geschichte ist doch halb so schlimm. Ich fürchte mich nicht vor meiner Magie, und ich kann lernen, sie richtig einzusetzen. Sie kann uns helfen, oder nicht? Bin ich deshalb mitgekommen? Wegen meiner Magie? Weil ich ein Ohmsford bin?«

Der Druide schüttelte den Kopf. »So einfach liegen die Dinge leider nicht. Zuerst einmal bringt Magie eine große Verantwortung mit sich, und sie stellt für den Besitzer eine reale Bedrohung dar. Die Magie ist mächtig und manchmal unberechenbar. Sie einzusetzen kann verzwickt sein, sogar schädlich, nicht nur für andere, auch für dich. Oft reagiert Magie so, wie sie will, und nicht, wie du es beabsichtigst; deine Versuche, sie zu beherrschen, können fehlschlagen. Es ist nicht unbedingt von Vorteil, dass du um sie weißt und sie herbeirufen kannst. Nachdem du ihre Existenz einmal aufgedeckt hast, wird sie zur Bürde, die du nicht mehr ablegen kannst. Niemals.«

»Aber vorhanden ist sie so oder so«, erwiderte Bek. »Ich habe keine Wahl gehabt. Außerdem hast du mich auf diese Reise wegen meiner Magie mitgenommen, oder?«

Der Druide nickte. »Ja, Bek. An der Sache ist allerdings noch mehr dran. Ich habe dich auch aus einem weiteren Grund mitgenommen – einem wichtigeren. Deine Eltern und deine Schwester waren die letzten Ohmsfords. Es gab weitere, entfernte Vettern und so weiter, aber dein Vater war der letzte direkte Nachfahre von Par Ohmsford. Er hat deine Mutter geheiratet, und sie lebten in dem Weiler Jentsen Close, nicht weit entfernt vom Regenbogensee. Sie hatten zwei Kinder, deine Schwester und dich. Deine Schwester hieß Grianne. Sie war drei Jahre älter als du, und die Magie des Wunschliedes zeigte sich bei ihr sehr früh. Dein Vater bemerkte die Anzeichen und rief mich zu sich. Er wusste von der Verwandtschaft zwischen uns. Ich habe euch besucht, als du noch ein Säugling warst. Damals war deine Schwester vier Jahre alt. Wegen meiner Erfahrung als Druide konnte ich die Magie jedoch nicht nur bei ihr, sondern auch bei dir erkennen.«

Er hielt kurz inne. »Unglücklicherweise entdeckte der Morgawr die Existenz der Magie ebenfalls. Der Morgawr lebt seit langer Zeit versteckt im Wildewald. Vielleicht war er ein Verbündeter der Schattenwesen, doch er gehört nicht zu ihnen und wurde daher nicht vernichtet. Vor fünfzig Jahren tauchte er wieder auf und weitete seinen Einfluss auf die Föderation aus. Er ist ein mächtiger Hexenmeister, der gute Verbindungen zu den Mwellrets des Ostlandes hat. Deswegen besitzt er so großes Interesse an deiner Familie. Ich war bereits mit Truls Rohk befreundet, und mehrere Male folgte er Mwellrets, die zu eurem Haus gingen. Sie beobachteten lediglich, doch war das schon eine deutliche Warnung, dass etwas nicht stimmte.«

Er unterbrach sich, weil eine Gruppe Fahrender vom Heck vorbeikam und zur vorderen Treppe ging. Ihre Arbeit war für die Nacht beendet, und sie wollten endlich schlafen. Zwei schauten zu ihnen hinüber und wandten rasch den Blick wieder ab. Kurz darauf waren der Druide und der Junge abermals allein.

»Ich hätte erkennen müssen, was da geschah, doch ich war zu beschäftigt damit, in Paranor einen Druidenrat zu gründen.« Walker schüttelte den Kopf. »Deshalb handelte ich nicht schnell genug. Eine Bande Mwellrets in schwarzen Mänteln und unter Führung des Morgawr tötete deine Eltern und brannte euer Haus nieder. Es sollte so aussehen wie ein Überfall von Gnomenräubern. Deine Schwester versteckte dich in einem kühlen Raum des Kellers und erzählte ihnen, du seist tot, als die Entführer sie holten. Sie wollten schließlich nur Grianne, wegen ihrer Magie und der Macht des Wunschliedes. Der Morgawr begehrte sie für sich. Er hatte die Absicht, sie zu seiner Jüngerin zu machen, seiner Schülerin, die von ihm lernt, auf welche Weise sie ihre Magie einzusetzen hat. Dazu log er ihr vor, die Mwellrets in den schwarzen Mänteln seien von einem Druiden angeführt worden. Mit mir als Feind wuchs sie auf. Alle meine Bemühungen, das zu ändern, sie zu retten und ihr Vertrauen zu gewinnen, damit sie die Wahrheit erkannte, waren leider nicht von Erfolg gekrönt.«

Er deutete auf die Mauer aus Nebel um sie herum. »Jetzt jagt sie mich, Bek, irgendwo dort draußen auf dem anderen Luftschiff.« Er sah den Jungen an. »Die Ilse-Hexe ist deine Schwester.«

Eine Zeit lang standen sie schweigend da, schauten nur in die dunkle Ferne, wo die Frau, die einst Grianne Ohmsford gewesen war, ihnen nachsetzte. Das ganze Ausmaß von Walkers Enthüllung wurde Bek nun langsam deutlich. Aber sagte der Druide wirklich die Wahrheit oder spielte er wieder einmal eines seiner Spielchen mit ihm? Er hatte so viele Fragen, doch sie drängten sich ihm alle gleichzeitig auf und bildeten in seinem Kopf ein verwirrendes Durcheinander. Was sollte er überhaupt mit dem anfangen, was Walker ihm gerade erzählt hatte? Die verschiedenen Möglichkeiten, die es eröffnete, sah er schon, doch konnte er im Augenblick nicht darüber nachdenken. Er erinnerte sich an das nächtliche Treffen mit dem König vom Silberfluss und an die Gestalten, die das Geisterwesen dargestellt hatte – das Mädchen, das die Vergangenheit war, und das Ungeheuer, die Gegenwart. Dieses Mädchen, das begriff er nun, war seine Schwester. Deswegen war sie ihm so bekannt vorgekommen – er erinnerte sich noch aus der Kindheit an ihr Gesicht. Das Ungeheuer, zu dem sie geworden war, musste die Ilse-Hexe sein. Die Zukunft hingegen blieb ungewiss – sie würde von Bek bestimmt werden, der nicht vor seiner Suche zurückscheuen durfte, vor seinem Wissensdrang, vor dem, was sein Herz von ihm zu tun verlangte.

Aus dem Gewirr erhob sich eine einzelne Frage: Lag es in seiner Macht, seine Schwester zurückzuverwandeln?

»Eine Sache noch, Bek«, sagte Walker plötzlich. »Begleite mich bitte.«

Er trat von der Reling zurück auf die Mitte des Luftschiffs zu, und der Junge folgte ihm. In der Pilotenkanzel starrte der schwarzbärtige Spanner Frew in die Dunkelheit und beachtete sie nicht, während er Nebel und Finsternis absuchte.

»Weiß sie, dass ich lebe?«, fragte Bek leise.

Der Druide schüttelte den Kopf. »Sie glaubt, du seist tot. Einen Grund, etwas anderes anzunehmen, hat sie nicht. Truls Rohk hat dich in den Ruinen eures Hauses gefunden, drei Tage, nachdem deine Schwester geraubt wurde. Er hielt aus eigenem Antrieb Wache und sah, wie die Mwellrets in den Wolfsktaag zurückkehrten. So fand er dich in dem Versteck, das ihnen entgangen war. Du warst halb tot. Er trug dich zu mir, und nachdem du wieder zu Kräften gelangt warst, brachte ich dich zu Coran Leah.«

»Dennoch schiebt dir meine Schwester die Schuld für das Geschehene zu.«

»Ihre Verbitterung und die Hinterlist des Morgawr haben sie getäuscht. Seine Geschichte der Ereignisse unterscheidet sich ziemlich von der Wahrheit, dennoch glaubt sie diese Version. Jetzt hüllt sie sich in die Kraft ihrer Magie ein und schließt die Welt aus. Sie will eine Festung werden, die niemand stürmen kann.«

»Außer mir? Bin ich deshalb hier? Wollte der König vom Silberfluss mir das zeigen?«

Der Druide sagte nichts.

Sie blieben vor dem geheimnisvollen Objekt stehen, das der Druide in Ketten aus Magie gesperrt hatte. Einsam und unberührbar stand es vor dem vorderen Mast, diese rechteckige Kiste, die vielleicht zwei Meter hoch und einen breit und tief war. Das Segeltuch verhüllte alles, was sich darunter befand, und verriet lediglich Größe und Form. Die Ketten glitzerten, da der Nebel sie mit Feuchtigkeit überzogen hatte, und bei näherer Betrachtung schienen sie weder Anfang noch Ende zu haben.

Bek schaute sich um. Das Deck des Luftschiffes lag in dieser Nacht einsam und verlassen da; abgesehen von dem Rudergänger und zwei Elfenjägern, die hinten an der Reling standen, war niemand zu sehen. Keine der beiden Wachen war nach vorn gekommen, um ihren Posten einzunehmen, während sich der Druide mit dem Jungen hier aufhielt.

»Niemand wird sehen, was ich dir zeige, nur du und ich«, sagte der Druide leise.

Er bewegte die Hand vor dem Gehäuse, und es war, als würde die Vorderseite einfach abschmelzen. Im Schwarz der Kiste hing, mit der Spitze nach unten, ein Schwert, schwebte frei im Raum. Es war eine schlanke Waffe, deren Metall tief bläulich und silbern glänzte. Der Griff war alt und abgenutzt, jedoch hervorragend gearbeitet, und das polierte Holz war in Form einer geballten Faust geschnitzt, die eine brennende Fackel hielt.

»Das ist das Schwert von Shannara, Bek«, flüsterte der Druide und beugte sich so weit vor, dass nur der Junge die Worte verstehen konnte. »Dies ist ebenfalls dein Erbe, auf Grund des Geburtsrechts der Nachfahren des Elfenkönigs Jerle Shannara, nach dem dieses Schiff benannt wurde. Nur ein Mitglied der Shannaras kann diese Klinge schwingen. Ohmsfords, die Letzten der Shannaras, haben das Schwert in der Schlacht gegen den Dämonenlord und die Schattenwesen geführt. Sie setzten es ein, um die Freiheit der Rassen für mehr als tausend Jahre zu erkämpfen.«

Er berührte Bek leicht an der Schulter. »Jetzt gehört es dir.«

Bek kannte die Geschichten. Seit fünfhundert Jahren hatte niemand mehr diesen Talisman zu Gesicht bekommen, und damals hatte Shea Ohmsford gegen den Dämonenlord gefochten und ihn vernichtet – obwohl es Gerüchte gab, denen zufolge er in der Schlacht mit den Schattenwesen wieder aufgetaucht war. Gerüchte, die, nahm man den Druiden beim Wort, möglicherweise stimmten.

»Das Schwert ist ein Talisman der Wahrheit, Bek. Es wurde geschmiedet, um gegen Lügen zu wirken, die versklaven und verheimlichen. Es besitzt große Macht, und diese Waffe zu führen erfordert große Willensstärke. Sein Träger darf vor Schmerz, Zweifel und Furcht nicht zurückweichen, denn diese kommen oft im Gefolge der Wahrheit. Du bist ein würdiger Nachfolger jener in deiner Familie, die bisher im Dienste des Schwertes gestanden haben. Vieles von dem, was ich dir auf dieser Reise aufbürden musste, sollte eine Prüfung für dich sein. Ich will offen sprechen: Ohne deine Hilfe und ohne die Macht des Schwertes sind wir wahrscheinlich verloren.«

Er wandte sich wieder der Kiste zu und bewegte erneut die Hand. Das Schwert von Shannara verschwand, und Segeltuch und Ketten waren wieder an Ort und Stelle.

Bek starrte weiter darauf, als könne er den Talisman immer noch sehen. »Du legst das Schwert von Shannara in meine Hände?«

Der Druide nickte.

Die Stimme des Jungen zitterte. »Walker, ich weiß nicht, ob ich es schaffe …«

»Nein, Bek«, unterbrach ihn der Druide rasch. »Sage heute Nacht nichts. Morgen ist früh genug. Es gibt viel zu besprechen. Du hast Fragen, und ich werde mein Bestes tun, sie dir zu beantworten. Zusammen werden wir uns auf das vorbereiten, was geschehen wird, wenn du die Magie des Schwertes beschwörst.«

Beks Blick wanderte unsicher hin und her, und der Druide reagierte auf die Frage, die sich darin ausdrückte, mit einem zuversichtlichen Lächeln. »Nicht gegen deine Schwester, obwohl du das Schwert vielleicht eines Tages so einsetzen musst. Nein, bei diesem ersten Mal wird das Schwert einem anderen Zweck dienen. Wenn ich die Karte richtig gelesen habe, Bek, ist das Schwert von Shannara der Schlüssel, mit dem wir nach Ice Henge eingelassen werden.«

Siebenundzwanzig

Bei Tagesanbruch stand Bek auf und machte sich an die Erledigung seiner morgendlichen Pflichten auf dem Schiff, wobei er sich vorkam wie in einem Traum und noch immer mit den Enthüllungen der vergangenen Nacht rang. Auf dem Gang trat ihm der Druide entgegen, der aus Rue Meridians Kabine kam, und forderte ihn auf, ihm zu folgen. Es war eine Stunde nach Sonnenaufgang, und Bek hatte sich gerade angezogen und gefrühstückt. Vor ihm lag viel Arbeit, aber Walkers Aufforderung hatte natürlich mehr Gewicht.

Sie stiegen nach oben und traten vorn an die Bugreling, fast an die Stelle, wo sie in der Nacht gestanden hatten. Der Himmel hatte sich nicht verändert, war nach wie vor grau, nebelverhangen und undurchdringlich. Überall, wohin Bek blickte, ob nach links oder rechts, unten oder oben, waren Licht und Farben gleich. Die Sicht reichte nicht weiter als sieben Meter. Die Männer auf Deck wirkten daher wie Geister. Redden Alt Mer hatte das Steuer übernommen, Furl Hawken war an seiner Seite, am Heck arbeiteten zwei Fahrende und befestigten neue Enden an den Backbordstrahlungssammlern, und Quentin machte unter Ard Patrinells aufmerksamen Blicken seine Waffenübungen mit den Elfenjägern. Niemand schaute auf, als Bek vorbeiging.

»Um es gleich zu sagen, du bist immer noch Bek Rowe«, erklärte ihm Walker, während sie sich auf eine Kiste setzten, in der Lichtsegel aufbewahrt wurden. »Du darfst den Namen Ohmsford nicht benutzen. Er ist zu bekannt, und du solltest keine unnötige Aufmerksamkeit auf dich ziehen.«

Bek nickte. »Gut.«

»Außerdem möchte ich, dass du niemandem etwas darüber sagst, was du mir erzählt oder was du über deine Magie, deine Vergangenheit oder das Schwert von Shannara erfahren hast. Nicht einmal Quentin. Kein Wort.«

Er wartete. Bek nickte erneut.

»Schließlich solltest du nicht vergessen, weshalb du hier bist: um mir als Augen und Ohren zu dienen, um zu lauschen und zu beobachten. Das war kein Vorwand, damit du etwas zu tun hast, bis es an der Zeit war, dir deine wahre Identität preiszugeben. Deine Magie verleiht dir eine Beobachtungsgabe, wie sie nur wenige haben. Ich muss weiterhin auf diese Gabe zurückgreifen. Keineswegs ist diese Sache weniger wichtig als vorher.«

»Bisher habe ich diese Gabe allerdings noch nicht viel eingesetzt«, erwiderte Bek. »Nichts, was ich dir berichtet habe, war besonders wichtig.«

Kurz huschte ein ironisches Lächeln über die Miene des Druiden. »Meinst du? Vielleicht passt du nicht gut genug auf.«

»Hat Ryer Ord Star in ihren Träumen etwas gesehen, das dir weiterhelfen könnte?«

»Sie tut, was sie kann. Aber deine Sichtweisen, wenngleich nicht die eines Sehers, sind wertvoller für mich.« Er trat nah an den Jungen heran. »Sie träumt von Dingen, ehe sie sich tatsächlich ereignen, doch du erkundest die Ursachen, bevor sie eine Wirkung gezeigt haben. Das ist der Unterschied. Vergiss das nicht.«

Bek hatte keine Ahnung, wovon Walker sprach, doch er entschied, zu einem anderen Zeitpunkt danach zu fragen. Daher nickte er nur.

Graue Vorhänge aus Nebel trieben vorbei, und die Geräusche der Schwertübungen hallten geisterhaft in dem dichten Dunst wider. Es schien, als bilde jede Gruppe Männer eine eigene Insel, und nur die Geräusche verbanden sie miteinander.

»Das Schwert von Shannara«, sagte Walker leise, »ist nicht wie andere Waffen oder andere Magie. Es sucht die Wahrheit, wo sie durch Täuschung und Lügen verhüllt ist, und durch die Offenbarung verleiht es Macht. Doch die Macht hat ihren Preis. Wie die Elfensteine zieht das Schwert seine Kraft aus seinem Träger. Seine Stärke und seine Wirksamkeit hängen von der Stärke des Trägers ab. Je stärker der ist, desto wirksamer ist die Magie. Aber die Verbindung zwischen den beiden wird durch eine feine Beziehung hergestellt. Das Schwert von Shannara verlässt sich auf die Bereitschaft seines Trägers, persönliche Täuschungen, Halbwahrheiten und Lügen zu enthüllen, damit er diese auch bei anderen erkennt.«

Er ließ Bek einen Augenblick Zeit, dies zu verdauen. »Genau das wird geschehen, Bek. Wenn du die Macht des Schwertes beschwörst, wird es die großen Wahrheiten enthüllen, die durch andere Magie oder Anwender von Magie maskiert wurden. Doch um diese größeren Wahrheiten zu begreifen, musst du zunächst die kleineren über dich selbst akzeptieren. Das verlangt Opfer. Wir neigen dazu, uns vor unangenehmen Dingen zu verstecken. Auf diese Weise erfinden wir uns und unsere Vergangenheit neu und stellen sie in ein Licht, in dem wir möglichst glänzend erscheinen. Das liegt in der Natur des Menschen. Bei den meisten Täuschungen handelt es sich um kleine. Aber sie erhalten durch ihre Anzahl Gewicht, und sie alle auf einmal zu entlarven kann eine Person zerbrechen lassen. Auch die großen Wahrheiten sind häufig, wenn sie offen gelegt werden, nicht zu ertragen, und deshalb verbergen wir sie so sorgfältig.

Nachdem du mit diesen persönlichen Wahrheiten konfrontiert wurdest, wirst du die Wahrheit über jene erkennen, die du liebst und um die du dich sorgst, dann die Wahrheit über die Welt, wie du sie durch deine eigene Erfahrung kennst, und schließlich die der Lügen und Täuschungen, die du entlarven willst. Das ist weder leicht noch angenehm. Die Wahrheit wird dir erscheinen wie eine gewöhnliche Klinge aus Metall. Sie hat scharfe Schneiden. Wenn du dich nicht gegen sie wappnest, kann sie dich töten. Wissen und die Akzeptanz dessen, was auf dich zukommt, schützen dich am besten. Verstehst du?«

Bek nickte. »Ich glaube schon. Aber ich weiß nicht, wie ich mich darauf vorbereiten kann. Ich habe keine Ahnung, welche Lügen und Täuschungen ich über die Jahre angehäuft habe. Sollte ich versuchen, sie alle aufzulisten, ehe ich das Schwert benutze?«

»Nein. Du hast es selbst gesagt. Vermutlich kannst du sie nicht alle auflisten. Manche wirst du vollkommen vergessen haben. Gelegentlich hast du die Wahrheit vielleicht nur ein wenig beschönigt. Dann wieder hast du sie möglicherweise selbst nicht erkannt. Was du tun musst, Bek, ist, zu begreifen, wie das Schwert funktioniert, damit du nicht von seiner Kraft überrascht wirst und so seine Forderungen besser erfüllen kannst.« Er zögerte. »Ich will dir eine Geschichte erzählen.«

Während der nächsten Minuten gab er die Geschichten des Elfenkönigs Jerle Shannara wieder, der vor tausend Jahren mit dem Dämonenlord gekämpft hatte. Das Schwert von Shannara war von Bremen in der Südlandstadt Dechtera im Druidenfeuer geschmiedet und nach Norden gebracht worden, damit es dort im Kampf gegen den Dämonenlord eingesetzt werden konnte. Doch Bremen hatte die Fähigkeit des Elfenkönigs, die Anforderungen des Schwertes zu erfüllen, falsch eingeschätzt und ihn nicht ausreichend vorbereitet. Als Jerle Shannara die Magie des Schwertes rief, brachte er nicht die notwendige Stärke auf. Deshalb gelang es ihm lediglich, die körperliche Gestalt des Dämonenlords zu zerstören, nicht, ihn gänzlich zu vernichten. Somit war es seinem Nachfahren, Shea Ohmsford, überlassen geblieben, diese Arbeit zu beenden.

»Meine Aufgabe, was dich betrifft, Bek«, fuhr Walker fort, »besteht darin, sicherzustellen, dass du nicht wie Jerle Shannara scheitern wirst, dass du das Schwert, wenn du die Magie einmal gerufen hast, auch mit der notwendigen Stärke handhaben kannst. Dein erster Einsatz mit dem Talisman ist nicht so anspruchsvoll. Dabei wird es nicht darum gehen, ein anderes magisches Wesen zu vernichten, das dich ebenfalls umbringen will. Es handelt sich lediglich um ein Portal, das von einer unpersönlichen Magie geschützt wird, um Eindringlinge fern zu halten. Das ist eine gute Prüfung, um deine Ausbildung zu beginnen.«

Bek starrte auf seine Füße, dann blickte er dem Druiden wieder in die dunklen Augen. »Aber meine Schwester, die Ilse-Hexe, wartet ebenfalls darauf, mich zu prüfen.«

»Sie wartet nicht darauf, da sie nichts von dir und dem Schwert weiß. Trotzdem besteht die Möglichkeit, dass du dich ihr irgendwann stellen musst. Doch soll das nicht deine vorrangige Sorge sein. Nicht nur sie wird eine Prüfung für dich sein. Alles, was mit dieser Expedition zusammenhängt, ist in Täuschungen und Lügen gehüllt, Bek. Vielleicht erscheint es folgerichtig, wenn in der Blauen Spalte ein Schiffbrüchiger gefunden wird, und mit ihm eine Karte, auf der eine Route verzeichnet ist, die von anderen Elfen gefunden wurde, deren Schiffe seit dreißig Jahren verschollen sind, eine Karte, die mit einem Schatz von unermesslichem Wert lockt. Aber nur wenige Dinge sind so, wie sie scheinen. Wenn wir Erfolg haben sollen – oder wenn wir nur überleben wollen –, brauchen wir die Macht des Schwertes von Shannara. Nur du allein kannst diese Waffe handhaben, Bek, daher musst du dich auf die Erfordernisse dieser Magie vorbereiten. Ich bringe das Feuer eines Druiden mit und Kenntnisse über deine Aufgabe. Quentin gesellt sich mit der Macht des Schwerts von Leah dazu. Andere helfen ebenfalls mit ihren Gaben und Erfahrungen. Doch dein Einsatz des Schwertes von Shannara ist unerlässlich. Und deine Ausbildung an dieser Waffe beginnt jetzt.«

Der Rest dieses Tages und viel Zeit an den folgenden verbrachten sie damit, über die Magie des Schwertes und ihre Funktionsweise zu sprechen. Walker verstand die Grundlagen, hatte die Magie jedoch niemals selbst kennen gelernt, daher mussten sie quasi ohne Schwert fechten. Das war gar nicht so anders als das, was Quentin mit den Elfenjägern tat. Er übte, aber der Kampf war nicht echt. Da er die Magie seines Schwertes nur herbeirufen konnte, wenn sie tatsächlich gebraucht wurde, konnte Bek die Auswirkungen nicht ausprobieren. Außer Vorträgen über die Natur der Selbsttäuschung unterrichtete Walker Bek daher vor allem in der Kunst, inneren Frieden zu finden, indem man tief in sich belanglose Angelegenheiten und Sorgen fallen ließ und sich gegenüber Dingen, die Schmerz verursachten, öffnete und nicht verschloss.

Es war eine zermürbende und oftmals niederschmetternde Übung, die Bek manchmal verwirrter hinterließ als zu Anfang. Nicht nur drehte sich dem Jungen der Kopf wegen der Enthüllung seiner Identität und seiner Vergangenheit, sondern auch die Verantwortung, die der Druide ihm für die Sicherheit des Schiffes übertragen hatte, brachte ihn ins Taumeln. Natürlich sah er die Wichtigkeit dieser Verantwortung ein und übte und lernte deshalb fleißig, um bereit zu sein, wenn er mit der Kraft des Schwertes verschmelzen sollte.

Aber auch seine anderen Pflichten vernachlässigte er nicht. Noch immer war er der Kabinensteward und musste sich auch so verhalten. So war sein Tag vollkommen damit ausgefüllt, sich mit dem Druiden über Magie zu unterhalten, bei Redden Alt Mer in der Pilotenkanzel das Schiff zu steuern und seine sonstigen Pflichten zu erledigen. Für Quentin und Ahren Elessedil hatte er immer weniger Zeit, doch dafür war es nicht so schwierig, sein neues Wissen für sich zu behalten.

Einige Tage nach der Begegnung mit der Ilse-Hexe löste sich der Nebel auf, der Himmel wurde klar, und die Blaue Spalte breitete sich wieder unter ihnen aus. Innerhalb eines Tages kehrten die Flugreiter zurück. Die notwendigen Reparaturen am Luftschiff wurden vorgenommen, und bei der Suche nach Vorräten stieß man auf eine Inselkette. Die Luft war scharf und kalt, und die Teilnehmer der Expedition trugen die meiste Zeit Wintermäntel und Handschuhe. Zwischen den Inseln wurden Eisschollen gesichtet, und der Himmel nahm einen grauen, winterlichen Ton an. Die Tage wurden kürzer, und das bleiche Licht wusch alle Farbe von Erde und Himmel.

Währenddessen fragte sich Bek ständig, was wohl vor ihnen lag. Walker hatte ihn gewarnt, dass alles, was mit der Expedition zu tun hatte, in Täuschungen und Lügen verstrickt war. Wenn das stimmte, wie viel hatte der Druide dann schon aufgedeckt? Was wusste er noch und hielt es vor Bek verborgen?

Neun Wochen nach dem Aufbruch von Mephitic erreichten sie, begleitet von Schneeregen, der von einem Polarwind aus dem Norden herangetragen wurde, die Klippenfestung Ice Henge, und nun sollte der Junge es herausfinden.

Das Land wirkte zunächst wie eine dunkle Verzerrung der dünnen Horizontlinie, und es dauerte lange, bis es Form annahm. Nach beiden Seiten breitete es sich meilenweit aus wie eine eingerollte Schlange, die auf dem blaugrauen Meer lag. Mehrere Stunden verstrichen, bis sie die Klippen erkennen konnten, die steil aus dem Ozean aufragten und so hoch waren, dass sie im Hochnebel verschwanden. Gespaltene und abgebrochene Baumskelette, die von der Sonne gebleicht und vom Wind jeglichen Laubs beraubt waren, ragten aus dem Fels. Seevögel schwebten kreischend über ihren Nestern. Kleinere Inseln führten wie Trittsteine, die von Zeit und Wetter abgelaufen waren, zu den Klippen hinauf, öde Eilande allesamt, die wenig Schutz und Nahrung boten und außer hartem Gras und winterlich grauen Büschen kaum Vegetation aufwiesen.

Walker ließ das Luftschiff anhalten, als sie noch Meilen entfernt waren, und schickte die Flugreiter voraus, um einen ersten Blick auf die Klippen zu werfen. Sie waren sehr rasch wieder zurück. Die Steilküste wurde von Würgern bewohnt, daher konnten die Rocks nicht näher heran. Aus diesem Grund ließ er Hunter Predd und Po Kelles auf einer der größeren Inseln zurück und wies Redden Alt Mer an, mit der *Jerle Shannara* direkt auf die große Landmasse zu-

zufahren. Bei näherer Betrachtung wurden die Sorgen nicht kleiner. Die Klippen bildeten eine massive, nicht zu erklimmende Wand, die hier und da von schmalen Spalten durchzogen war, in denen Nebel hing. Der Wind blies in scharfen, unvorhersehbaren Böen über die Felswände und trieb das Luftschiff hin und her. Würger betrachteten sie aufmerksam von ihren Nistplätzen aus.

Walker ließ sie eine Zeit lang an der Küste entlangsegeln. Das Meer hatte Höhlen in die Klippen gespült, und Felsen, die aus der Höhe heruntergestürzt waren, bildeten eigentümliche Skulpturen und Formationen. Wellen krachten gegen den Fuß der Steilwand und wichen wieder zurück, brandeten in die Höhlen und flossen wieder ab, spülten über Fels und Schutt. Ein Weg ins Landesinnere eröffnete sich nirgends. Alt Mer weigerte sich, in den Nebel und den Wind zu fliegen, der durch die Spalten pfiff; Selbstmord wäre das, behauptete er und beendete damit die Diskussion. Er schüttelte auch den Kopf, als Walker ihn fragte, ob er nicht oberhalb des Nebels fliegen könnte. Würde tausend Fuß weiter oben die Suppe weniger dicht und der Wind schwächer sein? Wohl kaum. Der Karte des Schiffsbrüchigen zufolge war dies eine Halbinsel, die meilenweit von solchen Klippen beschützt wurde; die einzige Öffnung lag bei den Säulen aus Eis. Der Große Rote neigte dazu, der Karte zu glauben.

So segelten sie weiter, setzten ihre Suche fort, und das Aussehen der Küste veränderte sich nie.

Dann, später am Tag, öffneten sich die Klippen plötzlich zu einer breiten Bucht, die sich durch Dunst und Dämmerlicht bis zu einem hoch aufragenden, schneebedeckten Gebirge erstreckte. Durch die Spalten in den kargen Gipfeln wanden sich Gletscher bis zum Wasser herunter, massive, blaugrüne Eisbrocken, und gefrorene Moränen endeten mit riesigen Felsen im Wasser, die kleine Inseln bildeten, von denen manche über hundert Meter weit aufragten. Innerhalb der Bucht herrschte Windstille, die Seevögel hockten auf ihren Plätzen, und das Tosen des Meeres ließ nach. Nur das gelegentliche Krachen von Eis, das in Schluchten stürzte, störte die tiefe Stille.

Die *Jerle Shannara* segelte zwischen den Klippen hindurch in die

Bucht und glitt an Eisbergen und Felswänden entlang. Die Öffnung der Bucht wurde zu einem Kanal, der in einer zweiten Bucht endete, die sich vor ihnen ausbreitete. Der Nebel über ihnen verdichtete sich und wurde zu einem Dach, durch das die Sonne nicht mehr zu sehen war. Das Licht wurde grau und fahl wie der Dunst. Farben verblassten, Eis, Wasser, Nebel und Dämmerung schienen den gleichen Ton zu haben. Mit dem Verschwinden von Licht und Farben ging ein Gefühl für das Land einher, das unerklärlich beängstigend war – eine Ahnung von Größe und Macht, als würde sich im Dunkeln irgendwo ein Riese verbergen, der geduckt darauf lauerte, sich auf sie zu stürzen. Die Männer und Frauen an Bord der *Jerle Shannara* lauschten den unheimlichen Geräuschen des Gletschers.

Schließlich verengte sich der Kanal abermals und wurde von riesigen Säulen aus Eis blockiert, die sich wie Kristalltürme aus dem flüssigen Grund der Bucht erhoben. Durch Lücken zwischen den Säulen sah Bek helleres Licht und weniger dichten Dunst, als würde auf der anderen Seite besseres Wetter herrschen. Walker stand neben ihm und nickte. Dann wandte er sich an Redden Alt Mer und ordnete an, er solle das Luftschiff anhalten.

Sie schwebten vor den Säulen aus Eis, und die Besatzung des Schiffes drängte sich schweigend an die Reling. Die kalte Luft flimmerte, und Seevögel kreisten still über ihnen. Durch den tiefen Nebel hallte das Krachen des Eises aus der Ferne herüber.

Plötzlich begannen die Säulen zu schwanken, zuckten mehrmals und bewegten sich wie zwei Kiefer, die sich schließen und mit den Zähnen knirschen. Während die Expeditionsteilnehmer ehrfürchtig zusahen, stießen die Eistürme mehrfach knirschend gegeneinander, versperrten den Einlass des Kanals und machten die Durchfahrt unmöglich. Eisstücke wurden durch die Luft geschleudert und landeten in der Bucht, neue Spalten öffneten sich entlang der riesigen Türme, während diese zusammenprallten und sich wieder voneinander entfernten wie Ungeheuer, die in kopfloser Wut aufeinander einhämmern. Wellen brandeten auf, und die Bucht wurde unter der Wucht der Bewegung zu einem brodelnden Kessel.

Augenblicke später wichen die Säulen voneinander zurück, nahmen eine neue Position ein und wankten nur noch leicht.

»Das«, flüsterte der Druide Bek ins Ohr, »ist der so genannte Quetscher. Den muss das Schwert von Shannara überwinden.«

Auf Befehl des Druiden segelten sie aus der Bucht heraus und die Küste entlang zurück zu der Insel, auf der die Flugreiter warteten. Es war inzwischen fast dunkel geworden, und Redden Alt Mer ließ die *Jerle Shannara* für die Nacht festmachen. Bek dachte noch immer über die Worte des Druiden nach und grübelte, wie die Magie des Schwertes einen Weg durch diese sich bewegenden Eistürme finden sollte, wobei er nicht begriff, auf welche Weise der Talisman von Hilfe sein konnte. Walker hatte ihn verlassen, um sich mit dem Kapitän zu besprechen, und Ahren war zu Bek gekommen und unterhielt sich mit ihm, daher würde er vorerst nichts Neues herausfinden. Er musste sich darauf verlassen, dass der Druide wusste, was er tat.

Nachdem der Anker geworfen und das Abendessen eingenommen war, rief Walker seinen Rat zu einer letzten Besprechung zusammen. Diesmal wurde auch Hunter Predd dazugeholt. Sie versammelten sich in Redden Alt Mers Kabine – der Druide, der Fahrende und seine Schwester, Ard Patrinell und Ahren, Quentin und Bek, Ryer Ord Star und der Flugreiter. Der Himmel war wolkenverhangen, die Nacht so schwarz, dass man weder das Meer noch die Insel sehen konnte, über der sie geankert hatten.

»Morgen werden wir durch die Säulen des Quetschers segeln«, verkündete Walker, nachdem sich alle versammelt und gesetzt hatten. »Kapitän Alt Mer wird von der Pilotenkanzel aus das Kommando führen. Ich stehe vorn am Bug und gebe die Richtungen an. Bek wird mir dabei helfen. Alle anderen nehmen ihre üblichen Positionen ein und halten sich bereit.«

Er schaute den Großen Roten an. »Die Kurskorrekturen müssen schnell und genau erledigt werden, Kapitän. Das Eis verzeiht keine Fehler. Höre deshalb genau auf meine Worte. Folge meinen Anweisungen. Vertraue mir, selbst wenn ich etwas Falsches zu sagen scheine. Versuche nicht, meine Angaben zu überprüfen oder meine Wünsche vorauszuahnen. Dies eine Mal muss ich das Kommando vollständig übernehmen.«

Er wartete auf die Bestätigung des Fahrenden. Redden Alt Mer warf seiner Schwester einen Blick zu und nickte dann zustimmend.

»Hunter Predd«, fuhr Walker fort. »Die Flugreiter bleiben hier. Die Würger sind zu zahlreich, der Wind und der Nebel zu trügerisch. Fliegt die Küste entlang, bis ihr einen angenehmeren Aufenthaltsort als diese Insel findet, wo ihr auf unsere Rückkehr wartet. Wenn es uns möglich ist, kommen wir zurück oder benachrichtigen euch wenigstens irgendwie. Aber das kann seine Zeit dauern. Vielleicht werden wir mehrere Monate fort sein.« Er zögerte kurz. »Möglicherweise noch länger.«

Der grauhaarige Flugreiter nickte. »Ich weiß, was zu tun ist.«

Er begriff sehr wohl, dass diejenigen, die durch die Säulen von Ice Henge gingen, vielleicht nicht zurückkehrten. Deshalb würde er so lange warten, bis es sinnlos wurde, und dann versuchen, in die Vier Länder zurückzufliegen. Doch Bek hörte noch etwas anderes heraus. Wenn die Besatzung der *Jerle Shannara* es nicht nach Hause schaffte, dann würde es ihm vermutlich ebenfalls nicht gelingen.

Wenn Walker das so verstanden hatte, ließ er es sich jedenfalls nicht anmerken. »Ryer Ord Star hatte eine neue Vision«, gab er bekannt und rief die junge Frau nach vorn.

Nur ungern trat sie vor, senkte den Kopf und verbarg das Gesicht hinter ihrem langen silbernen Haar, richtete den Blick der violetten Augen auf den Boden und verkroch sich im Schatten des Druiden, als wäre sie dort in Sicherheit. Dabei schob sie sich so dicht an ihn heran, dass sie ihn beinahe berührte. Walker legte ihr die Hand auf die Schulter und bückte sich zu ihr hinunter. »Erzähle es ihnen«, drängte er sie.

Sie ließ sich einen Augenblick Zeit, ehe sie antwortete, und dann klang ihre kindliche Stimme hoch und klar. »Ich habe drei Maulwürfe gesehen, die sich in die Erde eingraben wollen. Sie trugen

Schlüssel zu einem Schloss. Der eine ist in einem endlosen Labyrinth gefangen. Bänder aus Feuer sperren den Zweiten ein. Und Hunde aus Eisen den Dritten. Alle sind blind und können nichts sehen. Sie sind vom Weg abgekommen und finden nicht mehr zurück. Aber einer entdeckt die Tür, die in die Vergangenheit führt. Dahinter wartet die Zukunft.«

Langes Schweigen machte sich breit, nachdem sie geendet hatte. Dann räusperte sich Redden Alt Mer. »Ein bisschen vage, nicht wahr?«, sagte er trocken und lächelte die Seherin entschuldigend an. »Was bedeutet das?«

»Wir wissen es nicht«, antwortete Walker Boh an ihrer Stelle. »Vielleicht, dass einer von uns den Eingang nach Castledown und den Schatz entdecken wird. Das wäre ein Treffen von Zukunft und Vergangenheit. Welchem Zweck diese Vision auch immer dienen mag, sie warnt vor drei Gefahren – einem endlosen Labyrinth, Bändern aus Feuer und Hunden aus Eisen. In irgendeiner Form werden wir diesen Gefahren begegnen, wenn wir wieder an Land sind.« Er sah Ryer Ord Star an. »Vielleicht haben wir bis dahin neue Erkenntnisse.«

Hoffen wir es, dachte Bek, und die Besprechung wandte sich anderen Themen zu.

In dieser Nacht schlief Bek sehr schlecht, denn Selbstzweifel und Bedenken setzten ihm zu. Er wurde wach, als die Dämmerung mit bleiernem Grau und Dunst anbrach und die Sonne wie eine rot glühende Esse am Rand der Welt erschien. Er stand auf, ging an Deck und sah zu, wie das Licht heller wurde und der Himmel sein winterliches Aussehen bekam, bei dem Wolken, Dunst und Wasser wie Gaze wirkten. Die Luft war kalt und roch feucht, und die Klippen von Ice Henge wurden von Schneeflocken umwirbelt. Die Würger waren auch schon unterwegs und jagten an der Küste, und ihre schrillen Schreie hallten von den Felswänden wider.

Walker kam zu ihm, legte ihm aufmunternd die Hand auf die Schulter und verschwand wieder. Die Anker wurden gelichtet, die

Segel gesetzt, und die *Jerle Shannara* flog erneut gen Norden. Die Flugreiter brachen zur gleichen Zeit auf, nur nach Süden. Bek sah ihnen zu, wie sie vom Achterdeck abhoben. Kurz darauf waren sie im dämmrigen Winterlicht verschwunden, und Bek richtete seine Aufmerksamkeit wieder nach vorn. Sie segelten die Küste hinauf, zu der Öffnung in den Klippen, die zum Quetscher führte. Das Frühstück wurde in Schichten und von den meisten auf Deck eingenommen, eine herzhafte Mischung aus Brot und Käse, die mit kaltem Bier hinuntergespült wurde. Die Luft erwärmte sich gerade genug, dass sich die Schneeflocken in Regen verwandelten, und der Wind nahm an Stärke zu und ging in heftigen Schauern nieder, die das Luftschiff hin und her schoben.

Bek stand lange Zeit bei Redden Alt Mer in der Pilotenkanzel, während Walker an Deck wie ein Geist umherschritt. Der Fahrende sprach kaum mit dem Jungen; er konzentrierte sich ganz auf das Steuern, und sein Blick war nach vorn ins Zwielicht gerichtet. Einmal erwiderte er Beks Blick und lächelte. »Wird schon gut gehen, Bek«, sagte er leise und schaute dann wieder nach vorn.

Bek Rowe, geborener Bek Ohmsford, war sich dessen nicht so sicher, aber wenn Hoffnung und Entschlossenheit irgendwie zählten, hatten sie möglicherweise eine Chance. Da er seiner Meisterschaft in Bezug auf das Wunschlied nicht traute, kamen ihm große Zweifel, ob er überhaupt irgendwelche Magie beherrschen konnte. Das alles war ihm noch zu neu und zu wenig vertraut, als dass er mit Zuversicht nach vorn hätte schauen können. Er hatte die Magie seiner Stimme zwar kennen gelernt, doch nur einen kleinen Teil davon, und er fühlte sich noch lange nicht so, als würde er sie wirklich verstehen. Das Gleiche galt für die Magie des Schwertes von Shannara, bei dem er keine Ahnung hatte, was er damit vollbringen konnte. Natürlich konnte er alles wiederholen, was Walker ihm beigebracht hatte. Dadurch würde er allerdings zu sehr mit dem Verstand an die Sache herangehen. Er vermochte sich nicht wirklich auszumalen, wie es sich anfühlte. Dazu fehlte es ihm einfach an Erfahrung.

Er wollte sich nicht selbst täuschen. Die Magie des Schwertes von

Shannara war riesig und überwältigend. Sie würde einer Flutwelle gleich über ihn hinwegbranden, und er durfte sich glücklich schätzen, wenn er diese wuchtige Woge überlebte, erst recht, wenn er den Weg an die Oberfläche fand und zu schwimmen begann. So konnte er nur hoffen, dass er nicht sofort ertrank. Walker hatte das zwar nicht gesagt, aber zwischen den Zeilen hatte es durchgeschimmert. Bek würde auf eine Weise geprüft werden, wie er es sich niemals vorgestellt hatte. Walker glaubte gewiss, dass er nicht scheitern würde, allerdings war Walker auch nicht derjenige, der auf die Probe gestellt wurde.

Bek verließ die Pilotenkanzel und trat an die Reling des Schiffes. Quentin gesellte sich zu ihm, und sie unterhielten sich mit gesenkten Stimmen über den Tag und das Wetter, wobei sie den Quetscher mit keinem Wort erwähnten. Der Hochländer war fröhlich und gelassen, so wie immer, und auf diese Weise beruhigte er Bek, ohne es zu beabsichtigen. War es nicht das gewesen, was sie sich erhofft hatten?, fragte er seinen Vetter mit breitem Lächeln. Hatten sie nicht nach Abenteuern gesucht? Was würden sie auf der anderen Seite dieser Eissäulen finden? Irgendwie mussten sie sicherstellen, dass sie zusammenblieben. Was auch immer geschah, sie durften ihr Versprechen nicht vergessen.

Am Vormittag erreichten sie die Lücke in den Klippen und flogen auf den Ausläufern der Luftströmungen in die Bucht, hinein in die Ruhe und Windstille. Das Tosen des Ozeans und das Pfeifen des Windes blieben zurück, und die Bucht mit ihren Felswänden und der Wolkendecke umarmte sie wie eine fürsorgliche Mutter ihren Zögling. Die Expeditionsteilnehmer drängten sich an der Reling und schauten auf die graue Welt aus Eis und Wasser. Eisschollen trieben unter ihnen wie riesige Schiffe vorbei und ritten auf der Strömung hinaus aufs Meer. Krachendes Eis zerriss die Stille, und so mancher begriff nun erst wirklich, was vor ihnen lag. Bek stand in der Kälte wie eine Statue da und schaute sorgenvoll nach vorn.

Die *Jerle Shannara* segelte durch den vorderen Teil der Bucht und den schmalen Kanal, und die Wolkendecke senkte sich immer weiter herab, bis sie zu den Masten des Luftschiffs reichte. Das Dämmerlicht spiegelte den Augen Dinge vor, die überhaupt nicht vorhanden waren. Niemand sprach, während das Schiff an Eisbergen und Steilklippen vorbeiglitt und sich so langsam bewegte, dass es fast stehen blieb. Seevögel umkreisten sie lautlos und geisterhaft. Bek sah ihnen zu, wie sie mit dem Schiff Schritt hielten, folgte ihrem Flug und war von ihrem offensichtlichen Interesse fasziniert.

Dann schnürte sich ihm die Kehle zu, und er stieß einen scharfen Seufzer aus, als er begriff, dass sie nur darauf warteten, die Knochen der Besatzung aufzusammeln, wenn das Luftschiff den Quetscher erreichte.

Augenblicke später lichtete sich der Dunst ein wenig, und nun konnte man die ersten Eissäulen erkennen, die ihnen den Weg versperrten, hoch aufragende Stacheln, die hypnotisierend schwankten.

»Komm mit«, sagte Walker leise, woraufhin Bek zusammenzuckte. Das flaue Gefühl in der Kehle setzte sich bis zum Magen fort.

Es war also an der Zeit. Er erinnerte sich an die Zuversicht, die er vor Monaten verspürt hatte, als er dieser Reise zugestimmt hatte, die ihn für immer verändern würde. Voller Furcht und Zweifel schloss er die Augen. Sicherlich war die Richtung seines Lebens längst beschlossene Sache gewesen; trotzdem konnte er sich auch jetzt noch nicht wirklich damit abfinden. Dennoch, er musste sein Bestes geben.

Gehorsam und schweigend zwang er sich, einen Fuß vor den anderen zu setzen, und folgte dem Druiden.

Achtundzwanzig

Bek wartete im Schatten der von Ketten gesicherten Kiste, in der sich das Schwert von Shannara befand, während Walker alle vom vorderen Deck nach hinten zum Heck und an die Seiten drängte. Redden Alt Mer stieg mit Rue Meridian in die

Pilotenkanzel. Spanner Frew stand daneben und hielt sich bereit, helfend einzugreifen, falls das notwendig werden sollte. Furl Hawken kommandierte die Mannschaft vom erhöhten Achterdeck aus, und die Elfenjäger unter Ard Patrinell sammelten sich an beiden Seiten des Schiffes, wo sie die Sicherheitsleinen anlegten. Panax, Quentin und Ahren Elessedil standen an der Steuerbordreling am hinteren Mast und unterhielten sich im Flüsterton. Über mich, dachte Bek voller Unbehagen, aber das war Unsinn. Die drei wandten den Blick nicht vom Quetscher ab. Nur Walker wusste, was zu tun war. Und nur Walker begriff, wie viel dabei von Bek abhing.

Der Druide tauchte wieder neben ihm auf. »Bereit, Bek?«

Der Junge wagte nicht zu sprechen, daher nickte er nur. Natürlich war er nicht bereit. Er würde niemals für das hier bereit sein. Wie sollte er auch? So konnte er nur darauf vertrauen, dass der Druide Recht hatte, was Beks Verbindung zur Magie betraf, und hoffen, dass er einen Weg finden würde, das Notwendige zu tun.

Doch während er nun diese gigantische Barriere vor sich betrachtete, diese riesige Masse aus Eis und Fels, die hoch über ihm aufragte, konnte er sich nicht vorstellen, dass er dazu in der Lage war.

Er atmete gleichmäßig, beruhigte sich und wartete. Die *Jerle Shannara* fuhr langsam auf die Säulen zu. Walker sprach mit Redden Alt Mer, aber Bek konnte nicht hören, was sie sagten. Sein Herz hämmerte in der Brust, und er hörte lediglich das Geräusch seines Atems und das Krachen des Eises, wenn Stücke davon abbrachen.

»Jetzt, Bek«, sagte der Druide leise.

Er vollführte eine Geste mit der Hand, und die Luft schimmerte und trübte sich ein, während der Nebel aufgewirbelt wurde. Alle hinter dem Jungen und dem Druiden verschwanden im Dunst. Was blieb, war ein Fenster vor ihm, durch das man den Kanal, die Klippen und das Eis sehen konnte.

Als wollten sie etwas auf Walkers Kommando erwidern, bewegten sich die Säulen plötzlich.

»Ganz ruhig, Bek«, drängte Walker sanft, berührte die Schulter des Jungen und starrte mit den dunklen Augen zum Eis hinüber.

Die Säulen bewegten sich wie Zähne und rieben sich knirschend aneinander, bis riesige Eissplitter abbrachen und in alle Richtungen davonflogen. Das Meer brodelte, hohe Wellen schlugen gegen die Klippen, die Gischt stieg in Wolken auf und vermischte sich mit dem Nebel. Bek zuckte angesichts des Lärms und der Bewegung zusammen und zog die Schultern unwillkürlich hoch. Er fühlte geradezu, wie sich das Eis um ihn herum schloss, ihn zerdrückte, das Luftschiff in Treibholz und die Besatzung in blutigen Brei verwandelte. Ihm war dabei, als würde das wirklich passieren, und dieses Gefühl zerrte so heftig an ihm, dass er es kaum ertragen konnte. Er stand auf dem Deck der *Jerle Shannara*, von Gischt besprüht, vom Lärm betäubt, und glaubte, seine Seele würde förmlich zerrissen.

Vor ihm brannte etwas, ein Leuchtfeuer in der Dunkelheit, das wie eine Flamme aus dem grauen Dunst erwuchs. Er starrte es verwundert an, und dann bemerkte er, dass er das Schwert von Shannara in den Händen hielt und dass es die Klinge war, die so lodernd leuchtete.

»Schatten!«, presste er ungläubig hervor.

Er hatte keine Ahnung, wann Walker es ihm gereicht hatte und wie lange er es bereits hielt. Nun starrte er gebannt in das Licht, beobachtete, wie es in kleinen roten Bändern, die sich um das Metall schlangen, an der Klinge hinauf und hinab lief. Schließlich erreichte es auch den Knauf und umschloss seine Hände.

Dann fuhr es wie eine warme, kribbelnde Welle durch ihn hindurch und breitete sich im Körper und in allen Gliedern aus. Es verzehrte ihn, verschluckte ihn, hüllte ihn ein und beanspruchte ihn ganz für sich. Er wurde von ihm gefangen, und langsam durchsetzte es Gedanken, Gefühle und Sinne. Alles um ihn herum begann zu verschwinden, verging in Dunkelheit, in der nur das Schwert leuchtete. Das Luftschiff, die Besatzung, das Dämmerlicht und der Nebel, das Eis, die Klippen – alles löste sich auf. Bek war allein, einsam und sich selbst überlassen, und so trieb er auf dem Rücken der Magie, die ihn überflutet hatte.

Hilfe, hörte er sich selbst flehen.

Die Bilder erschienen urplötzlich, er sah nicht mehr den Quetscher und seine malmenden Säulen, nicht mehr die Welt, in der er lebte, sondern die Welt, die er hinter sich gelassen hatte, die Vergangenheit. Eine Folge von Erinnerungen kam zum Vorschein und nahm ihn in der Zeit mit zurück, erinnerte ihn daran, was einst gewesen und jetzt vorüber war. Er wurde jünger und kleiner. Die Erinnerungen tauchten als beängstigende Bilder auf, voller Wut und Schrecken, voller ferner Schreie, und der schwere Atem von demjenigen, der sie ihm vorhielt, wehte ihn an einen schwarzen, kalten Ort. Der Geruch und Geschmack von Rauch und Ruß füllten Nase und Mund, und er verspürte eine Panik, die sich nicht beruhigen lassen wollte.

Grianne!, hörte er sich rufen.

Schwärze hüllte ihn ein weiteres Mal ein, und eine neue Bilderreihe begann. Er sah sich als Kind bei Coran und Liria. Dort spielte er mit Quentin und seinen Freunden, mit seinen jüngeren Brüdern und Schwestern, in seinem Zuhause in Leah. Die Szenen waren düster und anklagend, Bilder seiner Kindheit, die er unterdrückt hatte, Erinnerungen an die Zeit, in der er gelogen, betrogen und getäuscht hatte, in der seine Selbstsucht und seine Gleichgültigkeit Schmerzen und Leid hervorgerufen hatten. Einige dieser Szenen waren ihm vertraut, andere hatte er vergessen. Die Schwächen seines Lebens wurden ihm unerbittlich enthüllt. Im Einzelnen war keine besonders schrecklich, doch die Anzahl machte ihr Gewicht aus, und nach einer Weile weinte er und hoffte verzweifelt auf das Ende.

Ein Wind aus dunklem Dunst verwehte sie und brachte ihm einen Blick auf die Vier Länder, mit dem ihm alles gezeigt wurde, was Menschen an Leid widerfuhr. Voller Entsetzen beobachtete er, wie Hunger, Krankheit, Mord und Raub Leben, Häuser und Zukunft zerstörten. Männer, Frauen und Kinder fielen den Schwächen von Geist und Moral zum Opfer, welche die Menschheit plagten. Alle Rassen waren dafür anfällig, und alle beteiligten sich an dieser Raserei. Nichts deutete an, dass es jemals anders gewesen war. Bek schaute dem Schrecken und der tiefen Traurigkeit zu, die sich entfalteten, und fühlte, wie beides zu einem Teil von ihm wurde. Das war die Geschichte seines Volkes, so spürte er es in seinem Elend, und genauso war auch er.

Doch nachdem es vorbei war, fühlte er sich geläutert. Mit der Erkenntnis trat die Billigung ein. Mit der Billigung die Vergebung. Er fühlte sich gereinigt, nicht nur von dem, was er selbst zu diesem Morast beigetragen hatte, sondern auch von den Taten anderer – als habe man ihm alles von den Schultern genommen, nur für eine Weile, und ihm Frieden geschenkt. Er erhob sich aus der Dunkelheit und war auf eine Weise gestärkt, die er nicht erklären konnte, wieder geboren mit den Augen eines Jungen, doch mit dem Verständnis eines Mannes.

Die Finsternis wich zurück, er stand wieder auf dem Deck der *Jerle Shannara* und reckte den Arm mit dem Schwert in die Höhe. Noch immer wurde er von Walkers Magie verborgen, doch der Weg vorwärts war deutlich zu erkennen. Der Quetscher öffnete sich erneut, seine Säulen schwankten verführerisch und lockten, er möge voranschreiten, in ihre Reichweite kommen. Er spürte die Kälte, die sie durchdrang, und ihr erdrückendes Gewicht. Sogar die Luft um sie herum war von ihrer Kraft und ihrer Unberechenbarkeit durchdrungen. Doch noch etwas anderes fand er vor, etwas, das von Menschen stammte, das nichts mit Natur zu tun hatte, sondern mit Maschinen und Wissenschaft.

Eine Hand griff nach ihm, keine aus Fleisch und Blut, sondern eine geisterhafte, ätherische Pranke, die eine so riesige Magie besaß, dass sie sich überall verbreitete. Er wich zurück, wappnete sich dagegen, indem er das Licht des Schwertes vor sich hielt, und plötzlich war sie verschwunden.

Walker?, rief er verwirrt, aber um ihn herum herrschte Stille.

Vor ihm schwankten die Säulen des Quetschers, die sich aus dem eisigen Meer erhoben, und die Möwen drehten ihre Kreise um sie herum. Bek prüfte die Luft und die Temperatur. Er drang in das Eis der Türme und den Fels der Klippen ein. Er versenkte sich darin, wie sie sich anfühlten, wie sie sich bewegten, versenkte sich in die

Vibrationen der Geräusche, die sie erzeugten. Er wurde eins mit seiner unmittelbaren Umgebung, und auf diese Weise konnte er ihre Absichten erkennen und ihr Verhalten vorausahnen.

»Vorwärts«, befahl er und deutete mit dem Schwert nach vorn. Die Worte schienen von jemand anderem zu stammen. »Langsam vorwärts.«

Walker musste ihn gehört haben. Die *Jerle Shannara* schlich vorsichtig auf die Säulen zu. Wie ein zarter Vogel glitt sie auf die riesigen Kiefer zu und drang in die nebligen Lücken zwischen den Zähnen ein. »Fünfzehn Grad backbord«, rief er. »Jetzt schneller, mehr Geschwindigkeit.« Das Luftschiff schwebte in eine Wand aus Eis wie eine Motte in die Flamme, winzig und unbedeutend und nicht in der Lage, sich vor dem Feuer zu schützen.

Dann bewegten sich die Säulen von neuem und schlossen sich um sie herum. Bek wurde sich dessen tief in seinem Inneren bewusst, sah es nicht nur mit den Augen, sondern durch die Verbindung seines Körpers mit der Magie des Schwertes und der Magie des Schwertes mit dem Land und der Luft und dem Wasser. Die Besatzung des Schiffes schrie in Panik auf. Der Junge hörte sie genauso wie die Wellen, die gegen die Klippen krachten, und die Möwen, die durch den Morgen flogen. Er hörte sie alle und reagierte nicht darauf. »Zwanzig Grad steuerbord. Such Schutz in der Spalte der Säule dort.« Seine Stimme war so leise, und daher wunderte er sich, dass ihn überhaupt jemand hören konnte.

Aber Redden Alt Mer tat, was Bek ihm auftrug, er hörte die Worte, die von Walker wiederholt wurden. Er steuerte die *Jerle Shannara* rasch in eine Spalte, die sie schützte, während um sie herum die Eissäulen zusammenkrachten, die Luft sich mit Gischt füllte und das Meer schäumte. Der Lärm und die Wucht betäubten und schockierten ihn, und es fühlte sich an, als würde eine Lawine über ihn hinwegrollen. Inmitten dieses Getöses befahl Bek, das Luftschiff durch eine jetzt entstehende Lücke zwischen zwei schwankenden Türmen hindurchzusteuern. Das Schiff reagierte, als wäre es mit seinen Gedanken verbunden, und einen Augenblick später brach über der Aushöhlung, in der sie gewartet hatten, ein riesiger Eiskeil ab und krachte herunter.

Auf diese Weise ging es weiter voran durch den Dunst, durch Beinahe-Zusammenstöße, durch die eisigen Kiefer, die sich schlossen, und durch das Knirschen scharfer Zähne. Wie ein winziges Stück Treibgut schlängelten sie sich voran, entgingen manchmal nur knapp der Katastrophe, und glitten durch Gischt, Wind und Kälte. Was seinen Gefährten an Bord durch den Sinn gehen mochte, konnte Bek nur erahnen. Später erzählte ihm Quentin, nach den ersten Augenblicken habe er nur wenig sehen können und hätte am liebsten gar nichts gesehen. Bek erwiderte darauf nur, es wäre ihm genauso ergangen.

»Aufwärts! Schnell! Aufwärts!«, rief er, und das Luftschiff stieg mit einem Ruck nach oben, der alle an Bord durcheinander schüttelte. Bek kniete mit dem ausgestreckten Schwert auf Deck, während unter ihnen eine Eisscholle förmlich explodierte und ein riesiges Bruchstück wie ein Geschoss nach oben geschleudert wurde, nur knapp den Rumpf verfehlte und wieder nach unten ins Meer zurückfiel.

Mit erhobenem leuchtendem Schwert und der Magie, die mit Luft, Eis und Fels verwoben war, erteilte Bek laut seine Befehle. Er verließ sich mehr auf den Instinkt als die Sicht, eher auf das Gefühl als das Denken, und reagierte auf Impulse, die kurz auftauchten und wieder verschwanden; ihrem steten Fluss vertraute er, während er das Luftschiff nach oben führte. Wieder und wieder fielen riesige Schatten über sie, wenn die Säulen des Quetschers heranwankten und sie nur knapp verfehlten, sich im dunstigen Licht erhoben und niedergingen und wie Soldaten durch die Dunkelheit marschierten. Ständig stießen die Monolithen zusammen, zersplitterten, explodierten und verwandelten sich in scharfe Splitter. Bek fühlte sie alle und sah keinen von ihnen. Er war in sich selbst versunken und in seine Magie gehüllt.

Schließlich hellte sich das Dämmerlicht vor ihnen auf, der Nebel wurde dünner, und der Lärm und die Bewegungen der Säulen wurden schwächer. Bek bemerkte die Veränderung, ließ sich davon jedoch nicht ablenken, sondern konzentrierte sich weiter auf das unglaubliche Gewicht von Eis und Fels. Er fühlte, wie es wärmer wurde, wie die Farben zurückkehrten, und er nahm Gerüche wahr, die zum Land gehörten und nicht zum Meer. Bek senkte das Schwert von Shannara, und die Verbindung mit der Magie wurde unterbrochen. Die Wärme, die ihn erfüllt hatte, wich zurück, und das Licht, das die Klinge einhüllte, erlosch. Erschöpft sank er, noch immer auf den Knien, in sich zusammen. Dankbar holte er tief Luft und ließ den Kopf nach vorn fallen.

Walker nahm ihm das Schwert von Shannara aus den Händen und kniete sich neben ihn hin. »Wir sind durch, Bek. In Sicherheit. Gut gemacht, junger Ohmsford.«

Der Junge spürte den Arm des Druiden auf seiner Schulter, und dann erhob sich Dunkelheit um ihn herum, und er spürte gar nichts mehr.

Als er das Bewusstsein wieder erlangte, lag er unter dem Vordermast, und Joad Rish beugte sich über ihn. Bek blinzelte und schaute an sich herunter, als müsse er sich zunächst vergewissern, ob noch alles an seinem Platz war; dann wandte er sich dem Heiler zu.

»Wie fühlst du dich?«, fragte der Elf, und Sorge zeigte sich auf seinem schmalen Gesicht.

Bek hätte am liebsten laut gelacht. Wie sollte er diese Frage beantworten, nach dem, was er durchgemacht hatte? »So weit ganz gut. Ein bisschen wirr. Wie lange war ich bewusstlos?«

»Nur ein paar Minuten. Walker sagte, du seist gegen die Kiste gestoßen und hättest dir den Kopf gestoßen. Willst du versuchen aufzustehen?«

Mit Hilfe des Heilers erhob sich Bek und blickte sich um. Die *Jerle Shannara* stand unter vollen Segeln und flog eine breite, gewundene Schlucht entlang durch eine öde Landschaft kahler Steilwände und kleiner Felseninseln. Doch der Nebel hatte sich verzogen, und die ersten blauen Flecken des Himmels zeigten sich im hellen Licht der Sonne. Vereinzelt standen Bäume an der oberen Kante der Klippe, und die Gletscher und Eisschollen waren verschwunden.

Eine Welle von Erinnerungen flutete durch Beks Kopf, hart, schnell und gefährlich, doch mit einem Blinzeln verscheuchte er sie. Der Quetscher und seine Eissäulen waren fort. Das Schwert von Shannara ebenso – vermutlich hatte Walker es wieder in seiner Kiste verstaut. Er erzitterte kurz, als er an das Erlebte zurückdachte, an die Gefühle, an die Wucht der Kraft. Die Magie des Schwertes konnte zu einer Sucht werden, erkannte er. Bereits nach diesem ersten Mal wusste er das. Es erfüllte den Träger auf überwältigende, erschreckende und unglaubliche Weise mit Kraft. Allein die Tatsache, dass er überlebt hatte, belebte ihn eigentümlich. Als könne er jetzt alles überleben und wäre unverwundbar.

Quentin trat zu ihm, legte ihm die Hand auf die Schulter und fragte ihn, wie es ihm ginge. Er wiederholte Joad Rishs Geschichte, dass er sich den Kopf gestoßen habe, und spielte den Vorfall herunter. Die Erklärung war so lächerlich, dass er verlegen wurde, doch dann bemerkte er, dass sie nur lächerlich klang, wenn man die Wahrheit kannte. Einer nach dem anderen kamen die Teilnehmer der Expedition zu ihm, und jedem erzählte er diese Geschichte. Nur Ahren Elessedil äußerte sich skeptisch.

»Sonst bist du doch nicht so ungeschickt, Bek«, sagte er grinsend. »Wo waren deine Instinkte, als du sie gebraucht hast? Ein Elf würde nicht so leicht das Gleichgewicht verlieren.«

»Beim nächsten Mal bist du hoffentlich eine Spur vorsichtiger, junger Held«, scherzte die Kleine Rote und fuhr ihm durch die Haare. »Wir können es uns nicht leisten, dich zu verlieren.«

Kurz schaute Walker vorbei, dem die silberhaarige Ryer Ord Star wie ein Schatten folgte. Ohne ein Wort nickte er dem Jungen zu und ging weiter. Die Seherin sah Bek aufmerksam an, ehe sie sich dem Druiden anschloss.

Aus dem Morgen war längst Nachmittag geworden, und die Landschaft veränderte sich erneut. Die steilen Klippen der Küste wichen zurück und wurden zu sanften Hügeln. Dichte grüne Wälder leuchteten im Sonnenlicht. Von hier oben konnte man sehen, wie sich die welligen Hügel meilenweit in die Ferne erstreckten. Der Fluss, dem sie folgten, teilte sich in ein Dutzend kleinerer Zuflüsse auf, die sich wie ein Spinnennetz ausbreiteten und zu Seen, Flüssen und Bächen wurden. Vom Ozean war keine Spur mehr zu entdecken; die Halbinsel war groß, und die Meeresküste war zu weit entfernt, um sie sehen zu können. Wolken türmten sich hinter ihnen auf und wiesen darauf hin, wo die Küste vermutlich lag. Redden Alt Mer hatte wahrscheinlich Recht gehabt, dachte Bek, nicht über die Klippen ins Inland zu fliegen. Selbst wenn das möglich gewesen wäre, hätten sie vermutlich niemals diesen Kanal in dem Wirrwarr von Flüssen gefunden, die ihn umgaben. Nur weil sie durch den Quetscher hereingekommen waren, kannten sie diesen Weg.

Dieser natürliche Kanal wurde nun schmaler und war von alten Tannen und Kiefern gesäumt, deren Duft in der jetzt wärmeren Luft hing. Der Geruch von Meer, Tang, Salz und Fisch war verschwunden. Es war, als wären sie in einer vollkommen anderen Welt gelandet. Falken kreisten langsam über ihnen. Krähen krächzten heiser, ihre Rufe hallten durch die Schlucht. Die *Jerle Shannara* fuhr vorsichtig weiter, denn manchmal berührten die Spieren fast die Äste der Bäume.

Schließlich endete der Fluss in einer Bucht, die von Wald umgeben war und in die zahlreiche Flüsse und Bäche mündeten. Ein riesiger Wasserfall ergoss sich in das Becken, und mehrere kleinere spritzten an anderen Stellen über Felsvorsprünge. Vogelgesang erfüllte die Luft, eine kleine Gruppe Hirsche lief rasch vom Wasser fort, als sie das Gefährt sichteten. Die *Jerle Shannara* schob sich wie ein gigantisches Meereslebewesen, das ins Landesinnere wandert, in die Bucht, und Redden Alt Mer brachte sie in der Mitte zum Stehen.

Die Expeditionsteilnehmer versammelten sich an der Reling und betrachteten das Land, für das sie so weit gereist waren. Es wirkte ausgesprochen gewöhnlich. Im Westland fand man jede Menge solcher Orte, an denen die gleiche Mischung von Koniferen und Harthölzern wuchs und der Geruch von Waldboden, Nadeln und grünem Laub in der Luft hing.

Dann fiel Bek auf, dass hier überhaupt kein Winter herrschte, obwohl es doch diese Jahreszeit war. Nachdem sie den Quetscher passiert hatten, waren ihnen kein Eis, kein Schnee, keine Kälte und kein scharfer Wind mehr begegnet. Plötzlich schienen sie wieder mitten in den Sommer gelangt zu sein.

»Das ist doch nicht möglich«, murmelte er verwirrt vor sich hin.

Rasch blickte er sich um, ob das einem der anderen ebenfalls aufgefallen war, aber das schien nicht der Fall zu sein. Er wartete einen Augenblick, dann ging er hinüber zu Walker, der allein an der Pilotenkanzel stand. Der Druide starrte hinüber zum Ufer, bemerkte den Jungen jedoch.

»Was ist los, Bek?«

Bek stellte sich unsicher neben ihn. »Hier herrscht Sommer, und das sollte eigentlich nicht sein.«

Der Druide nickte. »Viele Dinge sind hier anders, als sie sollten. Eigenartig. Halte die Augen offen.«

Er wies den Großen Roten an, das Luftschiff nach unten zu steuern und zu ankern. Nachdem das erledigt war, schickte er einen Trupp Elfenjäger an Land, um Wasser zu holen, ermahnte sie jedoch, in Ufernähe und vor allem zusammenzubleiben. Man würde heute an Bord nächtigen. Erst am Morgen sollte die Suche nach Castledown beginnen. Nun benötigte man eine Aufstellung der Vorräte des Schiffs und einen aktuellen Schadensbericht, zudem mussten die Waffen an die Teilnehmer der Landungsgruppe verteilt werden. Die Elfenjäger unter Ard Patrinell und Ahren Elessedil würden ihn morgen gemeinsam mit Quentin, Bek, Panax, Ryer Ord Star und Joad Rish begleiten. Die Fahrenden dagegen sollten bis zu ihrer Rückkehr an Bord bleiben.

Bevor noch jemand eine Beschwerde zu dieser Entscheidung vorbringen konnte, berief er seinen Rat der Acht zu einem Treffen in Redden Alt Mers Kabine ein und ging unter Deck.

Quentin gesellte sich zu Bek. »Da ist doch was im Busch, wette ich. Glaubst du, die Seherin hat wieder eine Vision gehabt?«

Bek schüttelte den Kopf. Er wusste nur eins: Redden Alt Mer, der mit gerunzelter Stirn und geneigtem Kopf aus der Pilotenkanzel kam, wirkte ganz und gar nicht glücklich.

Nachdem sich die Acht unter Deck versammelt hatten, fand der Junge auch den Grund dafür heraus.

»Ich bin nicht so weit geflogen, um an Bord zu bleiben, während alle anderen an Land gehen«, fauchte der Große Rote den Druiden an.

»Und ich auch nicht«, stimmte Rue Meridian verärgert zu. »Wir sind so weit gesegelt, um zu entdecken, was es hier gibt. Du verlangst zu viel von uns, Walker.«

Sonst sagte niemand ein Wort. Sie hatten sich dicht um den Druiden geschart, um den Tisch, auf dem die vergrößerte Kopie der Karte lag, die alle außer Ryer Ord Star, die sich im Hintergrund hielt, schweigend betrachteten. Da die Wärme ihrer neuen Umgebung noch nicht ins Schiffsinnere vorgedrungen war, roch es nach Feuchtigkeit und Pech, und die Kälte und das Eis hingen noch in der Luft. Bek betrachtete die Gesichter um sich herum und war überrascht, welche Anspannung und Erwartungshaltung sich in ihnen ausdrückten. Sie hatten lange gebraucht, um ihr Ziel zu erreichen, und vieles von dem, was sie während der langen Reise unterdrückt hatten, drängte nun nach außen.

Walker ließ den Blick durch den Raum schweifen. Er deutete auf die Karte, die vor ihnen lag. »Wie, meint ihr, ist es dem Schiffbrüchigen gelungen, die Karte von hier bis ins Westland zu bringen?«

Er wartete einen Moment, doch niemand antwortete. »Das ist eine Reise, die Monate dauert, sogar mit einem Luftschiff. Wie also konnte der Schiffbrüchige das schaffen, obwohl er blind und stumm und vermutlich halb verrückt war?«

»Jemand hat ihm geholfen«, antwortete Bek, der dieses unbehagliche Schweigen nicht länger ertragen konnte. »Vielleicht der Gleiche, der ihm bei der Flucht geholfen hat.«

Der Druide nickte. »Wo ist diese Person?«

Erneut Stille. Bek schüttelte den Kopf, denn er wollte nicht ständig für die Gruppe sprechen.

»Tot, während der Flucht auf See verschollen, wahrscheinlich auf der Rückreise«, sagte Rue Meridian. »Worauf willst du hinaus?«

»Nehmen wir einmal an, es verhält sich so«, erwiderte Walker. »Ihr hattet Gelegenheit, die Karte auf der Reise ausgiebig zu studieren. Die meisten Bezeichnungen sind nicht mit Worten, sondern mit Symbolen ausgeführt. Die Sprache stammt nicht aus unserem Zeitalter, sondern ist Tausende von Jahren alt, aus einer Zeit vor den Großen Kriegen, die die Alte Welt zerstörten. Wie hat unser Schiffbrüchiger diese Sprache gelernt?«

»Jemand hat sie ihm beigebracht«, antwortete Rue Meridian und setzte eine nachdenkliche, irgendwie besorgte Miene auf. Ungeduldig warf sie das lange rote Haar zurück. »Warum hat man das getan?«

»Warum, genau.« Walker hielt inne. »Nehmen wir an, die Elfen, die Kael Elessedil vor dreißig Jahren anführte, haben ihr Ziel genauso wie wir erreicht, und dann ist ihnen etwas zugestoßen. Sie wurden alle getötet außer einem Mann, bei dem es sich vielleicht sogar um Kael Elessedil persönlich handelte. Ihre Schiffe wurden zerstört, jede Spur ihrer Reise verwischt. Wie haben sie den Weg hierher gefunden? Hatten sie ebenfalls eine Karte? Wir müssen davon ausgehen, denn sonst hätte der Schiffbrüchige doch keine für uns zeichnen können. Um die Kopie anzufertigen, die sich in unserem Besitz befindet, mussten sie der gleichen Route folgen wie wir. Sie haben die Insel Flay Creech aufgesucht, dann Shatterstone und Mephitic, und die gleichen Schlüssel gefunden. Wenn das so ist, wie sind die Schlüssel dann auf die Inseln zurückgelangt?«

Abermals schwieg die Gruppe. Unbehaglich trat man von einem Fuß auf den anderen. »Was meinst du denn?«, fragte Ard Patrinell.

»Er meint, wir sind in eine Falle hineingesegelt«, antwortete Redden Alt Mer leise.

Bek starrte den Kapitän an, wiederholte dessen Worte im Stillen und versuchte, den Sinn dahinter zu erkennen.

»Darüber habe ich auch schon nachgedacht«, sagte Walker, setzte eine grüblerische Miene auf und schob die Hände in die Ärmel seiner

Robe. »Mir kam es eigenartig vor, dass ein Elf eine solche Karte besitzen sollte, die mit Symbolen beschriftet war, die er wahrscheinlich nicht entziffern konnte. Ich hielt es für zu praktisch, dass die Karte alles so deutlich preisgab, was wir auf dem Weg hierher zu erledigen hatten. Die Schlüssel waren kaum verborgen. Eigentlich fielen sie uns sehr leicht in die Hände, nachdem wir die Wächter einmal umgangen hatten. Daher hatte ich die Idee, derjenige, der die Schlüssel versteckt hatte, sei mehr daran interessiert, wie wir die Hüter überwinden als daran, ob wir sie finden oder nicht. Das erinnerte mich daran, auf welche Weise Jäger Fallen stellen: indem sie den Köder in die Schlinge legen, wobei der Köder selbst für sie keinen Wert hat. Jäger halten Tiere für schlau und vorsichtig, doch nicht für wirklich intelligent. Vielleicht misstraut ein Tier einer Falle mit Köder instinktiv, aber es wird nicht über den Grund nachdenken, warum sie da ist. Und eine solche Art Denken scheint hier am Werke zu sein.«

Er verstummte und sah den Großen Roten an. »Ja, Kapitän, meiner Meinung nach ist es eine Falle.«

Redden Alt Mer nickte. »Die Schlüssel sind lediglich Köder. Warum?«

»Warum hat man uns nicht einfach die Karte gegeben und uns den Weg finden lassen? Warum überhaupt die Schlüssel?« Walker blickte von einem zum anderen. »Um das zu beantworten, müssen wir zur ersten Expedition zurückkehren. Dort wurde eine andere Technik angewandt, um die Elfen hierher zu locken, aber der Zweck war vermutlich der Gleiche. Wer oder was immer uns hierher geholt hat, ist an etwas interessiert, das sich in unserem Besitz befindet. Zuerst war ich mir nicht sicher, an was, doch inzwischen schon. Es ist unsere Magie. Was uns jagt, will unsere Magie. Es benutzte das geheimnisvolle Verschwinden der ersten Expedition, um uns zu ködern. Dass wir Magie besitzen, ist ihm klar, denn es hat bereits die Macht der Elfensteine kennen gelernt, die Kael Elessedil bei sich trug. Daher erwartet es von uns ebenfalls Magie. Indem es von uns verlangte, uns die drei Schlüssel zu verschaffen, erhielt es Gelegenheit, die Natur und die Größenordnung unserer Magie einzuschätzen. Die

Wächter der Schlüssel waren Prüfungen für uns. Wenn wir sie nicht überwinden konnten, hatten wir nicht das Recht, hierher zu kommen.«

»Wenn du das meiste davon schon vor unserem Aufbruch vermutet hast, wieso hast du uns nichts davon gesagt?«, zischte Redden Alt Mer, der jetzt noch wütender war. »Warum hast du uns überhaupt hierher geschleppt?«

»Trau mir nicht zu viel zu«, erwiderte Walker ruhig. »Es waren nur Vermutungen. Ich konnte mir nicht sicher sein, ohne die Reise unternommen zu haben. Wie hätte ich es euch erklären sollen? Nein, Kapitän, die Expedition war notwendig. Nichts hätte meine Entscheidung geändert. Was immer Kael Elessedil und seine Elfenjäger vernichtet hat, es hat das Gleiche mit uns vor. Und es wird an diesem Punkt nicht aufhören. Es ist ein mächtiges und gefährliches Wesen, und wir müssen es zerstören. Die Elfen wollen ihre Elfensteine zurück, und ich will die Magie befreien, die unser Widersacher hortet. Wir haben gute Gründe, hier zu sein, trotz allem, was wir wissen, und trotz aller Gefahren. Deshalb mussten wir die Risiken in Kauf nehmen.«

»Leicht gesagt, Walker«, warf Rue Meridian ein. »Du hast deine Magie und deine Fähigkeiten als Druide, die dich beschützen. Wir haben nur unsere Schwerter. Wer außer Quentin Leah kann uns sonst noch mit Magie verteidigen?«

Bek wappnete sich gegen die Antwort, die der Druide nun geben würde, aber Walker überraschte ihn. »Magie wird uns in dieser Sache nicht retten, vielleicht nicht einmal helfen. Denkt doch mal nach. Wenn unser Widersacher eine Schrift aus Symbolen benutzt, eine Schrift, die vor den Großen Kriegen entworfen wurde, als die Menschen noch große Wissenschaften hatten, dann besitzt er aller Wahrscheinlichkeit nach keine eigene Magie. Dieses Wesen hat uns geholt, weil es unsere Magie begehrt, die wir besitzen und es nicht. Warum dies so ist, müssen wir herausfinden. Aber unsere Chancen, unseren Gegner zu überwinden, hängen nicht notwendigerweise von Magie ab.«

»Das ist eine bloße Annahme, Druide«, widersprach die Kleine Rote. »Was ist denn mit den Wächtern der Schlüssel auf den Inseln? Die Aale waren vielleicht noch wirklich, aber dieser lebende Dschungel und die Burg? War dabei keine Magie im Spiel?«

Walker nickte. »Aber keine Magie der Art, aus welcher die Schlüssel bestehen. Die Schlüssel sind eine Technologie aus der Vergangenheit, eine, die in den Großen Kriegen oder schon vorher verloren gegangen ist. Die Magie der Burg und des Dschungels ist von Feen beeinflusst. Die Aale sind wahrscheinlich nach den Großen Kriegen mutiert. Unser Widersacher hat sie nicht erschaffen, sondern lediglich gefunden. Interessant ist dabei nicht, dass diese Fallen aufgestellt wurden, um die Stärke und die Natur unserer Magie zu testen, sondern dass es geschah, ohne die Dinge besiegen zu müssen, die jene Inseln bewachen. Wie hat unser Widersacher das angestellt? Warum hat er nicht versucht, ihre Magie ebenfalls zu stehlen? Weshalb hat er sich stattdessen so viele Umstände gemacht, um uns zu rufen?«

Er deutete mit dem Kopf auf den Großen Roten. »Ich glaube, unser Gegner könnte sich mit der Absicht tragen, unser Schiff zu stehlen, und aus diesem Grund lasse ich die Fahrenden hier zurück. Von unserer Anwesenheit weiß er, nehme ich an, und auch, wie wir hergekommen sind. Wenn der Widersacher die *Jerle Shannara* raubt, sitzen wir hier fest und sind hilflos. Das dürfen wir nicht zulassen. Wer könnte unser Luftschiff besser beschützen und verteidigen als die Leute, die es gebaut und gesegelt haben?«

Redden Alt Mer nickte langsam. »Also gut. Deine Gründe klingen vernünftig, Walker. Aber wie sollen wir gegen dieses Ding ankämpfen, wenn es zum Schiff kommt? Wir haben keine Magie, nur unsere Klingen. Wenn es so mächtig ist, wie du sagst …«

»Nachdem wir morgen an Land gegangen sind«, unterbrach Walker ihn rasch, »wirst du die *Jerle Shannara* aus dieser Bucht heraussteuern, und zwar durch den Kanal zurück zum Quetscher. Dort fliegst du über die Halbinsel zur Meeresküste und suchst die Flugreiter. Nachdem du das erledigt hast, kommt ihr wieder hierher und sucht euch einen sicheren Ankerplatz. Mach dir eine Karte von dem Weg nach draußen, damit ihr hierher zurückfindet. Die Flugreiter sollen jeden Tag landeinwärts über diese Bucht fliegen und über den Wäldern kreisen, bis wir ihnen ein Zeichen geben, dass du uns herausholen sollst. Wenn du das Schiff irgendwo verbirgst, wo es nicht sofort entdeckt wird, dürfte es sicher genug sein.«

Der Große Rote sah seine Schwester an. Rue Meridian zuckte mit den Achseln. »Mir gefällt es nicht, uns aufzuteilen«, sagte er. »Ich verstehe zwar durchaus den Grund, dennoch bedeutet es ein erhöhtes Risiko für euch und uns, wenn etwas schief geht. Ihr werdet festsitzen, falls ich euch nicht finden kann.«

Walker nickte. »Dann müssen wir eben dafür sorgen, dass dir das gelingt.«

»Oder wenn wir die Flugreiter nicht finden«, fügte die Kleine Rote hinzu.

»Die Flugreiter werden euch bemerken. Gewiss halten sie Ausschau nach dem Luftschiff. Zeichnet nur die Route auf und kehrt sicher zurück.«

»Dafür werde ich schon sorgen.« Rue Meridian hielt seinem Blick stand.

Bek schaute von Quentin zu Ahren Elessedil, zu Ard Patrinell und schließlich zur blassen, jugendlichen Ryer Ord Star. Von jedem Gesicht waren Entschlossenheit und Zustimmung abzulesen, nur auf dem der Seherin zeigten sich außerdem Besorgnis und innerer Konflikt. Sie wusste etwas, das sie ihnen verheimlichte. Bek spürte es instinktiv, als hielte er das Schwert von Shannara noch in den Händen, als riefe er seine Magie, suche nach der Wahrheit und zerschneide den verhüllenden Schleier, mit dem die junge Frau sich umgab.

Was verbarg sie? Etwas über ihr aller Schicksal? Etwas, das sie weiter landeinwärts erwartete? Bek beobachtete sie verstohlen. Hatte sie Walker alles erzählt? Oder hielt sie noch Wissen zurück? Bek hatte keinen Grund, sich diese Fragen zu stellen, keinen Anlass zu glauben, sie würde dem Druiden etwas verschweigen.

Trotzdem distanzierte sie sich so merkwürdig von ihm, von allen …

»Wenden wir uns den notwendigen Vorbereitungen zu und essen dann«, sagte Walker und riss ihn aus seinen Gedanken. »Morgen früh sehen wir uns bei Sonnenaufgang.«

»Viel Glück, Walker«, sagte Rue Meridian.

Er lächelte sie an. »Das können wir wohl alle gebrauchen, Kleine Rote.«

Dann zog er seine schwarze Robe um sich und verließ den Raum.

Neunundzwanzig

Die *Jerle Shannara* ankerte in vierzig Fuß Höhe über dem Wasser, ein gutes Stück vom Ufer entfernt, und verbrachte eine ruhige Nacht in der von Bäumen geschützten Bucht. Um kein Risiko einzugehen, bestand Walker darauf, die Nachtwache voll zu besetzen – ein Mann am Bug, einer am Heck und einer in der Pilotenkanzel –, wobei er dies den Fahrenden überließ, damit alle Elfenjäger am nächsten Morgen frisch und ausgeruht waren. Trotzdem vermutete der Druide, dass niemand in dieser Nacht viel Schlaf finden würde. Während er durch die Korridore und über Deck schlich, begegnete ihm reihum einer nach dem anderen. Es war die Aufregung, die ihnen den Schlaf stahl, und obwohl Wind und Brandung nicht störten, war allen unbehaglich zu Mute.

Die Dämmerung kam mit goldenem Licht, erhellte einen blauen Himmel und kündigte einen wunderschönen Tag an. Auf dem Schiff standen die meisten sofort auf und waren dankbar für das Ende der schlaflosen Nacht. Nach dem Frühstück wurden Waffen und Vorräte verstaut. Der Suchtrupp versammelte sich entschlossen im Licht des frühen Morgens, niemand sagte viel, und alle warteten nur auf den Befehl zum Abmarsch. Walker gab ihn jedoch nicht sofort. Er unterhielt sich noch eine Weile mit Redden Alt Mer und Rue Meridian, dann mit Spanner Frew. Sie spazierten vom Heck zum Bug, während sie redeten, und zeigten dann und wann auf das Schiff oder auf den Wald. Bek beobachtete sie von seinem Platz an der Reling, stellte im Kopf eine Liste der Gegenstände auf, die er mitnehmen wollte, und hakte das ab, was er eingepackt hatte. Er trug eigentlich keine richtigen Waffen bei sich – nur einen Dolch und eine Schleuder –, und damit fühlte er sich nicht recht wohl. Doch Walker hatte darauf bestanden, mehr würde er nicht brauchen, und kein Protest von seiner Seite hatte die Meinung des Druiden ändern können.

»Das wäre ein guter Tag zum Jagen«, sagte Quentin, der neben ihm saß und sein Gepäck vor den Füßen stehen hatte.

Bek nickte schweigend. Quentin trug ein Kurzschwert am Gürtel, hatte sich einen Bogen und einen Köcher mit Pfeilen um die Schulter geschlungen und das Schwert von Leah nach Art der Hochländer auf den Rücken geschnallt. Bek vermutete, er könne sich, falls sie tatsächlich ernsthaft in Gefahr gerieten, auf seinen Vetter verlassen.

»Ob es hier Wildschweine gibt?«

»Welchen Unterschied macht das schon?« Bek verärgerte dieses sinnlose Gerede.

»War nur eine Frage.« Quentin ließ sich nicht aus der Ruhe bringen. »Ich würde mich einfach ein bisschen mehr wie zu Hause fühlen.«

Wegen seines verstimmten Benehmens beschämt, zwang sich Bek zu einem Lächeln. »Hier gibt es sicherlich jede Menge Wildschweine, aber du würdest sowieso keins ohne mich aufspüren.«

»Ach was?«, erwiderte Quentin. »Und, wirst du irgendwann in absehbarer Zeit deine Tapferkeit mal unter Beweis stellen? Oder muss ich mich für den Rest meines Lebens mit deinen Prahlereien zufrieden geben?«

Er lehnte sich zurück und streckte die Arme über dem Kopf aus. Quentin wirkte locker und gelöst, doch Bek wusste, innerlich war er so angespannt wie die anderen auch. Mit der Spöttelei versuchten sie beide, das zu überspielen. Das hatten sie früher schon so gemacht, wenn sie gefährliche Tiere jagten, Wildschweine oder Bären. Dadurch verdrängten sie den Gedanken daran, was geschähe, falls etwas schief ging.

Bek schaute über das Deck hinüber zu den Elfenjägern, die sich um Ard Patrinell versammelt hatten und sich leise unterhielten. Ahren Elessedil hielt sich ein wenig abseits von ihnen und starrte in die Bäume, wo die Schatten der Nacht noch immer lasteten und tiefe Stille herrschte. An diesem Morgen konnte man nichts von seiner jüngst entwickelten Reife entdecken. Er wirkte wie ein kleiner Junge, der sich ängstigt und den die Erkenntnis dessen lähmt, was mit ihm geschieht, wenn er die Schlacht, die er ficht, verliert. Er war mit Kurzschwert und Pfeil und Bogen bewaffnet, doch seinem Gesicht zufolge hätten ihm auch Beks Dolch und Schleuder genügt.

Bek beobachtete ihn einen Moment lang und überlegte sich, was er wohl fühlte, da er als nomineller Anführer der Expedition eigentlich die Verantwortung hätte tragen sollen; dann erhob er sich kurz entschlossen. »Bin sofort zurück«, sagte er zu Quentin.

Er ging hinüber zu Ahren und begrüßte ihn mit einem breiten Grinsen. »Ein neuer Tag, ein neues Abenteuer«, sagte er. »Zumindest hat Ard Patrinell dir ein richtiges Schwert und einen Bogen gegeben.«

Ahren zuckte angesichts von Beks Stimme erschrocken zusammen, doch er hatte sich sofort wieder gefasst. »Was meinst du damit?«

»Schau dir an, was Walker mir so großzügig zugestanden hat.« Er deutete auf den Dolch und die Schleuder. »Wenn mich kleine Vögel oder ein Eichhörnchen angreifen, bin ich gerüstet.«

Nervös lächelte Ahren. »Ich wünschte, ich könnte das Gleiche sagen. Dabei kann ich kaum meine Beine bewegen. Ich weiß nicht, was mit mir los ist.«

»Quentin würde sagen, du hast noch nicht oft genug Wildschweine gejagt. Weißt du, eigentlich wollte ich dich um einen Gefallen bitten. Könntest du dies für mich aufbewahren?«

Ohne noch einmal darüber nachzudenken, nahm er den Phönixstein vom Hals und legte ihn Ahren um. Er reagierte rein impulsiv, und wenn ihm die Zeit geblieben wäre, hätte er sicherlich noch einmal darüber nachgedacht. Der Elf betrachtete den Stein und schaute Bek dann fragend an.

»Ich war leider nicht ganz ehrlich zu dir, Ahren«, gestand Bek. Dann erzählte er seinem Freund eine gekürzte Version der Begegnung mit dem König vom Silberfluss und von dem geschenkten Phönixstein, wobei er den Teil mit seiner Schwester und die Hinweise des Geisterwesens auf den wahren Zweck des Steins ausließ. »Demnach besitze ich also doch ein bisschen Magie. Bisher habe ich es jedoch vor allen geheim gehalten.« Er zuckte mit den Schultern. »Sogar Quentin weiß nichts davon.«

»Das kann ich nicht annehmen!«, widersprach Ahren eindringlich und wollte sich Stein und Kette vom Hals nehmen.

Bek ergriff seine Hände und hielt ihn davon ab. »Doch, das kannst du. Ich möchte, dass du ihn trägst.«

»Aber er gehört mir nicht! Mir wurde er nicht geschenkt, sondern dir! Von einem Feenwesen noch dazu!« Er senkte die Stimme. »Das ist nicht richtig, Bek. Er gehört mir einfach nicht.«

»Nun, mir eigentlich auch nicht. Nicht wirklich jedenfalls. Betrachte ihn als geliehen. Du gibst ihn mir später einfach wieder zurück. Das ist doch nur gerecht. Ich habe Quentin, der mich beschützt, und er hat einen Talisman, der ihm bei dieser Aufgabe hilft. Du hast Ard Patrinell, doch der verfügt nicht über Magie. Die Elfensteine tauchen unterwegs vielleicht wieder auf, aber für den Augenblick brauchst du etwas anderes. Warum nimmst du den Stein nicht?«

Bek sah, wie gern der Elf das Geschenk annehmen wollte, einen Talisman mit echter Magie, die ihm neue Zuversicht geben würde. Ahren brauchte so etwas momentan dringender als er. Gleichzeitig war der Elfenprinz stolz, und er würde nichts von Bek akzeptieren, was er für eine Gabe aus Mitleid hielt.

»Es geht nicht«, antwortete er stur.

»Würdest du ihn annehmen, wenn ich dir verrate, dass Walker mir eine andere Magie gegeben hat, mit der ich mich selbst verteidigen kann?« Bek versteckte mit einer unschuldigen Miene die Wahrheit hinter dieser Lüge.

Ahren schüttelte zweifelnd den Kopf. »Was für eine Magie?«

»Das darf ich dir nicht sagen. Walker will es nicht. Ich sollte dir streng genommen gar nichts davon erzählen. Vertrau mir einfach. Wenn der Phönixstein mein einziger Schutz wäre, würde ich ihn dir schließlich nicht geben, oder?«

Das entsprach der Wahrheit. Durch die Magie des Wunschliedes fühlte er sich auch ohne den Phönixstein keineswegs wehrlos. Und außerdem hatte der Stein ihm bislang noch nicht besonders viel genutzt; vielleicht würde er seinem Freund helfen.

»Bitte, Ahren, behalte ihn. Schau mal, wenn du mir versprichst, ihn zu benutzen, um mir zu helfen, wenn ich in Not bin, ist das Ausgleich genug. Und ich werde das Gleiche für dich mit meiner Magie tun. Quentin und ich haben uns bereits gegenseitig versprochen, immer aufeinander aufzupassen. Du und ich, wir können diese Abmachung ebenfalls treffen.«

Er wartete und hielt währenddessen Ahrens unsicherem Blick stand. Schließlich nickte der Junge. »Also gut. Aber nur eine Zeit lang, Bek.« Er strich mit den Fingern über den Stein. »Er ist warm, als würde er sich von innen aufheizen. Und so glatt.« Er betrachtete ihn einen Moment lang, ehe er wieder Bek anschaute. »Ich glaube, er ist wirklich magischer Natur. Hoffentlich müssen wir das nicht herausfinden. Vielleicht brauchen wir ihn gar nicht zu benutzen.«

Bek lächelte zustimmend und glaubte seinen eigenen Worten nicht. »Vielleicht nicht.«

»Danke, Bek. Vielen Dank.«

Bek war bereits auf dem Rückweg zu Quentin, als Walker ihn mittschiffs bremste und zur Seite nahm. »Das war ausgesprochen dumm«, sagte er, klang dabei aber nicht unfreundlich. »Sicherlich voll guter Absichten, aber unüberlegt.«

Bek sah den Druiden mit angespanntem Kinn an und drückte damit seine Meinung zu dem Thema aus. »Ahren hat nichts, was ihn beschützen könnte. Keine eigene Magie, Walker. Er ist mein Freund, und ich verstehe nicht, was falsch daran ist, ihm etwas zu schenken, das ihm das Leben retten könnte.«

Das dunkle Gesicht wandte sich ab. »Du hast mir nicht so genau zugehört, wie ich es mir erhoffte, als ich sagte, Magie sei nicht notwendigerweise der Schlüssel zum Überleben an diesem Ort. Instinkt, Mut und einen klaren Kopf, das braucht man.«

Bek ließ sich nicht von seiner Meinung abbringen. »Aber möglicherweise hilft der Besitz des Phönixsteins Ahren, diese Eigenschaften zu finden. Was stört dich daran, Walker?«

Der Druide schüttelte den Kopf. »So vieles, dass ich gar nicht weiß, wo ich anfangen soll. Diese Magie aufzugeben, die dir der König vom Silberfluss geschenkt hat, kostet dich womöglich mehr, als du denkst. Die Magie des Phönixsteins ist nicht zur Verteidigung bestimmt. Genau wie ich wird der König vom Silberfluss gewusst haben, dass du die Magie des Wunschliedes besitzt. Der Stein ist für etwas anderes gedacht, und höchstwahrscheinlich hat das etwas mit deiner Schwester zu tun. Beherzige meine Worte, Bek, und hole ihn dir zurück, so schnell es geht, ohne das Gesicht zu verlieren. Versprich mir das.«

Nur halb überzeugt nickte der Junge wenig begeistert. Zu vieles von dem, was der Druide ihm während der Reise erzählt hatte, war ihm suspekt. Niemand konnte die Zukunft kennen oder wissen, was sie erfordern würde. Auch kein Geisterwesen. Nicht einmal eine Seherin wie Ryer Ord Star.

»Inzwischen habe ich hier etwas anderes, das du tragen kannst«, sagte Walker und riss ihn aus seinen Gedanken.

Er griff in seine Robe und holte das Schwert von Shannara hervor. Es steckte in einer Scheide aus weichem Leder, doch die geschnitzte Faust und die Fackel am Griff waren unverkennbar.

Bek nahm es von dem Druiden entgegen, hielt es vor sich und betrachtete es. »Glaubst du, wir werden es brauchen?«

Unerwartet verbittert fiel das Lächeln des Druiden aus. »Ich denke, wir werden alles brauchen, was wir aufbieten können, wenn wir das Luftschiff erst einmal verlassen haben. Ein Talisman gehört in die Hände von jemandem, der damit umgehen kann. Im Falle des Schwertes von Shannara bist du das.«

Bek dachte einen Augenblick darüber nach und nickte schließlich. »Gut, ich nehme es an. Nicht, weil ich mir wegen mir selbst Sorgen mache, sondern weil ich für die anderen nützlich sein kann. Das ist auch der Grund, weshalb ich mit Truls Rohk in die Ruinen auf Mephitic gegangen bin oder das Schwert im Quetscher geführt habe. Auf diese Reise bin ich nur mitgekommen, weil ich glaubte, was du mir in der Nacht erzählt hast, in der wir uns kennen gelernt haben – dass ich hilfreich sein könnte. Das glaube ich immer noch. Ich bin ein Teil dieser Expedition, auch wenn ich nicht weiß, welcher Teil das sein könnte.«

Walker beugte sich zu ihm vor. »Jeder von uns muss seinen Teil übernehmen, und jeder von uns sucht noch immer danach, welcher das ist. Keiner von uns ist überflüssig. Wir brauchen alle. Du hast Recht, wenn du auf deine Freunde aufpasst.«

Er legte dem Jungen die Hand auf die Schulter. »Aber vergiss nicht, wir können nur schlecht auf andere aufpassen, wenn wir uns nicht selbst schützen. In Zukunft solltest du das besser beherzigen. Nicht alles erscheint immer auf den ersten Blick logisch. Manchmal ist es auch nicht möglich, vorauszuahnen, was notwendig wird.«

Bek hatte das unbestimmte Gefühl, dass Walker damit nicht nur auf den Phönixstein anspielte. Aber offensichtlich wollte er nicht deutlicher werden. Inzwischen hatte sich Bek an die versteckten Andeutungen des Druiden gewöhnt, und er verspürte keinen Drang, die Angelegenheit weiter zu verfolgen. Walker würde es ihm verraten, wenn es so weit war.

»Ahren und ich haben uns gegenseitig versprochen, uns umeinander zu kümmern«, sagte er stattdessen. »Daher wird der Phönixstein nie weit von mir entfernt sein. Ich kann ihn mir jederzeit von ihm zurückholen.«

Walker richtete sich auf, und sein Blick war weit in die Ferne gerichtet. »Zeit zum Aufbruch, Bek. Was immer auch geschieht, vergiss nicht, was ich dir über Magie gesagt habe.«

Er verkündete laut den Aufbruch und winkte den anderen zu, ihm zu folgen.

Redden Alt Mer holte den Anker ein und steuerte die *Jerle Shannara* über das ruhige Wasser der Bucht zu einer breiten, offenen Stelle am Ufer. An Strickleitern stieg der Suchtrupp nach unten, insgesamt siebzehn Leute – Walker, Bek, Quentin Leah, Panax, Ryer Ord Star, Joad Rish, Ahren Elessedil, Ard Patrinell sowie neun Elfenjäger. Nachdem Waffen und Vorräte aufgenommen waren, standen sie noch eine Weile da und schauten dem Luftschiff hinterher, das durch den Kanal in die Richtung davonsegelte, aus der sie gekommen waren. Schließlich war die *Jerle Shannara* nicht mehr zu sehen, und auf Walkers Befehl hin brachen sie nun auf.

Der Druide übertrug Ard Patrinell die Verantwortung für die Sicherheit der Expedition. Der Hauptmann der Leibgarde schickte eine junge Frau namens Tamis, eine Fährtenleserin, voraus, die etwa fünfzig Meter vor ihnen ging und den Weg erkundete; außerdem postierte er auf beiden Seiten jeweils einen Elfenjäger. Den Rest der Truppe ließ er zu zweit nebeneinander gehen, wobei er Walker die Spitze und Panax die Nachhut zuwies. Beide wurden von Elfenjägern beschützt. Quentin wurde der mittlere Teil der Kolonne zugewiesen, wo er auf diejenigen aufpassen sollte, die nicht im Kampf ausgebildet waren, also vor allem auf Joad Rish, Ryer Ord Star und Bek.

Walker betrachtete den Jungen von Zeit zu Zeit, während sie marschierten, und versuchte abzuschätzen, wie sich Bek nun fühlte, da er so viel mehr wusste. Bek kam offenbar mit der neuen Verantwortung für die Magie des Wunschliedes und das Schwert von Shannara gut zurecht. Aber er war ein komplizierter Mensch, aus dem man nicht so leicht schlau wurde, und es würde sich noch erweisen, wie er unterwegs auf die Erfordernisse seines Erbes reagierte. Bislang hatte er lediglich einen Bruchteil von dem erlebt, was aller Wahrscheinlichkeit nach von ihm verlangt werden würde. Der Junge verstand einfach nicht, wie verwickelt diese Angelegenheit war. Leider gab es keinen leichten und sicheren Weg, es ihm mitzuteilen.

Wie dem auch sei, Bek würde zunehmend schwieriger zu steuern sein. Zum einen war er sehr unabhängig, zum anderen hatte der Druide bislang nur Einfluss auf ihn gehabt, weil er Dinge wusste, die Bek unbekannt waren. Jetzt war dieser Vorteil weitgehend dahin, und inzwischen misstraute Bek ihm mehr und mehr, was sich als fatal erweisen könnte.

Erneut erinnerte dies den Druiden daran, wie weit er sich von seinem Gelöbnis entfernt hatte, andere nicht zu manipulieren. Die Tatsache, dass er mit jedem Tag in dieser Hinsicht Allanon ähnlicher wurde, konnte er kaum leugnen. Seine guten Absichten und seine Versprechungen hatten zu nichts geführt. Diese Erkenntnis war ernüchternd, und sie erzeugte eine tiefe Traurigkeit.

Die Gruppe drang immer weiter in den Wald ein und stieg vom Ufer in die Hügel der Umgebung hinauf. Hier waren die Schatten tiefer, die Bäume standen dichter, und der Boden war uneben und von Gräben gefurcht. Manchmal wurde der Weg durch umgefallene Baumstämme oder Dickicht versperrt. Gelegentlich endete der Weg vor zu breiten oder zu tiefen Erdspalten. Zwei Mal stießen sie auf Waldgebiete, die wohl von einem Sturm verwüstet worden waren, ein heilloses Durcheinander abgeknickter Bäume, das sich über eine Viertelmeile erstreckte. Stets mussten sie umkehren und einen anderen Weg suchen, wobei sie gezwungen waren, die Richtung zu ändern, und damit wurde es von Mal zu Mal schwieriger, genau festzulegen, wo sie sich befanden.

Walker trug einen Kompass bei sich, den er sich von Redden Alt Mer geliehen hatte. Aber der Druide konnte bestenfalls die Richtung bestimmen, aus der sie gekommen waren, und das war von zweifelhaftem Wert. Doch blieb der Tag wenigstens heiter und warm, die Sonne schien hell am blauen Himmel, und die Vögel trösteten sie mit ihrem zuversichtlichen Gesang. Aus dem Dämmerlicht des Waldes bedrohte sie nichts. Nirgendwo tauchte etwas Gefährliches auf. Nichts wirkte in dieser Wildnis irgendwie fehl am Platze.

Dennoch passte Walker sehr genau auf. Dem Anschein zum Trotz wusste er, was sie auf ihrem Weg erwartete. Er hätte es begrüßt, Truls Rohk bei sich zu haben, um vor ihnen zu kundschaften, aber was sollte man tun? Die Elfenjäger waren gut ausgebildet, allerdings konnte sich niemand so gut verborgen halten wie der Gestaltwandler. Er fragte sich, wo Truls Rohk wohl war und ob er sich der Entdeckung an Bord des Luftschiffes der Ilse-Hexe hatte entziehen können. Bei dem Gedanken schüttelte er den Kopf. Was immer Truls Rohk machte, so wichtig wie das, was er hier hätte tun können, war es auf keinen Fall.

Der Vormittag verstrich, und weiterhin marschierten sie durch den Wald, ohne dass sie irgendetwas entdeckt hätten. Die Karte des Schiffbrüchigen hatte sie zu der Bucht geführt, und viel mehr Anhaltspunkte hatten sie jetzt nicht. Auf der Karte führte eine gepunktete Linie zu einem X, neben dem Castledown stand. Eine Erklärung, was Castledown war, gab es nicht. Auch keine Beschreibung, wie man es erkennen könnte. Walker nahm daher an, es würde sich von selbst verraten, wenn man daran vorbeikam.

Am späten Nachmittag wurde seine Zuversicht belohnt. Durch eine dicht bewaldete Schlucht ging es steil nach oben, und am Ende stießen sie auf die drei Elfenjäger, die auf sie warteten. Wortlos und ernst zeigte Tamis nach vorn.

Das war gar nicht mehr notwendig. Der Hang vor ihnen senkte sich in ein breites, tiefes Tal hinunter, das von einem Ende zum anderen zehn Meilen maß und fünf Meilen breit war. Bäume bedeckten Hänge und Bergrücken und leuchteten hellgrün im Licht der Nachmittagssonne. Doch über den Talboden erstreckten sich auf ganzer Länge und Breite die Ruinen einer Stadt. Keiner Stadt der Gegenwart, erkannte Walker sofort. Die Gebäude waren niedrig, nicht hoch wie die in Eldwist im Lande des Steinkönigs. Manche waren beschädigt, die Wände eingerissen und aufgebrochen. In Mauern öffneten sich Löcher und gestatteten den Blick auf ausgebrannte Innenräume. Überall lag Schutt, der zum Teil verrostet, zum Teil von Flechten und Moos überwuchert war. Der einheitliche Anblick der Ruinen deutete darauf hin, dass hier schon lange niemand mehr gelebt hatte.

Was dem Druiden jedoch als Erstes auffiel, war nicht so sehr die Größe der Stadt, sondern die Tatsache, dass alles aus Metall gebaut zu sein schien. Mauern, Dächer und Böden glänzten stellenweise spiegelblank. Sogar Teile der Straßen und Wege blitzten grell in der Sonne auf. So weit das Auge sehen konnte, bestanden die Ruinen aus Platten, Scheiben und Pfeilern aus Metall. Grasbüschel hatten sich durch die Fugen nach oben gekämpft. Einzelne Baumgruppen standen dicht beieinander an Stellen, die vielleicht einmal Parks gewesen waren und die man einst gehegt und gepflegt hatte, die aber längst verwildert waren. Sogar in ihrem gegenwärtigen Zustand konnte man ahnen, wie wunderschön sie früher gewesen waren.

»Schatten!«, zischte Panax neben ihm und dachte vielleicht an die Ruinen, in denen sein Volk nach der großen Zerstörung Metalle gesucht hatte.

Walker nickte. Die Ruinen von Castledown waren riesig. Er hatte sich etwas so Großes niemals vorstellen können. Wie viele Menschen hatten in jener Welt gelebt, wenn dies ein Beispiel für die Größe ihrer Städte war? Er wusste aus den Chroniken der Druiden, dass die Zahl groß gewesen war, größer als die heutige. Und es hatte Tausende von Städten gegeben, nicht Hunderte. Wie viele von ihnen waren so riesig gewesen? Walker überwältigte dieses Bild plötzlich, diese Anzahl, diese Möglichkeiten. Er fragte sich, was sie wohl finden würden.

Dann fiel ihm etwas ein: Vielleicht war er von einer falschen Annahme ausgegangen. Je mehr er diese Ruinen betrachtete, desto unwahrscheinlicher erschien es ihm, dass darin Menschen gelebt hatten. Die Gebäude sahen einfach nicht danach aus. Lang, breit und flach, riesige Räume mit hohen Fenstern und breiten Eingängen. Das war besser für andere Dinge geeignet. Für Fabriken, Werkstätten und Lagerhäuser vielleicht.

Er schaute seine Begleiter an. Alle wirkten ehrfürchtig, starrten die Stadt an, als versuchten sie, ihren Zweck zu erkennen, als müssten sie sich Mühe geben, die Erscheinung vor ihren Augen als real zu betrachten. Dann bemerkte er Ryer Ord Star. Sie stand wie immer ein wenig abseits, und sie zitterte, hatte die Augen niedergeschlagen und die Finger in die Falten ihrer Kleidung gekrallt. Sie atmete in kurzen, abgehackten Stößen und weinte lautlos. Walker trat zu ihr, legte ihr den Arm um die Schulter und zog ihren schlanken Körper zu sich heran.

»Was ist los?«, fragte er.

Sie blickte ihn kurz an, schüttelte den Kopf und vergrub ihr Gesicht dann in seiner Robe. Er hielt sie im Arm, bis sie sich beruhigt hatte – das dauerte allerdings nicht lange –, dann wich er ein bisschen von ihr ab und befahl Ard Patrinell weiterzumarschieren.

Sie stiegen zum Talboden hinunter und blieben auf einer Lichtung im Wald hundert Meter vor den Ruinen stehen, um das Nachtlager aufzuschlagen. Inzwischen berührte die Sonne den Talrand im Westen und würde in einer Stunde untergegangen sein. Walker war überzeugt, dass sie tatsächlich Castledown entdeckt hatten und dass sie das Gesuchte irgendwo dort finden würden. Wie schwierig das werden würde, musste man abwarten, doch den ersten Streifzug wollte er bei Tageslicht unternehmen.

Allein ging er, während die anderen das Lager aufschlugen, zum Rand der Stadt. Dort stand er im schwindenden Licht und betrachtete die schattigen Ruinen, die langen, breiten Straßen, die durch Löcher in den Metallwänden sichtbar waren, die Dachreihen, die durch eine Auseinandersetzung zerstört worden waren, die er glücklicherweise nicht hatte miterleben müssen. Die Rassen der Gegenwart hielten die Magie eines Druiden für mächtig, doch wirkliche Macht war ihnen unbekannt. Wirkliche Macht erwuchs aus Wissenschaft. So fragte er sich, wie es wohl gewesen war, in jenen fernen Zeiten gelebt zu haben, bevor die Alte Welt zerstört worden war. Wie hatte es sich angefühlt, die Macht zu besitzen, ganze Städte zu zerstören? Welchen Schaden nahm die Seele, wenn man mit einer Fingerbewegung Tausende von Leben auslöschen konnte? Bei dieser Vorstellung lief ihm ein Schauer über den Rücken. Sie machte ihm Angst, und ihm wurde übel dabei.

Vielleicht hatte Ryer Ord Star genau das gefühlt und deshalb geweint.

Der Gedanke an sie rief die Erinnerung an ihre Vision über die Inseln und ihre Hüter wach. Sie hatte es gesagt, nachdem sie über die Schlüssel gesprochen hatte, die unerwartet in seinen Gedanken aufgetaucht waren. Er hatte es fast vergessen, hatte es verdrängt, weil es so augenfällig zu sein schien. *Das alles erkenne ich in einem Dunst aus Schatten, der dich überallhin verfolgt und danach trachtet, sich wie ein Leichentuch über dich zu legen.* Er hatte geglaubt, ihre Worte würden sich auf die Ilse-Hexe und deren gnadenlose Verfolgungsjagd beziehen.

Nun betrachtete er die Ruinen von Castledown und spürte die Gegenwart dieses Dings, das auf sie wartete, wie ein Kribbeln auf der Haut. Jetzt wusste er, dass er sich geirrt hatte.

Dreißig

Der Morgen kam mit Dunst und leichtem Regen. Dunkle Wolken drängten sich an dem bleigrauen Himmel, verbargen die Sonne und ließen einen düsteren Tag erahnen. Es war windstill und warm, und es roch nach feuchter Erde und frischem Laub. Stille hüllte die Welt in einen Schleier aus verschwiegener Erwartung und geflüsterter Vorsicht, und sogar der tröstende Vogelgesang von gestern war verstummt.

Im Nebel bildeten die Ruinen von Castledown ein glänzendes, scharfkantiges Relief, und die dunklen metallischen Oberflächen waren mit dem hellen Grün der regennassen Flechten und Moose überzogen.

Walker teilte den Suchtrupp in drei Gruppen ein. Ard Patrinell bekam Ahren Elessedil, Joad Rish und drei der neun Elfenjäger, um die rechte Flanke zu sichern. Quentin Leah und Panax waren mit drei Elfenjägern für die linke Seite zuständig. Walker selbst würde mit Bek, Ryer Ord Star und den drei verbliebenen Elfenjägern in der Mitte bleiben. Diese Gruppe würde die Ruinen ein wenig vor den anderen beiden betreten, alle würden ausschwärmen, doch in Sichtweite zueinander bleiben. Auf diese Weise würden sie quer durch die Stadt bis zu deren anderem Ende ziehen. Sie würden nach und nach die gesamte Stadt erforschen. Alles, was irgendwie auffiel, würde untersucht werden. Falls sie heute nicht fanden, wonach sie suchten, würden sie ihre Erkundung am nächsten Tag fortsetzen. Die Stadt war riesig. Sogar wenn sie sich beeilten und auf keinerlei Schwierigkeiten stießen, konnte es sie mehr als eine Woche Zeit kosten.

Jeder sollte sich still verhalten und gut aufpassen, mahnte er. Reden war untersagt. Sie sollten sich gegenseitig im Auge behalten, auf den Anführer ihrer Gruppe achten und seine Anweisungen befolgen. Falls etwas einen näheren Blick erforderte, sollte dies durch Handzeichen oder Pfiffe mitgeteilt werden. Außerdem war es angebracht, die Gebäude als Deckung zu benutzen. Es gab guten Grund anzunehmen, dass der Feind, der nach den Eindringlingen suchte, in der ganzen Stadt Fallen aufgestellt hatte. Das, weswegen sie hergekommen waren, würde sorgsam bewacht werden.

»Und was wäre das genau?«, erkundigte sich Panax, und an den Augen konnte man seinen Unmut ablesen. Wie die anderen hatte er sich wegen des Wetters in einen Mantel gehüllt und die Kapuze aufgesetzt. Im nebligen Zwielicht wirkten sie wie Gespenster. »Was ist es, weswegen wir hergekommen sind, Walker?«

Der Druide zögerte.

»Wir haben einen langen Weg hinter uns gebracht, und es wurde uns noch immer nicht gesagt«, drängte der Zwerg weiter. Regen rann über sein runzliges Gesicht in seinen Bart. »Wie sollen wir etwas finden, wenn wir nicht wissen, was wir suchen?«

Ein Augenblick lang herrschte Schweigen. »Bücher«, antwortete

Walker leise. Erneut kehrte Stille ein, dauerte diesmal länger. »Über Zaubersprüche und Magie«, fügte er hinzu und blickte sich rasch um. »Sie wurden in der Zeit der Alten Welt gesammelt und gingen in den Großen Kriegen verloren. Nur weniges dieser Magie wurde gerettet, hier in Castledown. Das ist der Schatz, von dem auf der Karte die Rede ist.«

»Bücher«, murmelte der Zwerg ungläubig.

»Sie sind von unschätzbarem Wert«, versicherte ihm Walker. »Doch deine Skepsis ist nicht ungerechtfertigt. Soweit ich weiß, haben keine Bücher die Großen Kriege überlebt. Sie waren die ersten Gegenstände, die zerstört wurden, wenn nicht durch Feuer, dann durch den Zahn der Zeit. Die Schriften der Alten Welt gingen vor zweitausend Jahren verloren, und nur unsere mündliche Erzähltradition hat das Wissen überliefert, das sie enthielten. Sogar dieses Wenige wurde im Laufe der Jahrhunderte verwässert, und so ist heute das meiste wertlos. Die Bücher, die wir heute besitzen, wurden von den Druiden in Paranor gesammelt. Die Elfen haben einige in Arborlon, und die Föderation hat einige in Arishaig, doch die meisten befinden sich im Keep des Druiden. Doch sind es Bücher dieser Welt und nicht der alten. Wenn es also tatsächlich Bücher sind, die überlebt haben, werden sie gut versteckt worden sein. Möglicherweise erkennt man sie auf den ersten Blick gar nicht als Bücher. Sie könnten eine gänzlich andere Form angenommen haben.«

»Wenn es viele Bücher sind und sie ihr ursprüngliches Aussehen haben, braucht es ein großes Haus, um sie aufzubewahren«, sagte Bek leise.

Walker nickte. »Das sollten wir nicht vergessen. Wir suchen einen Aufbewahrungsort, einen großen Behälter oder ein Lagerhaus. Vergesst auch nicht, dass wir erfahren wollen, was aus Kael Elessedils Expedition und den Elfensteinen geworden ist.«

Niemand erwiderte etwas. Einen Augenblick später rückte Quentin das Schwert von Leah auf seinem Rücken zurecht und blickte zum Himmel. »Sieht so aus, als würde der Regen nachlassen«, erklärte er.

»Fangen wir also an«, fügte Panax hinzu und grunzte.

Sie brachen auf, und wie eine Reihe dunkler Geister legten sie durch den Dunst den Weg zwischen dem bewaldeten Hang und den Ruinen zurück. Sie betraten die Stadt in drei Gruppen im Abstand von ungefähr fünfzig Metern. Zunächst bewegten sie sich schnell, fanden vor allem Schutt unter den Hülsen der kleineren Gebäude, die auch verrostete Maschinen und Apparate enthielten. Größtenteils hatten sie keine Ahnung, was sie da vor sich hatten, obwohl einige Teile aussahen wie Waffen. Über allem lag eine dicke Schicht Staub, und nichts deutete darauf hin, dass in jüngster Zeit jemand hier gewesen war. Seit Jahren war nichts berührt oder verändert worden. Alles war in Ewigkeit erstarrt.

Walker war sich durchaus bewusst, wie dicht sich Ryer Ord Star an ihn drängte, wobei sie ihn fast berührte. Gestern Nacht, während die anderen schliefen, war sie zu ihm gekommen und hatte ihm erzählt, was sie so verängstigt hatte. In der dunklen Stille der mondlosen Nacht hatte sie neben ihm gekniet und mit leiser Stimme kaum verständlich geflüstert: »Die Ruinen sind das Labyrinth, das ich in meiner Vision gesehen habe.«

Er hatte ihr die Hand auf die schmale Schulter gelegt. »Bist du sicher?«

Ihre Augen leuchteten hell, während sie ihn anstarrte. »Die Gegenwart der beiden anderen habe ich ebenfalls gespürt. Als ich am Rande des Tals stand und hinunter in das Wirrwarr schaute, fühlte ich sie. Die Bänder aus Feuer und die Metallhunde. Sie sind hier und warten auf mich. Auf uns alle.«

»Dann sollten wir uns auf sie vorbereiten.« Sie zitterte erneut, und er legte den Arm um sie, weil er ihre Angst vertreiben wollte, die er durch ihre Kleidung spürte. »Fürchte dich nicht, Ryer. Deine Warnungen sind unsere Rettung. Schon auf Flay Creech, auf Shatterstone und auf Mephitic. Und hier ebenso.«

Aber sie wich erschrocken zurück. »Nein, Walker. Was uns hier erwartet, ist viel größer und stärker. Es ist in die Ruinen und die Erde eingelassen, auf welcher die Gebäude stehen. Alt, hungrig und böse lauert es auf uns. Ich fühle seinen Atem. Ich spüre den Puls in der Bewegung der Luft und im Anstieg und Fallen der Temperatur. Es ist zu viel für uns. Zu viel.«

Still hielt er sie in der samtenen Dunkelheit, versuchte sie zu trösten, und lauschte auf ihren Atem, der sich nach und nach beruhigte. Schließlich löste sie sich von ihm und wollte davongehen.

»Ich werde hier sterben, Walker«, flüsterte sie ihm zu.

Das glaubte sie tatsächlich, merkte er, und vielleicht hatte sie in ihren Visionen etwas gesehen, das ihr Grund zu dieser Annahme gab. Möglicherweise hatte sie nur gespürt, dass es so kommen könnte, aber manchmal genügte das ja schon, um eine Sache tatsächlich passieren zu lassen. Er würde gut auf sie aufpassen und sie beschützen. Das hätte er sowieso getan. Ja, das würde er für alle tun, soweit es in seiner Macht stand. Aber sogar ein Druide konnte nicht mehr tun, als sein Bestes zu geben.

Er blickte über die Schulter zurück. Sie hatte sich zu Bek gesellt, schritt neben ihm her und schien Trost in seiner schweigsamen Gegenwart zu finden. Nicht schlecht. Es gab schlimmere Dinge, als sich in Beks Nähe zu halten.

Er blickte nach vorn in das Zwielicht, in das Labyrinth der Ruinen, und nun spürte er die Vision der Seherin, dieses geheimnisvolle, dunkle Etwas, das sie anlockte wie ein Köder an einem Haken.

Meilen entfernt über dem Wasser des Kanals, aber noch nicht in Sicht des Quetschers, stand Redden Alt Mer am Bug der *Jerle Shannara* und schaute in das Dämmerlicht. Das Wetter war furchtbar. Wenn überhaupt, war es noch schlimmer als vor zwei Tagen, als sie landeinwärts geflogen waren. Der gestrige Tag hatte schön begonnen, doch Sonnenschein und blauer Himmel waren nach und nach dichtem Nebel und Wolken gewichen. Sie hatten mit dem Schiff mehrere Meilen vor dem Eis geankert, in sicherem Abstand zu den krachenden Säulen und der bitteren Kälte, und waren schlafen gegangen, weil sie hofften, am heutigen Morgen weiterziehen zu können, wie Walker es gewünscht hatte.

Doch jetzt war der Nebel so dicht, dass Redden Alt Mer kaum mehr die Klippen zu beiden Seiten ausmachen konnte, und vom Himmel war gar nichts zu sehen. Schlimmer noch, der Nebel waberte im steten Wind und wirbelte so heftig herum, dass es unmöglich war, zu navigieren. In diesem engen Gelände mit seinen trügerischen Gipfeln, Gletschern und Winden wäre es tollkühn gewesen, sich aus dem Kanal zu wagen, wenn man nicht sah, wohin die Fahrt ging. Ob sie wollten oder nicht, sie mussten abwarten, bis das Wetter aufklarte, sogar wenn es sie ein oder zwei Tage kostete.

Rue Meridian trat zu ihm, und ihr langes rotes Haar glänzte genauso feucht wie seines. Es regnete zwar nicht, aber ein feiner Dunst legte sich um sie wie Gaze. Rue blickte hinaus über die Reling in den Nebel und schüttelte den Kopf. »Was für eine Suppe.«

»Eine Suppe, die Mutter Natur zu rühren beliebt«, fügte er mit einem müden Seufzer hinzu. »Alles nur, um uns für die absehbare Zukunft festzusetzen, nehme ich an.«

»Wir könnten zurücksegeln und auf eine Wolkenlücke hoffen. Weiter landeinwärts ist das Wetter womöglich besser.«

Er nickte. »Könnte sein, doch je weiter landeinwärts wir aufsteigen, desto schwieriger wird es, den Kurs aufzuzeichnen. Deshalb ist es besser, möglichst nah an der Küste hochzugehen.«

Sie schnaubte. »Hast du vergessen, wer dein Navigator ist?«

»Ich glaube kaum. Jedenfalls tut es uns nicht weh, einen Tag zu warten. Wir bleiben bis morgen hier liegen. Hat es bis dahin nicht aufgeklart, machen wir, was du vorschlägst, segeln im Kanal zurück und suchen uns eine Wolkenlücke.«

Sie schaute ihm in die Augen. »Niemand hat Lust, hier herumzusitzen, Großer Roter.« Ihr Blick schweifte wieder in den Nebel. »Wenn du die Ohren spitzt, hörst du das Krachen der Säulen, das Knacken des Eises und das Knirschen der Gletscher. Weit entfernt draußen im Dunst.« Sie schüttelte den Kopf. »Gespenstisch.«

»Hör einfach nicht hin.«

Einen Moment stand sie noch bei ihm, dann ging sie davon. Ihm gefiel das Warten, die Nähe zum Quetscher oder irgendetwas anderes an ihrer Situation genauso wenig, dennoch würde er deshalb nicht voreilig reagieren. Wenn Geduld verlangt wurde, sollte es an ihm nicht scheitern.

Nach einigen Minuten ging er hinüber zu Spanner Frew, der sich mit einem Diapsonkristall beschäftigte, welcher bei der Kollision mit der *Schwarzen Moclips* beschädigt worden war. Der Kapitän war über das Auftauchen des Schiffes noch immer verwundert. Höchstwahrscheinlich wurde es von einer Mannschaft der Föderation geführt. Damit hatte Alt Mer mit seiner Besatzung aus Fahrenden einen deutlichen Vorteil, aber die *Schwarze Moclips* war ein größeres und stärkeres Schiff als die *Jerle Shannara*, und in engem Terrain würden sie vermutlich als Kleinholz enden. Außerdem wäre es sehr eigenartig, gegen ein Schiff zu kämpfen, mit dem er so lange geflogen und das ihm ans Herz gewachsen war.

»Na, machst du Fortschritte?«, fragte er den Schiffbauer.

Der große Mann zog eine düstere Miene. »Ich käme besser voran, wenn man mich nicht dauernd mit dummen Fragen stören würde. Das ist eine heikle Arbeit.«

Alt Mer sah ihm eine Weile zu. »Hast du dir das andere Schiff anschauen können, das uns gerammt hat?«

»Genauso gut wie du.«

»Und, hast du es erkannt?«

»Die *Schwarze Moclips.* Kaum zu verwechseln. Ich habe kein gutes Gefühl dabei, dass sie uns verfolgt, allerdings ist dieses Schiff schneller und wendiger.« Er hielt den Kristall in das bleiche Licht und blinzelte, während er ihn begutachtete. »Solange sie uns nicht zu nahe kommt, ist alles gut.«

Der Kapitän verschränkte die Arme. »Bei einer Hetzjagd wie dieser kann man sich auf nichts verlassen. Vielleicht müssen wir uns ihr irgendwann stellen. Die Vorstellung finde ich nicht gerade reizvoll, das kannst du mir glauben.«

Spanner Frew stand auf, überprüfte den Kristall noch einmal und grunzte zufrieden. »Heute wird es dazu wohl nicht kommen. In dieser Brühe kann niemand fliegen.«

Nicht ohne den Kragen zu riskieren, fügte Alt Mer in Gedanken hinzu. Er starrte wieder in das Grau. Der Wind hatte aufgefrischt, und das Luftschiff schaukelte in den Böen hin und her. Der Fahrende spazierte langsam über das Deck und überprüfte dieses und jenes, um sich vom Nachdenken über ihre Misere abzulenken. Ein leises Pfeifen hatte sich zu entwickeln begonnen, fern und schwach noch, aber unverkennbar. Er blickte in die entsprechende Richtung zum Quetscher. Vielleicht sollte er die *Jerle Shannara* weiter flussaufwärts bringen und in einer kleinen Bucht Schutz suchen.

Er ging zum Heck, wo das Geräusch des Windes ihn wie ein Leichentuch einhüllte, überraschend warm und tröstlich. Erstaunt über sein Locken blieb er stehen und lauschte. Winde dieser Sorte erlebte ein Seemann selten, und sie waren an diesem Ort ebenso unwahrscheinlich wie das gestrige Wetter. Beides gehörte in ein anderes Klima und einen anderen Teil der Welt. Wie konnten Gletscher und Packeis in solcher Nähe zu warmer Luft und grünen Bäumen existieren?

Seine Gedanken trieben dahin, und er erinnerte sich an seine Kindheit in March Brume, an die Tage, die er an Land verbracht hatte, durch die Wälder wanderte und mit anderen Kindern spielte. Diese Tage waren rar gewesen und zu rasch vergangen, doch die Erinnerung blieb erhalten. Vielleicht, weil er einen so großen Teil seines Lebens auf See und in der Luft verbracht hatte. Oder weil er niemals zu ihnen zurückkehren konnte.

Im Nebel bewegte sich etwas, doch während er die dunkle Form anstarrte, konnte er sie nicht erkennen.

Neben ihm glitt ein Fahrender zu Boden und lag plötzlich still, reglos und schlafend da. Redden Alt Mer starrte ihn ungläubig an, dann stieß er sich von der Reling ab und wollte zu ihm gehen. Aber seine Beine versagten ihm den Dienst, und seine Augen wurden so schwer, dass er sie kaum noch offen halten konnte. Nur das Geräusch des Windes konnte er noch hören, dieses hohe schrille Pfeifen, das ihn einlullte und von der Welt ausschloss.

Zu spät erkannte er, was vor sich ging.

Er taumelte ein paar Schritte und fiel auf die Knie. Überall auf Deck waren Fahrende zusammengesunken. Nur Furl Hawken hielt sich in der Pilotenkanzel noch aufrecht.

Ein riesiger dunkler Schemen tauchte neben der *Jerle Shannara* auf. Redden Alt Mer hörte Enterhaken, die sich festkrallten, und erhaschte einen Blick auf eine verhüllte Gestalt, die durch den Nebel näher kam. Aus dem Schatten der Kapuze erschien ein Gesicht, das einer jungen Frau, die ihn mit blauen, eiskalten Augen ansah. Hilflos erwiderte er den Blick mit unverhohlener Wut.

Dann wurde es schwarz um ihn.

Bek betrachtete das angespannte und verängstigte Gesicht von Ryer Ord Star und lächelte sie zuversichtlich an, während er mit den anderen durch den zunehmenden Nebel schlich. Der Niederschlag war in feinen Sprühregen übergegangen. Die Seherin kniff wegen der Tropfen, die sich an den Lidern sammelten, immer wieder die Augen zusammen und wischte sich das Gesicht mit dem Ärmel ab. Sie trat näher an Bek heran.

Der Junge spähte nach links und rechts zu den Gruppen, die von Quentin und Ard Patrinell angeführt wurden. Er erhaschte einen Blick auf seinen Vetter und den Hauptmann der Leibgarde, entdeckte jedoch Ahren Elessedil nicht. Die Gebäude wurden immer größer, und es dauerte länger, um sie herumzugehen. Gelegentlich waren die Suchenden durch Wände von fast fünfzehn Meter Höhe getrennt und sahen einander nur kurz durch Türen ausgebrannter Ruinen. Die Häuser ähnelten sich sehr und waren entweder leer oder voller verrosteter Maschinen. In einigen standen lange Reihen mit Behältnissen, die mit Ziffern und winzigen Fenstern versehen waren, welche den leeren, starrenden Augen toter Tiere glichen. In anderen fanden sie so riesige Maschinen, dass sie wie Zwerge vor gigantischen, tief schlafenden Bestien wirkten. Schatten legten sich über offene Stellen, Maschinen und Schutt, erstreckten sich von einem Gebäude zum anderen wie ein dunkles Spinnennetz, das die Stadt umfing.

Abermals suchte er nach Ahren, doch in der Elfengruppe sahen alle in ihren Kapuzenmänteln ziemlich gleich aus. Plötzlich überfiel ihn eine Woge von Furcht und Zweifeln. Er richtete den Blick auf Walker, der vorausging. Bek kam sich dumm vor. Vermutlich war es Ryer Ord Stars Miene, von der sich dieses Unbehagen auf ihn übertragen hatte. Oder dieser düstere, neblige Tag. Wahrscheinlich einfach dieser Ort, diese Stadt.

In der Stille und dem Zwielicht konnte man sich vieles einbilden.

Er dachte an die Bücher, deretwegen Walker hergekommen war, und erneut fühlte er diese Besorgnis. Was würden die Menschen der Alten Welt mit Zauberbüchern tun? In jener Zeit war keine richtige Magie praktiziert worden. Die Magie war mit der Feenwelt ausgestorben, und sogar die Elfen, die so viele andere Spezies überlebten, hatten praktisch ihre gesamte Magie verloren oder vergessen. Erst durch das Hervortreten der neuen Rassen und die Versammlung der Druiden in Paranor hatte der Prozess der Wiederentdeckung der Magie begonnen. Warum sollte Walker daran glauben, dass Bücher der Magie aus der Zeit vor den Großen Kriegen überhaupt existierten?

Je mehr Gedanken er sich über diese Angelegenheit machte, desto stärker ergriff sie Besitz von ihm. Bald dachte er über das Wesen nach, welches ihnen hier auflauerte. Angeblich, um ihre Magie zu stehlen – aber wenn jemand schon Bücher der Magie zur Verfügung hatte, warum setzte er diese dann nicht ein? Bestimmt waren sie in einer Sprache geschrieben, die dieses Wesen verstehen konnte. Was war also an der Magie von Walker, Quentin und ihm selbst so verlockend? Er konnte jede Einzelheit wiederholen, die Walker ihm erzählt hatte, ihnen allen erzählt hatte, und trotzdem vermochte er das logische Loch in der Erklärung des Druiden nicht zu stopfen.

Sie kamen an einer Reihe großer, leerer Lagerhäuser vorbei und erreichten einen Bereich mit niedrigen, flachen Plattformen, die vielleicht einmal Gebäude gewesen waren, vielleicht aber auch etwas ganz anderes. Fensterlos und ohne jede Öffnung, fehlte ihnen ein offensichtlicher Zweck. Sie waren mit Rost, Moos und Flechten überzogen und schimmerten im Regen wie riesige blinde Spiegel.

Walker nahm sich einen Augenblick Zeit, um eines von ihnen zu untersuchen, legte eine Hand auf die Oberfläche und schloss die Augen. Kurze Zeit später trat er zurück, schüttelte den Kopf und gab den anderen das Zeichen weiterzugehen.

Die Plattform-Bauwerke blieben hinter ihnen im Nebel zurück. Vor ihnen lag nun eine weite, metallbedeckte Lichtung, die mit seltsam geformten Wänden und Unterteilungen versehen war. Dieser freie Bereich erstreckte sich über Hunderte von Metern in alle Richtungen und beherrschte allein durch seine Ausdehnung die Gebäude der Umgebung. Die Wände und Unterteilungen waren zwischen anderthalb und drei Meter hoch und etwa sieben bis zehn Meter lang. Miteinander waren sie nicht verbunden, und offenbar waren sie zufällig aufgestellt worden und hatten keinerlei Zweck. Auch Räume bildeten sie nicht. Sie fanden weder Einrichtungsgegenstände noch Maschinen. Anders als in den bisherigen Lagerhäusern gab es auch keine Trümmer. Keine Pflanzen, weder Gräser noch Büsche. Alles war sauber und glatt.

In der Mitte des Platzes, im Nebel kaum sichtbar, erhob sich ein Obelisk über dreißig Meter in die Höhe. Eine einzige Tür führte in ihn hinein, massiv und in eine Nische eingelassen, aber diese Tür war verschlossen. Über dem Eingang blinkte in gleichmäßigen Abständen ein rotes Licht.

Walker ließ die Gruppe mit einem Handzeichen anhalten, stand in dem Wirrwarr der Halbwände und Unterteilungen und sah zu dem Obelisk hinüber. Dieser erinnerte an einen Wachturm, das blinkende Licht an ein aufmerksames Auge. Nichts bewegte sich. Bek wandte sich erneut Walker zu. Der Druide betrachtete noch immer den Obelisken. Sicherlich spürte er eine mögliche Falle, doch mit gleicher Sicherheit musste er ihn betreten.

Ryer Ord Star beugte sich zu ihm vor. »Das ist der Eingang, den wir suchen«, flüsterte sie. Ihr Atem ging schnell. »Die Tür des Turms führt nach Castledown. Die Schlüssel, die Walker hat, passen in dieses Schloss.«

Bek starrte sie an und fragte sich, woher sie das alles wusste, doch sie sah nur den Druiden an und hatte den Jungen längst wieder vergessen.

Walker drehte sich um. Er wirkte besorgt und angespannt. »Wartet hier auf mich.« Seine Stimme war so leise, dass Bek ihn kaum verstehen konnte. Er deutete auf die Elfenjäger. »Ihr alle.«

Dann gab er Quentin und Panax zu seiner Linken und Ard Patrinell zu seiner Rechten ein Zeichen, an Ort und Stelle zu bleiben.

Allein ging er auf den Turm zu.

Die Ilse-Hexe ging über das Deck der *Jerle Shannara* und versicherte sich, dass alle Fahrenden schliefen. Einen nach dem anderen überprüfte sie die Besatzung, dann gab sie Cree Bega ein Zeichen, er möge an Bord kommen, und befahl ihm, einen seiner Mwellrets nach unten zu schicken, um zu schauen, ob sie jemanden übersehen hatte. Der betreffende Ret verschwand an der Kajüttreppe, kehrte kurz darauf zurück und schüttelte den Kopf.

Sie nickte zufrieden. Es war leichter gewesen, als sie gedacht hatte. »Bringt sie runter und sperrt sie in die Lagerräume«, befahl sie und entließ Cree Bega mit einer Handbewegung. »Und trennt sie voneinander.«

Sie betrat die Pilotenkanzel und stellte sich neben den großen Fahrenden, der über den Kontrollinstrumenten zusammengesunken war. Nun betrachtete sie das geenterte Luftschiff von vorn bis hinten. Ein schlankes, wunderbares Schiff, erkannte sie. Schneller und besser zu manövrieren als ihr eigenes. Mwellrets kamen von der *Schwarzen Moclips* herüber und schleppten die Fahrenden unter Deck. Sie beobachtete sie gelangweilt. Die Magie ihres Wunschliedes hatte die Fahrenden überwältigt, ehe sie wussten, wie ihnen geschah. Da sie nichts in dieser Richtung erwartet hatten und auch der Druide nicht da war, um sie zu warnen, konnten sie sich nicht wehren. Ihr Spion hatte sie von Anfang an mit einer Verbindung zur *Jerle Shannara* versorgt, und es war leicht, sich ihr zu nähern, nachdem die *Schwarze Moclips* den Quetscher erst einmal überwunden hatten. Die ahnungslose Mannschaft mit dem Wunschlied einzuschläfern war ein Kinderspiel gewesen. Sie verwandelte ihre Magie, bis sie sanft, einlullend und unwiderstehlich wie der Wind klang, und das war schon alles.

Sogar an den Eissäulen vorbeizugelangen stellte keine große Herausforderung dar, obwohl es einen gewissen Einfallsreichtum erforderte. Sie entschied sich, diesen Zugang zu meiden, fing mit ihrer Magie einen der Würger ein, die auf den Klippen brüteten, bestieg ihn und ließ ihn über die Steilwände hinwegfliegen. Sogar in dem dichten Nebel konnte sie die *Schwarze Moclips* auf diese Weise ohne großes Risiko führen. Der Würger kannte den Weg durch die Berge gut. Zwar war der Wind heimtückisch, aber das Luftschiff kam damit zurecht. Sie hatte keine Ahnung, wie Walker durch die Säulen gelangt war, denn trotz seiner teilweise großen Kräfte dürfte diese Aufgabe ihn überfordert haben. Ihr Spion hatte ihr darüber nichts mitteilen können. Aber was machte das schon aus? Beide hatten sie es auf die andere Seite geschafft. Noch immer hielt die Ilse-Hexe Kurs auf die endgültige Auseinandersetzung.

Außerdem hatte sie jetzt zum ersten Mal die Oberhand gewonnen. Er war an Land und saß dort fest, selbst wenn er das gar nicht wusste. Ohne ein Luftschiff konnte er ihr nicht entkommen. Früher oder später würde sie ihn aufspüren, entweder zu Fuß oder aus der Luft. Stellte sich nur eine einzige Frage: Würde sie ihn vor diesem Ding erwischen, das in den Ruinen auf ihn wartete?

Auch in dieser Hinsicht besaß sie einen Vorteil vor dem Druiden. Sie wusste, worum es sich bei diesem Ding handelte. Oder besser ausgedrückt, worum nicht. Schließlich war sie in Kael Elessedils Kopf eingedrungen, um herauszufinden, weshalb er dreißig Jahre verschollen gewesen war. Indem sie das tat, hatte sie durch seine Augen gesehen, was ihn gefangen genommen hatte. Sie war Zeuge geworden, wie man ihm die Zunge herausriss und ihn blendete. Darüber wusste Walker gar nichts. Wenn er nicht aufpasste, würde er das gleiche Schicksal erleiden. Damit hätte sie zwar ihr Ziel erreicht, ihn zu vernichten, doch würde sie das um die persönliche Befriedigung bringen, ihn mit eigener Hand zu töten.

Ja, Walker musste sehr gut aufpassen. Das Ding, das auf ihn lauerte, war geduldig. Es war auf eine Weise gefährlich, die sie nie zuvor erlebt hatte. Daher würde sie ebenfalls sehr vorsichtig sein müssen. Aber das war sie ja immer, stets auf der Hut vor dem Unerwarteten. Das hatte sie lange genug geübt.

Cree Bega trat von hinten an sie heran. »Die kleinen Leute ssind alle ssicher verschlossssen«, zischte er.

»Lass fünf deiner Rets an Bord, damit es so bleibt«, befahl sie. »Kommandant Kett wird zwei Männer abstellen, die über das Schiff wachen. Der Rest von uns wird dem Suchtrupp mit der *Schwarzen Moclips* an Land folgen.«

Ich komme, Druide, dachte sie triumphierend. *Fühlst du, wie ich mich nähere?*

Sie verließ die Pilotenkanzel, und in grimmigen Zorn und lodernde Entschlossenheit gehüllt, stapfte sie durch die neblige Dämmerung davon.

Als der Angriff erfolgte, hatte Walker gerade die Hälfte des Weges zwischen den anderen und dem Obelisken zurückgelegt und befand sich tief im Gewirr der Halbwände und Unterteilungen. Plötzlich hörte er ein scharfes Klicken, als würde sich ein Schloss öffnen, und warf sich gerade noch rechtzeitig zu Boden, während ein dünner Strahl leuchtend roten Feuers über ihn hinwegschoss. Ohne nachzudenken, schleuderte er sein Druidenfeuer auf die Quelle und schmolz die winzige Öffnung zu, aus welcher der Strahl ausgetreten war.

Sofort entstand ein Wirrwarr aus einem Dutzend ähnlicher Fäden in dem Bereich, in dem er lag, die einander kreuzten, sich durch die Metallflächen brannten und nach dem Druiden suchten. Er wälzte sich in den Schutz einer Wand und verschmolz eine Öffnung nach der anderen und ließ sie explodieren. Die dunstige Luft füllte sich mit Rauch und dem sauren Geruch versengten Metalls.

Dann erhob er sich wieder und bewegte sich rasch auf den Obelisken zu, da er spürte, was immer dieses Feuer kontrollierte, befand sich dort. Seine Robe behinderte ihn; mit ihr konnte er nicht schnell laufen, sondern nur eilig dahinschlurfen. *Bänder aus Feuer.* Er wiederholte die Worte, während er durch das Labyrinth lief, sich hinter Wänden duckte und durch Öffnungen schlich, derweil die dünnen Fäden nach ihm suchten. Ryer Ord Stars Vision war zum Leben erwacht.

Er war vielleicht zwanzig Meter tief in das Gewirr eingedrungen, als die Wände sich zu bewegen begannen. Ohne Vorwarnung hoben und senkten sie sich, schoben ihre Metallmassen auf und ab und schufen so neue Öffnungen an manchen Stellen, während an anderen neue Wände aus dem glatten, polierten Boden auftauchten. Das kam so unerwartet und raubte ihm so nachhaltig die Orientierung, dass er langsamer wurde und die Bänder aus Feuer wieder näher an ihn heranrückten. Verzweifelt schleuderte er erneut sein Druidenfeuer und zerstörte etliche der Öffnungen. Hinter sich hörte er Rufe, die aus dem Rauch und dem Nebel erklangen.

»Kommt nicht her!«, schrie er warnend und hörte das Echo seiner Stimme.

Feurige Lanzen brannten sich durch den Dunst und durchdrangen das Zwielicht mit tödlicher Schnelligkeit. Schreie ertönten, und das Herz wurde ihm schwer, als er begriff, dass zumindest einige derjenigen, die er führte, seine Worte nicht gehört hatten. Er wollte zu ihnen zurück, doch erneut verschoben sich die Wände, die Feuerfäden versperrten ihm den Weg, und er war gezwungen zurückzuweichen.

Lauf zum Obelisken!, ermahnte er sich.

Hitze strahlte durch seinen Körper, während er sich umdrehte und wieder weiterhetzte. Schweiß vermischte sich mit kondensierten Nebeltropfen auf seinem Gesicht. Neben ihm bewegte sich etwas, und er hörte ein metallisches Knirschen. Feuer explodierte und verfehlte nur knapp seinen Kopf, und er duckte sich und lief zwischen den sich bewegenden Wänden hindurch und vergaß alles außer der Notwendigkeit, den Obelisken zu erreichen. Er spürte Feuchtigkeit an seiner Hand und schaute nach unten; seine Finger waren von Blut rot gefärbt. Eine Feuerlanze hatte ihm den Arm oberhalb des Handgelenks aufgerissen.

Er ignorierte die Wunde, schaute auf, und da ragte er auf, der Obelisk, direkt vor ihm. Einem Impuls folgend sprang er hinter der Wand hervor, die ihn schützte, genau einem Kriecher in den Weg.

Eine Sekunde war er so verblüfft, dass er stehen blieb und verwirrt dreinschaute. Was machte denn ein Kriecher hier? Augenblick mal, das war gar kein Kriecher, er sah lediglich so aus. Er besaß Beine und Körper eines Kriechers, bestand jedoch aus Metall, nicht aus Fleisch und Blut, war nicht die Verschmelzung von Lebendigem und Unbelebtem …

Dann hatte er keine Zeit mehr, länger darüber nachzudenken. Das Ding griff nach ihm, streckte die Enden der flexiblen Glieder aus, und Walker schleuderte sein Druidenfeuer auf das Wesen. Der Kriecher wurde zurückgestoßen und kippte um. Er lag da und wand sich, konnte sich jedoch nicht mehr erheben und verbrannte. Walker rannte vorbei. Der Kriecher war gänzlich aus Metall konstruiert, genau wie er gedacht hatte. Er entdeckte einen weiteren, dann noch einen, einen dritten, einen vierten; sie hatten ihn umzingelt.

Metallhunde!

Alle Vorhersagen aus Ryer Ord Stars Vision hatten sich jetzt bewahrheitet, das Labyrinth, die Bänder aus Feuer und die Metallhunde – Bestandteile eines Albtraums, der sie verzehren würde, wenn sie keine Möglichkeit fanden, dem Treiben Einhalt zu gebieten. Er wich einer weiteren Feuerlanze aus, sprang durch eine Öffnung zwischen mehreren beweglichen Wänden und erreichte die Schwelle der Tür zum Obelisken.

Hinter ihm tobte das Chaos. Er hörte Schreie und Kreischen, das Knirschen von Metall, das stetige Zischen der Feuerfäden und das Krachen der Explosionen. Auch die unverwechselbaren Blitze von Quentin Leahs Schwert konnte er sehen. Er roch die Magie und schmeckte den Rauch. Die gesamte Gruppe wurde angegriffen, und er tat nichts, um ihnen zu helfen.

Schnell! Geh in den Turm!

Er entdeckte die Schlitze für die Schlüssel in einem erhöhten Teil der Wand neben der Tür. Rasch holte er sie aus der Robe hervor und steckte sie in die schmalen Öffnungen. Die Schlüssel ließen sich leicht einführen, eine Reihe Lichter flammte in der schwarzen Metalloberfläche der Wand auf, die Tür glitt leise zur Seite und gewährte ihm Eintritt. Rasch trat er hindurch, wobei ihn die Geräusche der nahenden Kriecher anspornten, und die Tür schloss sich hinter ihm.

Blind stand er einen Augenblick lang in der Dunkelheit und wartete ab, bis er wieder etwas erkennen konnte. Zuerst sah er die Lichter, manche brannten gleichmäßig, andere blinkten, zum Teil grün, rot oder auch gelb. Hunderte davon befanden sich vor ihm, winzige Leuchtfeuer, die in der Dunkelheit glühten. Als er Türen, Mauern und Decke erkennen konnte, ging er auf sie zu. Dort mussten sich die Kontrollinstrumente für die Kriecher und die Feuerbänder befinden. Dies war ein Königreich der Maschinen, und die Maschinen in diesem Turm mussten die Maschinen im Labyrinth kontrollieren. Schaltete man die einen aus, verstummten gleichzeitig die anderen.

Das war sein letzter Gedanke, bevor sich der Boden unter seinen Füßen öffnete und er ins Leere fiel.

Einunddreißig

Rue Meridian erwachte, als ihr Kopf gegen die Wand des Lagerraums im vorderen Teil des Schiffes schlug. Sie versuchte sich zur Seite zu rollen, doch ein schweres Gewicht drückte sie auf den Boden. Die Last bestand, so stellte sich heraus, aus Furl Hawken, der noch bewusstlos war und dessen Körper quer über ihrem lag. Sie hörte den Wind heulen wie eine versengte Katze und spürte das Rollen und Schwanken des Schiffes. Ein Sturm war im Anmarsch, und ein schlimmer dazu. Mit jeder neuen Böe rutschte sie Kopf voran erneut gegen die Wand.

Sie wand sich und quetschte sich unter Hawk hervor, setzte sich auf und lehnte sich an das Schott. Einen Augenblick lang wusste sie nicht recht, was eigentlich passiert war, dann begriff sie nicht, wie es geschehen sein konnte. Was machte sie hier unter Deck? Sie hatte mit einem anderen Fahrenden gerade einen neuen Strahlungssammler gesetzt und befestigt, als dieser Wind aufkam, leise und einlullend, und sie in den Schlaf sang wie einst ihre Mutter.

Und tatsächlich war sie eingeschlafen, dachte sie reumütig, verstand nun langsam, was sich ereignet hatte.

Schließlich stand sie auf und taumelte zur Tür. Diese war verschlossen, was sie nicht überraschte. Sie schnitt eine Grimasse und seufzte. Die Fahrenden waren vermutlich alle Gefangene oder tot, von der Ilse-Hexe überwältigt. Irgendwie hatte diese sie überrascht, als sie es nicht erwarteten, sie in Schlaf versetzt und unter Deck eingesperrt. Oder schlimmer noch, es war vielleicht gar nicht die Ilse-Hexe, sondern dieses Ding, das Walker an Land suchte. Sie rieb sich den Kopf, wo er an die Wand gestoßen war, und fragte sich, wie viele Stöße wohl notwendig gewesen waren, um sie zu wecken. Zu viele, entschied sie, angesichts des Pochens in ihrem Schädel.

Sie blickte sich im Raum um. Hawk und sie waren die Einzigen hier. Die übrigen Fahrenden waren demnach irgendwo anders. An der Wand standen Kisten mit Ausrüstung, aber die enthielten nur Lichtsegel, Strahlungssammler, Seile und Ähnliches. Keine schweren Äxte oder scharfen Klingen. Keinerlei Waffen.

Hoffnungsvoll tastete sie nach ihrem Schwert und ihren Wurfmessern, obwohl sie wusste, dass sie ihren Waffengurt nicht mehr trug. Sie griff in ihren Stiefel. Der Dolch, den sie dort versteckte, war ebenfalls verschwunden. Wer auch immer sie hier abgelegt hatte, war schlau genug gewesen, sie zu durchsuchen. Hawk hatte man die Waffen vermutlich auch abgenommen. Diesem Gefängnis zu entkommen würde nicht leicht werden.

Trotzdem war es natürlich möglich.

Die Kleine Rote hatte daran nicht den leisesten Zweifel. Panik und Verzweiflung waren ihr fremd. Sie war eine Fahrende, und man hatte ihr von Kindheit an beigebracht, dass Fahrende auf sich selbst aufpassen mussten, dass niemand etwas für sie tun würde. Jetzt war sie im Kielraum ihres eigenen Schiffes eingesperrt – also musste sie sich selbst befreien. Das würde sie schon schaffen, dessen war sie sicher. Irgendwer hatte einen großen Fehler begangen, wenn er sich das Gegenteil einbildete. Und irgendwer würde dafür bezahlen, sie hier eingesperrt zu haben.

Ein plötzliches Schlingern des Luftschiffes warf sie gegen die Wand, und sie konnte kaum das Gleichgewicht halten. Oben ging etwas vor sich, und sie musste dorthin und herausfinden, was es war. Die Leute, die sie eingesperrt hatten, wussten anscheinend nicht, wie man das Schiff zu steuern hatte. Wenn tatsächlich ein Sturm im Anzug war, brauchte es hervorragende Seeleute, um die *Jerle Shannara* sicher hindurchzufliegen. Kurz dachte sie an die malmenden Säulen des Quetschers, und vor Sorge krampfte sich ihr Magen zusammen.

Sie arbeitete sich zu Furl Hawken vor und schüttelte ihn. »Wach auf, Hawk!«, zischte sie ihm ins Ohr und senkte die Stimme, damit sie niemand hören konnte. Was vermutlich beim Heulen des Sturms draußen sowieso nicht möglich war. »Hawk!« Sie schlug ihm ins Gesicht. »Wach auf.«

Seine Lider flatterten, und er grunzte wie ein Bulle. Langsam rollte er sich zur Seite und murmelte vor sich hin. Dann setzte er sich auf und strich sich mit den riesigen Händen durch Haar und Bart. »Wer hat mich geschlagen? Ich spüre es bis in die Zahnwurzeln!«

Das Luftschiff schlingerte heftig, und Hawk musste sich mit den Händen abstützen. »Schatten!«

»Steh auf«, befahl sie und zerrte an ihm. »Wir wurden betäubt und eingesperrt, und das Schiff wird von irgendwelchen unfähigen Kerlen gesteuert. Wir müssen etwas dagegen unternehmen.«

Er stand auf und stützte sich auf ihre Schulter, weil das Schiff im Wind schwankte. »Wo ist der Große Rote?«

»Kann ich dir nicht sagen. Hier jedenfalls nicht.« Sie hatte sich bisher nicht gestattet, daran zu denken, was ihrem Bruder geschehen sein mochte. Vermutlich liegt er in einem anderen Lagerraum, redete sie sich ein. Wahrscheinlich hatte man sie voneinander getrennt, um sie besser unter Kontrolle halten zu können. Aber gewiss lebte er noch. Etwas anderes wollte sie sich gar nicht vorstellen.

Sie trat wieder an die Tür, legte das Ohr ans Holz und lauschte. Zu hören war lediglich das Heulen des Windes, das Singen der Sammler und das Klappern eines Gegenstands, der nicht anständig befestigt war. Sie setzte sich wieder, lehnte sich an die Wand und zog ihren Stiefel aus. Im Absatz, in das Leder gedrückt, befand sich ein Metallhaken.

»Aha, sie haben also nicht alles gefunden«, kicherte Hawk.

Sie zog ihren Stiefel wieder an und stand auf. »Haben sie bei dir auch etwas übersehen?«

Er griff unter seinen linken Arm, suchte eine kleine Öffnung im Saum seiner Lederweste und holte ein langes, schlankes Messer hervor. »Könnte sein.« Er grinste. »Genug, damit wir uns richtige Waffen besorgen können – mit ein bisschen Glück.«

»Wir sind Fahrende, Hawk«, sagte sie und schob den Haken ins Türschloss. »Wir sorgen selbst für unser Glück.«

Sie kniete sich vor der Tür hin und fummelte an dem Schloss herum. Das Schloss war neu, und nach kurzer Zeit schnappte der Riegel zurück. Sie öffnete die Tür einen Spalt und spähte in den Gang. Im düsteren Licht von Öllampen tanzten Schatten mit der Bewegung des Schiffes. Am hinteren Ende des Gangs lehnte eine große Gestalt an der Wand und schaute die Kajüttreppe hinauf.

Rue Meridian zog sich wieder zurück und schob die Tür zu. »Eine Wache, ein großer Kerl. Wer oder was er ist, kann ich nicht sagen. Wir müssen jedenfalls an ihm vorbei. Willst du ihn übernehmen oder soll ich?«

Furl Hawken packte den Griff des Messers fester. »Ich, Kleine Rote. Du holst die anderen.«

Im dämmerigen Licht starrten sie sich an und holten tief Luft. »Sei vorsichtig, Hawk.«

Sie schlichen auf Zehenspitzen hinaus, glitten leise durch den halbdunklen Gang. Furl Hawken warf ihr noch einen Blick zu, dann ging er auf die Wache zu. Die *Jerle Shannara* schwankte weiterhin im Sturm, und der Wind heulte so laut, dass die Wache offenbar an nichts anderes denken konnte. Oben auf Deck ertönte ein Krachen; vermutlich war eine Spiere heruntergekommen. Die Wache starrte nach oben. Rue Meridian sah zu den Türen der zwei nächsten Lagerräume. Im kleineren wurden Wasser und Bier in großen Fässern aufbewahrt. Darin gab es keinen Platz für Gefangene. Im anderen lagerten Essensvorräte. Dort würde sie vielleicht jemanden finden, die größeren Lagerräume lagen jedoch weiter hinten.

Nur noch ein paar Schritte, dachte Rue Meridian und beobachtete Hawk, der sich vorsichtig anschlich; da öffnete sich die Luke, und eine regennasse Gestalt stieg die Treppe hinunter.

Der Kerl entdeckte die Fahrenden sofort, stieß einen Warnschrei aus und lief die Treppe wieder hinauf. Die Wache fuhr zu Furl Hawken herum und hielt ein blitzendes Schwert in der klauenartigen Hand. Hawk sprang auf den Mann zu, und Rue Meridian hörte das Krachen des Zusammenpralls. Sie erhaschte einen Blick auf das reptilienhafte Gesicht der Wache, das schuppig und nass war, weil der Regen durch die Luke hereinfiel. *Ein Mwellret!* Bei dem anderen hatte es sich der Uniform nach um einen Soldaten der Föderation gehandelt. Ihr wurde eiskalt. Hawk und sie würden niemals gegen mehrere Mwellrets ankommen. Sie musste den fliehenden Soldaten aufhalten, ehe er die anderen warnen konnte.

Instinktiv rannte sie ihm hinterher und sprang an Hawk und dem Mwellret vorbei. Sie schoss die Treppe hinauf zum Deck und in den Sturm hinaus, der so wild tobte, dass der Wind ihr die Kleidung vom Leib zu reißen drohte und der Regen sie in Sekunden durchnässt hatte. Das Schiff schwankte und drehte sich in den Orkanböen, die Lichtsegel waren eingeholt, die Sammler ebenso, wie es sich eben für dieses Wetter gehörte, und trotzdem drehte sich das Schiff führerlos im Kreis. Rue Meridian nahm das alles in einer Sekunde wahr, während sie dem Soldaten folgte. Sie erwischte ihn mittschiffs, kurz vor der Pilotenkanzel, wo ein zweiter Soldat mit dem Steuer kämpfte, und warf sich gegen seinen Rücken. Sie wälzten sich über das Deck bis zum vorderen Mast. Der Soldat wollte fliehen, und dabei dachte er nicht einmal daran, seine Waffe zu ziehen. Das tat Rue schließlich für ihn: Sie riss das lange Messer aus seinem Gürtel und rammte es ihm in die Brust.

Sie ließ den Sterbenden liegen und sprang auf. Der Föderationssoldat in der Pilotenkanzel schrie um Hilfe, aber daran konnte sie nun nichts mehr ändern. Wenn sie ihn tötete, wäre das Schiff vollkommen ohne Führung. Der Wind übertönte seine Rufe beinahe, vielleicht würde ihn ja niemand hören. Sie machte sich auf zum Heck. Da sie keine Sicherheitsleine hatte, musste sie geduckt gehen und sich festhalten, wo immer sie konnte. Auf dem regennassen Holz rutschte sie hin und her. Durch Nebel und Regen sah sie die grauen, rauen Wände des Kanals jenseits der Reling aufragen. Irgendwo gar nicht weit entfernt hörte sie das Krachen des Quetschers.

In dem Moment stieß sie auf den nächsten Mwellret. Er trat aus dem Schatten des hinteren Mastes, zog ein langes Messer und ging auf sie zu. Sie wich zurück. Der Mwellret war viel stärker als sie; wenn er sie packte, würde sie sich nicht befreien können, es sei denn, sie tötete ihn, und das war nicht gerade sehr wahrscheinlich. Allerdings wusste sie auch nicht, wohin sie fliehen sollte. Gebückt lief sie zur Reling an Steuerbord und drehte sich zu dem Mwellret um. Er griff augenblicklich an, und sie nutzte seine Bewegung aus, ging in die Hocke, trat ihm gegen die Füße und brachte ihn aus dem Gleichgewicht. Er taumelte an ihr vorbei, wollte sich wieder aufrichten, krachte gegen die Reling, ging über Bord und war verschwunden.

Das war ja nicht so schwer, dachte sie übermütig und unterdrückte den Drang zu lachen. *Der Nächste, bitte.*

Sie stand gerade wieder auf beiden Füßen, als ihr dieser Wunsch erfüllt wurde. Zwei weitere dieser Wesen erschienen durch die Luke am Heck und gingen auf sie los.

Schatten! Da stand sie in Sturm und Regen und versuchte krampfhaft, sich etwas einfallen zu lassen. Sie hatte das lange Messer, eine armselige Waffe gegen zwei Mwellrets. Daher schob sie sich erst einmal an der Reling entlang, um ein wenig Zeit zu gewinnen. Konnte sie vielleicht an ihnen vorbeirennen, die Treppe hinuntersteigen und den Lagerraum erreichen, in dem sie den Großen Roten und die anderen vermutete? Leider hatten die Mwellrets ihre Absicht bereits erkannt und verteilten sich, um jeden ihrer Versuche zu vereiteln.

Im nächsten Moment erschien Furl Hawken in der vorderen Luke; er war mit Blut beschmiert und schrie wie ein Wahnsinniger. In einer Hand hielt er das Kurzschwert des Mwellrets, in der anderen seinen Dolch, und vornübergebeugt ging er auf die Angreifer der Kleinen Roten zu. Instinktiv wandten die sich um, aber sie waren zu langsam und standen zu unsicher. Der stämmige Fahrende krachte in den Ersten von ihnen und warf ihn um, wandte sich sofort dem Zweiten zu und stieß dem schreienden Mwellret wieder und wieder den Dolch in den Leib.

Rue Meridian rannte sofort zur Luke. Hawk hatte ihr die wertvollen Sekunden verschafft, die sie brauchte. Sie sprang über Trümmer und glatte Stellen hinweg, erreichte die hintere Treppe – wo sie ein weiterer Mwellret begrüßte.

Diesmal hatte sie keine Chance zu entkommen. Er schwang das breite Schwert und zielte auf ihren Kopf. Sie duckte sich unter seinem Hieb hinweg und ging zu Boden. Ein Rucken des Luftschiffes rettete sie, und das Schwert des Mwellrets grub sich in das Holz des Decks. Sie rollte sich herum und kam auf die Füße, während der Mwellret noch versuchte, seine Waffe freizubekommen, und rammte ihm das lange Messer in die Seite. Der Mwellret wich zischend zurück, ließ das Schwert los und legte die klauenartigen Hände um ihren Hals. Die zwei gingen zu Boden, und Rue Meridian merkte bereits, wie ihr schwindlig im Kopf wurde. Sie wollte ihr Messer zurückziehen, doch das hatte sich in der Lederkleidung ihres Gegners verfangen. Sie wehrte sich verzweifelt gegen die Klauen um ihren Hals, hämmerte mit den Fäusten auf den muskulösen Körper ein und kämpfte wie eine gefangene Moorkatze. Dennoch konnte sie sich nicht befreien. Vor ihren Augen begann es zu flimmern, und ihre Kraft ließ nach. Sie spürte den fauligen Atem des Mwellrets auf ihrem Gesicht.

Verzweifelt suchte sie nach einer Waffe und fand schließlich den Haken in ihrer Tasche, mit dem sie die Tür geöffnet hatte. Sie zog ihn heraus und stieß ihn dem Angreifer ins Auge.

Überrascht fuhr der Mwellret zurück und ließ ihren Hals los. Sie kroch davon, während ihr Widersacher mit der einen Klaue auf das Deck einschlug und die andere vor das blutende Auge hielt. Mit beiden Händen zerrte sie das Schwert aus dem Holz und stieß es ihrem Gegner in den Leib.

Von Blut und Regen durchnässt, klebte ihr das lange rote Haar im Gesicht. Sie fiel auf die Knie und rang nach Luft. Der Regen prasselte auf sie herab, der Wind heulte, und das Luftschiff ruckte wie ein lebendiges Wesen hin und her. Die Kleine Rote fühlte das Deck unter sich erzittern, als würde es auseinander brechen.

Es krachte dröhnend, und sie drehte den Kopf herum. Die untere Spiere vom hinteren Mast war heruntergestürzt und hatte den Föderationssoldaten in der Pilotenkanzel erschlagen. Die *Jerle Shannara* trieb ohne Rudergänger dahin.

Dann sah sie Furl Hawken. Er lag auf einem Mwellret und dicht neben einem anderen und blutete aus einem Dutzend Wunden. Ein langes Messer ragte aus seinem Rücken, ein Dolch aus seiner Seite. Das Kurzschwert umklammerte er noch mit der Hand. Er blickte sie mit starren Augen an, schien durch sie hindurchzuschauen auf einen Punkt, der für sie unsichtbar war.

Sie unterdrückte ein Schluchzen, Tränen füllten ihre Augen, und die Kehle schnürte sich ihr zu. *Hawk! Nein!* Sie erhob sich mühsam und taumelte zu ihm hinüber, obwohl sie wusste, dass es zu spät war. Sie schwankte im Wind hin und her, schüttelte den Kopf und begann zu weinen.

Dann drehte sich der Mwellret neben dem toten Mann langsam um und sah sie an. Blut rann über das Reptiliengesicht und tropfte auf den Mantel, und die Augen wirkten trüb und wild. Der Mwellret erhob sich, riss das lange Messer aus Hawks Rücken und schritt auf sie zu.

Sie wich zurück, und ihr fiel auf, dass sie keine Waffe hatte, um sich zu verteidigen. Dann stolperte sie über den Mwellret, den sie getötet hatte, und ihre Hand kam auf dem Schwert zu liegen, das aus seinem Leib ragte. Sie zog die Klinge heraus und wandte sich ihrem Gegner zu.

»Komm schon, Ret!«, spöttelte sie wütend und mit Tränen in den Augen.

Der Mwellret erwiderte nichts, näherte sich ihr vorsichtig durch den Dunst. Rue Meridian duckte sich und wahrte sorgsam das Gleichgewicht auf dem wankenden Deck. Wenn sie bloß ihre Wurfmesser gehabt hätte! Sie ergriff das Heft des Schwerts mit beiden Händen und hielt die Klinge vor sich. Zeit, die anderen zu finden, blieb ihr jetzt nicht mehr. Sie war allein. Wenn sie starb, waren die anderen verloren. Angesichts des Zustands, in dem sich das Schiff befand, waren sie vielleicht so oder so verloren.

Wie Hawk.

Der Mwellret griff an wie ein riesiger dunkler Schatten. Er begleitete seine Attacke mit einem Zischen, das Rue einige Sekunden lang hypnotisierte und ablenkte. Nur ihre Tränen retteten sie. Die Hände hielten das Schwert noch immer, und sie wischte sich die Augen mit dem Ärmel, sah plötzlich den Mwellret vor sich und schlug sofort zu. Die Klinge grub sich unter dem erhobenen Arm tief in die Seite des Mwellrets. Blut spritzte hervor, und das Wesen fiel gegen sie und zielte mit dem langen Messer auf ihre Brust. Sie wehrte den Hieb ab, aber die Klinge riss ihr den Arm und den Schenkel auf. Rue schrie vor Schmerz, packte den Arm des Mwellrets und drückte ihn an ihren Körper, wobei sie gegen den Schock ankämpfte, der sie zu lähmen drohte.

Ineinander verkrallt gingen sie zu Boden, und jeder versuchte, die Oberhand zu erringen und den anderen zu töten. Der Mwellret war stärker, hatte aber die schwerere Verletzung davongetragen und war vom Blutverlust geschwächt. Da ihm nichts Besseres einfiel, benutzte er seine Krallen als Waffen, zerfetzte Rue Meridians Mantel und Hemd und schließlich ihre Haut. Sie kreischte vor Schmerz und Wut, während die Krallen sich in ihre Haut bohrten, dann warf sie sich nach hinten, um sich zu befreien. Die beiden rutschten auf die Reling zu, als sich das Luftschiff plötzlich gefährlich neigte. Eine abgebrochene Spiere hielt sie kurz auf und gab dann ihrem gemeinsamen Gewicht nach.

So krachten sie gegen die Reling. Die Pfosten waren bereits durch frühere Schäden geschwächt und zersplitterten unter der Wucht ihres Aufpralls. Die Fahrende sah die Öffnung und versuchte mit aller Kraft, ihr auszuweichen. Sie war zu langsam. Im Zeitraum eines Herzschlags glitten Rue Meridian und der Mwellret durch das Loch und gingen über Bord.

Unbemannt und unbeherrschbar, das Deck mit Leichen und Trümmern übersät, drehte sich die *Jerle Shannara* langsam herum und bewegte sich flussabwärts auf die malmenden Säulen des Quetschers zu.

Zweiunddreißig

Bek stand neben Ryer Ord Star, als der Angriff auf Walker begann, und zwar so dicht bei ihr, dass er hörte, wie ihr der Atem stockte, während der erste Feuerstrahl auf den Druiden abgeschossen wurde. Die Seherin taumelte, gab einen schrillen Laut von sich und rannte in das Labyrinth. Der Junge, von ihrem plötzlichen Handeln überrascht, stand wie angewurzelt da, und es war einer der drei Elfenjäger, der ihr hinterherrannte. Die beiden anderen packten Beks Arme und zogen ihn zurück, während er sich befreien wollte. Walker lag am Boden, magisches Feuer löste sich von seinen Fingern und brannte sich in die Wände und Unterteilungen, aus denen die Feuerstrahlen hervorkamen. Zu beiden Seiten des Jungen stürzten sich die Gruppen an den Flanken mit gezogenen Schwertern in das Labyrinth, um dem Druiden beizustehen, und stießen ihre Schlachtrufe aus.

Dann schossen die Feuerstrahlen auch aus den Wänden hervor, zwischen denen sie entlangliefen, und schlitzten die ungeschützten Körper regelrecht auf. Voller Schrecken beobachtete Bek, wie ein Elf im Kreuzfeuer der Strahlen zerfetzt wurde und seine Körperteile überall durch die Luft flogen. Schreie erschütterten die neblige Luft, vermischten sich mit Rauch und dem Gestank brennenden Fleisches. Die Retter des Druiden warfen sich flach auf den Metallboden und krabbelten rasch hinter die nächste Wand, während das Feuer nach ihnen suchte und todbringende rote Strahlen verschoss. Bek sah Ryer Ord Star, die von einem Strahl getroffen und an eine Wand geworfen wurde, wo sie in sich zusammensank. Der Elf, der ihr hinterhergelaufen war, wurde ein Stück entfernt in zwei Teile geschnitten.

Walker war wieder auf den Beinen und rief ihnen etwas zu, doch seine Worte gingen in dem Lärm unter. Ohne auf ihre Antwort zu warten, eilte er weiter, streckte den Arm vor sich wie einen Schild aus und schwang ihn nach rechts und links, um sich gegen die Angriffe der Feuerstrahlen zu wehren, während er sich zum Obelisken vorkämpfte.

Bek holte tief Luft, ein verzweifelter Schluchzer ließ seinen ganzen Körper erzittern, und er wandte sich an die Elfen, die ihn an den Armen festhielten. Zu seiner Überraschung war eine die Fährtenleserin Tamis. »Wir müssen zu ihm!«, schrie er und versuchte erneut, sich loszureißen.

»Er hat uns befohlen, hier zu bleiben, Bek«, erwiderte sie ruhig und suchte mit den grauen Augen den Dunst ab. »Dort hineinzugehen bedeutet den sicheren Tod.«

Ein metallisches Kreischen lenkte ihre Aufmerksamkeit nach links. Aus den niedrigen Gebäuden, an denen sie vorbeigekommen waren, kroch eine Gruppe spinnenartiger Gestalten hervor. Flach und mit krummen Beinen umzingelten sie den Trupp, der von Quentin und Panax angeführt wurde.

»Kriecher«, sagte Tamis leise.

Bek wurde eiskalt. Gewöhnliche Menschen hatten gegen Kriecher keine Chance. Sogar Quentin mit seiner Magie würde es gegen so viele nicht leicht haben. Ein endloses Labyrinth, Bänder aus Feuer und jetzt Metallhunde – Ryer Ord Stars entsetzliche Vision war vollständig Wirklichkeit geworden.

»Wir müssen hier raus«, rief Tamis und zog ihn in die Richtung, aus der sie gekommen waren.

»Warte!« Mit einem Ruck brachte er sie zum Stehen. Er zeigte auf das Labyrinth. Ryer Ord Star versuchte aufzustehen und kämpfte sich auf die Knie hoch. Flehentlich sah er Tamis an. »Wir können sie nicht zurücklassen! Wir müssen ihr helfen!«

Eine Windböe wehte Rauch und einen scharfen Geruch an ihnen vorbei. Die Fährtenleserin sah Bek einen Augenblick lang an; dann überließ sie den Jungen ihrem Gefährten. »Ihr zwei wartet hier.«

Sie rannte in das Labyrinth, und die Feuerstrahlen verfolgten sie, zielten auf sie und brannten sich in den Metallboden. Zwei Mal musste sie sich unter den Strahlen zu Boden werfen, und einmal konnte sie sich gerade noch hinter eine Wand retten. Ryer Ord Star hatte sich inzwischen auf Hände und Knie erhoben, hielt den Kopf gesenkt, und das lange Haar hing ihr wie ein Vorhang vor dem Gesicht. Blut lief über einen Arm und wurde von ihrem zerrissenen Gewand aufgesogen.

Rechts neben Bek tauchten weitere Kriecher aus der Dunkelheit auf und griffen Ard Patrinells Gruppe an.

Tamis erreichte die Seherin mit einem weiteren Sprung und riss sie aus der Bahn eines Feuerstrahls. Sie zerrte Ryer Ord Star auf die Beine, führte sie geduckt durch das Labyrinth zurück, an Wänden entlang und über offene Stellen, während die Feuerstrahlen die Luft um sie herum ohne Unterlass versengten.

Sie schaffen es nicht, dachte Bek. *Es ist zu weit. Das Feuer ist überall!*

Er hielt nach Walker Ausschau, aber der Druide war verschwunden. Der Junge hatte nicht gesehen, was mit ihm passiert war, wohin er gegangen war, ob er vielleicht bis zum Obelisken gelangt war. Das Zentrum des Labyrinths bestand nur noch aus Rauch, dunstverhüllten Formen und plötzlichen Ausbrüchen des roten Feuers. Zu seiner Linken wurde Quentin attackiert, tapfer leuchtete das blaue Licht seines Schwertes von Leah, und seine Schlachtrufe hallten über den Tumult hinweg. Zu seiner Rechten verteilten sich die Kriecher in den Gängen und suchten nach Ard Patrinell, Ahren Elessedil und den übrigen Elfenjägern.

Eine Falle, eine Falle, das alles war eine Falle! Beks Kehle brannte vor Wut und Niedergeschlagenheit, in seinem Kopf vermischten sich Gedanken an verpasste Gelegenheiten und falsche Entscheidungen.

Tamis trat aus einer Rauchwolke und einem Gewirr von tödlichem rotem Feuer hervor und zog Ryer Ord Star hinter sich her. »Geh schon, geh!«, rief sie dem wartenden Bek und seinem Gefährten zu, und sofort rannten sie durch die Ruinen zurück.

Quentin!, ging es Bek durch den Kopf, und hilflos schaute er über die Schulter zurück.

Sie waren kaum zwanzig Meter weit gekommen, als zwei Kriecher sie aufhielten. Die Metalltiere schienen gewartet zu haben, bis die Menschen auf dem Weg ins Zentrum des Labyrinths an ihnen vorbei waren, und erst dann kamen sie aus den niedrigen Bauwerken hervor. Ihre metallischen Glieder klimperten und knirschten, während sie den Weg versperrten. Tamis und ihr Gefährte sprangen sofort vor, um den Jungen und die Seherin zu verteidigen. Die Kriecher griffen an und bewegten sich so schnell, dass sich die Elfenjäger kaum wehren konnten. Tamis wich ihrem Angreifer aus, aber der andere Elfenjäger hatte weniger Glück. Der Kriecher stieß ihn um, nagelte ihn auf dem Boden fest, und während der Elf hilflos um sich schlug, trennte das Metalltier ihm mit seinen Zangen den Kopf vom Rumpf.

Bek schaute zu, als geschähe das alles nur in einem Traum. Er nahm Ryer Ord Star schützend in die Arme, und sein Verstand verlangte, dass er endlich etwas tun sollte. Doch entscheidungsunfähig und vor Schreck erstarrt, starrte er nur auf das rote Licht, das aus den Spitzen der Zangen hervortrat, und auf das Blut, das aus dem Rumpf des Elfen spritzte.

In diesem Moment vergaß er alles außer dem nun überwältigenden Drang, auf dieses Schauspiel zu reagieren. Er schrie. Ein Damm brach, und Zorn, Verzweiflung und Enttäuschung durchfluteten ihn und befreiten seine Magie, verliehen ihr Leben und Kraft, eine eiserne Stärke, die Schärfe eines Messers. Diese Flut riss ihn mit sich und zerfetzte die Kriecher wie Papier.

Er fühlte sich unbesiegbar, alles um ihn herum hatte er vergessen, nur nicht die Euphorie, die er verspürte, als die Kraft der Magie ihn durchrauschte. Ein weiterer Kriecher tauchte auf, und Bek wütete mit der gleichen Entschlossenheit – seine Stimme packte ihn, hob ihn in die Höhe und zerfetzte ihn. Er ließ die Einzelteile krachend zu Boden fallen. Er verteilte sie im Wind wie Laub und brüllte triumphierend.

Dann umklammerte etwas sein Bein und zog ihn aus der Raserei zurück, in die er sich selbst Zutritt gewährt hatte. Seine Stimme verstummte, die Echos hallten in seinem Kopf wider, die Bilder blitzten vor seinem inneren Auge auf. Ryer Ord Star hatte ihn gepackt und starrte ihn mit blutunterlaufenen Augen voller Schrecken und Unglauben an.

»Nein, Bek, nein!«, schrie sie immer wieder, als tue sie das schon eine ganze Weile und habe immer wieder vergeblich versucht, ihn durch steinerne Mauern zu erreichen.

Er schaute zu ihr hinunter und begriff nicht, wunderte sich lediglich über den Schmerz und die Verzweiflung in ihrem Gesicht. Er hatte sie doch gerettet, oder etwa nicht? Er hatte eine weitere Möglichkeit gefunden, seine Magie einzusetzen, eine, die er niemals erwartet hätte. Auf diese Weise hatte er eine Kraft befreit, die sogar das Schwert von Leah übertraf – vielleicht sogar Walker selbst. Was war so falsch an dem, was er getan hatte? Was daran quälte sie so sehr?

Tamis trat mit blutüberströmtem Gesicht zu ihm, ergriff die Seherin und zog sie auf die Beine. »Lauf, und schau nicht zurück!«, zischte sie Bek zu und drückte ihm Ryer Ord Star in die Arme.

Aber er schaute sich um. Und er erblickte einen Albtraum. Im Labyrinth wimmelte es von Kriechern, überall waren Feuerstrahlen. Ryer Ord Stars Vision hatte sie eingeholt. Tränen brannten in seinen Augen. Dort konnte kein menschliches Wesen überleben. Schreie gellten durch das Zwielicht, und Explosionen erschütterten die Luft mit grellen Lichtblitzen. Was war aus Ard Patrinell, Ahren und Panax geworden? Und aus Quentin? Er erinnerte sich an ihr gegenseitiges Versprechen, ihre Waffenbrüderschaft, an den Schwur, einander zu beschützen. Schatten, was war nur daraus geworden?

»Lauf, hab ich gesagt!«, brüllte ihm Tamis ins Ohr.

Das tat er dann auch: Er rannte durch das Dämmerlicht, während Ryer Ord Star an seinem Arm hing und versuchte mitzuhalten. Wieder stieß sie ein schrilles, verzweifeltes Klagen aus, und am liebsten hätte er sie zum Schweigen gebracht. Einmal schaute er sie an und wollte sie auffordern zu verstummen. Sie lief mit geschlossenen Augen, hatte den Kopf in den Nacken geworfen, und ihr Gesicht drückte solche Qualen aus, dass er es unterließ.

Bruchstücke heller Magie flackerten in seinen Augen, Gespenster seines Erbes, das er jetzt entdeckt und angetreten hatte, das Flüstern von entfesselter Macht. Vielleicht ein zu großes Erbe. Zu viel Macht. Eine Sehnsucht überfiel ihn, der unverkennbare Drang, die Gefühle, die er befreit hatte, erneut zu durchleben. Die Intensität raubte ihm den Atem, er keuchte heftig, sein Gesicht errötete, sein Körper sang.

Es war noch viel mehr notwendig, dachte er, während sie flohen, viel mehr, bis er befriedigt sein würde.

Augenblicke später ließen sie das Chaos des Labyrinths hinter sich, die Schreie und Blitze des Feuers blieben zurück, und sie verschwanden im düsteren Nebel.

Sie liefen lange Zeit, den ganzen Weg durch die Ruinen, ehe Tamis in einem schattigen Wald aus Laubbäumen anhielt. Um sie herum war die Luft feucht und neblig. Hier unter den Bäumen herrschte

Stille, doch sein Herzschlag hämmerte in seinen Ohren. Bek beugte sich vor, holte tief Luft und stützte sich mit den Händen auf die Knie. Neben ihm klagte Ryer Ord Star noch immer leise und starrte vor sich hin, als würde sie weit in die Ferne schauen.

»So kalt und dunkel, Metallbänder auf meinem Leib, Leere um mich herum«, murmelte sie, während sie in einem inneren Kampf gefangen war. »Jemand ist hier, beobachtet mich …«

»Ryer Ord Star«, flüsterte er scharf und beugte sich zu ihr vor.

»Dort, wo die Finsternis am tiefsten ist, jenseits von …«

»Hörst du mich?«, fuhr er sie an.

Sie zuckte zusammen, als sei sie geschlagen worden, streckte die Hände aus und griff in die Luft. »Walker! Warte auf mich!«

Dann verstummte sie. Eine eigentümliche Ruhe überkam sie, als hätte sich eine Decke der Gelassenheit über sie gelegt. Sie sank auf die Fersen, kniete, schob die Hände in ihre Robe und richtete den Oberkörper auf. Die Augen starrten ins Leere.

»Was ist denn mit ihr los?«, fragte Tamis und beugte sich vor.

Er schüttelte den Kopf. »Ich habe keine Ahnung.«

Mit der Hand fuhr er vor den Augen der Seherin vorbei. Sie blinzelte nicht und zeigte auch sonst nicht, ob sie ihn bemerkte. Er flüsterte ihren Namen, berührte ihr Gesicht und schüttelte sie schließlich. Sie zeigte keinerlei Reaktion.

Die Fährtenleserin und der Junge blickten einander hilflos an. Tamis seufzte. »Dagegen kenne ich kein Mittel. Und du, Bek? Du scheinst ja voller Überraschungen zu stecken. Weißt du in dieser Situation vielleicht auch, was zu tun ist?«

Er schüttelte den Kopf. »Ich glaube kaum.«

Sie strich sich das kurze dunkle Haar zurück und fixierte ihn mit den grauen Augen. »Nun, das würde ich an deiner Stelle nicht so vorschnell behaupten. Was ist denn eigentlich dort hinten passiert, als du dir diese Kriecher vorgenommen hast. Das ging ja ein wenig über den Dienst eines gewöhnlichen Kabinenstewards hinaus.« Sie zögerte. »Magie, oder?«

Er nickte müde. Welchen Zweck hatte es jetzt noch, die Sache zu verheimlichen? »Ich entdecke mich gerade erst selbst. Auf Mephitic war ich derjenige, der den Schlüssel gefunden hat. Da habe ich die Magie zum ersten Mal benutzt. Aber ich hatte keine Ahnung, dass ich zu solchen Dingen in der Lage bin.« Er deutete auf die Ruinen, wo er die Kriecher vernichtet hatte. »Vielleicht hat Walker es gewusst und vor mir geheim gehalten. Ich glaube, Walker weiß eine Menge über mich und hält es geheim.«

Tamis hockte sich auf die Fersen und schüttelte den Kopf. »Druiden.« Sie blickte in die Bäume. »Ich frage mich, ob er noch lebt.«

»Ich frage mich, ob überhaupt noch jemand lebt.« Bek versagte die Stimme, und er schluckte heftig.

Die Fährtenleserin erhob sich langsam. »Es gibt nur einen Weg, das herauszufinden. Es wird dunkel. Ich kann mich ohne Licht besser anschleichen. Aber du musst hier bei ihr bleiben.« Sie deutete mit dem Kopf auf Ryer Ord Star. »Bist du dazu bereit?«

Er nickte. »Trotzdem würde ich dich lieber begleiten.«

Tamis zuckte mit den Schultern. »Nachdem ich gesehen habe, was du mit den Kriechern angestellt hast, wäre mir das auch lieber. Aber ich glaube, wir können sie nicht allein lassen.«

»In Ordnung«, stimmte er zu.

»Ich bin zurück, so schnell ich kann.« Sie holte tief Luft und zeigte nach links. »Am besten schlage ich mich durch diesen Wald und schleiche mich von der anderen Seite an. Du wartest auf mich. Wenn irgendjemand fliehen kann, wird er vermutlich hier vorbeikommen, und du solltest ihn sehen. Aber sei vorsichtig, bis du weißt, wen du vor dir hast.«

Sie schaute ihn an und beugte sich vor. »Und scheue dich nicht, deine neu entdeckte Magie einzusetzen, wenn du in Gefahr gerätst, ja?«

»Bestimmt nicht.«

Sie lächelte ihm zu und verschmolz Sekunden später mit den Bäumen.

Danach wurde es rasch dunkel, das letzte Tageslicht schwand, und die Nacht legte sich über den Wald. Wolken und Nebel verhüllten den Himmel, und erneut begann es zu regnen. Bek brachte Ryer Ord Star unter die Äste eines alten Hickorybaums, wo sie ein wenig geschützt war. Sie ließ sich von ihm führen und setzte sich wieder, ohne irgendein Zeichen von sich zu geben, ob sie überhaupt wahrnahm, was um sie herum vor sich ging. Sie war so weit entfernt, dass sie seine Anwesenheit wohl kaum bemerkte. Trotzdem machte es einen Unterschied, redete er sich ein. Ohne ihn war sie der Willkür desjenigen ausgesetzt, der sie zufällig finden mochte. Sie konnte sich nicht verteidigen, nicht einmal fliehen. Sie war vollkommen hilflos.

Er fragte sich, warum sie sich so verwundbar gemacht hatte, aus welchem Grund sie diese Entscheidung für notwendig gehalten hatte. Denn eine bewusste Handlung war es, glaubte er. Es musste mit Walker zu tun haben, schließlich hatte alles, was sie tat, mit dem Druiden zu tun. War sie gerade mit ihm verbunden, genauso wie Bek auf Shatterstone? Sie hatte während mehrerer Stunden nicht gesprochen und nicht reagiert.

Eine Zeit lang betrachtete er sie, dann verlor er das Interesse. Er beobachtete stattdessen den Weg und hoffte, jemand aus ihrer Gruppe würde auftauchen. Sie konnten nicht alle tot sein, redete er sich ein. Nicht alle. Nicht Quentin. Schließlich besaß er das Schwert von Leah. Verbitterung machte sich in ihm breit, und er seufzte tief. Wem wollte er eigentlich etwas vormachen? Er hatte die Feuerstrahlen und die Kriecher gesehen, und er wusste, man bräuchte eine ganze Armee von Elfenjägern, um aus den Ruinen zu fliehen. Sogar die Magie eine Druiden würde vielleicht nicht ausreichen.

Er lehnte sich an den Hickorybaum und spürte die flache Klinge des Schwertes von Shannara, die gegen seinen Rücken drückte. Das Schwert hatte er ganz vergessen. Im Durcheinander der Flucht hatte er nicht einmal daran gedacht, es als Waffe einzusetzen – aber was war das schon für eine Waffe? Seine Magie erschien ihm in diesem Fall wenig sinnvoll. Und die Wahrheit? Wie kämpfte man mit der Wahrheit gegen Feuer und Eisen? Als normale Waffe wäre es vielleicht zu gebrauchen, aber nicht bei dem, was sich ihnen in den Ruinen entgegengestellt hatte. Er schüttelte den Kopf. Die mächtigste Magie der Welt, hatte Walker ihm gesagt, und er konnte sie nicht einsetzen. Die Magie seiner Stimme war eine bei weitem bessere Waffe. Wenn er nur wüsste, was er jetzt tun sollte …

Diesen Gedanken ließ er unbeendet, denn ihm fielen all die Zweifel und Bedenken ein. Selbst der Einsatz seiner Stimme war gefährlich, wenn diese Gefahr auch noch nicht klar hervortrat. Die Magie war zu mächtig und zu unberechenbar. Er vertraute ihr nicht. Sie war verlockend und verführerisch, und er spürte etwas Trügerisches in ihrem Ruf. Was solche Euphorie und solches Verlangen hervorrief, musste Folgen haben …

Es wurde kalt, und er wünschte sich, er hätte seinen Mantel noch, doch den hatte er im Kampf verloren. Er blickte Ryer Ord Star an, dann zog er ihr den Mantel enger vor der Brust zusammen. Sie zitterte, obwohl sie das wahrscheinlich nicht merkte, und er legte ihr den Arm um die Schulter, um sie zu wärmen. Was würden sie tun, wenn Tamis keinen Überlebenden fand? Wenn die Fährtenleserin nun selbst nicht zurückkehrte? Bek schloss die Augen und verdrängte diese Befürchtungen. Solche Grübeleien halfen ihm jetzt auch nicht weiter. An diesen Dingen konnte er nichts ändern. Er konnte lediglich das Beste aus der Situation machen, so hoffnungslos sie auch aussah.

Offenbar hatte er eine Weile gedöst, denn als Nächstes erinnerte er sich daran, wie er aufwachte, weil sich ihnen jemand näherte. Es waren aber eigentlich gar nicht so sehr die Geräusche, die ihn weckten, sondern das Gefühl der Anwesenheit von jemand anderem. Er hob den Kopf von Ryer Ord Stars Schulter und spähte mit zusammengekniffenen Augen in die Dunkelheit. Nichts bewegte sich; trotzdem war da etwas, noch zu weit entfernt, um es zu erkennen, aber es kam auf ihn zu.

Allerdings nicht aus den Ruinen, sondern aus Richtung des Luftschiffes.

Bek richtete sich auf, löste sich von der Seherin, erhob sich und lauschte. Die Nacht war still, abgesehen vom leisen Plätschern des

Regens auf dem Laubdach. Bek griff nach dem Schwert von Shannara, zog dann jedoch die Hand zurück. Er trat zur Seite, tiefer in den Schatten. Er spürte die Gegenwart des anderen, als wäre der von einer Aura aus Hitze oder Licht umgeben.

Eine Gestalt in einer Robe tauchte vor ihm auf wie aus dem Nichts, war auf gespenstische Weise plötzlich da. Die Gestalt war klein und schlank und körperlich nicht sehr beeindruckend. Sie trat verhüllt auf die beiden zu, ein Geheimnis, das darauf wartete, gelüftet zu werden. Bek betrachtete die Gestalt fasziniert und konnte sich nicht entscheiden, was er tun sollte.

Innerhalb der Robe hob sich ein Arm und wurde zu Ryer Ord Star ausgestreckt. »Sag mir, was passiert ist«, verlangte eine Frauenstimme sanft, aber doch energisch. »Warum bist du hier? Du hattest Anweisung …«

Erst jetzt bemerkte sie Bek. Er musste sie erschreckt haben, denn sie erstarrte und zog den Arm abrupt zurück. Ihre Haltung veränderte sich, und ihm erschien es, als ob seine unerwartete Gegenwart sie beunruhigte.

»Wer bist du?«, fragte sie.

In ihrer Stimme lag keine Freundlichkeit, kein Hinweis auf die Sanftheit, die noch Sekunden zuvor darin mitgeschwungen hatte. Sie hatte sich im Nu verändert, und das bestimmt nicht zu seinem Besten. Doch hörte er etwas Vertrautes aus ihrer Stimme heraus, etwas, das eine starke Erinnerung in ihm wachrief. Er starrte sie an, und unvermittelt traf ihn die Erkenntnis.

»Wer bist du?«, wiederholte sie.

Er erkannte sie jetzt, und diese Gewissheit raubte ihm den Atem. Jahre perlten von ihm ab wie die Tropfen des Regens von seiner Haut, und ein Flickwerk von Erinnerungen stieg in ihm auf. Die meisten hatte er vollkommen vergessen, bis der Gebrauch des Schwertes von Shannara sie in ihm wachgerufen hatte. Es waren Erinnerungen an sie, wie sie ihn auf den Armen trug und fest an sich drückte, während sie durch Feuer und Rauch lief. Erinnerungen an sie, wie sie ihn an einem dunklen, engen Platz ablegte, versteckte und vor dem Tod bewahrte, der um sie herum wütete. An sie, als Kind, vor langer Zeit, an einem Ort, von dem in seinem Gedächtnis nur winzige Spuren geblieben waren.

»Grianne«, erwiderte er und sprach ihren Namen zum ersten Mal seit seiner Kindheit wieder laut aus. »Ich bin's, Grianne. Dein Bruder.«

Das nächste Buch der Shannara-Serie wird die Geheimnisse von Castledown und seine Magie enthüllen, wenn der Druide Walker und seine Gefährten gegen das geheimnisvolle Wesen antreten, das beides beschützt.

BLANVALET

R.A. SALVATORE • DIE VERGESSENEN WELTEN

Das mitreißende Epos von Krieg und Frieden, Freundschaft und Verrat, Liebe und Magie.

Die silbernen Ströme
24551

Der gesprungene Kristall
24549

Brüder des Dunkels
24706

Kristall der Finsternis
24931

BLANVALET

DIE KRIEGER DER DRACHENLANZE

Drachenlanze – der Fantasy-Welterfolg

Neue Abenteuer aus Krynn – der phantastischen Welt, in der Magie und Zauber, dunkle Mächte und tapfere Kämpfer regieren.

Theros Eisenfeld
24888

Der Lanzenschmied
24889

Diebesglück
24890

Die Ritter der Rose
24891